A vida e as aventuras de
Nicholas Nickleby

CHARLES DICKENS

A vida e as aventuras de
Nicholas Nickleby

TRADUÇÃO
Mariluce Filizola Carneiro Pessoa

INTRODUÇÃO
Mariana Teixeira Marques-Pujol

Amarilys

Copyright © Editora Manole Ltda., por meio de contrato com a tradutora.

Amarilys é um selo editorial Manole.

Este livro contempla as regras do Acordo Ortográfico de 1990.

PREPARAÇÃO: Karina Hambra
REVISÃO DE PROVA: Fernanda Simões Lopes
CAPA E PROJETO GRÁFICO: Daniel Justi
DIAGRAMAÇÃO: Luargraf Serv. Gráficos

Dados Internacionais de Catalogação na Publicação (CIP)
(Câmara Brasileira do Livro, SP, Brasil)

Dickens, Charles, 1812-1870
A vida e as aventuras de Nicholas Nickleby /
Charles Dickens ; tradução de Mariluce F. Carneiro
Pessoa. -- Barueri, SP : Amarilys, 2017.
Título original: The life and adventures of
Nicholas Nickleby
ISBN: 978-85-204-3715-5
1. Ficção inglesa I. Título.

17-03460   CDD-823

Índices para catálogo sistemático:
1. Ficção : Literatura inglesa 823

Todos os direitos reservados.

Nenhuma parte deste livro poderá ser reproduzida, por qualquer processo, sem a permissão expressa dos editores. É proibida a reprodução por xerox.

A Editora Manole é filiada à ABDR – Associação Brasileira de Direitos Reprográficos.

Edição brasileira - 2017

Editora Manole Ltda.
Av. Ceci, 672 – Tamboré
06460-120 – Barueri – SP – Brasil
Tel.: (11) 4196-6000
www.manole.com.br | www.amarilyseditora.com.br
info@amarilyseditora.com.br
Impresso no Brasil | *Printed in Brazil*

SUMÁRIO

INTRODUÇÃO: NICHOLAS NICKLEBY, OU A VIDA COMO ELA PODERIA SER. *MARIANA TEIXEIRA MARQUES-PUJOL,* 9

PREFÁCIO DO AUTOR (1839), 15

PREFÁCIO DO AUTOR (1848), 19

CAPÍTULO I, 25

CAPÍTULO II, 31

CAPÍTULO III, 43

CAPÍTULO IV, 56

CAPÍTULO V, 71

CAPÍTULO VI, 83

CAPÍTULO VII, 108

CAPÍTULO VIII, 117

CAPÍTULO IX, 131

CAPÍTULO X, 148

CAPÍTULO XI, 163

CAPÍTULO XII, 169

CAPÍTULO XIII, 182

CAPÍTULO XIV, 197

CAPÍTULO XV, 210

CAPÍTULO XVI, 224

CAPÍTULO XVII, 245

CAPÍTULO XVIII, 255

CAPÍTULO XIX, 270

CAPÍTULO XX, 287

CAPÍTULO XXI, 300

CAPÍTULO XXII, 314

CAPÍTULO XXIII, 331

CAPÍTULO XXIV, 345

CAPÍTULO XXV, 363

CAPÍTULO XXVI, 378

CAPÍTULO XXVII, 390

CAPÍTULO XXVIII, 406

CAPÍTULO XXIX, 424

CAPÍTULO XXX, 434

CAPÍTULO XXXI, 451

CAPÍTULO XXXII, 459

CAPÍTULO XXXIII, 470

CAPÍTULO XXXIV, 478

CAPÍTULO XXXV, 496

CAPÍTULO XXXVI, 514

CAPÍTULO XXXVII, 523

CAPÍTULO XXXVIII, 541

CAPÍTULO XXXIX, 557

CAPÍTULO XL, 567

CAPÍTULO XLI, 585

CAPÍTULO XLII, 599

CAPÍTULO XLIII, 612

CAPÍTULO XLIV, 627

CAPÍTULO XLV, 644

CAPÍTULO XLVI, 658

CAPÍTULO XLVII, 673

CAPÍTULO XLVIII, 690

CAPÍTULO XLIX, 702

CAPÍTULO L, 719

CAPÍTULO LI, 734

CAPÍTULO LII, 747

CAPÍTULO LIII, 761

CAPÍTULO LIV, 779

CAPÍTULO LV, 792

CAPÍTULO LVI, 805

CAPÍTULO LVII, 819

CAPÍTULO LVIII, 830

CAPÍTULO LIX, 837

CAPÍTULO LX, 853

CAPÍTULO LXI, 866

CAPÍTULO LXII, 877

CAPÍTULO LXIII, 884

CAPÍTULO LXIV, 896

CAPÍTULO LXV, 906

INTRODUÇÃO

Nicholas Nickleby, ou a vida como ela poderia ser

Mariana Teixeira Marques-Pujol

Nicholas Nickleby foi publicado pela primeira vez numa série de vinte fascículos vendidos entre 31 de março de 1838 e 30 de setembro de 1839. Seu autor, Charles Dickens, tinha vinte seis anos e começava a colher os louros – inclusive financeiros – da notoriedade que lhe haviam proporcionado seus *Pickwick Papers*, conjunto hilariante de retratos da vida inglesa oferecido ao público também em formato serializado dois anos antes. Entre um e outro, ele havia escrito *Oliver Twist*, outro romance originalmente publicado em partes, dessa vez na revista *Bentley's Miscellany*. Como o próprio Dickens diria anos mais tarde, esse era o momento de sua vida em que ele "subia como um foguete".[1] A experiência como repórter e correspondente do jornal *Morning Chronicle* no Parlamento contribuíra, sem dúvida, para que Dickens desenvolvesse um talento único para o retrato rápido e certeiro dos "quadros" ficcionais que tanto agradavam a imprensa e o público leitor londrino. Junte-se a isso a verve de investigação jornalística do jovem escritor – que ia atrás da história para ver com seus próprios olhos – e estão colocados alguns dos principais elementos que contribuíram para o sucesso das aventuras de Nicholas Nickleby. Não à toa, o primeiro número vendeu 50.000 exemplares.

A moda avassaladora das publicações em série fazia todo sentido numa sociedade em que a cultura popular, cujas raízes haviam de certo modo sido rompidas pela Revolução Industrial, se reinventava como cultura "comercial" em cujo centro se encontravam os jornais e os periódicos. Aparentemente alienada da outra perspectiva da cultura, a erudita e elitista, ela se alimentava, na realidade, dessa separação e oposição, o que resultava num tratamento artístico criativo e muitas vezes sardônico de tal relação entre alta e baixa cultura. Como bem explica Raymond

---

1 Ver https://www.bl.uk/romantics-and-victorians/articles/nicholas-nickleby-and-the-yorkshire-schools. A palavra inglesa para designar "foguete" é "rocket" e começou a ser utilizada no século XVII.

Williams em *The novel from Dickens to Lawrence*,[2] a ficção de Dickens navega nessas águas. Se avaliadas segundo os critérios críticos daquilo que muitos identificam como a "grande tradição" do romance inglês, suas obras perdem em quase todos os quesitos – afirma-se, por exemplo, que as personagens são planas e enfáticas ao invés de complexas; que o enredo se apoia em coincidências ou revelações, frequentemente exibidas numa linguagem persuasiva em traços rápidos e pouco sutis.

E, no entanto, Dickens se tornaria um dos grandes romancistas da cidade grande – assim como Dostoiévski ou Kafka – justamente porque compartilhava certas experiências com a nova cultura urbana e propunha, na forma literária, respostas a questões colocadas por essa dinâmica social particular. Por isso é que, como indica Raymond Williams, se procuramos identificar um movimento geral da ficção dickensiana, nos vem à mente a circulação apressada de homens e mulheres que de início se cruzam rapidamente, às vezes entrando em colisão, para progressivamente desenvolver relações mais profundas ao longo da ação, oferecendo um retrato palpitante de uma ordem social, complexa, acelerada.[3] O leitor e a leitora de *Nicholas Nickleby* certamente reconhecerão este movimento logo nos primeiros capítulos da obra.

"Aceleração" é, de fato, uma das palavras-chave para se compreender o século XIX na Inglaterra, sendo que os seus efeitos se faziam sentir de modo ainda mais agudo – como é de regra ainda hoje – na metrópole. Em meados do século, mais da metade da população inglesa vivia em cidades e uma grande porção estava justamente em Londres. O progressivo abandono do campo (em consequência, não esqueçamos, da privatização do espaço agrário concretizada, mais claramente a partir do século XVIII, pelas *enclosures*) seguido da instalação desordenada na cidade grande criavam riqueza para muito poucos e muitos problemas para todos. Dickens, exímio observador da curiosa espécie humana, não deixava de se interessar pela situação daqueles, cada vez mais numerosos, que estavam do lado fraco da corda. Vale notar que tal interesse tomava frequentemente contornos melodramáticos, tanto no

---

2 Ver Raymond Williams, *The novel from Dickens to Lawrence*, "Charles Dickens", p. 28-59. Para este trecho, utilizei informações tiradas do ensaio de Williams.

3 Raymond Williams, p. 32-33.

que se refere ao tratamento propriamente literário do material quanto ao conservadorismo que, bastante característico do melodrama, acusa presença na prosa de Dickens.

O romancista compreendeu o potencial ficcional, melodramático e, por que não, comercial, de lidar, em seus romances serializados, com temas relativos à vida de quem não tinha voz fora da ficção. Um dos assuntos centrais nesse contexto é a reforma da chamada *Poor Law* (Lei dos Pobres) que existia na Inglaterra desde a Idade Média. Em suma, tal lei responsabilizava cada paróquia por fornecer a ajuda necessária aos seus pobres. Progressivamente, as paróquias começaram a coletar dinheiro das famílias mais ricas, oferecendo ajuda aos mais necessitados em função da quantia recolhida e do número de crianças em cada família que recebia o auxílio. Com pagas cada vez mais baixas, a quantidade de pobres só podia aumentar, o que se refletia no valor coletado dos ricos.

Muito rápido, as críticas a tal "sistema de assistanato" que encorajaria os pobres a permanecer na mesma situação foram levadas ao Parlamento pelos *Whigs*, partido considerado "liberal" em comparação com o conservadorismo dos *Tories*. A proposta *Whig* de reforma da Lei dos Pobres, promulgada em 1834, previa que os candidatos ao auxílio seriam acolhidos em *workhouses* – espécie de abrigos –, sendo que as condições de (sobre)vida em tais lugares deveriam ser piores do que aquelas oferecidas a alguém que recebesse o mais baixo de todos os ordenados. Assim, segundo a lógica da reforma, diminuíam os riscos de que a assistência parecesse mais interessante do que o trabalho. As *workhouses* ficaram rapidamente conhecidas como "Bastilhas" (numa referência à célebre prisão parisiense cuja invasão marca o início da revolução na França) e nelas eram confinados, em sua grande maioria, os enfermos, os deficientes, os idosos e muitas crianças.

Este último grupo, cujo papel, como se sabe, é bastante preponderante na obra de Dickens, concentrou muito dos debates a respeito das mudanças que a Inglaterra parecia merecer. Pouco envolvido diretamente no debate público sobre o papel formal do Estado nos assuntos relacionados à infância, o autor de Nicholas Nickleby se interessava pelo tema do trabalho infantil ou ainda pelo papel do governo na escolarização dos filhos da classe trabalhadora, defendendo uma educação universalista e moral. Sem se engajar em nenhum grupo reformista ou se envolver com aspectos práticos relativos à reforma social, seus posicionamentos eram apresentados a partir de um ponto de vista muitas vezes vago, definido por um sentimento de desumanidade diante do sofrimento e da falta de dignidade, mas sem aspirações a transformações profundas. O melodrama e suas técnicas se adaptam perfeitamente à abordagem dickensiana destas questões complexas na medida em que coloca o leitor em situação de empatia absoluta, num esquema quase maniqueísta em que o Bem e o Mal, incorporados por certos personagens, têm papéis bem definidos. Ao invés de provocar a reflexão analítica a respeito da injustiça, Dickens, grande admirador de teatro, ator amador e escritor performático (entre o ano de 1858 e 1859, por exemplo, ele fez 108 leituras públicas de trechos de seus romances), nos coloca diante da cena melodramática e nos incita a reagir com o estômago e com o coração.

Um dos ingredientes fundamentais de Nicholas Nickleby – cujo título completo era *The Life and Adventures of Nicholas Nickleby, Containing a Faithful Account of the Fortunes, Misfortunes, Uprisings, Downfallings and Complete Career of the Nickleby Family, edited by "Boz"*[4]– é, de fato, o melodrama, mesmo que Dickens defenda sua credibilidade realista no prefácio à edição do romance em um só volume, publicada em 1839. O romance trata de um ano na vida do jovem Nicholas, dezenove anos, que se muda com sua mãe e irmã Kate para Londres depois da morte do pai. Como o leitor e a leitora vão descobrir, trata-se de um ano crucial na vida do rapaz. Chegando na capital inglesa, a família encontra o único parente vivo, o tio Ralph Nickleby, cuja riqueza e avareza já anunciam a polaridade que se desenvolverá ao longo da narrativa. Para se livrar do sobrinho, o tio Ralph encontra para ele um trabalho como assistente do "professor" Wackford Squeers num internato chamado Dotheboys Hall, no condado de Yorkshire (no norte do país). Aqui começam as aventuras de Nicholas e de sua família; também se desenvolvem a partir daí, em paralelo, os diferentes retratos da vida nessa metrópole chamada Londres no início do século XIX.

---

[4] A Vida e Aventuras de Nicholas Nickleby, contendo um Relato Fidedigno das Fortunas, Infortúnios, Revoluções, Quedas e a Carreira Completa da Família Nickleby, editado por Boz. [tradução livre]

Vale apontar que no período em que o romance se passa (década de 1820), os internatos de Yorkshire já estavam no centro de uma polêmica a respeito dos maus-tratos recebidos pelos meninos que neles residiam. A região era uma espécie de Sibéria infantil, e os internatos, centros de detenção disfarçados de escola. Até a década de 30 – justamente o momento em que Dickens escreve o romance –, a viagem entre Londres e Yorkshire se fazia unicamente em diligência e durava dois dias. Pela distância e isolamento – algo que mudaria radicalmente com a expansão do sistema de linhas férreas –, tais "escolas" acabaram se tornando a destinação das crianças indesejadas e abandonadas, as quais, sem chances de voltar para casa e sem nenhum adulto para interceder por elas, viviam nas piores condições possíveis. Em 30 de janeiro de 1838, Dickens e Hablot Brown (o ilustrador de seus textos, conhecido como Phiz) fizeram a viagem em diligência para sentir na própria pele os percalços do trajeto e tentar visitar uma dessas escolas. O romancista evidentemente utiliza essa experiência para sublinhar o elemento realista de sua ficção, relatando as conversas que teriam inspirado a criação do personagem do terrível Sr. Squeers, dono do internato em que trabalharia Nicholas.

O protagonista se revela rapidamente como o grande herói da história. Sua pouca experiência, sua energia juvenil e sua correção moral o lançam num turbilhão de eventos que colocarão seus valores à prova (para confirmá-los) e marcarão sua descoberta da vida adulta, convidando, ao mesmo tempo, o leitor e a leitora à identificação imediata com Nicholas. O retrato de Charles Dickens desenhado por Daniel Maclise em 1839, quando o escritor tinha 27 anos, remete a esta mesma impetuosidade e integridade de caráter através das quais o narrador deseja definir Nicholas. E, se o destino parece desfavorecê-lo inicialmente, as coisas começam a mudar quando o rapaz decide tomar sua vida em mãos, começando pela independência em relação ao tirano Squeers em Dotheboys Hall. Para o leitor ou leitora acostumado com o romance francês, balzaciano, as surpresas serão muitas. Nicholas não tem a ambição de um Lucien de Rubempré (protagonista de *Ilusões Perdidas*, romance de Honoré de Balzac cuja primeira parte é publicada em 1837) nem está pronto a fazer qualquer negócio. As boas oportunidades se apresentam para Nicholas porque o que parece interessar a Dickens é apresentar as reviravoltas do destino e a força da benevolência como motores da ação – e não o arrivismo individualista.

O leitor e a leitora tampouco devem se deixar desencorajar por possíveis argumentos relativos à falta de unidade do romance. A natureza episódica da publicação certamente contribui para a sensação de uma estrutura "desamarrada". Porém, aí reside mais um aspecto interessante dessa narrativa, nesse sentido bem mais enxuta do que *As aventuras do Sr. Pickwick*. Nos capítulos em que o narrador nos afasta da história direta de Nicholas e nos mergulha no cotidiano londrino – por exemplo, a cena da festa dos vizinhos de Newman Noggs ou a descrição da loja de Madame Mantalini onde Kate, irmã de Nicholas, vai trabalhar no começo do romance –, quando nos apresenta o universo do teatro através da trupe de Vincent Crummels, ou nos lança na estrada junto com o protagonista (que viaja a Londres, a Yorkshire, a Portsmouth), o humor e a vivacidade jornalística do folhetim ajudam a estabelecer relações e sugerem ao leitor e à leitora atuais o que aquele mundo ainda tem em comum com o nosso. Tais características da prosa de *Nicholas Nickleby* também apontam para o que nós compartilhamos com as figuras muitas vezes hilárias, patéticas ou odiosas que Charles Dickens desenha com tanta destreza neste romance de juventude.

Referências

PAROISSIEN, David (ed.). *A Companion to Charles Dickens*. London: Blackwell, 2008.

WILLIAMS, Raymond. *The Novel from Dickens to Lawrence*. London: Chatto and Windus, 1973.

https://www.bl.uk/romantics-and-victorians/articles/nicholas-nickleby-and--the-yorkshire-schools

https://www.bl.uk/collection-items/letter-about-yorkshire-schools-from-charles-dickens-to-his-wife-catherine-1-february-1838

PREFÁCIO DO AUTOR (1839)

Divertiu muito o autor e lhe causou grande satisfação durante a confecção desta obra saber, de amigos do interior e de várias declarações absurdas a seu respeito nos jornais provincianos, que mais de um diretor de escola de Yorkshire se reconhece como o Sr. Squeers original. Um honrado cavalheiro — como ele parece crer — realmente consultou autoridades legais competentes, alegando ter boas razões para mover uma ação por calúnia; outro considerou fazer uma viagem a Londres com o propósito específico de atacar e espancar seu caluniador; um terceiro se lembra perfeitamente de ter recebido uma visita, no mês de janeiro do ano anterior, de dois homens, um dos quais conversava com ele, enquanto o outro o retratava num desenho; e, embora o Sr. Squeers só tivesse um olho, e ele dois, e o retrato publicado não se parecesse com ele (quem quer que ele fosse) em nenhum outro aspecto, ainda assim, ele e todos os seus amigos e vizinhos reconheceram de imediato de quem se tratava, porque... o personagem era *muito* parecido com ele.

Embora o autor tenha razões para sentir a plena força do elogio assim feito a ele, arrisca-se a sugerir que essas controvérsias podem ter surgido do fato de o Sr. Squeers não ser a representação de um indivíduo, e sim de uma classe na qual dissimulação, ignorância e cobiça brutal são os elementos essenciais. E, se alguém é descrito com tais características, todos os seus companheiros reconhecerão algo de si e cada um receará que seja sua a descrição.

O objetivo do autor em atrair a atenção do público para o sistema seria imperfeitamente alcançado se ele não afirmasse agora, em pessoa, com ênfase e seriedade, que o Sr. Squeers e sua escola são retratos indistintos e débeis de uma realidade existente, intencionalmente reduzida e suavizada para que não fosse tida como impossível. Que há registros de processos legais, nos quais se buscou indenização como pobre recompensa por tormentos e desfigurações infligidas a crianças no tratamento dado pelos mestres nesses lugares, envolvendo detalhes de negligência, crueldade e doença como nenhum escritor jamais teria coragem de imaginar. E que, desde que se debruçou sobre essas aventuras, o autor tem recebido de setores particulares acima de qualquer suspeita e desconfiança relatos de atrocidades cometidas contra crianças abandonadas ou repudiadas, na perpetração das quais essas escolas têm sido o instrumento principal, excedendo em muito tudo o que aparece nestas páginas.

Enfocando agora um assunto mais agradável, pode-se dizer que *há* dois personagens neste livro tirados da vida real. É notável que o que chamamos de mundo, tão crédulo no que professa ser verdade, seja extremamente incrédulo no que professa ser imaginário; e que, enquanto na vida real diária permite haver um homem sem máculas e outro sem virtudes, raramente admite um personagem muito fortemente marcado, seja ele bom ou mau, numa narrativa fictícia que esteja dentro dos limites da probabilidade. Mas aqueles que mostrarem interesse por esta história ficarão satisfeitos em saber que os IRMÃOS CHEERYBLE são pessoas reais; que sua caridade liberal, sua singularidade de coração, sua natureza nobre e sua ilimitada benevolência não são criações mentais do autor, mas que realizam diariamente (e com muita frequência à surdina) ações magnânimas e generosas na cidade da qual são o orgulho e a honra.

Antes de encerrar sua tarefa, ao autor destas linhas – com aquele sentimento de pesar com o qual deixamos quase toda empreitada que nos manteve por um longo tempo ocupados e imersos em nossos pensamentos, que é naturalmente aumentado em um caso como este, em que tal empreitada esteve rodeada de todos aqueles que a animaram e torceram por ela – resta apenas despedir-se de seus leitores.

"O autor de um espetáculo periódico", afirma Mackenzie,[1] "tem de fato direito à atenção e estima de seus leitores mais intensas que aquelas conquistadas por qualquer outro tipo de escritor. Outros autores submetem seu sentimentos aos leitores com a reserva e a circunspecção daquele que teve tempo de preparar-se para uma apresentação ao público. Aquele que seguiu o conselho de Horácio, de manter seu livro na gaveta por nove anos, deve ter suprimido muitas ideias que concebeu no calor da composição, alterando muitas expressões imaginadas no frenesi da escrita. Mas o ensaísta periódico oferece aos seus leitores

---

1 Henry Mackenzie (1745-1831). Citação de um ensaio publicado por Mackenzie no periódico *The Lounger* em janeiro de 1787.

os sentimentos do dia, na linguagem com a qual aqueles sentimentos afloraram. Uma vez tendo concedido a si mesmo a liberdade da intimidade e a cordialidade do companheirismo, ele irá naturalmente esperar a indulgência à qual tais relações aspiram; e quando ele diz *adieu* a seus leitores, sentirá e esperará pelo pesar por um companheiro e pela ternura de um amigo."

Com tais sentimentos e tais esperanças o ensaísta periódico, o autor destas páginas, oferece-as aos leitores agora em um volume único, gratificando-se com a ideia, acima citada, de que no primeiro dia do mês seguinte eles sentirão falta da companhia com qual se habituaram, como algo que se espera prazerosamente; e que pensarão nos jornais lidos nos meses anteriores como uma correspondência com alguém que lhes desejou felicidade e contribuiu com o seu divertimento.

PREFÁCIO DO AUTOR (1848)

Esta história começou poucos meses depois da publicação de *As aventuras do Sr. Pickwick*. Havia, então, muitas escolas de qualidade inferior em Yorkshire. Há muito poucas agora.

Um exemplo notável e de longa data da monstruosa negligência da educação na Inglaterra e do desrespeito a ela pelo Estado como meio de formar cidadãos bons ou maus e homens desgraçados ou felizes é o das escolas particulares. Qualquer homem que tivesse provado sua incapacidade para exercer qualquer outra atividade profissional era livre, sem exames ou qualificação, para abrir uma escola em qualquer lugar. E, embora a preparação para as funções a serem exercidas fosse exigida do médico que assistia a chegada de uma criança ao mundo, ou ainda do que a acompanhará na hora da partida, além de ser requerida do químico, do advogado, do açougueiro, do padeiro, do fabricante de velas, em todas as artes e ofícios, nada se exigia dos diretores de escola. E, apesar de estes últimos, como classe, serem os ignorantes e os impostores que brotavam naturalmente desse estado de coisas e nele floresciam, esses donos de escolas de Yorkshire constituíam ainda a mais baixa e mais sórdida escória em toda a escala social. Comerciantes que se valiam da avareza, da negligência ou da imbecilidade dos pais e do desamparo das crianças, homens grosseiros, infames, brutais, a quem poucas pessoas teriam confiado até mesmo a guarda de um cavalo ou de um cachorro, esses homens constituíam o digno alicerce de uma estrutura que, pelo absurdo e magnífico *laissez-aller* da incúria, raramente foi ultrapassada no mundo.

Às vezes, ouvimos falar de uma ação movida contra um médico incompetente que, ao fingir tratar um membro quebrado, deixa-o deformado. O que dizer então das centenas de milhares de mentes que foram deformadas para sempre por impostores incapazes que fingem formá-las?

Eu me refiro à classe dos diretores de escola de Yorkshire sempre no pretérito. Embora ela ainda não tenha desaparecido por completo, diminui a cada dia. Só Deus sabe quanto trabalho nos resta fazer no tocante à educação; mas, ultimamente, grandes progressos e melhorias já têm sido feitos em direção a essa conquista.

Não consigo me lembrar agora de como vim a saber das escolas de Yorkshire quando era ainda um menino franzino, vivendo nas imediações de Rochester Castle, com perdizes, chicotes, gaitas e Sancho Pança na cabeça; mas sei que a minha primeira impressão delas é dessa época e que, de uma maneira ou de outra, ela se associava a um abcesso supurado que um menino havia sofrido em consequência de seu instrutor, filósofo e amigo de Yorkshire tê-lo aberto com um canivete sujo de tinta. Essa minha impressão, independentemente de como tenha surgido, nunca me abandonou. Sempre tive curiosidade a respeito das escolas de Yorkshire, sempre prestei atenção ao que diziam a respeito delas e, tendo finalmente conquistado um público leitor, decidi escrever sobre elas.

Com esse intuito, fui a Yorkshire antes de começar este livro, num inverno muito severo, que é fielmente descrito aqui. Como queria conhecer alguns diretores de escola e, tendo sido avisado de que esses senhores poderiam, em sua modéstia, ter receio de receber a visita do autor de *As aventuras do Sr. Pickwick*, consultei um amigo de profissão que conhecia alguém em Yorkshire e com quem combinei uma fraude piedosa. Ele me deu algumas cartas de apresentação, em nome, eu creio, do meu companheiro de viagem; elas faziam referência a um menino fictício que havia sido deixado com a mãe viúva, que não sabia o que fazer com o filho. A pobre senhora havia pensado, como meio de abrandar a tardia compaixão dos familiares pelo menino, em enviá-lo para uma escola de Yorkshire; eu era o amigo da pobre senhora, dirigindo-me para lá; e, se o destinatário da carta pudesse me informar sobre alguma escola nos arredores, o remetente ficaria muito agradecido.

Fui a diversos lugares naquela parte do país onde supunha haver a maior concentração de escolas e não tive oportunidade de entregar a carta até chegar a uma pequena cidade cujo nome não será mencionado. O destinatário da carta não estava em casa; mas ele foi à noite, enfrentando a neve, ao estabelecimento onde eu me hospedara. Isso se deu após o jantar; e não foi necessária grande persuasão para fazê-lo sentar-se ao lado da lareira num canto aconchegante e servir-se do vinho que estava sobre a mesa.

Suponho que ele já tenha morrido. Lembro-me de que era um homem jovial, de rosto largo e corado; de que prontamente nos entendemos e de que falamos sobre todo tipo de assunto, exceto sobre a escola, tema que ele demonstrou uma grande ansiedade em evitar. "Havia alguma escola grande por perto?", perguntei, em referência à carta. "Ah, sim", ele disse, "havia uma bem grande". "Era boa?", perguntei. "Bom", disse ele, "tão boa quanto as outras; isso era uma questão de opinião"; e passou a olhar para o fogo e ao redor do cômodo, assobiando um pouco. Quando reverti a um dos tópicos sobre o qual falamos inicialmente, ele se sentiu mais à vontade; porém, embora o houvesse testado várias vezes, eu não abordava a questão da escola, mesmo ele estando em meio a risos, sem que notasse uma mudança na expressão do seu rosto e o desconforto que ele parecia sentir. Por fim, depois de umas duas horas muito prazerosas, subitamente ele pegou o chapéu, inclinou-se sobre a mesa e, olhando fixamente para mim, disse em voz baixa: "Bem, senhor, passamos um tempo agradável juntos e vou lhe dizer o que penso. Não deixe a viúva mandar o filho para nenhum dos nossos diretores de escolas enquanto houver em Londres um cavalo para tratar ou uma sarjeta onde dormir. Não sou de falar mal de meus vizinhos, e digo isso ao senhor. Mas, diabos, eu não poderia ir dormir sem lhe dizer, pelo bem da viúva, que ela deve evitar que o menino caia nas mãos desses patifes, enquanto houver em Londres um cavalo para tratar ou uma sarjeta onde dormir!". Repetindo essas palavras com grande força de expressão e seriedade, que faziam seu rosto jovial parecer duas vezes maior do que antes, ele apertou minha mão e foi embora. Nunca mais o vi, porém às vezes imagino que percebo nele uma leve semelhança com John Browdie.

 Em referência a essa classe de pessoas, citarei aqui algumas palavras do prefácio original deste livro.

 "Divertiu muito o autor e lhe causou grande satisfação durante a confecção desta obra saber, de amigos do interior e de várias declarações absurdas a seu respeito nos jornais provincianos, que mais de um diretor de escola de Yorkshire se reconhece como o Sr. Squeers original. Um honrado cavalheiro — como ele parece crer — realmente consultou autoridades legais competentes, alegando ter boas razões para mover uma ação por calúnia; outro considerou fazer uma viagem a Londres com o propósito específico de atacar e espancar seu caluniador; um terceiro se lembra perfeitamente de ter recebido uma visita, no mês de janeiro do ano anterior, de dois homens, um dos quais conversava com ele, enquanto o outro o retratava num desenho; e, embora o Sr. Squeers só tivesse um olho, e ele dois, e o retrato publicado não se parecesse com ele (quem quer que ele fosse) em nenhum outro aspecto, ainda assim, ele e todos os seus amigos e vizinhos reconheceram de imediato de quem se tratava, porque... o personagem era *muito* parecido com ele.

"Embora o autor tenha razões para sentir a plena força do elogio assim feito a ele, arrisca-se a sugerir que essas controvérsias podem ter surgido do fato de o Sr. Squeers não ser a representação de um indivíduo, e sim de uma classe na qual dissimulação, ignorância e cobiça brutal são os elementos essenciais. E, se alguém é descrito com tais características, todos os seus companheiros reconhecerão algo de si e cada um receará que seja sua a descrição.

"O objetivo do autor em atrair a atenção do público para o sistema seria imperfeitamente alcançado se ele não afirmasse agora, em pessoa, com ênfase e seriedade, que o Sr. Squeers e sua escola são retratos indistintos e débeis de uma realidade existente, intencionalmente reduzida e suavizada para que não fosse tida como impossível. Que há registros de processos legais, nos quais se buscou indenização como pobre recompensa por tormentos e desfigurações infligidas a crianças no tratamento dado pelos mestres nesses lugares, envolvendo detalhes de negligência, crueldade e doença como nenhum escritor jamais teria coragem de imaginar. E que, desde que se debruçou sobre essas aventuras, o autor tem recebido de setores particulares acima de qualquer suspeita e desconfiança relatos de atrocidades cometidas contra crianças abandonadas ou repudiadas, na perpetração das quais essas escolas têm sido o instrumento principal, excedendo em muito tudo o que aparece nestas páginas."

Isso compreende o que preciso dizer sobre o assunto; exceto que, se eu houvesse tido a oportunidade, teria decidido reproduzir alguns desses detalhes dos processos legais de jornais antigos.

Outra citação do mesmo prefácio pode servir para apresentar um fato que os leitores talvez achem curioso.

"Enfocando agora um assunto mais agradável, pode-se dizer que *há* dois personagens neste livro tirados da vida real. É notável que o que chamamos de mundo, tão crédulo no que professa ser verdade, seja extremamente incrédulo no que professa ser imaginário; e que, enquanto na vida real diária permite haver um homem sem máculas e outro sem virtudes, raramente admite um personagem muito fortemente marcado, seja ele bom ou mau, numa narrativa fictícia que esteja dentro dos limites da probabilidade. Mas aqueles que mostrarem interesse por esta história ficarão satisfeitos em saber que os irmãos Cheeryble são pessoas reais; que sua caridade liberal, sua singularidade de coração, sua natureza nobre e sua ilimitada benevolência não são criações mentais do autor, mas que realizam diariamente (e com muita frequência à surdina) ações magnânimas e generosas na cidade da qual são o orgulho e a honra."

Se eu fosse tentar totalizar as milhares de cartas, das diversas pessoas de todos os tipos de latitude e clima, que este infeliz parágrafo fez parar em minhas mãos, me defrontaria com uma dificuldade aritmética da qual não poderia me livrar facilmente. Basta dizer que eu creio que as solicitações de empréstimos, presentes e ofícios rendosos que me pediram para endereçar aos verdadeiros IRMÃOS CHEERYBLE (com quem nunca me comuniquei na vida) teriam exaurido o patrocínio conjunto de todos os lordes chanceleres desde a ascensão da Casa de Brunswick e teriam levado à falência o restante do Banco da Inglaterra.

Os irmãos estão mortos agora.

Há apenas mais um ponto sobre o qual eu gostaria de fazer uma observação. Se nem sempre se vê Nicholas como uma pessoa irrepreensível e agradável é porque ele não era para ser sempre assim. Ele é um rapaz de temperamento impetuoso e de pouca ou nenhuma experiência; e não vi razão para que um herói como esse fosse privado de sua natureza.

CAPÍTULO I

Apresenta todo o restante

Num lugar remoto do condado de Devonshire, vivia um homem chamado Sr. Godfrey Nickleby: cavalheiro respeitável, que, já um tanto tarde na vida, colocou na cabeça que deveria casar-se e que, não sendo jovem nem rico o suficiente para aspirar à mão de uma moça de fortuna, casara-se, por mera afeição, com uma antiga paixão, que, por sua vez, aceitara-o pelo mesmo motivo. Assim, duas pessoas que não têm condições de jogar por dinheiro, às vezes sentam-se para um tranquilo jogo por satisfação.

Pessoas maldosas, que desdenham da vida matrimonial, podem, nessa situação, sugerir que o bom casal mais se assemelharia a dois boxeadores num ringue, que, quando a sorte se torna adversa e os patrocinadores, escassos, enfrentam uma luta cavalheirescamente pelo mero prazer da disputa; e, num certo sentido, essa comparação seria mesmo adequada; porque, como os arrojados jogadores de pela passam o chapéu e confiam na generosidade dos espectadores como um meio de se regalarem, assim também o Sr. Godfrey Nickleby e *sua* parceira, uma vez encerrada a lua de mel, enfrentaram o mundo, pensativos, contando com um alto grau de sorte para a melhoria de sua situação financeira. A renda do Sr. Nickleby, na ocasião de seu casamento, flutuava entre sessenta e oitenta libras *per annum*.

Há gente suficiente no mundo, Deus bem sabe, e até mesmo em Londres (onde vivia o Sr. Nickleby naquela época), mas poucas são as reclamações de que a população é escassa. É extraordinário o tempo durante o qual um homem pode observar uma multidão sem descobrir um rosto amigo, e isso é bem verdade. O Sr. Nickleby olhou e olhou até que seus olhos ficaram tão doloridos como seu coração, mas nenhum amigo apareceu; e quando, cansado da procura, voltou o olhar em direção a sua casa, viu muito pouco que lhe aliviasse a vista cansada. Um pintor que se concentra por muito tempo numa cor brilhante refresca a vista ofuscada fixando o olhar num tom mais escuro e mais sombrio; mas tudo que surgia diante do Sr. Nickleby revestia-se de um negro tão forte e tão lúgubre que ele se sentiria aliviado, mais do que se pode descrever, com o exato inverso do contraste.

Por fim, cinco anos mais tarde, quando a Sra. Nickleby já havia presenteado o marido com dois filhos, e aquele cavalheiro em dificuldades financeiras, pressionado pela necessidade de garantir o sustento da família, conjecturava seriamente realizar uma pequena especulação comercial que lhe garantisse a vida pelo próximo trimestre; e, então, de forma totalmente inesperada, lhe chegou às mãos pelo correio, numa certa manhã, uma carta com as bordas pretas informando-o de que seu tio, o Sr. Ralph Nickleby, morrera e lhe deixara a maior parte de seus poucos bens, totalizando cinco mil libras esterlinas.

Como o falecido jamais dera atenção ao sobrinho durante a vida, a não ser quando enviou a seu filho mais velho (que fora batizado com seu nome, em desesperada especulação) uma colher de prata num estojo de marroquim, a qual, como ele não tinha muito com que usá-la, parecera ser uma sátira sobre o fato de o menino não ter nascido com esse útil objeto de prata na boca, o Sr. Godfrey Nickleby, a princípio, não quis acreditar na informação que lhe estava sendo transmitida. Ao examiná-la, entretanto, constatou ser absolutamente correta. O velho e amável cavalheiro, ao que parecia, pretendera deixar tudo para a Royal Humane Society, e havia, de fato, feito um testamento com esse propósito; mas a Instituição, uns meses antes, teve a infelicidade de salvar a vida de um parente pobre que ele auxiliava semanalmente com três xelins e seis centavos, e ele, num acesso natural de exasperação, revogou a herança por meio de um codicilo e deixou tudo para o Sr. Godfrey Nickleby; com uma menção especial de sua indignação, não apenas contra a sociedade por salvar a vida do parente pobre, mas também contra o parente pobre por se deixar salvar.

Com uma parte dessa herança, o Sr. Godfrey Nickleby comprou uma pequena fazenda, próxima a Dawlish, em Devonshire, para onde se retirou com a esposa e os dois filhos, e passou a viver de juros do restante do dinheiro e de uns poucos produtos que conseguia cultivar em sua terra. Essas duas atividades prosperaram tão bem em conjunto que, quando ele morreu, quinze anos depois desse período, e uns cinco após sua esposa, pôde deixar para o filho mais velho, Ralph, três mil libras em espécie, e para o filho mais novo, Nicholas, mil libras e a fazenda, que era uma pequena propriedade como qualquer um gostaria de ter.

Esses dois irmãos foram educados juntos numa escola em Exeter; e, estando acostumados a ir para casa uma vez por semana, haviam muitas vezes escutado a mãe contar longas histórias dos sofrimentos do pai em seus dias de pobreza e da importância do falecido tio em seus dias de opulência: narrativas estas que deixaram nos dois impressão bastante diferente, pois, enquanto o mais jovem, que era tímido e reservado, tomou-as como advertência para evitar o mundo lá fora e se dedicar à rotina tranquila da vida no campo, Ralph, o mais velho, deduziu dos relatos constantemente repetidos os dois grandes princípios de que a riqueza é a única fonte verdadeira de felicidade e poder, e que é legal e justo obtê-la por todos os meios, exceto o crime. "E" dizia Ralph, para si mesmo, "se o dinheiro de meu tio nada valeu em vida, um grande benefício trouxe depois de sua morte, porque meu pai o possui agora e o está economizando para mim, o que é um propósito altamente nobre; e, de volta ao velho cavalheiro, um grande bem lhe adveio, *sim*, pois ele teve o prazer de pensar em sua fortuna durante toda sua vida e de ser invejado e respeitado por toda a família." E Ralph sempre terminava esses solilóquios chegando à conclusão de que não havia nada como o dinheiro.

    Sem se restringir à teoria, nem permitir que suas faculdades mentais enferrujassem com meras conjecturas, mesmo nessa tenra idade, esse rapaz promissor começou a praticar a usura, em escala limitada, na escola: negociando com juros um pequeno capital de lápis de ardósia e bolinhas de gude, e gradualmente estendendo suas operações até chegarem às moedas de cobre deste reino, com as quais especulou com considerável vantagem. Ele também não perturbava aqueles que lhe pediam emprestado com cálculos abstratos, nem referências a tabelas; sua simples regra de juros resumia-se a uma única sentença áurea: "dois centavos de libra para cada meio centavo", o que simplificava muito as contas e, como preceito familiar mais facilmente aprendido e memorizado do que qualquer regra de aritmética, era o que de melhor tinha para ser recomendado à atenção dos capitalistas, tanto grandes como pequenos, e mais especialmente a agiotas e corretores de câmbio. Na verdade, fazendo justiça a esses cavalheiros, muitos deles têm, até hoje, o hábito de adotar tal regra com grande sucesso.

    Da mesma forma, o jovem Ralph Nickleby evitava todos esses cálculos minuciosos e intrincados de dias ímpares, os quais ninguém que tenha calculado somas com juros simples deixará de achar desagradáveis, estabelecendo a regra geral única de que todas as quantias da dívida e dos juros deviam ser pagas no dia da semanada, ou seja, aos sábados: e que, se uma dívida fosse contraída numa segunda-feira, ou numa sexta-feira, os juros deveriam ser, em ambos os casos, o mesmo. Na verdade, ele argumentava, e com muita razão, que deveria ser cobrado mais por um dia do que por cinco, visto que a pessoa que tomava emprestado devia, no primeiro caso, presumivelmente, estar em grande necessidade, do contrário não contrairia a dívida com tantas desvantagens apresentando-se a ela. Este fato é interessante para ilustrar a conexão secreta e a empatia que sempre existe entre grandes mentes. Embora o Mestre Ralph Nickleby não estivesse, naquela ocasião, consciente disso, a classe de cavalheiros mencionada antes baseia-se exatamente nos mesmos princípios, em todas as suas transações.

Do que dissemos desse jovem cavalheiro, e considerando-se a natural admiração que de imediato os leitores sentirão por seu caráter, talvez se possa inferir que ele virá a ser o herói da obra que logo iniciaremos. Para encerrar essa questão, de uma vez por todas, nos apressaremos em desiludi-los, e passaremos a seu início.

Com a morte de seu pai, Ralph Nickleby, que algum tempo antes havia começado a trabalhar numa casa comercial de Londres, dedicou-se a sua antiga paixão de ganhar dinheiro, na qual ele rapidamente se viu de tal forma imerso e envolvido que esqueceu o irmão durante muitos anos; e se, às vezes, seu antigo companheiro de brincadeiras lhe vinha à lembrança, através da névoa em que vivia — pois o ouro forma uma bruma em torno do homem, mais destruidora de todos os seus velhos sentidos e amortecedora de seus sentimentos do que os vapores do carvão —, isso acarretava outro pensamento, que, se fossem íntimos, o irmão o procuraria para pedir dinheiro emprestado. Então, o Sr. Ralph Nickleby dava de ombros e dizia que era melhor que as coisas continuassem como estavam.

Quanto a Nicholas, ele levava uma vida de solteiro na propriedade herdada, até que se cansou de viver sozinho e então tomou como esposa a filha de um cavalheiro da vizinhança com um dote de mil libras. Essa boa mulher lhe deu um filho e uma filha, e, quando o filho tinha quase dezenove anos, e a filha, catorze, pelo que podemos deduzir — registros imparciais da idade das meninas não sendo, antes de a nova lei ser aprovada, preservados em nenhum dos cartórios públicos daquele país —, o Sr. Nickleby procurava, à sua volta, meios de refazer seu capital, agora lamentavelmente reduzido pelo crescimento da família e pelas despesas na sua educação.

— Especule com ele — disse a Sra. Nickleby.

— Es... pe... cular, minha querida? — repetiu o Sr. Nickleby, como se em dúvida.

— Por que não? — perguntou a Sra. Nickleby.

— Porque, minha querida, *se* perdermos — retornou o Sr. Nickleby, que era um falante lento e demorado —, *se* perdermos, não teremos com que viver, minha querida.

— Bobagem — disse a Sra. Nickleby.

— Eu não tenho certeza disso, minha querida — disse o Sr. Nickleby.

— Veja Nicholas — continuou a mulher —, já um rapaz, ele já devia estar fazendo alguma coisa por si próprio; e Kate também, pobrezinha, sem um centavo na vida. Pense em seu irmão! Ele seria o que é se não tivesse especulado?

— É verdade — respondeu o Sr. Nickleby. — Muito bem, minha querida. Isso. Eu *vou* especular, minha querida.

A especulação é um jogo duro; os jogadores veem muito pouco ou nada de suas cartas, logo de início; os ganhos *podem* ser grandes — assim como também as perdas. A roda da fortuna ficou contra o Sr. Nickleby. Uma mania prevaleceu, uma bolha estourou, quatro corretores adquiriram mansões em Florença, quatrocentos zés-niguém arruinados, e, entre eles, o Sr. Nickleby.

— A própria casa onde moro — gemeu o pobre cavalheiro — pode ser tomada amanhã. Não restará um item da minha velha mobília sem que tenha sido vendido a estranhos!

Esta última reflexão o machucou tanto que ele foi direto para sua cama; aparentemente decidido a mantê-la, em qualquer circunstância.

— Ânimo, senhor! — disse o farmacêutico.

— Não deve se deixar abater, senhor — disse a enfermeira.

— Essas coisas acontecem todo dia — observou o advogado.

— É pecado rebelar-se contra elas — sussurrou o clérigo.

— E o que nenhum pai de família deveria fazer — acrescentaram os vizinhos.

O Sr. Nickleby abanou a cabeça e, gesticulando para que todos deixassem o quarto, abraçou a esposa e os filhos, e, depois de apertar um por um de encontro ao coração, que batia languidamente, afundou exausto em seu travesseiro. Eles descobriram, preocupados, que sua razão se perdera depois disso; pois balbuciou, por um longo tempo, sobre a generosidade e a bondade do irmão e sobre os velhos tempos felizes quando estavam juntos na escola. Quando o devaneio passou, ele solenemente os recomendou Àquele que nunca abandona uma esposa e seus filhos órfãos, e, sorrindo suavemente para eles, virou-se sobre o próprio rosto e disse que achava que talvez adormecesse.

CAPÍTULO II

Sobre o Sr. Ralph Nickleby, seu estabelecimento e seus empreendimentos, e sobre uma grande sociedade anônima, de ampla importância nacional

O Sr. Ralph Nickleby não era, estritamente falando, o que se pode chamar de homem de negócios, nem banqueiro, nem jurista, nem um tipo especial de defensor, tampouco tabelião. Não era com certeza um comerciante, e ainda menos podia reivindicar o título de cavalheiro profissional; pois teria sido impossível determinar uma profissão identificável à qual ele pertencesse. Entretanto, como morava numa casa espaçosa em Golden Square, a qual, além de uma placa de bronze na porta da frente, exibia outra placa de bronze duas vezes e meia menor na ombreira esquerda da porta, com o punho de uma criancinha segurando o fragmento de um espeto com a inscrição, "Escritório", era claro que o Sr. Ralph Nickleby realizava, ou pretendia realizar, algum tipo de negócio; e o fato, se é que outro tipo de prova circunstancial se fizesse necessário, ficava abundantemente demonstrado pela presença diária, entre as nove e meia e as cinco horas, de um homem de rosto pálido, de roupa cáqui, sentado num banco incomumente duro, numa espécie de copa, no fim do corredor, e sempre com uma caneta atrás da orelha quando atendia a campainha.

Embora alguns membros das profissões mais sérias morem em torno de Golden Square, a praça não fica exatamente no caminho de ninguém que vá ou volte de algum lugar. É uma das praças que se foram; uma área da cidade que se desvalorizou no mundo e se voltou para o aluguel de alojamentos. Muitos de seus primeiros e segundos andares são alugados, mobiliados, a homens solteiros; e recebem pensionistas também. É um ótimo local para estrangeiros. Homens de tez escura que usam anéis grandes, relógios de pulseiras pesadas e fartas suíças, e que se reúnem sob a Colunata da Ópera e em torno da bilheteria durante a temporada, entre as quatro e as cinco da tarde, quando são entregues os pagamentos — todos moram em Golden Square, ou a uma rua dela. Dois ou três violinistas e um músico do naipe de sopros da banda da Ópera residem em suas imediações. Seus alojamentos são musicais, e as notas dos pianos e das harpas flutuam à noite em torno da cabeça da pesarosa estátua, espírito guardião de um pequeno emaranhado de arbustos, no centro da praça. Numa noite de verão, as janelas são abertas de lado a lado, e grupos de homens morenos de bigodes são vistos pelo transeunte reclinados à janela e fumando de forma assustadora. Sons de vozes graves praticando música vocal invadem o silêncio da noite; e as fragrâncias de fumos finos perfumam o ar. Lá, rapé, charutos e cachimbos alemães, flautas, violinos e violoncelos dividem a supremacia. É o local onde se canta e se fuma. As bandas de rua estão em seu apogeu em Golden Square; e alegres cantores itinerantes trinam involuntariamente ao elevarem a voz no interior de seu perímetro.

Esse poderia não ser um local muito apropriado para suas transações; no entanto, o Sr. Ralph Nickleby morava ali havia muitos anos e nunca reclamara a respeito. Ele não conhecia ninguém nas vizinhanças e ninguém o conhecia, embora ficasse satisfeito com a reputação de ser extraordinariamente rico. Os comerciantes o tinham como uma espécie de advogado, e os outros vizinhos o consideravam um tipo de agente geral; ambas as opiniões eram tão corretas e precisas quanto geralmente são as opiniões sobre como é a vida alheia, ou deve ser.

Certa manhã, o Sr. Ralph Nickleby sentou-se em seu escritório particular, pronto para sair. Trajava um *spencer* verde-garrafa sobre um casaco azul; um colete branco, calças acinzentadas e botas de cano alto puxadas sobre as calças. O canto de um babadinho plissado da camisa se revelava, como se insistisse em aparecer, entre seu queixo e o botão superior de seu *spencer*; e esta última peça era curta o suficiente para revelar uma longa corrente de ouro composta de uma série de elos simples, que se iniciava na alça de um relógio de ouro, no bolso do Sr. Nickleby, e terminava em duas chavezinhas: uma que pertencia ao próprio relógio, e a outra, a um cadeado original. Ele salpicava talco na cabeça, como se quisesse parecer benevolente; mas se esse era seu propósito, talvez tivesse sido melhor empoar também seu rosto, pois havia algo em suas rugas, e em seus olhos frios e irrequietos, que parecia denunciar astúcia, independentemente de sua vontade. Como quer que fosse, ele estava ali; e, como estava sozinho, nem o talco, nem as rugas, nem os olhos exerciam o menor efeito, bom ou ruim, sobre pessoa alguma naquele momento, e, afinal, não nos dizem respeito agora.

O Sr. Nickleby fechou um livro de contas que se encontrava sobre sua escrivaninha e, reclinando-se na cadeira, olhou com um ar de abstração pela janela suja. Algumas casas de Londres têm um pequeno terreno melancólico por trás delas, em geral cercado por quatro muros caiados, e sombreado por uma série de chaminés, no qual definha, de ano para ano, uma árvore defeituosa que, no final do outono, exibe algumas folhas enquanto outras árvores perdem as suas e, curvando-se com o esforço, vai ficando ali, toda quebradiça e ressequida pela fumaça, até a estação seguinte, quando repete o mesmo processo, e, talvez, se o tempo estiver particularmente agradável, até mesmo atraia algum pardal reumático para chilrear em seus galhos. As pessoas, às vezes, chamam esses terrenos escuros de "jardins"; não que jamais tivessem sido plantados, mas são terrenos sem dono, com a vegetação seca da olaria que um dia fora. Ninguém pensa em andar por esse lugar desolado ou transformá-lo em algo. Alguns cestos, meia dúzia de garrafas quebradas e esse tipo de lixo podem ser jogados ali assim que um inquilino se muda, e nada mais; e lá permanecem até que o inquilino vá embora outra vez: a palha úmida, que leva tanto tempo para se desintegrar quanto acha apropriado: e tudo misturado a caixas vazias, arbustos queimados e vasos de planta quebrados, espalhados de forma desoladora por toda parte — um convite aos ladrões e à sujeira.

Era um local desse tipo que o Sr. Ralph Nickleby contemplava, sentado com as mãos nos bolsos, a olhar pela janela. Ele fixara a vista num abeto distorcido, plantado por um inquilino anterior numa tina que um dia fora verde e que havia sido deixada ali, anos antes, a apodrecer aos poucos. Não havia nada muito convidativo nesse objeto, mas o Sr. Nickleby estava absorto em sombrios devaneios e contemplava-o com muito mais atenção do que, num estado mais consciente, teria concedido a algo raro e exótico. Finalmente, seus olhos desviaram-se para uma janela suja à sua esquerda, através da qual o rosto do funcionário era vagamente visível; o ilustre tendo por acaso erguido a vista, ele o chamou com um aceno.

Atendendo a esse chamado, o funcionário desceu de seu banco alto (no qual imprimira um bom polimento com as incontáveis subidas e descidas) e apresentou-se ao Sr. Nickleby. Era um homem de boa estatura, de meia-idade, olhos esbugalhados, um dos quais, fixo, nariz rubicundo, rosto cavernoso, e uma combinação de trajes (se é que o termo é adequado, já que não lhe caíam bem) extremamente desgastados, pequenos demais e com tão poucos botões que era de se perguntar como ele conseguia manter-se vestido.

— É meio-dia e meia, Noggs? — perguntou o Sr. Nickleby, com uma voz aguda e áspera.

— Não mais do que vinte e cinco minutos pelo — Noggs ia acrescentar "pelo relógio da taberna", mas se conteve e substituiu por —, pela hora oficial.

— O meu relógio parou — disse o Sr. Nickleby —, não sei por quê.

— Falta de corda — observou Noggs.

— É isso mesmo — disse o Sr. Nickleby.

— Ou corda demais, então — completou Noggs.

— Isso não pode ser — contestou o Sr. Nickleby.

— Deve ser — insistiu Noggs.

— Bom! — disse o Sr. Nickleby, colocando o relógio de volta no bolso. — Talvez seja.

Noggs emitiu um grunhido característico, como era hábito seu, no fim de todas as disputas com o patrão, para indicar que ele (Noggs) vencera; e (como ele raramente falava com alguém a menos que lhe fosse dirigida a palavra) ficou num silêncio tenebroso e esfregou as mãos, uma na outra, devagar, estalando as articulações dos dedos e apertando-os em todos os tipos possíveis de distorção. A incessante repetição desse hábito, em qualquer ocasião, e a expressão fixa e rígida do olhar com seu olho normal, de modo a uniformizá-lo com o outro e tornar impossível para qualquer pessoa determinar para onde, ou para quê, ele olhava eram duas das inúmeras peculiaridades do Sr. Noggs que, à primeira vista, impressionavam um observador inexperiente.

— Vou à London Tavern esta manhã — disse o Sr. Nickleby.

— Reunião pública? — perguntou Noggs.

O Sr. Nickleby fez um gesto afirmativo com a cabeça.

— Estou esperando uma carta do procurador a respeito daquela hipoteca de Ruddle. Se vier hoje, chegará aqui na entrega das duas horas. Devo deixar a cidade mais ou menos a essa hora e seguir a pé até Charring Cross, pelo lado esquerdo da rua; se chegar alguma carta, venha me encontrar e traga-a para mim.

Noggs balançou a cabeça; e, enquanto concordava, a campainha do escritório tocou. O patrão ergueu a vista do papel, e o funcionário permaneceu calmamente parado onde estava.

— A campainha — disse Noggs, como se estivesse explicando. — Em casa?

— Estou.

— Para qualquer pessoa?

— Sim.

— Para o coletor de impostos?

— Não! Deixe que ele toque de novo.

Noggs deu vazão a seu habitual grunhido, como se dissesse: "Era o que eu pensava!", e, a um novo toque da campainha, dirigiu-se à porta, de onde voltou em seguida, acompanhando um cavalheiro pálido numa pressa incontrolável, que atendia pelo nome de Sr. Bonney e que, com os cabelos em desalinho por toda a cabeça, e uma gravata branca estreita afrouxada na garganta, parecia ter sido acordado no meio da noite e não ter trocado de roupa desde então.

— Meu caro Nickleby — disse o cavalheiro, tirando o chapéu branco, que estava tão cheio de papéis que quase não se firmava em sua cabeça —, não podemos perder um minuto; estou com um cabriolé à porta. O Sr. Matthew Pupker assumirá a presidência, e três membros do Parlamento virão com certeza. Vi dois deles já fora da cama. O terceiro, que passara a noite toda em Crockford, foi para casa vestir uma camisa limpa e beber uma garrafa ou duas de soda, e certamente se juntará a nós em tempo de participar da reunião. Ele está um pouco agitado depois de ontem à noite, mas isso não tem importância; ele fala sempre com mais vigor quando está assim.

— Parece bastante promissor — disse o Sr. Ralph Nickleby, cuja maneira estudada era fortemente oposta à animação do outro homem de negócio.

— Bastante! — ecoou o Sr. Bonney. — É a melhor iniciativa que já se teve. "Companhia Panificadora Metropolitana Unida de Melhoria dos Pãezinhos e *Muffins* Quentes e de Entregas Pontuais. Capital, cinco milhões, em quinhentas mil ações, de dez libras cada." Ora, o nome em si elevará o valor das ações em dez dias.

— E quando *estiverem* valorizadas — disse o Sr. Ralph Nickleby, sorrindo.

— E quando estiverem valorizadas, você saberá muito bem o que fazer com elas, tão bem como qualquer outro homem, e como se livrar delas com tranquilidade, na hora certa — disse o Sr. Bonney, dando um tapinha com familiaridade no ombro do capitalista. — A propósito, que homem *mais* extraordinário é esse seu funcionário!

— É, sim, pobre diabo! — respondeu Ralph, vestindo as luvas. — Embora Newman Noggs já tenha tido cavalos e cães de caça.

— É, é? — observou o outro alheiamente.

— É — continuou Ralph —, e não faz muito tempo; mas dissipou todo o dinheiro que tinha, investiu sem cuidado, tomou emprestado a juros e, para resumir, fez papel de tolo e terminou na miséria. Passou a beber, teve uma leve paralisia e veio a mim para pedir uma libra emprestada, pois em seus melhores dias eu tinha...

— Feito negócio com ele — completou o Sr. Bonney com um olhar significativo.

— Isso mesmo — replicou Ralph. — Eu não podia emprestar, você sabe.

— Ah, claro que não.

— Mas, como eu precisava de um funcionário na ocasião, para abrir a porta e coisas do tipo, o admiti só por caridade, e está comigo desde então. É um pouco maluco, eu acho — disse o Sr. Nickleby, forçando um ar caridoso —, mas é bastante útil, coitado... útil o suficiente.

O bondoso cavalheiro deixou de acrescentar que Newman Noggs, por estar necessitado, trabalhava para ele por bem menos do que o salário usual de um garoto de treze anos; e, da mesma maneira, deixou de mencionar em sua apressada crônica que essa taciturnidade excêntrica o tornara uma pessoa especialmente valiosa num lugar onde muitos negócios eram realizados, os quais não deveriam ser mencionados fora dali. O outro cavalheiro, contudo, estava impaciente para ir embora e, logo depois, ao se apressarem para entrar no cabriolé de aluguel, talvez o Sr. Nickleby tenha se esquecido de mencionar circunstâncias tão insignificantes.

Havia uma grande agitação em Bishopsgate Street Within quando eles chegaram, e (por ser um dia de ventos fortes) meia dúzia de homens pregava por toda a rua anúncios impressos gigantescos, informando que seria realizada uma Reunião Pública, à uma hora exatamente, com o fim de avaliar a conveniência de se fazer uma petição ao Parlamento em prol da Companhia Panificadora Metropolitana Unida de Melhoria dos Pãezinhos e *Muffins* Quentes e de Entregas Pontuais, capital de cinco milhões, em quinhentas mil ações, de dez libras cada; cuja soma era devidamente apresentada em números negros e encorpados, de tamanho considerável. O Sr. Bonney foi abrindo passagem e subiu a escada rapidamente, sendo reverenciado nos patamares pelos funcionários que ficavam ali para indicar o caminho; e, seguido pelo Sr. Nickleby, mergulhou numa série de aposentos por trás do salão público: no segundo dos quais, havia uma mesa, que parecia de negociações, e vários homens, que pareciam de negócios.

— Atenção! — disse um cavalheiro de queixo duplo, enquanto o Sr. Bonney se apresentava. — Vamos dar início, senhores!

Os recém-chegados foram recebidos com aprovação geral, e o Sr. Bonney dirigiu-se às pressas à cabeceira da mesa, tirou o chapéu, passou os dedos pelo cabelo e, com seu pequeno martelo, bateu na mesa como um cocheiro: diante do que, vários cavalheiros disseram — Atenção! — e fizeram gestos de concordância uns para os outros, como se aprovassem aquela atitude vigorosa. Nesse exato momento, um funcionário, agitadíssimo, entrou em disparada na sala e, escancarando a porta com um estrondo, anunciou: — *Sir* Matthew Pupker!

Os presentes levantaram-se e aplaudiram com alegria, e, enquanto batiam palmas, entrou *Sir* Matthew Pupker acompanhado por dois membros ativos do Parlamento, um irlandês e outro escocês, sorrindo e reverenciando, e parecendo tão agradáveis que seria surpreendente que alguém tivesse a coragem de votar contra eles. *Sir* Matthew Pupker, em especial, que tinha na cabecinha redonda uma peruca cor de palha, se entregou a tal acesso de reverências que a peruca ameaçava cair a cada instante. Quando esses sintomas diminuíram um pouco, os cavalheiros que tinham bom relacionamento com *Sir* Matthew Pupker ou com os outros dois membros acercaram-se deles em três pequenos grupos, próximos a um ou a outro, enquanto os cavalheiros que *não* tinham bom relacionamento com *Sir* Matthew Pupker nem com os outros dois membros ficavam por perto, sorrindo e esfregando as mãos, na premente esperança de que algo acontecesse que os fizesse ser notados. Durante todo esse tempo, *Sir* Matthew Pupker e os outros dois membros relatavam a seus círculos de amigos quais eram as intenções do governo em relação ao projeto de lei; com um relato completo do que o governo sussurrara no último jantar, e como eles haviam notado que o governo piscara ao fazer essa revelação; premissas que serviam de base para a dedução de que, se havia algo a que o governo dava a maior importância, eram o sucesso e a prosperidade da Companhia Panificadora Metropolitana Unida de Melhoria dos Pãezinhos e *Muffins* Quentes e de Entregas Pontuais.

Nesse ínterim, enquanto aguardava as preparações para as atividades e a justa divisão dos discursos, o público no salão olhava ora para a plataforma vazia, ora para as senhoras na Galeria de Música. A maior parte das pessoas se distraía assim já fazia umas duas horas e, como a mais agradável das diversões se torna cansativa quando se passa muito tempo nelas, os espíritos mais rígidos começavam agora a bater no chão com os saltos das botas e a expressar seu desagrado por meio de vaias e gritos. Esse esforço vocal, vindo dos que já estavam ali fazia mais tempo, naturalmente surgia entre aqueles que se encontravam mais próximos da plataforma e mais longe dos policiais em serviço, os quais, não estando dispostos a atravessar a multidão, mas, ainda assim, entretendo o louvável desejo de fazer alguma coisa para dominar a agitação, imediatamente começaram a arrastar pelos casacos e pelas golas todas as pessoas quietas, próximas à porta; ao mesmo tempo, distribuíam vários golpes fortes e violentos com seus cassetetes, ao estilo daquele engenhoso ator, Mr. Punch, cujo exemplo brilhante, tanto no tipo de armas como em seu uso, esse ramo do executivo segue de vez em quando.

Várias discussões acaloradas estavam em progresso quando um grito atraiu a atenção até mesmo dos beligerantes, e então precipitaram-se sobre a plataforma, vindos de uma porta lateral, cavalheiros numa longa fila, os chapéus na mão, todos olhando para trás e aclamando com grande entusiasmo; o motivo daquilo foi suficientemente esclarecido quando o Sr. Matthew Pupker e os dois outros membros reais do Parlamento foram para a frente, em meio a brados ensurdecedores, e garantiram uns aos outros em gestos silenciosos nunca terem visto cena tão gloriosa como aquela, no curso de sua vida pública.

Após um bom tempo, por fim, a assembleia parou de gritar, mas, quando *Sir* Matthew Pupker foi escolhido presidente, houve uma retomada que durou cinco minutos. Passado isso, *Sir* Matthew Pupker declarou o que sentia acerca daquela grande ocasião, o que aquela ocasião deveria representar aos olhos do mundo, qual deveria ser a compreensão de seus concidadãos ali presentes, e quais deveriam ser a riqueza e a respeitabilidade dos honrados amigos que se encontravam atrás dele, e, finalmente, qual seria a importância para a riqueza, a felicidade, o conforto, a liberdade, e a própria existência de um povo grandioso e livre, de uma Instituição como a Companhia Panificadora Metropolitana Unida de Melhoria dos Pãezinhos e *Muffins* Quentes e de Entregas Pontuais!

O Sr. Bonney então se ofereceu para apresentar a primeira resolução; e, depois de passar a mão direita pelo cabelo e colocar a esquerda nas costelas, com desenvoltura, consignou seu chapéu aos cuidados do cavalheiro de queixo duplo (que tinha a função de uma espécie de servidor de água para os palestrantes em geral) e disse que leria para eles a primeira resolução... "Que esta reunião vê com alarme e apreensão o atual estado do Comércio de *Muffins* nesta Metrópole e em suas cercanias; que considera os Meninos Entregadores de *Muffins*, em sua condição atual, totalmente desmerecedores da confiança do público; e que julga todo o sistema dos *Muffins* prejudicial à saúde e aos princípios do povo e subversivo dos melhores interesses de uma grande comunidade comercial e mercantil." O honrado cavalheiro fez uma palestra que arrancou lágrimas dos olhos das mulheres e despertou as mais fortes emoções em cada um dos presentes. Ele visitara as casas dos pobres em vários distritos de Londres e não vira lá o menor vestígio de um *muffin*, o que parecia razão suficiente para crer que aquelas pessoas carentes não provavam um sequer o ano inteiro. Ele descobrira que entre os vendedores de *muffins* havia embriaguez, corrupção e profligação, o que ele atribuía à natureza degradante de sua atividade, da maneira como era exercida no presente; ele encontrara as mesmas fraquezas na classe mais pobre da população, que deveria ser de consumidores de *muffins*; e isso ele atribuía ao desespero causado pelo fato de esse alimento tão nutritivo ter sido colocado fora de seu alcance, o que levou seus integrantes a procurarem nas bebidas alcoólicas um falso estimulante. Ele estava disposto a provar diante de um comitê da Câmara dos Comuns que existia uma combinação para manter o preço dos *muffins* alto e conceder o monopólio aos pregoeiros; ele provaria isso pelos pregoeiros no conselho daquela Câmara; e também provaria que esses homens se correspondiam entre si com palavras e sinais secretos, como "Snooks", "Walker", "Ferguson", "Estará Murphy certo?", e muitos outros. Era esse estado melancólico das coisas que a Companhia pretendia corrigir; primeiro, proibindo, sob duras penalidades, todo o comércio particular de *muffins* de qualquer espécie; segundo, eles mesmos suprindo *muffins* de primeira qualidade a preços reduzidos o público em geral, e os pobres em suas casas. Foi com esse objetivo que um projeto de lei fora apresentado ao Parlamento por seu patriótico presidente, *Sir* Matthew Pupker; era esse o projeto que eles haviam se reunido para apoiar; seriam os defensores desse projeto que confeririam brilho e esplendor eternos à Inglaterra, sob o nome de Companhia Panificadora Metropolitana Unida de Melhoria dos Pãezinhos e *Muffins* Quentes e de Entregas Pontuais; ele acrescentou: com um capital de cinco milhões, em quinhentas mil ações de dez libras cada.

 O Sr. Ralph Nickleby apoiou a resolução, e outro cavalheiro tendo apresentado uma emenda para que se inserissem as palavras "e pãezinhos" depois da palavra "*muffin*", sempre que esta ocorresse, ela foi aprovada com triunfo. Apenas um homem na multidão gritou: "Não!" E ele foi prontamente detido e removido do recinto de imediato.

 A segunda resolução, que reconhecia a conveniência de acabar imediatamente com "todos os vendedores de *muffin* (ou pãezinhos), todos os que comercializavam com *muffins* (ou pãezinhos) de qualquer espécie, homem, mulher ou rapaz, tocando sininhos de mão ou de outra maneira", foi proposta por um cavalheiro de ar grave e aparência semiclerical, cuja atitude patética logo afastou o primeiro orador do caminho. Dava para se ter ouvido a queda de um alfinete — um alfinete não, de uma pena! — enquanto ele descrevia as crueldades impostas pelos patrões aos meninos entregadores de *muffins*, o que, exortava ele sabiamente, eram em si razões suficientes para o estabelecimento dessa inestimável Companhia. Parecia que os jovens infelizes eram toda noite mandados para as ruas úmidas nos períodos mais inclementes do ano, para andarem a esmo, na escuridão e na chuva — podendo ser granizo, ou neve — durante horas seguidas, sem abrigo, alimento ou calor; e que o público nunca se esqueça deste último ponto: que, enquanto os *muffins* eram envoltos em panos e cobertas quentes, os meninos eram relegados a seus próprios e parcos recursos, sem nenhuma proteção. (Vergonhoso!) O respeitável cavalheiro relatou o caso de um desses meninos, que, tendo sido exposto a esse desumano e bárbaro sistema por cerca de cinco anos, após certo tempo, foi acometido de um resfriado na cabeça e a ele sucumbiu até suar bastante e se recuperar; isto ele próprio podia assegurar, mas ouvira falar (e não tinha razão para duvidar deste fato) de um caso ainda mais doloroso e assustador. Ouvira a história de um dos meninos entregadores, um órfão, que havia sido atropelado por uma carruagem de aluguel, levado para o hospital, sofrido amputação de uma das pernas abaixo do joelho e que, agora, realizava o mesmo ofício de muletas. Fonte da justiça, até onde iriam essas coisas?

Esse era o tema do assunto tratado na reunião, e esse era o estilo de discurso para atrair a solidariedade de todos. Os homens gritavam; as mulheres choravam em seus lenços de bolso até eles umedecerem e os agitavam até secarem; a comoção era tremenda; e o Sr. Nickleby sussurrou ao ouvido do amigo que as ações já estavam com um ágio de vinte e cinco por cento.

A resolução foi, é claro, aprovada com aclamações, todos os homens levantando as duas mãos a favor, assim como ele, em seu entusiasmo, teria levantado, também, as duas pernas, se tivesse conseguido tal feito. Depois disso, o esboço da petição proposta foi lido na íntegra: e a petição dizia, como *dizem* todas as petições, que os peticionários eram muito humildes, e o que fora peticionado era muito honroso, e o objetivo, muito virtuoso; portanto (dizia a petição), a proposta deveria ser aprovada em forma de lei imediatamente, para honra e glória perpétuas dos mais honrados e gloriosos parlamentares da Inglaterra ali reunidos.

Então, o cavalheiro que passara a noite toda em Crockford e que, em consequência, exibia terríveis olheiras, apresentou-se e comunicou a seus concidadãos o discurso que pretendia fazer em favor daquela petição, quando ela fosse apresentada, e como estava determinado a criticar fortemente o Parlamento, caso o projeto de lei fosse rejeitado; e informá-los também de que lamentava que seus honrados amigos não tivessem inserido uma cláusula que tornasse compulsória a compra de *muffins* e pãezinhos por todas as classes da comunidade, o que ele — opondo-se a todas as meias medidas e preferindo ser extremo — comprometia-se a propor e votar, no comitê. Depois de anunciar essa decisão, o honrado cavalheiro tornou-se jocoso; e assim como botas de verniz, luvas de pelica cor de limão e casaco de gola de pele favorecem materialmente os gracejos, houve muitas risadas e aplausos, e, mais ainda, a brilhante exibição dos lencinhos das mulheres, e isso também lançou à sombra os cavalheiros carrancudos.

E quando a petição foi lida e estava prestes a ser adotada, surgiu o membro irlandês (que era um cavalheiro jovem de temperamento apaixonado), com um discurso tal que só um parlamentar irlandês pode fazer, respirando o verdadeiro espírito e alma da poesia, e falou com tal fervor que as pessoas olhavam para ele com simpatia; durante sua fala, ele disse que exigiria que se estendesse o grande benefício a seu país; que reivindicaria os mesmos direitos nas leis dos *muffins*, assim como em todas as outras leis; que esperava ainda ver chegar o dia em que os pãezinhos fossem torrados nas casas mais modestas, e que os sininhos dos *muffins* tocassem em seus mais ricos vales verdejantes. E, depois dele, foi a vez do parlamentar escocês, com várias alusões agradáveis à provável quantidade de lucro, o que aumentou o bom humor que a poesia havia despertado; e todos os discursos juntos fizeram exatamente o que pretendiam fazer, e inculcaram nas mentes dos participantes que não havia especulação mais promissora, e ao mesmo tempo tão louvável, como a Companhia Panificadora Metropolitana Unida de Melhoria dos Pãezinhos e *Muffins* Quentes e de Entregas Pontuais.

Então, a petição em favor do projeto de lei obteve unanimidade, a reunião foi suspensa com aclamações, e o Sr. Nickleby e os outros diretores foram para o escritório para almoçar, como faziam todos os dias à uma e meia; e, para serem remunerados por aquele trabalho (já que a Companhia estava em seus primórdios), eles cobraram apenas três guinéus cada um.

CAPÍTULO III

O Sr. Ralph Nickleby recebe notícias tristes de seu irmão, mas suporta com nobreza a informação a ele comunicada, o leitor é informado de como ele gostava de Nicholas, que é aqui apresentado, e como bondosamente propôs de imediato fazer sua fortuna

Tendo prestado sua cuidadosa assistência em despachar o almoço, com toda a prontidão e energia que estão entre as qualidades mais importantes dos homens de negócio, o Sr. Ralph Nickleby despediu-se cordialmente de seus companheiros especuladores e dirigiu os passos na direção oeste com um raro bom humor. Ao passar pela Catedral de Saint Paul, parou num vão de porta para acertar seu relógio, e, com uma das mãos na chave da corda e um olho no mostrador da catedral, ele estava pronto para fazê-lo, quando um homem parou de súbito à sua frente. Era Newman Noggs.

— Ah! Newman — disse o Sr. Nickleby, erguendo a vista, enquanto continuava em sua ocupação. — Chegou a carta sobre a hipoteca, não foi? Achei que chegaria.

— Errado — replicou Newman.

— O quê? E ninguém apareceu para falar a respeito? — perguntou o Sr. Nickleby, fazendo uma pausa. Noggs fez que não com a cabeça.

— O *que* chegou, então? — perguntou o Sr. Nickleby.

— Eu — disse Newman.

— O que mais? — exigiu o patrão, com austeridade.

— Isto — disse Newman, retirando do bolso devagar uma carta selada. — Carimbo postal, Strand, cera preta, borda preta, caligrafia feminina, C.N. no canto.

— Cera preta? — observou o Sr. Nickleby, olhando para a carta. — Estou reconhecendo essa caligrafia, também. Newman, eu não me surpreenderia se meu irmão estivesse morto.

— Imagino que não — comentou Newman, calmamente.

— Por que não, senhor? — perguntou o Sr. Nickleby.

— O senhor nunca fica surpreso — respondeu Newman. — Só por isso.

O Sr. Nickleby tomou a carta da mão de seu assistente, e, lançando-lhe um olhar frio, abriu-a, leu-a, colocou-a no bolso e, depois de acertar a hora até o ponteiro dos segundos, começou a dar corda no relógio.

— Foi o que pensei, Newman — disse o Sr. Nickleby, continuando em sua atividade. — Ele *está* morto. Meu Deus! Bom, isso é algo repentino. Eu realmente não podia imaginar. — Com esses tocantes rasgos de pesar, o Sr. Nickleby recolocou o relógio no bolsinho e, ajeitando as luvas, virou-se e seguiu devagar na direção oeste com as mãos atrás das costas.

— Filhos vivos? — perguntou Noggs, aproximando-se dele.

— Ora, é exatamente isso — respondeu o Sr. Nickleby, como se seus pensamentos estivessem dirigidos a eles nesse momento. — Os dois estão vivos.

— Os dois! — repetiu Newman Noggs, em voz baixa.

— E a viúva, também — acrescentou o Sr. Nickleby —, e os três em Londres, com os diabos! Todos os três aqui, Newman.

Newman ficou um pouco para trás, e seu rosto estava curiosamente retorcido como se por um espasmo; mas se de paralisia, tristeza ou riso interior ninguém, a não ser ele mesmo, podia dizer. A expressão no rosto de um homem é comumente um auxílio a seus pensamentos, ou um glossário de seu discurso; mas o semblante de Newman Noggs, em seu usual estado de espírito, era um enigma que nenhum rasgo de inspiração podia resolver.

— Vá para casa! — ordenou o Sr. Nickleby, depois que eles deram alguns passos, virando-se para olhar para seu assistente, como se ele fosse seu cão. Mal as palavras foram pronunciadas e, num instante, Newman desabalou pela rua, meteu-se entre as pessoas e desapareceu.

— Razoável, com certeza! — resmungou de si para consigo o Sr. Nickleby, enquanto seguia seu caminho. — Bastante razoável! Meu irmão nunca fez nada por mim, e eu nunca esperei por isso; ele mal exala seu último suspiro, e eu já sou procurado, como apoio de uma grande e cordial mulher, e um filho e uma filha já adultos. O que eles são para mim? *Eu* nunca os vi.

Repleto destas e de muitas outras reflexões desse tipo, o Sr. Nickleby conseguiu chegar ao Strand e, recorrendo à carta como que para certificar-se do número da casa que procurava, parou a uma porta a meio caminho daquela rua movimentada.

Morava ali uma pintora de miniaturas, pois havia uma moldura dourada grande aparafusada à porta da frente, com um fundo de veludo negro, sobre o qual eram exibidos dois retratos de jaquetas da marinha das quais se projetavam dois rostos, e telescópios ao lado; um, de um jovem cavalheiro, num uniforme vermelho vivo, brandindo um sabre, e o outro de uma personalidade literária, de testa alta, uma caneta e tinta de escrever, seis livros e uma cortina. Havia, além disso, uma tocante representação de uma jovem lendo um manuscrito numa floresta insondável, e a de um gracioso menino, de cabeça grande, visto de corpo inteiro, sentado num banco, de pernas reduzidas ao tamanho de colherinhas de café. Além dessas obras de arte, viam-se muitas cabeças de senhoras e senhores idosos trocando sorrisos, destacados contra céus azuis e sombrios, e um cartão de visitas elegantemente escrito, com a borda em alto relevo.

O Sr. Nickleby olhou para essas frivolidades com grande desprezo e deu uma batida dupla na porta, a qual, tendo recebido a terceira batida, foi aberta por uma criada, de rosto estranhamente sujo.

— A Sra. Nickleby está em casa, menina? — perguntou Ralph, asperamente.

— O nome dela não é Nickleby — respondeu a moça. — O senhor quer dizer La Creevy.

O Sr. Nickleby olhou indignado para a criada ao ser corrigido e perguntou em tom ainda mais áspero o que ela queria dizer; e ela estava a ponto de responder quando uma voz feminina, vinda de uma escada perpendicular no final do corredor, perguntou quem estava sendo procurado.

— A Sra. Nickleby — disse Ralph.

— É no segundo andar, Hannah — explicou a mesma voz. — Como você é tola! O segundo andar está em casa?

— Alguém acabou de sair agora, mas acho que foi do sótão para se lavar — respondeu a moça.

— É melhor você verificar — disse a mulher invisível. — Mostre a este senhor onde fica a campainha e diga a ele que não deve dar batidas duplas para chamar o segundo andar; não permito batidas na porta, a não ser quando a campainha está quebrada, e devem ser apenas duas simples.

— Olhe aqui — disse Ralph, entrando sem mais discussão —, dê licença; essa é a senhora La, qual é mesmo o nome dela?

— Creevy... La Creevy — respondeu a voz, enquanto sobre o corrimão surgia uma touca amarela.

— Gostaria de falar com a senhora um momento, se me permite — disse Ralph.

A voz respondeu que o cavalheiro podia subir; mas ele já havia subido, antes mesmo de receber permissão e, ao chegar ao primeiro andar, foi recebido pela pessoa de touca amarela, que usava um robe combinando e que era, ela própria, da mesma cor. A Srta. La Creevy era uma mulher miúda, de uns cinquenta anos, e o apartamento dela era a moldura dourada da entrada, numa escala maior, e um pouco mais sujo.

— Hum! — exclamou a Srta. La Creevy, tossindo delicadamente por trás da meia-luva de seda preta. — Uma miniatura, eu suponho. Semblante fortemente marcado para esse propósito, senhor. Já serviu de modelo antes?

— Vejo que a senhora se engana quanto ao meu propósito — respondeu o Sr. Nickleby, em seus modos bruscos. — Não tenho dinheiro para gastar com miniaturas, senhora, nem ninguém a quem dar uma (graças a Deus) se eu tivesse. Ao vê-la na escada, quis lhe fazer uma pergunta sobre os inquilinos aqui.

A Srta. La Creevy tossiu outra vez... essa tosse era para esconder sua frustração... e disse:

— Ah, sim!

— Suponho, pelo que disse à sua criada, que o andar de cima lhe pertence, senhora — disse o Sr. Nickleby.

A Srta. La Creevy respondeu que sim. A parte superior da casa lhe pertencia, e, como não precisava dos cômodos do segundo andar, costumava alugá-los. Na verdade, havia uma senhora do interior e seus dois filhos ocupando-os, naquele momento.

— Uma viúva, senhora? — perguntou Ralph.

— Sim, ela é viúva — respondeu a mulher.

— Uma viúva *pobre*, senhora — disse Ralph, com uma ênfase naquele pequeno adjetivo que tanto transmite.

— Bom, eu acho que ela é pobre — respondeu a Srta. La Creevy.
— Eu sei que ela é, senhora — disse Ralph. — Ora, o que essa viúva pobre está fazendo numa casa como esta, senhora?
— Grande verdade — replicou a Srta. La Creevy, nem um pouco aborrecida com aquele implícito elogio aos cômodos. — A pura verdade.
— Eu conheço a situação dela em detalhes, senhora — disse Ralph. — Na verdade, sou uma pessoa da família; e recomendaria que não os mantivesse aqui, senhora.
— Eu suponho que, se houvesse algum problema para satisfazer as obrigações pecuniárias — disse a Srta. La Creevy, tossindo de novo —, a família dessa senhora se...
— Não, a família não, senhora — interrompeu Ralph, apressado. — Nem pense nisso.
— Se bem entendo — disse a Srta. La Creevy —, o caso é muito diferente do que parece.
— A senhora entenderá, então — disse Ralph — e tome a sua decisão. Eu sou a família, senhora... pelo menos, acredito ser o único parente que eles têm, e acho justo que fique sabendo que *eu* não posso sustentar essa extravagância. Por quanto tempo alugaram essas acomodações?
— Estão alugando por semana — respondeu a Srta. La Creevy. — A Sra. Nickleby pagou adiantado a primeira semana.
— Então, a senhora deveria pedir que saíssem no fim desta semana — disse Ralph. — É melhor que voltem para o interior, senhora; estão atrapalhando todo mundo aqui.
— Com certeza — disse a Srta. La Creevy, esfregando as mãos —, se a Sra. Nickleby alugou os aposentos sem ter condições de pagar por eles, foi muito impróprio da parte dela.
— Claro que foi, senhora — disse Ralph.
— E, naturalmente — continuou a Srta. La Creevy —, eu, que *no presente* momento... hum... sou uma mulher desprotegida, não posso me dar o luxo de perder os aluguéis.
— Claro que não, senhora — concordou Ralph.
— Embora ao mesmo tempo — acrescentou a Srta. La Creevy, que estava simplesmente oscilando entre sua boa natureza e seu interesse —, eu não tenha nada a dizer contra essa senhora, que é extremamente

47

agradável e afável, mas pobrezinha, ela parece incrivelmente desanimada; nem tampouco contra os jovens, pois não pode haver jovens mais agradáveis e bem-educados do que eles.

— Muito bem, senhora — disse Ralph, dirigindo-se à porta, pois esses encômios sobre a pobreza o irritavam —, fiz meu dever, e talvez mais do que deveria: naturalmente ninguém me agradecerá por eu dizer o que disse.

— Eu, pelo menos, ficarei muito agradecida ao senhor — disse a Srta. La Creevy de maneira graciosa. — Faria o obséquio de ver algumas das minhas peças de pintura de retratos?

— Vejo que a senhora é muito boa — disse o Sr. Nickleby, saindo com muita pressa —, mas, como tenho uma visita a fazer no segundo andar, e o meu tempo é precioso, realmente, não posso.

— Em qualquer outro momento que esteja passando por aqui, ficarei feliz — disse a Srta. La Creevy. — Quer ter a bondade de levar um cartão de visitas? Obrigada... bom dia!

— Bom dia, senhora! — disse Ralph, fechando a porta abruptamente quando saiu, para evitar qualquer outra conversa. — Agora à minha cunhada. Ora!

Ao subir outro lance perpendicular de escada, composta, com engenhosidade mecânica, de apenas degraus de quinas, o Sr. Ralph Nickleby parou no patamar para respirar, quando foi ultrapassado pela criada, que a Srta. La Creevy, com sua polidez, havia enviado para anunciá-lo e que, aparentemente, havia feito várias tentativas frustradas, desde o último encontro, de limpar o rosto sujo num avental mais sujo ainda.

— Qual é o nome? — perguntou a moça.

— Nickleby — respondeu Ralph.

— Ah! Sra. Nickleby — disse a moça, abrindo a porta por completo —, o Sr. Nickleby está aqui.

Uma mulher de luto fechado levantou-se quando o Sr. Ralph Nickleby entrou, mas parecia incapacitada de ir a seu encontro, e estava apoiada no braço de uma moça bastante magra, mas muito bonita, de cerca de dezessete anos, que estivera sentada a seu lado. Um jovem, que parecia um ano ou dois mais velho, apresentou-se e saudou Ralph como tio.

— Ah — rosnou Ralph, com um olhar de reprovação —, você é Nicholas, eu suponho.

— Esse é o meu nome, senhor — respondeu o rapaz.

— Guarde o meu chapéu — disse Ralph, autoritariamente. — Bem, senhora, como está passando? Precisa enfrentar a tristeza, senhora; *eu* sempre enfrento.

— A minha não foi uma perda comum! — disse a Sra. Nickleby, levando o lenço aos olhos.

— Não foi uma perda *in*comum, senhora — replicou Ralph, enquanto friamente desabotoava seu *spencer*. — Maridos morrem todo dia, senhora, e esposas também.

— E irmãos também, senhor — disse Nicholas, com um olhar de indignação.

— Sim, rapaz, e cachorrinhos e cães de guarda igualmente — respondeu o tio, sentando-se numa cadeira. — A senhora não mencionou em sua carta de que se queixava meu irmão, senhora.

— Os médicos não conseguiram atribuir a nenhuma doença em particular — disse a Sra. Nickleby, derramando lágrimas. — Temos grande razão para temer que ele tenha morrido de um coração partido.

— Bobagem! — disse Ralph — Isso não existe. Posso entender que um homem morra de um pescoço partido, ou sofra com um braço partido, ou uma cabeça partida, ou uma perna partida, ou um nariz partido; mas um coração partido!... Não faz sentido, é o jargão do dia. Se um homem não consegue pagar suas dívidas, ele morre de um coração partido, e a viúva dele é uma mártir.

— Algumas pessoas, eu creio, não têm coração para se partir — observou Nicholas, calmamente.

— Quantos anos tem esse rapaz, pelo amor de Deus? — perguntou Ralph, empurrando sua cadeira para trás e examinando o sobrinho da cabeça aos pés com grande desprezo.

— Nicholas fará dezenove em breve — respondeu a viúva.

— Dezenove, hein? — repetiu Ralph. — E o que pretende fazer para ganhar seu pão, rapaz?

— Não depender da minha mãe — respondeu Nicholas, seu coração inflando enquanto falava.

— Você mal teria o suficiente com que viver, se dependesse — retorquiu seu tio, encarando-o com desdém.

— O que quer que seja — disse Nicholas, vermelho de raiva —, eu não irei ao senhor para conseguir mais.

— Nicholas, meu querido, componha-se — admoestou a Sra. Nickleby.

— Meu querido Nicholas, por favor — pediu a moça.

— Contenha essa sua língua, rapaz — disse Ralph. — O que é isso? Ótimo começo esse, Sra. Nickleby... ótimo começo!

A Sra. Nickleby não fez mais nenhuma observação, a não ser implorar ao filho com um gesto que ficasse em silêncio; e tio e sobrinho entreolharam-se por alguns segundos sem dizer nada. A expressão do rosto do homem mais velho era severa, dura, assustadora; a do mais jovem, franca, bela e inocente. O olho do mais velho tinha o brilho da avareza e da astúcia; o do mais jovem, a luminosidade da inteligência e da vitalidade. Seu físico era um pouco magro, porém másculo e bem constituído; e, afora toda a beleza da juventude e graciosidade, havia em seu semblante e em seu porte uma emanação do coração jovem e afetuoso que deixava o homem idoso numa posição de inferioridade.

Por mais gritante que esse contraste parecesse aos olhos dos observadores, ninguém jamais poderia sentir metade da intensidade e da agudeza com as quais ele toca a alma, em si, daquele atingido pela inferioridade. Aquilo feriu Ralph no âmago de seu coração, e ele odiou Nicholas a partir de então.

A inspeção mútua foi por fim encerrada com Ralph desviando a vista com uma grande demonstração de desdém e chamando Nicholas de "menino". Esta palavra é muito usada como um termo de reprovação pelos cavalheiros idosos em relação aos mais moços: provavelmente com o objetivo de levar a sociedade a crer que, se eles pudessem voltar a ser jovens, jamais o seriam.

— Bem, senhora — disse Ralph, impaciente —, está me dizendo que os credores tomaram conta de tudo e não restou nada para a senhora?

— Nada — respondeu a Sra. Nickleby.

— E que gastou o que lhe restava para vir aqui para Londres, para ver o que eu poderia fazer pela senhora? — continuou Ralph.

— Eu tinha esperanças — titubeou a Sra. Nickleby — de que o senhor pudesse fazer alguma coisa pelos filhos de seu irmão. Foi seu último desejo que eu apelasse para o senhor em favor deles.

— Não sei por quê — resmungou Ralph, andando de um lado para o outro do cômodo —, mas quando um homem morre sem bens próprios, parece sempre achar que tem o direito de dispor dos bens dos outros. O que sua filha sabe fazer, senhora?

— Kate foi bem educada — soluçou a Sra. Nickleby. — Diga a seu tio, meu amor, o que aprendeu de francês e em atividades extras.

A pobrezinha ia dizer alguma coisa, quando o tio a interrompeu, muito sem cerimônia.

— Precisamos colocá-la num internato para que trabalhe como aprendiz — disse Ralph. — Espero que não tenha sido educada com delicadeza demais para isso.

— Não, tio — respondeu a moça chorando. — Tentarei fazer qualquer coisa que me proporcione casa e comida.

— Bom, bom — disse Ralph, um pouco mais maleável, seja pela beleza da sobrinha, seja por sua tristeza (com esforço, podemos considerar esta última). — Você precisa tentar, e, se for duro demais, talvez trabalhos de costura ou de bordado sejam mais leves. E *você*, rapaz, já fez alguma coisa? (voltando-se para o sobrinho.)

— Não — respondeu Nicholas, bruscamente.

— Não, foi o que pensei! — disse Ralph. — Essa foi a maneira como o meu irmão educou os filhos, senhora.

— Nicholas completou recentemente a educação que seu pobre pai pôde lhe proporcionar — respondeu a Sra. Nickleby —, e ele estava pensando em...

— Em prepará-lo para alguma coisa, algum dia — disse Ralph. — A velha história; sempre pensando e nunca fazendo. Se o meu irmão tivesse sido um homem ativo e prudente, poderia ter deixado a senhora rica: e, se tivesse preparado o filho para o mundo, como o fez meu pai, quando eu era ainda um ano e meio mais novo do que esse menino, ele estaria numa situação de poder ajudá-la, em vez de ser um peso para a senhora, e aumentar o seu infortúnio. O meu irmão era um homem imprudente, inconsequente, Sra. Nickleby, e ninguém, tenho certeza, tem mais razão de achar isso do que a senhora.

Esse apelo deixou a viúva pensando que talvez tivesse dado melhor destino às suas mil libras, e então começou a refletir como seria bom ter esse dinheiro agora; esses pensamentos desanimadores fizeram suas lágrimas correrem mais rápido, e o excesso de infortúnios fez com que ela (sendo uma mulher bem-intencionada, mas também fraca) primeiro deplorasse sua má sorte e depois observasse, entre muitos soluços, que certamente fora escrava do pobre Nicholas, e que muitas vezes dissera a ele que deveria ter feito um casamento melhor (muito frequentemente, na verdade), e que ela nunca soube, enquanto ele estava vivo, como o dinheiro era aplicado, mas que, se tivesse sido confiado a ela, a família poderia estar então numa melhor situação financeira; e outras lembranças amargas, comuns à maioria das mulheres casadas, quer durante o casamento, quer depois dele, ou em ambos os períodos. A Sra. Nickleby concluiu lamentando que o querido falecido nunca se dignara a aceitar seus conselhos, salvo em uma ocasião; o que era uma declaração estritamente verdadeira, pois apenas uma vez ele agira por sugestão sua e havia, como consequência, se arruinado.

O Sr. Ralph Nickleby ouvia isso com um meio sorriso; e, quando a viúva terminou, ele calmamente retomou o assunto no ponto em que o havia deixado antes daquele desabafo.

— Está pretendendo trabalhar, rapaz? — perguntou ele, franzindo o cenho para o sobrinho.

— Naturalmente — respondeu Nicholas com altivez.

— Então veja aqui, rapaz — disse o tio. — Isso atraiu o meu olhar hoje pela manhã, e você pode dar graças aos céus por isso.

Com esse preâmbulo, o Sr. Ralph Nickleby pegou um jornal em seu bolso e, depois de desdobrá-lo e procurar entre os anúncios, leu como se segue:

— "EDUCAÇÃO: Na Academia do Sr. Wackford Squeers, Dotheboys Hall, no aprazível vilarejo de Dotheboys, próximo a Greta Bridge, em Yorkshire, jovens recebem alojamento, roupas, livros e dinheiro para pequenas despesas, têm as necessidades atendidas, são instruídos em todas as línguas, vivas e mortas, matemática, ortografia, geometria, astronomia, trigonometria, no uso de cartas geográficas, álgebra, esgrima (se solicitada), redação, aritmética, fortificação e em todos os ramos da literatura clássica. Condições: vinte guinéus *per annum*. Sem extraordinários, sem férias e com uma alimentação inigualável. O Sr. Squeers está na cidade e atende diariamente, das treze às catorze horas, na hospedaria Cabeça do Sarraceno, em Snow Hill. N.N. Precisa-se de um assistente qualificado. Salário anual, 5 libras. Preferencialmente, um Mestre em Ciências Humanas."

— Aí está! — disse Ralph, dobrando o jornal de novo. — Se ele assumir essa posição, a fortuna dele estará garantida.

— Mas ele não é um mestre — disse a Sra. Nickleby.

— Isso — observou Ralph —, eu creio, pode ser contornado.

— Mas o salário é tão baixo, e o lugar, tão longe, tio! — disse Kate, hesitante.

— Não diga nada, Kate, meu amor — interferiu a Sra. Nickleby. — Seu tio sabe o que é melhor.

— Eu insisto — repetiu Ralph, asperamente —, se ele assumir essa posição, a fortuna dele estará garantida. Se não gostar disso, então que procure um trabalho por si mesmo. Sem amigos, sem dinheiro e sem recomendação, nem conhecimento de negócio de tipo algum, deixe que encontre um emprego honesto em Londres, que dê para comprar sapatos de couro, que eu dou a ele mil libras. Pelo menos — disse o Sr. Ralph Nickleby, refreando-se —, eu daria, se tivesse.

— Coitadinho! — disse a moça. — Ah, tio, temos que nos separar assim tão cedo?

— Não provoque o seu tio com perguntas, quando ele está pensando somente no nosso bem, meu amor — disse a Sra. Nickleby. — Nicholas, meu querido, eu queria que você dissesse alguma coisa.

— Sim, mamãe, sim — disse Nicholas, que até ali permanecera em silêncio e absorto em seus pensamentos. — Se eu tiver a sorte de ser indicado para esta posição, senhor, para a qual eu sou tão imperfeitamente qualificado, o que será delas duas quando eu partir?

— Sua mãe e sua irmã, rapaz — respondeu Ralph —, neste caso (e só neste caso), ficarão sob minha responsabilidade e serão colocadas numa condição de vida na qual poderão se tornar independentes. Esses serão meus cuidados imediatos; uma semana depois de sua partida, e elas não estarão mais como agora, eu garanto.

— Então — disse Nicholas, começando a se animar e apertando a mão de seu tio —, estou pronto para fazer o que o senhor quiser. Vamos tentar nossa sorte com o Sr. Squeers imediatamente; a única coisa que pode acontecer é ele recusar.

— Ele não fará isso — disse Ralph. — Ficará contente de receber você por recomendação minha. Ofereça seus préstimos a ele e se tornará um sócio no estabelecimento em pouco tempo. Por Deus, pense bem! Se ele viesse a morrer, ora, você faria fortuna de imediato.

— Com certeza! Eu já vejo tudo — disse o pobre Nicholas, encantado com mil ideias visionárias, que seu bom espírito e sua inexperiência faziam surgir diante de si. — Ou suponha que algum jovem aristocrata, que esteja sendo educado no Hall, simpatizasse comigo e pedisse ao pai para me indicar como seu instrutor de viagens, quando ele fosse embora, e, quando voltássemos do continente, me arranjasse uma boa colocação. Hein, tio?

— Ah, com certeza! — escarneceu Ralph.

— E quem sabe um dia ele viesse me visitar, quando eu já estivesse estabelecido (e ele viria, é claro), se apaixonasse por Kate, que estaria cuidando da minha casa, e... e se casasse com ela, hein, tio? Quem sabe?

— Quem sabe? De fato! — rosnou Ralph.

— Como seríamos felizes! — exclamou Nicholas com entusiasmo. — A dor da partida não é nada comparada à alegria do reencontro. Kate será uma bela mulher, e eu, muito orgulhoso de ouvi-los dizer isso, e mamãe ficará muito feliz de estar conosco de novo, e todos esses tempos tristes, esquecidos, e... — A imagem era favorável demais para se tolerar, e Nicholas, visivelmente tomado por ela, sorriu com timidez e rompeu em prantos.

Essa família simples, nascida e criada em retraimento e totalmente desconhecedora do que se denomina mundo — palavra convencional que, sendo interpretada, com frequência significa todos os malandros nele —, misturou suas lágrimas ao imaginar sua primeira separação; e essa primeira torrente de sentimentos continuava a se ampliar com toda a leveza de espírito de uma esperança ainda não vivida nos brilhantes prospectos à sua frente quando o Sr. Ralph Nickleby sugeriu que, se perdessem tempo, algum candidato mais afortunado poderia privar Nicholas de subir o primeiro degrau para a fortuna indicada pelo anúncio e, assim, solapar todos os seus castelos de areia. Esse lembrete oportuno de fato encerrou a conversa. Nicholas copiou com cuidado o endereço do Sr. Squeers, e tio e sobrinho saíram juntos à procura daquele talentoso cavalheiro; Nicholas se persuadiu firmemente de que havia cometido uma grande injustiça ao antagonizá-lo à primeira vista; e a Sra. Nickleby estava ansiosa por demonstrar à filha que ele era uma pessoa muito mais bondosa do que parecera; ao que a Srta. Nickleby observou com polidez que ele sem dúvida poderia ser.

Para falar a verdade, a opinião da boa senhora havia sido não pouco influenciada pela solicitação do cunhado a seu bom senso, e seu elogio implícito às altas virtudes dela; e, embora tivesse idolatrado o marido, e ainda amasse os filhos, ele havia tocado com tamanho sucesso uma daquelas cordinhas vibrantes no coração humano (Ralph conhecia bem as piores fraquezas do coração, embora desconhecesse suas melhores qualidades), que ela já havia começado seriamente a se considerar a vítima bondosa e sofredora da imprudência do falecido marido.

CAPÍTULO IV

Nicholas e seu tio (para garantir a fortuna sem perda de tempo) visitam o Sr. Wackford Squeers, o diretor da escola de Yorkshire

Snow Hill. Que tipo de lugar podem os pacíficos habitantes desta cidade, que veem as palavras blasonadas, com toda a legibilidade de letras douradas e sombreado escuro, nas carruagens do norte, julgar ser Snow Hill? Todas as pessoas têm alguma ideia indefinida e sombria de um lugar cujo nome se encontra com frequência diante de seus olhos, e muitas vezes em seus ouvidos. Que vasto número de ideias aleatórias deve haver flutuando perpetuamente por aí a respeito dessa mesma Snow Hill! O nome é muito bom. Snow Hill — Snow Hill, também combinada com a Cabeça do Sarraceno: criando diante de nós uma imagem, por dupla associação de ideias, de algo rigoroso e austero! Um espaço de terra desolado, sujeito a ventanias cortantes e a violentas tempestades invernais — um trato de terra escuro, frio, sinistro e ermo de dia e raramente considerado por pessoas honestas à noite — lugar que o viandante sozinho evita, e no qual se congregam ladrões desesperados; isto, ou algo assim, devia ser a concepção predominante a respeito de Snow Hill, naquelas paragens remotas e rústicas, nas quais a Cabeça do Sarraceno, como uma nefasta aparição, acelera os dias e as noites com uma pontualidade misteriosa e fantasmagórica; mantendo seu rápido e impetuoso curso em todos os climas e parecendo desafiar os próprios elementos.

A realidade é um tanto diferente, mas, de toda maneira, não deve ser desprezada. Ali, no cerne de Londres, no coração dos negócios e da agitação, em meio a um turbilhão de ruídos e movimentação, emergindo como se fossem as gigantescas correntes de vida que fluem sem cessar de diversas partes e se encontram sob suas paredes, ergue-se a prisão de Newgate; e, naquela rua movimentada, sobre a qual ela projeta sua sombra ameaçadora — a poucos metros das esquálidas e cambaleantes casas —, no exato local onde os vendedores de sopa, peixe e frutas estragadas agora fazem seu comércio, inúmeros seres humanos, em meio a um bramir de sons, diante dos quais até o tumulto de uma grande cidade nada representa, quatro, seis ou oito homens fortes de cada vez são eliminados deste mundo de forma rápida e violenta, quando a cena se torna assustadora com excesso de vida humana; quando olhos curiosos espiam das janelas e dos telhados, das paredes e dos pilares; e quando, na massa de rostos brancos erguidos, os miseráveis condenados, com seu amplo olhar de agonia, não encontravam nenhum outro olhar — um único sequer — que revelasse sinal de piedade e compaixão.

Próximo à prisão, e, por consequência, perto também de Smithfield, do Compter e da pressa e do burburinho da cidade, e bem naquela parte específica de Snow Hill, onde cavalos de transportes seguindo para o leste pensam seriamente em cair de propósito, e onde os cavalos dos cabriolés de aluguel indo para o oeste não poucas vezes caem por acidente, está o pátio das carruagens da Hospedaria da Cabeça do Sarraceno; seu portal, guardado por duas cabeças e ombros de sarracenos, os quais os grandes espíritos daquela metrópole sentiam orgulho e glória em destruir à noite, mas que há algum tempo permanecem em tranquilidade inabalada, possivelmente porque essa espécie de humor esteja agora confinada à paróquia de Saint James, onde as aldrabas são preferidas por serem mais portáteis, e os arames das campainhas apreciados como convenientes palitos de dente. Quer seja esta a razão, ou não, lá estão elas, encarando a todos de cada lado do portão. A própria hospedaria, decorada com outra cabeça de sarraceno, encara os passantes do topo do pátio; enquanto da porta do compartimento traseiro de todas as carruagens vermelhas que ali se encontram, uma pequena cabeça de sarraceno lança um olhar penetrante, com uma expressão idêntica à das grandes cabeças de sarraceno embaixo, de modo que a aparência geral do conjunto é definitivamente da ordem sarracena.

Quando se passa por esse pátio, vê-se a recepção à esquerda e a torre da igreja do Santo Sepulcro elevando-se abruptamente ao céu à direita, e uma série de quartos em ambos os lados. Logo à frente, nota-se uma janela comprida com as palavras "salão de café" legivelmente pintadas acima dela; e olhando-se pela janela, seria possível ver, além disso, caso se tivesse passado por ali na hora certa, o Sr. Wackford Squeers com as mãos nos bolsos.

A aparência do Sr. Squeers não era nada agradável. Ele tinha apenas um olho, e o preconceito popular tende a favorecer dois. O olho que tinha era, sem sombra de dúvida, útil, mas decididamente nada atraente: sendo de um verde acinzentado e lembrando, no formato, uma bandeira semicircular de uma porta de entrada. O lado inexpressivo de seu rosto era muito enrugado e pregueado, o que lhe conferia um aspecto bastante sinistro, principalmente quando ele sorria, ocasiões em que sua expressão se aproximava do abominável. Seu cabelo era muito liso e brilhoso, exceto nas pontas, onde era escovado rigidamente para trás, a partir de uma testa pequena e protuberante, o que combinava bem com sua voz rascante e seus modos grosseiros. Ele tinha cerca de cinquenta e dois ou cinquenta e três anos e era um pouco abaixo da média em altura; usava um lenço branco no pescoço com pontas longas, e um terno de um preto escolástico; mas, por serem as mangas de seu casaco longas demais, e suas calças, curtas demais, ele parecia pouco à vontade com aquelas roupas, como se estivesse num perpétuo estado de perplexidade por se ver tão respeitável.

O Sr. Squeers estava num dos reservados do salão de chá, ao lado de uma das lareiras, no qual havia uma mesa como as que se costumam ver nos salões de café e duas outras, de formas e dimensões raras, feitas para se encaixarem nos ângulos das divisórias. Na extremidade do banco, havia um pequeno baú de pinho, amarrado à volta com um reduzido pedaço de barbante; e sobre o baú empoleirava-se — suas botas de meio cano e calças de cotelê balançando no ar — um menino muito pequeno, ombros levados até as orelhas e mãos plantadas nos joelhos, que de vez em quando olhava timidamente para o diretor com pavor e apreensão evidentes.

— Três e meia — murmurou o Sr. Squeers, dando as costas à janela e olhando contrariado para o relógio do salão de café. — Não chegará ninguém aqui, hoje.

Muito irritado com essa reflexão, o Sr. Squeers olhou para o menino para ver se ele estava fazendo alguma coisa que lhe fizesse merecer apanhar. Como aconteceu de o menino não estar fazendo nada, o Sr. Squeers simplesmente deu-lhe um tapa nas orelhas e ordenou que parasse com aquilo.

— No meio do verão — murmurou o Sr. Squeers, retomando sua reclamação —, recebi dez meninos; dez vezes vinte são duzentas libras.

Volto amanhã de manhã, às oito horas, e tenho apenas três... três vezes zero é zero... três vezes dois é seis... sessenta libras. O que aconteceu com os meninos? O que os pais têm na cabeça? O que significa tudo isso?

Nesse ponto, o menino em cima do baú deu um espirro violento.

— Ei, menino! — rosnou o diretor da escola, virando-se. — O que é isso, menino?

— Nada, por favor, senhor! — respondeu o menino.

— Nada, senhor! — exclamou o Sr. Squeers.

— Por favor, senhor, eu espirrei — justificou-se o menino, tremendo tanto que o pequeno baú balançou embaixo dele.

— Ah! Espirrou, é? — retorquiu o Sr. Squeers. — E por que disse "nada", menino?

Na falta de uma resposta melhor a essa pergunta, o menino esfregou as articulações dos dedos em cada um dos olhos e começou a chorar, e, por essa razão, o Sr. Squeers o derrubou do baú com um tapa no rosto e o atingiu novamente com um tapa do outro lado.

— Aguarde até eu levar você para Yorkshire, meu jovem — disse o Sr. Squeers —, e então terá mais. Quer parar com esse barulho, menino?

— Si... si... sim — soluçou o menino, esfregando o rosto com força com uma cópia do poema "A petição do mendigo" impresso em tecido de algodão.

— Então pare com isso agora mesmo — disse Squeers. — Está me ouvindo?

Como essa admoestação foi acompanhada de um gesto ameaçador, e pronunciada de maneira selvagem, o menino esfregou o rosto com mais força, como se para deter as lágrimas; e, além de alternativamente fungar e engasgar-se, não deu mais vazão a suas emoções.

— Senhor Squeers — disse o garçom, olhando para aquela situação crítica —, tem um cavalheiro no bar perguntando pelo senhor.

— Faça o cavalheiro entrar, Richard — replicou o Sr. Squeers com voz macia. — Ponha esse lenço no bolso, seu moleque, ou eu mato você quando esse cavalheiro for embora.

Mal o diretor da escola pronunciara essas palavras num sussurro ameaçador, o estranho entrou. Fingindo não vê-lo, o Sr. Squeers se fez de distraído consertando uma caneta e oferecendo um conselho benevolente a seu jovem aluno.

— Meu caro jovem — disse o Sr. Squeers —, todo mundo passa por dificuldades. Essa experiência que está tendo agora, que parte o seu coração e deixa os seus olhos esbugalhados de tanto chorar, o que é isso? Nada; menos que nada. Você está deixando os seus amigos, mas terá em mim um pai, meu querido, e uma mãe na Sra. Squeers. No maravilhoso vilarejo de Dotheboys, perto de Greta Bridge, em Yorkshire, onde os jovens têm direito a casa e comida, roupa, educação, banho, e a uma pequena mesada, e são atendidos em todas as necessidades...

— É o senhor, então — observou o estranho, interrompendo o ensaio de propaganda do diretor. — O Sr. Squeers, eu creio?

— Ele mesmo, senhor — disse o Sr. Squeers, demonstrando extrema surpresa.

— Foi o cavalheiro — disse o estranho — que anunciou no jornal *Times*?

— No *Morning Post, Chronicle, Herald* e no *Advertiser*, a respeito da Academia chamada Dotheboys Hall, no aprazível vilarejo de Dotheboys, perto de Greta Bridge, em Yorkshire — acrescentou o Sr. Squeers. — O senhor vem a negócio? Vejo pelos meus coleguinhas aqui. Como vai meu jovem? E *você*, rapaz. — Com essa saudação, o Sr. Squeers deu um tapinha nas cabeças dos dois meninos franzinos e de olhos fundos que o recém-chegado trouxera consigo, e aguardou mais informação.

— Eu trabalho no ramo de óleo e tinta. Meu nome é Snawley, senhor — disse o estranho.

Squeers inclinou a cabeça só o suficiente para dizer:

— E tem um nome extraordinariamente bonito, também.

O estranho continuou.

— Venho pensando, Sr. Squeers, em colocar meus dois filhos na sua escola.

— Não me caberia dizer isso, senhor — respondeu o Sr. Squeers —, mas acho que é o melhor que o senhor poderia fazer.

— Hum! — disse o outro. — Vinte libras *per annum*, eu creio, não é, Sr. Squeers?

— Guinéus — retomou a palavra o diretor da escola, com um sorriso persuasivo.

— Libras pelos dois, eu acho, Sr. Squeers — disse o Sr. Snawley, solenemente.

— Não acho que isso possa ser feito, senhor — replicou Squeers, como se nunca tivesse considerado essa proposta antes. — Deixe-me ver; quatro vezes cinco são vinte, dobre isso e deduza o... bom, uma libra para lá ou para cá não ficará no nosso caminho. O senhor deve me recomendar a algum conhecido, senhor, e assim fica tudo certo.

— Eles não são de comer muito — disse o Sr. Snawley.

— Ah, isso não tem importância — respondeu Squeers. — Não levamos em conta o apetite dos meninos em nossa instituição. — Isso era estritamente correto; não levavam.

— Todos os luxos salutares, senhor, que Yorkshire oferece — continuou Squeers —, todos os belos princípios morais que a Sra. Squeers possa incutir; todos... para resumir, todos os confortos de um lar que um menino possa desejar serão deles, Sr. Snawley.

— Eu gostaria que fosse dada particular atenção aos princípios morais — disse o Sr. Snawley.

— Fico contente de ouvir isso, senhor — replicou o diretor, empertigando-se. — Eles vieram para o lugar certo no que diz respeito a princípios morais, senhor.

— O senhor mesmo é um homem de princípios — disse o Sr. Snawley.

— Creio que sim, senhor — respondeu Squeers.

— É uma satisfação saber que o senhor é — disse o Sr. Snawley. — Perguntei a uma das suas referências, e ele disse que o senhor era um homem virtuoso.

— Bem, senhor, espero seguir essa linha — respondeu Squeers.

— Eu também espero segui-la — concordou o outro. — Posso ter uma palavrinha com o senhor no reservado vizinho?

— Sem dúvida — respondeu Squeers com um largo sorriso. — Meus queridos, por que não vão conversar uns minutinhos com seu novo colega? Esse é um dos meus meninos, senhor. Belling é o nome dele... é um menino de Taunton, senhor, esse aí.

— É mesmo? — perguntou o Sr. Snawley, olhando para o pobre garoto como se ele fosse uma extraordinária curiosidade da natureza.

61

— Ele viajará comigo amanhã, senhor — disse Squeers. — Aquela é a bagagem dele, onde está sentado agora. Todos os meninos devem trazer, senhor, dois ternos, seis camisas, seis pares de meias, duas toucas de dormir, dois lenços de bolso, dois pares de sapato, dois chapéus e uma navalha.

— Uma navalha! — exclamou o Sr. Snawley, enquanto entravam no outro reservado. — Para quê?

— Para se barbear — respondeu Squeers, num tom lento e estudado.

Não havia muito nessas três palavras, mas deve ter havido algo na maneira como foram pronunciadas, para atrair a atenção; pois o diretor e seu acompanhante entreolharam-se fixamente por alguns segundos e depois trocaram um sorriso muito significativo. Snawley era um homem magro, de nariz achatado, que usava trajes sombrios e polainas pretas, compridas, e levava no rosto uma expressão de muita mortificação e santidade; então, seu sorriso, sem uma razão aparente, era o mais notável.

— Até que idade o senhor mantém os meninos na sua escola, então? — perguntou ele, em seguida.

— Tanto tempo quanto os amigos deles façam os pagamentos trimestrais ao meu agente na cidade, ou até quando fugirem — respondeu Squeers. — Vamos tentar nos entender; vejo que podemos fazer isso com segurança. E esses meninos... são filhos naturais?*

— Não — respondeu Snawley, enfrentando o olhar de um olho só do diretor. — Eles não são.

— Pensei que pudessem ser — disse Squeers, friamente. — Temos muitos deles aqui; aquele menino é um.

— Aquele lá no outro reservado? — perguntou Snawley.

Squeers fez que sim com a cabeça; seu acompanhante espiou outra vez o menino sobre o baú e, virando-se de novo, pareceu muito frustrado de achá-lo tão semelhante a outros meninos, e disse que nunca teria pensado nisso.

— Pois ele é — respondeu Squeers. — E sobre aqueles seus meninos; estava querendo falar comigo?

— Estava — respondeu Snawley. — O fato é que eu não sou o pai deles, Sr. Squeers. Sou apenas padrasto.

---

* Denominação dada a filhos nascidos fora do casamento. (N.E.)

— Ah! É isso? — disse o diretor. — Isso explica tudo de uma vez. Já estava me perguntando por que o senhor os enviaria para Yorkshire. Ha! ha! Ah, agora entendo.

— Eu me casei com a mãe deles — continuou Snawley. — É caro manter meninos em casa, e, como ela própria tem um pouco de dinheiro, temo (as mulheres são tão tolas, Sr. Squeers) que possa ser levada a gastá-lo com eles, o que seria a ruína deles, o senhor entende.

— Eu entendo — disse Squeers, jogando-se para trás em sua cadeira e abanando uma mão.

— E isso — retomou Snawley — me deixou ansioso para colocá-los numa escola bem longe, onde não houvesse feriados... nenhuma dessas insensatas idas para casa duas vezes por ano, que tanto perturbam a mente das crianças... e onde elas podem se tornar um pouco mais grosseiras... o senhor entende?

— O pagamento em dia e nenhuma pergunta — disse Squeers, balançando a cabeça afirmativamente.

— É exatamente isso — concordou o outro. — Mas os princípios morais estritamente reforçados.

— Estritamente — repetiu Squeers.

— Muita correspondência para casa não deve ser permitida, eu suponho — observou o padrasto, hesitante.

— Nenhuma, exceto uma circular no Natal, para dizer que nunca foram tão felizes, e que esperam que nunca mandem buscá-los — completou Squeers.

— Não podia ser melhor — disse o padrasto, esfregando as mãos.

— Então, já que nos entendemos — disse Squeers —, permita-me que lhe pergunte se me considera um homem altamente virtuoso, exemplar, um homem de boa conduta na vida privada; e se confia em mim, como pessoa cujo negócio é tomar conta de jovens, na minha incontestável integridade, liberalidade, nos meus princípios religiosos e na minha capacidade?

— Certamente que sim — respondeu o padrasto, retribuindo o largo sorriso do diretor.

— Talvez não se oponha a informar isso se eu o indicar como referência?

— De forma alguma.

— É isso aí! — disse Squeers, pegando uma caneta. — Isso é que é fazer negócio, e é disso que eu gosto.

Tendo dado entrada ao endereço do Sr. Snawley, o diretor teve de realizar uma tarefa ainda mais agradável de registrar o recibo do pagamento adiantado do primeiro trimestre, o que ele mal completara quando se ouviu uma outra voz perguntando pelo Sr. Squeers.

— Aqui — respondeu o diretor. — O que é?

— Apenas uma questão de negócios, senhor — disse Ralph Nickleby, apresentando-se, seguido de perto por Nicholas. — O senhor colocou um anúncio nos jornais hoje de manhã?

— De fato, coloquei, senhor. Por aqui, por obséquio — disse Squeers, que a essa altura já havia retornado para o reservado junto à lareira. — Quer sentar-se?

— Ora, por que não? — respondeu Ralph, adequando a ação à palavra e colocando o chapéu à sua frente na mesa. — Este é meu sobrinho, senhor, o Sr. Nicholas Nickleby.

— Como vai, senhor? — cumprimentou Squeers.

Nicholas curvou-se, disse que ia bem e pareceu muito surpreso com a aparência exterior do proprietário de Dotheboys Hall, como de fato ele era.

— O senhor se lembra de mim? — perguntou Ralph, esquadrinhando o diretor da escola.

— O senhor me pagou uma pequena importância, nas minhas visitas bianuais à cidade, durante alguns anos, eu creio, senhor — respondeu Squeers.

— É verdade — concordou Ralph.

— Pelos pais de um menino chamado Dorker, que infelizmente...

— ... infelizmente morreu em Dotheboys Hall — disse Ralph, completando a frase.

— Lembro-me muito bem, senhor — disse Squeers. — Ah! A Sra. Squeers, senhor, era afeiçoada àquele menino como se fosse a um filho; a atenção, senhor, dispensada àquele menino durante a doença dele! Torrada e chá eram oferecidos a ele toda noite e pela manhã quando ele não conseguia comer nada... uma vela no quarto dele na noite em que ele morreu... o melhor dicionário enviado para ele apoiar a cabeça... mas não me arrependo. É muito bom saber que se fez por ele o que era preciso.

Ralph sorriu, um sorriso que era tudo menos sorriso, e olhou ao redor para os estranhos ali presentes.

— Estes são apenas alguns pupilos meus — disse Wackford Squeers, apontando para o menino sobre o baú e para os outros dois no chão, que se entreolhavam sem dizer uma palavra, e contorciam o corpo de maneira singular, como costumam fazer os meninos quando são apresentados. — Este cavalheiro, senhor, é um pai que tem a bondade de me elogiar pela educação adotada em Dotheboys Hall, que é situada, senhor, no agradável vilarejo de Dotheboys, próximo a Greta Bridge, em Yorkshire, onde os jovens têm direito a casa e comida, roupa, educação, banho e uma pequena mesada...

— Sim, sabemos de tudo isso, senhor — interrompeu Ralph, com impaciência. — Está no anúncio.

— Tem razão, senhor; *está* no anúncio — respondeu Squeers.

— E em muito mais, além disso — interferiu o Sr. Snawley. — Sinto-me na obrigação de garantir aos senhores, e tenho orgulho de ter essa oportunidade *de* lhes assegurar, que considero o Sr. Squeers um cavalheiro altamente virtuoso, exemplar, de boa conduta e...

— Não tenho nenhuma dúvida disso, senhor — interrompeu Ralph, parando a torrente de recomendações —, absolutamente nenhuma dúvida. Então vamos aos negócios.

— Com toda a minha atenção, senhor — disse Squeers. — "Nunca adie os negócios" é a primeira lição que instilamos em nossos alunos de comércio. Mestre Belling, meu caro, lembre-se sempre disso; está ouvindo?

— Sim, senhor — repetiu o menino Belling.

— Ele consegue mesmo se lembrar? — perguntou Ralph.

— Diga ao cavalheiro — disse Squeers.

— "Nunca" — repetiu Belling.

— Muito bem — disse Squeers —; continue.

— Nunca — repetiu o menino outra vez.

— Muito bom, na verdade — disse Squeers —; continue.

— A — sugeriu Nicholas, afavelmente.

— Adie os negócios — disse o menino Belling. — Nunca adie os negócios!

— Muito bem, rapaz — disse Squeers, lançando um olhar fulminante ao culpado. Depois, eu e você teremos um assunto a tratar em particular.

— E agora — disse Ralph —, talvez devêssemos tratar do nosso próprio assunto.

— Fique à vontade — disse Squeers.

— Bom — retomou Ralph —, o assunto é breve; logo apresentado; e, espero, facilmente concluído. Anunciou à procura de um assistente competente, senhor?

— Isso mesmo — disse Squeers.

— E realmente precisa de um?

— Certamente — respondeu Squeers.

— Ei-lo aqui! — disse Ralph. — Meu sobrinho Nicholas, recém-saído da escola, com tudo que aprendeu lá fermentando na cabeça, e nada fermentando em seu bolso, é o homem de que precisa.

— Receio que — disse Squeers perplexo com a solicitação de um jovem com o porte de Nicholas —, receio que o rapaz não me sirva.

— Ah, sim, servirá — disse Ralph. — Eu sei muito bem. Não desanime, senhor; o senhor estará ensinando a todos os jovens aristocratas de Dotheboys em menos de uma semana, a menos que este cavalheiro seja mais obstinado do que eu o considero.

— Eu creio, senhor — disse Nicholas, dirigindo-se ao Sr. Squeers —, que faça objeção à minha idade e ao fato de eu não ser um mestre em Ciências Humanas.

— A falta de um grau superior é uma objeção — replicou Squeers, com o ar mais sério possível, e consideravelmente confuso, não menos pelo contraste entre a simplicidade do sobrinho e os modos diretos do tio, do que pela incompreensível alusão a jovens aristocratas sob sua tutela.

— Olhe aqui, senhor — disse Ralph —, esclarecerei essa questão em dois segundos.

— Tenha a bondade — disse Squeers.

— Este é um menino, um jovem, um rapaz, um homem, ou um adolescente desajeitado, o que preferir chamá-lo, de dezoito ou dezenove anos, ou por aí — disse Ralph.

— Isto eu estou vendo — observou o diretor da escola.

— Eu também — disse o Sr. Snawley, achando que deveria concordar com o novo amigo, de vez em quando.

— O pai dele morreu, ele é totalmente ignorante do mundo, não tem recurso algum e está querendo arranjar alguma coisa para fazer — disse Ralph. — Recomendo-o a esse seu esplêndido estabelecimento, como um começo que o leve à fortuna, com o devido esforço. O senhor não vê isso?

— Todo mundo pode ver isso — respondeu Squeers, tentando imitar o tom de desdém com que o cavalheiro considerava o alheio sobrinho.

— Eu vejo, é claro — disse Nicholas, ansiosamente.

— Ele vê, é claro, observe — disse Ralph, da mesma maneira seca e dura. — Se qualquer capricho do temperamento vier a induzi-lo a jogar fora essa oportunidade de ouro, antes de tê-la aperfeiçoado, eu me considero desobrigado de estender toda e qualquer assistência à mãe e à irmã dele. Olhe para ele, e pense em como lhe poderá ser útil numa meia dúzia de maneiras! Agora, a questão é se, daqui a algum tempo, em todas as eventualidades, ele não estará servindo o seu propósito melhor do que vinte do tipo de pessoa que o senhor contrataria em circunstâncias normais. Essa não é uma questão a ser considerada?

— Sim, é — disse Squeers, respondendo com um gesto de cabeça a um gesto de cabeça de Ralph.

— Ótimo — disse Ralph. — Deixe-me dar duas palavrinhas com o senhor.

As duas palavrinhas foram dadas à parte; uns minutos depois, o Sr. Wackford Squeers anunciou que o Sr. Nicholas Nickleby fora, a partir daquele momento, completamente nomeado, e contratado, para a posição de primeiro mestre assistente em Dotheboys Hall.

— Foi a recomendação do seu tio que possibilitou isso, Sr. Nickleby — disse Wackford Squeers.

Nicholas, alegre com seu sucesso, apertou a mão do tio calorosamente e poderia quase adorar Squeers ali, naquele momento.

"Ele é um homem estranho", pensou Nicholas. "Mas, e daí? Porson era um homem estranho, como o era Dr. Johnson; todos os amantes dos livros o são."

— Amanhã de manhã, às oito horas, Sr. Nickleby — disse Squeers —, a carruagem parte. O senhor deverá estar aqui quinze minutos antes, uma vez que levaremos esses meninos conosco.

— Certamente, senhor — disse Nicholas.

— E sua passagem de ida, eu já paguei — rosnou Ralph. — Assim, tudo que tem a fazer é se manter aquecido.

Ali estava outro exemplo da generosidade do tio! Nicholas ficou tão emocionado com a inesperada bondade que mal encontrava palavras para agradecer-lhe; na verdade, não havia encontrado nem metade das necessárias, quando se despediram do diretor e atravessaram o portão da Cabeça do Sarraceno.

— Estarei aqui pela manhã para ver você partir bem — disse Ralph. — Nada de acovardar-se!

— Obrigado, senhor — respondeu Nicholas. — Nunca me esquecerei dessa bondade.

— Veja se não esquece — respondeu o tio. — É melhor ir para casa agora e arrumar o que tem para levar. Mas, antes, será que consegue ir até a Golden Square?

— Certamente — disse Nicholas. — Posso facilmente perguntar.

— Então deixe estes documentos com o meu assistente — disse Ralph, entregando-lhe um pequeno pacote — e diga a ele para esperar até eu chegar em casa.

Nicholas assumiu a tarefa alegremente e, despedindo-se de seu digno tio com um afetuoso adeus, a que o velho cavalheiro correspondeu com um resmungo, apressou-se a executar a ordem.

Ele chegou a Golden Square na hora certa; o Sr. Noggs, que dera uma passada na taberna, estava abrindo a porta com uma chave de trinco no momento em que ele chegava aos degraus.

— O que é isso? — perguntou Noggs, apontando para o pacote.

— Documentos do meu tio — respondeu Nicholas. — E é para o senhor ter a bondade de esperar que ele volte para casa, por favor.

— Tio! — surpreendeu-se Noggs.

— O Sr. Nickleby — esclareceu Nicholas.

— Entre — disse Newman.

Sem nenhuma outra palavra, ele conduziu Nicholas pelo corredor e dali para a copa oficial na outra extremidade, onde empurrou o rapaz numa cadeira e subiu em seu banco alto, sentou-se, com os braços largados nas laterais do corpo, olhando fixamente para ele, como de uma torre de observação.

— Não há resposta — disse Nicholas, colocando o pacote sobre a mesa ao lado dele.

Newman não disse nada, mas, cruzando os braços e jogando a cabeça para a frente para ter uma melhor visão do rosto de Nicholas, examinou suas feições com atenção.

— Sem resposta — disse Nicholas, falando muito alto, supondo que Newman Noggs fosse surdo.

Newman pôs as mãos nos joelhos e, sem pronunciar uma sílaba, continuou seu escrutínio do rosto do rapaz.

Aquele era um procedimento tão singular da parte de um completo estranho, e a aparência dele era tão peculiar, que Nicholas, que tinha um senso agudo de ridículo, não se conteve e abriu um sorriso ao perguntar se o Sr. Noggs tinha alguma ordem para ele.

Noggs balançou a cabeça negativamente e suspirou; no que Nicholas levantou-se e, comentando que precisava descansar, lhe desejou um bom dia.

Foi um grande esforço para Newman Noggs, e até este dia ninguém sabe dizer como ele conseguiu fazer isso, a outra parte sendo totalmente desconhecida para ele, mas ele deu uma respiração profunda e disse, em voz alta, sem interromper uma única vez, que, se o jovem cavalheiro não fizesse objeção, ele gostaria de saber o que seu tio ia fazer por ele.

Nicholas não fazia a menor objeção, pelo contrário, estava feliz de ter a oportunidade de falar sobre o assunto que ocupava seus pensamentos; então, sentou-se novamente, e (sua imaginação fértil aumentando enquanto falava) entrou numa descrição fervorosa e intensa de todas as honras e vantagens que ele teria em seu emprego naquela instituição do saber, Dotheboys Hall.

— Mas qual é o problema... está passando mal? — perguntou Nicholas, interrompendo a conversa subitamente, à medida que o Sr. Noggs, após se lançar numa série de atitudes esquisitas, enfiou as mãos embaixo do banco e estalou as articulações dos dedos como se estivesse partindo todos os ossos da mão.

Newman Noggs não respondeu, e seguiu encolhendo os ombros e estalando os dedos; sorria de forma aterradora o tempo todo e olhava fixo para o nada, pela parte superior dos olhos, de modo assustador.

A princípio, Nicholas pensou que o homem misterioso estivesse sofrendo um acesso de loucura, mas, considerando melhor, concluiu que ele estava embriagado, circunstância na qual achava prudente ir embora imediatamente. Olhou para trás quando já havia aberto a porta da frente. Newman Noggs continuava fazendo os mesmos gestos estranhos, e os estalos dos dedos ficaram ainda mais altos.

CAPÍTULO V

Nicholas parte para Yorkshire, de sua despedida e de seus companheiros de viagem, e do que ocorreu durante a viagem

Se algumas lágrimas vertidas dentro de um baú fossem talismãs para proteger o dono da tristeza e do infortúnio, Nicholas Nickleby teria começado sua viagem sob os mais felizes auspícios. Havia tanto a ser feito, e tão pouco tempo para isso; tantas palavras gentis a serem ditas, e tanta amargura nos corações nos quais elas surgiam para impedir sua expressão, que os pequenos preparativos para a viagem foram feitos com pesar. Centenas de coisas que a mãe e a irmã, com seu cuidado prestimoso, consideravam indispensáveis a seu conforto, Nicholas insistiu em deixar para trás, pois poderiam vir a ser úteis mais tarde, ou ser convertidas em dinheiro, se a ocasião exigisse. Centenas de protestos carinhosos em assuntos assim ocorreram na triste noite que precedeu sua partida; e, como o término de cada disputa serena os aproximava mais e mais do fim de seus ligeiros preparativos, Kate se ocupava com mais afinco e chorava mais silenciosamente.

O baú ficou pronto, por fim, e então veio o jantar, com umas pequenas iguarias providenciadas para a ocasião, e, para contrabalançar as despesas, Kate e sua mãe fingiram ter jantado enquanto Nicholas estava fora. O pobre rapaz quase se engasgou enquanto comia e quase se sufocou ao tentar fazer umas gracinhas e forçar uma risada melancólica. Assim, eles se deixaram ficar até a hora da separação, pois a noite já estava avançada; e então viram que já deveriam ter dado vazão a seus verdadeiros sentimentos, pois não conseguiam suprimi-los, por mais que tentassem. Portanto, deixaram que se manifestassem, e isso foi um alívio.

Nicholas dormiu bem até as seis da manhã seguinte; sonhou com sua casa, com o que fora um dia seu lar — não importa qual, pois as coisas mudadas ou perdidas voltam a ser como antes, graças a Deus, no sono — e levantou-se animado e alegre. Escreveu umas linhas a lápis para se despedir, o que ele temia fazer pessoalmente, e colocando-as, com metade de sua pouca reserva de dinheiro, à porta da irmã, pegou sua bagagem e desceu a escada sem fazer barulho.

— É você, Hannah? — perguntou uma voz da sala da Srta. La Creevy, de onde vinha a claridade tênue de uma vela.

— Sou eu, Srta. La Creevy — disse Nicholas, colocando o baú no chão e olhando naquela direção.

— Minha nossa! — exclamou a Srta. La Creevy, assustando-se e pondo a mão em seus papelotes. — Levantou-se muito cedo, Sr. Nickleby.

— A senhora também — replicou Nicholas.

— É a arte que me tira da cama, Sr. Nickleby — respondeu a mulher. — Estou esperando pela luz do dia para pôr em prática uma ideia.

A Srta. La Creevy havia levantado cedo para colocar um nariz sofisticado numa miniatura de um menino feio, destinada à avó dele no interior, que deveria lhe deixar de herança uma propriedade, caso ele se parecesse com a família.

— Para pôr em prática uma ideia — repetiu a Srta. La Creevy —, e esta é a grande conveniência de morar numa rua movimentada como a Strand. Quando quero um nariz ou um olho para um modelo em particular, basta olhar pela janela e esperar até conseguir um.

— Leva muito tempo para conseguir um nariz, agora? — perguntou Nicholas, sorrindo.

— Ora, isso depende em grande parte do padrão — respondeu a Srta. La Creevy. — Arrebatados e romanos aparecem muitos, e há achatados de todos os tipos e tamanhos, quando há reunião no Exeter Hall; mas aquilinos perfeitos, sinto dizer, são raros, e geralmente os utilizamos para pessoas uniformizadas ou personagens públicos.

— É mesmo? — observou Nicholas. — Se eu encontrar algum em minhas viagens, tentarei desenhá-los para a senhora.

— Não me diga que está realmente pensando em se largar para Yorkshire neste clima frio de inverno, Sr. Nickleby — disse a Srta. La Creevy. — Ouvi falar nisso ontem à noite.

— Estou, sim — respondeu Nicholas. — Quando o dever chama, sabe, não temos muita opção.

— Bom, sinto muito; é tudo que posso dizer — acrescentou a Srta. La Creevy. — Tanto por sua mãe e sua irmã, como pelo senhor. Sua irmã é uma moça muito bonita, Sr. Nickleby, e essa é mais uma razão por que precisa de alguém para protegê-la. Eu a persuadi a posar para mim algumas vezes, para o mostruário da porta da frente. Ah! Ela dará uma miniatura encantadora. — Enquanto falava, a Srta. La Creevy exibia um semblante translúcido, atravessado por veias azuis-celestes bem visíveis, e mantinha-o com tamanha complacência que Nicholas a invejou.

— Se a senhora puder demonstrar um pouco de bondade para com Kate — observou Nicholas, estendendo-lhe uma mão —, eu sei que o fará.

— Pode contar com isso — disse a bondosa pintora de miniaturas —, e Deus o abençoe, Sr. Nickleby; desejo-lhe sorte.

Era muito pouco o que Nicholas conhecia do mundo, mas sabia o suficiente para deduzir que, se desse um beijinho na Srta. La Creevy, talvez ela tivesse menos má vontade com aquelas que ele deixava para trás. Então, deu três ou quatro, com certo galanteio brincalhão, e a Srta. La Creevy não demonstrou maior sintoma de desprazer do que declarar, enquanto ajustava o turbante amarelo, que nunca ouvira falar de tal coisa, e não a imaginaria possível.

Tendo terminado a inesperada conversa dessa forma satisfatória, Nicholas deixou a casa apressadamente. Quando conseguiu um homem para carregar seu baú, eram apenas sete horas, então seguiu devagar, um pouco à frente do carregador, e muito provavelmente não de coração tão leve como o homem, embora ele não tivesse casaco para se agasalhar e, pela aparência de suas roupas, tivesse provavelmente passado a noite num estábulo e feito sua primeira refeição do dia num tonel.

Observando, não com pouca curiosidade e interesse, a agitação do dia que se iniciava em todas as ruas e em quase todas as casas e, de vez em quando, pensando que parecia um tanto duro que, enquanto tantas pessoas de diversas posições sociais e ocupações pudessem ganhar a vida em Londres, ele fosse obrigado a viajar para tão longe à procura de um emprego, Nicholas rapidamente chegou à Cabeça do Sarraceno, em Snow Hill. Depois de despachar seu carregador e ver o baú colocado com segurança no posto das carruagens, olhou para o salão de café à procura do Sr. Squeers.

Encontrou o erudito cavalheiro sentado para o desjejum com os três meninos da véspera e dois outros, que haviam surgido por sorte do acaso desde a entrevista do dia anterior, sentados em fileira no banco em frente. O Sr. Squeers tinha diante de si um pouco de café, um prato de torrada quente e uma porção de carne fria; porém, naquele momento, ele estava preparando a refeição dos meninos.

— Isso aqui são dois centavos de leite, é, garçom? — perguntou o Sr. Squeers, examinando uma jarra azul grande e inclinando-a devagar, como para ter uma visão precisa da quantidade de líquido ali contida.

— Dois centavos, senhor — respondeu o garçom.

— Que produto raro é o leite em Londres! — disse o Sr. Squeers, com um suspiro. — Encha esta jarra com água morna, William, faça o favor.

— Até a boca, senhor? — perguntou o garçom. — Ora, o leite ficará ralo.

— Não se preocupe com isso — respondeu o Sr. Squeers. — Quem manda ser tão caro? Você pediu aquele pão grosso e manteiga para três?

— Já está saindo, senhor.

— Não precisam se apressar — disse Squeers —, temos muito tempo. Dominem suas paixões, meninos, e não fiquem ansiosos pela comida. — Enquanto expressava esse preceito moral, o Sr. Squeers deu uma grande mordida na carne fria e reconheceu Nicholas.

— Sente-se, Sr. Nickleby — disse Squeers. — Aqui estamos, como vê, tomando nosso café da manhã!

Nicholas *não* viu ninguém fazendo a refeição, exceto o Sr. Squeers; mas curvou-se com a mais digna reverência e demonstrou o máximo de animação possível.

— Ah! Aqui estão o leite e a água, não é, William? — disse Squeers. — Muito bem; não se esqueça de trazer o pão e a manteiga.

Com essa menção de pão e manteiga, os cinco meninos ficaram bastante ansiosos, e seguiram o garçom com a vista; enquanto isso, o Sr. Squeers experimentou o leite diluído na água.

— Ah! — exclamou o cavalheiro, estalando os lábios. — Isso é que é alimento! Pensem nos muitos mendigos e órfãos nas ruas que ficariam felizes com isso, meninos. Uma coisa comovente, a fome, não é, Sr. Nickleby?

— Muito comovente, senhor — concordou Nicholas.

— Quando eu disser número um — continuou o Sr. Squeers, colocando a jarra diante das crianças —, o menino à esquerda mais próximo à janela pode beber um gole; e, quando eu disser número dois, o menino ao lado dele toma a vez, e assim até chegarmos ao número cinco, que é o último menino. Estão prontos?

— Sim, senhor — gritaram todos os meninos com grande ansiedade.

— Muito bem — disse Squeers, calmamente continuando a sua refeição. — Fiquem prontos até eu dizer a vocês para começar. Controlem seus apetites, meus queridos, e controlarão a natureza humana. Esta é a maneira de inculcar determinação, Sr. Nickleby — disse o diretor da escola, voltando-se para Nicholas, e falando com a boca cheia de carne e torrada.

Nicholas murmurou alguma coisa — não sabia o quê — em retorno; e os meninos, dividindo o olhar entre a jarra, o pão com manteiga (que já havia chegado) e cada bocado que o Sr. Squeers colocava na boca, forçavam os olhos no tormento da expectativa.

— Graças a Deus por uma boa refeição — disse Squeers, depois que acabou. — O número um pode beber um gole.

O número um segurou a jarra avidamente, e havia bebido só o suficiente para deixá-lo com vontade de mais, quando o Sr. Squeers deu o sinal ao número dois, que, logo em seguida, entregou-a ao número três; e o processo foi repetido até que o leite aguado se acabou no número cinco.

— E agora — disse o diretor escolar, dividindo o pão e a manteiga para três em tantas porções quantas eram as crianças — é melhor vocês andarem rápido com essa refeição, pois a corneta soará em alguns minutos e então todos terão que partir.

A permissão tendo sido dada, os meninos começaram a comer com sofreguidão e numa pressa desesperada, enquanto o diretor (que estava de muito bom humor depois de seu desjejum) palitava os dentes com o garfo e olhava adiante sorridente. Em pouco tempo, ouviram a corneta.

— Eu achava que não ia demorar — disse Squeers, levantando-se e pegando uma cestinha embaixo do assento —; coloquem o que não tiveram tempo de comer aqui, meninos! Vão querer depois, quando estiverem na estrada!

Nicholas estava consideravelmente surpreso com aqueles arranjos econômicos; mas não tinha tempo de refletir sobre o assunto, pois os meninos precisavam ser colocados na carruagem, e seus baús, trazidos para fora e colocados lá também, e a bagagem do Sr. Squeers precisava ser cuidadosamente depositada no bagageiro, e todas essas tarefas eram responsabilidade sua. Ele estava no alvoroço da realização dessas operações quando seu tio, o Sr. Ralph Nickleby, aproximou-se dele.

— Ah, aí está você, rapaz! — disse Ralph. — Sua mãe e sua irmã estão aqui, rapaz.

— Onde? — perguntou Nicholas, olhando apressado à sua volta.

— Aqui! — respondeu o tio. — Com muito dinheiro e nada a fazer com ele, elas estavam pagando o coche de aluguel quando cheguei.

— Estávamos com medo de não chegar a tempo de vê-lo, antes de ele nos deixar — disse a Sra. Nickleby, abraçando o filho, alheia aos indiferentes observadores no pátio das carruagens.

— Muito bem— retomou Ralph —, a senhora é quem pode julgar melhor, claro. Eu simplesmente disse que a senhora estava pagando a carruagem. *Eu* nunca contrato os serviços de uma carruagem, senhora; nunca alugo uma. Não ando em carruagens de aluguel há trinta anos e espero não fazê-lo por outros trinta, se viver tanto assim.

— Eu nunca me perdoaria se não tivesse visto o meu filho — disse a Sra. Nickleby. — Pobrezinho... indo viajar sem o café da manhã, só porque não queria nos preocupar!

— Maravilhoso, certamente — disse Ralph, com grande impaciência. — Quando comecei a trabalhar, senhora, minha refeição era um pedacinho de pão e meia porção de leite enquanto caminhava até a cidade diariamente; o que me diz disso? Café da manhã! Ora!

— Agora, Nickleby — disse Squeers, abotoando o sobretudo —, acho melhor o senhor subir atrás. Tenho medo de que um dos meninos caia, e então lá se vão vinte libras por ano.

— Meu querido Nicholas — sussurrou Kate, tocando no braço do irmão —, quem é esse homem vulgar?

— Ei! — rosnou Ralph, cujos ouvidos aguçados haviam captado a pergunta. — Quer ser apresentada ao Sr. Squeers, minha cara?

— É esse o diretor? Não, tio. Ah, não! — respondeu Kate, retraindo-se.

— Tenho certeza de que ouvi você dizer isso, minha cara — replicou Ralph em sua maneira fria e sarcástica. — Sr. Squeers, esta é a minha sobrinha: a irmã de Nicholas!

— Muito prazer em conhecê-la, senhorita — disse Squeers, levantando ligeiramente o chapéu. — Eu gostaria que a Sra. Squeers aceitasse moças, e pudéssemos levar a senhorita como professora. Mas não sei se ela não teria ciúmes. Ha! Ha! Ha!

Se o proprietário de Dotheboys Hall pudesse saber o que se passava no peito de seu assistente naquele momento, ele teria descoberto, com alguma surpresa, que estava próximo a ser severamente esmurrado, como nunca fora na vida. Kate Nickleby, tendo percebido de imediato as emoções do irmão, puxou-o com cuidado para o lado e, assim, evitou que o Sr. Squeers fosse pego de surpresa.

— Meu querido Nicholas — disse a moça —, quem é este homem? Que tipo de lugar é esse para onde você está indo?

— Pouco sei, Kate — respondeu Nicholas, apertando a mão da irmã. — Suponho que a gente de Yorkshire seja um tanto tosca e sem refinamento; é só.

— Mas essa pessoa... — insistiu Kate.

— É o meu empregador, ou mestre, ou como queira chamá-lo — respondeu Nicholas rapidamente —, e eu seria um burro se levasse sua rudeza a sério. Eles estão olhando para cá, e está na hora de eu tomar o meu lugar. Deus te abençoe, minha querida, e até a volta! Mãe, aguardo ansiosamente nosso próximo encontro! Tio, adeus! Obrigado de coração por tudo que fez e que vier a fazer. Estou pronto, senhor!

Com essa despedida apressada, Nicholas tomou ligeiro seu assento e acenou com a mão galantemente, como se com ela fosse seu coração.

Naquele momento, quando o cocheiro e o fiscal comparavam anotações pela última vez antes da partida quanto à lista de passageiros; quando os carregadores tentavam arrecadar as derradeiras e relutantes moedas, jornaleiros ambulantes ofereciam pela última vez o jornal da manhã, e os cavalos agitavam-se impacientes em seus arreios; Nicholas sentiu alguém puxando sua perna levemente. Olhou para baixo e lá estava Newman Noggs, que colocou em sua mão uma carta suja.

— O que é isso? — perguntou Nicholas.

— Silêncio! — disse Noggs, apontando para o Sr. Ralph Nickleby, que falava seriamente com Squeers, a pouca distância dali. — Tome. Leia. Ninguém sabe. É só.

— Pare! — disse Nicholas.

— Não — replicou Noggs.

Nicholas o mandou parar de novo, mas Newman Noggs já se fora.

Um minuto de alvoroço, uma batida das portas da carruagem, um balanço do veículo para um lado, quando o pesado cocheiro e ainda mais pesado fiscal tomaram seus assentos; um grito de tudo pronto, alguns toques da corneta, o olhar rápido para dois rostos tristes lá embaixo, e as feições duras do Sr. Ralph Nickleby, e a carruagem deu partida com o som dos cascos sobre o pavimento de Smithfield.

As pernas dos meninos sendo curtas demais para que eles conseguissem apoiar os pés depois de sentados, e, consequentemente, os corpos dos meninos correndo o risco de serem lançados para fora da carruagem, Nicholas tinha muito que fazer para segurá-los, enquanto seguiam pelo calçamento. Entre o esforço manual e a ansiedade mental, ao desempenhar essa tarefa, ele sentiu um grande alívio quando a carruagem parou na Peacock, na Islington. Ficou ainda mais aliviado quando um cavalheiro de aspecto amigável, de aspecto bem-humorado e faces rosadas, subiu atrás e propôs sentar-se na outra extremidade do banco.

— Se colocarmos alguns desses jovens no meio — disse o recém-chegado —, eles ficarão mais protegidos, caso venham a adormecer, não é?

— Tenha a bondade, senhor — respondeu Squeers —, isso é a coisa certa a se fazer. Sr. Nickleby, ponha três desses meninos entre o senhor e o cavalheiro. Belling e o mais novo dos Snawley podem sentar-se entre mim e o guarda. Três crianças — disse Squeers, explicando ao estranho — pagam passagem como duas.

— Não faço nenhuma objeção, certamente — disse o cavalheiro de faces rosadas —; tenho um irmão que não se importaria de gastar com seus seis filhos o que gastaria com dois nos açougues e confeitarias do reino, admito. Longe disso.

— Seis filhos, senhor? — repetiu Squeers.

— Sim, todos meninos — respondeu o estranho.

— Senhor Nickleby — disse Squeers, apressado —, pegue aquela cesta. Deixe-me entregar-lhe um cartão, senhor, de um estabelecimento onde esses seis meninos podem ser criados com educação moral e liberal, sem a menor dúvida, por vinte guinéus por ano... vinte guinéus, senhor... e eu arredondaria isso, digamos, para cem libras por ano pelos seis.

— Ah! — exclamou o cavalheiro, olhando para o cartão. — Suponho que seja o Sr. Squeers mencionado aqui.

— Sim, sou eu, senhor — respondeu o valoroso pedagogo. — Sr. Wackford Squeers é o meu nome, e estou longe de me envergonhar disso. Estes são alguns dos meus meninos, senhor; e esse é um dos meus assistentes, Sr. Nickleby, filho de um cavalheiro e um grande erudito, bom na matemática e nas disciplinas clássicas e de comércio. Não fazemos coisas pela metade em nossa instituição. Meus meninos recebem todo tipo de educação, senhor; as despesas não são levadas em conta; e eles recebem tratamento paternal e têm direito a banho.

— Sinceramente — disse o cavalheiro, olhando para Nicholas com um meio sorriso e mais do que meia expressão de surpresa —, essas são, de fato, vantagens.

— É isso mesmo, senhor — concordou Squeers, colocando as mãos nos bolsos do sobretudo. — As mais irrefutáveis referências são dadas e exigidas. Eu não aceitaria indicação de nenhum menino que não assumisse a responsabilidade pelo pagamento de cinco libras por trimestre, não mesmo, nem que isso fosse solicitado de joelhos e com lágrimas nos olhos.

— Altamente ponderado — disse o passageiro.

— É meu objetivo e finalidade ser ponderado, senhor — retomou Squeers. — Snawley, menino, se não parar de bater os dentes e tremer de frio, num instante aquecerei você com uns bons sopapos.

— Sentem eretos aqui, cavalheiros — disse o fiscal ao subir.

— Tudo bem aí atrás, Dick? — gritou o cocheiro.

— Tudo bem — foi a resposta. — E lá vai ela! — E lá se foi a carruagem, em meio a um toque alto da corneta do fiscal e da aprovação tranquila de todos os juízes de carruagens e cabriolés congregados na Peacock, porém mais especificamente dos ajudantes, com as cobertas sobre os braços, observando o veículo até desaparecer, e depois seguindo devagar para os estábulos, demonstrando admiração e fazendo várias observações elogiosas em voz baixa sobre a beleza dos cavalos e da carruagem.

Quando já havia soprado até quase perder o fôlego, o fiscal (que era um velho corpulento de Yorkshire) colocou a corneta no pequeno tubo de uma cesta presa à lateral da carruagem, posta ali para esse fim, e bateu no peito e nos ombros várias vezes, notando que estava excepcionalmente frio; depois disso, ele perguntou a cada passageiro individualmente se viajaria o trajeto inteiro e, se não fosse, até onde *iria*. As respostas a essas perguntas tendo sido satisfatórias, ele conjecturou que as estradas estariam muito difíceis depois da neve que caíra na noite anterior e tomou a liberdade de perguntar se algum dos cavalheiros levava uma caixa de rapé. Como ninguém levava uma, ele comentou com ar misterioso que ouvira um médico, que ia para Grantham na semana anterior, dizer que o rapé era prejudicial aos olhos; mas que ele nunca percebera isso e, disse também, cada um deveria ter a sua opinião. Ninguém tendo se manifestado para contradizê-lo, tirou um pequeno embrulho de papel pardo do chapéu e, colocando um par de óculos de armação de chifre (a escrita sendo difícil de decifrar), leu as instruções meia dúzia de vezes; isso feito, colocou o embrulho de volta no lugar, guardou os óculos de novo e olhou para cada um dos passageiros. Depois, tocou a corneta outra vez como que para se revigorar; e, tendo exaurido seus tópicos de conversa usuais, cruzou os braços da melhor maneira que pôde em meio a tantos casacos e, caindo num solene silêncio, passou a olhar distraído para os objetos familiares que tinha ao seu redor, enquanto a carruagem seguia em frente; as únicas coisas que pareciam interessá-lo eram os cavalos e as manadas de gado, que ele examinava com ar crítico quando passavam por eles na estrada.

O clima estava intensa e implacavelmente frio; muita neve caía de tempos em tempos; e o vento era cortante e intolerável. O Sr. Squeers descia em quase todas as paradas — para esticar as pernas, ele dizia — e, como sempre voltava de tais descidas com um nariz muito vermelho e logo se ajeitava para dormir, havia razão para supor que ele obtinha grande benefício desse processo. Os pequenos alunos tendo sido estimulados com o restante de seu desjejum e revigorados por vários copos pequenos de um curioso cordial levado pelo Sr. Squeers, bebida que tinha o sabor semelhante ao de água com torrada, colocada numa garrafa de conhaque por engano, adormeciam, acordavam, tremiam e choravam conforme mandavam seus sentimentos. Nicholas e o homem de bom temperamento tinham tanto sobre que falar que, entre conversar e animar os meninos, o tempo passava tão rapidamente quanto possível sob essas circunstâncias adversas.

E assim transcorreu o dia. Na parada de Eton Slocomb, houve um bom jantar, do qual tomaram parte os que estavam na boleia, os quatro passageiros sentados na frente do lado de fora, o que estava no interior, Nicholas, o homem de bom temperamento e o Sr. Squeers; enquanto os cinco menininhos foram colocados para se aquecer ao lado da lareira e regalados com sanduíches. Algumas paradas adiante, as lâmpadas foram acesas e houve um grande tumulto ocasionado pelo embarque, numa hospedaria de beira de estrada, de uma mulher impertinente, com uma infinita variedade de mantos e pequenos pacotes, que lamentava em voz alta, para sorte dos que estavam do lado de fora, o fato de sua carruagem, que deveria tê-la apanhado ali, não ter aparecido, e esta senhora fez o fiscal prometer solenemente parar todas as carruagens verdes que ele visse passar; o que, como era uma noite escura e por estar sentado com o rosto voltado para o outro lado, aquele senhor garantiu enfaticamente que o faria. Por fim, a mulher impertinente, encontrando no interior da carruagem um cavalheiro solitário, pediu que acendesse uma pequena lâmpada que ela carregava na bolsa, e, depois de muito transtorno, as portas foram fechadas, os cavalos foram conduzidos a trote largo, e a carruagem, uma vez mais, partiu célere.

A noite e a neve chegaram juntas, e bastante lúgubres eram elas. Não se ouvia som algum, a não ser o uivo do vento; pois o ruído das rodas e os trotes dos cavalos tornaram-se inaudíveis pela grossa camada de neve que cobria o solo, e que aumentava rapidamente a cada instante. As ruas de Stamford estavam desertas quando passaram pela cidade; e suas velhas igrejas elevavam-se, escuras e assustadoras, sobre o chão embranquecido. Trinta quilômetros adiante, dois dos passageiros da frente, aproveitando-se sabiamente da chegada a uma das melhores hospedarias da Inglaterra, ali pernoitaram, na George, em Grantham. Os restantes se embrulharam mais ainda em seus casacos e mantos, e deixando a luz e o calor da cidade para trás, recostaram-se em suas bagagens e prepararam-se com muitos gemidos meio suprimidos, para uma vez mais enfrentar as fortes rajadas que varriam o campo aberto.

Eles estavam a pouco mais de uma estação além de Grantham, ou a cerca de meia entre esta última e Newark, quando Nicholas, que fazia pouco tempo adormecera, foi subitamente despertado por um brusco solavanco que quase o arremessou para fora do assento. Segurando-se na barra de apoio, ele percebeu que a carruagem afundara bastante de um lado, embora ainda estivesse sendo conduzida pelos cavalos; e enquanto por um instante — confuso com as rodas tombadas e os gritos da mulher ali dentro — ele hesitava, sem saber se pulava fora ou não, o veículo virou, libertando-o da incerteza ao jogá-lo na estrada.

CAPÍTULO VI

No qual a ocorrência do acidente mencionado no capítulo anterior dá a dois cavalheiros a oportunidade de contar histórias

— Eh, eh! — gritou o fiscal, de pé num instante e correndo para os cavalos da frente.

— Tem argum cavaleiro aí pra me dá uma mãozinha aqui? Quieto, droga! Eh, eh!

— Qual é o problema? — perguntou Nicholas, olhando para cima, sonolento.

— Pobrema, rapaz, muito pobrema pra uma noite — respondeu o guarda. — Droga de cavalo caolho, ficou louco, eu acho, porque a carruagem virou. Ei, cê aí, não pode dá uma mãozinha aqui? Droga! Eu tinha segurado, nem que quebrasse os meus osso tudo.

— Posso, sim! — gritou Nicholas, levantando-se cambaleante. — Já estou indo. Um pouco confuso, é só.

— Segura firme, rapaz — gritou o fiscal —, enquanto abro caminho. Aguenta firme, de qualquer jeito. Muito bem, meu rapaz. É isso aí. Pode soltar agora. Desgraçados! Agora eles vão voltar rápido!

Na verdade, os animais assim que foram soltos voltaram a trote, com muita determinação, para o estábulo de onde haviam acabado de sair, e que ficara cerca de um quilômetro para trás.

— Consegue tocar uma corneta? — perguntou o fiscal, soltando uma das lâmpadas da carruagem.

— Creio que sim — respondeu Nicholas.

— Então toque logo uma dessas aí do chão, e forte o bastante pra levantar os morto, vamos, rapaz — disse o homem —, enquanto eu acabo co' essa gritaria lá dentro. Já vai! Já vai! Não faça tanto barulho, senhora.

Enquanto falava, o homem forçava a porta superior da carruagem para abri-la, e Nicholas, segurando a corneta, fez soar ecos a distância com um dos mais extraordinários toques naquele instrumento jamais escutado por ouvidos mortais. Aquilo surtiu efeito, e não apenas em levantar os passageiros que se recuperavam dos efeitos da queda, mas em conseguir ajuda para socorrê-los; então, luzes cintilaram ao longe, e as pessoas começaram a se movimentar.

Na verdade, um homem a cavalo galopou naquela direção, antes de os passageiros se recomporem; e, depois de uma verificação cuidadosa, parecia que a senhora havia quebrado sua lâmpada, e o cavalheiro, a cabeça; que os dois passageiros da frente haviam escapado com olhos roxos; o da boleia, com um nariz ensanguentado; o cocheiro, com uma concussão na têmpora; o Sr. Squeers, com uma constelação de hematomas nas costas; e o restante dos passageiros sem ferimento algum, graças à maciez da neve sobre a qual haviam caído. Esses fatos nem sequer haviam sido todos descobertos, quando a mulher deu várias indicações de que ia desmaiar — mas, tendo sido avisada de que, se isso acontecesse, ela teria de ser carregada nos ombros de algum cavalheiro até a taberna mais próxima, ela, prudentemente, pensou melhor e seguiu caminhando com os outros passageiros.

Ao chegarem, descobriram que era um lugar isolado, sem grandes acomodações no que dizia respeito a quartos — essa parte de seus recursos destinada a uma sala pública com areia no chão e umas poucas cadeiras. Entretanto, um monte de lenha e um bom suprimento de carvão, empilhados na lareira, fizeram com que o aspecto das coisas não tardasse a melhorar; e, quando acabaram de limpar todas as marcas apagáveis do acidente, a sala estava aquecida e clara, o que era uma mudança das mais agradáveis, se comparada ao frio e à escuridão do lado de fora.

— Muito bem, Sr. Nickleby — disse Squeers, insinuando-se no canto mais aquecido. — O senhor conseguiu segurar bem aqueles cavalos. Eu teria feito isso se tivesse chegado na hora, mas estou muito satisfeito que o tenha feito. Fez muito bem; muito bem.

— Tão bem — disse o cavalheiro de rosto alegre, que não gostou muito do tom condescendente adotado por Squeers — que, se os animais não tivessem parado completamente quando foram controlados, era provável que não lhe tivesse restado cérebro para ensinar.

Essa observação clamava por um discurso relativo à prontidão com que Nicholas se apresentara, e ele foi inundado de cumprimentos e elogios.

— Estou muito feliz de ter escapado, claro — observou Squeers. — Todo homem fica feliz quando escapa do perigo; mas se um daqueles sob minha tutela tivesse se ferido... se eu tivesse sido impedido de devolver algum desses meninos aos pais deles, inteirinhos e em segurança, do jeito que os recebi... como eu me sentiria? Ora, seria preferível que uma roda passasse sobre a minha cabeça.

— Eles são todos irmãos, senhor? — perguntou a senhora, que havia carregado a lâmpada Davy ou lâmpada de segurança.

— Num certo sentido, sim, senhora — respondeu Squeers, mergulhando no bolso de seu sobretudo em busca de cartões. — Todos recebem o mesmo tratamento afetuoso e familiar. A Sra. Squeers e eu somos como pai e mãe para cada um deles. Sr. Nickleby, passe estes cartões para a senhora, e ofereça estes aos cavalheiros. Talvez eles conheçam alguns pais que queiram se beneficiar de nosso estabelecimento.

Expressando-se dessa maneira, o Sr. Squeers, que não perdia a oportunidade de fazer uma propaganda gratuita, colocou as mãos sobre os joelhos e olhou para os pupilos com tanta benevolência quanta conseguia demonstrar, e Nicholas, corando de vergonha, distribuiu os cartões, como mandado.

— Espero que não tenha tido nenhum problema com o acidente, senhora — disse o cavalheiro de rosto alegre, dirigindo-se à mulher impertinente como se desejasse, caridosamente, mudar de assunto.

— Nenhum problema físico — respondeu a mulher.

— Nem mental, espero.

— O assunto é muito doloroso para os meus sentimentos, senhor — respondeu a mulher com forte emoção —, e peço-lhe que, como cavalheiro, não se refira a ele.

— Santo Deus! — disse o cavalheiro de rosto alegre, parecendo mais alegre ainda. — Eu quis somente perguntar...

— Espero que nenhuma pergunta seja feita — disse a mulher —, ou serei forçada a procurar a proteção dos outros cavalheiros. Senhorio, faça o obséquio de mandar um rapaz ficar de vigia do lado de fora... e, se alguma carruagem verde passar em direção a Grantham, diga a ele que a mande parar imediatamente.

As pessoas da casa ficaram evidentemente impressionadas com essa solicitação e, quando a senhora pediu ao menino para lembrar-se, como meio de identificar a esperada carruagem verde, de que o cocheiro estaria na boleia, usando um chapéu com laços dourados, e um criado, na parte traseira, muito provavelmente de meias de seda, as atenções da boa dona da hospedaria redobraram. Até mesmo o passageiro da boleia foi contagiado, e, demonstrando grande consideração, logo perguntou se não havia pessoas da sociedade naquela região, ao que a senhora respondeu que sim, havia: de uma maneira que deixava implícito que ela frequentava seus mais altos meios.

— Como o fiscal foi até Grantham a cavalo para buscar outra carruagem — disse o cavalheiro de bom temperamento quando já estavam todos sentados ao redor da lareira há certo tempo, em silêncio — e deve demorar umas duas horas no mínimo, proponho uma jarra de ponche. O que diz, senhor?

A pergunta fora dirigida ao passageiro de cabeça quebrada, que era um homem de aparência bem distinta, em trajes de luto. Ele não passava da meia-idade, mas seus cabelos eram grisalhos; pareciam ter embranquecido prematuramente pelas preocupações ou tristezas. De imediato, o cavalheiro aceitou a proposta e parecia ter sido favoravelmente influenciado pela boa e honesta natureza do indivíduo do qual ela emanara.

Este último personagem assumiu a função de servir, quando o ponche ficou pronto, e, depois de distribuir a todos, conduziu a conversa aos velhos tempos de York, com os quais ele e o cavalheiro grisalho pareciam estar bem familiarizados. Quando esse tópico se esgotou, virou-se com um sorriso para o homem grisalho e perguntou se ele sabia cantar.

— Não sei, sinceramente — respondeu o cavalheiro, sorrindo por sua vez.

— É uma pena — disse o dono do semblante bem-humorado. — Alguém sabe cantar uma canção para ajudar a passar o tempo?

Os passageiros, todos, sem exceção, declararam que não sabiam; que desejavam saber, que não conseguiam lembrar as letras de nenhuma sem o texto; e assim por diante.

— Talvez a senhora não se opusesse — disse o presidente com grande respeito e uma piscadela divertida. — Algo italiano, da última ópera que esteve na cidade, seria bem-vindo, eu diria.

Como a senhora não se dignou a responder, e, em vez disso, virou a cabeça desdenhosamente e murmurou algumas outras expressões de surpresa pela ausência da carruagem verde, uma ou duas vozes insistiram com o presidente para que ele próprio tentasse, para benefício de todos.

— Eu cantaria se soubesse — disse o homem de bom temperamento —, pois considero que, neste caso, como em todos os outros em que pessoas que não se conhecem encontram-se inesperadamente juntas, elas deviam tentar mostrar-se o mais agradáveis possível, para o bem da pequena comunidade.

— Eu gostaria que a máxima fosse mais amplamente realizada, em todos os casos — disse o cavalheiro grisalho.

— Folgo em saber — observou o outro. — Já que não sabe cantar, talvez possa nos contar uma história.

— Não. Eu pediria que o senhor fizesse isso.

— Depois do senhor, farei com prazer.

— Naturalmente! — disse o cavalheiro grisalho, sorrindo. — Bom, que seja assim, então. Temo que o que me vem à mente não seja calculado para alegrar o tempo que devem passar aqui; mas é o senhor que está pedindo, e que deve julgar. Estávamos falando de York Minster agora mesmo. A minha história fará referência a essa cidade. Vamos a ela.

As cinco irmãs de York
Após murmúrios de aprovação dos outros passageiros, durante os quais a mulher impertinente bebeu um copo de ponche sem ser notada, o cavalheiro grisalho deu então início a seu relato:

— Há muitos e muitos anos... quando o século xv mal entrava em seu segundo ano e o rei Henrique IV ocupava o trono da Inglaterra... viviam, na antiga cidade de York, cinco irmãs solteiras, as personagens da minha história.

— Estas cinco irmãs eram de extraordinária beleza. A mais velha tinha vinte e três anos, a segunda era um ano mais moça, a terceira tinha um ano a menos que a segunda, e a quarta, um ano a menos que a terceira. Eram mulheres altas e elegantes, de olhos negros e cabelos pretos retintos; seus movimentos eram cheios de graça e dignidade; e a fama de sua grande beleza espalhara-se por todo o país.

— Porém, se as quatro irmãs mais velhas eram formosas, como era encantadora a mais nova, uma belíssima criatura de dezesseis anos! Os róseos tons da pele macia das frutas ou os delicados matizes das flores não são mais belos do que era a mistura de rosa e lírio em sua face meiga, ou o azul profundo de seus olhos. A vinha, em toda a sua elegante exuberância, não é mais graciosa do que eram os cachos dos sedosos cabelos castanhos que lhe caíam com graça ao redor da fronte.

— Se todos nós tivéssemos corações como os que batem tão suavemente no peito dos jovens e belos, que paraíso não seria esta terra! Se, enquanto nossos corpos envelhecessem e murchassem, nossos corações pudessem reter sua prévia juventude e seu antigo frescor, de nada nos adiantariam nossas tristezas e nossos sofrimentos! Mas a tênue imagem do Éden que está estampada neles na infância se atrita e se desgasta nas nossas duras lutas com o mundo, e logo desaparece: muito frequentemente sem deixar vestígio a não ser um pesaroso vazio.

— O coração dessa bela jovem era envolto em felicidade e alegria. Uma afeição sincera pelas irmãs e um amor intenso por todas as coisas bonitas da natureza eram seus puros sentimentos. Sua voz alegre e seu riso feliz eram a mais doce música em sua casa. Ela era a luz e a vida daquele lar. As flores mais brilhantes do jardim apagavam-se diante dela; os pássaros nas gaiolas cantavam quando ouviam sua voz e lamentavam quando sentiam falta de sua doçura. Alice, querida Alice; qual ser vivo no âmbito de seu suave encanto poderia deixar de amá-la?

— Hoje se procura em vão o local onde essas irmãs viveram, pois até seus nomes foram esquecidos, e os antiquários empoeirados falam sobre elas como falam de uma fábula. Porém, elas viveram numa velha casa de madeira... velha até mesmo na época... com cumeeiras projetadas e varandas de carvalho rudemente trabalhado, e que ficava em um agradável pomar, cercada por um muro de pedra grosseiro, de onde um forte arqueiro poderia lançar uma flecha no Mosteiro de St. Mary. O velho mosteiro florescia então; e as cinco irmãs, para habitar em seus agradáveis domínios, pagavam uma soma anual aos monges negros de São Bento, fraternidade a que o mosteiro pertencia.

— Numa bela e ensolarada manhã, no clima agradável do verão, um dos monges negros surgiu no portal do mosteiro e dirigiu seus passos à casa das belas irmãs. Acima, o céu era azul, e, abaixo, a terra era verde; o rio brilhava como um caminho de diamantes sob o sol; os pássaros cantavam nas árvores frondosas; a cotovia voava alto sobre o milho esvoaçante; e o zumbido forte dos insetos enchia o ar. Tudo parecia alegre e sorridente; mas o homem santo prosseguia em seu caminho com o olhar voltado para o chão. A beleza da terra não é senão um alento, e o homem é apenas uma sombra. Que afinidade teria um santo pregador com ambas?

— De olhos voltados para o chão, então, ou apenas elevados o suficiente para evitar tropeçar nos obstáculos que se encontravam em seu caminho, o religioso seguiu devagar até que chegou a um pequeno portão dos fundos, no muro do pomar das irmãs, através do qual ele passou, fechando-o em seguida. O som de vozes suaves conversando e rindo alegremente chegou a seus ouvidos antes que ele tivesse dado muitos passos; e, erguendo a vista um pouco mais do que era seu humilde costume, ele observou, a uma distância não muito grande, as cinco irmãs sentadas na grama, com Alice no centro; todas ocupadas com suas tarefas costumeiras de bordado.

— "Salve, belas jovens!", disse o frade; e belas, na verdade, elas eram. Até mesmo um monge as teria amado como obras-primas da mão de seu Criador.

— As irmãs saudaram o homem santo com a devida reverência, e a mais velha convidou-o a sentar-se num banco musgoso ao lado delas. Mas o bom frade fez que não com a cabeça e sentou-se numa pedra muito dura, o que, sem dúvida, os anjos julgadores aprovaram com satisfação.

— "Parecem felizes, filhas", disse o monge.

— "O senhor sabe como a nossa doce Alice é alegre", respondeu a irmã mais velha, passando os dedos pelos cachos da donzela sorridente.

— "E essa natureza florescente e brilhante sob a luz do sol, padre, desperta em nós muita alegria e satisfação", acrescentou Alice, enrubescendo sob o olhar severo do recluso.

— O monge não respondeu, a não ser por uma grave inclinação da cabeça, e as irmãs continuaram sua tarefa em silêncio.

— "Mas desperdiçam horas preciosas", disse o monge, por fim, voltando-se para a irmã mais velha enquanto falava, "desperdiçam horas preciosas com tanta leviandade. É uma lástima que as poucas bolhas na superfície da eternidade... tudo que os Céus desejam que vejamos daquele rio escuro e profundo... sejam tão futilmente dissipadas!".

— "Padre", argumentou a donzela, interrompendo seu intenso trabalho, como o fizeram as outras irmãs, "fizemos as nossas orações matinais, nossas esmolas foram distribuídas no portão, os camponeses doentes foram atendidos... todas as nossas tarefas matinais foram realizadas. Espero que a nossa ocupação não seja censurável".

— "Olhem isto", disse o frade, tomando o bastidor da mão dela, "um emaranhado de linhas de cores berrantes, sem propósito ou objetivo, a menos que seja destinado um dia a algum adorno fútil, para alimentar a vaidade do sexo frágil e leviano. Todos os dias sendo utilizados nessa tarefa inútil, e ainda assim nem a metade foi concluída. A sombra de cada dia que passa recai sobre nossos túmulos, e o verme exulta quando a vê, sabendo que estamos nos encaminhando para lá. Filhas, não há melhor maneira de passar essas horas efêmeras?".

— As quatro irmãs mais velhas abaixaram a vista diante da repreensão do homem santo, mas Alice ergueu os olhos e dirigiu-os suavemente ao frade.

— "Nossa querida mãe", disse a donzela; "Que a alma dela descanse em paz nos céus!".

— "Amém!", disse o frade com voz profunda.

— "Nossa querida mãe", hesitou a bela Alice, "ainda era viva quando começamos nossas longas tarefas, e nos pediu para, em nossas horas de lazer, quando ela não mais estivesse neste mundo, continuarmos o nosso trabalho, com discrição e alegria; ela disse que, se passássemos juntas nossas horas de inocente diversão e de distrações de jovens, elas seriam as mais felizes e mais tranquilas de nossas vidas, e que se, mais tarde, partíssemos para o mundo e nos envolvêssemos com sua lida e suas preocupações... se, levadas por suas tentações e ofuscadas por seu brilho, esquecêssemos que o amor e o dever que deveriam unir com laços sagrados as filhas de uma mãe querida... um olhar de volta às atividades compartilhadas de nossa mocidade despertaria os bons pensamentos dos dias passados e comoveria nossos corações com afeição e amor".

— "Alice está dizendo a verdade, padre", disse a irmã mais velha, bastante orgulhosa. E, ao dizer isso, retomou seu trabalho, assim como as outras irmãs.

— Era um tipo de pano com amostras de bordado de tamanho grande, que cada irmã tinha diante de si; o desenho era de descrição complexa e intrincada, e o padrão e as cores de todas as cinco eram os mesmos. As irmãs voltaram-se graciosamente sobre seu trabalho; o monge, apoiando o queixo nas mãos, olhava de uma para a outra em silêncio.

— "Como seria melhor", disse ele em seguida, "abandonar esses pensamentos e caprichos, e, sob a serena proteção da Igreja, devotar suas vidas ao Paraíso! A infância, a juventude e a velhice definham rapidamente à medida que se sobrepõem umas às outras. Pensem em como a poeira humana se precipita em direção ao túmulo e, voltando-se com determinação para esse fim, evitem a nuvem que se eleva entre os prazeres do mundo e que enganam os sentidos de seus adoradores. O véu, filhas, o véu!".

— "Nunca, irmãs", protestou Alice. "Não troquemos a luz e o ar do céu, nem o frescor da terra e todas as coisas belas que respiram sobre ela pela frieza do claustro e da cela. As bênçãos da natureza são os bens da vida, e podemos compartilhá-los juntas, sem pecado. Morrer é a nossa sina, mas, ah, que morramos com a vida ao nosso redor; quando nossos corações frios pararem de bater, que corações calorosos batam perto de nós; que nosso último olhar seja para os domínios que Deus colocou sob seu céu brilhante, e não para paredes de pedra e barras de ferro! Queridas irmãs, vivamos e morramos dentro dos limites deste jardim verdejante; evitemos apenas as trevas e tristezas de um claustro, e seremos felizes."

— As lágrimas inundaram os olhos da donzela quando ela terminou seu arrebatado apelo e escondeu o rosto no peito da irmã.

— "Fique tranquila, Alice", disse a mais velha, beijando-lhe a formosa fronte. "O véu jamais lançará sua sombra sobre seu rostinho jovem. O que dizem, irmãs? Falem por vocês, e não por Alice, nem por mim."

— As irmãs, de comum acordo, declararam que a sorte delas foi lançada junta, e que havia abrigos de paz e virtude além dos muros do convento.

— "Padre", disse a mais velha das moças, com dignidade, "o senhor escutou a nossa decisão final. Os mesmos cuidados piedosos que enriqueciam o mosteiro de St. Mary e nos deixaram, órfãs, sob sua tutela sagrada, ordenaram que nenhum constrangimento fosse imposto a nossas vocações, mas que devíamos ser livres para viver de acordo com nossa escolha. Não falemos mais sobre isso, imploramos ao senhor. Irmãs, já é quase meio-dia. Vamos nos abrigar até a noite". Com uma reverência ao monge, a moça levantou-se e partiu em direção à casa, de mãos dadas com Alice; as outras irmãs as acompanharam.

— O homem santo que sempre insistira no mesmo ponto, mas que nunca antes recebera tamanha recusa, caminhou a pouca distância atrás delas, com os olhos dirigidos ao chão e os lábios movendo-se *como se* em oração. Quando as irmãs chegaram à entrada, ele apressou o passo e mandou-as parar.

— "Esperem!", exclamou o monge, levantando a mão direita no ar e lançando um olhar raivoso, ora a Alice, ora à irmã mais velha. "Esperem, e ouçam o que eu tenho a lhes dizer o que significam essas lembranças, que preferem à eternidade, e que se tornam presentes... caso venham a cair no esquecimento... por meio desses fúteis passatempos. A lembrança de coisas mundanas é carregada, mais tarde na vida, de amargas frustrações, sofrimentos, morte; de transformações sombrias e tristezas devastadoras. O dia chegará em que um olhar para essas diversões sem sentido abrirá feridas profundas em seus corações e atingirá o âmago de suas almas. Quando essa hora chegar... e, prestem atenção, ela chegará... deem as costas ao mundo a que se apegam e voltem-se para o refúgio que agora rejeitam. Encontrem a cela que seja mais fria do que o fogo das paixões mundanas quando apagado pelas calamidades e provações, e lá chorem pelos sonhos da juventude. Essas coisas são a vontade de Deus, não a minha", disse o frade, abaixando a voz, enquanto olhava para as moças, retraídas. "Que as bênçãos da Virgem recaiam sobre vocês, filhas!"

— Com essas palavras, ele desapareceu depois de atravessar o portão; e as irmãs entraram em casa apressadas e não foram mais vistas naquele dia.

— Mas a natureza sorri, embora os padres franzam o cenho, e no dia seguinte o sol brilhou, e continuou a brilhar no outro dia, e no dia seguinte de novo. E, na claridade da manhã e suave repouso da noite, as cinco irmãs caminhavam, ou trabalhavam, ou se divertiam com conversas animadas, em seu tranquilo pomar.

— O tempo passou, como numa história que é contada; mais rápido até que o tempo em que muitas histórias são contadas, entre as quais, temo que esta possa ser uma. A casa das cinco irmãs permaneceu onde estava, e as mesmas árvores lançavam suas sombras agradáveis sobre a relva do pomar. As irmãs também estavam lá, e adoráveis como a princípio, porém uma mudança havia ocorrido na casa delas. Às vezes, havia o choque de armaduras e o reflexo da lua sobre capacetes de aço; e, outras vezes, cavalos exaustos eram esporeados até o portão, e uma figura feminina saía correndo, como se para pedir notícias ao cansado mensageiro. Um bom séquito de cavalheiros e damas hospedou-se por uma noite, dentro dos muros do mosteiro e, no dia seguinte, seguiu viagem novamente, levando entre eles duas das lindas irmãs. Então, os cavaleiros começaram a vir menos frequentemente e pareciam trazer más notícias quando surgiam, mas aos poucos foram deixando de vir por completo, e os camponeses de pés doloridos caminhavam devagar até o portão, após o crepúsculo, e lá sorrateiramente realizavam sua tarefa. Um dia, um vassalo foi despachado às pressas para o mosteiro no meio da noite e, quando amanheceu, ouviam-se sons de pesar e de lamentos na casa das irmãs; e depois disso, um silêncio tenebroso recaiu sobre ela, e cavalheiro ou dama, cavalo ou armadura, nunca mais foi visto ali.

— Havia uma terrível escuridão no céu, e o sol pusera-se furioso, tingindo as pesadas nuvens com os últimos traços de sua ira, quando o mesmo monge negro passou por ali devagar de braços cruzados, bem próximo ao mosteiro. Uma praga espalhara-se nas árvores e arbustos; e o vento, começando a quebrar a quietude pouco natural que prevalecera durante todo o dia, suspirava pesadamente de tempos em tempos, como se prevendo na tristeza a destruição da iminente tempestade. O morcego planava em voos fantásticos no ar pesado, e o solo estava vivo com criaturas rastejantes, cujo instinto as levava ali para inchar e engordar na chuva.

— Os olhos do frade não mais se dirigiam ao chão; estavam voltados para longe e indo de ponto a ponto, como se a tristeza e a desolação da cena encontrassem uma rápida resposta em seu próprio peito. Novamente, ele parou próximo à casa das irmãs e, novamente, entrou pelo portão dos fundos.

— Porém, ele não mais escutou o som de risos, nem seus olhos pousaram nas belas imagens das cinco irmãs. Tudo era silêncio e abandono. Os galhos das árvores estavam curvados e quebrados, e a relva estava alta e espessa. Nenhum pezinho leve a pisara fazia muitos e muitos dias.

Com a indiferença ou abstração de quem está acostumado com a mudança, o monge entrou na casa e, depois, em um quarto escuro e pequeno. Quatro irmãs se encontravam sentadas. Suas roupas pretas tornavam seus rostos ainda mais pálidos, e o tempo e o pesar haviam deixado marcas profundas. Ainda eram imponentes, mas o resplendor e a ostentação da beleza não mais existiam.

— E Alice... onde estava ela? No Céu.

— O monge... até mesmo o monge... podia tolerar certa tristeza ali; pois fazia muito tempo que as irmãs não se encontravam, e havia rugas profundas em seus rostos pálidos que os anos não podiam apagar. Ele sentou-se em silêncio e fez um sinal para que elas continuassem suas palavras.

— "Eles estão aqui, irmãs", disse a mais velha com voz trêmula. "Desde então, não mais lhes dirigi o olhar e agora me culpo pela minha fraqueza. O que há na lembrança dela que devêssemos temer? Recordar nossos velhos tempos será ainda um prazer solene."

— Ela olhava para o monge enquanto falava e, abrindo um armário, retirou de lá os quatro bastidores do trabalho, completado muito tempo atrás. Seu passo era firme, mas a mão tremia quando apresentou o último; e, quando, diante daquilo, o sentimento das irmãs se extravasou, suas lágrimas contidas abriram caminho, e ela soluçou "Deus a abençoe!".

— O monge levantou-se e aproximou-se delas. "Foi quase a última coisa que ela tocou quando com saúde" — disse ele em voz baixa.

— "Foi", disse a mais velha, chorando amargamente.

— O monge voltou-se para a segunda irmã.

— "O jovem galante que olhou nos teus olhos e se prendeu a tua respiração quando te viu voltada para esse passatempo jaz enterrado na planície onde a relva é vermelha de sangue. Fragmentos enferrujados de armadura, um dia brilhantemente lustrados, jazem apodrecendo no solo e são tão difíceis de distinguir como dele são os ossos que se desintegram no chão!"

— A jovem gemeu e retorceu as mãos.

— "A política das cortes", ele continuou, voltando-se para as outras duas irmãs, "vos tirou de vossa casa tranquila e levou para ambientes de festas e esplendor. A mesma política e a ambição incansável de... homens orgulhosos e irascíveis vos mandaram de volta, donzelas viúvas e párias humilhadas. Não é verdade o que estou dizendo?".

— Os soluços das duas irmãs foram sua única resposta.

— "Não há necessidade", disse o monge, com um olhar significativo, "de desperdiçar o tempo com futilidades que farão despertar os pálidos fantasmas de esperanças de outros tempos. Enterrem-nos, empilhem penitências e mortificações em suas cabeças, mantenham-nos subjugados e deixem que o convento seja seu túmulo".

— As irmãs pediram três dias para pensar; e acharam, naquela noite, que o véu era de fato a mortalha apropriada para suas alegrias mortas. Mas a manhã chegou novamente, e, embora os ramos das árvores do pomar tivessem caído e se espalhado sem controle pelo chão, era, ainda, o mesmo pomar. A relva estava espessa e alta, mas havia ainda o lugar sobre o qual muitas vezes elas sentaram-se juntas, época em que mudança e tristeza eram apenas nomes. Havia ali cada um dos caminhos e recantos que fizeram Alice feliz; e na nave do mosteiro havia uma lápide plana sob a qual ela dormia em paz.

— E podiam elas, lembrando-se de como aquele jovem coração adoecera ao pensar nas paredes do claustro, visitar seu túmulo, em trajes de monjas, que gelariam as próprias cinzas dentro dele? Podiam elas curvar-se em oração e, quando todo o Céu se voltasse para escutá-las, levar a sombra negra da tristeza às faces de um anjo? Não.

— Elas procuraram artistas de fora, renomados naquela época, e, tendo obtido a aprovação da igreja para seus trabalhos de piedade, mandaram fazer, em cinco compartimentos grandes de vidro belamente pintados, uma cópia fiel de seu antigo trabalho de bordado. Os vidros foram encaixados numa janela grande, até então desprovida de ornamentos; e, quando o sol brilhava, como ela tanto gostava de ver, os padrões familiares se refletiam em suas cores originais e, lançando um raio de luz brilhante no piso, incidiam cálidos sobre o nome Alice.

— Durante muitas horas, todos os dias, as irmãs caminhavam devagar para cá e para lá na nave, ou ajoelhavam-se ao lado da lápide grande e plana. Apenas três irmãs eram vistas no lugar costumeiro, após muitos anos; depois, somente duas, e, por um longo tempo a seguir, apenas uma mulher solitária, curvada pela idade. Finalmente, ela não apareceu mais, e na lápide havia cinco nomes cristãos.

— Essa laje se desgastou e foi reposta por outras, e muitas gerações já se passaram desde então. O tempo suavizou as cores, mas o mesmo raio de luz ainda incide sobre o túmulo esquecido, do qual não há vestígio; e, até hoje, mostra-se aos visitantes, na Catedral de York, uma velha janela chamada Cinco Irmãs.

— Essa é uma história melancólica — disse o cavalheiro de rosto alegre, esvaziando seu copo.

— É uma história de vida, e a vida é feita desses pesares — retorquiu o outro, cortesmente, mas com um tom de voz grave e triste.

— Há sombras em todas as boas pinturas, mas há luzes também, se desejamos contemplá-las — disse o cavalheiro de rosto alegre. — A irmã mais nova na sua história estava sempre animada.

— E morreu cedo — disse o outro, gentilmente.

— Ela teria morrido mais cedo ainda se, talvez, tivesse sido menos feliz — disse o primeiro orador, com bastante sentimento. — Acha que as irmãs, que a amavam tanto, teriam sofrido menos se a vida dela tivesse sido de escuridão e tristeza? Se algo pudesse suavizar a primeira dor aguda de uma grande perda, seria... para mim... a reflexão de que aqueles por quem chorei, por serem inocentemente felizes aqui, e ternos com os que os rodeavam, haviam se preparado para um mundo mais puro e mais feliz. O sol não brilha sobre esta terra justa para se deparar com semblantes carrancudos, pode ter certeza.

— Acho que tem razão — disse o cavalheiro que havia contado a história.

— Acredite! — replicou o outro. — Alguém tem dúvida? Pegue qualquer motivo de arrependimento pesaroso e veja a quanto prazer é associado. A recordação de prazeres passados pode transformar-se em dor...

— Pode, sim — concordou o outro.

— Bom; torna-se. Lembrar-se da felicidade que não se pode voltar a gozar é uma dor, mas de um tipo suavizado. Nossas recordações são, infelizmente, misturadas com muito daquilo que lamentamos, e com muitas atitudes das quais nos arrependemos amargamente; entretanto, numa vida mais variada, tenho convicção de que há tantos pequenos raios de sol para os quais podemos voltar nossas recordações, que não acredito que nenhum mortal (a menos que esteja numa total situação de desespero) derramaria por vontade própria um copo das águas de Lethe**, se tivesse esse poder.

— Talvez tenha razão nessa sua crença — disse o cavalheiro de cabelos grisalhos após uma breve reflexão. — Tendo a pensar que tem razão.

— Por que então — respondeu o outro — o bem neste estado da existência prepondera sobre o mal, não importa o que os erroneamente chamados de filósofos nos digam. E se as nossas emoções forem testadas, as nossas emoções são o nosso consolo e nosso conforto; e as lembranças, por mais tristes que sejam, são o melhor e mais puro elo entre este mundo e um melhor. Mas escutem! Vou contar uma história diferente.

Depois de um breve silêncio, o cavalheiro de rosto alegre serviu o ponche, e, ao lançar um olhar furtivo à mulher impertinente, que parecia desesperadamente apreensiva que ele viesse a relatar algo impróprio, começou:

O barão de Grogzwig

— O Barão Von Koëldwethout de Grogzwig, na Alemanha, era um jovem barão, do tipo que se espera encontrar. Não preciso dizer que ele morava num castelo, porque isso é óbvio; nem preciso dizer que morava num antigo castelo; pois qual barão alemão já morou num castelo novo? Havia muitas circunstâncias estranhas relacionadas a esse venerável edifício, entre as quais, não menos surpreendente e misterioso, o fato de que, quando o vento soprava, ribombava nas chaminés, ou bramia entre as árvores da floresta vizinha; e, quando a lua brilhava, ela encontrava seu caminho através de pequenas fendas nas paredes e, de fato, deixava algumas partes dos salões e galerias bastante claras, enquanto outras ficavam às escuras. Creio que um dos ancestrais do barão, por ter perdido todo seu dinheiro, enfiou uma adaga num cavalheiro que, uma noite, bateu à sua casa para pedir informações, e *supunha-se* que esses acontecimentos sobrenaturais ocorriam como consequência. E também não entendo como isso possa ter ocorrido, porque o ancestral do barão, que era um homem amável, depois se arrependeu muito por ter sido tão duro e, lançando mão violenta de certa quantidade de pedra e madeira que pertenciam a um barão mais fraco, construiu uma

---

** Na mitologia grega, um dos cinco rios do mundo subterrâneo de Hades. Significa "esquecimento". (N.E.)

capela como desculpa e, assim, recebeu um recibo do Céu, acertando todas as suas contas.

— Falar no ancestral do barão me traz à mente suas grandes reivindicações de respeito, por conta de sua linhagem. Não me arrisco a dizer, com certeza, quantos ancestrais o barão teve; mas sei que teve muitos mais do que qualquer outro barão de seu tempo; e ele deveria ter vivido nesses últimos tempos, pois teria tido mais. É muito duro para os grandes homens dos séculos passados terem vindo ao mundo tão cedo, porque um homem que viveu trezentos ou quatrocentos anos atrás não podia, racionalmente, esperar ter tantos ancestrais como um homem nascido agora. O último homem, quem quer que ele seja... e pode ser um sapateiro ou um qualquer, pelo que sabemos... virá de uma linhagem mais longa do que o maior dos nobres hoje vivo; e sustento que isso não é justo.

— Bom, mas não o barão Von Koëldwethout de Grogzwig! Ele era um homem muito bem-apessoado, de pele morena, cabelos pretos e bigodes grandes, que conduzia caçadas em trajes verde-oliva, botas ferrugem e uma trompa de caça pendurada no ombro, como o fiscal de uma grande carruagem. Quando tocava o instrumento, vinte e quatro outros cavalheiros de posição inferior, com roupas verde-oliva um pouco mais grosseiras e botas ferrugem de solas um pouco mais grossas, imediatamente apareciam: e lá ia todo o grupo a galope, com lanças em suas mãos como balaústres polidos, caçar javalis, ou talvez encontrar um urso: e, neste último caso, o barão o mataria primeiro e depois untaria com ele suas suíças.

— Era uma vida feliz a do barão de Grogzwig, e uma vida ainda mais feliz para os auxiliares do barão, que bebiam o vinho do Reno todas as noites até caírem embaixo da mesa, depois continuavam a beber no chão e pediam os cachimbos. Nunca houve espadachins tão alegres, barulhentos, animados e festivos, como o grupo jovial de Grogzwig.

— Mas os prazeres da mesa, ou os prazeres debaixo da mesa, requerem certa variedade; principalmente quando as mesmas vinte e cinco pessoas sentam-se todos os dias para a mesma refeição, para discutir os mesmos assuntos e contar as mesmas histórias. O barão estava cansado e queria mais diversão. Passou a discutir com seus companheiros e tentava chutar uns dois ou três todos os dias após o jantar. De início, essa foi uma boa mudança; mas tornou-se monótona depois de uma semana, e o barão se sentiu entediado, pensando, desesperado, em alguma nova distração.

— Uma noite, após as atividades do dia, nas quais ele havia superado Nimrod ou Gillingwater e matado "outro belo urso", e o levado, triunfante, para casa, o barão Von Koëldwethout sentou-se mal-humorado à cabeceira da mesa, olhando para o telhado esfumaçado do salão, com um ar de insatisfação. Ele virou taças transbordando de vinho, mas, quanto mais bebia, mais franzia o cenho. Os cavalheiros que haviam sido honrados com a perigosa distinção de sentar-se à sua direita e à sua esquerda o imitavam na bebida de forma extraordinária e franziam o cenho uns para os outros.

— "Está decidido!" — gritou o barão de repente, batendo na mesa com a mão direita e torcendo o bigode com a esquerda. "Brindemos à dama de Grogzwig!"

— Os vinte e quatro em verde-oliva ficaram lívidos, com exceção de seus vinte e quatro narizes, que eram imutáveis.

— "Eu disse, à dama de Grogzwig", repetiu o barão, olhando em volta da mesa.

— "À dama de Grogzwig!", gritaram os vinte e quatros em verde-oliva; e pelas vinte e quatro gargantas desceram doze litros imperiais de um vinho velho do Reno, tão raro que eles estalaram seus quarenta e oito lábios, e piscaram de novo.

— "A bela filha do barão Von Swillenhausen", disse Koëldwethout, condescendendo em explicar. "Nós a pediremos em casamento a seu pai, antes que o sol se ponha amanhã. Se ele recusar nossa proposta, cortaremos fora o nariz dele."

— Um murmúrio rouco veio do grupo; todos os homens tocaram primeiro o punho de sua espada e depois a ponta do nariz, com um significado assustador.

— Como é agradável contemplar a piedade filial! Se a filha do barão Von Swillenhausen tivesse alegado um coração já tomado, ou tivesse caído aos pés de seu pai, banhando-os com lágrimas salgadas, ou apenas tivesse desmaiado e cumprimentado o velho cavalheiro com gritos frenéticos, as chances são de uma em cem de que o castelo dos Swillenhausen teria sido jogado pela janela, ou melhor, o barão teria sido jogado pela janela, e o castelo, demolido. A donzela, porém, manteve a tranquilidade quando, bem cedo na manhã seguinte, um mensageiro trouxe a solicitação de Von Koëldwethout, e recolheu-se modestamente para seu quarto, de onde, por uma das brechas da janela, viu a chegada de seu pretendente e seu séquito. Logo que se certificou de que o cavaleiro com os longos bigodes era seu futuro marido, correu à presença do pai e declarou seu desejo de se sacrificar para garantir a sua paz. O venerável barão tomou a filha nos braços e pestanejou de alegria.

— Uma grande festa foi realizada no castelo, naquele dia. Os vinte e quatro em verde-oliva de Von Koëldwethout trocaram promessas de amizade eterna com doze verdes-oliva de Von Swillenhausen e garantiram ao velho barão que beberiam seu vinho até "que tudo se tornasse azul"... querendo dizer, provavelmente, que seria até seus rostos adquirirem a mesma tonalidade de seus narizes. Todos se cumprimentaram com tapinhas nas costas, quando chegou a hora da despedida; e o barão Von Koëldwethout e sua comitiva cavalgaram alegremente de volta para casa.

— Durante seis semanas mortais, os ursos e os javalis tiveram férias. As casas de Koëldwethout e Swillenhausen se uniram; as lanças enferrujaram; e a trompa de caça do barão enrouqueceu por falta de sopro.

— Aqueles foram dias maravilhosos para os vinte e quatro; mas, ai!, seus dias de felicidade e triunfo se despediam, e já estavam de saída.

— "Meu querido", disse a baronesa.

— "Meu bem", disse o barão.

— "Aqueles homens grosseiros e barulhentos..."

— "Quais, senhora?", perguntou o barão, sobressaltando-se.

— A baronesa apontou, da janela onde se encontravam, para o pátio abaixo, onde os alheios verdes-oliva apreciavam sua copiosa bebida, em preparação para sair à caça de uns javalis.

— "O meu grupo de caça, senhora", disse o barão.

— "Mande-os embora, amor", murmurou a baronesa.

— "Mandar embora!", gritou o barão, perplexo.

— "Para me agradar, amor", respondeu a baronesa.

— "Para agradar ao Diabo, senhora", replicou o barão.

— Com isso, a baronesa deu um grito e desmaiou aos pés do barão.

— O que podia fazer o barão? Ele chamou a criada da senhora e rugiu para que fossem buscar um médico; depois, entrando às pressas no pátio, chutou os dois verdes-oliva que eram mais acostumados a isso, e, descompondo os outros à volta, mandou-os embora... não importava para onde. Não sei alemão para isso, do contrário, diria isso delicadamente.

— Não me cabe dizer por que meios, ou em que grau, algumas esposas conseguem dominar os maridos, como elas o fazem, embora tenha a minha opinião sobre o assunto, e acho que nenhum Membro do Parlamento deveria se casar, uma vez que três entre quatro representantes casados votam de acordo com a consciência de suas mulheres (se é que tal coisa existe), e não de acordo com a própria consciência. Tudo que preciso dizer, neste momento, é que a baronesa Von Koëldwethout, de uma forma ou de outra, adquiriu grande controle sobre o barão Von Koëldwethout, e que, aos poucos, e em pequenas doses, dia após dia, ano após ano, o barão levava a pior em alguma questão disputada, ou era sorrateiramente destituído de algum velho *hobby*; e que, quando se tornou um simpático gordo de quarenta e oito anos, mais ou menos, ele não dava mais festas, não se divertia, não tinha o grupo de caça, nem realizava caçadas... nada, em resumo, de que ele gostasse, ou de que costumava gostar; e, embora fosse feroz como um leão, e corajoso como um militar, foi freado e tolhido pela própria esposa, em seu próprio castelo de Grogzwig.

— E essa não era toda a extensão dos infortúnios do barão. Cerca de um ano após suas núpcias, veio ao mundo um vigoroso barãozinho, em cuja honra muitos fogos foram queimados e várias dúzias de vinho, bebidas; porém, um ano depois veio uma pequena baronesa, e no ano seguinte outro pequeno barão e assim sucessivamente, todos os anos, ou um barão, ou uma baronesa (e, num ano, ambos juntos), até que o barão se viu pai de uma pequena família de doze. Em cada um desses grandes acontecimentos, a venerável baronesa Von Swillenhausen ficava nervosamente preocupada com o bem-estar de sua filha, a baronesa Von Koëldwethout; e, embora nada indicasse que a boa senhora contribuísse com algo concreto para a recuperação da filha, ela fazia questão de ficar o mais nervosa possível no castelo de Grogzwig e dividir seu tempo entre comentários morais sobre a maneira como o barão conduzia a casa e lamentos sobre a triste sina de sua infeliz filha. E, se o barão de Grogzwig, um tanto ofendido e irritado com isso, tomasse coragem e se aventurasse a sugerir que, pelo menos, sua mulher não estava em pior situação do que as esposas de outros barões, a baronesa Von Swillenhausen suplicava a todas as pessoas que observassem como somente ela se importava com os sofrimentos de sua querida filha; diante do que, seus parentes e amigos comentavam que ela, sem dúvida, chorava muito mais do que o genro, e que, se existia uma pessoa cruel, de coração duro, essa pessoa era o barão de Grogzwig.

— O pobre barão suportou aquilo tudo o quanto pôde e, quando não aguentou mais, perdeu o apetite e o ânimo, isolando-se, macambúzio e abatido. Porém, havia ainda mais problemas aguardando-o, e, à medida que eles apareciam, sua melancolia e tristeza aumentavam. Os tempos mudaram. Ele ficou endividado. Os cofres dos Grogzwig se esvaziaram, embora a família Swillenhausen os considerasse inextinguíveis; e, quando a baronesa estava prestes a adicionar mais um membro à linhagem familiar, Von Koëldwethout descobriu que não tinha meios de enchê-los.

— "Eu não sei o que fazer", disse o barão. "Acho que vou me suicidar."

— Aquela era uma ideia brilhante. O barão pegou uma antiga faca de caça num armário e, depois de amolá-la na bota, fez o que os rapazes chamam de "uma oferenda" de sua garganta.

— "Hum!", exclamou o barão, parando na hora. "Talvez não esteja suficientemente amolada."

— O barão a amolou novamente, e fez outra oferenda, quando sua mão foi parada pelos gritos que vinham dos pequenos barões e baronesas, que tinham seu quarto numa torre no alto, com barras de ferro do lado de fora da janela, para evitar que eles caíssem dentro do fosso.

— "Se eu tivesse permanecido solteiro", disse o barão suspirando, "teria feito isso umas cinquenta vezes sem ser interrompido. Ei! Ponham uma garrafa de vinho e o maior cachimbo na pequena sala de arcos atrás do salão".

— Um dos criados, com muito bons modos, executou a ordem do barão num intervalo de meia hora aproximadamente, e Von Koëldwethout, tendo sido informado disso, dirigiu-se à sala abobadada, cujas paredes, de madeira escura brilhante, reluziam à luz da lenha em brasa que se encontrava empilhada na lareira. A garrafa e o cachimbo estavam prontos e, de modo geral, o lugar parecia muito confortável.

— "Deixem a lâmpada", disse o barão.

— "Algo mais, meu senhor?", perguntou o criado.

— "A sala", respondeu o barão. O criado obedeceu, e o barão trancou a porta.

— "Vou fumar o último cachimbo", disse o barão, "e depois eu parto". Então, pondo a faca sobre a mesa até que a quisesse de novo e bebendo uma boa quantidade de vinho, o lorde de Grogzwig reclinou-se na cadeira, estendeu as pernas diante do fogo e deu baforadas em seu cachimbo.

— Ele pensou em muitas coisas... em seus problemas de então e em seus dias de solteiro, e nos verdes-oliva, há muito tempo espalhados pelo país, ninguém sabia onde: com exceção de dois que, infelizmente, haviam sido degolados, e quatro que haviam se matado com a bebida. Sua mente ia dos ursos aos javalis, quando, ao esvaziar seu copo de vinho, levantou a vista e viu, pela primeira vez, e com total surpresa, que não estava sozinho.

— Não, não estava; pois do outro lado da lareira, sentada de braços cruzados, encontrava-se uma figura horrorosa, de olhos fundos, injetados de sangue, e um rosto cadavérico muito comprido, encoberto por cachos irregulares e emaranhados, de cabelos pretos e grossos. A figura usava um tipo de túnica baça de cor azulada, que, notou o barão ao olhar atentamente, era afivelada ou decorada em toda a frente com alças de esquife. As pernas, também, eram revestidas de placas metálicas decorativas de caixão, como numa armadura; e sobre o ombro esquerdo usava uma capa parda curta, que parecia feita dos restos de alguma mortalha. A figura não tomou conhecimento do barão, e olhava para o fogo atentamente.

— "Olá!", disse o barão, batendo o pé para atrair a atenção.

— "Olá!", respondeu o estranho, movendo os olhos em direção ao barão, mas não o rosto, nem a si próprio, "O que é que há?".

— "O que é que há"?, repetiu o barão, nem um pouco assustado com aquela voz oca e olhos opacos. "*Eu* deveria fazer essa pergunta. Como entrou aqui?"

— "Pela porta", respondeu a figura.

— "Que tipo de criatura é você?", perguntou o barão.

— "Um homem", respondeu a figura.

— "Não acredito", disse o barão.

— "Não acredite então", disse a figura.

— "Não acreditarei", insistiu o barão.

— A figura olhou para o corajoso barão de Grogzwig por certo tempo e depois disse com familiaridade:

— "Estou vendo que não dá para enganá-lo. Não sou um homem!"

— "O que é então?", perguntou o barão.

— "Um gênio", respondeu a figura.

— "Não se parece muito com um", respondeu o barão desdenhosamente.

— "Sou o Gênio do Desespero e do Suicídio", disse a aparição. "Agora me conhece."

— Com essas palavras, a aparição dirigiu-se ao barão, como se pronta para uma conversa... e o extraordinário foi que jogou a capa de lado e, exibindo uma estaca que atravessava o centro de seu corpo, arrancou-a com um movimento brusco e colocou-a sobre a mesa, tão tranquilamente como se aquilo fosse uma bengala.

— "Agora", disse a figura, olhando para a faca de caça, "está pronto para mim?"

— "Ainda não", replicou o barão; "preciso terminar este cachimbo primeiro".

— "Seja rápido então", disse a figura.

— "Parece apressado", disse o barão.

— "Ora, estou, sim", respondeu a figura; "tem muita gente à minha procura, na Inglaterra e na França, neste momento, e o meu tempo está quase completamente tomado".

— "Aceita um vinho?", perguntou o barão, tocando na garrafa com o bojo do cachimbo.

— "Nove em cada dez vezes, e então bebo muito", respondeu a figura secamente.

— "Nunca com moderação?", perguntou o barão.

— "Nunca", confirmou a figura, com um tremor, "isso dá disposição".

— O barão olhou novamente para seu novo amigo, que achou um visitante incomumente estranho e, em seguida, perguntou se ele tomava parte ativa em casos pequenos como aquele que tinha diante de si.

— "Não", respondeu a figura evasivamente; "mas sempre estou presente".

— "Somente para garantir que esteja tudo bem, eu suponho", disse o barão.

— "Somente para isso", respondeu a figura, mexendo em sua estaca e examinando o bastão.

— "Ande o mais rápido possível, vamos, pois há um rapaz com dinheiro e lazer demais que está aflito à minha procura agora, eu acho."

— "Vai se matar porque tem dinheiro demais!", exclamou o barão, intrigado. "Ha! Ha! Essa é boa!" (Era a primeira vez que o barão ria em muitos dias.)

— "Olhe lá", protestou a figura, parecendo muito assustada; "não faça mais isso".

— "Por que não?", quis saber o barão.

— "Porque me provoca dores por toda parte", respondeu a figura. "Suspire o quanto quiser: isso me faz bem."

— O barão suspirou mecanicamente à menção da palavra; a figura, animando-se uma vez mais, lhe entregou a faca de caça com a mais cativante polidez.

— "Não é de todo uma má ideia", disse o barão, sentindo a lâmina da arma; "um homem se suicidar porque tem dinheiro demais".

— "Bobagem", disse a aparição com petulância, "não vejo diferença nenhuma entre ele e um homem que se mata porque não tem nenhum, ou tem muito pouco".

— Se o gênio, sem intenção alguma, se comprometeu ao dizer isso, se ele achava que o barão estava tão absolutamente decidido que não importava o que ele dissesse, eu não tenho como saber. Só sei que, de repente, o barão freou a mão e escancarou os olhos, e a impressão que se tinha era a de que uma nova luz havia incidido sobre ele pela primeira vez.

— "Ora, sem dúvida", disse Von Koëldwethout, "nada é tão ruim que não possa ser restaurado".

— "Exceto cofres vazios", acrescentou o gênio.

— "Bom; mas eles podem algum dia ser preenchidos outra vez", disse o barão.

— "Esposas impertinentes", rosnou o gênio.

— "Ah! Há como acalmá-las", disse o barão.

— "Treze filhos", gritou o gênio.

— "Nem todos se darão mal, com certeza", disse o barão.

— O gênio estava, obviamente, se tornando violento com o barão, por ele surgir com todas essas ideias assim tão de repente; mas tentou ignorar isso e disse que, quando ele parasse com as brincadeiras, lhe avisasse, que ele estaria ao seu dispor.

— "Mas eu não estou brincando; longe disso", protestou o barão.

— "Bom, fico satisfeito em saber disso", disse o gênio, parecendo muito sério, "porque uma brincadeira, e isso não é figura de linguagem, é a minha morte. Venha! Abandone este mundo lúgubre imediatamente".

— "Não sei", disse o barão, mexendo na faca; "é um mundo lúgubre, sem dúvida, mas não acho que o seu seja melhor, pois não parece estar particularmente bem. Isso me faz questionar... que segurança tenho eu de que estarei melhor deixando este mundo, afinal?", disse ele, sobressaltando-se. "Nunca tinha pensado nisso."

— "Termine com isso", disse a figura, rangendo os dentes.

— "Afaste-se!", disse o barão. "Não mais pensarei nessas misérias; enfrentarei a questão e tentarei o ar fresco e os ursos novamente; e se isso não funcionar, falarei sério com a baronesa e ignorarei os Von Swillenhausen." Com isso, o barão arriou-se na cadeira e riu tão alto, e de forma tão tempestuosa, que seu riso ressoou pela sala.

— A figura recuou uns passos encarando o barão com um olhar de intenso terror e, quando parou, pegou seu bastão e enfiou-o violentamente em seu próprio corpo, deu um uivo assustador e desapareceu.

— O barão Von Koëldwethout nunca mais voltou a vê-lo. Tendo decidido agir, ele logo fez com que a baronesa e os Swillenhausen voltassem à razão, e morreu muitos anos depois — não um homem rico, que eu saiba, mas certamente um homem feliz —, deixando para trás uma numerosa família, que havia sido cuidadosamente educada na caça aos ursos e aos javalis, sob a sua tutela, pessoalmente. E meu conselho a todos os homens é que, caso se tornem deprimidos e melancólicos por causas semelhantes (como muitos homens se tornam), olhem para ambos os lados da questão, colocando uma lente de aumento no melhor; e se, ainda assim, sentirem-se tentados a se retirar sem permissão, que, antes, fumem um grande cachimbo, bebam uma garrafa de vinho e mirem-se no louvável exemplo do barão de Grogzwig.

— A nova carruagem está pronta, senhoras e senhores, tenham a bondade — disse um novo condutor, aproximando-se.

Essa informação fez com que o ponche fosse consumido às pressas e evitou discussões em relação à última história. O Sr. Squeers foi visto a chamar o cavalheiro grisalho a um canto e a perguntar alguma coisa com grande interesse aparente; o assunto era referente às Cinco Irmãs de York e, de fato, ele queria saber se o homem sabia informar quanto por ano os conventos de Yorkshire lucravam naquela época com seus hóspedes.

A viagem foi então retomada. Nicholas adormeceu ao amanhecer e, quando acordou, descobriu com grande pesar que, durante seu sono, tanto o barão de Grogzwig como o cavalheiro grisalho haviam descido e ido embora. O dia foi desagradavelmente arrastado. Por volta das seis horas da noite, ele, o Sr. Squeers e os meninos, com toda a bagagem reunida, foram deixados na Nova Hospedaria George, em Greta Bridge.

CAPÍTULO VII

O Sr. e a Sra. Squeers em casa

O Sr. Squeers, após desembarcar com segurança, deixou Nicholas e os meninos na estrada com a bagagem, divertindo-se com a troca dos cavalos na carruagem, enquanto corria para a taberna e passava pelo processo de esticar as pernas lá no bar. Após alguns minutos, ele retornou, de pernas totalmente esticadas, a julgar pela cor de seu nariz e por um leve soluço; e, ao mesmo tempo, saiu do pátio um cabriolé enferrujado, puxado por um pônei, e uma carroça, conduzidos por dois camponeses.

— Ponham os meninos e a bagagem na carroça — disse Squeers, esfregando as mãos —; eu e este rapaz vamos no cabriolé. Entre, Nickleby.

Nicholas obedeceu. Depois de certa dificuldade do Sr. Squeers em induzir o pônei a obedecer também, eles partiram, deixando a carroça da miséria infantil segui-los em seu próprio passo.

— Está com frio, Nickleby? — perguntou Squeers, depois de terem percorrido uma boa distância em silêncio.

— Um pouco, senhor, devo admitir.

— Bom, não é de admirar — disse Squeers. — É uma longa viagem neste tempo.

— Ainda falta muito para chegarmos a Dotheboys Hall, senhor? — perguntou Nicholas.

— Cerca de cinco quilômetros daqui — respondeu Squeers. — Mas aqui neste lugar não precisa chamar de Hall.

Nicholas tossiu, como querendo saber por quê.

— A questão é que não é um Hall — observou Squeers secamente.

— Não é? — perguntou Nicholas, perplexo com essa informação.

— Não — respondeu Squeers. — Chamamos de Hall em Londres, porque soa melhor, mas por aqui ninguém conhece o lugar por esse nome. A pessoa pode chamar sua casa de ilha, se quiser; não existe nenhum decreto do Parlamento contra isso, eu creio.

— Creio que não, senhor — concordou Nicholas.

Squeers olhou para seu companheiro furtivamente ao fim desse seu pequeno diálogo e, ao notar que ele ficara pensativo, parecendo não ter a menor disposição de fazer qualquer comentário, contentou-se em chicotear o pônei até chegarem ao fim da viagem.

— Salte — disse Squeers. — Ei, você aí! Venha cá e cuide do cavalo. Ande logo!

Enquanto o diretor da escola gritava impaciente, Nicholas teve tempo de observar que a escola era uma casa comprida, de aspecto frio, um andar apenas, com umas construções espalhadas na parte de trás e um estábulo e uma cavalariça ao lado. Passados alguns minutos, ouviu-se o barulho de alguém abrindo o portão do jardim, e em seguida apareceu um rapaz alto e magro, com uma lanterna na mão.

— É você, Smike? — gritou Squeers.

— Sim, senhor — respondeu o rapaz.

— Então por que diabo não veio antes?

— Desculpe, senhor, adormeci vendo o fogo — respondeu Smike, com humildade.

— Fogo! Que fogo? Onde está esse fogo? — perguntou o diretor da escola, com rispidez.

— Só na cozinha, senhor — replicou o rapaz. — A dona disse que, como eu devia ficar aguardando, eu podia entrar para me aquecer.

— A dona é uma tola — retorquiu Squeers. — Você teria ficado bem mais desperto no frio, eu garanto.

A essa altura, o Sr. Squeers já havia apeado; e, depois de ordenar que o rapaz fosse cuidar do pônei e não lhe desse mais milho naquela noite, disse a Nicholas para esperar na porta da frente um minuto, enquanto ele dava a volta para deixá-lo entrar.

As inúmeras suspeitas desagradáveis que vinham deixando Nicholas preocupado durante toda a viagem invadiram-lhe a mente com força redobrada quando ele foi deixado sozinho. A grande distância de casa e a impossibilidade de retornar a ela, a não ser a pé, caso sentisse a ansiedade da volta, apresentaram-se a Nicholas nas cores mais alarmantes; e, ao levantar os olhos para aquela casa lúgubre, para as janelas escuras e para o campo ermo, coberto de neve, ao redor, ele sentiu uma tristeza e um desânimo como jamais sentira.

— Agora então! — gritou Squeers, pondo a cabeça para fora da porta. — Onde está você, Nickleby?

— Aqui, senhor — respondeu Nicholas.

— Entre, então — disse Squeers —, está soprando um vento muito forte por esta porta, capaz de derrubar um homem.

Nicholas suspirou e entrou rápido. O Sr. Squeers, depois de trancar a porta para mantê-la fechada, conduziu-o a uma pequena sala com umas poucas cadeiras apenas, um mapa amarelo pendurado na parede e duas mesas; numa das quais havia algumas preparações para o jantar; enquanto, na outra, havia um guia do instrutor, uma gramática de Murray, meia dúzia de fichas e uma carta velha dirigida ao ilustríssimo senhor Wackford Squeers arranjados numa confusão pitoresca.

Fazia apenas alguns minutos que estavam ali quando uma mulher entrou na sala e, agarrando o Sr. Squeers pelo pescoço, deu-lhe dois beijos estalados: um logo depois do outro, como a batida na porta de um carteiro. A mulher, uma figura larga e ossuda, cerca de meia cabeça mais alta do que o Sr. Squeers, usava uma camisola de algodão e, por cima, uma jaqueta; os cabelos estavam enrolados em papelotes; ela usava também uma touca de dormir suja, e por cima um lenço de algodão amarelo, amarrado embaixo do queixo.

— Como está o meu queridinho? — perguntou a mulher com ar brincalhão e voz muito rouca.

— Muito bem, meu amor — respondeu Squeers. — E as vacas, como estão?

— Estão bem, todas elas — respondeu a mulher.

— E os porcos? — continuou Squeers.

— Estão bem, do mesmo jeito que estavam quando você viajou.

— Bom; isso é uma bênção — disse Squeers, tirando seu sobretudo. — Os meninos estão como deixei, eu suponho.

— Ah, sim, estão bastante bem — disse a Sra. Squeers, com irritação. — O pequeno Pitcher teve febre.

— Não diga! — exclamou Squeers. — Esse menino é um problema, sempre com alguma coisa.

— Nunca tivemos um menino como esse, eu creio — disse a Sra. Squeers —, e o que ele tem é contagioso. Acho que é birra, e nada me convence que não seja. Eu já teria acabado com isso à força; eu lhe disse isso há seis meses.

— É verdade, meu amor — disse Squeers. — Vamos ver o que podemos fazer.

Durante esses pequenos carinhos, Nicholas permaneceu ali, muito sem jeito, no meio da sala: sem saber bem se deveria se retirar para o corredor, ou ficar onde estava. Ele já não estava mais tão perplexo com o Sr. Squeers.

— Este é o novo rapaz, meu amor — disse o cavalheiro.

— Ah! — exclamou a Sra. Squeers, cumprimentando Nicholas com um aceno de cabeça, examinando-o friamente de cima a baixo.

— Ele jantará conosco hoje — disse Squeers — e ficará com os meninos amanhã de manhã. Você pode improvisar uma cama para ele aqui, não pode?

— Podemos dar um jeito — respondeu a senhora. — Não se importa muito com o lugar onde dormirá, não é?

— Não, de forma alguma — respondeu Nicholas —, não sou exigente.

— É uma sorte — observou a Sra. Squeers. E, como o senso de humor daquela senhora estava principalmente em suas respostas, o Sr. Squeers riu vigorosamente e parecia esperar que Nicholas fizesse o mesmo.

Depois de mais conversa entre o diretor e sua senhora sobre o sucesso da viagem do Sr. Squeers e sobre as pessoas que haviam pagado e as que haviam faltado com o compromisso, uma criada jovem lhe serviu uma torta de Yorkshire e um pouco de carne fria, e, no momento em que a comida foi posta na mesa, o jovem Smike entrou com uma jarra de cerveja.

O Sr. Squeers esvaziou os bolsos de seu sobretudo, tirando de lá cartas para vários meninos e outros pequenos documentos que trouxera dentro deles. O jovem olhava com uma expressão tímida e ansiosa para aqueles papéis, como se tivesse a vaga esperança de que um daqueles fosse para ele. Seu olhar era de dor intensa e penetrou o coração de Nicholas de imediato, pois contava uma história longa e muito triste.

Isso o levou a prestar mais atenção no menino, e Nicholas ficou surpreso com a mistura extraordinária de roupas que constituía seus trajes. Embora não tivesse menos de dezoito ou dezenove anos e fosse alto para essa idade, ele usava roupas infantis, das que se usam em crianças muito pequenas, as quais, embora absurdamente curtas nas pernas e nos braços, eram largas demais para seu corpo franzino. Para que a parte inferior de suas pernas estivesse em perfeita combinação com esses trajes singulares, ele usava enormes botas, originalmente feitas para aristocratas, e que deviam ter sido usadas por algum fazendeiro robusto, mas que agora estavam remendadas e rotas demais até mesmo para um mendigo. Só Deus sabe quanto tempo fazia que ele vivia naquele lugar, porém usava ainda a mesma camisa de linho de quando ali chegara; pois, em torno do pescoço, havia um babado infantil em farrapos, apenas meio escondido por um lenço masculino grosseiro. O rapaz era coxo; e, enquanto fingia estar ocupado arrumando a mesa, olhava de vez em quando para as cartas com muito interesse, porém com tamanho desânimo e desalento que Nicholas quase não aguentou ver aquela cena.

— O que é que você está fazendo aí, Smike? — perguntou a Sra. Squeers. — Não mexa em nada.

— Ei! — exclamou Squeers, erguendo a vista. — Ah, é você, não é?

— Sim, senhor — respondeu o jovem, apertando as mãos uma na outra, como para controlar à força o tamborilar de seus dedos. — Tem alguma...

— Como? — disse Squeers.

— O senhor trouxe... alguém... não há nenhuma notícia... sobre mim?

— O diabo é que sabe! — retrucou Squeers irritado.

O rapaz abaixou a vista e, colocando as mãos no rosto, dirigiu-se à porta.

— Notícia nenhuma — retomou Squeers —, e nunca haverá. Agora, bela situação essa, não é mesmo, deixarem você aqui todos esses anos, sem pagarem nada depois dos primeiros seis... não procurarem notícias, nem deixarem uma pista sequer de sua família? É muito engraçado eu ter que alimentar um sujeito grande como você, sem esperanças de receber um só centavo em troca, não é?

O rapaz levou as mãos à cabeça como se fizesse um esforço para lembrar-se de algo e, depois lançando um olhar vago para seu inquisidor, gradualmente abriu um sorriso e saiu manquejando.

— Vou lhe dizer uma coisa, Squeers — observou sua mulher, quando a porta se fechou —, eu acho que esse rapazinho está ficando meio abobado.

— Espero que não — disse o diretor da escola —, porque ele é um sujeito útil lá fora e, afinal, vale a comida e a bebida que lhe damos. Mas ele seria inteligente o suficiente para nós, se estivesse ficando. Venha; vamos jantar, pois estou com fome e cansado, e quero ir dormir.

Esse lembrete trouxe um bife exclusivo para o Sr. Squeers, que depressa passou a fazer-lhe grande justiça. Nicholas puxou a cadeira, mas havia perdido o apetite.

— Como está o bife, Squeers? — perguntou a Sra. S.

— Macio como um cordeiro — respondeu Squeers. — Coma um pouco.

— Não aguento nem um pedacinho — disse a mulher. — O que o rapaz comerá, meu querido?

— O que ele quiser do que esteja na mesa — disse Squeers, num incomum acesso de generosidade.

— O que vai querer, Sr. Níquelboy? — perguntou a Sra. Squeers.

— Aceito um pouco da torta, por obséquio — respondeu Nicholas. — Muito pouco, pois não estou com fome.

— Bom, é uma pena cortar a torta, se não está com fome, não é? — disse a Sra. Squeers. — Quer um pouco de carne?

— O que a senhora achar melhor — respondeu Nicholas, desatento. — Não faz diferença para mim.

A Sra. Squeers pareceu feliz com aquela resposta; e, balançando a cabeça afirmativamente para Squeers, como para dizer que estava satisfeita de ver que o rapaz conhecia o seu lugar, serviu Nicholas com uma fatia de carne com as próprias mãos.

— Cerveja, meu queridinho? — perguntou a mulher, piscando e contraindo a testa para lhe dar a entender que a pergunta era se Nicholas deveria beber cerveja, não se ele (Squeers) iria beber.

— Certamente — disse Squeers, retelegrafando da mesma maneira. — Um copo cheio.

Então, Nicholas recebeu um copo cheio e, ocupado com suas próprias reflexões, bebeu-o na feliz ignorância de todos os procedimentos anteriores.

— Bife excepcionalmente suculento este — disse Squeers, ao pôr a faca e o garfo na mesa, depois de se ocupar com ele em silêncio, por algum tempo.

— É carne de primeira — replicou a mulher. — Comprei um pedaço grande especialmente para...

— Para quem? — perguntou Squeers de imediato. — Não para os...

— Não, não; não para eles — disse a Sra. Squeers. — Especialmente para você, para quando chegasse em casa. Jesus! Não acha que eu ia cometer um engano desses, não é?

— Palavra de honra, minha querida, eu fiquei em dúvida — replicou Squeers, que empalidecera.

— Não precisa se sentir mal — observou sua mulher, dando uma boa risada. — Achar que eu seria tão tola assim! Ora!

Essa parte da conversa foi um tanto ininteligível; mas boatos populares na vizinhança afirmavam que o Sr. Squeers, por ser bondosamente contra a crueldade com os animais, não raramente comprava para consumo dos meninos carne de bois que haviam morrido de morte natural; talvez estivesse receoso de ter devorado, sem saber, um pedaço da carne destinada aos jovens rapazes.

Encerrado o jantar, e os pratos tendo sido recolhidos por uma criada miúda de olhos famintos, a Sra. Squeers retirou-se para trancar a comida e também para guardar em segurança as roupas dos cinco meninos que haviam acabado de chegar e que estavam a meio caminho da terrível escada que conduzia à porta da morte, em consequência da exposição ao frio. Eles foram então servidos de um mingau de aveia ralo e acomodados, lado a lado, num pequeno estrado de cama, para aquecerem uns aos outros e sonharem com uma refeição substancial, seguida de algo quente, se conseguissem imaginar isso: o que não era de todo improvável.

O Sr. Squeers serviu-se de um grande copo de conhaque com água, preparado com base no princípio liberal do meio a meio, após esperar que o açúcar se dissolvesse; e sua amável companheira misturou para Nicholas uma amostra da mesma bebida num pequeno copo. Isso feito, o Sr. e a Sra. Squeers aproximaram-se da lareira e, sentados com os pés apoiados na grade, conversavam confidencialmente em voz baixa enquanto Nicholas apanhava o guia do instrutor e lia os enunciados interessantes das diversas questões, e via todas as figuras ali representadas com a mesma atenção e consciência do que estava fazendo, como se estivesse num torpor magnético.

Por fim, o Sr. Squeers bocejou de forma assustadora e sugeriu que estava na hora de se recolherem; diante desse sinal, a Sra. Squeers e a criada arrastaram um pequeno colchão de palha e alguns cobertores e arranjaram-nos num sofá para Nicholas.

— Amanhã você vai para o seu quarto, Nickleby — disse Squeers. — Deixe-me ver! Quem está dormindo na cama de Brooks, minha querida?

— Na cama de Brooks — disse a Sra. Squeers, pensando. — Estão Jennings, o pequeno Bolder, Graymarsh e qual é mesmo o nome dele?

— Ah, sim — lembrou-se Squeers. — É verdade! A cama de Brooks está cheia.

"Cheia!", pensou Nicholas. "Imagino que sim."

— Sei que há espaço em algum lugar — disse Squeers —, mas no momento não consigo me lembrar onde. Bom, mas arranjaremos isso amanhã. Boa noite, Nickleby. Lembre-se, sete horas da manhã.

— Estarei pronto, senhor — respondeu Nicholas. — Boa noite.

— Virei amanhã eu mesmo e lhe mostrarei onde fica o poço — disse Squeers. — Vai sempre encontrar um pedacinho de sabão na janela da cozinha; é para você.

Nicholas abriu os olhos, mas não a boca; e Squeers já estava saindo de novo quando, uma vez mais, voltou.

— Não sei bem — ele disse — qual toalha separar para você; mas, se amanhã de manhã puder improvisar, a Sra. Squeers cuidará disso durante o dia. Não se esqueça, minha querida.

— Cuidarei disso — respondeu a Sra. Squeers — e, rapaz, cuide para que *você* seja o primeiro a se lavar. O professor deve sempre ser o primeiro; mas eles se aproveitarão, se puderem.

O Sr. Squeers então fez um gesto para que a Sra. Squeers levasse a garrafa de conhaque, para que Nicholas não se servisse dele durante a noite; a mulher pegou a bebida às pressas, e os dois recolheram-se juntos.

Ao ficar sozinho, muito agitado e nervoso, Nicholas deu uma meia dúzia de voltas pela sala; mas, acalmando-se gradualmente, sentou-se numa cadeira e decidiu que, qualquer que fosse a situação, ele se esforçaria, durante certo tempo, para suportar a desdita que o aguardava e, lembrando-se do desespero da mãe e da irmã, não daria ao tio motivos para desertá-las em sua hora de necessidade. Boas resoluções raramente deixam de produzir um efeito positivo sobre a mente da qual elas brotam. O rapaz ficou menos deprimido, e... tão otimistas e confiantes são os jovens... que ele até teve esperanças de que a situação em Dotheboys Hall viesse a ser melhor do que parecia.

Nicholas preparava-se para dormir, com ânimo um pouco renovado, quando uma carta selada caiu do bolso de seu casaco. Na pressa ao deixar Londres, não lhe dera atenção e se esquecera até então dela, mas imediatamente lembrou-se do comportamento misterioso de Newman Noggs.

— Meu Deus! — exclamou Nicholas —, que letra estranha!

A carta era dirigida a ele, fora escrita num papel muito sujo, de maneira confusa e quase ilegível. Depois de grande esforço e deduções, ele conseguiu ler como se segue:

Meu caro rapaz.
Eu conheço o mundo. Seu pai não conhecia, ou não me teria feito um favor, quando não havia possibilidade de retorno. Você também não conhece, ou não faria uma viagem dessas.
Se algum dia precisar de um lugar onde ficar em Londres (não se zangue com isso; antes, *eu* também não achava que precisaria), eles sabem onde moro, onde há a tabuleta da Coroa, na Silver Street, em Golden Square. É na esquina da Silver Street com James Street, com uma porta de bar que dá para ambos os lados. Pode chegar à noite. No passado, ninguém tinha vergonha... não se importe com isso. É só.
Desculpe os erros. Esqueci até como se usa um paletó formal. Esqueci todos os meus modos antigos. Entre eles, a minha escrita também pode ter sido esquecida.

Newman Noggs

P. S. Se passar por Barnard Castle, encontrará uma boa cerveja na Cabeça do Rei. Diga lá que me conhece, e tenho certeza de que não lhe cobrarão nada. Pode dizer Sr. Noggs lá, porque eu já fui um cavalheiro. De fato, eu era.

Esta pode não ser uma cena muito digna de ser registrada, mas, depois que Nicholas Nickleby dobrou a carta e colocou-a na carteira, seus olhos refletiram um brilho úmido, que poderia ter sido tomado por lágrimas.

CAPÍTULO VIII

Sobre a economia interna de Dotheboys Hall

Uma viagem de trezentos e tantos quilômetros em tempo ruim é um dos melhores suavizantes de uma cama dura que a engenhosidade pode conceber. Talvez seja até mesmo um suavizante de sonhos, pois aqueles que pairavam sobre o sofá duro de Nicholas e lhe sussurravam ao ouvido suas vãs ilusões eram do tipo agradável e feliz. Ele estava fazendo sua fortuna muito rapidamente, na verdade, quando o tênue brilho de uma vela em seu final faiscou diante de seus olhos e uma voz, que ele não teve dificuldade alguma em reconhecer como a do Sr. Squeers, o advertiu de que estava na hora de se levantar.

— Já passa das sete, Nickleby — disse Squeers.

— Já amanheceu? — perguntou Nicholas, sentando-se na cama.

— Ah! Já — respondeu Squeers —, e está um gelo. Agora, Nickleby, venha; pule dessa cama, ande.

Nicholas não precisou de outra repreensão, pulou da cama imediatamente e passou a se vestir à luz da vela que o Sr. Squeers carregava na mão.

— Escute esta — disse aquele cavalheiro —, a bomba congelou.

— É verdade? — perguntou Nicholas, não muito interessado na informação.

— É — respondeu Squeers. — Não poderá se lavar hoje pela manhã.

— Não poderei me lavar! — exclamou Nicholas.

— Não, nem uma gota d'água — continuou Squeers, mordazmente. — Então se contente em se limpar no seco até conseguirmos quebrar o gelo no poço e tirar um balde cheio para os meninos. Não fique aí parado, olhando para mim, ande, fique alerta.

Sem mais nenhuma observação, Nicholas vestiu-se às pressas. Enquanto isso, Squeers abriu as janelas e apagou a vela; quando então se ouviu a voz de sua amável consorte, no corredor, pedindo para entrar.

— Entre, meu amor — disse Squeers.

A Sra. Squeers entrou, ainda com a mesma jaqueta primitiva da noite anterior, que deixava à mostra a simetria de seu corpo, e estava agora adornada com um gorro antigo de pele, que ela usava com toda a naturalidade sobre a touca de dormir.

— Maldição — disse a mulher, ao abrir o armário —, não estou achando a colher da escola em lugar nenhum.

— Não ligue para isso, minha querida — observou o Sr. Squeers tentando consolá-la — não tem importância.

— Não tem importância, ora, o que está dizendo? — retorquiu a Sra. Squeers asperamente. — Hoje não é o dia do enxofre?

— Esqueci, minha querida — disse o Sr. Squeers. — É verdade, é mesmo. Purificamos o sangue dos meninos de vez em quando, Nickleby.

— Purificar, bobagem — disse sua mulher. — Não pense, rapaz, que nos damos o trabalho de providenciar enxofre com melado só para purificar esses meninos; porque, se acha que trabalhamos dessa maneira, se engana, então, serei bem clara.

— Minha querida — disse Squeers, franzindo o cenho. — Hum!

— Ah! Bobagem — continuou a Sra. Squeers. — Se o rapaz veio para ensinar aqui, é bom que entenda, desde já, que não queremos nenhuma frescura em relação a esses meninos. Eles tomam o enxofre com melado em parte porque, se não tomassem um remédio ou outro, estariam sempre doentes e dando muito trabalho, e em parte porque isso diminui o apetite deles e é mais barato do que café da manhã e jantar. Então, faz bem a eles e a nós ao mesmo tempo, e tenho certeza de que é bastante justo.

Depois dessa explicação, a Sra. Squeers pôs a mão dentro do armário e começou a procurar a colher cuidadosamente, a que o Sr. Squeers assistia. Enquanto assim ocupados, trocaram algumas palavras, mas, como suas vozes estavam um pouco abafadas pelo armário, tudo que Nicholas pôde entender foi que o Sr. Squeers disse que o que a Sra. Squeers dissera havia sido imprudente, e que a Sra. Squeers disse que o que o Sr. Squeers dissera era tolice.

Seguiu-se procura e revista minuciosa, e, mostrando-se esta infrutífera, Smike foi chamado à presença deles, empurrado pela Sra. Squeers e esbofeteado pelo Sr. Squeers; tratamento este que deve ter iluminado seu intelecto e permitido que ele aventasse a possibilidade de a Sra. Squeers tê-la posto em seu bolso, como de fato era o caso. No entanto, como a Sra. Squeers havia antes declarado que estava quase certa de não ter pegado na colher, Smike recebeu outro tapa no ouvido, por se atrever a contradizer sua patroa, junto à promessa de uma surra, se não fosse mais respeitoso no futuro; assim, de nada lhe adiantou sua sugestão.

— Mulher de valor essa, Nickleby — disse Squeers, quando sua consorte saiu às pressas, empurrando o criado à sua frente.
— Certamente, senhor! — observou Nicholas.
— Não conheço outra igual — disse Squeers. — Não conheço outra igual. Esta mulher, Nickleby, é sempre a mesma... sempre a mesma criatura animada, vigorosa, ativa e econômica que está vendo agora.

Nicholas suspirou involuntariamente ao considerar a agradável perspectiva doméstica que se apresentava a ele; mas Squeers, felizmente, estava ocupado demais com suas reflexões para perceber isso.

— Devo dizer que, quando estou em Londres — continuou Squeers —, ela é uma mãe para os meninos. Ela é mais do que uma mãe para eles; dez vezes mais. Faz por esses meninos, Nickleby, coisas que eu creio metade das mães não faz pelos próprios filhos.

— Imagino que sim, senhor — respondeu Nicholas.

Agora, o fato era que tanto o Sr. Squeers como a Sra. Squeers viam os meninos como seus verdadeiros e naturais inimigos; ou, em outras palavras, consideravam que seu negócio, e profissão, era extrair o máximo que conseguissem de cada menino. Nesse ponto, os dois concordavam e agiam em uníssono. A única diferença entre eles era que a Sra. Squeers declarava guerra contra o inimigo abertamente e sem medo, e o Sr. Squeers encobria sua velhacaria, mesmo em casa, com um toque de sua habitual falsidade; como se ele de fato achasse que algum dia conseguiria enganar a si próprio e convencer sua mente de que era um bom sujeito.

— Mas venha — disse Squeers, interrompendo o fluxo de pensamentos nesse sentido na mente de seu assistente —, vamos para a sala de aula; e me ajude aqui com o meu guarda-pó, sim?

Nicholas ajudou o diretor a vestir sua jaqueta de caça de fustão, que ele apanhou num gancho do corredor; e Squeers, armando-se com sua vara, saiu à frente, seguindo pelo pátio em direção a uma porta nos fundos da casa.

— Aí está — disse o diretor, ao entrarem juntos. — Esta é a nossa oficina, Nickleby!

Era uma cena tão confusa, com tantos objetos atraindo a atenção que, a princípio, Nicholas olhou à sua volta sem ver nada realmente. Aos poucos, entretanto, o lugar se revelou como uma sala nua e suja, com poucas janelas, das quais uma décima parte devia ser de vidro, o restante encoberto com cadernos e papéis velhos. Havia algumas carteiras velhas em condição precária, riscadas, entalhadas, sujas de tinta e estragadas de todas as formas possíveis; dois ou três bancos escolares; uma escrivaninha mais afastada para Squeers; e outra para seu assistente. O teto, semelhante ao de um estábulo, era apoiado por vigas e ripas entrecruzadas; e as paredes estavam tão manchadas e descoloridas que se tornava impossível dizer se algum dia haviam sido pintadas ou caiadas.

Mas os alunos... os jovens nobres! Quando Nicholas olhou a seu redor, os últimos tênues vestígios de esperança e o mais remoto vislumbre de algum bem a ser derivado de seus esforços naquele buraco desvaneceram-se em sua mente enquanto observava desanimado o lugar! Rostos pálidos e abatidos, figuras magras e ossudas, crianças com aspecto de velhos, deformidades com ferros em seus membros, meninos de crescimento retardado, e outros, cujas pernas compridas e fracas mal sustentavam seus corpos encurvados, estavam todos apinhados diante de Nicholas; havia olhos inflamados, lábios leporinos, pés tortos e todas as deformidades e imperfeições que denunciavam a aversão desumana dos pais pelos filhos, ou vidas jovens que, desde a mais tenra infância, tiveram de enfrentar a crueldade e a negligência. Havia rostinhos que deviam ter sido bonitos, obscurecidos pelo semblante carregado de um sofrimento pertinaz; a infância com a luz de seus olhos apagada, sua beleza perdida e restando apenas o desamparo; meninos de ar perverso, pensando, com o olhar duro, como malfeitores numa prisão; e jovens criaturas, sobre as quais recaíam os pecados de seus frágeis pais, lamentando até a falta das amas mercenárias que haviam conhecido, e sozinhas em sua solidão. Com a ternura e a afeição destruídas ao nascer, com todos os sentimentos jovens e saudáveis açoitados e negligenciados, com todas as paixões vingativas que podem infestar os corações feridos penetrando sorrateiramente em silêncio até seu âmago, que inferno incipiente se produzia ali!

Mesmo assim, dolorosa como era, essa cena tinha algo de grotesco, que, num observador menos interessado que Nicholas, poderia ter provocado um sorriso. A Sra. Squeers estava parada junto a uma das escrivaninhas, que tinha uma imensa bacia de enxofre e melado, administrando grandes doses desse delicioso composto a cada um dos meninos, em sucessão: usando para esse fim uma única colher de pau, que deve ter sido originalmente manufaturada para uma cabeça gigante, e que alargava de forma considerável a boca daqueles jovens cavalheiros: eles sendo obrigados, sob a ameaça de pesadas punições corporais, a engolir todo o conteúdo do bojo de uma só vez. Num outro canto, juntinhos para manter o companheirismo, estavam os meninos que haviam chegado na noite anterior, três deles com calções largos de couro, e dois com calças velhas, um pouco mais apertadas do que em geral são as ceroulas; não muito longe desses meninos, estava o jovem filho e herdeiro do Sr. Squeers — uma semelhança extraordinária com o pai — chutando, com bastante vigor, por baixo das mãos de Smike, que lhe calçava um par de botas novas, de semelhança assustadora com as que o menor dos meninos havia usado durante a viagem — como o próprio menino parecia achar, pois olhava para a apropriação com um triste ar de espanto. Além deles, havia uma longa fila de meninos, esperando sua vez de tomar o remédio, com cara de quem não espera coisa muito agradável; e outra fila, dos que haviam acabado de se submeter ao tormento, contorcendo a boca de diversas maneiras, indicativas de tudo, menos de satisfação. Eles usavam trajes estranhos, em cores tão misturadas, que seriam irresistivelmente ridículos se não fosse a ignóbil aparência de sujeira, desordem e doença com que se apresentavam.

— Então — disse Squeers, batendo forte com sua vara na mesa, o que fez com que metade dos meninos praticamente pulasse em suas botas —, acabaram de tomar o remédio?

— Neste instante — disse a Sra. Squeers, quase sufocando o último menino com sua pressa e batendo no topo da cabeça dele com a colher de madeira para que voltasse a respirar. — Venha cá, Smike; leve isso agora. Ande logo!

Smike saiu com a bacia, arrastando os pés, e a Sra. Squeers, tendo chamado um menino de cabelos cacheados e limpado as mãos na cabeça dele, seguiu-o depressa para uma espécie de lavanderia, onde havia um pequeno fogo e um caldeirão, com várias tigelas de madeira, dispostas sobre uma tábua.

Nessas tigelas, a Sra. Squeers, auxiliada pela criada faminta, serviu uma substância marrom, que parecia feita de cactos diluídos, que foi chamada de mingau. Uma minúscula fatia de pão integral foi inserida em cada tigela e, quando os meninos terminaram de comer o mingau com o auxílio do pão, comeram o próprio pão, e assim terminaram sua refeição matinal; o Sr. Squeers, então, disse com voz solene: — Que o Senhor nos torne verdadeiramente agradecidos pelo que recebemos! — e foi então fazer sua refeição.

Nicholas expandiu seu estômago com uma tigela de mingau, pela mesma razão que leva alguns selvagens a comerem terra — temerosos de ficarem inconvenientemente famintos, quando houver o que comer. Tendo depois se servido de uma fatia de pão com manteiga, concedida a ele em virtude de sua posição, sentou-se para aguardar a hora da aula.

Ele não pôde deixar de observar como os meninos estavam silenciosos e tristes. Não havia o barulho e o tumulto de uma sala de aula; nenhuma algazarra, nem a espontânea jovialidade. As crianças permaneciam agachadas juntas e tremendo, e pareciam sem disposição de se mexer. O único aluno que demonstrava uma leve tendência a se locomover e brincar era o jovem Squeers, e, como sua brincadeira predileta era pisar nos pés dos outros meninos com suas botas novas, sua disposição de espírito não era em nada agradável.

Após um atraso de meia hora, o Sr. Squeers reapareceu, os meninos tomaram seus lugares e pegaram seus livros, e, deste último objeto, havia em média um para cada oito alunos. Passados alguns minutos, durante os quais o Sr. Squeers parecia em reflexão profunda, como se tivesse um perfeito entendimento do que continham os livros e pudesse repetir de cor todo o seu conteúdo, se a isso se dispusesse, esse cavalheiro anunciou o começo da primeira aula.

Obedecendo ao chamado, ali estavam eles enfileirados diante da escrivaninha do diretor, meia dúzia de espantalhos de joelhos e cotovelos expostos, um dos quais colocou um livro aberto diante de seus olhos eruditos.

— Esta é a primeira aula de ortografia e de filosofia, Nickleby — disse Squeers, fazendo um sinal para que Nickleby se aproximasse. — Vamos ter uma aula de latim, e esta eu passo para você. Agora, então, onde está o primeiro menino?

— Com licença, senhor, ele está limpando a janela da sala dos fundos — disse o responsável temporário pela aula de filosofia.

— Ah, sim, com certeza — disse Squeers. — Vamos ao método prático de ensino, Nickleby; o sistema educacional regular. L-i-n-p-a-r, linpar, verbo ativo, tornar limpo, remover a sujeira. J-e, je, n-e, ne, l-a, la, jenela, um vão na parede. Quando o menino aprende isso no livro, ele vai e faz. É o mesmo princípio do uso dos globos terrestres. Onde está o segundo menino?

— Com licença, senhor, ele está tirando as ervas daninhas do jardim — respondeu uma vozinha.

— Ah, sim — disse Squeers, de maneira alguma embaraçado. — Certamente. B-u-t-â, butâ, n-i-c-a, nica, butânica, substantivo comum, o conhecimento das plantas. Quando o aluno aprende que butânica significa o conhecimento das plantas, ele vai lá e conhece as plantas. Esse é o nosso sistema, Nickleby: o que acha?

— É muito útil, de qualquer forma — respondeu Nicholas.

— Creio que sim — concordou Squeers, sem notar a ênfase de seu assistente. — Terceiro menino, o que é um cavalo?

— Um animal, senhor — respondeu o menino.

— É isso mesmo — disse Squeers. — Não é, Nickleby?

— Creio que não há dúvida quanto a isso, senhor — respondeu Nicholas.

— Claro que não — disse Squeers. — O cavalo é um quadrúpede, e quadrúpede é a palavra latina para animal, como todas as pessoas que estudaram gramática sabem, do contrário, para que serviriam as gramáticas?

— Para que, na verdade! — disse Nicholas, distraído.

— Como acertou isso — retomou Squeers, virando-se para o menino —, vá tomar conta do *meu* cavalo e esfregue bem o animal, ou quem levará uma esfrega é você. O restante da turma vá tirar água do poço até que alguém mande parar, pois amanhã é dia de banho, e as vasilhas precisam estar cheias.

Dizendo isso, ele dispensou a primeira turma para que passasse à experiência de filosofia prática e olhou para Nicholas com um ar meio astuto, meio desconfiado, como se não estivesse muito certo do que o rapaz estaria pensando dele àquela altura.

— É assim que fazemos, Nickleby — disse ele, depois de uma pausa.

Nicholas deu de ombros de maneira quase imperceptível e disse que havia percebido isso.

— E esta é uma ótima maneira — disse Squeers. — Agora, encarregue-se de catorze meninos e escute a leitura deles, porque precisa se fazer útil aqui, você sabe. A ociosidade aqui não tem vez.

O Sr. Squeers disse isso como se de repente tivesse lhe ocorrido que não devia falar demais com seu assistente, ou que seu assistente não havia feito nenhum elogio ao estabelecimento. As crianças estavam dispostas em semicírculo em torno do novo mestre, e ele ouvia a narrativa maçante, arrastada e hesitante daquelas absorventes histórias que são encontradas nos mais antiquados livros de leitura.

Nessa empolgante ocupação, a manhã seguiu seu curso monotonamente. À uma hora, os meninos, cujo apetite havia previamente sido eliminado pelo mingau de aveia e batatas, sentaram-se na cozinha para comer carne dura e salgada, da qual Nicholas recebeu sua porção e a benevolente permissão de ir fazer sua refeição em paz, na sua solitária escrivaninha. Depois disso, houve mais uma hora de agachamento na sala e tremores de frio, para então recomeçarem as aulas.

Era costume do Sr. Squeers reunir todos os meninos e fazer uma espécie de relatório, quando retornava de sua visita bianual à metrópole, sobre os parentes e os amigos com quem se encontrara, as notícias que recebera, as cartas que havia trazido, as contas que haviam sido pagas, as dívidas que não haviam sido saldadas, e assim por diante. Esse procedimento solene era sempre levado a efeito na tarde do dia seguinte a seu retorno; talvez porque os meninos adquirissem força mental com a expectativa da manhã, ou, possivelmente, porque o próprio Sr. Squeers adquirisse maior rigor e inflexibilidade após a ingestão de certas bebidas quentes, com as quais se comprazia depois do almoço. Fosse por uma razão ou por outra, os meninos eram chamados da limpeza das janelas, do jardim, do estábulo e do curral e reunidos num conclave quando o Sr. Squeers, com um pequeno maço de papéis na mão, entrava na sala e pedia silêncio, com a Sra. S. seguindo-o com um par de varas.

— Se algum dos meninos falar sem licença — disse o Sr. Squeers suavemente —, eu lhe arranco a pele das costas.

Esta declaração especial surtiu o efeito desejado e, de imediato, instalou-se um silêncio quase mortal, em meio ao qual o Sr. Squeers disse:

— Meninos, estive em Londres e voltei para a minha família e para vocês, firme como sempre.

De acordo com o costume de metade do ano, os meninos deram três fracos vivas, diante dessa animadora informação. Que vivas! Um espetáculo de força extra, a despeito de todo aquele frio.

— Vi os pais de alguns de vocês — continuou Squeers, revirando seus papéis —, e eles ficaram felizes de saber que seus filhos estão indo bem e que não há planos para eles irem embora, o que, claro, é uma coisa bastante agradável de se considerar, para ambos os lados.

Duas ou três mãos foram levadas a dois ou três olhos quando Squeers disse isso, mas a maioria dos jovens cavalheiros, não tendo pais sobre quem falar, parecia totalmente desinteressada do assunto, de uma forma ou de outra.

— Tive que enfrentar algumas contrariedades — disse Squeers, com ar sério. — O pai de Bolder ficou devendo duas libras e dez. Onde está Bolder?

— Ele está aqui, senhor — responderam vinte vozes subservientes. Meninos são, sem dúvida, muito semelhantes a homens.

— Venha aqui, Bolder — disse Squeers.

Um menino com aspecto doentio, as mãos cobertas de verrugas, saiu de seu lugar e foi até a escrivaninha do mestre, e dirigiu olhos suplicantes ao rosto de Squeers; o seu, muito pálido, como consequência das batidas aceleradas de seu coração.

— Bolder — disse Squeers, falando bem devagar, pois considerava, como se diz, em que ponto pegá-lo. — Bolder, se seu pai acha que porque... ora, o que é isto, menino?

Enquanto falava, Squeers pegou a mão do jovem pelo punho de sua jaqueta e examinou-a com uma expressão reprovadora de horror e nojo.

— O que é isto, rapaz? — perguntou o diretor da escola, batendo com sua vara para apressar a resposta.

— Eu não posso fazer nada, senhor — respondeu o menino, chorando. — Elas sempre aparecem; é o trabalho sujo, eu acho, senhor... pelo menos eu não sei o que é, senhor, mas não é culpa minha.

— Bolder — disse Squeers dobrando o punho da camisa e umedecendo a palma de sua mão direita para segurar a vara com mais firmeza —, você é um moleque incorrigível, e, como a sua última surra não adiantou nada, vamos ver o que a próxima fará para arrancar isso de você.

Com essas palavras, e desconsiderando por completo um comovente pedido de misericórdia, o Sr. Squeers caiu em cima dele e espancou-o fortemente com a vara: sem parar até seu braço se cansar.

— Pronto — disse Squeers, quando terminou. — Esfregue o quanto quiser e não conseguirá eliminar isso com pressa. Ah! E vamos parar com esse barulho, hein? Tire esse menino daqui, Smike.

O criado, por ter grande experiência naquilo, sabia o que deveria fazer, e não hesitou em obedecer; então, logo tirou a vítima dali pela porta lateral, e o Sr. Squeers sentou-se novamente em seu banco, auxiliado pela Sra. Squeers, que estava em outro, a seu lado.

— Agora vejamos — disse Squeers. — Uma carta para Cobbey. Levante-se, Cobbey.

Outro menino ficou de pé e olhou intensamente para a carta, enquanto Squeers fazia um resumo mental dela.

— Ah! — exclamou Squeers e disse —, a avó de Cobbey morreu, e seu tio John começou a beber, e isso é tudo que a irmã dele envia, exceto por dezoito centavos de libra, que dará para pagar apenas aquele vidro da janela. Sra. Squeers, minha querida, quer guardar esse dinheiro?

A digna senhora pôs os dezoito centavos no bolso, com ar de negociante, e Squeers passou para o menino seguinte, o mais friamente possível.

— Graymarsh — chamou o Sr. Squeers —, ele é o próximo. Levante-se, Graymarsh.

Outro jovem levantou-se, e o diretor examinou a carta como antes.

— A tia materna de Graymarsh — disse Squeers, quando se inteirou do conteúdo — ficou bastante satisfeita de saber que ele está muito bem e feliz, e envia seus respeitosos elogios à Sra. Squeers, e diz que ela deve ser um anjo. Acha também que o Sr. Squeers é bom demais para este mundo; mas espera que ele tenha uma vida longa o suficiente para dar andamento ao seu negócio. Teria mandado os dois pares de meias solicitados, mas não tinha dinheiro, então mandou um salmo, e espera que Graymarsh tenha fé na Providência. Espera, acima de tudo, que ele se dedique bastante para agradar o Sr. e a Sra. Squeers e que os considere seus únicos amigos; e que respeite o jovem Squeers; e não reclame por dormirem cinco numa mesma cama, coisa que nenhum cristão deveria fazer. Ah! — disse Squeers, dobrando a carta. — Carta maravilhosa. De fato, muito comovente.

Era comovente num certo sentido, pois a tia materna de Graymarsh, segundo forte opinião de seus amigos mais próximos, era a própria mãe dele; Squeers, no entanto, sem aludir a essa parte da história (que diante dos meninos teria soado imoral), continuou em sua função e chamou "Mobbs", ao que outro menino levantou-se e Graymarsh retomou o seu lugar.

— A madrasta de Mobbs — disse Squeers — ficou de cama ao saber que ele se recusava a comer gordura, e continua muito doente até hoje. Ela quer saber, por uma rápida resposta pelo correio, aonde ele espera chegar se recusa a comida; e como pode virar o nariz para o caldo de fígado de boi depois que seu bom mestre invoca a bênção sobre o alimento. Isso ela soube pelos jornais ingleses (não pelo Sr. Squeers, pois ele é bondoso e justo demais para colocar uma pessoa contra outra) e isso a envergonhou de uma forma que Mobbs não pode imaginar. Sente muito em saber que ele não está satisfeito, o que é pecaminoso e terrível, e espera que o Sr. Squeers lhe dê uma boa sova para lhe alegrar o ânimo; e, por esse motivo, ela também suspendeu seu meio centavo de semanada e deu aos Missionários um canivete de duas lâminas, com um saca-rolhas, que tinha sido comprado especialmente para ele.

— Ficar amuado — disse Squeers, após uma terrível pausa, durante a qual umedecera a palma da mão direita novamente — de nada vai adiantar. O ânimo e a satisfação devem ser mantidos. Mobbs, venha aqui!

Mobbs caminhou devagar em direção à escrivaninha, esfregando os olhos e procurando encontrar uma boa razão para fazer aquilo; e logo depois retirou-se pela porta lateral, com uma razão boa o suficiente para um menino.

O Sr. Squeers prosseguiu, então, abrindo uma mista coleção de cartas; algumas contendo dinheiro, do qual a Sra. Squeers "cuidava"; e outras referentes a pequenas peças de vestuário, como gorros e coisas assim, as quais a mesma senhora afirmava ser grandes demais, ou pequenas demais, e parecer ter sido feitas para o jovem Squeers, que tinha os braços e as pernas extremamente adaptáveis, pois tudo que chegava à escola era a conta certa dele. Sua cabeça, em particular, devia ser singularmente elástica, pois chapéus e gorros de todos os tamanhos lhe serviam bem.

Esse assunto resolvido, algumas aulas negligentes foram dadas, e Squeers retirou-se para o canto da lareira, deixando Nicholas a cuidar dos meninos na sala de aula, que estava muito fria, e onde uma refeição de pão e queijo foi servida logo depois que escureceu.

Havia uma pequena estufa no canto da sala que ficava mais próximo à escrivaninha do mestre, e ao lado dela sentou-se Nicholas, tão deprimido, e recriminando-se de tal forma ao tomar consciência de sua posição, que, se a morte lhe tivesse chegado àquela hora, ele a teria recebido quase com alegria. A crueldade da qual ele fora testemunha involuntária, o comportamento tosco e brutal de Squeers, até mesmo em sua melhor disposição, aquele lugar imundo, as coisas que via e ouvia à sua volta, tudo contribuía para aquele seu estado de espírito; mas quando pensou que, estando ali como assistente, ele parecia realmente — não importa que série de infelizes circunstâncias o levara por aquele caminho — ser o auxiliar e o defensor de um sistema que o enchia de justo asco e indignação, ele se detestou, e, por um momento, teve a sensação de que a mera consciência de sua presente situação o impediria, pelos dias vindouros, de levantar a cabeça novamente.

Mas, por agora, sua decisão estava tomada, e a solução a que chegara na noite anterior permanecia inabalável. Escrevera à mãe e à irmã, falando sobre sua chegada segura ao destino e contando o mínimo possível a respeito de Dotheboys Hall, e esse mínimo da maneira mais animada que conseguia. Ele esperava que, ficando onde estava, podia fazer algo de bom, mesmo ali; em todo caso, outras pessoas dependiam demais dos favores de seu tio, para ele admitir o despertar de sua ira naquele momento.

Uma reflexão o perturbava muito mais do que qualquer dessas considerações egoístas que surgiam de sua própria posição. Era o provável destino de sua irmã Kate. Seu tio o enganara e não poderia ele enviá-la a um lugar miserável, onde sua juventude e beleza seriam uma maldição bem maior do que a feiura e a decrepitude? Para um encarcerado, de pés e mãos atados, essa era uma ideia terrível — mas não, ele pensou, sua mãe estava por perto; havia a pintora de retratos, também — bastante simples, mas mesmo assim uma pessoa viva, ainda parte deste mundo. Nicholas inclinava-se a crer que Ralph Nickleby sentira uma aversão pessoal por ele. Tendo, a esta altura, uma boa razão para alimentar o sentimento recíproco, não teve muita dificuldade de chegar a essa conclusão, e tentou convencer-se de que aquele sentimento hostil restringia-se a eles dois.

Absorto ainda nessas meditações, ele de repente viu a cabeça de Smike voltada para cima, o menino de joelhos diante da estufa apanhando alguns fragmentos de carvão do piso e jogando-os no fogo. Smike havia parado para lançar um olhar furtivo para Nicholas e, quando percebeu que estava sendo observado, encolheu-se, como se esperasse um tapa.

— Não precisa ter medo de mim — disse Nicholas carinhosamente. — Está com frio?

— N-n-ão.

— Você está tremendo.

— Não estou com frio — respondeu Smike, de imediato. — Já estou acostumado.

Havia um medo tão óbvio de ofender com suas maneiras, e ele parecia uma criatura tão tímida e abatida, que Nicholas não se conteve e exclamou:

— Coitado!

Se Nicholas tivesse batido no criado escravizado, ele teria saído na surdina, sem dizer uma palavra. Mas, naquele momento, desfez-se em lágrimas.

— Ó, Deus, ó, Deus! — gritou o jovem, cobrindo o rosto com as mãos rachadas e calejadas. — Meu coração não vai aguentar. Não vai.

— Calma! — disse Nicholas, pondo a mão sobre o ombro do menino. — Seja homem; você já parece ser quase um, pelos anos de vida, que Deus o ajude.

— Pelos anos de vida! — disse Smike. — Ó Deus, ó Deus, quantos deles! Quantos desde que eu era um menino pequeno, e mais novo do que qualquer um desses que estão aqui agora! Onde estão todos eles?

— De quem está falando? — perguntou Nicholas, tentando fazer com que a pobre criatura meio retardada voltasse à razão. — Me diga.

— Meus amigos — ele respondeu —, eu mesmo... meu... ah! Quanto sofrimento eu passei!

— Sempre há esperança — disse Nicholas; ele não sabia o que dizer.

— Não — protestou o outro —, não; não para mim. Lembra-se do menino que morreu aqui?

— Eu não estava aqui, sabe — disse Nicholas gentilmente. — Mas o que aconteceu com ele?

— Ora — respondeu o jovem, aproximando-se de seu inquisidor —, eu estava com ele naquela noite e, quando tudo ficou em silêncio, ele parou de gritar chamando pelos amigos que queria que ficassem a seu lado, mas começou a ver rostos ao redor de sua cama, que vinham de casa; ele disse que sorriam e falavam com ele; e morreu finalmente levantando a cabeça para beijá-los. Entende?

— Sim, sim — disse Nicholas.

— Que rostos sorrirão para mim quando eu morrer? — lamentou o jovem, tremendo. — Quem falará comigo nas noites longas? Eles não podem vir de casa; me assustariam, se viessem, porque não sei o que é isso, e não ia conhecê-los. Dor e medo, dor e medo para mim, vivo ou morto. Nenhuma esperança! Nenhuma esperança!

A campainha tocou para se recolherem: e o menino, cedendo àquele som em seu habitual estado de indiferença, saiu sorrateiramente, como se ansioso para não ser notado. Foi com o coração pesado que, logo depois, Nicholas — não se recolheu; não havia como se recolher ali — seguiu para seu dormitório sujo e lotado.

CAPÍTULO IX

Sobre a Srta. Squeers, a Sra. Squeers, o jovem Squeers e o Sr. Squeers; e sobre várias questões e pessoas ligadas não menos aos Squeers do que a Nicholas Nickleby

Quando o Sr. Squeers deixou a sala de aula pela noite, dirigiu-se, como observado anteriormente, a seu canto da lareira, que era situado — não na sala onde Nicholas jantara na noite de sua chegada, mas num aposento menor, nos fundos da casa, onde sua ilustríssima esposa, seu amável filho e educada filha divertiam-se plenamente juntos; a senhora Squeers estava engajada na tarefa matronal de cerzir meias; a jovem dama e o jovem cavalheiro estavam ocupados em resolver algumas diferenças juvenis, por meio de uma disputa púgil por sobre a mesa que, à aproximação de seu honrado pai, transformou-se numa troca silenciosa de chutes por baixo dela.

E, neste ponto, é bom informar o leitor de que a Srta. Fanny Squeers tinha vinte e três anos. Se houver um encanto, ou beleza, inseparável desse específico período da vida, pode-se presumir que a Srta. Squeers o possuía, pois não há razão para supor que ela fosse uma solitária exceção à regra universal. Não era alta como a mãe, mas baixa como o pai; da primeira, ela herdara a voz estridente; do último, uma notável expressão do olho direito, mais semelhante à inexpressividade.

A Srta. Squeers havia passado alguns dias com uma amiga da vizinhança e acabara de retornar ao teto dos pais. Pode-se atribuir a essa circunstância o fato de ela não ter ouvido falar sobre Nicholas, até que o próprio Sr. Squeers decidiu torná-lo o assunto da conversa.

— Bem, minha querida — disse Squeers, aproximando a cadeira —, o que achou dele até agora?

— Achar de quê? — perguntou a Sra. Squeers; que (como sempre dizia) não era uma especialista em gramática, graças a Deus.

— Do rapaz... o novo professor... de quem mais eu podia estar falando?

— Ah! Aquele Níquelboy — disse a Sra. Squeers impacientemente. — Detesto ele.

— Por que detesta o rapaz, minha querida? — perguntou Squeers.

— O que isso lhe interessa? — retorquiu a Sra. Squeers. — Se eu detesto esse rapaz, isso basta, não basta?

— É o bastante para ele, minha querida, e talvez um pouco demais, me atrevo a dizer, se ele tivesse conhecimento disso — respondeu Squeers num tom pacífico. — Só perguntei por curiosidade, minha querida.

— Bom, então, se quer saber — retorquiu a Sra. Squeers —, eu lhe digo. Porque ele é um pavão orgulhoso, altivo, presumido, de ventas para cima.

A Sra. Squeers, quando agitada, costumava usar palavras fortes e, além disso, inúmeros epítetos, alguns dos quais de tipo figurativo, como a palavra "pavão" e, ainda mais, a alusão às ventas de Nicholas, que não era para ser tomada em seu sentido literal, mas sim permitir uma latitude de construções de acordo com a imaginação dos ouvintes.

Também não eram para fazer referência um ao outro, tanto quanto ao objeto ao qual foram conferidos, como será visto no presente caso; um pavão de ventas para cima seria uma novidade na ornitologia, e algo não visto comumente.

— Hum! — disse Squeers, como se numa suave censura a essa explosão. — Ele sai barato, minha querida; o rapaz sai muito barato.

— Nem um pouco — discordou a Sra. Squeers.

— Cinco libras por ano — disse Squeers.

— E daí? Sai caro se não precisa dele, não é? — replicou sua mulher.

— Mas nós *precisamos* dele — apressou-se em dizer Squeers.

— Eu não acho que precise dele mais do que precisa de um morto — disse a Sra. Squeers. — Não me venha com essa. Pode escrever num cartaz ou colocar num anúncio: "Educação pelo Sr. Wackford Squeers e por assistentes qualificados" sem ter nenhum assistente, não pode? Não é o que fazem os mestres todo dia, por aí? Não tenho mais paciência com você.

— Ah, não tem! — exclamou Squeers, severamente. — Agora lhe direi uma coisa, Sra. Squeers. Quanto a essa questão de ter ou não ter um professor, eu resolvo do meu modo, se me faz o favor. Nas Índias Ocidentais, até um capataz de escravos tem direito a ter um homem sob seu comando, para se certificar de que seus negros não fujam, ou comecem uma rebelião; e eu terei um homem sob meu comando para fazer o mesmo com os *nossos* negros, até que o pequeno Wackford possa assumir a direção da escola.

— Eu tomarei conta da escola quando me tornar um homem, pai? — perguntou o Wackford filho, contendo, no excesso de sua satisfação, um chute maldoso que administrava à irmã.

— Vai, meu filho — respondeu o Sr. Squeers, com voz sentimental.

— Oba, aqueles meninos vão se haver comigo! — exclamou a interessante criança, apanhando a vara do pai. — Ah, pai, vou fazer eles gritarem de novo!

Foi um momento de orgulho na vida do Sr. Squeers, quando ele presenciou aquela explosão de entusiasmo na mente do filho e viu nela o presságio de sua futura eminência. Pôs na mão do filho uma moedinha e extravasou seus sentimentos (como o fez também sua exemplar esposa) num riso alto de aprovação. O infantil apelo a seus gostos em comum de imediato restabeleceu a satisfação na conversa e a harmonia no grupo.

— Ele é um sujeitinho orgulhoso e nojento, é o que eu acho — disse a Sra. Squeers, voltando a Nicholas.

— Supondo que seja — disse Squeers —, ele é tão orgulhoso na nossa sala de aula como em qualquer outro lugar, não é? ... principalmente porque não gosta daqui.

— Bom — observou a Sra. Squeers —, olhando por esse lado, pode ser. Espero que o orgulho dele se quebre, e, se não quebrar, não será culpa minha.

Ora, um assistente orgulhoso numa escola em Yorkshire era uma coisa tão inexplicável, inusitada e difícil de se conceber — qualquer assistente já seria uma novidade; o que não dizer de um assistente orgulhoso, um ser cuja existência seria inconcebível pela mais fértil imaginação — que a Srta. Squeers, que raramente se preocupava com assuntos escolásticos, perguntou com muita curiosidade quem era esse Níquelboy, que se dava o direito de assumir esses ares.

— Nickleby — corrigiu Squeers, soletrando o nome de acordo com algum sistema excêntrico que prevalecia em sua mente. — Sua mãe sempre chama as coisas e as pessoas pelo nome errado.

— Isso não tem importância — disse a Sra. Squeers. — Eu vejo tudo com os olhos certos, e é o que basta para mim. Fiquei observando o rapaz quando você estava castigando o pequeno Bolder hoje à tarde. Ele estava indignado, o tempo todo, e, num certo momento, parecia pronto para avançar em você. *Eu* vi, apesar de ele achar que não.

— Não dê importância a isso, pai — disse a Srta. Squeers, quando o chefe da família estava prestes a responder. — Quem é esse homem?

— Ora, seu pai botou na cabeça a tolice de que ele é filho de um cavalheiro pobre que morreu outro dia — disse a Sra. Squeers.

— Filho de um cavalheiro!

— Sim; mas eu não acredito nisso. Se é filho de um cavalheiro, ele é um petardo, essa é a minha opinião.

A Sra. Squeers quis dizer "bastardo", mas, como frequentemente observava quando cometia um erro desses, que diferença faria se no fim todos vão para debaixo da terra? Com esse axioma de filosofia, na verdade, ela tinha o hábito de consolar os meninos quando eles trabalhavam sob as mais sórdidas condições.

— Ele não é nada disso — disse Squeers, em resposta ao comentário acima —, porque o pai e a mãe casaram-se antes de ele nascer, e ela ainda está viva. E se fosse, não seria da nossa conta, porque, ele estando aqui, temos um ótimo amigo; e, se ele quiser ensinar aos meninos alguma coisa além de tomar conta deles, eu não tenho nada contra.

— Eu digo mais uma vez, detesto esse rapaz mais do que veneno — disse a Sra. Squeers com veemência.

— Se não gosta dele, minha querida — retomou o Sr. Squeers —, não conheço ninguém que consiga mostrar mais aversão do que você, e, é claro, com ele, não há ocasião em que precise se dar o trabalho de esconder esse sentimento.

— Não pretendo esconder, eu lhe garanto — interveio a Sra. S.

— É isso mesmo — disse Squeers. — E, se ele tiver um pingo de orgulho, como acho que tem, não creio que haja mulher em toda a Inglaterra que possa dobrar alguém tão rapidamente como você, meu amor.

A Sra. Squeers riu-se a valer ao receber tal elogio e disse que acreditava ter dobrado alguns espíritos arrogantes na vida. Pode-se afirmar que, por seu caráter, ela, com o estimado marido, tenha dobrado muitos.

A Srta. Fanny Squeers guardou cuidadosamente na memória toda essa conversa e mais alguma sobre o mesmo assunto, até que, ao se recolher à noite, pediu à criada faminta detalhes sobre a aparência e a conduta de Nicholas; a essas perguntas a moça deu respostas muito entusiasmadas, acrescentando diversos elogios à beleza dos olhos negros do rapaz, a seu doce sorriso e a suas pernas retas — dando ênfase particular aos últimos itens mencionados. Por serem as pernas em Dotheboys Hall em geral tortas, a Srta. Squeers logo concluiu que o novo assistente devia ser uma pessoa notável, ou, como ela significativamente colocou em palavras, algo bem fora do comum. E, então, a Srta. Squeers decidiu observar Nicholas em pessoa no dia seguinte.

Com esse objetivo em mente, a moça aproveitou a oportunidade de sua mãe estar ocupada, e seu pai estar ausente, para ir por acaso à sala de aula, a fim de consertar uma pena de escrever e, lá, ao ver apenas Nicholas a tomar conta dos meninos, enrubesceu profundamente e mostrou-se muito confusa.

— Desculpe — disse a moça hesitante —, pensei que meu pai estivesse... ou pudesse estar... ó meu Deus, que vexame!

— O Sr. Squeers saiu — disse Nicholas, de modo algum afetado pela aparição, embora inesperada.

— Sabe se ele vai demorar, senhor? — perguntou a Srta. Squeers, com modesta hesitação.

— Ele calculou cerca de uma hora — respondeu Nicholas, polidamente, é claro, mas sem nenhuma indicação de ter sido afetado pelos encantos da Srta. Squeers.

— Que coisa inconveniente! — exclamou a moça. — Obrigada! Desculpe ter interrompido dessa forma. Se eu soubesse que meu pai não estava aqui, não teria, de maneira alguma... é muito inoportuno... deve parecer estranho — murmurou a Srta. Squeers, ruborizando de novo e olhando alternadamente da pena em sua mão para Nicholas em sua escrivaninha.

— Se isso é tudo de que precisa — disse Nicholas, apontando para a pena e sorrindo, embora a contragosto, diante da falsa vergonha da filha do diretor da escola —, talvez eu possa fazer as vezes dele.

A Srta. Squeers olhou para a porta, como se em dúvida da conveniência de aproximar-se de um completo estranho; depois, ao redor da sala, como se de algum modo tranquilizada pela presença de quarenta meninos; finalmente, aproximou-se de Nicholas e colocou a pena em sua mão, com um misto muito cativante de reserva e condescendência.

— Vai querer um bico de pena firme ou suave? — perguntou Nicholas, sorrindo para não soltar uma gargalhada.

"Ele *tem* um belo sorriso", pensou a Srta. Squeers.

— O que disse? — perguntou Nicholas.

— Ó meu Deus, eu estava pensando em outra coisa no momento, admito — respondeu a Srta. Squeers. — Ah! O mais suave possível, por favor. — Com essas palavras, a Srta. Squeers suspirou. Deve ter sido para dar a Nicholas a impressão de que seu coração era suave, e que a pena deveria combinar com ele.

Nicholas preparou a ponta da pena de acordo com essas instruções; quando a entregou à Srta. Squeers, ela a deixou cair; e, quando ele se inclinou para apanhá-la, a moça inclinou-se também, e eles bateram com a cabeça um no outro; diante do que, vinte e cinco meninos riram alto — decididamente, pela primeira vez naquele meio ano.

— Desculpe o mau jeito — disse Nicholas, abrindo a porta para que a moça se retirasse.

— Não foi nada, senhor — replicou a Srta. Squeers. — Foi culpa minha. Foi tudo tolice minha... um... um... bom dia!

— Até logo — disse Nicholas. — Da próxima vez, espero ser menos desajeitado. Cuidado! Está mordendo a ponta e pode quebrá-la.

— É verdade — disse a Srta. Squeers. — É tão embaraçoso que nem sei o que... desculpe lhe dar tanto problema.

— Não foi problema algum — respondeu Nicholas, fechando a porta da sala.

— Nunca vi pernas iguais na minha vida inteira! — disse a Srta. Squeers, enquanto se afastava.

Na verdade, a Srta. Squeers estava apaixonada por Nicholas Nickleby.

Para explicar a rapidez com que a moça havia concebido uma paixão por Nicholas, é necessário dizer que a amiga de cuja casa ela recentemente regressara era a filha de um moleiro, de apenas dezoito anos, que estava comprometida com o filho de um comerciante de milho, residente na cidade de mercados mais próxima. A Srta. Squeers e a filha do moleiro, amigas íntimas, haviam combinado, uns dois anos antes, de acordo com um costume que prevalecia entre as moças, que a primeira a ser pedida em casamento deveria logo confiar o poderoso segredo à outra, antes de contar a qualquer pessoa, e convidá-la para madrinha de casamento, sem perda de tempo; em cumprimento a essa promessa, a filha do moleiro, quando oficializou o noivado, saiu sem tardar, às onze horas da noite, assim que o filho do comerciante de milho pediu sua mão às dez horas e vinte e cinco minutos, pelo relógio de pêndulo da cozinha, e foi direto ao quarto da Srta. Squeers com a gratificante notícia. Ora, a Srta. Squeers, cinco anos mais velha, e já não mais adolescente (o que é também uma questão importante), andava, desde então, mais do que ansiosa para retribuir a deferência e confiar à amiga um segredo semelhante; mas, fosse por achar difícil agradar-se de alguém, ou, mais difícil ainda, ela própria agradar qualquer outra pessoa, nunca tivera a oportunidade de fazer isso, visto que não tinha segredo para revelar. Entretanto, mal o pequeno encontro com Nicholas, como descrito acima, se encerrara, a Srta. Squeers pôs seu chapéu, saiu às pressas para a casa da amiga e, mediante a solene renovação dos antigos votos de confidência, contou que estava — não exatamente, mas em vias de estar — comprometida com o filho de um cavalheiro — (não de um comerciante de milho, mas de um cavalheiro de ascendência nobre) — que viera como professor para Dotheboys Hall, em circunstâncias extraordinárias e misteriosas — na verdade, como a Srta. Squeers mais de uma vez sugerira que tinha boas razões para acreditar —, induzido pela fama de seus encantos a fim de procurá-la, cortejá-la e conquistá-la.

— Não é uma coisa extraordinária? — observou a Srta. Squeers, dando bastante ênfase ao adjetivo.

— É extraordinária — concordou a amiga. — Mas o que ele lhe disse?

— Não me pergunte o que ele disse, querida — respondeu a Srta. Squeers. — Você devia ter visto o olhar e o sorriso dele! Nunca fiquei tão encantada em toda a minha vida.

— Ele olhou deste jeito? — perguntou a filha do moleiro, simulando da melhor maneira que pôde um olhar malicioso do negociante de milho.

— Bem assim, só que era mais gentil — respondeu a Srta. Squeers.

— Ah! — exclamou a amiga. — Então, ele tem intenções, pode ficar certa.

A Srta. Squeers, que tinha algumas dúvidas sobre o assunto, ficou satisfeita em receber a confirmação de uma autoridade competente; e ao descobrir, em conversas posteriores e comparação de anotações, muitos aspectos semelhantes entre o comportamento de Nicholas e o do comerciante de milho, ficou tão confiante que contou à amiga inúmeras coisas que Nicholas *não* dissera, as quais eram tão elogiosas quanto convincentes. Então, ela discorreu sobre o medo que tinha de o pai e a mãe serem terminantemente contrários a sua escolha de marido; nessas infelizes circunstâncias, ela se estendeu bastante, pois o pai e a mãe da amiga concordavam com o casamento da filha e, em consequência, todo o noivado era uma questão simples e trivial, como é de se esperar.

— Eu gostaria muito de conhecê-lo! — exclamou a amiga.

— Vai conhecer, Tilda — disse a Srta. Squeers. — Eu seria a criatura mais ingrata do mundo se lhe negasse isso. Acho que a minha mãe se ausentará por dois dias para buscar uns meninos; e, quando ela viajar, convidarei você e John para um chá, e aí apresento ele a vocês.

Aquela era uma maravilhosa ideia, e, depois de discutirem-na, as amigas se despediram.

Ocorreu que a longa viagem da Sra. Squeers para buscar três novos meninos e cobrar dos parentes de dois alunos antigos o acerto de contas de uma pequena soma foi fixada naquela mesma tarde para dali a dois dias; e, dali a dois dias, a Sra. Squeers aguardava ao lado da carruagem, que parara em Greta Bridge para uma troca de cavalos, e levava consigo um pequeno embrulho que continha algo numa garrafa e uns sanduíches, e carregava, além disso, uma capa branca para usar à noite; bagagem com a qual ela seguiu seu caminho.

Sempre que essas oportunidades se apresentavam, era costume de Squeers ir todas as noites até a cidade de mercados, sob o pretexto de negócios urgentes, e ficar lá até as dez ou onze horas, em sua taberna favorita. Como o encontro dos jovens não o atrapalhava, e até mesmo, pelo contrário, lhe dava os meios de se entender com a Srta. Squeers, ele deu seu pronto consentimento e comunicou a Nicholas que ele era esperado para um chá na sala de visitas, naquele dia às cinco horas.

Certamente, a Srta. Squeers encontrava-se numa agitação incontrolável à medida que a hora se aproximava, e certamente ela se arrumara com a maior atenção: os cabelos — eles tinham mais do que um toque de vermelho, e ela os usava curtos — cacheados em cinco fileiras distintas, desde o topo da cabeça, e arranjados habilmente sobre o olho duvidoso; sem falar na faixa azul que lhe caía nas costas, o avental bordado, as luvas de cano longo, o lenço de gaze verde, usado por cima de um ombro e por baixo do outro; ou qualquer dos inúmeros ardis que deveriam servir de flechas dirigidas ao coração de Nicholas. Ela mal completara esses arranjos a seu gosto, quando a amiga chegou com um embrulho amarronzado, achatado e de três pontas contendo diversos pequenos ornamentos para serem usados nos cabelos, dos quais se encarregou a amiga, falando incessantemente. Quando a Srta. Squeers acabou de "fazer" os cabelos da amiga, a amiga "fez" os cabelos da Srta. Squeers, retocando o arranjo dos cachos sobre o pescoço; e depois, quando estavam ambas satisfeitas com a aparência, desceram em toda a magnificência, com as luvas de cano longo, prontas para os visitantes.

— Onde está John, Tilda? — perguntou a Srta. Squeers.

— Foi em casa somente para tomar um banho — respondeu a amiga. — Ele chegará na hora do chá.

— Estou sentindo uma grande emoção — observou a Srta. Squeers.

— Ah! Eu sei como é — respondeu a amiga.

— Não estou acostumada a isso, sabe, Tilda — disse a Srta. Squeers, levando a mão esquerda à sua faixa.

— Logo se sentirá melhor, querida — disse a amiga. Enquanto conversavam, a criada faminta trouxe os preparativos para o chá e, em seguida, alguém bateu à porta.

— É ele! — disse a Srta. Squeers. — Ah, Tilda!

— Calma! — aconselhou a amiga. — Diga: entre!

— Entre — disse a Srta. Squeers timidamente.

— E assim entrou Nicholas.

— Boa noite — cumprimentou o jovem cavalheiro, sem se dar conta de sua conquista. — Fui informado pelo Sr. Squeers de que...

— Ah, sim; isso mesmo — interferiu a Srta. Squeers. — O pai não se juntará a nós, mas acredito que não seja um problema. — (Isso foi dito de forma maliciosa.)

Nicholas arregalou os olhos diante da observação, mas abandonou o assunto muito friamente — sem se importar, até então, com nada em particular — e passou pela cerimônia de apresentação à filha do moleiro com tal elegância que a moça se perdeu em admiração.

— Estamos esperando por mais um cavalheiro — disse a Srta. Squeers, tirando a tampa do bule para ver como estava o chá.

Para Nicholas, não fazia diferença se esperavam um cavalheiro ou vinte, então recebeu a notícia com total indiferença; deprimido, e sem razão alguma para se mostrar agradável, olhou pela janela e suspirou involuntariamente.

Por acaso, a amiga da Srta. Squeers era extrovertida e, ao ouvir Nicholas suspirar, decidiu levantar o ânimo dos amantes.

— Mas se isto for causado pela minha presença — disse a moça —, não se preocupem comigo, eu não sou nenhuma santa. Podem fazer de conta que estão sozinhos.

— Tilda — disse a Srta. Squeers, ruborizando até a raiz dos cabelos —, você me envergonha! — E, nesse ponto, as duas amigas deram várias risadinhas, olhando de vez em quando por cima de seus lenços para Nicholas, que num estado de puro espanto, gradualmente soltou gargalhadas incontidas, causadas em parte pela simples sugestão de ele estar apaixonado pela Srta. Squeers, e em parte pela aparência e pelo comportamento absurdos das duas moças. Esses dois motivos de hilaridade, juntos, pareceram-lhe tão ridículos que, apesar de sua miserável condição, ele riu até ficar totalmente exausto.

"Bom", pensou Nicholas, "já que estou aqui, e, por alguma razão, esperam que eu seja amável, de nada adianta ficar com essa cara de tacho. O melhor que faço é me adaptar à companhia".

Envergonha-nos dizer isso; porém, seu espírito juvenil e sua vivacidade tendo, por certo tempo, superado seus pensamentos tristes, Nicholas logo tomou uma decisão e saudou a Srta. Squeers e a amiga com grande nobreza e, puxando uma cadeira para a mesa de chá, começou a se sentir mais à vontade do que, com toda a probabilidade, um assistente jamais se sentira na casa de seu chefe, desde que os assistentes foram inventados.

As moças estavam encantadas com essa mudança de comportamento por parte do Sr. Nickleby, quando o esperado pretendente chegou, os cabelos molhados do banho recente e uma camisa limpa, cujo colarinho devia ter pertencido a um ancestral gigantesco, formando, com um colete branco de dimensões semelhantes, o ornamento principal dessa pessoa.

— Bem, John — disse a Srta. Matilda Price (que, a propósito, era o nome da filha do moleiro).

— Bão — disse John com um sorriso que nem o colarinho conseguia esconder.

— Por favor — interferiu a Srta. Squeers, apressando-se para fazer as honras da casa. — Sr. Nickleby... o Sr. John Browdie.

— Seu criado, senhor — disse John, que tinha cerca de um metro e oitenta de altura, e a parte superior do corpo maior em proporção do que a inferior.

— Para servi-lo, senhor — replicou Nicholas, fazendo assustadora devastação no pão com manteiga.

O Sr. Browdie não era um cavalheiro com grande poder de interação, então ele sorriu duas vezes mais e, tendo feito seu costumeiro cumprimento a cada uma das pessoas do grupo, sorriu sem nenhum motivo em particular e se serviu de comida.

— A velha viajou, num foi? — observou o Sr. Browdie, de boca cheia.

A Srta. Squeers fez que sim com a cabeça.

O Sr. Browdie deu um sorriso especialmente largo, como se achasse que de fato havia algo de que se rir, e passou a comer o pão com manteiga, com vigor redobrado. Era uma cena e tanto, ver como ele e Nicholas esvaziavam o prato.

— Cê não tem pão com manteiga toda noite, não é, rapaz? — comentou o Sr. Browdie, após sentar-se observando Nicholas por um longo tempo por sobre o prato vazio.

Nicholas mordeu o lábio e enrubesceu, mas fingiu não ter escutado o comentário.

— Ora — disse o Sr. Browdie, rindo escandalosamente —, eles não gasta muito por aqui. Cê vai ficar na pele e no osso se demorar muito tempo nesse lugar. Ha! Ha! Ha!

— O senhor é muito brincalhão — disse Nicholas, com desdém.

— Não; eu não sei — respondeu o Sr. Browdie —, mas o outro professor, ele ficou, hein. — A lembrança da magreza do outro assistente parecia dar ao Sr. Browdie a maior satisfação, pois riu até precisar secar os olhos com o punho do paletó.

— Não sei se tem capacidade de percepção suficiente, Sr. Browdie, para entender que suas observações são ofensivas — disse Nicholas numa crescente irritação —, mas, se tiver, tenha a bondade de...

— Se disser mais uma palavra, John — reclamou a Srta. Price, tapando a boca de seu admirador, quando ele estava prestes a interferir —, meia palavra que seja, nunca vou perdoar você, nem falar mais com você.

— Bão, minha querida, isso não importa — disse o comerciante de milho, dando um beijo afetuoso na Srta. Matilda —; vamo continuar, vamo continuar.

Agora foi a vez de a Srta. Squeers virar-se para interceder junto a Nicholas, o que fez com muitos sinais de alarme e horror; o resultado da dupla intercessão foi que ele e John Browdie apertaram as mãos por sobre a mesa com muita seriedade; e foi um cerimonial de natureza tão grandiosa que a Srta. Squeers foi tomada pelas lágrimas.

— O que houve, Fanny? — perguntou a Srta. Price.

— Nada, Tilda — respondeu a amiga, soluçando.

— Não houve nenhum problema — observou a Srta. Price —, não é, Sr. Nickleby?

— Nenhum — respondeu Nicholas. — Absurdo.

— É verdade — sussurrou a Srta. Price. — Diga alguma coisa afetuosa a Fanny, e ela supera tudo isso. Olhem! Acham melhor eu e John irmos para a cozinha, por um instante?

— Não, de forma alguma — respondeu Nicholas, alarmado com a proposta. — Por que fariam isso?

— Bom — disse a Srta. Price, chamando-o para o lado e falando com certo grau de desdém —, o *senhor* é a visita.

— O que está querendo dizer? — perguntou Nicholas. — Não sou visita nenhuma... aqui, de maneira alguma. Não estou entendendo isso.

— Nem eu — disse a Srta. Price —, mas os homens são sempre inconstantes, sempre foram e sempre serão; isso eu entendo facilmente.

— Inconstantes! — protestou Nicholas. — O que está pensando? Por acaso acha que...

— Ah, não, não acho nada — respondeu a Srta. Price, com irritação. — Olhe para ela, com um vestido tão bonito e uma aparência tão boa... *quase* atraente. Eu sinto vergonha pelo senhor.

— Minha cara senhorita, o que eu tenho a ver com o fato de ela estar bem vestida ou ter boa aparência? — perguntou Nicholas.

— Ora, não me chame de cara senhorita — disse a Srta. Price, embora o dissesse com um ar de riso, pois de certa forma era bonita e faceira também, e Nicholas era um belo rapaz, e ela supunha que ele fosse propriedade de outra pessoa, motivo suficiente para que se sentisse orgulhosa de ter causado uma boa impressão sobre ele —, senão Fanny dirá que é minha culpa. Vamos; vamos jogar baralho. — Dizendo essas últimas palavras, ela saiu saltitante e juntou-se novamente ao grandalhão de Yorkshire.

Aquilo era totalmente incompreensível para Nicholas, cuja única impressão que tinha da Srta. Squeers era a de uma moça comum e da Srta. Price, de uma moça bonita; mas não lhe sobrava tempo para se deter nessas reflexões, pois, a lareira tendo sido realimentada e a vela, acesa, sentaram-se todos para um jogo de apostas.

— Somos apenas quatro, Tilda — disse a Srta. Squeers, olhando para Nicholas de forma dissimulada —, então é melhor jogarmos com parceiros, dois contra dois.

— O que acha, Sr. Nickleby? — perguntou a Srta. Price.

— Será um grande prazer — respondeu Nicholas. E, ao dizer isso, inconsciente de sua flagrante ofensa, empilhou algumas fichas de inscrição de Dotheboys Hall, as quais representavam suas fichas no jogo e as da Srta. Price, respectivamente.

— Sr. Browdie — disse a Srta. Squeers histericamente —, vamos nos juntar contra eles?

O rapaz de Yorkshire consentiu — aparentemente aturdido com o desaforo do novo assistente —, e a Srta. Squeers lançou um olhar rancoroso à amiga e deu risadinhas convulsivas.

Caiu para Nicholas dar as cartas, e a mão teve início.

— Pretendemos ganhar todas — disse ele.

— Tilda *ganhou* alguma coisa que não esperava, eu acho, não foi, querida? — sugeriu a Srta. Squeers, maliciosamente.

— Somente um seis e um oito, querida — respondeu a Sra. Price, fingindo entender a pergunta num sentido literal.

— Como você está irritante hoje! — disse a Srta. Squeers com desdém.

— Não, de maneira alguma — retorquiu a Srta. Price —, estou de excelente humor. Eu estava achando que *você* estava esquisita.

— Eu! — protestou a Srta. Squeers, mordendo o lábio e tremendo de ciúmes. — Ah, não!

— Melhor assim — observou a Srta. Price. — Seus cachos estão se desmanchando, querida.

— Não se preocupe comigo — disse a Srta. Squeers, com um riso nervoso —; é melhor cuidar de seu parceiro.

— Obrigado por lembrar isso a ela — disse Nicholas. — Também acho.

O rapaz de Yorkshire achatou o nariz com o punho fechado, uma ou duas vezes, como se para conter a mão até a primeira oportunidade de exercitá-la no rosto de algum outro cavalheiro; e a Srta. Squeers sacudiu a cabeça com tamanha indignação que o vento provocado pelos inúmeros cachos em movimento quase apagou a vela.

— Eu nunca tive tanta sorte, na verdade — exclamou faceira a Srta. Price, depois de algumas mãos do jogo. — É tudo por sua causa, Sr. Nickleby, eu acho. Gostaria de ter sempre o senhor como parceiro.

— Eu também.

— Mas, se ganhar sempre no jogo, não terá sorte com sua esposa — disse a Srta. Price.

— Vou, se o seu desejo for realizado — respondeu Nicholas. — Tenho certeza de que terei uma boa esposa, nesse caso.

Era preciso ver como a Srta. Squeers sacudia a cabeça, e o comerciante de milho achatava o nariz, enquanto prosseguia essa conversa! Valeria a pena pagar uma assinatura para presenciar aquilo; sem falar na satisfação da Srta. Price em deixá-los com ciúmes, e na inadvertência de Nicholas em deixá-los constrangidos.

— Parece que somos os únicos a falar aqui — disse Nicholas, olhando de bom humor em torno da mesa, quando chegou sua vez de novo de dar as cartas.

— Vocês fazem isso tão bem — disse a Srta. Squeers com um riso nervoso — que seria uma pena interromper, não é mesmo, Sr. Browdie? Hi! Hi! Hi!

— Não — interferiu Nicholas —, só estamos conversando, porque não há ninguém mais com quem falar.

— Conversaremos com vocês, sabem, se disserem alguma coisa — disse a Srta. Price.

— Obrigada, Tilda querida — replicou a Srta. Squeers, com altivez.

— Ou podem falar um com o outro, se não quiserem falar conosco — disse a Srta. Price, zombando da querida amiga. — John, por que não diz alguma coisa?

— Dizer arguma coisa? — repetiu o rapaz de Yorkshire.

— Sim, e não ficar aí calado e carrancudo.

— Bão, então! — disse o rapaz, levando o punho à mesa com força. — O que eu digo é o seguinte: dane-se meus osso e meu corpo, se eu aguento mais isso. Vamo pra casa comigo, e esse aí metido a besta é bão se cuidá pra não ter a cabeça quebrada da próxima vez que cair na minha mão.

— Misericórdia, o que é isso? — reagiu a Srta. Price, afetando surpresa.

— Vambora, eu tô dizendo, vambora — replicou o rapaz de Yorkshire, gravemente. E, enquanto ele protestava, a Srta. Squeers banhava-se em lágrimas; choro este que surgia em parte da vergonha e do desespero, e em parte do desejo impotente de dilacerar o rosto de alguém com suas belas unhas.

Esse estado de coisas havia surgido por vários motivos e comportamentos. A Srta. Squeers o causara por aspirar à elevada posição de estar comprometida matrimonialmente, sem fundamento algum para isso; a Srta. Price, por três motivos: primeiro, o desejo de punir a amiga por fingir estar no mesmo patamar que o seu, sem ter o título para isso; segundo, a satisfação de sua própria vaidade ao receber elogios de um rapaz inteligente; e, terceiro, o desejo de convencer o comerciante de milho do perigo que ele corria, adiando a celebração de suas esperadas núpcias; enquanto Nicholas o causara em troca de meia hora de divertimento e imprudência, além de um sincero desejo de evitar a imputação de que se sentia inclinado a um relacionamento com a Srta. Squeers. Dessa forma, os meios empregados e os fins produzidos foram todos os mais naturais do mundo; porque as moças anseiam por casar-se, e se acotovelam na corrida para o altar, tirando proveito de todas as oportunidades que tiverem de exibir seus atrativos, até o fim dos tempos, como têm feito desde o início.

— E agora Fanny está em lágrimas! — exclamou a Srta. Price, como se estivesse de fato surpresa. — Por que será?

— Ah! Não sabe, senhorita, claro que não sabe. Não se dê o trabalho de perguntar — disse a Srta. Squeers, produzindo aquela expressão que as crianças chamam de cara feia.

— Não sei, eu garanto! — exclamou a Srta. Price.

— E quem se importa se a senhora garante ou não? — retorquiu a Srta. Squeers, fazendo nova cara feia.

— E a senhora está sendo muitíssimo educada — disse a Srta. Price.

— Não estou aqui para receber lições suas nessa arte! — retorquiu a Srta. Squeers.

— E a senhora não precisa ser mais clara do que isso — continuou a Srta. Price —, porque é desnecessário.

Em resposta, a Srta. Squeers ruborizou e agradeceu a Deus por não ter a desfaçatez de certas pessoas. A Srta. Price, por sua vez, congratulou-se por não ser invejosa como outras pessoas; ao que a Srta. Squeers fez um comentário geral a respeito do perigo de se associar a pessoas inferiores; com o que a Srta. Price concordou inteiramente, observando que, de fato, isso era verdade e que já fazia muito tempo que pensava assim.

— Tilda — exclamou a Srta. Squeers com dignidade —, odeio você.

— Ah! E quem disse que havia amor entre nós duas? — replicou a Srta. Price, amarrando o laço de seu chapéu com um movimento brusco. — Vai chorar bastante quando eu for embora; sabe muito bem disso.

— As suas palavras não me dizem nada, descarada — disse a Srta. Squeers.

— Isso para mim é um elogio — respondeu a filha do moleiro, fazendo uma profunda reverência. — Desejo-lhe uma boa-noite, senhorita, e que tenha bons sonhos!

Com essa bênção de despedida, a Srta. Price deixou a sala, seguida pelo grandalhão de Yorkshire, que, na saída, trocou com Nicholas aquele olhar ameaçador com o qual os adversários, em apresentações melodramáticas, informam um ao outro que se encontrarão outra vez.

Assim que eles saíram, a Srta. Squeers, cumprindo a predição de sua ex-amiga, deu vazão à mais copiosa explosão de lágrimas e proferiu vários tristes lamentos e palavras incoerentes. Nicholas ficou parado por alguns segundos, em dúvida sobre o que fazer, mas sem saber se o acesso terminaria com ele sendo abraçado, ou arranhado, e considerando que a punição seria igualmente agradável, deixou a sala em silêncio, enquanto a Srta. Squeers afogava as lágrimas em seu lenço.

"Isso é consequência", pensou Nicholas, depois de se dirigir tateando para seu quarto escuro, "de minha maldita disposição de me adaptar às situações para as quais a sorte me leva. Se eu tivesse ficado calado e quieto, como devia ter feito, isso não teria acontecido."

Ele apurou o ouvido por uns instantes, mas tudo estava em silêncio.

— Eu fiquei feliz — murmurou ele — de aproveitar a chance de me afastar desse lugar horrível e da presença de seu desprezível dono. Fiz dois inimigos com minhas conversas, quando, só Deus sabe, não precisava de nenhum. Bom, essa é a minha punição por ter esquecido, por uma simples hora, o que se encontra ao meu redor neste momento!

Dizendo isso, ele tateou entre o monte de crianças cansadas adormecidas e enfiou-se em sua terrível cama.

CAPÍTULO X

Como o Sr. Ralph Nickleby providenciou o sustento da sobrinha e da cunhada

Na manhã do segundo dia após a partida de Nicholas para Yorkshire, Kate Nickleby encontrava-se sentada numa cadeira muito desbotada, colocada sobre um estrado muito empoeirado na sala da Srta. La Creevy, posando para um retrato que a mulher então pintava; e, para lhe conferir perfeição, a Srta. La Creevy mandou buscar o mostruário da porta da frente, a fim de melhor infundir no símile do semblante da Srta. Nickleby um tom de pele brilhante, cor de salmão, que ela conseguira obter quando pintava a miniatura de um jovem oficial, que lá estava, e cujo tom salmão brilhante era considerado pelos melhores amigos e patronos da Srta. La Creevy uma novidade em arte, como de fato o era.

— Acho que consegui agora — disse a Srta. La Creevy. — O tom exato! Este será o retrato mais gracioso que eu já fiz, certamente.

— É a sua genialidade que possibilita isso, tenho certeza — observou Kate, sorrindo.

— Não, não, não concordo, minha querida — disse a Srta. La Creevy. — É a modelo, uma modelo bonita, na verdade... mas, claro, alguma coisa depende de como é feito.

— E não pouca coisa — complementou Kate.

— Bom, minha querida, você tem razão — disse a Srta. La Creevy. — de maneira geral, você tem razão; mas não concordo que isso seja de muita importância no presente caso. Ah! As dificuldades da Arte, minha querida, são grandes.

— Ah, sim, imagino que sejam — complementou Kate, procurando agradar a amiga bondosa.

— São maiores do que qualquer coisa que você possa imaginar — a Srta. La Creevy continuou. — Ressaltar os olhos com toda a expressão, manter o nariz abaixado com todo o vigor, acrescentar a cabeça e fazer desaparecer todos os dentes, você não tem ideia do trabalho que dá fazer uma miniatura.

— E a remuneração mal compensa — observou Kate.

— A verdade é que não compensa — respondeu a Srta. La Creevy —; e ainda as pessoas ficam insatisfeitas e são irracionais, o que faz com que, nove em dez vezes, eu não tenha prazer em pintá-las. Umas dizem: "Ah, como a senhora me fez parecer tão sério, Srta. La Creevy!", e outras: "Ah, Srta. La Creevy, estou com um sorriso forçado!", quando a própria essência de um bom retrato é a pessoa parecer séria ou sorridente, ou não é um retrato.

— É verdade! — disse Kate, rindo.

— Certamente, minha querida; porque os modelos estão fazendo uma coisa ou a outra — a Srta. La Creevy prosseguiu. — Veja a Academia Real Inglesa! Todos aqueles retratos belos e brilhantes de cavalheiros com coletes de veludo preto, e os punhos juntos sobre mesas redondas, ou louças de mármore, são sérios, sabe? E as damas, com suas sombrinhas, ou brincando com seus cachorrinhos, ou seus filhos... é a mesma regra em arte, só mudam os objetos... estão sorridentes. Na verdade — disse a Srta. La Creevy, reduzindo a voz a um sussurro de confidência —, existem apenas dois estilos na pintura de retratos: o sério e o sorridente; e sempre usamos o sério para os profissionais (exceto, às vezes, para os atores) e o sorridente para as damas e os cavalheiros que não se importam muito em parecer inteligentes.

Kate divertia-se com esses comentários, e a Srta. La Creevy seguia pintando e falando, com uma satisfação inalterável.

— A senhora deve pintar muitos oficiais! — disse Kate, aproveitando-se de uma pausa no discurso e olhando ao redor da sala.

— Muitos o quê, filha? — perguntou a Srta. La Creevy, levantando a vista do trabalho. — Retratos a caráter, ah, sim... eles não são realmente militares, sabe?

— Não?

— Meu Deus, claro que não; são apenas funcionários ou pessoas assim, que alugam uniformes para serem retratados com eles e enviam para cá numa bolsa de pano. Alguns artistas — continuou a Srta. La Creevy — têm um paletó vermelho e cobram sete xelins e seis centavos pelo aluguel da roupa e pelo carmim; mas eu não faço isso, porque não considero legítimo.

Ajeitando-se na cadeira, como se muito se orgulhasse de não lançar mão dessas manobras para conquistar clientes, a Srta. La Creevy voltou-se para o trabalho com mais concentração: apenas levantando a cabeça ocasionalmente para apreciar com indizível satisfação alguns retoques que acabara de fazer na pintura: e, de vez em quando, explicando à Srta. Nickleby a característica particular em que estava trabalhando, naquele momento.

— Não que você venha a se interessar pela pintura, minha querida — observou ela expressamente —, mas porque é costume às vezes dizer aos nossos clientes em que parte estamos, pois, se houver alguma expressão específica que queiram introduzir, eles podem sugerir naquele momento, entende?

— E quando — disse a Srta. Creevy, após um longo silêncio, a saber, um intervalo de um minuto e meio —, quando espera ver o seu tio de novo?

— Não sei dizer; achei que a esta altura ele já teria aparecido — respondeu Kate. — Em breve, espero, pois essa incerteza é pior do que qualquer coisa.

— Imagino que ele tenha dinheiro, não é? — perguntou a Srta. La Creevy.

— Ouvi dizer que é muito rico — respondeu Kate. — Não sei se é, mas acredito que sim.

— Ah, pode ter certeza que é, do contrário não seria tão grosseiro — observou a Srta. La Creevy, que era um misto de perspicácia e simplicidade. — Quando o homem é grosseiro no trato, geralmente é bastante independente.

— Os modos dele são rudes — disse Kate.

— Rudes! — exclamou a Srta. La Creevy. — Um porco-espinho é uma cama de plumas para ele! Nunca conheci um bárbaro mais intratável.

— É só o jeito dele, eu acredito — observou Kate, timidamente. — Ele teve suas decepções quando era jovem, foi o que ouvi dizer, ou ficou amargurado ao sofrer uma tragédia. Prefiro não pensar mal dele até saber que merece isso.

— Bom; é muito justo e correto — disse a pintora de miniaturas —, e Deus me livre de fazer você pensar assim! Mas, agora, ele não deveria, ressentimentos à parte, dar a você e à sua mãe uma boa mesada, que mantivesse vocês duas numa situação confortável até você conseguir um bom casamento e depois ser uma garantia para ela? O que cem libras, por exemplo, representariam para ele?

— Não sei o que representariam para ele — disse Kate, energicamente —, mas, por mim, eu preferiria morrer a aceitar.

— Eia! — exclamou a Srta. La Creevy.

— Depender dele — disse Kate — me deixaria amargurada pelo resto da vida. Pedir esmolas seria menos degradante.

— Bom! — exclamou a Srta. La Creevy. — Isso, em relação a um parente de quem não ouviu falar mal, minha querida, soa bastante estranho, eu confesso.

— Eu concordo que sim — concordou Kate, falando mais gentilmente —, deve mesmo. Eu... eu só quis dizer que com os sentimentos e as recordações que tenho de tempos melhores, eu não suportaria viver da generosidade de ninguém... não dele, em particular, mas de qualquer pessoa.

A Srta. La Creevy olhou furtivamente para a moça, como se duvidasse que não fosse o próprio Ralph o objeto de sua repulsa, mas, notando que sua jovem amiga estava angustiada, não fez nenhuma observação.

— A única coisa que peço a ele — continuou Kate, cujas lágrimas caíam enquanto ela falava — é que me faça uma recomendação... somente uma recomendação... para que eu possa ganhar, literalmente, o meu pão e possa ficar com a minha mãe. Se algum dia vamos voltar a ser felizes, isso dependerá da sorte do meu querido irmão; se ele fizer isso, e Nicholas nos disser que está bem e contente, eu fico satisfeita.

Quando ela parou de falar, ouviu-se um ruído por trás da divisória que ficava entre ela e a porta, e uma pessoa bateu no lambri.

— Entre, quem quer que seja! — disse a Srta. La Creevy.

A pessoa entrou e, aproximando-se de imediato, surgiu diante delas ninguém menos do que o próprio Sr. Ralph Nickleby.

— Seu criado, senhoras — disse Ralph, olhando perspicazmente de uma para a outra. — Estavam falando tão alto que não conseguiram me ouvir.

Quando o homem de negócios tinha uma intenção maldosa oculta em seu coração, ele usava, por um instante, o truque de quase esconder os olhos sob as espessas e protuberantes sobrancelhas e depois revelá-los em toda a sua avidez. Ao fazer isso agora e tentar manter o sorriso que dividia seus lábios finos e comprimidos e ressaltava as terríveis rugas em torno da boca, as duas mulheres tiveram a certeza de que ele havia escutado, se não toda, pelo menos parte de sua recente conversa.

— Parei aqui, enquanto subia, com grande esperança de encontrá-la — disse Ralph, dirigindo-se à sobrinha e olhando com um ar de desprezo para a pintura. — Esse é o retrato da minha sobrinha, senhora?

— É sim, Sr. Nickleby — disse a Srta. La Creevy com entusiasmo —, e, aqui entre nós, senhor, será um belo retrato, embora seja eu mesma quem esteja afirmando, a própria pintora.

— Não se preocupe em me mostrar isso, senhora — replicou Ralph, afastando-se —, não me interesso por representações. Já está acabando?

— Ah, sim — respondeu a Srta. La Creevy, pensando com a ponta do pincel na boca. — Mais duas sessões e...

— Termine logo, senhora — disse Ralph. — A partir de amanhã, ela não terá mais tempo para bobagens. Trabalho, senhora, trabalho; precisamos todos trabalhar. Já alugou os seus cômodos, senhora?

— Não coloquei anúncio ainda, senhor.

— Ponha-o imediatamente, senhora; elas não precisarão desses cômodos depois desta semana, ou, se precisarem, não poderão pagar por eles. Agora, minha cara, se está pronta, não percamos mais tempo.

Com um ar de bondade que lhe assentava pior do que seus modos habituais, o Sr. Ralph Nickleby fez sinal para que a moça saísse à sua frente e, curvando-se seriamente diante da Srta. La Creevy, fechou a porta e seguiu para o andar superior, onde a Sra. Nickleby o recebeu com muitas expressões de respeito. Interrompendo-as um tanto bruscamente, Ralph fez um impaciente gesto de mão e procedeu ao assunto de sua visita.

— Encontrei uma ocupação para a sua filha, senhora — disse Ralph.

— Bem — observou a Sra. Nickleby. — Quero lhe dizer que isso é exatamente o que esperava. "Pode ter certeza", eu disse a Kate, ainda ontem durante o café da manhã, "que depois de seu tio ter conseguido tão prontamente um emprego para Nicholas, ele não nos abandonará até pelo menos ter feito o mesmo por você". Essas foram as minhas exatas palavras, pelo que me lembro. Kate, minha querida, por que não agradece ao seu...

— Deixe-me continuar, senhora, por favor — disse Ralph, interrompendo a cunhada em pleno discurso.

— Kate, meu amor, deixe o seu tio continuar — disse a Sra. Nickleby.

— Estou ansiosa por isso, mamãe — disse Kate.

— Bem, minha querida, se está tão ansiosa assim, deve deixar o seu tio dizer o que tem a dizer, sem interrupções — observou a Sra. Nickleby, com pequenos movimentos de cabeça e o cenho franzido. — O tempo do seu tio é muito precioso, minha querida; e por mais desejosa que esteja... como é natural, assim como estou certa de que estaria qualquer parente afetuoso, que como nós tenha estado tão pouco com o tio, de prolongar o prazer de tê-lo entre nós; mesmo assim, não devemos ser egoístas, mas levar em consideração a importante natureza de suas ocupações na cidade.

— Eu lhe fico muito agradecido, senhora — disse Ralph com um leve sorriso de sarcasmo. — A ausência de hábitos de negócios nesta família aparentemente leva a um grande desperdício de palavras, antes de um negócio ser tratado, quando por fim é considerado.

— Creio que seja isso mesmo — disse a Sra. Nickleby suspirando. — O seu pobre irmão...

— Meu pobre irmão, senhora — interferiu Ralph mordazmente —, não tinha ideia do que era um negócio; na verdade, creio que desconhecia o significado dessa palavra.

— Acho que tem razão — disse a Sra. Nickleby, com o lenço nos olhos. — Se não fosse por mim, não sei o que teria sido dele.

Que estranhas criaturas somos! Uma pequena isca tão habilmente lançada por Ralph, durante a primeira conversa entre eles, continuava pendurada no anzol. A cada pequena privação ou desconforto que se apresentasse no curso de vinte e quatro horas, que lhe fizesse lembrar a difícil situação e as circunstâncias alteradas em que se encontrava, surgiam na mente da Sra. Nickleby irritantes visões das mil libras que lhe restaram, até que ela enfim se persuadiu de que, de todos os credores do marido falecido, ela fora a pior e a mais digna de piedade. Contudo, ela o amara ternamente por muitos anos e seu quinhão de egoísmo não era maior do que o comum aos mortais. Tal é a irritabilidade da súbita pobreza. Uma renda anual decente teria, de imediato, restituído seus pensamentos aos antigos rumos.

— Reclamar agora de nada adianta, senhora — disse Ralph. — De todas as atitudes infrutíferas, a mais infrutífera de todas é derramar lágrimas por um tempo que não volta mais.

— É isso mesmo — soluçou a Sra. Nickleby. — É isso mesmo.

— Como pode sentir tão pungentemente no próprio bolso as consequências do descaso pelos negócios, senhora — disse Ralph —, tenho certeza de que imprimirá na mente de seus filhos a necessidade de se dedicarem a eles cedo na vida.

— Claro que cuidarei disso — observou a Sra. Nickleby. — Experiência triste, sabe, cunhado... Kate, minha querida, diga isso a Nicholas na próxima carta, ou me lembre de dizer, se eu escrever.

Ralph parou por um instante e, vendo que causara a devida impressão na mãe, caso a filha se opusesse à sua proposta, continuou dizendo:

— O emprego que eu me interessei em conseguir, senhora, é com... com uma chapeleira e costureira, em suma.

— Uma chapeleira! — protestou a Sra. Nickleby.

— Chapeleira e costureira, senhora — repetiu Ralph. — As costureiras em Londres, nem é preciso dizer isso, senhora, que conhecem bem todas as questões relacionadas à vida diária, fazem grandes fortunas, dispõem de uma equipagem e se tornam pessoas de grande riqueza e sucesso.

Agora, as primeiras imagens que vieram à mente da Sra. Nickleby com as palavras chapeleira e costureira foram de cestos de vime forrados com um oleado preto, que ela se lembrava de ter visto sendo carregados de um lado para o outro nas ruas; mas, à medida que Ralph prosseguia, elas desapareciam e eram substituídas por visões de casas grandes no West End, belas carruagens particulares e uma conta bancária; todas essas imagens sucediam-se com tanta rapidez que, mal ele acabara de falar, ela já balançava a cabeça e dizia "É bem verdade", aparentando grande satisfação.

— O que seu tio está dizendo é bem verdade, Kate, minha querida — disse a Sra. Nickleby. — Lembro-me de que, quando eu e seu pobre papai viemos à cidade logo que nos casamos, uma moça foi me entregar em casa um chapéu de campo com acabamento branco e verde e um forro verde-jade, em sua própria carruagem, que chegou até a porta a galope; só que não sei se a carruagem era dela mesmo, ou se era de aluguel, mas eu me lembro muito bem que o cavalo caiu morto quando dobrava a esquina, e que seu pobre papai disse que fazia pelo menos quinze dias que ele não comia milho.

Essa história, tão fortemente ilustrativa da opulência das chapeleiras, não foi recebida com muito entusiasmo, pois Kate abaixou a cabeça enquanto estava sendo contada e Ralph mostrou sinais claros de extrema impaciência.

— O nome da senhora — disse Ralph interferindo rapidamente — é Mantalini, madame Mantalini. Eu a conheço. Ela mora perto da Cavendish Square. Se a sua filha estiver disposta a fazer uma experiência, eu a levarei lá sem demora.

— Não tem nada a dizer ao seu tio, meu amor? — perguntou a Sra. Nickleby.

— Muita coisa — respondeu Kate —; mas não agora. Prefiro falar com ele quando estivermos sozinhos; poupará o tempo dele se eu agradecer e disser o que tenho a dizer quando estivermos a caminho.

Com essas palavras, Kate saiu apressada para esconder os sinais de emoção, que começavam a ser evidentes em seu rosto, e se preparar para a caminhada, enquanto a Sra. Nickleby entretinha o cunhado dando-lhe, banhada em lágrimas, um relato detalhado das dimensões de um piano de pau-rosa que haviam tido nos dias de afluência, e uma descrição detalhada de oito poltronas, de pernas curvas e almofadas de chintz verde para combinar com as cortinas, que haviam custado duas libras e quinze xelins cada e que foram vendidas por quase nada.

Essas reminiscências foram, depois de um longo tempo, interrompidas pelo retorno de Kate já de roupa de sair; Ralph, impaciente e irritado durante todo o tempo de sua ausência, não perdeu tempo e, sem a menor cerimônia, desceu a escada que dava na rua.

— Agora — disse ele, tomando-lhe o braço —, caminhe o mais rápido que conseguir e pegará o ritmo que deverá ter quando for para o trabalho, todas as manhãs. — Dizendo isso, ele conduziu Kate, num passo acelerado, em direção à Cavendish Square.

— Agradeço muito ao senhor, tio — disse a moça, depois de seguirem às pressas em silêncio por algum tempo. — Muito.

— Fico satisfeito de ouvir isso — disse Ralph. — Espero que faça bem seu trabalho.

— Vou tentar agradar, tio — respondeu Kate. — Na verdade, eu...

— Não comece a chorar — rosnou Ralph. — Detesto choro.

— É ridículo, eu sei, tio — começou a pobre Kate.

— É, sim — replicou Ralph, interrompendo-a. — E, além disso, é muito forçado. Não quero mais ver isso.

Talvez essa não fosse a melhor maneira de secar as lágrimas de uma moça sensível, prestes a iniciar uma etapa inteiramente nova na vida, entre estranhos frios e desinteressados; contudo, surtiu efeito. Kate enrubesceu profundamente, respirou rápido por uns instantes e depois seguiu com passo mais firme e mais determinado.

Era um contraste curioso, ver como a tímida moça do campo se encolhia em meio ao mundo de gente que seguia apressada, de um lado e de outro das ruas, cedendo passagem a toda aquela gente e permanecendo perto de Ralph como se temesse perdê-lo no meio da multidão; e como o severo homem de negócios, de feições duras, prosseguia obstinadamente, acotovelando os passantes e, de vez em quando, fazendo uma brusca saudação a um conhecido, que se virava para trás para admirar a bela protegida com olhares expressivos de surpresa e pareciam indagar quem seria aquele par estranho. Mas teria sido um contraste ainda mais estranho ter lido os corações que pulsavam lado a lado; ter descoberto a gentil inocência de um e a vilania crua do outro; ter percebido os pensamentos ingênuos da delicada moça e com surpresa ver que, entre todas as maquinações e cálculos do homem, não havia uma palavra nem imagem que denotassem ideia de morte ou de túmulo. Mas era assim; e mais estranho ainda — embora isso seja uma coisa do dia a dia — o afetuoso e jovem coração palpitava com mil ansiedades e apreensões, enquanto o do homem mundano enferrujava em sua cela, batendo apenas como a peça de um astuto mecanismo e não permitindo uma pulsação sequer nem de esperança, nem de medo, amor, ou afeição por qualquer ser vivo.

— Tio — disse Kate, quando julgava já estarem próximos ao destino —, preciso lhe fazer uma pergunta. Eu vou morar lá em casa?

— Em casa! — respondeu Ralph. — Onde é isso?

— Quer dizer, com a minha mãe... *a viúva* — disse Kate enfaticamente.

— Você vai morar praticamente aqui — disse Ralph —, porque é aqui que fará as refeições, e aqui ficará desde a manhã até a noite... às vezes, pode acontecer, até o dia seguinte.

— Mas à noite, quer dizer — disse Kate. — Não posso deixá-la sozinha, tio. Preciso ter um lugar que eu possa chamar de casa; será onde ela estiver, sabe, e pode ser uma casa muito simples.

— Pode ser! — Ralph exclamou, caminhado ainda mais rápido, com a impaciência provocada pela observação. — Deve ser, você quer dizer. Pode ser uma casa simples! Esta moça está louca?

— A palavra escapou dos meus lábios, realmente eu não quis dizer isso — explicou Kate.

— Espero que não — replicou Ralph.

— Mas a minha pergunta, tio; o senhor não respondeu.

— Ora, eu previ alguma coisa dessa natureza — disse Ralph — e, embora faça uma forte objeção, note bem, fui contra a minha vontade. Indiquei você para ser uma empregada de serviços externos; portanto, você irá todas as noites para essa casa que pode ser simples.

Havia certo conforto nessas palavras. Kate fez vários agradecimentos ao tio pela consideração, os quais Ralph recebeu como se os merecesse, e eles alcançaram, sem nenhuma outra conversa, a casa da costureira, que exibia na porta uma enorme placa com o nome e a profissão de madame Mantalini, e à qual se chegava por uma bela escada. Havia uma loja na casa, mas era alugada a um importador de perfume de rosas. As salas de mostruário de madame Mantalini ficavam no primeiro andar: fato que era anunciado à nobreza e à sociedade pela exibição, próxima às janelas com belas cortinas, de dois ou três elegantes chapéus da última moda e algumas peças caras de vestuário de gosto extremamente refinado.

Um porteiro uniformizado abriu a porta e, em resposta à pergunta de Ralph se madame Mantalini estava em casa, conduziu-os, através de um belo *hall* e por uma ampla escada, para um salão de mostruário, que compreendia duas espaçosas salas de visitas e exibia uma imensa variedade de luxuosos vestidos e tecidos: alguns arranjados em mostradores, outros jogados descuidadamente sobre os sofás, e outros, ainda, espalhados sobre o tapete, pendurados em espelhos giratórios ou misturados, de alguma forma, aos suntuosos móveis de vários tipos, os quais eram exibidos em grande profusão.

Eles esperaram ali por mais tempo do que gostaria o Sr. Ralph Nickleby, que olhava para aquela roupagem espalhafatosa à sua volta sem o menor interesse, e estava prestes a tocar a sineta, quando um cavalheiro enfiou de repente a cabeça pela porta e, vendo alguém ali, retirou-a com a mesma rapidez.

— Ei. Alô! — disse Ralph. — Quem está aí?

Ao som da voz de Ralph, a cabeça reapareceu, e a boca, exibindo uma longa fileira de dentes muito brancos, articulou num tom afetado as palavras: "Diabo! O quê, Nickleby? Ah, diabo!" Depois dessas exclamações, o cavalheiro aproximou-se e apertou a mão de Ralph com bastante cordialidade. Ele usava um magnífico chambre matinal, colete e calças turcas do mesmo padrão, um lenço rosa de seda e chinelos de um verde vivo, e em torno do corpo tinha uma corrente de relógio enorme. Além disso, tinha suíças e um bigode, ambos pintados de preto e graciosamente ondulados.

— Diabo, você não veio à minha procura, não é? — perguntou o cavalheiro, batendo no ombro de Ralph.

— Ainda não — respondeu Ralph, com sarcasmo.

— Ha! Ha! Diabo — repetiu o homem; e, ao virar-se para rir com mais elegância, viu Kate Nickleby, que estava parada do lado.

— Minha sobrinha — disse Ralph.

— Estou lembrado — disse o cavalheiro, batendo na ponta do nariz com a articulação do dedo indicador como para punir-se por seu esquecimento. — Diabo, agora me lembro por que está aqui. Por aqui, Nickleby; minha querida, queira me acompanhar. Ha! Ha! Todas me acompanham, Nickleby; sempre foi assim, diabo, sempre.

Dando asas assim aos gracejos de sua imaginação, o cavalheiro, após esse comentário, conduziu-os a uma sala particular no segundo piso, quase tão elegante quanto os cômodos do andar inferior, na qual a presença de um bule de prata, de uma casca de ovo e de um serviço de porcelana sujo mostrava que ele acabara de fazer a refeição matinal.

— Sente-se, minha querida — disse o cavalheiro, primeiro fitando a Srta. Nickleby com um ar de aprovação e depois sorrindo satisfeito com a aquisição. — Esta sala aqui em cima tira o fôlego de qualquer um. Essas infernais salas nas alturas... estou pensando em me mudar, Nickleby.

— Eu me mudaria, sem dúvida — observou Ralph, olhando com desprezo a sua volta.

— Que camarada estranho você é, Nickleby — disse o cavalheiro —, o velho moedeiro de ouro e prata de maior visão e de temperamento mais excêntrico que existe, diabo.

Depois de elogiar assim Ralph, o cavalheiro tocou a sineta, olhando para a Srta. Nickleby até ser atendido, e então disse ao criado para ir chamar sua mulher imediatamente; depois disso, começou a tocar o sino de novo, parando apenas com a chegada de madame Mantalini.

A costureira era uma mulher rechonchuda, vestida com elegância e até mesmo bonita, porém muito mais velha do que o cavalheiro de calças turcas, com quem se casara cerca de seis meses antes. O nome dele era originalmente Muntle; mas fora convertido, por meio de uma fácil mudança, para Mantalini: a senhora tendo considerado, com justiça, que um sobrenome inglês constituiria um sério prejuízo para o negócio. Ele se casara graças às suas suíças; e subsistira bem por alguns anos com essa qualidade, a qual ele melhorara, havia pouco, depois de cultivar com paciência um bigode, que prometia lhe garantir independência: sua participação nos negócios limitava-se a gastar o dinheiro e, ocasionalmente, quando este estava curto, a ir até o Sr. Ralph Nickleby para obter um desconto — mediante uma percentagem — nas contas dos fregueses.

— Por que diabo demorou tanto, amor da minha vida? — perguntou o Sr. Mantalini.

— Eu nem mesmo sabia que o Sr. Nickleby estava aqui, meu amor — disse madame Mantalini.

— Então, esse criado deve ser um maldito malandro, minh'alma — reclamou o Sr. Mantalini.

— Meu bem — disse a madame —, a culpa é inteiramente sua.

— Minha culpa, alegria do meu coração?

— Certamente — a mulher respondeu. — O que pode esperar, querido, se não repreende o homem?

— Repreender o homem, encanto de minh'alma?

— Sim; estou certa de que ele precisa muito disso — disse a madame, fazendo biquinho.

— Então não se incomode — disse o Sr. Mantalini. — Ele levará umas chicotadas dos diabos até gritar. — Com essa promessa, o Sr. Mantalini beijou a Sra. Mantalini e, após esse espetáculo, madame Mantalini puxou as orelhas do Sr. Mantalini de forma brincalhona; depois disso, eles passaram a tratar de negócios.

— Então, senhora — disse Ralph, que observava tudo aquilo com tamanho desprezo como poucos homens conseguem demonstrar —, esta é a minha sobrinha.

— Ah, sim, Sr. Nickleby — disse madame Mantalini, examinando Kate da cabeça aos pés, mais de uma vez. — Sabe falar francês, filha?

— Sei, sim, senhora — respondeu Kate, sem ousar erguer a vista; pois sentiu que os olhos do odioso homem de chambre estavam dirigidos a ela.

— Como um maldito nativo? — perguntou o marido.

A Srta. Nickleby não respondeu a essa pergunta, e deu as costas ao homem, como se estivesse aprontando-se para atender ao que a mulher dele pedisse.

— Temos sempre vinte moças empregadas no estabelecimento — disse a madame.

— É, senhora? — observou Kate timidamente.

— É; e algumas delas danadas de bonitas também — interferiu o marido.

— Mantalini! — exclamou a mulher, com uma voz terrível.

— Não posso deixar de perceber, minha deusa! — disse Mantalini.

— Está querendo despedaçar meu coração?

— De forma alguma, nem por vinte mil hemisférios habitados por... por... pequenas bailarinas — respondeu Mantalini numa veia poética.

— Mas conseguirá, se continuar falando dessa maneira — disse sua mulher. — O que o Sr. Nickleby pensará, ouvindo isso?

— Ah! Nada, senhora, nada — respondeu Ralph. — Conheço a natureza cordial dele, e a sua... pequenos comentários que dão sabor à convivência diária... brigas de amantes que adoçam as alegrias domésticas e garantem uma união duradoura... é só isso; só isso.

Se fosse possível a uma porta de ferro discutir com suas dobradiças e tomar a firme resolução de se abrir com uma lenta obstinação, transformando-as em pó no processo, ela emitiria um som mais agradável, ao fazer isso, do que o som daquelas palavras, na voz áspera e amarga que foram proferidas por Ralph. Até o Sr. Mantalini sentiu seu efeito, e, virando-se assustado, exclamou:

— Que maldito grasnido horroroso!

— Por favor, não dê atenção ao que diz o Sr. Mantalini — observou a mulher, dirigindo-se à Srta. Nickleby.

— Não darei, senhora — disse Kate, com um silencioso desprezo.

— O Sr. Mantalini não sabe nada sobre nenhuma das moças — continuou a madame, fitando o marido e falando com Kate. — Se já viu alguma delas, deve ter sido na rua, quando estão chegando ao trabalho, ou indo embora, e não aqui. Nunca nem sequer esteve na sala. Não permito isso. Quais são as horas de trabalho a que está acostumada?

— Ainda não estou acostumada a trabalhar, senhora — respondeu Kate, em voz baixa.

— Razão pela qual ela trabalhará muito melhor agora — disse Ralph, intrometendo-se, temeroso de que essa confissão atrapalhasse as negociações.

— Assim espero — disse madame Mantalini —; nosso horário é das nove às nove, com trabalho extra quando temos muitas encomendas, mas por isso eu pago hora extra.

Kate curvou a cabeça para demonstrar que ouvira e que estava de acordo.

— Suas refeições — continuou madame Mantalini —, ou seja, o jantar e o chá, você fará aqui. Imagino que seus rendimentos sejam de cinco a sete xelins por semana, mas não posso assegurá-la disso, até que eu veja como trabalha.

Kate curvou a cabeça novamente.

— Se estiver pronta para iniciar o trabalho — disse madame Mantalini — é melhor começar segunda-feira pela manhã, às nove em ponto, e a Srta. Knag, a supervisora, será orientada a treiná-la com um serviço leve a princípio. Alguma coisa mais, Sr. Nickleby?

— Nada mais, senhora — respondeu Ralph, levantando-se.

— Então creio que é tudo — disse a mulher. Ao chegar a essa conclusão natural, ela olhou para a porta, como se ansiosa por sair, porém hesitou, como se não quisesse deixar ao Sr. Mantalini a honra de conduzi-los à porta da frente. Ralph a poupou de sua hesitação despedindo-se sem demora; madame Mantalini perguntando-lhe por que nunca aparecia para visitá-los, e o Sr. Mantalini amaldiçoando a escada com grande volubilidade ao segui-los na descida, na esperança de levar Kate a olhar para trás; esperança, no entanto, destinada a permanecer insatisfeita.

— Finalmente! — exclamou Ralph quando alcançaram a rua. — Agora você tem um trabalho.

Kate ia agradecer-lhe outra vez, mas ele a deteve.

— Eu pensei em providenciar para a sua mãe um lugar agradável no interior — (ele tinha uma recomendação para uns asilos de pobres na fronteira da Cornuália, que lhe ocorreram mais de uma vez) —, mas, como querem ficar juntas, devo procurar uma outra coisa para ela. Ela tem algum dinheiro?

— Muito pouco — respondeu Kate.

— Um pouco pode ir longe, se usado com parcimônia — disse Ralph. — Ela deve ver quanto tempo pode fazer esse dinheiro durar, se não pagar aluguel. Vocês deixarão os aposentos onde estão no sábado?

— O senhor nos disse para fazer isso, tio.

— Sim; tenho uma casa que está desocupada, onde vocês podem ficar até eu alugá-la, e depois, se não aparecer nada, talvez eu consiga outra. Vocês vão morar lá.

— É muito longe daqui, senhor? — perguntou Kate.

— Bastante — disse Ralph. — Numa outra área da cidade... no East End; mas mandarei meu assistente às cinco horas, no sábado, para levá-las até lá. Adeus. Sabe voltar sozinha? É só seguir em frente.

Apertando a mão da sobrinha com frieza, Ralph deixou-a no alto da Regent Street, e virou numa rua transversal, voltado para seus esquemas financeiros. Kate caminhou tristemente de volta a sua hospedagem no Strand.

CAPÍTULO XI

Newman Noggs conduz a Sra. e a Srta. Nickleby a sua nova moradia na cidade

As reflexões da Srta. Nickleby, enquanto ela seguia o caminho de casa, eram de natureza desalentadora, uma vez que os acontecimentos daquela manhã foram mais do que suficientes para despertá-las. A atitude de seu tio em nada ajudara a dissipar as dúvidas e apreensões que ela pudesse ter sentido de início, e a impressão que tivera do estabelecimento de madame Mantalini não havia sido, de maneira alguma, animadora. Foi com receio e um mau presságio, portanto, que ela via, com o coração pesado, o início de sua nova carreira.

Se as palavras de consolação de sua mãe pudessem ter-lhe restituído um estado de espírito mais animador e satisfatório, elas não foram poupadas. Quando Kate chegou em casa, a boa senhora lembrou-se de dois casos autênticos de chapeleiras que haviam adquirido uma considerável fortuna, embora a mãe não se lembrasse exatamente se elas a haviam obtido com o negócio, ou se dispunham de algum capital de início, ou ainda se haviam tido a sorte de fazer um casamento vantajoso. Entretanto, como observou logicamente, deve ter havido *alguma* jovem nesse tipo de negócio que fizera fortuna sem ter nada com que começar e, admitindo-se essa possibilidade, por que Kate não poderia conseguir o mesmo? A Srta. La Creevy, que era um dos membros do pequeno conselho, aventurou-se a levantar certas dúvidas relativas à probabilidade de a Srta. Nickleby chegar a essa feliz realização no decurso de uma existência comum; mas a boa senhora deixou essa questão inteiramente de lado, dizendo-lhes que tinha um pressentimento sobre o assunto... uma espécie de premonição, à qual ela sempre se agarrara nas discussões com o falecido Sr. Nickleby e que nove vezes e três quartos em cada dez conduzia ao caminho errado.

— Receio que seja uma ocupação pouco saudável — disse a Srta. La Creevy. — Lembro-me de ter feito o retrato de três jovens chapeleiras quando comecei a pintar, e me recordo de que eram todas muito pálidas e doentias.

— Ah! Essa não é uma regra geral, de forma alguma — observou a Sra. Nickleby —, pois me lembro, como se fosse ontem, de ter contratado os serviços de uma delas, que me foi bem recomendada, para me fazer um manto escarlate, na época em que mantos escarlates estavam na moda, e ela era bem corada... bem corada, mesmo.

— Talvez ela bebesse — sugeriu a Srta. La Creevy.

— Eu não sei a razão — insistiu a Sra. Nickleby —, mas sei que o rosto dela era bem rosado, então o seu argumento não é válido.

Dessa forma, e com tão poderosa argumentação, a digna matrona enfrentava cada pequena objeção que era apresentada ao novo esquema daquela manhã. Feliz Sra. Nickleby! Bastava que um projeto fosse novo e ele se apresentava luminoso e dourado, como um brinquedo reluzente.

Essa questão posta de lado, Kate comunicou o desejo do tio em relação à casa desocupada, ao que a Sra. Nickleby aquiesceu com a mesma prontidão, observando, como lhe era peculiar, que, nas noites agradáveis, seria para ela uma diversão prazerosa caminhar até o West End para buscar a filha; e não menos peculiarmente esquecendo que havia coisas como noites de chuva e de mau tempo em quase todas as semanas do ano.

— Vou sentir muito, muito mesmo deixá-la, minha boa amiga — disse Kate, em quem os bons sentimentos da modesta pintora de miniaturas haviam causado uma profunda impressão.

— Mas não fugirão de mim assim, não — disse a Srta. La Creevy, com o máximo de animação que conseguiu demonstrar. — Irei visitá-las sempre para saber como estão; e se, em toda a Londres, ou em todo o restante do mundo, não existir outro coração que se interesse pelo seu bem-estar, há uma mulherzinha solitária que rezará por isso dia e noite.

Com essas palavras, a pobre alma, que tinha um coração grande o bastante para Gogue, o gênio guardião de Londres, e ainda sobrando para Magogue, após fazer várias caretas extraordinárias, que lhe teriam assegurado uma ampla fortuna se ela pudesse tê-las passado para o marfim ou a tela, sentou-se num canto e chorou o que chamou de "um choro de verdade".

Porém, nem choro, nem conversa, esperança ou medo podiam afastar aquela terrível tarde de sábado, tampouco Newman Noggs, que, com sua pontualidade, coxeou até a porta e exalou o cheiro forte de gim através do buraco da fechadura no momento exato em que os relógios das igrejas da vizinhança, como se tivessem combinado entre si sobre o tempo, batiam as cinco horas. Newman esperou que soasse a última badalada e então bateu à porta.

— A mando do Sr. Ralph Nickleby — disse Newman, anunciando sua tarefa com a maior brevidade, ao chegar ao andar de cima.

— Estaremos prontas logo — disse Kate. — Não temos muita coisa para levar, mas acho que precisaremos de um coche.

— Vou buscar um — respondeu Newman.

— O senhor não precisa se preocupar — disse a Sra. Nickleby.

— Vou, sim — afirmou Newman.

— Não posso permitir que faça isso — disse a Sra. Nickleby.

— A senhora não pode impedir — disse Newman.

— Não posso impedir?

— Não; eu vinha pensando nisso no caminho, mas não peguei um porque pensei que poderiam não estar prontas. Eu penso em muitas coisas. Ninguém pode impedir isso.

— Ah, sim, compreendo o senhor, Sr. Noggs — disse a Sra. Nickleby. — Nossos pensamentos são livres, claro. Os pensamentos das pessoas são delas próprias, obviamente.

— Não seriam se algumas pessoas pudessem impor a vontade delas — resmungou Newman.

— Bom, não seriam mesmo, Sr. Noggs, e isso é bem verdade — concordou a Sra. Nickleby. — Algumas pessoas são mesmo assim... e o seu patrão, como está?

Newman lançou um olhar significativo para Kate e respondeu, com muita ênfase na última palavra de sua resposta, que o Sr. Ralph Nickleby estava bem e enviava sua *estima*.

— Certamente somos muito agradecidas a ele — observou a Sra. Nickleby.

— Muito — repetiu Newman. — Vou dizer isso a ele.

Não era muito fácil confundir Newman Noggs com outra pessoa, depois de tê-lo visto uma vez, e, ao olhar para ele com mais atenção, atraída por seu jeito peculiar (que naquela ocasião, todavia, tinha algo de respeitoso e até mesmo delicado, apesar de sua maneira brusca de falar), Kate lembrava-se de já ter visto de relance aquela estranha figura.

— Desculpe-me a curiosidade — disse ela —, mas não foi o senhor que eu vi no pátio das carruagens, na manhã em que meu irmão viajou para Yorkshire?

Newman olhou atentamente para a Srta. Nickleby e disse "Não", de maneira bem descarada.

— Não! — exclamou Kate. — Eu teria dito isso, onde quer que eu estivesse.

— A senhorita teria se enganado — replicou Newman. — É a primeira vez que saio depois de três semanas. Eu estava com gota.

Newman estava muito longe de aparentar ter sofrido de gota, era o que achava Kate; mas a conversa foi logo interrompida pela insistência da Sra. Nickleby em fechar a porta para evitar que o Sr. Noggs se resfriasse, e ainda persistiu na ideia de mandar a criada buscar um coche, temerosa de que ele tivesse uma recaída da doença. Newman foi obrigado a ceder às duas condições. Logo depois, chegou o coche; e após muitas dolorosas despedidas e várias idas e vindas da Srta. La Creevy pela calçada, no decurso das quais o turbante amarelo esbarrou em vários transeuntes, ele (quer dizer, o coche, não o turbante) partiu, com as duas damas e a bagagem; e Newman — apesar de a Sra. Nickleby garantir que aquilo lhe seria mortal —, sentou-se na boleia, ao lado do cocheiro.

Seguiram pela cidade, descendo a margem do rio; e, após uma viagem longa e muito lenta, as ruas bem movimentadas naquela hora do dia com veículos de todos os tipos, pararam em frente a uma casa grande, velha e suja, na Thames Street, cujas janelas e portas estavam tão cobertas de lama que parecia estar desocupada havia muitos anos.

Newman abriu a porta da casa abandonada com uma chave que tirou do chapéu — no qual, a propósito, em consequência do péssimo estado de seus bolsos, ele depositava tudo e muito provavelmente teria carregado ali seu dinheiro, se tivesse algum — e, depois de despachar o coche, conduziu-as para dentro.

Velha, lúgubre e tenebrosa, na verdade, era aquela casa, e funestos e escuros eram seus cômodos, outrora radiantes com vida e atividade. Havia um cais nos fundos, que dava para o Tâmisa. Um canil vazio, alguns ossos de animais, fragmentos de aros de ferro, e aduelas de antigos barris encontravam-se espalhados por toda parte, mas vida alguma se manifestava ali. Era a imagem da decadência fria e silenciosa.

— Esta casa é deprimente e provoca calafrios — disse Kate. — Dá a sensação de que alguma desgraça aconteceu aqui. Se eu fosse supersticiosa, quase acreditaria que um terrível crime foi cometido dentro dessas paredes velhas, e que desde então nunca mais o lugar prosperou. Que aspecto aterrador e sinistro!

— Pelo amor de Deus, minha querida — disse a Sra. Nickleby. — Não diga isso, ou vou morrer de medo.

— É só a minha tola imaginação, mamãe — disse Kate, forçando um sorriso.

— Bom, minha querida, espero que mantenha a sua tola imaginação para você mesma e não desperte a *minha* para fazer companhia à sua — retorquiu a Sra. Nickleby. — Por que não pensou em tudo isso antes? Você é tão descuidada... podíamos ter pedido à Srta. La Creevy para nos fazer companhia, ou podíamos ter trazido um cachorro emprestado, ou mil outras coisas... mas sempre foi assim, e era assim com o seu pobre e querido pai. Eu tenho que pensar em tudo... — Esse era o começo de sempre das lamentações gerais da Sra. Nickleby, que seguia com uma dúzia de frases complicadas dirigidas a ninguém em particular, e nas quais ela mergulhava até ficar sem fôlego.

Newman parecia não escutar esses comentários, e conduziu-as a dois cômodos no primeiro andar, nos quais se notava ter havido certo esforço para torná-los habitáveis. Em um deles, havia umas cadeiras, uma mesa, um velho tapete em frente à lareira e uma toalha de mesa desbotada; e um fogo havia sido aceso na lareira. No outro, viam-se uma velha cama de campanha e uns poucos móveis de quarto.

— Bem, minha querida — disse a Sra. Nickleby, tentando mostrar-se satisfeita —, então, isso não é muita consideração de seu tio? Ora, não teríamos nada a não ser a cama que compramos ontem, para nos deitar, se não fosse a bondade dele.

— Muita bondade, mesmo — respondeu Kate, olhando à sua volta.

Newman Noggs não disse que havia buscado no sótão e no porão a mobília velha que elas viam ali; nem que comprara meio centavo de leite para o chá que estava numa prateleira, nem que enchera a chaleira enferrujada na bancada da lareira, tampouco que catara os gravetos no cais ou que pedira o carvão a alguém. Mas a ideia de que Ralph Nickleby lhe dera instruções para fazer isso o divertia de tal maneira que ele não conseguia parar de estalar os dez dedos sucessivamente, o que deixou a Sra. Nickleby muito surpresa de início, mas, supondo que fosse alguma consequência da gota, não fez nenhum comentário.

— Não queremos detê-lo aqui por mais tempo, eu acho — disse Kate.

— Não precisam de nada mais que eu possa fazer? — perguntou Newman.

— Não, obrigada — respondeu a Srta. Nickleby.

— Talvez, minha querida, o Sr. Noggs queira tomar um drinque à nossa saúde — disse a Sra. Nickleby, mexendo em sua bolsa à procura de uma moeda.

— Eu creio, mamãe — disse Kate hesitante, e observando o rosto virado de Newman —, que a senhora o ofenderia se lhe oferecesse isso.

Newman Noggs, curvando-se diante da moça, mais como um cavalheiro do que como o desgraçado que parecia, colocou a mão sobre o peito e fazendo uma breve pausa, com o ar de um homem que luta para falar, mas que não sabe o que dizer, deixou a sala.

Quando os ecos ressonantes da pesada porta da frente, ao fecharem o trinco, reverberaram tristemente naquelas paredes, Kate sentiu-se tentada a chamá-lo de volta e pedir-lhe para ficar um pouco mais; mas teve vergonha de seus próprios medos, e Newman Noggs seguiu seu caminho de volta para casa.

CAPÍTULO XII

Por meio do qual o leitor poderá acompanhar o rumo que tomou o amor da Srta. Fanny Squeers e verificar se tudo correu bem ou não

As circunstâncias apresentaram-se favoráveis à Srta. Squeers quando seu digno papai voltou para casa na noite da pequena reunião, por ele estar bêbado demais para notar os inúmeros sinais de extrema inquietação de espírito que eram óbvios no semblante da filha. Entretanto, como ficava um tanto violento e irascível quando bebia, não seria impossível que viesse a se desentender com ela, fosse por aquela questão, ou qualquer outra imaginária, se a moça não tivesse, com precaução e prudência altamente louváveis, mantido um menino acordado de propósito para receber a primeira explosão de raiva do bom cavalheiro, que, depois de ser liberada por meio de uma série de chutes e socos, diminuiu o bastante para que ele aceitasse ir se deitar, o que fez sem tirar as botas e com um guarda-chuva embaixo do braço.

A criada faminta serviu à Srta. Squeers no quarto como de costume, cacheando-lhe os cabelos, realizando pequenas tarefas de sua toalete e fazendo-lhe o máximo de elogios que podia imaginar naquela sua função; pois a Srta. Squeers era preguiçosa o suficiente (e, além disso, bastante vaidosa e frívola) para ser uma moça refinada; e somente as distinções arbitrárias de classe e posição social a impediam de se tornar uma dama.

— Como seus cachos estão bonitos hoje, senhorita! — disse a criada. — Dá pena e dó alisar esse cabelo.

— Cale-se! — disse a Srta. Squeers, irada.

Certa experiência impedia a moça de se surpreender com qualquer explosão de mau humor por parte da Srta. Squeers. Tendo percebido um pouco do que acontecera durante a noite, ela mudou a maneira de se tornar agradável e passou à tática indireta.

— Bom, eu não podia deixar de dizer, nem que a senhorita me matasse por isso — disse a criada —, que nunca vi ninguém tão vulgar como a Srta. Price hoje.

A Srta. Squeers suspirou e se recompôs para ouvir.

— Sei que é muito errado dizer isso, senhorita — continuou a moça, encantada ao perceber a impressão que causara —, com a Srta. Price sendo sua amiga e tudo; mas ela se veste muito mal e se comporta de uma maneira que chama a atenção... ah, se pelo menos a pessoa se olhasse no espelho!

— O que quer dizer com isso, Phib? — perguntou a Srta. Squeers, olhando-se em seu espelhinho, onde, como a maioria de nós, ela via, não a si mesma, mas o reflexo de uma imagem agradável em seu próprio cérebro. — Como você fala!

— Falar, senhorita! Só de ver a maneira como ela sacode a cabeça já é bastante para fazer um gato falar francês — a criada replicou.

— É *verdade*, ela sacode muito a cabeça — observou a Srta. Squeers, com um ar de abstração.

— Tão vaidosa, e muito.... muito sem graça — disse a moça.

— Pobre Tilda! — suspirou a Srta. Squeers, compadecida.

— E sempre se mostrando para ser admirada — continuou a criada. — Ah, meu Deus! É muita má educação.

— Não permito que fale desse modo, Phib — disse a Srta. Squeers. — Os amigos de Tilda são uma gente baixa, e, se ela não se comporta melhor, a culpa é dessa gente, e não dela.

— Bom, sabe, senhorita — disse Phoebe, cujo apelido "Phib" era usado como uma abreviação paternalística —, se pelo menos ela imitasse uma amiga... ah! Se ela soubesse como está errada e seguisse o exemplo da senhorita, que moça bonita ela logo, logo ia ser!

— Phib! — disse a Srta. Squeers, com um ar imponente. — Não é adequado eu ficar ouvindo essas comparações; elas fazem Tilda parecer uma pessoa rude e inconveniente e não é muito amigável de minha parte escutá-las. Prefiro que você mude de assunto, Phib; ao mesmo tempo, devo dizer que se Tilda Price se espelhasse em alguém... não em mim, particularmente...

— Ah, sim; na senhorita — interferiu Phib.

— Bom, em mim, Phib, se você quer assim — disse a Srta. Squeers. — Devo dizer que, se ela fizesse isso, melhoraria muito.

— Tem alguém mais que pensa assim, ou eu estou muito enganada — disse a moça com um ar misterioso.

— O que está querendo dizer? — perguntou a Srta. Squeers.

— Não ligue para isso, senhorita — respondeu a moça. — *Eu* sei o que sei, é tudo.

— Phib — disse a Srta. Squeers de forma dramática —, eu insisto para que você se explique. Que mistério tão grave é esse? Fale.

— Bom, se a senhorita está querendo saber, é o seguinte — disse a criada. — O Sr. John Browdie pensa como a senhorita; e, se ele não tivesse ido longe demais para fazer isso com honra, ele ia gostar muito de terminar com a Srta. Price e começar com a senhorita.

— Santo Deus! — exclamou a Srta. Squeers, entrelaçando as mãos com grande dignidade. — O que é isso?

— Verdade, senhorita, e nada mais que a verdade — respondeu a ardilosa Phib.

— Que situação! — disse a Srta. Squeers. — A ponto de inconscientemente destruir a paz e a felicidade de minha amiga Tilda. Por que será que os homens se apaixonam por mim, independentemente da minha vontade, e abandonam suas pretendentes por minha causa?

— Porque eles não conseguem evitar — respondeu a moça. — A razão é óbvia. — (Se a Srta. Squeers fosse o motivo, este seria bastante óbvio.)

— Nunca mais quero ouvir você falar nisso — retrucou a Srta. Squeers. — Nunca! Está me ouvindo? Tilda Price tem seus defeitos, muitos defeitos, mas eu desejo o bem dela e, acima de tudo, desejo que se case; na verdade, acho altamente oportuno... bem oportuno, pelo tipo dos defeitos que ela tem..., que se case o mais depressa possível. Não, Phib. Deixe que ela fique com o Sr. Browdie. Sinto pena *dele*, coitado; mas tenho grande consideração por Tilda e espero que ela se torne uma esposa melhor do que eu acho que será.

Com essa efusão de sentimentos, a Srta. Squeers foi dormir.

"Ira" é uma palavra curta, mas representa a mais estranha e confusa massa de sentimentos e combinação de discórdias entre os polissílabos na língua. A Srta. Squeers sabia muito bem no âmago de seu coração que os elogios da infeliz criada eram pura bajulação mentirosa e grosseira, como o sabia também a própria moça; entretanto, a simples oportunidade de extravasar um pouco da implicância contra a ofensiva Srta. Price e fingir apiedar-se das fraquezas e dos defeitos dela, embora na presença apenas de uma empregada solitária, era um alívio para sua raiva quase tão grande como se aquilo fosse uma verdade imaculada. Não, mais ainda. Temos poderes de persuasão tão extraordinários, quando exercidos sobre nós mesmos, que a Srta. Squeers se sentiu orgulhosa e magnânima depois de sua nobre renúncia à mão de John Browdie e considerou sua rival com um ar superior e uma espécie de calma e tranquilidade sagradas, o que surtiu um poderoso efeito reconfortante sobre seus abalados sentimentos.

Esse leve estado de espírito teve certa influência em promover uma reconciliação; pois, quando bateram à porta no dia seguinte, e a filha do moleiro foi anunciada, a Srta. Squeers dirigiu-se à sala com uma disposição cristã, bela de se ver.

— Bem, Fanny — disse a filha do moleiro —, como está vendo, vim visitar você, apesar da discussão que *tivemos* ontem à noite.

— Fiquei muito chateada com sua atitude, Tilda — disse a Srta. Squeers —, mas não guardo rancor. Sou superior a isso.

— Não fique com raiva, Fanny — disse a Srta. Price. — Eu vim aqui para lhe contar uma coisa que sei que deixará você contente.

— O que pode ser isso, Tilda? — perguntou a Srta. Squeers, contraindo os lábios e olhando como se nada na terra, no ar, no fogo e na água pudesse lhe proporcionar o mínimo lampejo de satisfação.

— É o seguinte — respondeu a Srta. Price. — Depois que eu e John saímos daqui ontem à noite, tivemos uma briga feia.

— Isso não me deixa contente — disse a Srta. Squeers, mas acalmou-se e abriu um sorriso.

— Meu Deus! Eu não ia pensar tão mal assim de você — replicou a amiga. — Não é isso.

— Ah! — exclamou a Srta. Squeers, retomando o ar melancólico. — Então o que é?

— Depois de muita discussão e de dizer que nunca mais íamos nos ver — continuou a Srta. Price —, fizemos as pazes, e hoje de manhã John foi inscrever nossos nomes para serem anunciados, pela primeira vez, no próximo domingo, e vamos nos casar daqui a três semanas; estou lhe dando a notícia para você mandar fazer logo o seu vestido.

Havia um lado amargo e um doce nessa notícia. A perspectiva de a amiga casar-se tão cedo era o lado amargo, e a certeza de que ela não tinha planos sérios em relação a Nicholas era o doce. No geral, o doce sobrepujava o amargo, então a Srta. Squeers disse que mandaria fazer o vestido e que esperava que Tilda fosse feliz, embora não tivesse muita certeza disso, e que, se fosse ela, não nutriria grandes esperanças, pois os homens eram criaturas estranhas e muitas mulheres casadas eram infelizes e gostariam mesmo de voltar a ser solteiras; infortúnios estes aos quais a Srta. Squeers acrescentou outros igualmente calculados para animar a amiga e deixá-la contente.

— Mas olhe, Fanny — disse a Srta. Price —, eu queria dar uma palavrinha com você sobre o Sr. Nickleby.

— Ele não representa nada para mim — interrompeu a Srta. Squeers, com sintomas de histeria. — Eu desprezo esse rapaz!

— Ah, você não está falando sério, tenho certeza — observou a amiga. — Confesse, Fanny; você não gosta mais dele?

Sem dar uma resposta direta, a Srta. Squeers, de súbito, foi levada a um paroxismo de lágrimas cheias de despeito e disse que era uma criatura infeliz, desgraçada, desamparada e rejeitada.

— Eu odeio todo mundo — disse a Srta. Squeers — e quero que todo mundo morra... é isso o que eu quero.

— Querida, querida — disse a Srta. Price, comovida com essa declaração de sentimentos misantrópicos. — Você não está falando sério, tenho certeza.

— Estou, sim — continuou a Srta. Squeers, tentando dar nós cegos em seu lenço e trincando os dentes. — E *eu* queria morrer também. Pronto!

— Ah! Você mudará de ideia, não dou cinco minutos — disse Matilda. — Seria muito melhor se reconciliar com ele do que se machucar desse jeito. Não seria bom fazer as pazes agora e ficar com ele só para você, de maneira agradável, fazendo-lhe companhia, amando você?

— Eu não sei o que seria — respondeu soluçando a Srta. Squeers. — Ah! Tilda, como você pôde ser tão mesquinha e baixa! Eu não acreditaria, se alguém me contasse.

— Ei! — exclamou a Srta. Price, rindo. — Assim pensarão que eu matei alguém, no mínimo.

— Quase tão grave — disse a Srta. Squeers, exaltada.

— E tudo isso porque sou bonitinha e então todo mundo me trata bem — disse a Srta. Price. — As pessoas não fazem o próprio rosto, e não é minha culpa se tenho um rostinho bonito, como também não é culpa das pessoas se o delas é feio.

— Cale a boca! — reclamou a Srta. Squeers, em seu tom de voz mais agudo. — Ou serei forçada a lhe dar um tapa, Tilda, embora eu saiba que vou me arrepender depois.

É desnecessário dizer que, a essa altura, os ânimos das moças estavam levemente exaltados pelo tom da conversa e que, consequentemente, um pouco da personalidade de cada uma foi infundido na altercação. Na verdade, a discussão, insignificante de início, elevou-se a uma altura considerável e já assumia uma feição muito violenta, quando ambas as partes irromperam em lágrimas, exclamando ao mesmo tempo que nunca haviam esperado ser tratadas daquela maneira: esse protesto gradualmente deu origem a explicações; e o desfecho foi elas caírem nos braços uma da outra e jurarem amizade eterna; fazendo com que aquela fosse a quinquagésima segunda vez que essa comovente rotina se repetia no prazo de doze meses.

A amizade perfeita tendo sido restabelecida, iniciou-se então um diálogo sobre o número e a natureza das peças de roupa indispensáveis à entrada da Srta. Price no sagrado estado do matrimônio, e, nesse momento, a Srta. Squeers fez questão de mostrar que seriam necessárias muito mais peças no enxoval do que o moleiro teria condições de oferecer, mas que não poderiam ser dispensadas. Por uma fácil digressão, a Srta. Squeers conduziu o discurso a seu próprio guarda-roupa e, depois de relatar em detalhes seus mais admiráveis vestidos, convidou a amiga para subir até seu quarto e inspecioná-los. Quando os tesouros de duas gavetas e um armário foram exibidos, e todos os pequenos artigos experimentados, chegou a hora de a Srta. Price voltar para casa; e, como a amiga ficara extasiada com todos aqueles vestidos e encantada com um lenço rosa novo, a Srta. Squeers disse, num excelente humor, que a acompanharia parte do caminho pelo prazer de estar com ela; e lá se foram as duas juntas: a Srta. Squeers, discorrendo sobre o talento do pai, enquanto caminhavam, e multiplicando por dez sua renda para dar à amiga uma vaga ideia da enorme importância e superioridade de sua família.

Ocorria que aquela hora em particular, que compreendia o curto intervalo diário entre o que agradavelmente era chamado de almoço dos alunos e seu retorno à busca de conhecimento útil, era a exata hora em que Nicholas costumava sair para um passeio melancólico e meditar, enquanto caminhava indiferente pelo vilarejo, sobre sua miserável sorte. A Srta. Squeers sabia disso muito bem, mas talvez tivesse esquecido, pois, quando avistou o jovem cavalheiro vindo em sua direção, demonstrou sintomas de surpresa e consternação e garantiu à amiga que, "se pudesse, cavaria um buraco para se enterrar".

— Você acha melhor voltar, ou entrar numa casa? — perguntou a Srta. Price. — Ele não nos viu ainda.

— Não, Tilda — respondeu a Srta. Squeers —, é meu dever pôr um fim nisto, e é o que farei!

Quando a Srta. Squeers acabou de falar, no tom de voz de quem havia tomado uma resolução do mais puro teor moral e, além disso, se engasgou e perdeu o fôlego — indicações estas de sentimentos exacerbados —, sua amiga não fez mais nenhum comentário, e elas seguiram em direção a Nicholas, que, caminhando de vista baixa, não percebeu essa aproximação até elas chegarem bem perto dele; do contrário, talvez ele próprio tivesse procurado se refugiar.

— Bom dia! — saudou-as Nicholas, curvando-se e seguindo seu caminho.

— Ele está indo embora — a Srta. Squeers murmurou. — Estou sufocada, Tilda.

— Volte aqui, Sr. Nickleby, volte! — gritou a Srta. Price, fingindo estar alarmada com a ameaça da amiga, mas, na verdade, levada por um desejo malicioso de ouvir o que Nicholas tinha a dizer. — Volte aqui, Sr. Nickleby!

O Sr. Nickleby voltou e parecia bastante confuso ao perguntar se as moças desejavam alguma coisa.

— Não fique falando — apressou-se em dizer a Srta. Price. — Segure-a aí pelo outro lado. Como está se sentindo agora, querida?

— Melhor — suspirou a Srta. Squeers, colocando o chapéu castanho de pele, com um véu verde preso a ele, sobre o ombro do Sr. Nickleby. — Esse desmaio ridículo!

— Não diga isso, querida — aconselhou a Srta. Price: seus olhos brilhantes dançando de satisfação ao ver a perplexidade de Nicholas. — Você não tem motivo para se envergonhar. Os orgulhosos demais que não voltariam, se não fosse essa confusão, é que deviam ter vergonha.

— Estou vendo que você resolveu me acusar — disse Nicholas, sorrindo —, apesar de eu ter dito ontem à noite que não foi culpa minha.

— Está vendo, querida? Ele está dizendo que não foi culpa dele — provocou a maldosa Srta. Price. — Talvez você tenha ficado com muito ciúme, ou tenha se precipitado em relação a ele. O Sr. Nickleby está dizendo que não foi culpa dele. Está ouvindo? Eu acho que isso é um pedido de desculpa.

— Você não está me entendendo — disse Nicholas. — Por favor, vamos parar com essa brincadeira, porque não tenho tempo para isso, nem realmente inclinação para ser o alvo ou o fomentador de galhofas.

— O que está querendo dizer com isso? — perguntou a Srta. Price, fingindo perplexidade.

— Deixe isso para lá, Tilda — disse a Srta. Squeers. — Eu perdoo o Sr. Nickleby.

— Meu Deus! — exclamou Nicholas, quando o chapéu castanho foi apoiado em seu ombro novamente. — Isto é mais sério do que eu pensava. Querem me dar licença? Podem ter a bondade de ouvir o que tenho a dizer?

Nesse ponto, ele afastou o chapéu do ombro e, fitando com o mais sincero ar de perplexidade o olhar melindroso de reprovação da Srta. Squeers, recuou alguns passos para ficar fora do alcance daquela enorme carga e prosseguiu:

— Sinto muito... sinto muito mesmo... por ter sido a causa da desavença entre as duas ontem à noite. Eu me arrependo amargamente por ter tido a infelicidade de causar esse desentendimento, embora, posso garantir, eu tenha feito isso sem perceber, sem ter a menor noção do que fazia.

— Bom; isso não pode ser tudo que tem a dizer, obviamente — exclamou a Srta. Price quando Nicholas se calou.

— Temo que haja algo mais, sim — gaguejou Nicholas com um meio-sorriso e olhando para a Srta. Squeers. — Esta é uma coisa muito difícil de dizer... mas... a simples menção desta hipótese parece ridícula... na verdade... posso saber se essa senhorita supõe que eu tenho algum... em suma, se pensa que estou apaixonado por ela?

"Vergonha encantadora", pensou a Srta. Squeers. "Ele finalmente despertou."

— Responda por mim, querida — sussurrou ela ao ouvido da amiga.
— Se ela acha isso? — disse a Srta. Price. — Claro que sim.
— Ela acha! — exclamou Nicholas com tanta força de expressão que, no momento, poderia ter sido tomado por êxtase.
— É claro — respondeu a Srta. Price.
— Se o Sr. Nickleby tem dúvidas disso, Tilda — disse a Srta. Squeers, com voz suave e enrubescendo —, ele pode ficar tranquilo. Os sentimentos dele são recípro...
— Esperem — apressou-se em protestar Nicholas. — Por favor, me escutem. Essa é a ilusão mais grosseira e mais sem sentido, o engano mais completo e mais absurdo cometido, ou alimentado, por qualquer ser humano. Devo ter visto essa moça uma meia dúzia de vezes, mas, se a tivesse visto sessenta, ou estivesse destinado a vê-la sessenta mil, seria, e será, precisamente a mesma coisa. Não tenho um único pensamento, desejo, nem esperança relacionados a ela, a não ser... e digo isso não para lhe ferir os sentimentos, mas para que conheça o verdadeiro estado dos meus... a não ser o único objetivo, tão precioso para mim como a própria vida, de um dia poder dar as costas a este maldito lugar, para nunca mais lhe pôr os pés, e pensar nele... até mesmo pensar... apenas com aversão e desprezo.

Com essa declaração absolutamente direta, que fez com a maior veemência que seus indignados e alterados sentimentos podiam imprimir, Nicholas, sem esperar ouvir mais nada, retirou-se.

Mas pobre Srta. Squeers! Raiva, ódio e humilhação; a rápida sucessão de sentimentos de amargura e indignação que giravam em sua mente não pode ser descrita. Rejeitada! Rejeitada por um professor, conseguido por meio de um anúncio, por um salário anual de cinco libras pagáveis em períodos indefinidos e "financiadas" na alimentação e nas acomodações, como era feito com os próprios meninos; e tudo isso na presença de uma moça assanhada de dezoito anos, filha de um moleiro, que ia se casar dentro de três semanas, com um homem que a pedira em casamento de joelhos! Ela poderia ter-se sufocado seriamente, ao pensar em como fora humilhada.

Mas havia uma coisa óbvia em meio a sua mortificação; e era que ela odiava e abominava Nicholas com toda a estreiteza de mente e mesquinhez de propósitos dignos de uma descendente da casa dos Squeers.

E havia um consolo também; e era que, a cada hora do dia, todos os dias, ela poderia ferir o orgulho dele, aguilhoá-lo com a imposição de uma humilhação, um insulto ou uma privação, que até mesmo na mais insensível das criaturas provocaria uma reação e que deveria afetar profundamente uma pessoa tão sensível como Nicholas. Com essas duas reflexões preponderando na mente, a Srta. Squeers tirou partido da situação dizendo à Srta. Price que o Sr. Nickleby era uma criatura tão estranha e de temperamento tão violento que ela temia ser obrigada a desistir dele; e se despediu da amiga.

E aqui pode ser observado que a Srta. Squeers, ao dedicar seu afeto (ou o que quer que fosse que, na ausência de algo melhor, o representasse) a Nicholas Nickleby, jamais levara em séria consideração a possibilidade de ele ter uma opinião diferente da dela sobre a questão. A Srta. Squeers raciocinava que ela era bela e atraente, que seu pai era o patrão e Nicholas, o empregado, que seu pai economizara dinheiro, e Nicholas não tinha nenhum; tudo isso parecia levá-la a concluir que o rapaz deveria sentir-se honrado por sua escolha. Ela não deixara de lembrar-se também de como a situação dele seria mais agradável se ela fosse sua amiga, e como seria desagradável se ela fosse sua inimiga; e, sem dúvida, muitos jovens cavalheiros menos escrupulosos do que Nicholas teriam estimulado sua extravagância, mesmo que somente por esta óbvia e compreensível razão. Entretanto, ele preferira agir de outra maneira, e a Srta. Squeers sentia-se ultrajada.

— Nicholas que espere para ver — disse a jovem com irritação, depois que chegou a seu quarto e aliviou a tensão investindo contra Phib — se eu não vou colocar minha mãe contra ele um pouco mais, quando ela voltar!

Quase não seria necessário fazer isso, mas a Srta. Squeers sempre mantinha sua palavra; e o pobre Nicholas, além da péssima comida, das acomodações sujas e do fato de ser forçado a presenciar a monótona e invariável cena de esquálida miséria, passou a ser tratado com toda a indignidade que a malícia podia sugerir, e com a mais somítica das avarezas.

Isso não era tudo. Havia outro sistema de aborrecimento mais profundo que fazia seu coração se despedaçar e que quase o enlouquecia, por sua injustiça e crueldade.

Smike, aquela desgraçada criatura, desde a noite em que Nicholas falou com ele com delicadeza na sala de aula, o seguia para todos os lugares, com um incansável desejo de servi-lo ou ajudá-lo, antecipando-lhe as pequenas necessidades que sua humilde capacidade era capaz de suprir, e contente apenas por estar perto dele. Sentava-se ao lado de Nicholas durante horas, fitando-o pacientemente no rosto; e bastava uma palavra para animar seu rosto fatigado e deixar transparecer um brilho passageiro, até mesmo de felicidade. Ele era um ser mudado; tinha um objetivo agora; e esse objetivo era demonstrar sua afeição pela única pessoa — essa pessoa, um estranho — que o tratara, nem se diga com bondade, mas como um ser humano.

Sobre essa pobre criatura, recaíam incessantemente toda a raiva e o mau humor que não podiam ser descarregados em Nicholas. Trabalho penoso não significava nada — Smike estava acostumado a isso. Tapas no rosto, dados sem razão, eram igualmente corriqueiros; acostumara-se também a eles depois de um longo e exaustivo aprendizado; porém, logo que perceberam que ele se afeiçoara a Nicholas, chicotadas e golpes, chicotadas e golpes, pela manhã, ao meio-dia e à noite, eram a sina do menino. Squeers invejava a influência que o rapaz logo adquirira, sua família o detestava, e Smike pagava por ambos. Nicholas percebia isso e trincava os dentes a cada repetição das selvagens e covardes investidas.

Ele preparara algumas aulas regulares para os meninos; e numa noite, enquanto andava de um lado para o outro na sombria sala de aula, seu coração sentido quase explodindo ao pensar que sua proteção e atitude teriam aumentado a miséria da desgraçada criatura, cujo peculiar desamparo lhe despertara a piedade, parou mecanicamente num canto escuro, onde se encontrava o objeto de seus pensamentos.

A pobre alma debruçava-se com afinco sobre um livro rasgado, com sinais de lágrimas recentes no rosto, tentando em vão completar uma tarefa que uma criança de nove anos de idade, de capacidade normal, poderia ter realizado com facilidade, mas que, para o cérebro confuso do rapazinho oprimido de dezenove anos, era um mistério velado e sem solução. Entretanto, lá estava ele, pacientemente lendo a página repetidas vezes, motivado não pela ambição própria aos rapazes de sua idade, pois era o alvo comum de gracejos e zombaria até mesmo daqueles meninos toscos que o rodeavam, mas inspirado apenas pelo anseio de agradar seu solitário amigo.

Nicholas pôs-lhe a mão sobre o ombro.

— Eu não consigo — disse a infeliz criatura, erguendo a vista com amarga frustração refletida no rosto. — Não, não.

— Não tente — aconselhou Nicholas.

O rapazinho fez um gesto negativo com a cabeça e, fechando o livro com um suspiro, lançou um olhar vazio à sua volta e deitou a cabeça sobre os braços. Estava chorando.

— Não chore, pelo amor de Deus — disse Nicholas, com a voz abalada. — Não aguento ver você assim.

— Eles estão mais duros comigo do que nunca — soluçou Smike.

— Eu sei — disse Nicholas. — Estão, sim.

— Se não fosse pelo senhor — disse o rejeitado —, eu ia morrer. Eles iam me matar; iam, sim, eu sei que iam.

— Vai ser melhor para você, meu rapaz — disse Nicholas, abanando a cabeça pesarosamente —, quando eu for embora.

— Embora! — gritou o outro, olhando fixo para o rosto de Nicholas.

— Mais baixo! — disse Nicholas. — Sim.

— Está indo embora? — perguntou o rapaz, num sussurro ansioso.

— Eu não sei — respondeu Nicholas. — Eu estava falando mais para mim mesmo do que para você.

— Me diga — suplicou o rapazinho —, ah, me diga, vai *embora*... vai *mesmo*?

— Vou acabar indo embora, sim! — respondeu Nicholas. — Afinal, eu tenho o mundo todo à minha frente.

— Me diga — implorou Smike —, o mundo é tão mau e triste como este lugar?

— Deus me livre — respondeu Nicholas, seguindo o fluxo de seus pensamentos. — O trabalho mais duro e mais árido é a felicidade, comparado a isto aqui.

— Eu posso um dia encontrar você lá? — perguntou o rapaz, falando com intensidade e volubilidade incomuns.

— Pode, sim — disse Nicholas para acalmá-lo.

— Não, não! — exclamou Smike, segurando-lhe a mão. — Posso mesmo? Posso mesmo? Diga isso de novo. Diga que eu posso ir procurar você.

— Pode, sim — respondeu Nicholas, com a mesma intenção bondosa —, e ajudaria você, lhe daria assistência e não lhe traria mais sofrimento ainda, como fiz aqui.

O rapazinho tomou ambas as mãos de Nicholas nas suas com fervor e, levando-as ao peito, emitiu alguns sons entrecortados e ininteligíveis. Squeers entrou nesse momento, e Smike se encolheu em seu costumeiro canto.

CAPÍTULO XIII

Nicholas altera a monotonia de Dotheboys Hall com um procedimento extremamente vigoroso e notável que leva a consequências significativas

Um alvorecer gélido e tênue de um dia de janeiro insinuava-se pelas janelas do quarto coletivo, quando Nicholas, erguendo-se com o apoio dos braços, examinou as silhuetas prostradas ao seu redor, como se à procura de algo específico.

Era preciso um olhar perspicaz para distinguir, em meio àquele amontoado de meninos adormecidos, a forma de qualquer indivíduo em particular. Enquanto estavam ali aglomerados, cobertos com suas roupas remendadas e esfarrapadas para se manterem aquecidos, nada mais se percebia além do contorno de rostos pálidos, sobre os quais a luz sombria derramava a mesma cor pesada e lúgubre; aqui e ali um braço esquelético se estendia: a magreza não mais sob a roupa, e sim totalmente exposta, em toda a sua engelhada feiura. Havia alguns que, deitados de costas, de rostos para cima e mãos cruzadas, vistos sob aquela luz tênue, tinham mais o aspecto de cadáveres do que de criaturas vivas; e havia outros, enroscados em posturas estranhas e fantásticas que podiam ser tomadas pelas incômodas contorções da dor à procura de alívio temporário, em vez dos fantasmas do sono. Uns poucos — e esses estavam entre os mais novos — dormiam pacificamente, com sorrisos nos lábios, sonhando talvez estar em casa; mas de quando em vez um profundo e longo suspiro, quebrando o silêncio do quarto, anunciava que alguma daquelas crianças acordara para a miséria de mais um dia; e, quando a noite dava lugar à manhã, os sorrisos desapareciam gradualmente junto à amigável escuridão que lhes trouxera ao mundo.

Os sonhos são as criaturas brilhantes de poemas e lendas, que se divertem na terra à noite e se dissolvem ao primeiro raio do sol, que lança sua luz sobre o sofrimento inexorável e a dura realidade em sua peregrinação diária pelo mundo.

Nicholas olhou para os meninos adormecidos; a princípio com o ar de quem se detém sobre uma cena que, embora familiar, não perdeu seus lamentáveis efeitos; e depois, com um exame minucioso e intenso, como alguém que sente falta de algo que seus olhos estão acostumados a ver e que esperam encontrar. Ele continuava em sua busca e, ansioso, já se levantara um pouco da cama para melhor ver, quando ouviu a voz de Squeers, chamando do pé da escada.

— Então — gritou o cavalheiro —, vão dormir o dia inteiro, vocês aí em cima...?

— Cachorros preguiçosos — acrescentou a Sra. Squeers, completando a frase e emitindo ao mesmo tempo um som agudo, semelhante àqueles que são provocados pelo enlace de um espartilho.

— Já vamos descer, senhor — Nicholas respondeu.

— Desçam imediatamente! — ordenou Squeers. — E é melhor descerem depressa, ou vou atrás de alguns de vocês mais depressa ainda. Onde está Smike?

Nicholas olhou agitado à sua volta outra vez, mas não deu resposta.

— Smike! — gritou Squeers.

— Está querendo que sua cabeça seja quebrada em outro lugar, Smike? — perguntou a amável senhora no mesmo tom de voz.

Ainda assim, não houve resposta, e Nicholas continuou a olhar à sua volta, como fazia boa parte dos meninos, que, a essa altura, já estavam de pé.

— Maldito atrevimento! — resmungou Squeers, batendo no corrimão com impaciência, com sua vara.

— Nickleby!

— Aqui, senhor.

— Mande esse moleque obstinado descer; não está me ouvindo chamar?

— Ele não está aqui, senhor — respondeu Nicholas.

— Não me venha com mentiras — retorquiu o diretor. — Ele está aí, sim.

— Não, não está — replicou Nicholas com raiva —, não me venha com uma o senhor.

— Veremos isso logo — disse o Sr. Squeers, subindo às pressas. — Eu encontro esse menino, você vai ver.

E, com essa certeza, o Sr. Squeers entrou no dormitório de um salto e, balançando a vara no ar pronto para um golpe, voou em direção ao canto onde o corpo magro do miserável burro de carga costumava se estender à noite. Um golpe de vara foi desferido contra o chão. Não havia ninguém ali.

— O que significa isso? — disse Squeers, dando meia-volta, com o rosto pálido. — Onde o escondeu?

— Não o vejo desde ontem à noite — respondeu Nicholas.

— Vamos — disse Squeers, claramente assustado, embora tentasse não transparecer —, não salvará esse moleque dessa forma. Onde está ele?

— No fundo do lago mais próximo, pelo que imagino — respondeu Nicholas com voz baixa e fitando o diretor no rosto.

— Que diabo você quer dizer com isso? — rebateu Squeers, muito perturbado. Sem esperar pela resposta, perguntou aos meninos se algum deles sabia alguma coisa sobre o colega desaparecido.

Houve um burburinho de negações ansiosas, em meio ao qual ouviu-se uma vozinha aguda dizer (como, de fato, todos achavam):

— Com licença, senhor, eu acho que Smike fugiu, senhor.

— O quê? — gritou Squeers, voltando-se de imediato. — Quem disse isso?

— Tompkins, senhor — respondeu um coro de vozes. O Sr. Squeers enfiou-se no meio deles e de um mergulho pegou um menininho bem pequeno, ainda de roupas de dormir, cuja expressão atônita no rosto, ao ser levado para a frente, parecia revelar que ele não sabia bem se estava prestes a ser punido ou premiado pela sugestão. Não demorou muito para descobrir.

— Então o senhor acha que ele fugiu, não é? — perguntou Squeers.

— É, sim, senhor — respondeu o menininho.

— E o senhor pode me dizer — vociferou Squeers, segurando o menino pelos braços e arrancando-lhe a roupa da maneira mais habilidosa possível — por que razão acha que algum menino iria querer fugir desta instituição? Hein?

A criança deu um grito desolador, como resposta, e o Sr. Squeers, assumindo a melhor postura para exercitar sua força, espancou o pobrezinho até que, em meio às contorções, o menino escapou das mãos dele, e ele misericordiosamente lhe permitiu sair rolando da maneira que pudesse.

— Pronto — disse Squeers. — Agora, se qualquer outro menino acha que Smike fugiu, será um prazer ter uma conversinha com ele.

Houve, claro, um profundo silêncio, durante o qual Nicholas demonstrou sua aversão tão claramente como pode revelar uma expressão facial.

— Bem, Nickleby — disse Squeers, encarando-o maliciosamente. — Você acha que ele fugiu, não é?

— Acho muito provável — respondeu Nicholas bem calmamente.

— Ah, acha, não acha? — repetiu Squeers com um riso de desdém. — Talvez você esteja sabendo que ele fugiu, não é?

— Não sei de nada.

— Eu suponho que ele não lhe disse que ia fugir, não é? — desdenhou Squeers.

— Não, não disse — respondeu Nicholas. — Ainda bem que ele não me disse, porque teria sido meu dever ter avisado ao senhor em tempo.

— Do que, sem dúvida, você teria se arrependido como o diabo — escarneceu Squeers.

— Teria, sim — respondeu Nicholas. — O senhor interpreta meus sentimentos com grande precisão.

Do pé da escada, a Sra. Squeers havia escutado essa conversa; mas agora, perdendo toda a paciência, pegou depressa seu casaco e subiu para a cena da ação.

— Que confusão é essa aqui agora? — perguntou a mulher, enquanto os meninos se afastavam para a esquerda e para a direita para poupar-lhe o trabalho de abrir caminho com seus braços vigorosos. — Por que diabo você está falando com ele, Squeers?

— Ora, minha querida — disse Squeers —, o fato é que Smike desapareceu.

— Bom, disso eu sei — replicou a mulher —, e qual é a surpresa? Se você contrata um professor com o rei na barriga que instiga os cachorrinhos a se rebelar, o que mais pode esperar? Agora, rapaz, vá logo indo para a sala de aula, e leve esses meninos com você, e não arrede o pé de lá até receber permissão para isso, ou você e eu vamos nos desentender de uma maneira que estragará toda a beleza que pensa que tem, então estou avisando.

— É mesmo? — disse Nicholas.

— É mesmo, é mesmo, sujeitinho arrogante — disse a agitada mulher. — Pela minha vontade, você não ficava na minha casa nem mais uma hora.

— Nem pela minha — respondeu Nicholas. — Vamos, meninos!

— Ah! Vamos, meninos — disse a Sra. Squeers imitando, o máximo que pôde, a voz e o jeito do assistente. — Sigam o líder, meninos, e se atrevam a seguir o exemplo de Smike para ver. Vão ver o que ele terá quando for trazido de volta; e, prestem atenção! Vocês vão ter o mesmo castigo, e duas vezes pior, se abrirem a boca para dizer qualquer coisa sobre ele.

— Se eu pegar Smike — disse Squeers —, o esfolarei vivo. Estou avisando, meninos.

— *Se* pegar? — retorquiu a Sra. Squeers desdenhosamente. — Você vai pegar, sim; não tem jeito, desde que faça o trabalho direito. Venha! E, vocês, vão embora!

Com essas palavras, a Sra. Squeers dispensou os meninos e, depois de uma pequena confusão entre os últimos que forçavam para abrir caminho, mas que eram detidos por alguns instantes pelos que estavam mais à frente, conseguiu esvaziar o quarto e ficou a sós com o marido.

— Ele fugiu — disse a Sra. S. — O estábulo e a cavalariça estão trancados, então ele não pode estar ali; e também não está lá embaixo, pois a criada já olhou. Deve ter ido pelo caminho de York, e pela estrada.

— Por que será que fez isso? — perguntou Squeers.

— Idiota! — respondeu a Sra. Squeers irritada. — Ele não tinha dinheiro, tinha?

— Nunca teve um centavo na vida, que eu saiba — respondeu Squeers.

— Certamente — completou a Sra. Squeers —, e não levou nada para comer; disso, eu tenho certeza. Ha! Ha! Ha!

— Ha! Ha! Ha! — riu Squeers.

— Então, claro — disse a Sra. Squeers —, ele deve sair pedindo esmola pelo caminho, e só pode fazer isso na estrada.

— É verdade — exclamou Squeers, batendo palmas.

— Verdade! Sim; mas você não ia pensar nisso nunca se eu não dissesse — replicou a mulher. — Agora, se você pegar a carroça e seguir por uma estrada, e eu pedir emprestada a carroça de Swallow e seguir pela outra, mantendo os olhos abertos e fazendo perguntas pelo caminho, é certeza que um de nós dois pegará esse menino.

O plano da digna senhora foi adotado e posto em prática sem um instante de atraso. Depois de um café da manhã apressado e de dar prosseguimento à investigação no vilarejo, cujo resultado parecia mostrar que Squeers estava no caminho certo, ele partiu na carroça, pronto para a captura e a vingança. Pouco tempo depois, a Sra. Squeers, vestida com seu casaco branco e enrolada com vários lenços e xales, deu partida em outra carroça e em outra direção, levando consigo um cacete de bom tamanho, diferentes pedaços de uma corda forte e um trabalhador robusto: tudo providenciado e carregado na expedição com o único propósito de auxiliar na captura e (uma vez capturado) garantir a custódia segura do infeliz Smike.

Nicholas ficou para trás, com sentimentos tumultuosos, consciente de que qualquer que fosse o resultado da fuga do menino, apenas consequências funestas e deploráveis poderiam advir. Morte por privações ou exposição às intempéries era o melhor que se poderia esperar do prolongado andar sem rumo, de criatura tão pobre e tão desamparada, sozinha e sem amigos, por uma região por ele totalmente desconhecida. Era difícil, talvez, escolher entre esta sina e um retorno para o ambiente gentil e misericordioso da escola de Yorkshire; mas a infeliz criatura lhe despertara a solidariedade e a compaixão, o que dilacerava seu coração em face do sofrimento que o menino estava destinado a enfrentar. Nicholas permaneceu em irrequieta ansiedade, imaginando mil possibilidades, até a noite seguinte, quando Squeers retornou, sozinho, e sem sucesso.

— Nenhuma notícia do moleque! — disse o diretor, que, evidentemente havia alongado as pernas durante a viagem, não poucas vezes, com base no antigo princípio. — Eu vou descontar isso em alguém, Nickleby, se a Sra. Squeers não encontrar esse menino; portanto, estou lhe avisando.

— Não cabe a mim consolar o senhor — disse Nicholas. — Isso não significa nada para mim.

— Não significa nada? — perguntou Squeers de modo ameaçador. — Veremos!

— Veremos — replicou Nicholas.

— O pônei não aguentou as pernas, e me obrigou a vir para casa num coche de aluguel, que me custará quinze xelins, além de outras despesas — disse Squeers. — Quem vai pagar por isso, hein?

Nicholas deu de ombros e permaneceu em silêncio.

— Isso vai sair de alguém, estou lhe avisando — disse Squeers, seus usuais modos grosseiros e ardilosos transformaram-se em provocação aberta. — Nada de suas fanfarras queixosas aqui, seu cãozinho de madame; vá embora para o seu canil, porque já passou da hora de dormir! Vamos! Passe!

Nicholas mordeu o lábio e cruzou as mãos involuntariamente, pois as pontas de seus dedos formigavam por vingar o insulto; mas, lembrando-se de que o homem estava bêbado, e que aquilo só poderia resultar numa briga barulhenta, contentou-se em lançar um olhar de desprezo ao tirano e subiu a escada o mais majestosamente que pôde: não pouco ressentido, no entanto, por perceber que a Srta. Squeers, o jovem Squeers e a criada deleitavam-se com a cena, de um canto da sala; os dois primeiros entregando-se a comentários edificantes sobre pessoas presunçosas, o que ocasionou uma risada compartilhada até mesmo pela mais miserável de todas as miseráveis criadas; Nicholas, por sua vez, ferido até a alma, puxou sobre a cabeça o que ele tinha do que se chamava de lençóis e decidiu firmemente que a conta extraordinária entre ele e o Sr. Squeers deveria ser saldada bem mais cedo do que este último previa.

Mais um dia raiou, e Nicholas mal acordara, quando ouviu as rodas de uma carroça aproximando-se da casa. O veículo parou. Ouviu-se a voz da Sra. Squeers exultante ordenar um copo de bebida para alguém, o que em si era um sinal suficiente de que algo de extraordinário havia acontecido. Nicholas mal ousava olhar pela janela; mas fez isso, e a primeira imagem que lhe surgiu aos olhos foi o desditoso Smike: tão sujo de lama e de chuva, tão desfigurado, abatido e selvagem, que, se não fosse por seus trajes serem tais como jamais foram vistos num espantalho, ele talvez duvidasse, mesmo então, de sua identidade.

— Tirem ele de lá — disse Squeers, depois de seus olhos terem se deleitado, em silêncio, sobre o culpado. — Tragam o menino para dentro; tragam para dentro!

— Cuidado — gritou a Sra. Squeers, enquanto o marido oferecia sua assistência. — Amarramos as pernas dele por baixo da roupa e depois prendemos na carroça, para evitar que fuja de novo.

Com as mãos trêmulas de satisfação, Squeers soltou a corda; e Smike, com aparência mais de morto que de vivo, foi levado para dentro da casa e trancado num porão, até o momento em que o Sr. Squeers considerasse adequado puni-lo na presença de toda a escola reunida.

Numa apressada consideração das circunstâncias, pôde ser motivo de surpresa para algumas pessoas o fato de o Sr. e a Sra. Squeers se preocuparem tanto em readquirir a posse de um estorvo, do qual era hábito seu reclamar com tanta intensidade; mas a surpresa delas se encerrará quando forem informadas de que os diversos serviços do burro de carga, se realizados por qualquer outra pessoa, custariam ao estabelecimento uns dez ou doze xelins por semana, como forma de remuneração; e, além disso, de que todos os fugitivos, pela política ali adotada, serviam de severo exemplo em Dotheboys Hall, uma vez que, como consequência do limitado escopo de seus atrativos, não havia persuasão, além do poderoso impulso do medo, que fizesse qualquer aluno com o número normal de pernas e a disposição para usá-las permanecer ali.

A notícia de que Smike havia sido capturado e trazido em triunfo espalhou-se como uma queimada em meio àquela comunidade de famintos, e a expectativa ficou à flor da pele durante toda a manhã. Porém, à flor da pele estava destinada a permanecer até a tarde, quando Squeers, tendo-se refestelado com seu jantar e se fortalecido um pouco mais com algumas libações, apareceu (acompanhado de sua amável companheira) com um semblante solene e um instrumento de flagelo assustador, forte, maleável, com ponta de cera, e novo — em suma, comprado naquela manhã, especialmente para a ocasião.

— Todos os meninos estão aqui? — perguntou Squeers, com voz aterradora.

Todos os meninos estavam ali, mas todos eles tiveram medo de falar, então Squeers, com um olhar feroz, examinou as filas para se certificar; e todas as vistas se abaixaram, e todas as cabeças se inclinaram, quando ele fez isso.

— Cada menino mantenha o seu lugar — ordenou Squeers, dando seu murro predileto na escrivaninha e olhando com mórbida satisfação o sobressalto geral que ele nunca deixava de ocasionar. — Nickleby! Para a sua mesa, rapaz.

Foi notado por mais de um dos pequenos observadores que havia uma expressão incomum e muito curiosa no rosto do assistente; mas ele tomou seu lugar, sem abrir a boca para responder. Squeers, lançando um olhar triunfante a seu assistente e um olhar de despotismo absoluto aos meninos, deixou a sala, e logo depois retornou, arrastando Smike pela gola — ou melhor, pelo fragmento de sua jaqueta mais próximo do lugar onde sua gola estaria, caso ele ostentasse aquela ornamentação.

Em qualquer outro lugar, o aspecto daquela criatura, infeliz, exausta, desalentada, teria provocado um murmúrio de compaixão e de protesto. Surtiu algum efeito, mesmo ali; pois os presentes mexiam-se irrequietos em seus assentos; e alguns dos mais corajosos aventuravam-se a lançar olhares uns aos outros, expressivos de sua indignação e piedade.

Mas isso passou despercebido a Squeers, cujo olhar se fixara no infeliz Smike, enquanto perguntava, de acordo com o costume nesses casos, se o menino tinha alguma coisa a dizer em sua defesa.

— Nada, eu suponho — disse Squeers, com um riso diabólico.

Smike olhou à sua volta, e seus olhos recaíram, por um instante, sobre Nicholas, como se esperasse que ele intercedesse; mas o olhar do rapaz estava fixo em sua escrivaninha.

— Tem alguma coisa a dizer? — perguntou Squeers novamente: fazendo dois ou três floreios com o braço direito para testar sua força e sua flexibilidade. — Afaste-se um pouco, Sra. Squeers, minha querida; não tenho muito espaço aqui.

— Poupe-me, senhor! — gritou Smike.

— Ah! É só isso? — perguntou Squeers. — Sem dúvida, vou espancar você até que sua vida fique por um fio, e lhe pouparei isso.

— Ha, ha, ha — riu a Sra. Squeers —, essa foi boa!

— Fui forçado a fazer isso — disse Smike timidamente; e lançou outro olhar suplicante à sua volta.

— Forçado a fazer isso, foi? — repetiu Squeers. — Ah! Não foi culpa sua; foi minha, eu suponho, hein?

— Cachorro imundo, ingrato, cabeçudo, estúpido, teimoso, fingido — exclamou a Sra. Squeers, prendendo a cabeça de Smike sob seu braço e desfechando-lhe um soco a cada um desses epítetos. — O que ele quer dizer com isso?

— Afaste-se, minha querida — respondeu Squeers. — Vamos tentar descobrir.

A Sra. Squeers, sem fôlego com o esforço, acedeu. Squeers agarrou o menino com firmeza; uma chibatada violenta foi desferida em seu corpo — ele tremia e gritava de dor; o chicote foi erguido novamente e estava prestes a ser aplicado quando Nicholas Nickleby, de súbito, levantou-se e gritou numa voz que fez os caibros ressoarem:

— Pare!

— Quem gritou "pare"? — perguntou Squeers, virando-se, furioso.

— Eu — disse Nicholas, dando um passo à frente. — Isso não pode continuar.

— Não pode continuar? — gritou Squeers, quase num guincho.

— Não! — trovejou Nicholas.

Horrorizado e estupefato com a ousadia da interferência, Squeers soltou Smike e, recuando alguns passos, olhou para Nicholas com uma expressão indiscutivelmente aterradora.

— Digo que não pode — repetiu Nicholas, nem um pouco intimidado. — Não continuará. Eu vou impedir que aconteça.

Squeers continuou fitando-o, com os olhos saltando-lhe das órbitas; mas a perplexidade, naquele instante, de fato o deixara mudo.

— O senhor desconsiderou todas as minhas interferências silenciosas a favor desse infeliz — disse Nicholas. — Não respondeu a minha carta, na qual eu suplicava que o perdoasse e me comprometia a me responsabilizar por ele e fazê-lo permanecer quieto aqui. Não me culpe por essa interferência pública. Foi o senhor que a provocou, não eu.

— Sente-se, patife! — gritou Squeers, quase fora de si de raiva, e agarrando Smike enquanto falava.

— Miserável — replicou Nicholas, ferozmente —, toque nele às custas de sua própria sorte! Não ficarei parado aqui vendo isso acontecer. Meu sangue está fervendo, e eu tenho a força de dez homens iguais a você. Mire-se no espelho, pois, por Deus, não o pouparei, se me provocar!

— Afaste-se — gritou Squeers, brandindo sua arma.

— Eu tenho uma longa série de insultos a vingar — disse Nicholas, vermelho de ódio —, e a minha indignação é agravada pelos tormentos covardes infligidos a essas crianças indefesas, neste chiqueiro imundo. Cuidado, porque, se atiçar a minha ira, as consequências recairão em peso sobre a sua própria cabeça!

Ele mal acabara de falar, quando Squeers, numa violenta explosão de fúria, e com um grito semelhante ao urro de uma fera selvagem, cuspiu nele e desferiu-lhe uma chicotada no rosto com seu instrumento de tortura, que lhe deixou um vergão ao ser infligida. Sofrendo a agonia do golpe e concentrando naquele momento todos os seus sentimentos de ódio, desdém e indignação, Nicholas pulou em cima do facínora, arrancou-lhe a arma da mão e, segurando-o pelo pescoço, espancou-o até ele suplicar por misericórdia.

Os meninos — com exceção do jovem Squeers, que, vindo em auxílio ao pai, fustigou o inimigo pelas costas — não moveram uma só palha; mas a Sra. Squeers, com vários guinchos por socorro, agarrou as abas do paletó de seu parceiro e tentou arrancá-lo das mãos do furioso adversário; enquanto a Srta. Squeers, que ficara espiando pelo buraco da fechadura na expectativa de uma cena bem diferente, voou para a sala no início da briga e, depois de jogar tinteiros na cabeça do assistente, bateu em Nicholas até mais não poder; motivando-se, a cada pancada, com a lembrança de ter tido seu delicado amor rejeitado, e assim dando força adicional a um braço (uma vez que puxara à mãe nesse particular) que não era, de forma alguma, dos mais fracos.

Nicholas, na torrente plena de sua violência, sentiu os golpes como se eles tivessem sido lançados com penas; porém, cansado do barulho e do tumulto, e sentindo, além disso, que seu braço enfraquecia, desferiu com toda a força que lhe restava uma meia dúzia de açoites finais, e arremessou Squeers para longe com todo o vigor que conseguiu reunir. A violência da queda jogou a Sra. Squeers sobre um banco ao lado; e Squeers, tendo batido a cabeça contra ele na queda, jazia de corpo inteiro no chão, imóvel e desmaiado.

Tendo enfim resolvido satisfatoriamente a questão, e certificando-se, para sua tranquilidade, de que Squeers estava apenas sem sentidos e não morto (ponto sobre o qual a princípio ele tivera dúvidas inquietantes), Nicholas deixou a família fazê-lo voltar à consciência e retirou-

-se para decidir o curso de ação a tomar. Olhou ansiosamente a seu redor à procura de Smike quando deixou a sala, mas não o encontrou em parte alguma.

Após breve consideração, arrumou algumas roupas numa pequena valise de couro e, vendo que ninguém impedia sua partida, saiu bravamente pela porta da frente e, logo depois, pegou a estrada que levava a Greta Bridge.

Quando esfriou a cabeça o suficiente para poder refletir um pouco sobre a presente situação, ela não se revelou sob a mais animadora das luzes; Nicholas tinha apenas quatro xelins e alguns centavos no bolso e estava a mais de quatrocentos quilômetros de Londres, aonde decidira dirigir seus passos para que pudesse averiguar, entre outras coisas, que relato o Sr. Squeers fizera a seu afetuoso tio dos acontecimentos daquela manhã.

Ao erguer a vista, quando chegou à conclusão de que não havia remédio para aquele lamentável estado de coisas, avistou um cavaleiro vindo em sua direção, que, ao chegar perto, Nicholas descobriu, com infinito pesar, ser o Sr. John Browdie, que, usando calças de algodão e perneiras de couro, apressava o animal com uma vara grossa de freixo, que parecia recém-cortada de uma árvore nova e vigorosa.

"Não estou com disposição para mais confusões e brigas", pensou Nicholas, "porém, seja lá como for, terei uma discussão com esse verdadeiro cabeça-dura e talvez receba umas bordoadas daquela vara ali".

Na realidade, parecia haver razão para esperar daquele encontro um resultado desses, pois John Browdie, logo que viu Nicholas avançar, fez o cavalo parar à beira da estrada e esperou que ele se aproximasse, encarando-o firmemente por entre as orelhas do cavalo, enquanto o rapaz andava devagar.

— Seu criado, jovem cavalheiro — disse John.

— A seu serviço — disse Nicholas.

— Bão; finalmente nos encontramo — observou John, fazendo o estribo soar com um toque forte da vara de freixo.

— De fato — respondeu Nicholas, hesitante. — Ora! — disse ele francamente, depois de uma breve pausa. — Da última vez que nos encontramos não terminamos muito bem; foi culpa minha, eu creio; mas não tive intenção de ofender você, e não tinha ideia de que estava fazendo isso. Depois, me arrependi muito. Vamos dar um aperto de mãos?

— Aperto de mão! — exclamou o homem de Yorkshire de bom humor. — Ah! Isso eu faço. — Ao mesmo tempo, inclinou-se sobre a sela e deu um forte aperto de mãos em Nicholas. — Mas o que é que aconteceu com sua cara, homem? Tá arrebentada.

— É um corte — disse Nicholas, enrubescendo ao falar — de uma chicotada; mas eu devolvi e com juros.

— Não! Mas é mesmo? — exclamou John Browdie. — Bem-feito! Gostei disso.

— O fato é — explicou Nicholas, sem saber bem como fazer a revelação —, o fato é que fui muito maltratado.

— Não! — exclamou John Browdie, num tom de compaixão; pois ele era um gigante em força e estatura, e Nicholas, muito provavelmente, diante de seus olhos parecia um mero anão. — Não me diga.

— É verdade, fui — respondeu Nicholas —, por aquele homem Squeers, e bati nele com vontade, e por isso estou deixando este lugar.

— O quê! — exclamou John Browdie com tamanho grito de surpresa que espantou o cavalo. — Bateu no diretor? Ho, ho, ho! Bateu no diretor! Onde já se viu uma coisa dessa? Me dá sua mão de novo, rapaz. Bateu no diretor! Diabo, gostei d'ocê, rapaz.

Com essa demonstração de prazer, John Browdie riu a mais não poder — riu tão alto que os ecos longínquos enviavam de volta apenas repiques joviais de alegria — e apertou a mão de Nicholas outra vez, não menos intensamente. Quando sua alegria se acalmou, ele perguntou o que Nicholas pretendia fazer; ao lhe responder que pretendia ir direto para Londres, ele abanou a cabeça em sinal de dúvida e perguntou se ele sabia quanto os coches cobravam para transportar passageiros para lugares tão distantes.

— Não, não sei — disse Nicholas. — Mas não importa, porque pretendo ir a pé.

— Ir pra Londre a pé! — exclamou John, perplexo.

— Cada passo do caminho — respondeu Nicholas. — Eu já estaria muitos passos à frente, a essa altura, então adeus!

— Não vai mesmo — replicou o honesto homem do campo, segurando as rédeas do impaciente cavalo. — Pera aí, home. Quanto dinheiro você tem?

— Não muito — disse Nicholas ruborizando —, mas posso me virar com ele. Onde há força de vontade, há um jeito, entende?

John Browdie não respondeu a essa observação, mas, pondo a mão no bolso, tirou de lá uma carteira velha de couro e insistiu para que Nicholas aceitasse emprestado o quanto precisasse para suas presentes necessidades.

— Não tenha medo, homem — disse ele. — Pegue o bastante pra você chegar em casa. Cê me paga um dia, tenho ceteza.

Nicholas não podia, de forma alguma, ser induzido a pegar emprestado mais do que um soberano, com o que o Sr. Browdie, depois de muita insistência para que ele aceitasse mais (observando, com um toque de precaução típica de Yorkshire que, se ele não gastasse todo, poderia guardá-lo até que tivesse uma oportunidade de remetê-lo livre de custos), terminou de bom grado concordando.

— Leve esse pedaço de pau para ajudá ocê no caminho, home — acrescentou ele, entregando a vara a Nicholas e dando-lhe outro aperto de mão. — Não desanime e Deus te abençoe. Bateu no diretor! Deus, isso é a melhor coisa que ouvi nesses último vinte ano!

Assim dizendo e entregando-se, com mais delicadeza do que se poderia esperar dele, a outra série de gargalhadas, com o propósito de evitar os agradecimentos que Nicholas expressava, John Browdie esporeou seu cavalo e partiu num trote largo: olhando para trás de tempos em tempos, enquanto Nicholas, parado, o observava, e acenando a mão alegremente como se para encorajá-lo a prosseguir em seu caminho. Nicholas acompanhou com o olhar cavalo e cavaleiro até desaparecerem no topo de um morro distante e, então, seguiu viagem.

Ele não percorreu grande distância naquela tarde, pois já escurecia, e a neve caíra pesada, o que não apenas tornava o caminho penoso, como também fazia com que a estrada ficasse difícil de encontrar sem a luz do dia, a não ser por caminhantes experientes. Naquela noite, pernoitou numa casa de campo onde se alugavam leitos a preços módicos, ao alcance de viajantes das classes mais pobres; e, acordando cedo na manhã seguinte, seguiu caminho até Boroughbridge antes de escurecer. Ao atravessar essa cidade à procura de alojamento barato, deparou-se com um estábulo vazio a uns duzentos metros da estrada; num canto aquecido do qual, ele espichou o corpo cansado e logo adormeceu.

Quando acordou na manhã seguinte e tentou lembrar seus sonhos, que haviam sido relacionados à sua recente estada em Dotheboys Hall, sentou-se, esfregou os olhos e fixou a vista — não com o semblante mais sereno possível — num objeto inerte que parecia estar postado a poucos metros à sua frente.

— Estranho! — gritou Nicholas. — Será que isso pode ser produto das visões que não me abandonam? Não pode ser real e, no entanto, eu... eu estou acordado! Smike!

O vulto se moveu, se levantou, caminhou em sua direção e se ajoelhou a seus pés. Era de fato Smike.

— Por que está se ajoelhando diante de mim? — perguntou Nicholas apressando-se em erguê-lo.

— Para ir com o senhor... para qualquer lugar, para todo lugar, para o fim do mundo, para a cova no cemitério — respondeu Smike, agarrando-se à mão de Nicholas. — Deixe eu ir, ah, deixe eu ir. O senhor é o meu lar... meu amigo bondoso... me leve com o senhor, por favor.

— Eu sou um amigo que pode fazer muito pouco por você — disse Nicholas, bondosamente. — Como veio parar aqui?

Ele o seguira, parecia; não o perdera de vista durante todo o percurso; observara enquanto Nicholas dormia e quando parava para uma pequena refeição; e não se arriscara a aparecer antes, temeroso de ser mandado de volta. Não pretendia se mostrar agora, mas Nicholas acordara quando ele menos esperava, e ele não teve tempo para se esconder.

— Meu pobre amigo! — disse Nicholas. — Sua dura sorte lhe concede apenas um amigo, e ele é quase tão pobre e desamparado quanto você.

— Eu posso... posso ir com o senhor? — perguntou Smike, timidamente. — Eu vou ser seu fiel criado e trabalhador, vou ser, de verdade. Não quero roupa — acrescentou a pobre criatura, juntando seus molambos —, essa aqui basta. Só quero estar perto do senhor.

— E vai ficar — Nicholas afirmou. — E o mundo vai tratar você da mesma maneira que me trata, até que um de nós dois desista dele para um melhor. Venha!

Com essas palavras, ele pendurou seus pertences nos ombros e, levando a vara numa mão, estendeu a outra a seu satisfeito seguidor; e os dois deixaram o velho estábulo juntos.

CAPÍTULO XIV

Ter o infortúnio de lidar apenas com pessoas comuns é necessariamente ignóbil e vulgar

Naquela área de Londres onde se situa a Golden Square, há uma rua esquecida, desbotada, decadente, com duas fileiras irregulares de casas delgadas e altas, que parecem ter-se entreolhado desconcertadas anos atrás. As próprias chaminés dão a impressão de ter-se tornado sombrias e melancólicas pela falta de algo melhor para apreciar do que as chaminés do lado oposto da rua. Os telhados estão danificados, quebrados e enegrecidos pela fumaça; e, aqui e ali, algum cano mais alto que os demais, inclinado pesadamente para um lado e caído sobre o telhado, parece considerar vingar-se de meio século de abandono, esmagando os habitantes nos quartos logo abaixo.

As galinhas que bicam em torno das sarjetas, sacudindo o corpo de cá para lá, com um porte que só as galinhas urbanas adotam, e que qualquer galo ou outro galináceo do interior não conseguiria entender, estão em perfeita sintonia com as loucas moradias de seus donos. Aves esquálidas, mal emplumadas, sonolentas, largadas na rua, como muitas das crianças da vizinhança, para irem atrás de seu sustento, saltam de pedra em pedra numa lamentável busca de algo comestível na lama, e mal conseguem soltar um piado. A única com algo que parece um cacarejar é uma bantã idosa da casa do padeiro; e até mesmo ele é rouco, em consequência das más condições de vida em sua última residência.

A julgar pelo tamanho das casas, elas foram, no passado, habitadas por pessoas de melhores condições do que seus atuais ocupantes; mas agora são alugadas, por semana, por andares ou cômodos, e cada porta tem tantas placas ou campainhas quantos forem os aposentos no interior. As janelas são, pela mesma razão, suficientemente diversificadas na aparência, sendo ornamentadas com os mais diferentes tipos de venezianas e cortinas que possam ser imaginados; enquanto cada entrada é bloqueada, e quase impossível de ser ultrapassada, por uma aglomeração confusa de crianças e vasilhames de cerveja de todos os tamanhos, desde um bebê de colo e canecas de meio litro a mocinhas e recipientes de meio galão.

Na sala de uma dessas casas, que era talvez um pouco mais suja do que as outras ao lado, que exibia mais campainhas, crianças e vasilhames de cerveja e recebia, fresquinha, a primeira lufada da espessa fumaça preta que era lançada, dia e noite, de uma grande cervejaria bem próxima dali, havia afixada uma nota anunciando um quarto para alugar, embora o andar exato em que ficava o cômodo vazio — considerando-se os visíveis sinais dos muitos inquilinos que a entrada exibia, desde o ferro de passar na janela da cozinha até os vasos de plantas no parapeito — teria sido algo além da capacidade de um rapaz esperto descobrir.

A escada comum daquela casa era desprovida de tapetes; mas um visitante curioso que tivesse de subir até o último andar podia ver que não faltavam indicações da pobreza progressiva dos moradores, embora suas portas estivessem fechadas. Assim, os inquilinos do primeiro andar, com mobílias em excesso, mantinham no *hall* de entrada uma velha mesa de mogno — mogno autêntico — que somente era levada para dentro quando a ocasião exigia. No segundo andar, a mobília sobressalente reduzia-se a algumas cadeiras velhas de pinho, uma das quais, pertencente ao quarto dos fundos, estava sem uma perna e sem assento. O andar superior, todo o excesso que ostentava era uma tina carcomida; e o patamar do sótão exibia apenas duas jarras danificadas e algumas garrafas escurecidas e quebradas.

Foi neste patamar que um homem idoso, malvestido, de cara quadrada e feições duras, parou para destrancar a porta do desvão da frente, no qual, depois de realizar a tarefa de girar a chave enferrujada numa fechadura mais enferrujada ainda, entrou com o ar de legítimo proprietário.

Essa pessoa usava uma peruca de cabelos ruivos, espessos e curtos, que retirou junto com o chapéu e pendurou num prego. Após substituí-la por um barrete de dormir sujo, de algodão, e tatear no escuro até achar um toco de vela, deu umas batidas na divisória que separava os dois sótãos e perguntou, em voz alta, se o Sr. Noggs tinha fogo.

Os sons que vieram em resposta foram abafados pelos sarrafos e pelo reboco, e parecia, ainda por cima, que o falante os havia emitido de dentro de uma caneca ou de outro vaso qualquer; mas era a voz de Newman, e a resposta foi afirmativa.

— Uma noite terrível, Sr. Noggs! — disse o homem de barrete, entrando para acender sua vela.

— Está chovendo? — perguntou Newman.

— Se está? — replicou o outro, mal-humorado. — Estou encharcado.

— Não precisa muito para que eu e o senhor nos molhemos totalmente, Sr. Crowl — disse Newman, pondo a mão na lapela de seu casaco surrado.

— Bom; e isso torna a coisa ainda mais irritante — observou o Sr. Crowl, no mesmo tom birrento.

Resmungando desgostoso, o homem, cujo semblante severo era o epítome do egoísmo, revolveu o escasso fogo da lareira e, esvaziando o copo que Noggs lhe oferecera, perguntou onde ele guardava o carvão.

Newman Noggs apontou para o fundo de um armário, e o Sr. Crowl, pegando a pá, encheu-a com metade do suprimento, que Noggs deliberadamente esvaziou, sem dizer uma única palavra.

— Você não está economizando a esta hora do dia, espero — disse Crowl.

Newman apontou para o copo vazio, como se fosse refutação suficiente à acusação, e disse em seguida que estava descendo para o jantar.

— Com os Kenwigs? — perguntou Crowl.

Newman assentiu com a cabeça.

— Mas veja só — observou Crowl. — Não é que eu disse a Kenwigs... pensando que o senhor com toda a certeza não iria, porque tinha dito isso... que eu não podia ir e que tinha decidido vir visitar o senhor hoje à noite!

— Fui forçado a aceitar — disse Newman. — Eles insistiram.

— Bom; mas o que será de mim? — perguntou o homem egoísta, que não pensava em mais ninguém. — É tudo culpa sua. Vou lhe dizer uma coisa... vou sentar aqui ao lado de sua lareira até o senhor voltar.

Newman lançou um olhar desesperado a seu pequeno suprimento de combustível, porém não teve coragem de dizer não — palavra que em toda a sua vida ele nunca dissera na hora certa, nem para si próprio, nem para pessoa alguma — ao proposto arranjo. O Sr. Crowl imediatamente se pôs à vontade, às custas de Newman Noggs, como permitiram as circunstâncias.

Os inquilinos a quem Crowl fizera alusão sob a designação de Kenwigs eram a esposa e os filhos de um Sr. Kenwigs, torneiro de marfim, considerado pessoa de respeito no local, uma vez que ocupava todo o primeiro andar, que compreendia instalações de dois cômodos. A Sra. Kenwigs, também, era uma verdadeira dama por seus modos e vinha de uma família muito distinta, e tinha um tio coletor de taxas de água; além dessa distinção, as duas filhas mais velhas frequentavam uma escola de dança na vizinhança duas vezes por semana e tinham cabelos louros, presos com laços azuis em exuberantes tranças caídas nas costas; e usavam calças brancas com babados em volta dos tornozelos — por todas essas razões e muitas outras igualmente válidas, mas muito numerosas para serem mencionadas, a Sra. Kenwigs era considerada uma pessoa digna de se conhecer e era tema constante de boatos na rua, e até mesmo em três ou quatro casas dobrando a esquina em ambos os lados.

Era o aniversário daquele dia auspicioso em que a Igreja da Inglaterra, como estabelecido pela lei, declarou marido e mulher a Sra. Kenwigs e o Sr. Kenwigs; e, em grata comemoração dessa data, a Sra. Kenwigs convidara alguns amigos seletos para um jogo de cartas e um jantar no primeiro andar e trajava um vestido longo novo para recebê-los, vestido este que, por ser de cor flamejante e estilo juvenil, fez tanto sucesso que o Sr. Kenwigs declarou que os oito anos de casados e os cinco filhos pareciam um sonho e que a Sra. Kenwigs estava mais jovem e mais exuberante do que no primeiro domingo em que saíram juntos.

Bela como estava assim vestida e com porte tão altivo, era de se supor que dispusesse de pelo menos uma cozinheira e uma arrumadeira, sem nada para fazer a não ser dar as ordens, mas ela teve muito trabalho com os preparativos; mais ainda do que, por ser de constituição frágil e delicada, teria suportado, não fosse o orgulho de dona de casa que a sustentava. Enfim, contudo, todas as coisas que precisavam estar em ordem estavam em ordem, e todas as coisas que deviam estar fora do caminho estavam fora do caminho, tudo estava pronto, e, como o próprio coletor de taxas havia prometido vir, a sorte sorria para ela naquela ocasião.

Os convidados foram admiravelmente selecionados. Havia, antes de tudo, o Sr. e a Sra. Kenwigs e quatro dos seus filhos, que se sentaram à mesa do jantar, primeiro, porque era direito das meninas se regalarem num dia como esse, e segundo, porque ir para a cama na presença de visitas teria sido inconveniente, para não dizer impróprio. Havia, depois, uma moça que fizera o vestido da Sra. Kenwigs e que — era a coisa mais conveniente do mundo —, por morar no quarto dos fundos no segundo andar, cedeu sua cama para o bebê e chamou uma menina para tomar conta dele. E, ainda, para fazer par com essa moça, havia um rapaz, que conhecera o Sr. Kenwigs quando solteiro e era muito estimado pelas moças por ter a reputação de ser um conquistador. A esses, juntava-se um casal recém-casado, que visitara o Sr. e a Sra. Kenwigs durante a época de noivado; e uma irmã da Sra. Kenwigs, que era uma formosura; ao lado de quem, encontrava-se outro rapaz, que supostamente tinha honrosos planos em relação à moça por último mencionada; e o Sr. Noggs, que era uma pessoa digna, porque já fora um dia um cavalheiro. Havia também uma senhora idosa do cômodo dos fundos e uma moça mais jovem, que, depois do coletor, talvez fosse a pessoa mais importante do grupo, por ser a filha de um bombeiro de teatro, que "seguiu" a carreira de pantomima por ter o maior talento para o palco jamais visto, e cantava e recitava de tal maneira que deixava os olhos da Sra. Kenwigs rasos d'água. Apenas um contratempo atrapalhou o prazer de receber esses amigos, e isso se deu porque a mulher do cômodo dos fundos, que era muito gorda e completara sessenta anos, foi com um vestido de musselina e luvas de pelica curtas, o que exasperou de tal modo a Sra. Kenwigs, que essa senhora assegurou aos convidados, em particular, que, se o jantar não estivesse sendo cozido no fogão do cômodo dos fundos, naquele momento, ela certamente teria solicitado à representante do lugar que se retirasse.

— Minha querida — disse o Sr. Kenwigs —, não seria melhor começar uma partida de baralho?

— Kenwigs, meu bem — disse sua mulher —, você me surpreende. Você começaria sem o meu tio?

— Eu me esqueci do coletor — disse Kenwigs. — Ah, não, isso não seria bom.

— Ele é tão exigente — disse a Sra. Kenwigs, virando-se para a outra mulher casada — que, se começássemos sem ele, eu ficaria fora de seu testamento para sempre.

— Céus! — exclamou a mulher casada.

— Você não tem ideia de como ele é — observou a Sra. Kenwigs. — Mas é a melhor criatura do mundo.

— O homem mais bondoso que existe — disse Kenwigs.

— Parte o coração dele, eu imagino, ser forçado a cortar a água das pessoas que não pagam — observou o amigo solteiro, pretendendo ser engraçado.

— George — disse o Sr. Kenwigs, solenemente —, pare com isso, por favor.

— Foi só uma brincadeira — disse o amigo, envergonhado.

— George — continuou o Sr. Kenwigs —, é bom fazer brincadeiras, muito bom, mas, quando essa brincadeira é feita às custas dos sentimentos da Sra. Kenwigs, eu sou contra. Um homem na vida pública espera ser alvo de troça... por causa de sua posição elevada, e não dele próprio. O parente da Sra. Kenwigs é um homem público, e ele sabe bem disso, George, e isso ele pode suportar; mas, deixando a Sra. Kenwigs de lado (se é que *posso* deixar a Sra. Kenwigs de lado numa ocasião como esta), eu tenho a honra de ser ligado ao coletor de taxas pelo casamento; e não posso permitir esse tipo de comentário em minha... — O Sr. Kenwigs ia dizer "casa", mas mudou a frase para — minhas acomodações.

Ao término dessas observações, que provocaram sinais de profundos sentimentos na Sra. Kenwigs e que tinham o objetivo de deixar a forte impressão nos convidados da dignidade do coletor de taxas, ouviu-se o toque da campainha.

— É ele — sussurrou o Sr. Kenwigs, com grande empolgação. — Morleena, meu bem, vá abrir a porta para o seu tio e dê um beijo nele assim que ele entrar. Hum! Vamos conversar.

Seguindo a sugestão do Sr. Kenwigs, os convivas se puseram a falar alto para dar a impressão de estarem bem à vontade; e quase no momento em que começaram a conversar, um cavalheiro idoso, baixote, de roupa escura e polainas, com um rosto que poderia ter sido esculpido em *lignum vitae*, por mais que parecesse o contrário, foi conduzido alegremente pela Srta. Morleena Kenwigs, cujo incomum nome de batismo, pode-se observar aqui, fora inventado e composto pela Sra. Kenwigs antes de seu primeiro parto, como distinção especial para com o filho mais velho, caso viesse a ser uma menina.

— Ah, tio, estou *tão* feliz de ver o senhor — disse a Sra. Kenwigs, beijando carinhosamente o coletor de taxas em ambas as faces. — Tão feliz!

— Que este dia se repita por muitos e muitos anos, minha querida — disse o coletor, retribuindo o cumprimento.

Agora, isto era uma coisa interessante. Ali estava o coletor de taxas de água, sem seu livro, sem a pena e a tinta, sem a batida dupla na porta, sem intimidações, beijando — de fato, beijando — uma mulher agradável, e deixando as taxas, as citações, os avisos de que havia feito a visita, ou a informação de que não voltaria a cobrar dívidas de dois trimestres, inteiramente de lado. Era agradável ver como os convidados apreciavam aquela cena, totalmente absortos, e apreciar os acenos de cabeça e as piscadelas com os quais eles expressavam sua satisfação em descobrir tanto calor humano num coletor de taxas.

— Onde quer se sentar, tio? — perguntou a Sra. Kenwigs, no pleno entusiasmo do orgulho familiar que a presença de um distinto parente ocasionava.

— Em qualquer lugar, minha querida — respondeu o coletor de taxas —, não sou exigente.

Não era exigente! Que coletor de taxas gentil! Se tivesse sido um escritor que conhecesse seu lugar, não teria sido mais humilde.

— Sr. Lillyvick — disse Kenwigs, dirigindo-se ao coletor —, alguns de nossos amigos aqui, senhor, estão muito ansiosos para ter a honra de... obrigado... Sr. e Sra. Cutler, o Sr. Lillyvick.

— Prazer em conhecê-lo, senhor — disse o Sr. Cutler. — Ouvi falar no senhor muitas vezes. — Essas não eram meras palavras formais; pois o Sr. Cutler, por ter uma casa no distrito paroquial do Sr. Lillyvick, ouvira, de fato, falar nele frequentemente. O cuidado que tinha em suas visitas era extraordinário.

— George, você conhece, eu acho, o Sr. Lillyvick — disse Kenwigs. — A senhora vizinha de baixo... o Sr. Lillyvick. Sr. Snewkes... o Sr. Lillyvick. Srta. Green... o Sr. Lillyvick. Sr. Lillivick... a Srta. Petowker do Teatro Royal, na Drury Lane. É um prazer apresentar duas personalidades públicas! Sra. Kenwigs, minha querida, quer fazer o favor de separar as fichas?

A Sra. Kenwigs, com a assistência de Newman Noggs (que, com sua bondade, estava sempre, e em qualquer ocasião, satisfazendo os pequenos desejos das crianças, foi atendido em sua solicitação de não ser notado e era apenas mencionado, em sussurros, como o cavalheiro decaído), fez o que ele pediu; e a maior parte dos convidados sentou-

-se para o jogo de cartas, enquanto o próprio Newman, a Sra. Kenwigs e a Srta. Petowker do Teatro Royal, na Drury Lane, encarregaram-se da mesa do jantar.

Enquanto as senhoras estavam assim ocupadas, o Sr. Lillyvick concentrava-se no jogo, e, como tudo que cai na rede de um coletor de taxas deve ser peixe, o caro cavalheiro não tinha escrúpulos em se apropriar do que pertencia a seus parceiros, o que, pelo contrário, ele subtraía sempre que se apresentava uma oportunidade, sorrindo de bom humor o tempo todo e fazendo tantos discursos condescendentes a seus donos que eles se encantavam com sua amabilidade e consideravam de todo o coração que ele merecia, pelo menos, ser o Ministro de Finanças.

Depois de muito trabalho e da administração de muitos tapas na cabeça das pequenas Kenwigs, em consequência dos quais duas das mais rebeldes foram sumariamente expulsas dali, a toalha foi posta com muita elegância, e duas galinhas cozidas, um bom pedaço de porco, torta de maçã, batatas e verduras, foram servidos; diante disso, o valoroso Sr. Lillyvick fez inúmeros comentários espirituosos e ficou extraordinariamente animado, para o imenso deleite e satisfação de todos os admiradores ali presentes.

Muito bem e muito rápido encerrou-se a festa do jantar; sem mais sérias dificuldades ocorrendo do que aquelas que surgiram da incessante solicitação de facas e garfos limpos; o que fez a Sra. Kenwigs desejar, mais de uma vez, que a sociedade adotasse o princípio das escolas e exigisse que cada convidado levasse seu próprio garfo, faca e colher; o que, sem dúvida, em muitos casos seria muito conveniente e para ninguém mais do que para os anfitriões, especialmente se o princípio da escola fosse aplicado em sua totalidade, esperando-se que os artigos, por delicadeza, não fossem levados de volta.

Depois que todos acabaram de comer, tirou-se a mesa na mais alarmante pressa e com grande algazarra; e as bebidas, diante das quais os olhos de Newman Noggs brilharam, foram arranjadas em ordem, com água quente e fria, e o grupo se acomodou para desfrutar da comemoração; o Sr. Lillyvick foi convidado a sentar-se numa poltrona junto à lareira, e as quatro pequenas Kenwigs foram colocadas num banco em frente aos convidados, com suas tranças louras voltadas para eles e seus rostos virados para a lareira; um arranjo que, assim que foi concluído, deixou a Sra. Kenwigs tomada por sentimentos maternais e, apoiando-se no ombro esquerdo do Sr. Kenwigs, desmanchou-se em lágrimas.

— São tão lindas! — disse a Sra. Kenwigs soluçando.

— Ah, querida — disseram todas as senhoras —, são mesmo! É muito natural que se sinta orgulhosa assim; mas não se deixe abalar dessa forma, não.

— Não consigo... evitar, mas isso não significa nada — soluçou a Sra. Kenwigs. — Ah! Elas são lindas demais para existirem, lindas demais!

Ao ouvir esse alarmante pressentimento de que estariam condenadas a uma morte prematura na flor da infância, todas as quatro meninas deram um grito terrível e, enfiando simultaneamente as cabeças no colo da mãe, gritaram até que as oito tranças louras vibraram de novo; a Sra. Kenwigs enquanto isso as trazia alternadamente de encontro ao peito, com atitudes expressivas de aflição, que a própria Srta. Petowker pode ter copiado.

Por fim, a mãe ansiosa se permitiu ser acalmada, e as pequenas Kenwigs, também se recompondo, foram sendo distribuídas entre os convidados para evitar a possibilidade de a Sra. Kenwigs ser tomada novamente pelo fulgor da beleza delas combinada. Isso feito, as damas e os cavalheiros uniram-se na profecia de que elas viveriam por muitos e muitos anos e que não havia razão alguma para a Sra. Kenwigs se preocupar; o que, a bem da verdade, não parecia haver; a beleza das filhas de forma alguma justificava seus temores.

— Hoje faz oito anos — disse o Sr. Kenwigs depois de uma pausa. — Deus meu... ah!

Essa reflexão ecoou entre todos os presentes, que exclamaram "Ah!" primeiro e "Deus meu" depois.

— Eu era mais nova nessa ocasião — disse a Sra. Kenwigs com um riso nervoso.

— Não — disse o coletor.

— Certamente não — acrescentaram todos.

— Lembro-me de minha sobrinha — disse o Sr. Lillyvick, examinando sua plateia com ar sério. — Eu me lembro dela naquela mesma tarde, quando pela primeira vez revelou à mãe sua inclinação pelo Sr. Kenwigs. "Mãe", ela disse: "eu o amo".

— "Eu o adoro", eu disse, tio — interferiu a Sra. Kenwigs.

— "Eu o amo", creio, minha querida — disse o coletor com firmeza.

— Talvez o senhor tenha razão, tio — admitiu a Sra. Kenwigs, submissa. — Eu achava que fosse "adoro".

— "Amo", minha querida — replicou o Sr. Lillyvick. — "Mãe", ela disse: "eu o amo!" "O que estou ouvindo?", gritou a mãe; e no mesmo instante entrou em fortes convulsões.

Uma exclamação geral de espanto irrompeu dos convidados.

— Em fortes convulsões — repetiu o Sr. Lillyvick, fitando-os com um olhar severo. — Kenwigs que me perdoe dizer isso na presença de amigos, mas houve uma grande objeção a ele, sob a alegação de que vinha de uma família de posição inferior à nossa e que a desgraçaria. Você se lembra, Kenwigs?

— Certamente — respondeu o cavalheiro, de forma alguma aborrecido com a reminiscência, visto que comprovava, sem sombra de dúvida, a família distinta da qual a Sra. Kenwigs provinha.

— Eu compartilhei esse sentimento — disse o Sr. Lillyvick —, talvez fosse natural; talvez não.

Um murmúrio suave parecia dizer que, na posição do Sr. Lillyvick, a objeção era não apenas natural, mas digna de louvor.

— Eu concordei com ele em tempo — disse o Sr. Lillyvick. — Depois que se casaram, e não havia mais o que fazer, fui um dos primeiros a dizer que Kenwigs merecia respeito. E, então, a família o *respeitou*, e por minha recomendação; e aproveito para dizer, e digo isso com orgulho, que sempre o tive como um homem muito honesto, comportado, digno, respeitável. Kenwigs, aperte a minha mão.

— É um orgulho para mim, senhor — disse o Sr. Kenwigs.

— Para mim também, Kenwigs — disse o Sr. Lillyvick.

— Levo uma vida muito feliz com a sua sobrinha, senhor — observou Kenwigs.

— Se não levasse, teria sido culpa sua, senhor — observou o Sr. Lillyvick.

— Morleena Kenwigs — disse a mãe, nesse ponto, muito emocionada —, beije o seu querido tio!

A filha mais velha fez o que lhe fora solicitado, e as outras três menores foram sucessivamente erguidas até a altura do rosto do coletor e submetidas ao mesmo processo, que foi depois repetido nelas pela maioria dos presentes.

— Ah, querida Sra. Kenwigs — disse a Srta. Petowker —, enquanto o Sr. Noggs prepara o ponche para fazermos um brinde ao seu aniversário de casamento, deixe Morleena apresentar aquela dança diante do Sr. Lillyvick.

— Não, não, minha querida — respondeu a Sra. Kenwigs —, isso só vai aborrecer o meu tio.

— Isso não pode aborrecer seu tio, tenho certeza — disse a Srta. Petowker. — O senhor vai ficar muito satisfeito, não é mesmo?

— Vou, sim, certamente — respondeu o coletor, olhando para a bebida.

— Bom, então, vamos combinar o seguinte — disse a Sra. Kenwigs —, Morleena apresenta a dança, se o meu tio conseguir convencer a Srta. Petowker a declamar "O enterro do sugador de sangue" depois.

Houve grandes aplausos e batidas de pés para essa proposta; a pessoa em questão inclinou a cabeça várias vezes, em agradecimento à recepção.

— Você sabe — disse a Srta. Petowker, em tom de reprovação — que eu não gosto de fazer nada profissional em festas particulares.

— Ah, mas não aqui! — disse a Sra. Kenwigs. — Somos todos amigos e uma companhia tão agradável que é quase como se você estivesse na sua própria casa; além disso, a ocasião...

— Não posso resistir a isso — interrompeu a Srta. Petowker. — O que estiver na minha humilde capacidade, terei o maior prazer em apresentar.

A Sra. Kenwigs e a Srta. Petowker haviam preparado juntas uma pequena *programação* das apresentações, e aquela era a ordem estabelecida, mas haviam combinado insistir um pouco em ambos os lados, porque pareceria mais natural. Os convidados já prontos, a Srta. Petowker entoou uma melodia, e Morleena apresentou sua dança, tendo previamente passado giz nas solas de seus sapatos, com tanto cuidado como se fosse andar na corda bamba. Era uma belíssima imagem, com muitos movimentos dos braços, e o número foi recebido com imensos aplausos.

— Se eu recebesse a bênção de ter uma... uma filha — disse a Srta. Petowker, enrubescendo — de uma genialidade como essa, eu a poria no mesmo instante na Opera.

A Sra. Kenwigs suspirou e olhou para o Sr. Kenwigs, que balançou a cabeça e observou que não tinha muita certeza disso.

— Kenwigs tem medo — disse a Sra. K.
— De quê? — perguntou a Srta. Petowker. — Não de ela não ser capaz?
— Ah, não — respondeu a Sra. Kenwigs —, mas se continuar como é agora... pense só nos jovens duques e marqueses.
— Isso mesmo — disse o coletor.
— Apesar de que — continuou a Srta. Petowker —, se ela mantiver a altivez, entende...
— Isso é verdade — observou a Sra. Kenwigs, olhando para o marido.
— Eu só sei... — titubeou a Srta. Petowker — Pode não ser uma regra, mas eu nunca tive problema nem passei por nenhuma situação desagradável desse tipo.

O Sr. Kenwigs, com um adequado galanteio, disse que aquilo encerrava a questão e que ele pensaria no assunto com a mais séria consideração. Isso resolvido, a Srta. Petowker foi convidada a começar a apresentação de "O enterro do sugador de sangue"; para a qual a moça soltou os cabelos, e, assumindo sua posição na outra extremidade da sala, com o amigo solteiro colocado num canto para correr até ela na deixa "na morte expira", e pegá-la nos braços quando morresse completamente louca, realizou a apresentação com toda a alma e para o terror das pequenas Kenwigs, cujo medo lhes provocou acessos.

O consequente arrebatamento diante do esforço não havia ainda arrefecido, e Newman (que há muito tempo não ficava sóbrio àquela hora da noite) não tinha tido oportunidade de avisar que o ponche estava pronto, quando uma batida apressada na porta da sala provocou um grito da Sra. Kenwigs, que imediatamente pressentiu que o bebê caíra da cama.

— Quem é? — perguntou asperamente o Sr. Kenwigs.
— Não se assuste, sou eu — disse Crowl, espiando para dentro com seu barrete de dormir. — O bebê está muito bem, pois dei uma olhada no quarto antes de descer, e está num sono pesado, como também a menina; e não acho que a vela toque fogo no cortinado, a menos que sopre um vento forte... é o Sr. Noggs que está sendo procurado.
— Eu! — gritou Newman, muito surpreso.
— É uma hora estranha essa, não é? — replicou Crowl, que não estava nada satisfeito com a perspectiva de perder o calor do fogo. —

E são pessoas estranhas também, encharcadas de chuva e cobertas de lama. Devo mandar embora?

— Não — disse Newman, levantando-se. — Pessoas? Quantas?

— Duas — respondeu Crowl.

— Estão me procurando? Pelo nome? — perguntou Newman.

— Pelo nome — respondeu Crowl. — Sr. Newman Noggs, com todas as letras.

Newman refletiu por alguns segundos e depois saiu às pressas, resmungando que voltaria logo. Ele cumpriu a palavra; pois, num tempo extraordinariamente curto, irrompeu na sala e pegando, sem nenhuma justificativa ou desculpa, uma vela acesa e um copo de ponche quente na mesa, saiu correndo feito um louco.

— Que diabo deu nele? — perguntou Crowl, escancarando a porta. — Escutem! Ouvem algum barulho lá em cima?

Os convidados levantaram-se em grande confusão e, entreolhando-se com perplexidade e medo, espicharam o pescoço para a frente e apuraram o ouvido.

CAPÍTULO XV

Informa o leitor sobre a causa e a origem da interrupção do capítulo anterior e sobre outros assuntos que é preciso conhecer

Newman Noggs subiu as escadas correndo, extremamente apressado, com a bebida fumegante que ele, sem a menor cerimônia, havia apanhado da mesa do Sr. Kenwigs, na verdade, das mãos do coletor de taxas de água, que fitava o conteúdo do copo, no momento da inesperada subtração, com sinais de prazer estampados no rosto. Ele levou sua presa direto para seu cômodo no sótão, onde encontrou, de pés doloridos, quase sem sapatos, molhados, sujos, exaustos e desfigurados com as marcas de uma viagem fatigante, Nicholas e Smike, este último causa e companheiro dos problemas do rapaz; ambos esgotados pelo esforço extraordinário e prolongado.

A primeira reação de Newman foi persuadir Nicholas, com uma leve insistência, a beber metade do ponche de um só gole, quase fervendo como estava; a seguinte foi virar o restante goela abaixo pela boca de Smike, que, jamais tendo bebido nada mais forte do que os laxativos em toda a sua vida, exibiu várias manifestações estranhas de surpresa e deleite durante a passagem do líquido por sua garganta e revirou os olhos muito enfaticamente depois de engolir tudo.

— Vocês estão completamente encharcados — disse Newman, passando a mão rapidamente pelo casaco que Nicholas havia tirado. — E eu... eu não tenho nenhuma muda de roupa — acrescentou, olhando com ar tristonho para os trajes velhos que ele próprio usava.

— Tenho roupa seca, ou pelo menos alguma coisa que dá para trocar, em minha trouxa — respondeu Nicholas. — Se parece tão aflito ao me ver, vou ficar ainda mais sentido ao ser forçado a depender de seus parcos recursos como ajuda e abrigo por uma noite.

Newman não pareceu menos angustiado por ouvir Nicholas falando desse modo; mas, quando seu jovem amigo lhe apertou a mão calorosamente e garantiu que apenas a confiança implícita na sinceridade de suas declarações e a bondade de seus sentimentos para com ele o teriam induzido, por qualquer que fosse o motivo, a até mesmo comunicar-lhe sua chegada a Londres, o Sr. Noggs animou-se outra vez e passou a fazer os arranjos possíveis para o conforto de seus visitantes com toda a disposição.

Foram arranjos muito simples; os recursos do pobre Newman estavam muito aquém do que ele gostaria de proporcionar aos dois; porém, apesar de poucos, exigiram muito alvoroço e correria. Como Nicholas havia economizado seu pouco dinheiro tão bem que ainda lhe sobravam alguns trocados, um jantar de pão e queijo, com carne fria da loja do cozinheiro, logo foi servido na mesa; e essa comida, acompanhada por uma garrafa de aguardente e uma caneca de cerveja, era o suficiente para que não se preocupassem, de forma alguma, em passar fome ou sede. Esses preparativos para acomodar seus hóspedes por uma noite, os quais Newman fez como pôde, não lhe tomaram muito tempo; e como ele insistira, como preliminar categórica, que Nicholas trocasse de roupa e que Smike se abrigasse com seu único casaco (o que pedido algum o dissuadira de retirá-lo para a ocasião), os viajantes compartilharam sua refeição frugal com maior satisfação do que um deles pelo menos teria derivado de refeições melhores.

Em seguida, aproximaram-se do fogo, que Newman Noggs arranjara da melhor maneira possível, após o uso feito por Crowl do combustível; e Nicholas, que até então se controlara pela extrema ansiedade do amigo para que ele descansasse depois da viagem, agora o pressionava com perguntas sérias sobre sua mãe e sua irmã.

— Bom — respondeu Newman, com sua costumeira taciturnidade —, as duas, bem.

— Ainda estão morando na cidade? — perguntou Nicholas.

— Estão — respondeu Newman.

— E a minha irmã... — acrescentou Nicholas. — Continua no trabalho sobre o qual me escreveu dizendo que tinha certeza que adoraria?

Newman abriu os olhos mais do que, de costume, porém respondeu meramente com um engasgo, que, de acordo com o movimento da cabeça que o acompanhou, foi interpretado pelos amigos como significando sim ou não. Na presente situação, o gesto consistiu num aceno de cabeça para baixo, e não num abano; então, Nicholas tomou a resposta como favorável.

— Agora, escute — disse Nicholas, pondo a mão sobre o ombro de Newman. — Antes de tentar ir à procura delas, achei melhor vir falar com o senhor, temendo que, ao satisfazer o meu desejo egoísta, eu causasse a elas um mal irreparável. Que notícias o meu tio teve de Yorkshire?

Newman abriu e fechou a boca diversas vezes como se fizesse um grande esforço para falar, mas sem conseguir dizer nada, e finalmente fitou Nicholas com um olhar sinistro e assustador.

— O que foi que ele soube? — insistiu Nicholas, corando. — Eu estou preparado para ouvir o pior que a malícia pode criar. Por que esconder isso de mim? Vou ficar sabendo mais cedo ou mais tarde; e de que adianta ficar adiando a questão por alguns minutos quando, na metade do tempo, eu poderia ficar a par de tudo que ocorreu? Por favor, conte-me logo.

— Amanhã de manhã — disse Newman. — Espere até amanhã.

— E de que adiantaria esperar? — insistiu Nicholas.

— Você dormiria melhor — respondeu Newman.

— Eu dormiria pior — respondeu Nicholas, com impaciência. — Dormir! Apesar de exausto como estou e com uma necessidade de descanso que não é pouca, não acredito que conseguirei fechar os olhos a noite inteira, a menos que me conte tudo.

— E se eu lhe contar tudo? — disse Newman, hesitante.

— Ora, então você pode despertar a minha indignação ou ferir o meu orgulho — disse Nicholas —, mas não tirará meu sono; pois, se tudo acontecesse outra vez, eu não faria nada de maneira diferente; e quaisquer que sejam as consequências que recaiam sobre mim, eu jamais me arrependerei do que fiz... jamais, mesmo que eu passe fome ou venha a mendigar por isso. O que é um pouco de pobreza ou sofrimento, comparado com a desgraça da mais vil e mais desumana covardia? Vou lhe dizer uma coisa, se eu tivesse me submetido àquilo passivamente, teria me odiado e mereceria o desprezo de todos os homens. Aquele canalha sem coração!

Com essa gentil alusão ao ausente Sr. Squeers, Nicholas reprimiu seu ódio crescente e, ao relatar a Newman exatamente o que havia acontecido em Dotheboys Hall, pediu-lhe para falar sem mais delongas. Assim solicitado, o Sr. Noggs apanhou num baú velho uma folha de papel, que parecia ter sido escrita às pressas; e, depois de várias demonstrações de relutância, deu sua opinião nos seguintes termos.

— Meu jovem rapaz, você não deve ceder a... esse tipo de coisa, nunca dá certo, você sabe... sair pelo mundo, se você for tomar as dores de todos os que são maltratados... Ah, dane-se, orgulho-me de ouvir isso; e eu teria feito a mesma coisa!

Newman acompanhou esse incomum desabafo com um violento murro na mesa, como se, no calor do momento, ele tivesse confundido aquele móvel com as costelas do Sr. Wackford Squeers. Tendo, por aquela declaração aberta de seus sentimentos, deixado de oferecer a Nicholas prudentes conselhos sobre o mundo (o que fora sua intenção inicial), o Sr. Noggs foi direto ao ponto.

— Anteontem — disse Newman —, seu tio recebeu esta carta. Eu fiz uma cópia apressada dela enquanto ele estava fora. Quer que eu leia?

— Por favor — respondeu Nicholas. Newman Noggs então leu como se segue:

Dotheboys Hall,
Manhã de quinta-feira

SENHOR,
O pai me pediu para escrever para o senhor, porque os médicos acham duvidoso que algum dia ele possa recuperar o uzo das pernas, o que impede que ele segure uma pena.
Estamos num estado de espírito péssimo, e o pai é uma máscara de machucados tanto azuis como verdes, e dois bancos estão enssopados com seu sangue. Ele teve que ser carregado para a cozinha onde está agora. Por aí, o senhor pode ver como ele foi muito humilhado.
Quando seu subrinho que o senhor recomendou como professor fez isso com o pai e pulou em cima dele com os pés e também usou uma linguajem que não vou discrever para não puluir a minha pena, ele atacou a mãe com uma violência horrível, jogou ela no chão e infiou o pente que ela estava usando vários centímetros na cabeça dela. Um pouco mais e podia ter entrado no osso. Temos um certivicado médico que se tivesse, o casco de tartaruga do pente teria afetado o célebro.
Depois eu e meu irmão fomos as vítimas da fúria dele e desde aquele dia estamos sofrendo muito, o que nos leva a crer que estamos machucados por dentro, principalmente porque nenhuma marca de violência é visível externamente. Eu grito muito alto enquanto escrevo e também o meu irmão, o que tira a minha atenção, e espero que desculpe os meus erros.

O monstro fugiu depois que saciou a sede de sangue, levando junto um menino de caráter pirigoso que ele tinha incorajado a si rebelar, e um anel com pedra de granada que pertence a minha mãe, e como não foi prezo pelos policiais, deve ter sido levado por alguma carruagem. O pai pede que, si ele for procurar o senhor, o anel seje devolvido e que o senhor deixe o ladrão e assassino ir embora, pois se for processado ele será preso e se for embora é quase certo que seja logo inforcado, o que nos pouparia o trabalho e seria muito mais satisfatório. Espero uma resposta do senhor quando conveniente.

Atensiosamente
e de cetra
FANNY SQUEERS.
P.S. Tenho pena da ignorância dele e disprezo ele.

Um profundo silêncio se seguiu à leitura dessa fina epístola, durante o qual Newman Noggs, enquanto a dobrava, olhava com grotesca piedade para o rapaz de caráter perigoso nela referido, que entendia a questão discutida tanto quanto o fato de ter sido a lamentável causa dos problemas surgidos e do falso testemunho levantado contra Nicholas, e que agora estava ali mudo e abatido, com um aspecto extremamente desolador e infeliz.

— Senhor Noggs — disse Nicholas, após alguns momentos de reflexão —, preciso sair agora mesmo.

— Sair? — repetiu Newman.

— Sim — replicou Nicholas —, ir à Golden Square. Ninguém que me conhece acreditaria nessa história do anel; mas fingir dar crédito a isso pode ser conveniente ao Sr. Ralph Nickleby, ou satisfazer seu ódio. É preciso, não por ele, mas por mim, falar a verdade; além disso, quero ter uma palavrinha com ele, que não será calma.

— Devia ser — disse Newman.

— Não devia, não — retorquiu Nicholas com firmeza, enquanto se preparava para sair.

— Escute o que tenho a dizer — insistiu Newman, plantando-se diante do jovem amigo impetuoso. — Ele não está lá. Viajou. Só volta daqui a três dias; e eu sei que a carta só será respondida quando ele voltar.

— Tem certeza disso? — perguntou Nicholas, exacerbando-se e andando rapidamente de um lado para o outro no quarto estreito.

— Absoluta — respondeu Newman. — Ele tinha acabado de ler a carta quando foi chamado. Somente nós dois e ele sabemos do conteúdo da carta, ninguém mais.

— Tem certeza? — perguntou Nicholas, precipitadamente. — Nem mesmo a minha mãe e a minha irmã? Se eu soubesse que elas... eu vou lá... preciso vê-las. Como chego lá? Onde elas moram?

— Olhe, escute o meu conselho — disse Newman, falando com firmeza por um momento, como qualquer outro homem. — Não tente nem mesmo ir vê-las, até ele voltar. Eu conheço o seu tio. Não deixe parecer que andou falando com ninguém. Quando ele voltar, vá direto a ele e fale com toda a coragem que quiser. Conhecendo a situação como conhece, ele sabe da verdade tão bem quanto você, ou eu. Pode ter certeza.

— Sei que está querendo me ajudar e que deve conhecê-lo melhor do que eu — admitiu Nicholas, depois de alguma reflexão. — Bom... que seja assim.

Newman, que durante essa conversa havia ficado com as costas plantadas na porta, pronto, se necessário, para impedir à força qualquer um que quisesse deixar seus aposentos, retomou seu lugar com muita satisfação; e, como a água na chaleira a essa altura já estivesse fervendo, preparou um copo de bebida com água para Nicholas e encheu uma jarra rachada para ele e Smike, que foi partilhada pelos dois em grande harmonia, e Nicholas, recostando a cabeça na mão, permaneceu mergulhado numa melancólica meditação.

Enquanto isso, o grupo no primeiro andar, depois de apurar os ouvidos com atenção e não ouvir nenhum barulho que justificasse sua interferência para satisfazer sua curiosidade, retornou à sala dos Kenwigs e passou a arriscar uma grande variedade de conjecturas relativas à causa do súbito desaparecimento e retenção do Sr. Noggs.

— Meu Deus, eu vou dizer uma coisa — observou a Sra. Kenwigs. — Suponha que seja um mensageiro trazendo a notícia de que a propriedade dele foi devolvida!

— Céus! — exclamou o Sr. Kenwigs. — Não é impossível. Talvez, nesse caso, fosse melhor mandar alguém lá em cima convidá-lo para tomar um pouco mais de ponche.

— Kenwigs! — disse o Sr. Lillyvick, em voz alta. — Você me surpreende.

— O que houve, senhor? — perguntou o Sr. Kenwigs, com a devida submissão, ao coletor de taxas de água.

— Fazer um comentário desses — continuou o Sr. Lillyvick, irritado. — Ele já bebeu ponche demais, não acha? Considero a forma como aquele ponche foi levado, se posso usar essa expressão, altamente desrespeitosa às pessoas aqui reunidas; escandalosa, totalmente escandalosa. Pode ser costume nesta casa permitir essas coisas, mas não é o tipo de comportamento que estou acostumado a ver e, por isso, não me incomodo de lhe dizer isso, Kenwigs. Um cavalheiro tem diante dele um copo de ponche que ele está prestes a levar aos lábios, quando um outro cavalheiro vem e agarra esse copo de ponche, sem nem mesmo um "com sua licença" ou "com sua permissão", e leva esse copo de ponche com ele. Isso talvez sejam boas maneiras... eu até mesmo me atrevo a dizer que são... mas eu não entendo, é só; e, além disso, não me importo se nunca entender. Essa é a minha maneira de dizer o que penso, Kenwigs, e é assim que penso; e, se isso não o agrada, já passou da minha hora de dormir, e eu posso achar o caminho de casa sem atrasos.

Aqui um evento infeliz! O coletor ficara bufando de raiva por ter a dignidade ofendida por alguns minutos, e havia, agora, explodido justamente. O grande homem — o parente rico — o tio solteiro —, que tinha em seu poder fazer de Morleena uma herdeira e transmitir ao bebê o legado de seus bens —, estava ofendido. Santo Deus, onde isto terminará?

— Eu sinto muito, senhor — disse o Sr. Kenwigs, humildemente.

— Não diga que sente muito — retorquiu o Sr. Lillyvick, com rispidez. — O que você devia ter feito era ter evitado isso.

Os convidados estavam paralisados diante dessa contenda doméstica. A senhora do quarto dos fundos estava boquiaberta, fitando vagamente o coletor de taxas num estupor de consternação; os outros não pareciam menos assombrados com a irritação do grande homem. O Sr. Kenwigs, sem muito tato nessas questões, só fez alimentar a chama ao tentar extingui-la.

— Não pensei nisso, é certo, senhor — disse o cavalheiro. — Não imaginei que uma coisa tão pequena como um copo de ponche pudesse deixar o senhor irritado.

— Irritado! Que diabo você quer dizer com essa impertinência, Sr. Kenwigs? — perguntou o coletor. — Morleena, filha, veja meu chapéu.
— Ah, não está indo embora, não é, Sr. Lillyvick? — interpôs-se a Srta. Petowker, com seu sorriso mais cativante.
Mas o Sr. Lillyvick, ignorando a beldade, gritou obstinadamente:
— Morleena, meu chapéu!
Na quarta repetição dessa ordem, a Sra. Kenwigs afundou na cadeira, com um choro que podia ter amolecido uma tina de água, quanto mais um coletor de taxas de água; enquanto as quatro meninas (particularmente instruídas para esse fim) agarraram-se às calças escuras do tio e lhe suplicaram, num inglês imperfeito, que ficasse.
— Por que eu deveria ficar aqui, minhas queridas? — perguntou o Sr. Lillyvick. — Não me querem aqui.
— Ah, não seja cruel, tio — soluçou a Sra. Kenwigs —, a menos que queira me ver morta.
— Eu não me admiraria se certas pessoas dissessem que eu quis — respondeu o Sr. Lillyvick, olhando com raiva para Kenwigs. — Irritado!
— Ai! Não suporto ver o meu tio olhar assim para o meu marido — lamentou a Sra. Kenwigs. — É muito triste acontecer isso nas famílias. Ai!
— Sr. Lillyvick — disse Kenwigs —, eu espero, para o bem de sua sobrinha, que o senhor aceite uma reconciliação.
As feições do coletor abrandaram-se, enquanto o grupo acrescentava seus pedidos aos do marido de sua sobrinha. Ele desistiu do chapéu e estendeu a mão.
— Muito bem, Kenwigs — disse o Sr. Lillyvick. — E deixe que eu lhe diga, ao mesmo tempo, para lhe mostrar como eu estava irritado, que se eu tivesse ido embora sem nenhuma outra palavra, não teria feito a menor diferença quanto a duas ou três libras que deixarei para seus filhos quando morrer.
— Morleena Kenwigs — disse a mãe em voz alta, numa torrente de afeição. — Ajoelhe-se diante do seu querido tio e peça a ele para amar vocês todos durante toda a vida, pois ele é mais um anjo do que um homem, e eu sempre repito isso.
Ao se aproximar para prestar homenagem ao tio, em obediência à ordem, a Srta. Morleena foi sumariamente levantada e beijada pelo Sr. Lillyvick; e, então, a Sra. Kenwigs lançou-se com ímpeto e beijou o

coletor, enquanto um murmúrio irreprimível de aprovação irrompia entre os presentes, testemunhas de sua magnanimidade.

Voltou então o digno cavalheiro a ser, uma vez mais, vida e alma daquele grupo, tendo sido novamente reinstalado em seu posto de leão, posto de destaque do qual fora privado por um momento pela temporária distração dos pensamentos daqueles ali presentes. Leões quadrúpedes são considerados selvagens apenas quando estão famintos; leões bípedes raramente ficam exasperados por um tempo superior àquele em que seu apetite por distinção permanece insaciado. O Sr. Lillyvick assumiu uma posição ainda mais elevada; pois mostrara seu poder; sugerira seus bens e intenções testamentárias; ganhara grande crédito por seu desapego e virtude; e, além de tudo, fora finalmente servido de um copo de ponche ainda maior do que o que Newman Noggs havia criminosamente lhe subtraído.

— Olá! Peço desculpas a vocês todos por me intrometer outra vez — disse Crowl, olhando para aquela feliz conjuntura. — Mas que negócio estranho esse, não é? Noggs mora nesta casa já faz uns cinco anos, e até hoje ninguém apareceu para lhe fazer uma visita; nem mesmo o morador mais antigo se lembra de ter visto alguém.

— É uma hora estranha da noite para ser solicitado assim, certamente — disse o coletor —, e o comportamento do próprio Sr. Noggs é, no mínimo, misterioso.

— Bom, sem dúvida — concordou Crowl. — E digo mais... acho que esses dois gênios, quem quer que sejam, fugiram de algum lugar.

— O que faz o senhor achar isso? — perguntou o coletor, que parecia, por um entendimento tácito, ter sido eleito o porta-voz do grupo. — O senhor não tem razão de supor que eles fugiram de algum lugar sem pagar os impostos e taxas devidos, eu espero, não é?

O Sr. Crowl, com um olhar de desprezo, estava a ponto de fazer um protesto geral contra o pagamento de impostos ou taxas, sob qualquer circunstância, quando foi interrompido por um sussurro oportuno de Kenwigs e diversas carrancas e piscadelas da Sra. K., os quais providencialmente o fizeram parar.

— Ora, o fato é... — disse Crowl, que ficara escutando à porta de Newman atentamente. — O fato é que eles estavam falando tão alto que me incomodaram em meu quarto e não pude deixar de ouvir uma palavra aqui outra ali; e tudo que ouvi, certamente parecia se referir a eles terem escapado de algum lugar. Não quero alarmar a Sra. Kenwigs, mas espero que eles não tenham vindo de alguma prisão ou algum hospital e trazido com eles uma febre ou alguma coisa desagradável assim, que possa contagiar as crianças.

A Sra. Kenwigs ficou tão abalada com essa suposição que precisou de toda a atenção da Srta. Petowker, do Teatro Royal, na Drury Lane, para ajudá-la a se acalmar; sem falar na presteza do Sr. Kenwigs, que levou ao nariz de sua mulher um frasco bojudo de sais aromáticos até que se tornou duvidoso se as lágrimas que lhe escorriam pela face deviam-se aos sentimentos ou aos sais voláteis.

As mulheres, tendo expressado sua compreensão individualmente, manifestaram-se, de acordo com o costume, num pequeno coro de expressões consoladoras, entre as quais, lamentos como "Pobrezinha!" — "Eu também me sentiria assim, se fosse ela." — "É mesmo uma coisa difícil" — e "Somente uma mãe pode entender os sentimentos maternos", distinguiam-se entre as mais proeminentes e mais repetidas. Em suma, a opinião do grupo foi tão claramente manifestada que o Sr. Kenwigs estava a ponto de ir ao quarto do Sr. Noggs para pedir uma explicação e havia de fato tomado um copo de ponche preparatório, com grande inflexibilidade e firmeza de propósito, quando a atenção dos presentes foi desviada por uma nova e terrível surpresa.

A surpresa foi nada menos do que uma súbita emissão de gritos sucessivos, dos mais agudos e lancinantes, vindos de um andar superior; e tudo indicava que vinham do terceiro andar, do quartos dos fundos, que naquele momento abrigava o bebê Kenwigs. Logo que foram ouvidos, a Sra. Kenwigs, afirmando que um gato estranho havia entrado e sufocado o bebê enquanto a menina dormia, dirigiu-se à porta, retorcendo as mãos e gritando angustiada, para grande desalento e confusão dos presentes.

— Sr. Kenwigs, vá ver o que está acontecendo; vá depressa! — gritou a irmã, agarrando a Sra. Kenwigs pelas costas à força. — Não se contorça assim, querida, ou não consigo segurar você.

— Meu filhinho, meu abençoado, abençoado, abençoado filhinho! — gritou a Sra. Kenwigs, repetindo cada "abençoado" mais alto do que o anterior. — Meu amor, meu querido, meu inocente Lillyvick... Ah, me deixe ir até ele. Me deixe iiiir!

Durante a emissão desses gritos frenéticos e dos choros e lamentos das quatro meninas, o Sr. Kenwigs subiu correndo até o quarto de onde vinham aqueles sons; à porta, ele encontrou Nicholas, com o bebê nos braços, deixando o local com tamanha afobação que o ansioso pai foi jogado seis degraus abaixo, aterrissando na plataforma mais próxima, sem ter tempo de abrir a boca para perguntar o que havia acontecido.

— Não se assustem — gritou Nicholas, descendo às pressas. — Aqui está ele; já foi apagado, já foi tudo resolvido; por favor, acalmem-se; não aconteceu nada de grave. — E com isso e mil outras palavras de conforto, ele entregou o bebê (que, na pressa, havia carregado de cabeça para baixo) à Sra. Kenwigs e correu de volta para socorrer o Sr. Kenwigs, que esfregava a cabeça com força e parecia muito confuso pelo tombo.

Tranquilizados por essa reconfortante informação, os convidados, até certo ponto, recuperaram-se de seus temores, os quais haviam produzido alguns exemplos singulares de total falta de clareza mental; assim, o amigo solteiro havia, por um longo tempo, apoiado nos braços a irmã da Sra. Kenwigs, e não a própria Sra. Kenwigs; e o digno Sr. Lillyvick fora na verdade visto, na perturbação de seu espírito, beijando a Srta. Petowker diversas vezes, por trás da porta, calmamente, como se problema algum estivesse acontecendo.

— Não foi nada — disse Nicholas, voltando-se para a Sra. Kenwigs. — A menina que estava tomando conta da criança, cansada, eu acho, adormeceu e o cabelo dela pegou fogo.

— Ah, sua infeliz! — gritou a Sra. Kenwigs, balançando o indicador ameaçadoramente para a pequena desditosa, uma menina de uns treze anos, que tivera a cabeça chamuscada e estava com uma cara assustada.

— Ouvi os gritos dela — continuou Nicholas — e desci correndo, em tempo de evitar que ela tocasse fogo em tudo mais. Pode acreditar que o bebê não está machucado; pois eu mesmo o tirei da cama e o trouxe aqui para que não tenha dúvidas.

Ao término da breve explicação, o bebê, que fora batizado em homenagem ao coletor e chamado de Lillyvick Kenwigs, foi parcialmente sufocado pelas carícias dos presentes e apertado contra o peito da mãe até berrar de novo. A atenção dos convidados foi dirigida, por uma transição natural, para a menina que tivera a audácia de queimar os cabelos e que, depois de receber vários tapas e empurrões das senhoras mais vigorosas, foi impiedosamente mandada para casa: os nove centavos, com os quais deveria ser recompensada, foram revertidos para a família Kenwigs.

— E como me expressar pelo que o senhor fez — observou a Sra. Kenwigs, dirigindo-se ao salvador do pequeno Lillyvick —, sinceramente, não sei.

— Não precisa dizer nada — respondeu Nicholas. — Não fiz nada que demande grande eloquência de sua parte, com certeza.

— Ele podia ter morrido queimado, se não fosse pelo senhor — protestou a Srta. Petowker.

— Não acho muito provável — Nicholas respondeu —, pois havia muita gente aqui para socorrê-lo antes que ele corresse perigo.

— Vamos então fazer um brinde à sua saúde, de qualquer forma, senhor! — disse o Sr. Kenwigs indo em direção à mesa.

— ...Na minha ausência, por favor — disse Nicholas, com um sorriso. — Acabo de chegar de uma viagem estafante e seria uma péssima companhia... eu atrapalharia muito mais a sua alegria do que contribuiria para ela, mesmo que conseguisse ficar acordado, do que duvido muito. Se me permitem, vou voltar para o meu amigo, o Sr. Noggs, que subiu para casa quando viu que nada de grave havia acontecido. Boa noite!

Desculpando-se nesses termos por não participar das comemorações, Nicholas despediu-se da Sra. Kenwigs e das outras mulheres de maneira cativante e se retirou depois de causar uma extraordinária impressão naquelas pessoas.

— Que rapaz encantador! — disse a Sra. Kenwigs.

— De uma distinção incomum, realmente — concordou o Sr. Kenwigs. — Não acha, Sr. Lillyvick?

— É — disse o coletor de taxas, com um dúbio dar de ombros. — Ele é distinto, muito distinto... na aparência.

— O senhor não vê nada contra ele, não é, tio? — perguntou a Sra. Kenwigs.

— Não, minha querida — respondeu o coletor —, não. Espero que ele não venha a... bem... não importa... todo o meu carinho para você, minha querida, e vida longa para o bebê!

— Seu xará — disse a Sra. Kenwigs, com um doce sorriso.

— E espero que seja um digno xará — observou o Sr. Kenwigs, desejoso de se reconciliar com o coletor. — Espero que o bebê nunca desonre o padrinho e que seja considerado, nos anos vindouros, parte dos Lillyvick, cujo nome ele carrega. Digo, e a Sra. Kenwigs é da mesma opinião e sente tão fortemente quanto eu, que considero o fato de ele ser chamado Lillyvick uma das maiores bênçãos e honras da minha vida.

— A maior bênção, Kenwigs — murmurou sua mulher.

— A maior bênção — disse o Sr. Kenwigs, corrigindo-se. — Uma bênção que, espero, um desses dias, eu possa merecer.

Esse era um golpe político dos Kenwigs, porque tornava o Sr. Lillyvick a grande autoridade e fonte da importância do bebê. O bom cavalheiro sentiu a delicadeza e destreza do toque e imediatamente propôs um brinde à saúde do jovem, de nome desconhecido, que se distinguiu naquela noite por sua calma e presteza.

— Que, devo admitir — observou o Sr. Lillyvick, como uma grande concessão —, é um rapaz bastante bonito, com modos que, espero, correspondam a seu caráter.

— Ele tem um belo rosto e estilo, realmente — disse a Sra. Kenwigs.

— Tem, sim — acrescentou a Srta. Petowker. — Há algo em seu porte bem... meu Deus, como é mesmo a palavra?

— Que palavra? — perguntou o Sr. Lillyvick.

— Ora, meu Deus, como sou burra — replicou a Srta. Petowker, hesitando. — Como é mesmo que se diz quando os lordes quebram as aldravas, batem nos policiais e andam de carruagem à custa dos outros, esse tipo de coisa?

— Aristocrático? — sugeriu o coletor.

— Ah! Aristocrático — repetiu a Srta. Petowker. — Alguma coisa bem aristocrática no porte dele, não é?

Os cavalheiros ficaram calados e entreolharam-se com um sorriso, como se dizendo: "Bom! Gosto não se discute", mas as mulheres resolveram por unanimidade que Nicholas tinha um ar aristocrático; e, ninguém tendo se interessado em disputar a posição, isso ficou estabelecido triunfantemente.

O ponche tendo se acabado àquela hora, e as pequenas Kenwigs (que há algum tempo mantinham os olhinhos abertos com os dedos indicadores), se tornado impacientes, pedindo com urgência para ir dormir, o coletor de taxas tomou a iniciativa, retirou do bolso o relógio e informou a todos que já eram quase duas horas; diante do que alguns convidados ficaram surpresos e outros, chocados, e os chapéus tendo sido procurados embaixo da mesa e logo achados, seus donos foram embora, depois de uma longa sessão de apertos de mãos e muitos comentários de nunca terem passado uma noite tão agradável e de terem ficado maravilhados ao descobrir que era tão tarde, certos de que iriam ouvir que eram dez e meia, no mais tardar, e de desejarem que o Sr. e a Sra. Kenwigs comemorassem o aniversário de casamento uma vez por semana, e de terem ficado curiosos de saber qual era o segredo da Sra. Kenwigs para conseguir preparar tudo tão bem; e muito mais coisas desse tipo. A cada um desses discursos de louvor, o Sr. e a Sra. Kenwigs respondiam, agradecendo a cada dama e cavalheiro, um após outro, o prazer da companhia e desejosos de que eles tivessem desfrutado pelo menos a metade do que disseram que haviam desfrutado.

Quanto a Nicholas, inconsciente da impressão que causara, já estava dormindo fazia muito tempo, tendo deixado Newman Noggs e Smike juntos esvaziando a garrafa de bebida; e esse ofício eles realizaram com tanta disposição que Newman não sabia com certeza se ainda estava sóbrio, nem se algum dia vira um cavalheiro em estado tão deplorável, entorpecido e completamente embriagado, como o de seu novo conhecido.

CAPÍTULO XVI

Nicholas procura uma nova ocupação e, sem sucesso, aceita colocação como professor particular em uma casa de família

A primeira preocupação de Nicholas na manhã seguinte foi procurar um quarto no qual, até o raiar de melhores tempos, ele conseguisse morar, sem abusar da hospitalidade de Newman Noggs, que teria dormido na escada com prazer para dar lugar a seu jovem amigo.

O cômodo vazio, anunciado na janela de uma das salas de entrada do prédio era, como se descobriu, um pequeno quarto de fundos no segundo andar, uma extensão do telhado, que dava para um cenário de telhas e chaminés enegrecidas pela fuligem. O aluguel semanal dessa parte da casa, por preços razoáveis, ficara sob a responsabilidade do morador da sala de estar, que fora incumbido pelo senhorio de dispor desses cômodos sempre que vagassem e de ficar de olho para que os inquilinos não fugissem. E, para garantir a pontual prestação desse serviço, recebera permissão de morar de graça, para que, ele próprio, não caísse na tentação de fugir a qualquer momento.

Nicholas veio a ser o inquilino desse quarto; e, tendo alugado uns móveis básicos de um agente da vizinhança e pagado adiantado o aluguel da primeira semana com o dinheiro obtido com a venda de algumas peças extras de roupa, sentou-se para refletir sobre suas perspectivas, que, como a perspectiva de fora de sua janela, eram bastante confinadas e sombrias. Como conhecê-las bem não as melhoraria em nada, e, uma vez que familiaridade gera desprezo, ele resolveu afastá-las do pensamento por meio de uma boa caminhada. Então, pegando seu chapéu e delegando ao pobre Smike a tarefa de arrumar e rearrumar o quarto, com tanta satisfação como se aquele fosse o mais suntuoso palácio, saiu para a rua e misturou-se ao povo que ali se encontrava.

Embora um homem possa perder o sentido de seu próprio valor quando é apenas mais um em meio a uma multidão agitada, totalmente alheia a ele, não significa de forma alguma que ele abandone, com a mesma facilidade, a importância e a magnitude de suas inquietações. A situação crítica em que se encontrava Nicholas não lhe saía da cabeça, por mais depressa que ele andasse; e, quando tentou afastá-la, especulando sobre as condições e perspectivas das pessoas à sua volta, viu-se, em poucos segundos, comparando a situação deles com a sua própria e deslizando quase imperceptivelmente de volta a seu antigo fluxo de pensamento.

Absorto em suas reflexões, enquanto seguia por uma das principais vias públicas de Londres, avistou por acaso uma placa azul onde se lia em caracteres dourados: "Agência Geral de Empregos. Para vagas e colocações de todos os tipos, informe-se aqui". Era a frente de uma loja, com cortinas de gaze e uma porta interna; na vitrine, havia uma longa e tentadora exibição de cartazes, anunciando vagas para diversos ofícios, de secretários a serventes.

Nicholas deteve-se instintivamente diante desse templo de promessas e passou a vista pelas oportunidades de vida, exibidas em profusão em letras maiúsculas. Quando completou essa verificação, seguiu seu caminho um pouco mais, depois retornou e andou para o outro lado de novo; por fim, depois de parar irresoluto diversas vezes diante da porta da Agência Geral de Empregos, tomou uma decisão e entrou.

Viu-se numa pequena sala atapetada, com uma escrivaninha alta localizada num canto, sentado à qual se encontrava um rapaz magro de olhar perspicaz e queixo protuberante, o responsável pelos anúncios em letras garrafais que escureciam a vitrine. O jovem tinha diante de si um livro grosso de registros aberto e, com os dedos da mão direita entre as folhas e os olhos fixos numa senhora gorda idosa, de touca — obviamente a proprietária do estabelecimento, que tomava um ar ao lado da lareira —, parecia estar apenas aguardando as ordens para passar as informações contidas entre os fechos enferrujados do livro.

Porque havia uma tabuleta do lado de fora, que informava o público de que candidatos a todos os tipos de emprego estavam sempre à espera para serem contratados das dez às quatro, Nicholas percebeu de imediato que uma meia dúzia de moças fortes, todas de galochas e sombrinhas, sentadas num banco afastado, aguardava com esse objetivo: especialmente porque as pobrezinhas pareciam ansiosas e cansadas. Ele não sabia bem quais eram as atividades profissionais de duas jovens elegantes que conversavam com a senhora gorda diante do fogo, até que — depois que ele sentou num outro canto, dizendo que esperaria até que todos os candidatos tivessem sido atendidos — a mulher gorda retomou a conversa que sua entrada havia interrompido.

— Cozinheira, Tom — disse a mulher gorda, ainda tomando um ar, como mencionado anteriormente.

— Cozinheira — repetiu Tom, passando as páginas do livro de registros. — Bom!

— Veja uns lugares fáceis — disse a mulher gorda.

— Escolha uns bem leves, por favor, moço — interveio uma moça distinta, de botas em tartan, que parecia ser a candidata.

— "Sra. Marker" — leu Tom. — "Russel Place, Russel Square; oferece dezoito guinéus; chá e açúcar incluídos. Duas pessoas na família e recebe muito poucas visitas. Mantém cinco serviçais. Homem nenhum. Nenhum criado."

— Ó Deus! — exclamou a candidata com um riso nervoso. — *Esse* não serve. Leia outro, moço, por favor.

— "Sra. Wrymug" — disse Tom. — "Pleasant Place, Finsbury. Salário: doze guinéus. Sem chá, nem açúcar. Família séria..."

— Ah! Não precisa ler esse — interrompeu a candidata.

— "Três lacaios acompanhantes sérios" — disse Tom, enfaticamente.

— Três? Foi o que disse? — perguntou a candidata mudando o tom de voz.

— Três lacaios sérios — respondeu Tom. — "Cozinheira, arrumadeira e ama-seca; exige-se que as criadas frequentem a Congregação Little Bethel três vezes todos os domingos — acompanhadas por um lacaio sério. Se a cozinheira for mais séria do que o lacaio, espera-se que ela influencie o lacaio; se o lacaio for mais sério do que a cozinheira, espera-se que ele influencie a cozinheira."

— Vou ficar com esse endereço — disse a candidata. — Eu só sei o que não me serve muito bem.

— Estou vendo outro aqui — observou Tom, passando as páginas. — "Família do Sr. Gallanbile, Membro do Parlamento, quinze guinéus, chá e açúcar, e permissão para as criadas visitarem primos do sexo masculino, se religiosos. Observação. Jantar frio na cozinha aos sábados; pois o Sr. Gallanbile é um homem religioso que guarda os sábados. Nenhum alimento cozido no Dia do Senhor, exceto o jantar do Sr. e da Sra. Gallanbile, que, por ser uma obra de piedade e precisão, está liberado. O Sr. Gallanbile janta tarde no dia de descanso, a fim de evitar que a cozinheira caia na tentação de se servir."

— Eu não acho que esse seja tão bom quanto o outro — disse a candidata, depois de cochichar com a amiga. — Vou ficar com o outro endereço, moço, por favor. Volto outra vez se não der certo.

Tom anotou o endereço, como solicitado, e a moça distinta, depois de satisfazer a mulher gorda com uma pequena gratificação, saiu acompanhada da amiga.

Quando Nicholas abriu a boca para pedir ao rapaz que procurasse na letra S e o informasse sobre vagas para secretariado que permaneciam abertas, entrou no escritório uma candidata, a quem ele imediatamente cedeu seu lugar, e cuja aparência tanto o surpreendeu como o interessou.

Era uma moça, que devia ter no máximo dezoito anos, de aparência frágil e delicada, mas de porte belíssimo, que, ao se dirigir timidamente à escrivaninha, fez uma pergunta, num tom de voz baixo, relativa à posição de governanta ou de acompanhante de senhoras. Ela ergueu o véu por um instante, enquanto fazia a consulta, revelando um semblante da mais incomum beleza, embora sombreado por uma nuvem de tristeza, que, numa pessoa tão jovem, era duplamente impressionante. Tendo recebido um cartão de indicação para alguém inscrito no livro, ela fez os usuais agradecimentos e saiu calmamente.

Seus trajes eram elegantes, porém discretos; tanto que, se usados por uma moça menos graciosa, pareceriam pobres e surrados. Sua acompanhante — pois estava com uma — era uma moça desleixada, de rosto vermelho e olhos arredondados; pela aspereza dos braços nus, despontados sob um xale sujo, e por visíveis traços de fuligem e grafite mal lavados que manchavam seu rosto, notava-se uma óbvia semelhança com as moças fortes, candidatas a todo tipo de trabalho, que se encontravam no banco: entre elas e essa moça, houve várias trocas de olhares e sorrisos, indicativos de sentimentos que existem entre pessoas que exercem o mesmo tipo de ofício.

Essa moça seguiu sua patroa; e, antes que Nicholas se recuperasse do impacto da surpresa e admiração, a jovem desapareceu. Não seria de todo improvável, como poderia parecer a algumas pessoas sensatas, que ele as tivesse seguido, se não tivesse sido contido pelo que se passou entre a mulher gorda e seu guarda-livros.

— Quando ela vai voltar, Tom? — perguntou a mulher gorda.

— Amanhã de manhã — respondeu Tom, consertando sua pena.

— Para onde você a mandou?

— Para a Sra. Clark.

— Ela terá uma vida boa se for para lá — disse a mulher gorda, pegando uma pitada de rapé numa caixa metálica.

Tom não deu resposta a não ser forçar a língua contra a bochecha e apontar sua pena em direção a Nicholas, o que serviu de lembrete para que a mulher gorda perguntasse:

— Agora, em que podemos ajudar o *senhor*?

Nicholas respondeu brevemente que queria saber se havia alguma oferta de trabalho de secretário ou de amanuense para um cavalheiro.

— Se existe algum! — exclamou a mulher. — Uma dúzia deles. Né, Tom?

— *Eu* acho que sim — o rapaz respondeu; e, ao dizer isso, piscou o olho para Nicholas, com um grau de familiaridade que ele, sem dúvida, entendia como um gesto lisonjeiro, mas que Nicholas ingratamente não apreciou.

Uma consulta ao livro demonstrou que uma dúzia de ofertas havia se reduzido a apenas uma. O Sr. Gregsbury, o grande membro do Parlamento, em Manchester Buildings, Westminster, precisava de um rapaz para manter seus documentos e correspondência em ordem; e Nicholas era exatamente o tipo de pessoa que o Sr. Gregsbury queria.

— Não sei quais são os termos do contrato, pois ele disse que os estabeleceria com o candidato — observou a mulher gorda. — Mas devem ser muito bons, porque ele é um membro do Parlamento.

Inexperiente como era, Nicholas não se convenceu da força daquele raciocínio, nem da legitimidade daquela conclusão; mas, sem perder tempo com questionamentos, anotou o endereço e decidiu ir tratar com o Sr. Gregsbury sem demora.

— Não sei qual é o número — disse Tom —, mas Manchester Buildings não é um lugar muito grande; na pior das hipóteses, não demoraria muito bater em todas as portas dos dois lados do caminho até encontrá-lo. Mas que moça bonita era aquela, hein?

— Qual moça? — perguntou Nicholas, sério.

— Ah, sim. Eu sei... qual moça, hein? — sussurrou Tom, fechando um olho e erguendo o queixo. — Você nem notou, não é... sei. Não gostaria de estar no meu lugar quando ela voltar amanhã de manhã?

Nicholas olhou para o desagradável funcionário, como se pretendesse recompensar a admiração dele pela moça metendo-lhe o livro de registros na orelha, mas conteve-se e deixou o escritório com altivez, desafiando, em sua indignação, as leis antigas da cavalaria, que não apenas tornavam adequado e legal aos cavaleiros ouvirem os galanteios feitos às damas a quem eram devotados, como também lhes impunham o dever de sair pelo mundo combatendo todos os indivíduos prosaicos e insensíveis à poesia que deixassem de exaltar, acima de tudo na terra, as donzelas que eles jamais tiveram a oportunidade de ver ou mesmo ouvir falar, como se isso fosse uma justificativa!

Pensando não mais em seus próprios infortúnios, mas imaginando quais poderiam ser os da bela moça que vira, Nicholas, após muitas tentativas erradas, várias perguntas e quase tantas orientações incorretas, dirigiu seus passos ao lugar que lhe fora indicado.

Dentro dos limites da antiga cidade de Westminster e a uma distância de duzentos metros de seu antigo santuário, encontra-se uma região estreita e suja, o santuário dos membros do Parlamento menos importantes dos tempos modernos. Consiste em uma rua de prédios de apartamentos, que, quando vazios, exibem em suas janelas fileiras longas e melancólicas de anúncios que dizem tão claramente como diziam os semblantes de seus ocupantes, enfileirados em bancadas ministeriais e oposicionistas, na sessão que dormita com seus parlamentares: "Aluga-se", "Aluga-se". Nos períodos mais movimentados do ano, esses anúncios desaparecem, e as casas ficam superlotadas. Há legisladores nas salas, no primeiro andar, no segundo, no terceiro, nos sótãos; os pequenos apartamentos exalam o desagradável hálito dos integrantes das delegações. Em tempos úmidos, o lugar se torna denso pelos vapores das proposições úmidas do Parlamento e das petições bolorentas; os carteiros desmaiam ao entrar nos recintos infectados, e figuras miseráveis à procura de privilégios deslocam-se irrequietas de um lado para o outro, como os fantasmas perturbados dos guias de escrita de cartas que já partiram. Isto é Manchester Buildings; e aqui, a todas as horas da noite, podem-se ouvir os ruídos de trancas em suas respectivas fechaduras: e ocasionalmente — quando uma rajada de vento, atravessando a água que lava os pés das construções, impele o som para sua entrada — a voz aguda e débil de algum membro jovem, praticando o discurso do dia seguinte. Durante todo o dia, há o rangido de órgãos e o ressoar de pequenas caixas de música, pois Manchester Buildings é um cesto de pescar enguias, que não tem saída além de sua estranha boca — uma garrafa sem abertura, com um gargalo estreito e curto. Semelhantemente, pode ser o destino de uns poucos entre seus residentes mais aventureiros, que, após se enfiarem no Parlamento por meio de contorções e esforços intensos, verificam que ali também não há saída para eles; que, como Manchester Buildings, aquele lugar não conduz a nada além de si mesmo; e que, por fim, são forçados a sair dali em nada mais sábios, ou mais ricos, nem um pouco mais famosos do que quando ali entraram.

Nicholas chegou a Manchester Buildings com o endereço do grande Sr. Gregsbury na mão. Como havia uma fila de pessoas entrando numa casa em estado lastimável não muito longe da entrada, esperou até que todos entrassem e, então, dirigindo-se a um empregado, resolveu perguntar se ele sabia onde morava o Sr. Gregsbury.

O empregado era um rapaz pálido e malvestido, que parecia ter dormido em subterrâneos desde a infância, como provavelmente se dera.

— Sr. Gregsbury? — repetiu ele —; o Sr. Gregsbury mora aqui. É aqui mesmo. Pode entrar!

Nicholas pensou que era melhor entrar enquanto podia, então entrou; e, mal o fizera, o rapaz fechou a porta e saiu.

Aquilo era muito estranho; porém, mais embaraçoso ainda era que, ao longo do corredor e da escada estreita, que bloqueava a janela e tornava a entrada sombria ainda mais escura, havia uma confusa aglomeração de pessoas, aparentemente de grande importância, que pareciam aguardar em silêncio algum acontecimento. De vez em quando, um homem cochichava com o vizinho, ou um pequeno grupo falava entre si em voz baixa, e em seguida esses homens anuíam ferozmente com a cabeça, ou a balançavam insistentemente de forma negativa, como se decididos a fazer algo desesperador e determinados a não serem passados para trás, o que quer que acontecesse.

Como se passaram alguns minutos sem que nada ocorresse para explicar esse fenômeno, e como sua posição era particularmente incômoda,

Nicholas estava a ponto de pedir uma informação ao homem ao seu lado, quando houve um súbito movimento na escada e ouviu-se uma voz exclamar:

— Agora, senhores, tenham a bondade de subir!

Em vez de subirem, os cavalheiros da escada começaram a descer com grande entusiasmo e a pedir, com a mais extraordinária polidez, que aqueles mais próximos à rua fossem primeiro; os homens mais próximos à rua responderam, com igual cortesia, que nem haviam imaginado tal coisa, mas subiram, sem pensar, uma vez que os outros cavalheiros, pressionando para a frente uma meia dúzia deles (entre os quais se encontrava Nicholas) e fechando o caminho na retaguarda, empurravam-nos não apenas para cima, mas para dentro da sala do Sr. Gregsbury, na qual foram forçados a entrar precipitadamente e sem meios de retornar; pois o grupo que vinha por trás superlotou o recinto.

— Senhores — disse o Sr. Gregsbury —, sejam bem-vindos. É um prazer recebê-los.

Para um homem que dizia ter prazer em receber um grupo de visitantes, o Sr. Gregsbury parecia muito pouco à vontade; mas talvez isso fosse causado pela gravidade de sua posição e pelo hábito de estadista de manter os sentimentos sob controle. Ele era um homem forte, corpulento, parvo, de voz alta, maneira pomposa e um tolerável domínio de frases vazias; em suma, tinha todos os requisitos para ser um ótimo parlamentar.

— Ora, senhores — disse o Sr. Gregsbury, jogando um monte de papel numa cesta de vime a seus pés, lançando o corpo para trás e apoiando-se nos braços da cadeira —, tenho visto nos jornais que estão insatisfeitos com a minha conduta.

— Estamos, sim, Sr. Gregsbury — disse, de forma acalorada, um senhor gorducho, de idade, irrompendo por entre aquele grupo e plantando-se na frente.

— É o meu velho amigo Pugstyles — perguntou o Sr. Gregsbury, olhando para o interlocutor —, ou estou enganado?

— Sou eu mesmo, sem dúvida, senhor — respondeu o gordo idoso.

— Aperte a minha mão, meu ilustre amigo — disse o Sr. Gregsbury. — Pugstyles, meu caro amigo, lamento muito que esteja aqui.

— Eu é que lamento estar aqui, senhor — replicou o Sr. Pugstyles. — Mas a sua conduta, Sr. Gregsbury, tornou imperativa essa comissão de seus eleitores.

— A minha conduta, Pugstyles — disse o Sr. Gregsbury, olhando à sua volta para aquele grupo, com afável magnanimidade —, a minha conduta tem sido, e sempre será, regulada por um sincero respeito pelos verdadeiros e reais interesses deste país grandioso e feliz. Quer eu olhe para esta nação, ou para o exterior; quer contemple as comunidades pacíficas e laboriosas desta ilha que é a nossa pátria: seus rios repletos de barcos a vapor, suas estradas com locomotivas, suas ruas com cabriolés de aluguel, seus céus com balões de potência e magnitude até aqui desconhecidos na história da aeronáutica desta ou de qualquer outra nação, eu digo, quer eu olhe somente para dentro do nosso país ou, lançando o olhar para mais além, contemple os ilimitados avanços de conquista e domínio... alcançados pela perseverança britânica e pelo valor britânico... os quais se apresentam diante de mim, eu junto as mãos e volto os olhos para o alto, e exclamo: "Graças a Deus, eu sou um bretão".

Houve um tempo em que essa explosão de entusiasmo teria arrancado aplausos; mas, agora, aquela comissão a recebeu com grande frieza. A impressão geral parecia ser a de que, como explicação da conduta política do Sr. Gregsbury, não entrara em detalhes; e um cavalheiro no fundo exclamou em voz alta, sem hesitação, que aquilo soava muito mais como uma tentativa de "logro".

— O significado do termo "logro" me é desconhecido — disse o Sr. Gregsbury. — Se quer dizer que me entusiasmo um pouco, ou talvez até mesmo me torne hiperbólico na exaltação à minha terra natal, admito a justiça da observação. Orgulho-me, *sim*, deste país livre e feliz. Meu discurso se estende, meus olhos brilham, minha respiração se acelera, meu coração infla, meu peito arde, quando trago à mente sua grandeza e sua glória.

— Gostaríamos, senhor — observou o Sr. Pugstyles, calmamente —, de lhe fazer algumas perguntas.

— Sintam-se à vontade, cavalheiros; meu tempo é todo dos senhores... e do meu país... e do meu país... — disse o Sr. Gregsbury.

Permissão concedida, o Sr. Pugstyles pôs os óculos e retirou do bolso um papel anotado do qual lançou mão; e então quase todos os outros membros integrantes retiraram suas anotações do *próprio* bolso para verificar cada item, enquanto o Sr. Pugstyles lia as perguntas.

Isso feito, o Sr. Pugstyles procedeu às questões.

— Pergunta número um. Não prometeu o senhor, espontaneamente, antes da eleição, caso fosse reeleito, que aboliria de imediato tosses e resmungos na Câmara dos Comuns? Não foi o senhor alvo de tosses e resmungos no primeiro debate da sessão, e desde então não fez nada para efetuar uma reforma nesse sentido? Não prometeu também surpreender o governo e influenciá-lo para que reduzisse gastos? E o surpreendeu e o fez reduzir, ou não?

— Passe para a próxima, meu caro Pugstyles — disse o Sr. Gregsbury.

— O senhor tem alguma explicação a dar em relação a essa pergunta? — quis saber o Sr. Pugstyles.

— Nenhuma, certamente — respondeu o Sr. Gregsbury.

Os integrantes da comissão entreolharam-se com irritação e depois fitaram o parlamentar. O "caro Pugstyles", depois de cravar os olhos por um longo tempo no Sr. Gregsbury por cima de seus óculos, retomou a lista de averiguação.

— Pergunta número dois. Não prometeu o senhor, igualmente, que apoiaria a sua bancada em qualquer circunstância e, anteontem à noite, não a abandonou e votou com os adversários porque a mulher de um de seus líderes havia convidado a Sra. Gregsbury para uma festa?

— Continue — disse o Sr. Gregsbury.

— Nada a declarar quanto a isso também, senhor? — perguntou o porta-voz.

— Absolutamente nada — respondeu o Sr. Gregsbury. A comissão, que o vira apenas em época de campanha ou de eleições, ficou paralisada com sua frieza. Ele não parecia o mesmo homem; naquela ocasião, estava doce como o mel; agora, amargava como o vinagre. Mas os homens são *tão* diferentes em ocasiões diferentes!

— Pergunta número três... e última — disse o Sr. Pugstyles, enfaticamente. — O senhor não havia declarado, em sua plataforma política, a firme determinação de opor-se a tudo que fosse proposto; dividir a Câmara em todas as questões; pedir revisão de todos os temas tratados; colocar uma moção em ata todos os dias; e, em suma, em suas próprias e memoráveis palavras: ser questionador de tudo e de todos? — Com essa ampla investigação, o Sr. Pugstyles dobrou sua lista de perguntas, como todos os demais da comissão.

O Sr. Gregsbury refletiu, assoou o nariz, recostou-se ainda mais na cadeira, veio de novo para a frente, apoiou os cotovelos sobre a mesa, fez um triângulo com os polegares e os indicadores e em seguida, colocando o ápice do triângulo no nariz, replicou (sorrindo ao falar):

— Nego tudo.

Diante dessa inesperada resposta, teve lugar um murmúrio grave da comissão; e o mesmo cavalheiro que havia expressado uma opinião relativa à natureza do logro na fala introdutória, fez novamente uma demonstração monossilábica gritando: "Renuncie!". Esse grito, ecoado por seus companheiros, transformou-se num protesto geral.

— Fui solicitado, senhor — disse o Sr. Pugstyles, com fria reverência —, a expressar a esperança de que, ao receber esta requisição de uma grande maioria de seus eleitores, o senhor aceite renunciar imediatamente ao seu mandato em favor de um candidato que eles considerem mais confiável.

Diante disso, o Sr. Gregsbury, tendo antecipado essa solicitação, leu a seguinte resposta, que ele compusera em forma de carta e da qual enviara cópias a todos os jornais.

CARO SR. PUGSTYLES,

Depois do bem-estar da nossa amada ilha... esta grandiosa, livre e feliz nação, cujos poderes e recursos são, eu sinceramente creio, ilimitados... valorizo esta nobre independência que é o maior motivo de orgulho de um inglês, e que eu, com todo o fervor, espero legar aos meus filhos, sem manchas nem máculas. Levado não por motivos pessoais, e sim por grandes considerações constitucionais, as quais não procurarei aqui explicar, por estarem, na verdade, além da compreensão daqueles que não se tornaram mestres, como eu, do árduo e intrincado estudo da política, prefiro manter a minha cadeira no Parlamento, e é o que pretendo fazer.

Peço-lhe o favor de apresentar meus cumprimentos aos eleitores e deixá-los a par dessa circunstância.

Com grande estima, Meu caro Sr. Pugstyles, etc. etc.

— Então o senhor não renunciará, em circunstância alguma? — perguntou o porta-voz.

O Sr. Gregsbury sorriu e fez que não com a cabeça.

— Então, bom dia, senhor — disse Pugstyles, irritado.

— Deus os abençoe! — disse o Sr. Gregsbury. E a comissão, com carrancas e reclamações, desceu em fila o mais rápido possível que aquela escada estreita permitia.

Quando o último homem saiu, o Sr. Gregsbury esfregou as mãos e riu baixinho, como fazem os homens que se sentem satisfeitos por achar que fizeram ou disseram algo extraordinário; ele estava tão absorto nessa autocongratulação que não notou que Nicholas fora deixado para trás, à sombra da cortina, até que o rapaz, temendo entreouvir algum solilóquio indiscreto, tossiu algumas vezes para atrair a atenção do parlamentar.

— O que é isso — perguntou o Sr. Gregsbury, num tom de voz ríspido.

Nicholas deu um passo à frente e fez uma mesura.

— O que está fazendo aqui, senhor? — perguntou o Sr. Gregsbury. — Um espião da minha privacidade? Um eleitor escondido! O senhor já ouviu a minha resposta. Faça o favor de seguir a comissão.

— Eu teria feito isso se fizesse parte dela, mas não faço — disse Nicholas.

— Então como é que está aqui? — Foi a pergunta natural do Sr. Gregsbury, Membro do Parlamento. — E que diabo está fazendo aqui? — Foi a pergunta que se seguiu.

— Eu trouxe este cartão da Agência Geral de Empregos, senhor — respondeu Nicholas —, com a intenção de oferecer meus serviços como secretário, pois soube que precisa de um.

— Foi só para isso que veio? — perguntou o Sr. Gregsbury, examinando-o, desconfiado.

Nicholas respondeu afirmativamente.

— Não tem nenhuma ligação com essa imprensa sórdida, então? — observou o Sr. Gregsbury. — Não entrou aqui para ouvir o que estava se passando e depois colocar nos jornais, hein?

— Não tenho ligação nenhuma, lamento dizer, com nada no momento — afirmou Nicholas, de maneira bem-educada e completamente à vontade.

— Ah! — disse o Sr. Gregsbury. — Como chegou aqui em cima, então?

Nicholas relatou como chegara ali empurrado por aquele grupo.

— Então foi assim, não é? — disse o Sr. Gregsbury. — Sente-se.

Nicholas sentou-se, e o Sr. Gregsbury fitou-o por um longo tempo, como para garantir, antes de fazer qualquer outra pergunta, que não havia objeção à sua aparência.

— Deseja ser meu secretário, é isso? — perguntou ele, em seguida.

— Desejo prestar esse tipo de serviço, senhor — respondeu Nicholas.

— Bem — observou o Sr. Gregsbury. — O que sabe fazer?

— Suponho — replicou Nicholas, sorrindo — que posso fazer as obrigações de um secretário.

— E quais são? — perguntou o Sr. Gregsbury.

— Quais são elas? — repetiu Nicholas.

— Sim! Quais são elas? — retorquiu o parlamentar, fitando-o com astúcia, a cabeça inclinada.

— Talvez seja difícil definir os deveres de um secretário — respondeu Nicholas, considerando a questão. — Eles incluem, suponho, a correspondência.

— Muito bem — interferiu o Sr. Gregsbury.

— A organização dos papéis e dos documentos?

— Ótimo.

— De vez em quando, talvez, escrever alguma coisa que o senhor venha a ditar; e, possivelmente, senhor — disse Nicholas, com um meio sorriso —, copiar seus discursos para enviar aos jornais, quando forem de maior importância.

— Certamente — concordou o Sr. Gregsbury. — O que mais?

— Na verdade — disse Nicholas, após um momento de reflexão —, não consigo neste instante recapitular nenhuma outra obrigação de um secretário a não ser a de se tornar o mais agradável e útil possível ao chefe, sem faltar com o respeito próprio e sem ultrapassar os limites dos deveres que lhe forem atribuídos, os quais, em geral, estão implícitos na designação de suas funções.

O Sr. Gregsbury fitou Nicholas por certo tempo e, então, olhando com atenção ao redor da sala, disse em voz contida:

— Está tudo muito bem, senhor... qual é o seu nome?

— Nickleby.

— Está tudo muito bem, Sr. Nickleby e, até aí, muito adequado... muito adequado, mas não basta. Há outros deveres, Sr. Nickleby, que o secretário de um parlamentar nunca pode perder de vista. Eu preciso ser informado de tudo que se passa, senhor.

— Não entendi bem, senhor — interferiu Nicholas, em dúvida se havia escutado direito.

— Ser informado de tudo, senhor — repetiu o Sr. Gregsbury.

— Desculpe se pergunto de novo, senhor, mas não estou entendendo — disse Nicholas.

— O que estou querendo dizer é perfeitamente claro — replicou o Sr. Gregsbury com um ar solene. — Meu secretário terá que dominar a política mundial, da maneira como é apresentada nos jornais; passar a vista sobre todos os relatos de reuniões públicas, todos os artigos importantes sobre a conduta de homens públicos e tomar nota de tudo que lhe pareça merecer atenção, em qualquer discurso, por menor que seja, sobre a questão de alguma petição que esteja sendo discutida ou coisas desse tipo. Está entendendo?

— Acho que sim, senhor — respondeu Nicholas.

— Seria também necessário — disse o Sr. Gregsbury — que ele se inteirasse, dia após dia, dos assuntos tratados nos jornais sobre os acontecimentos em curso, como "Misterioso desaparecimento e suposto suicídio de um garçom de taverna", ou algo desse tipo, que me permitisse questionar o Secretário Estadual de Assuntos Internos. Teria, em seguida, de copiar a pergunta e tudo o que eu lembrasse da resposta (inclusive um pequeno elogio à independência e ao bom senso); e enviar o manuscrito em carta franqueada ao jornal local com talvez meia dúzia de linhas de observações, afirmando que sempre sou encontrado em meu lugar no Parlamento e que nunca fujo à responsabilidade e aos deveres árduos, e assim por diante. Entende?

Nicholas curvou a cabeça.

— Além disso — continuou o Sr. Gregsbury —, eu esperaria que ele, de vez em quando, analisasse alguns números nas tabelas e extraísse alguns resultados para que eu pudesse me sair muito bem nas questões sobre o imposto da madeira, nas questões financeiras e assim por diante; e gostaria que ele arranjasse uns pequenos argumentos sobre os efeitos desastrosos de um retorno aos pagamentos à vista e a uma moeda metálica, com um toque ocasional acerca da exportação de lingotes, e sobre o Imperador da Rússia, as notas de banco, e coisas desse tipo, de que se precisa apenas falar fluentemente, porque ninguém compreende mesmo. Você me entende?

— Creio que sim — disse Nicholas.

— No que diz respeito às questões que não são políticas — prosseguiu o Sr. Gregsbury, animando-se —, e sobre as quais não se espera que se dê a mínima atenção, além daquela natural para não permitir que as pessoas inferiores tenham uma melhor situação que a nossa, do contrário, onde ficariam os nossos privilégios?... Eu gostaria que meu secretário preparasse uns pequenos discursos floreados, de cunho patriótico. Por exemplo, se um projeto de lei absurdo fosse apresentado, para conceder aos pobres-diabos dos autores o direito sobre a sua propriedade, eu gostaria de dizer que jamais consentiria na criação de uma barreira intransponível à difusão da literatura entre *o povo*... você entende?... pois as criações do bolso, sendo do homem, podem pertencer a um homem, ou a uma família; mas as criações do cérebro, sendo de Deus, devem, como é natural, pertencer às pessoas em geral... e, se eu tivesse disposição, gostaria de contar uma piada sobre a posteridade e dizer que aqueles que escreveram para a posteridade deveriam contentar-se em ser premiados com a aprovação *da* posteridade; isso pode impressionar a Câmara, e não me prejudicaria, porque não se pode esperar que a posteridade saiba nada sobre mim e minhas piadas... entende?

— Entendo, senhor — respondeu Nicholas.

— Você deve lembrar-se sempre, em casos como esse, quando nossos interesses não são afetados — disse o Sr. Gresbury —, de falar com entusiasmo sobre o povo, porque dá bons resultados no período das eleições; e você pode dizer as piadas que quiser a respeito dos autores, porque creio que a maior parte deles mora em alojamentos e não é eleitor. Isso é um esboço rápido das coisas mais importantes que terá de fazer, a não ser me esperar no saguão todas as noites, caso eu tenha esquecido alguma coisa e precise que faça uma revisão comigo; e, de vez em quando, durante os debates, sentar-se na primeira fila da galeria e dizer às pessoas por perto: "Estão vendo aquele cavalheiro, com a mão no rosto e os braços em volta da pilastra... aquele é o Sr. Gregsbury... o famoso Sr. Gregsbury"... e acrescentar qualquer outro elogio que possa lhe ocorrer no momento. E quanto ao salário — disse o Sr. Gregsbury, finalizando com rapidez, pois estava sem fôlego —, e quanto ao salário, não me importo de dizer logo em números exatos, para evitar qualquer insatisfação... embora seja mais do que estou acostumado a pagar... quinze xelins por semana, e é isso. Pronto!

Com essa excelente oferta, o Sr. Gregsbury uma vez mais jogou-se para trás na cadeira e parecia um homem desavergonhadamente liberal, mas que estava determinado a não se arrepender disso.

— Quinze xelins por semana não é muito — disse Nicholas, suavemente.

— Não é muito! Quinze xelins por semana não é muito, rapaz? — protestou o Sr. Gregsbury. — Quinze xelins por...

— Por favor, não pense que vou discutir a respeito do dinheiro, senhor — replicou Nicholas —, pois não me envergonho de confessar que o que quer que seja, para mim é muito. Mas os deveres e as responsabilidades tornam a soma pequena, e eles são tão pesados que receio aceitá-los.

— Recusa aceitá-los, rapaz? — perguntou o Sr. Gregsbury, com a mão na corda da sineta.

— Receio que sejam grandes demais para a minha capacidade, apesar da minha boa vontade, senhor — respondeu Nicholas.

— Isso quer dizer que prefere não aceitar a minha oferta e que considera quinze xelins por semana pouco demais — disse o Sr. Gregsbury, tocando a sineta. — Então recusa?

— Não tenho alternativa — respondeu Nicholas.

— A porta, Matthews! — disse o Sr. Gregsbury, quando o rapaz apareceu.

— Lamento ter incomodado o senhor desnecessariamente — disse Nicholas.

— Eu também lamento — disse o Sr. Gregsbury, dando-lhe as costas. — A porta, Matthews!

— Tenha um bom dia, senhor — disse Nicholas.

— A porta, Matthews! — insistiu o Sr. Gregsbury.

O rapaz fez sinal para Nicholas e, tropeçando preguiçosamente escada abaixo à frente dele, abriu a porta e conduziu-o para a rua. Com um ar de desânimo e reflexão, Nicholas retomou o caminho de casa.

Smike havia conseguido preparar uma refeição com o que sobrara do jantar da véspera e o aguardava com ansiedade. As ocorrências daquela manhã não haviam melhorado o apetite de Nicholas, e, por ele, o jantar não seria sequer provado. Estava pensativo, com o prato que o pobre rapaz preparara com os melhores bocados, intocado, diante de si, quando Newman Noggs apareceu no quarto.

— Voltou? — perguntou Newman.

— Voltei — respondeu Nicholas —, morto de cansado, e, o que é pior, pelo que consegui, podia ter ficado em casa.

— Não podia esperar fazer muita coisa numa manhã — observou Newman.

— Talvez tenha razão, mas sou bastante otimista e tinha esperança de conseguir algo — disse Nicholas —, e estou proporcionalmente frustrado. — Após dizer isso, contou a Newman o que fizera.

— Se eu pudesse fazer qualquer coisa — disse Nicholas —, qualquer coisa, por mais simples que fosse, até a volta do meu tio, e tranquilizasse a mente depois de confrontá-lo, eu me sentiria melhor. Não considero uma desgraça ter que trabalhar, por Deus. Ficar aqui nessa indolência, como um animal semidomesticado e taciturno, me deixa louco.

— Não sei — disse Newman. — Oferta muito simples... daria para pagar o aluguel e mais... mas você não ia gostar; não, você não ia suportar isso... não, não.

— O que eu não ia suportar? — perguntou Nicholas, erguendo a vista. — Mostre-me, nesta vasta extensão de Londres, um meio honesto de conseguir o aluguel semanal deste cômodo pobre, e veja se eu me recusaria a aceitá-lo! Suportar! Já suportei coisa demais, meu amigo, para sentir orgulho ou escrúpulos agora. Exceto... — acrescentou Nicholas apressadamente, após um breve silêncio —, exceto o escrúpulo em relação à honestidade simples, e o orgulho concernente ao respeito a si mesmo. Não vejo muita diferença entre ser assistente de um educador brutal e bajulador de um presunçoso ignorante, seja ele membro do Parlamento ou não.

— Não sei se devia lhe dizer, ou não, o que ouvi esta manhã — disse Newman.

— Isso tem a ver com o que você disse há pouco? — perguntou Nicholas.

— Tem.

— Então, por Deus, meu bom amigo, diga-me — implorou Nicholas. — Pelo amor de Deus, considere a minha situação deplorável; e, como eu prometo não dar nenhum passo sem ouvir os seus conselhos, dê-me, pelo menos, uma opinião para o meu próprio bem.

Sensibilizado com essa súplica, Newman gaguejou várias frases sem sentido e confusas, para dizer que a Sra. Kenwigs o interrogara detalhadamente naquela manhã sobre a origem de seu relacionamento com Nicholas, de toda a vida, aventuras e família do rapaz; que evitara as perguntas o mais que pudera, mas que, tendo sido pressionado e encurralado, havia admitido que Nicholas era um professor com grandes qualificações, que se envolvera em alguns infortúnios, sobre os quais ele não tinha liberdade de falar, e que se chamava Johnson; que a Sra. Kenwigs, movida pela gratidão, ambição, orgulho materno, ou amor materno, ou todos esses quatro motivos juntos, reunira-se em particular com o Sr. Kenwigs e finalmente retornara para propor que o Sr. Johnson viesse a ser o instrutor de francês das quatro senhoritas Kenwigs, já que ele falava francês como um nativo, mediante o pagamento de cinco xelins por semana, um xelim por cada filha e um xelim a mais até que o bebê estivesse em condições de estudar gramática.

"O que, a menos que eu esteja muito enganada, observou a Sra. Kenwigs quando fez a proposta, "não demorará muito; pois crianças inteligentes como essas, Sr. Noggs, ainda não nasceram neste mundo, eu creio".

— Pronto — disse Newman —, é só isso. Não é digno de você, eu sei, mas pensei que talvez...

— Talvez! — exclamou Nicholas, com grande animação. — Claro que sim. Aceito a oferta já. Comunique à digna mãe, sem demora, meu caro amigo, que estou pronto a começar quando ela quiser.

Newman apressou-se, com passos joviais, em informar à Sra. Kenwigs a aceitação da proposta por parte de seu amigo e, retornando rapidamente, trouxe a notícia de que eles ficariam felizes de recebê-lo no primeiro andar assim que lhe fosse conveniente; que a Sra. Kenwigs havia, na mesma hora, mandado buscar uma gramática de francês e diálogos, de segunda mão, que fazia muito tempo andava exposta na caixa de artigos de seis centavos na banca de revistas da esquina; e que a família, bastante entusiasmada com a perspectiva de acréscimo à sua distinção, desejava que a aula introdutória tivesse início de imediato.

E aqui pode-se observar que Nicholas não era, no sentido comum da palavra, um jovem arrogante. Ele se ressentiria com uma afronta que lhe fosse dirigida, ou interferiria para reparar um mal feito a alguém, tão corajosa e livremente como qualquer cavaleiro que portasse uma lança; mas lhe faltava aquele peculiar excesso de frieza e egoísmo das grandes mentes, que invariavelmente distinguem os cavalheiros arrogantes. Na verdade, de nossa parte, tendemos a ver esse tipo de cavalheiro mais como um estorvo, do que qualquer outra coisa, em famílias em ascensão: pelo fato de conhecermos vários cuja personalidade impede que se estabeleçam em qualquer ocupação servil e que se preocupam apenas em exibir bigodes e parecer ferozes; e embora bigodes e ferocidade sejam, ambos, coisas bonitas, a seu modo, e bastante recomendáveis, confessamos o desejo de vê-los cultivados às custas de seu próprio dono, e não às custas de pessoas desoladas.

Nicholas, portanto, não sendo um rapaz arrogante, de acordo com a concepção comum, e julgando ser uma degradação maior pedir dinheiro emprestado a Newman Noggs para suprir suas necessidades do que ensinar francês às filhas dos Kenwigs por cinco xelins por semana, aceitou a oferta com a animação já descrita e dirigiu-se ao primeiro andar com a devida rapidez.

Lá, foi recebido pela Sra. Kenwigs de maneira distinta, que tinha a gentil intenção de garantir-lhe sua proteção e apoio; e lá também encontrou o Sr. Lillyvick e a Srta. Petowker; as quatro senhoritas Kenwigs em seu banco de estudo; e o bebê em sua cadeirinha com uma bandeja na frente, brincando com um cavalinho sem cabeça, composto de um pequeno cilindro de madeira, parecido com um ferro italiano sustentado por quatro pinos curvos, e pintado em engenhosa semelhança a biscoitos vermelhos sobre fundo preto.

— Como vai, Sr. Johnson? — disse a Sra. Kenwigs. — Tio... Sr. Johnson.

— Como vai, senhor? — disse o Sr. Lillyvick, de forma um tanto ríspida; pois não conhecera Nicholas na noite anterior, e seria uma situação irritante para um coletor de taxas ser gentil demais com um professor.

— O Sr. Johnson será o professor particular das crianças, tio — disse a Sra. Kenwigs.

— Foi o que acabou de dizer, minha querida — replicou o Sr. Lillyvick.

— Mas espero — disse a Sra. Kenwigs, ficando de pé — que isso não as deixe orgulhosas, e sim que elas agradeçam a boa sorte de terem nascido numa família superior à gente comum. Está me ouvindo, Morleena?

— Estou, mamãe — respondeu a Srta. Kenwigs.

— E quando saírem à rua, ou a algum outro lugar, não é para se gabarem disso com as outras crianças — disse a Sra. Kenwigs. — E se tiverem de fazer algum comentário sobre o assunto, devem dizer apenas: "Temos um professor particular que vai à nossa casa nos dar aulas, mas não nos orgulhamos disso, porque mamãe diz que é pecado". Está ouvindo, Morleena?

— Estou, mamãe — respondeu a Srta. Kenwigs novamente.

— Então lembrem-se disso e façam como estou dizendo — disse a Sra. Kenwigs. — O Sr. Johnson pode começar, tio?

— Estou pronto para ouvir, se o Sr. Johnson estiver disposto a começar, minha querida — disse o coletor, assumindo um ar de profundo conhecedor. — Que tipo de língua considera o francês, senhor?

— O que quer dizer? — perguntou Nicholas.

— Considera o francês uma boa língua, senhor? — perguntou o coletor. — Uma língua bonita, uma língua racional?

— Uma bela língua, sem dúvida — respondeu Nicholas. — E tem um nome para cada coisa, permite uma conversa elegante sobre todas as coisas, e suponho que seja uma língua racional.

— Não sei — disse o Sr. Lillyvick, desconfiado. — Considera-a uma língua agradável?

— Sim — respondeu Nicholas —, eu diria que sim, certamente.

— Mudou muito desde a minha época, então — disse o coletor —, muito.

— Era uma língua desagradável na sua época? — perguntou Nicholas, mal contendo um sorriso.

— Muito — respondeu o Sr. Lillyvick, de maneira veemente. — É da época da guerra que estou falando; da última guerra. Pode ser uma língua agradável. Não gostaria de contradizer ninguém; mas só posso dizer que ouvi os prisioneiros franceses, que eram falantes nativos, e deviam saber falar bem, falando de maneira tão desagradável, que era um sacrifício ter que ouvi-los. E eu ouvia cinquenta vezes, senhor, cinquenta vezes!

O Sr. Lillyvick estava ficando tão irritado que a Sra. Kenwigs achou melhor fazer um sinal para Nicholas não dizer nada; e foi somente depois que a Srta. Petowker fez vários comentários elogiosos para suavizar o humor do excelente cavalheiro que ele se dignou quebrar o silêncio perguntando:

— Como é "água" em francês, senhor?

— *L'Eau* — respondeu Nicholas.

— Ah! — disse o Sr. Lillyvick, balançando a cabeça pesarosamente — Era o que eu pensava. Lô, não é? Eu não vejo grande coisa nessa língua... não mesmo.

— Suponho que as crianças podem começar, não é, tio? — observou a Sra. Kenwigs.

— Ah, sim; elas podem começar, minha querida — replicou o coletor, descontente. — *Eu* não tenho intenção de impedi-las.

Após a permissão ter sido concedida, as quatro senhoritas Kenwigs sentaram-se em fila, com as barras dos vestidos todas na mesma direção, com Morleena à frente, enquanto Nicholas, tendo pegado o livro, começava as explicações preliminares. A Srta. Petowker e a Sra. Kenwigs contemplavam em silenciosa admiração, quebrada apenas pelos comentários sussurrados desta última garantindo que num instante Morleena saberia tudo de cor; e o Sr. Lillyvick, de testa franzida e olhos atentos, observava o grupo, aguardando a primeira oportunidade para abrir uma nova discussão sobre a língua.

CAPÍTULO XVII

Acompanha a sorte da Srta. Nickleby

Foi com o coração apertado e um mau pressentimento que nenhum esforço conseguia afastar que Kate Nickleby, na manhã indicada para o início do trabalho com madame Mantalini, deixou a cidade quando faltavam ainda quinze minutos para as oito, e seguiu seu caminho, sozinha, em meio ao barulho e à agitação das ruas, em direção à parte leste de Londres.

Àquela hora da manhã, muitas moças com ar doentio, cujo trabalho, como o do pobre bicho-de-seda, é produzir com esforço paciente os ornamentos que embelezam os inconsequentes e opulentos, atravessam nossas ruas, dirigindo-se ao cenário de sua labuta diária, e, em passo apressado, aproveitando quase furtivamente o único alento de ar puro e o vislumbre de luz solar que alegram sua monótona existência durante as longas horas que constituem um dia de trabalho. À medida que se aproximava da região mais abastada de Londres, Kate observava muitas moças dessa classe ao passarem apressadas, como ela própria, para sua dolorosa ocupação e via, em seus semblantes enfermiços e passos débeis, a prova clara de que seus receios não eram totalmente infundados.

Ela chegou à casa de madame Mantalini alguns minutos antes da hora marcada e, após andar um pouco de um lado para o outro, na esperança de que aparecesse uma mulher e a poupasse da vergonha de explicar o que fazia ali a um empregado, bateu timidamente na porta: a qual, depois de certo atraso, foi aberta pelo lacaio, que, enquanto subia as escadas, vestiu seu paletó listrado e agora concentrava-se em amarrar o avental.

— Madame Mantalini está? — titubeou Kate.

— Raramente sai a esta hora, senhorita — respondeu o homem num tom que fazia "senhorita" soar como algo mais ofensivo do que "minha querida".

— Posso falar com ela? — perguntou Kate.

— Hein? — replicou o homem, segurando a porta na mão e recebendo as indagações com um olhar fixo e um largo sorriso — Ó Deus, não.

— Ela marcou comigo — disse Kate. — Eu vou... eu vou... trabalhar aqui.

— Ah! Devia ter tocado a sineta dos empregados — disse o lacaio, puxando a alça de uma no marco da porta. — Mas, deixe-me ver, esqueci... Srta. Nickleby, não é mesmo?

— Sim — respondeu Kate.

— Então faça o favor de subir — disse o homem. — Madame Mantalini está aguardando... por aqui... cuidado com essas coisas no chão.

Alertando-a, nesses termos, para que não tropeçasse num lixo heterogêneo de bandejas de doces, lâmpadas, salvas cheias de copos e pilhas desordenadas de cadeiras espalhadas pelo corredor, evidência clara de uma festa até tarde, na noite anterior, o homem subiu à frente até o segundo andar e conduziu Kate até um cômodo dos fundos, que se comunicava por meio de portas sanfonadas com o quarto no qual ela encontrara a dona do estabelecimento pela primeira vez.

— Espere aqui um minuto — disse o homem. — Vou avisá-la. — Após fazer essa promessa com grande afabilidade, saiu e deixou Kate sozinha.

Não havia muito com que se distrair naquele lugar, cuja característica mais atraente era um retrato de meio corpo, pintado a óleo, do Sr. Mantalini, a quem o artista havia representado coçando a cabeça de maneira relaxada, exibindo, assim, um anel de diamante, presente da Sra. Mantalini, antes do casamento. Havia, entretanto, o som de conversas no quarto ao lado; e, como o tom de voz era alto, e a divisória, fina, Kate logo identificou as vozes como do Sr. e da Sra. Mantalini.

— Se tiver esses ciúmes malditos, odiosos e excessivos, minh'alma — disse o Sr. Mantalini —, vai se sentir muito infeliz, terrivelmente, miseravelmente infeliz. — Ouviu-se, então, um som como se o Sr. Mantalini estivesse tomando um gole de seu café.

— Eu *sou* infeliz — retrucou madame Mantalini, evidentemente melindrada.

— Então você é uma fadinha danada de ingrata, lastimável, mal-agradecida — disse o Sr. Mantalini.

— Não sou — replicou a mulher, com um soluço.

— Não fique assim — disse o Sr. Mantalini, quebrando um ovo. — Sua carinha é linda e encantadora, e não deve ficar de mau humor, porque estraga a sua beleza e faz com que pareça zangada e tristonha, como um duende travesso, danadinho e assustado.

— Você sempre tenta me convencer dessa maneira — reclamou a Sra. Mantalini, amuada.

— Tento convencer da melhor maneira possível, ou não convencer de forma alguma, se prefere assim — retorquiu o Sr. Mantalini, com a colher do ovo na boca.

— É muito fácil falar — disse madame Mantalini.

— Não tão fácil quando se está comendo um maldito ovo — observou o Sr. Mantalini —, porque a gema escorre pelo colete, e gema de ovo só combina com colete amarelo, diabos.

— Você flertou com ela a noite inteira — disse madame Mantalini, aparentemente levando a conversa de volta ao ponto do qual se desviara.

— Não, não, minha vida.

— Flertou, sim — afirmou madame. — Fiquei de olho em você o tempo todo.

— Então o olhinho piscante e luminoso não me deu um instante de trégua! — replicou Mantalini, num certo arrebatamento preguiçoso. — Ah, diabos!

— E direi uma vez mais — retomou madame — que não deve dançar a valsa com ninguém a não ser a sua mulher; eu não vou tolerar isso, Mantalini, nem que tenha de tomar veneno.

— Ela não vai tomar veneno e ter dores horrorosas, não é? — retrucou Mantalini, que, pela alteração do som na voz, parecia ter assumido uma posição mais próxima à mulher. — Ela não vai tomar veneno, porque tem um marido danado de fino que poderia ter-se casado com duas condessas e uma viúva fidalga...

— Duas condessas? — interveio madame. — Você tinha dito uma, antes!

— Duas! — elevou a voz Mantalini. — Duas mulheres danadas de finas, condessas de verdade e com fortunas esplêndidas, diabos.

— E por que não se casou com elas? — perguntou madame, jocosamente.

— Por que não me casei? — gritou o marido. — E eu não tinha encontrado, uma manhã num concerto, a feiticeirazinha mais danada de linda do mundo? E, enquanto essa feiticeirazinha for minha mulher, não tem condessa ou fidalga na Inglaterra...

Antes mesmo de terminar a frase, o Sr. Mantalini deu um beijo estalado em madame Mantalini, ao qual madame Mantalini retribuiu;

e depois disso pareceu haver mais beijos misturados ao progresso do café da manhã.

— E o dinheiro em caixa, joia da minha existência? — perguntou o Sr. Mantalini depois que esses carinhos cessaram. — Quanto temos em mãos?

— Muito pouco, na verdade — respondeu madame.

— Precisamos ter mais — disse Mantalini. — Precisamos conseguir algum desconto com o velho Nickleby para continuar na guerra, diabos.

— Você não pode estar precisando de mais agora — disse madame de modo persuasivo.

— Minha vida e minh'alma — continuou o marido —, há um cavalo à venda no Scrubbs, que seria um pecado e um crime perder... sendo vendido, alegria do meu coração, por quase nada.

— Por quase nada — repetiu madame —, fico contente em saber.

— Praticamente quase nada — respondeu Mantalini. — Cem guinéus, e eu compro esse cavalo à vista; crina, pernas e cauda, tudo da mais danada beleza. Vou montar nele e passear pelo parque diante das carruagens das condessas rejeitadas. A maldita fidalga desmaiará de tristeza e raiva; as outras duas dirão: "Ele se casou, desapareceu, que pena, acabou-se". Vão-se odiar horrivelmente, e querer vê-la morta e enterrada. Ha! Ha! Diabos!

A prudência de madame Mantalini, se é que tinha alguma, não resistiu a essas imagens triunfais; após certo retinir de chaves, ela disse que verificaria quanto havia em sua escrivaninha e, levantando-se com esse propósito, abriu a porta sanfonada e entrou na sala onde se encontrava Kate.

— Ora veja só, menina! — exclamou madame Mantalini, encolhendo-se de surpresa. — Como veio parar aqui?

— Menina! — gritou Mantalini, entrando ali às pressas. — Como veio... ah... diabos, como vai?

— Já estou esperando há algum tempo, senhora — disse Kate, dirigindo-se a madame Mantalini. — O criado deve ter se esquecido de avisar que eu estava aqui, eu acho.

— Você realmente precisa falar com esse homem — disse madame, voltando-se para o marido. — Ele esquece tudo.

— Vou arrancar o maldito nariz do rosto dele por deixar essa bela criatura sozinha aqui — disse o marido.

— Mantalini — disse madame —, você é o primeiro a esquecer.

— Não esqueço *você*, minha'alma, e jamais esquecerei, nem poderia — disse Mantalini, beijando a mão da esposa e fazendo um trejeito para a Srta. Nickleby, que lhe deu as costas.

Tranquilizada por esse elogio, a dona do negócio pegou uns papéis na escrivaninha e entregou-os ao Sr. Mantalini, que os recebeu com grande satisfação. Ela então pediu a Kate que a acompanhasse, e, depois de várias tentativas pelo Sr. Mantalini de atrair a atenção da moça, elas saíram: deixando aquele cavalheiro estendido no sofá, de pernas para o ar e um jornal na mão.

Madame Mantalini desceu um lance de escada e seguiu por um corredor até uma sala grande nos fundos da casa, onde diversas jovens se ocupavam com corte, costura, montagem, alterações e vários outros processos conhecidos apenas pelos peritos nas artes da chapelaria e da costura. Era uma sala fechada, com uma claraboia, enfadonha e quieta a mais não poder.

Ao ser chamada em voz alta por madame Mantalini, a Srta. Knag se apresentou, uma mulher baixa, alvoroçada, vestida de forma exagerada e com ar de importância; e todas as outras moças, suspendendo suas atividades por um instante, cochicharam entre si várias críticas ao feitio e ao pano do vestido da Srta. Nickleby, a seus traços fisionômicos e aparência, com todos os bons modos que podem ser exibidos pela mais alta sociedade num salão de baile superlotado.

— Ah, Srta. Knag — disse madame Mantalini —, esta é a moça de quem falei.

A Srta. Knag deu um sorriso reverente para madame Mantalini, que habilmente transformou num sorriso gracioso para Kate e disse que, embora fosse, sem dúvida, um grande problema receber gente jovem sem experiência no trabalho, ainda assim, tinha certeza de que a moça daria o melhor de si; impressionada com essa convicção, ela (a Srta. Knag) logo se interessou pela novata.

— Eu acho que, no presente momento, será melhor que a Srta. Nickleby vá com você para a sala de mostruário e prove as roupas para as pessoas — disse madame Mantalini. — Por enquanto, ela não pode ser muito útil de outra forma; e a aparência dela vai...

— Combinar bem com a minha, madame Mantalini — interrompeu a Srta. Knag. — Sem dúvida; e eu achava mesmo que a senhora não demoraria muito a perceber isso, pois tem tanto bom gosto em todas essas questões que, realmente, sempre digo às moças mais jovens, não sei como, quando, nem onde pôde aprender tanta coisa... hum... a Srta. Nickleby e eu formamos um ótimo par, madame Mantalini, a única diferença é que sou um pouco mais morena do que a Srta. Nickleby, e... hum... acho que meu pé é um pouco menor. A Srta Nickleby certamente não ficará ofendida com isso, quando souber que nossa família sempre foi famosa pelos pés pequenos, desde... hum... desde que nossa família teve pés, eu acho. Eu tinha um tio, madame Mantalini, que morava em Cheltenham e dispunha de um excelente negócio de tabaco... hum... que tinha os pés tão pequenos que pareciam esses que são em geral presos a pernas de pau... os pés mais simétricos, madame Mantalini, que se possa imaginar.

— Eles deviam ser parecidos com aqueles pés de mesa, tortos, Srta. Knag — disse madame.

— Ora, isso é bem característico da senhora — replicou a Srta. Knag —, ha, ha, ha! Pés tortos! Muito boa essa! Como sempre digo às moças: "Bom, vou dizer uma coisa, e não me importo se já sabem disso, de todas as pessoas espirituosas... hum... de quem ouvi piadas"... e já ouvi muitas, pois quando o meu irmão era vivo (eu tomava conta da casa dele, Srta. Nickleby), uns amigos dele, famosos naquela época pelo senso de humor, iam jantar conosco, madame Mantalini... "de todas as pessoas espirituosas que *eu* conheci", digo às moças, "madame Mantalini é a mais extraordinária... hum. É um humor tão sutil, tão sarcástico, mas tão delicado (como comentei com a Srta. Simmonds ainda hoje de manhã), que para mim é um mistério como ou quando, ou por quais meios ela conseguiu ser assim".

Nesse ponto, a Srta. Knag parou para respirar, e quando ela faz uma pausa, pode-se observar — não que estava sendo maravilhosamente loquaz e maravilhosamente deferente para com madame Mantalini, uma vez que esses fatos dispensam comentários — que, de vez em quando, no ardor do discurso, estava habituada a introduzir um "hum!" alto, agudo e claro, cujo significado e importância eram interpretados pelas pessoas que a conheciam de maneiras diversas; algumas achavam que a

Srta. Knag era exagerada, e introduzia o monossílabo quando qualquer nova invenção estava em vias de ser cunhada em seu cérebro; outras, que, quando estava à procura de uma palavra, lançava um "hum" para ganhar tempo e impedir que alguém mais entrasse na conversa. Pode-se ainda observar que a Srta. Knag alimentava pretensões de juventude, embora tivesse ultrapassado essa fase havia muitos anos; e que era tola e vaidosa, e uma dessas pessoas que são mais bem descritas pelo axioma: pode-se nelas confiar desde que estejam à vista, e não mais.

— Cuide para que a Srta. Nickleby cumpra o horário, e assim por diante — disse madame Mantallini. — Então, deixo-a com você. Não vai esquecer as minhas instruções, não é, Srta. Knag?

A Srta. Knag, é claro, respondeu que esquecer as instruções da Sra. Mantalini era uma impossibilidade moral; e esta senhora, dando um bom-dia geral a suas assistentes, se retirou.

— Criatura encantadora, não é, Srta. Nickleby? — comentou a Srta. Knag, esfregando as mãos.

— Eu a vi muito pouco — disse Kate. — Não a conheço bem ainda.

— Já conheceu o Sr. Mantalini? — perguntou a Srta. Knag.

— Já. Eu o vi duas vezes.

— *Ele* não é uma criatura encantadora?

— Na verdade, não me pareceu assim, de forma alguma — respondeu a Srta. Kate.

— Não, querida? — admirou-se a Srta. Knag, erguendo as mãos. — Ora, minha nossa, onde está seu bom gosto? Um cavalheiro elegante, fino, alto, de bigodes cheios, com dentes e cabelos inigualáveis, e... hum... bem, agora você *realmente* me surpreende.

— É, admito que sou muito boba — replicou Kate, colocando de lado seu chapéu. — Mas como a minha opinião pouca importância tem para ele, ou para qualquer outra pessoa, não me arrependo de pensar assim, e acho que vou demorar muito a mudá-la.

— Ele é um homem muito distinto, não acha? — perguntou uma das moças.

— De fato, ele pode ser, por mais que eu pudesse dizer o contrário — respondeu Kate.

— E anda em belíssimos cavalos, não é? — perguntou uma outra.

— Deve ser, mas eu nunca vi isso — respondeu Kate.

— Nunca viu? — interpôs-se a Srta. Knag. — Ah, bom! É isso, sabe? Como pode emitir uma opinião sobre um cavalheiro... hum... se nunca viu como ele realmente se apresenta?

Era tão mundana essa ideia da velha chapeleira — até mesmo para uma moça do interior — que ela, por vários motivos, ansiosa por mudar de assunto, não fez mais nenhum comentário e deixou a situação a encargo da Srta. Knag.

Depois de um curto silêncio, durante o qual a maioria das moças examinou Kate da cabeça aos pés e comparou observações a respeito, uma delas se ofereceu para ajudá-la a tirar o xale e, a oferta tendo sido aceita, perguntou se ela não achava que o preto era uma cor muito deprimente de usar.

— Acho, sim — respondeu Kate, com um suspiro triste.

— Tão poeirenta e quente — observou a mesma moça, ajeitando-lhe o vestido.

Kate poderia ter dito que as vestes de luto são às vezes a roupa mais fria que usam os mortais, que não apenas gelam o peito daqueles que as usam, mas, estendendo sua influência aos amigos radiantes, congelam a fonte de boa vontade e benevolência deles e, fazendo fenecer todos os brotos de promessa que antes tão liberalmente expressavam, deixam expostos apenas corações nus e despedaçados. Há poucos que, tendo perdido um amigo ou parente que constituía seu único arrimo, não tenham sentido a deprimente influência do luto. Ela sentira-a agudamente, e, voltando a senti-la naquele momento, não conseguiu conter as lágrimas.

— Sinto muito tê-la magoado com minhas palavras impensadas — disse a moça. — Falei sem pensar. Você está de luto por algum parente próximo?

— Por meu pai — respondeu Kate.

— Por qual parente, Srta. Simmonds? — perguntou a Srta. Knag em voz alta.

— Pelo pai — respondeu a outra, baixinho.

— Pelo pai, é? — repetiu a Srta. Knag, sem diminuir em nada o tom de voz. — Ah! Doença prolongada, Srta. Simmonds?

— Psiu — respondeu a moça. — Eu não sei.

— Nossa perda foi súbita demais — disse Kate, virando-se —, senão, talvez, num momento como este, eu pudesse suportar melhor.

O desejo de saber quem era Kate, de acordo com o invariável hábito quando chegava alguma "moça nova", o que fazia e tudo mais sobre ela não era pequeno ali naquela sala; mas, embora sua aparência e emoção naturalmente aumentassem essa curiosidade, saber que lhe causava sofrimento ser interrogada foi o suficiente para reprimir essa vontade; e a Srta. Knag, vendo que era inútil tentar extrair detalhes da vida dela naquele momento, com relutância ordenou silêncio e o prosseguimento do trabalho.

Em silêncio, então, as tarefas foram retomadas até as treze e trinta, quando um pernil de carneiro assado, acompanhado de batatas, foi servido na cozinha. Encerrada a refeição, e as moças tendo gozado o relaxamento adicional de lavar as mãos, o trabalho recomeçou e foi mais uma vez realizado em silêncio, até que o ruído de carruagens na rua e batidas duplas, fortes, nas portas indicaram que o dia de trabalho dos membros mais afortunados da sociedade prosseguia a seu modo.

Uma dessas batidas duplas na porta de madame Mantalini anunciava a carruagem de uma importante dama — ou melhor, de uma dama rica, pois ocasionalmente há uma distinção entre riqueza e importância —, que chegara com sua filha para ver as provas de uns vestidos de gala que estavam sendo confeccionados havia muito tempo; Kate fora encarregada de recebê-las, acompanhada da Srta. Knag e orientada, é claro, por madame Mantalini.

A participação de Kate naquela representação era bem modesta, sua tarefa restringindo-se a segurar as peças do vestuário até que a Srta. Knag estivesse pronta para prová-las e, de vez em quando, amarrar um laço ou fechar um colchete. Ela poderia, e não sem razão, se considerar fora do alcance de qualquer atitude arrogante ou mau humor; mas sucedeu que mãe e filha estavam irritadas naquele dia, e a pobre moça foi alvo de seus insultos. Kate estava pouco à vontade — suas mãos, frias, sujas, ásperas — e não conseguia fazer nada direito. As duas clientes se perguntavam como madame Mantalini podia ter gente assim a seu serviço; exigiram que, da próxima vez, fossem atendidas por outra moça, e assim por diante.

Situação tão corriqueira mal mereceria ser mencionada, não fosse seu efeito. Kate derramou muitas lágrimas sentidas quando essas pessoas se foram e, pela primeira vez, sentiu-se humilhada por aquele trabalho. Ela temera, é verdade, tarefas árduas e fatigantes; mas não considerara degradação trabalhar para ganhar seu pão, até se ver exposta à insolência e ao orgulho. A filosofia lhe teria ensinado que a degradação pertencia àqueles que eram tão baixos a ponto de demonstrar essas paixões habitualmente e sem motivo; ela, porém, era jovem demais para ter esse tipo de consolação, e seus verdadeiros sentimentos haviam sido feridos. Será que a queixa de que as pessoas comuns estão acima de sua posição em geral não tem origem no fato de pessoas *incomuns* estarem abaixo da delas?

Em cenários e atividades semelhantes, correu o tempo até as nove horas, quando Kate, exausta e desanimada com os acontecimentos do dia, apressou-se em sair daquele confinamento que era a sala de trabalho para juntar-se à mãe na esquina e andar até em casa: mais triste ainda, por ter de esconder seus verdadeiros sentimentos e fingir participar de todas as visões otimistas de sua companhia.

— Como sou abençoada, Kate — disse a Sra. Nickleby. — Fiquei pensando o dia inteiro em como seria maravilhoso para madame Mantalini ter você como sócia... e isso é uma coisa provável, sabe? Ora, a cunhada do primo de seu pobre e querido papai, uma Srta. Browndock, entrou como sócia de uma senhora que tinha uma escola em Hammersmith e fez fortuna num abrir e fechar de olhos. Por falar nisso, não me lembro bem se essa Srta. Browndock era a mesma mulher que ganhou dez mil libras em prêmio na loteria, mas acho que era; na verdade, agora que pensei nisso, tenho certeza de que era. "Mantalini e Nickleby", como soaria lindo! ...e, se Nicholas tiver uma boa fortuna, você poderá ter o Doutor Nickleby, diretor da Westminster School, morando na mesma rua.

— Pobre Nicholas! — lamentou Kate, tirando de sua bolsa a carta do irmão, de Dotheboys Hall. — Com toda a nossa desgraça, como fico feliz, mamãe, em saber que está indo bem e escrevendo tão animado! Saber que ele está bem e feliz me consola por tudo que viermos a passar.

Pobre Kate! Não tinha ideia de como seu consolo era infundado e que em breve ela seria desenganada.

CAPÍTULO XVIII

A Srta. Knag, após demonstrar grande afeição a Kate Nickleby durante três dias seguidos, decide odiá-la para sempre. Causas que levaram a Srta. Knag a tomar essa decisão

Há muitas vidas cheias de dor, de dificuldades e sofrimentos que, por não causarem interesse maior a ninguém senão àqueles que as levam, são desprezadas por pessoas que não querem pensar nem sentir, que se entregam à caridade e necessitam de fortes estimulantes para despertá-la.

Não são poucos, entre os adeptos da caridade, os que requerem, na sua vocação, quase tantos estímulos quanto os adeptos do prazer na deles; e então ocorre que essa afinidade e compaixão doentias são consumidas diariamente em objetos impróprios, enquanto tantas solicitações ao legítimo exercício das mesmas virtudes, em situação saudável, podem com frequência ser encontradas ao alcance da vista e da audição da pessoa menos observadora nesta vida. Em suma, a caridade deve ter o seu fascínio, assim como o romancista ou o dramaturgo devem ter o seu. Um ladrão em trajes rústicos é um indivíduo vulgar inimaginável por pessoas refinadas; porém, cubra-o de veludo verde, com chapéu de copa alta, e mude a cena de suas atuações de uma cidade densamente povoada para uma estrada na montanha e descubra nele a verdadeira alma da poesia e da aventura. Assim é com a grande virtude cardinal que, devidamente nutrida e exercitada, leva a todas as outras — se não, necessariamente, as inclui. Ela deve ter o seu fascínio; e, quanto menos de vida real, penosa, de labuta diária houver nesse fascínio, tanto melhor.

A vida a que a pobre Kate Nickleby se dedicava, em consequência da imprevista série de circunstâncias já desenvolvidas aqui nesta narrativa, era difícil; para que o tédio, o confinamento insalubre e a fadiga física que se fizeram presentes não a privassem do interesse de todos os caridosos e solidários, eu preferiria manter a Srta. Nickleby em destaque agora, a deixá-los esfriar assim de início, por meio de uma extensa e detalhada descrição do estabelecimento presidido por madame Mantalini.

— Bom, agora, na verdade, madame Mantalini — disse a Srta. Knag, enquanto Kate pegava o cansativo caminho de casa na primeira noite de seu noviciado —, essa Srta. Nickleby é uma moça bastante confiável... uma moça bastante confiável mesmo... hum... e digo com sinceridade, madame Mantalini, que ter descoberto essa moça excelente, muito bem-educada, muito... hum... uma moça muito modesta, para prestar assistência nas provas é um crédito extraordinário para o seu poder de discernimento. Eu já vi outras, ao terem a oportunidade de se exibir diante de seus superiores, se comportarem de uma tal maneira... ah, nossa... bem... mas a senhora está sempre certa, madame Mantalini, sempre; e, como sempre digo às moças, a maneira como a senhora consegue estar sempre certa, quando tantas pessoas com frequência estão erradas, é para mim um verdadeiro mistério.

— Além de deixar uma excelente cliente de mau humor, a Srta. Nickleby não fez nada de extraordinário hoje... pelo menos, que eu saiba — afirmou madame Mantalini.

— Ah, nossa! — exclamou a Srta. Knag. — Mas a senhora deve levar em consideração a inexperiência, sabe?

— E a juventude? — perguntou madame.

— Ah, não digo nada sobre isso, madame Mantalini — respondeu a Srta. Knag, ruborizando —; porque, se juventude fosse uma desculpa, a senhora não teria...

— Uma supervisora tão boa como a que tenho, eu suponho — sugeriu madame.

— Bom, eu realmente nunca conheci ninguém como a senhora, madame Mantalini — disse a Srta. Knag com satisfação —, e isso é um fato, pois a senhora sabe muito bem o que vão dizer, antes mesmo de que se diga qualquer coisa. Ah, muito boa! Ha, ha, ha!

— Pois eu — observou madame Mantalini, olhando com afetado descuido para sua assistente, mas rindo por dentro — considero a Srta. Nickleby a moça mais desajeitada que já vi em toda a minha vida.

— Pobrezinha — lastimou a Srta. Knag —, não é culpa dela. Se fosse, talvez tivéssemos esperança de curar; mas como é má sorte, madame Mantalini, ora, a senhora sabe bem, como o homem disse sobre o cavalo cego, temos que respeitar.

— O tio me disse que ela era considerada bonita — observou madame Mantalini. — Eu acho que é uma das moças mais insignificantes que já conheci.

— Insignificante! — disse a Srta. Knag, com o semblante reluzindo de satisfação. — E desajeitada! Bom, tudo que posso dizer, madame Mantalini, é que gosto muito dela; e que, se ela fosse duplamente insignificante e duplamente desajeitada, eu seria ainda mais amiga da pobrezinha, e é essa a pura verdade.

De fato, a Srta. Knag havia criado uma afeição incipiente por Kate Nickleby após presenciar seu fracasso naquela manhã, e aquela breve conversa com sua patroa aumentou essa favorável predisposição a um grau surpreendente; o que foi mais notável ainda, pois quando, pela primeira vez, examinou o rosto e o porte da moça, teve certo pressentimento de que elas jamais se dariam bem.

— Mas, ora — disse a Srta. Knag, olhando-se num espelho a pouca distância —, eu gosto dela, gosto muito dela, e digo isso claramente!

Era tão sem interesses essa devotada amizade, e tão superior às pequenas fraquezas de bajulações e rancores, que, no dia seguinte, a bondosa Srta. Knag informou francamente a Kate Nickleby que percebera que ela jamais daria para aquele negócio, mas que não precisava ter a mínima preocupação com isso, pois ela (Srta. Knag), de sua parte, faria o que pudesse para mantê-la o máximo possível em segundo plano, e que tudo que teria de fazer seria permanecer em total silêncio diante das clientes e evitar, de todas as formas possíveis, atrair a atenção. Essa última sugestão estava tão de acordo com o desejo e os sentimentos da tímida moça que ela prometeu de imediato seguir o excelente conselho da solteirona: sem questionar e nem mesmo refletir por um instante nas razões que o ditaram.

— Eu tenho um grande interesse por você, minha querida, sinceramente — declarou a Srta. Knag. — Na verdade, um interesse de irmã. É uma situação única, curiosa para mim.

Sem dúvida era curioso que, se a Srta. Knag tinha de fato um grande interesse por Kate Nickleby, ele não fosse o de uma tia solteira ou de uma avó; conclusão natural esta, que se tiraria pela diferença em suas respectivas idades. Mas a Srta. Knag usava roupas de padrão muito jovial, e talvez seus sentimentos seguissem o mesmo estilo.

— Puxa! — exclamou a Srta. Knag, dando um beijo em Kate no fim do segundo dia de trabalho. — Você esteve muito desastrada o dia inteiro.

— Eu acho que a sua conversa bondosa e franca, que infelizmente me deixou mais consciente dos meus próprios defeitos, não me fez melhorar em nada — suspirou Kate.

— Pois é, não mesmo — replicou a Srta. Knag, no mais incomum fluxo de bom humor. — Mas é melhor que você saiba disso desde o início e que possa se sentir confortável para continuar! Para que lado está indo, meu bem?

— Em direção à cidade — respondeu Kate.

— À cidade! — exclamou a Srta. Knag, olhando-se com grande satisfação no espelho, enquanto prendia seu chapéu. — Santo Deus! Você realmente mora na cidade?

— É assim tão incomum morar lá? — perguntou Kate, com um meio sorriso.

— Eu achava que não fosse possível que uma moça morasse lá, em circunstância alguma, por três dias seguidos — respondeu a Srta. Knag.

— O que eu quis dizer foi que as pessoas pobres — respondeu Kate, corrigindo-se apressadamente, pois temia parecer orgulhosa — devem morar onde podem.

— Ah! É verdade, devem, sim; muito adequado mesmo! — disse a Srta. Knag com aquele tipo de meio suspiro, que, acompanhado de uns acenos positivos de cabeça, é a esmola da piedade, na sociedade em geral. — E é o que vivo dizendo ao meu irmão, quando nossos empregados vão embora doentes, um atrás do outro, e ele acha que a parte dos fundos da cozinha é úmida demais para eles dormirem lá. Esse tipo de pessoa, eu digo a ele, fica satisfeita de dormir em qualquer lugar! Deus não dá uma carga maior do que se pode suportar. Como é bom pensar que deve ser assim, não é?

— Muito — respondeu Kate.

— Eu a acompanho parte do caminho, querida — disse a Srta. Knag —, porque vai passar bem perto da nossa casa; e, como já está escurecendo, e nossa última empregada foi para o hospital na semana passada, com erisipela no rosto, é bom para mim ter a sua companhia.

Kate teria de bom grado aberto mão dessa lisonjeira companhia; mas a Srta. Knag, depois de ajustar o chapéu a seu gosto, tomou-lhe o braço com um ar que mostrava claramente o quanto considerava um elogio o que lhe conferia, e, antes que Kate pudesse dizer uma palavra, elas estavam na rua.

— Eu creio — disse Kate, hesitante — que mamãe... quer dizer, a minha mãe... está me esperando.

— Não precisa se desculpar, querida — disse a Srta. Knag, sorrindo docemente ao falar. — Suponho que ela seja uma senhora respeitável e terei muito... hum... muito prazer em conhecê-la.

Como a pobre Sra. Nickleby estava congelando na esquina, não apenas nos calcanhares, mas nos braços e nas pernas, Kate não teve alternativa senão apresentá-la à Srta. Knag, que, depois de acompanhar a partida da carruagem da última cliente até o derradeiro segundo, se apresentou com condescendente educação. As três então seguiram seu caminho, de braços dados, com a Srta. Knag no meio, num estado especial de amabilidade.

— Nem pode imaginar como estou gostando da sua filha, Sra. Nickleby — disse a Srta. Knag, após caminharem certa distância em silêncio.

— Fico feliz em saber — disse a Sra. Nickleby. — Mas não é novidade para mim que até pessoas estranhas gostem de Kate.

— Hum! — fez a Srta. Knag.

— Vai gostar ainda mais dela quando souber como é uma moça boa — disse a Sra. Nickleby. — É uma grande bênção para mim, em meus infortúnios, ter uma filha que não sabe o que são orgulho nem vaidade e cuja educação poderia ter permitido um pouco de cada desde o início. A senhorita não sabe o que é perder um marido.

Como a Srta. Knag não sabia sequer o que era ter um marido, concluía-se naturalmente que não sabia o que era perder um; então, ela apressou-se em dizer: "Não, de fato, não sei" e disse isso com um ar de quem gostaria de se ver casada com qualquer um... não, não, ela tinha juízo.

— Kate já deve ter melhorado, mesmo nesse pouco tempo, tenho certeza — disse a Sra. Nickleby, olhando com orgulho para a filha.

— Ah! Claro — disse a Srta. Knag.

— E vai melhorar ainda mais — acrescentou a Sra. Nickleby.

— Isso sem dúvida, é o que espero — replicou a Srta. Knag, apertando o braço de Kate para sinalizar a piada.

— Ela sempre foi esperta — disse a pobre Sra. Nickleby, animando-se —, sempre, desde bebê. Eu me lembro de quando ela tinha só dois anos e meio, que um cavalheiro que ia com frequência à nossa casa... o Sr. Watkins, sabe, Kate, minha querida, aquele de quem seu pobre papai foi fiador, que depois fugiu para os Estados Unidos e enviou um par de botas para neve, com uma carta tão emotiva que fez o seu pobre pai chorar por uma semana. Você se lembra da carta? Na qual ele dizia que sentia muito, mas que não podia pagar as cinquenta libras naquela ocasião, porque seu capital estava todo emprestado a juros, e que ele andava muito ocupado em fazer fortuna, mas que não se esquecia de que você era afilhada dele e consideraria uma grande indelicadeza de nossa parte se não comprássemos uma joia de prata e coral para você e juntássemos à velha conta dele? Nossa, minha querida, como você é desmiolada! E falou com tanto gosto sobre o vinho do Porto que ele tomava lá em casa, uma garrafa e meia de cada vez. Não é possível que não se lembre, Kate.

— Sim, sim, mamãe; por onde ele anda?

— Ora, aquele Sr. Watkins, minha querida — disse a Sra. Nickleby devagar, como se estivesse fazendo um tremendo esforço para lembrar-se de algo de primordial importância —, aquele Sr. Watkins... ele não era parente, a Srta. Knag vai compreender, daquele Watkins que mantinha a estalagem Velho Javali na aldeia; a propósito, não me lembro se era a Velho Javali ou a George III, mas sei que era uma das duas, mas dá no mesmo... aquele Sr. Watkins disse, quando você tinha só dois anos e meio, que você era uma das crianças mais extraordinárias que ele já tinha visto. Foi o que ele disse, Srta. Knag, e ele não gostava de crianças, nem tinha razão alguma para dizer isso. Sei que foi ele que disse isso, porque me lembro, tão bem como se fosse ontem, que ele pediu vinte libras emprestadas a seu pobre e querido papai logo depois.

Após citar esse extraordinário testemunho altamente desinteressado sobre a excelência de sua filha, a Sra. Nickleby parou para tomar fôlego; e a Srta. Knag, vendo que o discurso se voltava para o engrandecimento da família, não perdeu tempo, ela própria, em contribuir com uma pequena reminiscência.

— Não me fale em emprestar dinheiro, Sra. Nickleby — disse a Srta. Knag —, ou me deixará louca, totalmente louca. A minha mãe... hum... era uma criatura lindíssima e adorável, com o nariz mais admirável e extraordinário... hum... o mais extraordinário nariz jamais colocado num rosto humano, eu creio, Sra. Nickleby (nesse ponto, a Srta. Knag coçou o próprio nariz de forma condolente); talvez a mulher mais encantadora e graciosa que já existiu; mas tinha este defeito, o de emprestar dinheiro, e levou essa prática a tal ponto que emprestou... hum.... ah! milhares de libras, toda a nossa fortuna, e o que é pior, Sra. Nickleby, penso que, se vivêssemos até... até... hum... até o fim dos tempos, não teríamos esse dinheiro de volta. Penso mesmo.

Após concluir esse esforço da invenção sem ser interrompida, a Srta. Knag entregou-se a muitas outras recordações, não menos interessantes do que verdadeiras, cuja torrente a Sra. Nickleby tentou em vão conter, mas acabou deslizando suavemente, em seguida, contribuindo assim com uma subtorrente de suas próprias lembranças; e assim as duas mulheres seguiram conversando em total satisfação; a única diferença entre elas sendo que, enquanto a Srta. Knag se dirigia a Kate e falava muito alto, a Sra. Nickleby prosseguia num fluxo monótono e ininterrupto, muito satisfeita por estar falando e pouco interessada em se alguém a escutava.

Desse modo, elas seguiram seu caminho, muito amigavelmente, até que chegaram à casa do irmão da Srta. Knag, ele, um livreiro ornamental, responsável por uma biblioteca de pequena circulação, numa rua transversal à Tottenham Court Road, e que alugava por dia, semana, mês ou ano, os mais novos antigos romances, cujos títulos eram exibidos em caracteres escritos a tinta numa folha de papelão, pendurada à porta. Como a Srta. Knag estivesse, naquele momento, no meio de um relato de seu vigésimo segundo pedido de casamento, de um cavalheiro dono de uma grande propriedade, ela insistiu para que entrassem para jantar juntas; e elas entraram.

— Não vá embora, Mortimer — disse a Srta. Knag, enquanto elas entravam na loja. — É só uma de nossas moças e a mãe dela, Sra. e Srta. Nickleby.

— Ah, é mesmo! — exclamou o Sr. Mortimer Knag. — Ah!

Tendo feito essas exclamações com um ar sério e reflexivo, o Sr. Knag lentamente acendeu duas velas da cozinha no balcão, outras duas na janela e depois cheirou rapé, tirado de uma caixa em seu colete.

Causava forte impressão o jeito fantasmagórico como tudo isso era feito; e, como o Sr. Knag era um cavalheiro alto e magro, de traços solenes, usando óculos e com muito menos cabelos do que os que deixam orgulhosos os cavalheiros beirando os quarenta, a Sra. Nickleby disse baixinho a sua filha que achava que ele devia ser letrado.

— Já passa das dez — disse o Sr. Knag, consultando seu relógio. — Thomas, feche a loja.

Thomas era um menino quase da altura da metade de uma veneziana, e a loja, do tamanho de três coches de aluguel.

— Ah! — exclamou o Sr. Knag novamente, dando um suspiro profundo ao devolver à prateleira o livro que terminara de ler. — Bom... sim... acho que o jantar está pronto, minha irmã.

Com outro suspiro, o Sr. Knag apanhou as duas velas da cozinha e seguiu à frente das mulheres com passos fúnebres até a sala, onde uma faxineira, contratada durante a ausência da criada doente por dezoito centavos de libra, a serem deduzidos de seu salário, servia o jantar.

— Senhora Blockson — disse a Srta. Knag, em tom de repreensão —, quantas vezes eu já lhe disse para não entrar aqui com esse gorro?

— É isso mesmo, Srta. Knag — protestou a faxineira, sem aviso prévio. — Tem muito trabalho de limpeza aqui nesta casa, e, se a senhora não está satisfeita, é melhor procurar outra pessoa, pois o dinheiro que ganho aqui não compensa, e digo que é a pura verdade, nem que morra neste instante.

— Não quero ouvir *seus* comentários, por favor — disse a Srta. Knag, com ênfase especial no pronome. — Tem algum fogo lá embaixo para esquentar uma água?

— Não, na verdade, nenhum, Srta. Knag — respondeu a criada substituta —, e não vou inventar histórias.

— E o que houve com o fogo? — perguntou a Srta. Knag.

— O carvão acabou, e, se eu pudesse fazer carvão, eu fazia, mas, como não posso, não vou fazer, então eu sou franca, dona — retorquiu a Sra. Blockson.

— Quer ficar calada, mulher? — disse o Sr. Mortimer Knag, interferindo naquela conversa.

— Com sua permissão, Sr. Knag — retorquiu a faxineira, virando-se abruptamente. — Eu prefiro mesmo não dizer uma palavra nesta casa, exceto quando e onde me pedem para falar, senhor; e, quanto a ser mulher, senhor, eu gostaria de saber o que o senhor acha que é.

— Um desgraçado infeliz — exclamou o Sr. Knag, batendo na testa. — Um desgraçado infeliz.

— Ainda bem que o senhor sabe disso — disse a Sra. Blockson. — Como fez sete semanas anteontem que tive os dois gêmeos, e o meu pequenino, o Charley, levou uma queda e machucou o cotovelo na última segunda-feira, peço que me faça o favor de mandar nove xelins, por uma semana de trabalho, para a minha casa amanhã, antes que o relógio bata as dez horas.

Com essas palavras de despedida, a boa mulher saiu da sala muito à vontade, deixando a porta escancarada; o Sr. Knag, no mesmo instante, entrou precipitadamente na "loja" e gemeu alto.

— O que está havendo com esse senhor? — perguntou a Sra. Nickleby, muito abalada com o som.

— Ele está doente? — perguntou Kate, realmente assustada.

— Falem baixo! — disse a Srta. Knag. — Uma história muito triste. Ele já foi apaixonado por... hum... por madame Mantalini.

— Santo Deus! — exclamou a Sra. Nickleby.

— Pois é — continuou a Srta. Knag —, e foi muito bem correspondido; ele alimentava grandes esperanças de se casar com ela. É uma pessoa muito romântica, Sra. Nickleby, como na verdade... hum... na verdade, todos da nossa família, e a desilusão foi um golpe violento para ele. É um homem muitíssimo bem qualificado... extraordinariamente qualificado... lê... hum... todos os romances que são publicados; quer dizer, todos os romances que... hum... que têm estilo, claro. O fato é que descobriu tanta coisa nos livros que leu semelhante à infelicidade dele, e se identificou tanto, em todos os aspectos com os heróis... porque, é claro, é consciente da própria superioridade, naturalmente, como todos nós somos... que passou a desprezar tudo e se tornou um gênio; e tenho certeza de que ele está, no presente momento, escrevendo outro livro.

— Outro livro! — repetiu Kate, notando que fora feita uma pausa à espera de que alguém dissesse alguma coisa.

— Sim — disse a Srta. Knag, com um aceno de cabeça triunfante —, outro livro, em três volumes in-oitavo. Claro que é uma grande vantagem para ele, em todas as pequenas descrições de moda, ter o benefício da minha... hum... da minha experiência, porque, claro, poucos autores que escrevem sobre essas coisas têm a oportunidade de conhecê-las como eu. Ele vive tão imbuído dessa vida grandiosa que a menor alusão a questões de negócios ou de coisas materiais... como fez essa mulher agora, por exemplo... o deixa muito perturbado; mas, como sempre digo, acho que a desilusão foi uma grande coisa para ele, porque, se não tivesse se desiludido, não teria escrito sobre esperanças perdidas e tudo o mais; e o fato é que, se isso não tivesse acontecido como aconteceu, não acredito que a genialidade dele tivesse se revelado de maneira alguma.

Se a Srta. Knag teria ficado ainda mais comunicativa, em circunstâncias mais favoráveis, é impossível adivinhar, mas, como o melancólico estava por perto e o fogo precisava ser avivado, suas confidências terminaram aí. A julgar pelas aparências e pela dificuldade em aquecer a água, o único fogo a que a última criada estava acostumada era o ardor da erisipela; porém, um pouco de conhaque e água foram, por fim, servidos, e as convidadas, tendo previamente comido pernil frio, com pão e queijo, logo em seguida se despediram; Kate divertiu-se, durante todo o caminho, ao lembrar-se da última impressão que tivera do Sr. Mortimer Knag profundamente alheado, na loja; e a Sra. Nickleby debateu consigo mesma se a firma de costura viria a se chamar "Mantalini, Knag e Nickleby", ou "Mantalini, Nickleby e Knag".

A amizade da Srta. Knag permaneceu nesse ponto alto por três dias seguidos, para admiração das moças de madame Mantalini, que jamais tinham visto semelhante constância; mas no quarto dia recebeu um corte tão violento quanto súbito, que ocorreu como se segue.

Sucedeu que um velho lorde de uma importante família, que ia se casar com uma moça de família simples, foi com a jovem e a irmã dela assistir à cerimônia de prova de dois chapéus de casamento, que haviam sido encomendados no dia anterior, e, quando madame Mantalini anunciou o fato com uma voz aguda, através do tubo usado para a comunicação entre ela e a sala de trabalho, a Srta. Knag subiu a escada correndo com um chapéu em cada mão e se apresentou na sala de provas num estado encantador de grande agitação, com o intuito de demonstrar seu entusiasmo pela causa. Mal os chapéus foram experimentados, e a Srta. Knag e madame Mantalini tiveram um verdadeiro acesso de admiração.

— Apresentação elegantíssima esta— disse madame Mantalini.

— Nunca vi nada tão maravilhoso em toda a minha vida — disse a Srta. Knag.

Ora, o velho lorde, que era *muito* velho, não disse nada, mas murmurou algo num estado de grande satisfação, não tanto pelos chapéus e suas provadoras como por sua habilidade de conquistar uma mulher tão linda como esposa; e a jovem, que era uma moça cheia de vida, percebendo o arrebatamento do velho lorde, juntou-se a ele por trás de um grande espelho e lhe deu um beijo, enquanto madame Mantalini e a outra moça desviavam a vista discretamente.

Porém, durante esse gesto delicado, a Srta. Knag, que estava morrendo de curiosidade, apareceu acidentalmente atrás do espelho, e seus olhos cruzaram-se com os da mocinha vivaz no exato momento em que ela beijava o velho lorde; diante do que, a jovem, aborrecida, murmurou algo sobre "uma coisa velha" e "grande impertinência", e terminou lançando um olhar de desagrado à Srta. Knag e sorrindo com desdém.

— Madame Mantalini — disse a moça.

— Sim, senhora — disse madame Mantalini.

— Por favor, mande chamar aquela jovem e bela criatura que vimos ontem.

— Ah, sim, faça isso — disse a irmã.

— De todas as coisas no mundo, madame Mantalini — disse a pretendente do lorde, recostando-se languidamente num sofá —, a que mais detesto é ser atendida por pessoas esquisitas ou velhas. Sempre que eu vier, gostaria de ser atendida por aquela jovenzinha.

— Certamente — disse o velho lorde. — A adorável jovenzinha, com certeza.

— Todo mundo está falando nela — disse a moça, de forma bem negligente. — E o meu senhor, sendo um grande admirador da beleza, deve, sem dúvida, conhecê-la.

— Ela é admirada por todos — concordou madame Mantalini. — Sra. Knag, mande a Srta. Nickleby subir. Você não precisa voltar.

— Desculpe, madame Mantalini, o que foi que a senhora disse por último? — perguntou a Srta. Knag, trêmula.

— Não precisa voltar — repetiu sua superior, asperamente. A Srta. Knag desapareceu sem mais uma palavra e em pouco tempo foi substituída por Kate, que tirou os chapéus novos e colocou os velhos:

enrubescendo muito ao notar que o velho lorde e as duas moças não lhe tiravam os olhos do rosto.

— Ora, como ficou vermelha, menina! — exclamou a noiva do lorde.

— Ela ainda não está muito acostumada ao trabalho, como ficará em poucas semanas — interpôs-se madame Mantalini com um sorriso gracioso.

— Acho que você andou lançando um de seus olhares maliciosos para ela, meu senhor — disse a noiva.

— Não, não, não — replicou o velho lorde. — Não, não, eu vou me casar e começar vida nova. Ha, ha, ha! Vida nova, vida nova! Ha, ha, ha!

Era bom saber que o velho cavalheiro começaria uma vida nova, porque ficou evidente que a antiga não lhe duraria muito mais. O mero esforço do riso prolongado o reduziu a um acesso de tosse e engasgos; levou alguns minutos até ele readquirir o fôlego para dizer que a moça era bonita demais para ser costureira.

— Espero que não considere a boa aparência um empecilho para o negócio, senhor — disse madame Mantalini, com um sorriso afetado.

— De maneira alguma — replicou o velho lorde —, do contrário a senhora já teria abandonado esse trabalho há muito tempo.

— Seu danado — disse a mocinha vivaz, cutucando o noivo com sua sombrinha. — Não gosto que fale assim. Como se atreve?

Essa pergunta divertida foi seguida de outra cutucada e mais outra até que o lorde lhe tomou a sombrinha das mãos e se recusou a devolvê-la, o que levou a outra moça a ir em seu auxílio e ao início de uma deliciosa brincadeira.

— Providencie para que essas pequenas alterações sejam feitas, madame Mantalini — disse a jovem noiva. — E você, seu danado, decididamente terá que ir na frente; não vou deixar você aqui com essa moça bonita, nem por um segundo. Conheço-o muito bem. Jane, querida, deixe que ele saia primeiro, assim podemos ficar despreocupadas.

O velho lorde, obviamente envaidecido com essa desconfiança, lançou um grotesco olhar malicioso a Kate ao passar por ela e recebendo outra cutucada com a sombrinha por essa malandragem, desceu a escada até a porta da rua, onde seu corpo ágil foi carregado para dentro da carruagem por dois criados fortes.

— Puxa! — exclamou madame Mantalini. — *Eu* não sei como ele entra numa carruagem sem pensar num carro fúnebre. Vamos, guarde essas coisas, minha querida, guarde.

Kate, que permaneceu durante toda aquela cena com os olhos modestamente voltados para o chão, estava felicíssima por se valer da permissão para se retirar e se apressar em descer alegremente para os domínios da Srta. Knag.

As circunstâncias do pequeno reino, no entanto, haviam mudado drasticamente durante o curto período de sua ausência. Em vez de a Srta. Knag estar sentada no lugar de costume, preservando toda a dignidade e grandeza de uma representante de madame Mantalini, essa alma digna repousava numa caixa grande, banhada em lágrimas, enquanto três ou quatro das moças que a assistiam de perto, mais a presença de sais aromáticos, vinagre e outros revigorantes, teriam dado amplo testemunho, mesmo sem o desmazelo dos adereços da cabeça e da fileira dos cachos da frente, de que ela havia desmaiado desesperadamente.

— Valha-me Deus! — exclamou Kate, apressando o passo. — O que houve?

Essa pergunta produziu na Srta. Knag sintomas violentos de um novo lapso; e várias moças, fulminando Kate com o olhar, aplicaram mais vinagre e sais aromáticos e disseram que era uma vergonha.

— O que é uma vergonha? — perguntou Kate. — Qual é o problema? O que houve? Eu quero saber.

— Problema! — gritou a Srta. Knag, empertigando-se de imediato, para grande consternação das moças ali reunidas. — Problema! É uma vergonha, criatura maligna!

— Meu Deus! — exclamou Kate, quase paralisada pela violência com que o adjetivo foi lançado por entre os dentes trincados da Srta. Knag. — *Eu a ofendi?*

— *Você* me ofendeu? — replicou a Srta. Knag. — *Você!* Uma atrevida, uma criança, uma presunçosa qualquer! Ah, sim! Ha, ha!

Naquele momento ficou evidente, enquanto a Srta. Knag ria, que algo lhe parecera excessivamente engraçado; e como as moças adotavam o tom da Srta. Knag — ela sendo a chefe — todas caíram na risada sem um minuto de atraso e acenaram um pouco com a cabeça e sorriram sarcasticamente umas para as outras, como se para dizer que haviam gostado!

— Aqui está ela — continuou a Srta. Knag, descendo da caixa e apresentando Kate com muita cerimônia e muitas mesuras ao deleitado grupo —, aqui está ela... todo mundo está falando nela... a beldade, minhas senhoras... a bela, a... ó, sua atrevida!

Durante essa crise, a Srta. Knag não conseguiu reprimir um tremor virtuoso, que imediatamente contagiou todas as moças; depois disso, ela riu e, em seguida, chorou.

— Durante quinze anos — exclamou a Srta. Knag, soluçando de maneira muito afetada —, durante quinze anos, eu fui o orgulho e o ornamento desta sala e da outra lá em cima. Graças a Deus — disse a Srta. Knag, batendo primeiro o pé direito e depois o esquerdo com extraordinária energia —, durante todo esse tempo, até agora, nunca fui exposta à astúcia, à astúcia vil de uma criatura que nos desgraça com sua conduta e faz pessoas dignas sentirem-se envergonhadas delas mesmas. Mas eu sinto isso, sinto realmente, embora esteja enojada.

Nesse ponto, a Srta. Knag voltou a falar com suavidade, e as moças renovaram sua atenção, dizendo que ela deveria ser superior a essas coisas e que, da parte delas, a desprezavam e a achavam indigna de consideração e que, declararam com mais ênfase do que antes, aquilo era uma vergonha, e que estavam sentindo tanta raiva, estavam sim, que nem sabiam como se segurar.

— Eu vivi até hoje para ser chamada de esquisita? — protestou a Srta. Knag, exaltando-se subitamente e tentando arrancar os cabelos.

— Ah, não, não — replicaram as moças em coro —, não diga isso; não diga isso agora!

— Por acaso eu mereço ser chamada de velha? — gritou a Srta. Knag, desafiando as figurantes.

— Não pense nessas coisas, querida — respondeu o coro.

— Eu tenho ódio a ela — disse a Srta. Knag —, tenho ódio a ela, detesto. Nunca mais vou falar com ela; nem vou deixar nenhuma amiga minha falar com ela; uma ordinária, sem-vergonha, uma despudorada ardilosa! — Tendo denunciado o alvo de sua ira, nesses termos, a Srta. Knag gritou uma vez, soluçou três, gorgolejou diversas vezes, cochilou, tremeu, acordou, recobrou a consciência, ajeitou o adereço de cabelo e declarou-se bem novamente.

    A pobre Kate presenciara essa conduta, totalmente espantada de início. Ora enrubescia, ora perdia a cor, e umas duas vezes tentou falar, mas, quando o verdadeiro motivo desse comportamento alterado foi esclarecido, recuou alguns passos e começou a observar a distância, sem se atrever a responder. Entretanto, embora tenha caminhado com altivez para sua cadeira e dado as costas ao grupo de pequenos satélites aglomerado em torno de seu planeta regente no canto mais remoto da sala, ela derramou, em silêncio, algumas lágrimas amargas que deixariam feliz o recôndito mais íntimo da alma da Srta. Knag, se ela as tivesse percebido.

CAPÍTULO XIX

Descreve um jantar na casa do Sr. Ralph Nickleby e a maneira como os convidados se divertiram antes, durante e depois do jantar

O mau humor e o rancor da digna Srta. Knag não diminuindo durante o resto da semana, muito pelo contrário, aumentando a cada hora, e o honesto ódio de todas as moças crescendo ou parecendo crescer na exata proporção da indignação da boa solteirona, ambos tornando-se muito intensos sempre que a Srta. Nickleby era solicitada ao andar de cima, pode-se facilmente presumir que a vida diária dessa moça não era das mais alegres ou invejáveis. Ela agradeceu a chegada da noite de sábado, como um prisioneiro agradeceria as poucas e deliciosas horas da suspensão de tortura lenta e extenuante, e achou que a ninharia recebida por sua primeira semana no emprego teria valido a pena, caso seu valor fosse triplicado.

Quando, como de costume, juntou-se à mãe na esquina, sua surpresa não foi pouca ao encontrá-la conversando com o Sr. Ralph Nickleby; mas essa surpresa foi logo redobrada, não somente pelo assunto da conversa, como também pela mudança e suavidade nos modos do próprio Sr. Nickleby.

— Ah, minha querida! — disse Ralph. — Estávamos agora mesmo falando sobre você.

— É verdade? — replicou Kate, retraindo-se, embora não soubesse por quê, diante do olhar frio e reluzente do tio.

— Neste exato momento — disse Ralph. — Eu estava vindo para apanhá-la, cuidando para chegar aqui antes que você saísse; mas sua mãe e eu estávamos conversando sobre questões familiares, e o tempo passou tão rapidamente...

— Ora, foi mesmo, não foi? — interferiu a Sra. Nickleby, insensível ao tom sarcástico da última observação de Ralph. — Palavra, eu nunca imaginaria que fosse possível um tal... Kate, minha querida, você vai jantar com seu tio amanhã às seis e meia.

Orgulhosa por ter sido a primeira a dar essa extraordinária informação, a Sra. Nickleby fez um aceno afirmativo de cabeça e sorriu diversas vezes para imprimir essa total magnificência na mente dispersiva de Kate e, em seguida, desviou o ângulo da conversa para questões de ordem prática.

— Deixe-me ver — disse a boa mulher. — Seu vestido de seda preto servirá muito bem, minha querida, com aquele lindo lencinho, uma fita no cabelo e meias de seda pretas... ora, ora — disse a Sra. Nickleby, mudando novamente o tópico da conversa —, se pelo menos eu tivesse aquelas minhas infelizes ametistas... lembra-se, Kate, meu amor... como elas brilhavam? você sabe... mas seu papai, seu pobre e querido papai... ah! Nunca houve nada mais cruelmente sacrificado do que aquelas joias, nunca! — Tomada por esse doloroso pensamento, a Sra. Nickleby balançou a cabeça negativamente de forma melancólica e levou o lenço aos olhos.

— Não me interessam essas joias, mamãe, não mesmo — disse Kate. — Esqueça que elas um dia já foram suas.

— Meu Deus, Kate, minha querida — disse a Sra. Nickleby, de mau humor —, como você é infantil! Vinte e quatro colheres de chá de prata, meu cunhado, duas molheiras, quatro saleiros, o colar, o broche e os brincos, todos de ametista... tudo perdido, ao mesmo tempo, e eu dizendo, quase de joelhos, àquela pobre alma: "Por que você não faz alguma coisa, Nicholas? Por que não entra num acordo?". Tenho certeza de que qualquer pessoa que estava conosco naquela ocasião me fará justiça dizendo que eu aconselhei isso, e repetia cinquenta vezes por dia. Não é verdade, Kate, minha querida? Eu alguma vez perdi a oportunidade de dizer isso ao seu pobre papai?

— Não, não, mamãe, nunca — respondeu Kate. E, para fazer justiça à Sra. Nickleby, ela jamais perdera e, para fazer justiça às mulheres casadas como um todo, elas raramente perdem a oportunidade de inculcar esses preceitos áureos, cuja única imperfeição é o leve grau de imprecisão e incerteza em que são sempre envoltos.

— Ah! — disse a Sra. Nickleby, com grande fervor —, se meus conselhos tivessem sido ouvidos no começo... Bom, eu sempre cumpri o *meu* dever e isso me deixa tranquila.

Após fazer essas reflexões, a Sra. Nickleby suspirou, esfregou uma mão na outra, ergueu os olhos e finalmente assumiu uma postura humilde; indicando assim que era uma santa perseguida, mas que não incomodaria seus ouvintes mencionando uma situação que deveria ser óbvia para todos.

— Agora — disse Ralph, com um sorriso, que, assim como todos seus outros indícios de emoção, parecia escapar sorrateiramente sob sua cara, em vez de se apresentar corajosamente sobre ela —, voltando ao ponto do qual nos desviamos. Vou dar uma pequena festa para... para... cavalheiros com quem tenho negócios, na minha casa, amanhã; e a sua mãe prometeu que você cuidaria da casa para mim. Não estou muito acostumado com festas; mas essa é de negócios, e essas tolices são, às vezes, uma parte importante deles. Você me faria esse favor?

— Favor! — disse a Sra. Nickleby. — Minha querida Kate, por quê?...

— Licença — interrompeu Ralph, fazendo um sinal para que ficasse calada. — Eu falei com a minha sobrinha.

— Terei muito prazer, claro, tio — respondeu Kate —, mas temo que o senhor me ache muito desajeitada e tímida.

— Ah, não — disse Ralph. — Venha quando quiser, num coche de aluguel... eu pago na chegada. Boa noite... e... e... Deus a abençoe.

A bênção parecia presa à garganta do Sr. Ralph Nickleby, como se não estivesse acostumada com o caminho e não soubesse como sair. Mas saiu de qualquer forma, embora de maneira muito esquisita; e ele, tendo se livrado dela, apertou a mão das duas familiares e subitamente as deixou.

— Que feições distintas tem seu tio! — exclamou a Sra. Nickleby, impressionada com o olhar dele de despedida. — Não vejo a menor semelhança com o pobre irmão.

— Mamãe! — censurou Kate. — Pensar uma coisa dessas!

— Não — disse a Sra. Nickleby, ponderando. — Não há nenhuma. Mas é um rosto muito honesto.

A digna matrona fez esse comentário com grande ênfase e elocução, como se encerrasse uma boa quantidade de engenhosidade e pesquisa; e, na verdade, não era indigno de ser classificado entre as extraordinárias descobertas da época. Kate ergueu a vista rapidamente e com a mesma rapidez a baixou.

— O que houve com você, minha querida, por Deus? — perguntou a Sra. Nickleby, depois de caminharem por um tempo em silêncio.

— Estava só pensando, mamãe — respondeu Kate.

— Pensando! — repetiu a Sra. Nickleby. — Sim, de fato há muito em que pensar. Seu tio se agradou muito de você, isso ficou bastante claro; e eu ficaria muito surpresa se depois disso uma sorte extraordinária não viesse em sua direção, é só.

Com isso, ela passou a contar diversas histórias de moças que haviam recebido de tios excêntricos notas de mil libras dentro de saquinhos bordados; e de moças que haviam acidentalmente conhecido amáveis cavalheiros de grande fortuna na casa dos tios e casado com eles depois de um noivado curto e ardente; e Kate, ouvindo de início com apatia e depois com interesse, sentiu, enquanto caminhavam para casa, algo da atitude otimista da mãe gradualmente despertando em seu próprio peito, e começou a imaginar que suas perspectivas poderiam estar clareando, e que melhores dias poderiam vir a raiar sobre elas. Assim é a esperança, o presente dos céus aos mortais lutadores; abrangendo, como a sutil essência celestial, todas as coisas, as boas e as más; tão universal como a morte e mais infecciosa do que a doença!

O tênue sol de inverno — e os sóis de inverno da cidade são de fato tênues — pode ter ficado mais brilhante, enquanto lançava sua luz através das janelas sombrias do velho casarão, ao testemunhar a cena incomum de uma sala parcialmente mobiliada. Num canto escuro, onde durante anos permanecera uma empoeirada e silenciosa pilha de mercadorias abrigando sua colônia de ratos e lançando sua sombra, uma massa opaca e sem vida, sobre a sala apainelada, salvo quando, sob o impacto do sacolejo das carroças pesadas na rua, ela tremia com vibrações fortes e fazia os olhos brilhantes de seus pequenos cidadãos reluzirem ainda mais de medo e os paralisava, deixando-os com os ouvidos atentos e o coração palpitante, até que o motivo de alarme passasse — nesse canto escuro, encontravam-se arranjados, com um cuidado escrupuloso, todos os pequenos adornos de Kate para o dia; cada peça do vestuário partilhando aquele ar de elegância e individualidade que as roupas vazias — quer por associação, quer por se moldarem ao contorno daqueles que as usam — tomam a olhos acostumados a ver, ou imaginar, a elegância dos donos. No lugar de fardos mofados de mercadorias, lá estava o vestido de seda preto: em si uma imagem elegantíssima. Os sapatinhos, com pontas delicadamente voltadas para cima, apoiados contra o peso de um velho ferro; e uma pilha de couro bruto e descolorido dava, sem perceber, lugar ao mesmo par de meias de seda pretas, objeto dos cuidados atentos da Sra. Nickleby. Ratos e camundongos, e pequenas criaturas assim haviam morrido de fome muito tempo atrás ou emigrado para melhores vizinhanças: e, em seu lugar, surgiam luvas, fitas, lenços, grampos de cabelo e muitos outros pequenos objetos, quase tão engenhosos em sua maneira de ser quanto os próprios ratos e camundongos, para tormento do gênero humano. Em torno deles, e em seu meio, movimentava-se Kate, a mais bela e incomum consolação para aquela casa austera, velha e sombria.

Em um bom tempo, ou um mau tempo, como o leitor preferir — pois a impaciência da Sra. Nickleby andava mais rápido do que os relógios naquele recôndito da cidade, e Kate se vestiu até o último grampo de cabelo uma hora e meia antes do necessário para começar a pensar sobre isso —, em um bom tempo, ou um mau tempo, a toalete estava feita; e por fim tendo chegado a hora combinada, o leiteiro chamou um coche no ponto mais próximo, e Kate, com muitos adeus a sua mãe e muitos recados à Srta. La Creevy, que fora convidada para um chá, acomodou-se nele e seguiu em estilo, se é que alguém já andou em estilo num coche de aluguel. E o veículo, o cocheiro e os cavalos sacudiam e açoitavam e oscilavam e praguejavam e maldiziam e seguiam juntos aos trancos e barrancos, até que chegaram à Golden Square.

O cocheiro deu uma batida dupla espantosa na porta, que foi aberta antes mesmo que ele terminasse, quase tão rapidamente como se houvesse, por trás dela, um homem com a mão presa à maçaneta. Kate, que não esperava ninguém mais do que o estranho Newman Noggs, de camisa limpa, ficou atônita ao ver que a porta fora aberta por um homem num belo uniforme e que havia dois ou três outros no *hall* de entrada. Não restava dúvida quanto àquela ser a casa certa, pois o nome estava na porta; então, ela aceitou o braço vestido em mangas de casaco bordadas que lhe foi oferecido e, ao entrar, foi conduzida ao andar de cima, onde foi deixada sozinha numa sala dos fundos.

Se a visão do criado em uniforme a surpreendera, a riqueza e o esplendor do mobiliário lhe pareciam espantosos. Tapetes macios e elegantes, os mais belos quadros, os mais suntuosos espelhos; objetos do mais rico esplendor, deslumbrantes na beleza e na prodigalidade com que eram espalhados por toda parte, foi o que ela encontrou à sua volta. A própria escada, quase até o *hall* de entrada, era coberta de coisas belas e luxuosas, como se a casa contivesse tantas riquezas que, algo a mais acrescentado ali, facilmente transbordaria para a rua.

Logo em seguida, Kate ouviu uma série de batidas duplas na porta de entrada e depois de cada batida uma nova voz na sala ao lado; a fala do Sr. Ralph Nickleby foi, de início, facilmente reconhecível, mas aos poucos os sons fundiram-se num zumbido de conversa, e tudo que ela conseguia perceber era que havia vários cavalheiros com vozes não muito musicais, que falavam alto, riam de peito aberto e praguejavam mais do que ela supunha necessário. Mas isso era uma questão de gosto.

Finalmente, a porta se abriu, e o próprio Ralph, já sem as botas e cerimoniosamente adornado com seda e sapatos pretos, revelou sua cara astuta.

— Não pude vir falar com você antes, minha querida — ele disse, num tom baixo e apontando, enquanto falava, para a sala ao lado. — Estava recebendo os convidados. Agora... Vamos lá?

— Diga, tio — disse Kate, um pouco confusa, como pessoas mais familiarizadas com visitas geralmente ficam quando estão prestes a entrar numa sala cheia de estranhos e têm tempo de pensar sobre isso com antecedência —, há senhoras lá dentro?

— Não — Ralph respondeu, bruscamente —, não conheço nenhuma.

— Eu preciso ir agora? — perguntou Kate, recuando um pouco.

— Como quiser — disse Ralph, dando de ombros. — Todos já chegaram, e o jantar será anunciado logo em seguida... é só.

Kate teria pedido alguns minutos mais, porém, achando que o tio poderia considerar o pagamento do coche um tipo de negociação por sua pontualidade, aceitou que ele a tomasse pelo braço e a conduzisse à outra sala.

Sete ou oito cavalheiros estavam ao redor do fogo quando entraram e, como falavam muito alto, não perceberam a chegada deles até que o Sr. Nickleby, tocando na manga de casaco de um deles disse em voz dura e enfática, como se para atrair a atenção geral...

— Lorde Frederick Verisopht, minha sobrinha, Srta. Nickleby.

O grupo se dispersou, como se tomado pela surpresa, e o cavalheiro a quem fora dirigida a palavra, voltou-se, exibindo um terno de corte impecável, suíças de semelhante estilo, bigode, espessa cabeleira e um rosto jovem.

— Eia! — exclamou o cavalheiro. — Que... diabos!

Com essas interrompidas exclamações, ele levou o monóculo ao olho e fixou o olhar na Srta. Nickleby com grande surpresa.

— Minha sobrinha, meu lorde — disse Ralph.

— Quer dizer que meus ouvidos não me enganam, e não é uma boneca de cera — disse o lorde. — Muito prazer em conhecê-la. — O lorde então voltou-se para outro cavalheiro elegante, um pouco mais velho, um pouco mais robusto, um pouco mais corado e um tanto mais antigo na cidade, e disse em voz baixa que a moça era "danada de bonita".

— Apresente-me a ela, Nickleby — disse o segundo cavalheiro, que se achava indolentemente de costas para o fogo e com os cotovelos sobre a cornija da lareira.

— *Sir* Mulberry Hawk — disse Ralph.

— Em outras circunstâncias, a carta mais conhecida do ba... ralho, Srta. Nickleby — disse lorde Frederick Verisopht.

— Não me deixe de fora, Nickleby — disse um cavalheiro de feições austeras, sentado numa cadeira baixa de espaldar alto, lendo o jornal.

— Sr. Pyke — disse Ralph.

— Nem a mim, Nickleby — disse um cavalheiro de rosto rosado e ar vistoso ao lado de *Sir* Mulberry Hawk.

— Sr. Pluck — disse Ralph. Em seguida circulando novamente em direção a um cavalheiro com pescoço de cegonha e pernas de nenhum animal em particular, Ralph apresentou-o como o ilustre Sr. Snobb; e uma pessoa de cabelos brancos à mesa, como coronel Chowser. O coronel conversava com alguém, que parecia ser sem importância e que não foi sequer apresentado.

Houve duas circunstâncias que, já naquele estágio inicial da festa, abalaram Kate e lhe fizeram o sangue ferver no rosto. Uma era o desdém com que os hóspedes claramente tratavam seu tio, e a outra, a incrível insolência na maneira como se dirigiam a ela. Que o primeiro sintoma provavelmente conduziria ao agravamento do segundo, não era preciso grande poder de discernimento para prever. E aí o Sr. Ralph Nickleby não calculou os riscos; pois, por mais que uma dama (por natureza) seja recém--chegada do interior e desconheça regras de conduta, ela provavelmente terá um senso inato do que é apropriado e decente na vida tanto quanto se tivesse passado várias estações em Londres — talvez um ainda mais forte, pois é sabido que esse senso se embota no processo de aprimoramento.

Quando Ralph completou o cerimonial de apresentações, conduziu a envergonhada sobrinha a uma cadeira. Ao fazer isso, olhou cautelosamente à sua volta como para se assegurar da impressão que a inesperada aparência da sobrinha causara.

— Um prazer inesperado, Nickleby — disse lorde Frederick Verisopht, retirando o monóculo do olho direito, onde até então se prestara a analisar Kate, e fixando-o no esquerdo para enfocar Ralph.

— Planejado para surpreendê-lo, lorde Frederick — disse o Sr. Pluck.

— Não foi uma má ideia — disse o lorde —, e ela até mesmo poderia ser a garantia de um acréscimo de dois e meio por cento.

— Nickleby — disse o *Sir* Mulberry Hawk, com voz grave e áspera —, aceite a oferta e junte-a aos outros vinte e cinco, ou quantos quer que sejam, e me dê metade pelo conselho.

Sir Mulberry guarneceu sua fala com um riso rouco e encerrou-o com uma divertida praga contra os clientes do Sr. Nickleby, diante do que os senhores Pyke e Pluck riram desbragadamente.

Mal esses cavalheiros se recuperaram da piada, o jantar foi anunciado, e então eles foram conduzidos a novos êxtases por um motivo semelhante; pois *Sir* Mulberry Hawk, num excesso de humor, agilmente passou à frente de lorde Frederick Verisopht que estava prestes a acompanhar Kate na descida e tomou o braço da moça no seu.

— Não, diabos, Verisopht — disse *Sir* Mulberry —, o jogo limpo é precioso, e eu e a Srta. Nickleby nos entendemos com nossos olhares dez minutos atrás.

— Ha, ha, ha! — riu o ilustre Sr. Snobb. — Muito bom, muito bom.

Sentindo-se ainda mais espirituoso com esse elogio, *Sir* Mulberry Hawk olhou de esguelha, maliciosamente, para os amigos e acompanhou Kate na descida com um ar de familiaridade que fez o delicado peito da moça queimar de tamanha indignação, quase impossível de conter. Esse sentimento só aumentou quando foi colocada na cabeceira da mesa, tendo *Sir* Mulberry Hawk de um lado e lorde Frederick Verisopht do outro.

— Ah, quer dizer que achou um jeito de morar próximo a nós, não é? — observou *Sir* Mulberry quando o lorde se sentou.

— Claro — respondeu lorde Frederick, cravando os olhos na Srta. Nickleby —, por que me pergunta?

— Bom, cuide do seu jantar — disse *Sir* Mulberry — e não se preocupe comigo e com a Srta. Nickleby, porque, eu garanto, seremos uma companhia muito indiferente.

— Eu gostaria que interferisse aqui, Nickleby — disse lorde Frederick.

— Qual é o problema, meu lorde? — perguntou Ralph da outra extremidade da mesa, assistido pelos senhores Pyke e Pluck.

— Esse camarada, Hawk, está monopolizando a sua sobrinha — disse lorde Frederick.

— Ele tem uma razoável participação em tudo que você diz ser seu, meu lorde — disse Ralph com um riso sarcástico.

— Bom, então ele tem — replicou o jovem. — O diabo que me carregue, se eu sei quem manda na minha casa, ele ou eu.

— *Eu* sei — resmungou Ralph.

— Acho que vou deixá-lo sem um único xelim — disse o jovem nobre jocosamente.

— Não, não, que se dane — disse *Sir* Mulberry. — Quando chegar ao xelim... ao derradeiro xelim... eu deixo você no mesmo instante; mas, até lá, nunca vou deixá-lo... pode ter certeza disso.

Essa tirada (que era estritamente fundada em fato) foi recebida com uma gargalhada geral, acima da qual se distinguiam plenamente as risadas do Sr. Pyke e do Sr. Pluck, que eram, obviamente, bajuladores de *Sir* Mulberry em serviço. Aliás, não era difícil ver que a maioria dos participantes se aproveitava do infeliz lorde, que, fraco e tolo como era, parecia de longe o menos malicioso do grupo. *Sir* Mulberry Hawk era notável por seu tato em arruinar, sozinho e com seus parceiros, jovens nobres de fortuna... profissão gentil e elegante, na qual ele indubitavelmente tinha a dianteira. Com toda a coragem de um gênio original, ele adotara um curso de ação inteiramente novo, bem oposto ao método usual; seu costume era, quando adquiria a ascendência sobre aqueles, o de mantê-los subjugados e não lhes dar a liberdade de seguirem seu caminho; e exercitar sua esperteza sobre eles abertamente, e sem reservas. Assim, transformava-os em verdadeiros alvos de zombaria e, enquanto os esvaziava com grande destreza, os provocava, tornando-os motivo de chacota da sociedade.

O jantar era tão notável pelo esplendor e perfeição do serviço como a própria mansão, e os participantes, notáveis por lhe fazerem ampla justiça, aspecto este no qual os senhores Pyke e Pluck, em particular, se destacaram: estes dois cavalheiros serviram-se de todos os pratos e beberam de todos os drinques, com capacidade e perseverança admiráveis. Eles estavam notavelmente bem-dispostos também, apesar do grande esforço, pois, ao surgir a sobremesa, partiram para a ação de novo, como se nada de significativo tivesse acontecido desde o café da manhã.

— Bom — disse lorde Frederick, tomando seu primeiro trago de vinho do Porto —, se este é um jantar de descontos, tudo que tenho a dizer é que o diabo que me carregue, se não seria um bom plano conseguir um desconto todo dia.

— Você terá o seu quinhão no devido tempo — disse *Sir* Mulberry Hawk. — Nickleby lhe dirá isso.

— O que diz, Nickleby? — perguntou o jovem nobre. — Eu serei um bom freguês?

— Depende inteiramente das circunstâncias, meu lorde — respondeu Ralph.

— Das circunstâncias do caro lorde — interpôs-se o coronel Chowser do exército... e das pistas de corridas.

O galante coronel olhou para os senhores Pyke e Pluck como se esperasse que eles rissem de sua brincadeira; mas esses cavalheiros, empenhados em rir apenas das graças de *Sir* Mulberry Hawk, permaneceram, para frustração do coronel, tão sérios como dois coveiros. Para agravar ainda mais essa derrota, *Sir* Mulberry, considerando essa tentativa uma invasão de seu peculiar privilégio, encarou o transgressor através de seu copo como se perplexo com essa presunção e declarou em alto e bom som sua impressão como uma "liberdade infernal", o que, servindo de sinal para lorde Frederick, o fez erguer seu monóculo e supervisionar o alvo de censura como se este fosse um animal selvagem raro sendo exibido então pela primeira vez. Como de hábito, os senhores Pyke e Pluck cravaram o olhar no indivíduo que *Sir* Mulberry encarava; de modo que o pobre coronel, para ocultar sua confusão, foi reduzido à necessidade de segurar seu Porto diante do olho direito, fingindo examinar-lhe a cor com o maior interesse.

Durante todo esse tempo, Kate permaneceu em silêncio o quanto pôde, quase sem erguer a vista, temerosa de encontrar o olhar de admiração de lorde Frederick Verisopht, ou, o que seria ainda mais embaraçoso, o olhar impertinente de seu amigo, *Sir* Mulberry. Este último cavalheiro era amável o suficiente para atrair a atenção geral sobre ela.

— Aqui está a Srta. Nickleby — observou *Sir* Mulberry —, se perguntando por que diabos ninguém faz amor com ela.

— Não, de forma alguma — disse Kate, levantando a vista apressadamente —, eu... — Em seguida parou, percebendo que teria sido melhor ter ficado calada.

— Aposto cinquenta libras com qualquer um — disse *Sir* Mulberry — que a Srta. Nickleby não tem coragem de me olhar na cara e dizer que não estava pensando nisso.

— Feito! — exclamou o tolo nobre. — Dentro de um prazo de dez minutos.

— Feito! — respondeu *Sir* Mulberry. O dinheiro foi apresentado por ambas as partes, e o ilustre Sr. Snobb foi eleito para a dupla função de depositário das apostas e controlador do tempo.

— Por favor — disse Kate, muito confusa, enquanto essas preliminares eram realizadas. — Por favor, não me façam objeto de nenhuma aposta. Tio, eu não posso, realmente...

— Por que não, minha querida? — interrompeu-a Ralph, em cuja voz irritante, no entanto, havia uma incomum rouquidão, como se estivesse falando a contragosto e preferisse que a proposta não tivesse sido apresentada. — Será feita num instante; não tem nada de mais. Se os cavalheiros assim insistem...

— *Eu* não insisto — disse *Sir* Mulberry, com uma gargalhada. — Isto é, eu não insisto em que a Srta. Nickleby negue, pois, se negar, eu perco; mas ficarei feliz de ver os olhos brilhantes dela, principalmente porque ela embeleza tanto a mesa.

— É mesmo, e é péssimo de sua parte, Srta. Nickleby — disse o jovem nobre.

— Muito cruel — disse o Sr. Pyke.

— Cruel demais — disse o Sr. Pluck.

— Não me importo se perder — disse *Sir* Mulberry —, pois um mero olhar à Srta. Nickleby vale o dobro desse valor.

— Mais — disse o Sr. Pyke.

— Muito mais — disse o Sr. Pluck.

— E aí, como está o inimigo, Snobb? — perguntou *Sir* Mulberry Hawk.

— Já se passaram quatro minutos.

— Bravo!

— Não vai fazer nenhum esforço por mim, Srta. Nickleby? — perguntou lorde Frederick, depois de um curto intervalo.

— Não precisa se preocupar em perguntar, meu chapa — disse *Sir* Mulberry. — Eu e a Srta. Nickleby nos entendemos; ela mostra estar ao meu lado e demonstra seu gosto. Você não tem uma chance, amigo velho. O tempo, Snobb?

— Já se foram oito minutos.

— Deixe o dinheiro na mão — disse *Sir* Mulberry. — Logo terá que entregar.

— Ha, ha, ha! — riu o Sr. Pyke.

O Sr. Pluck, que era sempre o segundo a se manifestar e a sobrepujar o companheiro se pudesse, riu às gargalhadas.

A pobre moça, que estava tão atordoada naquela confusão a ponto de mal saber o que fazer, decidira permanecer em completo silêncio; mas temendo que, ao agir assim, pudesse parecer favorável à ostentação de *Sir* Mulberry, que fora expressa com baixeza e vulgaridade, ergueu a vista e encarou-o. Havia algo de tão odioso, tão insolente, tão repulsivo no olhar que cruzou com o seu que, sem a força para pronunciar uma única sílaba, levantou-se e deixou a sala correndo. Com grande esforço, ela se conteve até ficar sozinha no andar superior, e só então deu vazão às lágrimas.

— Excelente! — disse *Sir* Mulberry Hawk, embolsando a aposta. — Essa é uma moça de coragem, e brindemos à sua saúde.

É desnecessário dizer que Pyke e companhia acolheram essa proposta com grande disposição ou que o brinde foi feito com pequenas insinuações do grupo, relativas ao sucesso da conquista de *Sir* Mulberry. Ralph, que, enquanto a atenção dos outros convidados se dirigia aos protagonistas da cena anterior, os fitara como um lobo, parecia respirar aliviado, agora que sua sobrinha havia deixado a sala; no momento em que os decantadores passavam rapidamente ao redor da mesa, ele se recostou na cadeira e dirigiu os olhos de falante a falante, enquanto eles se aqueciam com o vinho, com um olhar que parecia perscrutar seus corações e expor, em seu prazer doentio, todos os pensamentos insensatos que lá havia.

Enquanto isso, Kate, deixada sozinha, recobrara até certo ponto a sua compostura. Foi informada por uma criada que seu tio queria vê-la antes que partisse e também descobrira, com satisfação, que os cavalheiros tomariam café à mesa. A perspectiva de não mais os encontrar contribuiu bastante para que se acalmasse e, pegando um livro, se dispôs a ler.

Começara a leitura algumas vezes, quando de repente a porta da sala de jantar se abriu, deixando entreouvir-se uma grande algazarra, e ela, mais de uma vez, levantou-se alarmada ao imaginar passos subindo as escadas e temerosa de que algum participante extraviado estivesse voltando sozinho. Nada acontecendo, entretanto, para comprovar sua apreensão, ela tentou concentrar a atenção no livro, no qual, aos poucos, tornou-se tão interessada que leu vários capítulos sem notar o passar do tempo e sem perceber onde estava, quando, aterrorizada, ouviu seu nome pronunciado por uma voz masculina ao ouvido.

O livro lhe caiu das mãos. Reclinado numa otomana a seu lado, estava *Sir* Mulberry Hawk, obviamente num estado deplorável — se é que um crápula pode ser encontrado em melhor estado — causado pelo vinho.

— Que aplicação admirável! — disse o gentil cavalheiro. — Era mesmo verdadeiro, ou somente para exibir os cílios?

Kate, olhando ansiosamente em direção à porta, não deu resposta.

— Já faz cinco minutos que os admiro — disse *Sir* Mulberry. — Palavra de honra, são perfeitos. Não sei por que fui falar e desmanchar quadro tão lindo.

— Faça o favor de ficar em silêncio agora, senhor — retrucou Kate.

— Não — replicou *Sir* Mulberry, dobrando o chapéu amassado para apoiar nele os cotovelos e aproximando-se ainda mais da moça —, não deve dizer isso, palavra. É uma maldade tratar assim um escravo e admirador seu, Srta. Nickleby, palavra de honra.

— Quero que compreenda, senhor — disse Kate, tremendo a contragosto, mas falando com grande indignação —, que o seu comportamento me ofende e me enoja. Se lhe restar o mínimo de cavalheirismo, me deixe sozinha.

— Ora, por que — continuou *Sir* Mulberry —, por que insiste em manter essa aparência de rigor excessivo, minha doce criatura? Ora, seja mais espontânea... minha cara Srta. Nickleby, seja mais espontânea... vamos.

Kate levantou-se rapidamente, mas nesse momento *Sir* Mulberry lhe segurou o vestido e a deteve à força.

— Me solte, senhor — ela gritou, seu coração explodindo de raiva. — Está me ouvindo? Agora mesmo... neste instante.

— Sente-se, sente-se — disse *Sir* Mulberry —, eu quero falar com você.

— Me largue, senhor, agora — indignou-se Kate.

— Por nada neste mundo — disse *Sir* Mulberry. Assim falando, inclinou-se sobre ela como para forçá-la a sentar-se. Mas a moça, fazendo um esforço violento para soltar-se, o fez perder o equilíbrio e ele caiu estendido no chão. Quando Kate tentou apressada deixar a sala, o Sr. Ralph Nickleby surgiu à porta e a confrontou.

— O que é isso? — perguntou Ralph.

— É isto, senhor — Kate respondeu, violentamente agitada —, embaixo do teto onde eu, uma moça indefesa, filha do seu falecido irmão, deveria encontrar proteção, fui exposta a insultos que deveriam fazer o senhor se encolher de vergonha só de olhar para mim. Deixe-me passar.

Ralph encolheu-se, *de fato*, enquanto a moça indignada cravou nele os olhos fulminantes; mas, mesmo assim, não acedeu a seu pedido; em vez disso, conduziu-a a um sofá mais distante e, ao retornar, aproximou-se de *Sir* Mulberry Hawk, que já se levantara, e lhe sinalizou a porta da rua.

— O seu caminho é por ali, senhor — disse Ralph, com voz contida, da qual muito se orgulharia um demônio.

— O que quer dizer com isso? — perguntou o amigo ferozmente.

As veias protuberantes se destacaram como tendões na testa enrugada de Ralph, e os nervos ao redor da boca contraíram-se como se uma emoção insuportável os repuxasse, mas ele sorriu desdenhosamente e uma vez mais sinalizou a porta.

— Sabe quem eu sou, velho maluco? — perguntou *Sir* Mulberry.

— Muito bem — disse Ralph. O vagabundo elegante naquele momento vacilou sob o olhar fixo do velho pecador e caminhou em direção à porta, resmungando enquanto deixava o recinto.

— Você queria o lorde, não era? — ele perguntou, parando ao chegar à porta, como se uma nova luz tivesse surgido dentro dele, e confrontou Ralph novamente. — Diabos, eu atrapalhei, não foi?

Ralph sorriu outra vez, mas não deu resposta.

— Quem o apresentou a você, para começar? — insistiu *Sir* Mulberry. — E como, sem mim, conseguiria prendê-lo em sua rede como conseguiu?

— A rede é grande e está bem cheia — respondeu Ralph. — Cuide para que ninguém se sufoque nas malhas.

— Você seria capaz de trocar qualquer um dos seus por dinheiro; você próprio, se é que ainda não fez um pacto com o demônio — retorquiu o outro. — Não venha me dizer que não trouxe sua bela sobrinha aqui como isca para o rapaz bêbado lá embaixo.

Embora esse apressado diálogo tivesse sido conduzido num tom de voz contido de ambas as partes, Ralph olhou involuntariamente à sua volta para se certificar de que Kate não havia saído de onde estava e escutava o que diziam. Seu adversário notou que ele se adiantara e o seguiu.

— Você quer dizer — repetiu ele — que não foi para isso? Quer dizer que, se ele tivesse subido aqui, e não eu, você não teria ficado um pouco mais cego e um pouco mais surdo, e um pouco menos afetado, do que ficou? Vamos, Nickleby, responda.

— Eu lhe digo o seguinte — respondeu Ralph. — Se eu a trouxe aqui por questões de negócio...

— Sim, essa é a palavra — interrompeu *Sir* Mulberry, com uma risada. — Agora você está caindo em si novamente.

— ...Por questões de negócio — prosseguiu Ralph, falando devagar e com firmeza, como um homem que já decidiu o que dirá —, porque eu achei que ela poderia causar uma impressão e tanto no jovem tolo que você tem sob controle e a quem está dando uma boa ajuda para arruinar; eu sabia, conhecendo-o, que demoraria muito até que ele desrespeitasse os sentimentos da menina e que, a menos que tropeçasse por mera presunção e insensatez, com certo manejo, ele respeitaria a condição de mulher e a conduta dela, até mesmo sendo ela a sobrinha do usurário dele. Mas, se pensei em atraí-lo mais gentilmente por meio desse artifício, não pensei em sujeitar a moça à licenciosidade e brutalidade de um velho como você. E agora fica tudo esclarecido entre nós.

— Especialmente porque não havia nada a conseguir com isso, não é? — desdenhou *Sir* Mulberry.

— Exatamente — disse Ralph. Ele dera meia-volta e olhara para trás, ao proferir esta última resposta. Os olhares dos eminentes senhores se cruzaram, com uma expressão como se cada um dos dois cafajestes percebesse que não era possível disfarçar nada um do outro; e *Sir* Mulberry Hawk deu de ombros e retirou-se.

Seu amigo fechou a porta e olhou irrequieto para o lugar onde permanecia a sobrinha, na mesma posição em que a deixara. Ela se jogara num sofá e, com a cabeça recostada numa almofada e o rosto escondido nas mãos, parecia continuar chorando na agonia da vergonha e da mágoa.

Ralph teria entrado na casa assolada pela pobreza de um de seus devedores e o apontado à justiça, mesmo que estivesse velando uma criança, sem a menor consideração, porque teria sido uma questão comum no curso normal de transações comerciais, e o homem teria agido contra seu único código de moralidade. Mas ali estava uma moça, que não cometera erro algum salvo o de vir ao mundo; que havia pacientemente cedido a todos os seus desejos; que se esforçara para agradá-lo — acima de tudo, que não lhe devia dinheiro — e sentiu-se constrangido e nervoso.

Ralph sentou-se numa cadeira a certa distância; em seguida, em outra um pouco mais perto; depois, passou para outra mais perto; adiante, mais perto ainda e, finalmente, sentou-se no mesmo sofá de Kate e pôs a mão em seu braço.

— Calma, minha querida! — ele disse, enquanto ela se retraía e caía no choro de novo. — Calma, calma! Não se preocupe agora; não pense mais nisso.

— Ah, por piedade, deixe-me ir para casa — suplicou Kate. — Deixe-me sair daqui e ir para casa.

— Claro, claro — disse Ralph. — Você vai. Mas precisa enxugar essas lágrimas e se recompor. Deixe-me levantar sua cabeça. Isso... isso.

— Ah, tio! — exclamou Kate, apertando uma mão na outra. — O que foi que eu fiz... o que foi que eu fiz para o senhor me submeter a isso? Se eu lhe tivesse feito algum mal por pensamento, palavra ou ação, ainda assim teria sido muito cruel comigo e com a memória daquele que o senhor deve ter amado no passado; mas...

— Escute um instante — interrompeu Ralph, seriamente alarmado com a intensidade das emoções dela. — Eu não sabia que seria assim;

era impossível para mim prever isso. Fiz tudo que pude. ... Venha, vamos caminhar um pouco. Essa sala fechada e o calor dessas lâmpadas estão deixando você abatida. Vai se sentir melhor agora, se fizer um pequeno esforço.

— Eu faço qualquer coisa — respondeu Kate —, mas, por favor, mande-me para casa.

— Bem, bem, vou mandar — disse Ralph —, mas precisa dar um jeito nessa aparência, pois, como está agora, assustará todo mundo, e ninguém deve saber disso além de você e de mim. Vamos caminhar na outra direção. Isso. Está bem melhor agora.

Com esses estímulos, Ralph Nickleby caminhou de um lado para o outro, com a sobrinha apoiada em seu braço; na verdade, tremendo sob o toque dela.

Da mesma maneira, quando julgou prudente lhe dar permissão para partir, ele a acompanhou na descida, depois de ajustar-lhe o xale, realizando essas pequenas funções, muito provavelmente, pela primeira vez na vida. Ralph a conduziu também pelo *hall* e enquanto descia; e não lhe soltou o braço até que ela estivesse sentada no coche.

Quando a porta do veículo foi grosseiramente fechada, um pente caiu dos cabelos de Kate aos pés de seu tio; ao apanhá-lo e colocá-lo na mão dela, a luz de uma lâmpada vizinha iluminou o rosto da sobrinha. O cacho de cabelo que havia escapado e se enroscado sobre a testa, os vestígios de lágrimas ainda úmidas, as faces ruborizadas, o olhar de tristeza, tudo isso deflagrou um conjunto de recordações adormecidas no peito do velho cavalheiro; e o rosto do irmão morto pareceu presente diante dele, com a mesma expressão que ele fazia nos momentos de tristeza infantil, dos quais as mínimas recordações lampejaram em sua mente com a nitidez de uma cena ocorrida na véspera.

Ralph Nickleby, que era imune a todos os apelos de sangue e de familiares... que era frio como o aço diante de histórias de tristeza e sofrimento... sentiu-se abalado enquanto olhava a sobrinha partir e entrou em casa como um homem que acabara de ver uma alma de além-túmulo.

CAPÍTULO XX

No qual Nicholas finalmente se encontra com o tio, a quem expressa seus sentimentos com muita franqueza. Sua resolução

A pequena Srta. La Creevy seguia a passos rápidos por diversas ruas da parte oeste da cidade, na segunda-feira de manhã — dia seguinte ao jantar — com a importante missão de comunicar a madame Mantalini que a Srta. Nickleby não estava passando bem e que, por isso, não poderia comparecer ao trabalho naquele dia, mas que esperava retomar suas obrigações no dia seguinte. E, enquanto caminhava, revolvendo na mente várias formas gentis e expressões elegantes com o propósito de selecionar a melhor para fazer seu comunicado, a Srta. La Creevy cogitava bastante sobre as prováveis causas da indisposição da jovem amiga.

— Eu não sei o que houve — disse a Srta. La Creevy. — Os olhos dela estavam decididamente vermelhos ontem à noite. Ela disse que estava com dor de cabeça; dores de cabeça não deixam os olhos vermelhos. Ela deve ter andado chorando.

Ao chegar a essa conclusão, que muito a satisfizera, sobre a noite anterior, a Srta. La Creevy continuou a conjecturar — como fizera durante quase toda a noite — qual poderia ser a nova causa da infelicidade de sua jovem amiga.

— Não consigo pensar em nada — disse a pequena pintora de retratos. — Absolutamente nada, a menos que tenha sido a conduta daquele velho urso. Deixou-a frustrada, imagino. Bruto intragável!

Aliviada por ter expressado essa opinião, embora ela tivesse sido emitida aos ventos, a Srta. La Creevy seguiu para a casa de madame Mantalini; e, sendo informada de que o poder governamental não se levantara ainda, pediu para falar com a segunda em comando; em razão de que, apareceu a Srta. Knag.

— Por *mim* — disse a Srta. Knag, quando a mensagem foi comunicada, com muito floreio no discurso —, eu poderia desobrigar a Srta. Nickleby para todo o sempre.

— Ah, é, senhora? — retomou a Srta. La Creevy, muitíssimo ofendida. — Mas, sabe, não é a dona do negócio e, portanto, não importa.

— Muito bem, senhora — disse a Srta. Knag. — Tem mais algum recado para mim?

— Não, não, senhora — respondeu a Srta. La Creevy.

— Então, bom dia, senhora! — disse a Srta. Knag.

— Bom dia, e muito obrigada por sua extrema polidez e boa educação — disse a Srta. La Creevy.

Terminando assim a conversa, durante a qual as duas mulheres haviam tremido muito e sido maravilhosamente bem-educadas — indicações estas de que estavam a poucos passos de uma discussão acalorada —, a Srta. La Creevy deixou a sala com rapidez e seguiu seu caminho.

— Eu gostaria de saber quem é aquela — disse a pequena alma estranha. — Pessoa ótima de se conhecer, eu diria! Gostaria de pintá-la: eu lhe faria *justiça*. — Então, sentindo-se bastante satisfeita por ter dito algo mordaz em relação à Srta. Knag, a Srta. La Creevy deu uma boa risada e foi para casa tomar o café da manhã de bom humor.

Aí estava a vantagem de ter vivido sozinha tanto tempo! A criaturinha alvoroçada, ativa e alegre vivia inteiramente dentro de si mesma, falava sozinha, tornara-se sua própria confidente, e, de si para consigo, era tão sarcástica quanto podia com as pessoas que a ofendiam; satisfazia-se sozinha e não fazia nenhum mal. Caso se envolvesse em algum escândalo, não mancharia a reputação de ninguém mais; e, quando se comprazia com um pouco de vingança, ser vivente algum sofria um átimo. Uma entre muitas para quem, pelas difíceis circunstâncias, pela consequente inabilidade de formar as associações que desejariam e pela incapacidade de se mesclar aos integrantes da sociedade dos quais poderiam usufruir, Londres é tão árida quanto as planícies da Síria, a humilde artista seguia seu caminho solitário, mas prazeroso, havia muitos anos; e, até os peculiares infortúnios da família Nickleby atraírem sua atenção, jamais fizera amigos, embora transbordasse em sentimentos cordiais para com toda a humanidade. Há muitos corações bondosos vivendo no mesmo estilo solitário da pobre Srta. La Creevy.

Mas isso não importa, agora. Ela foi para casa fazer sua refeição matinal e, mal sentira o sabor de seu primeiro gole de chá, quando a criada anunciou a chegada de um cavalheiro; a Srta. La Creevy, então, imaginando de imediato ser alguém querendo um retrato, fascinado com o mostruário da porta da frente, sentiu uma consternação indizível com a chegada dos complementos para o chá.

— Olhe aqui, pode levar; leve tudo depressa para o quarto, para qualquer lugar — disse a Srta. La Creevy. — Puxa, puxa! Pensar que logo hoje, de todos os dias, eu me atrasaria, depois de ficar pronta por três semanas às oito e meia sem que ninguém aparecesse por aqui!

— Não quero incomodá-la — disse uma voz conhecida da Srta. La Creevy. — Pedi à criada para não anunciar meu nome, porque queria lhe fazer uma surpresa.

— Sr. Nicholas! — exclamou perplexa a Srta. La Creevy, com um sobressalto.

— Vejo que a senhora não me esqueceu — disse Nicholas estendendo-lhe a mão.

— Ora, acho que reconheceria o senhor mesmo se o tivesse encontrado na rua — disse a Srta. La Creevy, com um sorriso. — Hanna, traga outra xícara e pires. Agora vou lhe dizer uma coisa, meu rapaz, peço para não repetir a mesma impertinência a que se atreveu na manhã em que foi embora.

— A senhora não ficaria muito zangada, não é? — perguntou Nicholas.

— Não ficaria? — repetiu a Srta. La Creevy. — Experimente para ver; é só o que digo!

Nicholas, com um distinto galanteio, imediatamente testou a resolução da Srta. La Creevy, que soltou um gritinho e lhe deu um tapa no rosto; mas não foi um tapa muito forte, essa é a verdade.

— Nunca vi criatura mais indelicada! — exclamou a Srta. La Creevy.

— A senhora me disse para experimentar — disse Nicholas.

— Bem; mas eu estava falando ironicamente — explicou a Srta. La Creevy.

— Ah! Isso é diferente — disse Nicholas. — A senhora devia ter avisado.

— Quer dizer que você não sabia, não é? — replicou a Srta. La Creevy. — Mas, olhando para você de novo, parece mais magro do que quando o vi pela última vez, e seu rosto está mais fino e pálido. E por que deixou Yorkshire?

Ela parou aí, pois havia tanto sentimento em seu tom alterado de voz e em seus modos que Nicholas ficou emocionado.

— E é para eu estar mudado mesmo — ele disse, após um curto silêncio —, pois passei por muito sofrimento, tanto físico como mental, desde que deixei Londres. Fiquei num estado de grande pobreza e até mesmo passei necessidade.

— Santo Deus, Sr. Nicholas! — exclamou a Srta. La Creevy — O que está me dizendo?

— Não quero que se preocupe com isso — respondeu Nicholas, com um ar mais animado —, e não vim aqui para me queixar da sorte, mas com um propósito específico. Quero encontrar o meu tio cara a cara. Quis falar com a senhora primeiro.

— Então tudo que tenho a dizer sobre isso — interveio a Srta. La Creevy — é que não invejo o seu gosto; e que bastaria sentar na mesma sala onde estivessem as botas dele para me deixar de mau humor por duas semanas.

— No geral — disse Nicholas —, não há muita diferença de opinião entre nós dois, até aqui; mas a senhora deve entender que quero confrontá-lo para me justificar e enfiar a dissimulação e a malícia dele goela abaixo.

— Isso é outra coisa — replicou a Srta. La Creevy. — Deus me livre, mas eu não derramaria uma lágrima se elas o sufocassem. Então?

— Eu fui vê-lo hoje pela manhã com esse propósito — disse Nicholas. — Ele só voltou para a cidade no sábado, e eu soube que ele tinha chegado apenas ontem, tarde da noite.

— E se encontrou com ele? — perguntou a Srta. La Creevy.

— Não — Nicholas respondeu. — Ele tinha saído.

— Ah! — disse a Srta. La Creevy. — Para algum ato de bondade e caridade, eu suponho.

— Tenho motivos para acreditar — continuou Nicholas —, pelo que me disse um amigo que está a par dos movimentos dele, que ele pretende ir falar com a minha mãe e a minha irmã hoje e dar a sua versão do que aconteceu comigo. Pretendo me encontrar com ele lá.

— Está certo — disse a Srta. La Creevy, esfregando as mãos. — Mas, não sei — acrescentou ela —, há muito a ser pensado... outros a serem considerados.

— Eu considerei os outros — prosseguiu Nicholas —, mas como é a honra e a honestidade que estão em jogo, nada vai me deter.

— Bom, você é quem sabe — disse a Srta. La Creevy.

— Neste caso, eu espero que sim — respondeu Nicholas. — E tudo que quero que faça por mim é prepará-las para a minha chegada. Elas acham que estou muito longe, e, se eu aparecesse assim de repente, poderiam levar um susto. Se a senhora tiver um tempinho para dizer a elas que esteve comigo e que eu vou vê-las em quinze minutos, vai me fazer um grande favor.

— Eu gostaria de poder fazer mais por todos vocês — disse a Srta. La Creevy —, mas a capacidade de servir é raramente associada à vontade, assim como a vontade, à capacidade, eu acho.

Falando muito e com rapidez, a Srta. La Creevy terminou a refeição apressada, guardou a caixa de chá e escondeu a chave sob o guarda-fogo, pegou seu chapéu e, tomando o braço de Nicholas, saiu para a cidade num passo acelerado. Ele a deixou próximo à casa de sua mãe e prometeu retornar dentro de quinze minutos.

Ocorria que Ralph Nickleby, por fim, achando adequado para seus propósitos comunicar as atrocidades das quais Nicholas era culpado, fora direto falar com a cunhada (em vez de seguir para uma outra área da cidade a negócio, como Newman Noggs supunha). Assim, quando a Srta. La Creevy, recebida por uma moça que limpava a casa, foi conduzida à sala de estar, encontrou a Sra. Nickleby e Kate em lágrimas, e Ralph acabando de expor a má conduta do sobrinho. Kate fez um sinal para que ela não se retirasse, e a Srta. La Creevy sentou-se em silêncio.

"Já está aqui, não é, meu senhor?", pensou a mulher pequenina. "Então ele se apresentará, e vamos ver que efeito isso terá sobre o senhor."

— Isso é bonito — disse Ralph, dobrando o bilhete da Srta. Squeers. — Muito bonito. Eu recomendo esse rapaz, contra todas as minhas convicções, pois sabia que ele jamais daria para nada, a um homem de conduta impecável, com quem ele poderia permanecer, em conforto, durante anos. Qual é o resultado? Um comportamento pelo qual terá de se apresentar ao Tribunal Central Criminal.

— Nunca vou acreditar nisso — disse Kate, indignada —, nunca. É uma conspiração aviltante, cheia de falsidade.

— Minha querida — disse Ralph —, está sendo injusta com um homem digno. Isso não é uma invenção. O homem foi atacado, e seu irmão está desaparecido; esse rapaz, que mencionaram, está com ele, lembrem-se, lembrem-se.

— É impossível — disse Kate. — Nicholas!... E ladrão também! Mamãe, como pode ficar aí ouvindo isso?

A pobre Sra. Nickleby, que jamais se destacara por uma boa compreensão das coisas e que havia sido reduzida, pelas últimas mudanças em sua situação de vida, a um estado da mais complexa confusão, não respondeu a esses sérios protestos, além de exclamar por trás do lenço embolado que nunca podia ter imaginado aquilo — deixando, assim, engenhosamente, os ouvintes pensarem que ela acreditava no que ouvia.

— Seria meu dever, se ele aparecesse diante de mim, denunciá-lo à justiça. Minha obrigação; como homem da sociedade e de negócios, eu não teria outro caminho a seguir. Mesmo assim — disse Ralph, falando de maneira enfática e olhando furtivamente, porém fixamente, para Kate —, mesmo assim, eu não faria isso. Eu respeitaria os sentimentos da... da irmã dele. E da mãe, é claro — acrescentou Ralph, como se reconsiderasse, e com menos ênfase.

Kate entendeu claramente que isso era apresentado com o intuito de induzi-la a manter o mais estrito silêncio sobre os acontecimentos da noite anterior. Olhou involuntariamente para Ralph quando ele acabou de falar, mas ele já havia desviado a vista e parecia bastante alheio à presença dela.

— Tudo — continuou Ralph, após um longo silêncio, quebrado apenas pelo choro da Sra. Nickleby —, tudo se junta para provar a verdade desta carta, se é que haveria a possibilidade de contestá-la. Homens honestos somem da vista de pessoas honestas e se enfiam em esconderijos, como criminosos? Homens inocentes seduzem bastardos vagabundos e perambulam com eles pelo interior como fazem ladrões preguiçosos? Agressão, tumulto, roubo, como se chama tudo isso?

— Mentira! — gritou uma voz, quando a porta foi escancarada e Nicholas entrou na sala.

No primeiro momento de surpresa, e possivelmente de alarme, Ralph levantou-se e recuou alguns passos, espantado com essa aparição inesperada. No momento seguinte, ele parou, imóvel, de braços cruzados, olhando para o sobrinho com um olhar fulminante; enquanto Kate e a Srta. La Creevy se interpunham entre os dois para evitar a violência pessoal que o estado de intensa exaltação de Nicholas parecia anunciar.

— Querido Nicholas — disse sua irmã, abraçando-o. — Fique calmo, considere...

— Considerar, Kate! — gritou Nicholas, segurando a mão dela com tanta força na agitação de sua raiva que ela mal conseguiu suportar a dor. — Quando eu considero tudo, e penso no que aconteceu, preciso ser de ferro para me manter diante dele.

— Ou de bronze — disse Ralph, calmamente. — Não há audácia suficiente correndo na veia para enfrentar isso.

— Ó Deus, ó Deus! — disse a Sra. Nickleby. — Como é que as coisas chegaram a esse ponto?

— Quem é que está falando num tom, como se eu tivesse causado algum mal e lhe trazido a desgraça? — perguntou Nicholas, olhando à sua volta.

— Sua mãe, rapaz — respondeu Ralph, indo em direção a ela.

— Cujos ouvidos foram envenenados pelo senhor — disse Nicholas —, pelo senhor... que, se fingindo merecedor dos agradecimentos que ela lhe fazia, me culpou de insultos, erros e falta de dignidade. O senhor que me mandou para um covil, onde a crueldade sórdida, digna mesmo do senhor, corre solta, e a miséria juvenil se insinua precocemente; onde a leveza infantil se reduz ao peso da idade, e todas as esperanças secam e morrem enquanto crescem. Que os céus sejam a minha testemunha — disse Nicholas, olhando ansiosamente à sua volta — de que eu vi tudo isso, e de que ele sabe disso.

— Refute essas calúnias — disse Kate — e seja mais paciente, para que não dê a vantagem a eles. Diga o que realmente fez, e mostre que elas são falsas.

— De que eles... ou de que ele... me acusa? — perguntou Nicholas.

— Primeiro, de ter atacado o seu mestre, estando a um fio de ser enquadrado para ser julgado por homicídio — interpôs-se Ralph. — Falo claramente, rapaz, e pode berrar como quiser.

— Eu interferi — disse Nicholas — para salvar uma pobre criatura da mais vil crueldade. Fazendo isso, impus àquele desgraçado uma tal punição que ele não vai esquecer facilmente, apesar de que foi bem menor do que mereceria de mim. Se a mesma cena se repetisse à minha frente agora, eu faria a mesma coisa; mas bateria com mais força e mais intensamente, e o deixaria com marcas que ele levaria para a cova, fosse quando fosse.

— Está ouvindo? — disse Ralph, virando-se para a Sra. Nickleby. — Arrependimento, isso!

— Meu Deus! — exclamou a Sra. Nickleby. — Não sei o que pensar, realmente não sei.

— Não fale agora, mamãe, eu lhe peço — disse Kate. — Meu querido Nicholas, eu só digo que você deve saber o que a maldade pode desencadear, mas eles estão acusando você de... um anel desapareceu, e eles se atrevem a dizer que...

— A mulher — disse Nicholas, com altivez —, a mulher do sujeito de quem vêm essas acusações colocou um anel sem valor entre as minhas roupas, na manhã em que deixei aquela casa. Pelo menos, eu sei que ela esteve no quarto onde estavam as minhas coisas, brigando com uma infeliz criança, e que eu encontrei o anel quando abri o meu pacote na estrada. Devolvi na mesma hora, por coche, e já está com eles agora.

— Eu sabia, eu sabia — disse Kate, olhando para o tio. — E sobre esse rapazinho, meu querido, em cuja companhia eles disseram que você saiu?

— O rapazinho, uma criatura ingênua e indefesa, à mercê da brutalidade e dos maus-tratos, está comigo agora — respondeu Nicholas.

— Está ouvindo? — disse Ralph, apelando para a mãe de novo. — Tudo provado, e confessado por ele mesmo. E o senhor pretende devolver esse rapazinho?

— Não, não pretendo — respondeu Nicholas.

— Não pretende? — escarneceu Ralph.

— Não — repetiu Nicholas —, não para o homem com quem o encontrei. Eu gostaria de saber a que família ele pertence; talvez pudesse aliviar um pouco da vergonha que ele sente, se ele não tiver mais nenhum laço familiar.

— É mesmo? — questionou Ralph. — Agora, escute aqui, rapaz, tenho umas coisas para lhe dizer.

— Diga o que quiser — replicou Nicholas, abraçando a irmã. — Pouco me importa o que diga ou que ameace fazer.

— Muito bem, rapaz — retorquiu Ralph. — Mas talvez importe a outras pessoas, que possam achar que vale a pena escutar e considerar o que tenho a dizer. Eu vou me dirigir a sua mãe, rapaz, que conhece o mundo.

— Ah! E como eu gostaria de não conhecer — soluçou a Sra. Nickleby.

Não havia realmente nenhuma necessidade de a boa senhora se afligir tanto com aquela referência; a extensão de seu conhecimento de mundo sendo, no mínimo, muito questionável; assim parecia pensar Ralph, pois ele sorria enquanto falava. Depois olhou fixamente ora para ela, ora para Nicholas, enquanto se expressou nestas palavras:

— Não vou dizer uma palavra do que fiz, ou tive a intenção de fazer, pela senhora e pela minha sobrinha. Não fiz promessa alguma e deixo que julgue por si mesma. Não vou fazer ameaças agora, mas digo que esse rapaz, cabeça-dura, voluntarioso e desregrado como é, não terá um centavo meu, nem um pedaço de pão, nem sequer a minha interferência para salvá-lo da mais alta forca de toda a Europa. Eu jamais vou me encontrar com ele, esteja onde estiver, e não quero ouvir o nome dele. Não vou ajudá-lo, nem aqueles que o ajudarem. Com o pleno conhecimento do que causou à senhora pelo que fez, ele voltou, nessa indolência egoísta, para agravar ainda mais a sua miséria e ser um peso no parco salário da irmã. Lamento deixá-la, e, mais ainda, deixar a minha sobrinha agora, mas não alimento essa combinação de maldade e crueldade e, como não posso lhe pedir para renegá-lo, não quero vê-la nunca mais.

Se Ralph desconhecesse e não percebesse o poder que tinha de ferir aqueles que odiava, seus olhares para Nicholas lhe teriam mostrado isso, com toda a intensidade, enquanto prosseguia na fala anterior. Inocente como era o rapaz de todas as acusações, cada insinuação ardilosa o feria, cada sarcasmo premeditado atingia profundamente seus sentimentos; e, quando Ralph notou seu rosto pálido e lábios trêmulos, regozijou-se pelos insultos bem escolhidos e calculados para tocar o âmago daquela alma jovem e ardente.

— Não posso fazer nada — disse a Sra. Nickleby. — Eu sei que tem sido muito bom para nós e que procurou oferecer uma boa oportunidade para a minha filha, disso tenho certeza. Reconheço isso, e foi muita atenção sua recebê-la em sua casa e tudo mais... e, claro, teria sido muito bom para ela e para mim também. Mas não posso, sabe, cunhado, não posso renegar meu próprio filho, mesmo que tenha feito tudo que diz que ele fez... não é possível; eu não poderia fazer isso; então devemos nos conformar com a ruína total, Kate, minha querida. Eu consigo suportar, ouso dizer. — Despejando essas e uma série de outras magníficas expressões desarticuladas de arrependimento, que nenhum poder mortal, a não ser o da Sra. Nickleby, seria capaz de combinar, essa senhora apertou as mãos e suas lágrimas caíram ainda mais rapidamente.

— Por que a senhora diz "*mesmo que* tenha feito tudo que diz que ele fez", mamãe? — perguntou Kate, realmente irritada. — A senhora sabe que ele não fez.

— Eu não sei o que pensar, de uma forma ou de outra, minha querida — disse a Sra. Nickleby. — Nicholas é tão violento, e seu tio é tão equilibrado, que tenho que dar ouvidos ao que ele diz, e não ao que diz Nicholas. Não importa, não falemos mais nisso. Podemos ir para o Asilo de Pobres e prestar serviço comunitário, ou para o Refúgio dos Desamparados, ou mesmo para o Asilo de Madalena, ouso dizer; e, quanto mais cedo, melhor. — E com essa miscelânea de instituições de caridade, a Sra. Nickleby se entregou às lágrimas novamente.

— Fique — disse Nicholas, quando Ralph se virou para sair. — Não precisa deixar este lugar, senhor, pois ele ficará livre da minha presença num minuto, e demorará muito, muito mesmo, até que eu atravesse essa porta de novo.

— Nicholas — exclamou Kate, atirando-se aos braços dele —, não diga isso. Meu querido irmão, assim você vai partir meu coração. Mamãe, fale com ele. Não se importe com o que ela disse, Nicholas; ela não pensa assim, você sabe muito bem. Tio, alguém, pelo amor de Deus, fale com ele.

— Não era intenção minha, Kate — replicou Nicholas, suavemente —, não era intenção minha ficar aqui com vocês; faça uma ideia melhor de mim do que achar que eu faria isso. Devo dar as costas a esta cidade algumas horas antes do que planejava, mas o que importa? Não vamos nos esquecer um do outro, e melhores dias virão quando não precisaremos mais nos separar. Seja mulher, Kate — ele sussurrou, com orgulho —, e não me faça parecer uma, enquanto *ele* está olhando.

— Não, não, não vou fazer isso — disse Kate, com ansiedade —, mas não pode nos deixar. Ah! Pense nos dias felizes que passamos juntos, antes que esses infortúnios recaíssem sobre nós; no conforto e na felicidade de uma casa e nas dificuldades que estamos enfrentando agora; sem ninguém para nos proteger contra o desprezo e as injustiças que a pobreza acarreta, e você não pode deixar que suportemos tudo isso sozinhas, sem ninguém para nos dar uma mão.

— Vocês terão ajuda quando eu for embora — retorquiu Nicholas apressadamente. — Eu não tenho como ajudar, nem como proteger vocês; só traria tristeza, penúria e sofrimento. A minha própria mãe vê isso, e o amor e os receios que ela tem por você apontam o caminho que devo seguir. E que todos os anjos a abençoem, Kate, até que eu possa levá-la para uma casa que seja minha, onde possamos reviver a felicidade que nos foi negada e falar sobre todas essas agruras como coisas do passado. Não me segure aqui; deixe que eu vá agora. Isso. Minha irmã querida... irmã querida.

O abraço que o detinha afrouxou e Kate desfaleceu nos braços de Nicholas. Ele inclinou-se sobre ela por uns segundos e, depois de colocá-la gentilmente numa cadeira, confiou-a à sua honesta amiga.

— Não preciso pedir sua solidariedade — ele disse, apertando-lhe a mão —, pois conheço a sua natureza. A senhora nunca as abandonará.

Ele dirigiu-se a Ralph, que permanecera na mesma atitude mantida durante toda a conversa, sem mover um dedo.

— Qualquer que seja a atitude que o senhor tome — disse Nicholas, num tom audível apenas aos dois —, eu vou me inteirar com rigor. Deixo-as com o senhor, se é assim que deseja. Haverá o dia da prestação de contas mais cedo ou mais tarde, e será muito pesado para o senhor, caso elas venham a sofrer algum mal.

Ralph não permitira que um músculo da face se contraísse para indicar que não ouvira uma palavra sequer dessa fala de despedida. Ele mal percebera que ela se encerrara, e a Sra. Nickleby nem mesmo tivera tempo de decidir se deteria o filho à força, caso necessário, quando Nicholas partiu.

Ao seguir apressado pelas ruas em direção a seu obscuro alojamento, tentando manter o ritmo, por assim dizer, da rapidez dos pensamentos que lhe inundavam a mente, muitas dúvidas e hesitações surgiram e quase o fizeram voltar. Mas o que elas podiam ganhar com isso? Supondo que ele desafiasse Ralph Nickleby e tivesse a sorte de conseguir um pequeno emprego, ficar com elas só agravaria as atuais condições e poderia atrapalhar as perspectivas futuras delas; pois sua mãe mencionara certa bondade em relação a Kate, que a irmã não negou. "Não", pensou Nicholas, "tomei a atitude certa".

Antes, porém, de ter andado quinhentos metros, um sentimento diferente se apoderou dele; seguiu então devagar e, puxando o chapéu sobre os olhos, entregou-se a reflexões melancólicas que eram um grande peso sobre ele. Não ter cometido falta alguma e, no entanto, encontrar-se inteiramente só no mundo; estar separado das únicas pessoas que amava e ser proscrito como um criminoso, quando seis meses antes se via cercado de todos os confortos e era considerado a grande esperança da família — tudo isso estava sendo muito difícil de suportar. Ele não merecia isso. Bom, havia algum consolo neste fato; e o pobre Nicholas se animava de novo, para então voltar a ficar deprimido, conforme seus volúveis pensamentos apresentavam todas as variedades de luz e sombra diante dele.

Sujeito a essas alternâncias entre esperança e apreensão, que ninguém, colocado diante de tal provação, deixa de experimentar, Nicholas chega enfim a seu pobre cômodo, onde, não mais levado pelo entusiasmo que até então o sustentava, mas deprimido pela repulsa que ficara para trás, jogou-se na cama e, virando o rosto para a parede, deu vazão às emoções que havia contido até aquele momento.

Nicholas não ouvira ninguém entrar e estava alheio à presença de Smike até que, ao erguer a cabeça, viu-o parado na extremidade da sala, melancólico, olhando para ele. O rapaz desviou a vista quando percebeu que estava sendo observado e fingiu estar ocupado com os parcos preparativos para o almoço.

— Bem, Smike — Nicholas disse, no tom mais alegre que conseguiu expressar —, conte-me sobre as novas amizades que você fez esta manhã, e as coisas boas que descobriu entre esta rua e a próxima.

— Não — disse Smike, abanando a cabeça tristemente. — Preciso falar sobre outra coisa hoje.

— Do que quiser — replicou Nicholas, de bom humor.

— Do seguinte — disse Smike. — Sei que está infeliz e que se meteu num grande problema me trazendo para cá. Eu devia ter imaginado isso e ficado para trás... teria feito isso se tivesse pensado bem. Você... você não é rico, não tem nem o suficiente para se sustentar, e eu não devia estar aqui. Está ficando — disse o rapaz pondo sua mão timidamente sobre a de Nicholas — cada vez mais magro; seu rosto está pálido e seus olhos, mais fundos. Na verdade, não aguento ver você assim e acho que estou sendo um fardo. Tentei ir embora hoje, mas a lembrança de seu rosto bondoso me fez voltar. Não podia sair assim, sem dizer nada. — O pobre rapaz não conseguiu mais falar, pois seus olhos encheram-se de lágrimas e sua voz ficou embargada.

— A palavra que poderia nos separar — disse Nicholas, segurando-o firmemente pelos ombros — jamais será dita por mim, pois você é o meu único consolo e esteio. Eu não o perderia agora, Smike, por nada neste mundo. Pensar em você me deu forças para enfrentar tudo pelo que passei hoje e novamente dará, se eu tiver esse problema cinquenta vezes. Dê-me a sua mão. Meu coração está ligado ao seu. Vamos deixar este lugar juntos, antes do fim da semana. E daí, se eu me afundar na pobreza? Você a alivia, e nós dois seremos pobres juntos.

CAPÍTULO XXI

Madame Mantalini se encontra em posição difícil, e a Srta. Nickleby, em posição nenhuma

A comoção pela qual Kate passou a impossibilitou de retomar o trabalho na casa da costureira durante três dias. Passado esse tempo, ela se dirigiu, na hora de costume e com passos lânguidos, para o templo da moda, onde madame Mantalini reinava soberana e absoluta.

O rancor da Srta. Knag não perdera sua virulência nesse intervalo de tempo. As moças evitaram escrupulosamente a companhia da colega de trabalho; e, quando a exemplar mulher chegou uns minutos depois, não fez o menor esforço para esconder o desprazer com que recebia o retorno de Kate.

— Sinceramente! — exclamou a Srta. Knag, enquanto suas seguidoras acercavam-se dela para guardar-lhe o chapéu e o xale. — Eu achava que certas pessoas tinham inteligência suficiente para sumirem de vez, quando sabem o estorvo que é a sua presença para as pessoas honestas. Mas este mundo é estranho; ah, que mundo estranho!

A Srta. Knag, tendo feito esse comentário sobre o mundo, no tom em que as pessoas, em sua maioria, fazem comentários sobre o mundo quando estão mal-humoradas, quer dizer, como se não fizessem parte dele, concluiu com um suspiro ofegante, com o qual parecia apiedar-se com humildade da fraqueza humana.

As assistentes não demoraram a ecoar o suspiro, e, aparentemente, a Srta. Knag estava prestes a lhes passar algumas reflexões morais, quando a voz de madame Mantalini, transmitida por meio do tubo de comunicação, ordenou que a Srta. Nickleby subisse para auxiliar na arrumação da sala de mostruário; deferência esta que fez a Srta. Knag sacudir tanto a cabeça e morder o lábio com tamanha força que sua capacidade de conversação foi, por um tempo, aniquilada.

— Bem, Srta. Nickleby, menina — disse madame Mantalini, quando Kate se apresentou. — Está melhor?

— Bem melhor, obrigada — respondeu Kate.

— Eu gostaria de poder dizer o mesmo — replicou madame Mantalini, sentando-se com um ar de cansaço.

— Está doente? — perguntou Kate. — Sinto muito pela senhora.

— Não exatamente doente, mas preocupada, menina, preocupada — respondeu madame.

— Sinto muitíssimo saber disso — disse Kate, gentilmente. — Um problema físico é mais fácil de suportar do que um mental.

— Ah! E é mais fácil falar do que suportar também — disse madame, esfregando o nariz de maneira muito irritada. — Vamos, comece a trabalhar, menina, e ponha as coisas em ordem.

Enquanto Kate se perguntava o que esses sintomas de incomum preocupação significariam, o Sr. Mantalini enfiou a ponta das suíças e, aos poucos, a cabeça, pela porta entreaberta e falou com voz suave.

— Minha vida e minh'alma está aí?

— Não — respondeu a mulher.

— Como pode ser isso, quando ela está desabrochando na sala da frente como uma rosinha num danado de um vaso? — insistiu Mantalini. — Será que seu queridinho pode entrar e falar?

— É claro que não — respondeu madame. — Sabe muito bem que não permito que entre aqui. Vá embora!

O queridinho, no entanto, encorajado talvez pelo tom brando dessa resposta, aventurou-se a se rebelar e, entrando sorrateiramente na sala, dirigiu-se nas pontas dos pés a madame Mantalini, mandando-lhe um beijo ao se aproximar.

— Por que se preocupar e retorcer desse jeito esse rostinho encantador? — perguntou Mantalini, enlaçando sua vida e alma pela cintura com o braço esquerdo, e puxando-a de encontro a si com o direito.

— Ah! Não suporto você — disse sua mulher.

— Não... é? Não *me* suporta! — exclamou Mantalini. — Bobagem, bobagem. Não pode ser. Não existe mulher que possa dizer uma coisa dessas na minha cara... na minha própria cara. — O Sr. Mantalini alisava o queixo enquanto dizia isso e se olhava complacentemente num espelho à sua frente.

— Que extravagância destrutiva! — observou sua mulher, em voz baixa.

— Tudo pela alegria de ter conquistado uma criatura tão adorável, uma Vênus pequenina, uma danada de encantadora, fascinante, atraente, cativante Venusinha — disse Mantalini.

— Veja a situação em que me deixou! — insistiu madame.

— A minha querida não terá nenhum problema, nenhum problema — disse o Sr. Mantalini. — Acabou; não tem que ficar preocupada; o dinheiro vai entrar, e, se não entrar rapidamente, o velho Nickleby paga de novo, ou vai ter a jugular cortada caso se atreva a aborrecer ou machucar a minha pequena...

— Psiu! — interpôs-se madame. — Não está vendo?

O Sr. Mantalini, que, em sua ansiedade para se reconciliar com a mulher não vira, ou fingira não ver, a Srta. Nickleby, aceitou a sugestão e pôs o dedo nos lábios, abaixando a voz ainda mais. Houve então uma grande troca de sussurros, durante os quais madame Mantalini pareceu fazer referência, mais de uma vez, a certas dívidas contraídas pelo Sr. Mantalini, antes de serem casados; e também a gastos inesperados para o pagamento das dívidas anteriormente mencionadas; e, além disso, a certos prazeres cultivados por este cavalheiro, como o jogo, o desperdício, o ócio e as corridas de cavalo; de cada uma dessas acusações, o Sr. Mantalini se defendia com um beijo ou mais, dependendo de sua importância relativa. O resultado de tudo isso foi que madame Mantalini ficou embevecida, e eles subiram para tomar o café da manhã.

Kate se ocupou com o que tinha a fazer e em silêncio arranjava os vários artigos de decoração da melhor forma que podia, quando se sobressaltou com uma voz masculina estranha e se assustou outra vez ao olhar ao redor e ver surgir na sala um chapéu branco, um lenço vermelho, um rosto redondo largo, uma cabeça grande e parte de um casaco verde.

— Não se assuste, moça — disse o homem que surgiu. — Escute; este aqui é o negócio de costura, né?

— É — respondeu Kate, muito surpresa. — O que deseja?

O estranho não respondeu; primeiro, olhando para trás, como se fizesse um sinal para alguém do lado de fora que não estava à vista, entrou devagar na sala e foi seguido de perto por um homenzinho de marrom, muito malvestido, que exalava uma mistura de fumo velho e cebolas frescas. As roupas desse homem estavam sujas de fuligem; e seus sapatos, meias e roupas abaixo da cintura, dos calcanhares aos botões inferiores do casaco, estavam profusamente adornadas de salpicos de lama, adquiridos duas semanas antes —, quando o tempo ainda não se firmara.

A impressão muito natural de Kate era que esses atraentes indivíduos haviam surgido com o propósito de se apossarem, ilegalmente, de pequenos objetos que por acaso lhes interessassem. Ela não tentou disfarçar sua apreensão e se dirigiu à porta.

— Espere um minutinho — disse o homem de casaco verde, fechando a porta devagar e encostando-se a ela. — Esse é um negócio desagradável. Adonde está seu comandante?

— Meu o quê? O que foi que disse? — perguntou Kate, tremendo; pois ela achou que "comandante" poderia ser uma gíria para relógio ou dinheiro.

— O Sr. Muntlehiney — disse o homem. — O que é dele? Está em casa?

— Está lá em cima, eu acho — respondeu Kate, um pouco mais tranquila com essa pergunta. — Quer falar com ele?

— Não — respondeu o visitante. — Eu não quero exatamente falar com ele, como que por favor. A moça pode entregar este cartão aqui a ele e dizer que, se ele quiser falar *comigo*, e evitar problema, eu estou aqui; é só.

Com essas palavras, o estranho colocou um cartão grosso quadrado na mão de Kate e, voltando-se para o amigo, observou com ar tranquilo "que a sala tinha um sortimento alto"; com o que o amigo concordou, acrescentando como ilustração "que havia espaço bastante para um menino crescer, sem medo de bater com a cabeça no teto".

Depois de tocar a sineta para chamar madame Mantalini, Kate olhou para o cartão e viu que exibia o nome "Scaley", junto com alguma outra informação que ela não teve tempo de ler, quando então sua atenção foi atraída pelo próprio Sr. Scaley, que caminhou até um dos grandes espelhos móveis e deu uma pancada no centro com sua bengala com a tranquilidade de quem bate num objeto de ferro fundido.

— Boa chapa esta aqui, Tix — disse o Sr. Scaley ao amigo.

— Ah! — continuou o Sr. Tix, colocando as marcas de seus quatro dedos e a impressão duplicada de seu polegar numa peça de seda azul-celeste. — E olhe aqui: este artigo não é dos mais barato.

Da seda, o Sr. Tix passou a admirar umas elegantes peças de vestuário, enquanto o Sr. Scaley, muito à vontade, ajustava o lenço no pescoço em frente ao espelho, aproveitando a oportunidade para examinar uma espinha no queixo; ocupação esta na qual se encontrava, quando madame Mantalini entrou na sala e emitiu uma exclamação de surpresa, que atraiu sua atenção.

— Ah! É essa a patroa? — perguntou Scaley.

— É madame Mantalini — respondeu Kate.

— Então — disse o Sr. Scaley, tirando do bolso um pequeno documento e desdobrando-o devagar —, isso aqui é uma ordem judicial de pagamento e, se a dívida não for saldada, vamos correr a casa agora mesmo, por favor, para fazer um inventário.

A pobre madame Mantalini apertou as mãos, aflita, e tocou a sineta para chamar o marido; depois disso, deixou-se cair numa cadeira e desfaleceu, simultaneamente. Os cavalheiros profissionais, entretanto, não se alteraram com esse acontecimento; o Sr. Scaley, recostado numa armação na qual se encontrava um belo vestido (de modo que seus ombros apareciam sobre ele, quase da mesma forma que os ombros da mulher que o encomendara, se ela o estivesse usando), afastou o chapéu para o lado e coçou a cabeça, com total despreocupação, enquanto seu amigo, o Sr. Tix, aproveitando a oportunidade para fazer uma inspeção geral do recinto antes de passar aos negócios, com seu livro de inventário embaixo de um braço e o chapéu numa das mãos, ocupava-se mentalmente em estabelecer um preço para cada objeto ao alcance de sua vista.

Essa era a situação quando o Sr. Mantalini chegou apressado; e, como esse ilustre espécime, em seus dias de solteiro, tivesse mantido relações cordiais com o Sr. Scaley e estivesse, além disso, longe de se surpreender com a agitação do momento, simplesmente deu de ombros, enfiou as mãos nos bolsos, ergueu as sobrancelhas, assoviou umas melodias, soltou umas imprecações e, sentando-se escanchado numa cadeira, enfrentou a questão com uma cara cínica, grande compostura e decência.

— Quanto diabo é o total? — foi a primeira pergunta que fez.

— Mil e quinhentos e vinte sete libras, quatro xelins e nove centavos e meio — respondeu o Sr. Scaley, sem mexer um músculo.

— O meio centavo que se dane — disse o Sr. Mantalini, com impaciência.

— Certamente, se quiser assim — retrucou o Sr. Scaley —, e os nove centavos também.

— E pra nós não importa se as mil e quinhentas e vinte e sete libra vão junto também, disso eu sei — observou o Sr. Tix.

— Não mesmo — disse Scaley.

— Bom — continuou o cavalheiro, após uma pausa —, o que vamo fazer... alguma ideia? É só um atraso ou um calote total? Você rompeu o trato, não foi? Muito bem. Então, Sr. Tom Tix, meu escudeiro, deve avisar ao anjo da sua mulher e a sua maravilhosa família que não vai dormir em casa nas próximas três noite, porque vai estar tomando posse dessas coisa aqui. Por que a boa madame está aflita? — continuou o Sr. Scaley, enquanto madame Mantalini soluçava. — Uma boa metade do que está aqui ainda não foi comprado, ouso dizer, e que alívio isso não deve ser para as suas preocupações!

Após esses comentários, feitos com um misto de gracejo e grande incentivo moral frente às dificuldades, o Sr. Scaley deu procedimento ao inventário, em cuja delicada tarefa foi auxiliado pelo tato e experiência incomuns do Sr. Tix, o agente intermediário.

— Minha doce taça de felicidade — disse Mantalini, aproximando-se de sua mulher com um ar penitente —, pode me ouvir por dois minutos?

— Ah! Não fale comigo — replicou sua mulher, chorando. — Você causou a minha ruína, foi isso o que fez.

O Sr. Mantalini, que sem dúvida considerou bem seu papel, assim que ouviu essas palavras pronunciadas num tom de pesar e severidade, recuou vários passos, assumiu uma expressão de agonia mental, deixou a sala de imediato e logo depois bateu a porta de uma sala de provas do andar de cima com muita violência.

— Srta. Nickleby — disse madame Mantalini, quando escutou esse barulho —, corra lá em cima, pelo amor de Deus, ele vai se matar! Fui muito grosseira, e ele não suporta que eu faça isso. Alfred, meu querido, Alfred!

Com essa exclamação, ela subiu a escada correndo, seguida de Kate que, embora não participasse das apreensões da devotada esposa, estava mesmo assim um pouco perturbada. A porta da sala foi depressa escancarada, e o Sr. Mantalini foi visto com o colarinho simetricamente virado para trás, amolando uma faca do café da manhã no amolador de navalha.

— Ah — exclamou o Sr. Mantalini. —, interrompendo-me! — E com rapidez enfiou a faca no bolso de seu robe, enquanto seus olhos reviravam em completo desvario e seus cabelos desalinhados misturavam-se às suíças.

— Alfred — gritou a mulher, enlaçando-o —, eu não tive a intenção de dizer isso, não tive a intenção!

— Ruína! — lamentou o Sr. Mantalini. — Eu causei a ruína da melhor e mais pura criatura, que é a maior bênção de um maldito vagabundo! Diabos, deixe-me ir. — Na crise da loucura, o Sr. Mantalini pegou novamente a faca e, ao ser contido pela mulher, tentou arremeter a cabeça contra a parede, tomando muito cuidado para estar a pelo menos um metro e meio de distância dela.

— Fique calmo, meu anjo — disse madame. — Não foi culpa de ninguém; foi tanto minha quanto sua; ainda vai dar tudo certo. Vamos, Alfred, vamos.

O Sr. Mantalini não achou adequado se recompor, assim de imediato; porém, depois de solicitar diversas vezes que lhe trouxessem veneno e pedir que uma dama, ou um cavalheiro, lhe estourasse os miolos, foi tomado de sentimentos mais gentis, e chorou pateticamente. Nesse estado de espírito suavizado, ele não se opôs a entregar a faca — da qual, a bem da verdade, ele ansiava por se ver livre, pois era um objeto inconveniente e perigoso para se manter no bolso — e finalmente aceitou ser conduzido pela amorosa companheira.

Após um atraso de duas ou três horas, as moças foram informadas de que seus serviços seriam dispensados até segunda ordem, e, passados dois dias, o nome de Mantalini apareceu na lista dos falidos. A Srta. Nickleby recebeu pelo correio, na mesma manhã, a notícia de que o negócio seria, no futuro, conduzido sob o nome da Srta. Knag, e que ela estava dispensada de sua posição — informação esta que, ao chegar ao conhecimento da Sra. Nickleby, fez esta boa mulher declarar que já esperava por isso e citou diversas ocasiões desconhecidas nas quais profetizara esse preciso acontecimento.

— E repito mais uma vez — observou a Sra. Nickleby (que, desnecessário se faz dizer, jamais dissera isso) —, repito mais uma vez que esse negócio de ser chapeleira e costureira é o último imaginável,

Kate, e que você deveria ter pensado bem antes de entrar nele. Não a recrimino, meu amor; mas digo que se tivesse consultado a sua mãe...

— Bom, bom, mamãe — disse Kate, suavemente —, o que a senhora recomenda agora?

— Recomendar! — gritou a Sra. Nickleby. — Não é óbvio, minha querida, que de todas as ocupações deste mundo para uma moça na sua posição, com a educação que tem, seus modos, sua aparência, e tudo o mais, a que mais lhe condiz é a de dama de companhia de alguma senhora amável? Nunca ouviu seu pobre e querido papai falar numa moça, filha de uma senhora de idade que alugava um quarto na mesma pensão onde ele morou quando solteiro... qual era mesmo o nome dela? Sei que começava com B e terminava com g, mas se era Waters ou... não, não podia ser esse também; mas qualquer que fosse o nome dela, não sabe que essa moça foi ser acompanhante de uma senhora casada, que morreu logo depois, e que ela se casou com um viúvo e teve um filho, um dos meninos mais bonitos que um médico já tinha visto... e tudo num período de dezoito meses?

Kate sabia perfeitamente bem que essa torrente de lembranças favoráveis era causada por alguma oportunidade, real ou imaginária, que a mãe havia descoberto, no ramo de trabalho de acompanhantes. Esperou, portanto, muito pacientemente, até que todas as reminiscências e histórias, relacionadas ou não ao assunto, se exaurissem e, por fim, aventurou-se a perguntar que descoberta havia sido feita. A verdade, então, veio à tona. A Sra. Nickleby recebera, naquela manhã, um jornal do dia anterior, da mais alta respeitabilidade, da taberna de onde vinha a cerveja; e nesse jornal do dia anterior havia um anúncio, expresso no mais puro e correto inglês, divulgando que uma senhora casada procurava uma moça de boa educação como dama de companhia, e que o nome e o endereço da mulher seriam revelados quando a candidata se apresentasse numa certa biblioteca, na parte oeste da cidade, ali mencionada.

— E digo mais — continuou a Sra. Nickleby, deixando de lado o jornal em triunfo —, que, se o seu tio não fizer objeção, vale a pena tentar.

Kate estava abalada demais, depois do choque brutal que o mundo lhe infligira, e de fato pouco se importava com o que o destino lhe reservara para fazer qualquer objeção. O Sr. Ralph Nickleby não ofereceu nenhuma, muito pelo contrário, deu total apoio à sugestão; nem expressou uma grande surpresa pelo súbito fracasso de madame Mantalini, e na verdade teria sido estranho se houvesse expressado, uma vez que a falência fora ocasionada em grande parte por ele mesmo. Então, o nome e o endereço foram conseguidos sem perda de tempo, e a Srta. Nickleby e sua mãe saíram à procura da Sra. Wititterly, de Cadogan Place, na rua Sloane, no fim daquela mesma manhã.

Cadogan Place é o frágil elo que une dois grandes extremos; é o ponto de ligação entre o aristocrático passeio da Belgrave Square e o barbarismo de Chelsea. Encontra-se na rua Sloane, mas não faz parte dela. As pessoas de Cadogan Place desdenham as da rua Sloane e consideram Brompton desprezível. Assim como se estivessem na moda também, e se perguntam onde fica a New Road. Não que afirmem se encontrar na mesma posição dos nobres da Belgrave Square e de Grosvenor Place, mas se veem, em relação a eles, como os filhos ilegítimos dos grandes, que se contentam em orgulhar-se de seus parentes, embora seus parentes os repudiem. Adotando, tanto quanto podem, ares e aparências da mais alta classe, as pessoas de Cadogan Place vivem a realidade da classe média. São como o fio condutor que transmite aos habitantes das regiões além de seus limites o choque do orgulho de origem e posição, que não encerram em si mesmos, mas que obtêm de fonte longínqua; ou, como o vínculo que une gêmeos siameses, contêm algo da vida e da essência de dois corpos distintos e, no entanto, não pertencem a nenhum deles.

Nesse território duvidoso, morava a Sra. Wititterly, e à sua porta Kate Nickleby bateu com a mão trêmula. A porta foi aberta por um corpulento lacaio com a cabeça empoada, ou caiada, ou de alguma maneira pintada (não parecia talco de verdade), e o corpulento lacaio, ao receber o cartão de apresentação, entregou-o a um pequeno pajem; tão pequeno ele era, na verdade, que seu corpo não comportava, em arranjo normal, a quantidade de pequenos botões indispensáveis ao uniforme de um pajem, os quais, consequentemente, tiveram de ser presos em quatro fileiras. Esse jovenzinho levou o cartão ao andar de cima numa salva e, quando retornou, Kate e a mãe foram conduzidas a uma sala de jantar de aspecto sujo e malcuidado, confortavelmente arranjada de modo a se adaptar a qualquer outro propósito que não o de comer e beber.

Ora, no curso normal das coisas, e de acordo com todas as descrições autênticas da vida da alta sociedade, como se veem nos livros, a Sra. Wititterly deveria estar em seu *boudoir*; mas, se ocorreu ou não de o Sr. Wititterly se encontrar naquele momento barbeando-se no *boudoir*, ou fazendo outra atividade qualquer, o fato é que a Sra. Wititterly concedeu audiência na sala de estar, onde havia tudo que era apropriado e necessário, inclusive as cortinas e os forros dos móveis de um tom rosado, para dar um aspecto delicado a sua tez, e um cãozinho para avançar nas pernas dos estranhos, o que era uma distração para a Sra. Wititterly, além do pajem, antes mencionado, para servir uma bebida de chocolate à Sra. Wititterly.

Essa dama tinha um ar de doce insipidez e um rosto de atraente palidez; havia algo de desvanescido em sua expressão, e no mobiliário e na casa. Ela estava reclinada num sofá numa atitude tão desleixada que podia ser tomada por uma atriz pronta para a primeira cena de um balé, esperando apenas que a cortina fosse levantada.

— Coloque as cadeiras.

O pajem as colocou.

— Deixe a sala, Alphonse.

O pajem saiu; mas, se algum Alphonse tinha estampado no rosto e na aparência o nome Bill, era esse jovem.

— Eu resolvi me apresentar, senhora — disse Kate, após uns segundos de um desconcertante silêncio —, porque vi o seu anúncio.

— Sim — respondeu a Sra. Wititterly —, pedi para um familiar colocar esse anúncio no jornal para mim. Sim.

— Eu pensei, talvez, que — disse Kate, modestamente —, se ainda não tiver feito a sua escolha final, a senhora desculpasse o inconveniente de me apresentar como candidata.

— Sim — repetiu a Sra. Wititterly com voz arrastada.

— Se a senhora já tiver feito a sua escolha...

— Ah, não, minha cara — interrompeu a mulher —, eu não me satisfaço com facilidade. Realmente não sei o que dizer. Já serviu de dama de companhia antes?

A Sra. Nickleby, que aguardava ansiosa uma oportunidade, interferiu com destreza antes que Kate pudesse responder.

— Não para pessoas desconhecidas, minha senhora — disse a boa mulher —, mas ela tem me servido de companhia há alguns anos. Sou a mãe dela, senhora.

— Ah! — exclamou a Sra. Witittlerly. — Eu entendo.

— Posso garantir, senhora — disse a Sra. Nickleby —, que eu nunca imaginei que seria necessário para minha filha sair à procura de emprego, pois o seu pobre papai era um cavalheiro independente, e ainda seria neste momento se ao menos tivesse escutado em tempo as minhas constantes súplicas...

— Meu Deus, mamãe — disse Kate em voz baixa.

— Minha querida Kate, quer me dar licença de falar — disse a Sra. Nickleby —, eu vou tomar a liberdade de explicar a esta senhora...

— Eu acho que é desnecessário, mamãe.

Não obstante todas as caretas e piscadelas com que a Sra. Nickleby insinuava que ia dizer algo que garantiria a posição de uma vez, Kate manteve sua opinião por meio de um expressivo olhar e, pelo menos dessa vez, a Sra. Nickleby foi detida quando estava a ponto de fazer um discurso.

— Quais são suas qualidades? — perguntou a Sra. Witittlerly, de olhos fechados.

Kate ruborizou ao mencionar seus principais predicados, e a Sra. Nickleby conferiu-os nos dedos, um a um, pois calculara todos eles antes de sair. Felizmente, os dois totais coincidiram, de modo que a Sra. Nickleby não teve desculpa para falar.

— Você tem bom gênio? — perguntou a Sra. Witittlerly, abrindo os olhos por um instante e fechando-os novamente.

— Eu acho que sim — respondeu Kate.

— E tem referências altamente respeitáveis?

Kate respondeu que tinha e colocou na mesa o cartão de seu tio.

— Tenha a bondade de puxar a cadeira para mais perto e deixe-me vê-la — disse a Sra. Witittlerly. — Sou tão míope que quase não enxergo suas feições.

Kate atendeu ao pedido, embora não sem certa vergonha, e a Sra. Witittlerly examinou seu rosto demoradamente, o que levou alguns minutos.

— Gosto de sua aparência — disse a mulher, tocando uma pequena sineta. — Alphonse, peça a seu senhor para vir até aqui.

O pajem desapareceu com essa missão e depois de um curto intervalo, durante o qual nenhuma palavra foi trocada em ambos os lados, abriu-se a porta para um importante cavalheiro de cerca de trinta e oito anos, de rosto um tanto comum e pouco cabelo, que se inclinou sobre a Sra. Wititterly por certo tempo e falou com ela em voz baixa.

— Ah! — ele exclamou, virando-se. — Sim. Esta é uma questão muito importante. A Sra. Wititterly é muito excitável, muito delicada, muito frágil; uma planta exótica, de estufa.

— Ah, Henry, meu querido — interferiu a Sra. Wititterly.

— É, sim, meu amor, sabe que é; um sopro — disse o Sr. W., assoprando uma pena imaginária. — Um sopro, e você se vai!

A mulher suspirou.

— A sua alma é grande demais para o seu corpo — disse o Sr. Wititterly. — O seu intelecto a esgota; todos os médicos dizem isso; você sabe que não há um médico que não se orgulhe de ser chamado para você. Qual é a declaração unânime deles? "Meu caro doutor", eu disse a *Sir* Tumley Snuffim, nesta sala mesmo, da última vez que ele veio aqui. "Meu caro doutor, qual é a doença da minha mulher? Conte-me tudo. Eu sou capaz de suportar. São os nervos?" "Meu caro amigo", ele disse, "orgulhe-se desta mulher; cuide bem dela; ela é um ornamento para o mundo moderno e para você. A enfermidade dela é na alma. Ela aumenta, se expande, dilata-se... o sangue arde, o pulso se acelera, a agitação aumenta... Nossa!". — Nesse ponto, o Sr. Wititterly, que, no ardor da descrição, sacudiu a mão direita a poucos centímetros do chapéu da Sra. Nickleby, recolheu-a novamente e assoou o nariz ferozmente como se isso tivesse sido feito por um violento mecanismo.

— Você me faz parecer pior do que sou, Henry — disse a Sra. Wititterly, com um sorriso sem graça.

— Não faço, não, Julia — disse o Sr. W. — O meio que você frequenta... necessariamente frequenta, com a sua posição, suas conexões e seus dotes... é um turbilhão, um redemoinho da mais assustadora empolgação. Valha-me Deus, não me esqueço nunca da noite em que você dançou com o sobrinho do baronete no baile da eleição, em Exeter! Foi tremendo!

— Eu sempre sofro depois por esses triunfos — disse a Sra. Wititterly.

— E, por essa razão — disse o marido —, você precisa de uma acompanhante, uma pessoa muito bondosa, muito doce, excessivamente compreensiva e de grande tranquilidade.

Nesse momento, tanto o Sr. como a Sra. Wititterly, que haviam falado muito mais para as Nickleby do que um para o outro, calaram-se e olharam para as duas interlocutoras com uma expressão que parecia dizer: "O que acham de tudo isso?".

— A Sra. Wititterly — disse o marido, dirigindo-se à Sra. Nickleby — é procurada e cortejada por pessoas admiráveis nos mais brilhantes círculos. Ela se emociona com a ópera, o teatro, as belas-artes, os... os... os...

— A nobreza, meu amor — interferiu a Sra. Wititterly.

— A nobreza, claro — disse o Sr. Wititterly. — E os militares. Ela tem opinião formada sobre uma imensa variedade de assuntos. Se algumas pessoas da vida pública soubessem da verdadeira opinião da Sra. Wititterly, elas não empinariam o nariz, talvez, como o fazem.

— Pare, Henry — disse a mulher —, isso não é justo.

— Não estou citando nomes, Julia — replicou o Sr. Wititterly —, e ninguém foi ofendido. Simplesmente menciono essas circunstâncias para mostrar que você não é uma pessoa comum, que há um conflito perpétuo entre sua mente e seu corpo; e que você deve ser acalmada e bem cuidada. Agora quero saber, de maneira serena e tranquila, quais são as qualificações da moça para a posição.

Atendendo a esse pedido, as qualificações foram explicitadas uma vez mais, com o acréscimo de muitas interrupções e questionamentos feitos pelo Sr. Wititterly. Ficou finalmente combinado que ele buscaria informações sobre a moça, e uma resposta definitiva seria endereçada à Srta. Nickleby, para o endereço de seu tio, dentro de dois dias. Após concordarem com essas condições, o pajem as conduziu à entrada da escada; e o corpulento lacaio, rendendo a guarda nesse ponto, as dirigiu em segurança à porta da frente.

— São pessoas distintas, evidentemente — disse a Sra. Nickleby, ao dar o braço à filha. — Que pessoa importante é a Sra. Wititterly!

— A senhora acha, mamãe? — Foi tudo que Kate disse.

— Ora, não dá para achar diferente, Kate, meu amor — respondeu a mãe. — Mas ela está muito pálida e parece exausta. Espero que não esteja se desgastando, mas parece que está.

Essas considerações levaram a mulher de visão profunda a um cálculo da provável duração da vida da Sra. Wititterly e das chances de o viúvo desconsolado pedir a mão de sua filha em casamento. Antes de chegar à casa, ela havia libertado a alma da Sra. Wititterly de todas as limitações do corpo; casado Kate com grande esplendor na igreja de St. George, na Hanover Square; e deixado em aberto apenas uma pequena questão: se uma esplêndida cama de mogno com acabamento francês deveria ser colocada no quarto dos fundos do terceiro andar em Cadogan Place ou no quarto da frente do quarto andar; ela não sabia quais seriam as vantagens de cada quarto e finalmente resolveu a questão determinando que deixaria a decisão a critério do genro.

As informações foram obtidas. A resposta — não para grande alegria de Kate — foi favorável; e, passada uma semana, ela se dirigiu, com todos os seus objetos de uso pessoal, à mansão da Sra. Wititterly, onde por enquanto a deixaremos.

CAPÍTULO XXII

Nicholas, acompanhado de Smike, parte em busca de sua sorte. Encontra o Sr. Vincent Crummles; e aqui é revelado quem era ele

Todo o capital de que Nicholas dispunha, seja por posse, devolução, saldo ou expectativa, após pagar o aluguel e acertar as contas com o agente de quem alugara os móveis, não excedia em alguns meio centavos o total de vinte xelins. E, no entanto, ele saudou a manhã em que decidira deixar Londres com a alma leve e pulou da cama com uma disposição que, felizmente, é a sorte dos jovens, ou o mundo jamais ficaria cheio de velhos.

Era uma manhã de início de primavera, fria, seca e nebulosa. Uns poucos vultos indistintos seguiam de um lugar para o outro nas ruas enevoadas, e ocasionalmente assomava ao longe, através da neblina, o pesado contorno de algum coche de aluguel rumando para casa, aproximando-se devagar, ruidoso, espalhando a fina crosta de gelo que se soltava dos tetos esbranquiçados para logo se perder outra vez na névoa. A intervalos, ouviam-se os passos vacilantes e o tiritar de frio do pobre limpador de chaminés ao se arrastar, tremendo, para sua lida diária; as fortes passadas do guarda noturno, que caminhava devagar de um lado para o outro, amaldiçoando as lentas horas que se interpunham entre ele e seu sono; o ruído estridente de carros de mão e carroças pesadas; o movimento de veículos leves que transportavam vendedores e compradores para os diferentes mercados; o som de inúteis batidas à porta dos que dormiam um sono profundo — todos esses barulhos chegavam aos ouvidos de tempos em tempos, mas todos pareciam abafados pela névoa e se tornavam quase indistintos, assim como os objetos à visão. A morosa escuridão aumentava à medida que o dia raiava; e aqueles que tinham a coragem de se levantar e espiar pelas janelas acortinadas a rua sombria voltavam para a cama e se enroscavam para dormir.

Antes mesmo de os sinais do amanhecer se intensificarem na movimentada Londres, Nicholas seguiu sozinho para a cidade e parou embaixo das janelas da casa de sua mãe. Era um lugar sombrio e estéril, mas para ele tinha luz e vida, pois havia pelo menos um coração dentro daquelas velhas paredes no qual o insulto e a desonra provocavam o mesmo fluxo intenso de sangue que corria em suas veias.

Ele atravessou a rua e ergueu a vista para a janela do quarto onde sabia que dormia sua irmã. Estava fechado e escuro. — Pobrezinha — pensou Nicholas —, não tem ideia de quem está por aqui!

Nicholas olhou de novo e, por um instante, sentiu um pouco de ansiedade por Kate não estar ali para uma palavra de despedida. "Meu Deus!", ele pensou, de repente censurando-se: "Que irmão sou eu?".

— É melhor assim — disse Nicholas, depois de caminhar alguns passos lentamente, mas retornou ao mesmo ponto. — Quando as deixei antes, e podia ter-me despedido mil vezes se assim quisesse, eu as poupei da dor da partida, então por que não agora? — Enquanto falava, uma leve e imaginária mexida na cortina quase o fez crer, por um segundo, que Kate estava à janela e, por uma dessas estranhas contradições de sentimentos que são comuns a todos nós, ele se protegeu involuntariamente no vão da porta para que ela não o visse. Nicholas sorriu de sua própria fraqueza; disse "Deus as abençoe!" e seguiu seu caminho com um passo mais leve.

Smike o aguardava ansiosamente quando chegou a seu antigo alojamento, assim como Newman, que gastara seu salário de um dia numa vasilha de rum e leite para prepará-los para a viagem. Eles haviam aprontado a bagagem, Smike colocou-a no ombro e assim eles partiram, com Newman Noggs acompanhando-os; pois insistira em caminhar com eles o mais longe que pudesse, durante a noite.

— Qual direção? — perguntou Newman, tristonho.

— Primeiro para Kingston — respondeu Nicholas.

— E depois para onde? — perguntou Newman. — Por que não quer me dizer?

— Porque nem eu mesmo sei, meu bom amigo — respondeu Nicholas, pondo uma mão no ombro dele. — E, se soubesse, não tenho planos nem perspectivas ainda e poderia mudar meu destino centenas de vezes antes que você pudesse se comunicar comigo.

— Eu acho que tem algum plano no fundo da mente — disse Newman, desconfiado.

— Tão fundo — respondeu o amigo — que nem eu consigo alcançar. O que quer que eu decida, pode ficar certo, escrevo logo para você.

— Não vai esquecer? — perguntou Newman.

— Não há como — respondeu Nicholas. — Não tenho tantos amigos assim que possa me confundir e esquecer o melhor de todos.

Distraídos com essa conversa, eles caminharam por algumas horas, e poderiam seguir falando por alguns dias se Nicholas não tivesse se sentado numa pedra à beira da estrada e decididamente declarado sua intenção de não dar mais um passo até que Newman Noggs voltasse para casa. Depois de pedir sem sucesso para acompanhá-lo, primeiro por mais um quilômetro e depois por mais meio quilômetro, Newman foi obrigado a concordar e seguir seu caminho em direção à Golden Square, depois de muitas despedidas cordiais e afetuosas, e de virar-se para trás várias vezes para acenar com seu chapéu para os dois viandantes até que se tornassem meros pontinhos a distância.

— Agora me escute, Smike — disse Nicholas, enquanto prosseguiam com determinação. — Estamos indo para Portsmouth.

Smike anuiu com a cabeça e sorriu, mas não expressou nenhuma outra emoção; pois, se estavam indo para Portsmouth ou para Port Royal, não fazia diferença para ele, desde que os dois estivessem juntos.

— Eu não conheço muito essas questões — continuou Nicholas —, mas Portsmouth é uma cidade portuária, e, se nenhum outro emprego aparecer, acho que podemos embarcar num navio. Eu sou jovem e dinâmico e posso ser útil de diversas maneiras. E você também.

— Espero que sim — disse Smike. — Quando eu estava naquele... o senhor sabe onde, não é?

— Sei, sim — respondeu Nicholas. — Não precisa repetir o nome daquele lugar.

— Bom, quando eu estava lá — prosseguiu Smike; seus olhos brilhando diante da possibilidade de mostrar algumas de suas habilidades —, eu tirava leite de vaca, cuidava dos cavalos, tão bem quanto qualquer um.

— Ah! — exclamou Nicholas, sério. — Eu acho que eles não levam muitos desses animais a bordo dos navios, Smike. E, mesmo quando têm cavalos, não se preocupam muito em cuidar deles; ainda assim, você pode aprender a fazer alguma outra coisa. Onde há determinação, há um caminho.

— E eu estou muito determinado — disse Smike, animando-se de novo.

— Deus sabe quanto — observou Nicholas. — E, se você não conseguir, será duro, mas eu trabalho por nós dois.

— Vamos seguir direto, hoje? — perguntou Smike, depois de um curto silêncio.

— Seria muito cansativo, mesmo para as suas pernas determinadas — respondeu Nicholas, com um sorriso bem-humorado. — Não. Godalming fica a uns cinquenta quilômetros de Londres, como vi num mapa que pedi emprestado, e pretendo descansar lá. Continuaremos amanhã, pois não somos ricos o suficiente para perder tempo. Deixe-me carregar um pouco essa bagagem! Vamos!

— Não, não — protestou Smike, recuando uns passos. — Não me peça para entregar a você.

— Por que não? — perguntou Nicholas.

— Deixe, pelo menos, que eu faça alguma coisa por você — respondeu Smike. — Nunca posso fazer o bastante, como devia. Você não pode imaginar como penso, dia e noite, em maneiras de lhe agradar.

— Não diga bobagem, pois eu sei muito bem e *vejo* o que faz por mim, ou seria cego e insensível — disse Nicholas. — Eu vou lhe fazer uma pergunta, enquanto me lembro e não há ninguém por perto — acrescentou, olhando-o diretamente no rosto. — Você tem boa memória?

— Não sei — respondeu Smike, balançando a cabeça com tristeza. — Eu acho que tinha, mas não tenho mais... não tenho mais.

— Por que acha que tinha? — perguntou Nicholas, voltando-se rapidamente para ele como se a resposta de alguma forma ajudasse a esclarecer sua pergunta.

— Porque me lembrava das coisas quando eu era criança — respondeu Smike —, mas isso foi muito, muito tempo atrás, ou pelo menos parece. Eu sempre ficava confuso e tonto naquele lugar de onde me tirou; e não conseguia me lembrar de nada; às vezes, nem entendia o que eles me diziam. Eu... deixe ver... deixe ver!

— Agora você está delirando — disse Nicholas, tocando-lhe no braço.

— Não — respondeu Smike com um olhar vago —, eu estava só pensando como... — e ele teve um calafrio involuntário enquanto falava.

— Não pense mais naquele lugar, porque agora acabou — disse Nicholas, fixando seus olhos nos olhos do companheiro, que passaram a expressar um vazio, habitual no passado e comum até então. — E o que se lembra do dia em que foi para Yorkshire?

— Ah! — exclamou o rapaz.

— Isso foi antes de você começar a perder a memória, sabe — disse Nicholas com suavidade. — Era um dia quente ou frio?

— De chuva — respondeu o rapaz. — Muita chuva. Eu sempre dizia, quando chovia forte, que era como a noite em que cheguei: e eles costumavam me rodear e rir para me ver chorar nos dias de chuva forte. Eles diziam que eu parecia uma criança, e isso me fazia lembrar ainda mais daquela noite. Eu ficava gelado às vezes, porque me via como eu era quando cheguei, entrando pela mesma porta.

— Como você era quando chegou... — repetiu Nicholas, fingindo descaso. — E como você era?

— Uma criaturinha tão pequena — disse Smike —, que eles deviam sentir pena de mim só de lembrar de como eu era.

— Você não chegou lá sozinho! — observou Nicholas.

— Não — disse Smike —, ah, não.

— Quem estava com você?

— Um homem... um homem moreno, enrugado. Eu ouvia dizerem isso na escola, e me lembrava disso também. Fiquei aliviado quando foi embora, eu tinha medo dele; mas eles me causaram ainda mais medo, me maltratavam muito mais.

— Olhe para mim — disse Nicholas, procurando atrair toda a atenção do rapaz. — Isso, não se vire. Não se lembra de nenhuma mulher, nenhuma mulher bondosa, que se debruçava sobre você e lhe beijava e o chamava de filho?

— Não — disse a pobre criatura, balançando a cabeça —, não, nunca.

— Nem de nenhuma casa além daquela em Yorkshire?

— Não — respondeu o rapaz, com um olhar melancólico. — Um quarto... eu lembro que dormia num quarto, um quarto grande, isolado, no andar de cima de uma casa, onde havia uma janela no teto. Eu muitas vezes cobria a cabeça com a roupa para não ver aquela abertura, porque ela me dava medo: uma criança pequena sem ninguém por perto de noite, e eu ficava imaginando o que tinha do outro lado. Tinha um relógio também, um relógio velho, num canto. Eu me lembro disso. Nunca me esqueci desse quarto porque, quando tenho sonhos ruins, ele aparece exatamente como era. Vejo coisas e pessoas nele que nunca tinha visto, mas o quarto sempre está lá como era; *isso* nunca muda.

— Posso carregar essa bagagem agora? — perguntou Nicholas, mudando de assunto abruptamente.

— Não — disse Smike —, não. Vamos continuar andando.

Ele apressou o passo ao dizer isso, aparentemente com a impressão de terem permanecido parados durante toda a conversa. Nicholas não tirara os olhos dele, e cada palavra ficara gravada em sua memória.

Já era, então, quase meio-dia e, embora a cidade que haviam deixado ainda estivesse encoberta por uma densa névoa, como se o hálito das pessoas atarefadas pairasse sobre seus esquemas de ganhos e lucros e encontrasse lá maior atração do que nas regiões mais tranquilas acima, no campo aberto o tempo estava limpo e claro. Ocasionalmente, em certos pontos mais baixos, Nicholas e Smike se deparavam com alguma névoa que o sol não havia ainda deslocado de seus redutos; mas logo passava e, à medida que eles subiam os morros, era agradável olhar para baixo e ver como o espesso vapor se dissipava lentamente, diante da alegre influência do dia. Um sol aberto, belo e intenso iluminava os pastos verdes e coroava a água fazendo lembrar o verão, enquanto concedia aos viajantes todo o frescor revigorante daquele início de ano. O chão parecia elástico sob seus pés; os sinos das ovelhas eram música para seus ouvidos e, bem-dispostos pelo exercício e estimulados pela esperança, eles seguiam em frente com o vigor dos leões.

O dia transcorreu lentamente e todo esse colorido brilhante perdeu sua intensidade, assumindo um tom ameno, como as jovens esperanças suavizadas pelo tempo, ou os traços da juventude transformando-se aos poucos no sossego e na calma da idade. Eles, porém, não eram menos belos em seu lento declínio do que quando ainda em seu auge, pois a natureza confere beleza a cada idade e estação; e, da manhã à noite, assim como do berço ao túmulo, não há senão uma sucessão de mudanças tão suaves e leves que mal notamos seu progresso.

A Goldaming chegaram finalmente, e lá negociaram duas camas simples e dormiram um sono profundo. Levantaram-se cedo no dia seguinte, embora não tão cedo quanto o sol: e mais uma vez prosseguiram a pé; se não com o mesmo vigor do dia anterior, ao menos com bastante esperança e disposição para seguir adiante com alegria.

Foi uma caminhada mais difícil do que a do dia anterior, pois havia longas e cansativas subidas a vencer; e nas viagens, como na vida, é muito mais fácil descer do que subir um morro. Mas eles prosseguiram com uma perseverança inabalável, e morro algum é íngreme o suficiente para impedir que a perseverança atinja seu topo no final.

Eles caminharam à beira da Poncheira do Diabo, e Smike ouvia com sofreguidão Nicholas ler a inscrição na pedra que, erguida naquele lugar deserto, relatava um assassinato cometido ali, à noite. A relva sobre a qual se encontravam havia sido um dia tingida de sangue; e o sangue do homem assassinado escorrera, gota a gota, para aquela depressão que dera nome ao local. "A Poncheira do Diabo", pensou Nicholas ao olhar para o vazio, "nunca conteve bebida mais adequada do que essa!".

Eles seguiram em frente, firmes em seu propósito, e entraram por fim num amplo e espaçoso terreno acidentado, com toda a variedade de pequenas elevações e planícies, mudando assim sua superfície verdejante. Ora erguia-se para o céu, quase perpendicularmente, um morro íngreme, acessível a bem dizer às ovelhas e às cabras que pastavam em suas encostas; ora via-se uma vertente coberta de vegetação num declive tão suave que, ao se fundir gentilmente ao plano, mal se definiam seus limites. Os morros erguiam-se uns sobre os outros, enquanto ondulações simétricas e irregulares, suaves e rugosas, elegantes e grotescas, lançadas negligentemente lado a lado, eram vistas em todas as direções; e, frequentemente, com um barulho inesperado, deixava o solo uma revoada de corvos, os quais, grasnando e circulando os montes mais próximos, como se inseguros de seu curso, subitamente equilibravam-se em suas asas e voavam sobranceiros por um vale que se abria a distância com a velocidade da própria luz.

Aos poucos, a perspectiva recuava mais e mais em ambos os lados e, à medida que a rica e extensa paisagem desaparecia, eles emergiam uma vez mais num campo aberto. A certeza de que se aproximavam de seu destino lhes renovou a coragem de prosseguir; mas o caminho havia sido árduo, e eles seguiram devagar pela estrada, e Smike estava cansado. Assim, o crepúsculo já se instalara quando se dirigiram a uma hospedaria de beira da estrada, ainda a vinte quilômetros de distância de Portsmouth.

— Vinte longos quilômetros — repetiu o dono da estalagem.

— A estrada é boa? — perguntou Nicholas.

— Muito ruim — disse o homem, como, é claro, diria o dono de uma estalagem.

— Eu pretendo seguir em frente — observou Nicholas, hesitante. — Não sei bem o que fazer.

— Não deixe que eu influencie o senhor — continuou o dono. — Se fosse *eu*, não iria.

— Não? — perguntou Nicholas, com a mesma dúvida.

— Não se eu soubesse que estava num bom lugar — respondeu o dono da estalagem. E, ao dizer isso, puxou o avental, pôs as mãos nos bolsos e, aproximando-se da porta, olhou para a estrada escura com um ar de indiferença.

Uma olhadela para o rosto exausto de Smike fez Nicholas decidir; então, sem pensar de novo, resolveu ficar onde estava.

O dono da estalagem os conduziu à cozinha e, como havia um bom fogo, observou que estava muito frio. Se ocorresse de haver um fogo fraco, ele teria dito que estava muito quente.

— O que pode nos servir de jantar? — foi a pergunta natural de Nicholas.

— Ora, o que gostaria de comer? — foi a resposta não menos natural do senhorio.

Nicholas sugeriu carne fria, mas não havia carne fria — ovos quentes, mas não havia ovos — costeletas de carneiro, mas não havia uma costeleta de carneiro num raio de cinco quilômetros, embora na semana anterior tivesse havido tanta que eles ficaram sem saber o que fazer, e haveria um carregamento extraordinário dali a dois dias.

— Então — disse Nicholas —, deixo inteiramente ao senhor, como teria deixado logo de início, se tivesse me permitido.

— Ora, então vou lhe dizer uma coisa — disse o homem. — Tem um cavalheiro no salão que pediu um pudim de carne quente e batatas, às nove. Tem mais do que ele vai conseguir comer e não tenho dúvida de que, se eu pedir permissão ao senhor, vai poder jantar com ele. Resolvo isso num minuto.

— Não, não — disse Nicholas, detendo-o. — Prefiro que não vá. Eu... pelo menos... ora essa! Por que não posso falar? Olhe aqui; está vendo que estou viajando de maneira bem modesta e cheguei aqui a pé.

É mais que provável, eu acho, que o cavalheiro não vá gostar da minha companhia; e, embora eu seja essa figura empoeirada que está vendo, sou bastante orgulhoso para não me impor assim.

— Meu Deus — disse o dono da hospedaria —, é só o senhor Crummles; *ele* não se incomoda.

— Não? — perguntou Nicholas, em cuja mente, para dizer a verdade, a perspectiva de um pudim de carne gostoso lhe causava certa impressão.

— Ele não — respondeu o proprietário. — Vai gostar da sua maneira de falar, eu sei. Mas vamos cuidar disso logo. Espere um minuto.

O dono da estalagem apressou-se em direção ao salão, sem parar para pedir licença, nem Nicholas procurou detê-lo: sabiamente considerava essa refeição, diante das circunstâncias, uma questão muito séria para ser tratada com leviandade. Não demorou muito e o proprietário voltou, num estado de grande animação.

— Tudo certo — ele disse em voz baixa. — Eu sabia que ele aceitaria. Verão uma coisa que valerá a pena lá dentro. Meu Deus! Como é que eles estão indo com aquilo?

Não havia tempo para descobrir a que essa pergunta, expressa num tom de voz muito exaltado, se referia; pois ele já havia escancarado a porta do quarto no qual Nicholas, seguido por Smike com a bagagem nas costas (ele a levava consigo sob tanta vigilância quanto se aquilo fosse um saco de ouro), imediatamente entrou.

Nicholas estava preparado para algo estranho, mas não tão estranho como a cena que encontrou. Nos fundos da sala, havia dois meninos, um deles muito alto, o outro muito baixo, ambos vestidos de marinheiros — ou pelo menos como marinheiros teatrais, com cintos, fivelas, tranças e pistolas, para completar —, realizando o que nas programações se chama um incrível combate, com duas daquelas espadas curtas de folha larga com guarda-mãos como as usadas nos teatros menores. O menino baixo ganhara grande vantagem sobre o menino alto, que fora reduzido a uma posição mortal, e ambos eram supervisionados por um homem grande e pesado, empoleirado na ponta de uma mesa, enfaticamente os estimulando a tirar um pouco mais de fogo de suas espadas, pois não podiam deixar de animar a plateia na primeira noite.

— Sr. Vincent Crummles — disse o dono da estalagem com um ar de grande deferência. — Este aqui é o jovem cavalheiro.

O Sr. Vincent Crummles recebeu Nicholas com uma inclinação de cabeça, algo entre a reverência de um imperador romano e o cumprimento de um companheiro de bebedeira; e pediu ao dono da estalagem que se retirasse e fechasse a porta.

— A situação é a seguinte... — disse o Sr. Crummles, fazendo sinal para que Nicholas não avançasse e interferisse. — O pequeno pegou o grande; se ele não se render em três segundos, é um homem morto. Façam isso de novo, meninos.

Os dois combatentes recomeçaram a atividade e se digladiaram até as espadas emitirem uma chuva de fagulhas: para grande satisfação do Sr. Crummles, que parecia considerar aquilo de fato muito importante. A luta começou com cerca de duzentos golpes administrados pelo marinheiro baixo e pelo marinheiro alto alternadamente, sem produzir nenhum resultado especial até que o marinheiro baixo foi atingido e caiu sobre um joelho; mas isso não representou nada para ele, pois conseguiu firmar esse joelho com a ajuda da mão esquerda e combateu no desespero até que o marinheiro alto lhe arrancasse da mão a espada. Agora, podia-se inferir que o marinheiro baixo, em extrema desvantagem, se entregaria de imediato e pediria misericórdia, mas, em vez disso, ele subitamente retirou do cinto uma pistola grande, apontou-a para a cara do marinheiro alto, que ficou tão atordoado com aquilo (ele não esperava) que deixou o marinheiro pequeno pegar a espada e começar tudo de novo. A luta então recomeçou e uma variedade de golpes sofisticados foi desferida em ambos os lados; golpes desferidos com a mão esquerda, embaixo da perna, sobre o ombro direito e o esquerdo; e, quando o marinheiro baixo aplicou um golpe vigoroso nas pernas do alto, o que as teria arrancado fora se as tivesse acertado, o marinheiro alto pulou por cima da espada do marinheiro baixo, equilibrando com isso a situação e tornando-a justa. Então, o marinheiro alto desferiu o mesmo golpe e o marinheiro baixo pulou por cima da espada *dele*. Depois disso, esquivaram-se várias vezes e suspenderam as calças na falta de suspensórios, até que o marinheiro baixo (que, obviamente, era o personagem de maior valor moral, pois sempre levava a melhor) fez uma demonstração violenta e atacou de perto o marinheiro alto, que, após algumas defesas infrutíferas, foi derrubado e morreu em grande agonia, com o marinheiro baixo colocando o pé no seu peito e traspassando-o com a espada.

— Eles vão pedir *bis* duas vezes se fizerem direito, meninos — disse o Sr. Crummles. — É melhor irem descansar agora e trocar de roupa.

Tendo assim se dirigido aos combatentes, saudou Nicholas, que notou, então, que o rosto do Sr. Crummles era bem proporcional em tamanho a seu corpo; que ele tinha um lábio inferior muito grande, uma voz rouca, como se pelo hábito de gritar em excesso, e cabelos pretos muito curtos, raspados até quase o topo da cabeça — para lhe facilitar (como veio a descobrir mais tarde) o uso de perucas especiais de diversos formatos e padrões.

— O que você achou disso? — perguntou o Sr. Crummles.

— Muito bom, na verdade... excelente — respondeu Nicholas.

— Não se veem meninos como esses com frequência, eu acho — disse o Sr. Crummles.

Nicholas concordou, observando que se o par combinasse um pouco mais...

— Combinar! — gritou o Sr. Crummles.

— Eu quis dizer, se eles fossem um pouco mais do mesmo tamanho — explicou Nicholas.

— Tamanho! — repetiu o Sr. Crummles. — Ora, essa é essência do combate, que haja trinta ou sessenta centímetros entre eles. Como você vai angariar a simpatia do público de forma legítima se não houver um homenzinho lutando com um grandalhão?... A menos que haja no mínimo cinco para um, mas não temos gente suficiente para isso em nossa companhia.

— Entendo — disse Nicholas. — Peço desculpas. Isso não me ocorreu, eu confesso.

— É o ponto principal — disse o Sr. Crummles. — Estreio em Portsmouth depois de amanhã. Se for até lá, dê uma passada no teatro e veja como está indo bem.

Nicholas prometeu fazer isso se pudesse e, puxando uma cadeira para perto do fogo, entabulou de imediato uma conversa com o diretor da companhia. O homem estava muito conversador e comunicativo, estimulado, talvez, não somente por sua disposição natural, mas também pela bebida e a água que tomara em goles fartos, ou pelo rapé, que cheirava em grandes quantidades, tirando-o de um pedaço de papel pardo no bolso de seu colete. Ele expôs seus negócios sem a menor reserva e discorreu por um bom tempo sobre os méritos de sua companhia e os predicados de sua família, da qual os meninos das espadas constituíam uma parte honrosa. Parecia que ia haver um encontro de diferentes damas e cavalheiros em Portsmouth no dia seguinte, para onde o pai e os filhos estavam indo (não em temporada regular, mas no curso de uma viagem de negócios) após encerrarem uma temporada em Guildford com grandes aplausos.

— Está indo nessa direção? — perguntou o diretor.

— Es... tou — respondeu Nicholas. — Estou, sim.

— Conhece a cidade? — continuou o homem, que parecia se considerar digno do mesmo grau de confiança que ele havia demonstrado.

— Não — respondeu Nicholas.

— Nunca foi lá?

— Nunca.

O Sr. Vincent Crummles tossiu, uma tosse curta e seca, como para dizer: "Se não quer falar, não fale"; e pegou tantas pitadas de rapé no pedaço de papel, uma após a outra, que Nicholas se perguntava para onde iria tudo aquilo.

Enquanto estava assim ocupado, o Sr. Crummles olhava, de vez em quando, com grande interesse para Smike, que, desde o início, parecia ter-lhe causado uma considerável impressão. O rapaz havia adormecido e cabeceava em sua cadeira.

— Desculpe-me pelo que vou dizer — disse o homem, inclinando-se em direção a Nicholas e falando em voz baixa —, mas que semblante extraordinário tem o seu amigo!

— Pobre rapaz! — observou Nicholas, com um meio sorriso. — Eu gostaria que tivesse o rosto um pouco mais cheio e menos abatido.

— Cheio! — exclamou o homem, horrorizado. — Estragaria tudo.

— O senhor acha?

— Se acho! Ora, como está agora — prosseguiu ele, batendo nos joelhos enfaticamente —, sem uma gordurinha no corpo e com um levíssimo toque de cor no rosto, ele daria um ótimo ator numa cena de famintos como nunca se viu aqui. Basta que faça toleravelmente bem o papel do Boticário em *Romeu e Julieta*, com um leve toque de vermelho na ponta do nariz, e ele certamente receberia aplausos três vezes no momento em que colocasse a cabeça fora dos bastidores.

— O senhor o vê com olhos de profissional — disse Nicholas, rindo.

— Bem, é possível — observou o homem. — Nunca vi um rapazinho tão adequado para esse papel desde que estou nesta profissão. E eu fazia o papel de criança combalida quando tinha dezoito meses.

O aspecto do pudim de carne, que chegou simultaneamente aos jovens Crummles, desviou a conversa para outros assuntos e, na verdade, por alguns instantes, cessou-a por completo. Esses dois rapazinhos manejavam seus garfos e facas quase com a mesma habilidade com que usavam suas espadas, e, como o apetite de todos ali estava tão afiado quanto qualquer uma das duas classes de armas, não houve tempo para conversas até a refeição ser encerrada.

Assim que engoliram a última porção do jantar, os jovens Crummles demonstraram, ao suprimirem vários bocejos e se espreguiçarem, uma óbvia vontade de ir dormir, o que Smike evidenciara de modo ainda mais intenso, adormecendo diversas vezes enquanto comia. Nicholas, portanto, propôs que eles se recolhessem imediatamente, mas o diretor se recusou a ouvi-lo, declarando que prometera a si mesmo convidar seu novo conhecido a compartilhar uma jarra de ponche e que, se ele recusasse, consideraria aquela atitude muito indelicada.

— Deixe que eles vão — disse o Sr. Vincent Crummles —, e nós dois podemos beber confortável e tranquilamente, ao lado do fogo.

Nicholas não estava muito disposto a dormir — na verdade, estava um tanto ansioso —, então, após hesitar um pouco, aceitou o convite e, tendo trocado um aperto de mãos com os jovens Crummles, enquanto o diretor, por sua vez, concedia uma bênção carinhosa a Smike, sentou-se em frente àquele cavalheiro ao lado do fogo para esvaziarem a jarra juntos. Esta chegou logo em seguida e, por estar fumegante, estimulava a visão e exalava uma fragrância das mais agradáveis e convidativas.

Porém, apesar do ponche e daquele homem, que contou várias histórias, fumou um cachimbo e inalou o tabaco na forma de rapé com vigor surpreendente, Nicholas permanecia alheio e desanimado. Seus pensamentos voltavam-se para sua antiga casa e, quando se revertiam para a condição presente, a incerteza do amanhã lançava sobre ele uma sombra, da qual seus maiores esforços não conseguiam se livrar. Sua atenção vagava; embora ouvisse a voz do diretor, não escutava o que ele dizia; e, quando o Sr. Vincent Crummles concluiu a história de uma longa aventura com uma risada alta e uma pergunta a Nicholas, querendo saber o que ele teria feito naquelas circunstâncias, o rapaz foi obrigado a pedir as melhores desculpas possíveis e confessar sua total ignorância de tudo que ele havia contado.

— Ora, eu percebi — observou o Sr. Crummles. — Você parece um pouco aflito. O que houve?

Nicholas não pôde conter um sorriso diante da pergunta abrupta; mas, achando que não valia muito a pena evitá-la, admitiu que estava preocupado, que temia não ser bem-sucedido no objetivo que o levara àquela parte do país.

— E qual é? — perguntou o homem.

— Conseguir fazer alguma coisa para me manter e ao meu pobre companheiro de viagem, e poder suprir as necessidades básicas da vida — disse Nicholas. — Essa é a verdade. Já deve ter notado isso faz muito tempo, eu acredito, então é melhor que eu receba o crédito de lhe contar com toda a sinceridade.

— O que tem Portsmouth a oferecer a mais do que qualquer outro lugar? — perguntou o Sr. Vincent Crummles, derretendo na vela a cera do lacre na piteira de seu cachimbo e espalhando-a de novo com seu mindinho.

— Há muitos navios deixando o porto, eu imagino — disse Nicholas. — Vou tentar um lugar em algum deles. Há carne e bebidas lá, em todas as ocasiões.

— Carne salgada e um rum novo; creme de ervilhas e biscoitos de farelo — disse seu interlocutor, dando uma tragada no cachimbo para mantê-lo aceso e retornando a sua tarefa de floreio.

— Pode-se aguentar até pior — disse Nicholas. — Posso viver sem conforto, eu acho, assim como a maioria dos rapazes da minha idade e da minha origem.

— Vai precisar de qualificação — disse o homem —, se for embarcar num navio; mas você não vai.

— Por que não?

— Porque não há barqueiro, nem imediato de navio, que ache que você valha o sal que vai receber, quando eles poderiam conseguir um ajudante experiente, tão abundante lá como as ostras nas ruas.

— O que o senhor está querendo dizer? — perguntou Nicholas, alarmado com essa previsão e o tom convicto com que havia sido pronunciada. — Os homens não nascem marinheiros. Precisam ser treinados, é isso?

O Sr. Vincent Crummles anuiu com a cabeça. — Precisam; mas não na sua idade, nem por um jovem cavalheiro como você.

Houve uma pausa. A expressão de Nicholas se fechou, e ele olhou com tristeza para o fogo.

— Não lhe ocorre nenhuma outra profissão, que um rapaz com o seu porte e maneira de falar poderia facilmente conseguir e que ainda por cima lhe permita ver o mundo?

— Não — respondeu Nicholas, gesticulando com a cabeça.

— Ora, então eu vou lhe dizer uma — disse o Sr. Crummles, jogando seu cachimbo no fogo e levantando a voz. — O palco.

— O palco! — exclamou Nicholas, numa voz quase alta demais.

— A profissão teatral — disse o Sr. Vincent Crummles. — Eu estou no ramo do teatro, minha mulher também está no ramo do teatro, meus filhos estão no ramo do teatro. Tive um cachorro que viveu e morreu nele, desde filhote; e o pônei da minha carruagem continua nele, em "Timour, o tártaro". Levo você e o seu amigo também. Basta uma palavra. Eu quero uma novidade.

— Não sei nada sobre isso — replicou Nicholas, que quase perdera o fôlego diante dessa súbita proposta. — Nunca desempenhei nenhum papel na vida, a não ser na escola.

— Há um veio cômico em seu jeito de andar e em seus modos, uma tragédia juvenil em seus olhos e uma leve farsa em seu riso — disse o Sr. Vincent Crummles. — Você se sairá tão bem como se só pensasse na ribalta desde o berço.

Nicholas pensou nos poucos trocados que lhe restariam depois de pagar as despesas de hospedagem; e hesitou.

— Você poderia nos ser útil de centenas de maneiras — disse o Sr. Crummles. — Pense nos cartazes que um homem com a sua educação poderia escrever para os anúncios.

— Bom, eu acho que poderia me encarregar desse departamento — disse Nicholas.

— Sem dúvida nenhuma — respondeu o Sr. Crummles. — "Para mais detalhes, ver os folhetos"... poderíamos ter uma boa quantidade em cada apresentação. Peças também; ora, você poderia escrever uma peça que revele toda a força da companhia, sempre que quiséssemos uma.

— Quanto a isso, não tenho tanta certeza — respondeu Nicholas. — Mas acredito que de vez em quando poderia rabiscar umas coisinhas próprias para o senhor.

— Vamos fazer um novo espetáculo em breve — disse o diretor da companhia. — Deixe-me ver... recursos próprios deste estabelecimento... novo e esplêndido cenário... você precisa dar um jeito de incluir uma bomba d'água de verdade e duas tinas com água.

— Na peça? — perguntou Nicholas.

— Sim — respondeu o homem. — Eu comprei essas três peças bem barato numa liquidação outro dia, e elas vão se encaixar maravilhosamente bem. É assim que se faz em Londres. Eles observam alguns figurinos e peculiaridades e escrevem uma peça para se adequar a eles. Para isso, a maioria dos teatros mantém seu próprio escritor.

— É mesmo? — surpreendeu-se Nicholas.

— Ah, sim — confirmou ele —, é muito comum. Vai ficar muito bom nos folhetos em linhas destacadas... Bomba d'água real!... Esplêndidas tinas!... Grande atração! Você por acaso tem tendências artísticas?

— Esse não é um dos meus dons — respondeu Nicholas.

— Ah! Então, não há o que fazer — disse o homem. — Se fosse, eu pediria para entalhar a última cena e imprimir nos cartazes, mostrando toda a profundidade do palco, com a bomba e as tinas no meio; mas, se não é, não há o que fazer.

— Quanto eu receberia por isso? — perguntou Nicholas, depois de uns minutos de reflexão. — Daria para viver com isso?

— Viver com isso! — exclamou ele. — Como um príncipe, com o seu próprio salário, o do seu amigo e os seus trabalhos escritos, faria... ah, faria uma libra por semana!

— Não me diga!

— É isso, sim. E, se tivermos uma série de casas cheias, quase o dobro do dinheiro.

Nicholas encolheu os ombros; mas a pobreza absoluta estava diante dele. E, se conseguisse angariar forças suficientes para enfrentar os extremos da penúria e do sofrimento, para que socorrera aquele pobre coitado, se era somente para suportar uma sina tão dura como aquela da qual o resgatara? Era fácil achar que cem quilômetros não representavam nada quando ele estava na mesma cidade que o homem que o tratara tão mal e lhe despertara os mais amargos pensamentos; mas agora parecia suficientemente distante. E se ele viajasse para outro país e sua mãe ou Kate morressem enquanto ele estivesse fora?

Sem mais considerações, declarou apressadamente que aceitava a proposta, e apertou a mão do Sr. Vincent Crummles, selando-a.

CAPÍTULO XXIII

Trata da companhia do Sr. Vincent Crummles e de seus negócios, domésticos e teatrais

Como o Sr. Crummles tinha nos estábulos da estalagem um animal quadrúpede estranho que ele chamava de pônei e um veículo de modelo desconhecido, ao qual se referia como um faeton, Nicholas seguiu viagem no dia seguinte com mais conforto do que esperava: o diretor da companhia e ele ocupando o assento da frente, e os jovens Crummles e Smike acomodados juntos na parte traseira, ao lado de uma cesta de vime protegida da umidade por um oleado, onde estavam as duas espadas de folha larga, pistolas, tranças, figurino náutico e outros objetos profissionais indispensáveis para os dois jovens cavalheiros antes mencionados.

O pônei ia devagar pela estrada e — possivelmente em consequência de sua educação teatral — revelava, de vez em quando, uma grande vontade de deitar-se. Entretanto, o Sr. Vincent Crummles o mantinha firme, puxando as rédeas e usando o chicote; quando esses meios falhavam e o animal parava, o mais velho dos jovens Crummles descia e o chutava. Por meio desses estímulos, o animal era persuadido a caminhar de tempos em tempos, e eles seguiam a passo lento (como o Sr. Crummles de fato observou), todos acomodados confortavelmente.

— Ele é um bom pônei, no fundo — disse o Sr. Crummles, voltando-se para Nicholas.

Talvez fosse no fundo, mas certamente não o era na aparência, vendo-se que seu pelo era dos mais grosseiros e feios. Então, Nicholas observou simplesmente que não se admiraria se fosse.

— Muitos e muitos circuitos esse pônei já completou — disse o Sr. Crummles, dando uma pancadinha com destreza na pálpebra dele, em nome da velha amizade. — Já é um de nós. A mãe dele trabalhou no palco.

— É mesmo? — observou Nicholas.

— Ela comeu torta de maçã nos espetáculos por mais de catorze anos — disse o diretor. — Disparou pistolas e ia dormir com um barrete na cabeça; em suma, integrou-se totalmente à comédia burlesca. O pai dele era um dançarino.

— E era famoso?

— Não muito — disse o diretor. — Era um tipo meio baixo de pônei. O fato é que originalmente o trabalho dele era de dia, e nunca superou bem os velhos hábitos. Era muito bom no melodrama, mas óbvio demais... óbvio demais. Quando a mãe morreu, ele passou a se apresentar na cena do vinho do Porto.

— Cena do vinho do Porto! — exclamou Nicholas.

— Bebendo vinho do Porto com o palhaço — disse o diretor. — Mas ele era voraz e, numa noite, engoliu o bojo da taça e se sufocou... assim, sua vulgaridade foi sua morte no final.

Como o descendente desse infeliz animal requeria uma maior atenção do Sr. Crummles enquanto prosseguia em seu trabalho do dia, esse cavalheiro tinha muito pouco tempo para conversas. Nicholas foi assim deixado livre para se entreter com seus pensamentos até que chegaram à ponte levadiça, em Portsmouth, onde o Sr. Crummles parou.

— Vamos descer aqui — disse o diretor —, e os meninos levam o pônei para o estábulo e a bagagem para os meus alojamentos. É melhor deixar que a sua seja levada para lá, por enquanto.

Agradecendo ao Sr. Crummles a gentil oferta, Nicholas saltou do veículo e, dando o braço a Smike, acompanhou o diretor pela rua High a caminho do teatro, nervoso e pouco à vontade com a perspectiva de uma apresentação imediata a um cenário tão novo para ele.

Passaram por grande quantidade de folhetos colados às paredes e exibidos nas vitrines, em que os nomes do Sr. Vincent Crummles, da Sra. Vincent Crummles, do jovem Crummles, do jovem P. Crummles e da Srta. Crummles haviam sido impressos em letras muito grandes, e tudo o mais, em letras muito pequenas; e, chegando enfim a uma entrada, onde havia um aroma forte de casca de laranja e óleo de lamparina com certo cheiro de serragem, tatearam por um corredor escuro e, depois de descerem alguns degraus, seguiram um pequeno labirinto de telas de lona e potes de tinta e chegaram ao palco do Teatro Portsmouth.

— Aqui estamos — disse o Sr. Crummles.

Não estava muito claro, mas Nicholas se viu perto da primeira entrada, ao lado do local do ponto, entre paredes nuas, cenários empoeirados, nuvens de mofo, cortinas de muito mau gosto e pisos sujos. Ele olhou à sua volta; o teto, o poço da orquestra, os camarotes, a galeria, a orquestra, os acessórios e ornamentos de todos os tipos — tudo parecia grosseiro, frio, sombrio e ordinário.

— Isto é um teatro? — sussurrou Smike, surpreso. — Eu pensava que era um lugar cheio de brilho e de coisas finas.

— Ora, e é — respondeu Nicholas, em nada menos surpreso —, mas não de dia, Smike... não de dia.

A voz do diretor o convocava a uma cuidadosa inspeção do prédio, do lado oposto ao proscênio, onde, a uma mesa de mogno com pernas instáveis e de forma oblonga, encontrava-se uma mulher corpulenta e forte, aparentemente entre quarenta e cinquenta anos, com uma capa de seda desbotada, o chapéu pendurado pelos laços na mão e os cabelos (uma vasta cabeleira) entrançados num grande festão sobre as têmporas.

— Sr. Johnson — disse o diretor (pois Nicholas dera o nome que Newman Noggs lhe conferira na conversa com a Sra. Kenwigs) —, quero apresentá-lo à Sra. Vincent Crummles.

— É um prazer conhecê-lo, senhor — disse a Sra. Vincent Crummles, numa voz sepulcral. — E é um prazer ainda maior saudá-lo como um membro promissor da nossa trupe.

A mulher apertava a mão de Nicholas enquanto se dirigia a ele nesses termos; ele viu que era uma mão grande, mas não esperava aperto tão férreo como aquele com que ela o cumprimentara.

— E esse — disse a mulher, indo em direção a Smike, como as atrizes trágicas quando seguem as instruções da peça —, e este é o outro. Seja bem-vindo também.

— Ele parece bem adequado, não acha, minha querida? — perguntou o diretor, pegando uma pitada de rapé.

— É admirável — respondeu a mulher. — Uma verdadeira aquisição.

Enquanto a Sra. Vincent Crummles retornava à mesa, entrou no palco de um salto, surgindo de algum canto misterioso, uma menina de vestido branco sujo, com pregas até os joelhos, calças curtas, sandálias, jaqueta curta, chapéu de escumilha rosa, véu verde e papelotes, que fez uma pirueta, deu dois chutes no ar, fez outra pirueta e, então, ao olhar para a ala oposta, deu um gritinho, saltou para a frente até chegar a uns quinze centímetros dos refletores do palco e assumiu uma bela atitude de terror quando um cavalheiro mal-amanhado, de sandálias de couro cru, entrou deslizando com vigor, batendo os dentes e brandindo sua bengala com ferocidade.

— Estão ensaiando "O índio selvagem e a donzela" — disse a Sra. Crummles.

— Ah! — exclamou o diretor. — É o pequeno balé do interlúdio. Muito bem, continuem. Um pouco para este lado, por favor, Sr. Johnson. Está bem. Agora!

O diretor bateu palmas como sinal para que prosseguissem, e o selvagem, enfurecendo-se, deslizou em direção à donzela; mas a donzela o evitou com seis rodopios e, no fim do último, caiu bem na ponta dos pés. Isso pareceu causar certa impressão no selvagem, pois ele, após um pouco mais de ferocidade e acuando a moça nos cantos, começou a ceder e passou várias vezes os cincos dedos da mão direita no rosto, dando assim a entender que estava encantado com a beleza da donzela. Agindo sob o impulso dessa paixão, ele (o selvagem) começou a dar murros fortes no peito e a exibir outros sinais de estar completamente apaixonado, o que, por ser um procedimento um tanto banal, era muito provável que tivesse feito a moça adormecer; fosse isso ou não, o fato é que ela caiu em um sono profundo, ruidoso como uma igreja, sobre um banco inclinado, e o selvagem, percebendo isso, apoiou a orelha esquerda na mão esquerda e balançou a cabeça para o lado algumas vezes, para indicar a todos os interessados que ela *estava* dormindo, e não fingindo. Deixado por conta própria, o selvagem dançou sozinho. Assim que parou, a moça acordou, esfregou os olhos, levantou-se e dançou sozinha também — uma dança tal que o selvagem apreciou o tempo todo em êxtase e, quando se encerrou, ele colheu em uma árvore vizinha uma curiosidade botânica, que se assemelhava a um pequeno repolho em salmoura, e a ofereceu à donzela, que a princípio a recusou; porém, diante das lágrimas derramadas pelo selvagem, condescendeu. Então, o selvagem deu um pulo de alegria; e a donzela pulou de emoção diante do doce perfume do repolho em conserva. Logo depois, o selvagem e a donzela dançaram ardentemente juntos e, por fim, o selvagem caiu sobre um joelho e a moça equilibrou-se numa perna sobre seu outro joelho; concluindo, assim, o balé e deixando os espectadores num estado de agradável incerteza: se finalmente ela se casaria com o selvagem ou se voltaria para os amigos.

— Muito bom mesmo — disse o Sr. Crummles. — Bravo!

— Bravo! — saudou Nicholas, decidido a ver o lado bom de tudo.

— Lindo!

— Esta aqui — disse o Sr. Vincent Crummles, trazendo a menina para a frente —, esta é a criança-fenômeno... Srta. Ninetta Crummles.

— Sua filha? — perguntou Nicholas.

— Minha filha, minha filha — respondeu o Sr. Vincent Crummles. — Um ídolo, em cada lugar que passamos. Recebemos muitas cartas de elogios a essa menina, da aristocracia à pequena nobreza de quase todas as cidades da Inglaterra.

— Isso não me surpreende — disse Nicholas. — Ela deve ser um grande gênio nato.

— Um grande...! — o Sr. Crummles parou: a linguagem não era poderosa o suficiente para descrever aquela criança-fenômeno. — Vou lhe dizer uma coisa, meu rapaz — continuou o homem —, o talento dessa criança é inimaginável. Ela precisa ser vista, meu rapaz... vista... para ser um pouco apreciada. Pronto; vá ficar com a sua mãe, minha querida.

— Posso perguntar quantos anos ela tem? — disse Nicholas.

— Pode, sim — respondeu o Sr. Crummles, olhando fixamente para o rosto de seu interrogante, como o fazem certos homens quando em dúvida sobre se as pessoas acreditarão implicitamente no que vão dizer. — Ela tem dez anos de idade.

— Só isso?

— Nem um dia a mais.

— Nossa! — exclamou Nicholas. — É extraordinário.

Era; pois a criança-fenômeno, apesar da baixa estatura, tinha feições comparativamente envelhecidas e, além disso, tinha permanecido nessa mesma idade — não, talvez, ao alcance da memória do habitante mais velho, mas certamente por uns bons cinco anos. Ela fora mantida acordada até tarde da noite e havia recebido uma ilimitada porção de gim com água desde criancinha, para evitar que crescesse muito, e talvez esse sistema de treinamento tenha produzido na criança-fenômeno esses fenômenos adicionais.

Enquanto se desenrolava esse curto diálogo, o cavalheiro que havia representado o selvagem aproximou-se, de sapatos nos pés e sandálias na mão, como se desejoso de participar da conversa. Considerando essa uma boa oportunidade, ele falou.

— Um talento aí, senhor! — disse o selvagem, indicando a Srta. Crummles com a cabeça.

Nicholas concordou.

— Ah — disse o ator, fechando os dentes e inspirando com um som sibilante —, ela não devia estar no interior, não devia mesmo.

— O que está querendo dizer? — perguntou o diretor.

— O que estou querendo dizer — respondeu o outro calorosamente — é que ela é boa demais para os palcos do interior e que devia estar numa das casas grandes de Londres, ou em lugar nenhum; e digo mais, sem pudor, que, se não fosse pela inveja e o ciúme em certos lugares que o senhor bem conhece, ela estaria. Talvez possa fazer as apresentações, Sr. Crummles.

— Sr. Folair — disse o diretor, apresentando-o a Nicholas.

— Prazer em conhecê-lo, senhor — o Sr. Folair tocou a borda do chapéu com o indicador e lhe estendeu a mão. — Um novo membro, creio eu?

— Sem merecimento nenhum — respondeu Nicholas.

— Já viu apresentação como essa? — perguntou em voz baixa o ator, puxando-o para longe dali, quando Crummles saiu para falar com a mulher.

— Como qual?

O Sr. Folair fez uma careta de sua coleção de pantomimas e apontou voltando-se para trás.

— Não está se referindo à criança-fenômeno, não é?

— Criança-engodo, senhor! — replicou o Sr. Folair. — Não existe uma menina de inteligência média numa escola de destituídos que não fizesse melhor do que isso. Ela pode dar graças aos céus por ter nascido filha de um diretor de teatro.

— O senhor parece bastante incomodado com isso — observou Nicholas, com um sorriso.

— Estou, ora, e é para estar! — replicou o Sr. Folair, tomando-lhe o braço e andando com ele de um lado a outro do palco. — E não basta para irritar uma pessoa ver essa criatura desajeitada se apresentar no melhor espetáculo da noite, empurrada ao público goela abaixo, impedindo a entrada de dinheiro na casa, enquanto outros são deixados de lado? Não é extraordinário ver um conceito familiar confuso cegar um homem, mesmo contra seus próprios interesses? Ora, eu *sei* de quinze xelins e seis centavos que entraram, em Southampton, uma noite no mês passado, de pessoas que foram para ver a minha apresentação da

Dança Escocesa. E qual foi o resultado? Nunca mais fui colocado no palco... nem mesmo uma vez... enquanto a "criança-fenômeno" aparece toda noite, sorrindo entre flores artificiais para cinco pessoas e um bebê no poço da orquestra e dois meninos na galeria.

— Se eu for julgar pelo que vi hoje — disse Nicholas —, o senhor deve ser um membro valioso da companhia.

— Ah! — disse o Sr. Folair, batendo as solas da sandália para tirar a poeira; eu *posso* me sair muito bem... como ninguém, talvez, na minha linha... mas fazer o trabalho que se faz aqui é como colocar chumbo nos próprios pés em vez de giz e dançar agrilhoado, sem ser reconhecido. Olá, velho amigo, como vai?

O cavalheiro cumprimentado com essas últimas palavras era um homem de tez escura, na verdade, tendendo a amarelada, de cabelos negros longos e fartos e uma nítida tendência (embora estivesse bem barbeado) a uma barba rija, com suíças do mesmo tom forte. Sua idade não parecia exceder os trinta, embora muitos à primeira vista pudessem considerá-lo bem mais velho, pois seu rosto era comprido e bastante pálido em razão da aplicação constante de tinta para o palco. Ele usava uma camisa xadrez, um casaco verde velho com botões dourados novos, um lenço no pescoço vermelho-vivo com listras verdes, e calças de um tom azul-escuro; portava também uma bengala comum de freixo, aparentemente mais para exibição do que para uso, brandindo-a com floreios com o cabo para baixo, exceto quando a erguia por alguns segundos e, lançando-se numa atitude de luta, dava umas estocadas em direção ao cenário lateral ou a qualquer outro objeto, animado ou inanimado, que por acaso lhe oferecesse um alvo no momento.

— Bom, Tommy — disse o cavalheiro, dando um golpe no ar em direção ao amigo, que o aparou com destreza com suas sandálias —, quais são as novidades?

— Uma nova aquisição, é só — respondeu o Sr. Folair, olhando para Nicholas.

— Faça as honras, Tommy, faça as honras — disse o outro cavalheiro, dando-lhe uma batidinha de reprovação no topo do chapéu com a bengala.

— Este é o Sr. Lenville, responsável por nossa primeira tragédia, Sr. Johnson — disse o pantomimo.

— Exceto quando o velho tijolo e cimento põe na cabeça fazer o papel ele mesmo, você devia acrescentar, Tommy — observou o Sr. Lenville. — Sabe quem é tijolo e cimento, eu suponho, não, senhor?

— Na verdade, não sei — respondeu Nicholas.

— É como chamamos Crummles, porque o estilo dele no palco é um tanto pesado e duro — disse o Sr. Lenville. — Mas eu não devia estar de brincadeira, porque tenho um texto longo para estudar para amanhã à noite e ainda nem tive tempo de olhar; mas eu decoro danado de rápido, isso é uma tranquilidade.

Consolando-se com essa reflexão, o Sr. Lenville tirou do bolso do paletó um manuscrito gordurento e amassado e, desferindo um novo golpe em direção ao amigo, passou a andar de um lado para o outro, estudando-o e de vez em quando dramatizando conforme sua imaginação e o texto sugeriam.

Reunira-se ali, nesse ínterim, uma boa representação dos integrantes; pois, além do Sr. Lenville e seu amigo Tommy, estava presente um jovem cavalheiro, magro, de olhos débeis, que fazia o papel dos amantes desiludidos, cantava como tenor e chegara de braços dados ao cômico camponês — homem de nariz arrebitado, boca avantajada, rosto largo e olhar fixo. Mostrando-se muito amável com a criança-fenômeno, havia um cavalheiro idoso, bêbado, no mais profundo desalinho, que representava os velhos calmos e virtuosos; e, dando atenção especial à Sra. Crummles, estava ali outro cavalheiro idoso, um pouco mais respeitável, que fazia o papel dos velhos irascíveis — aqueles sujeitos estranhos que têm sobrinhos no exército, de quem estão perpetuamente correndo atrás com varas grossas para forçá-los a se casar com herdeiras. Além desses, havia uma pessoa de aspecto irrequieto, com um sobretudo grosseiro, que andava de um lado para o outro em frente às lâmpadas, brandindo uma bengala elegante e falando sozinho, em voz baixa, com grande animação para divertimento de um público ideal. Ele não era tão jovem quanto já deveria ter sido, e seu corpo estava quase virando semente; mas havia um ar de nobreza exagerada nele, que lembrava o herói da comédia burlesca. Havia também um pequeno grupo de três ou quatro homens com maxilares protuberantes e sobrancelhas espessas, que conversavam num canto; mas eles pareciam ser de importância secundária e riam e falavam juntos sem atrair a atenção de ninguém.

As mulheres se reuniram num pequeno grupo à parte, em torno da já mencionada mesa de pernas bambas. Ali se encontrava a Srta. Snevellicci — que podia fazer qualquer coisa, de danças variadas a *Lady* Macbeth, e também sempre desempenhava um papel usando calças de baixo de seda azul até os joelhos, o que a favorecia — olhando de relance para Nicholas, do fundo de seu chapéu de palha alto com aba, e fingindo estar absorvida em contar uma história divertida a sua amiga Srta. Ledrook, que trouxera seu trabalho e confeccionava um rufo com a maior naturalidade possível. Lá estava a Srta. Belvawney — que raramente almejava um papel de fala e em geral se apresentava como pajem, de calças de seda brancas, e ficava de pé com uma das pernas dobrada, contemplando o público, ou entrava e saía atrás do Sr. Crummles em grandes tragédias — enrolando os cachos da bela Srta. Bravassa, que uma vez teve seu rosto gravado "com perfeição" por um aprendiz de gravador, impressões do qual eram feitas e postas à venda, penduradas na vitrine do doceiro, do verdureiro, da biblioteca de pequena circulação e da bilheteria sempre que os folhetos do espetáculo eram distribuídos para sua apresentação anual. Estava ali a Sra. Lenville, com um chapéu de tecido mole e um véu, sem dúvida do jeito que desejaria que estivesse se realmente amasse o Sr. Lenville; achava-se ali também a Srta. Gazingi, com um boá de imitação de arminho em torno do pescoço e amarrado com um nó frouxo, batendo com as duas pontas dele no jovem Crummles, por divertimento. E por fim estava ali a Sra. Grudden, de peliça marrom e um chapéu de pele de castor, que auxiliava a Sra. Crummles nos assuntos domésticos, recebia o dinheiro à entrada, vestia as damas, varria a casa, segurava o livro do ponto quando todos entravam para a última cena e desempenhava qualquer papel em caso de emergência, sem nem sequer estudá-lo, sendo apresentada nos folhetos com qualquer nome que parecesse ao Sr. Crummles ficar bem quando impresso.

O Sr. Folair, tendo obsequiosamente confiado esses particulares a Nicholas, deixou-o para juntar-se a seus companheiros; o trabalho da apresentação pessoal foi completado pelo Sr. Vincent Crummles, que publicamente anunciou o novo ator como um prodígio de grande inteligência e saber.

— Com licença — disse a Srta. Snevellicci, deslizando em direção a Nicholas —, por acaso o senhor já se apresentou em Canterbury?

— Nunca — respondeu Nicholas.

— Eu me lembro de ter conhecido um homem em Canterbury — disse a Srta. Snevellicci —, só por alguns instantes, pois ele estava chegando no momento em que eu deixava a companhia, tão parecido com você que eu tinha quase certeza de que eram a mesma pessoa.

— É a primeira vez que vejo a senhorita — respondeu Nicholas com o devido galanteio. — Tenho certeza de que nunca a vi antes; não poderia ter esquecido.

— Ah... é muito lisonjeiro da sua parte dizer isso — replicou a Srta. Snevellicci com uma graciosa mesura. — Agora que olho para o senhor de novo, vejo que o cavalheiro em Canterbury não tinha olhos como os seus... deve estar me achando uma tola por notar esse tipo de coisa, não é?

— De maneira alguma — respondeu Nicholas. — Como posso me sentir, senão lisonjeado, por ser notado de alguma forma?

— Ah! Vocês homens são criaturas tão vaidosas! — exclamou a Srta. Snevellicci. A partir daí, ela se tornou atraentemente envergonhada e, pegando seu lenço em uma bolsinha de seda rosa-claro com fivela dourada, dirigiu-se à Srta. Ledrook...

— Led, querida — disse a Srta. Snevellicci.

— Bom, o que há? — perguntou a Srta. Ledrook.

— Não é o mesmo.

— Não é o mesmo o quê?

— Canterbury... sabe o que eu quero dizer. Venha cá! Quero falar com você.

Mas a Srta. Ledrook não foi até ela, então a Srta. Snevellicci foi forçada a ir até a Srta. Ledrook, o que fez saltitando de maneira fascinante; e a Srta. Ledrook evidentemente brincou dizendo que a Srta. Snevellicci estava encantada por Nicholas; pois, após cochichos brincalhões, a Srta. Snevellicci bateu forte nas costas das mãos dela e se retirou num estado de agradável embargo.

— Senhoras e senhores — disse o Sr. Vincent Crummles, que estivera, até então, escrevendo num pedaço de papel —, ensaiaremos a Luta Mortal amanhã às dez; todos devem se apresentar. Intriga, Recursos, vocês vão todos participar, então precisamos apenas de um ensaio. Todos às dez, por favor.

— Todos, às dez — repetiu a Sra. Grudden, olhando à sua volta.

— Na segunda-feira de manhã, leremos uma nova peça — disse o Sr. Crummles. — O nome ainda não foi decidido, mas todos receberão um bom papel. O Sr. Johnson se encarregará disso.

— Eita! — exclamou Nicholas, assustado. — Eu...

— Na segunda-feira de manhã — repetiu o Sr. Crummles, elevando a voz, para abafar o protesto do infeliz Sr. Johnson. — É isso, senhoras e senhores.

Os senhores e senhoras não precisaram de um segundo aviso para ir embora; e, em poucos minutos, o teatro estava deserto, salvo pela família Crummles, por Nicholas e Smike.

— Sinceramente — disse Nicholas, chamando o diretor para o lado —, eu não acho que possa estar pronto na segunda-feira.

— Bobagem, bobagem — replicou o Sr. Crummles.

— Mas, sinceramente, eu não consigo — disse Nicholas. — Minha criatividade não está acostumada a essas exigências, ou é possível que eu produza...

— Criatividade! Que diabos tem a ver com isso? — apressou-se em dizer o diretor.

— Tudo, meu caro senhor.

— Nada, meu caro senhor — retorquiu o diretor, com evidente impaciência. — Você entende francês?

— Perfeitamente bem.

— Muito bem — disse o diretor, abrindo a gaveta da mesa, retirando de lá um rolo de papel e entregando-o a Nicholas. — Aí está! Basta passar para o inglês e colocar o seu nome na página do título. Que eu me dane — disse o Sr. Crummles irado —, se eu não vivia dizendo que um dia ainda teria um homem ou uma mulher na companhia que soubesse outras línguas, para que lesse no original e representasse em inglês, evitando assim todo esse problema e despesa.

Nicholas sorriu e colocou a peça no bolso.

— O que pretende fazer a respeito das acomodações? — perguntou o Sr. Crummles.

Nicholas não pôde evitar pensar que, na primeira semana, seria uma extraordinária conveniência conseguir uma cama de armar no poço da orquestra, mas disse simplesmente que ainda não se detivera nisso.

— Então, vamos para a minha casa — disse o Sr. Crummles —; meus filhos irão com você depois do jantar e mostrarão um lugar adequado.

A oferta era irrecusável; Nicholas e o Sr. Crummles deram, ambos, os braços à Sra. Crummles e caminharam pela rua numa imponente formação. Smike, os meninos e o fenômeno pegaram um atalho para ir para casa, e a Sra. Grudden ficou para trás para comer um ensopado irlandês e tomar uma caneca de cerveja na bilheteria.

A Sra. Crummles caminhava pelo pavimento como se estivesse indo para uma imediata execução, com a disposição de quem está consciente de sua inocência e a heroica fortaleza que somente a virtude inspira. O Sr. Crummles, por sua vez, adotou o porte e o passo de um rígido déspota; mas os dois atraíam a atenção de muitos transeuntes e, quando ouviam um sussurro de "Sr. e Sra. Crummles!" ou viam um menino voltar correndo para olhá-los diretamente no rosto, a expressão severa de seus rostos relaxava, pois achavam que se devia à popularidade.

O Sr. Crummles morava na rua St. Thomas, na casa de um tal de Bulph, um piloto que ostentava uma porta de barco verde, com os caixilhos das janelas da mesma cor, e tinha em exposição o mindinho de um homem afogado na cornija da lareira da sala de visitas, com outras curiosidades náuticas e naturais. Ele exibia também uma aldraba de bronze, uma placa de bronze e um cabo de sino de bronze, todos muito brilhosos e radiantes; e tinha um mastro com um cata-vento no topo, em seu quintal.

— Seja bem-vindo — disse a Sra. Crummles, virando-se para Nicholas quando chegaram à sala da frente, com um janelão curvado, no primeiro andar.

Nicholas agradeceu com um cumprimento e uma autêntica satisfação de ver a toalha da mesa posta.

— Temos só uma paleta de carneiro com molho de cebolas — disse a Sra. Crummles, com a mesma voz sepulcral. — Mas, qualquer que seja o nosso jantar, nós o convidamos a participar.

— Os senhores são muito bondosos — disse Nicholas —, fico muito agradecido.

— Vincent — disse a Sra. Crummles —, que horas são?

— Já passam cinco minutos da hora do jantar — respondeu o Sr. Crummles.

A Sra. Crummles tocou a sineta. — Tragam o carneiro com molho.

A escrava que servia os inquilinos do Sr. Bulph desapareceu e, após um curto espaço de tempo, reapareceu com um lauto banquete. Nicholas e a criança-fenômeno estavam sentados a uma mesa *pembroke*, um em frente ao outro, e Smike e os jovens Crummles jantaram na cama que servia de sofá.

— As pessoas aqui vão muito ao teatro? — perguntou Nicholas.

— Não — respondeu o Sr. Crummles, balançando a cabeça —, longe disso... longe disso.

— Sinto pena delas — observou a Sra. Crummles.

— Eu também — disse Nicholas —, se não dão valor a espetáculos teatrais bem dirigidos.

— Não dão o mínimo, meu rapaz — disse o Sr. Crummles. — Na apresentação da criança-fenômeno no ano passado, em cuja ocasião ela repetiu três de seus papéis mais populares e também tomou parte na peça *A fada porco-espinho*, como originalmente representado por ela, tivemos uma casa de não mais de quatro libras e doze xelins.

— Não é possível! — exclamou Nicholas.

— E duas libras foram fiado, papai — disse o fenômeno.

— E duas libras foram fiado — repetiu o Sr. Crummles. — A própria Sra. Crummles representou por meros trocados.

— Mas é sempre uma plateia simpática, Vincent — disse a mulher do diretor.

— A maioria das plateias é assim, quando se trata sempre de bons atores... bons atores de verdade... — reforçou o Sr. Crummles.

— A senhora dá aulas? — perguntou Nicholas.

— Dou — respondeu a Sra. Crummles.

— Não está havendo aulas aqui, não é?

— Houve — disse a Sra. Crummles. — Tive alunos aqui. Dei lições à filha de um comerciante de provisões para navios; mas depois pareceu que ela era louca quando veio falar comigo pela primeira vez. É extraordinário ela ter vindo nessas circunstâncias.

Não tendo muita certeza daquilo, Nicholas achou melhor não dizer nada.

— Deixe-me ver — disse o diretor, cogitando após o jantar. — Você gostaria de um bom papel, um pequeno papel com a criança?

— O senhor é muito bondoso — respondeu Nicholas rapidamente —, mas eu creio que talvez fosse melhor se eu me apresentasse com alguém do meu tamanho, de início, caso eu venha a me sair muito mal. Eu me sentiria mais à vontade, talvez.

— É verdade — disse o diretor. — Talvez fosse. E, no momento certo, você poderá se apresentar com a criança.

— Isso mesmo — replicou Nicholas, esperando veementemente que demorasse muito a ser honrado com essa distinção.

— Então vou lhe dizer o que faremos — disse o Sr. Crummles. — Você estuda o papel de Romeu, quando terminar esta peça... a propósito, não se esqueça de inserir a bomba d'água e as tinas... Julieta, a Srta. Snevellicci, e a velha Grudden, a ama. É isso, assim está bom. Rover também; você pode fazer o papel de Rover enquanto estiver preparando-a e Cassio, e Jeremy Diddler. Você pode facilmente dominar todos; um papel ajuda muito o outro. Aqui estão, sugestões e tudo.

Com essas apressadas instruções gerais, o Sr. Crummles jogou vários livrinhos nas mãos hesitantes de Nicholas e, mandando seu filho mais velho ir mostrar a ele onde ficavam os alojamentos, apertou-lhe a mão e lhe desejou boa-noite.

Não faltam quartos confortáveis e mobiliados em Portsmouth, nem dificuldade em encontrar alguns que sejam adequados a finanças muito apertadas; mas os primeiros eram bons demais, os últimos, muito ruins, e eles entraram em tantas casas e saíram insatisfeitos que Nicholas começou seriamente a pensar que seria obrigado a pedir permissão para passar a noite no teatro, afinal.

Logo, entretanto, encontraram dois quartos pequenos, subindo três lances de escada, ou melhor, dois lances e uma escada de mão, numa tabacaria na Common Hard: rua suja que conduzia às docas. Nicholas alugou esses quartos, feliz por ter escapado da exigência do pagamento adiantado de uma semana.

— Pronto! Ponha as nossas coisas no chão, Smike — ele disse, após conduzir o jovem Crummles até a escada. — Passamos por situações estranhas e só Deus sabe como isso terminará; mas estou cansado dos acontecimentos dos três últimos dias e adiarei a reflexão até amanhã... se conseguir.

CAPÍTULO XXIV

Sobre a grande apresentação em prol da Srta. Snevellicci e a estreia de Nicholas em um palco

Nicholas despertou cedo, porém mal começara a se vestir, quando ouviu passos subindo as escadas e foi em seguida saudado pelas vozes do Sr. Folair, o pantomimo, e do Sr. Lenville, o ator trágico.

— Ô de casa, ô de casa, ô de casa! — disse em voz alta o Sr. Folair.

— Alô! Alguém em casa? — perguntou o Sr. Neville, com voz grave.

"Raios que os partam!", pensou Nicholas. "Esses sujeitos vieram para o café da manhã, eu suponho." — Esperem um minuto, já vou abrir a porta.

Os cavalheiros lhe disseram para não se apressar; e, para passar o tempo, realizaram uma luta de esgrima com suas bengalas, no patamar muito pequeno da escada: perturbando terrivelmente todos os outros inquilinos do andar de baixo.

— Pronto, entrem — disse Nicholas, depois que se aprontou. — Em nome de tudo o que é horrível, não façam esse barulho aí do lado de fora.

— Quartinho incomumente compacto este aqui — disse o Sr. Lenville, tirando o chapéu, antes de conseguir entrar. — Perniciosamente compacto.

— Para um homem de alguma forma preocupado com essas questões, talvez seja compacto demais — disse Nicholas. — Mas, embora seja, não resta dúvida de que é muito conveniente poder alcançar o que se quiser, seja no teto ou no piso, ou em qualquer dos lados do quarto, sem precisar sair da cadeira; só se pode ter essas vantagens num quarto do mais limitado tamanho.

— Não é nem um pouco limitado para um homem solteiro — disse o Sr. Lenville. — Por falar nisso... minha mulher, Sr. Johnson... eu espero que ela tenha um bom papel na sua peça.

— Passei os olhos pela cópia francesa ontem à noite — disse Nicholas. — Parece muito boa.

— Qual papel tem para mim, meu velho camarada? — perguntou o Sr. Lenville, remexendo o fogo esmorecido com sua bengala e depois limpando-a na barra do casaco. — Qualquer coisa do tipo grosseiro e rabugento.

— O senhor expulsa de casa sua mulher e sua filha — disse Nicholas. — E, num acesso de raiva e ciúme, apunhala seu filho mais velho na biblioteca.

— Eu faço isso? — perguntou o Sr. Lenville. — Isso é um grande negócio.

— Depois disso — continuou Nicholas —, o remorso persegue o senhor até o último ato, e aí o senhor decide se matar. Mas, no exato momento em que leva a pistola à cabeça, um relógio bate... dez horas.

— Entendo — disse o Sr. Lenville. — Muito bom.

— O senhor para — disse Nicholas — e se lembra de ter ouvido o relógio bater dez horas na sua infância. A pistola cai de sua mão... o senhor se sente arrasado... começa a chorar e se torna um homem virtuoso e exemplar para sempre.

— Excelente! — disse o Sr. Lenville. — Isso é um sucesso garantido, garantido. Feche as cortinas com uma demonstração da natureza como essa e será triunfal.

— Há algum papel bom para mim? — perguntou o Sr. Folair, ansioso.

— Deixe-me ver — disse Nicholas. — O senhor representará o servo fiel e dedicado; é expulso de casa com a mulher e a criança.

— Sempre junto àquele fenômeno infernal — suspirou o Sr. Folair. — E nós vamos para aquelas hospedarias pobres, onde não receberei nada, e falamos sobre sentimentos, não é?

— Ora... é — replicou Nicholas —, a peça segue essa linha.

— Preciso apresentar algum tipo de dança, sabe? — observou o Sr. Folair. — O senhor vai ter que introduzir uma para o fenômeno, então seria melhor que fizesse um *pas-de-deux* e poupasse tempo.

— Não há nada mais fácil do que isso — disse o Sr. Lenville, observando os olhares perturbados do jovem dramaturgo.

— Sinceramente, não vejo como isso pode ser feito — disse Nicholas.

— Ora, não é óbvio? — concluiu o Sr. Lenville. — Poxa, quem não consegue ver a maneira de fazer isso? O senhor me espanta! Vai colocar a dama angustiada, a filhinha e o servo dedicado na hospedaria pobre, não vai?... Bem, olhe aqui. A dama angustiada afunda numa cadeira e cobre o rosto com o lenço... "Por que está chorando, mamãe?", a criança pergunta. "Não chore, mamãe, ou eu vou chorar também!"... "Eu também!" diz o servo fiel, esfregando os olhos com o braço. "O que podemos fazer para animar a senhora, mamãe querida?", a filha pergunta. "Sim, o que *podemos* fazer?", pergunta o servo fiel. "Ah, Pierre!", diz a dama angustiada; "ah, como eu gostaria de me livrar desses pensamentos dolorosos"... "Faça um esforço, senhora, faça um esforço", o servo fiel diz. "Erga-se, senhora, distraia-se"... "Vou me erguer", diz a mulher, "vou aprender a sofrer com fortaleza. Lembra-se daquela dança, meu bom amigo, aquela que, em dias mais felizes, você praticava com este doce anjo? Nunca deixava de acalmar o meu espírito. Ah! Deixe que eu a veja uma vez mais antes de morrer!". Aí está a deixa para a banda, *antes de morrer*, e lá se vão eles. Isso é o que geralmente se faz, não é, Tommy?

— É isso — respondeu o Sr. Folair. — A dama angustiada, tomada por antigas lembranças, desmaia no final da dança, e o senhor encerra com um quadro vivo.

Aproveitando-se dessas e de outras lições, que foram o resultado da experiência pessoal dos dois atores, Nicholas dispôs-se a servir-lhes o melhor café da manhã possível e, quando finalmente se viu livre deles, dedicou-se a sua tarefa — de forma alguma desagradado ao descobrir que era muito mais fácil do que ele imaginara. Trabalhou arduamente o dia inteiro e só deixou seu quarto à noite, quando foi ao teatro, aonde Smike havia ido antes dele para se encontrar com um outro cavalheiro, numa rebelião geral.

Ali todas as pessoas haviam mudado tanto que ele mal as reconhecia. Cabelos falsos, cor falsa, panturrilhas falsas, músculos falsos — eles haviam se tornado seres diferentes. O Sr. Lenville era um guerreiro vistoso das mais extraordinárias proporções; o Sr. Crummles tinha o rosto largo ensombrado por uma profusão de cabelos negros, um indivíduo proscrito das Terras Altas, de porte belíssimo; um dos cavalheiros idosos, um carcereiro, o outro, um venerável patriarca; o cômico do interior, um lutador de grande bravura, suavizada por um toque de humor; cada um dos jovens Crummles, um príncipe sem igual; e o amante desiludido, um cativo deprimido. Havia um suntuoso banquete servido para o terceiro ato, consistindo em dois vasos de papelão, um prato de biscoitos, uma garrafa preta e uma galheta de vinagre; em suma, tudo fora preparado numa escala do maior esplendor.

Nicholas estava parado de costas para a cortina, contemplando então o primeiro cenário, que era uma arcada gótica cerca de sessenta centímetros mais baixa do que o Sr. Crummles, através da qual esse cavalheiro deveria fazer sua primeira aparição, e agora ouvindo algumas pessoas que quebravam nozes na galeria, perguntando-se se elas constituíam todo o público, quando o próprio diretor caminhou com familiaridade e dirigiu-se a ele.

— Esteve lá na frente? — perguntou o Sr. Crummles.

— Não — respondeu Nicholas —, ainda não. Vou ver a peça.

— Temos um bom público — disse o Sr. Crummles. — Quatro lugares centrais na frente e o camarote inteiro.

— Ah, é mesmo? — comentou Nicholas. — Uma família, eu suponho?

— É — respondeu o Sr. Crummles —, isso mesmo. É uma coisa afetuosa. Vieram seis crianças, e elas só vêm quando o fenômeno se apresenta.

Teria sido difícil para qualquer grupo, uma família ou não, ir ao teatro numa noite em que o fenômeno *não* se apresentasse, pois ela sempre aparecia em algum número, e não era incomum que fizesse dois ou três papéis, todas as noites; mas Nicholas, em consideração aos sentimentos de um pai, preferiu não dar opinião sobre essa insignificante circunstância, e o Sr. Crummles continuou a falar, sem ser por ele interrompido.

— Seis — disse o cavalheiro. — O pai e a mãe, oito, a tia, nove, a governanta, dez, o avô e a avó, doze. E tem também o lacaio, que fica do lado de fora, com um saco de laranjas e uma jarra de bebida com água, e que vê a peça de graça pela vidraça do camarote — que é barato, por um guinéu; eles ganham quando escolhem um camarote.

— Eu me admiro de o senhor permitir tanta gente — observou Nicholas.

— Não tem jeito — replicou o Sr. Crummles. — Isso é esperado no interior. Se eles têm seis filhos pequenos, são seis pessoas que vêm para segurar as crianças no colo. Um camarote fica sempre com o dobro. Dê o sinal para a orquestra, Grudden!

Essa dama prestativa fez como lhe foi pedido, e logo em seguida ouvia-se o afinar de três rabecas. Processo este que se prolongou até os limites da paciência dos espectadores, e que foi interrompido por mais um tocar do sino que, constituindo o sinal para começar, de fato, fez a orquestra tocar diversas melodias populares, com variações involuntárias.

Se Nicholas se surpreendera com a mudança para melhor que os cavalheiros apresentavam, a transformação das damas era ainda mais extraordinária. Quando, de um canto aconchegante do camarote do diretor, Nicholas avistou a Srta. Snevellicci em toda a glória da musselina branca com borda dourada, a Sra. Crummles com toda a dignidade da mulher de um proscrito, a Srta. Bravassa em toda a doçura de amiga confidencial da Srta. Snevellicci, e a Srta. Belvawney com as sedas brancas de pajem, cumprindo o seu dever por toda parte e jurando viver e morrer a serviço de todos, ele mal conteve sua admiração, que se manifestou num grande aplauso e na maior atenção possível aos acontecimentos da cena. A trama era muitíssimo interessante. Não se referia a época, povo, nem país nenhum em particular, e era talvez ainda mais admirável por isso, pois nenhuma informação prévia de pessoa alguma jamais levaria ao mais remoto vislumbre do que viria a acontecer. Um proscrito havia alcançado muito sucesso em alguma ação, em algum lugar, e voltou para casa triunfante, ao som de gritos e rabecas, para saudar sua mulher — dama de mente varonil, que falava muito sobre os ossos do pai, os quais pareciam estar insepultos, sem deixar claro, porém, se por um gosto peculiar por parte do próprio velho ou pela repreensível negligência de seus familiares. A mulher do proscrito estava, de uma maneira ou de outra, envolvida com um patriarca que morava num castelo distante, e esse patriarca era o pai de muitos dos personagens, mas não sabia exatamente de quais e não tinha certeza se havia criado em seu castelo os certos ou os errados; inclinava-se um tanto mais para esta última opinião e, estando irrequieto, acalmou a mente com um banquete, solenidade durante a qual alguém envolto num manto disse: "Cuidado!"; ninguém (exceto o público) sabia que esse alguém era o próprio proscrito, que havia ido para lá por razões desconhecidas, mas possivelmente com um olho nas colheres. Havia uma pequena e agradável surpresa na maneira de certas passagens de amor entre o cativo deprimido e a Srta. Snevellicci, e entre o lutador cômico e a Srta. Bravassa; além dessas, o Sr. Lenville fez várias cenas muito trágicas na sombra, enquanto estava na missão de cortar gargantas, cenas estas frustradas pela habilidade e bravura do lutador cômico (que escutava em surdina tudo que era falado na peça) e pela intrepidez da Srta. Snevellicci, que, usando calças masculinas, foi ao presídio de seu amante cativo levando uma pequena cesta de iguarias e uma lanterna furta-fogo. Finalmente, descobriu-se que o patriarca era o homem que havia cuidado dos ossos do sogro do proscrito com muito desrespeito, motivo e razão pelos quais a mulher do proscrito foi ao castelo para matá-lo, entrando numa sala escura onde, após tatear bastante no escuro, as pessoas se seguravam umas nas outras, e ainda tomando umas por outras, o que causou grande confusão, com tiros de pistola, perdas de vida e tochas; depois disso, apareceu o patriarca e, observando, com um olhar de conhecedor, que agora sabia tudo sobre os filhos e que lhes contaria quando eles entrassem, disse que não havia ocasião mais adequada do que aquela para casar os jovens; e, portanto, juntou-lhes as mãos, com o total consentimento do incansável pajem, que (sendo a única outra pessoa a sobreviver) apontou seu gorro para as nuvens e a mão direita para o chão; assim invocando uma bênção e dando a deixa para que o pano caísse, o que aconteceu entre aplausos gerais.

— O que achou disso? — perguntou o Sr. Crummles, quando Nicholas subiu ao palco outra vez. O Sr. Crummles estava com o rosto vermelho e afogueado, pois seus proscritos são sujeitos compelidos a gritar.

— Achei realmente maravilhoso — respondeu Nicholas. — A Srta. Snevellicci, em particular, estava excepcionalmente bem.

— Ela é um gênio — disse o Sr. Crummles —, um grande gênio essa moça. A propósito, pensei em levar a sua peça na noite dela.

— Quando? — perguntou Nicholas.

— Na noite em prol dela. A noite em seu benefício, quando os amigos e os patronos financiam o espetáculo — respondeu o Sr. Crumbles.

— Ah! Entendo — observou Nicholas.

— Note — disse o Sr. Crummles —, é garantido dar certo numa ocasião como essa e, mesmo se não for tão bom como esperamos, ora, o risco será dela, sabe, não nosso.

— Seu, o senhor está querendo dizer — replicou Nicholas.

— Eu disse meu, não disse? — retornou o Sr. Crummles. — Daqui a uma semana. O que acha? Você já terá terminado e, por certo, muito antes disso, terá a parte do amante.

— Não garanto "muito antes disso" — respondeu Nicholas —, mas acho que posso me comprometer a entregar *no final* do prazo.

— Muito bem — continuou o Sr. Crummles —, então podemos considerar esse assunto encerrado. Agora, eu quero lhe pedir uma coisa. Existe um pouco... como devo chamar isso?... Faz-se um pouco de angariação nessas ocasiões.

— Entre os patronos, eu suponho? — comentou Nicholas.

— Entre os patronos; e o fato é que Snevellicci teve tantas apresentações em seu benefício neste lugar, que ela quer uma atração. Ela teve uma apresentação dessas quando a sogra morreu e outra quando o tio morreu; e a Sra. Crummles e eu tivemos apresentações em nosso benefício no aniversário do fenômeno, no nosso aniversário de casamento e em outras ocasiões desse tipo, de modo que, de fato, há um pouco de dificuldade em conseguir uma boa atração. Agora, será que não pode ajudar essa pobre moça, Sr. Johnson? — disse Crummles, sentando-se num tambor e pegando uma boa pitada de rapé enquanto olhava-o diretamente no rosto.

— O que quer dizer? — perguntou Nicholas.

— Você não poderia dedicar meia hora de seu tempo amanhã de manhã para visitar as casas de algumas das pessoas mais importantes com ela? — murmurou o diretor num tom persuasivo.

— Ó, Deus meu — disse Nicholas, num tom de forte objeção —, eu não gostaria de fazer isso.

— A criança vai com ela — disse o Sr. Crummles. — No instante em que me sugeriram isso, dei a minha permissão para que ela fosse. Não existe nenhuma impropriedade nisso... a Srta. Snevellicci, senhor, é a essência da honra. Seria de grande ajuda... o cavalheiro de Londres... autor da nova peça... ator na nova peça... primeira apresentação em qualquer palco... isso levaria a uma grande apresentação em prol dela, Sr. Johnson.

— Eu sinto muito destruir as expectativas de qualquer pessoa e mais ainda as de uma senhora — respondeu Nicholas. — Mas devo, de forma definitiva, recusar-me a fazer parte do grupo de angariações.

— O que o Sr. Johnson está dizendo, Vincent? — perguntou uma voz próxima a seu ouvido; e, virando-se, ele encontrou a Sra. Crummles e a própria Srta. Snevellicci paradas atrás dele.

— Ele faz uma certa objeção, minha querida — o Sr. Crummles respondeu, olhando para Nicholas.

— Objeção! — exclamou a Sra. Crummles. — Será possível?

— Ah, espero que não! — gritou a Srta. Snevellicci. — O senhor certamente não será tão cruel... ah, meu Deus!... Bem, eu... pensar nisso agora, depois de toda a nossa expectativa!

— O Sr. Johnson não vai persistir nessa ideia, minha querida — disse a Sra. Crummles. — Faça um julgamento melhor dele, em vez de fazer essas suposições. Cavalheirismo, humanidade, todos os melhores sentimentos de sua natureza devem ser listados nesta causa interessante.

— Que afeta até mesmo um diretor — disse o Sr. Crummles, sorrindo.

— E a mulher do diretor — acrescentou a Sra. Crummles, em seu habitual tom de tragédia. — Vamos, vamos, ceda, eu sei que o senhor cederá.

— Não é de minha natureza — disse Nicholas, emocionado com esses apelos — recusar nenhum pedido, a menos que seja para fazer algo realmente errado; e, fora o meu sentimento de orgulho, não vejo nada que me impeça de fazer isso. Não conheço ninguém aqui, e ninguém me conhece. Então que seja. Eu cedo.

A Srta. Snevellicci foi de imediato tomada por rubores e expressões de gratidão, e estas últimas não foram poupadas nem pelo senhor, nem pela senhora Crummles. Ficou combinado que Nicholas deveria ir até a hospedaria dela, às onze horas da manhã seguinte e logo depois eles se separaram: ele para retornar para casa à sua condição de autor; a Srta. Snevellicci para trocar de roupa; e o desinteressado diretor e sua mulher para discutir os prováveis lucros do próximo espetáculo, dos quais lhes caberiam dois terços, estipulados num acordo solene.

Na hora marcada na manhã seguinte, Nicholas foi ao alojamento da Srta. Snevellicci, que ficava num lugar chamado rua Lombard, na casa de um alfaiate. Um cheiro forte de roupa engomada impregnava o pequeno corredor; e a filha do alfaiate, que abriu a porta, apareceu naquele estado de agitação que tantas vezes ocorre na arrumação periódica da roupa de cama de uma família.

— É aqui que mora a Srta. Snevellicci? — perguntou Nicholas, quando a porta foi aberta.

A filha do alfaiate respondeu afirmativamente.

— Quer ter a bondade de dizer a ela que o Sr. Johnson está aqui? — pediu Nicholas.

— Ah, por favor, é para o senhor subir — respondeu a filha do alfaiate, com um sorriso.

Nicholas seguiu a moça e foi conduzido a um pequeno cômodo no primeiro andar, que se comunicava com um quarto nos fundos, no qual, a julgar por um tinido meio abafado, como o de xícaras e pires, a Srta. Snevellicci tomava o café da manhã na cama.

— Aguarde um pouco, por favor — disse a filha do alfaiate, depois de uma curta ausência, durante a qual o tinido de louças no quarto dos fundos cessou e foi sucedido por cochichos... — Ela não demora.

Enquanto falava, abriu as persianas da janela e, tendo por esse meio (como pensava) distraído a atenção do Sr. Johnson da sala para a rua, pegou alguns artigos que estavam pendurados no guarda-fogo da lareira, que muito se pareciam com meias, e saiu rapidamente.

Como não havia muitos objetos de interesse do lado de fora da janela, Nicholas olhou ao redor da sala com mais curiosidade do que normalmente faria. No sofá havia um violão antigo, diversas composições musicais parecendo bem manuseadas e um acúmulo de papelotes espalhados, junto a uma pilha confusa de folhetos teatrais e um par de sapatos de cetim branco com grandes rosetas azuis, manchadas. Pendurado nas costas de uma cadeira, um avental de musselina por acabar, com pequenos bolsos ornamentados com laços vermelhos, daqueles usados por criadas no palco e (como consequência) nunca visto em ninguém mais. Num canto estava um minúsculo par de botas de cano alto que a Srta. Snevellicci estava acostumada a usar quando fazia o papel de jóquei, e, dobrado numa cadeira próxima, encontrava-se um pequeno embrulho, que se assemelhava, de forma muito suspeita, a calças masculinas.

No entanto, talvez o objeto mais interessante de todos fosse um álbum de recortes, aberto no meio de livros do teatro espalhados sobre a mesa. Colados nesse álbum, estavam vários comentários de críticos acerca da atuação da Srta. Snevellicci, extraídos de diferentes jornais do interior, junto a um discurso poético em sua homenagem, começando com...

> Canta, Deus do Amor, dize-me o instante fecundo
> Em que a genial SNEVELLICCI veio ao mundo,
> A todos encantar com o riso, a lágrima, o olhar.
> Canta, Deus do Amor, e dize-me por que será.

Além dessa efusão de sentimentos, havia inúmeras alusões elogiosas em recortes de jornais, como: "Observamos em um anúncio em outra parte do nosso jornal de hoje que a encantadora e altamente talentosa Srta. Snevellicci fará a apresentação em seu benefício na quarta-feira, para cuja ocasião ela preparou um programa que poderá despertar o entusiasmo no coração de um misantropo. Na certeza de que nossos concidadãos não perderam o alto gosto pelas atividades de utilidade pública e pelo valor individual, gosto este que os distingue há muito tempo, prevemos que essa atriz encantadora será recebida com entusiasmo". "Aos Correspondentes. — J. S. está mal informado quando supõe que a talentosa e bela Srta. Snevellicci, que todas as noites cativa os corações em nosso pequeno e cômodo teatro *não* é a mesma dama a quem o jovem cavalheiro de imensa fortuna, residente a cerca de cento e sessenta quilômetros da boa cidade de York, fez, recentemente, uma honrosa proposta de casamento. Temos razões para crer que a Srta. Snevellicci é a dama que esteve envolvida naquele caso misterioso e romântico, e cuja conduta na ocasião honrou não menos sua mente e seu coração do que seus triunfos histriônicos honram sua brilhante genialidade." Um copioso sortimento de parágrafos como esses, com uma longa lista de apresentações em seu benefício, todos terminando com "Chegue cedo" em letras garrafais, constituía os principais conteúdos do álbum da Srta. Snevellicci.

Nicholas havia lido vários desses recortes e estava absorvido num relato circunstancial e melancólico de uma série de acontecimentos que haviam levado a Srta. Snevellicci a torcer o tornozelo, ao escorregar numa casca de laranja jogada no palco em Winchester por um monstro em forma humana (assim dizia o jornal), quando a moça, vestida em traje de passeio completo e usando um chapéu de aba larga, entrou na sala com mil desculpas por tê-lo feito esperar tanto tempo depois da hora combinada.

— Mas, na verdade — disse a Srta. Snevellicci —, a minha querida Led, que mora aqui comigo, passou tão mal à noite que cheguei a pensar que ela ia morrer nos meus braços.

— Uma sorte dessas é quase invejável — disse Nicholas. — Mas, de qualquer forma, sinto muito saber disso.

— Que grande galanteador é o senhor! — disse a Srta. Snevellicci, abotoando a luva em grande confusão.

— Se é galanteio admirar seus encantos e realizações — prosseguiu Nicholas, pondo a mão sobre o álbum de recortes —, a senhorita tem melhores exemplos aqui.

— Ah, que crueldade, ficar lendo essas coisas! Estou quase envergonhada de lhe olhar no rosto depois disso, estou mesmo — disse a Srta. Snevellicci, pegando o álbum e colocando-o em um armário. — Que falta de cuidado da Led! Como ela pôde ser tão desleixada?

— Pensei que a senhorita tinha deixado aqui por bondade, de propósito, para eu ler — disse Nicholas. E realmente parecia possível.

— Eu não teria deixado o senhor ler isso por nada neste mundo! — completou a Srta. Snevellicci. — Nunca tive tanta vergonha... nunca! Mas a Led é tão descuidada, não dá para confiar nela.

A conversa foi então interrompida pela chegada do fenômeno, que ficara discretamente no quarto até aquele momento e se apresentava agora com muita graça e leveza, segurando uma sombrinha verde bem pequena com larga franja na borda e sem cabo. Depois dos cumprimentos habituais, saíram.

O fenômeno era uma companhia um tanto problemática, pois primeiro o sapato direito saiu do pé, depois, o esquerdo e, sendo esses inconvenientes sanados, descobriu-se que uma perna das calças brancas estava mais curta do que a outra; além desses acidentes, ela deixou cair a sombrinha verde numa grade de ferro, e somente depois de muita dificuldade e muito esforço conseguiu resgatá-la. Entretanto, era impossível repreendê-la, pois era a filha do diretor, então Nicholas encarou tudo com todo o bom humor e seguiu em frente, de braços dados à Srta. Snevellicci de um lado, e do outro, à irritante criança.

A primeira casa à qual dirigiram seus passos era situada num alpendre de aspecto respeitável. A batida dupla suave da Srta. Snevellicci foi recebida por um pajem que, em resposta à indagação sobre a Sra. Curdle estar ou não em casa, esbugalhou os olhos, deu um largo sorriso e disse que não sabia, mas que perguntaria. Com isso, ele os conduziu à sala de visitas, onde os fez esperar até que as duas criadas fossem lá, sob falsos pretextos, para ver de perto os atores; e, depois de trocar comentários com elas no corredor e participar de uma série de cochichos e risinhos, ele finalmente subiu para anunciar a Srta. Snevellicci.

Agora, a Sra. Curdle era conhecida, entre aqueles mais enfronhados nessas questões, como dotada do gosto típico de Londres em questões relativas à literatura e ao teatro; e, quanto ao Sr. Curdle, ele havia escrito um texto de sessenta e quatro páginas, in-oitavo, sobre o personagem do falecido marido da ama em *Romeu e Julieta*, investigando se ele realmente fora um "homem alegre" durante a vida ou se era apenas a afeição e a parcialidade da viúva que a induziam a considerá-lo assim. Ele provara também que, alterando o sistema de pontuação, qualquer peça de Shakespeare poderia ser lida de forma inteiramente distinta, e que o sentido mudava por completo; é desnecessário dizer, portanto, que ele era um grande crítico e um pensador profundo, e bastante original.

— Olá, Srta. Snevellicci — disse a Sra. Curdle, entrando na sala —. E como vai a *senhorita*?

A Srta. Snevellicci fez uma graciosa mesura e disse que esperava que a Sra. Curdle estivesse bem, assim como o Sr. Curdle, que apareceu ao mesmo tempo. A Sra. Curdle usava um robe matinal e um pequeno gorro no topo da cabeça. O Sr. Curdle trajava um roupão solto nas costas e tinha o indicador direito na testa, imitando os retratos de Sterne, com quem, alguém um dia dissera, ele apresentava uma semelhança extraordinária.

— Eu me aventurei a vir aqui para lhe perguntar se gostaria de colocar seu nome na apresentação em meu benefício, senhora — disse a Srta. Snevellicci, mostrando os documentos.

— Ah! Eu realmente não sei o que dizer — respondeu a Sra. Curdle. — Não é como quando o teatro estava em seus dias de glória... não precisa ficar de pé, Srta. Snevellicci... o drama não existe mais, não existe mais.

— Como uma materialização maravilhosa das visões do poeta e uma realização da intelectualidade humana, fazendo refulgir nossos momentos de sonho e abrindo um mundo novo e mágico diante dos olhos da mente, o drama não existe mais, não existe mais — disse o Sr. Curdle.

— Que homem hoje em dia pode nos dar o colorido variado e prismático com que o personagem de Hamlet foi investido? — questionou a Sra. Curdle.

— Que homem, na verdade, no palco — disse o Sr. Curdle, com uma pequena reserva em favor de si próprio. — Hamlet! Ora! Ridículo! Hamlet não existe mais, não existe mais.

Tomados por essas desanimadoras reflexões, o Sr. e a Sra. Curdle suspiraram e ficaram ali por alguns minutos sem falar. Finalmente, a dama, voltando-se para a Srta. Snevellicci, perguntou qual peça ela pretendia encenar.

— Uma totalmente nova — disse a Srta. Snevellicci —, da qual este jovem é o autor e em cuja peça ele toma parte; e é a estreia dele nos palcos. Sr. Johnson é o nome dele.

— Espero que tenha preservado as unidades, senhor — disse o Sr. Curdle.

— A peça original é em francês — disse Nicholas. — Há uma grande variedade de incidentes, diálogos animados, personagens fortemente caracterizados...

— Tudo em vão se um rígido compromisso com as unidades não for observado, senhor — disse o Sr. Curdle. — As unidades do drama, antes de tudo.

— O senhor poderia dizer — perguntou Nicholas, hesitante entre o respeito que deveria apresentar e sua predileção pelo excêntrico — quais são essas unidades?

O Sr. Curdle tossiu e considerou a pergunta. — As unidades, senhor — ele disse —, são uma integralidade... um tipo de harmonia universal em relação a lugar e tempo... uma espécie de identidade geral, se é que posso usar expressão tão forte. Tomo-as por unidades dramáticas, até onde fui capaz de lhes conferir atenção e até onde muito li e penso sobre o assunto. Noto, analisando as atuações desta criança — disse o Sr. Curdle, virando-se para o fenômeno —, uma unidade de sentimento, uma amplitude, um jogo de luz e sombra, um colorido agradável, um tom, uma harmonia, um brilho, um desenvolvimento artístico de concepções originais, que eu procuro, em vão, entre atores mais velhos... Eu não sei se me fiz claro.

— Perfeitamente — respondeu Nicholas.

— É isso — disse o Sr. Curdle, puxando para cima seu cachecol. — Essa é a minha definição das unidades do drama.

A Sra. Curdle ficara ouvindo essa lúcida explicação com grande complacência. A explicação tendo terminado, ela perguntou o que o Sr. Curdle achava de incluir os nomes deles.

— Não sei, minha querida; sinceramente, não sei — disse o Sr. Curdle. — Se aceitarmos, deve ficar bem claro que nós não nos comprometemos com a qualidade dos desempenhos. Deixe que se espalhe pelo mundo que nós não damos a *eles* o respaldo de nossos nomes, mas que conferimos a distinção exclusivamente à Srta. Snevellicci. Isso tendo ficado claro, eu considero, por assim dizer, um dever que estendamos nosso patrocínio a um palco degradado, até mesmo para benefício dos associados a isso. Tem aí um troco para meia-coroa de dois xelins e seis centavos, Srta. Snevellicci? — perguntou o Sr. Curdle, exibindo quatro dessas moedas.

A Srta. Snevellicci procurou em todos os cantos do saquinho rosa, mas não havia nada em nenhum deles. Nicholas murmurou uma piada sobre ser um autor e achou melhor não sair procurando nos próprios bolsos.

— Deixe-me ver — disse o Sr. Curdle. — Duas vezes quatro são oito... quatro xelins por pessoa para os camarotes, senhorita Snevellicci, é extremamente caro no presente estado do teatro... três meias-coroas são sete xelins e seis centavos; não vamos discutir por causa de seis centavos, não é? Seis centavos não nos separarão, não é, senhorita Snevellicci?

A pobre Srta. Snevellicci pegou três meias-coroas, com muitos sorrisos e reverências, e a Sra. Curdle, adicionando várias instruções complementares que diziam respeito a guardar os lugares para eles, tirar a poeira dos assentos e enviar dois panfletos limpos assim que fossem impressos, tocou a sineta, como sinal para encerrar a conversa.

— Pessoas estranhas essas — disse Nicholas, depois que deixaram a casa.

— Garanto ao senhor — disse a Srta. Snevellicci, dando o braço a Nicholas — que considero que tive muita sorte por eles não ficarem devendo todo o dinheiro, em vez de pagarem seis centavos a menos. Agora, se a apresentação for um sucesso, eles dirão às pessoas que sempre patrocinaram o artista, mas, se for um fracasso, afirmarão com convicção que sempre souberam que seria assim.

Na casa seguinte que visitaram, foram recebidos em grande glória; pois lá moravam as seis crianças que eram tão encantadas com as apresentações públicas do fenômeno que, tendo sido chamadas do quarto para serem presenteadas com uma visão particular da menina, passaram a enfiar os dedos nos olhos dela, a pisar-lhe nos pés e a lhe demonstrar muitas outras pequenas atenções próprias da idade.

— Eu tenho certeza de que convencerei o Sr. Borum a ficar com um camarote — disse a dona da casa, após uma agradável recepção. — Vou levar somente duas das crianças, e o restante do grupo será de cavalheiros... seus admiradores, Srta. Snevellicci. Augustus, seu danadinho, deixe a menina em paz.

Isso foi dirigido a um jovem cavalheiro que estava beliscando o traseiro do fenômeno, aparentemente com o intuito de se certificar de que ela era real.

— Imagino que devam estar muito cansados — disse a mãe, virando-se para a Srta. Snevellicci. — Não posso deixar que vão embora assim, sem antes tomarem um copo de vinho. Ei, Charlotte, tenho vergonha de você! Srta. Lane, minha querida, por favor, olhe as crianças.

A Srta. Lane era a governanta, e essa solicitação foi considerada necessária pelo abrupto comportamento da Srta. Borum mais nova, que, tendo furtado a sombrinha verde do fenômeno, saía agora carregando-a enquanto a confusa criança a olhava desconsolada.

— É incrível, onde quer que tenha estudado para representar tão bem como representa — disse a bondosa Sra. Borum, voltando-se uma vez mais para a Srta. Snevellicci. — Não consigo entender (Emma, não fique olhando assim); rindo numa peça e chorando na seguinte, e sempre tão natural... minha nossa!

— Fico muito feliz em ouvir a senhora expressar uma opinião tão favorável — disse a Srta. Snevellicci. — É maravilhoso pensar que a senhora gosta.

— Se gosto! — exclamou a Sra. Borum. — E quem não gosta? Eu iria ao teatro duas vezes por semana, se pudesse: eu adoro isso... só que a senhorita é comovente demais às vezes. E me deixa num estado... em acessos de choro! Minha nossa, senhorita Lane, como pode deixar que atormentem tanto essa pobrezinha?

O fenômeno estava realmente a ponto de ficar sem braço, pois dois meninos fortes, cada um segurando-lhe uma mão, puxavam-na em direções opostas para medir forças. Entretanto, a Srta. Lane (que, por sua vez, estava muito ocupada em contemplar os atores adultos para prestar a necessária atenção a essa conduta), nesse momento crítico, resgatou a infeliz criança, que, recrutada com um copo de vinho, logo foi levada pelos amigos sem sofrer nada de muito sério, a não ser um achatamento no chapéu de escumilha rosa e um vinco extenso no vestido e nas calças compridas brancas.

Foi uma manhã extenuante; pois houve muitas visitas a fazer e todos queriam uma coisa diferente. Alguns queriam tragédias, outros, comédias; alguns faziam objeção a danças; outros só queriam isso. Alguns achavam o cantor cômico decididamente ruim, outros esperavam que ele participasse mais do que de costume. Algumas pessoas não prometiam ir porque outras não haviam prometido ir; e outras pessoas não iam porque outras iam. Depois de algum tempo, e aos poucos, omitindo uma coisa aqui e acrescentando outra ali, a Srta. Snevellicci se comprometeu com um programa que fosse bastante abrangente, se não lhe restasse nenhum outro mérito (incluía, entre outros gracejos, quatro peças, canções diversas, alguns combates e várias danças); e eles voltaram para casa, exaustos ao extremo com o trabalho do dia.

Nicholas preparou toda a peça, que logo começou a ser ensaiada, e então preparou seu próprio papel, que estudou com grande perseverança e representou — como disse toda a companhia — com perfeição. Finalmente, chegou o grande dia. O pregoeiro foi enviado às ruas, pela manhã, para anunciar o espetáculo com toques de sino em todas as vias principais; e cartazes extras, de um metro de comprimento por vinte centímetros de largura, foram distribuídos em todas as direções, lançados em todas as áreas, enfiados por baixo de todas as aldrabas e exibidos em todas as lojas. Foram colados em todas as paredes também, embora não de forma bem-sucedida, pois uma pessoa analfabeta, que havia assumido essa tarefa na ausência do responsável por ela, colou alguns inclinados e o restante de cabeça para baixo.

Às cinco e meia, houve uma corrida de quatro pessoas para a porta da galeria; às quinze para as seis, havia pelo menos doze; às seis horas, a animação era tremenda; e, quando o mais velho dos jovens Crummles abriu a porta, foi obrigado a se esconder atrás dela para salvar a vida. A Sra. Grudden recolheu quinze xelins nos primeiros dez minutos.

Nos bastidores, também predominava uma incomum empolgação. A Srta. Snevellicci estava tão agitada que a pintura mal permanecia em seu rosto. A Sra. Crummles estava tão desnorteada que quase não lembrava de sua fala. Os cachos da Srta. Bravassa desfaziam-se com o calor e a ansiedade; o próprio Sr. Crummles espiava pelo buraco da cortina e de vez em quando corria para trás para anunciar que outro homem entrara na plateia.

Por fim, a orquestra começou a tocar e a cortina foi erguida para a nova peça. A primeira cena, na qual não havia ninguém especial, transcorreu calmamente, mas, quando a Srta. Snevellicci entrou na segunda, acompanhada do fenômeno como filha, que explosão de aplausos! As pessoas no camarote dos Borum ficaram de pé, todas juntas, acenando com chapéus e lenços e gritando "Bravo!". A Sra. Borum e a governanta lançaram coroas de flores ao palco, algumas delas caindo dentro de lamparinas e uma coroando a cabeça de um homem gordo na plateia, que, tão absorto que estava com a cena, permaneceu inconsciente da homenagem; o alfaiate e sua família pulavam nos painéis dos camarotes superiores quase ao ponto de caírem juntos de lá; o próprio vendedor de refrigerantes ficou abismado no centro do teatro; um jovem oficial, que aparentemente nutria uma paixão pela Srta. Snevellicci, levou os óculos aos olhos como para ocultar uma lágrima. A Srta. Snevellicci curvava-se cada vez mais, e os aplausos se repetiam cada vez mais altos. Finalmente, quando o fenômeno apanhou uma das coroas fumegantes e colocou-a, inclinada, sobre os olhos da Srta. Snevellicci, a cena atingiu o clímax e a peça prosseguiu.

Porém, quando Nicholas entrou para sua extraordinária cena com a Sra. Crummles, quantas palmas ecoaram! Quando a Sra. Crummles (que era sua indigna mãe) deu um riso sarcástico, chamando-o de "rapaz presunçoso", e ele a desafiou, que tumulto de aplausos irrompeu! Quando ele discutiu com o outro cavalheiro a respeito da jovem dama e exibiu um estojo de pistolas, dizendo que, se o outro *fosse* um cavalheiro, lutaria com ele naquela sala até que toda a mobília estivesse salpicada do sangue de um deles, se não de ambos, como os camarotes, a plateia e a galeria uniram-se numa vigorosa aclamação! Quando distratou a mãe porque ela não desistia da propriedade da jovem, e ela, abrandando, fez com que ele abrandasse também e caísse de joelhos pedindo-lhe a bênção, como as moças na plateia soluçaram! Quando se escondeu por trás da cortina no escuro e o familiar perverso dava golpes com a espada em todas as direções, exceto onde suas pernas estavam plenamente à vista, que fortes emoções de medo e ansiedade se espalharam pelo teatro! Seu ar, seu porte, seu andar, sua aparência, tudo que dizia e fazia era motivo de aprovação. Sempre que falava, era aplaudido. E, quando, finalmente, na cena da bomba d'água e da tina, a Sra. Grudden acendeu o fogo azul e todos os membros da companhia que não participaram da peça entraram no palco e se espalharam em todas as direções — não porque aquilo tivesse algo a ver com a trama, mas para terminar com um quadro vivo —, o público (que havia a essa altura aumentado consideravelmente) deu um grito de entusiasmo como não se ouvia entre aquelas paredes havia muito tempo.

Em suma, o sucesso tanto da peça nova como do novo ator foram completos e, quando a Srta. Snevellicci foi chamada ao palco no fim do espetáculo, Nicholas a conduziu e dividiu com ela os aplausos.

CAPÍTULO XXV

Diz respeito a uma jovem dama de Londres, que se junta à companhia, e a um admirador de idade que a acompanha; com uma cerimônia emocionante por ocasião de sua chegada

Um completo sucesso, a nova peça foi anunciada para todas as noites de teatro até informação futura, e as noites em que o teatro era fechado foram reduzidas de três para duas por semana. E não eram esses os únicos sinais do extraordinário sucesso, pois, no sábado seguinte, Nicholas recebeu — por obséquio da infatigável Sra. Grudden — uma soma não inferior a trinta xelins; além dessa substancial recompensa, foi agraciado com fama e consideração: um exemplar do livro do Sr. Curdle foi enviado ao teatro com o autógrafo do próprio cavalheiro (em si um tesouro inestimável) na folha de guarda, acompanhado de um bilhete contendo muitas expressões de admiração e uma não solicitada garantia de que o Sr. Curdle ficaria muito feliz de ler Shakespeare para ele durante três horas todos os dias, antes do café da manhã, enquanto ele estivesse na cidade.

— Tenho outra novidade, Johnson — disse o Sr. Crummles numa manhã, com grande satisfação.

— E qual é? — perguntou Nicholas. — O pônei?

— Não, não, só lançamos mão do pônei quando nada mais dá certo — disse o Sr. Crummles. — Acho que não vamos precisar do pônei nesta temporada. Não, não, não é o pônei.

— Um menino fenômeno, talvez? — sugeriu Nicholas.

— Existe apenas um fenômeno, meu rapaz — respondeu o Sr. Crummles de maneira imponente. — E é uma menina.

— É verdade — disse Nicholas. — Peço desculpas. Então não sei mesmo o que é.

— O que diria de uma jovem dama de Londres? — perguntou o Sr. Crummles. — Senhorita Fulana de Tal, do Teatro Royal Drury Lane?

— Eu diria que ficaria muito bem nos cartazes — respondeu Nicholas.

— Você está certo — disse o Sr. Crummles. — E, se dissesse que ela ficaria muito bem no palco também, não seria exagero. Olhe aqui. O que acha disso?

Com essa pergunta, o Sr. Crummles desenrolou um cartaz vermelho, um cartaz azul e um cartaz amarelo; e em cada um, acima das notificações públicas, estava inscrito em letras garrafais: "Primeira apresentação da inigualável Srta. Petowker, do Teatro Royal Drury Lane!".

— Santo Deus! — exclamou Nicholas. — Eu conheço essa moça.

— Então você conhece um talento como jamais condensado no corpo de uma pessoa jovem — replicou o Sr. Crummles, enrolando de novo os cartazes. — Quer dizer, talento de certo tipo... de certo tipo. "O sugador de sangue" — acrescentou o Sr. Crummles, com um suspiro profético —, "O sugador de sangue" morrerá com essa moça; e ela é a única sílfide que eu já vi capaz de ficar de pé numa perna só e tocar o pandeiro sobre o outro joelho, *como* uma sílfide.

— Quando ela chega? — perguntou Nicholas.

— Ela deve chegar hoje — respondeu o Sr. Crummles. — Ela é uma velha amiga da Sra. Crummles. A Sra. Crummles sabia do que ela era capaz... sempre soube, desde o início. Ela ensinou a essa moça, na verdade, quase tudo o que ela sabe. A Sra. Crummles era "O sugador de sangue" original.

— É verdade?

— É, sim. Mas foi obrigada a desistir do papel.

— Ela se sentia mal? — perguntou Nicholas.

— Não tanto ela, mas o público — respondeu o Sr. Crummles. — Ninguém suportava aquilo. Era assustador demais. Você ainda não sabe quem é a Sra. Crummles.

Nicholas aventurou-se a insinuar que achava que sabia.

— Não, não, não sabe — disse o Sr. Crummles. — Na verdade, não sabe. *Eu* não sei, e isso é um fato. E acho que o país só vai descobrir depois que ela estiver morta. Uma nova prova de talento brota dessa assombrosa mulher a cada ano de vida. Olhe para ela... mãe de seis filhos... três dos quais vivos, e todos no palco!

— Extraordinário! — exclamou Nicholas.

— Sim, extraordinário de fato! — disse o Sr. Crummles, aspirando uma complacente pitada de rapé e balançando a cabeça com um ar grave.

— Eu lhe dou minha palavra de profissional que nem sequer sabia que ela dançava até a última apresentação beneficente dela, quando fez o papel de Julieta e o de Helen Macgregor, e fez a dança dos saltos sobre a corda entre as peças. A primeira vez em que vi essa admirável mulher, Johnson — disse o Sr. Crummles, aproximando-se um pouco mais e falando no tom confidencial de amigos —, ela estava de cabeça para baixo, apoiada no cabo de uma espada, cercada de fogos resplandecentes.

— O senhor me espanta! — disse Nicholas.

— *Ela* espantou a *mim*! — replicou o Sr. Crummles, com um semblante muito sério. — Tanta graça, e tanta dignidade! Eu a adorei desde aquele momento!

A chegada da talentosa merecedora dessas observações pôs um abrupto fim aos elogios do Sr. Crummles. Quase imediatamente depois, o jovem Percy Crummles entrou com uma carta, que chegara pelo Correio Geral, e que era endereçada a sua benevolente mãe; à visão do sobrescrito, a Sra. Crummles exclamou: — É de Henrietta Petowker! — e instantaneamente se absorveu em seu conteúdo.

— É...? — perguntou o Sr. Crummles, hesitante.

— Ah, sim, é isso mesmo — respondeu a Sra. Crummles, antecipando a pergunta. — Que coisa maravilhosa para ela, com certeza!

— É a melhor coisa de tudo que já ouvi falar, eu acho — disse o Sr. Crummles; e então o Sr. Crummles, a Sra. Crummles e o jovem Percy Crummles caíram na maior gargalhada. Nicholas os deixou para que desfrutassem sua alegria juntos e caminhou para sua residência, perguntando-se muito qual mistério ligado à Srta. Petowker poderia provocar tal satisfação e ponderando ainda mais sobre a extrema surpresa com que essa moça veria seu súbito ingresso numa profissão da qual ela era um distinto e brilhante ornamento.

Porém, nesse último aspecto ele estava enganado, pois — quer o Sr. Vincent Crummles tivesse preparado o caminho, quer a Srta. Petowker tivesse uma razão especial para tratá-lo com uma amabilidade maior do que a habitual — o encontro deles no teatro no dia seguinte foi mais como o de dois caros amigos, inseparáveis desde a infância, do que um reconhecimento que se dava entre uma dama e um cavalheiro que haviam se encontrado uma meia dúzia de vezes, e ainda por mera coincidência. Não apenas isso, a Srta. Petowker até sussurrou que havia mencionado os Kenwigs em suas conversas com a família do diretor e disse ter conhecido o Sr. Johnson nos mais distintos e elegantes círculos. E, quando Nicholas recebeu a informação com uma surpresa não disfarçada, ela acrescentou, com um doce olhar, que contribuíra para a boa condição dele agora e que não demoraria muito até cobrá-lo por isso.

Nicholas teve a honra de se apresentar numa pequena peça com a Srta. Petowker naquela noite e não pôde deixar de observar que a calorosa recepção a ela era atribuível sobretudo a um persistente guarda-chuva nos camarotes superiores; ele viu também que a encantadora atriz lançava vários olhares doces em direção ao canto de onde vinham esses sons; e que, sempre que ela fazia isso, o guarda--chuva se abria de novo. Uma vez, ele achou que um chapéu de forma peculiar naquele mesmo canto não lhe era totalmente estranho; mas, estando ocupado com o seu papel no palco, não deu muita atenção a essa circunstância, que havia quase desaparecido de sua lembrança quando chegou em casa.

Acabara de sentar-se para jantar com Smike, quando uma das pessoas da casa veio à sua porta e anunciou que um cavalheiro no andar de baixo queria falar com o Sr. Johnson.

— Bom, se ele quer, deve dizer a ele para subir; isso é tudo que sei — respondeu Nicholas. — Um dos nossos irmãos com fome, eu suponho, Smike.

Seu companheiro de alojamento olhou para a carne fria num silencioso cálculo da quantidade que seria deixada para o jantar do dia seguinte e devolveu uma fatia que havia cortado para si mesmo, para que a intromissão do visitante fosse menos assustadora em seus efeitos.

— Não é nenhum dos que já estiveram aqui — afirmou Nicholas —, porque ele está subindo a escada com esforço. Entre, entre. Isso é que é surpresa! Senhor Lillyvick?

Era, de fato, o coletor de taxas de água que, olhando para Nicholas com olhar fixo e semblante imutável, apertou-lhe a mão com a mais portentosa solenidade e sentou-se numa cadeira no canto da chaminé.

— Ora, quando chegou aqui? — perguntou Nicholas.

— Hoje pela manhã, senhor — respondeu o Sr. Lillyvick.

— Ah, sim! Então foi ao teatro hoje, e era o seu guar...

— Este guarda-chuva — disse o Sr. Lillyvick, mostrando um de algodão, grande e verde, com um cabo de ferro desgastado. — O que achou da apresentação?

— Pelo que pude julgar, estando no palco — respondeu Nicholas —, achei muito agradável.

— Agradável! — protestou o coletor. — Quer dizer, senhor, foi encantadora.

O Sr. Lillyvick inclinou-se para a frente para pronunciar a última palavra com maior ênfase; e depois disso empertigou-se, franziu o cenho e balançou a cabeça afirmativamente muitas vezes.

— Eu disse, encantadora — repetiu o Sr. Lillyvick. — Envolvente, deslumbrante, efervescente — e uma vez mais o Sr. Lillyvick levantou-se, franziu o cenho e balançou a cabeça.

— Ah! — disse Nicholas, um pouco surpreso com esses sintomas de êxtase e aprovação. — Sim... ela é uma moça inteligente.

— Ela é uma divindade — retrucou o Sr. Lillyvick, dando uma batida dupla de coletor de impostos no chão com o guarda-chuva antes mencionado. — Eu conheci atrizes divinas antes, senhor: eu costumava coletar... pelo menos eu costumava *visitar*... e muito frequentemente visitar para cobrar... a taxa de água da casa de uma atriz divina, que morou na minha jurisdição por mais de quatro anos, mas nunca... não, nunca, senhor... de todas as criaturas divinas, atrizes ou não atrizes, que já vi nenhuma foi mais divina do que Henrietta Petowker.

Nicholas teve que fazer muito esforço para conter o riso; sem confiar no que poderia dizer, meramente assentiu com um gesto de cabeça semelhante aos que o Sr. Lillyvick costumava fazer e permaneceu em silêncio.

— Eu gostaria de ter uma palavrinha com o senhor em particular — disse o Sr. Lillyvick.

Nicholas lançou um olhar bem-humorado a Smike, que, entendendo a sugestão, desapareceu.

— Ser solteiro é uma desgraça, senhor — disse o Sr. Lillyvick.

— É? — perguntou Nicholas.

— É — respondeu o coletor. — Eu vivo neste mundo há quase sessenta anos e deveria saber o que é.

"O senhor *deveria* saber, certamente", pensou Nicholas; "mas se sabe ou não é outra questão".

— Se um solteiro chega a economizar certo dinheiro — disse o Sr. Lillyvick —, seus irmãos e irmãs, sobrinhos e sobrinhas se voltam para *esse dinheiro*, não para ele. Mesmo que, por ser uma figura pública, seja o chefe da família ou, como é possível, o tronco do qual todos os outros ramos menores se originam, eles ainda assim desejam a sua morte e ficam desanimados sempre que o veem com um aspecto saudável, pois eles querem se apossar de seus poucos bens. Entende?

— Ah, sim — respondeu Nicholas —, é bem verdade, não resta dúvida.

— A grande razão para não se casar — continuou o Sr. Lillyvick — são as despesas; foi o que me manteve distante disso, do contrário... ó Deus! — disse o Sr. Lillyvick, estalando os dedos. — Eu poderia ter tido umas cinquenta mulheres.

— Mulheres finas? — perguntou Nicholas.

— Mulheres finas, sim, senhor! — respondeu o coletor. — Certamente! Não tão finas como Henrietta Petowker, pois ela é um espécime raro, mas mulheres assim não aparecem para todo homem, posso garantir. Agora suponha que um homem possa encontrar uma fortuna *numa* mulher em vez de com ela... hein?

— Ora, então, ele é um sujeito de sorte — respondeu Nicholas.

— É o que eu digo — replicou o coletor, dando-lhe uma pancadinha de leve na lateral da cabeça com seu guarda-chuva. — Exatamente o que eu digo. Henrietta Petowker, a talentosa Henrietta Petowker, tem uma fortuna em si mesma, e eu vou...

— Torná-la Sra. Lillyvick? — sugeriu Nicholas.

— Não, senhor, não torná-la Sra. Lillyvick — respondeu o coletor. — Atrizes, senhor, sempre mantêm seus nomes de solteira... é a coisa habitual... mas eu vou me casar com ela; e será depois de amanhã.

— Meus parabéns, senhor — disse Nicholas.

— Obrigado, senhor — respondeu o coletor, abotoando o colete. — Eu retirarei o salário dela, claro, e espero afinal que seja quase tão barato manter dois quanto manter um; isso é um consolo.

— O senhor certamente não precisa de nenhum consolo num momento como esse — observou Nicholas.

— Não — replicou o Sr. Lillyvick, balançando a cabeça nervosamente —, não... lógico que não.

— Mas então por que estão os dois aqui, se vão se casar, Sr. Lillyvick? — perguntou Nicholas.

— Ora, é o que eu vim explicar ao senhor — respondeu o coletor de taxas de água. — O fato é que pensamos em não contar isso à família.

— Família! — disse Nicholas. — Que família?

— Os Kenwigs, é lógico — replicou o Sr. Lillyvick. — Se a minha sobrinha e as crianças soubessem disso antes de eu viajar, elas teriam se jogado aos meus pés e não sairiam de cima deles até eu fazer a promessa de não me casar com ninguém. Ou elas sofreriam um ataque de loucura, ou algo assustador — disse o coletor, bastante trêmulo enquanto falava.

— Certamente — disse Nicholas. — Sim, elas teriam ciúmes, não resta dúvida.

— Para evitar isso — disse o Sr. Lillyvick —, Henrietta Petowker (ficou acertado entre nós) viria para encontrar uns amigos, os Crummles, sob o pretexto deste compromisso, e eu iria para Guildford no dia anterior e a encontraria no coche lá; o que fiz, e viemos juntos de Guildford ontem. Agora, temerosos de que o senhor escrevesse para o Sr. Noggs e dissesse alguma coisa sobre nós, achamos melhor deixá-lo a par do nosso segredo. Vamos sair da residência dos Crummles para nos casar e ficaremos felizes de vê-lo... na igreja ou no café da manhã, como preferir. Não será caro, sabe — disse o coletor, muito ansioso para evitar qualquer mal-entendido nesse ponto. — Somente *muffins* e café, e talvez um camarão ou algo assim para saborear, sabe?

— Sim, sim, eu entendo — respondeu Nicholas. — Ah, ficarei feliz em ir; será um imenso prazer. Onde a dama ficará? Com os Crummles?

— Não, não — disse o coletor. — Eles não teriam como acomodá-la bem à noite, então ela está hospedada na casa de uma conhecida dela, com uma outra moça; as duas pertencem ao teatro.

— A senhorita Snevellicci, eu suponho — disse Nicholas.

— Sim, é esse o nome.

— E elas serão damas de honra, eu suponho — disse Nicholas.

— Ora — disse o coletor, com uma cara magoada —, serão *quatro* damas de honra; eu temo que elas o façam de forma muito teatral.

— Ah, não, de jeito nenhum — replicou Nicholas, com um esforço estranho para converter uma risada numa tosse. — Quais poderão ser as quatro? A Srta. Snevellicci, é evidente... a Srta. Ledrook...

— O... o fenômeno — rosnou o coletor.

— Ha, ha! — fez Nicholas. — Desculpe, não sei do que estou rindo... sim, vai ser muito bonito... o fenômeno, quem mais?

— Uma outra moça jovem — respondeu o coletor, levantando-se. — Alguma amiga de Henrietta Petowker. Bom, será que o senhor pode fazer o favor de não comentar nada sobre isso?

— Pode contar comigo — respondeu Nicholas. — Não quer comer ou beber alguma coisa?

— Não — disse o coletor —, estou sem apetite. A vida de casado deve ser bem agradável, não acha?

— Não tenho a menor dúvida — respondeu Nicholas.

— Sim — disse o coletor —, certamente. Ah, sim. Sem dúvida. Boa noite.

Com essas palavras, o Sr. Lillyvick, cujos modos haviam exibido durante toda essa conversa particular um composto extraordinário de nervosismo e hesitação, confiança e dúvida, simpatia, receio, mesquinhez e presunção, deu meia-volta e deixou Nicholas à vontade para rir, se a isso se dispusesse.

Sem questionar se o dia que antecedeu o casamento pareceu a Nicholas ter o número habitual de horas, pode-se dizer que, para as pessoas mais diretamente interessadas na cerimônia vindoura, ele passou com muita rapidez, de tal modo que, quando a Srta. Petowker acordou na manhã seguinte, no quarto da Srta. Snevellicci, ela declarou que nada jamais a convenceria de que aquele era realmente o dia em que veria uma mudança em sua condição de solteira.

— Eu não posso acreditar — disse a Srta. Petowker —, não posso mesmo. Não adianta falar, nunca vou conseguir me decidir a passar por tamanha provação!

Ao ouvirem isso, a Srta. Snevellicci e a Srta. Ledrook, que sabiam muito bem que já fazia uns três ou quatro anos que a boa amiga teria, em qualquer época, se submetido à desesperadora prova que agora se aproximava, se tivesse encontrado um cavalheiro elegível e disposto ao risco, começaram a aconselhar consolo e firmeza, e a dizer que deveria se orgulhar por poder conferir felicidade permanente a uma pessoa merecedora, e quão necessário era para a felicidade dos seres humanos em geral que as mulheres tivessem coragem e resignação em tais ocasiões; e que, embora de sua parte achassem que a verdadeira felicidade consistia em uma vida de solteira, que elas não trocariam de bom grado — não, por nada neste mundo —, ainda assim (graças a Deus), se algum dia a ocasião *viesse* a surgir, elas esperavam saber bem o seu dever para não se queixarem, e sim se submeterem com respeito e humildade à sorte que a Providência lhes havia, claramente, reservado, visando ao contentamento e ao benefício de seus companheiros no mundo.

— Possivelmente eu consideraria um grande golpe — disse a Srta. Snevellicci — encerrar velhas amizades e o que quer que seja mais desse tipo, mas eu me submeteria, querida, me submeteria, sim.

— Eu também — disse a Srta. Ledrook. — Eu preferiria enfrentar o jugo a evitá-lo. Já despedacei corações antes, e me arrependo: pois é uma coisa terrível ficar pensando nisso.

— É verdade — disse a Srta. Snevellicci. — Agora, Led, querida, precisamos aprontá-la, ou vamos chegar atrasadas demais, vamos, sim.

Essas louváveis reflexões e talvez o medo de se atrasarem demais deram força à noiva durante todo o ritual de colocar o vestido de noiva, após o que foram servidos um chá forte e conhaque, em doses alternadas, como meio de lhe fortalecer as pernas fracas e fazê-la andar com firmeza.

— Como está se sentindo agora, querida? — perguntou a Srta. Snevellicci.

— Ah, Lillyvick! — exclamou a noiva. — Se soubesse o que estou passando por você!

— Claro que ele sabe, querida, e nunca vai esquecer — disse a Srta. Ledrook.

— Você acha que não? — disse a Srta. Petowker, realmente demonstrando grande talento para o palco. — Ah, você acha que não? Você acha que Lillyvick vai sempre se lembrar disso... sempre, sempre, sempre?

Não há como saber em que teria terminado essa explosão de sentimentos se a Srta. Snevellicci não tivesse, naquele momento, anunciado a chegada da carruagem, o que deixou a noiva tão assustada, que se manifestaram nela vários sintomas extremos, e, correndo ao espelho, ajustou o vestido e declarou que estava pronta para o sacrifício.

Ela foi, como era de hábito, colocada na carruagem e lá "mantida" (como disse a Srta. Snevellicci) com sais voláteis, goles de conhaque e outros estimulantes suaves até chegarem à porta da casa do diretor, já aberta pelos dois jovens Crummles, que usavam laços brancos no chapéu e trajavam os melhores e mais resplandecentes coletes do figurino teatral. Pelos esforços combinados desses jovens Crummles e das damas de honra, e assistidos pelo cocheiro, a Srta. Petowker foi finalmente carregada numa condição de esgotamento ao primeiro andar, onde, assim que encontrou o jovem noivo, desmaiou com grande decoro.

— Henrietta Petowker! — disse o coletor. — Anime-se, meu amor.

A Srta. Petowker segurou a mão do coletor, mas a emoção embargou sua voz.

— É tão terrível assim me ver, Henrietta Petowker? — perguntou o coletor.

— Ah, não, não, não — respondeu a noiva. — Mas todos os amigos... os meus queridos amigos... da juventude... deixar todos eles... é um choque tão grande!

Com essas expressões de tristeza, a Srta. Petowker seguiu enumerando os queridos amigos de sua juventude, um a um, e a chamar todos os que estavam ali presentes para abraçá-la. Isso feito, ela lembrou-se de que a Sra. Crummles havia sido mais do que uma mãe para ela e, depois, que o Sr. Crummles havia sido mais do que um pai para ela e, depois, que os jovens Crummles e a Srta. Ninetta Crummles haviam sido mais do que irmãos e irmã para ela. Essas diversas lembranças tendo sido acompanhadas de uma série de abraços tomaram muito tempo, eles foram obrigados a seguir velozes na carruagem para a igreja, para não chegarem atrasados demais.

O cortejo era composto de duas carruagens; na primeira, encontravam-se a Srta. Bravassa (a quarta dama de honra), a Sra. Crummles, o coletor e o Sr. Folair, que fora escolhido como seu padrinho na ocasião. Na outra, iam a noiva, o Sr. Crummles, a Srta. Snevellicci, a Srta. Ledrook e o fenômeno. Os trajes eram lindos. As damas de honra estavam cobertas de flores artificiais, e o fenômeno, em particular, estava quase invisível pelo caramanchão portátil que a envolvia como uma redoma. A Srta. Ledrook, moça de temperamento romântico, levava no peito a miniatura de algum oficial superior desconhecido, uma grande pechincha que ela comprara não fazia muito tempo; as outras damas exibiam diversas bijuterias brilhantes, quase iguais a joias verdadeiras, e a Sra. Crummles se apresentou em austera e sombria majestade, despertando a admiração de todos os presentes.

No entanto, a aparência do Sr. Crummles talvez fosse a mais surpreendente e apropriada de todos, em comparação aos outros membros do grupo. Esse cavalheiro, que representava o pai da noiva, como resultado de uma feliz e original concepção, definiu como "figurino" de seu o papel uma peruca de teatro marrom, de estilo conhecido como Jorge III e, além disso, escolhera um terno cor de tabaco, do século anterior, meias de seda cinza e sapatos com fivelas. Para melhor se adequar ao personagem que adotara, ele havia decidido mostrar-se completamente tomado pela emoção e, em consequência, quando entraram na igreja, os soluços do pai afetuoso eram tão comoventes que o encarregado de orientar os fiéis na igreja sugeriu que ele deveria se retirar para a sacristia e acalmar-se com um copo de água antes que a cerimônia começasse.

A entrada pela nave da igreja foi linda. A noiva com quatro damas de honra, formando um grupo previamente organizado e ensaiado; o coletor, seguido pelo padrinho, que imitava seu andar e seus gestos, para o indescritível prazer de alguns amigos do teatro na galeria; o Sr. Crummles, com passo instável e débil; a Sra. Crummles avançando com um andar teatral, que consistia em uma passada longa e uma parada, alternadamente — tudo fora feito com a maior maestria. A cerimônia foi encerrada rapidamente e todos os presentes, tendo assinado o livro de registros (que o Sr. Crummles limpou com cuidado quando chegou sua vez, colocando enormes óculos), voltaram animados para o café da manhã. E lá encontraram Nicholas aguardando sua chegada.

— Agora, então — disse Crummles, que auxiliava a Sra. Grudden nos preparativos, que foram numa escala maior do que o coletor desejaria —, café da manhã, café da manhã.

Não precisou de um segundo convite. A companhia aglomerou-se à mesa, apertando-se como podia, e serviu-se imediatamente: a Srta. Petowker, enrubescendo muito quando alguém olhava e comendo muito quando *ninguém* estava olhando; e o Sr. Lillyvick procedendo como se houvesse tomado a resolução de deixar o mínimo possível para os Crummles comerem depois, uma vez que estava pagando tudo.

— É bastante rápido, não é? — perguntou o Sr. Folair ao coletor, inclinando-se sobre a mesa para se dirigir a ele.

— O que é bastante rápido? — perguntou o Sr. Lillyvick.

— Essa coisa de se amarrar... de se prender a uma mulher — respondeu o Sr. Folair. — Não demora muito, não é?

— Não, senhor — respondeu o Sr. Lillyvick, ruborizando. — Não demora muito. E então, senhor?

— Ah! Nada — disse o ator. — Não leva muito tempo para um homem se enforcar também, hein? Ha, ha!

O Sr. Lillyvick depôs o garfo e a faca e olhou com indignada perplexidade ao redor da mesa.

— Enforcar-se! — repetiu o Sr. Lillyvick.

Um profundo silêncio recaiu sobre todos, pois o Sr. Lillyvick mantinha-se inefavelmente digno.

— Enforcar-se! — repetiu o Sr. Lillivick. — Alguém neste grupo está tentando fazer um paralelo entre o matrimônio e a forca?

— É o laço, senhor — replicou o Sr. Folair, um pouco acabrunhado.

— O laço, senhor? — repetiu o Sr. Lillyvick. — Alguém se atreve a falar de laço para mim e Henrietta Pe...

— Lillyvick — sugeriu o Sr. Crummles.

— ...e Henrietta Lillyvick no mesmo fôlego? — perguntou o coletor. — Nesta casa, na presença do Sr. e da Sra. Crummles, que educaram uma talentosa e virtuosa família para ser bênçãos e fenômenos, e o que mais for, é para se ouvir falar de forcas?

— Folair — disse o Sr. Crummles, tomando como questão de decoro ser afetado por essa alusão a ele e a sua consorte —, estou atônito com você.

— Por que estão me tratando dessa maneira? — perguntou o infeliz ator. — O que foi que eu fiz?

— O que fez, senhor! — gritou o Sr. Lillyvick. — Desferiu um golpe contra toda a estrutura da sociedade...

— E aos melhores e mais afetuosos sentimentos — acrescentou o Sr. Crummles, reassumindo seu papel de velho.

— E os mais altos e mais estimáveis vínculos sociais — disse o coletor. — Forca! Como se alguém fosse apanhado, preso no casamento, segurado pela perna, em vez de entrar nisso de livre vontade e exultante no ato!

— Eu não quis dizer que o senhor foi apanhado, preso e segurado pela perna — disse o ator. — Sinto muito por isso; não sei mais o que dizer.

— E é para sentir mesmo, senhor — replicou o Sr. Lillyvick. — E me agrada saber que lhe resta bastante sentimento para isso.

A discussão parecendo terminar com essa resposta, a Sra. Lillyvick considerou aquela a melhor ocasião (a atenção da trupe não mais dispersada) para romper em lágrimas e requerer a assistência das quatro damas de honra, que foi imediatamente prestada, embora não sem certa confusão, pois a sala sendo pequena e a toalha da mesa, comprida, um completo destacamento de pratos foi lançado para fora da mesa ao primeiro movimento. Indiferente a essa circunstância, entretanto, a Sra. Lillyvick recusou-se a ser consolada até que os beligerantes dessem sua palavra de que a disputa seria encerrada ali, o que, após bastante demonstração de relutância, eles encerraram, e a partir daí o Sr. Folair permaneceu em um silêncio carrancudo, contentando-se em beliscar Nicholas na perna quando algo era dito, expressando dessa forma seu desdém tanto por quem falava como pelos sentimentos expressados.

Houve um grande número de discursos; uns feitos por Nicholas, outros por Crummles e outros ainda pelo coletor; dois pelos jovens Crummles, agradecendo por si mesmos, e um pelo fenômeno em nome das damas de honra, durante o qual a Sra. Crummles derramou lágrimas. Houve apresentação musical também, na qual cantaram a Srta. Ledrook e a Srta. Bravassa, e muito provavelmente apareceriam outros, se o cocheiro, que parou para conduzir o feliz casal ao local onde eles se propunham pegar o barco a vapor para Ryde, não tivesse enviado uma mensagem peremptória, intimando-os a comparecer de imediato, senão ele infalivelmente cobraria dezoito centavos a mais do que o combinado.

Essa desesperadora ameaça efetivamente dispersou o grupo. Após as mais patéticas despedidas, o Sr. Lillyvick e sua esposa partiram para Ryde, onde deveriam passar os próximos dois dias em profunda reclusão e seriam acompanhados pela criança, que fora designada dama de honra de viagem por exigência expressa do Sr. Lillyvick: pois os donos do barco, enganados pelo tamanho dela, a transportariam (ele havia previamente combinado) pela metade do preço.

Como não haveria espetáculo naquela noite, o Sr. Crummles declarou sua intenção de manter as comemorações até que todas as bebidas tivessem se acabado; mas Nicholas, que representaria Romeu pela primeira vez na noite seguinte, conseguiu sair sem ser notado no meio de uma confusão temporária, ocasionada pelo desenvolvimento inesperado de fortes sintomas de embriaguez na conduta da Sra. Grudden.

A esse ato de deserção, ele foi levado não somente por sua própria inclinação, mas pela ansiedade a respeito de Smike, que, tendo de fazer o papel do Boticário, não conseguira colocar na cabeça nada além da ideia geral de que estaria faminto, o que — talvez devido a velhas recordações — tivesse aprendido com grande aptidão.

— Não sei o que se pode fazer, Smike — disse Nicholas, pondo o livro de lado. — Acho que você não vai conseguir aprender, meu pobre amigo.

— Eu acho que não — disse Smike, balançando negativamente a cabeça. — Acho que se você... mas isso lhe daria muito trabalho.

— O que é, Smike? — perguntou Nicholas. — Não se preocupe comigo.

— Eu acho — disse Smike — que, se você fosse dizendo para mim em pedacinhos, muitas e muitas vezes, eu poderia lembrar só de ouvi-lo falar.

— Você acha?! — exclamou Nicholas. — Muito bem. Vamos ver quem se cansa primeiro. Não eu, Smike, pode acreditar. Agora então. "Quem está chamando tão alto?"

— "Quem está chamando tão alto?" — disse Smike.

— "Quem está chamando tão alto?" — repetiu Nicholas.

— "Quem está chamando tão alto?" — gritou Smike.

E assim eles continuaram a perguntar um ao outro quem estava chamando tão alto, repetidas vezes. E, quando Smike decorou isso, Nicholas passou para outra frase, e depois para duas de cada vez; em seguida, três, e assim por diante, até que à meia-noite o pobre Smike, para sua intraduzível alegria, descobriu que começava realmente a se lembrar um pouco do texto.

Cedo no dia seguinte, eles continuaram como no dia anterior, e Smike, sentindo-se mais confiante com o progresso que fizera, prosseguiu com mais rapidez e maior dedicação. Logo que ele começou a assimilar as palavras com certa facilidade, Nicholas lhe mostrou como deveria entrar com as duas mãos abertas sobre o estômago e como deveria, de vez em quando, esfregá-lo, em concordância com a forma estabelecida, por meio da qual as pessoas no palco sempre demonstram que querem comer algo. Depois do ensaio matinal, eles voltaram ao trabalho mais uma vez, e nem sequer pararam, exceto para um rápido jantar, até chegar a hora de voltarem ao teatro à noite.

Nunca mestre algum teve discípulo mais ansioso, humilde e dócil. Nunca discípulo algum teve mestre mais paciente, infatigável, terno e bondoso.

Depois que se vestiram, e em cada intervalo quando não estava no palco, Nicholas renovava suas instruções. Eles progrediram bastante. O Romeu foi recebido com aplausos calorosos e ilimitada aprovação, e Smike foi declarado por unanimidade, tanto pelo público como pelos atores, o verdadeiro príncipe e prodígio dos Boticários.

CAPÍTULO XXVI

Repleto de perigos para a paz de espírito da Srta. Nickleby

O lugar era um belo apartamento de cômodos particulares na rua Regent; a hora, três da tarde para o preguiçoso e lento, e a primeira hora da manhã para o vivaz e animado; as pessoas eram lorde Frederick Verisopht e seu amigo *Sir* Mulberry Hawk.

Esses distintos cavalheiros reclinavam-se languidamente em dois sofás, entre os quais havia uma mesa, na qual se esparramava uma rica confusão de ingredientes de um café da manhã intocado. Pela sala, havia jornais espalhados, mas estes, como a refeição, estavam abandonados e despercebidos; não, no entanto, porque algum fluxo de conversa impedisse que as atrações dos jornais lhes chamassem atenção, pois nenhuma palavra foi trocada entre os dois, nem qualquer som foi emitido, salvo quando um deles, ao se mexer muito para encontrar um lugar mais cômodo para apoiar a cabeça que doía, fez uma exclamação de impaciência e pareceu, por um instante, transmitir certa inquietação a seu companheiro.

Esses indícios teriam, em si, dado fortes sinais da extensão da esbórnia da véspera, embora não houvesse outras indicações dos divertimentos nos quais eles haviam passado a noite. Algumas bolas de bilhar, todas com lama e sujeira, dois chapéus gastos, uma garrafa de champanhe com uma luva suja enrolada no gargalo para permitir que fosse empunhada com mais segurança na função de arma ofensiva; uma bengala quebrada; uma caixa de baralho sem a tampa; uma carteira vazia; uma corrente de relógio arremessada a distância; um punhado de moedas de prata, misturadas a fragmentos de charutos deixados pela metade e a cinzas velhas e esfareladas — estes e muitos outros sinais de confusão e desordem apontavam muito claramente para a natureza dos divertimentos dos cavalheiros na noite anterior.

Lorde Frederick Verisopht foi o primeiro a falar. Colocando os pés calçados com chinelos no chão e bocejando fortemente, lutou para sentar-se e voltou os olhos lânguidos e mortos ao amigo, a quem se dirigiu com uma voz mole.

— Olá! — respondeu *Sir* Mulberry, virando-se.

— Vamos ficar deitados aqui o dia todo? — perguntou o lorde.

— Não sei se vamos aguentar fazer nenhuma outra coisa — respondeu *Sir* Mulberry —, pelo menos por enquanto; não me resta um grão de vida hoje.

— Vida! — disse lorde Verisopht. — Do jeito que estou me sentindo, não haveria nada mais aconchegante e confortável do que morrer agora.

— Então por que não morre? — perguntou *Sir* Mulberry.

Com essa pergunta, ele virou o rosto e parecia fazer um esforço para adormecer.

Seu amigo e discípulo esperançoso puxou uma cadeira para a mesa do café da manhã e tentou comer; mas, considerando isso impossível, foi até a janela, andou de um lado a outro na sala com uma mão na cabeça febril e, finalmente, voltou a jogar-se no sofá e despertou o amigo mais uma vez.

— Que diabos é isso agora? — reclamou *Sir* Mulberry, endireitando-se no sofá.

Embora *Sir* Mulberry tenha dito isso com bastante mau humor, não parecia muito inclinado a permanecer em silêncio; pois, depois de se espreguiçar várias vezes, declarando com um tremor que estava "um frio dos infernos", aventurou-se à mesa da refeição e, tendo-se provado mais bem-sucedido do que o amigo menos experiente, ficou lá.

— Suponha — disse *Sir* Mulberry, fazendo uma pausa com um bocado na ponta do garfo —, suponha que voltemos ao assunto Nickleby, hein?

— Qual Nickleby? O usurário ou a moça? — perguntou lorde Frederick.

— Estou vendo que está me provocando — replicou *Sir* Mulberry. — A moça, naturalmente.

— Você me prometeu que a encontraria — disse lorde Frederick.

— Prometi, sim — replicou o amigo. — Mas tenho pensado mais sobre o assunto desde então. Se não confia em mim para o trabalho... deve procurar você mesmo.

— Não — protestou o outro.

— Mas eu digo que sim — replicou o amigo. — Vá procurar a moça você mesmo. Não pense que quero dizer para fazer isso quando você puder... eu sei tão bem quanto você que, se eu fizesse isso, você só a veria comigo. Não. Eu digo que deve ir procurá-la... *deve*... e eu ponho você no caminho.

— Agora, que eu me dane se você não for um amigo verdadeiro, diabólico, sincero, completo — disse o jovem lorde, em quem esse discurso causara um efeito dos mais renovadores.

— Vou lhe dizer como — disse *Sir* Mulberry. — Ela estava naquele jantar como uma isca para você.

— Não! — exclamou o jovem lorde. — Que diabó...

— Como uma isca para você — repetiu o amigo. — O velho Nickleby, ele mesmo, me disse isso.

— Que grande amigo ele é! — exclamou lorde Verisopht. — Um nobre velhaco!

— É — disse *Sir* Mulberry —, ele sabia que ela era uma criaturinha elegante...

— Elegante! — interpôs-se o jovem lorde. — Pela minha alma, Hawk, ela é de uma beleza perfeita... uma... pintura, uma estátua, uma... uma... pela minha alma, ela é!

— Bem — respondeu *Sir* Mulberry, dando de ombros e manifestando indiferença, quer ele a sentisse ou não —, isso é uma questão de gosto; se o meu não é igual ao seu, tanto melhor.

— Ora bolas! — exclamou o lorde. — Você se excedeu com ela naquele dia, de qualquer forma. Eu mal podia falar.

— Bom, pelo menos uma vez, pelo menos uma vez — replicou *Sir* Mulberry. — Mas não vale a pena o trabalho de ser agradável de novo. Se deseja seriamente seguir a sobrinha, diga ao tio que precisa saber onde ela mora, como ela mora e com quem, ou você não será mais um cliente dele. Ele lhe dirá isso em um minuto.

— Por que não disse isso antes, em vez de deixar que eu me inflamasse, consumisse, arrastasse numa existência miserável por um século? — perguntou lorde Frederick.

— Em primeiro lugar, eu não sabia — respondeu *Sir* Mulberry, de forma negligente. — E, em segundo, não acreditei que você estivesse tão interessado.

Agora, a verdade era que, no lapso de tempo que decorrera desde o jantar na casa de Ralph Nickleby, *Sir* Mulberry Hawk havia furtivamente tentado, por todos os meios a seu alcance, descobrir de onde Kate havia tão repentinamente surgido e como havia desaparecido. Sem a ajuda de Ralph, no entanto, com quem não se comunicava desde a inflamada despedida naquela ocasião, todos os seus esforços foram em vão, e ele havia, portanto, tomado a decisão de comunicar ao jovem lorde a conclusão a que chegara com aquele ilustre. A isso, ele foi levado por várias considerações; entre as quais, e não a menor, a certeza de tomar conhecimento de tudo que o frágil jovem viesse a saber, além do desejo de encontrar a sobrinha do usurário mais uma vez e usar sua mais fina arte para reduzir-lhe o orgulho e vingar-se de seu desprezo, que predominava em seus pensamentos. Era uma maneira de proceder engenhosa, e que lhe traria vantagens garantidas sob todos os pontos de vista, uma vez que a própria circunstância de ter arrancado de Ralph Nickleby suas verdadeiras intenções ao apresentar a sobrinha àquele círculo social, e de seu extremo desinteresse em comunicar isso tão livremente ao amigo, só poderia aumentar seus interesses nessa questão, além de facilitar muito a passagem de moedas (já bastante frequente e rápida) dos bolsos de lorde Frederick Verisopht para os de *Sir* Mulberry Hawk.

Assim raciocinava *Sir* Mulberry e, em prosseguimento a esse raciocínio, ele e o amigo logo em seguida dirigiram-se à casa de Ralph Nickleby para executar um plano de ação elaborado pelo próprio *Sir* Mulberry, declaradamente para promover o objetivo do amigo e, de fato, alcançar o seu.

Encontraram Ralph em casa, e sozinho. Enquanto ele os conduzia à sala, a lembrança da cena que tivera lugar ali parecia lhe voltar à mente, pois ele lançou um olhar curioso a *Sir* Mulberry, que a isso correspondeu apenas com um sorriso indiferente.

Eles fizeram uma pequena conferência sobre questões financeiras então em progresso, a qual mal fora dada por encerrada quando o nobre tolo (seguindo as instruções do amigo) pediu, com certo constrangimento, para falar com Ralph sozinho.

— Sozinho, é? — disse *Sir* Mulberry, fingindo surpresa. — Ah, muito bem. Eu vou para a sala ao lado. Só não me deixem esperar demais.

Assim dizendo, *Sir* Mulberry pegou seu chapéu e, cantarolando um fragmento de uma música, desapareceu pela porta de comunicação entre as duas salas, fechando-a ao entrar.

— Ora, meu lorde — disse Ralph —, o que é isso?

— Nickleby — disse seu cliente, jogando-se no sofá em que estivera sentado antes, de modo a aproximar mais os lábios do ouvido do velho —, que bela criatura é a sua sobrinha!

— É, meu lorde? — replicou Ralph. — Talvez... talvez... Eu não me preocupo com essas questões.

— Você sabe que ela é uma moça extremamente fina — disse o cliente. — Você deve saber disso, Nickleby. Ora, não negue.

— É, creio que ela seja considerada assim — respondeu Ralph. — Na verdade, eu sei que é. Se não soubesse, meu lorde é uma autoridade no assunto e seu gosto... em todos os pontos, é, de fato... inegável.

Ninguém, a não ser o jovem a quem essas palavras foram dirigidas, poderia ter ficado surdo ao tom de desdém com que elas foram ditas, ou cego ao olhar de desprezo pelo qual elas foram acompanhadas. Mas lorde Frederick Verisopht era tão surdo quanto cego e tomou-as como elogio.

— Bem — ele disse —, talvez você tenha razão, e talvez não tenha... um pouco de cada, Nickleby. Eu quero saber onde mora essa beldade, para poder olhar mais uma vez para ela, Nickleby.

— Na verdade... — Ralph começou em seu tom habitual.

— Não fale tão alto — disse o outro, alcançando o grande ponto de sua lição por um milagre. — Não quero que Hawk escute.

— Você sabe que ele é seu rival, não sabe? — perguntou Ralph, lançando-lhe um olhar severo.

— Sempre é, dane-se — respondeu o cliente —, quero passar à frente dele. Ha, ha, ha! Ele ficará furioso, Nickleby, com essa nossa conversa sem ele. Onde ela mora, Nickleby? É só isso. Basta dizer onde ela mora, Nickleby.

"Ele mordeu", pensou Ralph. "Mordeu."

— Então, Nickleby? — continuou o cliente. — Onde ela mora?

— Na verdade, meu lorde — disse Ralph, esfregando as mãos uma na outra, devagar —, preciso pensar antes de lhe contar.

— Não, nada disso, Nickleby; não deve pensar de jeito nenhum. Onde ela mora?

— Não vai adiantar nada você saber — respondeu Ralph. — Ela foi muito bem educada na virtude; a verdade é que é bonita, pobre e desprotegida! Pobrezinha, pobrezinha.

Ralph fez esse breve resumo da condição de Kate como se isso estivesse apenas passando por sua mente e não fosse sua intenção falar alto; mas o olhar furtivo e astuto que dirigiu ao companheiro enquanto falava desfazia por completo essa suposição.

— Eu lhe garanto que quero apenas vê-la — disse seu cliente. — Um homem pode olhar para uma mulher bonita sem causar nenhum mal, não pode? Ora, onde é que ela mora? Você sabe que ganha uma fortuna às minhas custas, Nickleby, e dou a minha palavra que ninguém jamais me indicará outra pessoa se você me der essa informação.

— Já que está prometendo isso, meu lorde — disse Ralph, com fingida relutância —, e como estou ansioso por lhe agradecer, e também como não há nenhum mal nisso... nenhum mal... vou lhe dizer. Mas é melhor guardar essa informação estritamente para você, meu lorde.

Ralph apontava para a sala ao lado enquanto falava e balançava a cabeça energeticamente.

Tendo o jovem lorde fingido estar igualmente convicto da necessidade dessa precaução, Ralph revelou o endereço e a ocupação atuais da sobrinha, observando que, pelo que ouvira a respeito da família, eles pareciam ansiar por travar relações com pessoas distintas e que um lorde poderia, sem dúvida, apresentar-se com facilidade se assim o desejasse.

— Como seu objetivo é apenas vê-la novamente — disse Ralph —, poderia conseguir isso quando quisesses, por esse meio.

Lorde Frederick agradeceu a sugestão com vários apertos na mão áspera e calosa de Ralph e, sussurrando que agora deveriam encerrar a conversa, avisou a *Sir* Mulberry que ele poderia voltar.

— Pensei que tinham ido dormir — disse *Sir* Mulberry, reaparecendo com um ar mal-humorado.

— Desculpe a demora — disse o tolo —, mas Nickleby estava tão espantosamente engraçado que não consegui ir embora.

— Não, não — disse Ralph —, foi o lorde. Você conhece o homem inteligente, espirituoso, elegante e educado que é lorde Frederick. Cuidado com o degrau, meu lorde... *Sir* Mulberry, por favor, dê-me licença.

Com essas cortesias, muitas mesuras e o mesmo desdém estampado no rosto o tempo todo, Ralph apressou-se em conduzir os visitantes ao andar de baixo e, afora uma leve contração dos cantos da boca, não demonstrou ter percebido o olhar de admiração com que

Sir Mulberry Hawk parecia cumprimentá-lo por ser um competente e consumado malandro.

Houve um toque da campainha uns minutos antes, que foi atendido por Newman Noggs no momento em que eles chegaram ao *hall*. Em situação comum de negócios, Newman teria admitido o recém-chegado em silêncio ou lhe pedido que aguardasse ao lado, enquanto os cavalheiros passavam. No entanto, assim que viu quem era, como se por alguma razão particular, teve coragem de desviar dos costumes estabelecidos para o horário de trabalho na mansão de Ralph e, olhando para o respeitável trio que se aproximava, disse em voz alta e sonora:
— Senhora Nickleby.

— Senhora Nickleby! — exclamou *Sir* Mulberry Hawk, enquanto seu amigo olhava para trás e o fitava no rosto.

Era, na verdade, aquela bem-intencionada senhora que, tendo recebido uma oferta para a casa vazia da cidade dirigida ao proprietário, a trouxera o mais rápido possível ao Sr. Nickleby, sem atraso.

— Ninguém que *você* conheça — disse Ralph. — Entre no escritório, minha... minha cara. Voltarei num instante.

— Ninguém que eu conheça! — exclamou *Sir* Mulberry Hawk, avançando em direção à atônita senhora. — É a Sra. Nickleby... mãe da Srta. Nickleby... uma criatura maravilhosa, que tive a felicidade de conhecer nesta casa na última vez em que jantei aqui. Mas não... — disse *Sir* Mulberry, parando de repente. — Não, não pode ser. Notam-se os mesmos traços fisionômicos, o mesmo indescritível ar de... Mas, não; não. Esta senhora é moça demais para isso.

— Acho que pode dizer ao cavalheiro, cunhado, se é do interesse dele saber — disse a Sra. Nickleby, agradecendo o elogio com uma graciosa mesura —, que Kate Nickleby é minha filha.

— A filha dela, meu lorde! — disse *Sir* Mulberry, virando-se para o amigo. — A filha desta senhora, meu lorde.

"Meu lorde!", pensou a Sra. Nickleby. "Bom, eu nunca..."

— Esta, então, meu lorde — disse *Sir* Mulberry —, é a senhora a cujo matrimônio devemos tanta felicidade. Esta senhora é a mãe da doce Srta. Nickleby. Nota a extraordinária semelhança, meu lorde? Nickleby, apresente-nos a ela.

Ralph assim o fez, com certo desespero.

— Juro, estou completamente encantado — disse lorde Frederick, aproximando-se rapidamente. — Muito prazer.

A Sra. Nickleby estava envergonhada demais com esses elogios incomuns (e com o arrependimento por não ter usado seu outro chapéu) para dar uma resposta imediata, então simplesmente continuou a se curvar e a sorrir, traindo sua grande agitação.

— Ah... e como vai a Srta. Nickleby? — perguntou lorde Frederick. — Bem, espero.

— Ela vai muito bem, obrigada, meu lorde — respondeu a Sra. Nickleby, recompondo-se. — Muito bem. Ela não esteve bem por uns dias depois da noite em que jantou aqui, e eu só posso achar que apanhou um resfriado naquele coche ao voltar para casa. Esses coches de aluguel, meu lorde, são tão terríveis que é quase melhor andar sempre a pé, pois, embora eu ache que um cocheiro possa viajar o tempo todo com uma janela quebrada, ainda assim eles são tão relaxados que quase todos têm janelas quebradas. Uma vez eu fiquei de rosto inchado durante seis semanas, meu lorde, de uma viagem que fiz de coche de aluguel... acho que era um coche — disse a Sra. Nickleby refletindo —, mas estou em dúvida se não era uma carruagem; de qualquer forma, sei que era verde-escuro, com um número muito comprido, começando com um zero e terminando com um nove... não, começando com um nove e terminando com um zero, era isso, e claro o pessoal do escritório de registros saberia de imediato se era um coche ou uma carruagem se fizesse uma investigação lá... mas, o que quer que fosse, estava com uma janela quebrada e eu fiquei com o rosto inchado por seis semanas... eu acho que era o mesmo coche de aluguel que, depois descobrimos, tinha a capota aberta o tempo todo, e nunca iríamos saber disso se eles não tivessem nos cobrado um xelim por hora extra por ter a capota aberta, o que aparentemente é a lei, ou era na ocasião, e uma lei vergonhosa me parece... eu não entendo do assunto, mas devo dizer que a Lei do Grão não é nada, se comparada a *essa* decisão do Parlamento.

Nesse ponto tendo esgotado o assunto, a Sra. Nickleby parou tão repentinamente como começou e repetiu que Kate estava muito bem. — Na verdade — disse a Sra. Nickleby —, acho que ela nunca esteve melhor, desde que teve coqueluche, escarlatina e sarampo, todas ao mesmo tempo, e isso é um fato.

— Esta carta é para mim? — rosnou Ralph, apontando para o pequeno pacote que a Sra. Nickleby tinha nas mãos.

— Para você, cunhado — respondeu a Sra. Nickleby —, e vim andando até aqui com o propósito de lhe entregar.

— O caminho todo até aqui! — exclamou *Sir* Mulberry, aproveitando a oportunidade para descobrir de onde a Sra. Nickleby tinha vindo. — É uma bendita distância! De quanto, mais ou menos, a senhora diria?

— De quanto, mais ou menos? — repetiu a Sra. Nickleby. — Deixe-me ver. É precisamente um quilômetro e meio de nossa porta até Old Bailey.

— Não, não. Não tanto assim — disse *Sir* Mulberry.

— Ah! É, sim — confirmou a Sra. Nickleby. — Apelo para a opinião de lorde Verisopht.

— Eu diria que é indiscutivelmente um quilômetro e meio — observou lorde Frederick, de forma solene.

— Deve ser; e nem um metro a menos — disse a Sra. Nickleby. — Por toda a rua Newgate, toda a Cheapside, subindo a rua Lombard, descendo a Gracechurch e ao longo da rua Thames até o cais de Spigwiffin. Ah! É um quilômetro e meio.

— É, pensando bem, eu diria que é — respondeu *Sir* Mulberry. — Mas a senhora certamente não pretende andar todo o caminho de volta, não é?

— Ah, não — respondeu a Sra. Nickleby. — Vou voltar de condução. Eu não andava de transporte público quando meu pobre e querido Nicholas era vivo, cunhado. Mas na situação atual, sabe...

— Sim, sim — respondeu Ralph, com impaciência —, e é melhor voltar antes que escureça.

— Obrigada, cunhado, é melhor — disse a Sra. Nickleby. — Eu acho que é melhor me despedir agora mesmo.

— Não quer parar e... descansar? — perguntou Ralph, que raramente oferecia algo de bom, a menos que tivesse algum interesse nisso.

— Ah, minha nossa, não — respondeu a Sra. Nickleby, dando uma olhada nos ponteiros do relógio.

— Lorde Frederick — disse *Sir* Mulberry —, estamos indo na mesma direção da Sra. Nickleby. Não vamos deixá-la ir sozinha até a estação, não é?

— Claro que não. Vamos acompanhá-la.

— Ah! Eu não podia imaginar! — disse a Sra. Nickleby.

Porém, *Sir* Mulberry Hawk e lorde Frederick foram categóricos em seu gesto delicado e, deixando Ralph, que parecia pensar, não sem razão, que faria um papel menos ridículo como mero espectador do que teria feito se tivesse participado desses procedimentos, partiram com a Sra. Nickleby entre eles; essa boa senhora em perfeito êxtase de satisfação, não menos pelas atenções a ela dirigidas por dois nobres cavalheiros do que pela convicção de que Kate poderia agora fazer sua escolha pelo menos entre duas grandes fortunas e inobjetáveis maridos.

Enquanto ela era levada, por um instante, por um irresistível fluxo de pensamentos, todos ligados ao grande futuro da filha, *Sir* Mulberry e o amigo entreolhavam-se por sobre o chapéu que a pobre senhora tanto se arrependera de não ter deixado em casa, e passaram a descrever com grande satisfação, porém, muito respeito, as múltiplas perfeições da Srta. Nickleby.

— Que maravilha, que conforto, que felicidade essa adorável criatura não deve ser para a senhora! — exclamou *Sir* Mulberry, lançando na voz uma indicação dos mais calorosos sentimentos.

— Ela é realmente, *Sir* — respondeu a Sra. Nickleby. — É a criatura mais doce, mais bondosa... e tão inteligente!

— Ela parece inteligente — disse lorde Frederick Verisopht, com ar de juiz da inteligência.

— Posso garantir que é, meu lorde — disse a Sra. Nickleby. — Quando ela estava na escola em Devonshire, era aclamada por todos sem exceção a moça mais inteligente de lá, e havia várias outras muito inteligentes também, essa é a verdade... vinte e cinco moças, cinquenta guinéus por ano sem os etcéteras, as duas senhoritas Dowdles, as criaturas mais prendadas, elegantes e admiráveis... Oh, meu Deus! — disse a Sra. Nickleby. — Não esqueço o grande prazer que ela me dava, e ao pobre e querido papai, quando ela estava naquela escola, nunca... uma carta maravilhosa em cada semestre dizendo que ela era a primeira aluna em todo o estabelecimento e havia feito mais progresso do que qualquer outra! Quase não aguento pensar nisso agora. As moças escreviam todas as cartas elas mesmas — acrescentou a Sra. Nickleby —, e depois o professor de caligrafia dava o acabamento com uma lente de aumento e uma pena de prata; ao menos eu acho que elas escreviam, apesar de Kate nunca estar muito certa disso, além do mais, porque não conhecia a caligrafia delas; mas, de qualquer forma, eu sei que era uma circular que todas copiavam e, claro, era uma coisa muito gratificante... muito gratificante.

Com recordações semelhantes, a Sra. Nickleby disfarçou o tédio do percurso até chegarem ao ponto da condução, e a extrema gentileza de seus novos amigos não lhes permitiu ir embora até sua partida, momento em que eles tiraram "completamente" seus chapéus, como garantiu solenemente a seus ouvintes a Sra. Nickleby em muitas ocasiões subsequentes, e beijaram suas luvas de pelica cor de palha até não serem mais visíveis.

A Sra. Nickleby recostou-se no canto mais distante do veículo e, fechando os olhos, entregou-se a uma série das mais agradáveis meditações. Kate não mencionara uma palavra sobre ter conhecido esses cavalheiros; "isso", ela pensou, "indica fortemente uma predisposição em favor de um deles". Então surgiu a pergunta: qual dos dois seria? O lorde era o mais jovem, e seu título era sem dúvida o mais alto; contudo, Kate não era uma moça que se deixasse levar por considerações desse tipo. "Jamais colocarei nenhum empecilho à escolha dela", disse a Sra. Nickleby a si mesma; "mas, sinceramente, acho que não há comparação entre o lorde e *Sir* Mulberry... *Sir* Mulberry é atencioso, distinto e de boas maneiras, um homem muito fino e com muito a seu favor. Espero que seja *Sir* Mulberry... acho que deve ser *Sir* Mulberry!". Então, seus pensamentos se voltaram para suas antigas previsões e para as inúmeras vezes em que dissera que Kate, sem fortuna alguma, se casaria melhor do que as filhas de outras pessoas com milhares; e, enquanto imaginava com o brilho da fantasia de uma mãe toda a beleza e graça da pobre moça, que lutava alegremente com sua nova vida de vicissitudes e provações, seu coração inflava e as lágrimas escorriam-lhe pelas faces.

Enquanto isso, Ralph andava de um lado para o outro em seu pequeno escritório particular, perturbado com o que acabara de acontecer. Dizer que Ralph amava ou se preocupava — no menor grau possível — com as criaturas de Deus seria a mais fantástica ficção. Entretanto, de vez em quando, de algum modo lhe surgia um pensamento sobre a sobrinha que era tingido de compaixão e piedade; rompendo a opaca nuvem de aversão ou indiferença através da qual enxergava homens e mulheres, havia, no caso dela, um tênue brilho de luz — um frágil e doentio raio, na melhor das situações, mas lá estava ele — que mostrava a pobre moça com um aspecto melhor e mais puro do que ele jamais havia considerado na natureza humana.

"Eu não devia ter feito isso", pensou Ralph. "Mas vai manter o rapaz comigo, enquanto houver dinheiro no jogo. Vender uma moça — lançá--la à tentação, ao insulto e à linguagem grosseira. Já são quase duas mil libras de lucro vindas dele. Ora! As mães que arranjam casamentos para as filhas fazem a mesma coisa todos os dias."

Ele sentou-se e contou nos dedos as chances a favor e contra.

"Se eu não tivesse ensinado a eles o caminho certo hoje", pensou Ralph, "essa mulher tola teria feito isso. Bom. Se a filha dela é uma pessoa honrada, pelo que vi, que mal pode haver nisso? Umas provocações, umas humilhações, algumas lágrimas". — Sim — disse Ralph em voz alta, enquanto trancava o cofre de ferro. "Ela precisa aceitar sua sorte. Ela precisa aceitar sua sorte."

CAPÍTULO XXVII

A Sra. Nickleby se familiariza com os senhores Pyke e Pluck, cuja afetação e interesse excedem todos os limites

Fazia muito tempo que a Sra. Nickleby não se sentia tão orgulhosa e importante como quando, ao chegar em casa, se entregou inteiramente às agradáveis visões que a haviam acompanhado durante o percurso de volta. *Lady* Mulberry Hawk — essa era a ideia prevalente. *Lady* Mulberry Hawk!

— Na última terça-feira, na Igreja de St. George, na Hanover Square, o Reverendíssimo Bispo de Llandaff uniu *Sir* Mulberry Hawk, do Castelo Mulberry, de Gales do Norte, a Catherine, filha única do honorável finado Nicholas Nickleby, de Devonshire. — Sinceramente! — exclamou a Sra. Nickleby. — Soa muito bem.

Tendo concluído a cerimônia com as devidas festividades, para sua total satisfação mental, a mãe otimista visualizou uma sequência de homenagens e distinções que não poderiam deixar de acompanhar Kate em sua nova e brilhante posição. Ela seria apresentada à corte, naturalmente. Em seu aniversário, que era no dia 19 de julho ("às três horas e dez minutos da manhã", pensou a Sra. Nickleby num parênteses, "pois me lembro de ter perguntado que horas eram"), *Sir* Mulberry daria uma grande festa para todos os seus inquilinos e lhes devolveria três e meio por cento do valor do seu último semestre de aluguel, como seria completamente descrito e registrado nas últimas notícias, para o imensurável deleite e admiração de todos os leitores desse noticiário. A foto de Kate também sairia em pelo menos meia dúzia de anuários e, na página oposta, apareceria, em tipo delicado: "Versos ao contemplar o Retrato de *Lady* Mulberry Hawk. *Sir* Dingleby Dabber". Talvez algum outro anuário, de projeto mais abrangente do que seus companheiros, pudesse até mesmo incluir um retrato da mãe de *Lady* Mulberry Hawk, com versos feitos pelo pai de *Sir* Dingleby Dabber. Coisas mais improváveis haviam sido publicadas. Retratos menos interessantes haviam surgido. Quando esse pensamento lhe ocorreu, seu semblante inconscientemente assumiu aquela dupla expressão de sorriso e sonolência que, sendo comum a todos os retratos, talvez seja a razão por que eles são sempre tão atraentes e agradáveis.

Com esses triunfos de arquitetura mental, a Sra. Nickleby ocupou toda a noite após sua apresentação acidental aos amigos nobres de Ralph; e sonhos, não menos proféticos e igualmente promissores, povoaram seu sono naquela noite. Ela se preparava para sua refeição frugal no dia seguinte ainda ocupada com essas ideias — um pouco suavizadas, talvez, pelo sono e pela luz do dia — quando a moça que a servia, em parte pela companhia e em parte para ajudar nas tarefas da casa, entrou correndo na sala em extrema agitação e anunciou que dois cavalheiros aguardavam na entrada permissão para subir.

— Santo Deus! — exclamou a Sra. Nickleby, apressando-se em arranjar o gorro e a fronte. — Será que são...? Minha nossa, parados na entrada esse tempo todo... por que não manda eles subirem, sua idiota?

Enquanto a moça cumpria essa tarefa, a Sra. Nickleby colocou rapidamente dentro de um armário todos os vestígios da refeição, que mal começara, e sentou-se com o ar mais sereno que conseguiu assumir, quando dois cavalheiros, ambos absolutos estranhos, se apresentaram.

— Como vai a *senhora*? — perguntou um cavalheiro, colocando grande ênfase na última palavra da pergunta.

— Como *vai*, senhora? — perguntou o outro cavalheiro, alterando a ênfase, como para variar a saudação.

A Sra. Nickleby curvou-se e sorriu, curvou-se de novo e observou, esfregando as mãos ao fazê-lo, que ela não havia tido a — realmente — honra de...

— De nos conhecer — disse o primeiro cavalheiro. — Nós é que saímos perdendo, Sra. Nickleby. A perda não foi nossa, Pyke?

— Foi, Pluck — respondeu o outro cavalheiro.

— Arrependemo-nos disso com muita frequência, eu creio, Pyke? — disse o primeiro cavalheiro.

— Com muita frequência, Pluck — respondeu o segundo.

— Mas agora — disse o primeiro cavalheiro —, agora temos a felicidade pela qual ansiávamos e suspirávamos. Temos ou não temos ansiado e suspirado por essa felicidade, Pyke?

— Você sabe que temos, Pluck — disse Pyke, em tom de censura.

— Ouviu o que ele disse, senhora? — perguntou o Sr. Pluck, olhando ao redor. — A senhora ouviu o testemunho incontestável de meu amigo Pyke... o que me faz lembrar... as formalidades, as formalidades não devem ser negligenciadas na sociedade civilizada. Pyke... Sra. Nickleby.

O Sr. Pyke pôs a mão no peito e fez uma longa mesura.

— Se devo me apresentar com a mesma formalidade — disse o Sr. Pluck —, se devo eu mesmo dizer que meu nome é Pluck ou se devo pedir ao meu amigo Pyke (que, estando agora formalmente apresentado, é competente para a função) para dizer por mim, Sra. Nickleby, que meu nome é Pluck; se devo solicitar esse conhecimento na simples base do grande interesse que tenho pelo seu bem-estar ou se devo me apresentar à senhora como amigo de *Sir* Mulberry Hawk... essas são as considerações que deixo para a senhora decidir.

— Qualquer amigo de *Sir* Mulberry Hawk não precisa de melhor apresentação para mim — observou graciosamente a Sra. Nickleby.

— É maravilhoso ouvir a senhora dizer isso — disse o Sr. Pluck, puxando uma cadeira para perto da Sra. Nickleby e sentando-se. — É muito bom saber que a senhora tem o meu excelente amigo, *Sir* Mulberry, em tão alta estima. Aqui entre nós, Sra. Nickleby. Quando *Sir* Mulberry souber disso, ele será um homem feliz... posso garantir, Sra. Nickleby, um homem feliz. Pyke, sente-se.

— A *minha* boa opinião — disse a Sra. Nickleby, e a pobre senhora ficou exultante por se achar maravilhosamente astuta —, a minha boa opinião não deve importar nada para um cavalheiro como *Sir* Mulberry.

— Não deve importar nada! — repetiu o Sr. Pluck. — Pyke, que importância para o nosso amigo, *Sir* Mulberry, tem a boa opinião da Sra. Nickleby?

— Que importância? — ecoou Pyke.

— Sim — repetiu Pluck —, tem a maior importância?

— Tem a maior das importâncias — respondeu Pyke.

— A Sra. Nickleby não pode ignorar — disse o Sr. Pluck — a imensa impressão que essa doce moça cau...

— Pluck! — disse o amigo. — Cuidado!

— Pyke está certo — murmurou o Sr. Pluck, após pequena pausa. — Eu não devia ter mencionado isso. Pyke está certíssimo. Obrigado, Pyke.

"Ora, realmente", considerou a Sra. Nickleby em seu íntimo. "Delicadeza como essa, eu nunca vi!"

O Sr. Pluck, após fingir estar muito embaraçado por alguns minutos, retomou a conversa suplicando à Sra. Nickleby para não dar atenção ao que ele dissera inadvertidamente, assumindo que fora imprudente, precipitado e indiscreto. A única coisa que pedia em seu nome era que ela lhe desse crédito pelas melhores intenções.

— Mas quando — disse o Sr. Pyke — vejo tanta doçura e beleza por um lado, e tanto ardor e devoção por outro, eu... me perdoe, Pyke, eu não pretendia retomar esse tema. Mude de assunto, Pyke.

— Prometemos a *Sir* Mulberry e a lorde Frederick — disse Pyke — que visitaríamos a senhora pela manhã para perguntar se não se resfriou ontem à noite.

— Ontem à noite, nem um pouco, senhor — respondeu a Sra. Nickleby. — E agradeço muito ao lorde e a *Sir* Mulberry pela consideração em perguntar; nem um pouco, o que é muito curioso, porque eu realmente sou sujeita a resfriados, muito sujeita. Tive um resfriado uma vez — disse a Sra. Nickleby —, acho que foi no ano mil oitocentos e dezessete; deixe-me ver, quatro e cinco são nove, e... sim, mil e oitocentos e dezessete, do qual eu pensei que nunca mais ia me curar; é verdade, eu pensei seriamente que nunca mais ficaria boa. Finalmente, um remédio que não sei se conhece, Sr. Pluck, curou-me. São cinco litros de água tão quente quanto se possa suportar, com meio quilo de sal e seis centavos do melhor farelo de trigo, e se coloca a cabeça nela por pelo menos vinte minutos todas as noites antes de dormir; eu não quis dizer a cabeça... os pés. É a cura mais extraordinária... a cura mais extraordinária que conheço. Usei pela primeira vez, eu me lembro, no dia seguinte ao Natal e, em meados do abril seguinte, o resfriado tinha desaparecido. Parece um milagre quando penso nisso, pois eu estava doente desde o início de setembro.

— Uma calamidade, que aflição! — exclamou o Sr. Pyke.

— Horrível, completamente! — exclamou o Sr. Pluck.

— Mas vale a pena ouvir, só para saber que a Sra. Nickleby ficou curada, não é, Pluck? — perguntou o Sr. Pyke.

— São as circunstâncias que despertam tanto interesse — observou o Sr. Pluck.

— Mas, ora — disse Pyke, como se de repente se lembrasse de algo —, não devemos esquecer nossa missão levados pelo prazer desta conversa. Viemos numa missão, Sra. Nickleby.

— Numa missão! — exclamou a boa senhora, em cuja mente uma proposta definitiva de casamento para Kate apresentava-se de imediato em cores vivas.

— De *Sir* Mulberry — respondeu Pyke. — A senhora deve se sentir muito entediada aqui.

— Bastante entediada, eu confesso — disse a Sra. Nickleby.

— Trazemos os cumprimentos de *Sir* Mulberry Hawk e mil solicitações para que aceite um lugar num camarote particular para a peça de hoje à noite — disse o Sr. Pluck.

— Meu Deus! — exclamou a Sra. Nickleby. — Eu nunca saio, nunca mesmo.

— É exatamente por isso, minha cara Sra. Nickleby, que deveria sair hoje — replicou o Sr. Pluck. — Pyke, peça à Sra. Nickleby.

— Ah, por favor, vá — disse Pyke.

— A senhora deve ir — insistiu Pluck.

— Os senhores são muito delicados — disse a Sra. Nickleby, hesitante —, mas...

— Não aceitamos nenhum "mas" neste caso, minha cara Sra. Nickleby — protestou o Sr. Pluck. — Essa palavra não existe no vocabulário. O seu cunhado vai conosco, lorde Frederick vai, *Sir* Mulberry vai... uma recusa está fora de cogitação. *Sir* Mulberry mandará um coche para buscar a senhora... às vinte para as sete, pontualmente... não vai fazer a maldade de decepcionar o grupo todo, Sra. Nickleby, não é?

— O senhor é tão insistente que eu nem sei o que dizer — respondeu a digna senhora.

— Não diga nada; nem uma palavra, nem uma palavra, caríssima senhora — replicou o Sr. Pluck. — Sra. Nickleby — disse o excelente cavalheiro, baixando a voz —, o que vou lhe dizer agora é assunto da maior confidência; se meu amigo Pyke ali ouvisse... tamanho é o delicado senso de honra desse homem, Sra. Nickleby... que ele me mandaria ir embora antes da hora do almoço.

A Sra. Nickleby lançou um olhar apreensivo ao aguerrido Pyke, que havia ido até a janela; e o Sr. Pluck, apertando-lhe a mão, continuou:

— A sua filha fez uma conquista... uma conquista pela qual posso congratular a senhora. *Sir* Mulberry, minha cara senhora, *Sir* Mulberry é um escravo devotado a ela. É sim!

— Hã! — exclamou o Sr. Pyke, nesse ponto pegando algo na cornija da lareira com um ar teatral. — O que é isso? O que é que estou vendo?

— O que é que está vendo, meu caro amigo? — perguntou o Sr. Pluck.

— É o rosto, o semblante, a expressão — respondeu o Sr. Pyke, caindo em sua cadeira com uma miniatura na mão — fragilmente delineado, imperfeitamente capturado, mas mesmo assim o rosto, o semblante, *a* expressão.

— Eu reconheço esse rosto a distância! — exclamou o Sr. Pluck num rasgo de entusiasmo. — Não existe, minha cara senhora, certa semelhança com...

— É o retrato da minha filha — disse a Sra. Nickleby, com grande orgulho. E, na verdade, era. A pequena Srta. La Creevy o trouxera para ser examinado fazia apenas duas noites.

Logo que o Sr. Pyke se certificou de que estava certo em sua conjectura, lançou-se nos mais extravagantes elogios ao original divino; e no calor do entusiasmo beijou o retrato mil vezes, enquanto o Sr. Pluck levava a mão da Sra. Nickleby a seu peito e a congratulava por ter uma filha como aquela, com tanta seriedade e simpatia que seus olhos se encheram, ou pareceram encher-se, de lágrimas. A pobre Sra. Nickleby, que a princípio ouvira aquilo em um estado de invejável complacência, foi, por fim, dominada por esses sinais de consideração e afeto pela família; e até mesmo a criada, que espiara pela porta, ficou tão espantada diante do estado de êxtase dos dois amigáveis visitantes que não conseguiu sair do lugar.

Aos poucos, esse arrebatamento arrefeceu, e a Sra. Nickleby continuou a entreter seus visitantes com um lamento sobre seu dinheiro perdido e um relato pitoresco de sua antiga casa no interior, compreendendo descrição completa dos diferentes cômodos (sem esquecer da pequena despensa) e uma divertida recordação de quantos degraus descia para chegar ao jardim e para que lado se virava quando saía da sala e das instalações mais importantes que havia na cozinha. Esta última reflexão naturalmente a levou à lavanderia, passando daí para os utensílios do chá, sobre os quais ela poderia ter divagado por uma hora, não houvesse sua menção, por associação de ideias, de imediato lembrado ao Sr. Pyke que ele estava "com uma sede espantosa".

— E vou lhe dizer uma coisa — observou o Sr. Pyke. — Se a senhora mandasse buscar uma jarra de cerveja suave na taberna, eu positiva e indiscutivelmente beberia.

E positiva e indiscutivelmente o Sr. Pyke *bebeu* a cerveja, auxiliado pelo Sr. Pluck, enquanto a Sra. Nickleby apreciava com admiração dividida a condescendência dos dois e a aptidão com que eles se regalavam com a jarra de bebida; para explicar tal maravilha, pode-se observar aqui que cavalheiros como os Srs. Pyke e Pluck, que vivem de sua argúcia (talvez nem tanto pela presença de sua própria argúcia como pela ausência de argúcia em outras pessoas), veem-se ocasionalmente reduzidos a estreitezas e, nessas ocasiões, estão acostumados a se deleitar de maneira muito simples e primitiva.

— Às vinte para as sete, então — disse o Sr. Pyke, levantando-se —, o coche estará aqui. Mais uma olhadela... uma olhadela... para esse rosto doce. Ah! Aqui está. Sem mudança, sem alteração — isso, a propósito, era uma circunstância extraordinária, as miniaturas estando sujeitas a tantas mudanças de expressão... — Ah, Pluck! Pluck!

O Sr. Pluck nada respondeu, apenas beijou a mão da Sra. Nickleby com grande demonstração de sentimento e consideração; o Sr. Pyke fez o mesmo e os dois cavalheiros partiram apressadamente.

A Sra. Nickleby tinha o hábito de se dar crédito por uma razoável dose de discernimento e perspicácia, mas nunca se sentira tão satisfeita com sua própria sagacidade como naquele dia. Descobrira tudo na noite anterior. Nunca vira *Sir* Mulberry e Kate juntos — nem sequer ouvira falar no nome de *Sir* Mulberry — e, no entanto, não dissera a si mesma desde o início que percebia como aquele era um caso formado? E um grande triunfo, porque agora não havia dúvidas sobre isso. Como se essas considerações elogiosas a si mesma não fossem prova suficiente, o amigo confidente de *Sir* Mulberry permitira que o segredo lhe escapasse em palavras bem claras. — Gostei muito desse Sr. Pluck, eu admito — disse a Sra. Nickleby.

Havia uma grande fonte de inquietação em meio a essa boa fortuna, e era o fato de não haver ninguém por perto a quem ela pudesse confidenciar isso. Uma ou duas vezes, quase decidiu ir até a casa da Srta. La Creevy e lhe contar tudo. "Mas não sei", pensou a Sra. Nickleby; "ela é uma pessoa digna, mas temo que esteja muito abaixo da posição de *Sir* Mulberry para nos fazer companhia. Coitada!". Tendo feito essas sérias considerações, rejeitou a ideia de tomar a pequena pintora de miniaturas como sua confidente e se satisfez em revelar suas vagas e misteriosas esperanças à criada, que recebeu esses obscuros sinais de grandiosidade iminente com muita veneração e respeito.

Na hora marcada, chegou o veículo prometido, que não era um coche de aluguel, e sim uma carruagem particular, tendo na traseira um lacaio cujas pernas, embora um tanto grandes para seu corpo, poderiam ter servido de modelo para a Academia Real como meras pernas abstratas. Foi uma grande alegria ouvir o ruído e a agitação com que ele bateu a porta e entrou no coche depois que a Sra. Nickleby entrou; e, inconsciente de que ele levara a extremidade dourada de sua comprida bengala ao nariz, telegrafando assim de maneira desrespeitosa ao cocheiro e por sobre a cabeça dela, a boa senhora permaneceu empertigada e digna, não pouco orgulhosa de sua posição.

À entrada do teatro, houve mais batidas de porta e agitação, e lá estavam os Srs. Pyke e Pluck, que a aguardavam para acompanhá-la ao camarote; e tão gentis foram que o Sr. Pyke ameaçou com várias imprecações "fustigar" um velho com uma lanterna na mão que, por acidente, tropeçara à frente dela — para grande espanto da Sra. Nickleby, que conjecturou, mais pela afobação do Sr. Pyke do que por qualquer conhecimento prévio da origem da palavra, que "fustigar" e "trucidar" deviam ser a mesma coisa e ficou alarmada ao extremo, temerosa de que algo acontecesse. Felizmente, no entanto, o Sr. Pyke se restringiu à fustigação verbal e eles chegaram ao camarote sem nenhuma outra interrupção significativa no caminho, além da vontade, por parte do mesmo cavalheiro belicoso, de "esmagar" o assistente dos camarotes por ter-se enganado no número.

Mal a Sra. Nickleby fora acomodada numa poltrona, por trás da cortina do camarote chegaram *Sir* Mulberry e lorde Verisopht, adornados do topo da cabeça à ponta das luvas e da ponta das luvas à ponta das botas de maneira rica e elegantíssima. *Sir* Mulberry estava um pouco mais rouco do que no dia anterior, e lorde Frederick parecia sonolento e estranho: sinais estes, como também o fato de ambos estarem com as pernas um pouco bambas, a Sra. Nickleby deduziu, com razão, que eles haviam jantado.

— Estávamos... estávamos... fazendo um brinde a sua adorável filha, Sra. Nickleby — sussurrou *Sir* Mulberry, sentando-se atrás dela.

"Ah, não!", pensou a esperta senhora; "o vinho entrando e a verdade saindo". — É muita bondade sua, *Sir* Mulberry.

— Não, palavra de honra! — respondeu *Sir* Mulberry Hawk. — É a senhora que é bondosa, palavra de honra. Foi muita bondade sua ter vindo hoje.

— A bondade é toda sua de me convidar, *Sir* Mulberry — respondeu a Sra. Nickleby, jogando a cabeça para trás com um ar prodigiosamente matreiro.

— Estou tão ansioso por conhecer, tão ansioso por conquistar sua opinião favorável, tão desejoso de que haja um tipo prazeroso de entendimento familiar harmonioso entre nós — disse *Sir* Mulberry —, que a senhora não deve pensar que tenho pouco interesse no que faço. Eu sou terrivelmente egoísta; sou mesmo... palavra.

— Estou certa de que não é egoísta, *Sir* Mulberry! — observou a Sra. Nickleby. — Seu rosto é franco e generoso demais para isso.

— A senhora é uma observadora extraordinária! — disse *Sir* Mulberry Hawk.

— Ah, não mesmo, não enxergo as coisas muito longe, *Sir* Mulberry — respondeu a Sra. Nickleby, num tom de voz que deixasse o baronete inferir que, na verdade, ela enxergava longe.

— Eu tenho muito medo da senhora — disse o baronete. — Dou minha palavra — repetiu *Sir* Mulberry, olhando à sua volta para seus companheiros. — Tenho medo da Sra. Nickleby. Ela é imensamente perspicaz.

Os Srs. Pyke e Pluck balançaram a cabeça misteriosamente e observaram juntos que haviam descoberto isso fazia muito tempo, diante do que a Sra. Nickleby sufocou o riso, *Sir* Mulberry riu e Pyke e Pluck gargalharam.

— Mas onde está o meu cunhado, *Sir* Mulberry? — perguntou a Sra. Nickleby. — Eu não devia estar aqui sem ele. Espero que esteja vindo.

— Pyke — disse *Sir* Mulberry, tirando seu palito de dentes e recostando-se no assento, como se estivesse com preguiça de inventar uma resposta à pergunta. — Onde está Ralph Nickleby?

— Pluck — disse Pyke, imitando o baronete e passando a mentira para o amigo —, onde está Ralph Nickleby?

O Sr. Pluck estava a ponto de inventar uma resposta evasiva quando a agitação causada por um grupo que entrava no camarote ao lado pareceu atrair a atenção de todos os quatro cavalheiros, que trocaram olhares significativos. O novo grupo tendo começado a conversar, *Sir* Mulberry de repente assumiu o aspecto de um ouvinte atento e implorou aos amigos que não respirassem... não respirassem.

— Por que não? — perguntou a Sra. Nickleby. — O que está havendo?

— Psiu! — respondeu *Sir* Mulberry, pondo a mão sobre o braço dela. — Lorde Frederick, está reconhecendo esse tom de voz?

— O diabo me carregue se não acho que era a voz da Srta. Nickleby.

— Nossa, minha nossa! — disse a mãe da Srta. Nickleby, enfiando a cabeça para fora da cortina. — Ora, na verdade, é Kate... Kate, minha querida Kate.

— A *senhora* aqui, mamãe! Será possível?

— Possível, minha querida? Claro que é.

— Ora, quem... quem é que está com a senhora, mamãe? — perguntou Kate, retraindo-se ao avistar um homem sorrindo e beijando a própria mão.

— Quem você acha que é, minha querida? — respondeu a Sra. Nickleby, inclinando-se em direção à Sra. Witittterly e falando um pouco mais alto para informação dessa senhora. — São o Sr. Pyke, o Sr. Pluck, *Sir* Mulberry Hawk e lorde Frederick Verisopht.

"Por Deus!", pensou Kate apressadamente. "Como ela pode estar nessa companhia?"

Ora, Kate pensou nisso *tão* apressadamente e a surpresa era tão grande e, além disso, trouxera de volta com bastante força a lembrança do que se passara no agradável jantar na casa de Ralph, que ela ficou extremamente pálida e pareceu muito agitada. Esses sintomas, observados pela Sra. Nickleby, foram imediatamente considerados sinais de um intenso amor pela perspicaz senhora. Embora essa descoberta, que refletia seu rápido poder de percepção, a tivesse deixado deslumbrada, não diminuiu a ansiedade materna em relação a Kate; e, portanto, com muita inquietação, ela apressou-se em deixar seu camarote e ir para o da Sra. Wititterly. A Sra. Wititterly, bem animada pela glória de ter um lorde e um baronete entre seus conhecidos, não perdeu tempo em sinalizar para que o Sr. Wititterly abrisse a porta e assim se passou que em menos de trinta segundos o grupo da Sra. Nickleby irrompeu no camarote da Sra. Wititterly, que encheu por completo, havendo espaço para que entrassem apenas a cabeça e o colete dos Srs. Pyke e Pluck.

— Minha querida Kate — disse a Sra. Nickleby, beijando a filha com afeição. — Um momento atrás você pareceu estar passando mal! Você me assustou, sabia?

— Foi imaginação sua, mamãe... o... o... talvez reflexo das luzes — respondeu Kate, olhando nervosamente à sua volta e vendo que era impossível sussurrar qualquer advertência ou explicação.

— Não viu *Sir* Mulberry Hawk, minha querida?

Kate fez uma leve mesura e, mordendo o lábio, virou-se em direção ao palco.

Porém, não foi fácil evitar *Sir* Mulberry Hawk, pois ele avançou e lhe estendeu a mão; e a Sra. Nickleby, ansiosa por ajudar, informou Kate dessa circunstância, e a filha foi obrigada a estender a sua. *Sir* Mulberry apertou-lhe a mão por um instante, enquanto murmurava uma profusão de elogios, os quais Kate, lembrando-se do que se passara entre os dois, considerou corretamente um agravo ao insulto que sofrera. Em seguida, veio o cumprimento de lorde Frederick Verisopht, depois a saudação do Sr. Pyke e do Sr. Pluck e, por fim, para completar a mortificação da jovem, ela foi obrigada, por solicitação da Sra. Wititterly, a realizar a cerimônia de apresentação daquelas pessoas odiosas, por quem ela sentia total desprezo e aversão.

— A Sra. Wititterly está encantada — disse o Sr. Wititterly, esfregando as mãos —, encantada, meu lorde, tenho certeza, com esta oportunidade de travar esse conhecimento que nós, eu espero, aprofundaremos. Julia, minha querida, você não deve ficar tão agitada, não deve. Na verdade, não deve. A Sra. Wititterly é de natureza extremamente frágil, *Sir* Mulberry. A chama de uma vela, o pavio de uma lâmpada, a flor de um pêssego, a asa de uma borboleta. Ela se vai num sopro, meu lorde; basta um sopro.

Sir Mulberry parecia pensar que seria muito conveniente se aquela senhora desaparecesse com um sopro. No entanto, disse que o sentimento era mútuo, e lorde Frederick acrescentou que era mútuo, e então se ouviu a distância um murmúrio dos Srs. Pyke e Pluck dizendo que era realmente muito mútuo.

— Eu tenho um interesse, meu lorde — disse a Sra. Wititterly, com um leve sorriso —, um interesse muito grande pelo teatro.

— S...im. É muito interessante — disse lorde Frederick.

— Sempre adoeço depois de Shakespeare — disse a Sra. Wititterly. — Quase não consigo sobreviver no dia seguinte; tenho uma reação tão grande depois de uma tragédia, meu lorde, e Shakespeare é uma criatura encantadora.

— S...im! — exclamou lorde Frederick. — Ele era um homem inteligente.

— Sabe, meu lorde — disse a Sra, Wititterly, depois de um longo silêncio —, descobri que me interesso muito mais, por suas peças depois que estive naquela casinha escura em que ele nasceu! Já esteve lá, meu lorde?

— Não, nunca — respondeu o lorde.

— Então precisa ir lá, meu lorde — continuou a Sra. Wititterly, com voz lânguida e arrastada. — Não sei o que é, mas, depois que se visita aquele lugar e que se assina o nome naquele livrinho, de alguma forma parece que lhe vem uma inspiração; acende um fogo no íntimo.

— S..im! — disse lorde Frederick. — Certamente irei lá.

— Julia, minha vida — interferiu o Sr. Wititterly —, você está iludindo o nobre lorde... ela está iludindo-o involuntariamente, meu lorde. É seu temperamento poético, minha querida... sua alma etérea... sua imaginação ardente, que lança você num rasgo de genialidade e empolgação. Não há nada lá, minha querida... nada, nada.

— Eu acho que deve haver alguma coisa naquele lugar — disse a Sra. Nickleby, que escutava em silêncio —, pois, logo que me casei, fui a Stratford com meu pobre e querido Sr. Nickleby, numa diligência de Birmingham... mas será que era uma diligência? — considerou a Sra. Nickleby. — Sim, deve ter sido uma diligência, porque me lembro de ter comentado, na ocasião, que o cocheiro tinha uma viseira verde sobre o olho esquerdo; ...numa diligência de Birmingham, e, depois de visitarmos o túmulo de Shakespeare e a casa em que ele nasceu, voltamos para a hospedaria lá, onde dormimos naquela noite, e me lembro de que sonhei a noite inteira com um cavalheiro de preto, de corpo inteiro, de gesso, com uma gola dobrada, presa com duas borlas, recostado num poste, pensando; e, quando acordei pela manhã e descrevi o sonho ao

Sr. Nickleby, ele disse que Shakespeare era exatamente assim quando estava vivo, o que era muito estranho mesmo. Stratford... Stratford — continuou a Sra. Nickleby, em suas considerações. — Sim, tenho certeza disso, porque me lembro de que, na época, eu estava esperando meu filho Nicholas e me assustei com a imagem de um menino italiano naquela mesma manhã. Na verdade, foi uma bênção, senhora — disse a Sra. Nickleby à Sra. Wititterly, num sussurro —, o meu filho não ter nascido um Shakespeare, e que coisa horrível teria sido!

Quando a Sra. Nickleby terminou essa interessante recordação, Pyke e Pluck, sempre zelosos pela causa de seu patrão, propuseram a mudança de uma parte do grupo para o camarote ao lado; e com tanta habilidade introduziram o assunto que Kate, a despeito de tudo que pudesse dizer ou fazer em contrário, não teve alternativa senão suportar ser conduzida por *Sir* Mulberry Hawk. Sua mãe e o Sr. Pluck os acompanharam, mas a digna senhora, envaidecendo-se de sua discrição, teve o cuidado especial de não olhar para a filha durante toda a noite e de parecer totalmente absorvida pelas piadas e conversas do Sr. Pluck, que, tendo sido designado sentinela da Sra. Nickleby para aquele propósito específico, por sua parte, não negligenciou oportunidade alguma de prender sua atenção.

Lorde Frederick Verisopht permaneceu no camarote ao lado para ser o interlocutor da Sra. Wititterly, e o Sr. Pyke ficou para entrar na conversa quando necessário. Quanto ao Sr. Wititterly, ele estava suficientemente ocupado na parte principal do teatro, informando aos amigos e conhecidos que estivessem por lá que aqueles cavalheiros nos camarotes, que eles viram conversando com a Sra. W., eram o ilustre lorde Frederick Verisopht e seu amigo íntimo, o alegre *Sir* Mulberry Hawk — informação essa que inflamou diversas donas de casa respeitáveis de grande raiva e inveja, e levou dezesseis filhas solteiras à beira do desespero.

A noite se encerrou finalmente, mas Kate ainda teve de ser conduzida pela escada pelo detestável *Sir* Mulberry; e tão habilidosas foram as manobras dos Srs. Pyke e Pluck que ela e o baronete ficaram entre os últimos do grupo e até mesmo — sem que parecesse ter havido esforço ou sido planejado — deixados para trás a uma certa distância.

— Não tenha pressa, não tenha pressa — disse *Sir* Mulberry quando Kate acelerou o passo e tentou soltar seu braço.

Ela não deu resposta, mas continuou apressando-se.

— Não, então... — friamente observou *Sir* Mulberry, fazendo-a parar.

— É melhor não tentar me deter, senhor! — disse Kate, irritada.

— E por que não? — retrucou *Sir* Mulberry. — Minha cara jovem, ora, por que manter essa demonstração de desprazer?

— *Demonstração!* — repetiu Kate, indignada. — Como se atreve a falar comigo, senhor... se dirigir a mim... vir à minha presença?

— Fica até mais bonita quando está zangada, Srta. Nickleby — disse *Sir* Mulberry Hawk, baixando-se para melhor ver seu rosto.

— Eu lhe tenho o mais alto horror e desprezo, senhor — disse Kate. — Se sente atração por olhares de nojo e aversão, o senhor... deixe que eu me junte aos meus amigos, senhor, agora mesmo. Qualquer consideração que possa ter me contido até agora, eu a ponho de lado e tomarei uma atitude que até mesmo o *senhor* sentirá, se não me deixar seguir imediatamente.

Sir Mulberry sorriu e, ainda olhando para o rosto dela e segurando-lhe o braço, caminhou em direção à porta.

— Se nenhuma consideração por minha condição de mulher ou infeliz situação o induzir a desistir desta perseguição grosseira e covarde — disse Kate, sem perceber, no tumulto de sua raiva, o que dissera —, eu tenho um irmão que, um dia, tomará uma atitude contra isso.

— Palavra de honra! — exclamou *Sir* Mulberry, como se falando consigo mesmo e passando o braço pela cintura dela enquanto falava. — Ela fica mais bonita, e eu gosto ainda mais dela nesse estado do que quando baixa a vista e fica na mais perfeita serenidade!

Como Kate chegou ao *hall* onde seus amigos a aguardavam, ela nunca descobriu, mas atravessou-o apressada, sem nem sequer olhar para eles e, soltando-se de repente do companheiro, entrou no coche, enfiou-se no canto mais escuro e desatou a chorar.

Os Srs. Pyke e Pluck, percebendo sua deixa, provocaram de imediato uma grande confusão no grupo, chamando as carruagens aos gritos e entrando numa discussão violenta com vários inofensivos circunstantes; em meio a esse tumulto, colocaram a assustada Sra. Nickleby em sua carruagem e a despacharam em segurança, voltando então seus pensamentos para a Sra. Witterly, cuja atenção eles haviam desviado da jovem, deixando-a num estado de grande espanto e consternação.

Por fim, o veículo no qual ela viera partiu com sua carga e os quatro insignes cavalheiros, tendo ficado sozinhos sob o pórtico, riram desbragadamente sozinhos.

— Pronto — disse *Sir* Mulberry, virando-se para seu nobre amigo. — Eu não lhe disse ontem à noite que, se pudéssemos subornar uma criada por meio de nosso amigo e descobrir para onde elas iriam e então nos aproximar da mãe, essas pessoas nos convidariam para ir à casa delas? Ora, tudo feito em vinte e quatro horas.

— S...im — respondeu o tolo. — Mas eu fiquei preso à velha a noite toda.

— Escutem só isso — disse *Sir* Mulberry, voltando-se para os dois amigos. — Escutem esse resmungão descontente. Não é o suficiente para fazer você jurar nunca mais ajudá-lo em seus planos e esquemas? Não é uma vergonha dos diabos?

Pyke perguntou a Pluck se não havia sido uma vergonha dos diabos, e Pluck perguntou a Pyke; mas nenhum dos dois respondeu.

— Não é verdade? — perguntou Frederick Verisopht. — Não foi mesmo?

— Não foi mesmo! — repetiu *Sir* Mulberry. — Como você queria que fosse? Como poderíamos receber um convite geral, à primeira vista – venha quando quiser, volte quando quiser, fique o tempo que quiser, faça o que quiser – se você, o lorde, não tivesse sido agradável à tola dona da casa? E acha que *eu* me importo com essa moça, a não ser como um amigo? Não fiquei a noite toda a elogiar seus dotes ao pé do ouvido dela e a suportar o mau humor e a irritação dela, por você? Do que é que acha que eu sou feito? Acha que eu faria isso por qualquer um? Em troca não mereço nem mesmo gratidão?

— Você é um companheiro danado de bom — disse o pobre lorde, dando o braço ao amigo. — Por Deus, você é um camarada danado de bom, Hawk.

— E eu fiz certo, não fiz? — perguntou *Sir* Mulberry.

— Certíssimo.

— E como um pobre cão, tolo, de bom coração, e amigo como sou, não é mesmo?

— S...im, s...im; como um bom amigo — respondeu o outro.

— Bem, então — replicou *Sir* Mulberry —, estou satisfeito. E agora vamos à nossa vingança do barão alemão e do francês, que limparam você tão bem a noite passada.

Com essas palavras, a amigável criatura tomou o companheiro pelo braço e levou-o dali, virando-se de lado ao fazer isso e dando uma piscadela e um sorriso de desdém para os Srs. Pyke e Pluck, que, mordendo seus lenços para demonstrar em silêncio sua satisfação por todo aquele acontecimento, seguiram o patrão e sua vítima a uma pequena distância.

CAPÍTULO XXVIII

A Srta. Nickleby, desesperada com as impertinências de *Sir* Mulberry Hawk e as complicadas dificuldades e infortúnios que a cercam, apela, como último recurso, para a proteção de seu tio

A manhã seguinte trouxe consigo reflexões, como em geral trazem as manhãs; mas bem diferente foi o fluxo de pensamentos que despertou nas diversas pessoas que, na noite anterior, haviam inesperadamente se reunido pela ágil interferência dos Srs. Pyke e Pluck.

As reflexões de *Sir* Mulberry Hawk — se tal termo pode ser aplicado aos pensamentos desse homem libertino, sistemático e calculista, cujos deleites, pesares, dores e prazeres são essencialmente egoístas, e que parece reter das faculdades intelectuais nada além do poder de se depreciar e de degradar a própria natureza de sua aparência exterior — voltavam-se para Kate Nickleby e eram, em poucas palavras, que ela era, sem dúvida alguma, linda; que sua timidez *deveria* ser facilmente conquistada por um homem de sua habilidade e experiência, e que sua conquista só poderia redundar em seu favor e aumentar muito sua reputação no mundo. E, para que esta última consideração — para *Sir* Mulberry, nem mesquinha nem secundária — não soasse estranha aos ouvidos de algumas pessoas, é importante lembrar que a maioria dos homens vive num mundo próprio e é ávida de distinções e aplausos somente nesse círculo limitado. O mundo de *Sir* Mulberry era permeado de devassos, e ele agia de acordo.

Assim sendo, casos de injustiça, de opressão, de tirania e da mais extravagante intolerância ocorrem com frequência entre nós, todos os dias. É costume alardear grande admiração e espanto diante dos atores principais que assim desafiam de modo tão completo a opinião do mundo; mas não existe falácia maior; é precisamente porque eles consultam a opinião de seu pequeno mundo que essas coisas ocorrem e que deixam o grande mundo perplexo.

As reflexões da Sra. Nickleby eram do maior orgulho e da mais absoluta complacência. E, sob a influência de sua muito agradável ilusão, ela imediatamente sentou-se e escreveu uma longa carta para Kate, na qual expressava sua inteira aprovação pela escolha admirável que ela havia feito e elevava *Sir* Mulberry às alturas; asseverando, para a mais completa satisfação dos sentimentos da filha, que ele era exatamente o indivíduo que ela (Sra. Nickleby) teria escolhido como genro se pudesse fazer essa seleção entre toda a espécie humana. A boa senhora, então, com a observação preliminar de que não poderia ter vivido neste mundo por tanto tempo sem conhecer suas peculiaridades, revelou um grande número de preceitos sutis aplicáveis à fase de namoro e confirmados em sua sabedoria por sua experiência pessoal. Acima de tudo, ela recomendava estrita reserva virginal, como não somente algo louvável em si, mas tendendo concretamente a fortalecer e aumentar a paixão de um pretendente. "E a minha satisfação foi maior do que nunca em toda a minha vida ontem à noite", acrescentou a Sra. Nickleby, "ao observar, minha querida, que seu bom senso já tinha lhe mostrado isso". E, com esse sentimento e várias indicações do prazer que sentira em saber que sua filha herdara uma parte tão grande de seu excelente bom senso e discrição (quase a totalidade que ela esperava que, com o tempo, a filha adquirisse), a Sra. Nickleby concluiu uma carta muito longa e quase ilegível.

A pobre Kate ficou bastante perturbada ao receber quatro páginas, de letra bem junta e apertada, de congratulações sobre o mesmo assunto que a impedira de pregar olhos a noite inteira e que a mantivera chorando e insone em seu quarto; pior ainda, e mais exasperante, era a necessidade de se mostrar agradável à Sra. Wititterly, que, estando deprimida após a fadiga da noite anterior, esperava naturalmente que sua dama de companhia (senão para que recebia as refeições e um salário?) estivesse no melhor estado de espírito possível. Quanto ao Sr. Wititterly, passou o dia todo em tremores de satisfação por haver apertado a mão de um lorde e por tê-lo, na verdade, convidado a ir visitá-lo em sua própria casa. O lorde, por sua vez, que não se permitia o mínimo inconveniente de raciocinar, regalava-se com a conversa dos Srs. Pyke e Pluck, que aguçavam seu veio espirituoso excedendo-se em várias bebidas caras às custas dele.

Eram quatro horas da tarde — quer dizer, a tarde vulgar do sol e do relógio — e a Sra. Wititterly se recostara, como de hábito, no sofá da sala, enquanto Kate lia em voz alta um novo romance em três volumes, intitulado *The Lady Flabella*, que o duvidoso Alphonse trouxera da biblioteca naquela manhã. E era uma obra admiravelmente adequada para uma dama que sofria do mal da Sra. Wititterly, pois não havia nela uma linha sequer, do início ao fim, que despertasse o mínimo interesse em qualquer ser humano.

Kate seguia lendo.

— "Cherizette" — disse Lady Flabella, colocando os pezinhos, semelhantes a camundongos, nas sandálias de cetim azul, o que inconscientemente causou a altercação meio brincalhona, meio raivosa entre ela e o jovem coronel Befillaire no *salon de danse* do duque Mincefenille, na noite anterior. "Cherizette, ma chere, donnez-moi de l'eau-de-Cologne, s'il vous plait, mon enfant."

— "Merci... obrigada" — disse Lady Flabella enquanto a alegre, mas dedicada Cherizette borrifava, abundantemente, com uma substância perfumada o *mouchoir* de Lady Flabella da mais fina cambraia, debruada com delicadíssima renda e decorada nos quatro cantos com a insígnia dos Flabella e os brilhantes sinais heráldicos daquela nobre família. *Merci*... isso basta.

"Nesse instante, enquanto Lady Flabella inalava aquela deliciosa fragrância levando o *mouchoir* a seu belo e cuidadosamente cinzelado nariz, a porta do *boudoir* (artisticamente ocultada por ricas tapeçarias de sedoso damasco, na tonalidade do céu da Itália) foi aberta e, com passos silenciosos, dois *valets-de-chambre*, trajando uniformes suntuosos da cor de flores do pessegueiro e dourada, entraram na sala seguidos por um pajem com *bas de soie* — meias de seda — que, enquanto os dois permaneciam a certa distância fazendo as mais graciosas mesuras, se aproximou de sua encantadora patroa e, ajoelhando-se a seus pés, apresentou um *billet* perfumado numa salva de ouro brilhantemente trabalhada."

"Lady Flabella, com uma agitação incontida, apressou-se em rasgar o *envelope* e quebrar o selo recendente. *Era* de Befillaire — o jovem, o esbelto, o sereno — *seu próprio* Befillaire."

— Ah, encantador! — interrompeu a patroa de Kate, que às vezes se tornava literária. — Poético, realmente. Leia essa descrição de novo, Srta. Nickleby.

Kate obedeceu.

— Maravilhoso, na verdade! — disse a Sra. Wititterly, suspirando. — Tão voluptuoso, tão suave, não é?

— É, acho que é — respondeu Kate, gentilmente —, muito suave.

— Feche o livro, Srta. Nickleby — disse a Sra. Wititterly. — Não consigo ouvir mais nada hoje; não gostaria de perturbar a impressão causada por essa doce descrição. Feche o livro.

Kate acedeu, de bom grado; e, quando assim o fez, a Sra. Wititterly, erguendo o copo com uma mão lânguida, disse que ela estava pálida.

— Foi o susto com o... o barulho e a confusão de ontem à noite — disse Kate.

— Que estranho! — exclamou a Sra. Wititterly, com um olhar de surpresa. Mas, é claro, pensando bem, *era* mesmo estranho que algo abalasse uma dama de companhia. Uma máquina a vapor ou outro equipamento engenhoso quebrado não teriam significado nada.

— Como conheceu lorde Frederick e aquelas outras criaturas maravilhosas, filha? — perguntou a Sra. Wititterly, ainda examinando Kate através de seu copo.

— Fui apresentada a eles na casa do meu tio — disse Kate, envergonhada ao sentir que havia enrubescido fortemente, mas incapaz de controlar o fluxo de sangue que lhe subia ao rosto sempre que pensava naquele homem.

— Conhece esses senhores há muito tempo?

— Não — respondeu Kate. — Não muito.

— Fiquei muito satisfeita com a oportunidade que aquela respeitável senhora, sua mãe, nos deu de conhecê-los — disse a Sra. Wititterly, com um ar superior. — Alguns amigos nossos estavam a ponto de nos apresentar a eles, o que torna isso extraordinário.

Essa observação foi feita para que a Srta. Nickleby não se vangloriasse da honra e da dignidade de ter conhecido quatro grandes personalidades (pois Pyke e Pluck foram incluídos entre essas maravilhosas criaturas) que a Sra. Wititterly não conhecia. No entanto, como as circunstâncias não haviam causado nenhuma impressão na mente de Kate de uma maneira ou de outra, o objetivo da observação lhe passou despercebido.

— Eles pediram permissão para nos fazer uma visita — disse a Sra. Wititterly. — E eu dei, naturalmente.

— A senhora está esperando seus convidados hoje? — Kate se aventurou a perguntar.

A resposta da Sra. Wititterly se perdeu em meio ao barulho de uma forte batida na porta da frente e, antes mesmo que a vibração cessasse, parou diante da casa um belo cabriolé, do qual desceram *Sir* Mulberry Hawk e seu amigo lorde Frederick.

— Eles chegaram — disse Kate, levantando-se e apressando-se em sair dali.

— Srta. Nickleby! — disse a Sra. Wititterly, totalmente surpresa ao ver sua dama de companhia tentar deixar a sala sem ter pedido e obtido sua permissão. — Por favor, não pense em sair.

— A senhora é muito bondosa — respondeu Kate. — Mas...

— Pelo amor de Deus, não me faça falar tanto; isso me deixa agitada — disse a Sra. Wititterly, rispidamente. — Nossa, Srta. Nickleby, eu lhe peço...

De nada adiantou os protestos de Kate alegando um mal-estar, pois os passos de quem quer que estivesse à porta já eram ouvidos na escada. Mal ela retomara seu lugar na cadeira, o hesitante pajem entrou na sala e anunciou o Sr. Pyke e o Sr. Pluck, lorde Frederick e *Sir* Mulberry Hawk, todos entrando de uma só vez.

— A coisa mais extraordinária do mundo — disse o Sr. Pluck, saudando as damas com a maior cordialidade —, a coisa mais extraordinária. No instante em que lorde Frederick e *Sir* Mulberry chegaram de cabriolé, Pyke e eu tínhamos acabado de bater à porta.

— Acabado de bater à porta — repetiu Pyke.

— Não importa como vieram, desde que estejam aqui — disse a Sra. Wititterly, que, pela força do hábito de sentar-se no sofá por três anos e meio, havia desenvolvido algumas pantomimas de atitudes graciosas e agora se lançava nas mais impressionantes da série para surpreender os visitantes. — Estou maravilhada, com certeza.

— E a Srta. Nickleby, como vai? — perguntou *Sir* Mulberry Hawk, dirigindo-se a Kate em voz baixa, não tão baixa, no entanto, que não chegasse aos ouvidos da Sra. Wititterly.

— Ora, ela está se queixando do susto de ontem à noite — disse a mulher. — Isso não me admira, pois meus nervos estão em frangalhos.

— E, no entanto, a senhora parece estar... — observou *Sir* Mulberry, virando-se — e, no entanto, a senhora está...

— Muito bem — disse o Sr. Pyke, indo em auxílio de seu patrão. Claro que o Sr. Pluck disse a mesma coisa.

— Acho que *Sir* Mulberry é um lisonjeador, meu lorde — disse a Sra. Wititterly, virando-se para o jovem cavalheiro, que chupava o cabo de sua bengala em silêncio e olhava para Kate.

— Ah, demais! — observou Verisopht. Após esse notável comentário, ele se ocupou como anteriormente.

— Nem a Srta. Nickleby parece estar mal — disse *Sir* Mulberry, dirigindo um olhar impertinente à moça. — Ela sempre foi bonita, mas, por minha alma, a senhora parece também ter passado para ela um pouco de sua beleza.

A julgar pelo rubor que tomou o rosto da pobre moça após essa fala, parecia claro que a Sra. Wititterly houvesse contribuído para isso com um pouco do brilho artificial que adornava suas próprias faces. A Sra. Wititterly admitiu, embora não com a maior sinceridade do mundo, que Kate era, *sim*, bonita. Começou a pensar, também, que *Sir* Mulberry não era a criatura adorável que imaginara; pois, apesar de um lisonjeador habilidoso ser uma maravilhosa companhia quando se pode mantê-lo voltado todo para si, seu gosto torna-se muito duvidoso quando ele passa a elogiar outras pessoas.

— Pyke — disse o atento Sr. Pluck, observando o efeito que o elogio produzira na Srta. Nickleby.

— Sim, Pluck — disse Pyke.

— Você não acha — perguntou o Sr. Pluck, misteriosamente — que o perfil da Sra. Wititterly lhe lembra alguém?

— Lembra-me alguém? — repetiu Pyke. — Claro que sim.

— Quem? — continuou Pluck, da mesma maneira misteriosa. — A D. de B.?

— A C. de B. — respondeu Pyke, com um leve sorriso no rosto. — A bela irmã é a condessa; não a duquesa.

— É verdade — disse Pluck —, a C. de B. A semelhança é esplêndida!

— Totalmente incrível — disse o Sr. Pyke.

E assim eram as coisas! A Sra. Wititterly foi declarada, pelo depoimento de duas testemunhas verazes e competentes, a verdadeira imagem de uma condessa! Essa era uma das consequências de passar a fazer parte da boa sociedade. Ora, ela poderia viver entre pessoas comuns por vinte anos e nunca ouvir falar nisso. E como poderia? O que *elas* sabem sobre condessas?

    Os dois cavalheiros tendo, pela ganância com que essa pequena isca foi engolida, testado a extensão do apetite da Sra. Wititterly por adulação, passaram a administrar essa vantagem em grandes doses, dando assim a *Sir* Mulberry Hawk a oportunidade de importunar a Srta. Nickleby com perguntas e comentários, aos quais ela era absolutamente obrigada a responder. Enquanto isso, lorde Verisopht deliciava-se sossegado com o completo sabor do cabo de ouro de sua bengala, como teria feito até o fim do colóquio, se o Sr. Wititterly não tivesse voltado para casa e desviado a conversa para seu tópico favorito.

    — Meu lorde — disse o Sr. Wititterly —, estou maravilhado... honrado... orgulhoso. Sente-se um pouco mais, meu lorde, por favor. Estou orgulhoso, na verdade... muito orgulhoso.

    Tudo isso que o Sr. Wititterly disse causara uma secreta contrariedade em sua mulher, pois, embora ela estivesse explodindo de orgulho e arrogância, preferiria que os ilustres visitantes acreditassem que sua visita fosse um acontecimento bem corriqueiro e que eles recebiam lordes e baronetes todos os dias da semana. Mas o Sr. Wititterly não conseguia conter as emoções.

    — É uma honra, na verdade! — disse o Sr. Wititterly. — Julia, minha alma, você vai sofrer por causa disso amanhã.

    — Sofrer? — admirou-se lorde Frederick.

    — A reação, meu lorde, a reação — disse o Sr. Wititterly. — As consequências deste esforço violento sobre o sistema nervoso, meu lorde. Um cansaço, uma depressão, uma moleza, uma lassidão, uma debilidade. Meu lorde, se *Sir* Tumley Snuffim visse essa delicada criatura neste momento, ele não daria um... um... *isto* pela vida dela. — Como ilustração desse comentário, o Sr. Wititterly pegou uma pitada de rapé de sua caixa e lançou-a de leve no ar como um emblema de instabilidade.

    — Não daria *isto* — disse o Sr. Wititterly, olhando ao redor com um semblante sério. — *Sir* Tumley Snuffim não daria isso pela vida da Sra. Wititterly.

    O Sr. Wititterly fez esse comentário com uma espécie de sóbria exultação, como se não fizesse a mínima diferença para um homem ter uma mulher nesse estado desolador, e a Sra. Wititterly suspirou e manteve o olhar fixo, como se sentisse a honra, mas estivesse determinada a suportá-la da maneira mais suave possível.

— A Sra. Wititterly — disse o marido — é a paciente predileta de *Sir* Tumley Snuffim. Creio que posso me aventurar a dizer que a Sra. Wititterly foi a primeira pessoa a tomar o remédio novo que, dizem, destruiu uma família em Kensington Gravel Pits. Creio que foi. Se eu estiver errado, Julia, minha querida, me corrija.

— Acho que fui eu, sim — disse a Sra. Wititterly, com voz fraca.

Como parecia haver certa dúvida na mente de seu patrão quanto à melhor maneira de participar da conversa, o infatigável Sr. Pyke aproveitou a brecha e, dizendo algo em relação ao assunto, perguntou — referindo-se ao remédio mencionado — se era bom.

— Não, senhor, não era. Não tinha nem mesmo essa recomendação — disse o Sr. W.

— A Sra. Wititterly é uma verdadeira mártir — observou Pyke, com uma mesura cortês.

— *Acho* que sou — disse a Sra. Wititterly, sorrindo.

— Eu acho que você é, minha querida Julia — observou o marido, num tom que parecia dizer que não era vaidoso, mas que, ainda assim, deveria insistir nos privilégios deles. — Se alguém, meu lorde — acrescentou, circundando o nobre —, me apresentar um mártir maior do que a Sra. Wititterly, tudo que eu posso dizer é que terei imenso prazer em conhecê-lo, homem ou mulher... é isso, meu lorde.

Pyke e Pluck prontamente observaram que, sem dúvida, nada poderia ser mais justo do que aquilo; e, como a visita já fora estendida por muito tempo, eles obedeceram ao olhar de *Sir* Mulberry e levantaram-se para partir. Isso fez com que *Sir* Mulberry e lorde Frederick ficassem de pé também. Muitas declarações de amizade e manifestações antecipadas de prazer que inevitavelmente derivariam desse feliz encontro foram trocadas, e os visitantes partiram com garantias renovadas de que, em todas as épocas e ocasiões, a mansão dos Wititterly ficaria honrada em recebê-los sob seu teto.

E lá eles foram em todas as épocas e estações — jantaram lá num dia, lancharam em outro, jantaram novamente no seguinte e sempre apareciam —, organizaram visitas em conjunto a lugares públicos e encontraram-se acidentalmente em saguões — ocasiões estas em que a Srta. Nickleby era exposta à constante e incansável perseguição de *Sir* Mulberry Hawk, que agora começava a sentir-se, até mesmo na avaliação de seus dois dependentes, envolvido na exitosa redução do orgulho da moça e ela não tinha intervalos de paz e descanso, exceto nas horas em que, sentada em seu solitário quarto, lamentava as provações do dia —; tudo isso, consequência natural dos planos bem-feitos de *Sir* Mulberry e da habilidosa execução por seus auxiliares Pyke e Pluck.

E assim continuou essa situação por quinze dias. Desnecessário se faz dizer que todos, exceto os mais fracos e tolos, teriam notado numa conversa que lorde Frederick Verisopht, embora fosse um lorde, e *Sir* Mulberry Hawk, embora fosse um baronete, não eram pessoas normalmente consideradas a melhor das companhias e de certo não se distinguiam, a julgar por hábitos, modos, gostos ou conversas, com grande brilho na companhia das damas. Porém, com a Sra. Wititterly, os dois títulos eram suficientes; indelicadezas tornaram-se piadas, a vulgaridade se suavizou e se transformou na mais charmosa excentricidade; a insolência adotou o disfarce de falta de reserva, alcançada somente por aqueles que haviam tido a boa sorte de se misturar às pessoas da alta sociedade.

Se a patroa demonstrou tanta tolerância com o comportamento de seus novos amigos, o que poderia sua dama de companhia dizer contra eles? Se eles se acostumaram a pouco se conter diante da dona da casa, com que liberdade então não poderiam se dirigir à dependente financeira dela? E isso não era o pior. À medida que o odioso *Sir* Mulberry Hawk se aproximava de Kate com menos dissimulação, a Sra. Wititterly começou a sentir ciúmes dos grandes encantos da Srta. Nickleby. Se esse sentimento tivesse provocado a expulsão de Kate da sala de visitas quando essas pessoas estavam lá, ela teria ficado feliz e recebido essa decisão de bom grado, mas, infelizmente, ela tinha uma graça natural e modos autenticamente nobres, além de milhares de talentos sem nome que dão à sociedade feminina o seu maior encanto; se essas coisas eram valiosas em algum lugar, seu valor passava a ser excepcional onde a dona da casa era uma mera boneca animada. Em consequência, Kate sofria dupla humilhação: a de ser parte indispensável do círculo quando *Sir* Mulberry e seus amigos estavam presentes; e a de ter de ser exposta, pela mesma razão, ao mau humor e a todos os caprichos da Sra. Wititterly quando eles partiam. A moça se tornou total e completamente infeliz.

A Sra. Wititterly não retirara a máscara com relação a *Sir* Mulberry, mas, quando estava mais irritada do que o habitual, atribuía essa circunstância, como o fazem às vezes as mulheres, a indisposições nervosas. Entretanto, quando surgiu em sua mente e gradualmente se desenvolveu a terrível ideia de que lorde Frederick Verisopht também sentia atração por Kate, e de que ela, Sra. Wititterly, era pessoa secundária, ela foi tomada da maior, mais virtuosa e mais respeitável indignação e considerou seu dever, como mulher casada e membro de princípios da sociedade, mencionar a circunstância à "jovenzinha" sem demora.

Assim, na manhã seguinte, durante uma pausa na leitura do romance, a Sra. Wititterly declarou com franqueza.

— Srta. Nickleby — disse a Sra. Wititterly —, precisamos ter uma conversa séria. Sinto muito ter que lhe dizer isso, sinceramente, sinto muitíssimo, mas não me deixa alternativa, Srta. Nickleby.

Nesse ponto, a Sra. Wititterly sacudiu a cabeça, não com paixão, mas de forma honrada, e observou, com certa agitação, temer que as palpitações de seu coração estivessem voltando.

— Seu comportamento, Srta. Nickleby — continuou a mulher —, está longe de me agradar... muito longe. Desejo ansiosamente que a senhorita alcance o que deseja, mas, pode ficar certa, Srta. Nickleby, que, se continuar assim, não vai conseguir.

— Minha senhora! — exclamou Kate, altivamente.

— Não me perturbe falando dessa maneira, Srta. Nickleby, não faça isso — disse a Sra. Wititterly, com certa violência — ou me obriga a tocar a sineta.

Kate olhou para ela, mas não disse nada.

— E não pense — continuou a Sra. Wititterly — que olhando para mim dessa forma, Srta. Nickleby, vai me impedir de dizer o que tenho a dizer, e que considero um dever religioso. Não precisa dirigir esse olhar para mim — disse a Sra. Wititterly, numa súbita explosão de rancor. — *Eu* não sou *Sir* Mulberry, não, nem lorde Frederick Verisopht, Srta. Nickleby, tampouco o Sr. Pyke ou o Sr. Pluck.

Kate olhou para ela outra vez, porém encarando-a menos do que antes; e, apoiando um cotovelo na mesa, cobriu os olhos com a mão.

— Se essas coisas tivessem acontecido quando *eu* era jovem — disse a Sra. Wititterly (isso, a propósito, devia ter sido já há certo tempo) —, creio que ninguém teria acreditado.

— Creio que não — murmurou Kate. — Acho que ninguém acreditaria, sem realmente saber, no que pareço estar condenada a sofrer!

— Não me fale em estar condenada a sofrer, Srta. Nickleby, por favor — disse a Sra. Wititterly, com um tom surpreendentemente agudo para uma pessoa tão fraca. — Não aceito que me respondam, Srta. Nickleby. Não estou acostumada a ser contestada e não permitirei isso nem por um instante. Está me ouvindo? — ela acrescentou, esperando, com certa incongruência, por uma *resposta*.

— Estou ouvindo, senhora — respondeu Kate —, com surpresa... uma surpresa maior do que posso expressar.

— Sempre considerei a senhorita uma pessoa particularmente bem-educada para a posição que ocupa na sociedade — disse a Sra. Wititterly. — E, como tem uma aparência saudável, veste-se bem etc., interessei-me pela senhorita, como ainda me interesso, considerando que tenho certo dever para com aquela senhora respeitável, sua mãe. Por essa razão, Srta. Nickleby, devo lhe dizer de uma vez por todas e lhe pedir que preste atenção ao que digo, que insisto para que mude imediatamente essa sua conduta saliente diante dos cavalheiros que frequentam esta casa. Na verdade, não assenta bem — disse a Sra. Wititterly, fechando seus castos olhos enquanto falava —, é imprópria... bastante imprópria.

— Ah! — exclamou Kate, erguendo os olhos e cruzando as mãos. — Não seria isso... Não seria isso cruel demais, duro demais para suportar? Já não basta o que tenho sofrido, dia e noite, que tenha quase perdido minha autoestima pela vergonha de estar em contato com essas pessoas? Preciso agora também estar exposta a essa acusação injusta e infundada?

— Faça o favor de lembrar, Srta. Nickleby — disse a Sra. Wititterly —, que, quando usa os termos "injusto" e "infundado", está, de fato, me acusando de dizer o que não é verdade.

— Digo, sim — retrucou Kate com sincera indignação. — Quer essa acusação seja feita pela senhora, quer venha de outras pessoas, não faz diferença para mim. Eu afirmo que ela é falsa, desprezível, grosseira e intencionalmente mentirosa. Será possível que alguém, do meu próprio sexo, possa ter estado presente e não ter visto o tormento que esses homens me causaram? Será possível que a senhora, estando ali, não tenha percebido a impertinência do olhar desses homens dirigido a mim? Será possível que a senhora não tenha visto que esses libertinos, numa total falta de respeito para com a senhora e um completo descaso pela conduta digna de cavalheiros, e quase pela decência, tinham um único objetivo ao se apresentarem aqui, e que as manobras deles em direção a uma moça desamparada, indefesa que, sem esta confissão humilhante, teria esperado receber de uma mulher de bem mais idade do que ela algo como proteção e solidariedade femininas? Eu não... não posso acreditar nisso!

Se a pobre Kate tivesse um pouco mais de conhecimento do mundo, certamente não teria ousado, mesmo diante da comoção em que se vira apanhada, fazer uma crítica imprudente como essa. Seu efeito foi exatamente o que um observador mais experiente teria previsto. A Sra. Witittterly recebeu o ataque a sua veracidade com exemplar tranquilidade e escutou com a mais heroica firmeza o relato dos sofrimentos da própria Kate. Porém, diante da alusão de que fora desconsiderada pelos cavalheiros, a Sra. Witittterly demonstrou violenta emoção e, quando este golpe foi seguido pela menção à sua idade, ela jogou-se no sofá dando gritos sinistros.

— O que é que está havendo? — gritou o Sr. Witittterly, irrompendo na sala. — Santo Deus, o que é isso? Julia! Julia! Olhe para mim, minha vida, olhe para mim!

Mas Julia persistia em olhar para baixo e gritava ainda mais alto; então, o Sr. Witittterly tocou a sineta e saltou freneticamente em torno do sofá no qual se encontrava a Sra. Witittterly, gritando sem parar por *Sir* Tumley Snuffim e sem parar para pedir explicações da cena diante de si.

— Vá correndo chamar *Sir* Tumley — disse o Sr. Witittterly, ameaçando o pajem com os punhos cerrados. — Eu sabia, Srta. Nickleby — ele disse, olhando a seu redor com um ar de melancólico triunfo —, que essas visitas eram demais para ela. É tudo emocional, sabe, tudo.

Com essa afirmação, o Sr. Witittterly pegou o corpo prostrado da Sra. Witittterly e levou-a para a cama.

Kate esperou até que *Sir* Tumley Snuffim tivesse terminado a visita e informado que, por especial intervenção da misericordiosa Providência (assim falou *Sir* Tumley), a Sra. Wititterly adormecera. Ela então se apressou em trocar de roupa para sair e, deixando um recado de que retornaria dentro de duas horas, partiu em direção à casa de seu tio.

Fora um ótimo dia para Ralph Nickleby — um dia de sorte. Enquanto ele andava de um lado para o outro na pequena sala dos fundos com as mãos cruzadas nas costas, somando mentalmente todo o lucro líquido obtido, ou por obter, nos negócios daquela manhã, sua boca contraía-se em um sorriso duro e sério e a firmeza das linhas e curvas que constituíam esse sorriso, bem como o olhar astuto de seus olhos frios e brilhantes, pareciam dizer que, se alguma resolução ou esperteza viesse a aumentar seus lucros, ele não hesitaria em pô-la em ação para alcançar seu objetivo.

— Muito bem! — disse Ralph, aludindo, sem dúvida, a algum acontecimento do dia. — Ele quer desafiar o usurário, não é? Bem, veremos. "A honestidade é a melhor política", não é? Tentaremos isso também.

Ele parou e depois voltou a andar.

— Ele se contenta — disse Ralph, relaxando num sorriso — em contrapor sua personalidade e conduta ao poder do dinheiro... vil metal, como ele chama. Ora, que estúpido que este sujeito deve ser! Vil metal, vil metal! Quem está aí?

— Eu — disse Newman Noggs, apresentando-se. — Sua sobrinha.

— O que tem a minha sobrinha? — perguntou Ralph rispidamente.

— Ela está aqui.

— Aqui?

Newman fez um movimento de cabeça em direção a seu pequeno cômodo, para indicar que ela estava esperando ali.

— O que ela quer? — perguntou Ralph.

— Eu não sei — respondeu Newman. — Devo perguntar? — acrescentou rapidamente.

— Não — respondeu Ralph. — Traga-a até aqui. Espere.

Ele rapidamente guardou um cofre trancado com cadeado que estava sobre a mesa e colocou em seu lugar uma bolsa vazia.

— Pronto — disse Ralph. — *Agora* ela pode entrar.

Newman, com um sorriso sombrio diante daquela manobra, fez sinal para que a moça entrasse e, depois de colocar uma cadeira para ela, retirou-se; virando a cabeça e olhando furtivamente para Ralph, à medida que deixava a sala manquejando devagar.

— Ora — disse Ralph, com severidade; ainda assim, com um pouco mais de bondade em seus modos do que exibiria diante de qualquer outra pessoa. — Ora, minha... querida. O que há agora?

Kate ergueu os olhos, que estavam cheios de lágrimas, e, com um esforço para controlar sua emoção, tentou falar, mas em vão. Então, abaixando a cabeça novamente, permaneceu em silêncio. Seu rosto não era visível pelo tio, mas Ralph pôde perceber que ela chorava.

"Posso imaginar a causa disto!", Ralph pensou, depois de olhar para ela por certo tempo em silêncio. "Posso... posso... adivinhar a causa. Ora! Ora!", pensou ele, naquele momento um tanto desconcertado ao ver a angústia de sua bela sobrinha. "Que mal fará? Apenas algumas lágrimas; e é uma excelente lição para ela, uma excelente lição."

— O que houve? — perguntou Ralph, puxando uma cadeira e sentando-se em frente a ela.

Ele foi tomado de surpresa pela súbita firmeza com que Kate ergueu a vista e lhe respondeu.

— O que me traz aqui até o senhor — ela disse — é algo que fará seu sangue subir ao rosto e o deixará enojado quando souber, como me deixa ao lhe contar. Eu fui desrespeitada; meus sentimentos foram ultrajados, insultados, feridos além da cura, e por seus amigos.

— Amigos! — exclamou Ralph, severamente. — *Eu* não tenho amigos, menina.

— Pelos homens que eu conheci aqui, então — replicou Kate, rapidamente. — Se não eram seus amigos, e o senhor sabia quem eles eram... ah, o senhor me envergonha ainda mais, tio, por ter me trazido para o meio deles. Ter me sujeitado ao que fui exposta aqui, por uma confiança depositada em pessoa indigna ou por não saber quem eram os seus convidados, teria requerido uma forte desculpa; mas fazer isso... como acredito que fez... conhecendo-os bem foi extremamente covarde e cruel.

Ralph recuou, estupefato, diante dessa fala direta e encarou Kate com o mais severo dos olhares. Mas ela enfrentou aquele olhar com orgulho e firmeza e, apesar do rosto pálido, parecia mais nobre e mais bela, inflamada como estava, do que jamais parecera.

— Há algo do sangue daquele rapaz em você — disse Ralph, falando em seu mais ríspido tom, quando algo naqueles olhos faiscantes o fez lembrar Nicholas no seu último encontro.

— Espero que haja! — retrucou Kate. — Para mim, é um orgulho saber disso. Sou jovem, tio, e todas as dificuldades e privações por que tenho passado me fazem abaixar a cabeça, mas hoje fui provocada além dos limites e, aconteça o que acontecer, eu *não vou*, como filha de seu irmão, tolerar mais esses insultos.

— Que insultos, menina? — perguntou Ralph, com rispidez.

— Lembre-se do que aconteceu aqui e faça essa pergunta ao senhor mesmo — respondeu Kate, enrubescendo profundamente. — Tio, o senhor precisa me livrar... e tenho certeza de que vai me livrar... da companhia degradante e detestável a que ando exposta agora. Eu não quis — disse Kate aproximando-se do velho tio e pondo uma mão em seu ombro —, não tenho raiva nem quis ser grosseira... e peço desculpas se pareci assim, querido tio... mas o senhor não sabe pelo que estou passando, não sabe mesmo. Não entende o coração de uma moça... nem eu tenho o direito de esperar isso; mas, sabendo agora como me sinto infeliz e humilhada, tenho certeza de que vai me ajudar. Tenho certeza, tenho certeza de que vai me ajudar!

Ralph olhou para ela um instante; então, virou a cabeça para o lado e bateu o pé no chão, nervoso.

— Esperei dia após dia — disse Kate, inclinando-se sobre ele e timidamente colocando sua mão pequena sobre a dele — que essa perseguição acabasse; esperei dia após dia, forçada a assumir uma postura agradável, quando me sentia muito infeliz. Eu não tinha ninguém que me aconselhasse, me orientasse, me protegesse. A minha mãe acha que eles são homens dignos, ricos e distintos, e como *posso* eu... como posso abrir os olhos dela... quando fica tão feliz com essas pequenas ilusões, que são as únicas alegrias que ela tem? A senhora, em cuja casa o senhor me colocou, não é uma pessoa em quem eu possa confiar questões tão delicadas, e então resolvi vir pedir ao senhor, o único amigo que tenho por perto... quase meu único amigo... implorar que me ajude.

— Como *eu* posso ajudá-la, menina? — perguntou Ralph, levantando-se da cadeira e andando de um lado para outro da sala, em sua velha atitude.

— O senhor tem influência sobre um desses homens, eu *sei* — continuou Kate, enfaticamente. — Uma palavra sua não seria o bastante para fazê-los desistir dessa conduta indigna?

— Não — respondeu Ralph, voltando-se para ela subitamente —, mesmo que eu quisesse, não poderia.

— Não poderia?

— Não — disse Ralph, parando de forma brusca e apertando as mãos nas costas. — Não poderia pedir isso a eles.

Kate recuou uns passos e olhou para o tio, como se em dúvida de ter ouvido corretamente.

— Nós temos negócios — disse Ralph, aprumando-se ora na ponta dos pés, ora nos calcanhares e encarando a sobrinha friamente —, temos negócios e não posso ofendê-los. E, afinal de contas, o que é isso? Todos nós temos nossas dificuldades, e esta é uma das suas. Algumas moças ficariam orgulhosas de ter galanteadores como esses aos pés delas.

— Orgulhosas? — reagiu Kate.

— Eu só tenho a dizer — retomou Ralph, erguendo o dedo indicador — que você está certa em desprezá-los; você mostra o seu bom senso nisso, como na verdade descobri desde a primeira vez. Bem. Em todos os outros aspectos, você está indo de maneira confortável. Suportar isso não é demais. Se esse jovem lorde segue as suas pegadas e lhe sussurra tolices ao ouvido, que mal há nisso? É uma paixão desonrosa. Então que seja; não vai demorar muito. Alguma outra novidade surgirá um dia, e você ficará livre. Enquanto isso...

— Enquanto isso — interrompeu Kate, com elegante brio e indignação —, eu devo me tornar o alvo de escárnio do meu próprio sexo e o brinquedo do outro; ser condenada, justamente, por todas as mulheres de bons sentimentos e desprezada por todos os homens honestos e dignos; rebaixada na minha autoestima e degradada a todos os olhos que se dirigirem a mim. Não, nem que eu trabalhe até afinar meus ossos, nem que eu seja levada às tarefas mais árduas e mais pesadas. Não me interprete mal. Não vou desonrar a sua recomendação. Permanecerei na casa na qual ela foi aceita até que eu receba permissão para sair, de acordo com os termos da minha contratação; mas, lembre-se, eu não receberei aqueles homens nunca mais. Quando encerrar o contrato, me esconderei deles e do senhor e, lutando para sustentar a minha mãe com trabalhos árduos, viverei pelo menos em paz e confiante na ajuda de Deus.

Com essas palavras, fez um aceno de mão e saiu da sala, deixando Ralph Nickleby imóvel como uma estátua.

A surpresa com que Kate, ao fechar a porta da sala, viu Newman Noggs ali ao lado, empertigado num pequeno vão na parede, como um espantalho, ou um Guy Faux, montado nos meses de inverno, quase a fez saudá-lo em voz alta. Mas, quando Newman levou o dedo aos lábios, ela teve a presença de espírito de se refrear.

— Não — disse Newman, saindo de seu nicho e acompanhando-a pelo vestíbulo. — Não chore, não chore.

Duas lágrimas muito grandes, a propósito, escorriam pelo rosto de Newman enquanto ele falava.

— Eu sei como é — disse o pobre Noggs, tirando do bolso o que parecia um paninho de pó bem velho e enxugando os olhos de Kate com ele, com a mesma suavidade com que enxugaria os de uma criancinha. — A senhorita está desabafando agora. Sim, sim, muito bem; está certo, acho bom assim. Foi correto não chorar na frente do seu tio. Sim, sim. Ha, ha, ha! Ah, sim. Pobrezinha!

Com essas exclamações incoerentes, Newman secou os próprios olhos com o paninho antes mencionado e, manquejando até a porta, abriu-a para que ela saísse.

— Não chore mais — sussurrou Newman. — Vou visitar a senhorita em breve. Ha! Ha! Ha! E outra pessoa também. Sim, sim. Ho! Ho!

— Deus o abençoe — disse Kate, saindo depressa. — Deus o abençoe.

— A senhorita também — acrescentou Newman, entreabrindo a porta de novo para dizer isso. — Ha, ha, ha! Ho! Ho! Ho!

E Newman Noggs abriu a porta outra vez para acenar alegremente com a cabeça e rir — e fechou-a para balançá-la tristemente e chorar.

Ralph permaneceu na mesma atitude até ouvir o barulho da porta fechando-se, quando deu de ombros e, após umas voltas em torno da sala — veloz a princípio e gradualmente reduzindo o passo, à medida que voltava a si —, sentou-se à escrivaninha.

É um desses problemas da natureza humana que podem ser registrados, mas não solucionados — embora Ralph não sentisse remorso naquele momento por sua conduta para com aquela jovem, inocente e honesta; embora seus clientes libertinos houvessem feito exatamente o que ele esperava, exatamente o que ele mais queria e exatamente o que lhe seria mais vantajoso, ainda assim, ele os detestava por terem feito aquilo, do fundo de sua alma.

— Ora! — exclamou Ralph, de cenho fechado e balançando os punhos cerrados, quando os rostos dos dois libertinos surgiram em sua mente. — Vocês vão pagar por isso. Ah, vão pagar por isso!

Enquanto o usurário voltava-se para seus livros e papéis em busca de consolo, algo se desenrolava do lado de fora da porta de seu escritório, que lhe teria causado grande surpresa se ele pudesse de alguma maneira saber do que se tratava.

Newman Noggs era o único ator. Estava a pouca distância da porta, com o rosto voltado para ela. E, com as mangas de seu casaco dobradas no pulso, desferia os mais vigorosos, científicos e diretos golpes no ar.

À primeira vista, isso teria meramente parecido uma sábia precaução de um homem de hábitos sedentários, com o objetivo de expandir o tórax e fortalecer os músculos dos braços. Entretanto, a intensa ansiedade e a alegria estampadas no rosto de Newman Noggs, que estava coberto de suor, a surpreendente energia com que ele dirigia uma sucessão de golpes a determinado painel de cerca de um metro e setenta de altura, e ainda prosseguia de maneira incansável e persistente, teriam muito bem revelado ao observador atento que sua imaginação espancava, quase no limite da vida, o mais ativo dos patrões — o Sr. Ralph Nickleby.

CAPÍTULO XXIX

Sobre o prosseguimento das ações de Nicholas e certas divisões internas na companhia do Sr. Vincent Crummles

O sucesso inesperado e as boas graças com que sua experiência fora recebida em Portsmouth induziram o Sr. Crummles a prolongar sua estada naquela cidade por quinze dias além do período que ele havia originalmente determinado para aquela visita — tempo durante o qual Nicholas interpretara uma grande variedade de personagens com ininterrupto sucesso e atraíra ao teatro tantas pessoas que nunca haviam sido vistas lá que uma apresentação em seu benefício foi considerada pelo diretor uma promissora especulação. Nicholas tendo concordado com os termos propostos, o espetáculo foi realizado e, com isso, obteve uma soma não inferior a vinte libras.

Detentor dessa inesperada fortuna, sua primeira medida foi enviar para o honesto John Browdie a importância de seu amigável empréstimo, acompanhada de um bilhete com muitas expressões de gratidão e estima e cordiais votos de felicidade matrimonial. Para Newman Noggs, ele enviou metade da soma que havia obtido, pedindo-lhe que procurasse entregá-la a Kate em segredo e transmitisse a ela a mais calorosa promessa de seu amor e carinho. Não fez menção alguma ao tipo de trabalho no qual estava engajado; informou a Newman apenas que uma carta a ele endereçada, com o nome que havia assumido, logo lhe chegaria às mãos pelo correio, em Portsmouth, e pedia ao digno amigo que escrevesse dando detalhes completos da situação de sua mãe e sua irmã e um relato de todas as grandes coisas que Ralph Nickleby fizera por elas desde sua partida de Londres.

— Você parece triste — disse Smike, na noite em que a carta fora enviada.

— Eu não! — replicou Nicholas, com fingida alegria, pois a confissão teria deixado o rapaz infeliz a noite toda. — Estava pensando na minha irmã, Smike.

— Irmã!

— É.

— Ela se parece com você? — perguntou Smike.

— Dizem que sim — respondeu Nicholas, rindo —, só que é muito mais bonita.

— Ela deve ser *muito* bonita mesmo — disse Smike, depois de pensar um pouco com as mãos juntas e os olhos fixos no amigo.

— Alguém que não conhecesse você como eu conheço, meu caro amigo, diria que é um bajulador de primeira — disse Nicholas.

— Eu nem sei o que é isso — respondeu Smike, balançando a cabeça. — Algum dia eu vou conhecer a sua irmã?

— Certamente — respondeu Nicholas. — Qualquer dia desses, vamos ficar juntos... quando formos ricos, Smike.

— Como é que você, que é tão bom e tão gentil comigo, não tem ninguém que seja bom com você? — perguntou Smike. — Eu não entendo.

— Ora, é uma longa história — respondeu Nicholas —, e uma história que você teria um pouco de dificuldade para entender, eu creio. Eu tenho um inimigo... entende o que é isso?

— Ah, sim, entendo — respondeu Smike.

— Bom, é por causa dele — continuou Nicholas. — Ele é rico e não é tão fácil puni-lo, como foi o *seu* velho inimigo, o Sr. Squeers. É meu tio, mas ele é uma pessoa má e me tratou mal.

— É mesmo? — perguntou Smike, inclinando-se ansioso para a frente. — Como é que ele se chama? Qual é o nome dele?

— Ralph... Ralph Nickleby.

— Ralph Nickleby — repetiu Smike. — Ralph. Vou guardar esse nome na memória.

Ele repetiu o nome para si mesmo umas vinte vezes, quando uma forte batida à porta interrompeu sua ocupação. Antes que ele a abrisse, o Sr. Folair, o pantomimo, enfiou a cabeça lá dentro.

A cabeça do Sr. Folair era, em geral, adornada com um chapéu arredondado, de copa incomumente alta e abas muito curvadas para cima. Naquela ocasião, ele o usava de lado, com a parte traseira para a frente, por estar menos desbotada; em torno do pescoço, um cachecol de lã vermelho-vivo, do qual pontas desfiadas surgiam por baixo de um longo casaco surrado, muito apertado e abotoado até em cima. Levava nas mãos uma luva suja e uma bengala formal barata, com o cabo de vidro; em suma, toda a sua aparência era extremamente elegante e demonstrava uma atenção com seus trajes mais cuidadosa do que de hábito.

— Boa noite, senhor — disse o Sr. Folair, retirando o chapéu e passando os dedos pelos cabelos. — Eu trago um recado. Hum!

— De quem e sobre quê? — perguntou Nicholas. — O senhor está estranhamente misterioso hoje.

— Frio, talvez — replicou o Sr. Folair —; frio, talvez. Isso é pela minha posição... não por mim mesmo, Sr. Johnson. Minha posição como amigo comum exige que eu faça isso, senhor.

O Sr. Folair fez uma pausa com um olhar expressivo e pegou, embaixo do chapéu mencionado, um pequeno pedaço de papel pardo curiosamente dobrado, de onde retirou um bilhete por ele protegido e entregou-o a Nicholas dizendo:

— Tenha a bondade de ler isto, senhor.

Nicholas, demonstrando grande surpresa, pegou a nota e rompeu o selo olhando, ao fazê-lo, para o Sr. Folair, que, franzindo o cenho e contraindo a boca com muita dignidade, aguardava com os olhos fixos no teto.

O bilhete era dirigido diretamente ao honorável Sr. Johnson, aos cuidados do honorável Sr. Augustus Folair; e o espanto de Nicholas não foi menor quando leu os lacônicos termos a seguir:

> O Sr. Lenville apresenta suas cordiais saudações ao Sr. Johnson e pede que o informe a que horas, amanhã de manhã, seria conveniente para ele encontrar-se com o Sr. L., no teatro, para que suas orelhas sejam puxadas na presença da companhia.
>
> O Sr. Lenville solicita ao Sr. Johnson que não falte ao encontro, pois convidou uns amigos de profissão para assistirem à cerimônia e eles não podem, de forma alguma, ser decepcionados.
>
> Portsmouth, terça-feira à noite

Diante do absurdo daquela nota desafiadora, e indignado com tamanha impertinência, Nicholas se viu obrigado a morder o lábio e reler o bilhete algumas vezes antes de reunir forças e rigor suficientes para se dirigir ao hostil mensageiro, que não tirara os olhos do teto nem alterara, em nada, a expressão de seu rosto.

— Está sabendo do conteúdo deste bilhete, senhor? — perguntou Nicholas, afinal.

— Estou — respondeu o Sr. Folair, olhando ao redor por um instante e imediatamente levando os olhos de volta ao teto.

— E como se atreve a trazê-lo aqui, senhor? — perguntou Nicholas, rasgando-o em pedacinhos e fazendo-os voar em direção ao mensageiro. — O senhor não teve medo de ser chutado escada abaixo?

O Sr. Folair virou a cabeça, ornamentada agora com diversos fragmentos do bilhete, em direção a Nicholas e, com a mesma dignidade imperturbável, respondeu brevemente: — Não.

— Então — disse Nicholas, arrancando-lhe o chapéu de copa alta e jogando-o em direção à porta —, é melhor que vá agora mesmo atrás dessa peça do seu vestuário, senhor, ou se arrependerá amargamente dentro de alguns segundos.

— Ora, Johnson — retrucou o Sr. Folair, de repente perdendo toda a dignidade —, nada disso, certo? Nada de brincadeira com as peças do vestuário de um cavalheiro.

— Vá embora — continuou Nicholas. — Como se atreve a vir aqui numa missão como esta, seu patife?

— Bobagem! Bobagem! — disse o Sr. Folair, desenrolando seu cachecol e livrando-se aos pouco dele. — Pronto... chega.

— Chega! — exclamou Nicholas, avançando em direção a ele. — Suma daqui, senhor.

— Bobagem! Bobagem! Eu repito... — prosseguiu o Sr. Folair, gesticulando em reprovação a qualquer outra reação de fúria. — Eu não estava falando sério. Foi só uma brincadeira.

— É melhor ter cuidado com as suas brincadeiras — disse Nicholas —, ou pode descobrir que a alusão a puxões de orelhas é um lembrete um tanto perigoso para objeto de suas pilhérias. E, por acaso, isso também foi escrito de brincadeira?

— Não, não, e essa é a melhor parte — respondeu o ator. — Foi muito sério... palavra de honra.

Nicholas não pôde conter um sorriso diante da figura bizarra à sua frente, que, durante todo o tempo, mais servindo de motivo de pilhéria do que de raiva, estava ainda mais hilário naquele momento, quando, com um joelho no chão, o Sr. Folair girava o chapéu na mão e afetava intensa agonia, temeroso de que tivesse se esgarçado... tal ornamento, é quase supérfluo dizer, não era ostentado havia meses.

— Vamos, senhor — disse Nicholas, sem conseguir conter o riso. — Faça o favor de explicar.

— Ora, vou lhe dizer do que se trata — disse o Sr. Folair, sentando-se numa cadeira com grande frieza. — Desde que o senhor veio para cá, Lenville só tem feito papéis secundários e, em vez de ter uma recepção todas as noites como costumava ter, as pessoas o tratam como se ele fosse um qualquer.

— O que quer dizer com ter uma recepção? — perguntou Nicholas.

— Por Deus! — exclamou o Sr. Folair. — Como é ingênuo, Johnson! Ora, aplausos da plateia logo que se entra no palco. E agora, noite após noite, ele não recebe mais palmas, e você é aplaudido pelo menos duas vezes, ou mesmo três, até que ele ficou desesperado e, na noite passada, chegou a pensar em representar Tybalt com uma espada de verdade e ferir você... não perigosamente, somente para que ficasse de cama por alguns meses.

— Muita consideração — observou Nicholas.

— É, acho que foi por causa das circunstâncias; a reputação profissional dele estava em risco — disse o Sr. Folair, bastante sério. — Mas ele foi traído pelo coração e procurou outra maneira de irritá-lo e se tornar popular ao mesmo tempo... a questão é esta. Fama, fama é a questão. Deus o livre de ter sido apunhalado — disse o Sr. Folair, parando para fazer um cálculo mental. — Isso teria rendido... ah, teria rendido a ele oito ou dez xelins por semana. Toda a cidade viria para ver o ator que quase matou um homem por acidente; eu não duvido de que ele teria conseguido uma posição em Londres. No entanto, ele foi obrigado a tentar outro meio de se tornar popular, e planejou isso. Foi uma ideia inteligente, na verdade. Se você tivesse se acovardado e deixado que ele puxasse suas orelhas, ele teria sido notícia dos jornais. E, se você tivesse jurado fazer as pazes com ele, os jornais também teriam publicado, e ele seria tão comentado quanto você, entende?

— Ah, certamente — concordou Nicholas. — Mas suponha que eu tivesse virado o jogo e puxado as orelhas *dele*, o que aconteceria? Isso traria boa sorte para ele?

— Bem, acho que não — respondeu o Sr. Folair, coçando a cabeça —, porque não haveria nenhum atrativo nisso, e ele não seria bem visto. Mas, para falar a verdade, ele não calculou direito, pois você é sempre tão delicado e tão popular entre as mulheres que não imaginamos que reagiria. Mas, se reagisse, ele conseguiria uma maneira de escapar facilmente, pode ter certeza.

— Ah, é? — prosseguiu Nicholas. — Vamos experimentar amanhã de manhã. Enquanto isso, o senhor pode relatar nossa conversa da maneira que achar melhor. Boa noite!

Como o Sr. Folair era bem conhecido entre seus colegas de teatro como um homem que se deleitava com brincadeiras de mau gosto e não tinha escrúpulo algum, Nicholas não tinha muitas dúvidas de que fora ele quem secretamente sugerira ao ator trágico aquele curso de ação e, além disso, de que ele teria realizado sua missão com firmeza, se não tivesse ficado desconcertado com as inesperadas reações com que ela foi recebida. Mas não valeria a pena ser rígido com ele, então Nicholas despediu o pantomimo com uma leve indicação de que, se viesse a ser ofendido outra vez, seria sob pena de uma cabeça quebrada; e o Sr. Folair, aceitando a ameaça sem hesitar, partiu para se encontrar com seu comparsa e prestar contas dos acontecimentos da maneira que achasse melhor para prosseguirem com a brincadeira.

Ele certamente relatara que Nicholas estava em deplorável estado de medo; pois, quando o jovem cavalheiro entrou com determinação no teatro, na manhã seguinte à hora habitual, encontrou toda a companhia reunida em evidente expectativa, e o Sr. Lenville com o mais sério semblante teatral, sentado majestosamente a uma mesa, parecendo indiferente ao desafio.

Agora, as mulheres estavam do lado de Nicholas, e os homens (por inveja), do lado do frustrado ator trágico; de modo que estes últimos formavam um grupo ao redor do temível Sr. Lenville, e as primeiras olhavam a distância com agitação e ansiedade. Quando Nicholas parou para saudá-los, o Sr. Lenville riu com desprezo e fez uns comentários gerais no tocante à história natural dos filhotes de cães.

— Ah! — exclamou Nicholas, olhando à sua volta. — O senhor está aí?

— Escravo! — retorquiu o Sr. Lenville, brandindo o braço direito e aproximando-se de Nicholas com passo teatral. Mas, de certa forma, ele pareceu, naquele exato momento, um pouco surpreso, como se Nicholas não estivesse tão assustado como ele havia esperado, e parou de forma súbita e estranha, diante do que as mulheres deram boas risadas.

— Alvo do meu escárnio e ódio! — disse o Sr. Lenville. — Você merece desprezo.

Nicholas riu com inesperado prazer diante dessa representação; e as mulheres, em atitude de apoio, riram mais alto do que antes; à vista do que, o Sr. Lenville assumiu seu sorriso mais amargo e expressou sua opinião de que elas eram criaturas "subalternas".

— Mas elas não o protegerão! — disse o ator trágico, olhando para Nicholas de baixo a cima, começando pelas botas e terminando no topo da cabeça, e depois de cima a baixo, começando pelo topo da cabeça e indo até as botas... olhares estes que, no palco, como todos sabem, expressam desafio. — Elas não o protegerão... garoto!

Assim falando, o Sr. Lenville cruzou os braços e olhou para Nicholas com a expressão com a qual, em atuações melodramáticas, ele costumava olhar para os reis tirânicos quando eles diziam: "Levem-no para a masmorra mais profunda sob o fosso do castelo". E que, acompanhada de um retinir de grilhões, produzia, outrora, grandes efeitos.

Fosse pela ausência de grilhões ou não, o fato é que não causou uma profunda impressão no adversário, e sim parecia ter aumentado o bom humor estampado em seu rosto; e, nesse ponto da disputa, uns cavalheiros que haviam comparecido somente para testemunhar a puxada de orelhas de Nicholas ficaram impacientes, murmurando que, se era para ele fazer aquilo, que fizesse logo e, se não era sua intenção fazer aquilo, seria melhor que dissesse e não os mantivesse esperando ali. Pressionado assim, o ator trágico ajustou o punho direito do seu casaco para o desempenho da operação e caminhou soberbamente em direção a Nicholas, que o deixou aproximar-se à distância exigida e, então, com a maior tranquilidade, derrubou-o ao chão com um soco.

Antes que o confuso ator trágico levantasse a cabeça do assoalho, a Sra. Lenville (que, como sugerido antes, se encontrava em estado interessante) saiu correndo da última fileira das mulheres e, com um grito agudo, jogou-se sobre o corpo do marido.

— Está vendo isto, monstro? Está vendo *isto*? — gritou o Sr. Lenville, sentando-se e indicando sua mulher extenuada, que o segurava firmemente pela cintura.

— Vamos — disse Nicholas, balançando a cabeça —, peça desculpas pelo bilhete insolente que me mandou ontem à noite e não perca mais tempo com conversas.

— Nunca! — retrucou o Sr. Lenville.

— Sim... sim... sim! — gritou sua mulher. — Por mim... por mim, Lenville... deixe para lá esses modos tolos, a menos que queira me ver acabada a seus pés.

— Isso é comovente! — disse o Sr. Lenville, olhando ao redor e colocando as costas da mão sobre os olhos. — Os laços da natureza são fortes. O marido fraco e pai... futuro pai... cede. Peço desculpas.

— Humilde e submissamente? — perguntou Nicholas.

— Humilde e submissamente — respondeu o ator trágico, erguendo a vista de cenho fechado. — Mas só para salvá-la... pois virá o dia...

— Muito bem — disse Nicholas. — Espero que a Sra. Lenville passe bem; e que, quando chegar o dia e o senhor for pai, possa retirar o que disse, se tiver coragem. Pronto. Tenha cuidado, senhor, com até onde a sua inveja poderá levá-lo em uma próxima vez; antes de se aventurar a ir tão longe, cuide também em verificar o temperamento de seu rival. — Com esse conselho de despedida, Nicholas apanhou a bengala do Sr. Lenville, que voara para longe de sua mão, e, quebrando-a ao meio, jogou para ele os pedaços e se retirou.

A mais profunda deferência foi prestada a Nicholas naquela noite, e as pessoas que, de manhã, estiveram ansiosas por vê-lo repreendido, aproveitavam todas as oportunidades para chamá-lo para o lado e lhe dizer, com grande emoção, que aprovavam a maneira correta como ele tratara o Sr. Lenville, que era um sujeito insuportável e em quem eles, por notável coincidência, já haviam considerado algumas vezes infligir punição condigna e que só não o haviam feito graças ao sentimento de misericórdia; na verdade, a julgar pela maneira invariável como todas essas histórias terminavam, nunca houve pessoas tão caridosas e bondosas como aqueles membros do sexo masculino da companhia do Sr. Crummles.

Nicholas conduzia seu triunfo, como fizera com seu sucesso no pequeno mundo do teatro, com a maior moderação e bom humor. O abatido Sr. Lenville fez um esforço extraordinário para se vingar enviando um garoto à plateia para vaiá-lo; porém, vítima da indignação popular, foi logo expulso dali sem receber seu dinheiro.

— Bom, Smike — disse Nicholas quando a primeira peça terminou e ele estava quase pronto para voltar para casa —, alguma carta?

— Sim — respondeu Smike —, recebi esta pelo correio.

— De Newman Noggs — disse Nicholas, lançando o olhar à caligrafia ilegível do endereço. — Não é fácil decifrar a letra dele. Deixe-me ver... deixe-me ver.

Curvando-se sobre a carta por meia hora, ele conseguiu decifrar seu conteúdo, que, decididamente, não era de natureza a acalmar sua mente. Newman se encarregou de devolver as dez libras, observando que se certificara de que nem a Sra. Nickleby nem Kate estavam precisando daquele dinheiro no momento e que logo poderia chegar a ocasião em que Nicholas viesse a precisar mais dele. Pediu-lhe que não ficasse alarmado com o que ele tinha a dizer; não eram más notícias... elas gozavam de boa saúde... mas achava que poderia chegar a ocasião, ou já havia chegado, em que seria absolutamente necessário que Kate contasse com a proteção do irmão e, nesse caso, disse Newman, ele lhe escreveria com esse objetivo, fosse pela próxima remessa do correio, fosse pela seguinte.

Nicholas leu essa passagem várias vezes e, quanto mais pensava nisso, tanto mais começava a temer alguma traição por parte de Ralph. Algumas vezes, ele se sentiu tentado a retornar a Londres a todo custo, sem esperar nem mais uma hora, mas, com um pouco de reflexão, chegou à conclusão de que, se esse passo fosse necessário, Newman teria sido claro e dito a ele de imediato.

"De qualquer forma, devo prepará-los aqui para a possibilidade de minha partida repentina — disse Nicholas a si mesmo —; não devo perder tempo."

Diante desse pensamento, pegou seu chapéu e foi depressa ao camarim.

— Bem, Sr. Johnson — disse a Sra. Crummles, que lá estava sentada, com trajes reais completos, e o fenômeno, como a Donzela, em seus braços maternais —, na próxima semana em Ryde, depois para Winchester, e depois...

— Eu tenho razões para achar — interrompeu Nicholas — que, antes de irem embora daqui, a minha carreira com a companhia será encerrada.

— Encerrada! — exclamou a Sra. Crummles, erguendo os braços, espantada.

— Encerrada! — repetiu a Srta. Snevellicci, com as pernas tão trêmulas que precisou pôr a mão no ombro da diretora para se apoiar.

— Ora, ele não está querendo dizer que vai embora! — exclamou a Sra. Grudden, indo em direção à Sra. Crummles. — Ora, ora! Que tolice!

O fenômeno, de natureza mais sensível e mais excitável, deu um grito, e a Srta. Belvawney e a Srta. Bravassa choraram de verdade. Até os atores do sexo masculino pararam a conversa e ecoaram a palavra "Embora!", apesar de alguns deles (e os que haviam sido os mais enfáticos em suas congratulações naquele dia) terem piscado entre si, como se não se importassem em perder um rival tão estimado; opinião que, na verdade, o honesto Sr. Folair, já com os trajes do selvagem, expressou abertamente com todas as letras para um infeliz que com ele dividia uma jarra de cerveja.

Nicholas disse brevemente que temia precisar fazer isso, embora não pudesse afirmar com certeza; e, saindo dali o mais rápido possível, voltou para casa para reexaminar a carta de Newman e refletir sobre ela uma vez mais.

Como lhe pareceram insignificantes todas aquelas coisas que ocuparam seu tempo e seus pensamentos por tantas semanas durante aquela noite mal dormida! E como não lhe saía da cabeça a ideia de que Kate, naquele momento, poderia estar em meio a grandes dificuldades e aflições e até mesmo procurando... em vão... por ele!

CAPÍTULO XXX

Comemorações em homenagem a Nicholas, que subitamente deixa a companhia do Sr. Vincent Crummles e de seus companheiros do teatro

Quando o Sr. Vincent Crummles tomou conhecimento do anúncio feito por Nicholas de que provavelmente deixaria a companhia muito em breve, ele deu vários sinais de desalento e consternação e, no auge do desespero, fez até mesmo vagas promessas de rápida melhoria em seu salário e também de eventuais vantagens em relação a seu trabalho autoral. Vendo que Nicholas estava decidido a se despedir do grupo — pois havia, então, mesmo sem receber mais notícias de Newman e correndo todos os riscos, tomado a decisão de tranquilizar sua mente retornando a Londres para verificar a verdadeira situação da irmã —, o Sr. Crummles se contentou em planejar a possibilidade da volta de Nicholas e em tomar medidas rigorosas para aproveitá-lo ao máximo antes de sua partida.

— Deixe-me ver — disse o Sr. Crummles, tirando a peruca de proscrito para examinar melhor a questão de cabeça fria. — Deixe-me ver. Hoje é quarta-feira e já é noite. Amanhã de manhã espalharemos os cartazes anunciando, de forma definitiva, sua última apresentação, amanhã mesmo.

— Mas talvez essa não seja a minha última apresentação, sabe? — observou Nicholas. — A menos que solicitem o meu retorno, eu sentiria muito lhe causar esse inconveniente e ter de deixá-lo antes do fim da semana.

— Melhor ainda — disse o Sr. Crummles. — Podemos fazer sua última apresentação positivamente na quinta-feira... reapresentando-o mais uma noite na sexta... e, cedendo à vontade de inúmeros patrocinadores influentes, frustrados por não conseguirem lugares, no sábado. Isso daria três dias de casa cheia.

— Então vou fazer uma apresentação final três vezes, é isso? — perguntou Nicholas, sorrindo.

— Isso — respondeu o diretor, coçando a cabeça um tanto embaraçado. — Três, e não é o bastante; é um desperdício e contrário às normas não haver mais, mas, se não há jeito, então não adianta discutir. Seria desejável uma novidade. Você não poderia cantar uma canção cômica montado no pônei?

— Não — respondeu Nicholas —, certamente que não.

— Já conseguimos muito dinheiro com isso — disse o Sr. Crummles, parecendo desapontado. — O que acha de uma brilhante apresentação de fogos de artifício?

— Sairia muito caro — respondeu Nicholas, secamente.

— Podemos fazer isso com dezoito centavos de libra — disse o Sr. Crummles. — Você no alto de uns degraus, e o fenômeno numa atitude de admiração. "Adeus!", numa transparência por trás, e nove pessoas nas laterais, cada uma delas com um foguete na mão... todos os doze e meio explodindo de uma vez... seria grandioso, emocionante visto de frente, emocionante.

Como Nicholas não pareceu muito impressionado com a grandiosidade do efeito proposto, pelo contrário, recebeu a proposta de maneira irreverente e com muitas risadas, o Sr. Crummles abandonou o projeto de imediato e observou sombriamente que eles deveriam preparar o melhor cartaz possível, com trompas e guerreiros, atendo-se assim ao drama legítimo.

Com o propósito de levar esse plano a efeito imediatamente, o diretor foi a um camarim pequeno ao lado, onde a Sra. Crummles trocava os trajes de imperatriz melodramática pelas roupas comuns de uma dama do século dezenove. E, com a assistência dessa senhora e da talentosa Sra. Grudden (que era um verdadeiro gênio em matéria de cartazes, sendo especialista em colocar notas de admiração, e que, por sua longa experiência, sabia exatamente onde usar as maiores maiúsculas), ele se concentrou na composição do anúncio.

— Ai! — suspirou Nicholas, recostando-se na cadeira do ponto, depois de dar a orientação necessária às falas de Smike, que estivera fazendo o papel de um alfaiate magro no entreato, com um paletó de abas, um lencinho com um buraco grande, um barrete de lã, um nariz vermelho e outras marcas peculiares aos alfaiates no palco. — Ai! Gostaria que tudo isso já tivesse acabado.

— Acabado, Sr. Johnson! — repetiu uma voz feminina atrás dele, numa espécie de surpresa melancólica.

— Não foi um comentário galante, certamente — disse Nicholas, erguendo a vista e reconhecendo a Srta. Snevellicci. — Eu não teria feito se soubesse que a senhorita estava por perto.

— Que precioso é este Sr. Digby! — disse a Srta. Snevellicci, enquanto o alfaiate se afastava com grande aplauso, no lado oposto, ao final da peça. (Digby era o nome teatral de Smike.)

— Vou contar a ele o que a senhorita disse, para deixá-lo contente — Nicholas afirmou.

— Ah, seu tolinho! — disse a Srta. Snevellicci. — Mas, a mim, não interessa muito que *ele* saiba da minha opinião; já outras pessoas, na verdade, pode ser...

Nesse ponto, a Srta. Snevellicci parou como se aguardasse uma pergunta, mas nenhuma pergunta foi feita, pois Nicholas estava absorto em questões mais sérias.

— Que bondade a sua — prosseguiu a Srta. Snevellicci, depois de um curto silêncio — ficar aqui esperando por ele noite após noite, noite após noite, não importa o cansaço que esteja sentindo; sacrificando-se por ele e fazendo tudo com satisfação e presteza, como se estivesse forjando ouro!

— Ele merece todo o carinho que eu possa dar, e muito mais — disse Nicholas. — É a criatura mais agradecida, dedicada e afetiva que jamais existiu.

— E muito estranha também — observou a Srta. Snevellicci —, não é?

— Deus o ajude e a todos que o fizeram assim; de fato, ele é — respondeu Nicholas, balançando a cabeça.

— Ele é excessivamente fechado, esse rapaz — disse o Sr. Folair, que aparecera um pouco antes e agora entrava na conversa. — Ninguém consegue arrancar nada dele.

— *O que* vão querer arrancar dele? — perguntou Nicholas, virando-se bruscamente.

— Opa! Como você é brigão, Johnson! — respondeu o Sr. Folair, puxando o salto de seu sapato de dança. — Só estou falando da curiosidade natural das pessoas daqui de saber que tipo de vida ele levava antes.

— Pobre criatura! É óbvio, eu acho, que ele não tem inteligência suficiente para ter despertado o interesse delas, nem de ninguém mais — respondeu Nicholas.

— É — observou o ator, contemplando o efeito de seu rosto num refletor de lâmpada —, mas é aí que está toda a questão, entende?

— Que questão? — perguntou Nicholas.

— Ora, quem ele é, o que faz e como vocês dois, que são tão diferentes, tornaram-se tão companheiros — retrucou o Sr. Folair, satisfeito com a oportunidade de dizer algo desagradável. — É isso que está na boca de todos.

— "Todos" do teatro, não é? — observou Nicholas, com desdém.

— Na boca e fora da boca também — replicou o ator. — Ora, você sabe, Lenville disse...

— Eu pensei que já tinha feito o Sr. Lenville se calar — interrompeu Nicholas ruborizando.

— Talvez tenha — respondeu o imóvel Sr. Folair. — Nesse caso, ele já tinha dito antes de ser silenciado: Lenville disse que você é um ator sem expressão e que foi só o mistério ao seu redor que fez com que caísse nas graças do povo daqui, e que Crummles mantém você para proveito próprio; embora Lenville diga que não acredita que haja nada de mal nisso, exceto que você deve ter se metido em alguma confusão e ter fugido de algum lugar, por ter feito alguma coisa errada.

— Ah! — disse Nicholas, forçando um sorriso.

— Isso é parte do que ele disse — acrescentou o Sr. Folair. — Estou contando isso como amigo das duas partes e em absoluta confidência. *Eu* não concordo, entende? Ele acha que Digby é mais um velhaco do que um tolo; e o velho Fluggers, que faz o trabalho pesado, você sabe, *ele* disse que, quando dava os recados em Covent Garden na temporada anterior à última, havia um batedor de carteiras circulando ao redor da estação de carruagens que tinha a mesma cara de Digby; mas, como ele próprio disse, pode não ser Digby, e sim um irmão ou algum parente próximo.

— Ah! — exclamou Nicholas novamente.

— É — disse o Sr. Folair, com uma calma imperturbável —, isso é o que eles dizem. Achei bom lhe contar porque, na verdade, você precisava saber. Ah! Aqui está o abençoado fenômeno, finalmente. Arre! Sua intrusa, eu gostaria de... pronto, minha querida... impostora... Dê o sinal, senhora G., e deixe a predileta despertá-los.

Fazendo essas últimas alusões elogiosas ao alheio fenômeno em voz alta e expressando o restante num comentário "à parte" para Nicholas, o Sr. Folair acompanhou com a vista a abertura das cortinas, olhou com desprezo para a recepção à Srta. Crummles como Donzela e, recuando alguns passos para entrar em cena com maior efeito, emitiu um grito preliminar e "prosseguiu" trincando os dentes e brandindo o machado de estanho como o Índio Selvagem.

"Então essas são as histórias que inventam sobre nós e passam de boca em boca!", pensou Nicholas. "Se um homem comete uma ofensa imperdoável contra uma dada sociedade, pequena ou grande, que ele seja bem-sucedido! Eles perdoarão qualquer coisa, menos esta."

— É claro que não dará importância ao que esta criatura maldosa está dizendo, não é, Sr. Johnson? — observou a Srta. Snevellicci em seu tom mais sedutor.

— Eu não — respondeu Nicholas. — Se fôssemos continuar aqui, eu poderia pensar em revidar. Como não vamos, deixe que falem até ficarem roucos. Mas aqui está — prosseguiu Nicholas, quando Smike se aproximou —, aqui está o alvo de grande parte da bondade deles, então, com sua licença, vamos nos retirar.

— Não, não vou permitir uma coisa dessas — replicou a Srta. Snevellicci. — O senhor precisa ir visitar a minha mãe, que só chegou a Portsmouth hoje e está louca para conhecê-lo. Led, minha querida, convença o Sr. Johnson.

— Ah, com certeza — disse a Sra. Ledrook, com grande vivacidade —, se você não consegue convencê-lo...

A Srta. Ledrook não disse mais nada, porém insinuou em tom de brincadeira que, se a Srta. Snevellicci não conseguia persuadi-lo, ninguém mais conseguiria.

— O Sr. e a Sra. Lillyvick estão hospedados em nossa casa e partilham nossa sala de visitas — disse a Srta. Snevellicci. — Isso não convence o senhor?

— Mas é claro — respondeu Nicholas — que eu não preciso de mais nada além do seu convite.

— Ah, não é possível! — observou a Srta. Snevellicci. — Claro que é! — disse a Srta. Ledrook, diante do que, a Srta. Snevellicci disse que ela era uma tola; e a Srta. Ledrook disse que a amiga não precisava enrubescer tanto; e a Srta. Snevellicci deu um tapinha na Srta. Ledrook, e a Srta. Ledrook deu um tapinha na Srta. Snevellicci.

— Vamos — disse a Srta. Ledrook —, já está na hora de ir, senão a pobre Sra. Snevellicci pensará que o senhor fugiu com a filha dela, Sr. Johnson; e então vamos ter uma grande confusão.

— Minha querida Led — censurou a Srta. Snevellicci —, isso é coisa que se diga?

A Srta. Ledrook não respondeu e, dando o braço a Smike, deixou que a amiga e Nicholas os seguissem quando quisessem; o que lhes agradou, ou melhor, agradou a Nicholas, que não estava com grande disposição para um tête-à-tête naquelas circunstâncias e resolveu acompanhá-los de imediato.

Não faltou assunto para conversa quando chegaram à rua, pois a Srta. Snevellicci levava para casa uma cestinha e a Srta. Ledrook, uma pequena caixa de chapéu, ambas contendo alguns artigos do vestuário do teatro, que as atrizes geralmente carregavam consigo, todas as noites. Nicholas insistiu em carregar a cesta, e a Srta. Snevellicci teimava em levá-la ela mesma, o que deu origem a uma disputa, na qual Nicholas capturou tanto a cesta como a caixa. Nicholas, então, disse que estava curioso para saber o que poderia haver lá dentro e tentou espiar, diante do que a Srta. Snevellicci gritou e disse que, se imaginasse que ele tinha visto, com certeza desmaiaria. Essa declaração foi seguida de uma tentativa de fazer a mesma coisa com a caixa e de demonstrações semelhantes por parte da Srta. Ledrook, e então as duas moças juraram não dar mais um único passo enquanto Nicholas não prometesse que não tentaria espiar de novo. Por fim, Nicholas garantiu não mais demonstrar curiosidade, e eles seguiram em frente: as duas moças riam muito e declaravam que nunca tinham visto criatura tão maliciosa durante toda a sua vida — nunca.

Alegrando a caminhada com essas brincadeiras, logo chegaram à casa do alfaiate; e lá formaram um bom grupo, pois ali estavam, além do Sr. e da Sra. Lillyvick, não só a mãe da Srta. Snevellicci, mas também seu pai. E um homem excepcionalmente fino era o pai da Srta. Snevellicci: nariz adunco, testa branca, cabelos negros cacheados, malares salientes e um belo rosto, só que um tanto coberto de espinhas, como se por causa da bebida. Tinha um tórax largo, e usava um casaco azul surrado, bem apertado, de botões dourados; e, assim que viu Nicholas entrar na sala, colocou os dois dedos maiores da mão direita entre os dois botões centrais do casaco e a outra mão graciosamente na cintura, e parecia afirmar: "Ora, aqui estou, meu rapaz, o que tem a me dizer?".

Assim era, e nessa atitude se encontrava, o pai da Srta. Snevellicci, que estava nessa profissão desde os dez anos de idade, quando representou pela primeira vez o duende nas pantomimas de Natal; ele cantava um pouco, dançava um pouco, lutava esgrima um pouco, representava um pouco e fazia de tudo um pouco, mas não muito; às vezes, participava de um balé e outras vezes de um coro, em todos os teatros de Londres; era sempre selecionado em virtude de seu porte para fazer o papel de visitantes militares e de nobres, sem nenhuma fala; sempre se vestia com garbo e entrava de braços dados a uma jovem elegante de saias curtas — e sempre fazia isso com tal imponência que as pessoas na plateia diversas vezes gritavam "Bravo!", com a impressão de que ele fosse alguém importante. Assim era o pai da Srta. Snevellicci, a quem certas pessoas invejosas acusavam de ocasionalmente bater na mãe da Srta. Snevellicci, que continuava como dançarina, de físico elegante e indícios da beleza do passado; e que agora — por ser um tanto velha para o pleno brilho da ribalta — ficava no fundo quando se apresentava.

A essas boas pessoas, Nicholas foi apresentado com muita formalidade. Apresentação finalizada, o pai da Srta. Snevellicci (que exalava rum com água) disse que estava encantado por conhecer um cavalheiro de tão grande talento; e ainda comentou que não se via tamanho sucesso como o dele — não, não desde a primeira apresentação de seu amigo Sr. Glavormelly, no Coburg.

— O senhor chegou a vê-lo? — perguntou o pai da Srta. Snevellicci.

— Não, não vi — respondeu Nicholas.

— O senhor nunca viu o meu amigo Glavormelly? — admirou-se o pai da Srta. Snevellicci. — Então ainda não viu o que é representar. Se ele tivesse vivido...

— Ah, ele morreu? — interrompeu Nicholas.

— Morreu, sim — respondeu o Sr. Snevellicci —, mas não está no Westminster Abbey, é uma pena. Ele era um... Bom, não importa. Ele partiu para um destino do qual nenhum viajante retorna. Espero que ele seja reconhecido *lá*.

Dizendo isso, o pai da Srta. Snevellicci esfregou a ponta do nariz com um lenço de seda amarelo-escuro, demonstrando que essa recordação o comovia.

— Bem, Sr. Lillyvick — disse Nicholas —, como vai o senhor?

— Muito bem, obrigado — respondeu o coletor de impostos. — Não há nada como a vida de casado, senhor, pode acreditar.

— É mesmo? — observou Nicholas, rindo.

— Ah! Nada como isso, senhor — respondeu o Sr. Lillyvick solenemente. — O que acha — sussurrou o coletor puxando-o para o lado —, o que acha dela hoje?

— Bonita como sempre — respondeu Nicholas, lançando o olhar para a antiga Srta. Petowker.

— Ela tem um jeito especial — sussurrou o coletor —, que eu nunca vi em ninguém. Olhe para a maneira como se movimenta para colocar a chaleira no fogo. Veja! Não é fascinante, senhor?

— O senhor é um homem de sorte — disse Nicholas.

— Ha, ha, ha! — riu o coletor. — Não! Você acha que sou, é? Talvez seja, talvez seja. Olhe, eu não poderia ter feito melhor se fosse jovem, não acha? O senhor não podia ter feito melhor, podia... hein? — Com essas perguntas e muitas outras semelhantes, o Sr. Lillyvick cutucou Nicholas com o cotovelo e riu até seu rosto ficar roxo no esforço para conter sua satisfação.

Àquela altura, com a ajuda de todas as mulheres, a toalha havia sido posta em duas mesas colocadas lado a lado, uma alta e estreita, a outra baixa e larga. Havia ostras numa ponta, linguiças na outra, uma espevitadeira no centro e batatas assadas onde fosse mais conveniente colocá-las. Duas cadeiras adicionais foram trazidas do quarto; a Srta. Snevellicci sentou-se à cabeceira da mesa e o Sr. Lillyvick, na outra extremidade; e Nicholas teve a honra não só de sentar-se ao lado da Srta. Snevellicci, como também de ter a mãe dela à sua direita e o pai à sua frente; em suma, ele era o herói do jantar; e, quando a mesa foi tirada e algo quente foi servido, o pai da Srta. Snevellicci levantou-se e propôs um brinde à saúde de Nicholas, num discurso que continha tantas alusões comoventes à sua partida que a Srta. Snevellicci chorou e foi forçada a se retirar para seu quarto.

— Calma! Não deem atenção a isso — disse a Srta. Ledrook, enfiando a cabeça para fora do quarto. — Digam, quando ela voltar para a sala, que é só cansaço.

A Srta. Ledrook proferiu essa fala com tantas caretas e acenos de cabeça misteriosos antes de fechar a porta de novo que um profundo silêncio recaiu sobre todo o grupo, durante o qual o pai da Srta. Snevellicci olhava com grande intensidade — bem maior do que o normal — para cada uma das pessoas ali presentes, mas em particular para Nicholas, e não parava de esvaziar e encher seu copo, até que as mulheres voltaram em bloco, com a Srta. Snevellicci entre elas.

— Não precisa se alarmar, Sr. Snevellicci — disse a Sra. Lillyvick. — Ela está apenas um pouco fraca e nervosa; está assim desde esta manhã.

— Ah — disse o Sr. Snevellicci —, então é só isso?

— Sim, é só isso. Não dê muita atenção — gritaram todas as mulheres juntas.

Mas esse não era exatamente o tipo de resposta apropriada ao Sr. Snevellicci como homem e como pai, então ele escolheu, entre todos, a infeliz Sra. Snevellicci e lhe perguntou que diabos ela quis dizer falando com ele daquela maneira.

— Nossa, meu querido! — exclamou a Sra. Snevellicci.

— Não me chame de meu querido, senhora — disse o Sr. Snevellicci —, faça-me o favor.

— Ora, papai, não... — interferiu a Srta. Snevellicci.

— Não o quê, minha filha?

— Não fale dessa maneira.

— Por que não? — retorquiu o Sr. Snevellicci. — Espero que não ache que alguém aqui queira me impedir de dizer o que penso.

— Ninguém quer isso, papai — respondeu a filha.

— Ninguém me impediria, mesmo se quisesse — disse o Sr. Snevellicci. — Não me envergonho de mim mesmo, eu me chamo Snevellicci; podem me encontrar na Broad Court, na rua Bow, quando estou na cidade. Quando não estou em casa, podem me procurar na porta do teatro. Ora, todos me conhecem na porta do teatro, eu creio. Muita gente já viu o meu retrato na loja de charutos da esquina. Já fui mencionado nos jornais, não fui? Falar! Vou dizer uma coisa; se eu descobrisse que algum homem estava mexendo com os sentimentos da minha filha, eu não falaria. Eu o surpreenderia sem falar; é assim que eu sou.

Dizendo isso, o Sr. Snevellicci bateu três vezes com o punho fechado na palma da mão esquerda; puxou uma orelha imaginária com o polegar e o indicador e entornou outro copo cheio, de um só gole. — É assim que eu sou — repetiu o Sr. Snevellicci.

A maioria das pessoas públicas tem suas fraquezas; e a verdade é que o Sr. Snevellicci era um tanto dependente da bebida; ou, verdade seja dita, raramente estava sóbrio. Ele passava por três estágios de embriaguez: o digno, o irascível, o amoroso. Quando envolvido profissionalmente, ele nunca ia além do digno; nos círculos mais íntimos, ele passava pelos três, indo de um a outro com uma rapidez de transição em geral surpreendente para aqueles que não tinham a honra de conhecê-lo.

Assim, o Sr. Snevellicci mal terminara de beber outro copo cheio, quando sorriu para todos ali presentes num feliz esquecimento de ter exibido sintomas de belicosidade e propôs, da maneira mais alegre, um brinde: — Às damas! Que Deus as abençoe!

— Eu gosto de todas elas — disse o Sr. Snevellicci, olhando ao redor da mesa —, de cada uma delas.

— Não todas — replicou o Sr. Lillyvick, delicadamente.

— Sim, todas elas — confirmou o Sr. Snevellicci.

— Isso incluiria as mulheres casadas, você bem sabe — disse o Sr. Lillyvick.

— Gosto dessas também, senhor — disse o Sr. Snevellicci.

O coletor olhou para os rostos à sua volta com um ar grave de surpresa, como se dizendo "Que homem agradável!", e pareceu um tanto surpreso com o fato de a atitude da Sra. Lillyvick não dar indícios de horror e indignação.

— Uma boa ação merece outra — disse o Sr. Snevellicci. — Gosto de todas elas, e elas gostam de mim.

Como se essa declaração já não tivesse sido feita em total desrespeito e desafio à moral, o que fez o Sr. Snevellicci? Piscou um olho — piscou abertamente e sem reserva; piscou o olho direito — para Henrietta Lillyvick!

O coletor se jogou para trás na cadeira na mesma intensidade de seu espanto. Se alguém tivesse piscado o olho para ela como Henrietta Petowker, teria sido indecoroso no mais alto grau; mas como Sra. Lillyvick! Enquanto pensava nisso, suando frio, e se perguntava se era possível que estivesse sonhando, o Sr. Snevellicci repetiu o gesto e, fazendo um brinde à Sra. Lillyvick em muda demonstração, ainda lhe jogou um beijo! O Sr. Lillyvick levantou-se, caminhou direto até a outra ponta da mesa e se lançou contra ele — literalmente se lançou contra ele —, no mesmo instante. O Sr. Lillyvick não era um peso leve e, consequentemente, ao cair sobre o Sr. Snevellicci derrubou-o, fazendo-o deslizar sob a mesa. O Sr. Lillyvick o seguiu, e as mulheres começaram a gritar.

— O que está havendo com os homens? Estão loucos? — perguntou Nicholas, mergulhando embaixo da mesa, puxando o coletor à força e jogando-o, todo torto, numa cadeira, como se ele fosse um boneco de pano. — O que é isso? O que está querendo fazer? O que há com o senhor?

Enquanto Nicholas puxava o coletor, Smike fazia a mesma coisa com o Sr. Snevellicci, que agora encarava seu anterior adversário em confuso assombro.

— Olhe aqui, senhor — replicou o Sr. Lillyvick, apontando para sua espantada mulher —, ali estão a pureza e a elegância combinadas, e os sentimentos dela foram ultrajados... violados, senhor!

— Nossa, que bobagem ele está dizendo! — exclamou a Sra. Lillyvick em resposta ao olhar averiguador de Nicholas. — Ninguém disse nada a mim.

— Dizer, Henrietta! — gritou o coletor. — Eu não vi... — o Sr. Lillyvick não conseguia dizer a palavra, mas imitou o movimento do olho.

— Bem! — replicou a Sra. Lillyvick. — Você não acha que ninguém olha para mim, não é? Uma bela coisa realmente ser casada, se essa fosse a lei.

— Você não se importou com isso? — disse o coletor.

— Importar! — retorquiu a Sra. Lillyvick, indignada. — Você devia se ajoelhar e pedir desculpas a todas essas pessoas, isso, sim.

— Desculpas, minha querida? — repetiu o coletor, espantado.

— Sim, e a mim primeiro — insistiu a Sra. Lillyvick. — Você acha que *eu* não sou o melhor juiz do que é próprio e do que é impróprio?

— Isso mesmo — disseram todas as mulheres. — Acha que *nós* não seríamos as primeiras a falar se houvesse alguma coisa errada?

— Acha que *elas* não sabem, senhor? — perguntou o pai da Srta. Snevellicci, ajeitando o colarinho, sussurrando algo sobre pancadas na cabeça e contendo-se apenas por questões de idade. Com isso, ele lançou um olhar firme e sério ao Sr. Lillyvick por alguns segundos, depois levantou-se deliberadamente da cadeira e beijou todas as mulheres, a começar pela Sra. Lillyvick.

O infeliz coletor olhou desolado para sua mulher, como se para ver se restava algo da Srta. Petowker na Sra. Lillyvick e, verificando que nada restava, pediu desculpas a todos os presentes com muita humildade e sentou-se, tão abatido, desanimado e desencantado que, a despeito de seu egoísmo e desvario, se tornou objeto digno de compaixão.

Extremamente orgulhoso com seu triunfo e sua incontestável prova de popularidade entre o formoso sexo, o pai da Srta. Snevellicci logo se tornou festivo, para não dizer barulhento; oferecendo-se para cantar mais de uma canção de tamanho considerável e, nos intervalos, entretendo o círculo social com recordações de várias esplêndidas mulheres que supostamente alimentaram por ele forte paixão, citando muitos nomes, fazendo-lhes um brinde e aproveitando a oportunidade para ao mesmo tempo observar que, se tivesse prestado mais atenção a seus próprios interesses, ele poderia naquele momento estar passeando em sua própria carruagem, puxada por quatro cavalos. Essas reminiscências não pareceram atormentar o coração da Sra. Snevellicci, que se encontrava bem ocupada em discorrer sobre os diversos talentos e méritos de sua filha. Nem a própria jovem ficava para trás em exibir seus maiores encantos; porém estes, intensificados como foram pelos artifícios da Srta. Ledrook, não exerceram efeito algum para aumentar as atenções de Nicholas, que, com o precedente da Srta. Squeers ainda vivo na memória, resistia com firmeza a todos os fascínios e mantinha sua conduta sob rígida guarda, de tal modo que, quando partiu, as mulheres foram unânimes em declarar que ele era um monstro de insensibilidade.

No dia seguinte, os cartazes apareceram em tempo hábil, e o público foi informado, em todas as cores do arco-íris e letras com todos os formatos e variações possíveis, de que o Sr. Johnson teria a honra de fazer sua última apresentação naquela noite, e que era necessária uma reserva antecipada de lugares, em consequência da extraordinária afluência associada a suas apresentações — porque é um fato notável e há muito estabelecido na história que é um esforço infrutífero atrair pessoas ao teatro, a menos que elas sejam convencidas de que não conseguirão ingresso.

Nicholas ficou um tanto confuso ao entrar no teatro à noite, em virtude da notável agitação e do entusiasmo estampado nos rostos de toda a companhia, mas logo descobriu a causa, pois, antes mesmo que pudesse perguntar, o Sr. Crummles se aproximou e, num tom de voz exaltado, informou-lhe que havia um diretor de Londres nos camarotes.

— É por causa do fenômeno, pode ter certeza — disse Crummles, puxando Nicholas para o buraco na cortina para que ele pudesse ver o diretor londrino. — Não tenho a menor dúvida de que é a fama do fenômeno... aquele ali é o homem; o de sobretudo e sem camisa de colarinho. Ela receberá dez libras por semana, Johnson, e não subirá por um centavo a menos nos palcos londrinos. Eles não a contratarão se não contratarem também a Sra. Crummles... vinte libras por semana para o par; e vou lhe dizer uma coisa, eu mesmo participarei com os dois meninos, e contratarão a família por trinta. Não vejo nada mais justo do que isso. Iremos todos, já que nenhum de nós irá sem os outros. É assim que fazem as pessoas em Londres, e sempre dá certo. Trinta libras por semana... é muito barato, Johnson. Barato demais.

Nicholas respondeu que certamente o era; e o Sr. Vincent Crummles, inalando enormes pitadas de rapé para compor suas emoções, apressou-se em dizer à Sra. Crummles que estabelecera os únicos termos aceitáveis e que havia decidido não abrir mão de um único centavo.

Quando todos estavam prontos e a cortina foi aberta, a empolgação causada pela presença do diretor londrino foi multiplicada por mil. Cada um dos integrantes da companhia tinha certeza de que o diretor londrino viera especialmente para ver a sua apresentação, e todos estavam agitados e ansiosos, na expectativa. Alguns que não faziam parte da primeira cena correram para os bastidores para dar uma olhadela nele; outros se dirigiram furtivamente a dois camarotes particulares por sobre as entradas dos artistas e, daquela posição, examinaram melhor o diretor que viera de Londres. Num dado momento, viram-no sorrir. Ele ria do cômico camponês que fingia pegar uma mosca-varejeira, enquanto a Sra. Crummles causava sua maior impressão. — Muito bem, meu caro colega — disse o Sr. Crummles, balançando a mão fechada em direção ao ator quando ele saiu de cena —, você deixa esta companhia no próximo sábado à noite.

Da mesma forma, todos os que estavam no palco olhavam apenas para um único indivíduo na plateia; todos representavam para o diretor londrino. Quando o Sr. Lenville, numa súbita explosão de entusiasmo, chamou o imperador de canalha e, mordendo a luva, disse: "Mas devo dissimular", em vez de olhar melancolicamente para baixo e esperar por sua deixa, como deve ser feito em tais casos, manteve os olhos fixos no diretor londrino. Quando a Srta. Bravassa cantou uma canção para o amado que, de acordo com o costume, ficava pronto para apertar sua mão entre os versos, eles, em lugar de se entreolharem, fitavam o diretor londrino. O Sr. Crummles caiu morto voltado para ele; e, quando os dois guardas vieram para carregar o corpo após uma morte violenta, ele foi visto abrindo os olhos e olhando de esguelha para o diretor londrino. Por fim, notaram que o diretor londrino havia cochilado, mas logo em seguida acordou e deixou o teatro, quando então se desentenderam com o infeliz cômico camponês, declarando que sua bufonaria fora a única causa; e o Sr. Crummles disse que havia tolerado aquilo durante muito tempo, mas que não suportava mais e que, portanto, agradeceria se ele procurasse um novo emprego.

Tudo isso serviu de divertimento para Nicholas, cujo único sentimento sobre o assunto era de sincera satisfação pelo fato de o grande homem ter ido embora antes que ele se apresentasse. Nicholas representou seu papel nas duas últimas peças o mais rápido que pôde e, tendo sido agraciado com afabilidade infinita e aplausos sem precedentes — assim diziam os cartazes para o dia seguinte, que haviam sido preparados poucas horas antes —, deu o braço a Smike e foram para casa dormir.

Na manhã seguinte, chegou pelo correio uma carta de Newman Noggs, muito borrada, muito curta, muito suja, muito pequena e muito misteriosa, insistindo para que Nicholas voltasse a Londres imediatamente; que não perdesse um instante; que estivesse lá naquela noite, se possível.

— Eu vou — disse Nicholas. — Deus sabe que fiquei aqui com a melhor das intenções e muito contra minha vontade; mas devo ter me demorado demais. O que pode ter acontecido? Smike, meu bom amigo, aqui... pegue a minha bolsa. Junte as nossas coisas e pague tudo que devemos... rápido e conseguiremos chegar ainda a tempo de pegar o coche da manhã. Só vou dizer a eles que estamos indo e volto logo.

Dizendo isso, ele pegou o chapéu e se dirigiu às pressas ao alojamento do Sr. Crummles; bateu com tanta disposição com a aldraba na porta que acordou o cavalheiro, que ainda dormia, e fez o Sr. Bulph, o piloto, quase deixar cair o cachimbo matinal da boca, de tamanha surpresa.

Assim que a porta foi aberta, Nicholas subiu a escada correndo sem nenhuma cerimônia e, ao irromper na sala escura dos cômodos da frente, viu que os dois jovens Crummles haviam pulado fora do sofá que servia de cama e se vestiam com rapidez, julgando que estivessem no meio da noite e que a casa ao lado estivesse em chamas.

Antes que Nicholas tivesse tempo de esclarecer o que estava havendo, o Sr. Crummles desceu de camisola de flanela e gorro de dormir; e a ele Nicholas explicou que certas circunstâncias exigiam seu imediato retorno a Londres.

— Portanto, adeus — disse Nicholas —, adeus, adeus.

Ele já estava a meio caminho, na escada, quando o Sr. Crummles se recuperou da surpresa e, quase sem fôlego, disse algo a respeito dos cartazes.

— Eu não tenho escolha — respondeu Nicholas. — Veja quanto ganhei esta semana e desconte os cartazes; ou, se isso não der para pagar, diga agora quanto devo. Rápido, rápido.

— Vamos considerar tudo acertado — disse Crummles. — Mas será que não podemos ter mais uma última noite?

— Nem mais uma hora... nem um minuto — respondeu Nicholas com impaciência.

— Não vai se despedir da Sra. Crummles? — perguntou o diretor, acompanhando-o até a porta.

— Eu não posso me atrasar, nem que fosse para prolongar a minha vida por vinte anos — respondeu Nicholas. — Aqui, aperte a minha mão e aceite os meus mais sinceros agradecimentos. Ah! Acho que já perdi muito tempo aqui!

Com essas palavras e uma impaciente batida de pé no chão, ele soltou-se do aperto de mão do diretor e, saindo depressa pela rua, desapareceu num instante.

— Meu Deus, meu Deus — disse o Sr. Crummles, olhando com melancolia para o ponto em que o perdera de vista. — Se ao menos ele representasse dessa forma, quanto dinheiro não ganharia! Ele devia ter continuado até o fim da temporada; teria sido muito útil para mim. Mas não sabe o que é bom para ele. É um jovem impetuoso. Os jovens são estouvados, muito estouvados.

Por estar num estado de espírito moralizador, o Sr. Crummles poderia ter moralizado por mais alguns minutos, se não tivesse mecanicamente levado a mão ao bolso do colete, no qual costumava manter seu rapé. A falta de um bolso no lugar de costume o fez lembrar de repente que não estava usando seu colete; e, ao contemplar a extrema escassez de suas roupas, fechou a porta abruptamente e subiu a escada com precipitação.

Smike apressara-se na ausência de Nicholas e, com sua ajuda, tudo logo ficou pronto para a partida. Eles deram uma parada para um rápido café da manhã e, em menos de meia hora, chegaram à central dos coches: quase sem fôlego com a pressa, eles chegaram a tempo. Como havia ainda alguns minutos de sobra, tendo garantido seus lugares, Nicholas correu até uma loja de roupas baratas ali perto e comprou um sobretudo para Smike. O casaco já ficaria um tanto grande em um fazendeiro corpulento, mas o vendedor tendo garantido (com um grau considerável de verdade) que a peça vestia muito bem, Nicholas, em sua impaciência, o teria comprado mesmo que tivesse o dobro do tamanho.

Ao correrem para o coche, que estava agora na rua e pronto para a partida, Nicholas ficou atônito ao se ver de repente agarrado num apertado e violento abraço, que quase o desequilibrou; e não ficou menos espantado ao ouvir a voz do Sr. Crummles exclamar: — Ah, aqui está... meu amigo, meu amigo!

— Meu Deus! — exclamou Nicholas, desvencilhando-se dos braços do diretor. — O que o traz aqui?

O diretor não respondeu, apertando-o contra o peito novamente e dizendo ao fazê-lo: — Adeus, meu nobre e bravo rapaz!

Na verdade, o Sr. Crummles, que não perdia a oportunidade de se exibir profissionalmente, havia aparecido com o propósito expresso de despedir-se em público de Nicholas. E, para tornar a ocasião mais imponente, ele agora, para profundo desagrado do jovem cavalheiro, infligia-lhe uma rápida sucessão de abraços teatrais, que, como todos sabem, são realizados com o abraçador colocando o queixo no ombro do objeto de sua afeição e olhando por cima dele. E isso o Sr. Crummles fez no mais alto estilo melodramático, mostrando ao mesmo tempo todas as formas de despedida do seu repertório que lhe vinham à memória. E não foi tudo, pois o mais velho dos jovens Crummles realizava uma cerimônia semelhante com Smike; enquanto o jovem Percy Crummles, de casaco de chamalote de segunda mão usado de maneira teatral sobre o ombro esquerdo, permanecia numa pose de oficial assistente, aguardando para conduzir as duas vítimas ao cadafalso.

Os espectadores riam um riso franco e, como era conveniente causar boa impressão, Nicholas riu também quando conseguiu se libertar do abraço; e, resgatando o espantado Smike, subiu no coche depois dele, beijando a mão em honra à ausente Sra. Crummles ao partirem.

CAPÍTULO XXXI

Sobre Ralph Nickleby e Newman Noggs, e algumas sábias precauções, cujo êxito ou fracasso aparecerá no que se segue

Na santa ignorância de que seu sobrinho se dirigia na velocidade de quatro ótimos cavalos à sua esfera de ação e de que cada minuto que se passava diminuía a distância entre eles, Ralph Nickleby dedicou-se naquela manhã a suas habituais ocupações, mas sem conseguir evitar que seus pensamentos se desviassem de vez em quando para a conversa que se travara entre ele e a sobrinha no dia anterior. Nesses intervalos, após alguns minutos de abstração, Ralph resmungava interjeições impertinentes e se concentrava com renovada firmeza de propósito no livro de contabilidade à sua frente; porém, repetidamente retornava ao mesmo pensamento, apesar de seu empenho em evitá-lo, misturando-o a seus cálculos e distraindo sua atenção dos números sobre os quais se debruçava. Por fim, Ralph deixou de lado a pena e recostou-se na cadeira, como se decidido a permitir que a corrente importuna de reflexões seguisse seu próprio curso para lhe dar vazão e livrar-se dela efetivamente.

— Eu não sou homem de me deixar levar por um rosto bonito — murmurou Ralph com severidade. — Por trás dele, há uma mente que sorri com malícia, e homens como eu, que olham e trabalham por baixo da superfície, veem isso, e não sua delicada capa. No entanto, eu quase gosto da moça, ou gostaria, se ela não tivesse sido educada com tanto orgulho e tantos melindres. Se o rapaz se afogasse ou fosse enforcado e a mãe morresse, esta casa seria a casa dela. Eu gostaria que isso acontecesse, com toda a minha alma.

Apesar do ódio mortal que Ralph sentia por Nicholas e do amargo desdém que nutria pela pobre Sra. Nickleby — apesar da baixeza com que havia procedido, e estava então procedendo, e com que procederia novamente se seus interesses assim o impelissem, em relação à própria Kate —, havia ainda, por mais estranho que possa parecer, algo de humano e mesmo gentil em suas reflexões naquele momento. Imaginou como sua casa seria se Kate estivesse lá; ele a sentou numa cadeira vazia, olhou para ela, ouviu-a falar; sentiu de novo no braço a suave pressão de sua mão trêmula; cobriu os suntuosos cômodos de centenas de sinais silenciosos de presença e atividade femininas; voltou outra vez para a fria lareira e o quieto e sombrio esplendor. E, nesse vislumbre de uma natureza melhor, embora surgida de pensamentos egoístas, o homem rico se viu sem amigos, sem filhos, solitário. O ouro, por um instante, perdeu o lustre a seus olhos, pois havia inúmeros tesouros do coração que ele jamais poderia comprar.

Uma levíssima circunstância foi suficiente para banir essas reflexões da mente de um homem como esse. Ralph olhava vagamente para o escritório do outro lado do pátio quando, então, notou a séria expressão de Newman Noggs, que, com seu nariz vermelho quase tocando o vidro da janela, fingia consertar uma pena com um fragmento enferrujado de faca, mas na verdade fitava seu patrão com um ar que espelhava a mais rígida e ansiosa investigação.

Ralph trocou sua postura sonhadora por sua atitude habitual de trabalho: o rosto de Newman desapareceu e o fluxo de pensamento alçou voo, tudo simultaneamente, e num instante.

Alguns minutos depois, Ralph tocou a sineta. Newman atendeu ao chamado do patrão, que lhe lançou um olhar furtivo, como se temeroso de ver no rosto dele o que lhe passara pela mente.

Não havia, entretanto, no semblante de Newman Noggs o menor sinal de pensamento inteligente. Se fosse possível imaginar um homem com dois olhos na cara, ambos esbugalhados, sem olhar em nenhuma direção e sem ver coisa alguma, Newman poderia ser esse homem, enquanto Ralph Nickleby o encarava.

— O que é agora? — rosnou Ralph.

— Ah! — disse Newman, levando então certa inteligência ao olhar e abaixando-o diante de seu senhor. — Pensei que tinha tocado a sineta — e, com essa observação lacônica, ele virou-se e saiu manquejando.

— Pare! — disse Ralph.

Newman parou; nem um pouco desconcertado.

— E eu toquei.

— Eu sabia que o senhor tinha tocado.

— Então por que vai saindo, se sabia disso?

— Pensei que o senhor tinha tocado para dizer que não tocou — respondeu Newman. — Faz isso com frequência.

— Como se atreve a ficar me olhando, me espreitar e me encarar? — perguntou Ralph.

— Encarar! — exclamou Newman. — Encarar o *senhor*! Ha, ha! — essa foi toda a explicação que Newman se dignou a dar.

— É melhor o senhor ter cuidado — disse Ralph, olhando firmemente para ele. — Não quero ver tolice de bêbado aqui. Está vendo este pacote?

— Sim, é bastante grande — respondeu Newman.

— Leve para a cidade; para Cross, na Broad Street, entregue lá... ande rápido. Está ouvindo?

Newman fez um obstinado aceno de cabeça para expressar uma resposta afirmativa e, deixando a sala por alguns segundos, retornou com seu chapéu. Depois de fazer várias tentativas infrutíferas de encaixar o pacote (que tinha cerca de sessenta centímetros quadrados) na copa, Newman colocou-o debaixo do braço, calçou as luvas sem dedos com grande precisão e cuidado, mantendo os olhos fixos em Ralph Nickleby todo o tempo, ajustou o chapéu na cabeça com a mesma atenção, verdadeira ou fingida, como se ele fosse novo em folha e da mais alta qualidade, e finalmente partiu para realizar sua tarefa.

Ele cumpriu sua missão com grande prontidão e presteza, entrando por meio minuto apenas numa taberna e, ainda assim, deve-se dizer, só porque estava em seu trajeto, pois entrou por uma porta e saiu pela outra; mas, quando estava a caminho de casa e já perto da Strand, Newman começou a desacelerar o passo, com a incerteza de um homem que não decidira se devia parar ou seguir em frente. Após breve consideração, prevaleceu a primeira inclinação e, dirigindo-se ao ponto que tinha em mente, Newman deu duas batidas fracas, ou melhor, uma batida nervosa, na porta da Srta. La Creevy.

A porta foi aberta por uma criada estranha, em quem a figura esquisita do visitante não pareceu causar a mais favorável das impressões... tanto que, logo que o viu, a moça quase a fechou novamente, perguntando o que ele queria por uma pequena abertura. Mas Newman, mencionando apenas o monossílabo "Noggs", como se esta fosse uma palavra cabalística, ao som da qual fechaduras se destrancassem e portas se abrissem, forçou a passagem e chegou à sala de visitas da Srta. La Creevy antes que a atônita criada oferecesse resistência.

— Entre, por favor — disse a Srta. La Creevy, em resposta ao som do estalar dos dedos de Newman. E ele, portanto, entrou.

— Valha-me Deus! — exclamou a Srta. La Creevy, assustando-se com a entrada brusca de Newman. — O que deseja, senhor?

— A senhora se esqueceu de mim — disse Newman, com uma inclinação de cabeça —, fico admirado. Que ninguém que me conheceu no passado se lembre de mim é bastante natural; mas há poucas pessoas que, me vendo uma vez, *agora*, se esquecem de mim — ele olhou, enquanto falava, para suas roupas velhas e sua perna atrofiada e balançou a cabeça levemente.

— Esqueci, sim, admito — disse a Srta. La Creevy, levantando-se para receber Newman, que a encontrou a meio caminho — e me envergonho disso; pois o senhor é uma pessoa boa e gentil, Sr. Noggs. Sente-se e me conte tudo sobre a Srta. Nickleby. Pobrezinha! Eu não a vejo há várias semanas.

— E por que isso? — perguntou Newman.

— Bem, a verdade é que — respondeu a Srta. La Creevy — estive fora, numa visita... a primeira que faço em quinze anos.

— Mas é muito tempo — observou Newman, tristemente.

— É, sim, muito tempo para se olhar para trás... mas, de uma forma ou de outra, graças a Deus, os dias solitários seguem felizes e tranquilos — disse a pintora de miniaturas. — Eu tenho um irmão, Sr. Noggs... o único parente que tenho... e, durante todo esse tempo, não o vi uma só vez. Não que tenhamos brigado, mas ele era um aprendiz no interior, lá se casou e, novos laços afetivos surgindo em volta dele, esqueceu-se de uma pobre mulher como eu, como era de se esperar, entende? Não pense que estou reclamando, porque sempre disse a mim mesma: "É muito natural... meu pobre e querido John está abrindo o seu caminho no mundo e tem uma mulher com quem dividir as preocupações e os problemas; e agora tem os filhos para cuidar, então Deus os abençoe e permita que um dia nos encontremos onde nunca mais nos separaremos". Mas o que acha, Sr. Noggs — animando-se e batendo palmas — de esse mesmo irmão vir para Londres finalmente e não descansar até me achar? O que acha de ele vir para cá e sentar-se nesta cadeira e chorar como uma criança por ficar muito feliz em me ver... o que acha de ele insistir para que eu fosse para o interior, para a casa dele (uma casa suntuosa, Sr. Noggs, com um jardim grande e não sei quantas plantações, um homem de uniforme servindo a mesa, e vacas e cavalos e porcos e não sei mais o quê), para que eu ficasse lá um mês inteiro e morasse lá... sim, pelo resto da vida... a esposa dele também, e os filhos... e são quatro, um deles, a filha mais velha, eles... eles deram a ela o meu nome, oito anos atrás, deram, sim. Nunca fui tão feliz; em toda a minha vida, nunca fui!

A alma nobre escondeu o rosto no lenço e soluçou alto; pois aquela foi a primeira oportunidade que teve de abrir o coração, e ela deixou que isso acontecesse.

— Mas minha nossa — disse a Srta. La Creevy, enxugando os olhos depois de uma curta pausa e enfiando o lenço no bolso com grande agitação e pressa —, como devo parecer tola para o senhor! Eu não devia ter falado sobre isso, só quis explicar ao senhor por que não tinha visto a Srta. Nickleby.

— Tem visto a velha senhora? — Perguntou Newman.

— O senhor quer dizer a Sra. Nickleby? — perguntou a Srta. La Creevy — Então vou lhe dizer uma coisa, Sr. Noggs, se quiser manter uma boa relação ali, é melhor não chamá-la mais de velha senhora, pois acho que ela não gostaria de ouvir isso. Sim, fui lá anteontem de noite, mas ela parecia abalada emocionalmente com alguma coisa e tinha um ar tão imponente e misterioso que não consegui entender: então, para falar a verdade, decidi me tornar imponente também e voltei para casa nesse estado de espírito. Pensei que ela já teria aparecido por aqui, mas não apareceu.

— Sobre a Srta. Nickleby... — disse Newman.

— Bem, ela esteve aqui duas vezes quando eu estava fora — respondeu a Srta. La Creevy. — Fiquei com medo de ela não gostar que eu a visitasse na presença daquelas pessoas importantes naquele lugar, como é mesmo o nome? Então achei melhor esperar uns dias e, se não a visse, escrever para ela.

— Ah! — exclamou Newman, estalando os dedos.

— Mas eu gostaria de ter notícias dela pelo senhor — disse a Srta. La Creevy. — Como vai o velho monstro durão da Golden Square? Bem, naturalmente; essas pessoas sempre estão bem. Eu não estou interessada na saúde dele, e sim no que anda fazendo, em como tem agido.

— Aquele desgraçado! — disse Newman, jogando seu caro chapéu no chão. — Como um cão traiçoeiro.

— Nossa, Sr. Noggs, assim me assusta! — exclamou a Srta. La Creevy, empalidecendo.

— Eu teria acabado com ele ontem, se pudesse — disse Newman, irrequieto e brandindo o punho fechado para um retrato do Sr. Canning sobre a lareira. — Cheguei perto disso. Fui forçado a colocar as mãos nos bolsos e ficar com elas bem apertadas. Um dia ainda faço isso naquela salinha de visitas, eu sei que faço. Já devia ter feito, se não tivesse medo de piorar as coisas. Vou me trancar ali com ele e acertar as contas antes de morrer, tenho certeza disso.

— Sr. Noggs, se o senhor não recuperar a compostura, eu vou gritar — disse a Srta. La Creevy —; tenho certeza de que não conseguirei me conter.

— Não se preocupe — disse Newman, andando bruscamente de um lado para o outro. — Ele vai chegar hoje à noite: escrevi avisando. Ele nem imagina que eu sei; não sabe que me preocupo. Patife traiçoeiro! Ele não sabe. Ele não, ele não. Não se preocupe, eu vou impedir que faça isso... *eu*, Newman Noggs. Ho, ho, o canalha!

Entregando-se a um extravagante acesso de fúria, Newman Noggs se lançou pela sala com o comportamento mais estranho jamais visto num ser humano: ora dando socos no ar em direção às miniaturas na parede, ora dando violentas pancadas na cabeça, como se para intensificar sua loucura, até que se sentou novamente na cadeira exausto e quase sem fôlego.

— Pronto — disse Newman, apanhando o chapéu —, isso me fez bem. Agora estou melhor, e vou lhe contar tudo.

Levou certo tempo para tranquilizar a Srta. La Creevy, que quase desmaiara de medo diante daquela singular exibição; mas, depois disso, Newman contou tudo o que se passara na conversa entre Kate e o tio, prefaciando sua narrativa com um relato de suas suspeitas anteriores e seus motivos para chegar a essa conclusão. Por fim, comunicou a decisão que tomara de escrever para Nicholas em segredo.

Embora a indignação da pequena Srta. La Creevy não fosse demonstrada de forma tão estranha quanto a de Newman, não foi muito menor do que a dele em violência e intensidade. Na verdade, se Ralph Nickleby tivesse aparecido na sala naquele momento, talvez encontrasse na Srta. La Creevy uma adversária mais perigosa do que o próprio Newman Noggs.

— Deus me perdoe por dizer isso — disse a Srta. La Creevy, como se no auge de sua expressão de cólera —, mas eu acho realmente que enfiaria isto nele com prazer.

Não era uma arma letal o que a Srta. La Creevy tinha em mãos, era um lápis preto; mas, ao descobrir seu equívoco, a pequena pintora de miniaturas trocou-o por uma faca de cortar frutas, de madrepérola, que ela, como prova de seus terríveis pensamentos, brandiu no ar enquanto falava, e que mal teria afetado um pedaço de pão.

— Ela não vai ficar onde está depois de hoje à noite — disse Newman. — Isso é um consolo.

— Ficar! — exclamou a Srta. La Creevy. — Ela devia ter saído de lá há muito tempo.

— Sim, se soubéssemos disso... — continuou Newman — Mas não sabíamos. Ninguém pode interferir, a não ser a mãe dela, ou o irmão. A mãe é uma fraca, coitada, fraca. O caro rapaz chega hoje à noite.

— Tenha cuidado! — disse a Srta. La Creevy. — Ele pode fazer alguma tolice, no desespero, Sr. Noggs, se contar a ele tudo de uma só vez.

Newman parou de esfregar as mãos e assumiu um olhar preocupado.

— Pode ficar certo disso — disse a Srta. La Creevy, com seriedade. — Se não for cuidadoso ao contar a verdade, o rapaz pode tomar uma atitude violenta contra o tio ou um desses homens, que poderá causar uma terrível desgraça para ele próprio e tristeza e sofrimento para todos nós.

— Nunca pensei nisso — disse Newman, com um ar cada vez mais triste. — Eu vim só para pedir que a senhorita receba a irmã dele, caso ele a traga aqui, mas...

— Mas isso é uma questão de muito maior importância — interrompeu a Srta. La Creevy —, de que o senhor já deveria estar ciente antes de vir até aqui, mas o final dessa história ninguém pode prever, a menos que seja prudente e cuidadoso.

— O que é que eu *posso* fazer? — perguntou Newman, coçando a cabeça com um ar de grande preocupação e perplexidade. — Se ele dissesse que usaria uma pistola contra todos eles, eu seria forçado a dizer: "Isso mesmo... eles merecem".

A senhorita La Creevy não pôde evitar um gritinho ao ouvir isso e, no mesmo instante, dedicou-se a arrancar de Newman a promessa solene de que ele usaria de todos os meios para pacificar a ira de Nicholas — o que conseguiu depois de certo tempo. Juntos, então, procuraram encontrar a maneira mais segura e mais adequada de lhe comunicar as circunstâncias que tornavam a presença dele necessária.

— Ele precisa de tempo para esfriar a cabeça antes de fazer qualquer coisa — disse a Srta. La Creevy. — Isso é da maior importância. Ele só deve saber quando já for muito tarde da noite.

— Mas ele vai chegar na cidade entre seis e sete da noite — respondeu Newman. — *Eu* não posso deixar de contar quando ele me perguntar.

— Então deve sair, Sr. Noggs — disse a Srta. La Creevy. — O senhor pode muito bem se atrasar em algum negócio e só conseguir voltar já perto da meia-noite.

— Nesse caso, ele virá diretamente para cá — respondeu Newman.

— É possível — observou a Srta. La Creevy —; mas não me encontrará em casa, pois, assim que o senhor sair, vou direto para a cidade e convidarei a Sra. Nickleby para irmos ao teatro, para que ele não saiba nem mesmo onde mora a irmã.

Depois de discutirem um pouco mais, esse pareceu o procedimento mais seguro e mais plausível a ser adotado. Portanto, ficou finalmente determinado que a questão seria resolvida assim e Newman, depois de ouvir muitas outras advertências e recomendações, despediu-se da Srta. La Creevy e saiu arrastando a perna em direção à Golden Square; refletindo sobre um grande número de possibilidades e impossibilidades que povoavam sua mente e surgiam da conversa que acabara de ter.

CAPÍTULO XXXII

Relacionado principalmente a uma conversa notável e a certas condutas notáveis dela derivadas

— Londres, finalmente! — exclamou Nicholas, atirando para trás o sobretudo e despertando Smike de um longo cochilo. — Parecia que nunca íamos chegar.

— E o senhor veio numa boa marcha — observou o cocheiro, olhando por cima dos ombros para Nicholas com uma expressão não muito agradável.

— É, eu sei disso — foi a resposta —, mas é que estou muito ansioso para chegar ao fim da viagem, e isso faz com que o caminho pareça longo.

— Bom — observou o cocheiro —, se a viagem pareceu longa com animais como esses conduzindo, o senhor devia estar mesmo *muito* ansioso — e, ao dizer isso, ele pegou o chicote e o tocou de leve nas pernas de um menino, para efeito de ênfase.

Eles seguiram chacoalhando pelas ruas barulhentas e movimentadas de Londres, que exibiam enormes filas duplas de lampiões acesos, salpicadas aqui e acolá com as luzes refulgentes das boticas, iluminadas também pelo intenso brilho que inundava as vitrines das lojas, onde joias cintilantes, sedas e veludos de um rico colorido, convidativas iguarias e os mais suntuosos e luxuosos artigos de decoração sucediam-se em resplandecente profusão. Rios infindáveis de pessoas, num fluxo permanente, enfiavam-se em meio à multidão e seguiam apressadas, parecendo alheias à riqueza que as cercava, enquanto veículos de todos os modelos e marcas misturavam-se numa massa em movimento e, como água corrente, emprestavam seu ruído incessante, aumentando o barulho e o tumulto.

Enquanto eles passavam velozes pelos mais variados objetos, era curioso observar a estranha procissão diante de seus olhos. Empórios de roupas esplêndidas, os materiais trazidos de cada canto do mundo; lojas tentadoras de tudo que pudesse estimular, saciar ainda mais o apetite e dar novos sabores aos banquetes repetidos com frequência; objetos de ouro e prata polidos, forjados em primorosos desenhos de vasos, pratos e taças; revólveres, espadas e pistolas, e máquinas patentes de destruição; parafusos e grilhões para os trapaceiros, roupas para os recém-nascidos, medicamentos para os doentes, esquifes para os mortos e cemitérios para os sepultos — tudo isso misturado e posto lado a lado, parecendo desfilar numa dança heterogênea, como os fantásticos grupos do velho pintor holandês e com a mesma moral rígida para a desatenta e irrequieta multidão.

Também não faltavam objetos na própria multidão, oferecendo novo sentido à cena em contínua mudança. Os trapos do esquálido cantor de baladas esvoaçavam à luz brilhante que destacava os tesouros do ourives; rostos pálidos e enrugados detinham-se às vitrines de iguarias apetitosas, e olhos famintos volviam-se para aquela profusão protegida apenas por uma folha de vidro frágil — para eles, um muro de ferro; figuras trêmulas, malvestidas, paravam para apreciar xales chineses e artigos dourados da Índia. Uma festa de batizado realizava-se na casa do maior fabricante de esquifes, e um escudo funerário interrompera melhorias na mais esplêndida mansão. Vida e morte seguiam de mãos dadas; riqueza e pobreza conviviam lado a lado; saciedade e fome desfilavam juntas.

Mas era Londres; e a velha dama do interior, que colocara a cabeça para fora do coche por uns três quilômetros nessa parte de Kingston e gritara para o cocheiro que estava certa de que ele passara do ponto e esquecera de desembarcá-la, parecia enfim satisfeita.

Nicholas alugou um quarto para ele e Smike na hospedaria onde o coche parou e dirigiu-se, sem demora, aos aposentos de Newman Noggs; pois sua ansiedade e impaciência haviam aumentado a cada minuto e estavam quase incontroláveis.

Havia uma lareira no sótão onde Newman morava; e uma vela fora deixada acesa; o piso estava varrido e limpo, e o cômodo, tão confortavelmente arranjado como um quarto como aquele podia estar, e comida e bebida estavam dispostas em ordem sobre a mesa. Tudo revelava a atenção e o impecável cuidado de Newman Noggs, mas Newman não estava lá.

— Sabe a que horas ele chegará? — perguntou Nicholas, batendo à porta do vizinho de frente de Newman.

— Ah, Sr. Johnson! — disse Crowl, apresentando-se. — Bem-vindo, senhor. Como o senhor está bem! Eu nunca acreditaria...

— Desculpe-me — interrompeu Nicholas. — A minha pergunta... estou extremamente ansioso para saber.

— Bom, ele teve um negócio complicado para resolver — respondeu Crowl — e não volta antes da meia-noite. Ele não estava querendo ir, posso garantir, mas não pôde evitar. E mandou lhe dizer que ficasse à vontade até ele voltar, e que era para eu receber o senhor, o que farei de bom grado.

Como prova de sua extrema disposição para fazer as honras da casa, o Sr. Crowl puxou uma cadeira para perto da mesa enquanto falava e, servindo-se à vontade da carne fria, convidou Nicholas e Smike a seguirem seu exemplo.

Frustrado e inquieto, Nicholas não tocou na comida. Vendo então que Smike se servia bem à mesa, saiu (a despeito das tentativas de dissuadi-lo do Sr. Crowl, que falava de boca cheia), deixando-o para deter Newman, caso ele retornasse primeiro.

Como a Srta. La Creevy havia previsto, Nicholas foi direto à sua casa. Não a encontrando, ficou em dúvida por algum tempo se deveria ir à casa de sua mãe, temeroso de indispô-la com Ralph Nickleby. Totalmente persuadido, entretanto, de que Newman não teria solicitado sua volta a menos que houvesse alguma forte razão que requeresse sua presença em casa, ele resolveu ir até lá, e seguiu apressado na direção leste.

A Sra. Nickleby não voltaria para casa antes da meia-noite, disse a moça, ou até mesmo mais tarde ainda. Ela achava que a Srta. Nickleby ia bem, mas não morava mais ali e vinha para casa muito poucas vezes. Não sabia dizer onde estava morando no momento, porém não era mais com madame Mantalini. Disso, tinha certeza.

Com o coração batendo violentamente e receoso do que poderia ser, Nicholas retornou para o lugar onde deixara Smike. Newman não havia regressado ainda. Não chegaria antes da meia-noite; não havia chance de isso ocorrer. Será que não poderia mandar chamá-lo, só por um instante, ou lhe mandar umas linhas, às quais ele respondesse com uma mensagem verbal? Isso era impraticável. Ele não estava na Golden Square, e provavelmente fora incumbido de realizar uma tarefa longe dali.

Nicholas tentou permanecer quieto onde estava, mas o nervosismo e a preocupação não conseguiam fazê-lo parar. Parecia estar perdendo tempo, a menos que se movimentasse. Ele sabia que a ideia era absurda, mas foi totalmente incapaz de contê-la. Então, pegou o chapéu e saiu outra vez.

Seguiu rumo ao oeste dessa vez, andando apressadamente pelas ruas e agitado com mil pressentimentos e apreensões que não conseguia evitar. Passou pelo Hyde Park, então silencioso e deserto, e acelerou o passo como se na esperança de deixar os pensamentos para trás. Eles, porém, invadiam sua mente cada vez mais, agora que não havia nada para atrair sua atenção; e predominava a ideia fixa de que deveria ter ocorrido um infortúnio tão calamitoso que todos estavam temerosos de revelá-lo. A velha pergunta surgia repetidamente: O que pode ter acontecido? Nicholas caminhou até se cansar, mas sem que conseguisse entender; e, por fim, deixou o parque muito mais confuso e perplexo do que quando nele entrara.

Muito pouco ele comera ou bebera desde cedo pela manhã e estava abatido e exausto. Ao retornar desanimado para o ponto onde iniciara, por uma das principais ruas entre Park Lane e rua Bond, ele passou por um belo hotel, diante do qual parou mecanicamente.

"Lugar caro este, sem dúvida", pensou Nicholas, "mas um copo de vinho e um biscoito não fazem mal a ninguém onde quer que seja. Se bem que não sei".

Ele deu mais alguns passos, entretanto, olhando melancólico a longa fileira de lâmpadas de gás à sua frente e pensando no tempo que levaria para chegar ao fim dela; além disso, estando naquele estado de espírito em que um homem fica mais inclinado a ceder a seu primeiro impulso — e sentindo-se, também, fortemente atraído pelo hotel, em parte por curiosidade, em parte por uma estranha mistura de sentimentos que tinha dificuldade em definir —, Nicholas virou-se e caminhou até o salão de café.

O salão era esplendidamente mobiliado. As paredes eram ornamentadas com a mais fina mostra de papéis de parede franceses, abrilhantadas por uma cornija dourada de elegante desenho. O piso era coberto com um rico tapete; e dois espelhos imponentes, um por cima da lareira, o outro na extremidade oposta do salão, indo do piso ao teto, multiplicavam as outras belezas e acrescentavam a sua própria para intensificar o efeito geral. Havia um grupo um tanto barulhento de quatro cavalheiros num reservado ao lado da lareira, e somente duas outras pessoas presentes — ambos senhores de idade e ambos sozinhos.

Observando tudo isso ao primeiro olhar geral com que um estrangeiro inspeciona um lugar que lhe é novo, Nicholas sentou-se no reservado ao lado do grupo barulhento, de costas para ele e, adiando seu pedido de um copo de clarete até que o garçom resolvesse com um dos homens de idade uma acirrada questão a respeito do preço de um item na conta, pegou um jornal e começou a ler.

Não havia lido ainda nem vinte linhas e estava, na verdade, sonolento, quando se assustou com a menção ao nome de sua irmã. "A pequena Kate Nickleby" foram as palavras que lhe chegaram aos ouvidos. Ele ergueu a cabeça espantado e, ao fazer isso, viu, pelo reflexo no espelho do lado oposto, que dois homens do grupo por trás dele haviam se levantado e estavam parados diante da lareira. "Deve ter vindo de um deles", pensou Nicholas. Esperou para ouvir mais, com um semblante de indignação, pois o tom da conversa era tudo menos respeitoso e o aspecto do indivíduo que ele supunha ter sido o falante era vulgar e arrogante.

Essa pessoa — como Nicholas observou na mesma olhadela ao espelho que lhe permitira ver o rosto dele — estava parada de costas para o fogo conversando com um homem mais novo, que estava de costas para o grupo, usava um chapéu e ajustava o colarinho com a ajuda do espelho. Eles falavam em sussurros, de vez em quando explodindo numa gargalhada, mas Nicholas não ouviu nenhuma repetição das palavras que haviam atraído sua atenção, nem coisa alguma que soasse como elas.

Por fim, os dois retomaram seus lugares, pediram mais vinho, e o grupo tornou-se mais barulhento em sua hilaridade. Entretanto, não houve referência a ninguém que ele conhecesse, e Nicholas se convenceu de que sua exaltada imaginação havia criado aqueles sons, ou convertido outras palavras no nome que não lhe saía do pensamento.

"Mas é curioso", pensou Nicholas: "se tivesse sido 'Kate' ou 'Kate Nickleby', eu não teria me surpreendido, mas 'a pequena Kate Nickleby'!".

O vinho foi servido naquele momento, o que o impediu de terminar a sentença. Ele bebeu todo o conteúdo e retornou ao jornal. Naquele instante...

— Pequena Kate Nickleby! — exclamou uma voz atrás dele.

— Eu tinha razão — murmurou Nicholas, deixando o jornal escapar-lhe das mãos. — E viera do homem que eu supunha.

— Como houve objeção a saudá-la no finzinho do copo — disse a voz —, a saudaremos com o primeiro copo da nova garrafa. À pequena Kate Nickleby!

— À pequena Kate Nickleby — repetiram os outros três. E eles esvaziaram os copos.

Ressentido com o tom e a maneira dessa menção ofensiva e descuidada ao nome de sua irmã num lugar público, os ânimos de Nicholas se inflamaram de imediato; mas, às custas de grande esforço, manteve-se calmo e nem mesmo virou a cabeça.

— Que mulher! — disse a mesma voz que falara antes. — Ela é uma verdadeira Nickleby... uma imitadora perfeita do velho tio Ralph... ela se retrai para ser mais procurada... assim como ele; não se consegue nada de Ralph a menos que se vá atrás dele, e então o dinheiro é duplamente apreciado e a negociação é duplamente mais árdua, porque você está impaciente, mas ele, não. Ah! Esperteza infernal!

— Esperteza infernal — ecoaram duas vozes.

Nicholas ficou em total agonia quando os dois cavalheiros de idade em frente se levantaram, um após o outro, e foram embora, temeroso de perder o que estava sendo dito por causa disso. Mas a conversa foi interrompida enquanto se retiravam e retomada até mesmo com mais liberdade quando deixaram o salão.

— Tenho a impressão — disse o cavalheiro mais jovem — de que a velha ficou com ciúmes e a mantém trancada. Por minha alma, parece que foi isso.

— Se as duas brigarem, e a pequena Nickleby for para a casa da mãe, melhor — disse o primeiro. — Eu consigo qualquer coisa com essa velha. Ela acredita em tudo que eu digo.

— Ó Deus, é verdade — disse a outra voz. — Ha, ha, ha! Pobre coitada!

A risada foi repetida pelas duas vozes que sempre ecoavam juntas e se generalizou às custas da Sra. Nickleby. Nicholas ficou enfurecido, mas controlou-se naquele momento e esperou para escutar mais.

O que ele ouviu não precisa ser repetido aqui. Basta dizer que, à medida que o vinho circulava, Nicholas ouviu o suficiente para conhecer o caráter e os planos daqueles cuja conversa escutara, para tomar ciência da extensão total da vilania de Ralph e da verdadeira razão de ter sua presença solicitada em Londres. Ouviu isso e muito mais. Ouviu os sofrimentos da irmã serem ridicularizados, de sua conduta virtuosa ser mal interpretada, e de maneira brutal; ouviu seu nome passar de boca em boca, e ela se tornar alvo de apostas baixas e desrespeitosas, de conversas irreverentes e de pilhérias licenciosas.

O homem que falara primeiro conduzia a conversa e, na verdade, quase a monopolizava, sendo apenas de vez em quando estimulado por uma leve observação de um ou outro de seus companheiros. A ele, então, Nicholas se dirigiu quando se sentiu suficientemente calmo para enfrentar o grupo e forçar as palavras a saírem de sua garganta ressequida e em chamas.

— Deixe-me dar uma palavrinha com você, senhor — disse Nicholas.

— Comigo, senhor? — perguntou *Sir* Mulberry Hawk, olhando para ele com desdenhosa surpresa.

— Com o senhor, eu disse — respondeu Nicholas, falando com grande dificuldade, pois seu ódio o sufocava.

— Um estranho misterioso, sinceramente! — exclamou *Sir* Mulberry, levando seu copo de vinho aos lábios e olhando para os amigos ao redor.

— Pode vir falar comigo por uns minutos, ou se recusa? — perguntou Nicholas severamente.

Sir Mulberry apenas parou de beber e lhe pediu que dissesse a que viera ou deixasse a mesa.

Nicholas tirou um cartão do bolso e jogou-o à frente dele.

— Aí está, senhor — disse Nicholas —, vai saber do que se trata.

Uma momentânea expressão de surpresa, misturada com confusão, foi espelhada no rosto de *Sir* Mulberry ao ler o nome; mas ele controlou-a num instante e, jogando o cartão para lorde Frederick Verisopht, que estava à sua frente, retirou um palito de um copo diante dele e colocou-o na boca calmamente.

— Seu nome e endereço? — perguntou Nicholas, empalidecendo à medida que seu ódio se acendia.

— Não lhe dou nenhum dos dois — respondeu *Sir* Mulberry.

— Se há um cavalheiro neste grupo — disse Nicholas, olhando à sua volta e quase incapaz de fazer seus lábios brancos formarem as palavras —, que ele me diga o nome e o endereço deste homem.

Houve um silêncio mortal.

— Sou irmão da moça de quem estavam falando ainda há pouco aqui — disse Nicholas. — Denuncio este homem como um mentiroso e o acuso de covarde. Se ele tem um amigo aqui, este o salvará da vergonha de uma tentativa infame de esconder o seu nome... e extremamente inútil também... pois eu descobrirei, e não descansarei enquanto não descobrir.

Sir Mulberry olhou para ele desdenhosamente e, dirigindo-se aos companheiros, disse:

— Deixe esse sujeito falar; não tenho nada sério a dizer a rapazes de sua posição. E só sua bela irmã me impedirá de quebrar-lhe a cabeça se ele falar até a meia-noite.

— Você é um patife ordinário e estúpido! — disse Nicholas. — E assim será proclamado para o mundo todo. Eu *vou* descobrir quem é você; vou segui-lo até a sua casa nem que tenha que andar por estas ruas até amanhã cedo.

Sir Mulberry segurou firmemente o decantador e, por um instante, pareceu prestes a lançá-lo na cabeça de seu desafiador. Mas só fez encher seu copo e dar um riso de mofa.

Nicholas sentou-se bem em frente ao grupo, chamou o garçom e pagou sua conta.

— Sabe o nome daquele homem ali? — perguntou ele ao empregado num tom de voz audível e apontando para *Sir* Mulberry enquanto fazia a pergunta.

Sir Mulberry riu novamente, e as duas vozes que sempre falavam juntas ecoaram o riso, mas com pouca firmeza.

— Daquele cavalheiro, senhor? — perguntou o garçom, que sem dúvida entendera a mensagem, e respondeu com o mínimo de respeito e o máximo de impertinência que podia demonstrar com segurança: — Não, senhor, não sei não, senhor.

— Você aí, rapaz — chamou *Sir* Mulberry, quando o garçom se retirava —, sabe o nome *daquele* homem ali?

— Nome, senhor? Não, senhor.

— Então vai encontrar aqui — disse *Sir* Mulberry, jogando o cartão de Nicholas em direção a ele. — E, quando ficar sabendo, coloque esse pedaço de papelão no fogo.

O homem deu um sorriso e, olhando desconfiado para Nicholas, conciliou a questão pondo o cartão no espelho sobre a chaminé. Depois disso, retirou-se.

Nicholas cruzou os braços e, mordendo o lábio, ficou totalmente quieto; no entanto, expressando bem a seu modo a firme determinação de cumprir com rigor a ameaça de seguir *Sir* Mulberry até a casa dele.

Pelo tom de censura que o membro mais jovem do grupo parecia ter, era evidente que ele se opunha a esse curso de ação e insistia com ele para que acedesse à solicitação de Nicholas. Entretanto, *Sir* Mulberry, que não estava completamente sóbrio e permanecia num estado de mau humor e irredutível obstinação, logo silenciou os protestos do jovem e fraco amigo e ainda parecia — como se para não os escutar novamente — teimar em ser deixado sozinho. Seja como for, o jovem cavalheiro e os dois que sempre falavam juntos, de fato, levantaram-se para fazer um curto intervalo e logo se retiraram, deixando seu amigo sozinho com Nicholas.

Pode-se prontamente pressupor que, para alguém nas condições de Nicholas, os minutos pareciam mover-se com asas de chumbo e que seu andamento era tão monótono quanto o tique-taque de um relógio francês, ou o som estridente de seu toque indicando os quartos de hora. Mas ali ele permaneceu. E, em seu antigo lugar, do lado oposto do salão, encontrava-se recostado *Sir* Mulberry Hawk, com os pés sobre a almofada e seu lenço jogado de forma negligente sobre os joelhos, bebendo o restante de sua garrafa de clarete com a maior frieza e indiferença.

Assim eles permaneceram em total silêncio por mais de uma hora — Nicholas suporia três horas pelo menos, mas o relógio soara apenas quatro vezes. Duas ou três vezes ele olhou irritado e impaciente à sua volta, mas *Sir* Mulberry mantinha-se na mesma atitude, levando o copo de vez em quando aos lábios e fitando vagamente a parede, como se ignorasse por completo a presença de qualquer outra pessoa.

Por fim, ele bocejou, espreguiçou-se e ficou de pé; dirigiu-se friamente ao espelho e, tend o ali se examinado, virou-se e contemplou Nicholas com um olhar prolongado e desdenhoso. Nicholas fitou-o de volta, com disposição; *Sir* Mulberry deu de ombros, sorriu levemente, tocou a sineta e pediu ao garçom para ajudá-lo com o sobretudo.

O homem o atendeu e segurou a porta aberta.

— Pode ir — disse *Sir* Mulberry; e eles ficaram a sós outra vez.

Sir Mulberry circulou o salão várias vezes, assobiando despreocupadamente o tempo todo; parou para esvaziar o último copo de clarete que havia enchido minutos antes, caminhou de novo, pôs o chapéu, ajustou-o em frente ao espelho, calçou as luvas e, por fim, deixou o recinto devagar. Nicholas, colérico e quase a ponto de explodir, levantou-se da cadeira e o seguiu: tão de perto que, antes de a porta se fechar depois que *Sir* Mulberry saiu, eles estavam lado a lado na rua.

Havia um cabriolé particular à espera; o criado pulou para fora da carruagem e foi segurar a cabeça do cavalo.

— Vai me dizer quem é? — perguntou Nicholas com voz abafada.

— Não — respondeu o outro furiosamente e confirmando a recusa com uma imprecação. — Não!

— Se confia na velocidade de seu cavalo, verá que está enganado — disse Nicholas. — Eu vou acompanhá-lo. Por Deus, eu vou, nem que tenha de me pendurar no estribo.

— Será chicoteado se fizer isso — retrucou *Sir* Mulberry.

— Você é um patife — disse Nicholas.

— E você, um moleque de recados, ao que me consta — disse *Sir* Mulberry Hawk.

— Sou filho de um cavalheiro do interior — respondeu Nicholas —, seu igual em nascimento e educação, e seu superior em tudo o mais, com certeza. Vou lhe dizer novamente: a Srta. Nickleby é minha irmã. Vai responder ou não por sua conduta indigna e grosseira?

— A um defensor respeitável, sim. A você, não — respondeu *Sir* Mulberry, tomando as rédeas nas mãos. — Saia da frente, seu cachorro! William, solte a égua.

— É melhor que não faça isso — gritou Nicholas, pulando no estribo, quando *Sir* Mulberry quis dar partida, e agarrando as rédeas. — Ele não tem controle nenhum do cavalo, lembre-se. Você não sai daqui, não sai mesmo, eu juro... enquanto não me disser quem é.

O criado hesitou, pois a égua, que era um animal agitado e puro-sangue, saltou tão violentamente que ele mal conseguiu contê-la.

— Solte já, estou mandando! — trovejou seu patrão.

O homem obedeceu. O animal empinou-se e se precipitou como se pronto para reduzir a carruagem a mil pedaços, mas Nicholas, cego a todo senso de perigo e ciente apenas de sua fúria, mantinha-se em seu lugar, segurando as rédeas.

— Solte isso!
— Então me diga quem é.
— Não!
— Não!

Em menos tempo do que a mais rápida das línguas poderia pronunciar, essas palavras foram trocadas e *Sir* Mulberry, encurtando o chicote, aplicou-o furiosamente à cabeça e aos ombros de Nicholas. O chicote foi quebrado na luta; Nicholas agarrou o cabo pesado e com ele fez um corte num lado do rosto do adversário, do olho até o lábio. Ele viu o ferimento; percebeu que a égua havia desembestado num galope desenfreado; centenas de luzes dançavam diante de seus olhos, e ele foi jogado violentamente no chão.

Estava tonto e nauseado, mas, de imediato, levantou-se cambaleante, despertado pelo barulho dos homens que invadiam a rua gritando para que abrissem caminho. Percebeu um mar de pessoas correndo — olhando à sua frente, pôde ver que o cabriolé seguia pelo pavimento numa velocidade assustadora —, em seguida ouviu um grito forte, a pancada de um corpo pesado e vidros se espatifando —, depois as pessoas se aglomerando a distância, e então não viu nem ouviu mais nada.

A atenção geral voltara-se inteiramente para a pessoa no cabriolé, e Nicholas foi deixado sozinho. Julgando corretamente que, naquelas circunstâncias, seria loucura ir atrás, ele dobrou a esquina mais próxima à procura de um ponto de coches e foi quando descobriu que cambaleava como um bêbado, e que um fio de sangue lhe escorria pelo rosto e pelo peito.

CAPÍTULO XXXIII

No qual o Sr. Ralph Nickleby é liberado, por um diligente processo, de qualquer relação com seus parentes

Smike e Newman Noggs, que em sua impaciência havia voltado muito antes da hora combinada, estavam diante da lareira, atentos a cada passo dado na escada e ao mais leve ruído dentro da casa, aguardando o retorno de Nicholas. O tempo se passara e ficava tarde. Ele prometera voltar dentro de uma hora; e sua ausência prolongada começou a criar um considerável alarme nas mentes de ambos, o que era bem comprovado pelos olhares assustados que lançavam um ao outro a cada nova decepção.

Finalmente, ouviram a parada de um coche, e Newman correu para iluminar a escada para Nicholas. Vendo-o nas condições descritas no final do capítulo anterior, ele ficou horrorizado e confuso.

— Não se assuste — disse Nicholas, conduzindo-o de volta para dentro. — Não foi nada que um pouco de água não possa reparar.

— Não foi nada! — exclamou Newman, passando as mãos apressadamente pelas costas e pelos braços de Nicholas, como para se certificar de que ele não havia quebrado nenhum osso. — Por onde esteve?

— Já sei de tudo — interrompeu Nicholas. — Ouvi uma parte e concluí o resto. Mas, antes de remover um pingo dessas manchas, preciso ouvir tudo de você. Como vê, estou calmo. Minha resolução está tomada. Agora, meu bom amigo, fale; o tempo para paliativos e dissimulação acabou, e nada mais poupará Ralph Nickleby.

— Sua roupa está rasgada em vários lugares; está mancando e tenho certeza de que está sentindo dor — disse Newman. — Deixe-me cuidar de seus ferimentos primeiro.

— Não tenho ferimentos que precisem de cuidados, só um pouco de dor e tensão que logo passarão — disse Nicholas, sentando-se com certa dificuldade. — Mas, ainda que eu tivesse fraturado todos os membros, e mantido a razão, você não cuidaria de nenhum deles até me contar o que tenho o direito de saber. Vamos — disse Nicholas, dando a mão a Noggs. — Você teve uma irmã, como me contou, que morreu antes de você cair na desgraça. Agora pense nela e me conte, Newman.

— Sim, vou contar, vou contar — disse Noggs. — Vou contar toda a verdade.

E Newman contou. Nicholas balançava a cabeça de vez em quando, como se aquilo corroborasse os detalhes que já havia deduzido; mas fixou o olhar no fogo e não o desviou uma só vez.

Ao terminar o relato, Newman insistiu para que seu jovem amigo tirasse o casaco, a fim de permitir que ele tratasse adequadamente os ferimentos que havia sofrido. Após certa resistência, Nicholas enfim concordou e, enquanto alguns machucados severos nos braços e nos ombros estavam sendo esfregados com óleo e vinagre e vários outros remédios eficazes que Newman conseguira com diferentes vizinhos, ele narrou como os recebera. A narrativa causou uma forte impressão na calorosa imaginação de Newman; pois, quando Nicholas chegou à parte violenta da discussão, ele esfregou com tanta intensidade que lhe causou uma terrível dor, mas que ele não demonstraria de forma alguma, ficando perfeitamente claro, no momento, que Newman estava colocando toda aquela força em *Sir* Mulberry Hawk, perdendo de vista seu verdadeiro paciente.

Ao fim desse martírio, Nicholas combinou com Newman que, enquanto ele estivesse ocupado com outras coisas na manhã seguinte, providências deveriam ser tomadas para que sua mãe deixasse imediatamente aquela residência e para que a Srta. La Creevy fosse enviada para lhe dar a notícia. Ele então se enrolou no sobretudo de Smike e voltou para a hospedaria onde deveriam passar a noite e onde (após escrever algumas linhas para Ralph, cuja entrega deveria ser confiada a Newman, no dia seguinte) ele tentou obter o repouso de que tanto precisava.

Os bêbados, dizem, podem rolar precipício abaixo e permanecer inconscientes de qualquer inconveniente pessoal sério quando voltam à razão. A observação pode talvez ser aplicada a injúrias sofridas em outros tipos de agitação violenta: o certo é que, embora Nicholas sentisse um pouco de dor quando acordou no dia seguinte, ele pulou da cama com muito pouca dificuldade quando o relógio soou sete horas e logo estava tão alerta como se nada tivesse ocorrido.

Meramente olhando para o quarto de Smike e dizendo-lhe que logo Newman Noggs viria buscá-lo, Nicholas seguiu pela rua, chamou um coche de aluguel e deu ao homem orientação para ir à casa da Sra. Wititterly, de acordo com o endereço que Newman lhe dera na noite anterior.

Faltavam quinze para as oito quando eles chegaram a Cadogan Place. Nicholas começou a temer que ninguém estivesse de pé àquela hora da manhã, até que ficou aliviado ao ver uma criada, encarregada de limpar os degraus da entrada. Por essa funcionária, ele foi conduzido a um duvidoso pajem, que apareceu com cabelos desalinhados e um rosto quente e brilhoso, como o de um pajem que acabara de se levantar.

Por esse jovem cavalheiro, ele foi informado de que a Srta. Nickleby estava então dando sua caminhada matinal nos jardins da frente da casa. Quanto à questão de se ele poderia ir procurá-la, o pajem se acovardou e achou que não; mas, sendo estimulado com um xelim, criou coragem e achou que podia.

— Diga à Srta. Nickleby que o irmão dela está aqui e tem muita pressa em vê-la — disse Nicholas.

Os botões laminados desapareceram com uma satisfação muito incomum a eles, e Nicholas andou de um lado a outro na sala, num estado de tamanha agitação febril que tornou a espera, até mesmo de um minuto, insuportável. Ele logo ouviu os passos leves que tão bem conhecia e, antes que pudesse avançar para encontrá-la, Kate havia caído em seus braços e começado a chorar.

— Minha querida menina — disse Nicholas ao abraçá-la. — Como está pálida!

— Eu sou muito infeliz aqui, meu querido irmão — soluçou a pobre Kate. — Muito, muito infeliz. Não me deixe aqui, querido Nicholas, ou eu morro de coração partido.

— Não a deixarei em lugar nenhum — respondeu Nicholas —, nunca mais, Kate — disse ele contendo a emoção ao apertá-la contra o peito. — Diga-me que eu fiz isso pensando no melhor. Diga-me que nos separamos porque eu tinha medo de trazer desgraça à sua vida; que foi um sacrifício tão grande para mim como foi para você e que, se fiz errado, foi por ignorância do mundo e por inconsciência.

— Para que dizer a você o que nós dois sabemos tão bem? — respondeu Kate de maneira consoladora. — Nicholas... querido Nicholas... como pode dizer uma coisa dessas?

— Eu me arrependo amargamente ao saber o que você passou — disse o irmão —, ao vê-la assim tão abalada e ainda tão bondosa e paciente... meu Deus! — exclamou Nicholas, fechando o punho e de repente mudando seu tom e seus modos. — Faz meu sangue voltar a ferver. Você deve deixar este lugar comigo imediatamente; você não teria dormido aqui ontem se eu não tivesse descoberto tudo muito tarde. Com quem devo falar antes de irmos embora?

Essa pergunta foi feita na melhor oportunidade, pois neste instante o Sr. Wititterly entrou, e Kate apresentou a ele seu irmão, que prontamente anunciou sua resolução e a impossibilidade de adiá-la.

— O aviso prévio de uma semana — disse o Sr. Wititterly, com a gravidade de um homem com seus direitos — não chegou nem à metade. Portanto...

— Portanto — interrompeu Nicholas —, o salário de uma semana deve ser perdido, senhor. Desculpe esta extrema pressa, mas as circunstâncias requerem que eu retire a minha irmã daqui imediatamente, e não tenho um minuto a perder. As coisas que ela trouxe para cá, mandarei buscar depois, se o senhor permitir.

O Sr. Wititterly inclinou a cabeça para a frente e não ofereceu resistência à partida imediata de Kate; o que, na verdade, o deixou muito satisfeito, pois *Sir* Tumley Snuffim era de opinião que o temperamento da moça e o da Sra. Wititterly não combinavam.

— Com relação à pequena quantia do salário devido — disse o Sr. Wititterly —, eu... — nesse ponto ele foi interrompido por um acesso de tosse violento — eu... fico devendo isso à Srta. Nickleby.

O Sr. Wititterly, deve-se observar, estava acostumado a dever pequenas somas e a continuar devendo-as. Todos os homens têm seus pequenos traços peculiares; e esse era o do Sr. Wititterly.

— Como queira — disse Nicholas. — E, mais uma vez dando uma desculpa apressada pela partida assim tão repentina, ele acomodou rapidamente Kate no veículo e mandou que o homem seguisse para o centro, a toda a velocidade.

Para o centro eles foram, como determinado, a toda a velocidade que o coche de aluguel conseguia desenvolver; e, como os cavalos viviam em Whitechapel e tinham o hábito de fazer a refeição matinal lá, quando a fizeram, deslocaram-se a uma velocidade maior do que se podia razoavelmente esperar.

Nicholas mandou Kate subir alguns minutos antes dele, para que sua inesperada chegada não alarmasse sua mãe, e, quando o caminho havia sido preparado, ele se apresentou com muito respeito e afeto. Newman não perdera tempo, pois havia uma pequena carroça à porta, e os móveis já estavam sendo trazidos para fora às pressas.

Entretanto, a Sra. Nickleby não era o tipo de pessoa a quem se pudesse explicar alguma coisa às pressas, nem que entendia assunto algum de especial delicadeza ou importância em pouco tempo. Por isso, embora a boa senhora tivesse sido submetida a uma hora inteira de preparação pela pequena Srta. La Creevy e estivesse então ouvindo as explicações, nos mais lúcidos termos, dadas por Nicholas e Kate, ela permanecia num estado de pasmo e confusão e não conseguia, de forma alguma, entender a necessidade de decisões tão apressadas.

— Por que você não pergunta a seu tio, meu querido Nicholas, o que ele quer com isso? — observou a Sra. Nickleby.

— Minha querida mãe — respondeu Nicholas —, o tempo para conversas acabou. Só há um passo a tomar, e é rejeitar esse homem com o desprezo e a indignação que ele merece. A sua própria honra e o seu bom nome exigem isso, e, depois da descoberta da conduta vil dele, a senhora não pode ficar na dependência desse homem nem por uma hora, nem sequer para abrigo entre essas paredes nuas.

— Certamente — disse a Sra. Nickleby, chorando amargamente —, ele é um bruto, um monstro; e as paredes estão nuas e precisam ser pintadas também, e eu que gastei dezoito centavos para mandar caiar o teto, o que é desanimador, considerando que isso foi para o bolso de seu tio. Eu nunca poderia acreditar numa coisa dessas... nunca.

— Nem eu, nem ninguém mais — disse Nicholas.

— Benza-me Deus! — exclamou a Sra. Nickleby. — Pensar que aquele *Sir* Mulberry Hawk é um miserável desprezível, como a Srta. La Creevy disse que ele é, Nicholas, meu querido, quando eu me congratulava todos os dias por ele ser um admirador de nossa querida Kate; e pensava o que representaria para a família se ele viesse a fazer parte dela e usasse seu prestígio para conseguir um bom lugar no governo para você. Há ótimos lugares que podem ser conseguidos na Corte, eu sei; pois, para uma amiga nossa (a Srta. Cropley, em Exeter, minha querida Kate, você se lembra?), ele conseguiu um e sei que o mais importante das obrigações dele era usar meias de seda e uma peruca especial, como um saquinho preto de guardar relógio; e pensar que daria nisso, afinal... ah, querido, querido, isso é o suficiente para matar um, isso é! — com essa expressão de pesar, a Sra. Nickleby deu vazão à sua tristeza e chorou desconsoladamente.

Enquanto Nicholas e a irmã foram, àquela altura, forçados a supervisionar a remoção dos poucos móveis, a Srta. La Creevy dedicou-se a consolar a matrona e observou, de maneira bondosa, que ela devia realmente fazer um esforço e se animar.

— Ah, sim, Srta. La Creevy — disse a Sra. Nickleby, com uma petulância não incomum nessas infelizes circunstâncias —, é muito fácil sugerir que alguém se anime, mas se a senhorita tivesse tantas ocasiões para se animar como já tive... e mais — disse a Sra. Nickleby, parando de repente. — Pense no Sr. Pyke e no Sr. Pluck, dois dos mais perfeitos cavalheiros que jamais existiram, o que vou dizer a eles... o que posso dizer a eles? Ora, se eu dissesse: "Ouvi dizer que o amigo dos senhores, *Sir* Mulberry, é um miserável desprezível", eles ririam de mim.

— Eles não vão mais rir de nós, posso garantir — disse Nicholas, adiantando-se. — Venha, mãe, há um coche à porta e, até segunda-feira, na pior das hipóteses, estaremos de volta à nossa antiga residência.

— Onde tudo está pronto e as boas-vindas estão sendo combinadas — acrescentou a Srta. La Creevy. — Agora, deixe-me descer com a senhora.

Mas a Sra. Nickleby não se mudaria assim tão facilmente, pois primeiro insistiu em subir para se certificar de que nada havia sido deixado ali, em seguida, em descer para verificar se todas as coisas haviam sido levadas; e, quando estava entrando no coche, teve uma visão de uma chaleira esquecida na cozinha dos fundos, sobre a lareira, e, já de porta fechada dentro do veículo, a triste lembrança de uma sombrinha verde atrás de alguma porta. Finalmente, Nicholas, num estado de absoluto desespero, ordenou que o cocheiro partisse e, no inesperado solavanco da súbita partida, a Sra. Nickleby perdeu um xelim entre a palha, o que felizmente dirigiu sua atenção para o coche até que era tarde demais para se lembrar de qualquer outra coisa.

Tendo despachado tudo em segurança, despedido a empregada e trancado a porta, Nicholas pulou para dentro de um cabriolé e foi até um lugar perto da Golden Square onde combinara encontrar-se com Noggs; e tudo fora feito tão rapidamente que, antes das nove e meia, ele estava no local do encontro.

— Aqui está a carta para Ralph — disse Nicholas — e aqui, a chave. Quando se encontrar comigo hoje à noite, nem uma palavra sobre ontem. As más notícias correm rápido, e logo saberão. Soube se ele ficou muito machucado?

Newman fez que não com a cabeça.

— Vou procurar saber disso eu mesmo, sem perda de tempo — disse Nicholas.

— Você devia descansar um pouco — disse Newman. — Está febril e doente.

Nicholas fez um aceno descuidado com a mão e, escondendo a indisposição que realmente sentia agora que a agitação que o mantivera havia passado, despediu-se apressadamente de Newman Noggs e o deixou.

Newman estava a menos de três minutos a pé da Golden Square, mas, no curso desses três minutos, ele tirou a carta do chapéu e a colocou de volta pelo menos vinte vezes. Primeiro a frente, depois o verso, depois os lados, depois o endereço, depois o selo foram objeto da admiração de Newman. Ele, então, segurou-a à altura do braço como se para absorver todo o conteúdo de uma única e deliciosa vez, e depois esfregou as mãos em êxtase total com sua missão.

Ele chegou ao escritório, pendurou o chapéu no gancho de sempre, pôs a carta e a chave sobre a escrivaninha e esperou impacientemente até que Ralph Nickleby aparecesse. Poucos minutos depois, ouviu-se o conhecido chiado de suas botas nos degraus, e, em seguida, a campainha tocou.

— O correio chegou?

— Não.

— Alguma outra carta?

— Uma — Newman olhou para ele de perto e colocou-a sobre a escrivaninha.

— O que é isso? — perguntou Ralph, pegando a chave.

— Foi deixada com a carta... um menino trouxe... quinze minutos atrás, ou menos.

Ralph olhou rapidamente o endereço, abriu a carta e leu como se segue:

"Agora eu o conheço bem. Não há censura suficiente que eu possa jogar em seus ombros que carregue com ela uma milésima parte da extrema vergonha que esta declaração despertará em seu peito."

"A viúva do seu irmão e a sua filha órfã rejeitam o abrigo do seu teto e o desprezam com asco e aversão. Seus familiares o repudiam, pois a única vergonha que sentem são os laços de sangue que os ligam a seu nome."

"O senhor está velho, e eu o deixo para o túmulo. Que todas as lembranças de sua vida se grudem a seu falso coração e lancem suas sombras sobre seu leito de morte."

Ralph Nickleby leu essa carta duas vezes e, franzindo o cenho, entrou num estado de meditação; o papel soltou-se de suas mãos e caiu no chão, mas ele fechou os dedos como se ainda o segurasse.

De repente, ele levantou-se e, enfiando a carta, toda amassada, no bolso, virou-se com um ar furioso para Newman Noggs, como se para lhe perguntar o que ele estava esperando. Mas Newman permaneceu imóvel, de costas para ele, seguindo com a ponta gasta e escurecida de uma velha pena alguns números numa tabela de juros presa à parede, e aparentemente alheio a todos os outros objetos.

CAPÍTULO XXXIV

Em que o Sr. Ralph Nickleby é visitado por pessoas a quem o leitor já foi apresentado

— Por que diabos você me deixou tocando por tanto tempo a maldita campainha, que mais parece uma chaleira rachada e cada apito é suficiente para provocar convulsões num homem forte, por minha alma e minha vida, ah, diabos — disse o Sr. Mantalini a Newman Noggs, raspando as botas, enquanto falava, no capacho de Ralph Nickleby.

— Eu só ouvi a campainha tocar uma vez — respondeu Newman.

— Então o senhor está terrivelmente, completamente surdo — disse o Sr. Mantalini —, surdo como um maldito poste.

O Sr. Mantalini já alcançara, a essa altura, o corredor e estava a caminho da porta do escritório de Ralph, sem nenhuma cerimônia, quando Newman se interpôs no caminho; e, sugerindo que o Sr. Nickleby não queria ser incomodado, perguntou se o negócio do cliente era de natureza urgente.

— É extremamente particular — disse o Sr. Mantalini. — É para converter alguns pedaços de papel sujo num maldito molho de verdinhas brilhantes, cintilantes, tinindo e retinindo.

Newman deu um grunhido significativo e, tendo aceitado o cartão do Sr. Mantalini, manquejou até o escritório de seu patrão. Ao enfiar a cabeça pela porta, ele viu que Ralph havia retomado a postura meditativa na qual caíra depois de ler a carta do sobrinho e que parecia tê-la lido outra vez, pois a segurava aberta na mão novamente. A espiadela foi momentânea, pois Ralph, sentindo-se incomodado, virou-se para perguntar a causa da interrupção.

Enquanto Newman a relatava, a própria causa entrou na sala com arrogância e, apertando a mão áspera de Ralph com incomum afetação, garantiu que nunca o vira mais bem-disposto em toda a sua vida.

— Há um viço nesse diabo de rosto — disse o Sr. Mantalini, sentando-se sem ser convidado e arranjando os cabelos e as suíças. — Está muito rejuvenescido e alegre, diabos!

— Estamos sozinhos — disse Ralph, rudemente. — O que quer comigo?

— Bom! — replicou o Sr. Mantalini, mostrando os dentes. — O que eu quero! Sim. Ha, ha! Pois bem. O *que* eu quero. Ha, ha. Ah, diabos!

— O que *quer*, homem? — perguntou Ralph, severamente.

— Um danado de um desconto — respondeu o Sr. Mantalini, com um riso nos lábios e balançando a cabeça com ar jocoso.

— O dinheiro anda escasso — disse Ralph.

— Maldita escassez, ou não estaria me faltando — interrompeu o Sr. Mantalini.

— Os tempos estão ruins, e já não se sabe em quem confiar — continuou Ralph. — Não quero fazer negócio agora, na verdade, prefiro não fazê-lo; mas como é para um amigo... quantas promissórias tem aí?

— Duas — respondeu o Sr. Mantalini.

— Qual é o valor bruto?

— Um nada... setenta e cinco.

— E as datas?

— Dois meses, e quatro meses.

— Vou fazer para você... veja, para *você*; não faria isso para muitas pessoas... por vinte e cinco libras — disse Ralph, deliberadamente.

— Diabos! — exclamou o Sr. Mantalini, de queixo caído, diante dessa proposta tão alta.

— Ora, isso lhe deixa cinquenta — retorquiu Ralph. — O que estava querendo? Deixe-me ver os nomes.

— Você é duro demais, Nickleby — reclamou o Sr. Mantalini.

— Deixe-me ver os nomes — repetiu Ralph, estendendo a mão impacientemente para as promissórias. — Bem! Elas não são garantidas, mas são seguras o suficiente. Concorda com os termos e levará o dinheiro? Eu não gostaria que você fizesse isso. Preferia que não o fizesse.

— Diabos, Nickleby, você não pode... — começou o Sr. Mantalini.

— Não — respondeu Ralph, interrompendo-o. — Não posso. Vai levar o dinheiro? Olhe, sem atraso; nada de ir até a cidade e fingir negociar com outra pessoa que não existe e nunca existiu. Esse é ou não é um bom negócio?

Ralph afastou de si alguns papéis enquanto falava, e despojadamente fez seu cofre retinir, como se por mero acidente. O som foi demais para o Sr. Mantalini. Ele fechou o negócio assim que o barulho chegou a seus ouvidos, e Ralph colocou o dinheiro em cima da mesa.

Mal ele acabara de fazer isso, e o Sr. Mantalini ainda não havia apanhado todo o dinheiro, quando se ouviu a campainha tocar, e logo em seguida Newman fazia entrar ninguém menos do que a própria madame Mantalini, à vista de quem o Sr. Mantalini demonstrou uma considerável agitação e varreu o dinheiro para dentro de seu bolso com notável ansiedade.

— Ah, você *está* aqui — disse madame Mantalini, balançando a cabeça.

— É, minha vida e minh'alma — respondeu o marido, ajoelhando-se e lançando-se, com a alegria de um gatinho, sobre um soberano perdido. — Estou aqui, alegria de minh'alma, neste lugar próspero, apanhando os danados ouro e prata.

— Tenho vergonha de você — disse madame com grande indignação.

— Vergonha... de *mim*, minha alegria? Sabe que está falando com uma doçura encantadora danada, e isso é uma mentirinha malcriada — replicou o Sr. Mantalini. — Ela sabe que não tem vergonha de seu próprio *popolorum tibby*.

Quaisquer que tenham sido as circunstâncias que levaram a isso, certamente parecia que, naquela ocasião, o *popolorum tibby* calculara mal a extensão do afeto de sua mulher. Madame Mantalini lançou apenas um olhar de desprezo em resposta; e, virando-se para Ralph, pediu desculpas por sua intromissão.

— Que é totalmente atribuída — disse madame — à conduta imprópria e flagrante do Sr. Mantalini.

— À minha, meu suco essencial de abacaxi?

— Sua, sim — respondeu a mulher. — Mas não vou permitir isso. Não vou me arruinar com a extravagância e o desregramento de nenhum homem. Chamo o Sr. Nickleby para ser testemunha da decisão que tomarei em relação a você.

— Por favor, não me chame para ser testemunha de nada, senhora — disse Ralph. — Resolvam isso entre vocês, resolvam isso entre vocês.

— Não, eu lhe imploro como um favor — disse madame Mantalini — me escutar ao dar a ele a notícia do que é minha firme intenção fazer... minha firme intenção, senhor — repetiu madame Mantalini, lançando um olhar furioso ao marido.

— Ela agora vai me chamar de "senhor"? — perguntou Mantalini. — Eu, que sou ardorosamente apaixonado por ela! Ela, que enrosca seus fascínios em torno de mim como uma cascavel pura e angelical! Vai destruir meus sentimentos; vai me deixar num estado maldito.

— Não fale de sentimentos, senhor — replicou madame Mantalini, sentando-se e dando-lhe as costas. — O senhor não considera os meus.

— Eu não considero os seus, minh'alma?! — exclamou o Sr. Mantalini.

— Não — respondeu sua mulher.

E, apesar das várias lisonjas por parte do Sr. Mantalini, madame Mantalini ainda disse não, e o fez com um firme e decidido mau humor que claramente tomou o Sr. Mantalini de surpresa.

— A extravagância dele, Sr. Nickleby — disse madame Mantalini, dirigindo-se a Ralph, que estava recostado em sua poltrona com as mãos atrás de si e olhava para o amável casal com um sorriso de supremo e absoluto desprezo —, a extravagância dele ultrapassa todos os limites.

— Eu jamais imaginaria isso — respondeu Ralph, sarcasticamente.

— Mas eu lhe garanto, Sr. Nickleby, que ultrapassa — disse madame Mantalini. — Está me deixando na miséria! Vivo apreensiva e em constantes dificuldades. E mesmo isso — continuou madame Mantalini, enxugando os olhos — não é o pior. Hoje de manhã, ele pegou alguns papéis de valor na minha escrivaninha sem me pedir permissão.

O Sr. Mantalini resmungou levemente e abotoou os bolsos das calças.

— Sou obrigada — continuou madame Mantalini —, desde nossos últimos infortúnios, a pagar à Srta. Knag uma grande soma de dinheiro por ela ter o nome envolvido no negócio, e eu realmente não tenho condições de estimular todo esse desperdício. Como não tenho dúvidas de que ele veio direto para cá, Sr. Nickleby, para converter as notas de que lhe falei em dinheiro, e, como o senhor já nos socorreu muitas vezes antes e está muito ligado a nós nesse tipo de negócio, quero que conheça a resolução que a conduta dele me forçou a tomar.

O Sr. Mantalini resmungou de novo por trás do chapéu de sua mulher e, colocando um soberano sobre um dos olhos, piscou com o outro para Ralph. Tendo feito essa encenação com grande habilidade, enfiou a moeda de volta no bolso e resmungou outra vez num tom ainda mais penitente.

— Decidi — disse madame Mantalini, enquanto sinais de impaciência já se manifestavam no semblante de Ralph — conceder a ele uma mesada.

— Vai fazer o quê, minha alegria? — perguntou o Sr. Mantalini, que pareceu não ter captado as palavras.

— Conceder a ele — disse madame Mantalini, olhando para Ralph e abstendo-se, prudentemente, de lançar um olhar, o mais rápido que fosse, ao marido, temerosa de que os gracejos dele a induzissem a hesitar em sua resolução — ...conceder a ele uma mesada fixa; e, digamos, se ele tiver cento e vinte libras por ano para suas roupas e pequenos gastos, poderá se considerar um homem de muita sorte.

O Sr. Mantalini esperou, com muito decoro, ouvir o valor da quantia proposta, mas, quando ela lhe chegou aos ouvidos, ele jogou o chapéu e a bengala no chão e, retirando do bolso seu lenço, deu vazão a seus sentimentos com um sinistro gemido.

— Maldição! — gritou o Sr. Mantalini, pulando subitamente da cadeira e, da mesma forma súbita, sentando-se de volta nela, provocando grande abalo nos nervos de sua mulher. — Mas não é possível. Isso é um maldito pesadelo. Não é verdade, não.

Confortando-se com essa afirmação, o Sr. Mantalini fechou os olhos e pacientemente se deu um tempo para acordar.

— Um arranjo muito sensato — observou Ralph com um sorriso zombeteiro — se seu marido se mantiver dentro dele, senhora... como sem dúvida se manterá.

— Diabos! — exclamou o Sr. Mantalini, abrindo os olhos ao som da voz de Ralph. — É a terrível realidade. Ela está sentada ali diante de mim. Vejo o gracioso contorno do corpo dela; não pode haver engano... não há nada igual a isso. As duas condessas não tinham contorno algum, e o da viúva fidalga era um danado de um contorno. Por que ela é tão absurdamente bonita a ponto de eu não conseguir ficar com raiva dela, nem mesmo agora?

— Foi você mesmo quem causou isso, Alfred — disse madame Mantalini, ainda em tom de repreensão, porém mais suave.

— Eu sou um vilão desgraçado! — disse o Sr. Mantalini, batendo na própria cabeça. — Vou encher meus bolsos com as moedas de um soberano trocado em centavos e me afogar no Tâmisa; mas não ficarei com raiva dela, nem mesmo nessa ocasião, pois no caminho coloco um bilhete no correio de dois centavos para dizer a ela onde está o corpo. Ela será uma viúva adorável. Eu serei apenas um corpo inerte. Algumas belas mulheres vão chorar; ela vai rir desgraçadamente.

— Alfred, sua criatura cruel, cruel — disse madame Mantalini, soluçando diante da pavorosa imagem.

— Ela me chama de cruel... eu... eu... que por ela estou disposto a virar um corpo condenado, inanimado, úmido, desagradável! — exclamou o Sr. Mantalini.

— Você sabe que meu coração quase se despedaça só de ouvi-lo dizer uma coisa dessas — replicou madame Mantalini.

— E eu posso viver sendo desacreditado? — protestou o marido. — E não parti meu coração num número extraordinário de pedaços e dei todos eles, um após o outro, à mesma feiticeirinha, danada de atraente? E posso viver sem a confiança dela? Diabos, não posso.

— Pergunte ao Sr. Nickleby se a quantia que eu mencionei não é uma soma adequada — argumentou madame Mantalini.

— Eu não quero soma nenhuma — respondeu o desconsolado marido. — Não precisarei de maldita mesada nenhuma. Vou virar um cadáver.

Diante da repetição da ameaça fatal do Sr. Mantalini, madame Mantalini torceu as mãos e implorou a interferência de Ralph Nickleby. E, após grande quantidade de lágrimas e conversas, e várias tentativas por parte do Sr. Mantalini de alcançar a porta, em preparação para cometer uma violência contra si mesmo, aquele cavalheiro foi persuadido, com dificuldade, a prometer que não se transformaria num corpo sem vida. Este importante ponto tendo sido alcançado, madame Mantalini argumentou a questão da mesada, e o Sr. Mantalini fez o mesmo, aproveitando a ocasião para mostrar que poderia passar, com incomum satisfação, a pão e água e trajar farrapos, mas que não suportaria a existência com a carga adicional de não ser merecedor da confiança do objeto de sua mais devotada e desinteressada afeição. Isso levou novas lágrimas aos olhos de madame Mantalini, que, tendo começado a se abrir para alguns erros do Sr. Mantalini, haviam aberto ainda só um pouquinho e podiam facilmente voltar a se fechar. O resultado foi que, sem desistir da questão da mesada, madame Mantalini deixou para depois essa consideração; e Ralph viu, claramente, que o Sr. Mantalini acabara de ganhar uma nova indulgência para sua vida fácil, e que, pelo menos por mais algum tempo, sua degradação e queda haviam sido adiadas.

"Mas elas não tardarão", pensou Ralph; "todo amor — ora, devo até usar a linguagem dos jovens — é bastante fugaz; embora o que tem sua única raiz na admiração por uma cara barbuda, como a daquele babuíno ali, talvez dure mais, já que se origina de uma grande cegueira e é alimentado pela vaidade. Enquanto isso, os tolos trazem grãos para o meu moinho, então que vivam a seu modo e, quanto mais tempo durar, melhor!".

Essas agradáveis reflexões ocorreram a Ralph Nickleby enquanto vários mimos e afagos, que não deveriam ser vistos por terceiros, eram trocados entre os objetos de seus pensamentos.

— Se não tem mais nada a dizer, meu querido, ao Sr. Nickleby — disse madame Mantalini —, vamos nos despedindo. Estou certa de que já tomamos muito tempo dele.

O Sr. Mantalini respondeu, primeiro, dando diversos tapinhas no nariz da Sra. Mantalini e, depois, afirmando em palavras que não tinha mais nada a dizer.

— Diabos! Tenho, sim — ele acrescentou quase imediatamente, puxando Ralph para o lado. — É sobre o seu amigo *Sir* Mulberry. Uma dessas malditas coisas como nunca tinha acontecido, hein?

— O que quer dizer com isso? — perguntou Ralph.

— Diabos, não sabe? — perguntou o Sr. Mantalini.

— Vi no jornal que ele foi jogado para fora do cabriolé ontem à noite e que ficou gravemente ferido, e que a vida dele está em perigo — respondeu Ralph com grande tranquilidade —, mas não vejo nada de extraordinário nisso. Acidentes não são acontecimentos miraculosos quando um homem não tem moderação e dirige depois do jantar.

— Puxa! — exclamou o Sr. Mantalini, dando um longo e agudo assobio. — Então não sabe como foi?

— Não, a menos que tenha sido como eu supus — respondeu Ralph, dando de ombros despreocupadamente, como se para deixar claro a seu interlocutor que não tinha nenhuma curiosidade sobre o assunto.

— Diabos, você me surpreende — disse Mantalini.

Ralph deu de ombros novamente, como se não fosse grande coisa surpreender o Sr. Mantalini, e lançou um olhar atento ao rosto de Newman Noggs — que havia aparecido várias vezes por trás da vidraça da porta da sala — por ser dever dele, durante a visita de pessoas sem importância, fazer fita para dar a entender que o haviam chamado para conduzi-las à saída, insinuando de maneira delicada que estava na hora de elas partirem.

— Não está sabendo — disse o Sr. Mantalini, segurando Ralph pelo botão — que não foi um acidente, que foi seu sobrinho que quase o matou, num maldito ataque de fúria contra ele?

— O quê? — rosnou Ralph, cerrando os punhos e empalidecendo.

— Diabos, Nickleby, você é um tigre tão forte quanto ele — disse Mantalini, alarmado com essas demonstrações.

— Continue — disse Ralph. — O que está dizendo? Qual é a história? Quem lhe contou isso? Fale — vociferou Ralph. — Está me ouvindo?

— Meu Deus, Nickleby — disse o Sr. Mantalini, recuando em direção à esposa —, que gênio danado de violento e diabólico você tem! Assim você faz minha vida e minh'alma perder a deliciosa cabecinha, de susto... com esse súbito acesso de cólera, inflamado, devastador e feroz, como nunca vimos; diabos!

— Bolas! — disse Ralph, forçando um sorriso. — É só maneira de falar.

— É uma maneira danada de desagradável; isso aqui parece um manicômio — disse o Sr. Mantalini, pegando sua bengala.

Ralph forçou um sorriso e uma vez mais perguntou ao Sr. Mantalini quem lhe dera aquela informação.

— Pyke; um sujeito danado de fino, agradável e gentil — respondeu Mantalini. — Danado de agradável e uma figura de destaque.

— E o que ele disse? — perguntou Ralph, contraindo as sobrancelhas.

— Que aconteceu da seguinte maneira... que seu sobrinho encontrou com ele num café, partiu para cima dele com a mais danada ferocidade, foi atrás dele até o coche, jurou que ia junto até a casa dele, nem que fosse montado no cavalo ou pendurado na cauda; quebrou a cara dele, que é uma cara danada de bonita em seu estado natural; espantou o cavalo, jogou longe *Sir* Mulberry e caiu também, e...

— E morreu? — interpôs-se Ralph com os olhos brilhando. — Morreu? Ele está morto?

Mantalini fez que não com a cabeça.

— Ora! — disse Ralph, virando-se. — Então não fez nada. Espere — acrescentou, olhando à sua volta de novo. — Ele quebrou uma perna ou um braço, ou deslocou o ombro, fraturou a clavícula, esmagou alguma costela? O pescoço foi salvo para a forca, mas ele teve algum ferimento doloroso, de cura lenta, pelo problema que causou? Diga. Pelo menos, você deve ter ouvido alguma coisa.

— Não — respondeu o Sr. Mantalini, balançando a cabeça novamente. — A menos que tenha se desintegrado em pequenas partes levadas pelo vento, ele não sofreu nada, pois saiu tranquilo e à vontade como... como... como, droga — disse o Sr. Mantalini sem conseguir achar um símile.

— E qual — perguntou Ralph, hesitando um pouco —, qual foi a causa da briga?

— Ah, diabos! Você, o sujeito mais esperto — replicou o Sr. Mantalini, num tom de admiração —, a raposa velha mais astuta, mais perigosa e mais assustadora de todas... diabos, fingir que não sabe que foi por causa de sua sobrinha de olhinhos brilhantes... a mais suave, mais doce, mais bonita...

— Alfred! — interferiu madame Mantalini.

— Ela sempre tem razão — disse o Sr. Mantalini de forma tranquilizadora — e, quando diz que está na hora de ir, está na hora mesmo, e ela vai. E, quando anda na rua com sua saia rodada, as mulheres dizem, com inveja, que ela tem um marido danado de fino, e os homens dizem extasiados que ele tem uma mulher danada de fina; e tanto elas como eles estão certos, e nenhum deles está errado, por minha vida e minh'alma... ah, diabos!

Com essas observações e muitas outras, não menos inteligentes e apropriadas, o Sr. Mantalini beijou as pontas de sua luva, soprando o beijo para Ralph Nickleby; e, dando o braço à mulher, conduziu-a de maneira afetada.

— Então, então — murmurou Ralph, deixando-se cair na poltrona — esse demônio está solto de novo e me atrapalhando, como nasceu para fazer, sempre que pode. Ele disse que haveria um dia de acerto de contas entre nós, mais cedo ou mais tarde. Vou fazer dele um verdadeiro profeta, porque esse dia chegará com certeza.

— Está em casa? — perguntou Newman, de repente enfiando a cabeça na sala.

— Não — respondeu Ralph, com a mesma rispidez.

Newman retirou a cabeça, mas depois a enfiou novamente.

— Tem certeza de que não está em casa? — perguntou Newman.

— O que quer esse idiota? — disse Ralph, impaciente.

— Ele está esperando desde que aqueles dois entraram aqui e deve ter ouvido a sua voz... é só — disse Newman, esfregando as mãos.

— Quem é ele? — perguntou Ralph levado, pela notícia que acabara de ouvir e a frieza provocadora de seu empregado, a um alto grau de irritação.

A necessidade de uma resposta foi afastada pela entrada inesperada de um terceiro — o indivíduo em questão —, que dirigiu um único olho (pois ele tinha apenas um) a Ralph Nickleby, fez muitas mesuras desengonçadas e sentou-se numa poltrona, com as mãos nos joelhos e com uma calça preta curta tão repuxada nas pernas pelo esforço de sentar-se que mal cobria a parte superior de suas botas de cano alto.

— Ora, isso é uma surpresa! — disse Ralph, levando o olhar ao visitante e com um meio sorriso ao examiná-lo atentamente. — E eu conheço esse rosto, Sr. Squeers.

— Ah! — respondeu aquele digno senhor. — E podia conhecer melhor, senhor, se não fosse por tudo que passei. Vá buscar aquele menino que está sentado lá atrás, no banco alto do escritório, e diga a ele para vir até aqui, faça o favor, meu bom homem — disse Squeers, dirigindo-se a Newman. — Ah, cá está ele. Este é o meu filho, senhor, o pequeno Wackford. O que acha dele, senhor, para um espécime da alimentação em Dotheboys Hall? Ele não está a ponto de explodir dentro dessas roupas, romper as costuras e fazer voar os próprios botões com essa gordura? Aí tem carne! — exclamou Squeers, girando o menino e afundando as partes mais gordas do corpo dele com diversos socos e cutucadas, para grande desconforto de seu filho e herdeiro. — Aí tem firmeza, tem solidez! Ora, quase não dá para pegar entre o indicador e o polegar para beliscá-lo.

Qualquer que fosse a boa condição em que o jovem Squeers se encontrava, ele certamente não apresentou essa notável solidez física, pois, quando o pai apertou-o com o indicador e o polegar para ilustrar seu comentário, o menino deu um grito agudo e esfregou o lugar da maneira mais natural possível.

— Bom — observou Squeers, um pouco desconcertado —, peguei ele aí; mas é porque tomamos o café da manhã muito cedo hoje, e ele ainda não almoçou. Ora, quando ele janta não dá para prender nem um pedacinho dele numa porta. Olhe para essas lágrimas, senhor — disse Squeers, com um ar de triunfo, enquanto o jovem Wackford enxugava os olhos com o punho de sua jaqueta —, são oleosas!

— De fato, ele está muito bem — observou Ralph, que, por razões próprias, parecia desejoso de agradar o diretor da escola. — Mas como vai a Sra. Squeers, e como vai o senhor?

— A Sra. Squeers, senhor — respondeu o proprietário de Dotheboys —, vai bem, como sempre... uma mãe para aqueles meninos e uma bênção, um conforto, uma alegria para todos os que a conhecem. Um dos nossos meninos... se encheu de comida e ficou doente; isso é o que eles fazem... teve um abcesso na semana passada. Se o senhor a visse fazendo uma operação nele com um canivete! Meu Deus, que membro da sociedade é aquela mulher! — exclamou Squeers, dando um suspiro e balançando a cabeça várias vezes.

O Sr. Squeers se entregou a um olhar retrospectivo por um quarto de minuto, como se essa alusão às qualidades de sua mulher tivesse naturalmente levado seus pensamentos para a pacífica aldeia de Dotheboys, próxima a Greta Bridge, em Yorkshire; e depois olhou para Ralph, como se esperando que ele dissesse alguma coisa.

— O senhor se recuperou do ataque daquele patife? — perguntou Ralph.

— Acabo de me recuperar, se é que estou recuperado mesmo — respondeu Squeers. — Eu era uma chaga só, senhor — disse Squeers, tocando primeiro na raiz do cabelo e depois na ponta das botas —, *daqui* até *aqui*. Vinagre e papel pardo, vinagre e papel pardo, dia e noite. Eu calculo que tinha uma meia resma de papel pardo em cima de mim, do começo ao fim. Do jeito que fiquei deitado na cozinha, um monte de papel me cobrindo, dava para pensar que eu era um pacote grande embrulhado em papel pardo, cujo conteúdo eram só gemidos. Eu gemi alto, Wackford, ou gemi baixo? — perguntou o Sr. Squeers ao filho.

— Alto — respondeu Wackford.

— Os meninos ficaram tristes de me ver naquela condição horrorosa, Wackford, ou ficaram contentes? — perguntou o Sr. Squeers, de maneira sentimental.

— Cont...

— Hein? — gritou Squeers, virando-se bruscamente.

— Tristes — disse o filho.

— Ah! — exclamou Squeers, dando-lhe uma bofetada no ouvido. — Então tire as mãos dos bolsos e não gagueje quando eu lhe fizer uma pergunta. E fique calado, mocinho, no escritório de um cavalheiro, ou eu fujo de casa e não volto nunca mais; e então o que seriam daqueles preciosos meninos abandonados, se deixados soltos no mundo, sem seu melhor amigo do lado?

— O senhor precisou de atendimento médico? — perguntou Ralph.

— Precisei, sim — respondeu Squeers —, e o assistente me mandou uma conta alta; mas paguei tudo.

Ralph arqueou as sobrancelhas de uma maneira que poderia expressar compreensão ou surpresa — como o observador quisesse interpretar.

— É, paguei a conta toda, cada centavo — completou Squeers, que parecia conhecer o homem com quem tinha de lidar bem demais para supor que qualquer evasiva o induziria a pagar as despesas. — E também isso não me deixou sem dinheiro, no final.

— Não? — disse Ralph.

— Nem em meio centavo — respondeu Squeers. — O fato é que cobramos apenas um extra para nossos meninos, que é para os médicos, quando necessário... e só não pedimos adiantado quando temos a garantia de nossos fregueses. Entende?

— Estou entendendo — disse Ralph.

— Pois bem — continuou Squeers. — Então, depois que recebi a minha conta, escolhemos cinco meninos (filhos de pequenos comerciantes, que pagavam com certeza) que ainda não tinham tido escarlatina e mandamos um deles para uma casa de campo onde as pessoas estavam com a febre, e ele pegou, então colocamos os outros quatro para dormir com ele, e *eles* pegaram também, e então o médico veio e cuidou deles todos de uma vez, então dividimos o meu total entre eles e acrescentamos na conta dos meninos, e os pais pagaram tudo. Ha! Ha! Ha!

— Um bom plano esse — disse Ralph, olhando para o diretor sorrateiramente.

— Acredito que sim — disse Squeers. — Sempre fazemos isso. Ora, quando a Sra. Squeers deu à luz o pequeno Wackford, fizemos uma meia dúzia de meninos pegar coqueluche e incluímos a despesa dela nas conta deles, inclusive a mensalidade da ama de leite. Ha! Ha! Ha!

Ralph nunca ria, mas nessa ocasião chegou bem próximo a isso e, esperando até que o Sr. Squeers se satisfizesse por completo com a brincadeira profissional, perguntou o que o trouxera à cidade.

— Uma questão desagradável com a lei — respondeu Squeers, coçando a cabeça —, ligada a uma ação que eles chamam de negligência com um menino. Não sei o que pode ser. Ele teve um pasto tão bom, aquele menino, o melhor que existia ali por perto.

Ralph olhou como se não entendesse bem a observação.

— Pasto — repetiu Squeers num tom mais alto, tendo a impressão de que, se Ralph não havia entendido, ele devia ser surdo. — Quando um menino fica fraco e não quer comer, mudamos a dieta dele... soltamos ele, por mais ou menos uma hora, todo dia, num campo de nabos de algum vizinho... ou às vezes, se for um caso delicado, num campo de nabo e numa plantação de cenoura alternadamente e o deixamos comer quanto quiser. Não existe uma terra melhor no interior do que aquela em que o maldito menino pastava, e mesmo assim ele fica resfriado, tem indigestão e não sei mais o quê, e então os amigos dele abrem um processo contra *mim*! Agora, não dá para imaginar — acrescentou Squeers, mexendo-se na cadeira com a impaciência de um homem maltratado — que a ingratidão das pessoas as leve a esse ponto, não é?

— Um caso complicado, de fato — observou Ralph.

— Isso que está dizendo não é mais do que a pura verdade — respondeu Squeers. — Acho que não tem um homem neste mundo que sinta tanta afeição pelos jovens como eu. Atualmente, temos meninos em Dotheboys Hall que chegam a uma quantia de oitocentas libras por ano. Eu chegaria a uma quantia de mil e seiscentas, se pudesse conseguir mais, e gostaria das vinte libras individuais deles como de nada mais.

— Vai ficar no seu velho hotel? — perguntou Ralph.

— Vou, estamos no Sarraceno — respondeu Squeers — e, como não falta muito para o final do semestre, vamos continuar a parar lá até coletar o dinheiro e mais alguns meninos também, espero. Eu trouxe o pequeno Wackford comigo de propósito para mostrá-lo aos pais e aos guardiões. Vou colocá-lo no anúncio desta vez. Olhe para o menino... um verdadeiro aluno. Ora, ele é um milagre de uma ótima alimentação, é mesmo!

— Eu gostaria de ter uma palavra com o senhor — disse Ralph, que, por algum tempo, havia falado e escutado mecanicamente, e parecia estar pensando.

— Tantas quantas o senhor quiser — disse Squeers. — Wackford, vá brincar lá no escritório dos fundos e não se mexa muito, senão ficará magro, e isso não serve. Será que tem aí dois centavos, Sr. Nickleby? — perguntou Squeers, mexendo em um bando de chaves no bolso e resmungando algo sobre ter somente moedas de prata.

— Eu... acho que tenho — disse Ralph, bem devagar e pegando, depois de remexer muito uma velha gaveta, um centavo, um meio centavo e dois quartos de centavo.

— Obrigado — disse Squeers, dando o dinheiro ao filho. — Tome aqui! Vá comprar uma torta... o funcionário do Sr. Nickleby mostrará onde... e veja se compra uma bem deliciosa. Os doces — acrescentou Squeers, fechando a porta depois que o jovem Wackford saiu — fazem o corpo dele brilhar muito, e os pais consideram isso um sinal de saúde.

Com essa explicação e um olhar específico para complementar, o Sr. Squeers mudou a cadeira de lugar para ficar em frente ao Sr. Nickleby e bem próximo a ele; depois de colocá-la como queria, sentou-se.

— Escute o que vou dizer — disse Ralph, curvando-se um pouco para a frente.

Squeers anuiu com a cabeça.

— Eu não suponho — disse Ralph — que seja tão tolo a ponto de perdoar ou esquecer, assim depressa, a violência praticada contra o senhor, e o escândalo a que foi exposto.

— Diabos, nem um pouco — respondeu Squeers, mordazmente.

— Nem perder a oportunidade de pagar com juros, se tivesse uma — disse Ralph.

— Mostre-me uma para ver — replicou Squeers.

— E foi isso que o levou a me visitar? — perguntou Ralph, fitando o diretor da escola nos olhos.

— N... n... não, nada disso — respondeu Squeers. — Pensei que se pudesse me dar, além daquele dinheirinho que me mandou, uma indenização...

— Ah! — exclamou Ralph, interrompendo-o. — Não precisa continuar.

Após uma longa pausa, durante a qual Ralph pareceu absorto em contemplação, ele voltou a quebrar o silêncio perguntando:

— Quem é aquele menino que ele levou com ele?

Squeers deu o nome.

— Ele era novo ou velho, saudável ou doente, obediente ou rebelde? Fale, homem — retorquiu Ralph.

— Pois bem, ele não era novo — respondeu Squeers. — Quer dizer, não era novo para um menino, entende?

— Quer dizer que ele não era mais um menino, eu calculo? — interrompeu Ralph.

— Bom — respondeu Squeers, rapidamente, como se aliviado pela sugestão —, ele já tinha quase vinte anos. Mas não parecia tão velho para as pessoas que não o conheciam, porque faltava um pouco aqui — tocando a testa —, ninguém em casa, entende, por mais que você batesse na porta.

— E o senhor bateu *mesmo* muitas vezes, não foi? — murmurou Ralph.

— Muitas — respondeu Squeers com um sorriso.

— Quando me escreveu para confirmar o recebimento daquele dinheirinho, como o senhor chamou — disse Ralph —, o senhor me disse que ele tinha sido deserdado pelos amigos fazia muito tempo, e que o senhor não tinha a menor pista de quem ele era. Isso é verdade?

— É, sim, má sorte! — respondeu Squeers, ficando mais à vontade e mais familiar em seus modos, enquanto Ralph continuava as perguntas com menos reserva. — Pelo meu livro de registros, faz catorze anos que um estranho o levou para a minha casa, numa noite de outono, e o deixou lá, pagando adiantado cinco libras e cinco xelins pelo primeiro trimestre dele. Ele devia ter uns cinco ou seis anos naquela época... não mais.

— O que sabe mais sobre ele? — perguntou Ralph.

— Miseravelmente pouco, sinto dizer — respondeu Squeers. — O dinheiro foi pago por uns seis ou oito anos, e depois parou. Ele tinha dado um endereço em Londres, aquele sujeito. Mas, quando chegou a hora, ninguém sabia nada dele. Então eu mantive o rapaz por... por...

— Caridade? — sugeriu Ralph secamente.

— Caridade, isso mesmo — respondeu Squeers, esfregando os joelhos. — E, quando ele começou a ficar útil, de certa forma, aquele patife do Nickleby chega e foge com ele. Mas a parte mais vergonhosa e irritante dessa questão toda — disse Squeers, baixando a voz e puxando a cadeira para mais perto de Ralph — é que algumas perguntas estão sendo feitas sobre ele ultimamente... não a mim, mas indiretamente no nosso vilarejo. Então, logo quando eu podia ter todas as dívidas pagas, talvez, e talvez... quem sabe? Isso aconteceu no nosso negócio antes... um presente por ter cedido ele a um fazendeiro, ou o mandado para o mar, de modo que nunca mais aparecesse para envergonhar os pais, supondo que é filho natural, como muitos de nossos meninos são... droga, se aquele vilão do Nickleby não tivesse agarrado ele pela gola em pleno dia e assaltado o meu bolso como se faz na estrada.

— Nós dois vamos acertar contas com ele em breve — disse Ralph, colocando a mão no braço do diretor de escola de Yorkshire.

— Acertar contas! — ecoou Squeers. — Ah! Eu gostaria de deixar um pequeno saldo a pagar no nome dele, para ser acertado quando ele puder. Eu queria que a Sra. Squeers pegasse esse menino. Abençoada seja essa mulher! Ela o matava, Sr. Nickleby... matava, tão rápido quanto termina o jantar.

— Vamos voltar a falar sobre isso — disse Ralph. — Preciso de tempo para pensar. Feri-lo por meio de seus próprios apegos e afeições... Se eu pudesse atingi-lo por meio desse garoto...

— Atinja-o como quiser, senhor — interrompeu Squeers —, mas bata com força, é só. E, com isso, eu lhe desejo um bom dia. Você aí... pegue o chapéu desse menino no gancho, no canto, e o tire daquele banco, faça o favor.

Gritando essas ordens a Newman Noggs, o Sr. Squeers dirigiu-se ao escritório dos fundos e colocou o chapéu no filho com a ansiedade de um pai, enquanto Newman, com sua pena atrás da orelha, ficou rigidamente imóvel em seu banco, olhando pai e filho alternadamente, com um olhar tolerante.

— Ele é um bom menino, não é? — perguntou Squeers, jogando a cabeça um pouco para o lado e recuando para a escrivaninha, para melhor estimar as proporções do pequeno Wackford.

— Muito — disse Newman.

— Bem cheio, não é? — continuou Squeers. — Ele tem a gordura de vinte meninos, olhe que tem.

— Ah! — respondeu Newman, subitamente virando o rosto em direção ao de Squeers. — Tem, sim; a gordura de vinte!... Mais! Tem a gordura toda. Deus ajude esses outros. Ha! Ha! Oh, Senhor!

Após fazer essas observações fragmentadas, Newman curvou-se sobre a escrivaninha e começou a escrever com a mais admirável rapidez.

— Ora, o que o homem quer dizer? — perguntou Squeers, enrubescendo. — Ele está bêbado?

Newman não respondeu.

— Está louco? — perguntou Squeers.

Newman, porém, não dava sinal de estar consciente de nenhuma presença, a não ser a dele próprio; então, o Sr. Squeers se consolou dizendo que ele estava bêbado e louco; e, com essa observação de despedida, saiu levando seu esperançoso filho.

Na exata proporção em que Ralph se tornava ciente de uma conflitante e tardia estima por Kate, seu ódio a Nicholas aumentava. Devia ser que, para expiar a fraqueza de sua queda por alguma pessoa, ele considerava necessário odiar alguma outra mais intensamente do que antes; esse era o curso de seus sentimentos. E, agora, ser afrontado e desprezado, ser mostrado a ela nas piores e mais repulsivas cores, saber que ela foi ensinada a odiá-lo e desprezá-lo, a sentir que seu toque era infeccioso e sua companhia, corrompedora — saber tudo isso e também que o causador era aquele mesmo parente, infantil e pobre, que o ridicularizara em sua primeira conversa e desde então o afrontara e desafiara abertamente, levou sua malignidade, calada e sorrateiramente, a tamanha intensidade que pouco havia que ele arriscasse para satisfazê-la, se tivesse encontrado um meio para uma retaliação imediata.

Mas, felizmente para Nicholas, Ralph Nickleby não encontrou. E, embora ele tivesse passado o dia inteiro planejando e mantido um canto de seu cérebro ocupado com um único e aflitivo assunto, abrangendo todos os esquemas e negócios que vinham com ele, a noite chegou e o encontrou ainda martelando sobre o mesmo tema e ainda fazendo as mesmas reflexões infrutíferas.

— Quando o meu irmão era como ele — disse Ralph —, foram feitas as primeiras comparações entre nós... sempre desfavoráveis a mim. *Ele* era aberto, liberal, galante, alegre; *eu* era um avarento astuto de sangue frio e estagnado, cuja única paixão era economizar, e sem entusiasmo algum a não ser pela sede do lucro. Eu me lembrei disso bem quando eu vi esse pretensioso pela primeira vez; mas me lembro melhor agora.

Ele estivera ocupado em rasgar a carta de Nicholas quase até reduzi-la a átomos; e, enquanto falava, ele a espalhava numa chuva de minúsculos pedaços à sua volta.

— Recordações como essas — continuou Ralph, com um riso amargo — voam ao meu redor... quando a elas eu me entrego... em bandos, vindas de inúmeros lugares. Como uma parte do mundo finge desprezar o poder do dinheiro, eu devo tentar mostrar a eles como ele é.

E, estando a essa altura num estado de espírito agradável para um descanso, Ralph Nickleby foi dormir.

CAPÍTULO XXXV

Smike passa a conhecer a Sra. Nickleby e Kate. Nicholas também faz novas amizades. Dias mais brilhantes parecem estar raiando para a família

Tendo estabelecido a mãe e a irmã nos alojamentos da bondosa pintora de miniaturas e certificando-se de que *Sir* Mulberry Hawk não corria risco de morrer, Nicholas voltou seus pensamentos para o pobre Smike, que, depois de ter feito a refeição matinal com Newman Noggs, permanecera, num estado desolador, na casa dessa digna criatura, aguardando notícias de seu protetor com muita ansiedade.

"Como ele será parte de nossa pequena família onde quer que moremos, independentemente do que a sorte nos reserve", pensou Nicholas, "devo apresentar este pobre companheiro de maneira adequada. Elas serão bondosas com ele por ele mesmo, e, se não (somente por essa conta) em toda a extensão que eu desejaria, elas forçarão um pouco por mim, tenho certeza."

Nicholas disse "elas", mas suas dúvidas limitavam-se a uma pessoa. Ele tinha certeza quanto a Kate, mas conhecia as peculiaridades de sua mãe e não estava muito certo de que Smike viesse a cair nas graças da Sra. Nickleby.

"Entretanto", pensou Nicholas ao sair para sua missão benevolente, "ela vai se afeiçoar a ele quando souber a criatura dedicada que ele é; e, como logo ela deverá descobrir, a provação dele será pequena".

— Eu tive medo — disse Smike, muito satisfeito ao ver o amigo de volta — que você tivesse se metido em outra enrascada; as horas demoraram tanto a passar que achei que você tinha se perdido.

— Perdido! — repetiu Nicholas alegremente. — Você não se verá livre de mim assim tão fácil, eu lhe garanto. Eu ainda vou ressurgir na superfície milhares de vezes... e, quanto maior for a força que me empurre para baixo, o mais rapidamente eu saltarei para cima, Smike. Mas vamos; minha tarefa aqui é levar você para casa.

— Para casa! — vacilou Smike, recuando timidamente.

— Sim — confirmou Nicholas, tomando o braço dele. — Por que não?

— Eu já tive tanta esperança — disse Smike. — Dia e noite, dia e noite, por muitos anos. Sentia tanta saudade de casa que eu ficava esgotado e me consumia de tristeza, mas agora...

— Mas agora o quê? — perguntou Nicholas, olhando carinhosamente para o rosto dele. — Agora o quê, velho amigo?

— Eu não poderia me separar de você para ir a casa nenhuma no mundo — respondeu Smike, apertando a mão dele —, a não ser uma, a não ser uma... Sei que nunca vou ficar velho; então, se eu fosse colocado no túmulo por suas mãos e pudesse pensar, antes de morrer, que você ia lá me visitar de vez em quando com um de seus sorrisos bondosos, e no período de verão, quando tudo está vivo... não morto como eu... para essa morada, eu poderia ir quase sem uma lágrima.

— Por que está falando assim, meu pobre menino, se tem uma vida feliz comigo? — perguntou Nicholas.

— Porque *eu* ia mudar; não aqueles ao meu redor. E, se eles se esquecessem de mim, *eu* nunca ia saber — respondeu Smike. — No cemitério, todo mundo é igual, mas aqui não tem ninguém como eu. Sou um pobre coitado, mas eu sei disso.

— Você é um bobo, um tolo — disse Nicholas alegremente. — Se é isso que quer dizer, garanto que é. Ora, que cara é essa para estar na companhia de senhoras?! Da minha linda irmã, que tantas vezes você ficou curioso para conhecer. É esse o cavalheirismo das pessoas de Yorkshire? Que vergonha! Que vergonha!

Smike animou-se e sorriu.

— Quando falo de casa — continuou Nicholas —, estou falando da minha casa... que é a sua, claro. Se fosse definida por quatro paredes e um teto, só Deus sabe como eu ficaria confuso para dizer onde ela fica; mas não é o que quero dizer. Quando falo de casa, estou me referindo ao lugar onde... na falta de um melhor... aqueles que eu amo se reúnem. E, se esse lugar fosse uma tenda de ciganos, ou um estábulo, eu ainda assim lhe daria esse belo nome. Agora, o que é a minha casa atual, por mais alarmantes que sejam suas expectativas, não horrorizará você nem pelo tamanho nem pelo esplendor!

Dizendo isso, Nicholas tomou o braço de seu companheiro e, acrescentando muito mais sobre o que conversavam, além de distraí-lo com várias coisas interessantes no caminho, dirigiu-se à casa da Srta. La Creevy.

— Este aqui, Kate — disse Nicholas, entrando na sala onde sua irmã estava sozinha — é o fiel e afetuoso amigo e companheiro de viagem, de quem já lhe falei.

O pobre Smike, a princípio, mostrou-se envergonhado, pouco à vontade e bastante assustado, mas Kate se aproximou dele com tanto carinho e disse, numa voz tão doce, como estava ansiosa para conhecê-lo depois de tudo que seu irmão lhe contara, e o quanto desejava lhe agradecer por ter consolado Nicholas em seus piores reveses, que ele ficou sem saber se deveria chorar ou não, e ainda mais aturdido. Porém, conseguiu dizer, com voz embargada, que Nicholas era seu único amigo e que daria a vida por ele; e Kate, embora amável e atenciosa, fingiu estar tão alheia à aflição e vergonha do rapaz que ele se recompôs quase imediatamente e se sentiu em casa.

Em seguida, a Srta. La Creevy entrou; e Smike teve de ser apresentado a ela também. A Srta. La Creevy foi igualmente bondosa e maravilhosamente tagarela, dirigindo-se, de início, a Nicholas e à irmã dele, não a Smike, pois isso o teria deixado constrangido. Depois de certo tempo, de vez em quando, ela se dirigia ao próprio Smike, perguntando-lhe se ele sabia julgar retratos, se achava que aquela pintura num canto da sala parecia com ela, se ele não achava que teria sido melhor que ela tivesse se retratado dez anos mais nova, e também se não achava, de modo geral, que as moças jovens ficavam melhor não somente nos retratos, mas em si mesmas, do que as mais velhas, continuando com muitas outras brincadeirinhas e observações divertidas, feitas com tanto bom humor e alegria que Smike a considerou a pessoa mais simpática que ele já conhecera; até mesmo mais simpática do que a Sra. Grudden, do teatro do Sr. Vincent Crummles; e ela era uma senhora bem simpática, e falava talvez um pouco menos, mas certamente mais alto do que a Srta. La Creevy.

Por fim, a porta se abriu de novo e uma senhora de luto entrou; e Nicholas, beijando afetuosamente a senhora de luto e chamando-a de mãe, conduziu-a em direção à cadeira da qual Smike se levantara quando ela entrou na sala.

— A senhora é sempre bondosa e está sempre pronta a ajudar os oprimidos, minha querida mãe — disse Nicholas —, então a senhora será benévola com ele, eu sei.

— Com certeza, meu querido Nicholas — respondeu a Sra. Nickleby, olhando fixamente para seu novo amigo e curvando-se diante dele com algo de mais majestoso do que a ocasião parecia pedir. — Estou certa de que qualquer amigo seu tem, como na verdade deveria ter, e deve ter, claro, sabe, um grande respeito da minha parte e, claro, é um grande prazer para mim ser apresentada a qualquer pessoa por quem você tenha interesse. Não há dúvida disso; absolutamente nenhuma; nem a menorzinha no mundo — disse a Sra. Nickleby. — Ao mesmo tempo, devo dizer, Nicholas, meu querido, como eu costumava dizer ao seu pobre e querido papai quando ele *trazia* algum cavalheiro para o jantar e não havia nada em casa, que, se ele tivesse vindo dois dias atrás... não, eu não quero dizer anteontem; eu devia ter dito, talvez, dois anos atrás... teríamos conseguido recebê-lo bem melhor.

Com essas observações, a Sra. Nickleby virou-se para a filha e perguntou, num sussurro audível, se o cavalheiro ia passar a noite lá.

— Porque se for, Kate, minha querida — disse a Sra. Nickleby —, não vejo como ele possa dormir em qualquer lugar aqui, e essa é a pura verdade.

Kate deu um gracioso passo à frente e, sem qualquer demonstração de aborrecimento ou irritação, sussurrou umas palavras ao ouvido de sua mãe.

— Ai, Kate, minha querida — disse a Sra. Nickleby, recuando —, como você gosta de provocar! *Claro* que eu entendo isso, meu amor, sem você ter que me explicar; e eu disse a mesma coisa a Nicholas e *estou* muito satisfeita. Você não me disse Nicholas, meu querido — acrescentou a Sra. Nickleby, virando-se com um ar mais cordial do que o que havia assumido —, como se chama o seu amigo.

— O nome dele, mãe — respondeu Nicholas —, é Smike.

O efeito dessa comunicação não foi de forma alguma esperado; porém, logo que o nome foi pronunciado, a Sra. Nickleby desabou numa cadeira e teve um acesso de choro.

— O que houve? — perguntou Nicholas, correndo para ajudá-la.

— É tão parecido com Pyke — disse a Sra. Nickleby —, tão exatamente como Pyke. Ah! Não fale comigo... eu vou melhorar num instante.

E, após exibir todos os sintomas de uma lenta asfixia em todos os estágios, de beber de um copo cheio o equivalente a uma colherinha de água e derramar o restante, a Sra. Nickleby *estava* melhor e observou, com um fraco sorriso, que era muito tola, ela sabia.

— É um mal da nossa família — disse a Sra. Nickleby. — Então, é claro, não posso ser culpada por isso. Sua avó, Kate, era igualzinha... exatamente. A menor agitação, a mais leve surpresa... ela desmaiava, na hora. Eu ouvi a sua avó contando, muitas e muitas vezes, que, quando era jovem, e antes de se casar, num certo dia, ela estava dobrando uma esquina da rua Oxford quando se chocou com o cabeleireiro dela, que, parece, estava fugindo de um grosseirão ...um mero encontro súbito a fez desmaiar imediatamente. Espere um pouco — acrescentou a Sra. Nickleby, parando para refletir. — Deixe-me ver se estou certa. Foi o cabeleireiro dela que tinha escapado de um grosseirão, ou foi um grosseirão que tinha escapado do cabeleireiro dela? Eu admito que não consigo me lembrar agora, mas o cabeleireiro dela era um homem muito bonito, eu sei, e tinha os modos de um verdadeiro cavalheiro, de maneira que não tem nada a ver com a questão da história.

A Sra. Nickleby, tendo entrado imperceptivelmente num de seus estados de retrospecção, a partir desse momento melhorou de humor e passou a deslizar, por uma fácil e ocasional mudança da conversa, para muitas outras histórias, não menos notáveis por sua precisa aplicação ao assunto em questão.

— O Sr. Smike é de Yorkshire, Nicholas, meu querido? — perguntou a Sra. Nickleby depois do jantar, quando já havia ficado em silêncio por certo tempo.

— Sem dúvida, mãe — respondeu Nicholas. — Vejo que a senhora não esqueceu a história melancólica dele.

— Nossa, não! — exclamou a Sra. Nickleby. — Ah! Melancólica mesmo. O senhor por acaso nunca jantou com os Grimble de Grimble Hall, em algum lugar em North Riding, Sr. Smike? — perguntou a boa senhora, dirigindo-se diretamente a ele. — Um homem muito admirável, *Sir* Thomas Grimble, com seis filhas moças e graciosas e o mais lindo parque no interior.

— Minha querida mãe — argumentou Nicholas —, a senhora acha que um proscrito infeliz, de uma escola de Yorkshire, teria possibilidade de receber muitos convites da nobreza e das famílias de bem das vizinhanças?

— Realmente, meu querido, não vejo por que isso parece tão extraordinário — disse a Sra. Nickleby. — Sei que, quando *eu* estava na escola, sempre ia pelo menos duas vezes por semestre à casa dos Hawkins, em Taunton Vale, e eles são mais ricos do que os Grimble, e ligados a eles pelo casamento; então, você vê que não é assim tão improvável, afinal.

Tendo derrubado Nicholas dessa maneira triunfante, a Sra. Nickleby sofreu um súbito ataque de esquecimento do nome real de Smike e uma irresistível tendência a chamá-lo de Sr. Slammons; circunstância esta que ela atribuía à extraordinária semelhança entre os dois nomes, na questão do som, ambos iniciando por S e, mais ainda, sendo escritos com um M. Porém, qualquer dúvida que pudesse haver nesse particular, nenhuma haveria quanto ao fato de ele ser um excelente ouvinte; circunstância esta que teve considerável influência em deixar os dois nos melhores termos e em induzir a Sra. Nickleby a louvar a conduta e o humor dele em geral.

Assim, o pequeno círculo permaneceu nos mais amistosos e agradáveis dos termos, até a segunda-feira de manhã, quando Nicholas se retirou por certo tempo para refletir seriamente sobre sua situação e estabelecer, se possível, um curso para sua vida que lhe permitisse sustentar aqueles tão inteiramente dependentes de seus esforços.

O Sr. Crummles lhe veio à mente mais de uma vez; porém, embora Kate soubesse de toda a história de sua associação com aquele senhor, sua mãe a ignorava; e ele previu mil objeções irritadiças por parte dela se ele fosse buscar seu sustento no palco. Havia razões mais sérias, também, contra seu retorno àquele modo de vida. Independentemente daquelas razões surgidas dos ocasionais e precários ganhos, e de sua convicção interior de que não podia ter esperanças de aspirar a uma grande superioridade, nem mesmo como ator provinciano, como poderia ele carregar sua irmã de cidade em cidade, de lugar em lugar, e privá-la de quaisquer outros companheiros a não ser aqueles com quem ele era obrigado, quase sem distinção, a conviver? "Não há jeito", disse Nicholas, balançando a cabeça, "preciso tentar outra coisa".

Era mais fácil tomar essa decisão do que levá-la a efeito. Sem maior experiência do mundo do que a que adquirida por si mesmo em suas curtas provações; com suficiente contribuição de sua imprudência e precipitação (qualidades não de todo antinaturais nessa fase da vida); com uma reserva muito pequena de dinheiro e uma ainda menor de amigos; o que ele podia fazer? — Ó Deus! — disse Nicholas. — Vou tentar a agência de empregos de novo.

Ele sorriu para si mesmo enquanto caminhava a passos rápidos, pois minutos antes culpava intimamente sua precipitação. Não riu de sua intenção, contudo, pois em frente ele seguiu: imaginando, ao se aproximar do lugar, todos os tipos de esplêndidas possibilidades e impossibilidades também, e achava-se, talvez com certa razão, muito afortunado por ser dotado de um temperamento tão alegre e otimista.

A agência mantinha o mesmo aspecto de antes de sua partida e, de fato, com poucas exceções, parecia haver exatamente os mesmos anúncios nas vitrines que ele vira antes. Viam-se ali os mesmos patrões e patroas precisando de criados virtuosos, e os mesmos criados virtuosos precisando de irrepreensíveis patrões e patroas, e as mesmas magníficas propriedades para investimento de capital, e as mesmas enormes quantidades de capital para serem investidas nas propriedades e, em suma, as mesmas oportunidades para todos os tipos de pessoas que queriam fazer fortuna. E a prova mais extraordinária da prosperidade nacional era que havia muito tempo que não se encontrava ninguém para aproveitar essas vantagens.

Assim como Nicholas parou para examinar a vitrine, parou também um senhor de idade; e Nicholas, ao passar os olhos pela janela da esquerda para a direita à procura de algum anúncio com o texto em letra maiúscula que se aplicasse a seu caso, viu a figura daquele velho senhor e instintivamente tirou os olhos da vitrine para observá-lo mais de perto.

Era um velho forte, trajava um casaco azul de cauda ampla, feito em tamanho grande para vestir facilmente, sem cintura alguma; suas pernas volumosas estavam vestidas com calções pardos até os joelhos e polainas altas, e a cabeça, protegida por um chapéu branco de copa baixa e abas largas, como os usados por ricos criadores de gado. Usava a capa abotoada; e seu queixo duplo, com covinha, apoiava-se nas dobras de um lenço branco de pescoço — não uma echarpe engomada e apoplética, mas um lenço branco antiquado, bom e folgado, que um homem poderia usar até mesmo para ir dormir sem que lhe causasse inconveniente algum. Porém, o que mais atraiu a atenção de Nicholas foram os olhos do velho cavalheiro — nunca vira olhos tão límpidos, brilhantes, honestos, felizes e contentes como aqueles. E lá estava ele, olhando firme para cima, com uma mão enfiada no peito do casaco e a outra mexendo em sua antiquada corrente de ouro do relógio: sua cabeça inclinada levemente para um lado, e o chapéu um pouco mais para um lado do que a cabeça (mas isso era evidentemente acidental, não sua maneira habitual de usá-lo), com um sorriso tão agradável nos lábios e uma expressão tão cômica no rosto, um misto de malícia, simplicidade, bondade e bom humor iluminando aquelas feições, que Nicholas poderia ter ficado ali olhando prazerosamente para ele até a noite e esquecido, entrementes, que havia algo como um espírito azedo ou um semblante rabugento a enfrentar em todo o vasto mundo.

Porém, não houve nem mesmo a mais remota tentativa de aproximação diante desse sinal de admiração, pois, embora o velho parecesse alheio ao fato de estar sendo observado, olhou casualmente para Nicholas, que, temeroso de ofendê-lo, voltou a examinar a vitrine no mesmo instante.

Mas o homem continuou parado ali, olhando de anúncio a anúncio, e Nicholas não conseguiu deixar de erguer os olhos para o rosto dele mais uma vez. Inserido na estranheza e singularidade da aparência daquele velho cavalheiro, havia algo tão indescritivelmente cativante, que revelava tanta dignidade, e havia tantos pontinhos de luz flutuando nos cantos de sua boca e de seus olhos que olhar para ele era mais do que uma mera diversão, era um verdadeiro encanto e prazer.

Assim sendo, não é de admirar que o homem tenha pegado o rapaz no ato, mais de uma vez. Nessas ocasiões, Nicholas enrubescia e parecia envergonhado: pois a verdade é que ele começara a se perguntar se não haveria a possibilidade de o estranho estar à procura de um escrevente ou secretário; e, assim pensando, teve a impressão de que o cavalheiro poderia saber de alguém que precisasse.

Por mais tempo que se leve para dizer isso, o fato é que se passaram apenas alguns minutos. No momento em que o estranho ia deixando o lugar, Nicholas fitou-o no rosto outra vez e, no constrangimento da situação, balbuciou uma desculpa.

— Não tem de que se desculpar. Ah, não tem de que se desculpar! — disse o homem.

Isso foi dito num tom tão cordial, e a voz era tão exatamente o que se esperaria de um homem como aquele, além de haver tamanha amabilidade em seus modos, que Nicholas encheu-se de coragem para falar de novo.

— Muitas oportunidades aqui, senhor — ele disse, meio sorridente, enquanto se dirigia à vitrine.

— Muita gente ansiosa por um emprego muitas vezes pensa assim, eu acredito — respondeu o velho. — Pobres criaturas, pobres criaturas!

Ele foi-se afastando enquanto falava; mas, vendo que Nicholas ia dizer alguma coisa, desacelerou o passo benevolamente, como se não quisesse interrompê-lo. Depois de uma pequena hesitação, que às vezes pode ser observada entre duas pessoas que se cumprimentam na rua e que ficam em dúvida se devem virar-se e falar, ou não, Nicholas se viu ao lado do velho homem.

— Você ia dizer alguma coisa, meu jovem; o que ia dizer?

— Somente que eu quase esperava... quer dizer, pensava... que o senhor tinha um propósito ao consultar aqueles anúncios — disse Nicholas.

— Sim, sim? Que propósito, então... que propósito? — perguntou o cavalheiro, olhando furtivamente para Nicholas. — Você achou que eu estava à procura de emprego... hein? Achou?

Nicholas fez que não com a cabeça.

— Ha! Ha! — riu o homem, esfregando as mãos e os pulsos como se os estivesse lavando. — Um pensamento muito natural, de qualquer forma, depois de me ver examinando aqueles cartazes. Pensei o mesmo de você, a princípio; juro que pensei.

— Afinal, se pensou assim também, senhor, não estava muito longe da verdade — respondeu Nicholas.

— Como? — surpreendeu-se o homem, examinando-o dos pés à cabeça. — O quê? Meu Deus! Não, não. Um jovem cavalheiro, de boas maneiras, reduzido a tal necessidade! Não não, não não.

Nicholas fez uma mesura e, desejando-lhe um bom dia, deu meia-volta.

— Espere — disse o velho senhor, convidando-o com um sinal a entrar numa rua transversal, onde eles poderiam conversar sem serem perturbados. — O que quis dizer, hein?

— Simplesmente que seu rosto e jeito bondosos... ambos tão diferentes do que estou acostumado a ver... me tentaram a uma confissão, que, a qualquer outro estranho nesta selva de Londres, eu não sonharia em fazer — respondeu Nicholas.

— Selva! É isso mesmo, isso mesmo. Muito bom! Isto é uma selva — disse o homem com bastante animação. — Isto já foi uma selva para mim também. Cheguei aqui de pés descalços. Nunca me esqueci disso. Graças a Deus! — ele então ergueu o chapéu e pareceu muito sério.

— O que houve? Qual é o problema? Como tudo aconteceu? — perguntou o desconhecido, pondo a mão no ombro de Nicholas e conduzindo-o pela rua. — Você é... hein? — colocando o dedo na manga do casaco preto dele. — Por quem é, hein?

— Meu pai — respondeu Nicholas.

— Ah! — disse homem rapidamente. — É uma coisa ruim para um rapaz perder o pai. Mãe viúva, talvez?

Nicholas suspirou.

— Irmãos e irmãs também? Hein?

— Uma irmã — respondeu Nicholas.

— Coitado, coitado! Você é uma pessoa educada, eu acredito, não é? — observou o desconhecido, fitando o rosto do jovem pensativamente.

— Recebi uma educação razoavelmente boa — disse Nicholas.

— Muito bom — disse o homem —, educação é uma grande coisa: uma coisa maravilhosa! Eu não tive nenhuma. Admiro isso muitíssimo nos outros. Uma coisa muito fina. Sim, sim. Conte-me mais sobre a sua história. Deixe-me ouvir tudo. Não é uma curiosidade impertinente... não, não, não.

Havia algo tão sério e tão sem malícia na maneira como tudo foi dito, e tão completo desprezo por todas as limitações e friezas convencionais, que Nicholas não conseguiu resistir. Entre homens que têm sólidas e genuínas qualidades, não há nada tão contagioso como a franqueza pura de coração. Nicholas pegou o impulso imediatamente e discorreu sem reservas sobre os pontos principais de sua pequena história: apenas omitindo nomes e tocando o mais leve possível no tratamento que o tio deu a Kate. O velho homem ouviu com muita atenção e, quando ele concluiu, tomou o braço dele no seu.

— Não diga mais nada. Nem mais uma palavra — ele disse. — Venha comigo. Não podemos perder um minuto.

Dizendo isso, o velho cavalheiro arrastou-o de volta para a rua Oxford e, mandando parar um ônibus que seguia para a cidade, empurrou Nicholas dentro dele e entrou em seguida.

Como ele estava na mais extraordinária condição de irrequieta agitação e, sempre que Nicholas tentava falar, ele imediatamente se interpunha dizendo "Não diga nem mais uma palavra, meu caro jovem, de forma alguma... nem uma palavra", o rapaz achou melhor não tentar nenhuma interrupção. E assim seguiram para o centro, sem trocar nenhuma palavra. E, quanto mais longe eles iam, mais Nicholas se perguntava que fim aquela aventura poderia ter.

O velho cavalheiro desceu com grande entusiasmo quando chegaram ao Bank, e, uma vez mais tomando o braço de Nicholas, seguiu com ele às pressas pela rua Threadneedle, atravessou algumas ruas pequenas e becos à direita, até que afinal chegaram a uma calma pracinha sombreada. Ele se dirigiu à mais velha e de aparência mais limpa casa de negócios na praça. A única inscrição à porta era "Irmãos Cheeryble"; mas, pelo rápido olhar que Nicholas lançou na direção de alguns pacotes que estavam espalhados ali, supôs que os irmãos Cheeryble eram comerciantes alemães.

Passando por um armazém que dava toda a indicação de ser um próspero negócio, o Sr. Cheeryble (quem Nicholas o supunha ser, pelo respeito a ele demonstrado pelos auxiliares do armazém e pelos carregadores por quem passavam) conduziu-o a um pequeno escritório de contabilidade, separado por um vidro, semelhante a uma enorme vitrine, e neste escritório lá estava — tão impecavelmente limpo, como se tivesse sido fixado na vitrine antes de a tampa ter sido colocada, e nunca mais saído de lá — um funcionário gordo, idoso, de rosto largo, com óculos de prata e cabeça empoada.

— O meu irmão está aqui, Tim? — perguntou o Sr. Cheeryble, com os mesmos modos bondosos com que tratara Nicholas.

— Está, está sim, senhor — respondeu o funcionário gordo, virando seus óculos para o patrão e seus olhos em direção a Nicholas —, mas o Sr. Trimmers está com ele.

— É? E o que ele deseja, Tim? — perguntou o Sr. Cheeryble.

— Está pedindo uma contribuição para a viúva e a família de um homem que foi morto nas Docas da East India hoje de manhã, senhor — respondeu Tim. — Esmagado, senhor, por um barril de açúcar.

— Ele é uma boa criatura — disse o Sr. Cheeryble, com bastante gravidade. — É uma alma bondosa. Sou muito grato a Trimmers. Trimmers é um dos melhores amigos que temos. Ele nos mostra mil casos, que nós, por nós mesmos, não teríamos descoberto. Sou *muito* grato a Trimmers — dizendo isso, o Sr. Cheeryble esfregou as mãos com infinita satisfação e, acontecendo de o Sr. Trimmers estar passando pela porta naquele momento, já de saída, ele o seguiu correndo e o pegou pela mão.

— Eu lhe devo mil agradecimentos, Trimmers, dez mil agradecimentos. Acho muito cordial de sua parte, muito cordial mesmo — disse o Sr. Cheeryble, puxando-o para um canto para não serem ouvidos. — Quantos filhos são, e quanto meu irmão Ned deu, Trimmers?

— São seis filhos — respondeu o cavalheiro — e seu irmão nos deu vinte libras.

— Meu irmão Ned é um bom sujeito, e você é um bom sujeito também, Trimmers — disse o homem idoso, apertando as duas mãos dele, com grande entusiasmo. — Anote aí mais vinte da minha parte... ou... espere um minuto, espere um minuto. Não devemos mostrar ostentação; anote aí dez libras para a minha contribuição e dez para Tim Linkinwater. Um cheque de vinte libras para o Sr. Trimmers, Tim. Deus o abençoe, Trimmers... e venha jantar conosco um dia desta semana; vai sempre encontrar um talher a mais, e nos dará muito prazer. Agora, meu caro... cheque para o Sr. Linkinwater, Tim. Esmagado por um barril de açúcar, e seis criancinhas... ó Deus, ó Deus, ó Deus!

Continuando a falar dessa forma, o mais rápido que podia, para evitar qualquer repreensão amigável por parte do coletor de contribuições pelo alto valor de sua doação, o Sr. Cheeryble conduziu Nicholas, igualmente surpreso e sensibilizado com o que acabara de ver e ouvir nesse pequeno espaço, a uma porta entreaberta de outra sala.

— Irmão Ned — disse o Sr. Cheeryble, dando uma batida na porta com os nós dos dedos e inclinando-se para a frente de ouvido atento —, está ocupado, meu querido irmão, ou tem um tempo para umas palavrinhas comigo?

— Irmão Charles, meu querido companheiro — respondeu uma voz de dentro, tão parecida em tom com aquela que acabara de falar que Nicholas teve um sobressalto e quase achou que fosse a mesma —, não me faça essa pergunta, entre direto.

Eles entraram, sem maior discussão. Qual não foi a surpresa de Nicholas quando o homem que o conduzia avançou e cumprimentou de maneira extremamente calorosa outro cavalheiro idoso, uma cópia de si mesmo — a mesma cara, o mesmo corpo, os mesmos casaco, colete e lenço de pescoço, os mesmos calções até os joelhos e polainas — não apenas isso, havia o mesmo chapéu branco pendurado na parede!

Enquanto os dois irmãos se davam as mãos, o semblante de ambos se iluminou com aquela radiante demonstração de afeto, que teria sido maravilhoso ver em criancinhas e que, observando em homens tão idosos, era indescritivelmente emocionante. Nicholas notou que o último senhor idoso era um pouco mais corpulento do que o irmão; isso e um jeito um tanto desengonçado no andar e em sua estatura constituíam as únicas diferenças perceptíveis entre eles. Ninguém poderia duvidar de que eram irmãos gêmeos.

— Irmão Ned — disse o amigo de Nicholas, fechando a porta da sala —, eu trouxe aqui um jovem amigo a quem devemos dar assistência. Precisamos fazer uma averiguação adequada do que ele diz, por justiça a ele, bem como a nós, e, se tudo for confirmado... como tenho certeza de que será... devemos ajudá-lo, devemos ajudá-lo, meu irmão.

— Basta, meu querido irmão, que você diga o que devemos fazer — disse o outro. — Quando me disser isso, qualquer outra pergunta será dispensável. Ele *terá* a nossa ajuda. Quais são as necessidades dele, de que ele precisa? Onde está Tim Linkinwater? Vamos pedir que venha até aqui.

Os dois irmãos, deve-se observar aqui, tinham uma maneira de falar muito enfática e séria; ambos haviam perdido quase os mesmos dentes, o que lhes dava a mesma caraterística na fala; e eles falavam como se, além de disporem da serenidade mental que a mais bondosa e imparcial natureza poderia conceder, tivessem, ao pegar as ameixas do melhor pudim da Fortuna, retido algumas para o consumo imediato e mantido-as na boca.

— Onde está Tim Linkinwater? — perguntou o irmão Ned.

— Espere, espere, espere! — disse o irmão Charles, puxando o outro para o lado. — Tenho um plano, meu querido irmão, tenho um plano. Tim está envelhecendo, e ele tem sido um empregado fiel, irmão Ned; e não acho que dar uma pensão à mãe e à irmã de Tim e comprar um pequeno túmulo para a família, quando o pobre irmão morreu, tenha sido uma recompensa suficiente para os serviços leais dele.

— Não, não, não — respondeu o outro. — Certamente que não. Nem metade, nem metade.

— Se pudéssemos aliviar as obrigações de Tim — disse o cavalheiro idoso — e convencê-lo a ir para o campo, de vez em quando, e também a dormir no ar puro algumas vezes por semana (o que ele poderia fazer se começasse a trabalhar uma hora mais tarde de manhã), o velho Tim Linkinwater remoçaria; e ele é três anos mais velho do que nós. O velho Tim Linkinwater moço outra vez! Hein, irmão Ned, hein? Nossa, eu me lembro do velho Tim Linkinwater ainda menino, você se lembra? Ha, ha, ha! Pobre Tim, pobre Tim!

E os simpáticos velhos companheiros riram juntos com satisfação: cada um com uma lágrima nos olhos, de consideração pelo velho Tim Linkinwater.

— Mas escute isso primeiro... escute isso primeiro, irmão Ned — disse o homem idoso, apressado, colocando duas cadeiras, uma de cada lado de Nicholas. — Eu vou contar a você, eu mesmo, irmão Ned, porque o jovem cavalheiro é modesto e é um homem educado, Ned, e não acho direito que ele fique contando a própria história, como se fosse um mendigo ou como se duvidássemos dele. Não, não, não.

— Não, não, não — concordou o outro, balançando a cabeça seriamente. — Muito certo, meu querido irmão, muito certo.

— Ele vai me dizer se eu estiver errado, se eu me enganar — disse o amigo de Nicholas. — Mas, quer eu me engane quer não, você vai ficar muito sensibilizado, irmão Ned, ao se lembrar do tempo em que éramos dois rapazes sem amigos e que ganhamos nosso primeiro xelim nesta grande cidade.

Os gêmeos apertaram a mão um do outro em silêncio e, a seu modo bonachão, o irmão Charles relatou os detalhes que ouvira de Nicholas. A conversa que se iniciou foi longa e, quando terminou, uma reunião particular de quase a mesma duração se realizou entre o irmão Ned e

Tim Linkinwater em outra sala. Não é ofensa a Nicholas dizer que, antes de ter ficado trancado numa sala com os dois irmãos por dez minutos, ele só conseguia acenar com a mão a cada expressão de bondade e consideração, e soluçar como uma criança.

Finalmente, o irmão Ned e Tim Linkinwater voltaram juntos, quando Tim imediatamente se dirigiu a Nicholas e sussurrou a seu ouvido, numa frase muito breve (pois Tim era, em geral, um homem de poucas palavras), que ele anotara o endereço no Strand e o visitaria naquela noite, às oito horas. Depois, então, Tim limpou os óculos e colocou-os de novo, em preparação para ouvir o que mais os irmãos Cheeryble tinham a dizer.

— Tim — disse o irmão Charles —, você está sabendo que temos a intenção de levar este rapaz para o escritório de contabilidade?

O irmão Ned observou que Tim estava ciente dessa intenção e que concordava com isso; e Tim, tendo anuído com a cabeça e dito que sabia, aproximou-se e pareceu particularmente gordo, e muito importante. Depois disso, seguiu-se um profundo silêncio.

— Eu não vou chegar uma hora mais tarde, entende — disse Tim, reagindo de imediato e parecendo muito decidido. — Não vou dormir no ar puro; não, nem vou para o campo. Uma bela coisa a esta hora do dia, certamente. Ora!

— Maldita obstinação, essa sua, Tim Linkinwater — disse o irmão Charles, olhando para ele sem o mínimo lampejo de raiva e com uma radiante expressão de afeto ao velho funcionário. — Maldita obstinação, Tim Linkinwater, o que quer dizer com isso?

— São quarenta e quatro anos — disse Tim, fazendo um cálculo no ar com sua pena de escrever e desenhando uma linha imaginária antes de anunciá-lo —, quarenta e quatro anos, faz agora em maio, desde que comecei a lidar com a contabilidade dos irmãos Cheeryble. Eu tenho aberto o cofre diariamente pela manhã durante todo esse tempo (exceto aos domingos), no momento em que o relógio bate nove horas, e corro a casa todas as noites, às dez e meia (exceto nas noites do Correio Estrangeiro, e nesse caso aos vinte minutos antes das doze), para ver se as portas estão trancadas e os lampiões, apagados. Nunca dormi fora da água-furtada dos fundos uma única noite. Ainda está lá, no meio da janela, o mesmo pote de resedá, e os mesmos quatro vasos de flores, dois de cada lado, que eu trouxe comigo quando vim para cá. Não existe... já repeti isso, não sei quantas vezes, e mantenho o que disse... não existe no mundo nenhuma praça como esta. Eu *sei* que não existe — disse Tim, com súbita energia e olhando seriamente à sua volta. — Nenhuma. Para comércio ou divertimento, no verão ou no inverno... não me importa qual... não há nada como isto aqui. Não há uma nascente na Inglaterra que se compare à bomba de água embaixo da arcada. Não há uma vista na Inglaterra como a que tenho da minha janela. Eu tenho visto todas as manhãs, antes de me barbear, e isso já é o bastante para saber alguma coisa sobre ela. Eu durmo naquele quarto — acrescentou Tim, baixando a voz um pouco — faz quarenta e quatro anos; e, se não for inconveniente, nem interferir nos negócios, eu peço permissão para morrer lá.

— Diabos, Tim Linkinwater, como se atreve a falar em morrer? — gritaram os gêmeos movidos pelo mesmo impulso, e ambos assoando o nariz violentamente.

— É isso o que tenho a dizer, Sr. Edwin e Sr. Charles — disse Tim, ajeitando os ombros novamente. — Essa não é a primeira vez que os senhores falam comigo sobre aposentadoria; mas, por favor, que esta seja a última vez, e mudemos de assunto.

Com essas palavras, Tim Linkinwater deixou a sala a passos largos e se encerrou em sua vitrine, com o ar de um homem que dissera o que tinha a dizer e estava totalmente decidido a não ser dispensado.

Os irmãos entreolharam-se e tossiram uma meia dúzia de vezes sem dizer nada.

— É preciso fazer alguma coisa com ele, irmão Ned — disse o outro, calorosamente. — Precisamos ignorar os velhos escrúpulos que tem; eles não podem ser tolerados, nem suportados. Ele deve se tornar um sócio, irmão Ned; e, se não ceder a isso de forma pacífica, teremos de recorrer à violência.

— Isso mesmo — respondeu o irmão Ned, balançando a cabeça como um homem totalmente decidido; isso mesmo, meu querido irmão. Se ele não quer ouvir a razão, devemos fazer isso contra a vontade dele e mostrar que estamos decididos a exercer a nossa autoridade. Temos que discutir com ele, irmão Charles.

— Temos, sim. Certamente precisamos ter uma conversa séria com Tim Linkinwater — disse o outro. — Mas, enquanto isso, meu querido irmão, estamos retendo o nosso jovem amigo; e a pobre senhora e a filha devem estar ansiosas pela volta dele. Então vamos nos despedir por agora e... ali, ali... cuide daquela caixa, meu caro jovem... e... não, não, não, nem uma palavra agora; mas cuidado com os cruzamentos e...

E, com umas palavras incoerentes e desconexas que impediriam Nicholas de exprimir seus agradecimentos, os irmãos apressaram-se em mandá-lo embora: apertando-lhe a mão o tempo todo e fingindo, sem sucesso — eles eram muito ruins em dissimulações —, estar totalmente inconscientes da emoção que havia tomado conta do rapaz.

O coração de Nicholas estava quase explodindo e ele precisou recobrar a compostura antes de sair. Quando por fim deixou o canto escuro do *hall* de entrada, no qual fora forçado a parar, ele viu os gêmeos espiando furtivamente de um canto da vitrine, claramente indecisos se deveriam continuar o último ataque, sem demora, ou se, por enquanto, adiariam o próximo cerco ao inflexível Tim Linkinwater.

Relatar toda a satisfação e o encantamento que as circunstâncias detalhadas há pouco suscitaram na residência da Srta. La Creevy, e todas as coisas que, em consequência, foram feitas, ditas, pensadas, aguardadas, esperançadas e profetizadas, está fora do presente curso e do propósito destas aventuras. É suficiente dizer, em poucas palavras, que o Sr. Timothy Linkinwater chegou pontualmente a seu compromisso; que, apesar de estranho como era, e ciumento, como estava prestes a ficar do justo emprego da extrema liberalidade de seus patrões, ele se declarou forte e calorosamente a favor de Nicholas; e que, no dia seguinte, o rapaz foi nomeado para o assento vago no escritório de contabilidade dos irmãos Cheeryble, com um salário inicial de cento e vinte libras por ano.

— E eu acho, meu querido irmão — disse o primeiro amigo de Nicholas —, que talvez pudéssemos agora alugar a eles aquela casinha em Bow que está vazia, por um aluguel abaixo do habitual. Hein, irmão Ned?

— Aluguel nenhum — disse o irmão Ned. — Somos ricos e devíamos ter vergonha de tocar em aluguel em circunstâncias como esta. Onde está Tim Linkinwater? Aluguel nenhum, meu querido irmão, aluguel nenhum.

— Talvez fosse melhor pedir alguma coisa, irmão Ned — sugeriu o outro, suavemente —, ajudaria a preservar os hábitos de frugalidade, sabe, e a erradicar qualquer sentimento doloroso de obrigações esmagadoras. Podemos cobrar quinze libras, ou vinte, e, se forem pagas com pontualidade, dar a eles algo em troca, de alguma outra forma. E eu posso secretamente adiantar um pequeno empréstimo para a compra da mobília, e você pode secretamente conceder outro pequeno empréstimo, irmão Ned. E, se eles corresponderem bem, como deverão, não há o que temer, podemos transformar o empréstimo em dádivas. Com cuidado, irmão Ned, e aos poucos, sem colocar muita pressão sobre eles... O que diz agora, irmão?

O irmão Ned concordou com isso e não somente disse que deveria ser feito, mas que precisava ser feito; e, em uma curta semana, Nicholas tomou posse da posição e a Sra. Nickleby e Kate mudaram-se para a casinha, e tudo era esperança, atividade e satisfação.

Certamente, nunca houve uma semana de descobertas e surpresas como a primeira passada naquela casa. Todas as noites, quando Nicholas voltava do trabalho, algo novo havia sido descoberto. Um dia era uma parreira, outro dia, uma caldeira de vapor, e outro ainda foi a chave de um armário da sala da frente, no fundo de uma tina para captar água, e assim foi com centenas de coisas. Então, uma sala foi decorada com uma cortina de musselina e outra, tornada mais elegante com uma veneziana, e foram feitas melhorias como ninguém podia imaginar possível. Depois, havia a Srta. La Creevy, que viera de ônibus para ficar uns dias para ajudar e que vivia perdendo um pacote pequeno de papel pardo de pregos de latão, e um martelo muito grande, e correndo de um lado para o outro com as mangas da blusa arregaçadas, tropeçando nos degraus e se machucando muito — e a Sra. Nickleby, que falava incessantemente, e que fazia alguma coisa de vez em quando, mas não com frequência — e Kate, que se ocupava por toda a parte, sem fazer barulho e satisfeita com tudo — e Smike, que fez do jardim uma completa maravilha para ser apreciada — e Nicholas, que ajudava e estimulava cada um deles — toda a paz e alegria de um lar recuperado, com tamanho entusiasmo por cada prazer frugal e tanta satisfação nas horas de encontro como somente o infortúnio e a separação podiam proporcionar!

Em suma, os pobres Nickleby eram sociáveis e felizes; enquanto o rico Nickleby vivia sozinho e infeliz.

CAPÍTULO XXXVI

Particular e confidencial; relativo a assuntos familiares. Mostra como o Sr. Kenwigs sofreu grande agitação e como a Sra. Kenwigs estava tão bem quanto se podia esperar

Deviam ser sete horas da noite, e começava a escurecer nas ruas estreitas próximas à Golden Square, quando o Sr. Kenwigs mandou comprar um par de luvas de pelica, brancas, das mais baratas — aquelas de catorze centavos. E, escolhendo a mais forte, que era a da mão direita, desceu a escada com ar de pompa e muita agitação e seguiu em frente para envolver com ela a aldraba da porta da rua. Tendo executado essa tarefa com a maior elegância, o Sr. Kenwigs fechou a porta ao sair e atravessou a rua para verificar o efeito do lado oposto. Satisfeito por ter realizado a tarefa muito bem, ele atravessou de volta e, pelo buraco da fechadura, pediu a Morleena para abrir a porta, desapareceu dentro de casa e não foi mais visto.

Agora, considerada uma circunstância abstrata, não havia mais razão para o Sr. Kenwigs cobrir aquela aldraba em particular do que haveria para cobrir a aldraba de algum nobre ou cavalheiro, residente a uma distância de quinze quilômetros; porque, para maior conveniência a inúmeros inquilinos, a porta da frente sempre ficava aberta, e a aldraba nunca era usada. O primeiro andar, o segundo e o terceiro, cada um tinha uma campainha própria. Quanto aos inquilinos da água-furtada, ninguém os visitava; se alguém queria as salas de visitas, elas estavam disponíveis, e tudo que se tinha de fazer era caminhar direto para elas; enquanto a cozinha tinha uma entrada separada pelos fundos. No que diz respeito à mera necessidade e serventia, portanto, abafar a aldraba ali era algo totalmente incompreensível.

Mas o som das aldrabas pode ser amortecido para outros propósitos além do mero utilitarismo, como, na situação presente, ficou inteiramente claro. Há certos modos finos e cerimônias que devem ser observados na vida civilizada, ou a humanidade recai em seu barbarismo original. Nenhuma nobre dama jamais se manteve em resguardo do parto — na verdade, nenhum outro resguardo pode ocorrer — sem o símbolo presente de uma aldraba amortecida. A Sra. Kenwigs era uma dama de pretensões à pequena nobreza; a Sra. Kenwigs achava-se em repouso de parto. Assim, portanto, o Sr. Kenwigs cobriu a aldraba silenciosa da entrada com uma luva de pelica branca.

— Não estou muito certo também — disse o Sr. Kenwigs, ajeitando o colarinho e subindo a escada devagar — se, como é um menino, eu não deva colocar nos jornais.

Refletindo sobre a conveniência desse passo, e a sensação que provavelmente causaria na vizinhança, o Sr. Kenwigs dirigiu-se à sala de estar, onde várias peças de roupa, extremamente pequenas, estavam sendo arejadas sobre um cavalete diante da lareira, e o Sr. Lumbey, o médico, embalava o bebê — quer dizer, o bebê mais velho, não o novo.

— É um belo menino, Sr. Kenwigs — disse o Sr. Lumbey, o médico.

— O senhor acha mesmo que é um belo menino? — perguntou o Sr. Kenwigs.

— É o menino mais bonito que eu já vi em toda a minha vida — disse o médico. — Eu nunca vi um bebê como este.

É uma coisa agradável para refletir, e fornece uma resposta completa àqueles que acreditam na gradativa degeneração da espécie humana, que cada bebê que vem ao mundo seja mais bonito do que o último.

— Eu nun...ca vi um bebê como este — disse o Sr. Lumbey, o médico.

— Morleena foi um bebê lindo — observou o Sr. Kenwigs; como se aquilo fosse, por implicação, certo ataque à família.

— Eles eram todos bebês lindos — disse o Sr. Lumbey, que continuou a cuidar do bebê com ar pensativo. Se considerava sob que especificação poderia melhor cobrar a conta de sua assistência, só ele sabia.

Durante essa breve conversa, a Srta. Morleena, como a mais velha da família e representante natural de sua mãe durante o resguardo, havia estado empurrando e dando palmadas nas três senhoritas Kenwigs mais novas, sem intermissão; e essa conduta ponderada e afetuosa levou o Sr. Kenwigs às lágrimas e o fez declarar que, na compreensão e no comportamento, essa menina era uma moça.

— Ela será um tesouro para o homem com quem se casar, senhor — disse o Sr. Kenwigs meio de lado. — Eu creio que ela se casará com alguém acima da posição social dela, Sr. Lumbey.

— Isso não me admiraria, de forma alguma — replicou o médico.

— O senhor nunca a viu dançar, não é? — perguntou o Sr. Kenwigs.

O médico balançou a cabeça negativamente.

— Uma pena! — disse o Sr. Kenwigs como se sentisse uma verdadeira compaixão por ele. — Então não sabe do que ela é capaz.

Durante todo esse tempo, houve um grande entra e sai na sala ao lado; a porta fora aberta e fechada muito suavemente, cerca de vinte vezes por minuto (pois era necessário manter a Sra. Kenwigs tranquila); e o bebê fora exibido a umas vinte ou mais representantes de um grupo seleto de amigas, que haviam se reunido no corredor e perto da porta da rua para discutir o acontecimento e todas as suas implicações. Na verdade, o alvoroço se estendia por toda a rua, e várias mulheres podiam ser vistas paradas às portas das casas (algumas no estado interessante no qual a Sra. Kenwigs aparecera em público da última vez) relatando suas experiências de ocorrência semelhante. Umas poucas adquiriram grande crédito por terem profetizado, dois dias antes, exatamente quando isso aconteceria; outras, por sua vez, relatavam como haviam adivinhado do que se tratava assim que viram o Sr. Kenwigs empalidecer e correr pela rua o mais rápido que podia. Umas disseram uma coisa, outras disseram outra coisa; mas todas falavam juntas e todas concordavam em dois pontos: primeiro, que era bastante meritório e altamente louvável da parte da Sra. Kenwigs fazer o que fez; segundo, que não havia um médico tão habilidoso e competente como aquele Dr. Lumbey.

Em meio àquela confusão geral, o Dr. Lumbey sentou-se no cômodo da frente do primeiro andar, como antes relatado, cuidando do bebê já deitado e conversando com o Sr. Kenwigs. Ele era um cavalheiro robusto, com um jeito franco, sem colarinho, por assim dizer, e com uma barba que havia crescido desde a manhã anterior; pois o Dr. Lumbey era popular e a vizinhança era prolífica; e tinha havido pelo menos três outras aldrabas cobertas, uma após a outra, nas últimas quarenta e oito horas.

— Bem, Sr. Kenwigs — disse o Dr. Lumbey —, este é o sexto. O senhor terá uma bela família, com o tempo.

— Acho que seis são quase o suficiente, senhor — replicou o Sr. Kenwigs.

— Ora! Ora! — disse o médico. — Bobagem! Nem metade do suficiente.

Assim dizendo, o médico riu; mas não riu nem a metade do que uma amiga casada da Sra. Kenwigs, que acabara de sair do quarto da parturiente para relatar o progresso e tomar um gole de conhaque com água: e que parecia considerar aquela uma das melhores piadas já ditas naquela vizinhança.

— Eles não dependem totalmente da boa sorte — disse o Sr. Kenwigs, colocando sua segunda filha sobre os joelhos. — Eles têm perspectivas.

— Ah, sim! — observou o Sr. Lumbey, o médico.

— E muito boas na verdade, eu creio, não é? — perguntou a mulher casada.

— Pois bem, senhora — disse o Sr. Kenwigs —, não cabe exatamente a mim dizer quais elas possam ser. Não me compete me vangloriar de nenhuma família à qual eu tenho a honra de pertencer; ao mesmo tempo, a Sra. Kenwigs é... eu posso dizer — continuou abruptamente o Sr. Kenwigs, erguendo a voz ao falar — que meus filhos devem receber cerca de cem libras cada um, talvez. Ou até mesmo mais, mas isso com certeza.

— E uma boa pequena fortuna — disse a mulher casada.

— Existem alguns parentes da Sra. Kenwigs — disse o Sr. Kenwigs, pegando uma pitada de rapé do estojo do médico e depois espirrando forte, pois não estava acostumado a usá-lo — que poderiam deixar cem libras para cada uma de dez pessoas sem, contudo, ter que pedir esmolas por isso.

— Ah! Entendo o que quer dizer — observou a mulher casada, balançando a cabeça.

— Não mencionei nenhum nome e não quero mencionar nome algum — disse o Sr. Kenwigs, com um olhar portentoso. — Muitos dos meus amigos já foram apresentados aqui nesta sala a um parente da Sra. Kenwigs, como seria uma honra para qualquer pessoa; é só.

— Eu mesma fui apresentada a ele — disse a mulher casada, com um olhar em direção a Dr. Lumbey.

— É naturalmente uma grande satisfação para meus sentimentos de pai ver um homem como esse beijando e dando atenção aos meus filhos — continuou o Sr. Kenwigs. — É naturalmente uma grande satisfação para meus sentimentos de homem conhecer esse homem. Será naturalmente uma grande satisfação para os meus sentimentos de marido comunicar a esse homem este acontecimento.

Tendo revelado seus sentimentos nesse seu jeito de falar, o Sr. Kenwigs arranjou a trança loura de sua segunda filha e lhe disse para ser boazinha e obedecer à sua irmã Morleena.

— Essa menina fica, a cada dia, mais parecida com a mãe — disse o Sr. Lumbey, de repente tomado de uma admiração cheia de entusiasmo por Morleena.

— Isso mesmo! — disse a mulher casada. — O que sempre digo; o que sempre digo! Ela é o verdadeiro retrato da mãe.

Tendo assim dirigido a atenção geral para a menina em questão, a mulher casada aproveitou a oportunidade para tomar mais um gole de seu conhaque, e um gole bem longo.

— É, existe uma semelhança — disse o Sr. Kewnigs, depois de refletir um pouco. — Mas a mulher que a Sra. Kenwigs era antes de se casar! Meu Deus, que mulher!

O Sr. Lumbey balançou a cabeça com grande solenidade, como para dizer que supunha que ela devia ter sido uma mulher fascinante.

— Imagine as fadas! — exclamou o Sr. Kenwigs. — Eu *nunca* vi na vida ninguém tão leve, nunca. E que modos, também! Tão alegre e, ainda assim, tão absolutamente correta! E o físico dela! Isso não é muito conhecido — disse o Sr. Kenwigs, baixando a voz —, mas o físico dela era tal, naquela época, que o símbolo feminino da Britânia, na estrada Holloway, foi pintado inspirado nele!

— Mas veja só como ela é agora — interferiu a mulher casada. — Ela *parece* ser a mãe de seis filhos?

— Jamais — disse o médico.

— Ela parece muito mais a própria filha — disse a mulher casada.

— Parece, sim — concordou o Sr. Lumbey. — Muito mais.

O Sr. Kenwigs estava prestes a fazer mais observações, muito provavelmente em confirmação dessa opinião, quando outra mulher casada, que fizera uma visita para manter o ânimo da Sra. Kenwigs e ajudar a limpar qualquer comida ou bebida que estivesse sendo servida ali, apareceu para anunciar que acabara de descer para atender à campainha e que havia um cavalheiro à porta que queria falar com o Sr. Kenwigs "em particular".

Visões nubladas de seu parente distinto atravessaram a mente do Sr. Kenwigs quando esse recado foi dado. E, movido por essa impressão, ele mandou Morleena ir buscar o cavalheiro imediatamente.

— Ora, não me diga — declarou o Sr. Kenwigs, parado em frente à porta para avistar de primeira o visitante enquanto ele subia. — É o Sr. Johnson! Como está, senhor?

Nicholas apertou-lhe a mão, beijou suas antigas alunas uma por uma, confiou um grande pacote de brinquedos aos cuidados de Morleena, curvou-se diante do médico e das mulheres casadas, e perguntou pela Sra. Kenwigs num tom interessado que calou fundo no coração da enfermeira que entrara ali para aquecer no fogo uma panelinha com uma mistura estranha.

— Eu lhe peço mil desculpas por aparecer numa situação dessas — disse Nicholas —, mas eu não sabia de nada até tocar a campainha, e meu tempo anda tão tomado agora que eu temia só poder voltar daqui a vários dias.

— É sempre bem-vindo, senhor — disse o Sr. Kenwigs. — A situação da Sra. Kenwigs não é obstáculo para uma conversinha entre mim e o senhor, espero.

— É muita bondade sua — disse Nicholas.

Àquela altura, outra mulher casada anunciou que o bebê começara a se alimentar com grande apetite; diante disso, as duas mulheres casadas antes mencionadas entraram de forma tumultuada no quarto para vê-lo no ato.

— O fato é que — retomou Nicholas — antes de eu deixar o interior, por onde andei por certo tempo, comprometi-me a lhe entregar um recado.

— Sim, sim? — disse o Sr. Kenwigs.

— E já estou na cidade faz alguns dias — acrescentou Nicholas — sem ter a oportunidade de vir aqui.

— Não importa, senhor — disse o Sr. Kenwigs. — Acredito que não faça a menor diferença. Recado do interior! — exclamou o Sr. Kenwigs, ponderando. — É curioso. Não conheço ninguém no interior.

— A Srta. Petowker — sugeriu Nicholas.

— Ah, é dela, então? —perguntou o Sr. Kenwigs. — Ó Deus, sim. Ah! A Sra. Kenwigs vai ficar feliz de ter notícias. Henrietta Petowker, hein? Coisas muito estranhas estão acontecendo agora! Como o senhor ter encontrado com ela no interior! Bom!

Ao ouvirem ser mencionado o nome de sua velha amiga, as quatro senhoritas Kenwigs acercaram-se de Nicholas, de bocas e olhos abertos, para ouvir mais. O Sr. Kenwigs pareceu um pouco curioso também, mas estava descontraído e não parecia desconfiado.

— O recado é sobre assuntos familiares — disse Nicholas, hesitante.

— Ah, não se preocupe — disse Kenwigs, olhando para o Sr. Lumbey, que, tendo estouvadamente tomado conta do pequeno Lillyvick, não achava ninguém disposto a aliviá-lo de sua preciosa carga. — Aqui todos são amigos.

Nicholas pigarreou uma ou duas vezes e parecia ter dificuldade em prosseguir.

— Em Portsmouth, Henrietta Petowker! — observou o Sr. Kenwigs.

— Sim — disse Nicholas —, o Sr. Lillyvick está lá.

O Sr. Kenwigs ficou pálido, mas se recompôs e disse que *aquilo* era uma estranha coincidência também.

— O recado é dele — disse Nicholas.

O Sr. Kenwigs pareceu se reanimar. Ele sabia que sua sobrinha estava numa situação delicada e havia, sem dúvida, mandado dizer que eles podiam enviar todos os detalhes. Sim. Era muito delicado da parte dele; tão característico dele!

— Ele me pediu para lhe transmitir os mais caros afetos — disse Nicholas.

— Muito agradecido a ele, sem dúvida. Seu tio-avô, Lillyvick, minhas queridas! — interrompeu o Sr. Kenwigs, explicando às filhas, com condescendência.

— Os mais caros afetos — retomou Nicholas — e para dizer que ele não teve tempo para escrever, mas que estava casado com a Srta. Petowker.

O Sr. Kenwigs deu um pulo da cadeira e ficou com um olhar petrificado, pegou sua segunda filha pela trança e cobriu o rosto com seu lenço. Morleena caiu rigidamente na cadeira do bebê, como vira sua mãe cair quando desmaiava, e as duas pequenas Kenwigs restantes gritaram de medo.

— Meus filhos, minhas criancinhas trapaceadas, logradas! — disse o Sr. Kenwigs, puxando com tanta força, em sua veemência, a trança loura de sua segunda filha que a deixou nas pontas dos pés e manteve-a, por alguns segundos, nessa posição. — Vilão, asno, traidor!

— Droga de homem! — disse a enfermeira, olhando raivosa à sua volta. — O que ele pretende fazendo esse barulho todo aqui?

— Silêncio, mulher! — disse o Sr. Kenwigs, ferozmente.

— Não vou ficar calada — respondeu a enfermeira. — Fique em silêncio o senhor, seu desgraçado. Não tem consideração por seu bebê?

— Não! — respondeu o Sr. Kenwigs.

— É uma vergonha ainda maior para o senhor — retorquiu a enfermeira. — Ora! Seu monstro desnaturado.

— Que ele morra! — exclamou o Sr. Kenwigs, na explosão de seu ódio. — Que ele morra! Ele não tem mais expectativas, nenhuma propriedade para herdar. Não queremos bebê nenhum aqui — disse o Sr. Kenwigs, de maneira precipitada. — Leve-os daqui, leve-os embora daqui para o Fondling.

Com esses terríveis comentários, o Sr. Kenwigs sentou-se numa cadeira e desafiou a enfermeira, que entrou numa sala ao lado e voltou com um grupo de matronas: declarando que o Sr. Kenwigs havia blasfemado contra a própria família e devia estar totalmente louco.

As aparências certamente não eram favoráveis ao Sr. Kenwigs, pois o esforço de falar com tamanha veemência e, no entanto, num tom para evitar que seus lamentos chegassem aos ouvidos da Sra. Kenwigs, o fez ficar roxo; além do que, o tumulto da ocasião e a especial indulgência com bebidas fortes para celebrá-la haviam inchado e dilatado suas feições de um modo muito incomum. Mas Nicholas e o médico — que estivera passivo a princípio, duvidando muito que o Sr. Kenwigs estivesse falando sério — tendo interferido para explicar a causa imediata da condição do marido, a indignação das matronas se transformou em compaixão, e elas lhe imploraram, com bastante sentimento, para ir calmamente deitar-se.

— A atenção — disse o Sr. Kenwigs, olhando ao redor com um ar de tristeza —, toda a atenção que eu dei a esse homem! As coisas que ele comeu e os copos de cerveja que bebeu nesta casa!...

— É muito desagradável, muito difícil de suportar, nós sabemos — disse uma das mulheres casadas. — Mas pense na sua querida e maravilhosa esposa.

— Ah, sim, e o que ela está passando, somente hoje — disse uma das muitas vozes. — Seja um bom homem, vá.

— Os presentes que foram dados a ele — disse o Sr. Kenwigs, voltando à sua desventura —, os cachimbos, os estojos de rapé... um par de galochas de borracha natural, que custou seis xelins e seis...

— Ah! Não dá para suportar isso, na verdade — disseram as matronas em geral —, mas pode ficar certo... ele terá o que merece.

O Sr. Kenwigs olhou melancolicamente para as mulheres, como se preferisse que *ele* próprio tivesse o que merecia; mas não disse nada e, apoiando a cabeça com a mão, cedeu ao sono.

As matronas, então, discorriam sobre a conveniência de levar o bom cavalheiro para a cama; observavam que ele estaria melhor no dia seguinte e que elas sabiam como a mente de alguns homens era afetada quando suas esposas estavam no estado em que se encontrava a Sra. Kenwigs naquele dia, e que isso era favorável a ele, e não havia nada de que se envergonhar; longe disso; gostavam de ver aquilo, gostavam, sim, pois demonstrava um bom coração. E uma senhora observou, como um caso semelhante ao presente, que seu marido muitas vezes ficava desorientado de tanta ansiedade em ocasiões iguais àquela e que, certa vez, quando seu pequeno Johnny nasceu, demorou uma semana para ele voltar a si de novo, tempo este em que o marido só fazia repetir "É um menino, é um menino?", de uma maneira que cortava os corações de todos os que o ouviam.

Finalmente, Morleena (que quase se esquecera de que havia desmaiado, quando percebeu que não era notada) anunciou que um quarto estava pronto para seu pai angustiado; e o Sr. Kenwigs, tendo parcialmente sufocado suas quatro filhas em seu abraço, aceitou o braço do médico de um lado e o apoio de Nicholas do outro, e foi conduzido pela escada para o quarto que havia sido preparado para a ocasião.

Tendo-o visto em sono profundo e o ouvido roncar satisfatoriamente, além de ter presidido a distribuição de brinquedos, para alegria de todos os pequenos Kenwigs, Nicholas se despediu. As matronas foram embora, uma a uma, com exceção de seis ou oito amigas íntimas, que haviam resolvido passar ali a noite toda; as luzes das casas gradualmente desapareceram; a última notícia era a de que a Sra. Kenwigs estava tão bem quanto se podia esperar; e toda a família foi entregue ao repouso.

CAPÍTULO XXXVII

Nicholas é mais bem visto ainda aos olhos dos irmãos Cheeryble e do Sr. Timothy Linkinwater. Os irmãos oferecem um banquete em grande evento anual. Nicholas, ao retornar para casa depois das comemorações, recebe um comunicado misterioso e importante da boca da Sra. Nickleby

A praça na qual o escritório de contabilidade dos irmãos Cheeryble era situada, embora não chegasse inteiramente a corresponder às mais otimistas expectativas que um estranho se dispusesse a criar ao ouvir os ardorosos elogios feitos a ela por Tim Linkinwater, era, entretanto, um recanto suficientemente desejável no coração de uma cidade movimentada como Londres e ocupava alta posição nas recordações afetivas de diversas pessoas distintas, residentes nas imediações, cujas lembranças, todavia, datavam de um período muito mais recente, e cuja simpatia pelo lugar era muito menos cativante do que as lembranças e a paixão do entusiástico Tim.

E não suponham aqueles cujos olhos estiverem acostumados à dignidade aristocrática da Grosvenor Square e da Hanover Square, à esterilidade e frieza solitárias da Fitzroy Square, ou aos caminhos de cascalho e bancos de jardim das praças Russel e Euston, que o entusiasmo de Tim Linkinwater ou dos amantes menores desse específico local tenha sido despertado e mantido vivo por alguma agradável associação com folhas, por mais que sombrias, ou gramados, por mais que áridos e ralos. Essa praça pública é nua, a não ser por um poste de luz no centro: e sem gramado, exceto pelo mato que lhe cresce na base. É um lugarzinho tranquilo, pouco frequentado, afastado, favorável à melancolia, à contemplação e a encontros de longa espera. E, de um lado para o outro, o Citado passeia ociosamente a cada hora, despertando ecos com o som monótono de seus passos sobre as pedras lisas e gastas, enquanto conta primeiro as janelas e depois os tijolos das casas altas e silenciosas a seu redor. No inverno, a neve permanece ali bem depois de ter derretido nas ruas movimentadas e nas estradas. O sol de verão demonstrando certo respeito e, enquanto lança seus alegres e escassos raios na praça, reserva seu fulgor e calor abrasivo para recintos mais barulhentos e menos imponentes. É um lugar tão silencioso que quase se pode ouvir o tique-taque do próprio relógio, quando se faz uma pausa para descansar em sua restauradora atmosfera. Há um zumbido distante — de coches, não de insetos —, mas nenhum outro som perturba o silêncio da praça. O bilheteiro recosta-se de forma negligente no poste da esquina: está confortavelmente aquecido, não passa calor, embora seja um dia escaldante. Seu avental branco esvoaça com langor no ar, sua cabeça cai aos poucos sobre o peito e ele dá longas piscadelas com os dois olhos ao mesmo tempo; nem ele é capaz de resistir à influência soporífera do lugar e adormece gradualmente. Mas, agora, ele se sobressalta e desperta por completo, recua uns passos e olha à sua frente com uma expressão ansiosa. Seria um roubo ou um garoto jogando bolinhas de gude? Estaria ele vendo um fantasma ou ouvindo um órgão? Não... é uma cena ainda mais inusitada. Há uma borboleta na praça, uma borboleta real e viva! Desviada do caminho das flores e dos doces, adejando entre as pontas de ferro da grade empoeirada dali.

Mas, se pouco havia do lado de fora do escritório dos Irmãos Cheeryble que atraísse a atenção ou distraísse os pensamentos do jovem escriturário, muito havia do lado de dentro que o interessasse e prendesse sua atenção. Raros eram os objetos naquele lugar, animados ou inanimados, que não fizessem parte, até certo ponto, do método escrupuloso e da pontualidade do Sr. Timothy Linkinwater. Pontual como o relógio do escritório de contabilidade, que ele garantia ser o melhor de Londres depois do relógio de uma velha igreja desconhecida ali de perto (pois Tim afirmava que a fabulosa virtude da Guarda Montada era uma ficção agradável, inventada por moradores invejosos do lado oeste), o velho funcionário realizava cada uma das menores atividades do dia e arranjava os menores objetos na pequena sala numa ordem precisa e regular, que não seria superada nem se de fato aquela fosse uma vitrine repleta de grandes raridades. Papel, penas, tinta, régua, cera para selar, obreia, areeiro, caixa de barbantes, fornalha, o chapéu de Tim, as luvas cuidadosamente dobradas de Tim, outro casaco de Tim — que, pendurado na parede, parecia exatamente ele de costas —, tudo isso tinha seus habituais centímetros de espaço. Com exceção do relógio, não existia um instrumento mais preciso e impecável do que o pequeno termômetro pendurado atrás da porta. Não havia um pássaro, no mundo inteiro, de hábitos tão metódicos e eficientes, como o melro cego, que passava os dias sonhando e cochilando numa grande e confortável gaiola e que perdera a voz, de velhice, anos antes de Tim tê-lo comprado. Não havia história mais cheia de acontecimentos em todo o universo das anedotas como a que Tim contava sobre a aquisição daquele pássaro; como ele o comprara, apiedando-se de sua condição de fome e sofrimento, com o propósito de encerrar sua vida miserável de forma humanitária; como decidira esperar três dias e ver se ele reviveria; como, na metade do tempo, o pássaro reviveu; e como ele seguiu tomando novo alento e melhorando seu apetite e boa aparência até que gradualmente se tornou... "o que se vê agora", dizia Tim olhando para a gaiola com orgulho. E, com isso, Tim também emitia um melodioso trinado e chamava "Dick!"; e Dick, que, pelo sinal de vida que dera antes, poderia ter passado por uma representação de madeira ou empalhada de um melro, feita com indiferença, ia para o lado da gaiola em três pequenos saltos e, enfiando o bico por entre as ripas, virava a cabeça cega em direção a seu velho dono — e naquele momento seria muito difícil determinar qual dos dois estava mais feliz, o pássaro ou Tim Linkinwater.

E isso não era tudo. Todas as coisas, ademais, refletiam o espírito benevolente dos irmãos. Os almoxarifes e os carregadores eram sujeitos tão robustos e alegres que era um prazer vê-los. Entre os anúncios sobre transporte marítimo e as listas de barcos a vapor que decoravam a parede do escritório de contabilidade, estavam projetos para um asilo de pobres, um registro financeiro de obras de caridade e plantas para novos hospitais. Um bacamarte e duas espadas encontravam-se penduradas acima da lareira, para terror dos malfeitores; mas o bacamarte estava enferrujado e rachado, e as espadas, quebradas e sem fio. Em outro lugar, a exibição delas nessas condições teria provocado um sorriso; contudo, ali, parecia que mesmo armas violentas e lesivas compartilhavam a influência preponderante e se tornavam emblemas de paciência e misericórdia.

Pensamentos como esses ocorreram a Nicholas muito fortemente na manhã em que ele tomou posse do assento vago e olhou a seu redor mais livremente e à vontade do que tivera a oportunidade de fazê-lo até então. Talvez eles o tivessem encorajado e estimulado à exaustão, pois, durante as duas semanas seguintes, todas as suas horas livres, tarde da noite e cedo pela manhã, foram incansavelmente dedicadas a dominar os mistérios da contabilidade e de algumas outras formas de despesas comerciais. A isso dedicou-se com tanta assiduidade e perseverança que, embora não trouxesse consigo nenhum conhecimento prévio sobre o assunto além de uma vaga lembrança de algumas somas muito grandes em um caderno de cálculos da escola — que era adornado com a imagem de um enorme cisne feito pelas próprias mãos do professor de caligrafia e levado para casa para inspeção dos pais —, ele se viu, no final de duas semanas, em condições de demonstrar sua competência ao Sr. Linkinwater e de cobrar o cumprimento da promessa de que ele, Nicholas Nickleby, teria agora o consentimento para auxiliá-lo em suas tarefas mais sérias.

Era uma cena a ser apreciada, ver Tim Linkinwater levando devagar um livro-razão e um livro diário e, após virá-los e revirá-los carinhosamente, limpando a poeira do dorso e dos lados, abrindo as páginas aqui e ali e lançando os olhos, meio pesaroso, meio orgulhoso, às entradas, perfeitas e imaculadas.

— Quarenta e quatro anos, em maio! — disse Tim. — Muitos livros-razão desde então. Quarenta e quatro anos!

Tim fechou o livro novamente.

— Vamos, vamos — disse Nicholas —, estou impaciente para começar.

Tim Linkinwater balançou a cabeça com um ar de leve repreensão. O Sr. Nickleby não parecia suficientemente impressionado com a profunda e terrível natureza de sua incumbência. Suponha que haja algum engano... alguma rasura!

Os jovens são temerários. É extraordinário como às vezes são precipitados. Sem nem ter a precaução de sentar no banco, ficam de pé com ar displicente junto à escrivaninha, com um sorriso nos lábios, um sorriso mesmo, não havia a menor dúvida; muitas vezes depois, o Sr. Linkinwater mencionou isso — Nicholas mergulhou a pena no tinteiro diante dele e a levou direto aos livros dos irmãos Cheeryble!

Tim Linkinwater empalideceu e, inclinando seu banco em duas pernas ao ponto mais próximo de Nicholas, olhou por sobre o ombro do rapaz numa ansiedade de perder o fôlego. O irmão Charles e o irmão Ned entraram no escritório juntos; mas Tim Linkinwater, sem virar a cabeça, impacientemente acenou com a mão como sinal para que fizessem profundo silêncio e seguiu o inexperiente bico da pena com olhos ansiosos.

Os irmãos observavam com rostos sorridentes, mas Tim Linkinwater não sorria e se manteve imóvel por alguns minutos. Por fim, inspirou fundo e, ainda na mesma posição em seu banco inclinado, olhou para o irmão Charles, apontando secretamente com sua própria pena em direção a Nicholas e balançando a cabeça de maneira séria e resoluta, como quem diz claramente: "Ele vai conseguir".

O irmão Charles balançou a cabeça outra vez e trocou olhares risonhos com o irmão Ned; mas, nesse instante, Nicholas parou para mudar de página e Tim Linkinwater, incapaz de conter por mais tempo sua satisfação, desceu do banco e lhe apertou a mão, embevecido.

— Ele conseguiu! — disse Tim, olhando ao redor para seus chefes e balançando a cabeça triunfalmente. — O "B" e o "D" maiúsculos dele são iguaizinhos aos meus; ele põe todos os pontos nos "is" minúsculos e corta todos os "tês" na hora em que escreve um. Não existe nenhum jovem como este em toda a Londres — disse Tim, dando umas palmadinhas nas costas de Nicholas —, nenhum. Ninguém me convence! A cidade não é capaz de apresentar um rapaz igual a este. Eu lanço esse desafio à cidade!

E, com esse desafio, Tim Linkinwater deu tamanho soco na escrivaninha com seu punho cerrado que o velho melro, com o susto que teve, caiu de seu poleiro e chegou até mesmo a emitir um fraco grasnido, no auge de seu sobressalto.

— Falou bem, Tim... falou bem, Tim Linkinwater! — exclamou o irmão Charles, quase tão satisfeito quanto o próprio Tim e batendo palmas enquanto falava. — Eu sabia que nosso jovem amigo se esforçaria muito e não tinha dúvida de que, com o tempo, ele se sairia muito bem. Eu não lhe disse isso, irmão Ned?

— Disse, sim, meu querido irmão; claro que disse, meu querido irmão, e você estava certo — respondeu Ned. — Certíssimo. Tim Linkinwater está satisfeito, mas está satisfeito justamente, tem razão para estar satisfeito. Tim é um ótimo sujeito. Tim Linkinwater, o senhor é um ótimo sujeito.

— É muito bom saber disso! — disse Tim, sem ter prestado atenção às palavras dirigidas a ele e desviando os óculos do livro-razão para os irmãos. — É muito bom saber. Os senhores acham que eu não me preocupava com o que aconteceria a esses livros quando eu me fosse? Acham que eu muitas vezes não pensava que as coisas ficariam em desordem e descuidadas depois que me levarem daqui? Mas agora — disse Tim, apontando o indicador para Nicholas —, agora que já ensinei a ele um pouco mais, estou satisfeito. O trabalho continuará, quando eu estiver morto, tão bem como enquanto vivo... igualzinho... e terei a satisfação de saber que nunca houve livros como estes... nunca houve livros como estes! Não, nem nunca haverá... livros como estes dos Irmãos Cheeryble.

Tendo assim expressado seus sentimentos, o Sr. Linkinwater deu vazão a uma curta risada, indicativa de desafio às cidades de Londres e Westminster e, virando-se uma vez mais para sua escrivaninha, silenciosamente transferiu setenta e seis da última coluna que havia somado e prosseguiu com seus cálculos.

— Senhor Tim Linkinwater — disse o irmão Charles —, dê-me sua mão, senhor. Hoje é seu aniversário. Como se atreve a falar sobre qualquer outra coisa até que tenha recebido os votos de que esta data se repita por muitos anos, Tim Linkinwater? Deus o abençoe, Tim! Deus o abençoe!

— Meu querido irmão — disse o outro, segurando o pulso livre de Tim —, Tim Linkinwater parece dez anos mais novo do que parecia no último aniversário dele.

— Irmão Ned, meu querido menino — disse o outro velho —, acredito que Tim Linkinwater nasceu com cento e cinquenta anos e está gradualmente retornando aos vinte e cinco; pois, em cada aniversário, ele está mais jovem do que no anterior.

— Está mesmo, irmão Charles, está mesmo — replicou o irmão Ned. — Não há a menor dúvida quanto a isso.

— Lembre-se, Tim — disse o irmão Charles —, de que hoje jantaremos às cinco e meia, e não às duas da tarde; sempre mudamos de hábito no seu aniversário, como você muito bem sabe, Tim Linkinwater. Meu caro Nickleby, você nos dará a honra. Tim Linkinwater, nos dê a sua caixa de rapé, de recordação a mim e a meu irmão Charles, de um amigo dedicado e fiel, e receba em troca isto como um leve sinal de nosso respeito e estima; não abra até a hora em que for dormir e nunca mais diga nenhuma palavra sobre isso ou eu mato o melro. Ora! Ele teria tido uma gaiola dourada uns seis anos atrás, se isso tivesse feito a ele ou a seu dono um pouco mais feliz. Agora, irmão Ned, meu querido companheiro, estou pronto. Às cinco e meia, lembre-se, Sr. Nickleby! Tim Linkinwater, cuide do Sr. Nickleby às cinco e meia. Agora, irmão Ned.

Conversando, então, como era de costume para evitar a possibilidade de agradecimentos vindos do outro lado, os gêmeos saíram de braços dados, tendo presenteado Tim Linkinwater com uma caixa de rapé de ouro, cara, e colocado dentro dela uma cédula que valia dez vezes mais do que a caixa.

Às cinco e quinze pontualmente, chegou, de acordo com o hábito anual, a irmã de Tim Linkinwater; e um grande alvoroço foi criado entre a irmã de Tim Linkinwater e a velha governanta a respeito da boina da primeira, que fora despachada, por meio de um garoto, da casa da família onde morava, mas que não havia chegado ainda: embora tivesse sido embalada numa chapeleira, e a chapeleira embrulhada num lenço, e o lenço preso ao braço do garoto; e embora, também, o local da entrega tenha sido devidamente especificado por completo no verso de uma velha carta e o rapaz intimado, sob pena de diversas punições, cuja extensão total o olho humano não seria capaz de prever, a entregar a encomenda o mais rápido possível, sem flanar pelo caminho. A irmã de Tim Linkinwater lamentava; a governanta se solidarizava com ela; e ambas enfiavam a cabeça pela janela do segundo andar para ver se o garoto estava "vindo" — o que teria sido altamente satisfatório, mas que, no geral, era igual a ele ter chegado, pois a distância até a esquina era menor do que cinco metros — quando, de repente, e no momento em que era menos esperado, o mensageiro, carregando a chapeleira com todo o cuidado, apareceu na direção exatamente oposta, apressado e esbaforido, com o rosto vermelho pelo exercício recente, como era de se esperar; pois ele, de início, fora atrás de um coche que ia para Camberwell, depois seguira dois Polichinelos e acompanhara os Pernas de Pau até a casa deles. Mas a boina chegou a salvo — o que foi um consolo —, e não adiantava reclamar do rapazinho — que era outro; ele então seguiu alegre seu caminho e a irmã de Tim Linkinwater cumprimentou os presentes no andar de baixo, exatos cinco minutos depois de a meia hora ter soado no infalível relógio de Tim Linkinwater.

O grupo era constituído dos irmãos Cheeryble, Tim Linkinwater, um amigo de Tim de rosto vermelho e cabeça branca (que era um funcionário de banco aposentado) e Nicholas, que foi apresentado à irmã de Tim Linkinwater com muita honra e solenidade. O grupo estando então completo, o irmão Ned deu sinal para o jantar, que logo em seguida foi anunciado, e conduziu a irmã de Tim Linkinwater à sala ao lado, preparada com esmero. O irmão Ned ocupou a cabeceira da mesa e o irmão Charles, o lado oposto; a irmã de Tim Linkinwater sentou-se à esquerda do irmão Ned e Tim Linkinwater, à direita dele. Um mordomo idoso de aspecto apoplético e pernas muito curtas se posicionou atrás da cadeira de braços de Ned e, erguendo o braço direito em preparação para retirar as tampas com um floreio, permaneceu empertigado e imóvel.

— Por estas e todas as outras bênçãos, irmão Charles — disse Ned.

— Senhor, somos verdadeiramente agradecidos, irmão Ned — disse Charles.

Com isso, o mordomo apoplético levantou com rapidez a tampa da terrina de sopa e entrou repentinamente num estado de agitada atividade.

As conversas foram abundantes, sem temor de esmorecimento, pois o bom humor dos gloriosos gêmeos estimulava os convidados, e a irmã de Tim Linkinwater fez um longo e circunstancial relato da infância dele logo depois da primeira taça de champanhe — deixando bem claro que ela era mais nova do que Tim e que só tomara conhecimento dos fatos por eles terem sido preservados e passados adiante na família. Quando essa história foi encerrada, o irmão Ned contou como, fazia exatos trinta e cinco anos, suspeitaram que Tim houvesse recebido uma carta de amor, e como essa vaga informação fora levada ao escritório, por ele ter sido visto caminhando em Cheapside ao lado de uma solteirona de beleza incomum; diante do que, todos riram muito e Tim Linkinwater, tendo enrubescido e sido chamado a dar explicações, declarou falsa a informação; além disso, afirmou que não haveria mal algum se isso tivesse ocorrido; esta última afirmação fez o funcionário aposentado de banco explodir numa gargalhada e dizer que aquela era a melhor declaração que ele ouvira na vida, e que Tim Linkinwater precisaria contar *muita* coisa para superar essa.

Houve uma pequena cerimônia, específica para o dia, e tanto o conteúdo quanto a maneira como foi conduzida causaram em Nicholas uma forte impressão. A toalha de mesa tendo sido removida e os decantadores de vinho passados entre os presentes pela primeira vez, sucedeu-se um profundo silêncio e, nos rostos alegres dos irmãos, surgiu uma expressão, não de absoluta melancolia, mas de uma silenciosa reflexão, bastante incomum numa ocasião festiva. Enquanto Nicholas, abalado por esta súbita mudança, perguntava-se o que ela poderia representar, os irmãos levantaram-se juntos, e aquele que estava à cabeceira da mesa, inclinando-se em direção ao outro e num tom de voz baixo, como se falasse apenas para ele, disse:

— Irmão Charles, meu querido companheiro, há um outro acontecimento ligado a este dia, que nunca deve ser esquecido nem por você nem por mim. Este dia, que trouxe ao mundo o mais fiel, excelente e exemplar companheiro, levou com ele a mais bondosa e melhor das mães, a melhor das mães para nós dois. Eu gostaria que ela tivesse visto a nossa prosperidade, compartilhado do nosso sucesso e tivesse a felicidade de saber como sempre a amamos ternamente, como quando éramos dois meninos pobres; mas isso não era para ser. Meu querido irmão... a lembrança da nossa mãe.

"Meu Deus", pensou Nicholas, "e saber que há centenas de pessoas na mesma situação deles, que sabem de tudo isso, e milhares de vezes mais, que não convidariam estes homens para jantar só porque eles levam a faca à boca e nunca frequentaram a escola!".

Mas não havia tempo para moralizar, pois a alegria estava de novo presente e o decantador de vinho do Porto, quase vazio; o irmão Ned então tocou a sineta, que foi na mesma hora atendida pelo apoplético mordomo.

— David — disse o irmão Ned.
— Senhor — respondeu o mordomo.
— Uma garrafa grande do *Double-Diamond*, David, para brindar à saúde do Sr. Linkinwater.

No mesmo instante, como num passe de mágica, que causou a admiração de todos os presentes e que se repetia anualmente já havia alguns anos, o apoplético mordomo, trazendo a mão esquerda das costas, apresentou a garrafa com o saca-rolhas já inserido; ele abriu-a de um único puxão e colocou a garrafa e a rolha diante de seu patrão com a dignidade de quem sabe o que faz.

— Ah! — exclamou o irmão Ned, primeiro examinando a rolha e depois enchendo seu copo, enquanto o velho mordomo olhava com complacência e amabilidade, como se tudo fosse propriedade dele, mas deixando que as pessoas se servissem à vontade. — Parece ótimo, David.

— Deve ser, senhor — respondeu David. — Não é fácil encontrar um vinho como o nosso *Double-Diamond*, e que o Sr. Linkinwater conhece tão bem. Ele foi servido na primeira vez que o Sr. Linkinwater chegou aqui: este mesmo vinho, senhores.

— Não, David, não — interferiu o irmão Charles.

— Eu anotei a entrada no livro da adega, senhor, com todo o respeito — disse David, no tom de um homem seguro da força de seus atos. — Fazia só vinte anos que o Sr. Linkinwater estava aqui, senhor, quando a pipa do *Double-Diamond* foi colocada na adega.

— David tem razão, ele tem razão, irmão Charles — disse Ned. — As pessoas já estão aqui, David?

— Do lado de fora da porta, senhor — respondeu o mordomo.

— Mande entrar, David, mande entrar.

A essa ordem, o velho mordomo colocou diante de seu patrão uma pequena bandeja de copos limpos e, abrindo a porta, recebeu os alegres carregadores e os almoxarifes que Nicholas vira lá embaixo. Eram quatro no total e, ao entrarem, curvando-se, sorrindo e enrubescendo, trouxeram consigo a governanta, a cozinheira e a arrumadeira.

— Sete — disse o irmão Ned, enchendo um número correspondente de copos com o *Double-Diamond* — e David, oito. Pronto! Agora, todos vocês brindarão à saúde de seu melhor amigo, o Sr. Timothy Linkinwater, e desejar a ele vida longa e que esta data se repita alegremente muitas vezes, tanto para o bem dele próprio como para o de seus velhos patrões, que consideram este homem um tesouro inestimável. Tim Linkinwater, à sua saúde. Ora, diabos, Tim Linkinwater, Deus o abençoe!

Com essa singular contradição de termos, o irmão Ned deu um tapinha nas costas de Tim Linkinwater – que o fez parecer, por um instante, quase tão apoplético quanto o mordomo – e entornou o conteúdo de seu copo num piscar de olhos.

O brinde em homenagem a Tim Linkinwater mal havia terminado quando o empregado mais robusto e mais alegre avançou em meio a seus colegas, com o rosto avermelhado e quente, puxou uma única mecha de cabelos grisalhos do meio da testa como uma saudação respeitosa aos presentes e — esfregando as palmas das mãos com muita força num lenço azul de algodão — fez o seguinte discurso:

— Nós temos permissão para tomar liberdade uma vez por ano, cavalheiros, e, se nos dão licença, tomamos agora; não existe tempo como o presente, e dois pássaros na mão não valem um voando, como é bem conhecido... ao menos no sentido contrário, que é a mesma coisa. (Uma pausa... o mordomo não convencido.) O que queremos dizer é que nunca houve (olhando para o mordomo)... patrões tão... (olhando para a cozinheira) nobres... excelentes... (olhando para todos os lados sem ver ninguém) de espírito liberal e generoso, como estes, que nos receberam com tanta generosidade neste dia. E aqui fica o nosso agradecimento a eles, por toda a bondade, que é constante e se espalha por toda parte, desejando que vivam muito e que morram felizes!

Quando foi encerrado esse discurso — que talvez tenha sido muito elegante e pouco adequado —, todo o grupo de empregados, sob o comando do mordomo apoplético, deu três suaves vivas; os quais, para grande indignação daquele cavalheiro, não foram muito regulares, pois as mulheres persistiram em dar, entre si, um imenso número de gritinhos agudos de hurra, desconsiderando por completo o tempo. Isso feito, eles se retiraram; em seguida, a irmã de Tim Linkinwater também se retirou; pouco tempo depois, foi dado lugar ao chá e ao café, e um jogo de cartas teve início.

Às dez e meia — uma hora já bem tarde para a praça —, foram servidas uma pequena bandeja de sanduíches e uma tigela de ponche que, vindo após o *Double-Diamond* e outros estimulantes, teve tal efeito em Tim Linkinwater que ele puxou Nicholas para o lado e lhe confidenciou que era verdadeira a história da solteirona de beleza incomum e que ela era tão bonita como havia sido descrita — mais ainda, na verdade —, mas que a moça estava muito apressada para mudar de condição e, em consequência, enquanto Tim a cortejava e pensava em mudar a sua condição de solteiro, ela casou-se com outro. — Afinal, eu admito, foi culpa minha — disse Tim. — Vou lhe mostrar um retrato que tenho lá em cima, um desses dias. Ele me custou vinte e cinco xelins. Eu comprei assim que encerramos o namoro. Não mencione isso, mas é a semelhança acidental mais extraordinária que já se viu — um verdadeiro retrato dela, senhor!

A essa altura, já passava das onze horas e, como a irmã de Tim Linkinwater declarou que já deveria ter voltado para casa uma hora antes, eles conseguiram um coche, no qual ela foi acomodada com grande cerimônia pelo irmão Ned, enquanto o irmão Charles dava a orientação completa ao cocheiro e, pagando ao homem um xelim acima da tarifa para que ele tivesse o máximo de cuidado com a moça, fez com que ele se engasgasse com um copo de bebida extremamente forte e quase o deixou sem fôlego ao tentar vigorosamente fazê-lo voltar a respirar.

Por fim, o coche partiu e, quando a irmã de Tim Linkinwater já estava a caminho de casa, Nicholas e o amigo de Tim Linkinwater despediram-se e deixaram o velho aniversariante e os honrados irmãos descansarem.

Como Nicholas tinha uma boa distância a percorrer a pé, passava consideravelmente da meia-noite quando ele chegou em casa, onde encontrou sua mãe e Smike acordados a esperá-lo. Já passara muito da hora de se recolher, e eles haviam pensado que Nicholas chegaria o mais tardar duas horas antes; porém, o tempo não pesou para eles, pois a Sra. Nickleby havia distraído Smike com um relato da genealogia de sua família por parte de mãe, compreendendo esboços biográficos dos principais membros, e Smike ficara curioso com tudo aquilo, querendo saber se fora tirado de um livro ou contado da própria cabeça da Sra. Nickleby; de modo que passaram o tempo juntos de maneira agradável.

Nicholas não conseguiu ir dormir sem discorrer sobre a excelência e a prodigalidade dos irmãos Cheeryble e relatar o grande sucesso de seus esforços naquele dia. Mas, antes de completar uma dúzia de palavras, a Sra. Nickleby, com muitas piscadelas e acenos de cabeça dissimulados, disse que estava certa de que o Sr. Smike devia estar muito cansado e que ela devia insistir para que ele não ficasse acordado nem mais um minuto.

— Uma criatura muito dócil ele é, com certeza — disse a Sra. Nickleby, quando Smike lhes deu boa-noite e deixou a sala. — Sei que vai me desculpar, Nicholas, meu querido, mas não gosto de fazer isso diante de terceiros; na verdade, diante de um rapaz não seria muito adequado, apesar de que, realmente, afinal de contas, eu não vejo que mal possa haver nisso, exceto que, com certeza, não é uma coisa muito própria, apesar de algumas pessoas dizerem que é, e na verdade eu não sei por que não seria, se for bem colocada e as bordas estiverem bem pregueadas; claro, muito depende disso.

Com esse prefácio, a Sra. Nickleby pegou seu barrete de entre as folhas de um livro de oração muito grande onde ele fora bem dobrado e começou a amarrá-lo na cabeça, falando em seu modo discursivo o tempo todo.

— As pessoas podem dizer o que quiserem — observou a Sra. Nickleby —, mas uma touca de dormir é uma coisa muito confortável, como sei que você mesmo admitiria, Nicholas, meu querido, se tivesse cordões na sua e a usasse como um cristão, em vez de enfiar no topo da cabeça como um garoto de instituições de caridade. Você não precisa achar que não é coisa de homem ou que é esquisito ser cuidadoso com a touca, pois sempre ouvi seu pobre e querido papai e o reverendo, não lembro o nome dele, que costumava recitar as orações naquela igreja velha com uma torrezinha estranha que teve o cata-vento levado por uma rajada, uma semana antes de você nascer... sempre ouvi os dois dizerem que os rapazes na faculdade são extremamente cuidadosos com as toucas deles e que as toucas de dormir em Oxford são muito famosas pela qualidade e resistência; tanto que, na verdade, os rapazes nem sonham em ir para a cama sem elas, e eu acredito que todos admitem que *eles* sabem o que é bom e não se fazem de rogados.

Nicholas riu e, sem prolongar o assunto dessa enfadonha lenga-lenga, reverteu-o para o tom agradável da festa de aniversário. E, à medida que a Sra. Nickleby se mostrava mais curiosa a respeito dela, fazia várias perguntas sobre o que fora servido para o jantar e como havia sido posta a mesa, e se a comida estava cozida demais ou de menos, e quem estava lá e o que "os senhores Cherryble" disseram, e o que Nicholas disse e o que "os senhores Cherryble" comentaram quando ele disse isso; então, Nicholas descreveu a comemoração por completo e também os acontecimentos da manhã.

— Apesar de ser tão tarde — disse Nicholas —, o meu egoísmo quase me faz desejar que Kate estivesse acordada para ouvir tudo isso. Eu estava ansioso, enquanto voltava para casa, para contar a ela.

— Ora, Kate... — disse a Sra. Nickleby, colocando os pés sobre a grade da lareira e puxando sua cadeira para perto dela, como se pronta para uma longa conversa. — Kate está dormindo... ah, já faz umas duas horas... e eu estou contente, Nicholas, meu querido, de ter convencido a sua irmã de não ficar acordada, porque eu queria muito ter a oportunidade de ter uma conversa com você. Estou naturalmente ansiosa para isso e claro que é uma coisa muito agradável e reconfortante ter um filho adulto em quem posso confiar e com quem me aconselhar; na verdade, não sei para que serviriam os filhos se as pessoas não pudessem confiar neles.

Nicholas parou no meio de um bocejo sonolento quando sua mãe começou a falar e olhou para ela com toda a atenção.

— Tínhamos uma vizinha — disse a Sra. Nickleby —, falar sobre filhos me lembra isso... uma vizinha quando morávamos perto de Dawlish, acho que o nome dela era Rogers; tenho certeza de que era, se não era Murphy, que é a única dúvida que tenho...

— É sobre ela, mãe, que a senhora quer falar comigo? — perguntou Nicholas calmamente.

— Sobre *ela*?! — reagiu a Sra. Nickleby. — Meu Deus, Nicholas, meu querido, como você pode ser *tão* ridículo? Mas era sempre assim com o seu pobre e querido papai... exatamente assim... sempre distraído, sem nunca conseguir fixar o pensamento num assunto, nem por dois minutos. Parece que estou vendo o seu pobre papai agora — disse a Sra. Nickleby, enxugando as lágrimas —, olhando para mim quando eu falava sobre os negócios, como se as ideias dele estivessem todas embaralhadas! Qualquer pessoa que entrasse de repente teria achado que eu estava tentando confundi-lo ou distraí-lo, em vez de tornar as coisas mais claras; sinceramente que acharia.

— Sinto muito, mãe, ter herdado essa infeliz pobreza de percepção — disse Nicholas, amavelmente. — Mas vou me esforçar para entender a senhora, se fizer o favor de ir direto ao assunto.

— Seu pobre papai! — exclamou a Sra. Nickleby, refletindo. — Ele nunca soube, até que já fosse tarde demais, o que eu teria sugerido que ele fizesse!

Esse foi sem dúvida o caso, visto que o falecido Sr. Nickleby não chegara a saber disso até morrer. Nem a própria Sra. Nickleby; o que é, de certo modo, uma explicação das circunstâncias.

— Mas — disse a Sra. Nickleby, enxugando as lágrimas — isso não tem nada a ver... certamente nada a ver... com o cavalheiro da casa ao lado.

— Eu imagino que o cavalheiro da casa ao lado também não tenha nada a ver conosco — observou Nicholas.

— Não resta a menor dúvida — disse a Sra. Nickleby — que ele é um cavalheiro e tem os modos de um cavalheiro e a aparência de um cavalheiro, apesar de ficar de ceroulas e meias de lã cinza. Isso pode ser excentricidade ou ele pode ter orgulho das pernas. Não vejo por que não teria. O Príncipe Regente tinha orgulho das pernas, como também Daniel Lambert, que, além disso, era um homem gordo; *ele* tinha orgulho das pernas. A Srta. Biffin também tinha... não — acrescentou a Sra. Nickleby, se corrigindo —, eu acho que era somente dos dedos dos pés, mas o princípio é o mesmo.

Nicholas olhava, muito espantado com a introdução desse novo tema. E parecia ser exatamente o que a Sra. Nickleby esperava dele.

— Você pode estar surpreso, Nicholas, meu querido — ela disse —, *eu* certamente fiquei. Isso me afetou como um raio de fogo e quase congelou meu sangue. O fundo do jardim dele é colado ao nosso e, claro, muitas vezes eu vi esse vizinho entre os pés de feijão-escarlate ou trabalhando nos canteirinhos. Eu achava que ele estava espiando, mas não dei importância a isso, já que éramos vizinhos novos e ele podia estar curioso para nos ver. Mas quando começou a jogar pepinos por cima do nosso muro...

— Jogar pepinos por cima do nosso muro?! — repetiu Nicholas, estupefato.

— É, Nicholas, meu querido — respondeu a Sra. Nickleby num tom muito sério —, pepinos por cima do nosso muro. E também abobrinhas.

— Mas que descaramento! — disse Nicholas, exaltando-se imediatamente. — O que ele está querendo com isso?

— Eu não acho que seja desaforo, de jeito nenhum — respondeu a Sra. Nickleby.

— O quê?! — exclamou Nicholas. — Pepinos e abobrinhas atingindo a cabeça das pessoas da família quando estiverem andando em seu próprio jardim, e isso não é desaforo? Ora, mãe...

Nicholas parou de repente, pois havia uma expressão de indescritível e plácido triunfo, misturado com certa confusão, estendendo-se por entre as bordas do barrete da Sra. Nickleby, que atraiu sua atenção de imediato.

— Ele deve ser um homem muito fraco, tolo e sem consideração — disse a Sra. Nickleby —, censurável na verdade... pelo menos suponho que outras pessoas o considerem assim; claro que eu não posso expressar a minha opinião sobre esse ponto, principalmente depois de sempre defender seu pobre e querido papai quando outras pessoas o censuravam por me pedir em casamento; e certamente não há dúvida de que ele escolheu uma maneira bem estranha de demonstrar isso. Mas, ao mesmo tempo, a atenção dele é... quer dizer, até aqui e até certo ponto, claro... um tanto lisonjeira; e apesar de eu nem poder sonhar em me casar novamente, com uma querida filha como Kate ainda sem se estabelecer na vida...

— Certamente, mãe, uma ideia dessas nunca entrou na sua cabeça, nem mesmo por um instante, não é? — perguntou Nicholas.

— Minha nossa, Nicholas, meu querido! — replicou sua mãe num tom irritado. — Não é exatamente o que estou dizendo, se você pelo menos me deixar falar? É claro que nunca considerei isso, e fico surpresa e espantada por você me achar capaz de uma coisa dessas. Tudo o que quero saber é qual a melhor maneira de proceder para que eu possa rejeitar essas insinuações com civilidade e delicadeza, sem ofender muito os sentimentos dele e levar o pobre homem ao desespero, ou coisa assim. Deus meu! — exclamou a Sra. Nickleby, com um meio sorriso afetado. — Suponha que ele venha a fazer uma besteira contra ele mesmo. Será que eu podia voltar a ser feliz, Nicholas?

Apesar da vergonha e da preocupação, Nicholas mal conseguiu disfarçar um sorriso ao perguntar: — Ora, mãe, a senhora acha que seria provável que isso acontecesse em consequência de uma repulsa cruel?

— Sinceramente, meu querido, não sei — respondeu a Sra. Nickleby. — Realmente não sei. Estou certa de que houve um caso no jornal de anteontem, extraído de diários franceses, sobre um sapateiro que tinha ciúmes de uma moça num vilarejo vizinho porque ela se recusou a se trancar num compartimento hermético num terceiro andar e morrer queimada com ele; e ele se escondeu num bosque com uma faca de ponta afiada e saiu correndo, quando ela passou por ali com uns amigos, e se matou primeiro, depois matou todos os amigos e, então, a moça... não, matou primeiro os amigos, depois ela e depois *se* matou... o que é uma coisa assustadora. De qualquer forma — acrescentou a Sra. Nickleby, depois de um momento de pausa —, são sempre os sapateiros que fazem essas coisas na França, de acordo com os jornais. Eu não sei por quê... alguma coisa no couro, eu acho.

— Mas esse homem, que não é um sapateiro... o que ele fez, mãe, o que ele disse? — perguntou Nicholas, irritado quase a ponto de explodir, mas parecendo quase tão resignado e paciente como a própria Sra. Nickleby. — A senhora sabe, não há linguagem de vegetais que converta um pepino numa declaração formal de casamento.

— Meu querido — disse a Sra. Nickleby, jogando a cabeça para o lado e olhando para as cinzas na lareira —, ele fez e disse várias coisas.

— A senhora não está enganada? — perguntou Nicholas.

— Enganada? — protestou a Sra. Nickleby. — Meu Deus, Nicholas, meu querido, você acha que eu não sei quando um homem está falando sério?

— Bem, bem! — murmurou Nicholas.

— Todas as vezes que vou até a janela — disse a Sra. Nickleby —, ele beija uma mão e coloca a outra no coração... claro que é tolice dele fazer isso, e acredito que você dirá que é errado, mas ele faz isso com muito respeito... muito respeito, na verdade... e com muito carinho, muitíssimo carinho. Até agora, ele merece o maior crédito; não há dúvida disso. Depois, há os presentes que vêm por cima do muro todos os dias, e são muito bons, muito bons mesmo; comemos um dos pepinos no jantar, ontem à noite, e estou pensando em fazer picles com o restante para o próximo inverno. E ontem à noite — acrescentou a Sra. Nickleby ainda mais confusa — ele me chamou gentilmente por cima do muro, quando eu estava caminhando no jardim, e me propôs casamento e que fugíssemos. A voz dele é clara como um sino ou uma harmônica de vidro... muito parecida com uma harmônica, na verdade... mas claro que eu não dei atenção. Então, a pergunta é, Nicholas, meu querido, o que devo fazer?

— Kate está sabendo disso? — perguntou Nicholas.

— Eu ainda não disse nada a ela — respondeu sua mãe.

— Então, pelo amor de Deus — disse Nicholas, levantando-se —, não diga nada, porque ela ficaria muito triste. E, quanto ao que a senhora deve fazer, minha querida mãe, faça o que o seu bom senso, os seus sentimentos e seu respeito pela memória do meu pai indicarem. Há mil maneiras de mostrar desagrado a essas atenções absurdas e senis. Se agir como realmente deveria e elas continuarem aborrecendo a senhora, eu posso dar um fim a elas com rapidez. Mas não devo interferir numa questão tão ridícula, nem dar importância a isso, enquanto a senhora mesma não tomar uma atitude. A maioria das mulheres consegue fazer isso, mas principalmente uma mulher da sua idade e condição, em circunstâncias como essas, que não são dignas de serem levadas a sério. Eu não envergonharia a senhora demonstrando irritação, nem tratando esse assunto com seriedade nem por um instante. Velho senil e idiota!

Tendo dito isso, Nicholas beijou sua mãe, deu-lhe boa-noite e eles foram para seus respectivos quartos.

Fazendo justiça à Sra. Nickleby, o amor que tinha pelos filhos a teria impedido de considerar seriamente um segundo casamento, mesmo que ela tivesse superado suas lembranças do finado marido a ponto de se inclinar nessa direção. Mas, embora não houvesse maldade e, de fato, apenas pouco egoísmo no coração da Sra. Nickleby, sua mente era fraca e vaidosa; e havia algo tão lisonjeiro em ser cortejada (e cortejada em vão), àquela hora do dia, que ela não podia rejeitar a paixão do cavalheiro desconhecido de maneira tão sumária ou tão simples como Nicholas parecia julgar adequado.

"Quanto a serem absurdas, senis e ridículas", disse a Sra. Nickleby para si mesma em seu quarto, "não vejo isso, de maneira alguma. Da parte dele, não pode haver nenhuma esperança, certamente; mas, por que ele seria um velho senil e idiota, confesso que não sei. Ele não deve saber que não há esperança. Pobre homem! É preciso sentir compaixão por ele, eu acho!".

Depois de fazer essas reflexões, a Sra. Nickleby olhou-se no espelho da penteadeira e, recuando alguns passos, tentou lembrar-se de quem costumava dizer que, quando Nicholas tivesse vinte e um anos, ele pareceria mais ser seu irmão do que seu filho. Não sendo capaz de lembrar-se, ela apagou a vela e levantou as persianas para permitir a entrada da luz da manhã, que, àquela hora, começava a surgir.

— É uma luz fraca para distinguir os objetos — murmurou a Sra. Nickleby, olhando para o jardim — e minha vista não é muito boa... eu era míope quando criança... mas, sinceramente, acho que tem outra abobrinha grande enfiada, neste momento, nos cacos de vidro no topo do muro.

CAPÍTULO XXXVIII

Compreende certos particulares que surgem de uma visita de pêsames, que podem se tornar importantes daqui para a frente. Smike encontra inesperadamente um amigo muito antigo, que o convida a sua casa e não aceita recusas

Alheia por completo às manifestações do vizinho amoroso e de seus efeitos sobre o suscetível coração de sua mamãe, Kate Nickleby começara, então, a desfrutar de um sentimento profundo de calma e felicidade, que até mesmo em vislumbres ocasionais e transitórios há muito lhe eram estranhos. Morar sob o mesmo teto que o irmão querido, de quem fora tão repentina e abruptamente separada: com a mente tranquila e livre de perseguições que lhe causavam rubor nas faces, ou dor no coração, ela parecia ter passado a um novo estado de espírito. Sua antiga alegria foi restabelecida, seus passos readquiriram a elasticidade e a leveza, a cor que abandonara seu rosto havia retornado e Kate Nickleby estava mais bonita do que nunca.

Essa foi a conclusão a que chegou a Srta. La Creevy por meio dessas observações e reflexões, quando a casinha havia ficado, como disse ela com ênfase: "Totalmente pronta, desde o cano da chaminé até o tapete da porta da rua", e a mulherzinha ativa teve finalmente tempo para pensar em seus habitantes.

— O que, desde que vim para cá, eu não tenho — disse a Srta. La Creevy —, pois só fiz pensar em martelos, pregos, chaves de fenda e verrumas, de manhã, de tarde e de noite.

— Eu creio que nunca dedicou um pensamento à senhorita mesma — disse Kate, sorrindo.

— Sinceramente, minha querida, quando há tantas coisas mais agradáveis em que se pensar, eu seria uma boba se pensasse em mim — replicou a Srta. La Creevy. — A propósito, tenho pensado em *outra* pessoa, também. Sabe que notei uma grande mudança em alguém desta família... uma mudança extraordinária?

— Em quem? — perguntou Kate, ansiosamente. — Não em...

— Não em seu irmão, minha querida — respondeu a Srta. La Creevy, antecipando o final da frase —, pois ele continua a mesma criatura afetuosa, afável e inteligente de sempre, de vez em quando com um jeitinho de... não vou dizer de quem... que notei nele depois que conheci você. Não. Smike, como ele quer ser chamado, pobrezinho, pois não quer nem ouvir falar em "senhor" antes do nome dele, está muito mudado, mesmo neste pouco tempo.

— Como? — perguntou Kate. — É a saúde?

— N... n... ão, talvez não seja a saúde exatamente — disse a Srta. La Creevy, fazendo uma pausa para considerar —, embora esteja muito acabado e enfraquecido e tenha aquilo no rosto que esmagaria meu coração se eu visse no seu. Não; não é a saúde.

— Como então?

— Não sei dizer bem — admitiu a pintora de miniaturas. — Mas tenho prestado atenção nele e muitas vezes as lágrimas me vêm aos olhos. Isso não é muito difícil de acontecer, é verdade, pois me derreto facilmente; mesmo assim, acho que essas surgiram por um bom motivo. Eu noto que, desde que veio para cá, ele se tornou, por alguma forte razão, mais consciente de como é fraco intelectualmente. Ele percebe isso mais. Sofre muito quando às vezes perde o fio da meada e não consegue entender coisas mais simples. Tenho visto, quando você não está por perto, minha querida, que ele fica sorumbático, com um olhar triste que dá dó ver, e depois se levanta e deixa a sala tão triste e abatido que não dá para descrever como eu me sinto. Não faz três semanas, ele era uma criatura alegre e ativa, feliz por estar no meio dessa grande agitação e contente o dia inteiro. Agora, ele é outra pessoa... a mesma criatura prestativa, inocente, amável... mas é só.

— Certamente isso vai passar — disse Kate. — Pobrezinho!

— Espero — disse a amiga, com um ar sério pouco comum a ela —, pode ser que passe. Espero, para o bem desse pobre rapaz, pode ser que passe. Mas — disse a Srta. La Creevy, retomando o tom alegre e falador que lhe era habitual — eu já disse o que tinha a dizer, e foi uma conversa longa, e acho que não foi muito agradável. De qualquer forma, vou ver se animo o pobre rapaz hoje, pois, como ele me acompanhará até a Strand, vou conversar, conversar e conversar, sem parar, até conseguir arrancar dele um riso. Então, quanto mais cedo ele for, melhor para ele, e quanto mais cedo eu for, melhor para mim, estou certa; do contrário, vou encontrar a minha empregada se divertindo com algum namorado que pode me roubar a casa... apesar de que o que eu tenho para roubar, além das cadeiras e das mesas? Não sei, exceto as miniaturas: e só um ladrão muito inteligente pode fazer uso delas com vantagem, porque *eu* não consigo, e essa é a pura verdade.

Dizendo isso, a pequena Srta. La Creevy escondeu o rosto num chapéu achatado, enrolou-se num xale enorme e, prendendo-o bem com um alfinete grande, declarou que o ônibus podia vir quando quisesse, porque ela estava pronta.

Porém, ela ainda precisava se despedir da Sra. Nickleby; e, antes mesmo que esta boa senhora concluísse algumas reminiscências relacionadas e apropriadas à ocasião, o ônibus chegou. Isso deixou a Srta. La Creevy numa grande agitação, pois, enquanto tentava recompensar secretamente a criada por trás da porta com dezoito centavos, dos quais dez eram em moedas de meio centavo que ela tirava da bolsa, as moedas se espalharam por todos os cantos possíveis do corredor, o que lhe tomou um tempo considerável para apanhá-las. Essa movimentação foi, naturalmente, seguida de um segundo beijo de Kate e da Sra. Nickleby, e a Srta. La Creevy teve ainda de pegar uma cestinha e um embrulho em papel pardo; demora esta que fez "o ônibus", como ela afirmou, "soltar imprecações terríveis de escutar". Finalmente, quando o condutor dava sinais de querer dar partida, a Srta. La Creevy saiu correndo de casa e entrou depressa, desculpando-se com os passageiros com grande volubilidade e declarando que não os faria esperar de propósito de maneira alguma. Enquanto ela procurava um lugar para sentar, o condutor empurrou Smike para dentro e avisou que estava tudo bem — embora não estivesse —, partindo com o enorme veículo, que fazia o barulho de meia dúzia de carroças de cerveja, pelo menos.

Deixando o veículo seguir viagem ao bel-prazer do condutor antes mencionado, que se encontrava recostado graciosamente em seu assento na parte traseira, fumando um charuto aromático; e, deixando-o parar ou seguir, galopar ou arrastar-se, de acordo com o que esse cavalheiro achasse adequado e aconselhável, esta narrativa aproveitará para averiguar a condição em que se encontra *Sir* Mulberry Hawk, e até que ponto ele, a essa altura, havia se recuperado dos ferimentos resultantes da queda violenta de seu cabriolé, nas circunstâncias já detalhadas.

Com um braço quebrado, o corpo severamente machucado, o rosto desfigurado por cortes não cicatrizados por completo e pálido do esgotamento e de dores e febres recentes, *Sir* Mulberry Hawk encontrava-se deitado de costas na cama à qual estava condenado a permanecer por mais algumas semanas. O Sr. Pyke e o Sr. Pluck estavam na sala ao lado bebendo muito, de vez em quando variando os monótonos murmúrios de sua conversa com uma risada meio abafada, enquanto o jovem lorde — o único membro do grupo que não era completamente irredimível e que realmente tinha um bom coração — estava ao lado de seu Mentor, com um charuto na boca, lendo para ele, à luz de uma lâmpada, algumas notícias de um jornal do dia, o que mais lhe despertava o interesse e o distraía.

— Cães miseráveis! — disse o inválido, virando a cabeça impacientemente em direção à sala ao lado. — Será que nada fecha essas malditas gargantas?

Os senhores Pyke e Pluck ouviram a exclamação e pararam imediatamente, piscando um para o outro e enchendo seus copos até a borda, como recompensa pela privação da fala.

— Diabos! — murmurou o doente entre os dentes e se contorcendo impacientemente na cama. — Este colchão já não é duro o suficiente, o quarto não é enfadonho o suficiente e a dor não é ruim o suficiente... *eles* ainda têm que me torturar? Que horas são?

— Oito e meia — respondeu o amigo.

— Aqui, puxe a mesa mais para perto e vamos jogar de novo — disse *Sir* Mulberry. — Mais uma rodada. Vamos.

Era curioso ver como o doente, impedido de mudar de posição, a não ser um mero girar de cabeça de um lado para o outro, observava cada movimento do amigo no decorrer do jogo; e com que interesse e ansiedade ele jogava... mas, ainda assim, com cautela e frieza. Sua habilidade e destreza eram vinte vezes superiores às de seu adversário, que não tinha capacidade para enfrentá-las, mesmo quando a sorte o favorecia com boas cartas, o que nem sempre era o caso. *Sir* Mulberry vencia todas as partidas; e, quando seu parceiro colocou as cartas na mesa e se recusou a continuar jogando, ele estendeu o braço machucado e pegou as fichas com uma imprecação elogiosa e a mesma risada rouca, embora num tom consideravelmente mais baixo que a que dera na sala de jantar de Ralph Nickleby, meses antes.

Enquanto assim ocupado, seu criado apareceu para anunciar que o Sr. Ralph Nickleby se encontrava lá embaixo e queria saber como ele estava passando naquele dia.

— Melhor — disse *Sir* Mulberry, impacientemente.

— O Sr. Nickleby deseja saber, senhor...

— Eu vou lhe explicar melhor — replicou *Sir* Mulberry, dando uma pancada na mesa.

O homem hesitou por alguns instantes e depois disse que o Sr. Nickleby havia pedido permissão para ver *Sir* Mulberry Hawk, se não fosse inconveniente.

— É inconveniente. Não quero vê-lo. Não quero ver ninguém — disse seu patrão, mais violentamente do que antes. — Você sabe disso, seu idiota.

— Sinto muito, senhor — retornou o homem. — Mas o Sr. Nickleby insistiu tanto, senhor...

O fato foi que Ralph Nickleby havia subornado o homem, que, ansioso por ganhar seu dinheiro na esperança de futuros favores, ficou segurando a porta e se aventurou a permanecer ali.

— Ele falou alguma coisa sobre negócios? — perguntou *Sir* Mulberry, após uma impaciente ponderação.

— Não, senhor. Ele disse que queria ver o senhor. Particularmente, o Sr. Nickleby disse, senhor.

— Diga a ele que suba. Escute! — berrou *Sir* Mulberry, chamando o criado de volta e passando a mão no rosto desfigurado. — Tire essa lamparina daí e coloque sobre a prateleira atrás de mim. Afaste esta mesa daqui e coloque uma cadeira lá... longe. Deixe assim.

O homem obedeceu às ordens como se entendesse bem o motivo pelo qual foram ditadas e deixou a sala. Lorde Frederick Verisopht, observando que logo voltaria, dirigiu-se ao quarto ao lado e fechou a porta sanfonada quando entrou.

Então, ouviram-se passos abafados na escada; e Ralph Nickleby, chapéu na mão, entrou devagar no quarto, com o corpo inclinado para a frente, como se em profundo respeito, e seus olhos fixos no rosto de seu digno cliente.

— Bem, Nickleby — disse *Sir* Mulberry, fazendo um sinal para que ele sentasse na cadeira ao lado da cama e acenando com a mão em pretensa displicência —, sofri um grave acidente, como vê.

— Estou vendo — disse Ralph, com o mesmo olhar firme. — De fato, grave! Está irreconhecível, *Sir* Mulberry. Meu caro, meu caro! Foi *muito* grave.

Os modos de Ralph eram de profunda humildade e respeito; e o tom de voz baixo era aquele que a mais delicada consideração por um doente ensinava um visitante a adotar. Mas a expressão de seu rosto, quando *Sir* Mulberry não via, era de extraordinário contraste; e ali parado, em sua atitude usual, olhando calmamente para a figura prostrada diante de si, toda a parte de suas feições não encoberta pela sobra de sua fronte saliente e contraída sugeria um sorriso sarcástico.

— Sente-se — disse *Sir* Mulberry, virando-se para ele, como se com grande esforço. — Sou por acaso uma visão, para você ficar me observando?

Quando ele virou o rosto, Ralph recuou alguns passos e, como se irresistivelmente impelido a expressar espanto, mas decidido a não o fazer, sentou-se com fingida confusão.

— Tenho passado por aqui todos os dias, *Sir* Mulberry, pedindo notícias — disse Ralph. — De início, duas vezes por dia, na verdade... e, agora à noite, com base na nossa antiga amizade e nos negócios do passado, por meio dos quais, de alguma maneira, nos beneficiamos mutuamente, não resisti e pedi permissão para vir até o seu quarto. Tem sofrido... muito? — perguntou Ralph, curvando-se para a frente e esboçando o mesmo sorriso desagradável em seu rosto, quando o outro fechou os olhos.

— Mais do que me agrada e menos do que agrada a alguns picaretas decaídos que você e eu conhecemos bem e que colocam sua ruína entre nós, eu creio — respondeu *Sir* Mulberry, agitando o braço por cima da coberta.

Ralph deu de ombros, em menosprezo à intensa irritação com que aquilo foi dito; pois sua fala e seus modos eram tão provocadores e frios que exasperaram o doente ao ponto de ele não conseguir tolerar.

— E o que há nesses "negócios do passado" que trouxe você hoje aqui? — perguntou *Sir* Mulberry.

— Nada — respondeu Ralph. — Existem algumas notas promissórias do lorde que precisam ser renovadas; mas deixe isso para quando você ficar bom. Eu... eu... vim — disse Ralph, falando mais devagar e com mais ênfase — para dizer que estou muito contrariado por um parente meu, apesar de renegado por mim, ter-lhe infligido uma punição como...

— Punição! — interrompeu *Sir* Mulberry.

— Sei que foi severa — disse Ralph, intencionalmente interpretando de forma errônea o significado da interrupção —, e me deixou ainda mais ansioso para lhe dizer que reneguei aquele vagabundo... que não o considero mais meu parente... e deixo que ele receba o troco de você e de qualquer outro homem. Pode torcer o pescoço dele, se quiser. *Eu* não vou interferir.

— Essa história que eles me contam aqui já se espalhou então, não é? — perguntou *Sir* Mulberry, trincando os dentes e cerrando o punho.

— Em todas as direções — Ralph respondeu. — Nos clubes e nos salões de jogos, só se fala nisso. Existe uma boa música sobre isso, segundo me disseram — Ralph disse, olhando ansioso para seu interlocutor. — Eu mesmo ainda não ouvi, por não estar no meio dessas coisas, mas me disseram que está até mesmo impressa... para circulação particular... mas está pela cidade inteira, é claro.

— É mentira! — disse *Sir* Mulberry. — É tudo uma mentira. A égua se assustou.

— *Dizem* que ele assustou o animal — comentou Ralph, do mesmo jeito impassível e calmo. — Alguns dizem que ele assustou você, mas *isso* é uma mentira, eu sei. Eu disse isso com confiança... repeti isso dezenas de vezes! Sou um homem pacato, mas não admito ouvir as pessoas dizerem isso de você. Não, não.

Quando *Sir* Mulberry encontrou palavras coerentes para usar, Ralph inclinou-se para a frente com uma mão atrás da orelha e um rosto calmo como se cada linha de austeridade nele tivesse sido forjada em ferro.

— Quando eu sair desta maldita cama — disse o inválido, chegando a bater em sua perna quebrada no auge da fúria —, vou me vingar como nunca ninguém se vingou. Por Deus, eu vou. Com o acidente a favor dele, ele me deixou uma marca por algumas semanas, mas eu vou deixar nele uma marca que ele levará para o túmulo. Vou cortar o nariz e as orelhas dele, açoitá-lo, aleijá-lo para o resto da vida. Vou fazer mais do que isso, vou arrastar aquele modelo de castidade, aquele exemplo de pudor, a delicada irmã por...

Pode ter sido que até mesmo o sangue frio de Ralph tenha formigado em seu rosto naquele momento. Pode ter sido que *Sir* Mulberry tenha lembrado que, patife e usurário como ele era, devia, alguma vez em sua infância, ter passado o braço em volta do pescoço do pai dela. Ele parou e, ameaçando com a mão, confirmou a não expressada ameaça com uma tremenda praga.

— É uma coisa irritante — disse Ralph, após um curto período de silêncio, durante o qual observara o doente com atenção — pensar que o homem citadino, o libertino, o *farrista*, o trapaceiro de vinte estações fosse deixado neste estado por um mero rapaz!

Sir Mulberry lançou um olhar colérico para ele, mas os olhos de Ralph estavam voltados para o chão, e a única expressão em seu rosto era de concentração.

— Um moleque frágil e imaturo — continuou Ralph — contra um homem cujo peso poderia esmagá-lo; sem falar em sua habilidade em... se não me engano — disse Ralph, erguendo a vista —, você era um valentão, não era?

O doente fez um gesto impaciente, que Ralph preferiu considerar de aquiescência.

— Ah! — ele disse. — Eu achava que sim. Isso foi antes de eu conhecer você, mas eu tinha quase certeza de que não estava errado. Ele é leve e ativo, eu creio. Mas isso era muito pouca vantagem se comparado a você. Sorte, sorte! É o que esses párias miseráveis têm.

— Ele vai precisar de toda que tiver, quando eu ficar bom — disse *Sir* Mulberry Hawk —, fuja ele para onde for.

— Ah! — replicou Ralph de imediato. — Ele nem sonha com isso. Ele está aqui, meu senhor, à sua disposição, aqui em Londres, andando pelas ruas em pleno dia; mostrando-se em público orgulhosamente; procurando por você, eu garanto — disse Ralph, seu rosto escurecendo e seu próprio ódio o invadindo, pela primeira vez, à medida que essa radiante imagem de Nicholas se esboçava. — Se fôssemos cidadãos de um país onde isso pudesse ser feito com segurança, eu daria um bom dinheiro para vê-lo apunhalado no coração e despejado num canil para ser dilacerado pelos cachorros.

Quando Ralph, um tanto para surpresa de seu velho cliente, expressou esse profundo sentimento familiar e pegou o chapéu em preparação para sua partida, lorde Frederick Verisopht apareceu.

— Ora, que diabos é isso que você, Hawk, e Nickleby estão dizendo? — comentou o jovem. — Nunca ouvi maior absurdo. Ora, ora, ora. O que é que é isso?

— *Sir* Mulberry anda com muita raiva, meu lorde — disse Ralph, olhando em direção à cama.

— Não é a respeito de dinheiro, espero. Nada deu errado nos negócios, não é, Nickleby?

— Não, meu lorde, não — respondeu Ralph. — Nesse ponto, sempre estamos de acordo. *Sir* Mulberry não consegue esquecer a causa do...

Não houve nem necessidade nem oportunidade para Ralph continuar, pois *Sir* Mulberry tomou a palavra e soltou ameaças e pragas contra Nicholas, quase com tanta ferocidade quanto antes.

Ralph, que não era um observador qualquer, surpreendeu-se ao ver que, à medida que essa conversa se prolongava, os modos de lorde Frederick Verisoph, que no início torcia o bigode com um ar afetado e indiferente, sofreram uma completa transformação. Ficou ainda mais surpreso quando, no momento em que *Sir* Mulberry parou de falar, o jovem lorde, irritado e quase sem afetação, pediu para que aquele assunto não fosse mais mencionado na sua presença.

— Preste atenção, Hawk! — ele acrescentou com incomum energia. — Nunca farei parte disso, nem permitir, se puder evitar, um ataque covarde a esse rapaz.

— Covarde! — interrompeu seu amigo.

— S... im — disse o outro, voltando-se completamente contra ele. — Se você tivesse dito a ele quem era; se tivesse lhe dado o seu cartão e descoberto, depois, que a posição ou o caráter dele impediam que você discutisse com ele, já teria sido ruim o suficiente; por Deus, já teria sido muito ruim. Da maneira como foi, você errou. Eu errei também, por não ter interferido, e sinto muito por isso. O que aconteceu a você depois foi tanto um acidente quanto uma combinação de fatos, e mais por culpa sua do que dele; e, para mim, isso não deve se voltar cruelmente contra ele, não deve mesmo.

Com essa repetição enfática de suas palavras finais, o jovem lorde deu meia-volta, mas, antes de chegar à sala ao lado, virou-se de novo e disse com ainda maior veemência do que exibida antes:

— Eu acredito, sim; palavra de honra, acredito que a irmã é uma moça tão virtuosa e modesta quanto bonita; e do irmão, eu digo isto: que ele agiu como um irmão deveria e de maneira digna e corajosa. E só espero, de todo o meu coração e do fundo da minha alma, que qualquer um de nós possa sair desta situação tão bem quanto ele.

Dizendo isso, lorde Frederick Verisopht abandonou o recinto, deixando Ralph Nickleby e *Sir* Mulberry na mais desagradável surpresa.

— Este é seu pupilo — perguntou Ralph, em voz baixa — ou é um recém-chegado do interior, da casa de algum pároco?

— Os tolos ingênuos têm esses acessos de vez em quando — respondeu *Sir* Mulberry Hawk, mordendo o lábio e apontando para a porta. — Deixe-o comigo.

Ralph trocou olhares de cumplicidade com seu velho conhecido, pois de repente voltaram a se tornar íntimos diante dessa alarmante surpresa; depois, ele seguiu para casa, lenta e pensativamente.

Enquanto essas coisas estavam sendo ditas e feitas, e muito antes de terem sido concluídas, o ônibus havia deixado a Srta. La Creevy e seu acompanhante no destino, e eles haviam chegado à porta da casa dela. Agora, a boa natureza da pequena pintora de miniaturas não permitiu, de forma alguma, que Smike voltasse para casa a pé enquanto ele não se servisse de algo refrescante e agradável e de alguns biscoitos; e Smike, sem fazer objeção a algo refrescante e agradável e a alguns biscoitos, pelo contrário, considerando que seria uma boa preparação para a caminhada até Bow, demorou a partir mais do que pretendia de início, e já anoitecera fazia meia hora quando ele se pôs a caminho de casa.

Era pouco provável que ele se perdesse no caminho, pois era só seguir em frente, e ele ia à cidade a pé com Nicholas e voltava sozinho quase todos os dias. Então, a Srta. La Creevy e ele se cumprimentaram com confiança mútua e Smike partiu, encarregado de dar mais lembranças carinhosas à Sra. e à Srta. Nickleby.

Ao pé da Ludgate Hill, ele desviou um pouco do trajeto para satisfazer sua curiosidade de ver Newgate. Depois de contemplar, do lado oposto da rua, aqueles muros sombrios com grande atenção e medo por alguns minutos, ele retomou seu velho caminho e seguiu com rapidez pela cidade, parando aqui e acolá para admirar a vitrine de algumas lojas particularmente atraentes, depois correndo um pouco, parando outra vez, e assim por diante, como faria qualquer jovem do interior.

Ele estivera admirando por um longo tempo a vitrine de uma joalheria, desejoso de poder levar para casa, de presente, algumas daquelas belas joias e imaginando como seria maravilhoso se tivesse condição de comprá-las, quando os relógios soaram as oito horas e quarenta e cinco minutos; despertado pelo som, ele apertou o passo e atravessava a esquina de uma rua transversal quando foi parado violentamente, com um empurrão tão brusco que foi obrigado a se segurar num poste para não cair. No mesmo instante, um menino o agarrou firme pela perna e o grito agudo "Olhe ele aqui, pai! Viva!" vibrou em seus ouvidos.

Smike conhecia muito bem aquela voz. Ele olhou para baixo com desespero para a imagem de onde o grito surgira e, tremendo dos pés à cabeça, olhou à sua volta. O Sr. Squeers o prendera pela gola do casaco com o cabo do guarda-chuva e agarrava a outra ponta com toda a sua força. O grito de triunfo viera do jovem Wackford, que, não obstante todos os chutes e esforços de Smike, agarrou-se a ele com a tenacidade de um buldogue!

Apenas um olhar lhe revelou tudo isso; e, neste único olhar, a aterrorizada criatura se viu absolutamente impotente e foi incapaz de emitir um som.

— Isso é um acontecimento! — gritou o Sr. Squeers, descendo a mão gradualmente pelo guarda-chuva e somente soltando-o quando segurou firme a gola da vítima. — Um acontecimento maravilhoso! Wackford, meu filho, vá buscar um daqueles coches.

— Um coche, pai! — repetiu o pequeno Wackford.

— É, um coche, sim, senhor — respondeu Squeers, regozijando-se ao olhar para o rosto de Smike. — Dane-se a despesa. Vamos levá-lo num coche.

— O que foi que ele fez? — perguntou um trabalhador com uma carga de tijolos, que seguia com um companheiro, em quem o Sr. Squeers havia esbarrado no primeiro puxão que deu no guarda-chuva.

— Tudo! — respondeu o Sr. Squeers, olhando fixamente para seu antigo aluno numa espécie de transe arrebatador. — Tudo... fugiu, senhor... ajudou a atacar o mestre dele... não existe nada de ruim que ele não tenha feito. Ah, que sorte maravilhosa esta, meu Deus!

O homem dirigiu o olhar para Smike, mas as faculdades mentais do pobre rapaz o haviam abandonado. O coche chegou. O jovem Wackford entrou. Squeers empurrou seu prêmio para dentro do veículo e, mantendo-o bem perto, fechou as janelas. O cocheiro subiu na boleia e deu partida devagar, afastando-se dos dois pedreiros, de uma velha vendedora de maçãs e de um menino que voltava da escola noturna, que haviam sido as únicas testemunhas da cena, às suas próprias conjecturas.

O Sr. Squeers sentou-se em frente ao infeliz Smike e, firmando as mãos nos joelhos, olhou para ele durante uns cinco minutos, quando, parecendo sair de seu transe, deu uma gargalhada e esbofeteou seu antigo aluno diversas vezes — de cada lado do rosto alternadamente.

— Isto não é um sonho! — disse Squeers. — É real, em carne e osso! Sei como é sentir isto! — e, estando seguro de sua boa sorte após o experimento, o Sr. Squeers deu alguns socos no ouvido do rapaz, para que a diversão continuasse, e ria ainda mais alto e por mais tempo a cada murro desferido.

— Sua mãe vai pular de alegria, meu filho, quando souber disso — disse Squeers ao filho.

— Ah, vai mesmo, pai — replicou o jovem Wackford.

— E pensar — disse Squeers — que você e eu, ao dobrarmos a esquina, o encontramos no mesmo instante; e que o agarrei com força, de primeira, com o guarda-chuva, como se agarrasse com um gancho de ferro! Ha, ha!

— E eu não agarrei a perna dele, também, pai? — observou o pequeno Wackford.

— Agarrou, sim, como um bom menino — disse Squeers, dando uns tapinhas na cabeça do filho. — E vai ganhar o melhor paletó e colete que o próximo aluno novo trouxer, como prêmio por merecimento. Pode ficar certo disso. Siga o mesmo caminho, faça a coisa que vê seu pai fazer e, quando morrer, vai direto para o céu, sem nenhuma pergunta.

Coroando a ocasião com essas palavras, o Sr. Squeers deu novos tapinhas na cabeça do filho e depois bateu na de Smike — porém, com mais força; e perguntou num tom de escárnio como ele estava se sentindo naquele momento.

— Tenho que ir para casa — respondeu Smike, olhando assustado à sua volta.

— Na verdade, tem, sim. Você está certo — respondeu o Sr. Squeers. — Vai para casa em breve, vai, sim. Dentro de uma semana, meu jovem amigo, você vai estar no calmo vilarejo de Dotheboys, em Yorkshire, em menos de uma semana, meu jovem amigo. E, da próxima vez que fugir de lá, será para sempre. Onde estão as roupas que estava usando quando fugiu, seu ladrão ingrato? — perguntou o Sr. Squeers, num tom severo.

Smike olhou para os trajes elegantes que o cuidadoso Nicholas havia providenciado para ele; e retorceu as mãos.

— Sabe que eu podia enforcar você, fora de Old Bailey, por ter roubado coisas dos outros? — perguntou Squeers. — Sabe que isso é motivo para ser enforcado... se não for para uma dissecção... sair com coisas no valor maior do que cinco libras de uma casa de família? Hein? Sabe disso? Quanto acha que valiam aquelas roupas que você usava? Sabe que aquela bota de borracha que estava calçando custava vinte e oito xelins e aquele sapato, sessenta e sete? Mas você foi para o lugar certo buscar ajuda quando veio para mim, e, graças à sua estrela, fui *eu* que lhe dei essas peças.

Qualquer pessoa que não fosse íntima de Squeers teria suposto que essas peças lhe faziam falta, sem saber que ele dispunha de um grande estoque delas para todos os que ali chegassem; tampouco a opinião de pessoas céticas teria sofrido muita alteração quando ele acompanhou essas críticas cutucando Smike no tórax com a ponta de seu guarda-chuva e dando uma enxurrada de golpes com as varetas do instrumento na cabeça e nos ombros do rapaz.

— Nunca espanquei nenhum menino num coche de aluguel antes — disse o Sr. Squeers, quando ele parou para descansar. — Isso é inconveniente, mas a novidade dá certa satisfação também.

Pobre Smike! Ele se livrava dos golpes como podia e agora estava encolhido num canto do coche, com a cabeça apoiada nas mãos e os cotovelos nos joelhos; o rapaz estava atordoado e espantado, e não sabia mais o que fazer para escapar do todo-poderoso Squeers, agora que não tinha um amigo com quem falar nem a quem pedir conselho, como naqueles funestos anos de sua vida em Yorkshire que precederam a chegada de Nicholas.

A viagem parecia infindável; ruas após ruas iam ficando para trás e eles continuavam a viagem aos solavancos. Por fim, o Sr. Squeers começou a pôr a cabeça para fora da janela a cada meio minuto e a gritar várias orientações ao cocheiro; e, depois de passar com certa dificuldade por diversas ruas pobres, cujo aspecto das casas e o péssimo estado da estrada indicavam que haviam sido recém-construídas, ele puxou de repente a corda de aviso de parada com toda a força e gritou: — Pare!

— Por que quase arrancou o meu braço? — perguntou o cocheiro olhando raivoso para baixo.

— É esta a casa — respondeu Squeers. — A segunda dessas quatro casinhas de primeiro andar, com as janelas verdes. Tem uma placa de bronze na porta, com o nome de Snawley.

— Não podia ter dito isso sem arrancar o meu braço fora? — perguntou o cocheiro.

— Não! — berrou Squeers. — Mais uma palavra e o denuncio por ter uma janela quebrada. Pare!

Obedecendo às ordens, o cocheiro parou à porta do Sr. Snawley. O Sr. Snawley pode ser lembrado como o cavalheiro afável e consagrado que confiou os dois filhos (adotivos) aos cuidados paternos do Sr. Squeers, como narrado no quarto capítulo desta história. A casa do Sr. Snawley situava-se no limite extremo das novas construções próximas a Somers Town, e o Sr. Squeers hospedara-se lá por pouco tempo, uma vez que sua estada era mais longa do que a habitual e o Sarraceno, conhecendo o apetite do jovem Wackford, recusou-se a aceitá-lo a menos que fosse como um hóspede adulto.

— Aqui estamos! — disse Squeers, apressando-se em levar Smike para a salinha de estar, onde o Sr. Snawley e a mulher tomavam sopa de lagosta. — Aqui está o vagabundo... o delinquente... o rebelde... o monstro de ingratidão.

— O quê? O rapaz que fugiu?! — exclamou Snawley, pondo o garfo e a faca corretamente na mesa e esbugalhando os olhos.

— Ele mesmo — disse Squeers, colocando o punho cerrado perto do nariz de Smike e retirando-o em seguida, repetindo o gesto diversas vezes com um ar selvagem. — Se não tivesse uma senhora aqui presente, eu daria um... não importa, fico devendo isso a ele.

E aí o Sr. Squeers relatou por quê, de que modo, quando e onde ele havia capturado o fugitivo.

— É claro que houve a mão da Providência nisso, senhor — disse o Sr. Snawley, baixando a vista com um ar de humildade e elevando o garfo, com um pedaço de lagosta nele, em direção ao teto.

— A providência está contra ele, sem dúvida — replicou o Sr. Squeers, coçando o nariz. — Claro; isso era de se esperar. Qualquer pessoa sabe disso.

— Ingratidão e maldade nunca são bem-sucedidas, senhor — disse o Sr. Snawley.

— Nunca mesmo — disse Squeers, tirando da carteira um pequeno rolo de anotações para garantir que elas estivessem a salvo.

— Eu tenho sido, Sr. Snawley — continuou Squeers, quando se certificou disso —, tenho sido o benfeitor e professor desse rapaz, sou eu quem dá comida e roupa para ele. Tenho sido um amigo clássico, comercial, matemático, filosófico e trigonométrico para esse rapaz. Meu filho... meu único filho, Wackford... tem sido um irmão para ele; a Sra. Squeers tem sido uma mãe, uma avó, uma tia... ah, e posso dizer tio também, tudo em uma pessoa só. Ela nunca se deu tão bem com ninguém, exceto os seus dois agradáveis e encantadores filhos, como se deu com esse rapaz. E o que recebo em troca? Qual o retorno de toda a minha bondade humana? Vira ranço quando olho para ele.

— Bom, pode ser, senhor — disse a Sra. Snawley. — Ah! Pode ser, senhor.

— Onde ele ficou esse tempo todo? — perguntou Snawley. — Ele estava morando com...?

— E aí, rapaz! — interrompeu Squeers, confrontando-o novamente. — Você estava morando com aquela praga do Nickleby?

Ameaça nenhuma, no entanto, nem bofetadas, arrancariam de Smike uma resposta a essa pergunta; pois ele havia decidido que preferia perecer na miserável prisão à qual estava mais uma vez prestes a ser destinado a mencionar uma sílaba sequer que envolvesse seu primeiro e verdadeiro amigo. Lembrara-se das rígidas ordens de segredo quanto à sua vida de antes, que Nicholas lhe dera quando deixaram Yorkshire; e a ideia confusa e assustadora de que seu benfeitor podia ter cometido um terrível crime ao trazê-lo de lá, que o condenaria a séria punição se isso fosse descoberto, contribuíra, até certo ponto, para reduzi-lo ao presente estado de apatia e terror.

Esses eram os pensamentos — se a visões tão imperfeitas e indefinidas como aquelas que lhe passavam pela frágil mente pudesse ser aplicado o termo — que estavam presentes na mente de Smike e o tornavam surdo tanto a intimidações como a persuasões. Vendo que todos os seus esforços eram infrutíferos, o Sr. Squeers conduziu-o a um pequeno cômodo nos fundos, no andar de cima, onde ele deveria passar a noite. E, tendo a precaução de lhe remover os sapatos, o paletó e o colete, e também de trancar a porta por fora, caso ele tivesse energia suficiente para tentar escapar, aquele digno senhor deixou-o a suas meditações.

Quais eram aquelas meditações e como o coração da pobre criatura afundava em seu peito quando ele pensava — e quando por um instante ele deixou de pensar? — em sua mais recente casa, nos queridos amigos e nos rostos familiares aos quais ela se associava, não se pode saber. Para preparar a mente para um sono assim pesado, seu progresso deve ser interrompido pelo rigor e a crueldade na infância; deve haver anos de miséria e sofrimento, sem alívio por nenhum raio de esperança; as cordas do coração, que fazem ressoar uma rápida resposta à voz da bondade e da afeição, devem ter se enferrujado e quebrado em seus lugares secretos, e não mais transmitem o eco de nenhuma antiga palavra de amor ou bondade. Sombrio, na verdade, deve ter sido o dia curto, e monótono o longo, longo crepúsculo que precede a noite de um intelecto como o dele.

Havia vozes que o teriam despertado, até mesmo então; mas seus tons cordiais não mais penetravam ali; e ele foi para a cama como a mesma criatura indiferente, desesperada e arrasada que Nicholas encontrara na escola de Yorkshire.

CAPÍTULO XXXIX

No qual outro velho amigo encontra Smike, oportunamente e com um objetivo

A noite repleta de amargura para uma pobre alma dera lugar a uma manhã de verão, brilhante e sem nuvens, quando um coche do correio, vindo do norte, atravessava com um agradável ruído as ruas ainda silenciosas de Islington e, anunciando alegremente sua chegada com a animada corneta do guarda, seguia retinindo para seu ponto de parada ao lado do correio.

O único passageiro do lado de fora, na boleia, era um camponês robusto de ar distinto, que, com os olhos fixos no domo da Catedral de São Paulo, parecia tão absorto em admirá-la que ficara indiferente à agitação da retirada das bolsas e pacotes, até que uma das janelas do coche foi aberta e ele então olhou à sua volta e viu um belo rosto feminino que surgia ali.

— Olha lá, minha querida! — disse o camponês, apontando para o objeto de sua admiração. — Lá está a Igreja de Paulo. Ó Deus, ela é muito grande mesmo!

— Meu Deus, John! Não imaginava que fosse nem a metade desse tamanho. É monstruosa!

— Monstruosa!... Tem razão aí, eu acho, Sra. Browdie — disse o camponês de bom humor ao descer devagar, usando um enorme sobretudo. — E o que que acha daquele lugar ali? Num ia acertar mesmo, nunca, nem que tentasse por doze mês. É só o correio. Ho! Ho! Eles precisa cobrar as carta em dobro. O correio! O que que acha disso? Ó Deus, se isso é o correio, eu queria vê o lugar onde o Senhor Prefeito de Londres mora.

Dizendo isso, John Browdie — pois era ele — abriu a porta do coche e, dando uma palmadinha na face da Sra. Browdie, ex-Srta. Price, ao olhar para dentro, explodiu numa violenta gargalhada.

— Bão! — exclamou John. — Dane-se meus botões, se ela não está dormindo de novo!

— Ela dormiu a noite inteira e o dia todo ontem, a não ser por alguns minutos, de vez em quando — respondeu a predileta de John Browdie —, e eu não gostava quando ela acordava, porque ficava *muito* irritada!

O objeto desses comentários era uma figura adormecida, tão enrolada num xale e num manto que teria sido impossível dizer se era homem ou mulher, a não ser pelo chapéu marrom de pele de castor e o véu verde que lhe ornamentavam a cabeça. E, como ficara imprensada e achatada durante um percurso de quatrocentos quilômetros naquele cantinho do veículo, do qual vinham seus roncos, a moça tinha uma aparência tão ridícula que moveria até músculos menos risíveis do que os do rosto vermelho de John Browdie.

— Olá! — exclamou John, puxando uma ponta solta do véu. — Vamos, acorda, vamos lá!

Depois de entocar-se no velho canto e de muitas exclamações de impaciência e fadiga, a figura lutou para se sentar; e lá, sob uma massa esmagada de pele de castor e cercada por um semicírculo de papelotes azuis, estavam as delicadas feições da Srta. Fanny Squeers.

— Ah, Tilda — disse a Srta. Squeers —, como você me chutou durante essa bendita noite!

— Claro, essa foi boa... — respondeu a amiga, rindo — foi *você* que tomou o coche todo.

— Não negue, Tilda — disse a Srta. Squeers, enfaticamente —, porque você me chutou e não adianta tentar dizer que não chutou. Talvez você não tenha percebido durante o sono, Tilda, mas eu não preguei os olhos, então *acho* que tem de acreditar em mim.

Com essa resposta, a Srta. Squeers ajustou o chapéu e o véu, que somente uma interferência sobrenatural e uma extraordinária suspensão das leis da natureza poderiam fazer recuperar a forma; evidentemente se elogiando por estar muito elegante, sacudiu as migalhas de sanduíche e os pedacinhos de biscoito que haviam se acumulado em seu colo e, valendo-se do braço que John Browdie lhe oferecera, desceu do coche.

— Agora — disse John, quando um coche de aluguel foi chamado e as moças e as bagagens foram colocadas no veículo —, vamos pra Cabeça de Sara, homem.

— Pra *onde*? — perguntou o cocheiro.

— O que é isso, Sr. Browdie! — interferiu a Srta. Squeers. — Que ideia! Cabeça do Sarraceno.

— Claro — disse John —, eu sabia que era qualquer coisa como Cabeça de Sara Sena. Sabe onde é isso?

— Ah! Sei, sim — respondeu o cocheiro grosseiramente, enquanto batia a porta.

— Tilda, querida, realmente — resmungou a Srta. Squeers —, não sei o que vão achar de nós.

— Deixa eles pensar o que quiser — disse John Browdie. — Viemos pra Londres pra se divertir, não foi?

— Espero que não, Sr. Browdie — replicou a Srta. Squeers, de cenho fechado.

— Bão, então — disse John — não importa. Sou um homem casado faz poucos dia, por causa de que o velho pai morreu e teve que adiar. Aqui é a festa de casamento... a noiva, a dama de honra e o noivo... se um homem não aproveita agora, quando, hein? Diabo, é o que eu quero saber.

Então, a fim de que começasse a aproveitar de imediato e não perdesse tempo, o Sr. Browdie deu um beijo afetuoso na esposa e conseguiu arrancar outro da Srta. Squeers, depois de uma resistência virginal com arranhões e luta por parte da moça, que ainda não havia parado de todo quando chegaram à Cabeça do Sarraceno.

Lá, o grupo se recolheu de imediato, o descanso do sono sendo necessário após uma viagem tão longa; e lá encontraram-se novamente em torno do meio-dia para uma refeição matinal reforçada, servida por ordem do Sr. John Browdie, num cômodo pequeno no andar de cima com vista livre para os estábulos.

Ver a Srta. Squeers agora, despojada do chapéu marrom, de pele de castor, do véu verde e dos papelotes azuis, e adornada com todo o esplendor virginal de um vestido e uma jaqueta brancos, com chapéu de musselina branca e, surgindo de dentro dele, uma rosa artificial, cor de damasco, com seus cabelos exuberantes penteados em cachos tão apertados que era impossível desfazê-los acidentalmente, e seu chapéu enfeitado com pequenas rosas cor de damasco, que poderiam ser rebentos promissores da rosa maior — ver tudo isso e também o cinto largo cor de damasco, combinando tanto com a flor maior como com as pequeninas, que circundava sua cintura fina e que, por criatividade, saía em continuação à jaqueta curta nas costas —, contemplar tudo isso e notar ainda mais as pulseiras de coral (com muito poucas contas e um visível cordão preto) em volta de seu pulso, e o colar de coral que levava ao pescoço, com um pingente por fora do vestido, um solitário coração de cornalina, característico da falta de um compromisso amoroso — contemplar todos esses silenciosos, mas expressivos, apelos aos mais puros sentimentos de nossa natureza era capaz de derreter o gelo da idade e acrescentar um novo e duradouro combustível ao fogo da juventude.

O garçom ficou comovido. Apesar de garçom, ele tinha paixões e sentimentos humanos e cravou os olhos na Srta. Squeers ao lhe servir os *muffins*.

— Sabe dizer se o meu pai está aqui? — perguntou a Srta. Squeers com dignidade.

— Desculpe, senhorita.

— Meu pai — repetiu a Srta. Squeers —, ele está aqui?

— Aqui onde, senhorita?

— Aqui... na hospedaria! — respondeu a Srta. Squeeers. — Meu pai... o Sr. Wackford Squeers... ele está hospedado aqui. Sabe onde ele está?

— Não sei de nenhum cavalheiro com esse nome hospedado aqui, senhorita — respondeu o garçom. — Talvez esteja no salão de café.

Talvez. Muito bonito isso, na verdade! Ali estava a Srta. Squeers, que pretendia, ao fazer toda aquela viagem a Londres, mostrar aos amigos como se sentia em casa ali, e o quanto seu nome e suas conexões eram respeitados, a ouvir que seu pai *talvez* estivesse ali! — Como se ele fosse um camarada qualquer! — observou a Srta. Squeers, com enfática indignação.

— É melhor perguntar, homem — disse John Browdie. — E traz outro pastelão de pombo, entendeu? Maldito garçom... — resmungou John, olhando para o prato vazio quando o rapaz se ausentou. — Ele chama isso de pastelão... três pombo novo, um pouco de carne e uma massa tão leve que você nem sente na boca, nem quando engole? Quero saber quantos pastelão vai ser preciso pro café da manhã!

Depois de um pequeno intervalo, em que John Browdie se ocupou com o presunto e uma rodada de carne fria, o garçom voltou com outro pastelão e a informação de que o Sr. Squeers não estava hospedado ali, mas que aparecia lá todos os dias e que, assim que chegasse, ele seria levado ao andar de cima onde estavam. Com isso, retirou-se; e não fazia dois minutos que ele deixara o recinto quando voltou com o Sr. Squeers e seu esperançoso filho.

— Ora, quem podia imaginar isso? — observou o Sr. Squeers, depois que cumprimentou o grupo e recebeu notícias da família em particular, dadas pela filha.

— Quem, realmente, pai! — exclamou a jovem, com desdém. — Mas, como está vendo, Tilda finalmente se *casou*.

— E eu resolvi arriscar uma visita a Londres, senhor diretor — disse John, atacando o pastelão com disposição.

— Uma das coisas que os rapazes fazem quando se casam — disse Squeers — e que engole o dinheiro deles como água! Como seria melhor economizar para a educação dos filhos, por exemplo! Eles num instante aparecem — disse o Sr. Squeers de forma moralista —, antes mesmo que você espere; o meu apareceu assim.

— Quer um pouco? — perguntou John.

— Eu não — respondeu Squeers. — Mas, se der um pouco de comida gordurosa ao pequeno Wackford, eu agradeço. Dê a ele na mão, do contrário o garçom vai cobrar, e já há muito lucro nesse tipo de comida sem isso. Se você ouvir o garçom chegando, enfie no bolso e olhe para fora da janela, está ouvindo?

— Eu sei, pai — respondeu o obediente Wackford.

— Bom — disse Squeers, virando-se para a filha —, agora é a sua vez de casar. Precisa se apressar.

— Ah, não estou com pressa — disse a Srta. Squeers, asperamente.

— Não, Fanny? — disse sua velha amiga com malícia.

— Não, Tilda — respondeu a Srta. Squeers, balançando a cabeça com veemência. — *Eu* posso esperar.

— E, ao que parece, os rapazes também, Fanny — disse a Sra. Browdie.

— Não sou *eu* que os levo a isso, Tilda — retorquiu a Srta. Squeers.

— Não — observou a amiga —, isso é a pura verdade.

O tom sarcástico dessa resposta poderia ter provocado uma réplica um tanto mordaz da Srta. Squeers, que, além de ter um temperamento constitucionalmente violento — agravado, naquele momento, pela viagem e pelos solavancos recentes —, estava bastante irritada com antigas recordações e o insucesso de seus próprios planos em relação ao Sr. Browdie; e a resposta mordaz poderia ter levado a muitas outras refutações, que iriam até onde só Deus sabe, se o assunto da conversa não tivesse sido, naquele preciso momento, mudado acidentalmente pelo próprio Sr. Squeers.

— O que acham? — perguntou o cavalheiro. — Quem imaginam que eu e Wackford capturamos?

— Pai! Não foi o senhor... — a Srta. Squeers não conseguiu terminar a frase, mas a Sra. Browdie fez isso por ela e acrescentou: — Nickleby?

— Não — disse Squeers. — Mas alguém bem próximo.

— O senhor não quer dizer Smike, não é? — gritou a Srta. Squeers, batendo palmas.

— É isso mesmo — respondeu seu pai. — Pegamos ele.

— O quê?! — exclamou John Browdie, afastando o prato. — Pegou aquele pobre... aquele mardito canalha? Onde está ele?

— Ora, está no quarto dos fundos, do primeiro andar, onde estou alojado — respondeu Squeers. — Ele de um lado e a chave do outro.

— No alojamento de vosmecê! Está com ele no alojamento de vosmecê? Ho! Ho! O diretor da escola contra toda a Inglaterra! Dá aqui sua mão, homem; Diabo, mas tenho que apertar essa mão por isso... Está com ele no alojamento de vosmecê?

— Estou — respondeu Squeers, oscilando na cadeira com a pancada no tórax, de congratulação, que o homem robusto de Yorkshire lhe dera. — Obrigado. Mas não faça isso novamente. Sei que a intenção é boa, mas isso dói. É, ele está lá. Nada mau, não é?

— Mau? — repetiu John Browdie. — É ruim só de pensar.

— Eu achava mesmo que ficariam surpresos — disse Squeers, esfregando as mãos. — Foi bem feito que foi uma beleza, e foi bem rápido também!

— Como que foi isso? — perguntou John, sentando-se perto dele. — Me conta tudo sobre isso, homem; vamos, rápido!

Embora não conseguisse acompanhar a impaciência de John Browdie, o Sr. Squeers relatou, o mais rápido que pôde, a sorte pela qual Smike caíra em suas mãos e, exceto quando era interrompido pelos comentários de admiração de seus interlocutores, não parou o relato até chegar ao fim.

— Com medo de que ele pudesse escapar de alguma maneira — observou Squeers ao encerrar, com um ar de espertalhão —, reservei três lugares externos para amanhã de manhã, para mim, Wackford e ele... e deixei as despesas e os novos meninos por conta do agente, entende? Então, foi uma sorte terem vindo hoje, ou não teriam nos encontrado; dessa forma, a menos que possam vir tomar um chá comigo hoje à noite, não vamos nos ver mais antes de viajar.

— Não precisa dizer mais nem uma palavra — replicou o rapaz de Yorkshire, apertando-lhe a mão. — Eu ia lá nem que fosse a trinta quilômetros daqui.

— É mesmo? — disse o Sr. Squeers, que não esperava uma aceitação imediata assim, ou teria considerado duas vezes antes de convidá-los.

A resposta de John Browdie foi outro aperto de mão e a garantia de que só começariam a conhecer Londres no dia seguinte, para que pudessem estar na casa do Sr. Snawley às seis horas, sem falta. E, depois de um pouco mais de conversa, o Sr. Squeers e o filho partiram.

Durante o restante do dia, o Sr. Browdie demonstrou um comportamento estranho e agitado; explodindo em gargalhadas ocasionais ou pegando o chapéu e correndo ao pátio dos coches para desabafar sozinho. Ele estava muito irrequieto, constantemente entrando e saindo, estalando os dedos, dando uns passos curiosos de danças camponesas e, em suma, conduzindo-se de uma maneira tão esquisita que a Srta. Squeers pensou que ele tivesse enlouquecido e, pedindo a sua querida Tilda para não ficar aflita, transmitiu-lhe suas suspeitas em todas as sílabas. A Sra. Browdie, no entanto, sem se alarmar, disse que já o vira assim antes e que, embora ele pudesse passar mal depois daquilo, não seria nada sério e, portanto, era melhor deixá-lo sozinho.

Essa previsão se mostrou correta, pois, enquanto eles estavam na sala de visitas do Sr. Snawley naquela noite, e quando começava a escurecer, John Browdie passou mal e sentiu uma tontura tão alarmante que todas as pessoas ficaram muito consternadas. Sua mulher, na verdade, foi a única ali que manteve calma suficiente e disse que, se ele descansasse por uma horinha na cama do Sr. Squeers e fosse deixado sozinho, se recuperaria quase tão rapidamente quanto havia se sentido mal. Ninguém foi capaz de recusar proposta tão razoável, antes de chamar um médico. Dessa forma, John foi carregado ao andar de cima (com grande dificuldade, pois era pesado demais e caía dois degraus a cada três que subiam) e, depois de ter sido colocado na cama, foi deixado ao encargo de sua mulher, que, após um curto intervalo, reapareceu na sala de visitas com a boa notícia de que ele havia adormecido.

Agora, o fato era que, naquele exato momento, John Browdie sentara-se na cama com a cara mais vermelha jamais vista, enfiando a ponta do travesseiro na boca para evitar explodir em gargalhadas. Logo que controlou essa emoção, tirou os sapatos, seguiu na ponta dos pés até o quarto ao lado, onde o prisioneiro se achava confinado, virou a chave, que estava na porta e, irrompendo quarto adentro, cobriu a boca de Smike com a enorme mão, antes que o rapaz emitisse um som.

— Arre, não está me reconhecendo, homem? — sussurrou o nativo de Yorkshire ao ouvido do espantado rapaz. — Browdie. O camarada que encontraram depois que o diretor da escola levou umas cacetada.

— Estou, estou — disse Smike. — Ah! Ajude-me!

— Ajudar! — replicou John, tapando-lhe de novo a boca rapidamente. — Não ia precisar de ajuda, si num fosse tão bobo. Por que é que veio parar aqui, então?

— Ele me trouxe; ah, ele me trouxe — respondeu Smike.

— Trouxe você?! — disse John. — Por que é que não deu uns soco na cabeça dele, ou se jogou no chão e chutou e gritou até aparecer um policial? Eu tinha acabado com uma dúzia deles quando era jovem como você. Mas você é um pobre rapaz acabado — disse John, tristemente — e Deus que me perdoe por estar me gabando na frente de uma das criatura mais fraca deste mundo!

Smike abriu a boca para falar, mas John Browdie o impediu.

— Fique quieto — disse o rapaz de Yorkshire — e não dá um pio até eu explicar.

Com essa precaução, John Browdie balançou a cabeça enfaticamente e, tirando uma chave de fenda do bolso, retirou o miolo da fechadura de maneira decidida e eficiente, colocando-o no chão junto à ferramenta.

— Está vendo isso? — disse John. — Isso foi você que fez. Agora, dá o fora!

Smike olhou para ele com um olhar vago, como se não entendesse o significado daquelas palavras.

— Eu disse, dá o fora — repetiu John apressado. — Sabe onde mora? Sabe? Bão. Essas roupa são sua ou do diretor?

— Minhas — respondeu Smike, enquanto o rapaz de Yorkshire o levava rapidamente ao cômodo ao lado e lhe mostrava um par de sapatos e um casaco que estavam numa cadeira.

— Veste logo — disse John, forçando o braço errado na manga errada e enrolando as abas do casaco em torno do pescoço do fugitivo. — Agora, me segue e, quando chegar do lado de fora da porta, vira pra direita e eles não vai ver você passar.

— Mas... mas... ele vai ouvir quando eu fechar a porta — replicou Smike, tremendo dos pés à cabeça.

— Então não fecha, e pronto — disse John Browdie. — Diabo, você não tá com medo que o diretor sinta frio, não é mesmo?

— Não — respondeu Smike, os dentes batendo. — Mas ele me pegou uma vez e vai pegar de novo. Vai, vai, sim.

— Vai, vai! — retrucou John, impaciente. — Não vai, não vai, não. Olha aqui. Eu quero fazer isso como um bom vizinho e deixar eles pensar que você escapou sozinho, mas se ele sair da sala enquanto você está fugindo, ah, é bão que ele tenha pena dos osso dele, porque eu não vou ter. Se ele descobrir logo depois, vou dar a pista errada, eu garanto. Mas se fugir com coragem, vai chegar em casa antes que eles descubra que você fugiu. Vamos!

Smike, que entendeu apenas o suficiente disso para saber que servia de estímulo, preparou-se para seguir com rapidez, quando então John sussurrou a seu ouvido.

— Diz ao seu jovem mestre que estou casado com Tilly Price e que pode dar notícia no Sarraceno por carta, e que não tenho ciúme do... diabo, dá vontade de cair na risada quando penso naquela noite! Arre, parece que vejo ele, comendo aquele pão com manteiga!

Aquela era uma recordação cômica para John, e ele estava a ponto de dar uma gargalhada. Contendo-se, no entanto, na hora certa e com grande esforço, ele desceu a escada devagar levando Smike atrás de si; e, postando-se à porta da sala de visitas para confrontar a primeira pessoa que aparecesse, fez sinal para que o rapaz fugisse.

Tendo chegado até ali, Smike não precisou de um segundo sinal. Abriu a porta suavemente, lançou a seu protetor um olhar que era um misto de gratidão e terror, e, seguindo a indicação que lhe fora dada, correu como o vento.

O rapaz de Yorkshire permaneceu em seu posto por alguns minutos, mas, vendo que não houve pausa na conversa lá dentro, voltou sorrateiramente e ficou parado ao corrimão, de ouvido atento, por uma hora. Como tudo permaneceu em perfeita calma, ele voltou para a cama do Sr. Squeers uma vez mais e, puxando as cobertas por sobre a cabeça, riu até quase se sufocar.

Se houvesse alguém por perto que visse as cobertas tremendo, e, como o rosto largo e vermelho e a cabeça redonda do rapaz de Yorkshire apareciam de vez em quando fora dos lençóis, como um monstro alegre que surgia à superfície para respirar e, depois, agitado, voltava a se enfiar embaixo deles com uma explosiva risada — esse alguém se divertiria quase tanto quanto o próprio John Browdie.

CAPÍTULO XL

No qual Nicholas se apaixona. Ele se utiliza de um mediador, cujos esforços são coroados com inesperado sucesso, exceto num único particular

Uma vez mais fora das garras de seu antigo perseguidor, não foi necessário estímulo maior para que Smike reunisse força e energia para seu próprio bem. Sem parar nem por um instante para refletir sobre o caminho que tomara, se ele o levava na direção de casa ou ao contrário dela, ele fugiu com surpreendente celeridade e firmeza de propósito, conduzido por asas tais que só o medo pode criar, e impelido por gritos imaginários da bem lembrada voz de Squeers, que, aos sentidos alterados da pobre criatura, parecia seguir suas pegadas com um grupo de perseguidores, ora a uma grande distância na retaguarda, ora aproximando-se mais e mais, à medida que a alternância entre esperança e terror o agitava sucessivamente. Bem depois de estar convicto de que esses sons eram apenas criação de sua mente agitada, ele ainda prosseguia a um passo que nem a fraqueza e a exaustão conseguiam retardar. Foi somente quando a escuridão e o silêncio de uma estrada campestre o despertaram para os objetos externos e o céu estrelado acima o alertou para o rápido passar do tempo, que ele, coberto de poeira e ofegante, parou para escutar e olhar à sua volta.

Tudo estava calmo e silencioso. Um clarão de luz a distância, lançando um brilho cálido sobre o céu, marcava o lugar onde a enorme cidade se encontrava. Campos solitários, divididos por sebes e valas, muitos dos quais ele havia atravessado com dificuldade em sua fuga, margeavam a estrada, tanto no caminho que ele havia percorrido como no lado oposto. Era tarde agora. Eles não conseguiriam segui-lo por caminhos como os que ele pegara, e, se ele ainda tinha esperança de recobrar sua própria casa, deveria certamente ser num momento como esse, enquanto estava escuro. Isso, aos poucos, tornou-se muito claro, até mesmo para a mente de Smike. Ele havia, a princípio, tido a ideia vaga e infantil de andar uns quinze a vinte quilômetros pelo interior e depois retornar em direção à casa fazendo um amplo circuito, o que o manteria longe de Londres — tão grande era sua apreensão de atravessar as ruas sozinho, temeroso de encontrar novamente seu temível inimigo —, porém, cedendo à convicção que esses pensamentos inspiravam, ele deu meia-volta e, pegando a estrada aberta, embora não sem muitos medos e dúvidas, seguiu em direção a Londres quase na mesma velocidade com que deixara o alojamento temporário do Sr. Squeers.

Quando entrou novamente na cidade, na extremidade oeste, a maioria das lojas estava fechada. Da multidão de pessoas que haviam sido tentadas a sair depois do calor do dia, apenas algumas permaneciam nas ruas e se dirigiam lentamente para suas casas. A estas, ele de vez em quando pedia informação de como chegar a sua casa e, por meio de repetidas perguntas, por fim chegou à casa de Newman Noggs.

Durante toda a noite, Newman havia estado procurando em ruas transversais e esquinas pela pessoa que agora batia à sua porta, enquanto Nicholas fazia a mesma busca em outras direções. Ele estava sentado à mesa de seu pobre jantar com ar melancólico quando a tímida e insegura batida de Smike na porta chegou a seus ouvidos. Atento a cada som, em seu estado de ansiedade e expectativa, Newman desceu correndo a escada e, dando um grito de surpresa e alegria, arrastou seu bem-vindo visitante pelo corredor e escada acima, e não disse uma palavra até ele chegar a salvo em seus aposentos e a porta ser fechada, quando então encheu uma caneca de bom tamanho com gim e água e, encostando-a na boca de Smike, como se leva uma colher de remédio aos lábios de uma criança teimosa, exigiu que ele bebesse a mistura até a última gota.

Newman pareceu muito desconcertado quando viu que Smike mal tocara a preciosa bebida com os lábios; estava prestes a levar a caneca a sua própria boca, com um profundo suspiro de compaixão pela fraqueza de seu pobre amigo, quando Smike, começando a relatar as aventuras em que se metera, o interrompeu a meio caminho, e ele ficou escutando com a caneca na mão.

Era bastante estranho ver a transformação que ocorria em Newman à medida que Smike prosseguia. A princípio, ele ficou parado, passando as costas da mão pelos lábios, cerimônia preparatória para tomar um gole da bebida; depois, à menção de Squeers, ele colocou a caneca embaixo do braço e, arregalando os olhos, acompanhou a história com a maior perplexidade. Quando Smike chegou à parte em que o homem o espancara no coche, ele imediatamente pôs a caneca na mesa e andou manquejando de um lado a outro da sala num estado de grande agitação, de vez em quando parando de forma brusca, como para ouvir mais atentamente. Quando John Browdie foi mencionado, ele sentou-se numa cadeira de forma lenta e gradual e, esfregando as mãos sobre os joelhos — cada vez com mais rapidez, à proporção que a história alcançava seu clímax —, deu, por fim, uma risada, composta de um alto e sonoro "Ha! Ha!". Depois de assim desabafar, seu semblante mudou outra vez ao perguntar, com a maior ansiedade, se era provável que John Browdie e Squeers houvessem chegado às vias de fato.

— Não! Acho que não — respondeu Smike. — Não acredito que ele tenha dado falta de mim até eu estar bem longe.

Newman coçou a cabeça com um grito de grande decepção e, uma vez mais erguendo a caneca, bebeu seu conteúdo, sorrindo por sobre a borda para Smike, um sorriso sinistro e assustador.

— Você ficará aqui — disse Newman —, está cansado... exausto. Vou dizer a eles que você voltou. Estão quase loucos com a sua falta. O Sr. Nicholas...

— Que Deus o abençoe! — disse Smike.

— Amém! — respondeu Newman. — Ele não teve um minuto de descanso e paz; nem a velha senhora, nem a Srta. Nickleby.

— Não, não. *Ela* pensou em mim? — perguntou Smike. — Ela pensou em mim? Ah, é mesmo, é mesmo? Não me diga isso se não for verdade.

— Pensou, sim — respondeu Newman. — Ela é tão bondosa quanto bela.

— É verdade, é verdade! — disse Smike. — Falou muito bem!

— Tão delicada e gentil — disse Newman.

— Com toda a certeza! — exclamou Smike com uma crescente ansiedade.

— E, ainda, com um espírito verdadeiro e maravilhoso — recomeçou Newman.

Ele ia continuar, em seu entusiasmo, quando, ao olhar para seu amigo, viu que o rapaz havia coberto o rosto com as mãos e as lágrimas escorriam por entre seus dedos.

Um momento antes, os olhos do rapaz brilharam com um fulgor incomum, e suas feições se iluminaram com um esplendor que, por um instante, o fez parecer outra pessoa.

— Bem, bem — murmurou Newman, como se estivesse um pouco confuso. — *Eu* fico cada vez mais emocionado quando penso que uma pessoa com essa natureza possa ter sido exposta a tanto sofrimento; este pobre coitado... sim, sim... ele sente a mesma coisa... ele fica comovido... quando se lembra da sua antiga miséria. Hã! É isso? É, é isso! Hum!

Não era de maneira alguma claro, pelo tom dessas reflexões incompletas, que Newman Noggs as considerasse satisfatoriamente explicativas da emoção que as havia suscitado. Ele permaneceu pensativo por um tempo, olhando de vez em quando para Smike com uma expressão de ansiedade e incerteza, que revelava que ele não estava nem remotamente conectado com seus pensamentos.

Por fim, propôs novamente que Smike passasse a noite ali e que ele (Noggs) fosse de imediato à casa de Nicholas para tranquilizar a família. Porém, como Smike não aceitou a proposta — alegando estar ansioso para reencontrar seus amigos —, eles logo depois partiram juntos. Como a noite já avançara bastante e Smike, de pés doloridos, mal conseguia se arrastar pelo caminho, eles chegaram a seu destino uma hora antes de o dia amanhecer.

Ao primeiro som de suas vozes do lado de fora da casa, Nicholas, que passara a noite em claro fazendo planos para encontrar o companheiro perdido, deu um pulo da cama e os recebeu com alegria. Houve tanto barulho de conversas e tantos protestos e congratulações que o restante da família logo acordou, e Smike foi recebido com gestos cordiais e calorosos não somente por Kate, mas também pela Sra. Nickleby, que lhe prometeu respeito e atenção e se mostrou tão amigável que relatou, para divertimento do rapaz e de todos os presentes, uma notável história, extraída de alguma obra, cujo nome ela nunca soube, de uma fuga de uma prisão, mas da qual ela não se lembrava, realizada por um oficial, cujo nome ela havia esquecido, preso por um crime que não lhe vinha à mente na ocasião.

A princípio, Nicholas parecia querer atribuir a seu tio parte dessa ousada tentativa (quase bem-sucedida) de capturar Smike; porém, uma reflexão mais cuidadosa o levou a achar que todo o mérito cabia ao Sr. Squeers. Decidido a se certificar, se pudesse, do que de fato acontecera, por intermédio de John Browdie, ele se dirigiu a seu trabalho diário: traçando, no caminho, uma grande variedade de planos para punir o diretor da escola de Yorkshire, todos com base nos rígidos princípios de justiça retributiva, havendo apenas o obstáculo de serem totalmente impraticáveis.

— Que bela manhã, Sr. Linkinwater! — disse Nicholas, entrando no escritório.

— Ah! — exclamou Tim. — E ainda querem falar em campo, sim! O que acha disso agora, para um dia... um dia londrino... hein?

— Está um pouco mais claro fora da cidade — disse Nicholas.

— Mais claro! — ecoou Tim Linkinwater. — Você devia ver a vista da janela do meu quarto.

— O senhor devia ver a do *meu* — disse Nicholas, com um sorriso.

— Ora! Ora! — disse Tim Linkinwater. — Não me venha com essa agora! Campo! — (Bow era um lugar rústico para Tim.) — Bobagem! O que é que se consegue no campo, fora ovos frescos e flores? Eu posso comprar ovos frescos no mercado de Leadenhall, qualquer dia, antes do café da manhã; e, quanto a flores, vale a pena dar um pulo lá em cima para sentir o perfume do meu resedá, ou ver o goivo duplo na janela da água-furtada, no nº 6, do pátio.

— Há um goivo duplo no número 6 do pátio, é mesmo? — perguntou Nicholas.

— É, sim — respondeu Tim —, e plantado numa jarra rachada, sem o bico. Na primavera passada, havia jacintos lá, em flor, em... mas você rirá disso, é claro.

— De quê?

— De as flores terem nascido em potes de graxa velhos — respondeu Tim.

— Na verdade, não — respondeu Nicholas.

Tim olhou para ele com atenção por um momento, como se estimulado, pelo tom da resposta, a ser mais comunicativo a respeito do assunto; colocando atrás da orelha uma pena que estava fazendo e, fechando o canivete com um clique agudo, ele disse:

— Eles pertencem a um menino corcunda, doente, acamado, e parecem ser o único prazer, Sr. Nickleby, da existência triste dele. Quantos anos faz — disse Tim, ponderando — que notei esse menino, ainda criancinha, arrastando-se num par de muletas muito pequenas? Bom! Bom! Não muitos; mas, embora eles possam parecer nada, se eu considerasse outras coisas, parece muito, muito tempo, quando penso nele. É triste — disse Tim, parando — ver uma criança deformada, separada das outras crianças, que são ativas e alegres, assistindo a jogos que ele nunca vai poder jogar. Ele muitas vezes partiu meu coração.

— É um bom coração — disse Nicholas —, que se desvencilha das rígidas obrigações diárias e dá atenção a essas coisas. O senhor estava dizendo...

— Que as flores pertencem a esse pobre menino — disse Tim. — Só isso. Quando o tempo está bom e ele pode sair da cama, puxa uma cadeira para perto da janela e se senta lá, admirando e arranjando as flores, o dia todo. Ele costumava fazer um cumprimento com a cabeça, no início, e depois passamos a nos falar. Antes, quando eu lhe dava um bom-dia e perguntava como estava, ele sorria e dizia "Melhor!", mas agora só faz que não com a cabeça e se curva ainda mais sobre as plantas. Deve ser enfadonho ver os telhados escuros das casas e as nuvens voando por tantos meses; mas ele é muito paciente.

— Não há ninguém em casa para alegrar ou ajudar esse menino? — perguntou Nicholas.

— O pai dele mora lá, eu creio — respondeu Tim —, e outras pessoas também; mas parece que ninguém se preocupa com o pobre aleijado. Já perguntei a ele muitas vezes se posso fazer alguma coisa por ele; a resposta é sempre a mesma. "Nada." A voz dele está ficando fraca ultimamente, mas eu *vejo* que ele dá a mesma resposta. Ele agora não pode mais sair da cama, então colocaram a cama ao lado da janela, e lá ele fica, o dia todo: ora olhando para o céu, ora olhando para as flores, que ele ainda cultiva e rega com as próprias mãos. De noite, quando ele vê a minha vela, abre a cortina e deixa assim até eu ir dormir. Parece tão reconfortante para ele saber que eu estou ali que geralmente me sento perto da janela por uma hora ou mais para que ele veja que ainda estou acordado; e, às vezes, eu me levanto de noite e olho para a luz melancólica do seu quartinho e fico curioso em saber se ele está acordado ou dormindo.

— Não demora muito e chegará a noite — disse Tim — em que ele vai dormir e não acordar mais na terra. Nunca nem mesmo demos um aperto de mão em toda a nossa vida, mas vou sentir falta dele como de um velho amigo. Acha que pode haver flores do campo que me interessem mais do que essas? Ou que a morte de centenas dos tipos mais finos de flores com os nomes latinos mais sofisticados já inventados me causaria uma fração da dor que vou sentir quando essas velhas jarras e garrafas forem varridas como lixo? Campo! — repetiu Tim, com uma ênfase desdenhosa. — Não sabe que eu não poderia ter um pátio abaixo da janela do meu quarto em nenhum outro lugar que não fosse Londres?

Com essa pergunta, Tim deu as costas e, fingindo concentrar-se em suas contas, aproveitou a oportunidade para secar apressadamente os olhos no momento em que achou que Nicholas olhava em outra direção.

Quer fosse porque as contas de Tim estivessem mais intricadas do que o comum naquela manhã, quer fosse porque sua habitual serenidade fora um pouco abalada por essas recordações, o fato é que, quando Nicholas voltou depois de realizar algumas tarefas e perguntou se o Sr. Charles Cheeryble estava sozinho em sua sala, Tim, prontamente e sem a menor hesitação, respondeu que sim — embora alguém tivesse entrado lá fazia menos de dez minutos e Tim se orgulhasse de sempre tomar o cuidado especial de evitar intromissões quando qualquer um dos irmãos estava ocupado com algum visitante.

— Nesse caso, vou levar esta carta para ele imediatamente — disse Nicholas. Dito isso, dirigiu-se ao escritório e bateu à porta.

Nenhuma resposta.

Outra batida, e ainda resposta alguma.

"Ele não pode estar aqui", pensou Nicholas. "Vou deixar a carta em cima da mesa dele."

Nicholas então abriu a porta e entrou; e muito rapidamente virou-se para sair dali quando viu, com grande espanto e embaraço, uma moça de joelhos aos pés do Sr. Cheeryble, e este implorando-lhe que se levantasse e pedindo a uma terceira pessoa, que parecia a acompanhante da jovem, que a persuadisse a se levantar.

Nicholas gaguejou uma desculpa e saía precipitadamente, quando a jovem, virando um pouco a cabeça, lhe revelou as mesmas feições da linda moça que ele vira na agência de empregos quando lá fora pela primeira vez, muito tempo antes. Olhando para ela e em seguida para a acompanhante, reconheceu a mesma criada desengonçada que a acompanhara na ocasião; e, entre a contemplação da beleza da jovem e a confusão e surpresa desse inesperado reconhecimento, ficou paralisado, num estado de tal perplexidade e vergonha, naquele instante, que não teve forças nem para falar nem para se mover.

— Minha cara senhora... minha cara senhorita — disse o irmão Charles muitíssimo agitado —, por favor... nenhuma outra palavra, eu lhe rogo e suplico! Eu lhe imploro... insisto... que se levante. Não... estamos sozinhos.

Ao falar, ele ergueu a jovem, que, cambaleante, caiu desmaiada numa cadeira.

— Ela desmaiou, senhor — disse Nicholas, aproximando-se rapidamente.

— Pobrezinha, pobrezinha! — exclamou o irmão Charles. — Onde está meu irmão Ned? Ned, meu querido irmão, venha cá, por favor.

— Irmão Charles, meu querido companheiro — respondeu o irmão, correndo para a sala —, o quê...? Ah! O quê...?

— Silêncio! Silêncio!... Não fale agora, irmão Ned — disse o outro. — Chame a governanta, meu querido irmão... chame Tim Linkinwater! Aqui, Tim Linkinwater, senhor... Sr. Nickleby, meu caro, deixe a sala, eu lhe peço e imploro.

— Acho que ela está melhor agora — disse Nicholas, que vinha observando a paciente com tanta ansiedade que não ouviu a solicitação.

— Pobrezinha! — disse o irmão Charles, tomando na sua a mão da moça gentilmente e recostando a cabeça dela em seu braço. — Irmão Ned, meu querido, você deve estar surpreso, eu sei, de ver isso, no horário de trabalho, mas... — aí ele lembrou-se de novo da presença de Nicholas e, apertando-lhe a mão, pediu-lhe seriamente que deixasse a sala e chamasse Tim Linkinwater sem demora.

Nicholas imediatamente se retirou e, enquanto se dirigia ao escritório de contabilidade, encontrou tanto a governanta quanto Tim Linkinwater, esbarrando-se um no outro no corredor e apressando-se à cena da ação com uma rapidez extraordinária. Sem esperar para ouvir o recado, Tim Linkinwater irrompeu na sala e, logo em seguida, Nicholas ouviu a porta ser fechada e trancada por dentro.

Ele pôde matutar bastante sobre sua descoberta, pois Tim Linkinwater ficou ausente por quase uma hora, tempo durante o qual Nicholas só pensava na moça e em sua extraordinária beleza, no que podia tê-la levado até ali e por que fizeram um mistério tão grande daquilo.

Quanto mais pensava em tudo isso, tanto mais perplexo ficava e mais ansiava por saber quem era ela e o que fazia. "Eu a reconheceria entre dez mil", pensou Nicholas. E, assim pensando, andava de um lado para o outro da sala, evocando-lhe o rosto e a imagem (dos quais ele tinha uma lembrança peculiarmente vívida), e dispensou todos os outros assuntos, detendo-se apenas naquele.

Por fim, Tim Linkinwater voltou — com uma frieza exasperadora e documentos na mão, além de ter na boca uma pena, como se nada tivesse acontecido.

— Ela se recuperou? — perguntou Nicholas, impetuosamente.
— Quem? — perguntou Tim Linkinwater.
— Quem? — repetiu Nicholas. — A moça.
— Quanto calcula que sejam, Sr. Nickleby — perguntou Tim, retirando da boca a pena —, quatrocentos e vinte e sete vezes três mil duzentos e trinta e oito?
— Não — respondeu Nicholas —, qual é a resposta à minha pergunta, primeiro? Eu perguntei...
— Pela moça — disse Tim Linkinwater, colocando os óculos. — Ah, certamente. Sim. Ela está muito bem.
— Ela está muito bem? — repetiu Nicholas.
— *Muito* bem — respondeu o Sr. Linkinwater, bastante sério.
— Ela poderá voltar para casa hoje? — perguntou Nicholas.
— Ela já foi — respondeu Tim.
— Já foi?
— Já.
— Espero que não tenha que ir para muito longe — disse Nicholas, olhando seriamente para o outro.
— É — disse o inabalável Tim —, espero que não.

Nicholas arriscou mais algumas observações, mas era óbvio que Tim Linkinwater tinha suas próprias razões para evitar o assunto e que estava decidido a não dar nenhuma outra informação a respeito da bela desconhecida, que despertara tanta curiosidade no peito de seu jovem amigo. Nem um pouco intimidado por essa recusa, Nicholas voltou ao assunto no dia seguinte, estimulado pelo fato de o Sr. Linkinwater se achar muito comunicativo e conversador; mas, assim que retomou a conversa, Tim voltou a um estado da mais irritante taciturnidade e, de monossílabos, passou a não dar resposta alguma, salvo o que podia ser inferido de diversos acenos sérios de cabeça e dar de ombros, que serviram apenas para aguçar a ansiedade de Nicholas por notícias, já em seu auge mais irracional.

Frustrado nessa tentativa, ele se contentou em aguardar a próxima visita da jovem, porém uma vez mais se decepcionou. Os dias se passaram, e ela não retornou. Ele examinava os sobrescritos de todos os bilhetes e cartas, mas não havia nenhum que ele pudesse supor ser na caligrafia da moça. Em algumas ocasiões, ele foi escalado para tarefas em lugares distantes, que anteriormente haviam sido realizadas por Tim Linkinwater. Nicholas não podia deixar de presumir que, por uma razão ou outra, ele havia sido enviado para longe de propósito e que a moça estivera lá em sua ausência. Nada transpirava, no entanto, para confirmar sua suspeita, e Tim não se deixava apanhar em nenhuma confissão ou em algo que tendesse a confirmá-la no mínimo grau.

Mistério e frustração não são absolutamente indispensáveis ao crescimento do amor, mas são, com muita frequência, poderosos auxiliares. "O que os olhos não veem, o coração não sente" é um provérbio muito bem aplicável a casos de amizade, embora a ausência não seja sempre necessária para o vazio do coração, mesmo entre amigos, e a verdade e a honestidade, como pedras preciosas, sejam talvez mais facilmente imitadas a distância, quando o falso em geral passa pelo verdadeiro. O amor, no entanto, é bem assistido materialmente por uma imaginação ardente e ativa: que tem uma memória longa e floresce, por um tempo considerável, com alimentos leves e escassos. Assim é que, muitas vezes, atinge seu mais exuberante crescimento na separação e em circunstâncias da maior dificuldade; e assim foi que Nicholas, pensando apenas na moça desconhecida, dia após dia, e hora após hora, começou, por fim, a achar que estava perdidamente apaixonado por ela e que nunca tinha havido um homem enamorado mais maltratado e perseguido do que ele.

No entanto, embora ele amasse e sofresse segundo o mais ortodoxo dos modelos, e só não houvesse confiado isso a Kate pela simples consideração de nunca, em toda a sua vida, ter falado com o objeto de sua paixão, e de tê-la visto apenas em duas ocasiões — e em ambas ela ter surgido e desaparecido como um raio ou, como disse o próprio Nicholas nos inúmeros solilóquios que mantinha, como uma visão de jovialidade e beleza brilhante demais para durar —, seu ardor e sua afeição permaneciam sem recompensa. A moça não apareceu mais; assim, havia um grande amor desperdiçado (o suficiente, na verdade, para, com o passar do tempo, prover meia dúzia de rapazes das melhores intenções), e ninguém podia entender isso; nem o próprio Nicholas, que, ao contrário, a cada dia se tornava mais melancólico, sentimental e apático.

Enquanto a situação estava nesse estado, o erro de um correspondente dos irmãos Cheeryble, na Alemanha, exigiu de Tim Linkinwater e Nicholas uma verificação minuciosa de contas grandes e complicadas, que tomaria um considerável período. Para examiná-las com maior rapidez, Tim Linkinwater propôs que eles ficassem no escritório, durante uma semana mais ou menos, até as dez horas da noite; como nada reduzia o zelo de Nicholas no serviço de seus bondosos patrões — nem mesmo seu espírito romântico, que raramente envolve hábitos de trabalho —, ele concordou com satisfação. Na primeira noite desse plantão, às nove horas em ponto, apareceu: não a própria moça, mas sua criada, que, depois de ser atendida a portas fechadas pelo irmão Charles por certo tempo, deixou o recinto e retornou na noite seguinte à mesma hora, depois na seguinte e mais uma vez na outra noite.

Essas repetidas visitas inflamaram ao máximo a curiosidade de Nicholas. Ansioso e agitado, a ponto de não mais suportar, e incapaz de sondar o mistério sem negligenciar o trabalho, ele confiou seu segredo a Newman Noggs e implorou-lhe que vigiasse a moça na noite seguinte e a seguisse de volta à casa, para investigar quanto ao nome, à condição e à história da patroa dela como pudesse, sem despertar suspeitas; e relatar-lhe o resultado sem demora.

Altamente orgulhoso dessa tarefa, Newman Noggs assumiu seu posto na praça na noite seguinte uma hora antes do tempo marcado; e, escondido por trás da bomba d'água, o chapéu lhe cobrindo os olhos, deu início à sua missão com um elaborado ar de mistério, admiravelmente calculado para levantar a suspeita dos transeuntes. De fato, várias criadas que buscariam água e muitos meninos que paravam para beber água apavoravam-se ao verem Newman Noggs espiando sorrateiramente ao redor da bomba, onde só seu rosto era visível, com a expressão de um ogro contemplativo.

Na hora de sempre, a criada chegou novamente e, depois de uma conversa um pouco mais longa do que de costume, saiu. Newman combinara dois encontros com Nicholas: um na noite seguinte, dependendo de seu sucesso, e outro na noite subsequente à primeira, que deveria ser mantido em qualquer circunstância. Na primeira noite, ele não estava no lugar combinado (uma taberna, localizada a meio caminho entre a cidade e a Golden Square), mas, na segunda noite, ele estava lá diante de Nicholas e o recebeu de braços abertos.

— Está tudo bem — sussurrou Newman. — Sente-se, sente-se, meu caro rapaz, e eu lhe conto tudo.

Nicholas não esperou outro convite e, ansioso, perguntou quais eram as notícias.

— As notícias são muitas — disse Newman, num arroubo de exultação. — Está tudo bem. Não fique ansioso. Eu não sei por onde começar. Não se preocupe. Mantenha suas esperanças. Está tudo bem.

— Bem? — repetiu Nicholas. — É?

— É — respondeu Newman. — É isso.

— E qual é? — perguntou Nicholas. — O nome... o nome, meu caro amigo.

— O nome é Bobster! — respondeu Newman.

— Bobster! — repetiu Nicholas, indignado.

— É esse o nome — disse Newman. — Eu me lembro porque começa por "Bob".

— Bobster! — repetiu Nicholas, mais enfaticamente do que antes. — Esse deve ser o nome da criada.

— Não, não é — disse Newman, balançando a cabeça com bastante certeza. — Srta. Cecilia Bobster.

— Cecilia, é? — disse Nicholas, repetindo os dois nomes várias vezes numa grande variedade de tons, para experimentar o efeito. — Bom, Cecilia é um nome bonito.

— Muito. E uma criatura linda também — disse Newman.

— Quem? — perguntou Nicholas.

— A Srta. Bobster.

— Como assim, onde você a viu? — perguntou Nicholas.

— Não importa, meu caro rapaz — respondeu Newman, dando-lhe um tapinha no ombro. — Eu vi. E você verá também. Já arranjei tudo.

— Meu caro Newman — disse Nicholas, segurando-lhe a mão —, está falando sério?

— Estou — respondeu Newman. — Tudo que eu disse é verdade. Cada palavra. Você vai encontrar com ela amanhã à noite. Ela consentiu em ouvir isso de você mesmo. Eu convenci a moça. Ela é a afabilidade, a doçura e a beleza em pessoa.

— Eu sei que é, eu sei que ela deve ser, Newman! — disse Nicholas, apertando-lhe a mão.

— Você está certo — disse Newman.

— Onde ela mora? — perguntou Nicholas. — O que soube da história dela? Ela tem pai... mãe... algum irmão ou irmã? O que ela disse? Como foi que a viu? Ela não ficou muito surpresa? Você disse como eu desejava apaixonadamente falar com ela? Contou onde eu a vi? Disse a ela como, e quando, e onde, e por quanto tempo, e com que frequência eu pensei naquele rosto doce que me aparecia nos momentos de maior tristeza, como um vislumbre de um mundo melhor, disse, Newman... disse?

Literalmente, faltou fôlego ao pobre Noggs quando essa torrente de perguntas caiu sobre ele, que se mexia espasmodicamente em sua cadeira a cada novo questionamento, olhando para Nicholas nesse meio-tempo com a mais engraçada expressão de perplexidade.

— Não — disse Newman —, eu não disse isso a ela.

— O que você não disse a ela? — perguntou Nicholas.

— Nada sobre o vislumbre de um mundo melhor — respondeu Newman. — Também não disse a ela quem você era, nem onde a viu. Disse que você estava louco por ela.

— É verdade, Newman — respondeu Nicholas, com sua característica veemência. — O céu é testemunha!

— Eu disse também que você a admirava há muito tempo em segredo — completou Newman.

— Sim, sim. E o que ela disse? — perguntou Nicholas.

— Ficou vermelha — respondeu Newman.

— Certamente. É claro que ficaria ruborizada — disse Nicholas em tom de aprovação.

Newman então contou que a moça era filha única, que sua mãe já morrera, que morava com o pai e que fora induzida a conceder a seu admirador um encontro secreto, com a mediação da criada, que exercia sobre ela muita influência. Depois, relatou como foram precisos muito jeito e eloquência para levá-la a essa decisão; e como ficou claramente entendido que ela concedia a Nicholas apenas a oportunidade de declarar sua paixão; e como, de forma alguma, se comprometia a aceitar as suas atenções. O mistério de sua visita aos irmãos Cheeryble permanecia totalmente inexplicado, pois Newman não o mencionara, nem na sua primeira conversa com a criada, nem em seu subsequente encontro com a moça, observando que ele fora instruído apenas para descobrir onde morava a moça e defender a causa de seu jovem amigo, e não para dizer a distância percorrida, nem de que ponto haviam partido. Mas Newman deu a entender que, pelo que descobrira por meio da confidente, fora levado a deduzir que a moça tinha uma vida muito triste e infeliz, sob o rígido controle do pai, homem de temperamento violento e brutal; circunstância esta que ele acreditava poder, até certo ponto, tê-la levado a buscar a proteção e a amizade dos irmãos, e também tê-la feito aceitar o encontro prometido. A aceitação ele considerava uma dedução lógica das premissas, pois não era senão natural supor que uma moça, cuja situação presente era tão pouco invejável, estivesse mais do que desejosa de mudá-la.

Pareceu, depois de muitas outras perguntas — pois foi somente por meio de um longo e árduo processo que tudo isso pôde ser arrancado de Newman Noggs —, que Newman, para explicar sua aparência desleixada, havia se apresentado, por força de sábios e indispensáveis propósitos relacionados a esse encontro clandestino, com disfarce; e, sendo questionado como havia excedido sua incumbência a ponto de marcar um encontro, ele respondeu que, tendo notado a disposição da moça de concedê-lo, viu-se compelido, tanto por dever como por nobreza, a tirar proveito dessa oportunidade de ouro de fazer com que Nicholas pudesse expressar seus sentimentos. Depois que essas e muitas outras perguntas foram feitas e respondidas mais de vinte vezes, eles se separaram, comprometendo-se a se encontrar na noite seguinte às dez e meia, para procederem ao encontro, que fora marcado para as onze horas.

"As coisas acontecem de maneira muito estranha!", pensou Nicholas a caminho de casa. "Nunca imaginei uma coisa dessas; nem sonhava com essa possibilidade. Conhecer um pouco da vida de uma pessoa por quem eu tenho tanto interesse; vê-la na rua, passar pela casa onde mora, encontrá-la às vezes nos passeios dela, esperar que chegue o dia em que eu possa lhe falar sobre o meu amor: isso era o extremo máximo a que meus pensamentos chegavam. Agora, contudo... mas eu seria um tolo, na verdade, se lamentasse a minha boa sorte!"

Ainda assim, Nicholas estava insatisfeito; e havia mais nessa insatisfação do que uma mera recusa a aceitar o sentimento. Ele estava aborrecido com a moça por ter sido convencida tão facilmente, "porque", pensou Nicholas, "não é que ela soubesse que era eu; podia ser qualquer pessoa" — o que certamente não era agradável. No momento seguinte, ele tinha raiva de si próprio por se entreter com esses pensamentos, argumentando que nada senão bondade poderia habitar aquele templo e que o comportamento dos irmãos mostrava muito bem a estima que tinham por ela. "O fato é que ela é um mistério absoluto", disse Nicholas. Este não era um curso de pensamento mais satisfatório que o anterior, e só o levou a um novo mar de dúvidas e conjecturas, no qual ele se arremessava, em grande desconforto mental, até que o relógio soou as dez horas, e a hora do encontro se aproximava.

Nicholas vestira-se com grande cuidado, e até mesmo Newman Noggs havia caprichado um pouco em seus trajes: seu paletó apresentando o fenômeno de dois botões consecutivos, e alfinetes suplementares colocados a intervalos toleravelmente regulares. O chapéu também, usado no mais recente estilo, com um lenço de bolso na copa e uma ponta solta retorcida atrás, à moda de um rabo de cavalo, embora Newman não pudesse reivindicar a engenhosidade deste último ornamento, pois não tinha consciência dele: estava num estado de nervosismo e agitação que o tornava insensível a tudo, exceto ao grande objeto de sua missão.

Eles seguiram em profundo silêncio; e, depois de caminharem a passo firme por certa distância, chegaram a uma rua de aparência lúgubre e muito pouco frequentada, próxima à rua Edgeware.

— Número doze — disse Newman.

— Oh! — exclamou Nicholas, olhando à sua volta.

— Boa rua? — perguntou Newman.

— É — respondeu Nicholas. — Um tanto sombria.

Newman não comentou essa observação e, parando abruptamente, colocou Nicholas de costas para uma grade e lhe disse que deveria ficar parado ali, sem se mexer, até que se certificasse satisfatoriamente de que a área estava limpa. Isso feito, Noggs saiu manquejando muito satisfeito, olhando para trás a cada instante, para se assegurar de que Nicholas estava seguindo sua orientação; e, subindo os degraus de uma casa a seis portas de distância, desapareceu de vista.

Após uma pequena demora, ele reapareceu e, manquejando de volta, parou a meio caminho e fez sinal para que Nicholas o seguisse.

— Então? — disse Nicholas, avançando na ponta dos pés em direção a ele.

— Tudo bem — respondeu Newman, com grande alegria. — Tudo pronto; ninguém em casa. Não podia ser melhor. Ha! Ha!

Com essa garantia, ele passou pela porta da frente, na qual Nicholas viu uma placa metálica com a inscrição "BOBSTER" em letras garrafais; e, parando no portão dos fundos, que estava aberto, fez sinal para que seu jovem amigo descesse.

— Que diabos! — exclamou Nicholas, recuando. — Vamos entrar furtivamente pela cozinha, como se viéssemos roubar talheres?

— Silêncio! — disse Newman. — O velho Bobster... tirano feroz. Mataria todos... daria murros no ouvido da moça... ele faz isso... sempre.

— O quê?! — exclamou Nicholas, irado — você está me dizendo que tem homem que daria murros no ouvido de uma...

Ele não teve tempo de cantar louvores à sua amada, pois, nesse instante, Newman lhe deu um leve empurrão que quase o lançou escada abaixo. Achando melhor aceitar a sugestão, Nicholas desceu para o porão, sem mais reclamações, porém com um semblante que revelava tudo menos a esperança e o arrebatamento de um homem apaixonado. Newman o seguiu — e teria caído de cabeça, não fosse a pronta assistência de Nicholas — e, tomando-lhe a mão, conduziu-o por um corredor de pedras extremamente escuro até uma cozinha dos fundos ou adega, na mais negra escuridão, onde pararam.

— Bom — disse Nicholas, num sussurro aborrecido —, isso não é tudo, eu suponho, certo?

— Não, não — respondeu Noggs. — Elas logo vão estar aqui. Está tudo bem.

— Fico feliz em ouvir isso — disse Nicholas. — Eu não teria imaginado isso, confesso.

Eles não trocaram mais palavras, e lá ficou Nicholas, ouvindo a respiração ofegante de Newman Noggs e pensando que o nariz dele parecia reluzir como uma brasa mesmo no meio da escuridão que os envolvia. De repente, o som de passos cautelosos lhe chegou aos ouvidos e, em seguida, uma voz feminina perguntou se o cavalheiro estava ali.

— Sim — respondeu Nicholas, virando para o canto de onde surgira a voz. — Quem está aí?

— Somente eu, senhor — respondeu a voz. — Agora, por favor, senhora.

Um raio de luz brilhou no lugar e logo apareceu a criada segurando uma vela, seguida de sua jovem patroa, que parecia tomada pela modéstia e confusão.

Ao ver a moça, Nicholas teve um sobressalto e mudou de cor; seu coração batia violentamente e ele ficou paralisado. Nesse instante, e quase ao mesmo tempo da chegada da jovem e da vela, ouviu-se uma batida forte e furiosa na porta da frente, que fez Newman Noggs saltar, com grande agilidade, de um barril de cerveja no qual ele estava escarranchado e exclamar de forma abrupta e com uma palidez de cinza:

— Bobster, por Deus!

A moça deu um gritinho, a criada retorcia as mãos, Nicholas olhava de um para o outro em aparente estupefação e Newman andava para a frente e para trás, enfiando as mãos em todos os bolsos sucessivamente e tirando os forros de cada um deles no auge da indecisão. Aquilo durou só um instante, mas a confusão que se acumulou naquele instante nenhuma imaginação pode exagerar.

— Vão embora, pelo amor de Deus! Foi um erro, merecemos isto — disse a moça. — Vão embora ou estou perdida para sempre.

— Pode me deixar dizer uma única palavra? — suplicou Nicholas. — Uma só. Não vou detê-la. Pode me deixar dizer uma palavra para explicar esse infeliz acontecimento?

Mas Nicholas podia muito bem estar falando para o vento, pois a moça, com um ar confuso, subiu a escada correndo. Ele a teria seguido, mas Newman, enfiando a mão no colarinho do rapaz, arrastou-o para o corredor pelo qual haviam entrado.

— Solte-me, Newman, que diabo! — protestou Nicholas. — Preciso falar com ela. E vou! Não saio desta casa sem falar com ela.

— Reputação... caráter... violência... considere... — disse Newman, segurando-o com ambas as mãos e puxando-o para fora. — Deixe que elas abram a porta. Vamos embora, como viemos, e fechamos a porta. Venha. Por aqui. Aqui.

Abalado com as repreensões de Newman, as lágrimas e as orações da moça e as terríveis batidas acima, que não cessavam nunca, Nicholas acedeu em sair dali depressa; e, no exato momento em que o Sr. Bobster entrou pela porta da frente, ele e Noggs saíram pela porta dos fundos.

Seguiram ligeiros por várias ruas sem se deterem e em silêncio. Por fim, pararam e se entreolharam com rostos pálidos e pesarosos.

— Não se preocupe — disse Newman, quase sem fôlego. — Não fique desanimado. Está tudo bem. Da próxima vez, vamos ter mais sorte. Não houve jeito. Eu fiz a *minha* parte.

— Muitíssimo bem — respondeu Nicholas, tomando-lhe a mão. — Muitíssimo bem, e como o amigo verdadeiro e dedicado que é. Só que... olhe, não estou desapontado, Newman, e me sinto em dívida com você... só que *era a moça errada*.

— O quê?! — exclamou Newman Noggs. — Enganado pela criada?

— Newman, Newman — disse Nicholas, colocando a mão no ombro dele —, era a criada errada também.

O queixo de Newman caiu, e ele fitou Nicholas com seu olho bom, fixo e imóvel na cabeça.

— Não fique aborrecido com isso — disse Nicholas —, não tem importância; você está vendo que não estou preocupado; você seguiu a pessoa errada, é só.

Isso *foi* tudo. Se Newman Noggs havia sondado inclinadamente por trás da bomba por tanto tempo que sua vista ficou cansada; ou se, achando que havia tempo de sobra, havia se refrescado com algo mais forte do que apenas a água da bomba — o que quer que tenha acontecido foi erro seu. E Nicholas foi para casa pensando naquilo e meditando nos encantos da jovem desconhecida, agora mais distante de seu alcance do que nunca.

CAPÍTULO XLI

Contendo algumas passagens românticas entre a Sra. Nickleby e o vizinho que usava ceroulas

Desde a sua última conversa séria com o filho, a Sra. Nickleby começou a mostrar uma preocupação incomum em melhorar sua aparência, acrescentando gradualmente a seus trajes sóbrios de matrona, que até então constituíam seu vestuário básico, uma variedade de adornos e enfeites, pequenos em si, talvez, mas, tomados em conjunto e considerados em referência ao objeto de sua descoberta, eram de não pouca importância. Até mesmo seu vestido preto assumiu um ar sombriamente alegre no estilo vistoso no qual era usado; e, incrementados como eram com os adornos sempre presentes e com uma aplicação aqui e ali de certos enfeites juvenis de pouco ou nenhum valor — que haviam, por essa única razão, escapado do naufrágio geral e sido largados dormentes e em paz em cantos estranhos de velhas gavetas e baús, onde a luz do dia raramente brilhava —, seus trajes de luto assumiram um caráter inusitado. Passaram de símbolos externos de respeito e pesar pelos mortos a sinais de planos fatais e destruidores contra os vivos.

A Sra. Nickleby pode ter sido estimulada a adotar esse procedimento por um elevado senso de dever e por impulsos de incontestável nobreza. Talvez, àquela altura da vida, ela tenha se impressionado com a pecaminosidade de uma longa indulgência ao sofrimento, ou com a necessidade de dar um bom exemplo de elegância e decoro a sua jovem filha. Considerações de dever e responsabilidade à parte, a mudança pode ter sido ocasionada por sentimentos da mais pura e desinteressada caridade. O cavalheiro da casa ao lado fora aviltado por Nicholas; rudemente estigmatizado como velho senil e idiota; e, por esses ataques à capacidade de discernimento dele, a Sra. Nickleby era, de certa forma, responsável. Ela pode ter achado ser seu dever de boa cristã mostrar de todas as maneiras possíveis que o cavalheiro insultado não era nem uma coisa nem outra. E que melhores meios ela podia adotar em direção a fim tão virtuoso e louvável senão mostrando, para todos os homens, em sua própria pessoa, que a paixão dele era a mais racional e razoável do mundo e o justo resultado, entre outros, que pessoas discretas e sábias poderiam ter previsto, da exibição incauta de seus encantos de mulher madura, sem reservas, aos olhos, por assim dizer, de um homem ardente e suscetível?

— Ah! — disse a Sra. Nickleby, balançando a cabeça gravemente. — Se Nicholas soubesse o que seu pobre e querido papai sofreu antes de noivarmos, quando eu o odiava, teria um pouco mais de sentimento. Nunca vou esquecer o dia em que olhei para ele com desprezo, quando se ofereceu para segurar a minha sombrinha. Nem aquela noite, quando fechei a cara para ele. Foi uma sorte ele não ter emigrado. Aquilo quase o levou a tomar essa decisão.

Se o falecido teria ficado em melhores condições financeiras caso tivesse emigrado em seus dias de solteiro era uma questão que a viúva não parou para considerar; pois Kate entrou na sala, com sua caixa de costura, nesse ponto de suas reflexões; e uma leve interrupção, ou absolutamente nenhuma interrupção, teria desviado os pensamentos da Sra. Nickleby para outro canal a qualquer momento.

— Kate, minha querida — disse a Sra. Nickleby —, eu não sei por quê, mas um dia de verão quente como este, com os pássaros cantando em todas as direções, sempre me faz lembrar de porco assado, com sálvia e cebolas e molho.

— Essa é uma associação de ideias curiosa, não é, mamãe?

— Não sei, minha querida, sinceramente — respondeu a Sra. Nickleby. — Porco assado; deixe-me ver. Um dia, cinco semanas depois de você ser batizada, tivemos porco... não, não pode ter sido porco, porque eu me lembro de que havia dois para serem trinchados, e não era possível que eu e seu pobre papai fôssemos comer dois porcos... deve ter sido perdiz. Porco assado! Eu acho que não conseguiríamos comer nem mesmo um; agora estou me lembrando de que seu papai não tolerava nem a visão de porcos nos açougues e costumava dizer que eles sempre se pareciam com bebês, com a única diferença de que os porcos tinham uma cor de pele mais clara; e ele também tinha horror a bebês, por não ter condições de aumentar a família, e detestava falar no assunto. É muito estranho o que me fez pensar nisso! Eu me lembro de um jantar na casa da Sra. Bevan, naquela rua larga, da esquina próxima ao segeiro, onde o homem bêbado caiu no batente do porão de uma casa desocupada, quase uma semana antes do dia de pagamento trimestral, e só foi encontrado quando entrou um novo inquilino... e comemos porco lá. Deve ter sido isso, eu acho, que me fez lembrar dessa história, especialmente porque havia um passarinho na sala que ficava cantando o tempo todo na hora do jantar... não, não era um passarinho, era um papagaio, e ele não cantava, propriamente, ele falava e praguejava de uma maneira horrorosa: e eu acho que deve ter sido isso. Na verdade, tenho certeza de que deve ter sido. Não acha, minha querida?

— Eu diria que não resta a menor dúvida, mamãe — disse Kate, com um sorriso alegre.

— Não; mas você acha *mesmo*, Kate? — perguntou a Sra. Nickleby, com um ar tão sério como se aquela fosse uma pergunta do maior e mais empolgante interesse. — Se não acha, diga logo, entende? Porque é melhor ser corrigida, em particular numa questão como essa, que é muito curiosa e vale a pena resolver enquanto estamos pensando sobre ela.

Rindo, Kate disse que estava inteiramente convencida; e, como sua mãe ainda parecia indecisa sobre se seria absolutamente essencial retomar o assunto, propôs que levassem seu trabalho para a pérgula no jardim e aproveitassem a beleza da tarde. A Sra. Nickleby concordou de imediato, e para lá elas se dirigiram sem mais discussão.

— Bem, eu vou lhe dizer — observou a Sra. Nickleby, ao tomar seu lugar —, acho que nunca houve uma criatura tão boa como Smike. Sinceramente, o trabalho que teve para montar essa pérgula e plantar essas flores maravilhosas ao redor é mais do que eu poderia... mas eu preferia que ele não tivesse colocado *todo* o cascalho do seu lado, Kate, minha querida, e deixado só terra do meu lado.

— Minha querida mãe — apressou-se em dizer Kate —, sente-se aqui... venha... por favor, mamãe.

— Não, de forma alguma, minha querida. Vou ficar do meu lado — disse a Sra. Nickleby. — Bom! É isso!

Kate olhou interrogativamente.

— E não é que ele foi a algum lugar — comentou a Sra. Nickleby — e conseguiu umas mudas dessas flores, de que, outro dia à noite, eu disse que gostava tanto, e perguntei se você não... não, que *você* disse que você gostava tanto nessa noite, e me perguntou se eu não... é a mesma coisa. Agora, sinceramente, considero isso muita delicadeza e atenção, na verdade! Eu não vejo — acrescentou a Sra. Nickleby, olhando de esguelha para a filha — nenhuma delas do meu lado, mas acho que dão melhor perto do cascalho. Pode ficar certa de que elas crescem melhor aí, Kate, e essa é a razão por que estão perto de você e por que ele colocou o cascalho desse lado, porque é o lado do sol. Sinceramente, foi muito inteligente mesmo! Eu mesma não teria pensado nisso!

— Mamãe — disse Kate, curvando-se sobre o trabalho de modo que seu rosto ficou quase encoberto —, antes de a senhora se casar...

— Minha nossa, Kate — interrompeu a Sra. Nickleby —, o que em nome de Deus faz você voar ao tempo antes de eu me casar, quando estou falando com você sobre a delicadeza e a atenção dele para comigo? Você não parece ter o mínimo interesse no jardim.

— Ah, mamãe — disse Kate, erguendo o rosto outra vez —, a senhora sabe que eu tenho.

— Bom, então, minha querida, por que você não se orgulha da ordem e beleza com que é mantido? — disse a Sra. Nickleby. — Como você é estranha, Kate!

— Eu me orgulho, mamãe — respondeu Kate, gentilmente. — Pobrezinho!

— Você quase nunca fala, minha querida — retrucou a Sra. Nickleby. — É tudo o que tenho a dizer — durante todo esse tempo a boa senhora se detivera sobre um único tópico, então caiu de imediato na pequena armadilha da filha, se é que era uma armadilha, e perguntou o que ela estava querendo saber.

— Sobre o quê, mamãe? — perguntou Kate, que aparentemente se esquecera do desvio da conversa.

— Meu Deus, Kate, minha querida — disse a mãe —, você está sonolenta ou é idiota? Sobre a época antes do meu casamento.

— Ah, sim! — exclamou Kate. — Eu me lembro. Ia perguntar, mamãe, se antes de a senhora se casar teve muitos pretendentes.

— Pretendentes, minha querida! — exclamou a Sra. Nickleby, com um sorriso de uma maravilhosa complacência. — Entre o primeiro e o último, Kate, eu devo ter tido pelo menos uma dúzia.

— Mamãe! — replicou Kate, num tom de repreensão.

— Eu tive, sim, minha querida — disse a Sra. Nickleby. — Sem incluir o seu pobre papai nem um jovem cavalheiro que costumava ir, naquela época, à mesma escola de dança e que *enviava* relógios e pulseiras de ouro para a nossa casa, embrulhados em um papel com a borda dourada (que eram sempre devolvidos) e que depois, infelizmente, foi para Botany Bay num navio de cadetes... quer dizer, um navio de condenados... e escapou no mato e matou ovelhas (eu não sei como elas estavam lá) e seria enforcado, só que se sufocou por acidente e o governo o perdoou. Depois teve o jovem Lukin... — disse a Sra. Nickleby, começando com o polegar esquerdo e contando os nomes nos dedos — Mogley... Tipslark... Cabbery... Smifser...

Tendo então chegado a seu mindinho, a Sra. Nickleby levava sua contagem à outra mão quando um forte pigarro, que parecia surgido da própria fundação do muro do jardim, fez com que ela e a filha se sobressaltassem.

— Mamãe, o que foi isso? — perguntou Kate, num tom de voz baixo.

— Sinceramente, minha querida — respondeu a Sra. Nickleby, muito surpresa —, a menos que seja o cavalheiro da casa vizinha, não sei o que poderia...

— Hum! — soou a mesma voz; e dessa vez não no tom de um pigarro comum, mas num tipo de urro, que despertou toda espécie de eco na vizinhança e foi prolongado de tal forma que deve ter deixado o rosto do emissor roxo.

— Agora estou reconhecendo, minha querida — disse a Sra. Nickleby, apoiando sua mão na de Kate. — Não se assuste, meu amor, não é dirigido a você e não tem a intenção de assustar ninguém. Vamos dar a cada um o que lhe é de direito, Kate; é só o que digo.

Dizendo isso, a Sra. Nickleby balançou a cabeça e deu várias palmadinhas nas costas da mão da filha, olhando para ela como se pudesse dizer algo muito importante se quisesse, mas conteve-se, graças a Deus; e não fez isso.

— O que está querendo dizer, mamãe? — perguntou Kate, com óbvia surpresa.

— Não fique agitada, minha querida — respondeu a Sra. Nickleby, olhando em direção ao muro do jardim —, pois está vendo que *eu* não estou; e, se alguém aqui tinha razão para estar agitado, certamente seria eu, sob todas as circunstâncias, mas não estou, Kate... de forma alguma.

— Parece dirigido a atrair a nossa atenção, mamãe — disse Kate.

— É dirigido a atrair nossa atenção, minha querida; pelo menos — disse a Sra. Nickleby, empertigando-se e dando palmadinhas mais suaves do que antes na mão da filha — atrair a atenção de uma de nós. Hum! Não precisa se inquietar, minha querida.

Kate estava perplexa e parecia querer pedir mais explicações, quando um berro e um ruído confuso, como o de um velho gritando e chutando o cascalho solto com grande violência, foram escutados, vindo da mesma direção dos sons anteriores; e, antes de cessarem, um pepino enorme voou pelos ares com a velocidade de um foguete, rodopiando até cair aos pés da Sra. Nickleby.

Essa extraordinária cena foi sucedida por outra de similar descrição; então, uma bela abobrinha de grandes dimensões foi vista girando no ar e caindo no chão; em seguida, diversos pepinos foram lançados juntos; e, por fim, o ar foi escurecido por uma chuva de cebolas, nabos, rabanetes e outros legumes pequenos, que caíam rolando e se espalhando, chocando-se em todas as direções.

Quando Kate levantou-se, alarmada, e segurou a mão de sua mãe para correr com ela para dentro de casa, sentiu-se puxada, em vez de seguida em sua intenção; e, acompanhando o olhar da Sra. Nickleby, ficou aterrorizada pela visão de um boné velho de veludo preto, que aos poucos, como se aquele que o usava estivesse subindo uma escada ou alguns degraus, ia surgindo por sobre o muro que dividia seu jardim do da casa vizinha (que, como a sua, era uma casa destacada); e foi gradualmente seguido de uma cabeça muito grande, um rosto velho, no qual se viam dois dos mais extraordinários olhos azuis: desvairados, esbugalhados e girando em torno de suas órbitas com um olhar quebrado, lânguido, malicioso, extremamente feio de se ver.

— Mamãe! — gritou Kate, realmente estarrecida naquele momento. — Por que a senhora parou, por que perder tempo? Mamãe, por favor, vamos entrar!

— Kate, minha querida — respondeu sua mãe, ainda detendo-se —, como você pode ser tão tola? Tenho vergonha de você. Como acha que vai enfrentar a vida sendo assim tão covarde? O que deseja, senhor? — perguntou a Sra. Nickleby, dirigindo-se ao intruso com certo sorriso de desagrado. — Como se atreve a espiar para dentro deste jardim?

— Rainha da minha alma — respondeu o estranho, juntando as mãos —, beba desta taça!

— Tolice, senhor — disse a Sra. Nickleby. — Kate, meu amor, por favor, fique quieta.

— Não vai tomar um gole? — implorava o estranho com a cabeça inclinada para um lado e a mão direita sobre o peito. — Ah, tome um pouco da taça!

— Não concordo em fazer nada disso, senhor — disse a Sra. Nickleby. — Por favor, vá embora.

— Por que — perguntou o velho, subindo mais um degrau e pondo os cotovelos sobre o muro com a mesma complacência de quem debruça-se à janela —, por que é que a beleza é sempre impedida, mesmo quando a admiração é tão honrosa e respeitável como a minha? — nesse momento, ele sorriu, beijou a mão e curvou a cabeça várias vezes. — Será por causa das abelhas, que, quando a época de mel é encerrada e elas deveriam ter sido mortas com enxofre, na verdade voam para a Berbéria e embalam os mouros cativos com suas canções modorrentas? Ou será — ele acrescentou, baixando a voz quase a um sussurro — em consequência de a estátua em Charing Cross ter sido recentemente vista na Bolsa de Valores, à meia-noite, andando de braços dados com a Bomba de Aldgate, em trajes de montaria?

— Mamãe — murmurou Kate —, a senhora está ouvindo isso?

— Não diga nada, minha querida — respondeu a Sra. Nickleby, no mesmo tom de voz —, ele é muito bem-educado, e acho que está citando algum poeta. Por favor, não me machuque assim... vai deixar meu braço roxo de tanto me beliscar. Vá embora, senhor!

— Embora de verdade? — perguntou o cavalheiro, com um olhar lânguido. — Ah, embora de verdade?

— Sim — respondeu a Sra. Nickleby —, isso mesmo. Isso aqui não lhe diz respeito. É propriedade privada, senhor; devia saber disso.

— Eu sei — disse o velho, colocando o dedo sobre o nariz, com um ar de familiaridade, bastante repreensível — que esse é um lugar sagrado e fascinante, onde os mais divinos encantos — aí ele beija a mão e se curva de novo — sopram um doce perfume sobre os jardins dos vizinhos e forçam as frutas e os legumes a uma existência prematura. Esse fato, eu conheço. Mas será que me permite, bela criatura, fazer-

-lhe uma pergunta, na ausência do planeta Vênus, que foi a negócio à Guarda Montada, e que, do contrário... ciumento de seus encantos... se interporia entre nós?

— Kate — observou a Sra. Nickleby, voltando-se para a filha —, é muito constrangedor, sem dúvida. Eu realmente não sei o que dizer a esse cavalheiro. É preciso ser educada, sabe?

— Querida mamãe — disse Kate —, não diga nem uma palavra a ele, vamos entrar o mais depressa possível e nos trancar, até Nicholas chegar em casa.

A Sra. Nickleby pareceu muito imponente, para não dizer desdenhosa, diante dessa proposta humilhante; e, voltando-se para o velho cavalheiro, que as havia observado com extrema ansiedade durante aqueles sussurros, disse:

— Se o senhor se conduzir como o cavalheiro que imagino que é, por sua linguagem e... e... aparência (quase a cópia do seu avô, Kate, minha querida, nos melhores dias dele) e me fizer sua pergunta em palavras simples, eu respondo.

Se o excelente papai da Sra. Nickleby se assemelhasse, em seus melhores dias, ao vizinho que agora olhava por sobre o muro, ele deve ter sido, no mínimo, um cavalheiro idoso de aparência muito estranha na sua melhor forma. Talvez Kate achasse isso, pois olhou para o retrato vivo com certa atenção, quando o homem tirou o boné de veludo preto e, exibindo uma cabeça totalmente calva, fez uma série de mesuras, cada uma acompanhada de um novo beijo na própria mão. Após ficar exausto, como parecia, com essa fatigante encenação, cobriu a cabeça uma vez mais, puxou o boné sobre as orelhas com todo o cuidado e, retomando sua atitude anterior, disse:

— A pergunta é...

Então, ele parou para olhar em todas as direções e garantir, sem sombra de dúvida, que não havia ninguém por perto escutando. Assegurando-se disso, ele deu vários tapinhas no nariz, acompanhando a ação com um olhar astuto, como congratulando-se pela precaução, e, esticando o pescoço, perguntou num sussurro alto:

— A senhora é uma princesa?

— Está zombando de mim, senhor — replicou a Sra. Nickleby, fingindo retirar-se para sua casa.

— Não, mas a senhora é? — insistiu o velho cavalheiro.

— O senhor sabe que eu não sou — respondeu a Sra. Nickleby.

— Então é parente do Arcebispo de Cantuária? — perguntou o velho cavalheiro com grande ansiedade. — Ou do Papa de Roma? Ou do Presidente da Câmara dos Comuns? Perdoe-me se eu estiver errado, mas eu soube que era sobrinha do Chefe do Setor de Pavimentação e nora do Prefeito da Corporação de Londres, o que explicaria a sua relação com os três.

— Quem quer que tenha espalhado essas notícias — disse a Sra. Nickleby, num tom caloroso — tomou grande liberdade com o meu nome, e uma liberdade que, tenho certeza, meu filho Nicholas, se soubesse disso, não permitiria nem por um instante. Que ideia! — disse a Sra. Nickleby, empertigando-se. — Filha do Chefe do Setor de Pavimentação!

— Por favor, mamãe, vamos entrar! — sussurrou Kate.

— "Por favor, mamãe!" Deixe de tolice, Kate — disse a Sra. Nickleby, raivosa —, mas é assim mesmo. Se eles tivessem dito que eu era sobrinha de um pisco-chilreiro, que importância você daria a isso? Mas ninguém é solidário comigo — lamentou a Sra. Nickleby. — Eu não espero isso mesmo.

— Lágrimas! — disse o velho, sobressaltando-se com tanto ímpeto que escorregou alguns degraus e esfolou o queixo no muro. — Pegue os glóbulos de cristal... pegue... coloque dentro de uma garrafa... feche bem fechada... sele com cera... sele com um cupido... ponha o rótulo "Qualidade superior"... e guarde no depósito catorze, com uma barra de ferro em cima para proteger do trovão.

Dando essas ordens como se houvesse doze empregados, todos envolvidos ativamente na tarefa, ele virou seu boné de veludo pelo avesso, colocou-o com grande dignidade encobrindo seu olho direito e três quartos do nariz, e, pondo uma mão na cintura, olhou com ferocidade para um pardal ali perto, até que o pássaro levantou voo, quando então ele colocou o boné no bolso com um ar de grande satisfação e se dirigiu com uma conduta respeitosa à Sra. Nickleby.

— Bela senhora — essas foram suas palavras —, se me enganei em relação à sua família ou aos seus parentes, humildemente lhe peço perdão. Se achei que tinha ligação com os Poderes Estrangeiros ou os Comitês Nacionais, é porque a senhora tem uns modos, um porte, uma dignidade que, me perdoe por dizer, não se comparam ao de ninguém (com a única exceção talvez da musa trágica, quando tocou o realejo extemporaneamente diante da Companhia das Índias Ocidentais). Eu não sou jovem, como vê; e, embora seres como a senhora nunca envelheçam, eu me atrevo a dizer que somos feitos um para o outro.

— Realmente, Kate, meu amor! — disse a Sra. Nickleby com voz fraca e olhando em outra direção.

— Eu tenho bens, senhora — disse o velho cavalheiro, acenando com a mão de forma negligente, como se não desse importância a essas questões, e falando muito rapidamente —, joias, faróis, tanques de peixes, navios baleeiros próprios no mar do Norte e diversos bancos de ostras muito lucrativos no Oceano Pacífico. Se estiver disposta a ir até o Royal Exchange e tirar o chapéu de três pontas da cabeça do mais robusto bedel, verá meu cartão no forro da copa, embrulhado num pedaço de papel azul. Minha bengala também pode ser vista se solicitada ao capelão da Câmara dos Comuns, que é estritamente proibido de aceitar dinheiro para essa exibição. Eu tenho inimigos ao meu redor, senhora — ele olhou em direção à sua casa e falou em voz baixa —, que me atacam em todas as ocasiões e querem tomar os meus bens. Se a senhora me abençoar com sua mão e seu coração, poderá entrar em contato com o lorde Chanceler ou convocar o exército, se necessário... enviar o meu palito de dente para o comandante supremo será suficiente... e, então, livrar a casa deles antes que a cerimônia seja realizada. Depois disso, amor, felicidade e êxtase; êxtase, amor e felicidade. Seja minha, seja minha!

Repetindo essas últimas palavras com grande arrebatamento e entusiasmo, o velho cavalheiro colocou o boné de veludo preto outra vez e, olhando para o céu, disse algo não muito inteligível a respeito de um balão que ele aguardava e que estava bastante atrasado.

— Seja minha, seja minha! — repetiu o velho cavalheiro.

— Kate, minha querida — disse a Sra. Nickleby —, quase não consigo falar; mas é necessário, para a felicidade de todas as partes, que este assunto seja encerrado para sempre.

— Obviamente, não há necessidade de a senhora dizer nenhuma palavra, não é, mamãe? — disse Kate.

— Quer fazer o favor, minha querida, de me deixar julgar por mim mesma? — disse a Sra. Nickleby.

— Seja minha, seja minha! — pediu o velho cavalheiro.

— Não há a menor chance, meu senhor — respondeu a Sra. Nickleby, com o olhar fixo no chão, demonstrando modéstia —, de eu dizer a um estranho se me sinto lisonjeada e grata por tal proposta ou não. Ela certamente foi feita em circunstância incomum; ao mesmo tempo, na medida do possível e até certo ponto, é claro — (as restrições costumeiras da Sra. Nickleby) —, ela é gratificante e encantadora para os sentimentos de qualquer um.

— Seja minha, seja minha! — exclamou o velho cavalheiro. — Gogue e Magogue, Gogue e Magogue. Seja minha, seja minha!

— Senhor, para mim, basta dizer — retomou a palavra a Sra. Nickleby, com seriedade total — que tenho certeza de que verá como é adequado ouvir a minha resposta e ir embora... e saber que decidi permanecer viúva e me dedicar aos meus filhos. O senhor pode até mesmo achar que eu não seja a mãe de dois filhos... na verdade, muitas pessoas não acreditam nisso e dizem que nada no mundo poderia fazer com que achassem isso possível... mas esse é o caso, e eles já são adultos. Teremos muita satisfação em ter o senhor como vizinho... muita satisfação; ficaremos encantados, com certeza... mas é só, qualquer coisa além é impossível. Quanto a eu ser ainda bastante jovem para casar novamente, pode até ser, ou pode não ser; mas eu não posso pensar nisso nem por um instante, não há qualquer possibilidade. Eu disse que nunca me casaria de novo, e não casarei. É doloroso ter que rejeitar propostas, e eu preferia que nenhuma fosse feita; ao mesmo tempo, esta é a resposta que me determinei a dar muito tempo atrás, e esta é a resposta que sempre darei.

Essas observações eram dirigidas em parte ao velho cavalheiro, em parte a Kate e em parte expressadas em solilóquio. Já chegando ao fim, o admirador demonstrou um grau irreverente de desatenção e, mal a Sra. Nickleby acabou de falar, para grande terror daquela senhora e sua filha, ele jogou longe o casaco e ergueu-se no topo do muro, numa atitude que revelava suas ceroulas e meias cinza de lã por completo; concluiu ficando de pé numa só perna e repetindo seu berro favorito com veemência aumentada.

Enquanto ele permanecia na última nota, embelezando-a com um prolongado floreio, via-se uma mão suja deslizando furtiva e rapidamente pelo topo do muro, como se tentando capturar uma mosca e, depois, agarrando com a maior destreza um dos calcanhares do velho cavalheiro. Isso feito, a outra mão apareceu e segurou o outro calcanhar.

Assim imobilizado, o velho cavalheiro levantou algumas vezes as pernas de forma desajeitada, como se elas fossem partes esquisitas e imperfeitas de um mecanismo, e então, olhando para baixo para o seu lado do muro, explodiu numa gargalhada.

— É você, não é? — perguntou o velho.

— Sim, sou eu — respondeu uma voz rouca.

— Como vai o imperador da Tartária? — continuou o velho cavalheiro.

— Ah, continua na mesma — foi a resposta. — Nem melhor, nem pior.

— O jovem príncipe da China — disse o velho cavalheiro, com muito interesse — se reconciliou com o sogro, o grande vendedor de batatas?

— Não — respondeu a voz rouca. — E ainda tem mais: disse que nunca vai se reconciliar.

— Nesse caso — observou o velho cavalheiro —, talvez seja melhor eu descer.

— Bom — disse o homem no outro lado —, eu acho que talvez seja.

Uma das mãos tendo sido cuidadosamente aberta, o velho cavalheiro se arriou numa postura sentada e estava virando o rosto para sorrir e se curvar para a Sra. Nickleby, quando desapareceu com certa precipitação, como se suas pernas tivessem sido puxadas de baixo.

Muito aliviada com o desaparecimento dele, Kate virava-se para falar com sua mãe quando as mãos sujas apareceram de novo e foram logo seguidas da figura de um homem rústico entroncado, que subia a escada que acabara de ser usada por seu singular vizinho.

— Eu peço perdão, senhoras — disse o recém-chegado, sorrindo e tocando o chapéu. — Ele fez promessa de amor a alguma das senhoras?

— Fez — respondeu Kate.

— Ah! — exclamou o homem, tirando o lenço do chapéu e enxugando o rosto. — Ele faz sempre isso, sabe. Nada o impede de fazer promessas de amor.

— Gostaria de lhe perguntar se ele é louco, pobre criatura — disse Kate.

— Ora — respondeu o homem, olhando dentro de seu chapéu, jogando seu lenço nele com um único toque e colocando-o outra vez. — Isso é bastante claro.

— Já faz tempo? — perguntou Kate.

— Bastante tempo.

— E não há esperança para ele? — indagou Kate, com piedade.

— Nem um pouco, e ele não merece nenhuma — respondeu o cuidador. — Ele é muito mais agradável sem juízo do que com ele. Era o mais cruel e o mais perverso de todos os velhos sovinas que já existiram.

— Era mesmo?! — exclamou Kate.

— Ora, se era! — respondeu o cuidador, balançando a cabeça com tanta ênfase que foi obrigado a franzir o cenho para manter o chapéu no lugar. — Eu nunca encontrei um vagabundo como esse, e meu colega acha o mesmo. Partiu o coração da pobre mulher, expulsou as filhas de casa, abandonou os filhos na rua; foi uma bênção ele finalmente ficar louco, em consequência do temperamento malvado, da avareza, do egoísmo, das bebidas, ou ele teria enlouquecido outros. Esperança para *ele* é o bom descanse em paz! Não existe muita esperança, mas aposto uma coroa que o que existe é reservado para sujeitos mais merecedores do que ele, de qualquer forma.

Com essa confissão de fé, o cuidador balançou a cabeça de novo, como se para dizer que só isso resolveria, se as coisas continuassem daquela maneira; e, tocando seu chapéu desanimado — não que estivesse de mau humor, e sim porque esse assunto o perturbava —, desceu a escada e retirou-a dali.

Durante essa conversa, a Sra. Nickleby havia encarado o homem com um olhar severo. Ela então deu um profundo suspiro e, contraindo os lábios, balançou a cabeça de maneira lenta e duvidosa.

— Pobre criatura! — disse Kate.

— Ah, pobre mesmo! — disse a Sra. Nickleby. — É uma vergonha permitir essas coisas. Vergonhoso!

— Não se pode evitar, mamãe — disse Kate, pesarosa. — As doenças da natureza...

— Natureza! — disse a Sra. Nickleby. — O quê? Você *realmente* acha que esse pobre cavalheiro está louco?

— Será que alguém pode olhar para ele e não ver isso, mamãe?

— Ora essa, eu vou lhe dizer o seguinte, Kate — continuou a Sra. Nickleby —, ele não é nada louco, e eu fico surpresa de você ser tão categórica. É um complô dessas pessoas para se apossarem dos bens dele... ele mesmo não disse isso? Ele pode ser um pouco estranho e amalucado, talvez, muitos de nós somos; mas completamente louco? E se expressar da maneira como se expressa, respeitoso, com uma linguagem poética, e fazendo propostas com tanta consideração, tanto cuidado e prudência... ele não saiu por aí pelas ruas e se ajoelhou para a primeira mocinha que encontrou, como um louco faria! Não, não, Kate, há um pouco de método demais na loucura dele; pode acreditar, minha querida.

CAPÍTULO XLII

Ilustrativo do sentimento de separação que às vezes se impõe aos amigos mais íntimos

A calçada de Snow Hill esteve escaldante durante todo o dia, e as duas cabeças de Sarraceno que guardavam a entrada da hospedaria, de cujo nome e símbolo elas são uma dupla representação, pareciam — pelo menos aos olhos dos transeuntes exaustos e de pés doloridos — mais severas do que de costume, depois de se empolarem e tostarem ao sol, e, em uma das menores salas da hospedaria, cujas janelas abertas recebiam, num vapor palpável, fortes emanações dos fétidos cavalos das diligências, os preparativos comuns de uma mesa de chá eram exibidos em perfeita e convidativa ordem, rodeados de grandes pernis assados e cozidos, uma língua, um pastelão de pombo, uma galinha fria, uma jarra de cerveja e outros pequenos complementos do mesmo tipo, que, em cidades atrasadas, são geralmente servidos mais particularmente em grandes almoços, jantares de diligências ou em cafés da manhã excepcionalmente substanciais.

O Sr. John Browdie, com as mãos nos bolsos, passeava irrequieto em torno dessas iguarias, parando de vez em quando para afastar as moscas do açucareiro com o lenço de bolso de sua mulher, ou para mergulhar uma colherinha no pote de leite e levá-la à boca, ou quebrar pedaços da crosta e um cantinho da carne e engoli-los de vez como se fossem pílulas. Depois de cada um desses flertes com os quitutes, ele pegava seu relógio, e declarou com uma seriedade quase patética que não aguentaria esperar nem mais dois minutos.

— Tilly! — dirigiu-se John a sua mulher, que estava recostada no sofá, meio acordada e meio adormecida.

— O que é, John?

— O que é, John?! — repetiu o marido, impaciente. — Não está com fome, moça?

— Não muito! — disse a Sra. Browdie.

— "Não muito!" — retrucou John, erguendo a vista para o teto. — Ouvir isso, almoçando às três da tarde e comendo pastelão, que só aumenta a fome dum home em vez de diminuir! "Não muito!"

— Aqui tem um cavalheiro perguntando pelo senhor — disse o garçom, entrando na sala.

— Um... o quê, pra mim? — disse John, como se achasse que era um pacote ou uma carta.

— Um cavalheiro, senhor.

— Arre, rapaz! — disse John. — Pra que é que vem me dizer isso agora? Mande entrar.

— O senhor está em casa, senhor?

— Em casa! — repetiu John. — Eu queria estar lá; já tinha tomado meu chá duas hora atrás. Arre, eu disse ao outro rapaz pra ficar de olho na porta e mandar entrar assim que ele chegar, que já estamos quase desmaiando de fome. Mande entrar. Ah! Aperta aqui, Sr. Nickleby. Hoje é o dia de mais orgulho na minha vida. Como vai as coisas com o senhor? Mas como estou contente com isso!

Esquecendo-se até mesmo da fome no entusiasmo da saudação, John Browdie apertou a mão de Nicholas diversas vezes, batendo palmas com grande violência entre cada aperto para acrescentar calor à recepção.

— Ah! Lá está ela — disse John, observando o olhar que Nicholas dirigia a sua mulher. — Lá está ela... não vamos brigar por causa dela, não é? Puxa, quando penso nisso... mas não vai comer alguma coisa? Se sirva, homem, se sirva, e pelo que agora vamos receber...

Sem dúvida, a oração foi terminada devidamente, porém nada mais foi ouvido, pois John já havia começado a usar o garfo e a faca de tal maneira que sua fala sumiu por certo tempo.

— Eu lhe peço a devida licença, Sr. Browdie — disse Nicholas, ao colocar uma cadeira para a recém-casada.

— Pega o que quiser — disse John — e quando acabar pede mais.

Sem parar para explicar, Nicholas beijou a envergonhada Sra. Browdie e conduziu-a à cadeira.

— Arre — disse John, por um instante surpreso —, se sinta em casa, ouviu?

— Com certeza — disse Nicholas —, com uma condição.

— E qual possa ser? — perguntou John.

— Que me escolha como padrinho, na primeira oportunidade que tiver.

— Ei! Escutô isso? — perguntou John, depondo a faca e o garfo. — Padrinho! Ha! Ha! Ha! Tilly, escuta isso... padrinho! Não precisa dizer mais nem uma palavra, essa é muito boa. Na primeira oportunidade... padrinho! Ha! Ha! Ha!

Nunca um homem se sentiu tão gratificado com uma antiga e respeitável piada como John Browdie com essa. Ele ria, gargalhava, quase se sufocou com pedaços grandes de carne caindo na traqueia, gargalhou novamente, persistia em comer ao mesmo tempo, ficou vermelho no rosto e roxo na testa, tossiu, gritou, melhorou, riu de novo para dentro, piorou, engasgou-se, levou pancadas nas costas, bateu com os pés no chão, assustou a mulher e, por fim, controlou-se num estado de tremendo cansaço e com lágrimas escorrendo-lhe pelo rosto, mas ainda exclamando com voz fraca "Padrinho... padrinho, Tilly!", num tom que revelava uma rara satisfação com o comentário, que nenhum sofrimento conseguia diminuir.

— Lembra-se da noite em que nos reunimos para um chá pela primeira vez? — perguntou Nicholas.

— E eu vou esquecer aquilo, homem? — respondeu John Browdie.

— Ele estava desesperado naquela noite, não estava, Sra. Browdie? — observou Nicholas. — Um verdadeiro monstro!

— Se tivesse ouvido o que ele dizia no caminho para casa, Sr. Nickleby, podia dizer isso, sim — disse a Sra. Browdie. — Eu nunca tive tanto medo na vida.

— Para com isso — disse John, com um largo sorriso. — Você sabe que não foi assim, Tilly.

— Eu tive medo, sim — replicou a Sra. Browdie. — Eu quase não falava mais com você.

— Quase! — disse John, com um sorriso ainda mais largo. — Ela quase não falava mais! Mas ela tava elogiando e elogiando, adulando e adulando de maneira agradável. Aí eu disse: "Por que deixou aquele sujeito se engraçar com você?". Aí ela disse: "Não deixei, John" e apertou meu braço. "Não deixou?", eu perguntei. "Não", ela respondeu, me apertando de novo.

— Meu Deus, John! — interveio sua bela esposa, enrubescendo. — Como pode falar tanta besteira? Como se eu pudesse ter sonhado com uma coisa dessas!

— Não sei se sonhou com isso, mas acho que é bastante provável, sabe — respondeu John. — Mas você fez isso. "Você é volúvel e inconstante, moça" — eu disse. "Volúvel não, John", ela disse. "É, sim", eu disse, "volúvel, danada de volúvel. Não me diga que não foi atrás do rapaz, na casa do diretor da escola", eu disse. "Dele!", ela disse, gritando. "Hã, dele!", eu disse. "Arre, John", ela disse... e veio mais pra perto de mim e gritou mais forte ainda do que tinha gritado antes... "Você acha que é natural, agora, que tendo um homem distinto como você pra namorar, eu ia me engraçar dum rapazinho presunçoso como ele?", ela disse. Ha! Ha! Ha! Ela disse, presunçoso! "Meu Deus", eu disse, "depois dessa, diga a data, e vamos resolver logo tudo!". Ha! Ha! Ha!

Nicholas riu com vontade dessa história, tanto por ela ser contra ele próprio como para poupar os rubores da Sra. Browdie, cujos protestos foram abafados pelo ruído das gargalhadas do marido. A boa natureza dele logo a deixou à vontade; e, embora ainda negasse a acusação, ela riu com tanta franqueza que Nicholas teve a satisfação de se certificar de que, em todos os aspectos essenciais, a história era a mais pura verdade.

— Esta é a segunda vez — disse Nicholas — que temos uma refeição juntos e somente a terceira que encontro com o senhor; mas realmente parece que eu já sou um velho amigo.

— Bão — observou o rapaz de Yorkshire —, é o que eu acho.

— E eu tenho certeza disso — acrescentou a jovem esposa.

— Eu tenho a maior razão para estar bem impressionado com esse sentimento, podem ficar certos — disse Nicholas. — Pois, se não tivesse sido pela sua bondade, meu bom amigo, quando eu não tinha direito algum nem razão de esperar por isso, eu não sei o que poderia ter acontecido comigo, ou em que tristeza eu estaria mergulhado hoje.

— Vamos falar sobre outras coisa — disse John, com voz rouca —, e não se preocupe.

— Eu vou repetir o que já disse antes — continuou Nicholas, sorrindo. — Na carta, eu disse que estava profundamente emocionado e que admirava a sua solidariedade com aquele pobre rapaz que o senhor libertou, arriscando se meter em encrenca; mas eu e ele, e outras pessoas que não conhece, nunca vamos poder agradecer o bastante por ter tido pena dele.

— Meu Deus! — disse John Browdie, aproximando sua cadeira. — E eu nunca vou poder *lhe* dizer como pessoas que conhecemos ia ficar agradecida se *elas* soubesse que eu tive pena dele.

— Ah! — exclamou a Sra. Browdie. — O estado em que eu fiquei naquela noite!

— E eles ficaram desconfiados de você ter ajudado na fuga? — perguntou Nicholas a John Browdie.

— Nem um pouco — respondeu o rapaz de Yorkshire, abrindo um sorriso de orelha a orelha. — Fiquei lá na cama do diretor da escola até bem depois de escurecer, e ninguém chegou nem perto. "Bão", eu pensei, "ele já conseguiu uma boa dianteira, e, se não chegou em casa até agora, nunca vai chegar; então pode vir quando quiser, e vamos estar pronto"... quer dizer, o diretor da escola podia vir, entende?

— Entendo — disse Nicholas.

— Logo depois — disse John, retomando o relato —, ele *realmente* chegou. Ouvi a porta fechar lá embaixo e ele subindo no escuro. "Devagar e calmo", eu disse a mim mesmo, "não se afobe, não tem pressa". Ele chegou até a porta, virou a chave... virou a chave quando não tinha nada pra segurar a fechadura... e falou: "Ei, você aí!"... "Sim", eu pensei, "vosmecê pode fazer isso de novo e não vai acordar ninguém." "Ei, você aí", ele disse e depois parou. "É melhor você não me irritar", disse o diretor depois de certo tempo. "Eu vou quebrar todos os osso do seu corpo, Smike", ele disse depois de mais algum tempo. Então, de repente, gritou pedindo uma luz, e quando trouxeram... meu Deus, que grande confusão! "O que aconteceu?", eu perguntei. "Ele fugiu", ele respondeu... louco de ódio. "Não ouviu nada?" "Ouvi", respondi... "ouvi a porta da rua batendo, não faz muito tempo. Ouvi uma pessoa correndo pra aquele lado (apontei pro lado contrário, né?)". "Socorro!", ele gritou. "Vou ajudar vosmecê", eu disse; e pegamos a rua... na direção errada! Ho! Ho! Ho!

— Foram longe? — perguntou Nicholas.

— Longe! — respondeu John. — Eu fiz ele cansar as perna em quinze minuto. Ver o velho diretor sem o chapéu, coberto de lama e de água até os joelhos, tombando por cima de cerca e passando por dentro de vala, gritando feito um louco, com o único olho que tem à cata do moleque, as aba do casaco voando nas costa, e ele sarpicado de lama por toda a parte, pelo rosto e tudo! Eu pensei que ia cair morto de tanto rir.

John ria tanto, somente de se recordar, que contagiou seus dois ouvintes, e os três explodiram em gargalhadas, que se repetiam de vez em quando, até que não mais conseguiam rir.

— Ele é um homem mau — disse John, enxugando os olhos —, muito mau, esse diretor.

— Eu não consigo nem olhar para ele, John — disse sua mulher.

— Arre — replicou John —, é muito decente de sua parte, isso é. Se não fosse você, ninguém sabia nada dele. Você conheceu o homem primeiro, Tilly, não conheceu?

— Não pude deixar de conhecer Fanny Squeers, John — respondeu sua mulher. — Ela era minha amiga de muitos anos, sabe?

— Bão — respondeu John —, eu não lhe disse, moça? É melhor ser bão vizinho, e se manter como velhos conhecido; e o que digo é: não brigue, se puder evitar. Não acha, Sr. Nickleby?

— Certamente — respondeu Nicholas. — E o senhor agiu de acordo com esse princípio quando eu o encontrei a cavalo na estrada, depois de nossa memorável noite.

— Com certeza — disse John. — O que eu digo, eu faço.

— E isso é uma coisa digna e própria de um homem, também — disse Nicholas —, embora não seja o que se espera de um homem de Yorkshire, aqui em Londres. Em seu bilhete, disse que a Srta. Squeers está hospedada com vocês.

— É — respondeu John. — A dama de honra de Tilly; e uma dama de honra muito estranha, também. Ela não quer ser uma noiva às pressa, eu acho.

— Por vergonha, John — disse a Sra. Browdie, mas com um agudo senso de percepção da piada, sendo ela mesma uma mulher recém-casada.

— O noivo vai ser um homem abençoado — disse John, seus olhos cintilando com a ideia. — Vai ter sorte, vai.

— Está vendo, Sr. Nickleby — disse a mulher —, foi por causa dela que John lhe escreveu e combinou para hoje, pois achamos que não seria agradável para o senhor encontrar com ela, depois do que aconteceu.

— Sem dúvida. Vocês estão certíssimos nisso — disse Nicholas, interrompendo.

— Principalmente — observou a Sra. Browdie, com ar malicioso —, depois de sabermos de questões de amor passadas.

— Sabemos, sim! — disse Nicholas, balançando a cabeça. — Você agiu muito mal lá, eu suspeito.

— Claro que sim — disse John Browdie, passando seu enorme dedo indicador por um dos belos cachos de sua mulher, parecendo muito orgulhoso dela. — Ela era sempre cheia de capricho e de tramoia, como uma...

— Bem, como uma o quê? — perguntou sua esposa.

— Como uma mulher — respondeu John. — Mas o que é que é mesmo que levou a isso?

— O senhor estava falando sobre a Srta. Squeers — disse Nicholas, com vistas a encerrar uma leve rusga conjugal que tivera lugar entre o Sr. e a Sra. Browdie, e que lhe rendeu a posição de um terceiro, um tanto constrangedora e que o fazia pensar que estava mais atrapalhando do que o contrário.

— Ah, sim — disse a Sra. Browdie. — O que John fez. John combinou hoje à noite, porque ela resolveu ir tomar chá com o pai. E, para garantir que não desse nada errado e que o senhor ficasse somente com nós dois, ele combinou de ir buscá-la.

— Esse foi um bom arranjo — disse Nicholas —, apesar de eu sentir muito por ser a causa de tanto problema.

— Não, de forma alguma, — disse a Sra. Browdie —, pois estávamos querendo encontrar com o senhor... John e eu... com o maior prazer. Sabe, Sr. Nickleby — disse a Sra. Browdie com um malicioso sorriso —, que eu realmente acho que Fanny Squeers gostava muito do senhor?

— Sou muito grato a ela — disse Nicholas —, mas juro que nunca desejei causar a menor impressão sobre aquele imaculado coração.

— As suas palavras me deixam surpresa — disse a Sra. Browdie com um risinho. — Não, mas sabe que realmente acreditei... falando sério agora e sem brincadeiras... a própria Fanny deu a entender que o senhor tinha feito uma proposta a ela, e que assumiriam um noivado formal e solene.

— Foi, senhora, achou isso? — gritou uma voz feminina aguda. — Achou mesmo que eu... eu... assumiria um compromisso com um ladrão assassino que deixou meu pai sangrando? Acha de verdade, senhora... que eu gostaria de um lixo desses, debaixo dos meus pés, que eu não tocava nem com uma tenaz de cozinha sem me sujar e me manchar com uma união dessas? Pensa mesmo, senhora... pensa? Ah, infame e degradante Tilda!

Com essas acusações, a Srta. Squeers escancarou a porta e revelou aos olhos dos atônitos Sr. e Sra. Browdie e Nicholas não somente sua própria figura simétrica, adornada nos trajes brancos e castos antes descritos (um pouco mais sujos), como também a presença do irmão e do pai, os dois Wackford.

— Isto é o fiiim, não é? — continuou a Srta. Squeers, que, por estar agitada, prolongou o "i" em excesso. — Isto é o fiiim de toda a minha paciência e amizade com essa coisa de duas caras, essa víbora, essa... essa... sereia? — a senhorita Squeers hesitou bastante para dizer este último epíteto e, por fim, lançou-o triunfalmente, como se ele encerrasse o assunto. — Isto é o fiiim, não é, de toda a minha tolerância com a falsidade dela, a baixeza, a hipocrisia, com essa exibição para atrair admiração das mentes vulgares, de uma maneira que causa vergonha para o meu... para o meu...

— Gênero — sugeriu o Sr. Squeers, dirigindo aos espectadores um olho malévolo; literalmente *um* olho malévolo.

— Isso — disse a Srta. Squeers. — E agradeço à minha estrela por minha mãe ser do mesmo...

— Bravo, bravo! — observou o Sr. Squeers. — E queria que ela estivesse aqui para dar um jeito nessas pessoas.

— Isto é o fiiim, não é? — repetiu a Srta. Squeers, virando a cabeça e olhando com desprezo para o chão. — Chega de toda a consideração que tenho por essa criatura nojenta e de me rebaixar para dar proteção a ela.

— Ah, o que é isso? — replicou a Sra. Browdie, ignorando todos os esforços do marido para contê-la e forçando passagem para ficar na primeira fileira. — Não diga uma besteira dessas.

— Não é verdade que sempre fui sua protetora, senhora? — perguntou a Srta. Squeers.

— Não — respondeu a Sra. Browdie.

— Não vou procurar rubores aí — disse a Srta. Squeers, altivamente —, pois esse rosto só conhece mesmo a ignomínia e a vermelhidão da ousadia.

— Arre — interpôs-se John Browdie, irritado com o excesso de ataques a sua mulher —, vamos com calma, vamos com calma.

— Tenho pena do senhor, Sr. Browdie — disse a Srta. Squeers, aproveitando a deixa rapidamente. — O único sentimento que tenho pelo senhor é de incalculável pena.

— Oh! — exclamou John.

— Não — disse a Srta. Squeers, olhando de viés para seu pai —, apesar de eu *ser* uma dama de honra estranha e não *querer* ser uma noiva às pressas, e, apesar de meu marido *vir* a ser um homem de sorte, o único sentimento que tenho pelo senhor é de pena.

Nesse ponto, a Srta. Squeers olhou de viés outra vez para o pai, que devolveu o olhar de esguelha, como se dissesse: "Aí você o pegou".

— *Eu* sei pelo que vai ter que passar — disse a Srta. Squeers, balançando os cachos violentamente. — *Eu* sei o que a vida reserva para você. E, se você fosse o meu pior e mais implacável inimigo, eu não desejaria nada pior.

— Não desejaria estar casada com ele, você mesma, se esse fosse o caso? — perguntou a Sra. Browdie, com modos muito suaves.

— Ah, minha senhora, como é espirituosa — respondeu a Srta. Squeers com uma longa mesura. — Quase tão espirituosa, minha senhora, quanto esperta. Foi muito inteligente da sua parte, minha senhora, escolher a hora em que fui tomar chá com o meu pai e que tinha certeza de que eu só voltaria quando fosse apanhada! Que pena que não imaginou que outras pessoas pudessem ser tão espertas quanto você e estragar os seus planos!

— Você não vai me irritar, criança, com esse seu ar de superioridade — disse a ex-Srta. Price, adotando a posição de mulher casada.

— Não me trate feito criança, por favor — disse a Srta. Squeers, rispidamente. — Não vou tolerar isso. Será *isto* o fiiim...

— Diabos! — exclamou John Browdie, impaciente. — Vamos, fala de uma vez, Fanny, e termina logo com isso; não pergunte a ninguém se é o fim ou não.

— Agradecendo por seu conselho que não foi solicitado, Sr. Browdie — disse a Srta. Squeers, com uma polidez elaborada —, tenha a bondade de não pensar que pode se atrever a usar o meu nome de batismo. Nem mesmo a minha piedade não me fará esquecer o que é meu de direito, Sr. Browdie. Tilda — disse a Srta. Squeers, com um súbito acesso de violência que causou um sobressalto em John —, eu me desligo de você para sempre, senhorita. Vou abandonar você. Não quero mais vê-la. Eu nunca — disse a Srta. Squeers com voz solene — daria a uma filha minha o nome Tilda, nem para salvar a criança do túmulo.

— Mas, quanto a isso — observou John —, vai ter bastante tempo pra pensar no nome dela até ela chegar.

— John! — interveio sua mulher. — Não a aborreça.

— Ah, sim! Aborrecer! — disse a Srta. Squeers, empertigando-se. — Aborrecer, sim! He, he! Aborrecer! Não, não a aborreça. Leve em consideração os sentimentos dela, por favor!

— Se a sina dos ouvintes é nunca ouvirem quando falam bem deles — disse a Sra. Browdie —, não posso fazer nada, e sinto muito por isso. Mas vou lhe dizer uma coisa, Fanny, que muitas vezes eu falei tão bem de você nas suas costas, que nem mesmo você acharia nada errado no que eu disse.

— Ah, eu acredito que não, minha senhora! — disse a Srta. Squeers, com outra mesura. — Muitíssimo obrigada por sua bondade, mas peço e oro para que não seja dura comigo nenhuma outra vez!

— Eu não sei — continuou a Sra. Browdie — se disse alguma coisa ofensiva sobre você, mesmo agora. De qualquer forma, o que eu disse foi verdade, mas, se fui ofensiva, eu sinto muito e peço desculpas. Você disse coisas muito piores de mim, não sei quantas vezes, Fanny; mas nunca quis prejudicá-la, e espero que você também não queira.

A Srta. Squeers deu uma resposta nada mais direta do que supervisionar sua antiga amiga da cabeça aos pés e erguer o nariz no ar com inefável desdém. Mas umas alusões indistintas a uma "rapariga", uma "descarada", uma "criatura detestável" lhe escaparam; e isso, junto a um permanente morder de lábios, uma grande dificuldade de deglutir e um resfolegar contínuo, parecia sugerir que os sentimentos cresciam no peito da Srta. Squeers fortes demais para serem expressos verbalmente.

Enquanto a conversa antes mencionada prosseguia, o jovem Wackford, vendo que não estava sendo observado e sentindo a força de suas tendências preponderantes dentro de si, esgueirou-se pouco a pouco, foi até a mesa e atacou a comida com ligeireza, circulando o dedo dentro dos pratos repetidas vezes e, depois, chupando-os com infinito deleite;

pegando o pão e passando os pedaços sobre a manteiga; colocando no bolso torrões de açúcar, fingindo o tempo todo estar absorto em seus pensamentos; e assim por diante. Vendo que nenhuma oposição havia sido feita a essas pequenas liberdades, ele gradualmente as aumentou e, depois de fazer uma pequena refeição dos frios, foi, àquela altura, fundo no pastelão.

Nada disso deixara de ser observado pelo Sr. Squeers, que, enquanto a atenção das pessoas estava voltada para outros assuntos, congratulava-se em pensar que seu filho e herdeiro engordava às custas do inimigo. Porém, havendo então o que parecia uma calma temporária, na qual a conduta do pequeno Wackford não podia deixar de ser notada, ele fingiu ter tomado conhecimento das circunstâncias pela primeira vez e deu uma bofetada no rosto do jovem cavalheiro que fez as xícaras de chá ressoarem.

— Comendo! — gritou o Sr. Squeers. — Os restos deixados pelos inimigos do seu pai! É capaz de envenenar você, menino desnaturado.

— Não vai fazer mal a ele — disse John, aparentemente muito aliviado com a perspectiva de ter um homem na discussão —, deixa o menino comer. Eu queria que a escola toda estivesse aqui. Eu ia dar alguma coisa pra ficar nos estômago infeliz deles, nem que gastasse meu último centavo!

Squeers franziu o cenho e fez a expressão mais perversa de que seu rosto era capaz — e aquele era um rosto da mais extraordinária capacidade, nesse sentido —, em seguida balançando o punho furtivamente.

— Arre, seu diretor — disse John —, não se faça de tolo; pois se eu fosse levantar o meu... só uma vez... bastava o vento pra derrubar o senhor.

— Foi você, não foi — disse Squeers —, quem ajudou o meu aluno fugitivo a escapar? Foi você, não foi?

— Eu mesmo! — respondeu John, num tom de voz alto. — Fui eu, sim; e daí? Fui eu. Agora, o quê?

— Você está ouvindo-o dizer que fez isso, minha filha? — observou Squeers, apelando para a filha. — Está ouvindo-o dizer que fez isso?

— Fiz, sim! — disse John. — E digo mais; escuta isso também. Se um outro menino fugir, eu fazia de novo. Se vinte menino fugir, eu fazia isso vinte vezes, e vinte vezes mais — disse John —, e digo mais — continuou John —, agora que meu sangue está fervendo nas veia, que o senhor é um velho patife; ainda bem pro senhor, ainda bem que é velho, senão eu tinha derrubado o senhor de soco, quando contou a um homem honesto como tinha batido naquele pobre rapaz no coche.

— Um homem honesto! — exclamou Squeers com escárnio.

— Hã! Homem honesto — respondeu John. — Homem honesto que nunca mais vai por as perna embaixo da mesma mesa que alguém como o senhor.

— Escândalo! — disse Squeers, exultante. — Duas testemunhas disso; Wackford conhece a natureza de um juramento, sim; vamos levar o senhor até lá. Patife, hein? — o Sr. Squeers pegou seu livro de bolso e anotou isso. — Muito bem. Eu diria que valeria umas boas vinte libras na próxima sessão do tribunal, sem a honestidade, senhor.

— Tribunal — disse John —, é melhor o senhor não falar de tribunal comigo. As escola de Yorkshire já foram pro tribunal uma vez, homem, e esse é um assunto delicado pra relembrar, eu lhe digo.

O Sr. Squeers balançou a cabeça com um jeito ameaçador, muito pálido de raiva; e, pegando a filha pelo braço e arrastando o pequeno Wackford pela mão, retirou-se em direção à porta.

— E, quanto ao senhor — disse Squeers, virando-se e dirigindo-se a Nicholas, que, como já o havia punido seriamente na última ocasião juntos, se absteve, de propósito, de tomar parte na discussão —, não demora muito, vou pegar o senhor. E será por sequestro de meninos, ouviu? Cuide para que os pais dele não apareçam... preste atenção... cuide para que os pais dele não apareçam, e mande-o de volta para mim para eu fazer com ele o que quiser, a despeito do senhor.

— Eu não tenho medo disso — respondeu Nicholas, dando de ombros com desdém, e virando-se de costas.

— Não tem? — retorquiu Squeers, com um olhar diabólico. — Agora, vamos embora.

— Vou-me embora com meu pai e deixarei essas pessoas para sempre — disse a Srta. Squeers, olhando com desprezo e superioridade a seu redor. — Fico poluída só de respirar o mesmo ar que essas criaturas. Pobre Sr. Browdie! He, he, he! Tenho pena dele, tenho, sim; está tão iludido! He, he, he! Espertinha e astuciosa essa Tilda!

Com essa súbita recaída na mais séria e medonha ira, a Srta. Squeers deixou a sala rápida e altivamente; e, tendo mantido sua dignidade até o último minuto possível, foi ouvida soluçando, gritando e se debatendo no corredor.

John Browdie permaneceu parado atrás da mesa, olhando de sua mulher para Nicholas, e dele para ela outra vez, boquiaberto, até que sua mão parou acidentalmente em uma garrafa de cerveja. Ele a ergueu e, tendo o semblante fechado havia certo tempo, deu um longo suspiro, passou-a para Nicholas e tocou a sineta.

— Aqui, garçom — disse John, animado. — Atenção aqui. Leva essas coisa embora e traz algo assado pro jantar... bem gostoso e em grande quantidade... às dez hora. Traz um pouco de conhaque e um pouco d'água, e um par de chinelo... os maior que tiver... e seja rápido. Arre! — disse John esfregando as mãos. — Agora, não precisa mais buscar ninguém em casa hoje, e vamos começar a noite de verdade.

CAPÍTULO XLIII

Funciona como uma espécie de mediador na união de várias pessoas

A tempestade dera lugar a uma calma das mais profundas, e a noite avançava; o jantar, de fato, se encerrara, e o processo de digestão seguia o seu curso de modo tão favorável quanto — sob a mais completa tranquilidade, com uma conversa animada e também uma moderada indulgência ao conhaque com água — os sábios e os conhecedores da anatomia e das funções do corpo humano consideravam que poderia ter seguido, quando os três amigos — ou, como se poderia dizer, num sentido civil e religioso e com os devidos respeito e consideração ao sagrado estado do matrimônio, os dois amigos (o Sr. e a Sra. Browdie contando apenas como um) — assustaram-se com o barulho e as violentas ameaças no andar de baixo, que naquele momento atingiram tamanha exaltação e eram feitas em linguagem tão ameaçadora, raivosa e feroz que não seriam superadas nem se de fato estivesse presente no recinto a cabeça, apoiada nos ombros e elevando-se acima do tronco, de um implacável, furioso, vivo e verdadeiro sarraceno.

Esse tumulto, após a primeira explosão, em vez de se reduzir (como não raramente acontece com os tumultos, quer em tabernas, quer em assembleias legislativas, quer em qualquer outro lugar) a meros resmungos e reclamações, aumentava a todo momento; embora todo o barulho parecesse ter sido causado por um único par de pulmões, ainda assim, esses pulmões eram tão poderosos e repetiam palavras como "canalha", "patife", "cão insolente" e uma variedade de imprecações não menos lisonjeiras às pessoas a quem se dirigiam, com tamanha satisfação e tal vigor no tom, que uma dúzia de vozes elevadas em uníssono, em circunstâncias comuns, teria causado muito menos tumulto e criado bem menor exasperação.

— Ora, o que está acontecendo? — perguntou Nicholas, apressando-se em direção à porta.

John Browdie seguia na mesma direção, quando a Sra. Browdie empalideceu, e, recostando-se na cadeira, disse-lhe, com voz fraca, para ter cuidado porque, se ele corresse qualquer risco, era sua intenção ter um ataque histérico imediatamente, e as consequências poderiam ser mais sérias do que ele poderia imaginar. John pareceu um tanto preocupado com essa informação, embora, ao mesmo tempo, houvesse um leve sorriso em seu rosto; mas, incapaz de ficar fora do tumulto, resolveu a questão enfiando o braço de sua mulher embaixo do seu e, assim acompanhado, seguiu Nicholas escada abaixo em toda a velocidade.

O vestíbulo do lado de fora do salão de café era a cena do tumulto, e lá estavam reunidos os fregueses do salão e os garçons, junto a alguns cocheiros e empregados do pátio. Esses haviam se reunido em torno de um rapaz que parecia poucos anos mais velho do que Nicholas e que, além de ter emitido as imprecações antes descritas, parecia ter ido além em sua indignação, pois seus pés estavam cobertos apenas por meias, enquanto um par de chinelos se encontrava perto da cabeça de uma figura prostrada no canto oposto, que parecia ter sido atirada ali naquele canto por um pontapé, complementado, então, por chinelos lançados em suas orelhas.

Os clientes do salão, os garçons, os cocheiros e os criados (sem falar numa atendente do bar que espiava por trás da janela aberta do balcão) pareciam, naquele momento — caso um espectador os julgasse pelas piscadelas, pelos acenos de cabeça e pelas exclamações —, fortemente inclinados a tomar parte contra o jovem cavalheiro de meias. Observando isso e que o rapaz era quase da sua idade e não tinha, em nada, a aparência de brigão, Nicholas, impelido por sentimentos que às vezes influenciam os rapazes, sentiu uma fortíssima disposição de tomar parte a favor do mais fraco e saltou de imediato para o centro do grupo; e, talvez num tom mais enfático do que as circunstâncias pareciam justificar, perguntou qual era o motivo de todo aquele barulho.

— Eia! — disse um dos homens do pátio. — É alguém com disfarce, é isso.

— Um quarto para o filho mais velho do Imperador da Rússia, cavalheiros! — gritou outro homem.

Ignorando esses comentários, que foram incomumente bem recebidos, como em geral são os comentários às custas das pessoas mais bem vestidas num grupo, Nicholas olhou negligentemente ao redor e, dirigindo-se ao rapaz, que àquela altura já havia pegado seus chinelos e enfiava neles os pés, repetiu a pergunta com um ar cortês.

— Nada de mais! — ele respondeu.

Com isso, um burburinho foi surgindo entre os espectadores, e alguns dos mais corajosos gritaram: "Ah, sim!" — "Foi isso, então?" — "Nada de mais, hein?" — "Ele chamou isso de nada, não foi?" — "Sorte dele, se achou isso um nada". Depois que essas e muitas outras expressões de reprovação irônica foram exauridas, uns sujeitos do pátio começaram a empurrar Nicholas e o rapaz que causara aquele barulho, esbarrando neles por acidente, pisando nos seus pés, e assim por diante. Mas, sendo aquele um jogo em etapas e não necessariamente limitado a três ou quatro jogadores, estava também aberto para John Browdie, que, irrompendo em meio ao grupo — para horror da Sra. Browdie — e caindo em todas as direções, ora para a direita, ora para a esquerda, ora para a frente, ora para trás, e acidentalmente metendo o cotovelo no chapéu do criado mais alto, que estivera particularmente ativo, logo mudou o rumo dos acontecimentos, pois vários homens vigorosos afastaram-se trôpegos e ficaram a uma distância respeitável, maldizendo com lágrimas nos olhos as pisadelas fortes e os pés pesados do corpulento homem de Yorkshire.

— Quero ver se faz isso de novo — disse o homem que recebera o pontapé, levantando-se enquanto falava, aparentemente mais pelo receio de ser pisoteado por John Browdie do que pela vontade de ir à forra com o rapaz que o atacara. — Quero ver se faz isso de novo. É só isso.

— Quero ver você fazer esses comentários de novo — disse o rapaz. — Eu lhe dou um soco que a sua cabeça vai cair no meio desses copos de vinho aí atrás de você.

Nesse ponto, o garçom, que estava esfregando as mãos em excessiva satisfação com a cena desde que somente as cabeças quebradas estivessem em questão, pediu aos espectadores insistentemente que chamassem a polícia, declarando que, do contrário, ocorreria sem dúvida um assassinato e que ele era o responsável por todos os copos e louças do recinto.

— Ninguém precisa se preocupar em fazer nada — disse o rapaz —, vou passar a noite hospedado aqui, estarei presente amanhã de manhã se for necessário responder por qualquer ataque.

— Por que bateu nele? — perguntou um dos presentes.

— Hein? Por que bateu nele? — perguntaram os outros.

O impopular cavalheiro olhou friamente à sua volta e, dirigindo-se a Nicholas, disse:

— Você perguntou qual era o problema aqui. O problema aqui é simplesmente este. Aquela pessoa ali, que estava bebendo com um amigo no salão de café quando cheguei para descansar por meia hora, antes de ir dormir (pois acabei de voltar de uma viagem e preferi passar a noite aqui a ir para casa a esta hora, onde sou esperado somente amanhã), passou a se referir em termos desrespeitosos e insolentemente familiares a uma moça, a quem identifiquei, pela descrição e por outras circunstâncias, e a quem tenho a honra de conhecer. Como ele estava falando muito alto e sendo ouvido por outros hóspedes ali presentes, eu disse de maneira bem civilizada que ele estava errado naquelas opiniões, que elas eram de natureza ofensiva, e pedi que se controlasse. Ele fez isso por algum tempo, mas, como retomou a conversa enquanto deixava o salão num tom ainda mais ofensivo, não consegui me conter e fui atrás, facilitando a saída dele com um chute que o reduziu àquela postura em que o encontrou. Sou o melhor juiz de meus próprios atos, eu acho — disse o rapaz, que não havia se recuperado de sua recente raiva. — Se alguém aqui estiver disposto a se meter nesta briga, não faço a mínima objeção, eu garanto.

De todos os cursos de ação diante das circunstâncias apresentadas, não havia, com toda a certeza, nenhum que, no estado de espírito de Nicholas, pudesse lhe ter parecido mais louvável do que esse. Não havia muitos temas de discussão que naquele momento pudessem lhe tocar mais forte o peito, pois, com a moça desconhecida a dominar-lhe os pensamentos, naturalmente lhe ocorreu que teria feito a mesma coisa se qualquer maledicente audacioso se atrevesse, ao alcance de seus ouvidos, a caluniá-la. Influenciado por essas considerações, defendeu a briga do rapaz com grande simpatia, afirmando que ele havia feito a coisa certa e que o respeitava por isso — o que John Browdie (embora não muito claro quanto aos méritos) de imediato asseverou também, e não com menos veemência.

— É bom que ele tome cuidado, é só — disse o derrotado, que estava sendo limpo por um garçom, depois da queda recente nas tábuas empoeiradas do assoalho. — Ele não me derruba por um nada, é bom que saiba. Bela situação esta, de um homem não poder admirar uma moça bonita sem ser espancado por isso!

Essa reflexão pareceu ter grande efeito sobre a moça do bar, que (olhando-se no espelho e ajeitando a touca enquanto falava) declarou que seria uma bela situação, sim; e que, se as pessoas fossem punidas por atos tão inocentes e naturais como esse, haveria mais pessoas derrubadas do que pessoas para derrubá-las, e que ela gostaria de saber o que o cavalheiro queria dizer com aquilo, gostaria, sim.

— Minha cara jovem — disse o rapaz em voz baixa, aproximando-se do balcão.

— Tolice, senhor! — replicou a moça asperamente, porém, sorrindo ao se virar de lado e mordendo o lábio (diante do que, a Sra. Browdie, que ainda se encontrava parada na escada, olhou para ela com desdém e chamou o marido para irem embora dali).

— Não, mas escute — disse o rapaz. — Se admirar um rosto bonito fosse um crime, eu seria a pessoa mais incurável do mundo, pois não consigo resistir a um. Eles têm um efeito extraordinário sobre mim, me atraem e me dominam de maneira intensa e obstinada. Você pode ver o efeito que o seu tem sobre mim.

— Ah, isso é muito bonito — disse a moça, jogando a cabeça para o lado —, mas...

— Sim, eu sei que é muito bonito — disse o rapaz, olhando com um ar de admiração para o rosto da moça do bar. — Eu disse isso, sabe, nesse exato momento. Mas se deve falar da beleza com respeito... com respeito, e nos termos corretos, e com o senso de dignidade e excelência que tem, mas este sujeito não tem a menor noção...

A moça interrompeu a conversa nesse ponto, pondo a cabeça para fora da janela do balcão e perguntando ao garçom numa voz aguda se aquele rapaz que havia sido derrubado ficaria ali no meio da passagem a noite inteira, ou se a entrada seria deixada livre para as outras pessoas. Os garçons, entendendo a sugestão e comunicando-a ao pessoal do pátio, não demoraram a mudar de tom, e o resultado foi que a infeliz vítima foi despachada num piscar de olhos.

— Eu tenho certeza de que já vi esse sujeito antes — disse Nicholas.

— É verdade? — perguntou seu novo conhecido.

— Tenho quase certeza disso — disse Nicholas, pausando para refletir. — Onde será que eu... espere!... Sim, claro... ele trabalha numa agência de empregos na parte oeste da cidade. Eu sabia que conhecia aquele rosto.

Era, na verdade, Tom, o funcionário feioso.

— Isso é muito estranho! — exclamou Nicholas, pensando na maneira curiosa com que algumas vezes aquela agência de empregos aparecia em momentos importantes e quando ele menos esperava.

— Agradeço muito a sua bondosa defesa da minha causa, quando ela mais precisava de um advogado — disse o rapaz, rindo e tirando do bolso um cartão. — Gostaria que fizesse o favor de me dizer como posso lhe agradecer.

Nicholas pegou o cartão e, dando uma olhada rápida e involuntária ao retribuir o cumprimento, revelou enorme surpresa.

— Sr. Frank Cheeryble! — disse Nicholas. — Não me diga que é o sobrinho dos irmãos Cheeryble, esperado amanhã!

— Eu não me refiro a mim mesmo como sobrinho da firma — disse Frank, de bom humor —, mas dos dois excelentes indivíduos que a compõem, tenho orgulho de dizer que *sou* o sobrinho deles. E você, estou vendo, é o Sr. Nickleby, de quem tanto tenho ouvido falar! Este é um encontro inesperado, mas não menos bem-vindo, eu lhe garanto.

Nicholas respondeu a esses cumprimentos com outros do mesmo tipo, e eles deram-se as mãos calorosamente. Em seguida, apresentou John Browdie, que permanecera num estado de grande admiração desde que a moça do bar fora tão habilmente conquistada para o lado do rapaz. Então, a Sra. John Browdie foi apresentada e, por fim, todos subiram juntos e passaram a meia hora seguinte divertindo-se com grande satisfação; a Sra. John Browdie começou a conversa declarando que, de todas as coisas maquiadas que ela já vira, aquela moça do andar de baixo era a mais vaidosa e vulgar de todas.

Esse Sr. Frank Cheeryble, embora, a julgar pelos recentes acontecimentos, um jovem de cabeça quente (o que não é um milagre absoluto nem um fenômeno da natureza), era um camarada agradável, alegre e bem-humorado, com semblante e disposição que muito lembravam a Nicholas os bondosos irmãos Cheeryble. Seus modos eram tão simples quanto os deles e seu comportamento era cheio daquela amabilidade que cativa, em particular, a maioria das pessoas que têm um pouco de generosidade em sua índole. Acrescente-se a isso que ele era bonito e inteligente, tinha uma boa cota de vivacidade, era extremamente jovial e se adaptara em cinco minutos a todas as esquisitices de John Browdie, com tanta facilidade quanto se o conhecesse desde menino; e, portanto, não é de admirar que, quando eles se separaram à noite, o rapaz havia causado a mais favorável impressão, não somente no digno homem de Yorkshire e sua mulher, mas em Nicholas também, que, revolvendo todas essas coisas na mente enquanto aproveitava sua volta à casa, chegou à conclusão de que havia instalado a fundação de uma amizade das mais agradáveis e desejáveis.

"Mas isso sobre o sujeito da agência de empregos é algo extraordinário", pensou ainda Nicholas. "Será possível que esse sobrinho saiba alguma coisa sobre aquela moça bonita? Quando Tim Linkinwater deu a entender, naquele dia, que o rapaz estava vindo para participar do negócio aqui, ele disse que o sobrinho vinha exercendo a função de supervisor na Alemanha fazia quatro anos e que, durante os últimos seis meses, havia estado ocupado em estabelecer uma filial no norte da Inglaterra. São quatro anos e meio... quatro anos e meio. Ela não deve ter mais que dezessete, vamos dizer dezoito, no máximo. Era muito criança quando ele viajou, então. Eu diria que ele não sabe nada sobre ela e nunca a viu, então *ele* não pode me dar nenhuma informação. De toda forma", continuou Nicholas, chegando ao verdadeiro ponto em sua mente, "não pode haver perigo de nenhum compromisso afetivo prévio nesse sentido; isso é bem claro".

É o egoísmo um ingrediente necessário na composição dessa paixão chamada amor ou merece todas as finas coisas que os poetas, no exercício de sua indubitável vocação, afirmam sobre ele? Há, sem dúvida, exemplos autênticos de cavalheiros que renunciaram a damas, e damas que renunciaram a cavalheiros por honrados rivais, sob circunstâncias de grande magnanimidade; mas será que é suficientemente demonstrado que a maioria desses cavalheiros e damas aceita isso de bom grado e nobremente renuncia ao que está além de seu alcance, assim como um soldado raso precisa fazer um voto de nunca aceitar a ordem da liga, ou como um pobre pároco de grande piedade e conhecimento, mas sem família — a não ser uma família grande de filhos —, deve renunciar a um bispado?

Ali estava Nicholas Nickleby, que teria desdenhado a ideia de calcular as chances de subir em prestígio ou fortuna junto aos irmãos Cheeryble, agora que o sobrinho deles havia regressado, já mergulhado em cálculos da probabilidade de esse mesmo sobrinho tornar-se seu rival no afeto da bela desconhecida — discutindo a questão consigo mesmo tão seriamente como se, com essa única exceção, estivesse tudo resolvido; e voltando ao assunto diversas vezes, sentindo-se indignado e injustiçado diante da ideia de outra pessoa se apaixonar por aquela com quem ele nunca trocara uma palavra em toda a sua vida. Certamente, ele exagerava mais do que depreciava os méritos de seu novo conhecido; mesmo assim, tomou aquilo como uma espécie de ofensa pessoal, como se não tivesse mérito algum — quer dizer, aos olhos dessa moça em particular; pois, em outra situação, ele era bem aceito e tinha tantos quantos quisesse. Havia sem dúvida egoísmo em tudo isso e, no entanto, Nicholas era uma pessoa de natureza independente e generosa, com tão poucos pensamentos mesquinhos ou sórdidos, talvez, como jamais ocorre com a maioria dos homens; mas não havia razão para supor que, estando apaixonado, ele sentisse e pensasse de maneira diferente de outras pessoas na mesma sublime condição.

Ele, no entanto, não parou para investigar esses seus pensamentos, nem o estado de seus sentimentos; seguiu pensando durante todo o caminho de casa e continuou no mesmo fluxo em seus sonhos à noite. Pois, considerando que Frank Cheeryble não podia ter conhecimento da misteriosa moça, nem familiaridade, ocorreu-lhe que ele mesmo talvez não voltasse a vê-la; diante dessa hipótese, construiu uma sucessão engenhosa de ideias aflitivas que respondiam a seu propósito ainda melhor do que a visão do Sr. Frank Cheeryble, e o atormentavam e preocupavam acordado e dormindo.

Apesar de tudo já dito e descrito em contrário, não existe caso provado de um amanhecer ter sido adiado ou apressado por uma hora ou mais, para o desfrute de um sentimento de raiva contra um inofensivo amante, e o sol, no cumprimento de seu dever público, como os livros de registro, nasce invariavelmente de acordo com os almanaques e não se permite mudanças por consideração particular alguma. Assim, a manhã chegou como sempre, e com ela as horas de trabalho, e com elas o Sr. Frank Cheeryble, e com ele uma sucessão de sorrisos e boas-vindas dos distintos irmãos, e uma recepção mais séria e mais formal, porém não menos calorosa, do Sr. Timothy Linkinwater.

— O fato de o Sr. Frank e o Sr. Nickleby terem se encontrado ontem à noite — disse Tim Linkinwater, levantando-se devagar de seu banco e olhando ao redor do escritório com as costas plantadas contra a escrivaninha, como era de costume quando tinha alguma coisa interessante a dizer —, o fato de esses dois rapazes terem se encontrado ontem à noite dessa maneira é, eu diria, uma coincidência, uma extraordinária coincidência. Ora, mas não creio — acrescentou Tim, tirando os óculos e sorrindo com um orgulho gentil — que haja algum lugar no mundo para coincidências como Londres.

— Não estou certo disso — disse Frank —, mas...

— Não está certo disso, Sr. Francis! — interrompeu Tim, com um ar obstinado. — Bom, vejamos. Se existe algum lugar melhor para essas coisas, onde é? É na Europa? Não, não é. É na Ásia? Ora, claro que não. É na África? De jeito nenhum. É na América? O *senhor* sabe muito bem disso, de qualquer forma. Bem, então — disse Tim cruzando os braços resolutamente —, onde é?

— Não era minha intenção discutir essa questão, Tim — disse o jovem Cheeryble, rindo. — Não sou tão herege assim. O que eu ia dizer era que me sinto obrigado diante da coincidência, é só.

— Ah! Se não quer discutir isso — disse Tim, bastante satisfeito —, é outra coisa. Mas vou lhe dizer, eu gostaria que quisesse. O senhor ou qualquer outra pessoa. Eu derrubaria esse homem — disse Tim, tocando enfaticamente no indicador da mão esquerda com seus óculos —, derrubaria esse homem com argumentos...

Era quase impossível encontrar palavras para descrever o grau de prostração mental ao qual esse indivíduo aventureiro seria reduzido no mordaz confronto com Tim Linkinwater, então Tim desistiu do resto de sua declaração por pura falta de palavras e sentou-se em seu banco de novo.

— Podemos nos considerar, irmão Ned — disse Charles, depois de dar uns tapinhas de aprovação nas costas de Tim Linkinwater —, muito felizardos por termos à nossa volta dois rapazes como nosso sobrinho Frank e o Sr. Nickleby. É uma fonte de grande satisfação e prazer para nós.

— Certamente, Charles, certamente — respondeu o outro.

— De Tim — acrescentou o irmão Ned —, não digo nada, porque Tim é uma mera criança... um bebê... alguém a quem nunca damos atenção, nem levamos em consideração. Tim, seu maroto, o que diz disso?

— Tenho ciúme dos dois — disse Tim — e pretendo procurar uma nova colocação; então, senhores, prepararem-se, façam o favor.

Tim achou isso uma piada tão fina, incomparável e extraordinária que pôs a pena no tinteiro e, despencando do banco, melhor dizendo, do que descendo com sua habitual deliberação, riu até quase desmaiar, balançando a cabeça todo o tempo, de modo que pequenas partículas de pó se espalharam pelo escritório. Os irmãos também não ficaram atrás, pois explodiram numa gargalhada com a ideia cômica de qualquer separação voluntária entre eles e o velho Tim. Nicholas e o Sr. Frank riram estrondosamente, talvez para ocultar alguma outra emoção despertada por esse pequeno incidente (como também, na verdade, os três senhores idosos depois da primeira explosão), de modo que talvez houvesse tanta satisfação e prazer naquela risada em conjunto quanto haveria no mais educado dos grupos, derivada de um comentário espirituoso às custas de qualquer pessoa.

— Sr. Nickleby — disse o irmão Charles, chamando-o de lado e conduzindo-o bondosamente pela mão —, eu... eu... estou ansioso, meu caro jovem, para ver que está bem instalado e com conforto na nova casa. Não podemos permitir que aqueles que nos prestam um bom serviço passem privação e desconforto que estejam ao nosso alcance evitar. Quero, também, visitar a sua mãe e a sua irmã, para ser apresentado a elas, Sr. Nickleby, e ter a oportunidade de tranquilizá-las e garantir que o pequeno serviço que prestamos é mais do que bem recompensado pelo zelo e entusiasmo que demonstra. Nenhuma palavra, meu caro jovem, eu lhe peço. Amanhã é domingo. Vou tomar a liberdade de aparecer por lá na hora do chá e espero encontrá-los em casa; se não estiverem, sabe, ou se as senhoras se sentirem incomodadas com a visita e preferirem não ser apresentadas agora, não tem importância, posso voltar num outro dia, qualquer outro dia é bom para mim. Vamos ficar assim entendidos. Irmão Ned, meu querido companheiro, vamos conversar sobre isso.

Os irmãos gêmeos saíram do escritório de braços dados, e Nicholas, que viu nesse ato de bondade, e em muitos outros de que fora objeto naquela manhã, apenas delicadas renovações, na chegada do sobrinho, do benevolente apoio que os irmãos lhe deram na ausência dele, se encheu de reverência e gratidão por essa extraordinária consideração.

A notícia de que teriam um visitante — e um visitante daqueles — no dia seguinte despertou no peito da Sra. Nickleby sentimentos mistos de júbilo e desagrado; pois, se, por um lado, ela se alegrava por aquilo ser um presságio de sua rápida reinserção nas boas rodas sociais e nos quase esquecidos prazeres das visitas matinais e dos encontros para o chá da tarde, por outro, ela não podia deixar de pensar com amargura na falta de um bule de chá de prata com uma alça de marfim na tampa e uma jarra de leite combinando, que haviam sido o orgulho de seu coração em épocas passadas, quando, ano após ano, eram envolvidos em camurça e mantidos numa certa prateleira superior, e que agora surgiam em cores vívidas em sua entristecida imaginação.

— Eu gostaria de saber quem ficou com aquela caixa de temperos — disse a Sra. Nickleby, balançando a cabeça. — Costumava ser guardada no canto esquerdo, perto das cebolas em conserva. Você se lembra daquela caixa de temperos, Kate?

— Perfeitamente bem, mamãe.

— Eu diria que você não se lembra, Kate — disse a Sra. Nickleby, com ar severo —, falando assim sem sentimento e com frieza! Se existe alguma coisa que me irrita nessas perdas mais do que as perdas em si, eu afirmo e declaro — disse a Sra. Nickleby, esfregando o nariz com um ar raivoso —, é ter pessoas à minha volta que aceitam as coisas com essa calma irritante.

— Minha querida mãe — disse Kate passando o braço em torno do pescoço da mãe —, por que a senhora diz coisas que eu sei que a senhora nem acredita nem considera seriamente, ou por que ficar com raiva de mim por estar feliz e contente? A senhora e Nicholas agora estão comigo, estamos juntos outra vez, e que importância podem ter umas poucas coisas insignificantes de que nem sentimos falta? Depois que vimos toda a miséria e desolação que a morte pode trazer e descobrimos o sentimento de solidão, de estar sozinho em meio à multidão, e toda a agonia da separação na tristeza e na penúria, quando mais precisávamos do consolo e apoio um do outro, a senhora pode entender que eu olhe para isto aqui como um lugar de paz e descanso maravilhosos, que com a senhora ao meu lado eu não tenho mais o que desejar nem do que lamentar? Houve uma época, não faz muito tempo, em que todos os confortos de nossa velha casa me vinham à mente, eu admito, com muita frequência... talvez mais do que a senhora possa imaginar... mas eu fingia não me importar com eles, na esperança de que a senhora fosse levada a sentir menos falta deles. Na verdade, eu não era insensível. Eu teria sido mais feliz se fosse. Minha querida mãe — disse Kate, em grande agitação —, eu não vejo diferença entre esta casa e aquela em que fomos todos tão felizes por tantos anos, exceto que o mais bondoso e mais meigo coração que já sofreu na terra tenha partido em paz para o céu.

— Kate, minha querida Kate — disse a Sra. Nickleby, tomando-a nos braços.

— Eu penso tantas vezes — soluçou Kate — em todas as palavras bondosas dele... na última vez em que ele foi ao meu quartinho, ao subir para ir dormir e disse: "Deus te abençoe, minha querida". Ele estava pálido, mamãe... e tinha o coração despedaçado... eu sei que tinha... eu não pensava nisso naquela época...

Uma chuva de lágrimas veio para seu alívio, e Kate deitou a cabeça no peito da mãe, chorando como uma criancinha.

É uma coisa bela e maravilhosa da nossa natureza que, quando o coração é tocado e suavizado por uma tranquila felicidade ou um sentimento de afeição, a lembrança dos mortos surge de forma poderosa e irresistível. Seria quase como se nossos melhores pensamentos e afinidades fossem feitiços, em virtude dos quais a alma é capaz de manter uma vaga e misteriosa comunicação com os espíritos daqueles a quem amamos muito na vida. Ai! Com que frequência e por quanto tempo poderão esses anjos pacientes pairar sobre nós, aguardando a palavra mágica que é tão raramente pronunciada e tão rapidamente esquecida!

Pobre senhora Nickleby, acostumada a dar pronta expressão ao que quer que lhe surgisse à mente, jamais concebera a possibilidade de sua filha alimentar esses pensamentos em segredo, ainda mais que nenhum interrogatório difícil nem repreensão queixosa os haviam extraído dela. Mas agora, quando a felicidade de tudo que Nicholas lhes falara e de sua nova vida pacífica trouxe essas lembranças tão fortemente a Kate que ela não conseguiu suprimi-las, a Sra. Nickleby começou a ter um vislumbre de que fora displicente de vez em quando e tomou consciência de algo como uma autocensura, enquanto abraçava a filha, cedendo, então, às emoções que uma conversa assim naturalmente desperta.

Houve grande agitação nessa noite e uma vasta quantidade de preparativos para o esperado visitante; um enorme ramalhete foi trazido de um jardim da vizinhança e separado em inúmeros pequenos, com os quais a Sra. Nickleby teria ornamentado a pequena sala de visitas, num estilo que certamente não deixaria de atrair a atenção de ninguém, se Kate não tivesse se oferecido para lhe poupar o trabalho e os disposto da maneira mais linda e bem arranjada possível. Se a casa alguma vez ficou bonita, deve ter sido naquele dia brilhante de sol como foi o dia seguinte. Mas o orgulho de Smike no jardim, ou o da Sra. Nickleby no aspecto da mobília, ou o de Kate em tudo o mais não era nada diante do orgulho com que Nicholas olhava para Kate; e certamente a mansão mais cara da Inglaterra teria descoberto no belo rosto e nas formas graciosas da irmã seu ornamento mais maravilhoso e singular.

Próximo das seis horas da tarde, a Sra. Nickleby ficou num estado de grande agitação com a tão esperada batida na porta, e essa agitação foi aumentada pelas audíveis passadas de dois pares de botas no vestíbulo, que ela prenunciou, quase sem fôlego, que deveriam ser os dois senhores Cheeryble, como certamente o eram; embora não os dois que a Sra. Nickleby esperava, porque era o Sr. Charles Cheeryble e seu sobrinho, o Sr. Frank, que pediu mil desculpas por sua intrusão, e que a Sra. Nickleby (tendo colheres de chá suficientes para oferecer a todos) recebeu com a maior amabilidade. E a chegada desse visitante inesperado também não causou o menor constrangimento (exceto em Kate, e nesse caso somente ao ponto de alguns rubores e apenas de início), pois o cavalheiro idoso era muito bondoso e cordial, e o mais jovem o imitava tão bem nesse aspecto que a habitual rigidez e formalidade de um primeiro encontro não deram sinal algum de manifestação, e Kate, de fato, pegou-se mais de uma vez no ato de se perguntar quando se manifestaria.

Na mesa do chá, houve muita conversa sobre uma grande variedade de assuntos, e não faltaram temas de discussão divertidos, assim como eram eles; tendo a estada recente do jovem Sr. Cheeryble sido mencionada, o idoso Sr. Cheeryble contou ao grupo que se suspeitava que o mencionado jovem Sr. Cheeryble estaria perdidamente apaixonado pela filha de certo burgomestre alemão. Acusação que o jovem Sr. Cheeryble rejeitou indignado, diante do que a Sra. Nickleby observou maliciosamente que ela suspeitava, pelo calor da negativa, que devia haver alguma coisa ali. O jovem Sr. Cheeryble então, com um ar sério, pediu ao idoso Sr. Cheeryble para confessar que tudo não passava de uma brincadeira, o que, por fim, o idoso Sr. Cheeryble o fez, pois o jovem falou tão sério sobre o assunto que — como a Sra. Nickleby repetiu milhares de vezes depois, lembrando-se da cena — ele "ficou bem vermelho", o que ela considerou uma circunstância memorável e digna de ser mencionada, pois os rapazes não costumam ser uma classe notável pela modéstia ou pelo desprendimento, principalmente quando há uma moça na história; e, se há alguma cor, é muito mais sua prática de colorir a história, e não a si mesmos.

Depois do chá, eles passearam pelo jardim e, por ser uma noite muito agradável, foram do jardim a algumas travessas e estradas ali por perto, e caminharam de um lado para o outro até o dia escurecer. O tempo pareceu passar muito rapidamente para todos. Kate ia à frente, apoiada no braço do irmão, conversando com ele e com o Sr. Frank Cheeryble; a Sra. Nickleby e o cavalheiro idoso seguiam a uma curta distância, e a delicadeza do bom comerciante, seu interesse pelo bem-estar de Nicholas e sua admiração por Kate atuaram de tal modo sobre os sentimentos da boa senhora que sua torrente habitual de discurso ficou reduzida a limites estreitos e circunscritos. Smike (que, se algum dia havia sido objeto de interesse de alguém na vida, fora nesse dia) os acompanhava, participando às vezes de um grupo, às vezes de outro, pois o irmão Charles, pondo a mão sobre seu ombro, o chamava para caminhar com ele, e Nicholas, olhando sorridente à sua volta, fazia-lhe sinal para se aproximar e falar com o velho amigo que o entendia melhor que ninguém e que podia arrancar um sorriso daquele rosto sofrido quando ninguém mais o conseguia.

O orgulho é um dos sete pecados capitais; mas assim não pode ser considerado o de uma mãe por seus filhos, pois este é um composto de duas virtudes teologais: fé e esperança. Esse foi o orgulho que inflou o coração da Sra. Nickleby naquela noite, e foi o que deixou em seu rosto, que brilhava sob a luz quando retornavam para casa, traços das mais gratas lágrimas que ela já derramou.

Houve uma tranquila alegria durante o jantar, que se harmonizava exatamente com esse tom de sentimento, e enfim os dois cavalheiros despediram-se. Houve uma circunstância na despedida que despertou muitos sorrisos e brincadeiras; foi que o Sr. Frank Cheeryble apertou a mão de Kate duas vezes, esquecendo-se de que já havia se despedido dela. Isso foi tomado pelo idoso Sr. Cheeryble como uma prova de que ele estava pensando em sua paixão alemã, e a piada provocou muitas risadas. Tão fácil que é tocar os corações leves.

Em suma, foi um dia de felicidade serena e tranquila; e, como todos nós temos dias brilhantes — muitos de nós, esperemos, entre muitos outros —, aos quais voltamos com particular satisfação, então esse dia foi muitas vezes recordado, ocupando um lugar proeminente no calendário daqueles que dele partilharam.

Houve uma exceção, e esta daquele que precisava ter ficado mais feliz!

Quem foi esse que, no silêncio de seu quarto, caiu de joelhos para rezar como lhe ensinara seu primeiro amigo e, juntando as mãos e levando-as agitadamente ao alto, prostrou-se de rosto no chão, na paixão de um amargo sofrimento?

CAPÍTULO XLIV

O Sr. Ralph Nickleby evita um antigo conhecido. Parece também, do conteúdo que aqui se segue, que um gracejo, mesmo entre marido e mulher, pode ser levado longe demais

Há alguns homens que, vivendo com o objetivo de enriquecer, não importa por quais meios, e que, estando perfeitamente cônscios da mesquinhez e pilantragem com que agem diariamente em direção a esse fim, todavia, simulam — até para si mesmos — um elevado tom de retidão moral e recriminam a perversidade do mundo com um aceno negativo de cabeça e um suspiro. Alguns dos canalhas mais astutos que já andaram neste mundo, ou melhor — pois andar implica a postura ereta e o porte de um homem —, que já se arrastaram ou rastejaram pela vida seguindo os caminhos mais sórdidos e mais estreitos, anotam solenemente em seus livros-diário as transações de cada dia e mantêm uma conta regular de devedores e credores com os céus, que sempre mostra um balanço flutuante a seu favor. Quer isso seja uma parte gratuita (a única gratuita) da falsidade e esperteza da vida desses homens, quer eles realmente esperem enganar os céus e acumular fortuna no outro mundo pelo mesmo processo que lhes permitiu acumular neste — não importa como seja, assim o é. E, sem dúvida, essa contabilidade (como certas autobiografias que iluminaram o mundo) não pode deixar de ser útil no aspecto de poupar tempo e trabalho ao anjo dos registros.

Ralph Nickleby não era um homem dessa espécie. Severo, inflexível, obstinado e insondável, Ralph não se importava com nada na vida, ou além dela, salvo a satisfação de duas paixões: a avareza, o primeiro e predominante apetite de sua natureza, e o ódio, o segundo. Fingindo considerar-se apenas um tipo de toda a humanidade, ele pouco se preocupava em esconder seu verdadeiro caráter do mundo em geral, e em seu próprio íntimo exultava e acariciava cada esquema perverso assim que ele nascia. A única admoestação das escrituras a que Ralph Nickleby observava com atenção era "conhece-te a ti mesmo". Ele se conhecia bem e, preferindo imaginar que todos os seres humanos eram forjados no mesmo molde, odiava-os; pois, embora nenhum homem odeie a si mesmo, o mais frio entre nós amando-se em excesso, ainda assim, a maioria deles inconscientemente julga o mundo a partir de si mesmo, e em geral se descobre que aqueles que sempre desdenham da natureza humana e fingem desprezá-la estão entre seus piores e menos agradáveis espécimes.

Mas o presente tema destas aventuras é o próprio Ralph Nickleby, que olhava para Newman Noggs com o cenho fechado, enquanto esse digno senhor retirava as luvas sem dedos e, colocando-as com cuidado na palma da mão esquerda e achatando-as com a direita para eliminar as dobras, prosseguia enrolando-as com um ar distante, como se totalmente alheio a todas as outras coisas, no profundo interesse daquele ritual.

— Deixou a cidade? — disse Ralph, devagar. — É engano. Volte lá.

— Não é engano — disse Newman. — Não está nem indo; já se foi.

— Ele virou moça ou bebê, por acaso? — resmungou Ralph, com um gesto impaciente.

— Não sei — respondeu Newman —, mas se foi.

A repetição de "se foi" parecia dar a Newman um prazer indizível, na proporção em que irritava Ralph Nickleby. Ele pronunciou a expressão com ênfase redobrada, prolongando-a o mais decentemente que pôde; e, quando não o pôde mais sem atrair uma observação, ficou repetindo-a com seus botões, como se mesmo isso fosse um prazer.

— E para *onde* ele foi? — perguntou Ralph.

— França — respondeu Newman. — Risco de um novo ataque de erisipela... um pior ainda... na cabeça. Então, os médicos o mandaram ir. E ele se foi.

— E lorde Frederick...? — começou Ralph.

— Foi também — respondeu Newman.

— E leva com ele a derrota, é isso? — observou Ralph, dando-lhe as costas. — Põe nos bolsos os ferimentos e foge sem uma palavra de retaliação e sem procurar a menor reparação?

— Ele está muito doente — disse Newman.

— Muito doente! — repetiu Ralph. — *Eu* teria procurado, nem que estivesse morrendo; nesse caso, eu ainda estaria mais determinado a fazer isso, e sem demora... quer dizer, se eu fosse ele. Mas ele está muito doente! Pobre *Sir* Mulberry. Muito doente!

Pronunciando essas palavras com supremo desdém e grande irritação, Ralph mandou Newman deixar a sala com um gesto; e, sentando em sua cadeira, bateu o pé no chão com impaciência.

— Existe algum feitiço em torno desse rapaz — disse Ralph, trincando os dentes. — As circunstâncias conspiram a favor dele. Sem falar nos favores da fortuna! O que significa o dinheiro diante de uma sorte dos diabos como essa?

Ele enfiou as mãos nos bolsos impacientemente, porém, a despeito de sua prévia reflexão, havia algum consolo ali, pois seu rosto relaxou um pouco; e, apesar de ainda apresentar o cenho franzido, era de cálculo, e não de decepção.

— Esse Hawk vai voltar, com certeza — resmungou Ralph. — E, se conheço o homem (e a esta altura já deveria), sua raiva não terá perdido nada de sua violência nesse ínterim. Forçado a viver em reclusão... a monotonia de um quarto de doente para um homem de seus hábitos... sem vida... sem bebida... sem diversão... sem nada do que ele gosta e pelo que vive. Não vai esquecer sua obrigação para com a causa de tudo isso. Poucos homens esqueceriam; mas ele entre todos os outros? Não, não!

Ele sorriu, balançou a cabeça e, apoiando o queixo na mão, ficou imaginando e sorriu de novo. Após certo tempo, levantou-se e tocou a sineta.

— Aquele Sr. Squeers, ele esteve aqui? — Ralph perguntou.

— Esteve aqui ontem à noite. E ficou aqui quando fui para casa — respondeu Newman.

— Eu sei disso, seu idiota — retrucou Ralph, irascível. — Esteve aqui depois disso? Esteve aqui hoje de manhã?

— Não — berrou Newman, em tom exageradamente alto.

— Se ele aparecer quando eu estiver fora... é muito provável que venha aqui hoje à noite, às nove... deixe que espere. E, se vier alguém mais com ele, como é possível que venha — disse Ralph, controlando-se —, deixe que espere também.

— Deixar os dois esperando? — perguntou Newman.

— Sim — respondeu Ralph, virando-se para ele com um olhar raivoso. — Ajude-me aqui com este casaco, e não repita o que digo, como um papagaio falador.

— Eu gostaria de ser um papagaio — disse Newman, de mau humor.

— Eu gostaria que você fosse um — retrucou Ralph, colocando o casaco. — Eu teria torcido seu pescoço há muito tempo.

Newman não respondeu a esse cumprimento, mas olhou por cima dos ombros de Ralph por um instante (ele estava ajustando a gola do casaco por trás naquele exato momento), como se estivesse fortemente inclinado a dar-lhe um aperto no nariz. Encontrando o olhar de Ralph, no entanto, ele de súbito lembrou-se de seus dedos distraídos e esfregou seu próprio nariz vermelho com veemência surpreendente.

Sem dar maior atenção a esse excêntrico seguidor e lançando apenas um olhar ameaçador e uma admoestação para ser mais cuidadoso e não cometer erro algum, Ralph pegou as luvas e o chapéu e saiu.

Ele parecia ter conexões extraordinárias e mistas e fazia visitas muito estranhas, algumas a mansões riquíssimas e outras a casas bem pequenas e pobres, mas todas sobre um único assunto: dinheiro. Seu rosto era um talismã para os porteiros e os criados de seus clientes mais elegantes, e ele conseguia pronta admissão, apesar de ir a pé, enquanto outros que eram recusados iam até a porta em carruagens. Ali ele era todo gentileza e civilidade bajuladora; seu passo era tão leve que quase não produzia som nos espessos tapetes; sua voz era tão suave que era ouvida apenas pela pessoa a quem ele se dirigia. Mas nas casas mais pobres Ralph era outro homem; suas botas ressoavam no piso da entrada quando ele chegava determinado; sua voz era ríspida e alta quando cobrava o dinheiro que lhe era devido; suas ameaças eram grosseiras e raivosas. Com uma outra classe de clientes, Ralph era, mais uma vez, um homem diferente. Estes últimos eram os advogados de reputação mais que duvidosa, que o ajudavam num novo negócio ou tiravam lucros novos de negócios antigos. Com eles, Ralph era familiar e brincalhão, tratava com humor os tópicos do dia e se divertia especialmente com as falências e dificuldades financeiras que eram boas para os seus negócios. Em suma, teria sido difícil reconhecer o mesmo homem nesses vários ambientes, a não ser pela volumosa bolsa de couro cheia de notas e anotações que ele tirava do bolso em todas as casas e a constante repetição da mesma reclamação (que variava somente em tom e estilo de expressão), de que o mundo o considerava rico e que talvez ele pudesse ser se tivesse o próprio dinheiro; mas não havia como entrar dinheiro, uma vez que ele saía, fosse o principal ou fossem os juros, e era difícil viver assim; até mesmo no dia a dia.

Era noite quando um longo circuito de visitas (interrompidas somente por um jantar simples numa pensão) terminou em Pimlico, e Ralph seguia pelo Parque St. James a caminho de casa.

Em sua mente, havia alguns esquemas profundos, como atestavam claramente o cenho franzido e a boca contraída, mesmo se não tivessem sido acompanhados de uma total indiferença ou um alheamento aos objetos à sua volta. Tão completa era sua abstração, porém, que Ralph, em geral com visão aguçada como qualquer homem, não notou que estava sendo seguido por uma figura trôpega, que num dado momento se aproximou dele por trás com passos silenciosos, noutro passou-lhe um pouco à frente e em outro ainda estava a seu lado; em todos esses momentos, fitando-o com um olho tão penetrante e um olhar tão ansioso e atento, que parecia mais a expressão de um intruso em algumas pinturas fortes ou em sonhos extremamente marcantes, do que mesmo a especulação do mais interessado e ansioso observador.

As nuvens abaixavam no céu, já escuro fazia algum tempo, e o início de uma tempestade violenta levou Ralph a procurar abrigo embaixo de uma árvore. Estava ali recostado, de braços cruzados, ainda imerso em pensamentos quando, ao erguer a vista, encontrou de repente o olhar de um homem que, surgindo devagar de trás do tronco, fitava-o no rosto com um olhar perscrutador. Havia algo no rosto do usurário naquele momento que o homem pareceu reconhecer, pois o fez tomar uma decisão; e, chegando perto de Ralph, pronunciou seu nome.

Atônito por um instante, Ralph recuou alguns passos e supervisionou-o da cabeça aos pés. Um homem muito magro, escuro, ressequido, de idade por volta da sua, de corpo encurvado e rosto sinistro, tornado mais assustador pelas faces cavadas de fome, muito queimadas do sol, e por sobrancelhas grossas e pretas, mais pretas ainda em contraste com a brancura total de seus cabelos; vestido grosseiramente em roupas surradas, de aspecto estranho e tosco; e que tinha um ar indefinido de depressão e degradação — isso, por um momento, foi tudo o que viu. Mas olhou de novo, e o rosto e a pessoa pareciam gradualmente se tornar menos estranhos, mudar enquanto ele olhava, abrandar e apresentar traços familiares, até que por fim se transformaram, como se por uma ilusão óptica, nos de alguém que ele conhecera durante muitos anos e perdera de vista por outros tantos.

O homem viu que o reconhecimento era mútuo e, fazendo um sinal para que Ralph retomasse seu lugar embaixo da árvore e não ficasse na chuva, à qual, para sua surpresa, parecera indiferente, dirigiu-se a ele com voz rouca e fraca.

— O senhor não teria me reconhecido pela voz, eu imagino, Sr. Nickleby — ele disse.

— Não — Ralph confirmou, lançando-lhe um olhar severo. — Mas há algo que me vem à memória agora.

— Existe muito pouco em mim que possa fazer o senhor se lembrar de como eu era oito anos atrás, eu acredito — observou o outro.

— O suficiente — disse Ralph, negligentemente e evitando o rosto do homem. — Mais do que o suficiente.

— Se eu tivesse ficado em dúvida quanto ao *senhor* — disse o outro —, essa maneira de me receber e *seus* modos logo teriam tirado as minhas dúvidas.

— Esperava alguma outra coisa? — perguntou Ralph, rispidamente.

— Não! — respondeu o homem.

— O senhor tem razão — replicou Ralph. — E, como não teve surpresa, não precisa expressar nenhuma.

— Sr. Nickleby — disse o homem bruscamente, depois de uma breve pausa, durante a qual parecia inclinado a responder com alguma censura —, quer fazer o favor de ouvir algumas coisas que tenho a dizer?

— Vou ser obrigado a esperar aqui até que a chuva diminua um pouco — disse Ralph, olhando ao longe. — Se o senhor falar, não vou pôr os dedos nos ouvidos, apesar de que sua fala provavelmente terá tanto efeito quanto se eu tivesse posto.

— Eu já fui pessoa de sua confiança... — começando assim o homem, Ralph olhou à sua volta e sorriu involuntariamente.

— Bom — disse o outro —, de tanta confiança quanta o senhor podia ter em alguém.

— Ah! — observou Ralph, cruzando os braços. — Isso é diferente, bem diferente.

— Não vamos jogar com as palavras, Sr. Nickleby, em nome da humanidade.

— De quê? — perguntou Ralph.

— Da humanidade — respondeu o outro severamente. — Eu estou passando fome e miséria. Se a mudança que deve ver em mim depois de uma ausência tão longa... deve ver, pois eu, que passei por ela em graus lentos e difíceis, vejo e conheço bem... não lhe causa piedade, deixe que o fato de o pão, não o pão de cada dia do Pai-Nosso, que, como é oferecido em cidades como esta, é entendido como incluindo metade dos luxos do mundo dos ricos e uma quantidade equivalente da péssima comida que sustenta a vida dos pobres... não esse, mas o pão, uma crosta de pão duro e seco, que está fora do meu alcance hoje em dia... deixe que isso tenha impacto sobre o senhor, se nada mais tem.

— Se essa é a maneira que sempre usa para mendigar, senhor — disse Ralph —, estudou seu papel muito bem; mas, se quer um conselho de alguém que conhece alguma coisa do mundo e seus caminhos, eu recomendaria um tom mais baixo; um tom um pouco mais abaixo, ou terá uma grande chance de morrer de fome de verdade.

Ao dizer isso, Ralph apertou com força o pulso esquerdo com a mão direita e, inclinando a cabeça um pouco para um lado e deixando cair o queixo sobre o peito, olhou para ele, a quem se dirigia com seu cenho franzido e uma cara zangada. O verdadeiro retrato de um homem a quem nada sensibiliza nem abranda.

— Ontem foi o meu primeiro dia em Londres — disse o velho, olhando para sua roupa manchada da viagem e seus sapatos gastos.

— Teria sido melhor para o senhor, eu acho, que fosse o último também — respondeu Ralph.

— Passei esses dois últimos dias procurando o senhor onde eu achava que seria mais provável que fosse encontrado — disse o outro com humildade — e achei o senhor aqui, finalmente, quando já tinha quase perdido a esperança de conseguir, Sr. Nickleby.

O homem parecia aguardar alguma resposta, mas Ralph não dando nenhuma, ele continuou:

— Eu sou um pária miserável e desgraçado, de quase sessenta anos, e tão necessitado e indefeso como uma criança de seis anos.

— Eu tenho sessenta anos, também — disse Ralph —, e não sou nem necessitado, nem indefeso. Trabalhe. Não faça discursos de artista sobre o pão, vá ganhá-lo.

— Como? — perguntou o outro. — Onde? Mostre-me os meios. O senhor vai me dar esses meios?

— Eu já dei uma vez — respondeu Ralph, tranquilamente —, não adianta me perguntar se darei de novo.

— Faz vinte anos, ou mais — disse o homem, com voz abafada —, desde que eu e o senhor brigamos. Está lembrado disso? Pedi a participação nos lucros de um negócio que consegui para o senhor e, como insisti, o senhor me denunciou por um antigo adiantamento de dez libras, alguns xelins, incluindo juros a cinquenta por cento, ou coisa parecida.

— Eu me lembro de algo assim — Ralph respondeu, indiferente. — E daí?

— Isso não nos separou — disse o homem. — Aceitei um acordo, por estar do lado errado dos cadeados e das grades; e, como o senhor não era o homem bem-sucedido que é agora, ficou bastante satisfeito de ter de volta um funcionário que não tinha maus hábitos e que conhecia bem o negócio que o senhor conduzia.

— O senhor suplicou, rogou e eu consenti — disse Ralph. — Foi bondade minha. Talvez eu precisasse do senhor. Não me lembro. Diria que sim, ou teria suplicado em vão. O senhor era útil; não muito honesto, não muito meticuloso, nem muito habilidoso, mas útil.

— Útil, sem dúvida! — disse o homem. — Ora. O senhor me manteve num regime de pouca comida e muito controle durante vários anos antes disso, mas sempre tinha sido fiel até aquela época, apesar de me tratar como a um cão. Fui ou não fui?

Ralph permaneceu em silêncio.

— Fui ou não fui? — insistiu o homem.

— O senhor tinha o seu salário — disse Ralph — e tinha feito o seu trabalho. Até aí, estávamos no mesmo pé e podíamos dizer que estávamos quites.

— Até aí, mas não depois — disse o outro.

— Não depois, é certo, nem mesmo na época, pois (como acabou de dizer) o senhor me devia dinheiro, e ainda deve — replicou Ralph.

— Mas isso não é tudo — disse o homem com ansiedade. — Não é tudo. Escute. Não esqueci aquela velha ferida, pode ficar certo. Em parte pela lembrança disso, em parte na esperança de ganhar dinheiro algum dia com o esquema, eu me aproveitei da minha posição em seu negócio e me apossei de um documento que contém informações suas, que o senhor daria metade do que tem para saber qual é, e que nunca vai saber, a não ser por mim. Deixei o senhor... muito tempo depois disso, lembre-se... e, por uma pequena malandragem punida por lei, mas que não era nada se comparado ao que vocês, agiotas, praticam todo dia, muito fora dos limites da lei, fui preso durante sete anos. Retornei desse jeito que está me vendo. Agora, Sr. Nickleby — disse o homem com uma estranha mistura de humildade e senso de poder —, que ajuda e assistência vai me dar? Qual suborno, para falar claramente? Minhas expectativas não são enormes, mas eu preciso viver, e para viver preciso comer e beber. O dinheiro está do seu lado e a fome e a sede estão do meu. O senhor pode fazer um negócio fácil.

— Isso é tudo? — perguntou Ralph, ainda fitando o homem com o mesmo olhar firme e movendo apenas os lábios.

— Só depende do senhor, se é tudo ou não, Sr. Nickleby — foi a resposta.

— Ora, então escute aqui, Sr..., não sei por qual nome chamá-lo — disse Ralph.

— Pelo meu nome antigo, se quiser.

— Ora, então escute aqui, Sr. Brooker — disse Ralph em seu tom mais duro —, e não espere mais nenhuma outra palavra de mim. Escute. Eu conheço a sua fama de canalha há muito tempo, mas nunca foi de muita coragem; e o trabalho pesado, com correntes (talvez) nessas suas pernas, e menos comida ainda do que na época de "pouca comida" e "muito controle", embotou sua inteligência ou não viria a mim com uma história dessas. O senhor com um documento contendo informações minhas! Fique com ele, ou anuncie para o mundo, se quiser.

— Não posso fazer isso — replicou Brooker. — Não me serviria de nada.

— Não? — perguntou Ralph. — Vai lhe servir tanto quanto se me devolver, eu lhe garanto. É bom que fique claro para o senhor, eu sou um homem cuidadoso e conheço bem os meus negócios. Conheço o mundo e o mundo me conhece. O que quer que tenha descoberto, escutado ou visto quando trabalhava para mim, o mundo todo já sabe e até mesmo amplia. Nada que você contar vai surpreender alguém, a menos, é certo, se envolva o meu crédito ou a minha honra, caso em que todos o tomariam por um mentiroso. E, mesmo assim, não vejo meus negócios desacelerarem, nem clientes hesitantes. Muito pelo contrário. Sou insultado ou ameaçado diariamente por um homem ou outro, mas as coisas continuam em seu ritmo do mesmo jeito, e também não fico mais pobre.

— Eu não insulto, nem ameaço — disse o homem. — Posso dizer o que o senhor perdeu com o meu ato, o que somente eu posso devolver, e que, se eu morrer sem devolver, morre comigo, e nunca mais poderá ser recuperado.

— Eu conto o meu dinheiro com bastante precisão e geralmente o mantenho sob meus cuidados — disse Ralph. — Observo muito bem a maioria dos homens com quem lido, e principalmente observei o senhor com atenção. Pode ficar com tudo que tirou de mim.

— Os que têm o seu nome são caros ao senhor? — perguntou o homem com ênfase. — Se eles são...

— Não são — respondeu Ralph, exasperado com essa insistência e com o pensamento em Nicholas que a última pergunta suscitou. — Não são. Se o senhor tivesse vindo como um pedinte comum, eu podia ter-lhe jogado alguns centavos, em consideração ao malandro esperto que já foi um dia; mas, como está tentando apelar para esses truques batidos contra quem conhece muito bem, não dou nem um meio centavo... e não daria nem para evitar que apodrecesse. E lembre-se disto, ladrão safado — disse Ralph, ameaçando-o com a mão —, se nos encontrarmos outra vez e se vier atrás de mim esmolando, vai ver o outro lado das grades novamente e terá que me procurar nos intervalos do trabalho forçado a que são sujeitos os vagabundos. Eis a minha resposta à sua tramoia. Fique com ela.

Com uma expressão de desdém no rosto dirigida ao objeto de sua raiva, que o fitou de volta sem dizer uma palavra, Ralph saiu em seu passo habitual, sem demonstrar a mínima curiosidade em saber a reação de seu interlocutor e sequer olhar para trás. O homem permaneceu no mesmo lugar, com os olhos fixos na figura que se afastava até a perder de vista e, então, cruzando os braços sobre o peito, como se a umidade e a falta de comida o atingissem brutalmente, foi seguindo devagar pelo caminho com um andar encurvado, pedindo esmola aos que passavam por perto.

Ralph, de forma nenhuma afetado pelo que acabara de se passar além do que já expressara, seguiu com passos firmes e, saindo do Parque e deixando a Golden Square à sua direita, prosseguiu por algumas ruas do lado oeste da cidade até chegar àquela em que ficava a residência de Madame Mantalini. O nome daquela senhora não mais aparecia na brilhante placa da porta, tendo sido substituído pelo da Srta. Knag; porém, os chapéus e vestidos ainda eram indistintamente visíveis nas vitrines do primeiro andar à luz enfraquecida de uma noite de verão e, exceto pela ostensiva alteração na propriedade, o estabelecimento mantinha sua velha aparência.

— Hum! — murmurou Ralph, cobrindo a boca com a mão com um ar de especialista e examinando a casa de cima a baixo. — Essas pessoas parecem estar muito bem. Não vão durar muito; mas, se eu acompanhar o progresso delas, em pouco tempo estarei garantido e terei um bom lucro também. Preciso ficar de olho; é só.

Então, balançando a cabeça com grande complacência, Ralph ia deixar o local quando seu ouvido aguçado captou um ruído confuso e um grande alvoroço, misturados a sons de pessoas apressadas descendo e subindo a escada, na mesma casa que fora objeto de seu minucioso exame. E, enquanto hesitava se deveria bater à porta ou escutar um pouco mais pelo buraco da fechadura, uma criada de madame Mantalini (que ele vira diversas vezes) abriu-a abruptamente e saiu de um pulo, com as fitas de sua touca azul agitando-se ao vento.

— Ei, você aí. Pare! — gritou Ralph. — O que houve? Eu estou aqui. Não me ouviu bater na porta?

— Ah! Sr. Nickleby — disse a moça. — Suba, pelo amor de Deus. O patrão fez de novo.

— Fez o quê? — perguntou Ralph, asperamente. — O que está dizendo?

— Eu sabia que faria de novo, se fosse levado a isso — continuou a moça. — Eu dizia isso o tempo todo.

— Volte aqui, sua empregadinha idiota — disse Ralph, segurando-a pelo pulso —, e não vá sair por aí falando dos assuntos da família com os vizinhos, destruindo o crédito do estabelecimento. Volte aqui; está me ouvindo, menina?

Sem mais discussão, ele conduziu a criada, ou melhor, puxou a assustada moça para dentro da casa e fechou a porta; então, mandando-a subir a escada à sua frente, seguiu-a sem nenhuma cerimônia.

Guiado pelo barulho de muitas vozes, todas soando ao mesmo tempo, e passando à frente da moça em sua impaciência antes de terem subido muitos degraus, Ralph logo chegou à sala de visitas particular e ficou estupefato com a cena confusa e inexplicável com a qual de repente se deparou.

Ali estavam todas as moças que trabalhavam no local, algumas de chapéu, outras sem, em diversas atitudes de alarme e consternação; umas rodeavam madame Mantalini, que estava aos prantos numa cadeira; outras rodeavam a Srta. Knag, que também chorava sentada à frente dela; outras ainda se encontravam ao redor do Sr. Mantalini, talvez a figura mais chocante de todo o grupo, pois suas pernas estavam completamente estendidas no chão e sua cabeça e ombros eram sustentados por um criado muito alto, que parecia não saber bem o que fazer com eles; os olhos do Sr. Mantalini estavam fechados, o rosto muito pálido, os cabelos pareciam penteados, as suíças e o bigode, caídos, os dentes, trincados, e ele segurava um pequeno frasco na mão direita e uma colherinha na esquerda; suas mãos, seus braços, pernas e ombros estavam rígidos e inertes. Entretanto, a Sra. Mantalini não chorava sobre o corpo do marido, e sim ralhava com violência de sua cadeira; tudo isso em meio a um clamor de vozes ensurdecedor que parecia, de fato, ter levado o infeliz criado ao auge da loucura.

— O que está acontecendo aqui? — perguntou Ralph, forçando passagem para a frente.

Diante dessa pergunta, o clamor aumentou vinte vezes, e uma assustadora sequência de agudas contradições, como "Ele tomou veneno" — "Ele não tomou"... — "Chame um médico" — "Não"... — "Ele está morrendo" — "Não está, está só fingindo" —, e vários outros gritos sobrevieram com espantosa profusão, até que a Sra. Mantalini foi vista dirigindo-se a Ralph, quando então dominou a curiosidade feminina para saber o que ela diria e, como se por consentimento geral, seguiu-se um silêncio sepulcral, não interrompido por um sussurro sequer.

— Sr. Nickleby — disse madame Mantalini —, não sei que acaso trouxe o senhor aqui.

Nesse ponto, ouviu-se uma voz gorgolejante exclamando, como parte das divagações de um homem doente, "Maldita doçura!", mas ninguém lhe deu atenção a não ser o criado, que, assustado ao ouvir aqueles sons medonhos sendo emitidos, por assim dizer, entre seus próprios dedos, deixou a cabeça do Sr. Mantalini cair no chão com um grande estrondo e então, sem fazer esforço para reerguê-la, olhou para as pessoas ali presentes como se tivesse feito algo muito inteligente, não o contrário.

— Vou dizer — continuou madame Mantalini, secando os olhos e falando com grande indignação —, diante do senhor e de todos aqui, pela primeira vez e de forma definitiva, que nunca mais vou sustentar as extravagâncias e os vícios desse homem. Já fui ingênua e tola por tempo demais. No futuro, ele vai passar a se sustentar como puder e então pode gastar o dinheiro que quiser, com quem e como quiser; mas não será o meu, portanto, é melhor que deixe de dar crédito a ele.

Madame Mantalini, em seguida, insensível aos mais patéticos lamentos por parte do marido de que o farmacêutico não havia feito uma mistura forte o suficiente do ácido prússico e que, por isso, deveria tomar mais uns dois frascos para completar o serviço que começara, passou a listar os galanteios, logros, extravagâncias e infidelidades (especialmente estas últimas) daquele cavalheiro, completando com um protesto contra a suposição de alimentar a mínima consideração por ele e citando, como prova da mudança do estado de seu afeto, o fato de ele ter se envenenado não menos de seis vezes nos últimos quinze dias, e de ela não ter interferido nem uma vez com palavras ou ações para salvar-lhe a vida.

— E eu insisto em me separar e viver sozinha — disse madame Mantalini, soluçando. — Se ele se recusar a me dar a separação, eu vou apelar para a lei... eu posso... e espero que isto seja uma advertência a todas as moças que viram essa exibição infame.

A Srta. Knag, que era indubitavelmente a mais velha do grupo, disse com grande ênfase que aquilo era um aviso para *ela*, e assim fizeram as moças em geral, com exceção de umas poucas, que pareciam duvidar de que aquelas suíças fariam mal a alguém.

— Por que diz essas coisas na frente de tantas pessoas? — perguntou Ralph, em voz baixa. — A senhora sabe que não está falando sério.

— Estou, *sim*, falando sério — replicou madame Mantalini, em voz alta e aproximando-se da Srta. Knag.

— Mas pense bem — disse Ralph, que tinha um grande interesse no assunto. — Seria bom refletir sobre a questão. Uma mulher casada não tem direito a nenhuma propriedade.

— Nem uma única, diabos, minh'alma — disse o Sr. Mantalini, erguendo-se sobre os cotovelos.

— Estou ciente disso — retorquiu madame Mantalini, balançando a cabeça — e *eu* não tenho nenhuma. O negócio, as ações, esta casa e tudo nela pertencem à Srta. Knag.

— É bem verdade, madame Mantalini — disse a Srta. Knag, com quem sua última empregadora havia secretamente chegado a um acordo amigável a esse respeito. — É bem verdade, madame Mantalini — repetiu a moça hesitante —, bem verdade. E nunca fui tão feliz em toda a minha vida por ter sido forte o bastante para resistir a propostas de casamento (não importa quão vantajosas) quanto agora quando penso na minha posição em relação à da senhora, tão infeliz e não merecida, madame Mantalini.

— Diabos! — exclamou o Sr. Mantalini, virando a cabeça em direção à sua mulher. — Por que não dar uns beliscões e umas palmadas na velhota invejosa, que se atreve a falar sobre suas próprias vantagens?

Mas os dias de adulação do Sr. Mantalini estavam encerrados.

— A Srta. Knag, meu senhor — disse sua mulher —, é minha amiga particular.

E, embora o Sr. Mantalini olhasse de viés até seus olhos parecerem em risco de nunca mais voltarem à posição normal, madame Mantalini não deu mostras de que voltaria atrás.

Para fazer justiça à excelente Srta. Knag, ela teve uma participação fundamental no surgimento dessa mudança, pois, descobrindo pela experiência diária que não haveria chance de o negócio prosperar, ou mesmo continuar a existir, enquanto o Sr. Mantalini tomasse parte nos gastos, e tendo agora considerável interesse no sucesso do negócio, ela se aplicara com afinco na investigação de umas pequenas questões relacionadas ao caráter privado daquele senhor, o que tão bem elucidou e habilmente comunicou a madame Mantalini, abrindo-lhe os olhos de maneira mais eficaz do que os argumentos mais filosóficos poderiam ter produzido numa série de anos. Para esse fim, a descoberta acidental feita pela Srta. Knag de uma correspondência amorosa, na qual madame Mantalini era descrita como "velha" e "vulgar", contribuiu de forma providencial.

Entretanto, a despeito de sua firmeza, madame Mantalini chorou de causar lástima; e, quando se apoiou na Srta. Knag e fez sinal em direção à porta, a moça e todas as outras funcionárias, com rostos solidários, acompanharam-na até a porta.

— Nickleby — disse o Sr. Mantalini em lágrimas —, você foi testemunha dessa maldita crueldade, por parte da mais tirana e encantadora mulher que já existiu, ó diabos! Eu perdoo essa maldita.

— Perdoa! — repetiu madame Mantalini, irada.

— Perdoo, sim, Nickleby — disse o Sr. Mantalini. — Você vai me culpar, o mundo vai me culpar, as mulheres vão me culpar; todo o mundo vai rir, e ridicularizar, e sorrir e ironizar para diabo. Vão dizer "Ela era abençoada e não sabia. Era fraca demais. Ele era muito bom; era um camarada bom demais, mas amava muito; não aguentava ver a mulher zangada e o chamando de nomes feios. Foi um maldito caso, nunca houve mais maldito". Mas eu a perdoo.

Com esse discurso afetado, o Sr. Mantalini arriou-se de novo no chão e ficou ali, parecendo imóvel e sem sentidos, até que todas as mulheres haviam deixado o recinto, quando ele então sentou-se cuidadosamente e confrontou Ralph com um rosto muito inexpressivo, o frasco ainda numa mão e a colherinha na outra.

— Agora pode deixar de lado essas tolices e viver de suas espertezas de novo — disse Ralph, pondo o chapéu com um ar de indiferença.

— Diabos, Nickleby, você não está falando sério.

— Eu raramente faço brincadeiras — disse Ralph. — Boa noite.

— Não, mas, Nickleby... — disse Mantalini.

— Talvez eu esteja errado — disse Ralph. — Espero que sim. Você sabe melhor do que eu. Boa noite.

Fingindo não escutar os apelos para que ficasse e o aconselhasse, Ralph deixou o abatido Sr. Mantalini entregue a suas meditações e deixou a casa em silêncio.

— Ah! — ele exclamou. — O vento soprou assim tão cedo? Meio pilantra, meio tolo, e revelado nesses dois papéis? Acho que, para o senhor, não há mais chance.

Ao dizer isso, ele fez algumas anotações em seu livro de bolso, no qual o nome do Sr. Mantalini figurava de maneira óbvia; e, vendo em seu relógio que já eram quase dez horas, apressou-se em direção à casa.

— Eles estão aí? — foi a primeira pergunta que fez a Newman.

Newman fez que sim. — Estão aqui faz meia hora.

— Os dois? Um deles gordo e brilhoso?

— Sim — disse Newman. — Em sua sala agora.

— Ótimo — disse Ralph. — Vá buscar um coche.

— Um coche? O que o senhor... vai... hein? — gaguejou Newman.

Ralph repetiu a ordem irritado, e Noggs, que poderia muito bem ter sido desculpado por se admirar de circunstância tão incomum e extraordinária (pois nunca vira Ralph num coche na vida), saiu para fazer sua obrigação e logo voltou com o veículo.

Nele, entraram o Sr. Squeers, Ralph e o terceiro homem, que Newman nunca vira antes. Newman ficou à porta para vê-los partir, sem se preocupar em saber aonde iriam e de que negócios tratariam até que por acaso escutou Ralph dizer o endereço para o qual o cocheiro deveria conduzi-los.

Rápido como um relâmpago e num estado da mais extrema surpresa, Newman correu a seu pequeno escritório, pegou o chapéu e saiu manquejando atrás do coche como se pretendesse subir em sua parte traseira; mas esse seu plano foi frustrado, porque o veículo já se distanciara muito e logo se encontrava a uma distância inalcançável, deixando-o boquiaberto na rua vazia.

— Mas não sei — disse Noggs, parando para respirar — de que teria adiantado eu ter ido junto. Ele teria me visto. Ir de coche até *lá*! Para que será? Se eu tivesse descoberto ontem, podia ter contado... De coche até lá! Isso está me cheirando mal. Está, sim.

Suas reflexões foram interrompidas por um homem de cabelos grisalhos, de aparência notável, embora longe de ser atraente, que, aproximando-se dele sorrateiramente, pediu-lhe um auxílio.

Newman, ainda cogitando profundamente, deu-lhe as costas, mas o homem o seguiu e pressionava-o com uma tal história de miséria que Newman (que poderia ter sido considerado uma pessoa de quem menos se esperaria uma esmola e que tinha muito pouco para dar) procurou dentro do chapéu por um meio centavo que geralmente mantinha ali guardado, quando dispunha de algum, preso numa ponta do lenço.

    Enquanto Newman se ocupava em desmanchar o nó com os dentes, o homem disse algo que atraiu sua atenção; o que quer que tenha sido, levou a algo mais; e, por fim, ele e Newman saíram caminhando lado a lado — o estranho falando seriamente, e Newman escutando.

CAPÍTULO XLV

Contendo uma questão de natureza surpreendente

— Como vamo embora de Londres amanhã de noite, e como não sabia que ia me sentir tão feliz, Sr. Nickleby, eu vou tomar mais um copo em homenagem a nosso prosso encontro!

Assim disse John Browdie, esfregando as mãos com muita alegria e olhando à sua volta de rosto vermelho e brilhoso, bem de acordo com sua declaração.

O tempo em que John se encontrava nesse estado invejável correspondia à mesma noite a que se referia o último capítulo; o lugar era a casinha, e o grupo ali reunido eram Nicholas, a Sra. Nickleby, a Sra. Browdie, Kate Nickleby e Smike.

Uma reunião animada havia sido aquela. A Sra. Nickleby, sabendo da obrigação de seu filho para com o homem de Yorkshire, havia, depois de certa objeção, consentido em convidar o Sr. e a Sra. Browdie para um chá; nos arranjos para esse chá, houve a princípio vários obstáculos e dificuldades, surgidos do fato de ela não ter tido a oportunidade de "visitar" a Sra. Browdie primeiro; pois, embora a Sra. Nickleby muitas vezes observasse com bastante complacência (como faz a maioria das pessoas meticulosas) que não tinha um átomo de orgulho e formalidade, ainda assim, ela era grande defensora da dignidade e da cerimônia; e, como era evidente que, enquanto um convite não fosse feito, ela não podia (educadamente falando e de acordo com as leis da sociedade) sequer ter conhecimento da existência da Sra. Browdie, considerou sua situação de peculiar delicadeza e dificuldade.

— O convite *deve* partir de mim, meu querido — disse a Sra. Nickleby —, isso é indispensável. O fato é que, meu querido, é necessário que haja um tipo de condescendência da minha parte e que eu mostre a essa moça que estou disposta a conhecê-la. Tem um rapaz de aparência bem respeitável — acrescentou a Sra. Nickleby, depois de uma breve consideração — que é condutor de um dos ônibus que passa por aqui e que usa um chapéu lustroso... sua irmã e eu vemos esse rapaz com frequência... ele tem uma verruga no nariz, Kate, você sabe, exatamente como o criado de algum cavalheiro.

— E todos os criados dos cavalheiros têm verrugas no nariz, mãe? — perguntou Nicholas.

— Nicholas, meu querido, que coisa mais absurda! — exclamou a mãe. — Claro que eu quero dizer que o chapéu lustroso dele parece o de um criado de cavalheiro, e não a verruga no nariz; apesar de que isso não é assim tão ridículo como parece a você, pois tivemos um pajem, uma vez, que não só tinha uma verruga, como também um cisto muito grande, e ele pediu um aumento de salário por causa disso, porque achava que aquilo se tornou muito caro. Deixe-me ver, o que eu estava... ah, sim, eu sei. Eu acho que a melhor maneira seria enviar um cartão com minhas saudações (não tenho dúvida de que ele o levaria por uma jarra de cerveja) a esse rapaz para a hospedaria do sarraceno. Se o garçom o tomar por um criado de cavalheiro, ainda melhor. Então, tudo que a Sra. Browdie teria de fazer seria enviar de volta o cartão dela pelo portador (ele poderia facilmente vir com uma batida dupla na porta), e se põe um ponto final nisso.

— Minha querida mãe — disse Nicholas —, eu acho que pessoas simples como essas nunca tiveram um cartão próprio, nem jamais terão.

— Ah, então, Nicholas, meu querido — replicou a Sra. Nickleby —, isso é outra coisa. Se você põe nesses termos, ora, claro, só posso dizer que não tenho dúvida de que elas sejam pessoas muito boas e que não faço objeção nenhuma a elas virem tomar um chá conosco, se quiserem; e faço questão de ser muito bem-educada com elas, se vierem.

A questão tendo sido assim deixada de lado, e a Sra. Nickleby propriamente colocada numa posição patronal e um tanto condescendente, que convinha a seu lugar e aos anos matrimoniais, o Sr. e a Sra. Browdie foram convidados e vieram. E, como foram muito atenciosos com a Sra. Nickleby e demonstraram respeito pela sua importância, além de estarem satisfeitos com tudo, a boa senhora havia mais de uma vez dado a entender a Kate, em sussurros, que os considerava as pessoas mais bondosas que conhecera e perfeitamente bem-comportadas.

E então veio a ocorrer que John Browdie declarou, na sala de visitas, depois do jantar, para que todos soubessem, e aos vinte minutos antes das onze, que nunca fora tão feliz na vida.

A Sra. Browdie também não ficou muito atrás do marido nesse particular, pois essa jovem matrona, cuja beleza rústica contrastava belamente com a graça mais delicada de Kate, mas de modo algum prejudicada por esse contraste, pois cada uma delas destacava o encanto da outra, não parava de admirar os modos meigos e cativantes da moça, ou a afabilidade da mais velha. Então, Kate foi hábil o suficiente para conduzir a conversa a assuntos sobre os quais a camponesa, envergonhada a princípio na companhia de estranhos, sentiu-se à vontade; e, se a Sra. Nickleby às vezes não foi tão feliz na escolha do tópico da conversa, ou se parecia, como expressou a Sra. Browdie, "muito elevada em suas ideias", ainda assim, nada podia ter sido mais delicado, e ficou claro que ela demonstrou considerável interesse no jovem casal, pelas longas preleções sobre assuntos domésticos que se sentiu na obrigação de fazer para a Sra. Browdie, em particular, o que foi ilustrado por várias referências à economia doméstica da casa, na qual (essas tarefas recaindo exclusivamente sobre Kate) a boa senhora tinha tanto a partilhar, quer em teoria quer na prática, quanto qualquer uma das estátuas dos Doze Apóstolos que embelezam o exterior da Catedral de St. Paul.

— O Sr. Browdie — disse Kate, dirigindo-se à mulher dele — é a criatura mais bem-humorada, mais bondosa e cordial que eu conheço. Se eu estivesse deprimida por qualquer que fosse a preocupação, bastaria olhar para ele para ficar feliz.

— Ele parece mesmo, realmente, uma pessoa extraordinária, Kate — disse a Sra. Nickleby —, extraordinária. E com certeza sempre terei prazer... realmente, prazer... em recebê-la, Sra. Browdie, dessa maneira simples e familiar. Não gostamos de ostentação — disse a Sra. Nickleby, com um ar que parecia insinuar que poderiam ostentar muito, se a isso se dispusessem —, sem exageros, sem preparativos; eu não permitiria isso. Eu disse: "Kate, minha querida, você só vai fazer a Sra. Browdie se sentir pouco à vontade, e isso seria uma grande tolice e falta de consideração!".

— Sou muito grata à senhora, certamente — disse a Sra. Browdie, agradecida. — Já são quase onze horas, John. Receio estar mantendo a senhora acordada tão tarde, Sra. Nickleby.

— Tarde! — repetiu a Sra. Nickleby, com um riso agudo e um pequeno pigarro no final, como uma nota de admiração. — Isso é muito cedo para nós. Costumávamos ficar até altas horas! Meia-noite, uma hora, duas, três, isso não era nada para nós. Bailes, jantares, mesas de jogo! Nunca houve pessoas mais farristas do que aquelas do lugar onde vivíamos. Muitas vezes, fico imaginando agora e me surpreende termos participado de tudo isso; esse é o mal de ter tantas amizades e ser assim tão solicitada, e recomendo a todos os casais jovens que resistam a isso com firmeza; embora, é claro, *eu* ache que muito poucos casais jovens possam ser expostos a essas tentações. Havia uma família em particular que morava a cerca de um quilômetro e meio de nós... não direto pela estrada, mas fazendo uma virada brusca à esquerda, na via expressa, onde um burro foi atropelado pelo veículo do correio de Plymouth... que eram pessoas extraordinárias por darem as festas mais extravagantes, com flores artificiais e champanhe, e lâmpadas variadas, em poucas palavras, com iguarias e bebidas especiais, que o mais refinado epicurista poderia exigir. Nunca vi pessoas como aqueles Peltirogus. Você se lembra dos Peltirogus, Kate?

Kate percebeu que, para alívio e conforto dos visitantes, estava na hora de interromper esse fluxo de recordações, então respondeu que tinha uma lembrança vívida e distinta dos Peltirogus; em seguida, disse que o Sr. Browdie meio que havia prometido, mais cedo naquela noite, cantar uma canção de Yorkshire, e que ela estava ansiosa para que ele cumprisse a promessa, porque tinha certeza de que isso daria à sua mãe mais distração e prazer do que seria possível expressar.

Tendo a Sra. Nickleby concordado com a filha com a maior graça possível — pois havia condescendência nisso também, e um tipo de implicação de que tinha um gosto exigente nessas questões e que era um tanto crítica —, John Browdie passou à escolha da letra de uma canção do norte e a pedir para sua mulher ajudá-lo a se lembrar dela. Isso feito, ele fez diversos movimentos desajeitados na cadeira e, selecionando uma mosca específica no teto, entre outras lá adormecidas, fixou nela o olhar e começou a bradar um sentimento manso (próprio para ser expresso por um admirador gentil consumindo-se de amor e desespero) numa voz trovejante.

No fim da primeira estrofe, como se alguém do lado de fora tivesse esperado para se fazer audível, ouviu-se uma batida forte e violenta na porta da frente; tão forte e tão violenta, na verdade, que as mulheres assustaram-se como se por acordo, e John Browdie parou.

— Deve ser algum engano — disse Nicholas, descuidadamente. — Não conhecemos ninguém que viria aqui a esta hora.

A Sra. Nickleby imaginou, no entanto, que talvez o escritório de contabilidade tivesse pegado fogo, ou talvez o Sr. Cheeryble tivesse resolvido fazer de Nicholas um sócio (o que certamente parecia muito provável àquela hora da noite), ou talvez o Sr. Linkinwater tivesse fugido com algum objeto de valor, ou talvez a Srta. La Creevy tivesse sido acometida de alguma doença, ou talvez...

Mas uma exclamação repentina de Kate interrompeu abruptamente suas conjecturas, e Ralph Nickleby entrou na sala.

— Esperem — disse Ralph, quando Nicholas levantou-se e Kate, dirigindo-se a ele, lançou-se a um de seus braços. — Antes que esse rapazinho diga uma palavra, escutem-me.

Nicholas mordeu o lábio e balançou a cabeça de maneira ameaçadora, mas pareceu por um instante incapaz de articular uma sílaba. Kate segurou-se ainda mais em seu braço, Smike recuou atrás deles, e John Browdie, que ouvira falar de Ralph, não tendo dificuldade alguma em reconhecê-lo, pôs-se entre o velho e seu jovem amigo, como se com a intenção de evitar que os dois dessem um passo adiante.

— Escutem-me, insisto — disse Ralph —, e não a ele.

— Então diz o que tem a dizer, senhor — retorquiu John. — E cuidado pra não deixar o sangue ferver nas veia, é melhor tentar se acalmar.

— Eu reconheço *você* — disse Ralph — pela língua. E *ele* — apontando para Smike —, pelo aspecto.

— Não fale com ele — disse Nicholas, recobrando a voz. — Eu não admito. Não vou lhe dar ouvidos. Não conheço esse homem. Não consigo respirar o ar que ele corrompe. A presença dele aqui é um insulto à minha irmã. É uma vergonha vê-lo. Não vou tolerar isso.

— Para! — disse John, pondo sua mão pesada no tórax dele.

— Então faça com que ele vá embora imediatamente — disse Nicholas lutando. — Não vou tocar nele, mas ele tem que se retirar. Não admito que venha aqui. John, John Browdie, essa casa não é minha, eu sou uma criança? Se ele continuar aí — gritou Nicholas queimando em fúria —, olhando com tranquilidade para aqueles que conhecem o coração negro e covarde dele, ficarei louco.

John Browdie não disse uma palavra diante de todas essas exclamações, mas se manteve freando Nicholas; e, quando o amigo se calou, ele falou.

— Tem mais pra dizer e escutar do que você pode imaginar — disse John. — Eu lhe digo que senti o cheiro longe. O que é aquela sombra ali, do lado de fora da porta? Ora, seu diretor, se mostre, homem; não tenha vergonha. Agora, velho cavalheiro, faz o diretor da escola entrar, vamos.

Escutando essa intimação, o Sr. Squeers, que aguardava no corredor até o momento em que fosse conveniente entrar e ele pudesse causar um efeito ao aparecer, resolveu se apresentar de maneira um tanto indigna e furtiva; diante do que, John Browdie ria com tanta satisfação e franqueza, que até mesmo Kate, em todo seu sofrimento, ansiedade e surpresa da cena e, apesar de ter os olhos cheios de lágrimas, ficou inclinada a se juntar a ele.

— Já terminou de se divertir, senhor? — perguntou Ralph, por fim.
— Quase, por enquanto, senhor — respondeu John.
— Eu posso esperar — disse Ralph. — Não se apresse, faça o favor.

Ralph esperou até que houve um total silêncio e, então, voltando-se para a Sra. Nickleby, mas dirigindo um olhar ansioso a Kate, como se mais desejoso de observar o efeito nela, disse:

— Agora, minha senhora, escute-me. Eu não posso imaginar que a senhora tenha contribuído para a ótima escolha de palavras que me foi enviada por esse seu filho, porque eu não acredito que, sob o controle dele, a senhora tenha a mínima vontade própria, nem que seus conselhos, suas opiniões, suas necessidades, seus desejos, tudo que em natureza e razão (ou então de que vale a sua grande experiência?) deveria ser considerado por ele, exerça a mínima influência, nem pese ou seja levado em consideração sequer por um instante.

A Sra. Nickleby balançou a cabeça e suspirou, como se houvesse muito de verdade naquilo, certamente.

— Por essa razão — retomou Ralph —, dirijo-me à senhora. Por essa razão, em parte, e também porque não quero ser desgraçado pelos atos de um moleque infame que *eu* fui obrigado a deserdar, e que, depois, em sua majestade pueril, finge... Ha! Ha!... *me* repudiar, me apresento aqui hoje. Tenho mais uma razão para ter vindo aqui, uma razão por questão de humanidade. Vim aqui hoje — disse Ralph, olhando a seu redor com um sorriso mordaz e triunfante, exultando e protelando as palavras, como se relutasse em perder o prazer ao pronunciá-las — para restituir um filho ao pai. Sim, senhor — ele continuou, inclinando-

-se impulsivamente para a frente e dirigindo-se a Nicholas, enquanto marcava a mudança em seu semblante —, restituir um filho ao pai; um filho, senhor, enganado, emboscado e vigiado em cada esquina pelo senhor, com o plano ordinário de roubar-lhe algum dia as míseras esmolas que ele possa vir a receber.

— Nisso, o senhor sabe que está mentindo — disse Nicholas, com orgulho.

— Nisto, eu sei que estou falando a verdade. Estou com o pai dele aqui — retorquiu Ralph.

— Aqui! — disse Squeers, com um riso de escárnio e dando um passo à frente. — Está ouvindo? Aqui! Eu não lhe disse para ter cuidado, que o pai dele podia aparecer e mandar o menino de volta para mim? Ora, o pai é um amigo meu; ele veio diretamente a mim. Agora o que é que você diz... hein... vamos, o que diz agora... não está arrependido de ter tido tanto trabalho para nada? Não está, não? Não está, não?

— O senhor ainda tem no corpo as marcas que eu deixei — disse Nicholas, olhando calmamente ao longe — e pode falar em agradecimento a elas o quanto quiser. Vai falar por muito tempo antes de apagar todas elas, Sr. Squeers.

O valoroso cavalheiro mencionado por último lançou um olhar rápido à mesa, como se estivesse disposto, depois dessa resposta, a jogar uma jarra ou uma garrafa na cabeça de Nicholas, mas foi interrompido nessa intenção (se é que tinha tal intenção) por Ralph, que, tocando-lhe no cotovelo, ordenou que dissesse ao pai que ele já podia aparecer e reclamar seu filho.

Isso sendo puramente uma tarefa de amor, o Sr. Squeers obedeceu com prontidão e, deixando o recinto com esse propósito, quase de imediato voltou, apoiando um personagem de rosto oleoso, que, se livrando dele e revelando o corpo e a cara do Sr. Snawley, foi direto a Smike e, enfiando a cabeça do pobre rapaz embaixo de seu braço num abraço esquisito e desajeitado, ergueu o chapéu de aba larga no ar até a altura do braço como sinal de sincero agradecimento, exclamando, nesse ínterim:

— Eu mal conseguia imaginar esse encontro feliz, desde a última vez que vi esse menino! Ah, mal conseguia imaginar!

— Componha-se, senhor — disse Ralph, com uma brusca expressão de solidariedade —, agora que já tem o rapaz.

— Tenho? Ah, não é que tenho! Mas será que tenho? — disse o Sr. Snawley, quase sem conseguir acreditar. — Sim, ele está aqui, em carne e osso, carne e osso.

— Muito pouca carne — disse John Browdie.

O Sr. Snawley estava muito ocupado com seus sentimentos paternais para perceber essa observação; e, para se assegurar mais completamente da restituição de seu filho, enfiou-lhe a cabeça embaixo de seu braço de novo, e a manteve ali.

— O que foi — disse Snawley — que fez com que eu tomasse interesse tão forte por ele, quando aquele digno instrutor de jovens levou o menino para a minha casa? O que foi que fez com que eu me queimasse por dentro de vontade de castigar esse menino severamente por ter fugido de seus melhores amigos, seus orientadores e mestres?

— Foi o instinto paterno, senhor — observou Squeers.

— Foi isso mesmo, senhor — disse Snawley. — O sentimento elevado, o sentimento dos gregos e romanos da antiguidade, e dos animais nos campos e das aves no ar, com exceção dos coelhos e gatos machos, que às vezes devoram sua cria. Meu coração ansiava por ele. Eu teria feito... não sei o que eu não teria feito a ele na raiva de um pai.

— Isso mostra o que é a natureza, senhor — disse o Sr. Squeers. — Ela é maravilhosa.

— Ela é uma coisa sagrada, senhor — observou Snawley.

— Acredito no senhor — acrescentou Squeers, com um suspiro edificante. — Eu não sei como poderíamos viver sem ela, a natureza — disse o Sr. Squeers, solenemente —; é mais fácil conceber do que descrever. Ah, que coisa abençoada, senhor, estar em sintonia com a natureza!

Durante esse discurso filosófico, os presentes permaneceram num estado de estupefação, enquanto Nicholas havia olhado atentamente de Snawley para Squeers, e de Squeers para Ralph, dividido entre sentimentos de repulsa, dúvida e surpresa. Nesse momento, Smike escapou do pai e fugiu em direção a Nicholas, implorando-lhe, nos termos mais comoventes, para nunca abandoná-lo, deixando que vivesse e morresse ao lado dele.

— Se é o pai deste menino — disse Nicholas —, olhe para o estado depauperado em que ele se encontra e me diga se ainda pretende mandá-lo de volta para aquele antro detestável de onde o tirei.

— Ofensivo outra vez! — disse Squeers. — Não esqueça, você não vale a pólvora e a bala, mas eu ainda acerto contas com você, de uma maneira ou de outra.

— Pare — interpôs-se Ralph, quando Snawley estava prestes a falar. — Vamos encerrar o assunto aqui e não trocar palavras com esses tontos licenciosos. Este é o seu filho, como pode provar. E, Sr. Squeers, reconhece este rapaz como aquele menino que esteve com o senhor por tantos anos, sob o nome de Smike?

— Reconheço! — replicou Squeers. — E como não?

— Bom — disse Ralph —, muito poucas palavras serão suficientes aqui. O senhor tem um filho com a sua primeira mulher, Sr. Snawley?

— Tenho — respondeu aquela pessoa — e lá está ele.

— Vamos mostrar isso em seguida — disse Ralph. — O senhor e a sua mulher se separaram, e ela ficou com a guarda do menino, quando ele tinha um ano. O senhor recebeu um comunicado dela, quando já estavam separados fazia uns dois anos, de que o menino estava morto; e o senhor acreditou nisso?

— É claro que acreditei! — respondeu Snawley. — Ah, a felicidade de...

— Seja racional, senhor, por favor — disse Ralph. — Isto é um negócio, e as emoções interferem nisso. Essa mulher morreu há um ano e meio, ou por aí... não mais... em um lugar obscuro onde ela trabalhava como arrumadeira na casa de uma família. Não é isso?

— É isso — respondeu Snawley.

— Tendo escrito em seu leito de morte uma carta ou confissão para o senhor sobre este rapaz, que, como foi dirigida somente em seu nome, só lhe chegou às mãos, e isso por um curso indireto, alguns dias depois?

— Isso mesmo — disse Snawley. — Correto em todos os detalhes, senhor.

— E essa confissão — retomou Ralph — foi para dizer que a morte do filho foi uma invenção dela para ferir o senhor... que era parte de um plano de aborrecimentos, em resumo, que os dois pareciam ter adotado, um em relação ao outro... que o menino estava vivo, mas era de intelecto fraco e imperfeito... que ela havia mandado o menino por uma pessoa confiável para uma escola barata em Yorkshire... que ela havia pagado pela educação dele por alguns anos, e então, sendo pobre e o lugar ficando a uma grande distância, ela gradualmente o abandonou e que por isso pedia perdão?

Snawley fez que sim com a cabeça e enxugou os olhos; o primeiro, levemente, o último, violentamente.

— A escola foi a do Sr. Squeers — continuou Ralph —, o menino foi deixado lá sob o nome de Smike; a descrição completa foi dada, as datas conferiam exatamente com os livros do Sr. Squeers, e ele é seu hóspede desta vez; o senhor tem outros dois filhos na escola dele: o senhor comunicou toda a descoberta a ele, que levou o senhor a mim, eu que era a pessoa que tinha recomendado a ele o sequestrador de seu filho; e eu trouxe o senhor aqui. Não é isso?

— O senhor fala como um bom livro, senhor, que só tem dentro o que é verdade — respondeu Snawley.

— Esta é sua pasta — disse Ralph, retirando uma de seu casaco.
— As certidões de seu primeiro casamento e do nascimento do menino, as duas cartas de sua mulher, e todos os outros documentos que possam garantir essas afirmações diretamente ou por implicação estão aqui, não estão?

— Cada um deles, senhor.

— E o senhor não faz objeção a que eles sejam examinados aqui, para que essas pessoas possam se convencer de seu poder para substanciar o seu direito perante a lei e a razão, e o senhor possa retomar o controle de seu próprio filho, sem mais demora. Eu entendi bem o senhor?

— Eu não teria me entendido melhor, senhor.

— Aí, então — disse Ralph, jogando a pasta em cima da mesa. — Deixe que eles vejam, se quiserem. E, como esses são os documentos originais, eu recomendo que o senhor fique por perto, enquanto eles estiverem sendo examinados, ou vocês podem perder alguns.

Com essas palavras, Ralph sentou-se sem ser convidado e, comprimindo os lábios, que no momento estavam levemente abertos num sorriso, cruzou os braços, olhando pela primeira vez para o sobrinho.

Nicholas, mordido com o insulto final, lançou um olhar indignado a ele; mas, controlando-se o máximo que pôde, passou a um exame minucioso dos documentos, com a assistência de John Browdie. Não havia neles nada que pudesse ser questionado. Os certificados estavam corretamente assinados, como se extraídos dos livros da paróquia, a primeira carta tinha uma aparência genuína de ter sido escrita e preservada por alguns anos, a caligrafia da segunda estava adequada à carta (ela parecia ter sido escrita por uma pessoa no leito de morte) e havia diversos outros registros e memorandos, o que era igualmente difícil de ser questionado.

— Querido Nicholas — sussurrou Kate, que vinha olhando ansiosamente por sobre o ombro dele —, será esse realmente o caso? Esse documento é verdadeiro?

— Receio que seja — respondeu Nicholas. — O que você acha, John?

John coçou a cabeça e balançou-a, mas não disse nada.

— Veja, minha senhora — disse Ralph, dirigindo-se à Sra. Nickleby —, que, como esse rapaz é menor de idade e tem uma mente fraca, poderíamos ter vindo aqui hoje armados com os poderes da lei e apoiados por uma tropa de seguidores. Eu podia ter feito isso, senhora, sem sombra de dúvida, se não fosse em consideração aos seus sentimentos e aos da sua filha.

— O senhor demonstrou bem sua consideração pelos sentimentos *dela* — disse Nicholas, puxando a irmã para perto dele.

— Obrigado — respondeu Ralph. — Seus elogios, senhor, são uma recomendação, na verdade.

— Bom — disse Squeers —, o que vamos fazer? Os cavalos do coche ficarão resfriados se não sairmos agora; já tem um deles espirrando tão forte que abriu a porta da entrada. Qual é a ordem do dia? O jovem Snawley vai junto?

— Não, não, não — respondeu Smike, recuando e agarrando-se a Nicholas. — Não, por favor, não. Eu não vou com eles, não o deixarei. Não, não.

— Isso é muito cruel — disse Snawley, olhando para seus amigos em busca de apoio. — Os pais educam os filhos para isso?

— Os pais educa os filho *praquilo*? — perguntou John Browdie bruscamente, apontando para Squeers enquanto falava.

— Não se incomode com isso — retorquiu aquele cavalheiro, dando tapinhas no nariz com desdém.

— Não me incomodar com isso! — exclamou John. — Não, nem ninguém deve se incomodar com isso, vai dizer, seu diretor. É porque as pessoa não se incomoda com isso que gente doente como o senhor continua por aí. Agora, então, pra onde pensa que vai? Diabos, num espera passar por cima de mim, não é?

Passando da palavra à ação, John Browdie enfiou o cotovelo no tórax do Sr. Squeers, que avançava em direção a Smike com tanta destreza que o diretor da escola girou e cambaleou sobre Ralph Nickleby, e, não conseguindo recobrar o equilíbrio, derrubou esse cavalheiro da cadeira ao cair pesadamente sobre ele.

Essa circunstância acidental era o sinal de procedimentos muito decisivos. Em meio à grande confusão gerada pelos rogos e súplicas de Smike, os gritos e as exclamações das mulheres e a veemência dos homens, houve demonstrações de levar à força o filho perdido. Squeers havia de fato começado a puxá-lo para fora quando Nicholas (que até então estivera evidentemente indeciso de como deveria agir) agarrou-o pelo colarinho e, balançando-o a ponto de fazer os dentes dele estalarem na cabeça, educadamente o acompanhou até a saída e, jogando-o no corredor, fechou-lhe a porta na cara.

— Agora — disse Nicholas aos outros dois —, tenham a bondade de seguir seu amigo.

— Eu quero o meu filho — disse Snawley.

— Seu filho — respondeu Nicholas —, ele escolhe por si próprio. Ele escolhe ficar aqui, e vai ficar.

— O senhor não vai entregar o rapaz? — perguntou Snawley.

— Eu não o entregaria, contra a vontade dele, para ser uma vítima de tamanha brutalidade como esta à qual o senhor o sujeita — respondeu Nicholas —, nem se ele fosse um cachorro ou um rato.

— Metam o castiçal na cabeça desse Nickleby — gritou o Sr. Squeers, através do buraco da fechadura — e tragam o meu chapéu, sim, a menos que ele queira se apropriar dele.

— Eu realmente sinto muito — disse a Sra. Nickleby, que, com a Sra. Browdie, havia ficado chorando e roendo as unhas num canto da sala, enquanto Kate (muito pálida, porém na mais perfeita calma) manteve-se bem próxima ao irmão. — Sinto muito, mesmo, por tudo isso. Realmente não sei o que seria melhor fazer, essa é a verdade. Nicholas deve ser o melhor juiz, e espero que seja. É certo que é muito difícil ter que ficar com os filhos de outras pessoas, embora o jovem Sr. Snawley seja, sem dúvida, muito útil e prestativo, como é possível a qualquer pessoa ser; mas, se pudesse ser feito um acordo de maneira amigável... se o Sr. Snawley pai, por exemplo, concordasse em pagar certa quantia por casa e comida, um arranjo justo então seria feito: combinaríamos ter peixe duas vezes por semana, um pudim, bolinhos de carne ou coisa assim... Eu acho que pode ser bastante satisfatório e agradável para todas as partes.

A esse acordo, que foi proposto com lágrimas e suspiros abundantes, porém, sem de fato chegar ao cerne da questão, ninguém deu a mínima importância; e a pobre Sra. Nickleby passou então a ilustrar para a Sra. Browdie as vantagens desse arranjo e os infelizes resultados que se seguiam, em todas as ocasiões, por ela não ser ouvida quando proferia seus conselhos.

— Você, rapaz — disse Snawley, dirigindo-se ao aterrorizado Smike —, é um garoto desnaturado, mal-agradecido e sem amor. Não me deixa amar você quando estou disposto a isso. Não quer voltar para casa, não é?

— Não, não, não — gritou Smike, encolhendo-se.

— Ele nunca amou ninguém — berrou Squeers, através do buraco da fechadura. — Ele nunca me amou; não gostava de Wackford, que é praticamente um querubim. Como espera que ele ame o próprio pai? Nunca vai amar o pai, nunca. Ele não sabe o que é ter um pai. Ele não entende isso. Não está nele.

O Sr. Snawley olhou firme para seu filho durante um minuto, depois, cobrindo os olhos com a mão e uma vez mais erguendo o chapéu no ar, pareceu profundamente ocupado em deplorar a hostil ingratidão do rapaz. Em seguida, erguendo um braço à frente dos olhos, apanhou o chapéu do Sr. Squeers e, colocando-o sob um braço e o seu próprio sob o outro, saiu devagar e tristemente.

— Seu romance, senhor — disse Ralph, retardando-se por um instante —, está destruído, eu creio. Não um desconhecido, não um descendente perseguido de um homem de grande importância, mas o filho retardado de um comerciante pobre e insignificante. Veremos como sua compaixão derreterá diante do fato puro e simples.

— O senhor verá — disse Nicholas, mostrando-lhe a porta da rua.

— E pode acreditar, rapaz — acrescentou Ralph —, que eu não supunha que você o entregasse hoje. O orgulho, a obstinação, a reputação de sentimentos finos, tudo era contra isso. Essas coisas precisam ser esmagadas, rapaz, rebaixadas e esmagadas, como o serão muito em breve. A ansiedade prolongada e desgastante e o preço da lei na forma mais opressiva, a tortura de hora a hora, dias entediantes e noites insones, vou fazê-lo passar e dobrar o seu espírito altivo, forte como julga estar agora. E, quando você transformar esta casa num inferno e infligir essas provações àquele miserável ali (como o fará, eu sei) e aos que agora consideram você um verdadeiro herói, saldaremos as contas antigas entre nós dois e veremos quem é o devedor e quem se sai melhor no fim, mesmo perante o mundo.

Ralph Nickleby recuou. Mas o Sr. Squeers, que ouvira a parte final desse discurso de encerramento e estava, àquela altura, no auge de irrefreável perversidade quase sem precedente, não pôde deixar de voltar à porta da sala e, de fato, dar uma dúzia de saltos fazendo caras retorcidas e caretas horrorosas, expressivas de sua triunfante confiança na queda e na derrota de Nicholas.

Tendo concluído essa dança de guerra, na qual suas calças curtas e botas grandes produziram uma figura que saltava à vista, o Sr. Squeers seguiu os amigos, e a família foi deixada a refletir sobre as recentes ocorrências.

CAPÍTULO XLVI

Lança alguma luz sobre o amor de Nicholas; mas, se para melhor ou pior, fica a critério do leitor

Após ampla consideração da posição difícil e embaraçosa em que fora colocado, Nicholas decidiu que não deveria perder tempo em contar tudo com franqueza aos bondosos irmãos. Aproveitando a primeira oportunidade de estar sozinho com o Sr. Charles Cheeryble no fim do dia, ele relatou a pequena história de Smike e, modestamente, mas com firmeza, expressou sua esperança de que o bom velho, diante das circunstâncias descritas, o considerasse certo em adotar o curso extremo de interferir entre pai e filho e apoiar este último em sua desobediência, mesmo que seu horror e medo do pai pudessem parecer, e seriam sem dúvida apresentados assim, uma coisa tão repulsiva e imprópria, a ponto de tornar aqueles que o apoiaram alvos de ódio e execração.

— Tão profundamente arraigado parece ser esse horror pelo homem — disse Nicholas —, que mal posso acreditar que seja filho dele de verdade. A natureza não parece ter implantado no peito dele um sentimento de afeto e certamente ela nunca erra.

— Meu caro jovem — replicou o irmão Charles —, você cai no erro muito comum de atribuir à natureza questões com as quais ela não tem a menor ligação, e pelas quais ela não é responsável. Os homens falam na natureza como uma coisa abstrata e, enquanto fazem isso, perdem de vista o que é natural. Aí temos um pobre rapaz que nunca teve o carinho de um pai, que não conhece quase nada na vida a não ser sofrimento e tristeza, apresentado a um homem que se diz pai dele e cujo primeiro ato é expressar sua intenção de pôr um fim a seu pouco tempo de felicidade, devolvendo o jovem a sua velha sina e roubando dele o único amigo que já teve... que é você. Se a natureza, num caso como esse, colocasse no peito dele uma secreta inclinação que levasse o rapaz em direção ao pai e o afastasse de você, ela seria uma mentirosa e uma idiota.

Nicholas ficou muito satisfeito de ver o velho cavalheiro falar com tanto calor humano e, esperançoso de que ele viesse a dizer algo mais no mesmo sentido, manteve-se calado.

— Esse mesmo erro se apresenta a mim o tempo todo, de uma forma ou de outra — continuou o irmão Charles. — Pais que nunca demonstraram seu amor reclamam da falta de afeição natural dos filhos; filhos que nunca cumprem com suas obrigações reclamam da falta de sentimento natural dos pais; legisladores que acham ambos tão miseráveis que seus afetos nunca receberam o sol da vida suficientemente para se desenvolver clamam pela moral de pais e filhos também e declaram que os próprios laços da natureza são desrespeitados. Afetos e instintos naturais, meu caro senhor, são as mais belas obras do Todo-Poderoso, mas, como outras belas obras Dele, devem ser cuidados e nutridos, ou é muito natural que sejam totalmente obscurecidos e que novos sentimentos usurpem seu lugar, como acontece com as mais doces produções da terra quando, sem os devidos cuidados, são sufocadas por mato e arbustos espinhosos. Eu gostaria que fôssemos levados a considerar isso e, lembrando das obrigações naturais um pouco mais na hora certa, falássemos um pouco menos sobre elas na hora errada.

Depois disso, o irmão Charles, que fizera um discurso acalorado, parou para esfriar um pouco e então continuou:

— Acredito que tenha ficado espantado, meu caro jovem, com o fato de eu ter escutado sua exposição sem grande surpresa. Isso é facilmente explicável. Seu tio esteve aqui hoje de manhã.

Nicholas enrubesceu e recuou um passo ou dois.

— Esteve — disse o velho, batendo na mesa enfaticamente — aqui, nesta sala. Não houve jeito de ele ouvir a voz da razão, dos sentimentos, nem da justiça. Mas o irmão Ned foi duro com ele; o irmão Ned, meu caro, teria comovido uma pedra do calçamento.

— Ele esteve aqui para...? — perguntou Nicholas.

— Para reclamar de você — respondeu o irmão Charles —, para envenenar nossos ouvidos com calúnias e falsidades; mas a viagem dele foi perdida, e, além disso, voltou com umas boas verdades nos ouvidos. Meu irmão Ned, meu caro Sr. Nickleby... meu irmão Ned é um verdadeiro leão, e Tim Linkinwater também; Tim é um baita leão. Chamamos primeiro Tim para enfrentar seu tio, e Tim o enfrentou antes que se pudesse pronunciar uma palavra.

— Como posso agradecer aos senhores por todos os favores que me fazem diariamente? — perguntou Nicholas.

— Não falando sobre o assunto, meu caro jovem — respondeu o irmão Charles. — Vão reconhecer que você tem razão. Pelo menos não vai ser prejudicado. Ninguém da sua família vai ser prejudicado. Eles não vão tocar num fio de cabelo seu, nem do rapaz, nem da sua mãe, nem da sua irmã. Eu disse isso, meu irmão Ned disse isso, Tim Linkinwater disse isso. Nós três dissemos isso, e vamos fazer isso. Eu vi o pai... se é que é o pai... e suponho que deve ser. Ele é um bárbaro e um hipócrita, Sr. Nickleby. — Eu disse a ele: "O senhor é um bárbaro". Disse, sim. Eu disse a ele: "O senhor é um bárbaro". E fiquei satisfeito com isso, fiquei *muito* satisfeito por ter dito que ele era um bárbaro, muito satisfeito mesmo!

A essa altura, o irmão Charles estava num estado tal de acalorada indignação que Nicholas achou que deveria arriscar dizer alguma coisa, mas, no momento em que tentava fazer isso, o Sr. Cheeryble colocou suavemente a mão em seu braço e lhe indicou uma cadeira.

— O assunto se encerra aqui, por enquanto — disse o velho cavalheiro enxugando o rosto. — Não diga nem mais uma palavra que lembre essa história. Vou falar sobre outro assunto, um assunto confidencial, Sr. Nickleby. Precisamos esfriar os ânimos novamente, precisamos ficar calmos.

Depois de algumas voltas pela sala, ele retomou seu assento e, puxando a cadeira para mais perto da de Nicholas, disse:

— Estou querendo lhe confiar, meu caro, uma missão confidencial e delicada.

— O senhor pode incumbir dessa missão, senhor, um mensageiro mais capaz — disse Nicholas —, porém, mais confiável e cuidadoso, eu me atrevo a dizer, o senhor não encontraria.

— Disso eu tenho certeza — disse o irmão Charles —, toda a certeza. Vai entender por que eu penso assim quando lhe disser que o objeto dessa missão é uma moça.

— Uma moça, senhor! — admirou-se Nicholas, trêmulo por um instante de ansiedade de ouvir mais.

— Uma moça muito bonita — disse o Sr. Cheeryble, muito sério.

— Por favor, continue, senhor — pediu Nicholas.

— Estou pensando em como fazer isso — disse o irmão Charles, com ar triste e uma expressão de sofrimento, pareceu a Nicholas. —

Você viu uma moça acidentalmente nesta sala certa manhã, meu caro jovem, num estado lastimável. Está lembrado? Talvez tenha esquecido.

— Ah, não — apressou-se em responder Nicholas. — Eu... eu... me lembro muito bem, na verdade.

— *Ela* é a moça de quem estou falando — disse o irmão Charles. Como o famoso papagaio, Nicholas pensou bastante, mas foi incapaz de dizer uma palavra.

— Ela é a filha — disse o Sr. Cheeryble — de uma mulher que, quando ela própria era uma moça bonita e eu, muitos anos mais jovem, eu... parece uma palavra estranha para eu pronunciar agora... eu amei perdidamente. Você vai rir, talvez, ao ouvir um homem grisalho falar sobre essas coisas. Não vai me ofender, pois, quando eu era jovem como você, me atrevo a dizer, teria feito a mesma coisa.

— Não me sinto inclinado a isso, na verdade — replicou Nicholas.

— Meu querido irmão Ned — continuou o Sr. Cheeryble — ia casar com a irmã dela, mas a moça morreu. Ela também está morta agora, e já faz muitos anos. Ela fez a escolha dela, e eu gostaria de poder acrescentar que a vida dela após a morte tem sido tão feliz quanto Deus sabe que eu rezei para que pudesse ser!

Houve um curto silêncio, que Nicholas não fez menção de quebrar.

— Se as provações e as calamidades tivessem recaído levemente sobre a cabeça dele, como sempre desejei no mais íntimo do meu ser (para o bem dela), a vida dele teria sido de paz e de felicidade — disse o homem velho serenamente.— Basta dizer que esse não foi o caso; que ela não foi feliz; que eles passaram por complicados infortúnios e dificuldades; que ela, doze meses antes de morrer, veio apelar para a minha velha amizade; tristemente mudada, tristemente alterada, esmagada pelo sofrimento e pelos maus-tratos, e quase de coração partido. Ele logo se apossava do dinheiro que, para dar a ela uma hora de paz de espírito, eu teria deixado correr livre como água... não só isso, ele sempre mandava que ela voltasse para buscar mais... e, contudo, enquanto dissipava o dinheiro, ele fazia dos apelos dela a mim, sempre bem-sucedidos, a base de cruéis insultos e escárnio, declarando que sabia que ela pensava com amargo remorso na escolha que tinha feito, que tinha se casado com ele por interesse e vaidade (ele era um rapaz alegre com amigos importantes a sua volta quando ela o escolheu para marido), e, em resumo, descarregando nela, por todos os meios injustos e severos, a amargura da ruína e frustração que tinham sido causadas pela devassidão dele. Naquela época, essa moça era apenas uma menina. Não a vi de novo até aquele dia quando você também viu, mas o meu sobrinho Frank...

Nicholas sobressaltou-se e, confusamente desculpando-se pela interrupção, pediu a seu patrão que continuasse.

— O meu sobrinho Frank, como eu disse — retomou o Sr. Cheeryble —, encontrou com ela por acaso, mas em menos de um minuto a perdeu de vista, dois dias depois de voltar para a Inglaterra. O pai dela está em algum lugar secreto para evitar os credores, encontrando-se, pela doença e a pobreza, à beira da morte; e ela, uma criança, quase poderíamos imaginar, se não conhecêssemos os desígnios dos céus, que deveria ter sido uma bênção para um homem melhor, estava enfrentando privações, degradação e tudo de mais terrível para um coração jovem e delicado como o dessa criatura, para sustentar esse homem. Ela era auxiliada — disse o irmão Charles —, nesses reveses, por uma criatura fiel, que tinha sido, nos velhos tempos, uma pobre auxiliar de cozinha da família, a única criada deles na ocasião, mas que poderia ter sido, pela honestidade e fidelidade do coração... poderia ter sido... ah, a mulher do próprio Tim Linkinwater, meu rapaz!

Terminado o elogio à pobre criada, feito com tanta energia e satisfação quanto palavra alguma poderia descrever, o irmão Charles reclinou-se na cadeira e proferiu o restante de sua narrativa com maior tranquilidade.

Em substância, foi isto: orgulhosamente resistindo a todas as ofertas de apoio e auxílio permanentes de amigos de sua falecida mãe, porque eles exigiam que ela abandonasse aquele homem desgraçado, seu pai, que não tinha mais amigos, e evitando com instintiva delicadeza apelar em favor deles dois àquele coração verdadeiro e nobre que o pai detestava e que, em virtude de sua maior e mais pura bondade, havia injustiçado profundamente por interpretação errônea e comentários maldosos, essa moça lutava sozinha e sem ajuda para sustentá-lo com o trabalho das próprias mãos. E, em meio à mais profunda pobreza e aflição, ela havia batalhado sem se desviar por um instante de sua tarefa, incansável diante da melancolia petulante de um homem doente sem lembranças consoladoras do passado, nem esperanças de um futuro; nunca se queixando dos confortos que havia abandonado, nem lamentando a dura sorte a que havia por sua própria vontade se sujeitado. E cada pequena realização conquistada em dias mais felizes ela havia utilizado para esse fim e dirigido a esse propósito. E por dois longos anos, trabalhando firme durante o dia e muitas vezes à noite, com a agulha, o lápis e a pena, e sujeitando-se diariamente como governanta aos caprichos e indignidades que com frequência as mulheres (com filhas também) gostam de infligir a seu próprio gênero quando submetido a essa ocupação, como se por ciúme da inteligência superior que precisam empregar — indignidades, em noventa e nove entre cem casos, impostas a pessoas que lhes são superiores de maneira imensurável e incalculável, e que excedem todas aquelas que o mais cruel canalha impõe a seu criado —, e por dois longos anos, por meio do trabalho incansável em todo tipo de ocupação, ela não havia obtido êxito no único objetivo de sua vida; assim, subjugada por dificuldades e frustrações acumuladas, havia sido forçada a procurar o velho amigo da sua mãe e, com o coração partido, pedir a ele ajuda, enfim.

— Se eu fosse pobre... — disse o irmão Charles, com olhos brilhantes — se eu fosse pobre, meu caro jovem, o que graças a Deus não sou, teria me privado (é claro que qualquer pessoa teria, nessas circunstâncias) das mínimas necessidades da vida para ajudar essa moça. Da forma que é, a tarefa é difícil. Se o pai estivesse morto, nada poderia ser mais fácil, pois então ela partilharia e alegraria a casa mais feliz que meu irmão Ned e eu teríamos, como se ela fosse nossa filha ou irmã. Mas ele ainda está vivo. Ninguém pode ajudar esse homem, isso foi tentado mil vezes; ele não foi abandonado por todos sem uma boa causa, eu sei.

— Ela não poderia ser persuadida a... — Nicholas hesitou quando chegou a esse ponto.

— Persuadida a abandonar o pai? — perguntou o irmão Charles. — Quem convenceria uma filha a abandonar um pai? Apelos para que se limitasse a vê-lo ocasionalmente já foram feitos a ela... não por mim... mas sempre com o mesmo resultado.

— Ele é bondoso com ela? — perguntou Nicholas. — Ele retribui o afeto dela?

— Bondade verdadeira, bondade abnegada, não faz parte da natureza dele — respondeu o Sr. Cheeryble. — A bondade, como ele entende, deve ter para com a filha, eu creio. A mãe era uma criatura gentil, amorosa, que inspirava confiança; e, embora ele a tratasse mal desde que se casaram até a morte dela, e com a crueldade e a forma desumana de que os homens são capazes, ela nunca deixou de amá-lo. Pediu à filha que cuidasse dele, em seu leito de morte. A filha nunca se esqueceu disso, e nunca vai se esquecer.

— O senhor não tem influência sobre ele? — perguntou Nicholas.

— Eu, meu caro jovem? O último homem do mundo. Tamanhos são o ódio e o ciúme que sente por mim, que, se soubesse que a filha abriu o coração para mim, ele tornaria a vida dela miserável com suas censuras; no entanto... tais são a inconsistência e o egoísmo do caráter desse homem... no entanto, se soubesse que cada centavo dela vinha de mim, ele não abriria mão de nenhum desejo pessoal que o gasto mais impróprio do pouco dinheiro de que ela dispõe pudesse satisfazer.

— Um canalha desnaturado! — disse Nicholas, indignado.

— Não vamos usar termos duros — disse o irmão Charles, num tom gentil. — Vamos nos adaptar às circunstâncias em que se encontra a moça. Essa assistência que eu consegui fazer com que ela aceitasse fui obrigado, a pedido dela, a dar aos poucos, para que ele, ao ver o dinheiro obtido com facilidade, não o desperdice ainda mais irresponsavelmente do que está acostumado a fazer. Ela tem vindo e voltado, em segredo, à noite, para receber isso; e eu não posso tolerar que as coisas continuem dessa forma, meu jovem, realmente não posso.

Então, aos poucos foi revelado como os gêmeos haviam concebido em suas mentes velhas e generosas diversos planos e esquemas para ajudar a moça da maneira mais delicada e ponderada possível, para que o pai não suspeitasse da fonte de onde a ajuda era obtida; e eles haviam por fim chegado à conclusão de que a melhor maneira seria fingir a compra de seus pequenos desenhos e trabalho ornamental por um preço alto e manter uma constante demanda deles. Para a realização desse objetivo, era necessário que alguém representasse o comprador desses trabalhos, e, após grande deliberação, eles haviam escolhido Nicholas para fazer esse papel.

— Ele me conhece — disse o irmão Charles — e conhece o meu irmão Ned. Nenhum de nós dois serviria. Frank é um rapaz muito bom... é um rapaz excelente... mas temos medo de que ele possa ser um pouco descontrolado e imprudente numa questão tão delicada como essa e que talvez... possa... em resumo, ser suscetível demais (pois ela é uma bela moça, assim como era a mãe dela) e, apaixonando-se por ela antes mesmo de perceber, possa levar dor e tristeza àquele coração inocente, do qual nós seremos humildes instrumentos para gradualmente tornar feliz. Ele demonstrou um interesse extraordinário na história dela da primeira vez que viu a moça; e descobrimos, fazendo perguntas a ele, que foi por ela que ele causou aquele tumulto que levou vocês a se conhecerem.

Nicholas disse gaguejando que havia suspeitado dessa possibilidade; e, para explicar o que lhe ocorreu no momento, descreveu quando e onde ele próprio vira a moça.

— Bom, então está vendo — continuou o irmão Charles — que *ele* não serviria. Tim Linkinwater está fora de questão; porque Tim, meu caro jovem, é um camarada tão tremendo que não conseguiria se conter e começaria a discutir com o pai dela antes de ter passado cinco minutos no lugar. Você não conhece Tim... quando é provocado por qualquer coisa que incite seus sentimentos muito fortemente, ele se torna assustador, o Tim Linkinwater, absolutamente assustador. Agora, em *você* podemos colocar nossa estrita confiança; em você nós vimos... ou pelo menos *eu* vi, e é a mesma coisa, pois não existe diferença entre mim e meu irmão Ned, exceto que ele é a criatura mais maravilhosa que já existiu, e que não há nem nunca haverá ninguém como ele no mundo inteiro... em você vimos virtudes, afetos e delicadeza de sentimento familiares que o qualificam exatamente para esse ofício. E você é o homem, meu caro.

— A moça, senhor — disse Nicholas, que se sentiu tão envergonhado que teve grande dificuldade de dizer o que quer que fosse —, ela... é... está... a par dessa farsa inocente?

— Está, sim — respondeu o Sr. Cheeryble. — Pelo menos, ela sabe que você será enviado por nós; mas o que ela *não* sabe é que vamos encomendar essas pequenas produções, que você vai comprar de tempos em tempos e, talvez, se fizer tudo muito bem (quer dizer, *muito* bem mesmo), quem sabe ela possa ser levada a acreditar que nós... que nós lucramos com os trabalhos dela. Hein, hein?

Com essa ingênua e bondosa simplicidade, o irmão Charles ficou muito feliz e, na possibilidade de a moça ser levada a crer que não lhes devia nada, ele obviamente se sentiu tão confiante e com tanta satisfação que Nicholas não pôde deixar transparecer nenhuma dúvida sobre o assunto.

Durante todo esse tempo, porém, esteve na ponta de sua língua a confissão de que as mesmas objeções que o Sr. Cheeryble afirmara haver em relação a confiar a tarefa ao sobrinho aplicavam-se com pelo menos a mesma força e validade a si mesmo, e umas cem vezes ele estivera a ponto de admitir o verdadeiro estado de seus sentimentos e pedir para ser liberado dela. Mas igualmente, seguindo os rastros desse impulso, surgia outro que o forçava a se refrear e manter seu segredo guardado no peito. "Por que", pensou Nicholas, "por que criar dificuldades no caminho de plano tão nobre e benevolente? E se eu amar e respeitar essa criatura boa e maravilhosa? Eu não pareceria um janota muito arrogante e antipático se dissesse seriamente que havia algum risco de ela se apaixonar por mim? Além disso, será que não confio em mim mesmo? Não me vejo agora com o compromisso de honra de reprimir esses pensamentos? Se esse excelente homem tem direito a meus melhores e mais cordiais serviços, eu deveria por considerações egoístas deixar de prestá-los?".

Fazendo tais perguntas a si mesmo, Nicholas mentalmente as respondeu com grande ênfase e, persuadindo-se de que se tornaria o mais consciencioso e magnífico dos mártires, resolveu nobremente fazer o que, se tivesse examinado seu coração com um pouco mais de cuidado, teria descoberto que não seria possível cumprir. Esse é o malabarismo com que manipulamos a nós mesmos e transformamos nossas fraquezas nas mais sólidas e magnânimas virtudes!

O Sr. Cheeryble, ignorando totalmente, é claro, que tais reflexões passassem pela mente de seu jovem amigo, procedeu a lhe dar as credenciais e orientações necessárias para sua primeira visita, que deveria ser realizada na manhã seguinte; depois de todos os preliminares arranjados e o mais estrito segredo exigido, Nicholas voltou para casa à noite, caminhando pensativo.

O lugar para o qual o Sr. Cheeryble o enviara era uma rua de casas pobres e não muito limpas, situadas dentro das "Regras" da prisão de King's Bench e não a muitas centenas de passos de distância do obelisco de St. George's Fields. As "Regras" são uma área delimitada nas imediações da prisão que abrange umas doze ruas, nas quais os devedores que conseguem levantar dinheiro suficiente para pagar taxas altas — das quais seus credores *não* derivam nenhum benefício — têm permissão de residir pelas sábias provisões das mesmas leis esclarecidas que deixam o devedor que não consegue dinheiro morrer de fome na prisão, sem comida, sem roupa, sem alojamento ou aquecimento, nas mesmas condições que os criminosos condenados pelos mais atrozes crimes que podem desgraçar a humanidade. Há muitas histórias agradáveis da lei em constante operação, mas nenhuma mais agradável ou praticamente cômica do que a que supõe serem todos os homens iguais a seus olhos imparciais, e serem os benefícios de todas as leis acessíveis a todos os homens, sem a mínima referência ao suprimento de seus bolsos.

Sem se preocupar com questões como essas, Nicholas dirigiu seus passos à rua de casas indicada pelo Sr. Charles Cheeryble; e a essa rua de casas — depois de atravessar um subúrbio muito sujo e poeirento, cujas características principais e mais visíveis eram pequenas apresentações teatrais, mariscos, cerveja de gengibre, carroças de mola, quitandas e lojas de corretores — ele chegou finalmente com o coração palpitante. Havia pequenos jardins na frente, que, abandonados em todos os demais aspectos, serviam de pequenos cercados que acumulavam poeira até que o vento a soprasse da esquina, espalhando-a pela rua. Abrindo o frágil portão de um deles, que, pendurado nas dobradiças quebradas, meio que abria passagem ao visitante meio que o repelia, Nicholas entrou e bateu à porta de maneira hesitante.

Era na verdade uma casa miserável por fora, com janelas escuras na sala, venezianas pouco aparentes e cortinas de musselina muito sujas que, penduradas em barbantes frouxos e caídos, cobriam a parte inferior dos vidros. Nem quando a porta foi aberta o interior pareceu desmentir o que prometia por fora, pois havia tapetes desbotados nas escadas e encerados desbotados no corredor; em adição a esses desconfortos, um cavalheiro das Regras fumava sem parar na sala da frente (apesar de não ser ainda meio-dia), enquanto a dona da casa ocupava-se em passar terebintina nos fragmentos desconjuntados de um estrado de cama, na porta do cômodo dos fundos, como se em preparação para receber algum novo inquilino que tivera a sorte de alugá-lo.

Nicholas teve muito tempo para observar tudo isso enquanto um menino, encarregado dos recados dos inquilinos, desceu apressado a escada da cozinha e foi ouvido aos gritos, chamando, como se de um porão remoto, a criada da Srta. Bray, que, aparecendo em seguida e pedindo-lhe que a acompanhasse, o levou a revelar maiores sintomas de nervosismo e confusão do que seria de se esperar de um pedido para falar com a moça.

Nicholas então subiu a escada e foi conduzido a uma sala, e lá, sentada a uma pequena mesa ao lado da janela, em que se encontravam os materiais de desenho sobre os quais se debruçava, estava a bela moça que lhe dominara os pensamentos e que, cercada por todo o novo e forte interesse que Nicholas acrescentara à história dela, parecia agora, a seus olhos, mil vezes mais bonita do que jamais imaginara.

Mas como tocaram o coração de Nicholas a graça e o bom gosto que ela distribuíra pela sala pobremente mobiliada! Flores, plantas, pássaros, uma harpa, o velho piano, cujas notas soaram mais doces em tempos idos; quanta luta não lhe custara manter os dois últimos itens desta corrente partida que ainda a prendia ao lar! Em cada delicado ornamento (ocupação de suas horas de lazer), repleto dos graciosos encantos que permanecem em cada pequeno trabalho artístico que sai das mãos de uma mulher, quanta resignação paciente e quantos suaves afetos estavam entrelaçados! Ele sentiu como se os céus tivessem aberto um sorriso naquela salinha; como se a maravilhosa devoção de criatura tão jovem e frágil houvesse lançado um raio próprio sobre os objetos inanimados a seu redor e os tornado tão belos como ela própria; como se o halo com que os antigos pintores circundavam os anjos brilhantes de um mundo sem pecados se irradiasse em torno de um ser semelhante a eles em espírito, e sua luz fosse visível a seus olhos.

E, no entanto, Nicholas estava nas Regras da prisão de King's Bench! Como se estivesse na Itália, na verdade, e a hora do dia fosse a do pôr do sol, e o cenário, um magnífico terraço! Mas há um único amplo céu sobre o mundo e, quer esteja azul quer esteja nublado, é o mesmo céu mais além; então, talvez ele não precisasse lamentar por ter esses pensamentos.

Não é de se supor que ele tenha captado tudo de um único olhar, pois estivera alheio à presença de um homem doente que, apoiado em travesseiros numa poltrona, ao se mexer irrequieto e impaciente em seu assento, atraiu sua atenção.

Talvez ele tivesse no máximo uns cinquenta anos, mas estava tão emaciado que parecia muito mais velho. Suas feições tinham resquícios de um belo rosto, mas um rosto no qual as marcas de paixões fortes e impetuosas eram mais facilmente detectadas do que qualquer expressão que poderia tê-lo tornado um rosto mais sereno e muito mais atraente. Seu aspecto era desfigurado, e seus membros e corpo, literalmente, pele e osso; entretanto, havia um pouco do antigo ardor naqueles olhos grandes e fundos, que pareceu acender quando ele, impaciente, bateu no chão duas ou três vezes com uma vara grossa, com a qual ele parecia ter se apoiado na poltrona, e chamou a filha pelo nome.

— Madeline, quem é este? O que alguém está querendo aqui? Quem disse a um estranho que podemos ser visitados? De que se trata?

— Eu acredito... — começou a moça, ao inclinar a cabeça com um ar confuso, em resposta à saudação de Nicholas.

— Você sempre acredita — interrompeu o pai com petulância. — De que se trata?

A essa altura, Nicholas havia recobrado a presença de espírito para falar por si mesmo, então disse (como tinha sido combinado que diria) que estava ali à procura de um par de telas feitas à mão e de um veludo pintado para um divã, ambos do mais fino desenho possível, não tendo a menor importância nem o prazo nem o preço. Tinha também que pagar pelos dois desenhos, com muitos agradecimentos, e, aproximando-se mais da mesinha, colocou sobre ela uma nota dobrada dentro de um envelope selado.

— Veja se o dinheiro está certo, Madeline — disse o pai. — Abra o envelope, minha querida.

— Está certinho, papai, tenho certeza.

— Dê-me aqui! — disse o Sr. Bray, estendendo a mão e abrindo e fechando seus dedos esqueléticos com irritada impaciência. — Deixe-me ver. O que é que está dizendo, Madeline? Você tem certeza? Como pode ter certeza de uma coisa dessas? Cinco libras... bom, é *isso* mesmo?

— É — respondeu Madeline, inclinando-se sobre ele. A moça estava tão ocupada arrumando os travesseiros, que Nicholas não pôde ver o rosto dela, mas, no momento em que se curvou, achou ter visto uma lágrima cair.

— Toque a sineta, toque a sineta — disse o doente, com a mesma avidez nervosa e fazendo um movimento em direção a ela com mão tão trêmula que o dinheiro farfalhou no ar. — Diga a ela para trocar esta nota, para me trazer o jornal, comprar umas uvas, outra garrafa do vinho que tomei na semana passada... e... e... esqueci metade do que eu queria agora mesmo, mas ela pode ir outra vez. Mande trazer essas coisas primeiro, isso primeiro. Agora, Madeline, meu bem, rápido, rápido! Meu Deus, como você é lenta!

"Ele não se lembra de nada de que *ela* precisa!", pensou Nicholas. Talvez algo do que Nicholas pensou tenha sido expresso em seu rosto, pois o doente, virando-se em direção a ele com grande aspereza, perguntou se ele estava esperando por um recibo.

— Não precisa — disse Nicholas.

— Não precisa? O que quer dizer com isso, senhor? — foi a réplica azeda. — Não precisa! Acha que traz o seu dinheiro sórdido aqui como um favor, um presente, ou como uma questão de negócio e em troca de um valor recebido? Diabos, senhor, porque não sabe apreciar o tempo e o gosto que são empregados nas coisas com que negocia acha que dá o seu dinheiro à toa? Sabe que está falando com um cavalheiro, senhor, que podia comprar cinquenta homens como o senhor e tudo que possuíssem? O que está querendo dizer?

— Eu só quero dizer que, como pretendo fazer vários negócios com esta moça, se ela bondosamente me permitir, não vou incomodá-la com essa formalidade — disse Nicholas.

— Então, por favor, *eu* digo que vamos ter todas as formalidades possíveis — afirmou o pai. — A minha filha não precisa de sua bondade nem de ninguém mais. Faça o favor de limitar seus negócios estritamente à troca e ao comércio e não passar disso. Todos os comerciantes mesquinhos vão começar a ter dó dela agora, não é? Por Deus! Pois bem! Madeline, minha querida, dê a ele um recibo; e se lembre de fazer isso sempre.

Enquanto ela fingia passar o recibo e Nicholas considerava o tipo extraordinário, mas de forma alguma incomum, que se apresentou à sua observação, o inválido, que parecia às vezes sofrer grandes dores físicas, afundou na poltrona e gemeu, queixando-se de que a moça havia saído fazia uma hora e que todos conspiravam para irritá-lo.

— Quando — perguntou Nicholas, ao pegar o pedaço de papel —, quando posso voltar?

Isso foi dirigido à filha, mas o pai respondeu imediatamente.

— Quando for chamado a vir, senhor, e não antes. Não se preocupe e não perturbe. Madeline, minha querida, quando é para ele voltar aqui?

— Ah, não por algum tempo, não por umas três ou quatro semanas. De verdade, não é necessário; posso passar sem — disse a moça, com grande ansiedade.

— Ora, como vamos passar sem? — apressou-se o pai, falando baixo. — Três ou quatro semanas, Madeline! Três ou quatro semanas!

— Então antes, antes, por favor — disse a moça, virando-se para Nicholas.

— Três ou quatro semanas! — resmungou o pai. — Madeline, que diabos... não fazer nada por três ou quatro semanas!

— É muito tempo, senhora — disse Nicholas.

— O *senhor* acha, é? — retorquiu o pai, irritado. — Se eu quisesse mendigar, senhor, e me curvar para pedir a ajuda de pessoas que eu desprezo, três ou quatro meses não seriam muito tempo; três ou quatro anos não seriam muito tempo. Entenda, senhor, isso seria se eu quisesse ser dependente; mas, como não quero, pode voltar dentro de uma semana.

Nicholas fez uma longa mesura para a jovem e se retirou, pensando nas ideias de independência do Sr. Bray e esperando sinceramente que houvesse poucos espíritos independentes como ele misturados com o barro mais desprezível da humanidade.

Ao descer a escada, ele ouviu passos leves acima e, olhando para o lado, viu que a moça estava parada ali fitando-o timidamente e parecendo hesitar se deveria chamá-lo de volta ou não. A melhor maneira de resolver a questão era virar-se imediatamente, o que fez Nicholas.

— Não sei se é certo pedir ao senhor — disse Madeline, apressada —, mas, por favor, por favor, não mencione aos queridos amigos da minha mãe o que se passou aqui hoje. Ele tem sofrido muito e hoje de manhã está pior. Esse é um pedido meu, senhor, um favor que faz a mim.

— Basta a leve sugestão de um desejo seu — respondeu Nicholas, com fervor — e eu daria a minha vida para satisfazer.

— O senhor fala com precipitação.

— Verdadeira e sinceramente — continuou Nicholas, os lábios trêmulos ao formar as palavras —, como nenhum homem até hoje falou. Não sou muito bom em disfarçar meus sentimentos e, se o fosse, não conseguiria esconder da senhorita o meu coração. Cara senhorita, como conheço a sua história e me sinto como os homens e os anjos devem se sentir quando ouvem e veem essas coisas, eu lhe peço que acredite que daria a minha vida para servi-la.

A jovem virou um pouco a cabeça e não conteve o choro.

— Perdoe-me — disse Nicholas, com respeitosa seriedade — se pareço falar demais ou se me atrevo a me valer da confiança que me foi depositada. Mas não poderia deixá-la como se o meu interesse e a minha solidariedade expirassem com a missão deste dia. Sou seu servo fiel, humildemente dedicado à senhorita a partir deste momento, zeloso da estrita verdade e honra daquele que me enviou aqui e com integridade de coração e um reservado respeito pela senhorita. Se pretendesse fazer mais ou menos do que isso, seria indigno da consideração dele e contrário à própria natureza que me faz dizer essas palavras honestas.

Ela lhe acenou com a mão, pedindo-lhe para que se fosse, sem dizer uma palavra. Nicholas não conseguia dizer mais nada e retirou-se em silêncio. E assim terminou sua primeira conversa com Madeline Bray.

CAPÍTULO XLVII

O Sr. Ralph Nickleby tem um encontro confidencial com outro velho amigo. Eles traçam um plano que promete ser bom para ambos

— Já se foram quarenta e cinco minutos! — resmungou Newman Noggs, ao ouvir os sinos de alguma igreja da vizinhança. — E meu almoço é às duas. Ele faz isso de propósito. Faz questão disso. É típico dele.

Era em seu pequeno escritório e em seu banco oficial que Newman falava consigo mesmo; e esse solilóquio referia-se, como todos os solilóquios de Newman, a Ralph Nickleby.

— Eu acho que ele nunca sentiu apetite — continuou Newman — a não ser por libras, xelins e centavos... em relação a eles, é voraz como um lobo. Eu gostaria que fosse obrigado a engolir todas as moedas inglesas. O centavo já seria um bocado desagradável... mas a coroa... Ha! Ha!

Seu humor tendo sido, até certo ponto, restabelecido pela visão de Ralph Nickleby engolindo à força uma moeda de cinco xelins, Newman pegou devagar na escrivaninha uma de suas garrafas portáteis, um cantil para bebidas, balançou-o próximo ao ouvido de modo a produzir o som agradável do líquido, relaxou seu rosto e, dando um gole gorgolejante, relaxou ainda mais. Colocando de volta a rolha, estalou os lábios algumas vezes com ar de grande satisfação e, uma vez o gosto da bebida tendo evaporado, retornou a suas queixas.

— Cinco minutos para as três — rosnou Newman. — Não dá mais para esperar; e tomei o café da manhã às oito horas, se é que se pode chamar *aquilo* de café da manhã! E a hora certa do meu almoço é às duas! Eu poderia ter um bom pedacinho de carne assada estragando em casa durante esse tempo todo... *como* ele saberia que não tenho? "Não saia até eu voltar", "não saia até eu voltar", dia após dia. Por que sempre sai na hora do meu almoço... hein? Não sabe que isso só causa irritação... hein?

Essas palavras, embora proferidas num tom muito alto, eram lançadas apenas ao ar. A ladainha de queixas, entretanto, parecia ter o efeito de deixar Newman Noggs desesperado, pois achatou o velho chapéu na cabeça e, calçando as eternas luvas, declarou com grande veemência que, acontecesse o que acontecesse, almoçaria naquele exato minuto.

Levando a efeito essa resolução no mesmo instante, ele avançou até o corredor, quando então o som da fechadura da porta da frente fez com que voltasse a seu escritório de maneira precipitada.

— Lá está ele — rosnou Newman —, e veio com mais alguém. Agora vai ser: "Espere até este cavalheiro ir embora". Mas não vou esperar. Está decidido. Isso é ponto pacífico.

Assim dizendo, Newman enfiou-se num alto armário vazio, cuja porta era constituída de duas metades, e ali se trancou, com a intenção de escapar logo que Ralph estivesse seguro dentro da própria sala.

— Noggs! — gritou Ralph. — Onde está esse sujeito? Noggs?

Mas Newman não deu uma palavra.

— O cachorro saiu para almoçar, apesar de eu ter dito para não sair — murmurou Ralph, olhando para dentro do escritório e puxando o relógio. — Hum! É melhor entrar aqui, Gride. Meu funcionário saiu, e o sol está batendo forte na minha sala. Aqui é fresco e fica na sombra, se não se importa com a falta de conforto.

— De modo algum, Sr. Nickleby, de modo algum! Para mim, todo lugar é a mesma coisa. Ah! Muito agradável mesmo. Ah! Muito agradável!

E quem respondeu foi um homenzinho velho, de cerca de setenta ou setenta e cinco anos, físico magro, muito curvo e um pouco torto. Usava um paletó cinzento, de colarinho muito estreito, um antiquado colete de seda preta nervurada e calças tão apertadas que exibiam as pernas finas e murchas em toda a sua feiura. Os únicos artigos chamativos, ou usados como ornamentos em sua roupa, eram uma corrente de relógio, de aço, à qual estavam presos alguns brasões de ouro, e uma fita preta com a qual, de acordo com uma moda antiga quase não mais observada nesses dias, prendia seus cabelos grisalhos atrás. Seu nariz e queixo eram pontudos e proeminentes, seus maxilares haviam se retraído pela falta de dentes, seu rosto era mirrado e amarelo, salvo onde as bochechas tinham uns riscos da cor de maçã seca no inverno; e, no lugar em que fora a barba, havia ainda uns poucos tufos de pelos grisalhos que pareciam, assim como as sobrancelhas ralas, denotar a pobreza do solo de onde brotavam. Todo o ar e a atitude da figura eram de subserviência furtiva, semelhante à de um gato; toda a expressão do rosto se concentrava num olhar de soslaio, composto de esperteza, lascívia, ardil e avareza.

Assim era o velho Arthur Gride, em cujo rosto não havia uma ruga, em cujos trajes não havia um único vinco ou prega, mas que expressava a penúria mais pungente e avarenta possível e indicava que ele pertencia à mesma classe da qual Ralph Nickleby era membro. Assim era o velho Arthur Gride, que se sentou numa cadeira baixa e ergueu a vista até o rosto de Ralph Nickleby, sentado no banco alto do escritório, com os braços sobre os joelhos, olhando-o de cima; um seu igual, qualquer que fosse a missão que o trouxera ali.

— E como vai o senhor? — perguntou Gride, fingindo grande interesse no estado de saúde de Ralph. — Não nos vemos há... ora, há mais...

— Há muito tempo — disse Ralph, com um sorriso peculiar, significando que sabia muito bem que o amigo não estava ali para uma mera visita de congratulações. — Por pouco não me encontrava, pois tinha acabado de chegar à porta quando você apareceu na esquina.

— Sou uma pessoa de sorte — observou Gride.

— É o que todos dizem — respondeu Ralph, secamente.

O agiota mais velho balançou o queixo e sorriu, mas não fez novo comentário, e os dois ficaram calados por algum tempo. Cada um aguardava para pegar o outro na desvantagem.

— Vamos, Gride — disse Ralph, por fim —, o que está no ar?

— Ah, o senhor é muito corajoso, Sr. Nickleby — disse o outro, aparentemente aliviado por Ralph abrir o caminho para os negócios. — Ah, meu caro, meu caro, que homem corajoso é o senhor!

— Ora, você tem um jeito tão manso e dissimulado que me faz parecer assim, por contraste — replicou Ralph. — Não sei se esse seu jeito é o melhor, mas me faltaria paciência para isso.

— O senhor nasceu um gênio, Sr. Nickleby — disse o velho Arthur. — Esperto, esperto, esperto. Ah!

— Esperto o bastante — retorquiu Ralph — para saber que preciso de toda a minha esperteza quando homens como você começam a fazer elogios. Você sabe que lhe dei apoio quando adulava e elogiava outras pessoas, e lembro muito bem *a que* isso sempre levava.

— Ha, ha, ha! — riu Arthur, esfregando as mãos. — Então lembra, não é, lembra, sem dúvida. Ninguém sabe melhor que o senhor. Bem, é bom ver que se lembra dos velhos tempos. Ó Deus!

— E agora — disse Ralph, com compostura —, pergunto de novo, o que está no ar? De que se trata?

— Ora, veja só! — exclamou o outro. — Ele não consegue deixar os negócios de lado, nem enquanto conversamos sobre as coisas do passado. Ó Deus, ó Deus, que homem esse!

— De *que* coisas do passado você quer recordar? — perguntou Ralph. — De alguma delas, eu sei, ou você não diria isso.

— Ele desconfia até mesmo de mim! — disse o velho Arthur, erguendo os braços. — Até mesmo de mim! Até mesmo de mim, meu Deus. Que homem esse! Ha, ha, ha! Que homem esse! O Sr. Nickleby contra o mundo inteiro. Não existe ninguém como ele. Um gigante entre pigmeus, um gigante, um gigante!

Ralph olhou para o velho patife com um sorriso tranquilo, enquanto ele seguia, rindo muito, naquela mesma linha, e Newman Noggs no armário sentia o coração afundar à medida que a perspectiva de almoço ficava cada vez mais distante.

— Mas devo ser indulgente com ele — disse o velho Arthur. — Ele sempre tem que ter as coisas a seu modo... um homem obstinado, como dizem os escoceses... bem, bem, um povo sábio, os escoceses. Ele fala de negócios e não perde tempo com nada. Tem razão. Tempo é dinheiro, tempo é dinheiro.

— Quem inventou esse ditado era um dos nossos, eu diria — observou Ralph. — Tempo é dinheiro, e muito bom dinheiro, para aqueles que calculam os juros por ele. Tempo é dinheiro! É, e tempo custa dinheiro; é um artigo de luxo para algumas pessoas que poderíamos nomear, ou eu não sei nada sobre o meu negócio.

Em resposta a essa investida, o velho Arthur ergueu os braços outra vez, riu de novo e repetiu: — Que homem esse! — isso feito, puxou a cadeira baixa um pouco mais para perto do banco alto de Ralph e, erguendo a vista com um rosto impassível, disse:

— O que diria se eu afirmasse que ia... que ia... me casar?

— Eu lhe diria — respondeu Ralph, olhando friamente de cima para ele — que, por alguma razão, você está mentindo, e esta não seria a primeira vez, nem a última; que não estou surpreso e que não me deixaria enganar.

— Então, eu digo que é sério e que vou, sim — confirmou o velho Arthur.

— E *eu* afirmo que é sério — replicou Ralph — o que acabei de dizer. Espere. Deixe-me olhar para você. Você está com um ar demoníaco, de quem bebeu. O que aconteceu?

— Eu não enganaria o *senhor*, bem sabe — choramingou Arthur Gride. — Não faria isso, seria louco se tentasse. Eu, eu, enganar o Sr. Nickleby! O pigmeu impondo-se ao gigante. Pergunto de novo... he, he, he... o que diria se eu afirmasse que ia me casar?

— Com uma bruxa velha? — perguntou Ralph.

— Não, não — disse Arthur, interrompendo-o e esfregando as mãos em êxtase. — Errado, errado de novo. O Sr. Nickleby desta vez está errado; por fora, completamente por fora! Com uma moça jovem e bonita; viçosa, adorável, encantadora e que não completou dezenove anos ainda. Olhos negros, cílios longos, lábios carnudos e vermelhos, que só de ver dá vontade de beijar, cabelos volumosos e lindos, que deixam os dedos coçando para mexer neles, uma cintura que faz um homem perder o fôlego involuntariamente pensando em passar os braços em volta, pezinhos que pisam tão leve que nem parecem tocar o chão... casar com tudo isso, tudo isso... hein, hein!

— Isso não passa de uma grande tolice! — disse Ralph, depois de escutar com lábios retorcidos o embevecimento do velho pecador. — O nome da moça?

— Ah, esperto, esperto! Está vendo como é esperto?! — exclamou o velho Arthur. — Ele sabe que preciso da ajuda dele, sabe que pode me ajudar, sabe que tudo tem que se transformar em vantagem para ele, já está vendo tudo. O nome dela... tem alguém por perto que possa escutar?

— Ora, quem diabos poderia ser? — retorquiu Ralph, irritado.

— Eu não sabia, mas talvez alguém pudesse estar passando aí pela escada — disse Arthur Gride depois de examinar do lado de fora da porta e fechá-la cuidadosamente em seguida — ou seu funcionário pudesse ter voltado e estivesse escutando do lado de fora. Funcionários e criados têm seus truques para escutar, e eu me sentiria muito mal se o Sr. Noggs...

— Dane-se o Sr. Noggs — disse Ralph asperamente —, e ande logo com o que tem para dizer.

— Ah, sim, dane-se o Sr. Noggs — observou o velho Arthur —, certamente não faço a mínima objeção a isso. O nome dela é...

— Bom — disse Ralph muito irritado, diante da hesitação do velho Arthur —, qual é, então?

— Madeline Bray.

Quaisquer que possam ter sido as razões — e Arthur Gride parecia ter percebido alguma — para a menção desse nome causar algum efeito sobre Ralph, ou qualquer que tenha sido esse efeito produzido nele, Ralph não deixou transparecer nada, e calmamente repetiu o nome diversas vezes, como se tentando lembrar quando e onde o ouvira antes.

— Bray — disse Ralph. — Bray... lembro do jovem Bray de... não, ele não teve filha.

— Não se lembra de Bray? — perguntou Arthur Gride.

— Não — respondeu Ralph, lançando-lhe um olhar vazio.

— Walter Bray? O homem elegante que costumava tratar mal a mulher bonita que tinha?

— Se está tentando me fazer lembrar de qualquer homem elegante em particular citando uma característica dessas — disse Ralph, dando de ombros —, vou confundir com nove entre dez homens elegantes que conheci.

— Ora, ora. Aquele Bray que mora nas Regras de King's Bench — disse o velho Arthur. — Não pode ter esquecido Bray. Nós dois fizemos negócios com ele. E ele lhe deve dinheiro!

— Ah, *ele*! — exclamou Ralph. — Sim, sim. Agora está falando claro. Ah! A filha *dele*, é?

Por mais natural que essa observação tenha parecido, não foi dita com naturalidade suficiente para que alguém astuto como o velho Arthur Gride não tivesse percebido que Ralph planejava levá-lo a dar muito mais explicações do que ele havia pretendido, ou que Ralph poderia, dentro das probabilidades, obtê-las por qualquer outro meio. O velho Arthur, no entanto, estava tão decidido a realizar seu plano, que preferiu ceder e não teve a menor dúvida de que seu bom amigo se interessara.

— Eu sabia que o senhor não podia ter esquecido Bray, quando pensasse por um instante — ele disse.

— Você estava certo — respondeu Ralph. — Mas o velho Arthur Gride e casamento não é uma combinação normal de palavras; o velho Arthur Gride e cílios e olhos negros, lábios que só de olhar dá vontade de beijar, cabelos volumosos em que ele deseja enfiar os dedos, cintura que ele quer abarcar e pezinhos que parecem pisar o ar... o velho Arthur Gride e coisas como essas são muito monstruosas; mas o velho Arthur Gride casar com a filha de um "homem elegante", arruinado, que mora nas Regras de King's Bench, é o que existe de mais monstruoso e inacreditável. Sinceramente, amigo Arthur Gride, se você quer alguma ajuda minha nesse negócio (que, é óbvio, está querendo, ou não estaria aqui), diga o que pretende e vá direto ao ponto. E, acima de tudo, não me venha dizer que é para vantagem minha, pois sei que deve ser sua também, e um grande negócio, ou não estaria envolvido nisso.

Havia aspereza e sarcasmo suficientes, não somente no teor do discurso de Ralph, mas no tom de voz que usara e nas caras que fizera, para inflamar o sangue frio do velho usurário e deixar-lhe vermelhas as bochechas murchas. Mas ele não deu vazão à menor demonstração de raiva, contentando-se em exclamar, como antes, "Que homem esse!" balançando a cabeça de um lado para outro, como se em incontida satisfação de sua liberdade e pilhéria. Observando claramente, entretanto, pela expressão do semblante de Ralph, que seria melhor ele ir direto ao ponto o mais rápido possível, recompôs-se para uma negociação mais séria e entrou no âmago da questão.

Primeiro, deteve-se no fato de que Madeline Bray dedicava-se a sustentar o pai viúvo e a suprir-lhe todas as necessidades, e era uma escrava de cada desejo dele, que não tinha mais nenhum amigo na terra; ao que Ralph replicou que ouvira algo do tipo antes e que, se ela conhecesse um pouco mais do mundo, não seria tão tola.

Segundo, ele entrou em detalhes sobre o caráter do pai dela, dizendo que, mesmo supondo que ele também a amava, com o máximo de afeto do qual fosse capaz, ainda assim amava mais a si mesmo; ao que Ralph replicou ser desnecessário dizer qualquer outra coisa sobre o assunto, uma vez que aquilo era muito natural e bastante provável.

E, terceiro, o velho Arthur declarou que a moça era uma criatura linda e delicada, e que ele queria realmente tê-la como esposa. A isso, Ralph dignou-se a dar como única resposta um sorriso duro e lançar um olhar ao velho murcho que ali estava, os quais foram, no entanto, suficientemente expressivos.

— Agora — disse Gride —, vamos ao pequeno plano que tenho em mente para conseguir isso; porque não falei nem com o pai dela ainda, eu devia ter-lhe dito. Mas isso o senhor já percebeu! Ah, meu Deus, como o senhor é perspicaz!

— Então não brinque comigo — disse Ralph, com impaciência. — Conhece o provérbio.

— Uma resposta sempre na ponta da língua! — exclamou o velho Arthur, erguendo os braços e olhos em admiração. — Ele está sempre preparado! Ó Deus, que bênção ter uma resposta inteligente pronta, e tanto dinheiro à mão para apoiá-la! — então, mudando subitamente de tom, ele continuou: — Nos últimos seis meses, passei diversas vezes pela casa de Bray. Faz apenas seis meses que vi pela primeira vez esse delicioso pitéu, ó Deus, e que pitéu delicioso! Mas isso não vem ao caso. Eu sou credor executante dele de mil e setecentas libras!

— Você fala como se fosse o único credor executante — disse Ralph, tirando do bolso seu livro de anotações. — Eu também sou credor executante dele de novecentas e setenta e cinco libras, quatro xelins e três centavos.

— O único, além de mim, Sr. Nickleby — disse o velho Arthur, com ansiedade. — O único além de mim. Ninguém mais se deu o trabalho de arcar com as despesas de uma ação contra alguém já em custódia, mas acredito que vamos pegá-lo logo, eu lhe garanto. Nós dois caímos na mesma cilada; ó Deus, que cilada! Quase me arruinou! E emprestar a ele o nosso dinheiro em troca de promissórias, com apenas um nome além do dele, que certamente todos achavam que era um bom nome, e que era tão negociável quanto dinheiro, mas que terminou você sabe como. Quando íamos dar em cima dele, ele morreu insolvente. Ah! Quase me arruinou, essa perda!

— Continue com o seu plano — disse Ralph. — De nada adianta lamentar os nossos negócios agora; não há ninguém por perto para nos ouvir.

— É sempre bom falar assim — disse o velho Arthur, com uma risadinha — quer tenha alguém nos escutando ou não. A prática faz a perfeição, sabe? Agora, se eu me oferecer a Bray como genro, com a simples condição de que, no momento em que eu estiver casado, ele poderá ser libertado sem problemas e passar a receber uma quantia anual para viver do outro lado das águas como um cavalheiro (ele não viverá muito mais, pois perguntei ao médico dele, que afirmou que os problemas do homem são cardíacos e que é um caso sem solução), e, se todas as vantagens dessa situação forem adequadamente apresentadas a ele e enfatizadas, o senhor acha que ele faria objeção a mim? E se não fizesse objeção a *mim*, acha que a filha poderia se rebelar contra *ele*? Não acha que posso fazer dela a Sra. Arthur Gride... a bela Sra. Arthur Gride... uma doçura... uma moça graciosa... não acha que posso fazer dela a Sra. Arthur Gride dentro de uma semana, um mês, um dia... quando eu quiser?

— Continue — disse Ralph, balançando a cabeça com determinação e falando num tom cuja frieza calculada apresentava um contraste estranho com os guinchos extasiados que seu amigo gradualmente atingia. — Continue. Você não veio aqui para me perguntar isso.

— Ó Deus, que maneira de falar! — disse o velho Arthur, aproximando-se ainda mais de Ralph. — Claro que não, não vou fingir que foi por isso! Vim aqui para perguntar, se eu resolvesse tudo com o pai, quanto o senhor ia querer de mim pelo que ele lhe deve. Cinco xelins por libra, seis xelins e dezoito centavos, dez xelins? Eu chegaria até dez por um amigo como o senhor, sempre nos demos bem, mas o senhor não vai ser duro assim comigo, eu sei. Então, vai?

— Existe uma coisa mais a ser falada — disse Ralph, empedernido e imóvel como nunca.

— Sim, sim, existe, mas o senhor não me deu tempo — respondeu Arthur Gride. — Preciso de uma pessoa que me apoie nessa questão; alguém que possa falar, exigir, pressionar um ponto, o que o senhor sabe fazer como ninguém. Eu não sou capaz de fazer isso, porque sou uma pobre criatura, tímida, nervosa. Agora, se conseguir fazer um bom acordo em torno dessa dívida, que há muito tempo deu como perdida, vai continuar meu amigo e vai me ajudar. Não vai?

— Há uma coisa mais — disse Ralph.

— Não, não, mesmo — disse Arthur Gride.

— Sim, sim, mesmo. Digo que sim — disse Ralph.

— Ah! — replicou o velho Arthur fingindo de repente entender. — Quer dizer, algo mais no que concerne a mim e à minha intenção. Sim, claro, claro. Quer que eu fale nisso?

— Acho que seria melhor — respondeu Ralph, secamente.

— Eu não queria incomodar o senhor com essas coisas, porque supunha que o seu interesse se restringia à sua participação no negócio — disse Arthur Gride. — É bondade sua perguntar. Ó Deus, como o senhor é bondoso! Ora, supondo que eu estivesse sabendo da existência de uma propriedade... uma pequena propriedade... muito pequena... à qual essa moça bonita tivesse direito e de que ninguém sabe, nem pode saber, até o momento, mas que o marido pudesse embolsar, se soubesse tanto quanto sei, isso explica...

— Todo o procedimento — completou Ralph, abruptamente. — Agora, deixe-me virar a questão e considerar o que deveria caber a mim, se eu o ajudasse a resolvê-la.

— Mas não seja duro — disse o velho Arthur com voz trêmula e erguendo os braços num gesto de súplica. — Não seja muito duro comigo. É uma propriedade muito pequena, na verdade. Digamos, dez xelins e fechamos negócio. É mais do que eu deveria dar, mas o senhor é tão bondoso, podemos fechar nos dez? Aceite, ora, aceite.

Ralph não deu ouvido a essas súplicas, mas ficou por alguns minutos em profunda reflexão, olhando meditativamente para a pessoa de quem elas se originavam. Depois de suficiente cogitação, quebrou o silêncio, e certamente não se poderia alegar que ele tenha usado de algum circunlóquio inútil e deixado de ir direto ao ponto.

— Se casasse com essa moça sem a minha ajuda — disse Ralph —, você teria que saldar a minha dívida por completo, pois do contrário não poderia libertar o pai da moça. É evidente, então, que devo receber a quantia total, livre de qualquer dedução ou encargo, ou perderia por ter a honra da sua confiança, em vez de ganhar com isso. Esse é o primeiro artigo do tratado. Quanto ao segundo, devo estipular que, pelo meu auxílio na negociação e na persuasão, para que seu destino se realize, tenho direito a quinhentas libras. Isso é muito pouco, porque você fica com a dos lábios carnudos e cabelos volumosos, e tudo o mais, só para você. Quanto ao terceiro e último artigo, exijo que assine uma declaração, hoje, obrigando-se a pagar essas duas somas, antes do meio-dia da data do seu casamento com Madeline Bray. Você disse que posso insistir num ponto. Eu insisto neste, e não aceito nada diferente desses termos. Aceite se quiser. Se não, case com ela sem a minha interferência, se conseguir. Eu de qualquer jeito vou receber o que me é devido.

A todos esses apelos, protestos e negociações entre sua proposta e as que Arthur Gride sugerira de início, Ralph se manteve surdo como uma víbora. Não aceitaria mais nenhuma discussão do assunto e, enquanto o velho Arthur se estendia na enormidade das exigências e propunha modificações a elas, aproximando-se gradativamente dos termos a que resistia, Ralph permanecia mudo, verificando com ar de abstração as entradas e os documentos em seu livro de anotações. Vendo que era impossível causar qualquer impressão em seu fiel amigo, Arthur Gride, que se preparara para um resultado como este antes de vir, consentiu contrariado no acordo proposto e de imediato preencheu a declaração exigida (Ralph tinha sempre à mão formulários desse tipo), após estabelecer a condição de que o Sr. Nickleby o acompanhasse naquele exato momento à casa dos Bray e abrisse a negociação sem mais demora, caso as circunstâncias parecessem auspiciosas e favoráveis a seus planos.

Em cumprimento deste último acordo, os dignos cavalheiros saíram juntos logo em seguida, e Newman Noggs, com a garrafa de bolso na mão, emergiu do armário pela metade superior da porta, fora da qual, sob o risco iminente de ser detectado, havia mais de uma vez enfiado o nariz vermelho, quando certas partes do assunto em discussão mais o interessavam.

— Perdi o apetite agora — disse Newman, colocando o frasco no bolso. — Já tive o *meu* almoço.

Tendo feito essa observação num tom penoso e sombrio, Newman alcançou a porta arrastando a perna num passo longo e retornou no mesmo passo.

— Não sei quem ela possa ser, nem o que faz — ele disse —, mas tenho pena dela de todo o meu coração; e não posso ajudar essa moça, nem ninguém contra quem centenas de tramoias, mas nenhuma tão baixa quanto essa, são planejadas todos os dias! Bom, isso aumenta o meu sofrimento, mas não o deles. A coisa não se torna pior porque descobri tudo e me atormenta tanto quanto a eles. Gride e Nickleby! Uma boa parelha para um coche. Ah, patifes! Patifes! Patifes!

Com essas reflexões e uma batida forte na copa de seu infeliz chapéu a cada repetição dessa última palavra, Newman Noggs, cuja mente estava um tanto confusa pelo conteúdo de sua garrafa de bolso, que fora esvaziado durante o tempo em que estivera escondido, saiu à procura do consolo que podia ser proporcionado pela carne e pelas verduras de algum restaurante barato.

Enquanto isso, os dois conspiradores se dirigiram à mesma casa que Nicholas visitara pela primeira vez alguns dias antes, e, tendo sido recebidos pelo Sr. Bray e após verem que a filha estava ausente, por uma série de magistrais abordagens que o extremo engenho de Ralph pôde conceber, enfim expuseram o verdadeiro objetivo de sua visita.

— Lá está ele, Sr. Bray — disse Ralph ao inválido, que permanecia reclinado na poltrona sem ainda ter se recuperado da surpresa, e que olhava alternadamente para ele e para Arthur Gride. — O que importa se ele teve a má sorte de ser o responsável por sua detenção aqui? Eu também fui. Os homens precisam viver; conhece bem o mundo para ver isso em sua verdadeira luz. Oferecemos a melhor reparação ao nosso alcance. Reparação! Aqui está uma proposta de casamento que muitos pais nobres aceitariam para a filha. O Sr. Arthur Gride, com a fortuna de um príncipe. Pense nos ganhos que isso pode trazer!

— A minha filha, senhor — respondeu Bray, com ar altivo —, da maneira como *eu* eduquei, seria uma valiosa recompensa para a maior fortuna que um homem pudesse dar em troca da mão dela.

— Exatamente o que eu lhe disse — confirmou o esperto Ralph, voltando-se para o velho Arthur. — Exatamente o que me fez considerar a coisa de modo tão claro e simples. Não há obrigações de lado a lado. Você tem dinheiro, e a Srta. Madeline tem beleza e valor. Ela tem juventude, e você tem dinheiro. Ela não tem dinheiro, e você não tem juventude. Fica um pelo outro, quites, um casamento caído dos céus!

— Os casamentos são feitos nos céus, dizem — acrescentou Arthur Gride, com um olhar sinistro para o sogro que queria ter. — Se nos casarmos, será obra do destino, de acordo com isso.

— Então pense, Sr. Bray — disse Ralph, rapidamente substituindo esse argumento por considerações de ordem mais terrena —, pense nos riscos envolvidos na aceitação ou rejeição dessas propostas do meu amigo.

— Como eu posso aceitar ou rejeitar? — interrompeu o Sr. Bray, com uma irritada consciência de que realmente caberia a ele decidir. — É a minha filha quem tem que aceitar ou rejeitar; é a minha filha. O senhor sabe disso.

— É verdade — disse Ralph, enfaticamente —, mas você ainda tem o poder de aconselhar; de dar as razões a favor e contra; de sugerir um desejo.

— Sugerir um desejo, senhor! — exclamou o devedor, orgulhoso e humilde alternadamente, e egoísta o tempo inteiro. — Eu sou o pai dela, não sou? Por que eu deveria sugerir, ir com rodeios? O senhor acha, como os amigos da mãe dela e os meus inimigos (malditos sejam todos!) que ela faz outra coisa para mim senão sua obrigação, senhor, sua obrigação? Ou acha que eu ter sofrido essa infelicidade é razão suficiente para que as nossas posições relativas mudem, que ela passe a dar as ordens e eu a obedecer? Sugerir um desejo, ora! Talvez o senhor ache, porque me vê neste lugar e quase incapacitado de deixar esta cadeira sem ajuda, que eu seja uma criatura desanimada e dependente, sem a coragem ou o poder de fazer o que ache melhor para a minha filha. Sim, o poder de sugerir um desejo! Espero que sim!

— Perdão — replicou Ralph, que conhecia muito bem as manhas desse homem e agia de acordo —, ainda não ouviu tudo. Eu estava a ponto de dizer que a mera sugestão sua de um desejo, mera sugestão, seria equivalente a uma ordem.

— Ora, é evidente que seria — retrucou o Sr. Bray, num tom exasperado. — Se nunca ouviu falar dessa época, senhor, vou lhe dizer que houve tempos em que eu triunfava em todos os pontos contra a família inteira da mãe dela apenas pela minha determinação, mesmo tendo eles o poder e a riqueza ao seu lado.

— Mais uma vez — disse Ralph, no tom mais suave que sua natureza permitia —, ainda não ouviu tudo. Você ainda é um homem qualificado para viver em sociedade, com muitos anos de vida pela frente; quer dizer, se vivesse numa atmosfera mais livre e sob céus mais brilhantes, e se escolhesse seus próprios companheiros. Alegria é o seu elemento, já brilhou nele antes. Estilo e liberdade para você. França e uma pensão anual, com a qual daria para se manter lá com luxo, o conduziriam a uma nova vida e a uma nova existência. A cidade já vibrou um dia com seus prazeres caros, e você poderia aparecer numa nova cena outra vez, lucrando pela experiência e vivendo um pouco às custas de outros, em vez de ter outros vivendo à sua custa. O que há no verso deste cenário? O que há? Eu não sei qual é o cemitério mais próximo, mas haverá um túmulo, onde quer que seja, e uma data, talvez dois anos a partir de agora, talvez vinte. É só.

O Sr. Bray apoiou o cotovelo no braço da cadeira e encobriu o rosto com uma mão.

— Eu falo francamente — disse Ralph, sentando-se ao lado dele —, porque isso é de grande importância para mim. É de meu interesse que o senhor case sua filha com meu amigo Gride, porque então ele me paga, quer dizer, uma parte, na verdade. Não escondo isso. Admito abertamente. Mas que interesse tem você em recomendar este passo à sua filha? Não perca isso de vista. Ela pode se opor, protestar, derramar lágrimas, dizer que ele é velho demais e jurar que a vida dela seria miserável. Como fica, então?

Vários leves trejeitos por parte do inválido demonstraram que esses argumentos eram captados por ele, assim como os mínimos detalhes de sua conduta eram percebidos por Ralph.

— Como fica então, repito — continuou o astuto usurário —, ou que chances tem isso de acontecer? Se você morresse, na verdade, as pessoas que detesta fariam a moça feliz. Mas você consegue suportar esse pensamento?

— Não! — respondeu Bray, movido por um impulso de vingança que não conseguia reprimir.

— Eu achava que não, realmente! — disse Ralph com calma. — Se ela vier a se beneficiar com a morte de alguém — isso foi dito num tom mais baixo —, que seja então com a do marido. Não deixe que ela volte a olhar para a sua como o acontecimento que marcaria uma vida mais feliz para ela. Qual é a objeção? Pode falar. Qual é? Que o pretendente dela é um velho? Ora, quantas vezes homens de família e fortuna que não têm a sua desculpa, e que têm todos os bens e supérfluos da vida a seu alcance, quantas vezes eles não casaram suas filhas com velhos, ou (pior ainda) com rapazes sem miolos e sem coração, para satisfazer vaidades tolas, fortalecer interesses familiares ou garantir um lugar no Parlamento? Julgue por ela, meu caro, julgue por ela. Você sabe o que é melhor, e um dia ela vai lhe agradecer.

— Psiu! Psiu! — disse o Sr. Bray, sobressaltando-se e tapando a boca de Ralph com a mão trêmula. — Estou ouvindo a porta abrir!

Havia um vislumbre de consciência na vergonha e no terror de seu gesto precipitado, que, num rápido instante, rasgou a fina camada de sofisma do plano cruel e o expôs em toda a sua maldade e impiedosa deformidade. O pai afundou na poltrona, pálido e trêmulo; Arthur Gride brincava com o chapéu, sem se atrever a erguer a vista do chão; até mesmo Ralph curvou-se por um momento como um cão espancado, intimidado com a presença de uma moça inocente!

O efeito foi quase tão breve quanto repentino. Ralph foi o primeiro a se recompor e, ao perceber o olhar de temor de Madeline, pediu à moça que se acalmasse, garantindo-lhe que não havia motivo para medo.

— Um espasmo súbito — disse Ralph, olhando para o Sr. Bray. — Ele está bem, agora.

Era de tocar o mais duro e mais profano coração ver a bela e jovem criatura, cuja miséria garantida eles vinham planejando há menos de um minuto, lançar os braços em torno do pescoço do pai e dizer palavras de compaixão e amor, as mais doces que um pai jamais ouvira ou que os lábios de uma criança jamais formularam. Mas Ralph manteve frio o olhar; e Arthur Gride, cujos olhos embaçados admiravam cobiçosos apenas a beleza externa e eram cegos ao espírito que reinava no interior, revelava uma espécie fantástica de fervor, mas não exatamente o tipo de fervor que a contemplação da virtude em geral inspira.

— Madeline — disse o pai, desvencilhando-se com cuidado —, não foi nada.

— Mas teve esse espasmo ontem, e foi terrível ver o senhor com tantas dores. Posso fazer alguma coisa para ajudar?

— Nada, agora. Aqui estão dois cavalheiros, Madeline; um deles você já viu antes. Ela costumava dizer — acrescentou o Sr. Bray, dirigindo-se a Arthur Gride — que, só de ver o senhor, eu ficava pior. O que era natural, sabendo o que ela sabia, e somente o que ela sabia, sobre a nossa ligação e os resultados. Bom, bom. Talvez ela mude de ideia nesse ponto; as moças têm licença para mudar de ideia, sabe? Você está muito cansada, minha querida.

— Na verdade, não estou.

— Na verdade, está. Você faz muita coisa.

— Gostaria de poder fazer mais.

— Eu sei que gostaria, mas você vai além de suas forças. Esta vida miserável, meu amor, de trabalho e fadiga diários, é mais do que você consegue suportar, tenho certeza disso. Pobrezinha!

Com estas e muitas outras palavras carinhosas, o Sr. Bray puxou a filha contra o peito e beijou-lhe o rosto afetuosamente. Ralph, nesse ínterim, observando-o de perto e com olhar severo, dirigiu-se à porta e fez sinal para que Gride o acompanhasse.

— Você volta a se comunicar conosco? — perguntou Ralph.

— Sim, sim — respondeu o Sr. Bray, apressadamente, empurrando a filha para o lado. — Daqui a uma semana. Dê-me uma semana.

— Uma semana — disse Ralph, voltando-se para seu companheiro — a partir de hoje. Bom dia. Srta. Madeline, deixe-me beijar-lhe a mão.

— E nós apertamos as nossas mãos, Gride — disse o Sr. Bray, estendendo-lhe a sua, enquanto o velho Arthur se curvava. — O senhor tem boas intenções, sem dúvida. Agora posso dizer isso. Se eu lhe devia dinheiro, a culpa não foi sua. Madeline, meu amor, dê a sua mão aqui.

— Ó Deus! Se a jovem me permite! Só as pontas dos dedos — disse Arthur, hesitante, já quase se retirando.

Madeline se encolheu involuntariamente diante da figura grotesca, mas colocou as pontas dos dedos na mão dele e no mesmo instante as retirou. Depois de uma tentativa frustrada de segurar-lhe a mão e levá-la aos lábios, o velho Arthur deu um beijo silencioso nos próprios dedos e, com muitas expressões retorcidas de amor, saiu atrás do amigo, que já estava na rua.

— O que acha, o que acha? O que o gigante tem a dizer ao pigmeu? — perguntou Arthur Gride, claudicando em direção a Ralph.

— O que o pigmeu tem a dizer ao gigante? — perguntou Ralph, arqueando as sobrancelhas e olhando de cima para seu interlocutor.

— Ele não sabe o que dizer — respondeu Arthur Gride. — Ele tem esperança e medo. Mas ela não é um delicioso pitéu?

— Não tenho um grande gosto para belezas — rosnou Ralph.

— Mas eu tenho — replicou Arthur, esfregando as mãos. — Ó Deus! Que olhos lindos os dela quando se debruçou sobre ele! Que cílios longos! Que franja delicada! Ela... ela olhou para mim com tanta suavidade.

— Não muito carinhosamente, eu acho — disse Ralph. — Não é mesmo?

— Não, acha que não? — respondeu o velho Arthur. — Mas será que não pode vir a ter carinho? Não acha que pode?

Ralph olhou para ele com uma expressão de desprezo e respondeu entre dentes, com desdém:

— Você notou quando ele disse que ela estava se cansando com trabalho demais e indo acima das próprias forças?

— Sim, sim. E daí?

— Quando acha que ele já disse isso a ela antes? A vida dela é cansativa demais. Sim, sim. Ele vai fazer a filha mudar de opinião.

— O senhor acha que já está resolvido? — perguntou o velho Arthur, perscrutando a reação do companheiro com olhos semicerrados.

— Tenho certeza de que está resolvido — disse Ralph. — Ele está tentando enganar a si mesmo, até mesmo diante de nossos olhos. Finge que acha que é para o bem dela, e não dele próprio. Está representando um papel honrado, tão atencioso e afetivo como a filha nunca viu. Eu vi uma lágrima de surpresa nos olhos dela. Não demora muito e haverá mais lágrimas de surpresa, mas de um tipo diferente. Ah! Podemos esperar uma semana com confiança.

CAPÍTULO XLVIII

Em benefício do Sr. Vincent Crummles e decididamente sua última apresentação neste palco

Foi com o coração pesado e triste, oprimido por muitas ideias penosas, que Nicholas dirigiu seus passos de volta à zona leste e foi para o escritório de contabilidade dos irmãos Cheeryble. Quaisquer que fossem as vãs esperanças que alimentava, quaisquer que fossem as visões que surgiam em sua mente e se agrupavam em torno da bela imagem de Madeline Bray, foram então dissipadas e nenhum vestígio de sua graça e de seu brilho permanecia.

Seria um fraco elogio às mais virtuosas tendências de Nicholas, e elogio que ele estava longe de merecer, insinuar que a solução, e uma solução como aquela, do mistério que parecia cercar Madeline Bray quando ainda nem sabia seu nome havia arrefecido seu ardor ou esfriado o fervor de sua admiração. Se ele a via antes com a paixão que sentem os rapazes quando atraídos pela beleza e a elegância, ele agora estava consciente de sentimentos muito mais fortes e profundos. Porém, a reverência diante da verdade e da pureza de coração da moça, o respeito pelo abandono e a solidão do estado em que ela se encontrava, a solidariedade com as provações sofridas por pessoa tão jovem e bela, e a admiração por seu grande e nobre espírito, tudo parecia elevá-la acima de seu alcance, ao mesmo tempo que conferia nova profundidade e nobreza a seu amor, e sussurrava-lhe que era um caso sem esperança.

— Vou manter a minha palavra, como prometi a ela — disse Nicholas, bravamente. — Esta não é uma confiança comum que me foi depositada, e eu realizarei a tarefa dupla que me foi imposta, com rigor e consciência. Meus sentimentos íntimos não devem ser levados em consideração num caso como este, e não o serão.

No entanto, os sentimentos íntimos existiam da mesma forma; e, em segredo, Nicholas continuava a estimulá-los, argumentando (se é que usava a razão) que ali eles não faziam mal a ninguém, a não ser a ele mesmo, e que, se os mantinha para si por um sentido de dever, tinha o direito adicional de se entreter com eles como prêmio por seu heroísmo.

Todos esses pensamentos, junto ao que ele tinha visto naquela manhã e à expectativa de sua próxima visita, o tornaram um companheiro muito desagradável e distraído; tanto que, na verdade, Tim Linkinwater suspeitou que ele tivesse cometido algum engano nos números, em algum lugar, o que lhe estaria perturbando a mente, e seriamente lhe implorou, se esse fosse o caso, que confessasse e apagasse tudo, em vez de passar a vida amargurado pelas torturas do remorso.

Porém, em resposta a essas atenciosas considerações e a muitas outras, tanto de Tim quanto do Sr. Frank, Nicholas pôde apenas ser levado a afirmar que nunca estivera tão feliz na vida; assim, continuou pelo dia inteiro e assim se dirigiu para casa à noite, ainda revirando os mesmos assuntos na cabeça, pensando nas mesmas coisas o tempo inteiro e chegando às mesmas conclusões diversas vezes.

Nesse estado pensativo, obstinado e indefinido, as pessoas são dadas a vagar e a tardar sem saber por quê, a ler anúncios nos muros com grande atenção sem a menor ideia de uma única palavra do que está escrito, e a olhar intensamente, sem nada ver, para os objetos nas vitrines. Foi assim que se viu Nicholas fitando com o maior interesse um grande cartaz pendurado do lado de fora de um pequeno teatro por onde passava a caminho de casa; e, lendo a lista de atores e atrizes que se comprometiam a participar do próximo show beneficente com tanta seriedade como se fosse um registro dos nomes dos homens e mulheres que se encontravam na mais alta posição do Livro do Destino, ansioso, ficou procurando o seu. Foi quando olhou para o topo do cartaz rindo da própria tolice, enquanto se preparava para retomar sua caminhada, e lá viu anunciado em letras garrafais e com um grande espaço entre cada uma delas: "Decididamente a última apresentação do Sr. Vincent Crummles de Provinciana Celebridade!!!".

— Bobagem! — disse Nicholas, virando-se de costas novamente. — Não pode ser.

Mas lá estava aquele cartaz. Em uma linha, havia apenas um anúncio da primeira noite de um novo melodrama; em outra, um anúncio das seis últimas apresentações de um antigo; uma terceira linha era dedicada ao retorno do inigualável africano engolidor de facas, que havia bondosamente se submetido a sacrificar os compromissos em seu país para permanecer ali por mais uma semana; uma quarta linha anunciava que o Sr. Snittle Timberry, tendo se recuperado de uma severa indisposição, teria a honra de se apresentar naquela noite; uma quinta linha dizia que havia "Aplausos, Lágrimas e Risos!" todas as noites; e uma sexta declarando ser aquela definitivamente a última apresentação do Sr. Vincent Crummles de Provinciana Celebridade.

"Com certeza é o mesmo homem", pensou Nicholas. "Não pode haver dois Vincent Crummles."

Para esclarecer melhor essa questão, ele examinou o cartaz outra vez e, vendo que havia um barão na primeira peça e que Roberto (seu filho) era representado por um dos jovens Crummles, Spaletro (seu sobrinho) pelo jovem Percy Crummles — últimas apresentações *deles* — e que, excepcionalmente para essa peça, haveria uma dança característica realizada pelos personagens e uma dança solo de castanholas realizada pela Criança Fenômeno — última apresentação *dela* —, ele não teve mais nenhuma dúvida; então, apresentando-se à porta do palco e mandando entregar um pedaço de papel com o nome "Sr. Johnson" escrito a lápis, foi em seguida conduzido por um Ladrão, de cinto e fivela muito grandes em torno da cintura e enormes luvas de couro nas mãos, à presença de seu antigo diretor.

O Sr. Crummles demonstrou sincera satisfação em vê-lo e, levantando-se de um pequeno toucador com uma espessa sobrancelha torta colada por cima do olho esquerdo, e a outra e a panturrilha de uma das pernas na mão, abraçou-o cordialmente; observando, ao mesmo tempo, que faria muito bem à Sra. Crummles despedir-se dele antes de partirem.

— Você sempre foi o predileto dela, Johnson — disse Crummles —, sempre foi, desde o início. Eu me senti muito à vontade com você desde o primeiro dia em que jantou conosco. Uma pessoa com quem a Sra. Crummles simpatizava tinha toda a chance de dar certo. Ah! Johnson, que mulher ela é!

— Sou profundamente grato a ela por tanta bondade neste particular e em todos os outros — disse Nicholas. — Mas para onde está indo, com tantas palavras de despedidas?

— Não leu nos jornais? — perguntou Crummles, com grande dignidade.

— Não — respondeu Nicholas.

— É de admirar — disse o diretor. — Saiu na seção de variedades. Eu tinha o recorte aqui em algum lugar... mas não sei... ah, sim, aqui está.

Dizendo isso, o Sr. Crummles, após fingir tê-lo perdido, tirou do bolso das pantalonas que usava na vida privada (as quais, junto a roupas de diversos outros cavalheiros, estavam espalhadas sobre uma espécie de cômoda na sala) um recorte de jornal de uns seis centímetros quadrados e deu-o a Nicholas para ler:

"O talentoso Vincent Crummles, há muito conhecido como famoso diretor de teatro de província e ator de méritos incomuns, está prestes a atravessar o Atlântico numa excursão histriônica. Ouvimos dizer que Crummles irá acompanhado da esposa e da prendada família. Não conhecemos ninguém superior a Crummles em sua específica linha de atuação, nem ninguém que, seja como figura pública seja privada, possa levar consigo os melhores votos de um grande círculo de amigos. Crummles é sucesso garantido".

— Aqui está outra notícia — disse o Sr. Crummles, entregando um recorte ainda menor. — Este aqui é de notícias para correspondentes.

Nicholas a leu em voz alta. "Filo-Dramático. Crummles, o diretor e ator provinciano de não mais de quarenta e três ou quarenta e quatro anos de idade. Crummles NÃO é prussiano, uma vez que nasceu em Chelsea." — Hum! — exclamou Nicholas. — Parágrafo estranho esse.

— Muito — disse Crummles, coçando o lado do nariz e olhando para Nicholas com ar de grande despreocupação. — Não posso imaginar quem tenha colocado esse anúncio. *Eu* não fui.

Ainda mantendo um olho em Nicholas, o Sr. Crummles balançou a cabeça algumas vezes com profunda seriedade e, observando novamente que não podia imaginar como os jornais descobriam as coisas que publicavam, dobrou os recortes e guardou-os de volta no bolso.

— Estou surpreso de saber essas notícias — disse Nicholas. — Indo para a América! O senhor não pensava nisso quando eu estava na sua companhia.

— Não — respondeu Crummles —, não pensava. O fato é que a Sra. Crummles... mulher extraordinária, Johnson — nesse ponto ele parou e lhe disse algo ao ouvido.

— Ah! — exclamou Nicholas, sorrindo. — A perspectiva de aumentar a família?

— Pela sétima vez, Johnson — respondeu o Sr. Crummles, com ar solene. — Eu achava que uma criança como o Fenômeno seria a última; mas parece que vamos ter outro filho. Ela é uma mulher extraordinária.

— Meus parabéns — disse Nicholas —, e espero que este filho seja também um fenômeno.

— Ora, é quase certo que seja algo fora do comum, eu acho — disse o Sr. Crummles. — O talento dos outros três se concentra no combate e na pantomima. Eu gostaria que este agora se voltasse para a tragédia juvenil; pelo que sei, estão querendo muito algo desse tipo na América. Mas devemos aceitar como vier. Talvez tenha o dom para a corda bamba. Deve ter algum talento, se puxar à mãe, Johnson, pois ela é um gênio universal; mas, qualquer que seja o dom da criança, esse dom será desenvolvido.

Expressando-se nesses termos, o Sr. Crummles colocou a outra sobrancelha, as panturrilhas das duas pernas e, em seguida, também suas pernas, que eram de uma cor de pele amarelada e estavam um tanto sujas nos joelhos por ele se apoiar nessas articulações com frequência em pragas, orações, na agonia final e em outras passagens fortes.

Enquanto completava sua caracterização, o ex-diretor informou a Nicholas que, como deveria ter um começo promissor na América, com base na negociação de um contrato razoavelmente bom que ele fora afortunado bastante de conseguir, e como ele e a Sra. Crummles não poderiam esperar atuar para sempre (não sendo imortais, exceto no sopro da fama e num sentido figurativo), ele havia decidido se estabelecer lá definitivamente, na esperança de adquirir alguma terra própria que os sustentasse na velhice e que eles pudessem depois deixar para os filhos. Como Nicholas elogiou muito a decisão, o Sr. Crummles continuou a dar as informações a respeito de seus amigos em comum que achava que poderiam ser interessantes, contando a Nicholas, entre outras coisas, que a Srta. Snevellicci fizera um feliz casamento com um fabricante de velas muito rico que havia suprido o teatro de velas, e que o Sr. Lillyvick não se atrevia a dizer que sua alma era sua própria, tal era a veia tirânica da Sra. Lillyvick, que reinava preeminente e suprema.

Nicholas correspondeu a essa confidência por parte do Sr. Crummles confiando-lhe seu verdadeiro nome, sua situação e suas perspectivas e informando-lhe, no mínimo de palavras gerais que pôde, as circunstâncias que o levaram a seu primeiro contato. Depois de congratulá-lo calorosamente pelo êxito de sua sorte, o Sr. Crummles lhe deu a entender que na manhã seguinte ele e sua família partiriam para Liverpool, onde se encontrava o navio que os levaria para longe da costa da Inglaterra e que, se Nicholas quisesse dar um último adeus à Sra. Crummles, deveria ir com ele naquela noite ao jantar de despedida, dado em homenagem à família numa taberna da vizinhança, que seria presidido pelo Sr. Snittle Timberry, enquanto a honra da vice-presidência seria dada ao Engolidor Africano.

Estando a sala muito quente a essa altura e um tanto cheia, em consequência da chegada de quatro cavalheiros que haviam acabado de se matar uns aos outros na peça sendo então apresentada, Nicholas aceitou o convite e prometeu voltar no fim do espetáculo, preferindo o ar fresco e o pôr do sol do lado de fora àquele cheiro, mistura de gás, casca de laranja e pólvora, que impregnava o teatro quente e claro.

Ele aproveitou esse intervalo para comprar uma caixa de rapé de prata — a melhor que seus fundos permitiam — como lembrança para o Sr. Crummles e, após comprar um par de brincos para a Sra. Crummles, um colar para o Fenômeno e um alfinete de colarinho brilhante para cada um dos jovens cavalheiros, ele se refrescou com uma caminhada, e, ao retornar um pouco depois da hora marcada, encontrou as luzes apagadas, o teatro vazio, as cortinas levantadas pela noite e o Sr. Crummles andando de um lado para o outro do palco aguardando sua chegada.

— Timberry não demora — disse o Sr. Crummles. — Ele foi o último a se apresentar hoje. Timberry fez o papel de um negro fiel na última peça e precisa de muito tempo para se limpar.

— Imagino que seja uma caracterização muito desagradável essa — disse Nicholas.

— Não sei, não — respondeu o Sr. Crummles. — A tinta sai fácil e é só no rosto e no pescoço. Tivemos uma vez um ator principal de tragédias em nossa companhia que, quando representava Otelo, costumava pintar o corpo todo de preto. Mas isso é viver o papel e entrar nele como se fosse real; isso não é comum; o que é lastimável.

O Sr. Snittle Timberry apareceu então de braços dados com o Engolidor Africano e, ao ser apresentado a Nicholas, ergueu o chapéu um palmo e disse que tinha orgulho de conhecê-lo. O Engolidor disse o mesmo, olhando e falando como um irlandês.

— Vi nos cartazes que o senhor esteve doente — disse Nicholas ao Sr. Timberry. — Espero que não tenha piorado com o esforço de hoje.

O Sr. Timberry, em resposta, balançou a cabeça com um ar sóbrio, bateu no tórax várias vezes com grande ênfase e, enrolando-se mais no manto, disse: — Mas não importa, não importa. Vamos!

Observa-se que, quando as pessoas no palco passam por situações difíceis que envolvem o extremo da exaustão e da fraqueza, elas invariavelmente realizam feitos vigorosos que requerem grande engenhosidade e força muscular. Assim, um príncipe ferido ou um chefe de bandidos que esteja sangrando demais e muito fraco para se mexer, exceto ao som de música muito suave (e, mesmo assim, apenas sobre as mãos e os joelhos), é visto ao se aproximar da porta de uma casa em busca de ajuda se debatendo e contorcendo, de pernas bambas, rolando várias vezes, levantando-se e caindo de novo, como jamais seria possível conseguir a não ser por um homem muito forte e habilidoso em realizar posturas. E para o Sr. Snittle Timberry esse tipo de desempenho era tão natural que, ao saírem do teatro em direção à taberna onde o jantar seria realizado, ele comprovou a severidade de sua recente indisposição e os efeitos sobre o sistema nervoso por uma série de demonstrações de ginástica, admiradas por todos os que assistiam.

— Veja só, isto é realmente uma alegria que eu não esperava! — disse a Sra. Crummles quando Nicholas se apresentou.

— Nem eu — respondeu Nicholas. — Foi por puro acaso que tive a oportunidade de encontrar a senhora, apesar de que eu teria feito um grande esforço para conseguir isso.

— Olhe aqui uma pessoa que você conhece — disse a Sra. Crummles, empurrando para a frente o Fenômeno de vestido de escumilha azul, cheio de babados, e calças do mesmo tipo. — E aqui mais uma... e outra — apresentando os jovens Crummles. — E como vai o seu amigo, o fiel Digby?

— Digby! — exclamou Nicholas, esquecendo-se por um instante que aquele havia sido o nome artístico de Smike. — Ah, sim. Ele está bem... o que estou dizendo?... Ele está longe de estar bem.

— Como? — indagou a Sra. Crummles, com um trágico recuo.

— Tenho a impressão — disse Nicholas, balançando a cabeça e tentando sorrir — de que seu marido ficaria mais impressionado do que nunca se o visse agora.

— Isso quer dizer o quê? — perguntou a Sra. Crummles, com seu jeito mais característico. — De onde vem esse tom alterado?

— Quer dizer que um inimigo meu, um covarde, atacou-me por meio dele e que, enquanto ele acha que está me torturando, inflige no rapaz tamanho sofrimento, terror e ansiedade como... a senhora vai me perdoar, tenho certeza — disse Nicholas, contendo-se. — Eu não devia estar falando nisso, e nunca falo, exceto para aqueles que conhecem os fatos, mas de repente me escapou.

Com essa apressada desculpa, Nicholas curvou-se para saudar o Fenômeno e mudou de assunto, intimamente maldizendo sua precipitação e se perguntando o que a Sra. Crummles pensaria dessa súbita explosão.

Essa senhora pareceu dar pouca importância a isso, pois, tendo o jantar sido servido, ela deu a mão a Nicholas e dirigiu-se com andar imponente para o lado esquerdo do Sr. Snittle Timberry. Nicholas teve a honra de acompanhá-la, e o Sr. Crummles foi colocado à direita do presidente da solenidade; o Fenômeno e os jovens Crummles acompanharam o vice.

O grupo era de umas vinte e cinco a trinta pessoas, composto de gente do teatro então atuando ou não em Londres, que estava entre os amigos mais íntimos do Sr. e da Sra. Crummles. As mulheres e os homens estavam em número bem equilibrado; as despesas da festa tendo ficado por conta destes últimos, cada um deles teve o privilégio de trazer uma daquelas como convidada.

Ao todo, era um grupo muito distinto, pois, apesar dos menos ilustres reunidos em torno do Sr. Snittle Timberry, havia ali um literato que em sua época dramatizara duzentos e quarenta e sete romances logo que eram publicados — alguns até mesmo antes disso — e que, consequentemente, *era* um literato.

Esse cavalheiro sentou-se à esquerda de Nicholas, a quem foi apresentado com grande elogio a sua fama e reputação por seu amigo Engolidor Africano, que estava sentado na outra ponta da mesa.

— É um prazer conhecer um homem de tamanha distinção — disse Nicholas, educadamente.

— Senhor — respondeu o crânio —, eu agradeço muito, com certeza. A honra é recíproca, como sempre digo ao dramatizar um livro. O senhor conhece a definição de fama?

— Conheço várias — respondeu Nicholas, com um sorriso. — Qual é a sua?

— Quando dramatizo um livro, senhor — disse o literato —, *isso* é fama. Para o autor.

— Ah, com certeza! — exclamou Nicholas.

— Isso é fama, senhor — repetiu o literato.

— Então, Richard Turpin, Tom King e Jerry Abershaw tornaram famosos aqueles contra quem eles cometeram seus crimes mais sórdidos? — perguntou Nicholas.

— Não sei nada a esse respeito, senhor — respondeu o literato.

— Shakespeare dramatizou histórias que haviam previamente aparecido impressas, é verdade — observou Nicholas.

— Ah, quer dizer Bill? — disse o literato. — É verdade. Bill era um adaptador, é certo, era, sim... e muito bom adaptador... considerando-se...

— Eu ia dizer — continuou Nicholas — que Shakespeare tirou alguns de seus enredos de histórias e lendas antigas de domínio público; mas me parece que alguns cavalheiros de sua profissão, nos dias atuais, foram muito além dele...

— Tem razão, senhor — interrompeu o literato, recostando-se na cadeira e exercitando seu palito de dente. — O intelecto humano, senhor, desenvolveu-se desde a época dele, está se desenvolvendo e ainda se desenvolverá mais.

— Foram além dele, eu quis dizer — retomou Nicholas —, num aspecto bem diferente, pois, enquanto Shakespeare levou para dentro do círculo mágico da genialidade dele tradições peculiarmente adaptadas a um fim e transformou coisas familiares em constelações que abrilhantariam o mundo durante séculos, os senhores arrastam para dentro do círculo de sua insensibilidade assuntos de modo algum adaptáveis ao palco e os rebaixam, ao passo que ele os exaltava. Por exemplo, os senhores pegam os livros incompletos de autores vivos, recém-saídos das mãos deles, com a tinta ainda fresca da impressão, cortam, mutilam e adaptam de acordo com os recursos e as capacidades de seus atores e os meios de que dispõem seus teatros, completam obras inacabadas de forma apressada e bruta, alteram ideias ainda não totalmente trabalhadas por seu autor original, mas que sem dúvida lhe custaram muitos dias de reflexão e noites de insônia; por uma comparação de situações e de diálogos, com a última palavra que ele possa ter escrito quinze dias antes, os senhores fazem o que podem para antecipar o enredo... tudo sem a permissão do autor e contra a vontade dele; e, então, para coroar todo o procedimento, publicam num panfleto qualquer uma mistura sem sentido de extratos adulterados do trabalho dele, aos quais acrescentam seu nome como autor, com a honrosa menção anexada de terem cometido centenas de outros ultrajes do mesmo gênero. Ora, mostre-me a diferença entre um furto desses e o de um batedor de carteiras na rua: a menos, é claro, que os legisladores tenham mais consideração pelos janotas e deixem que os cérebros dos homens (exceto quando eles são derrubados pela violência) tomem conta de si mesmos.

— Os homens precisam viver, senhor — observou o literato, dando de ombros.

— Esse seria um argumento igualmente justo em ambos os casos — respondeu Nicholas —, mas, se o senhor põe nesses termos, não tenho nada mais a dizer além de que, se eu fosse um escritor e o senhor um ávido dramaturgo, eu preferiria pagar a sua conta na taberna durante seis meses, por maior que ela fosse, a ter um nicho no Templo da Fama com o senhor no canto mais modesto do meu pedestal, por seiscentas gerações.

A conversa ameaçava tomar um tom um tanto raivoso quando chegou a esse ponto, mas a Sra. Crummles oportunamente interferiu para evitar um desfecho violento, fazendo algumas perguntas ao literato relativas aos enredos das seis novas peças que ele havia escrito por contrato para inserir o Engolidor Africano de facas em suas várias e inigualáveis apresentações. Isso logo o envolveu numa conversa animada com essa senhora, em cujo interesse toda a lembrança de sua recente discussão com Nicholas rapidamente se dissipou.

Depois que a mesa foi esvaziada dos pratos mais substanciais de comida e em seu lugar foram colocados o ponche, o vinho e outras bebidas, que logo foram servidos, os convidados, que antes conversavam em pequenos grupos de três ou quatro, gradualmente caíram num silêncio total, enquanto a maioria dos presentes olhava de tempos em tempos para o Sr. Snittle Timberry, e os espíritos mais destemidos não hesitaram em bater na mesa com os dedos fechados e sugerir abertamente suas expectativas, dizendo palavras incentivadoras como "Agora, Tim",

"Acorde, seu presidente", "Todo mundo pronto, senhor, e esperando pelo brinde", e assim por diante.

A essas reivindicações, o Sr. Timberry não deu resposta alguma, senão bater no peito e tomar fôlego, além de dar muitas outras indicações de ser ainda vítima de uma indisposição — pois um homem não deve parecer muito fácil, quer no palco quer fora dele —, enquanto o Sr. Crummles, que sabia muito bem ser o próximo homenageado, permaneceu graciosamente em sua cadeira com o braço relaxado nas costas e de vez em quando levando o copo à boca e bebendo um pouco de ponche com o mesmo ar com que estava acostumado a tomar longos goles de nada, em taças de papelão nas cenas de banquete.

Por fim, o Sr. Snittle Timberry levantou-se em atitude respeitosa, com uma mão no peito do colete e a outra na caixa de rapé mais próxima, e, tendo sido recebido com grande entusiasmo, brindou, com abundantes citações, seu amigo, o Sr. Vincent Crummles: e finalizou seu longo discurso estendendo a mão direita para um lado e a mão esquerda para o outro, pedindo seriamente ao Sr. e à Sra. Crummles para segurá-las. Isso feito, o Sr. Vincent Crummles agradeceu, e então o Engolidor Africano brindou a Sra. Vincent Crummles em termos comoventes. Em seguida, ouviram-se lamentos altos e soluços da Sra. Crummles e das outras mulheres, a despeito dos quais essa heroica mulher insistiu em agradecer, ela mesma, o que fez de maneira grandiosa, com um discurso jamais sobrepujado e poucas vezes igualado. Coube então ao Sr. Snittle Timberry homenagear os jovens Crummles; depois disso, o Sr. Vincent Crummles, como pai dos jovens, dirigiu-se ao grupo com um discurso suplementar, engrandecendo suas virtudes, amabilidades e excelências, e desejando que os homens e mulheres presentes tivessem filhos como eles. Essas solenidades tendo sido realizadas durante um bom intervalo, animado pela música e por outros entretenimentos, o Sr. Crummles brindou aquele ornamento da profissão, o Sr. Snittle Timberry; e, um pouco mais tarde, brindou a saúde do outro ornamento da profissão, o Engolidor Africano, seu caro amigo, se ele lhe permitia que assim o chamasse; uma liberdade que (não havendo razão particular por que ele não permitisse) o Engolidor Africano graciosamente permitiu. O literato era o próximo da vez a ser brindado, mas, tendo-se descoberto que ele já brindara o suficiente, em outra acepção da palavra, e estava então dormindo na escada, a intenção foi abandonada e a homenagem foi transferida para as mulheres. Finalmente, depois de longo tempo em comemorações, o Sr. Snittle Timberry deixou a presidência da mesa, e o grupo, com muitas despedidas e abraços, se dispersou.

Nicholas esperou até o fim para entregar os presentes. Depois de se despedir de todos e chegar ao Sr. Crummles, não pôde deixar de notar a diferença entre aquele presente adeus e sua despedida em Portsmouth. Não havia mais nada de sua maneira teatral; ele estendeu a mão com um ar que, se pudesse adotar à vontade, teria feito dele o melhor ator de seus dias em papéis simples e, quando Nicholas apertou-a com a sincera cordialidade que sentia, pareceu totalmente comovido.

— Éramos uma companhia muito feliz, Johnson — disse o pobre Crummles. — Você e eu nunca discutimos. Vou me sentir muito feliz amanhã de manhã ao pensar que vi você de novo, mas agora quase desejo que você não tivesse vindo.

Nicholas estava prestes a dar uma resposta alegre, quando ficou muito desconcertado pela súbita aparição da Sra. Grudden, que parecia ter declinado o convite para o jantar a fim de conseguir levantar-se cedo na manhã seguinte e que agora irrompia de um quarto ao lado, trajando um extraordinário robe branco; e, jogando os braços em volta do pescoço dele, abraçou-o com grande carinho.

— O quê? A senhora está indo também? — perguntou Nicholas, aceitando o abraço com o maior afeto, como se ela fosse a criatura jovem mais maravilhosa do mundo.

— Se vou também? — respondeu a Sra. Grudden. — Meu Deus, misericórdia, o que você acha que eles fariam sem mim?

Nicholas aceitou o outro abraço com mais afeto do que antes, se isso fosse possível, e, acenando com o chapéu tão alegremente quanto podia, deu adeus à família de Vincent Crummles.

CAPÍTULO XLIX

Apresentação dos futuros acontecimentos na família Nickleby e a continuação da aventura do cavalheiro em roupas de baixo

Enquanto Nicholas, absorto no fascinante assunto de interesse recente que se abrira diante de si, ocupava suas horas de lazer com o pensamento em Madeline Bray e, no cumprimento da responsabilidade que a preocupação do irmão Charles com ela lhe impunha, via-a várias vezes, cada vez com mais risco para sua paz de espírito e um efeito mais enfraquecedor sobre as elevadas decisões que tomara, a Sra. Nickleby e Kate continuavam a viver em paz e tranquilidade, abaladas apenas por preocupações ligadas a certas atitudes incômodas tomadas pelo Sr. Snawley para recuperar seu filho e por sua ansiedade em relação a Smike, cuja saúde, havia muito em declínio, começou a ser tão afetada por apreensões e incertezas que às vezes causava a elas e a Nicholas grande inquietação e até mesmo alarme.

Não era por queixas ou resmungos por parte do pobre rapaz que eles estavam assim preocupados. Por ele estar sempre pronto a prestar os pequenos serviços que ainda podia realizar e sempre ansioso por recompensar seus benfeitores com um ar feliz e alegre, olhos menos amigos podiam não ter tido razão alguma para receios. Mas havia ocasiões, e bem frequentes até, em que seus olhos afundados brilhavam demais, as bochechas murchas estavam vermelhas demais, a respiração era difícil e pesada em seu curso, o físico era fraco demais e esgotado, e isso tudo não podia lhes passar despercebido.

Há uma doença pavorosa que prepara desse modo suas vítimas, por assim dizer, para a morte; que assim a refina de seu aspecto mais bruto e causa a seu redor olhares de compaixão, sinistras indicações da mudança por vir; uma doença pavorosa, na qual a luta entre corpo e alma é tão gradativa, tranquila e solene, e o resultado tão certo, que dia a dia, de grão a grão, a parte mortal se desgasta e definha, de modo que o espírito fica mais leve e confiante com sua carga aliviada e, sentindo a imortalidade à mão, julga isso apenas um novo termo para a vida mortal; uma doença na qual a vida e a morte estão estranhamente misturadas, em que a morte adquire o brilho e o matiz da vida, e a vida, a desolada e horrenda forma da morte; uma doença que a medicina nunca curou, a riqueza nunca afastou, nem a pobreza pôde se orgulhar de estar livre dela; que às vezes avança a passos gigantescos e às vezes a passos lentos e tardios, mas, lenta ou rapidamente, é sempre certa e garantida.

Foi com uma leve impressão na mente dessa doença, embora jamais o admitisse, nem para si mesmo, que Nicholas já havia levado seu fiel companheiro a um médico de grande reputação. Não havia motivo para alarme imediato, ele disse. Não havia sintomas presentes que pudessem ser conclusivos. A constituição física havia sido submetida a grandes provações e maus-tratos na infância, mas mesmo assim *podia* não sê-lo — e era só.

Mas ele parecia não piorar e, como não era difícil achar uma razão para esses sintomas da doença com os choques e a agitação que ele havia sofrido recentemente, Nicholas se confortou com a esperança de que seu pobre amigo logo se recuperaria. Essa esperança a mãe e a irmã partilhavam com ele; e, como o objeto de sua conjunta solicitude parecia, ele próprio, não estar inquieto nem desanimado, e todos os dias respondia com um sorriso tranquilo dizendo que se sentia melhor do que no dia anterior, seus medos diminuíram, e a felicidade geral foi aos poucos restabelecida.

Muitas e muitas vezes, em anos futuros, Nicholas olhava para trás, para essa época de sua vida, e percorria novamente as cenas cotidianas tranquilas e simples que ressurgiam diante dele. Muitas e muitas vezes, ao crepúsculo de uma tarde de verão, ou ao lado do fogo bruxuleante do inverno — mas, então, não com muita frequência, nem com tanta tristeza — seus pensamentos retornavam àqueles velhos dias e se estendiam com uma angústia agradável por cada mínima lembrança que eles traziam para povoar a casa. A salinha na qual eles tantas vezes ficavam até bem depois que escurecia, imaginando futuros felizes; a voz alegre e o riso feliz de Kate; como, em sua ausência, eles costumavam aguardar a sua volta, quebrando o silêncio apenas para dizer como era enfadonho sem ela; a alegria com que o pobre Smike se levantava do canto escuro onde costumava sentar e se apressava para recebê-la; e as lágrimas que eles muitas vezes viam no rosto dele, imaginando vê--las de novo, e ele muito contente e feliz; cada pequeno incidente e até mesmo algumas palavras e olhares, na ocasião ignorados, porém bem lembrados quando preocupações e sofrimentos haviam sido esquecidos, surgiam diante dele vívidos e nítidos, muitas e muitas vezes, e, sussurrando por cima do monótono passar dos anos, voltavam como os ramos verdes do passado.

Porém, havia outras pessoas associadas a essas lembranças e muitas mudanças aconteceram antes de elas surgirem. Uma reflexão necessária para os fins dessas aventuras, que de imediato seguem seu rumo normal e, evitando todas as inquietantes expectativas ou os obstinados devaneios, procede em seu curso regular e decoroso.

Se os irmãos Cheeryble, por terem achado Nicholas digno de crédito e confiança, lhe davam diariamente uma nova prova substancial de bondade, eles não eram menos atenciosos com aqueles que dependiam do rapaz. Vários presentinhos para a Sra. Nickleby, sempre coisas das quais eles mais precisavam, contribuíam não em pequeno grau à melhoria e ao embelezamento da casa. A coleção de bijuterias de Kate se tornou deslumbrante; e quanto à companhia!... Se o irmão Charles e o irmão Ned deixavam de visitá-los por pelo menos alguns minutos todos os domingos, ou uma noite na semana, havia o Sr. Tim Linkinwater (que nunca fizera meia dúzia de amigos em toda a sua vida, e que tinha um prazer na companhia dos novos conhecidos tão enorme que não se consegue expressar com palavras) constantemente vindo e indo em suas caminhadas noturnas, e parando para descansar; enquanto acontecia de o Sr. Frank Cheeryble, por alguma estranha conjunção de circunstâncias, passar pela porta no trajeto a algum tipo de compromisso pelo menos três noites por semana.

— Ele é o rapaz mais atencioso que eu já vi, Kate — disse a Sra. Nickleby à filha numa noite, quando este último cavalheiro mencionado foi o assunto do elogio da digna senhora por algum tempo, e Kate havia permanecido totalmente em silêncio.

— Atencioso, mamãe! — exclamou Kate.

— Meu Deus, Kate! — exclamou a Sra. Nickleby, com sua habitual brusquidão. — Que cor é esta? Nossa, você está vermelha!

— Ah, mamãe! Que coisas estranhas a senhora imagina!

— Não foi imaginação, Kate, minha querida, tenho certeza — respondeu a mãe. — Mas agora não está mais, então não importa se estava ou não. O que era que eu estava dizendo? Ah! O Sr. Frank. Nunca vi tanta atenção em minha vida, *nunca*.

— É claro que a senhora não está falando sério — disse Kate, enrubescendo novamente; e, desta vez, sem a menor dúvida.

— Não estou falando sério? — respondeu a Sra. Nickleby. — Ora, por que não estaria falando sério? Tenho certeza de que nunca falei tão sério. A delicadeza e a atenção dele comigo são a coisa mais fina, gratificante e agradável que vejo já faz muito tempo. É raro ver essa conduta em rapazes, e impressiona ainda mais quando a pessoa se depara com ela.

— Ah! Atenção com a *senhora*, mamãe... — observou Kate rapidamente. — Ah, sim.

— Minha nossa, Kate — disse a Sra. Nickleby —, você é realmente uma moça esquisita! Será que eu estaria falando da atenção dele com qualquer outra pessoa? Admito que me desagrada muito pensar que ele esteja apaixonado por uma alemã, muito mesmo.

— Ele disse claramente que isso não era verdade, mamãe — replicou Kate. — Não lembra que ele disse isso na primeira noite em que esteve aqui? E também — ela acrescentou, num tom mais suave — por que isso haveria de *nos* desagradar, se esse fosse o caso? O que isso tem a ver conosco, mamãe?

— *Conosco*, Kate, talvez nada — disse a Sra. Nickleby, com ênfase. — Mas, *comigo*, eu admito que sim. Gosto que os ingleses sejam totalmente ingleses, e não meio ingleses e meio não sei o quê. Vou dizer a ele sem rodeios, da próxima vez que vier aqui, que preferia que se casasse com uma compatriota; e vou ver o que ele tem a dizer.

— Por favor, não faça uma coisa dessas, mamãe — apressou-se em dizer Kate —, por nada neste mundo. Pense bem. Seria muito...

— Bom, minha querida, seria muito o quê? — perguntou a Sra. Nickleby, abrindo os olhos, muito espantada.

Antes de Kate dar qualquer resposta, uma batidinha dupla na porta anunciava que a Srta. La Creevy viera visitá-las; e, quando a Srta. La Creevy se apresentou, a Sra. Nickleby, embora muito disposta a discutir a questão anterior, esqueceu tudo numa torrente de suposições sobre o coche no qual ela tinha vindo, imaginando que o cocheiro podia ter sido o homem em mangas de camisa ou o do olho preto; e qualquer que fosse, se ele não havia encontrado uma sombrinha que ela esquecera no coche na semana anterior; que sem dúvida haviam parado por muito tempo na Halfway House na vinda; ou que talvez o veículo estando lotado, eles teriam vindo sem paradas; e, por fim, que por certo deviam ter passado por Nicholas na rua.

— Não vi nem sinal dele — respondeu a Srta. La Creevy —, mas vi aquele velho senhor, o caro Sr. Linkinwater.

— Dando o passeio noturno dele e vindo para descansar um pouco aqui antes de voltar para a cidade, aposto! — disse a Sra. Nickleby.

— Acho que sim — respondeu a Srta. La Creevy. — Principalmente porque o jovem Sr. Cheeryble estava com ele.

— Certamente isso não é razão para o Sr. Linkinwater estar vindo aqui — disse Kate.

— Ora, eu acho que é, minha querida — disse a Srta. La Creevy. — Para um jovem, o Sr. Frank não parece ser muito dado a caminhadas; noto que ele geralmente fica cansado e precisa de um descanso longo quando chega aqui. Mas onde está o meu amigo? — perguntou a mulherzinha, verificando à sua volta, depois de ter lançado um olhar malicioso para Kate. — Ele não fugiu de novo, não é?

— Ah! Onde está o Sr. Smike? — perguntou a Sra. Nickleby. — Estava aqui agora mesmo.

Após outra pergunta, verificou-se, para grande surpresa da boa senhora, que Smike havia, naquele instante, subido para o quarto.

— Ora essa — disse a Sra. Nickleby —, que criatura mais estranha! Na terça-feira passada, foi mesmo na terça? Foi, sim, estou certa disso; você se lembra, Kate, minha querida, da última vez que o jovem Sr. Cheeryble esteve aqui... na terça-feira à noite, que ele desapareceu da mesma maneira estranha na hora em que bateram à porta? Não pode ser porque ele não gosta de visitas, pois ele sempre gosta das pessoas que gostam de Nicholas, e eu tenho certeza de que o Sr. Cheeryble gosta. E a coisa mais esquisita é que ele não vai se deitar; portanto, não é por cansaço. Eu sei que ele não vai dormir porque o meu quarto é o do lado, e, quando subi na terça-feira passada, horas depois dele, vi que não tinha nem mesmo tirado os sapatos e que não tinha acendido uma vela, então ele deve ter ficado se lastimando no escuro o tempo todo. Sinceramente — disse a Sra. Nickleby —, pensando bem, é muito esquisito!

Como suas interlocutoras não comentaram esse sentimento, permanecendo profundamente caladas, seja por não saberem o que dizer, seja por não quererem interromper, a Sra. Nickleby continuou naquela linha de discurso de seu próprio modo.

— Espero — disse ela — que esse comportamento esquisito não seja o começo de ele se retirar para a cama e viver ali para o resto da vida, como a Mulher Sedenta de Tutbury, ou o Fantasma de Cock Lane, ou alguma dessas criaturas extraordinárias. Uma delas tinha algum parentesco com a nossa família. Não me lembro, sem dar uma olhada numas cartas que tenho lá em cima, se foi o meu bisavô que era colega de escola do Fantasma de Cock Lane, ou a Mulher Sedenta de Tutbury que era colega de escola da minha avó. A Srta. La Creevy deve saber, naturalmente. Qual deles não dava ouvidos ao que o clérigo dizia? O Fantasma de Cock Lane ou a Mulher Sendenta de Tutbury?

— O Fantasma de Cock Lane, eu creio.

— Então não tenho dúvida — disse a Sra. Nickleby — de que ele e o meu bisavô eram colegas de escola; pois sei que o diretor da escola era um dissidente e que isso contribuiu, em grande parte, para que o Fantasma de Cock Lane agisse de forma imprópria para com o clérigo quando ficou adulto. Ah! Educar um fantasma... ainda criança, quer dizer...

Qualquer outra reflexão sobre esse fecundo tema foi abruptamente interrompida pela chegada de Tim Linkinwater e do Sr. Frank Cheeryble; pois, na urgência em recebê-los, a Sra. Nickleby mais que depressa perdeu de vista tudo o mais.

— Sinto muitíssimo por Nicholas não estar em casa — disse a Sra. Nickleby. — Kate, minha querida, você vai ter que ser tanto Nicholas quanto você mesma.

— Basta que a Srta. Nickleby seja ela mesma — disse Frank.

— Então, seja como for, ela deve insistir para que fiquem — observou a Sra. Nickleby. — O Sr. Linkinwater diz que ficarão dez minutos, mas não posso deixar irem embora assim tão rápido; Nicholas ficaria muito aborrecido, tenho certeza. Kate, minha querida!

Em obediência a um grande número de acenos e piscadelas e cenhos franzidos muito significativos, Kate também pediu que os visitantes ficassem mais tempo, mas era de se notar que ela se dirigia exclusivamente a Tim Linkinwater; e havia, além disso, certo constrangimento em seus modos, que, embora estivesse tão longe de prejudicar sua graciosidade, como a coloração que lhe transmitia à face estava de diminuir-lhe a beleza, era evidente a um olhar, até mesmo ao da Sra. Nickleby. Não sendo, porém, de um caráter muito especulativo, salvo em circunstâncias quando suas especulações podiam ser expressas em palavras e em voz alta, aquela discreta matrona atribuiu a emoção da filha ao fato de ela não estar usando seu melhor vestido: "embora eu nunca a tenha visto melhor, com certeza", pensou ela ao mesmo tempo. Tendo resolvido a questão dessa forma e ficado convicta de que nesse ponto e em todos os outros sua suposição só podia estar correta, a Sra. Nickleby tirou isso de seus pensamentos e se congratulou inteiramente por ser tão perspicaz e inteligente.

Nicholas não voltou para casa, nem Smike reapareceu; mas nenhuma das duas circunstâncias, para falar a verdade, surtiu grande efeito sobre o pequeno grupo, que estava no melhor estado de espírito possível. De fato, houve certo flerte entre a Srta. La Creevy e Tim Linkinwater, que disse várias coisas engraçadas e espirituosas e se tornou, aos poucos, muito galanteador, para não dizer afetuoso. A pequena Srta. La Creevy, por sua vez, estava muito animada e zombou tanto de Tim por ter permanecido solteiro a vida inteira que ele se viu na verdade forçado a declarar que, se encontrasse alguém que o aceitasse, ele não sabia, mas talvez ainda mudasse de condição. A Srta. La Creevy recomendou seriamente uma mulher que ela conhecia, que seria ideal para o Sr. Linkinwater e que tinha uma confortável propriedade; mas esta última qualidade teve muito pouco efeito sobre Tim, que argumentou com virilidade que fortuna não era importante para ele, mas o mérito verdadeiro e um espírito alegre eram o que um homem deveria procurar numa mulher e que, se encontrasse isso, ele poderia conseguir dinheiro suficiente para as necessidades moderadas de ambos. Essa declaração foi considerada tão honrosa para Tim que nem a Sra. Nickleby nem a Srta. La Creevy conseguiram elogiá-la suficientemente; e, estimulado por aqueles louvores, Tim lançou diversas outras declarações também revelando seu coração desinteressado e uma grande admiração pelo sexo frágil: que foram recebidas com não menos aprovação. Isso foi feito e dito com uma mistura cômica de brincadeira e seriedade, e, levando a uma grande risadagem, deixou-as muito felizes de fato.

Kate era em geral a alma da conversa em casa; mas estava mais silenciosa do que o usual naquela ocasião (talvez porque Tim e a Srta. La Creevy monopolizassem uma boa parte dela) e, mantendo-se distante dos falantes, sentou-se à janela observando as sombras à medida que anoitecia e apreciando a silenciosa beleza da noite, o que parecia exercer não menos atração sobre Frank, que primeiro ficou por perto e depois sentou-se ao lado dela. Sem dúvida, há muitas coisas a serem ditas que são próprias a uma noite de verão, e sem dúvida elas são mais bem ditas em voz baixa, como é bem adequado à paz e serenidade da hora; pausas longas também, às vezes, e então uma ou outra palavra séria, depois outro intervalo de silêncio que de alguma forma não parece silêncio também, e por ventura de vez em quando um rápido virar de cabeça, ou um baixar de olhos para o chão, todas essas pequenas circunstâncias, e mais um desinteresse em que as velas sejam acesas, além de uma tendência a confundir horas com minutos são, não resta dúvida, meras influências do tempo, como muitos belos lábios podem claramente atestar. Nem tampouco há a mínima razão para a Sra. Nickleby ter expressado surpresa quando as velas no final foram levadas para dentro e os olhos brilhantes de Kate não conseguiram suportar a luz que a obrigou a virar o rosto e até mesmo deixar a sala por algum tempo; porque, quando alguém fica no escuro por tanto tempo assim, as velas *são* ofuscantes, e nada pode ser mais estritamente natural do que resultados como esse serem produzidos, como todos os jovens bem-informados sabem. A propósito, os velhos também sabem disso, ou já souberam algum dia, mas às vezes esquecem essas coisas, e é uma pena.

A surpresa da boa senhora, entretanto, não terminou aí. Foi bastante aumentada quando Kate não teve o menor apetite no jantar, descoberta esta tão alarmante que não há como saber em quais incontáveis esforços de oratória as apreensões da Sra. Nickleby foram expressas, se a atenção geral não tivesse sido atraída, naquele momento, por um barulho incomum e muito estranho que vinha, como a pálida e trêmula criada afirmou, e como o sentido de audição de todos confirmou, "descendo pela chaminé" do cômodo ao lado.

Sendo muito claro à compreensão de todos os presentes que, por mais extraordinário e improvável que pudesse parecer, o barulho vinha, de fato, da chaminé em questão; e o barulho (que era um estranho misto de vários sons de algo arrastando, escorregando, rolando e lutando, todos abafados pela chaminé) tendo continuado, Frank Cheeryble pegou uma vela e Tim Linkinwater pegou as tenazes, e eles teriam descoberto com rapidez a causa dessa confusão se a Sra. Nickleby não tivesse quase desmaiado e se recusado terminantemente a ser deixada sozinha. Isso causou certo protesto, que terminou com todos eles seguindo em grupo para a sala em questão, excetuando-se apenas a Srta. La Creevy, que, como a criada confessou espontaneamente ter sofrido acessos na infância, ficou com ela para dar o alarme e aplicar os revigorantes, em caso extremo.

Avançando para a porta do misterioso cômodo, eles ficaram não pouco surpresos ao ouvirem uma voz humana cantando, com entonação altamente melancólica e abafada como se produzida por alguém debaixo de cinco ou seis colchões de pena da melhor qualidade, uma canção popular de outrora: "Foi ela então infiel, a bela donzela que adoro?". Nem ao irromperem sala adentro sem discussão seu espanto foi menor, ao descobrirem que esses sons românticos certamente provinham da garganta de um homem enfiado na chaminé, de quem nada era visível a não ser um par de pernas penduradas acima da grade da lareira, aparentemente procurando tocar, com extrema ansiedade, a parte mais alta da grade para ter onde pousar.

Uma cena tão incomum e estranha aos negócios como essa paralisou completamente Tim Linkinwater, que, depois de uma ou duas beliscadas no calcanhar do estranho, que não produziram efeito algum, ficou batendo as hastes da tenaz, como se as estivesse afiando para um novo ataque, mas não fez nada.

— Isso deve ser algum bêbado — disse Frank. — Nenhum ladrão anunciaria a sua presença assim.

Ao dizer isso com grande indignação, ele ergueu a vela para ver melhor aquelas pernas e se aproximava para puxá-las para baixo com muito pouca cerimônia quando a Sra. Nickleby, juntando as mãos, emitiu um som agudo, algo entre um grito e uma exclamação, e quis saber se as misteriosas pernas não estariam usando ceroulas e meias de lã cinzentas, ou se seus olhos a enganavam.

— Estão, sim — disse Frank, olhando mais de perto. — Roupas de baixo com certeza e... e... meias grossas cinzentas, também. Conhece este homem, senhora?

— Kate, minha querida — disse a Sra. Nickleby, sentando-se cuidadosamente numa cadeira com uma espécie de resignação desesperada que parecia implicar que agora as coisas haviam atingido uma crise e que qualquer dissimulação era inútil —, tenha a bondade, meu amor, de explicar precisamente essa situação. Eu não dei nenhuma esperança a ele... nenhuma... nem a mínima no mundo. Você sabe disso muitíssimo bem, minha querida. Ele foi muito respeitoso, por demais respeitoso, quando se declarou, como você foi testemunha; mas, ao mesmo tempo, se vou ser perseguida dessa forma, se legumes, esqueço o nome deles, e todo o tipo de coisas do jardim vão se espalhar no meu caminho quando estou do lado de fora, e se os cavalheiros vão se sufocar na chaminé da nossa casa, realmente não sei... sinceramente, *não* sei... o que será de mim. É um caso muito difícil... mais difícil do que qualquer coisa a que já fui exposta antes de me casar com seu pobre e querido papai, embora tenha sofrido muitos aborrecimentos naquela época... mas isso, é claro, eu já esperava e estava decidida a aceitar. Quando eu não tinha ainda nem mesmo a sua idade, minha querida, um rapaz que sentava ao nosso lado na igreja costumava, quase todos os domingos, gravar meu nome em letras grandes nas costas do banco da frente enquanto era dado o sermão. Era gratificante, é claro, como é natural, mas mesmo assim era um aborrecimento, porque o banco ficava num lugar visível, e ele foi diversas vezes retirado publicamente pelo sacristão por causa disso. Mas nada se comparava a isto. Agora é muito pior e muito mais embaraçoso. Eu preferia, minha querida Kate — disse a Sra. Nickleby, com grande solenidade e numa efusão de lágrimas —, eu preferia, sem dúvida, ter sido a mulher com cara de porco do que ser exposta a uma vida como esta.

Frank Cheeryble e Tim Linkinwater olhavam, com espanto irreprimível, primeiro um para o outro e depois para Kate, que achou ser necessária uma explicação, mas que, entre o terror do surgimento das pernas, o seu medo de que o dono delas fosse sufocado e a sua ansiedade por dar uma solução ao mistério o menos ridícula possível, não conseguiu dizer uma única palavra.

— Ele me causa grande dor — continuou a Sra. Nickleby, secando os olhos —, grande dor; mas não toquem num fio de cabelo dele, eu peço. De modo algum, toquem num fio de cabelo dele.

Não teria sido, naquelas circunstâncias, muito fácil tocar num fio de cabelo do cavalheiro como a Sra. Nickleby parecia imaginar, visto que essa parte da pessoa estava a mais de um metro acima na chaminé, que não era absolutamente larga. Mas, como durante todo esse tempo ele não havia deixado de cantar a perda da bela donzela que fora infiel, e agora começava não somente a cantar com voz rouca e fraca, mas também a chutar com grande violência, como se a respiração fosse uma tarefa difícil, Frank Cheeryble, sem hesitar, puxou-o pela roupa e pelas meias com tanta força que o trouxe aos tropeços para dentro de casa, com maior precipitação do que havia calculado.

— Ah! Sim, sim — disse Kate, logo que a figura do singular visitante apareceu dessa forma abrupta. — Sei quem ele é. Por favor, não seja duro com ele. Ele está machucado? Espero que não. Ah, por favor, veja se ele está machucado.

— Não está, eu lhe garanto — respondeu Frank, segurando o objeto de sua surpresa, depois desse apelo, com súbita delicadeza e respeito. — Ele não está nada machucado.

— Não deixe que ele se aproxime — disse Kate, recuando o máximo possível.

— Não, não, ele não vai se aproximar — respondeu Frank. — Estou segurando-o aqui, está vendo? Mas posso perguntar o que isso significa e se estavam esperando este senhor?

— Ah, não — respondeu Kate —, claro que não; mas ele... mamãe acha que não, mas eu creio que... ele é louco e fugiu da casa ao lado, e deve ter achado uma oportunidade de se esconder aqui.

— Kate — interrompeu a Sra. Nickleby com severa dignidade —, você me surpreende.

— Minha querida mamãe — protestou Kate gentilmente.

— Você me surpreende — repetiu a Sra. Nickleby. — Sinceramente, Kate, estou muito surpresa de que você se junte àqueles que acusam este infeliz senhor, quando sabe muito bem que eles têm os mais vis planos em relação à propriedade dele e que este é todo o segredo do caso. Seria muito mais bondoso de sua parte, Kate, pedir ao Sr. Linkinwater e ao Sr. Cheeryble que interferissem em favor desse homem, para fazer justiça a ele. Não deve deixar seus sentimentos influenciarem você; não é certo, muito longe disso. O que acha dos meus sentimentos? Se alguém devia ficar indignado aqui, quem seria? Eu, claro, e com toda a razão. Mas também não cometeria essa injustiça por nada no mundo. Não — continuou a Sra. Nickleby, levantando-se e desviando o olhar com uma espécie de tímida nobreza —, este senhor vai entender quando eu lhe der a mesma resposta que dei no outro dia, e que sempre vou repetir, embora acredite que ele seja sincero quando vejo se colocar numa situação tão terrível como essa por minha causa; e peço que ele tenha a bondade de ir logo embora, ou vai ser impossível esconder do meu filho Nicholas esse comportamento. Fico agradecida a ele, muito agradecida, mas não posso ouvir o que tem a dizer, nem por um instante. É impossível.

Enquanto essa fala estava em curso, o velho cavalheiro, com o nariz e as bochechas embelezadas por grandes manchas de fuligem, sentou-se no chão com os braços cruzados, olhando para os espectadores em profundo silêncio e com porte altivo. Ele não pareceu prestar a mínima atenção ao que a Sra. Nickleby disse, mas, quando ela parou de falar, ele a reverenciou com um longo olhar e perguntou se ela havia terminado.

— Não tenho mais nada a dizer — respondeu essa senhora modestamente. — Não posso dizer mais nada.

— Muito bem — disse o velho cavalheiro, erguendo a voz —, traga a garrafa de relâmpago, um copo limpo e um saca-rolha.

Como ninguém executou aquela ordem, o velho cavalheiro, depois de uma breve pausa, ergueu a voz novamente e exigiu um sanduíche de trovão. Este artigo também não tendo sido trazido, pediu para ser servido com um guisado de botas e um molho de peixe-dourado, em seguida gargalhando estrondosamente e, então, presenteando seus ouvintes com um mugido muito alto e melodioso.

Mas, ainda assim, a Sra. Nickleby, em resposta aos significativos olhares à sua volta, balançou a cabeça como para assegurar que não vira nada de mais naquilo, a menos, é claro, um leve grau de excentricidade. Ela poderia ter ficado impressionada com essas opiniões até o último instante de sua vida, não fosse por uma virada das circunstâncias, que, triviais como o eram, alteraram todo o caráter do caso.

Aconteceu que a Srta. La Creevy, vendo que sua paciente não se encontrava numa situação de risco e sendo fortemente impelida pela curiosidade para ver o que se passava ali, irrompeu sala adentro enquanto o velho cavalheiro se encontrava no ato de mugir. Aconteceu também que, no instante em que o velho cavalheiro a viu, calou-se de repente, ficou em pé de um salto e começou a beijar a própria mão de modo violento: mudança esta de comportamento que quase deixou a pequena pintora de miniaturas fora de si, e o pavor a levou a se esconder atrás de Tim Linkinwater com a maior rapidez.

— Ah! — gritou o velho cavalheiro, juntando as mãos e apertando-as com força. — Agora ela está aqui; agora ela está aqui! Meu amor, minha vida, minha noiva, minha beleza sem par. Ela veio, finalmente... finalmente... tudo são flores!

A Sra. Nickleby pareceu um tanto confusa por um instante, porém, recuperando-se de imediato, balançou a cabeça afirmativamente para a Srta. La Creevy e para os outros espectadores, diversas vezes, franziu o cenho e sorriu com gravidade, dando a entender a todos que via onde estava o engano e que o corrigiria em poucos minutos.

— Ela veio! — disse o velho cavalheiro, colocando a mão no coração. — Cormoran e Blunderbore! Ela veio! Toda a riqueza que tenho é dela, se me aceitar como escravo. Onde existem graça, beleza e encanto como estes? Na imperatriz de Madagascar? Não. Na dama de Ouro? Não. Na Sra. Rowland, que diariamente se banha no Kalydor para nada? Não. Misturem tudo numa só, junte as três graças, as nove musas e as catorze filhas de padeiros de Oxford Street e façam uma mulher com metade dessa beleza. Hã! Eu desafio vocês.

Depois dessa fala bombástica, o velho cavalheiro estalou os dedos de vinte a trinta vezes e, em seguida, entregou-se a uma enlevada contemplação dos encantos da Srta. La Creevy. Isso proporcionando à Sra. Nickleby uma boa oportunidade de explicação, ela não hesitou.

— Com certeza — disse a digna senhora, com uma tosse prefacial —, é um grande alívio, diante das difíceis circunstâncias, ver que fui confundida com outra pessoa... um grande alívio; e é uma situação que nunca aconteceu antes, embora eu tenha muitas vezes sido confundida com a minha filha Kate. Não tenho dúvida de que as pessoas foram muito tolas e deveriam ter prestado mais atenção, mas a verdade é que elas me tomaram pela minha filha e, é claro, não foi culpa minha, e dificilmente eu seria responsabilizada por isso. Entretanto, na atual situação, é claro, eu seria muito injusta se permitisse que alguém... especialmente alguém a quem sou bastante grata... se sentisse mal por causa de mim. E, portanto, acho que é meu dever dizer a esse cavalheiro que ele está enganado, que sou eu a mulher que alguém, por pura impertinência, lhe disse que era a sobrinha do Chefe do Setor de Pavimentação, e peço e suplico a ele que se retire calmamente, nem que seja apenas — nesse ponto a Sra. Nickleby deu um riso forçado e hesitou — por *mim*.

Podia se esperar que o velho cavalheiro tivesse sido tocado no coração pela delicadeza e condescendência desse apelo, e que ele ao menos tivesse dado uma resposta cortês e apropriada. Qual, então, não foi o choque da Sra. Nickleby quando, dirigindo-se a *ela* de maneira categórica, ele respondeu em voz alta e sonora: — Fora! Gata!

— Senhor! — disse a Sra. Nickleby com voz fraca.

— Gata! — repetiu o velho cavalheiro. — Bichana, felina, jaguatirica, gata velha, gata-do-mato, malhada! Sai! Com este último som emitido entredentes de maneira sibilante, o velho cavalheiro balançou os braços várias vezes de forma violenta, ao mesmo tempo avançando e recuando em direção à Sra. Nickleby, alternadamente, numa espécie de dança selvagem com que os garotos nos dias de mercado são vistos assustando porcos, ovelhas e outros animais quando estes dão obstinadas indicações de virarem na rua errada.

A Sra. Nickleby não desperdiçou palavras, mas emitiu uma exclamação de horror e surpresa e imediatamente desmaiou.

— Vou cuidar da mamãe — disse Kate, apressando-se. — Eu não estou com medo. Mas, por favor, levem esse homem daqui: peço que o levem daqui!

Frank não estava de todo confiante em conseguir atender àquele pedido, até que lhe veio à mente o estratagema de pedir à Srta. La Creevy que fosse alguns passos à frente e insistir para que o velho a seguisse. Aquilo foi um verdadeiro milagre, e ele saiu mergulhado em admiração, fortemente guardado por Tim Linkinwater de um lado e o próprio Frank do outro.

— Kate — murmurou a Sra. Nickleby, acordando quando tudo estava mais calmo —, ele já foi?

Ela foi assegurada de que sim.

— Nunca vou me perdoar, Kate — disse a Sra. Nickleby. — Nunca! Esse senhor perdeu a razão, e *eu* fui a infeliz causadora.

— *A senhora*, a causa! — disse Kate, perplexa.

— Eu, meu amor — respondeu a Sra. Nickleby, com uma calma desesperadora. — Você viu como ele estava no outro dia; e está vendo como ele está agora. Eu disse a seu irmão, várias semanas atrás, Kate, que esperava que uma desilusão não fosse demais para ele. Você está vendo o estado em que ele se encontra agora. Deixando um pouco de lado as esquisitices, você viu como a conversa dele foi racional, sensível e respeitosa quando o vimos no jardim. Você ouviu os absurdos horríveis que ele disse hoje e a maneira como se portou com aquela pobre e infeliz solteirona. Pode alguém ter dúvidas do que causou tudo isso?

— Eu não posso imaginar ninguém — respondeu Kate suavemente.

— *Eu* também não — disse sua mãe. — Bom! Se eu sou a infeliz causa disso, tenho a satisfação de saber que não sou culpada. Eu disse a Nicholas, eu disse a ele: "Nicholas, meu querido, devemos ter muito cuidado com a nossa maneira de proceder". Mas ele nem quis me escutar. Antes o caso tivesse sido conduzido da maneira certa desde o início, como eu queria que fosse! Mas vocês dois são tão parecidos com seu pobre papai. Pelo menos, eu tenho o *meu* consolo, e isso é o que basta para mim!

Lavando, assim, as mãos de toda a responsabilidade nessa questão, passada, presente ou por vir, a Sra. Nickleby bondosamente acrescentou que esperava que seus filhos nunca tivessem motivos, como ela, de se recriminar e se preparou para receber a escolta, que logo retornou com a notícia de que o velho cavalheiro estava seguro em casa e que haviam encontrado seus cuidadores, que se divertiam com alguns amigos, totalmente alheios a seu desaparecimento.

Tendo a calma sido restabelecida, uma agradável meia hora — como Frank a chamou, enquanto seguia falando com Tim Linkinwater no caminho de volta para casa — foi passada em conversa e, como o relógio de Tim indicava que já era o momento de partirem, as senhoras foram deixadas sozinhas, apesar de várias ofertas terem sido feitas por parte de Frank para ficar até a chegada de Nicholas, não importando a que horas da noite, se, depois da súbita invasão do vizinho, elas tivessem algum medo de ficar sozinhas. Entretanto, como demonstravam não estar preocupadas, tirando-lhe o pretexto para insistir em montar guarda, ele foi obrigado a abandonar a cidadela e partir com o fiel Tim.

Quase três horas de silêncio se passaram. Kate ruborizou ao descobrir, quando Nicholas voltou, quanto tempo havia ficado sozinha, ocupada com seus próprios pensamentos.

— Eu realmente pensei que tinha sido meia hora — ela disse.

— Devem ter sido pensamentos agradáveis, Kate — disse Nicholas, alegremente —, para fazer passar o tempo assim. Quais eram eles, então?

Kate pareceu confusa; brincou com alguns objetos que estavam sobre a mesa, ergueu a vista e sorriu, baixando-a em seguida e derramando uma lágrima.

— O que foi, Kate? — perguntou Nicholas, puxando a irmã para si e beijando-a. — Deixe-me ver o seu rosto. Não? Ah, foi muito rápido; não é justo. Deixe-me ver melhor, Kate. Vamos... vou ler os seus pensamentos para você.

Havia algo nessa proposta, apesar de ter sido feita sem muita convicção ou objetivo, que alarmou tanto a irmã que Nicholas rindo mudou o assunto para questões domésticas e assim veio a saber, pouco a pouco, quando deixaram a sala e subiram juntos, como Smike se isolara durante toda a noite — e muito pouco a pouco também, pois nesse assunto Kate parecia falar com alguma relutância.

— Pobrezinho — disse Nicholas, batendo de leve na porta dele —, qual terá sido a causa disso?

Kate apoiava-se no braço do irmão. A porta foi aberta tão rapidamente que ela não teve tempo de se soltar antes que Smike, muito pálido e abatido, e totalmente vestido, se apresentasse diante deles.

— E você não foi dormir? — perguntou Nicholas.

— N...n...não — foi a resposta.

Nicholas gentilmente deteve a irmã, que fizera menção de se retirar, e perguntou: — Por que não?

— Não consegui dormir — respondeu Smike, segurando a mão que seu amigo lhe estendera.

— Está passando mal? — perguntou Nicholas.

— Estou melhor, na verdade. Muito melhor — respondeu Smike rapidamente.

— Então por que se entrega a esses acessos de melancolia? — continuou Nicholas, com seu jeito bondoso. — E por que não dizer a causa? Você está muito diferente, Smike.

— Estou; sei que estou — ele respondeu. — Um dia eu lhe digo por quê, mas agora não. Eu me odeio por isso; vocês são tão bons e atenciosos. Mas não consigo evitar. Meu coração está muito cheio; não podem imaginar como está cheio.

Ele apertou a mão de Nicholas antes de largá-la e, olhando por um instante para os dois irmãos ali juntos, como se houvesse algo na forte afeição deles que lhe tocava muito profundamente, entrou no quarto e logo era o único desperto embaixo daquele silencioso teto.

CAPÍTULO L

Que envolve uma séria catástrofe

A pequena pista de corrida de Hampton estava no auge de sua alegria; o dia, tão deslumbrante quanto um dia podia ser; o sol, a pino e brilhando em todo seu esplendor num céu claro. As cores vistosas que oscilavam no ar, desde o assento da carruagem ao extravagante topo das barracas, reluziam em seus mais berrantes matizes. Velhas e desbotadas bandeiras pareciam novas outra vez, dourações opacas voltaram a ser polidas, lonas manchadas e estragadas pareciam brancas como a neve, os próprios trapos dos mendigos estavam renovados, e a compaixão quase esquecia sua caridade na fervente admiração de pobreza tão pitoresca.

Era uma daquelas cenas de vida e animação, capturada em seus momentos mais brilhantes e vigorosos, que não podem deixar de agradar; pois, se os olhos se cansarem de exposição e resplendor, ou os ouvidos se enfadarem do barulho incessante, uns podem repousar virando-se para onde quiserem, para rostos vivos, felizes e esperançosos, e outros, abafando toda a atenção dos sons mais irritantes naqueles de alegria e divertimento. Até mesmo os rostos queimados do sol das crianças ciganas, seminuas como andam, sugerem um toque de conforto. É uma coisa agradável ver que o sol esteve ali; saber que o ar e a luz recaem sobre elas todos os dias, sentir que elas *são* crianças e levam vida de crianças; que, se seus travesseiros estiverem úmidos, é do orvalho do céu, e não de lágrimas; que as pernas das meninas são livres, e não incapacitadas por deformidades que impõem um terrível e antinatural castigo a seu sexo; que sua vida é passada, dia após dia, entre as árvores balançantes, e não em meio a máquinas assustadoras que envelhecem as criancinhas antes mesmo de elas saberem o que é a infância e lhes impigem o cansaço e a doença da velhice sem, contudo, como os velhos, terem o privilégio de morrer. Que as antigas lendas infantis sejam verdadeiras e que os ciganos roubem essas crianças aos montes!

A grande corrida do dia acabara de acontecer; e as fileiras de pessoas nos dois lados da pista de repente dispersando-se e precipitando-se para dentro dela conferia uma nova vivacidade à cena, que era outra vez de grande movimentação. Algumas pessoas corriam ansiosas para verem o cavalo vencedor; outras iam de um lado a outro procurando, não menos ansiosas, as carruagens que haviam deixado em busca de melhores postos. Aqui, um pequeno grupo se reunia em torno de uma mesa de jogo de dedais para assistir ao depenar de um infeliz novato; e ali outro proprietário com seus aliados usando vários disfarces — um homem de óculos; outro com um monóculo e um chapéu da moda; um terceiro, vestido como um fazendeiro muito bem de vida no mundo, levando o sobretudo no braço e suas anotações numa pasta grande de couro; e todos com chicotes de cabos pesados para representar inocentes interioranos que haviam ido para lá a cavalo — buscavam, com fala alta e barulhenta e fingindo jogar, fazer cair na armadilha algum freguês ingênuo, enquanto os cavalheiros aliados (de aspecto mais vil ainda, com roupas de linho, boas e limpas) traíam seu grande interesse no assunto pelos olhares furtivos e ansiosos que lançavam a todos os que ali chegavam. Estes ficavam em volta de um grande círculo de pessoas reunidas em torno de algum malabarista itinerante que, por sua vez, estava do lado oposto de uma banda de música barulhenta ou do clássico jogo de "Argolas no Touro", enquanto ventríloquos conversando com bonecos de madeira e cartomantes abafando os gritos de bebês de verdade dividiam com eles, e com muitos outros, a atenção geral dos presentes. As barracas de bebidas estavam lotadas, copos tiniam ao serem carregados, cestos grandes para esvaziar, tentadoras provisões a serem expostas, garfos e facas a tilintar, rolhas de champanhe a voar, olhos, sem vida antes, a brilhar, e batedores de carteira a contar seus ganhos da última investida. A atenção até pouco tempo dirigida a um único objeto de interesse estava agora dividida entre centenas; e, para onde quer que se olhasse, via-se um grupo heterogêneo de pessoas comendo, rindo, falando, mendigando, jogando e fazendo pantomimas.

Havia uma grande exibição de barracas de jogo, medrando em todo o esplendor de chão acarpetado, tapeçarias listradas, panos vermelhos, tetos altos, vasos de gerânios e criados de uniformes. Havia o clube dos Estrangeiros, do Ateneu, do Hampton, do St. James, e uns dois quilômetros de clubes onde se podia jogar; e havia vários jogos, entre eles o *rouge-et-noir*, o jogo de azar francês e outros jogos para jogar. É numa dessas barracas que nossa história se passa.

Provida de três mesas de jogo e lotada de jogadores e espectadores, a barraca estava extremamente quente, embora fosse o maior lugar do tipo na área, uma parte do teto de lona estivesse enrolada para a entrada de mais ar e houvesse duas portas para a livre passagem dos que entravam e saíam. Exceto por um ou dois homens, cada um com uma grande quantidade de meias-coroas, contrastadas com uns poucos soberanos perdidos na mão esquerda, que arriscavam seu dinheiro a cada giro da bola com a tranquilidade profissional que revelava serem eles acostumados àquilo e que haviam jogado o dia inteiro e muito provavelmente todo o dia anterior, não havia uma personalidade marcante entre os jogadores. Eles eram em sua maioria rapazes, que pareciam atraídos pela curiosidade ou por apostas de pequenas somas, como parte do divertimento do dia, sem muito interesse em ganhar ou perder. Havia duas pessoas presentes, no entanto, que, como dois espécimes característicos de uma classe, merecem uma breve menção.

Uma delas era um homem de uns cinquenta e seis a cinquenta e oito anos, que estava numa cadeira próxima à entrada da barraca, com as mãos juntas no topo de sua bengala e o queixo aparecendo acima delas. Ele era alto, gordo, tronco alongado e estava de casaco verde-claro abotoado até o pescoço, o que fazia seu corpo parecer ainda mais longo. Usava, além disso, calças pardas e perneiras, um lenço de pescoço branco e um chapéu também branco de abas largas. Entre todo o burburinho dos jogos e o perpétuo movimento de pessoas que entravam e saíam, ele parecia totalmente calmo e alheio, sem a mínima partícula de agitação em sua maneira de ser. Não apresentava sinais de tédio, nem, para um eventual observador, de interesse. Lá ele permanecia quieto e tranquilo. Às vezes, mas muito raramente, cumprimentava com um aceno de cabeça algum rosto que passava, ou fazia sinal para um garçom atender a um chamado de uma das mesas. No instante seguinte, retornava ao antigo estado. Ele poderia ser um velho muito surdo que entrara ali para descansar, ou poderia estar esperando pacientemente por um amigo sem a menor consciência da presença de ninguém, ou ter caído num transe, ou ainda estar sob o efeito do ópio. As pessoas viravam-se para lhe dirigir o olhar; ele não fazia gesto algum, não fitava ninguém nos olhos, deixava que todos passassem por ali e outros viessem, seguidos de outros mais, e não tomava conhecimento de ninguém. Quando fazia qualquer movimento, parecia extraordinário algo ter ocasionado isso. E, na verdade, era. Porém, não havia um rosto que entrasse ou saísse dali que esse homem deixasse de ver; nenhum gesto de cada uma das três mesas que ele não percebesse; nenhuma palavra dita pelos banqueiros que não lhe alcançasse os ouvidos; nenhum ganhador ou perdedor que ele não notasse. E ele era o proprietário do lugar.

A outra pessoa era um homem que presidia a mesa do jogo de *rouge-et-noir*. Era provavelmente uns dez anos mais novo, um sujeito gordo, barrigudo, de aspecto robusto, com o lábio inferior um tanto contraído pelo hábito de contar dinheiro em silêncio ao fazer um pagamento, mas decididamente sem nenhuma expressão má no rosto, que era, ao contrário, sincero e jovial. Não usava casaco, por estar quente, e ficava por trás da mesa com um monte enorme de coroas e meias--coroas diante de si e uma caixa para as notas. Esse jogo era contínuo. Talvez umas vinte pessoas apostassem ao mesmo tempo. Esse homem tinha de fazer girar a bola, prestar atenção às apostas quando eram feitas, recolhê-las daqueles que haviam perdido para pagar àqueles que tivessem ganhado, fazer isso com o maior despacho, fazer girar a bola de novo e manter esse jogo em perpétua atividade. Ele fazia isso com uma rapidez absolutamente maravilhosa; nunca hesitando, nunca cometendo erros, nunca parando e nunca interrompendo sua repetição de frases desconexas como as a seguir, as quais, em parte por hábito, em parte por ter algo apropriado e profissional a dizer, ele dizia com uma ênfase monótona e quase na mesma ordem, o dia inteiro:

— Ruge-e-nuar de Paris! Cavalheiros, façam seus jogos e mantenham seus palpites... a qualquer momento enquanto a bola girar... ruge--e-nuar de Paris, cavalheiros, é um jogo francês, cavalheiros, eu trouxe de lá, eu mesmo, sim, eu trouxe!... Ruge-e-nuar de Paris... vence o preto... o preto... espere um minuto, senhor, e eu lhe pago na hora... dois lá, meia libra lá, três lá... e um lá... cavalheiros, a bola está girando... o tempo todo, senhor, enquanto a bola gira!... A beleza deste jogo é que podem dobrar suas apostas ou colocar na mesa seu dinheiro, cavalheiros, a qualquer momento enquanto a bola girar... preto novamente... vence o preto... nunca vi coisa assim... nunca, em toda a minha vida, sinceramente nunca vi; se algum cavalheiro apostou no preto nos últimos cinco minutos, deve ter ganhado quarenta e cinco libras em quatro giros da bola, deve, com certeza. Cavalheiros, temos vinho do Porto, xerez, cigarros e um excelente champanhe. Aqui, garçom, traga uma garrafa de champanhe e uns doze ou quinze cigarros para cá... e vamos ficar à vontade, cavalheiros... e tragam uns copos limpos... a qualquer momento enquanto a bola girar! Eu perdi cento e trinta e sete libras ontem, cavalheiros, num giro da bola, perdi, sim!... Como vai, senhor? (reconhecendo algum cavalheiro sem parada ou mudança de voz, e piscando tão de leve que parecia acidental), aceita um copo de xerez, senhor?... aqui, garçom!... traga um copo limpo e sirva xerez a este senhor... depois vá servindo por aí... sim, garçom?... Este é o ruge-e-nuar de Paris, cavalheiros... a qualquer momento enquanto a bola girar!... cavalheiros, façam seus jogos e mantenham seus palpites... é o ruge-e-nuar de Paris... um jogo novo, eu trouxe de Paris, eu mesmo, trouxe, sim... cavalheiros, a bola está girando.

Esse empregado estava em pleno exercício de sua função, quando meia dúzia de pessoas atravessou a barraca devagar, diante dos quais, mas sem parar nem a fala nem o trabalho, se curvou respeitosamente, ao mesmo tempo dirigindo, com um olhar, a atenção de um homem a seu lado para a figura mais alta do grupo, em consideração a quem o proprietário tirou o chapéu. Era *Sir* Mulberry Hawk, com quem estavam seu amigo e pupilo e um pequeno grupo de homens trajados com elegância, de caráter mais duvidoso do que obscuro.

O proprietário, em voz baixa, deu bom-dia a *Sir* Mulberry. *Sir* Mulberry, no mesmo tom, mandou o proprietário para o inferno e voltou-se para falar com seus amigos.

Notava-se nele certa irritação por ser objeto de curiosidade na primeira vez em que se apresentava em público depois do acidente de que fora vítima; e era fácil perceber que ele fora ao hipódromo naquele dia, mais na esperança de encontrar muitas pessoas que o conheciam e assim superar seu constrangimento ao máximo e de imediato do que com um propósito esportivo. Mas lhe restava uma pequena cicatriz no rosto e, sempre que era reconhecido pelas pessoas que entravam e saíam, como acontecia a cada minuto, ele fazia um esforço incansável para escondê-la com sua luva; revelando assim como ainda sentia a desgraça que sofrera.

— Ah, Hawk! — exclamou um personagem elegantemente vestido com uma sobrecasaca, um fino lenço de pescoço e todos os outros acessórios da mais extraordinária qualidade. — Como vai, meu velho camarada?

Esse homem, seu rival, era um treinador de jovens nobres e cavalheiros, e a pessoa, entre todas, que *Sir* Mulberry mais detestava e temia encontrar. Eles trocaram apertos de mãos com excessiva cordialidade.

— E como está passando agora meu velho camarada, hein?

— Muito bem, muito bem — respondeu *Sir* Mulberry.

— Isso é bom — disse o outro. — Como vai, lorde Frederick? Nosso amigo aqui está um pouco abatido. Ainda um tanto fora de forma, hein?

Deve-se observar que o cavalheiro tinha dentes muito brancos e que, quando não havia desculpa para rir, geralmente terminava a frase com o mesmo monossílabo, que era pronunciado com intenção de exibi-los.

— Ele está muito bem; não há problema algum com ele — disse o jovem nobre com indiferença.

— Por Deus, fico feliz de ouvir isso — observou o outro. — Chegaram agora de Bruxelas?

— Chegamos à cidade ontem, tarde da noite — disse lorde Frederick. *Sir* Mulberry virou-se para falar com um dos integrantes de seu grupo e fingiu não escutar.

— Ora, por Deus — disse o amigo, falando num sussurro afetado —, é muita coragem e disposição de Hawk se apresentar em público assim tão cedo. Digo isso como amigo; é muita coragem e disposição dele. Você sabe, ele ficou tempo demais afastado para despertar a curiosidade, mas não tempo suficiente para fazer as pessoas esquecerem aquele amaldiçoado e desagradável... a propósito, é evidente que você conhece bem a história. Por que não disse a verdade àqueles malditos jornais? Raramente leio os jornais, mas li sobre isso, e será que eu...

— Leia os jornais — interrompeu *Sir* Mulberry, virando-se de súbito — amanhã... não, depois de amanhã, por favor.

— Por Deus, meu camarada, raramente, ou nunca, leio os jornais — disse o outro, dando de ombros —, mas vou ler, por recomendação sua. O que devo procurar?

— Bom dia — disse *Sir* Mulberry, virando-se abruptamente e levando consigo seu pupilo. Retomando, de novo, o passo lento e descuidado com que entraram, saíram os dois de braços dados.

— Não vou sugerir que ele leia um caso de assassinato — resmungou *Sir* Mulberry com uma praga —, mas será algo muito perto disso, se chicotadas cortam e cacetadas ferem.

Seu companheiro não disse nada, mas havia algo em seu jeito que fez com que *Sir* Mulberry acrescentasse, com quase tanta ferocidade como se seu amigo fosse o próprio Nicholas:

— Mandei Jenkins falar com o velho Nickleby hoje, antes das oito da manhã. Ele é um camarada leal; estava aqui comigo antes do mensageiro. Eu soube tudo por ele nos primeiros cinco minutos. Sei onde esse cão pode ser encontrado; hora e lugar, ambos. Mas não é preciso falar; amanhã já está quase aí.

— E o que vai acontecer amanhã? — perguntou lorde Frederick.

Sir Mulberry Hawk o honrou com um olhar raivoso, e não condescendeu em dar resposta alguma a essa pergunta. Os dois caminharam irritados, como se seus pensamentos estivessem intensamente ocupados, até terem se livrado da multidão e já estarem quase sozinhos, quando *Sir* Mulberry deu meia-volta para retornar.

— Espere — disse seu companheiro —, quero falar seriamente com você. Não volte. Vamos conversar aqui, só uns minutos.

— O que você tem para me dizer que não pode dizer lá, mas pode dizer aqui? — perguntou seu mentor, soltando seu braço.

— Hawk — disse o outro —, diga-me uma coisa; eu tenho que saber.

— *Tem que* saber — interrompeu o outro desdenhosamente. — Ora! Continue. Se tem que saber, claro, não há escapatória para mim. Tem que saber!

— Tenho que perguntar, então — disse lorde Frederick —, e devo pressionar você para que me dê uma resposta simples e direta. O que acabou de dizer é um mero capricho do momento, causado apenas por estar de mau humor e irritado, ou é um plano sério seu, e que realmente levou em consideração?

— Ora, não se lembra do que se passou sobre este assunto, naquela noite, quando fui deixado com uma perna quebrada? — perguntou *Sir* Mulberry com um olhar de escárnio.

— Perfeitamente bem.

— Então considere isso uma resposta, diabos — respondeu *Sir* Mulberry —, e não me faça mais perguntas.

Tal era a ascendência que ele havia adquirido sobre o ingênuo, e tal era o hábito de submissão geral deste último, que, por um momento, o jovem pareceu meio temeroso de prosseguir com o assunto. Logo superou esse sentimento, no entanto, se é que isso o conteve, e respondeu com raiva:

— Se me lembro bem daquela noite a que se referiu, eu tinha uma opinião firme sobre o assunto e disse que, com meu conhecimento ou consentimento, você não deveria nunca fazer o que ameaçou agora.

— Você vai me impedir? — perguntou *Sir* Mulberry, com uma risada.

— S...sim, se eu puder — respondeu o outro, prontamente.

— Uma observação importante, muito apropriada, esta última — disse *Sir* Mulberry —, e necessária para você. Vamos! Cuide dos seus negócios, e deixe que eu cuido dos meus.

— Este é meu — retorquiu lorde Frederick. — Eu o torno meu; faço dele meu. Já é meu. Como está, estou mais comprometido do que deveria.

— Faça como quiser, e o que quiser, por você mesmo — disse *Sir* Mulberry fingindo um fácil bom humor. — Certamente isso deve contentá-lo. Não faça nada por mim; é só. Eu não recomendo a ninguém interferir nos procedimentos que eu escolher fazer. Estou certo de que me conhece o suficiente para não fazer isso. O fato é que, estou notando, você está querendo me dar conselho. É bem intencionado, não tenho dúvidas, mas não aceito. Agora, por favor, vamos voltar para a carruagem. Não estou me divertindo aqui, pelo contrário. Se prolongarmos esta conversa, vamos terminar brigando, o que não seria prova de sabedoria nem de sua parte nem da minha.

Com essa resposta e sem esperar por mais debates, *Sir* Mulberry Hawk bocejou e muito displicentemente deu as costas.

Não havia nem um pouco de tato, nem conhecimento da disposição do jovem lorde neste modo de tratá-lo. *Sir* Mulberry viu claramente que, se era para seu domínio durar, deveria ser estabelecido agora. Sabia que, no momento em que se tornasse violento, o jovem lorde se tornaria violento também. Havia, muitas vezes, conseguido fortalecer sua influência, quando ocorria alguma situação que a enfraquecia, adotando esse estilo frio e lacônico; e confiava nele agora, com muito pouca dúvida de seu total sucesso.

Mas, enquanto fazia isso e adotava a conduta mais despreocupada e indiferente que sua experiente arte lhe permitia assumir, ele decidiu intimamente não só se vingar de todo tipo de humilhação por ser forçado a suprimir seus sentimentos com adicional severidade contra Nicholas, mas também fazer o jovem lorde pagar caro por isso algum dia, de uma forma ou de outra. Enquanto fora um instrumento passivo em suas mãos, o único sentimento que *Sir* Mulberry tinha por ele era desprezo; mas agora, que se arvorava a dar opiniões contrárias às suas e até mesmo a voltar-se contra ele com tom altivo e ar de superioridade, começou a odiá-lo. Ciente de que, no sentido mais vil e mais desprezível do termo, dependia do fraco e jovem lorde, era ainda mais difícil para *Sir* Mulberry suportar ser humilhado por ele; e, quando começou a odiá-lo, media seu ódio — como os homens muitas vezes fazem — pelo grau de injustiças que lhe fizera sofrer. Quando se considera que *Sir* Mulberry Hawk havia espoliado, ludibriado, enganado e feito de seu pupilo um tolo de todas as maneiras possíveis, não é de admirar que, tendo começado a odiá-lo, o odiasse com todo o vigor.

Por sua vez, o jovem lorde tendo pensado — o que ele pouquíssimas vezes fazia a respeito de qualquer coisa —, e com seriedade, no caso com Nicholas e nas circunstâncias que levaram àquilo, chegara a uma conclusão destemida e honesta. O comportamento grosseiro e insultuoso de *Sir* Mulberry na situação em questão havia deixado uma profunda marca em sua mente; e a forte suspeita de que ele o induzira a ir atrás da Srta. Nickleby por objetivos mesquinhos lhe assomava já fazia algum tempo; estava realmente envergonhado de sua participação naquela transação e profundamente ofendido pelo receio de ter sido logrado. Ele teve tempo livre suficiente para refletir sobre essas coisas durante o último recolhimento dos dois; e, às vezes, quando sua natureza indolente e descuidada permitia, aproveitava-se da oportunidade. Leves circunstâncias, também, haviam ocorrido para aumentar sua suspeita. Bastaria uma leve situação para provocar sua ira contra *Sir* Mulberry. Isso foi desencadeado pelo tom desdenhoso e insolente dele na conversa que tinham acabado de ter — a única que tiveram sobre o assunto desde o período ao qual *Sir* Mulberry se referiu.

Assim, voltaram a se reunir aos amigos: cada um com seus motivos de raiva contra o outro inflamando no peito, e o jovem nobre, além disso, perseguido por pensamentos da vingativa retaliação ameaçada contra Nicholas e a determinação de evitá-la através de uma medida enérgica, se possível. Mas isso não era tudo. *Sir* Mulberry, certo de ter conseguido silenciá-lo, não pôde suprimir seu triunfo nem se abster de dar prosseguimento ao que considerava ser sua vantagem. O Sr. Pyke estava lá, e o Sr. Pluck estava lá, e o coronel Chowser e outros cavalheiros da mesma casta, e isso era um grande motivo para *Sir* Mulberry mostrar a todos que não havia perdido sua influência. A princípio, o jovem lorde se contentou com a silenciosa determinação de tomar medidas para se afastar imediatamente da associação. Aos poucos, sua raiva aumentou, e ele ficou exasperado com piadas e intimidades que poucas horas antes teriam sido fonte de divertimento para ele. Isso não lhe era conveniente, pois, em provocações e réplicas mordazes adequadas ao grupo, ele não competia com *Sir* Mulberry Hawk. Entretanto, não ocorreu nenhuma ruptura violenta. Eles voltaram para a cidade; os senhores Pyke e Pluck e outros cavalheiros declarando o tempo inteiro, durante o percurso, que *Sir* Mulberry nunca estivera mais bem disposto em toda sua vida.

 Eles jantaram juntos, suntuosamente. O vinho corria livre, aliás, como correra durante todo o dia. *Sir* Mulberry bebia para compensar sua recente abstinência; o jovem lorde, para afogar sua indignação; e o restante do grupo, porque o vinho era excelente e de graça. Era quase meia-noite quando se dirigiram apressados, agitados, alterados pelo vinho, o sangue fervendo, o cérebro em chamas, para a mesa de jogo.

 Lá eles encontraram outras pessoas enlouquecidas como eles próprios. A exaltação causada pelo jogo, pelas salas quentes e pelas luzes ofuscantes em nada ajudava a aliviar a febre da ocasião. Naquele turbilhão estonteante de barulho e confusão, os homens deliravam. Quem pensava em dinheiro, em ruína ou no amanhã, na selvagem excitação do momento? Mais vinho foi solicitado, copo após copo foi esvaziado, suas bocas ressecadas e escaldantes estavam rachadas de sede. O vinho descia como óleo num fogo intenso. E a agitação continuava. O deboche atingiu o auge; copos espatifavam-se no chão, derrubados por mãos que não conseguiam levá-los aos lábios; imprecações eram gritadas por lábios que mal podiam formar as palavras para proferi-las; perdedores bêbados vituperavam e berravam; uns subiam nas mesas, agitando garrafas acima de suas cabeças e desafiando a todos; outros dançavam, outros ainda cantavam ou rasgavam as cartas e falavam incoerentemente. Tumulto e frenesi reinavam soberanos, quando houve um ruído que abafou todos os outros e dois homens agarrando-se pelo pescoço brigavam no meio da sala.

Uma dúzia de vozes, até então não ouvidas, gritava para separá-los. Aqueles que se mantiveram frios, concentrados em ganhar, e que viviam de cenas como essas, lançaram-se sobre os combatentes forçando-os a separar-se e puxaram-nos para que se mantivessem a uma certa distância.

— Solte-me! — gritou *Sir* Mulberry — com voz grossa e rouca. — Ele me atacou! Está me ouvindo? Estou dizendo que ele me atacou. Tenho algum amigo aqui? Quem é este? Westwood. Você ouviu que eu disse que ele me atacou?

— Ouvi, ouvi — respondeu um daqueles que o seguravam. — Vamos encerrar por hoje!

— Não vou, por D... — ele respondeu. — Uma dúzia de homens ao redor viu o golpe.

— É melhor deixar para amanhã — disse o amigo.

— Não é melhor deixar para amanhã! — gritou *Sir* Mulberry. — Agora, imediatamente, aqui! — seu ódio era tão grande que ele mal podia articular as palavras, mas permaneceu cerrando os punhos, puxando os cabelos e batendo com o pé no chão.

— O que é isso, meu lorde? — disse um daqueles que o cercavam. — Deram algum golpe?

— *Um* golpe — foi a resposta quase sem fôlego. — Eu bati nele. Declaro a todos aqui! Eu bati nele, e ele sabe por quê. Ora, deixem que essa discussão seja resolvida agora com ele. Capitão Adams — disse o jovem lorde, olhando rapidamente à sua volta e dirigindo-se a um daqueles que haviam interferido —, eu gostaria de uma palavra com o senhor, se me permite.

A pessoa interpelada deu um passo à frente, deu o braço ao jovem, e saíram juntos, seguidos pouco tempo depois por *Sir* Mulberry e o amigo.

Era um antro vergonhoso da pior reputação, e não um lugar onde um caso como esse pudesse vir a despertar alguma simpatia por qualquer das partes, ou provocar mais alguma censura ou interferência. Em outro lugar, logo o progresso dessa ação teria sido impedido, e um tempo para reflexão sóbria e fria, observado; mas não ali. Perturbados em sua orgia, os grupos se dispersaram; alguns cambaleavam com olhos sérios levemente embriagados; outros saíram discutindo alto sobre o que acabara de acontecer; os cavalheiros de honra que viviam de seu ganho, ao sair, observaram entre si que Hawk era um bom camarada; e os mais barulhentos caíram num sono pesado nos sofás e não pensaram mais sobre o assunto.

Enquanto isso, os dois padrinhos no duelo, como podiam agora ser chamados, depois de uma longa conferência, cada um com seu afilhado, encontraram-se em outra sala. Ambos totalmente impiedosos, ambos à procura de diversão, ambos completamente iniciados nos piores vícios, ambos com enormes dívidas, ambos decaídos de alguma posição mais elevada, ambos afeitos a todo tipo de depravação para a qual a sociedade pode encontrar um nome distinto e alegar seus costumes mais depravados como desculpa, eles eram naturalmente cavalheiros da mais imaculada honra e de grande distinção no que dizia respeito à honra de outras pessoas.

Esses dois cavalheiros estavam incomumente animados nesse exato momento, pois o caso sem dúvida criaria muito barulho e não poderia deixar de elevar sua reputação.

— Esse é um caso desagradável, Adams — disse o Sr. Westwood, levantando-se.

— Muito — concordou o capitão. — Foi dado um golpe, e este é o único caminho, *claro*!

— Nenhuma desculpa, eu suponho? — disse o Sr. Westwood.

— Nem uma sílaba, senhor, do meu afilhado, mesmo que discutíssemos até o dia do juízo final — respondeu o capitão. — O motivo da disputa, pelo que entendi, foi certa moça, a quem o seu afilhado dirigiu certos termos, que lorde Frederick, defendendo a moça, rebateu. Mas isso levou a uma longa recriminação sobre vários assuntos delicados, acusações e contra-acusações. *Sir* Mulberry foi sarcástico; lorde Frederick estava agitado e bateu nele no calor da provocação, e em circunstâncias de grande irritação. O golpe, a menos que haja plena retratação por parte de *Sir* Mulberry, lorde Frederick está pronto a justificar.

— Não há mais nada a ser dito — replicou o outro — a não ser estabelecer a hora e o local do encontro. É uma obrigação moral; e há uma grande vontade de que se resolva logo. Você tem algo contra ser ao nascer do sol?

— Será trabalho árduo — respondeu o capitão, referindo-se a seu relógio —, entretanto, como isso parece estar germinando há algum tempo, e uma negociação é só desperdício de palavras, não tenho nada contra.

— Algo pode ser comentado, do lado de fora, depois do que se passou naquela sala, e por isso é melhor deixarmos este lugar sem demora e nos afastarmos da cidade — disse o Sr. Westwood. — O que acha de um dos prados em frente a Twickenham, à margem do rio?

O capitão não fez nenhuma objeção.

— Vamos nos encontrar na alameda de árvores que vai de Petersham a Ham House e escolhemos o local exato quando chegarmos lá? — perguntou o Sr. Westwood.

Com isso, também o capitão concordou. Após alguns outros preliminares, igualmente breves, e depois de decidirem sobre a rua que cada grupo deveria tomar para não levantar suspeitas, eles se separaram.

— Teremos o tempo suficiente, meu lorde — disse o capitão, depois que comunicou os preparativos —, para ir até a minha casa, pegar um estojo de pistolas e depois seguir calmamente. Se me permite dispensar o seu criado, tomaremos o meu coche, pois é possível que o seu seja reconhecido.

Que contraste, quando chegaram à rua, com a cena que acabavam de deixar! O dia já raiava. A luz amarelada e bruxuleante do interior foi substituída pela claridade de uma manhã gloriosa e brilhante; e, no lugar da atmosfera quente, impregnada do cheiro de lâmpadas extintas e dos vapores do tumulto e da orgia, o ar puro, livre e fresco. Mas, para a cabeça febril sobre a qual soprava esse ar, ele parecia vir carregado de remorso pelo tempo mal aproveitado e as inúmeras oportunidades desperdiçadas. Com veias latejantes e pele queimando, olhos delirantes e pesados, pensamentos velozes e desordenados, o jovem nobre sentiu como se aquela luz fosse uma censura e se encolheu involuntariamente, como se ele fosse uma criatura sórdida e horrenda.

— Tremendo? — perguntou o capitão. — Está com frio.

— Um pouco.

— Faz frio mesmo, quando saímos daquelas salas quentes. Enrole-se neste manto. Assim, assim; vamos, agora.

Rodas chocalhando, eles seguiram pelas ruas silenciosas, fizeram uma parada na casa do capitão, deixaram a cidade e pegaram a estrada livre, sem obstáculos ou incômodos.

Campos, árvores, jardins, cercas vivas, tudo era muito bonito; o jovem quase não notara essas coisas antes, embora houvesse passado mil vezes por ali. Havia nelas uma paz e uma serenidade em estranho contraste com o espanto e a confusão de seus próprios pensamentos não totalmente sóbrios, porém impressionantes e bem-vindas. Não havia medo em sua mente e, enquanto olhava à sua volta, sentia menos raiva. Embora todas as velhas ilusões relativas a seu indigno companheiro tivessem sido eliminadas, ele teria preferido nunca tê-lo conhecido a ter de terminar dessa maneira.

A noite passada, o dia anterior e muitos outros dias e noites, todos se mesclavam num ininteligível e insensato turbilhão; ele não conseguia separar as transações de um tempo das de outro. Ora o barulho das rodas se transformava numa melodia dramática, na qual identificava trechos de árias que ele conhecia; ora nada lhe chegava aos ouvidos além de um som atordoante e confuso, como o de água corrente. Mas seu companheiro zombou de seu silêncio, e eles falaram e riram estrondosamente. Quando pararam, ele se surpreendeu de se ver fumando; mas, pensando um pouco, lembrou-se de quando e onde havia pegado o charuto.

Eles pararam diante do portão da alameda e desceram, deixando a carruagem aos cuidados do criado, que era um rapaz elegante e quase tão acostumado a esses acontecimentos quanto seu patrão. *Sir* Mulberry e seu amigo já estavam lá. Todos os quatro caminharam em profundo silêncio até a aleia de imponentes elmos, os quais, encontrando-se muito acima de suas cabeças, formavam uma longa e verde perspectiva de arcos góticos, terminando, como alguma velha ruína, no céu aberto.

Após uma parada e uma breve conferência entre os padrinhos, eles, por fim, se viraram para a direita e, pegando um caminho através de um pequeno prado, passaram a Ham House e alcançaram os campos à frente. Num desses, pararam. O terreno foi medido, alguns procedimentos habituais foram verificados, os dois duelistas, colocados frente a frente a distância estabelecida e, pela primeira vez, *Sir* Mulberry virou o rosto para seu adversário. Estava muito pálido, seus olhos, vermelhos, seu terno, desordenado e seus cabelos, em desalinho. Quanto ao rosto, expressava apenas paixões violentas e malignas. Protegeu os olhos com a mão; por alguns instantes, olhou firme para seu oponente; em seguida, pegando a arma que lhe foi apresentada, dirigiu a ela a vista e não a ergueu até a palavra ser dada, quando atirou instantaneamente.

Os dois tiros foram disparados quase ao mesmo tempo. Nesse instante, o jovem lorde virou a cabeça bruscamente, fixou um olhar assustador no seu adversário e, sem um gemido ou cambaleio, caiu morto.

— Ele está morto! — gritou Westwood, que, com o outro padrinho, havia corrido até o corpo e se inclinado ao lado dele sobre um joelho.

— Seu sangue sobre a própria cabeça! — disse *Sir* Mulberry. — Foi ele quem procurou isso, e me forçou a essa atitude.

— Capitão Adams — disse Westwood, com certa pressa —, vou chamá-lo como testemunha de que isso foi feito de maneira justa. Hawk, não temos um minuto a perder. Precisamos deixar este lugar imediatamente, ir para Brighton e atravessar para a França o mais rápido possível. Isso foi um mau negócio, e pode se tornar pior se nos atrasarmos um instante. Adams, garanta a sua própria segurança, e não fique aqui; os vivos antes dos mortos; adeus!

Com essas palavras, ele agarrou *Sir* Mulberry pelo braço e levou-o embora dali às pressas. Capitão Adams — parando apenas para se certificar, sem sombra de dúvida, do resultado fatal — acelerou o passo na mesma direção, para combinar com seu criado a remoção do corpo e garantir também a própria segurança.

Assim morreu lorde Frederick Verisopht, pelas mãos que ele enchera de presentes e apertara mil vezes; mas que, não fosse este ato dele, ou de outros como ele, o jovem lorde poderia ter tido uma vida feliz e morrido com rostinhos de crianças ao redor de sua cama.

O sol subia orgulhoso em toda a sua majestade, o nobre rio seguia seu curso sinuoso, as folhas oscilavam e farfalhavam no ar, os pássaros lançavam seus alegres cantos de cada uma das árvores e a borboleta de vida efêmera batia suas asinhas; toda a luz e vida do dia surgiam; e, entre tudo aquilo, pressionando a grama cujas folhas abrigavam dúzias de pequenas vidas, jazia o morto, com seu rosto completamente rígido voltado para o céu.

CAPÍTULO LI

O projeto do Sr. Ralph Nickleby e de seu amigo estando prestes a ser bem-sucedido, torna-se inesperadamente conhecido de outra pessoa não admitida em sua confidência

Em uma casa velha, lúgubre, escura e empoeirada, que parecia ter definhado, como ele próprio, e ter amarelado e murchado por escondê-lo da luz do dia, assim como ele fazia com seu dinheiro, morava Arthur Gride. Velhas e parcas cadeiras e mesas, reaproveitadas e fracas, duras e frias como os corações dos miseráveis, estavam dispostas em sinistra arrumação contra as paredes sombrias; armários desgastados, que se tornaram fracos e estufados por manter os tesouros que guardavam, e bambos como se pelo constante pavor de ladrões, estavam em cantos escuros, de onde não lançavam sombras sobre o chão e pareciam curvar-se, escondendo-se para não serem observados. Um relógio alto e soturno no topo da escada, com ponteiros longos e finos, e face faminta, sussurrava tique-taques cautelosos; e, quando dava as horas, em sons fracos e agudos como a voz de um velho, repicava como se atormentado pela fome.

Não havia um sofá ao lado da lareira que convidasse ao repouso ou ao conforto. Havia cadeiras de braço, mas pareciam desconfortáveis em seu propósito e dobravam os braços de forma tímida e desconfiada, mantendo-se em guarda. Outras eram fantasticamente funestas e desoladoras, como se tivessem alcançado o máximo de sua altura e fizessem cara feia para olhar para os visitantes desconcertados. Outras, ainda, encostavam-se nas vizinhas ou apoiavam-se na parede — um tanto ostensivamente, como se para convidar todos os homens a testemunhar que elas não valiam a pena ser pegadas. As camas quadradas, escuras e pesadas pareciam construídas para sonhos intranquilos; as cortinas bolorentas moviam-se juntas em escassas pregas, sussurrando entre si, quando sopradas pelo vento, seu arrepiante conhecimento dos artigos tentadores que se escondiam dentro dos armários escuros e trancados.

Do quarto mais pobre e faminto de toda aquela casa pobre e faminta soavam, numa manhã, os trêmulos tons da voz do velho Gride, quando trinava sem vigor o final de uma canção esquecida, cujo refrão dizia:

> Ta — ra — ta — ta
> Jogue o sapato velho pra lá
> E que as bodas tragam sorte!

e que ele repetia sem parar, nas mesmas notas trêmulas e agudas, até que um violento acesso de tosse o obrigou a desistir e a dar continuidade em silêncio à ocupação em que estava envolvido.

Essa ocupação consistia em retirar das prateleiras de um armário corroído pelas traças uma grande quantidade de roupa malcheirosa, uma a uma, e submetê-la a uma inspeção diligente e minuciosa erguendo-a contra a luz, e, depois de dobrá-la com grande precisão, colocá-la em uma de duas pequenas pilhas a seu lado. Ele nunca retirava duas peças juntas, e sempre as trazia para fora isoladamente, nunca deixando de fechar a porta do armário e trancá-lo com chave entre cada visita às prateleiras.

— O terno cor de rapé — observou Arthur Gride, examinando um paletó surrado. — Será que a cor de rapé cai bem em mim? Deixe-me pensar.

O resultado dessas cogitações pareceu ser desfavorável, pois ele dobrou a roupa de imediato, colocou-a de lado e subiu numa cadeira para retirar outra peça, trinando ao fazer isso:

> Jovem, bela e adorável,
> Ah que sorte favorável!
> As bodas hão de trazer sorte!

— Eles sempre põem "jovem" nas letras — disse o velho Arthur —, mas as canções só são escritas para efeito de rima, e essa é uma bem simples que o povo pobre do campo cantava quando eu era um menino. Mas espere... "jovem" está certo também... significa a noiva... sim. He, he, he! Significa a noiva. Ó Deus, isso é bom. Isso é muito bom. E verdadeiro, além disso, bem verdadeiro!

Satisfeito com essa descoberta, repetiu a estrofe com mais ênfase e, aqui e ali, balançava a cabeça. Retomou, então, sua tarefa.

— O verde-garrafa — disse o velho Arthur. — O verde-garrafa era um terno excelente, e comprei muito barato numa loja de penhores, e no bolso do colete havia... he, he, he!... um xelim manchado. E pensar que o proprietário não sabia que havia um xelim nele! *Eu* sabia! Senti quando estava examinando a qualidade. Ah, que sujeito mais estúpido! Esse verde-garrafa foi um terno que deu sorte, também. No primeiro dia em que usei, o velho lorde Mallowford morreu queimado na cama, e todas as dívidas pós-morte foram junto. Vou me casar de verde-garrafa, Peg. Peg Sliderskew... vou usar o verde-garrafa!

Esse chamado, repetido em voz alta algumas vezes e dirigido à porta do quarto, trouxe ao cômodo uma velha baixa, magra, de olhos espantados e turvos, trêmula e terrivelmente feia que, enxugando o rosto enrugado no avental sujo, perguntou naquele tom brando em que os surdos sempre falam:

— O senhor me chamou ou foi somente a batida do relógio? Estou ouvindo muito mal, e nunca sei qual é; mas, quando escuto um barulho, sei que deve ser um dos dois, porque não se ouve nenhum outro som aqui nesta casa.

— Fui eu, Peg, eu — disse Arthur Gride, dando uns tapinhas no peito para tornar a resposta mais inteligível.

— O senhor, foi? — disse Peg. — E o que é que o *senhor* quer?

— Vou me casar de verde-garrafa — disse Arthur Gride.

— Esse é bom demais para casar com ele, senhor — replicou Peg, depois de fazer uma breve inspeção no terno. — Não tem nada pior do que isso?

— Nada que sirva — respondeu o velho Arthur.

— Por que não? — perguntou Peg. — Por que não usa a roupa de todo dia, como um homem, hein?

— Não é muito apropriada, Peg — respondeu o patrão.

— O que não é apropriado? — perguntou Peg.

— A roupa.

— Que roupa? — insistiu Peg, asperamente. — Não é apropriada para um velho?

Arthur Gride resmungou uma imprecação contra a surdez da criada e gritou ao ouvido dela:

— Não é elegante! Quero estar com a melhor aparência possível.

— Melhor aparência? — replicou Peg. — Se ela é tão bonita como diz que é, não vai olhar muito para o senhor, pode ficar certo disso; e, com a aparência do senhor... sal e pimenta, verde-garrafa, azul-celeste ou quadriculado, não fará nenhuma diferença.

Com essas consoladoras afirmações, Peg Sliderskew pegou o terno escolhido e, segurando-o nos braços finos, ficou falando sozinha, rindo e piscando os olhos úmidos, como uma figura estranha em algum entalhe monstruoso.

— Você está muito engraçada hoje, não é, Peg? — observou Arthur, sem achar graça nenhuma.

— Ora, e não é para estar? — respondeu a velha. — Vou ficar, logo, logo, irritada, se alguém tentar me controlar: então, lhe dou um aviso desde já, patrão. Ninguém vai pisar em cima de Peg Sliderskew depois de tantos anos; o senhor sabe disso, então não preciso lhe dizer! Isso não vai ser bom para mim... não... não, nem para o senhor. Tente isso uma vez, e chegue à ruína, ruína, ruína!

— Ora, ora, eu nunca vou tentar isso — disse Arthur Gride, horrorizado pela menção da palavra —, nunca mesmo. Seria muito fácil me levar à ruína; precisamos ter cuidado; mais economia do que nunca, com mais uma boca para alimentar. Só uma coisa, Peg, não devemos deixar que ela perca a beleza, porque eu gosto de admirar.

— Cuidado para não descobrir depois que a beleza saiu cara — replicou Peg, balançando o dedo indicador.

— Mas ela pode ganhar dinheiro, Peg — disse Arthur Gride, ansioso, atento ao efeito que sua fala exercia sobre a expressão da velha —, ela sabe desenhar, pintar, fazer todo tipo de coisa bonita para ornamentar bancos e cadeiras, chinelos, Peg, pulseiras de relógio, enfeites de cabelo e mil outras coisinhas delicadas a que eu nem saberia dar nome. Além disso, ela sabe tocar piano (e, o que é melhor, tem um), e canta como um passarinho. Não vai ser muito caro manter essa moça, nem ela vai gastar muito com roupa, Peg, você não acha?

— Se não deixar a moça fazer o senhor de tolo, pode ser — respondeu Peg.

— Fazer de tolo a *mim*?! — exclamou Arthur. — Pode confiar que cara bonita não fará seu velho patrão de tolo, Peg; não, não, não... nem cara feia também, Sra. Sliderskew — acrescentou baixinho em seu solilóquio.

— O senhor está dizendo alguma coisa que não quer que eu ouça — disse Peg. — Sei que está.

— Ó Deus! Esta mulher é o demônio — resmungou Arthur; acrescentando com um odioso olhar de soslaio: — Eu disse que confiava tudo a você, Peg. Foi só.

— Faça isso, patrão, e todas as suas preocupações se acabam — disse Peg com aprovação.

"*Se* eu fizer isso, Peg Sliderskew", pensou Arthur Gride, "elas vão mesmo existir".

Embora achasse isso com clareza, ele não se atreveu a mover os lábios, temendo que a velha detectasse o que dizia. Ele parecia até mesmo meio temeroso de que ela pudesse ter lido seus pensamentos, pois olhou para ela com lisonja e malícia, enquanto dizia em voz alta:

— Costure todos os pontos soltos no verde-garrafa com a melhor seda preta. Pegue uma meada da melhor e alguns botões novos para o paletó, e... isto é uma boa ideia, Peg, e uma ideia de que você gostará, eu sei... como nunca dei nada a ela ainda, e como as moças gostam dessas atenções, você vai polir um colar cintilante que tenho lá em cima, e vou dar a ela na manhã do casamento... vou colocar no belo pescoço dela... e pegar de volta no dia seguinte. He, he, he! Vou deixar trancado a chave, Peg, e depois perder a chave. Para começar, eu me pergunto, quem vai ser feito de tolo aí, Peg?

A Sra. Sliderskew pareceu aprovar altamente esse esquema engenhoso e expressou sua satisfação por meio de vários movimentos e torções da cabeça e do corpo, que de forma alguma melhoravam seus encantos. Manteve esses movimentos até chegar à porta claudicando, quando os trocou por um olhar frio e maligno e, mexendo seu maxilar inferior de um lado para o outro, rogou algumas pragas fortes à futura Sra. Gride, ao descer devagar a escada e parar para respirar quase a cada degrau.

— Ela é meio feiticeira, eu acho — disse Arthur Gride, quando se viu sozinho de novo. — Mas é muito frugal, e muito surda. Mantê-la me custa quase nada; e não adianta ficar escutando pelos buracos das fechaduras, pois não escuta. É uma mulher encantadora... para o propósito; uma governanta antiga, muito discreta, e vale o peso dela em... cobre.

Após elogiar os méritos de sua criada nesses elevados termos, o velho Arthur voltou ao estribilho de sua canção. Escolhido o terno destinado a adornar suas próximas núpcias, guardou os outros, não com menos cuidado do que demonstrou ao retirá-los dos cantos mofados onde haviam repousado por muitos anos.

Assustado com o toque da campainha, concluiu rapidamente sua operação e trancou o armário; mas não havia necessidade de muita pressa, pois a discreta Peg raramente sabia que a campainha estava tocando a menos que erguesse os olhos e a visse vibrando no teto da cozinha. Depois de um pequeno atraso, no entanto, Peg entrou, seguida de Newman Noggs.

— Ah! Sr. Noggs! — saudou Arthur Gride, esfregando as mãos. — Meu bom amigo Sr. Noggs, que notícias me traz?

Newman, com ar sério e imperturbável e seu olho fixo muito fixo mesmo, respondeu, combinando a ação à palavra: — Uma carta. Do Sr. Nickleby. O portador espera.

— Não quer sen... sen...

Newman olhou para cima e estalou os lábios.

— Sentar? — perguntou Arthur Gride.

— Não — respondeu Newman —, obrigado.

Arthur abriu a carta de mãos trêmulas e devorou o conteúdo com a maior ansiedade; rindo, extasiado, o tempo todo e relendo-a diversas vezes antes de tirá-la de vista. Tantas vezes ele a leu e releu que Newman achou melhor lembrá-lo de sua presença ali.

— Resposta — disse Newman. — O portador está esperando.

— É verdade — respondeu o velho Arthur. — Sim, sim; quase me esqueci, admito.

— Eu achei que tinha esquecido — disse Newman.

— Fez muito bem em me avisar, Sr. Noggs. Ah, muito bem, mesmo — disse Arthur. — Sim. Vou escrever umas linhas. Estou... estou... um tanto agitado, Sr. Noggs. As notícias são...

— Ruins? — interrompeu Newman.

— Não, Sr. Noggs, obrigado; boas, boas. As melhores notícias. Sente-se. Vou pegar uma pena e tinta e escrever umas linhas em resposta.

Não vou segurar o senhor por muito tempo. Sei que é precioso para o seu patrão, Sr. Noggs. Os termos em que ele fala às vezes do senhor, ó Deus! O senhor ficaria surpreso. Devo dizer que eu também, e sempre fiz isso. Sempre digo as mesmas coisas sobre o senhor!

"O que ele quer dizer é: 'maldito seja o Sr. Noggs de todo o coração!'", pensou Newman, enquanto Gride saía apressado.

A carta caiu no chão. Olhando cuidadosamente à sua volta por um instante, Newman, impelido pela curiosidade de saber o resultado do plano que escutara de dentro do armário de seu escritório, apanhou-a e leu-a rápido como se segue:

Gride.

Estive com Bray outra vez esta manhã e propus depois de amanhã (como você sugeriu) para o dia do casamento. Não há objeção por parte dele, e para a filha todos os dias são a mesma coisa. Vamos juntos, e você deve me encontrar às sete da manhã. Não preciso dizer que seja pontual.

Não faça mais nenhuma visita à moça nesse espaço de tempo. Ultimamente, você esteve muitas vezes lá, mais do que deveria. Ela não sente a sua falta, e poderia ser arriscado. Contenha seu ardor juvenil por quarenta e oito horas e deixe-a com o pai. Você só desfaz o que ele faz, e faz muito bem.

Atenciosamente,
RALPH NICKLEBY.

Um passo foi ouvido do lado de fora. Newman deixou cair a carta no mesmo lugar, pressionou-a com o pé para evitar que ela saísse voando, retomou seu assento com um único passo e pareceu alheio e inconsciente como nenhum outro mortal. Arthur Gride, olhando nervoso à sua volta, procurou no chão, apanhou-a e, ao sentar-se para escrever, olhou para Newman Noggs, que cravara os olhos na parede com uma intensidade tão extraordinária que Arthur ficou alarmado.

— Está vendo alguma coisa estranha, Sr. Noggs? — perguntou Arthur, tentando seguir a direção dos olhos de Newman, o que era uma impossibilidade, e algo que nenhum homem jamais fez.

— Só uma teia de aranha — respondeu Newman.

— Ah! É só?

— Não — respondeu Newman. — Tem uma mosca nela.

— Tem muita teia de aranha aqui — observou Arthur Gride.

— Tem também em nossa casa — disse Newman. — E moscas também.

Newman parecia se divertir bastante com essa réplica espirituosa e, para grande abalo dos nervos de Arthur Gride, produziu uma série de estalos fortes nos dedos das mãos, fazendo lembrar o barulho da descarga de uma pequena artilharia distante. Arthur conseguiu terminar sua resposta à carta de Ralph, apesar de tudo, e por fim entregou-a ao excêntrico mensageiro para que a levasse.

— É isso, Sr. Noggs — disse Gride.

Newman fez um aceno positivo de cabeça, pôs o chapéu e estava de partida quando Gride, cuja satisfação esfuziante não tinha limites, chamou-o de volta e perguntou num sussurro agudo e com um riso que repuxava o rosto todo e quase obscurecia seus olhos:

— O senhor... o senhor... aceita algo para beber... só um pouco?

Por camaradagem (se Arthur Gride fosse capaz disso), Newman não teria bebido com ele uma gota do mais rico vinho jamais fabricado; mas, para ver o que ele estava querendo e para puni-lo tanto quanto pudesse, aceitou a oferta imediatamente.

Arthur Gride, portanto, dirigiu-se outra vez ao armário e tirou de uma prateleira — cheia de copos flamengos altos e garrafas estranhas, algumas com gargalos semelhantes a pescoços de cegonhas, outras com a constituição física quadrada dos holandeses e gargalos curtos, grossos e nada atrativos — uma garrafa empoeirada de aspecto promissor e dois copos de tamanho estranhamente pequeno.

— O senhor nunca bebeu isso — disse Arthur. — É *eau-d'or*... água dourada. Eu gosto por causa do nome. É um nome maravilhoso. Água de ouro, água dourada! Ó Deus, parece um pecado beber essa água!

Como sua coragem parecia fraquejar e ele mexia com a tampa de uma maneira que ameaçava o retorno da garrafa para seu antigo lugar, Newman pegou um dos copinhos e bateu com ele na garrafa algumas vezes, como um lembrete delicado de que ainda não havia sido servido. Com um suspiro profundo, Arthur Gride lentamente o encheu — mas não até a borda — e depois encheu o seu próprio.

— Pare, pare; não beba ainda — ele disse, colocando sua mão sobre a de Newman. — Eu ganhei faz vinte anos e, quando tomo um gole, o que é mui...to raro, gosto de pensar nisso antes e caçoo de mim mesmo. Vamos fazer um brinde. Vamos fazer um brinde, Sr. Noggs?

— Ah! — exclamou Newman, olhando com impaciência para seu copo. — Seja rápido. O portador está esperando.

— Ora, vou lhe dizer, então — disse Arthur com um riso nervoso —, brindemos... he, he, he!... vamos fazer um brinde a uma *dama*.

— Às damas? — perguntou Newman.

— Não, não, Sr. Noggs — respondeu Gride segurando-lhe a mão —, a *uma* dama. O senhor deve estar curioso para saber por que eu disse a *uma* dama. Sei que está, sei que está. É a pequena Madeline. É esse o brinde, Sr. Noggs. A pequena Madeline!

— Madeline! — disse Newman, acrescentando interiormente: "Deus a proteja!".

A rapidez e o descaso com que Newman dispensou sua porção de água dourada tiveram um grande efeito sobre o velho, que se empertigou na cadeira e o fitou, boquiaberto, como se a visão lhe houvesse tirado o fôlego. Impassível, no entanto, Newman deixou-o bebendo a sua, à vontade, ou colocando-a de volta na garrafa, se quisesse, e partiu, após deixar Peg Sliderskew indignada ao passar raspando por ela, no corredor, sem uma palavra de desculpa ou saudação.

O Sr. Gride e a governanta, logo que foram deixados sozinhos, constituíram-se membros de um comitê de recursos financeiros para discutir os preparativos que deveriam ser feitos para a recepção da jovem noiva. Por serem os dois, como em alguns outros comitês, extremamente desinteressantes e prolixos no debate, esta história seguirá os passos de Newman Noggs, unindo, dessa forma, a vantagem à necessidade; pois isso teria sido necessário em qualquer circunstância, e a necessidade não tem lei, como o mundo inteiro sabe.

— Você demorou muito — disse Ralph quando Newman voltou.

— *Ele* demorou muito — respondeu Newman.

— Bolas! — disse Ralph, com impaciência. — Entregue-me o bilhete dele, se é que lhe deu um, ou dê o recado, se ele não deu. E não vá embora. Quero dar uma palavrinha com o senhor.

Newman entregou o bilhete e pareceu muito virtuoso e inocente enquanto seu patrão quebrava o selo e passava os olhos por ele.

— Ele virá com certeza — resmungou Ralph, rasgando-o em pedacinhos. — Ora, é claro, eu sei que virá. Para que dizer isso? Noggs! Quem era mesmo aquele homem que estava com você na rua ontem à noite?

— Não sei — respondeu Newman.

— É melhor o senhor refrescar a sua memória — disse Ralph, com um olhar ameaçador.

— Estou dizendo — reafirmou Newman corajosamente — que não sei. Ele veio aqui duas vezes e perguntou pelo senhor. O senhor não estava. Ele voltou. O senhor mesmo mandou que fosse embora. Ele disse que o nome dele era Brooker.

— Eu sei disso — respondeu Ralph. — E depois?

— E depois? Ora, depois ele ficou à espreita e me abordou na rua. Ele anda me seguindo, toda noite, e insiste para que eu arranje uma conversa particular com o senhor; e disse que teve uma, não faz muito tempo. Ele quer falar com o senhor cara a cara e garante que, não demora muito, o senhor vai ter que ouvir o que ele tem para dizer.

— E o que ele disse a você? — perguntou Ralph, olhando firmemente para seu criado.

— Isso não é assunto meu, e não quero saber. Eu disse que ele podia encontrar o senhor na rua, se era tudo que queria, mas não! Isso não adiantaria. O senhor não ouviria nem uma palavra, ele disse. Ele quer encontrar com o senhor sozinho, numa sala a portas trancadas, onde possa falar sem medo, e o senhor logo mudaria de tom e escutaria o que tem a dizer com paciência.

— Um canalha audacioso — murmurou Ralph.

— É tudo o que sei — disse Newman. — Repito que não sei quem é esse homem. Acredito que nem mesmo ele saiba. O senhor já viu esse sujeito; talvez o *senhor* saiba.

— Acho que sei — respondeu Ralph.

— Bom — retorquiu Newman, de mau humor —, não espere que eu o conheça também; é só. O senhor vai me perguntar por que não lhe contei tudo antes. O que diria se eu contasse tudo que as pessoas dizem do senhor? De que é que me chama quando eu às vezes conto? "Seu bruto, seu estúpido!", e avança para cima de mim como um dragão.

Isso era a pura verdade; embora a pergunta que Newman antecipara estivesse, de fato, nos lábios de Ralph no momento.

— Ele é um marginal vadio — disse Ralph —, um vagabundo de além-mar para onde viajou por conta de seus crimes; um criminoso à solta pronto para ter o pescoço na forca; um trapaceiro, que tem a audácia de tentar tramoias contra mim, que o conheço bem. Da próxima vez que ele vier procurar você, entregue esse homem à polícia, por tentar extorquir dinheiro com mentiras e ameaças... está me ouvindo? E deixe o resto por minha conta. Ele vai mofar na cadeia por algum tempo, e aposto que vai procurar outros para espoliar quando sair. Está ouvindo o que estou dizendo, não está?

— Estou — respondeu Newman.

— Faça isso, então — completou Ralph —, e lhe darei uma recompensa. Agora, pode ir.

Newman logo se valeu da permissão e, trancando-se em seu pequeno escritório, lá permaneceu em sérias cogitações o dia inteiro. Quando foi dispensado à noite, seguiu a toda pressa para o centro e aguardou Nicholas no lugar de sempre, por trás da bomba d'água. Pois Newman era orgulhoso a seu modo e não podia se apresentar ao amigo, diante dos irmãos Cheeryble, no estado degradado e miserável a que fora reduzido.

Não fazia muito tempo que estava naquele lugar quando se alegrou ao ver Nicholas se aproximar e saiu às pressas de sua tocaia para encontrá-lo. Nicholas, por sua vez, também ficou muito contente ao ver o amigo, a quem não via fazia certo tempo; então, o encontro dos dois foi caloroso.

— Eu estava pensando em você, agora mesmo — disse Nicholas.

— Pois é — observou Newman —, e eu também no senhor. Tive que vir hoje. Olhe, acho que estou para descobrir alguma coisa.

— E o que pode ser? — perguntou Nicholas, sorrindo diante desse estranho comunicado.

— Não sei o que possa ser, nem o que possa não ser — respondeu Newman. — É um segredo que envolve seu tio, mas o que é não consegui descobrir ainda, apesar de ter fortes suspeitas. Não vou dizer nada agora, para não ficar decepcionado.

— *Eu*, decepcionado?! — exclamou Nicholas. — É alguma coisa do meu interesse?

— Eu *acho* que é — respondeu Newman. — Algo dentro de mim me diz que sim. Descobri um homem, que claramente sabe mais do que quer contar de uma só vez, mas já disse algumas coisas que me deixaram confuso... que me deixaram confuso — repetiu Newman coçando seu nariz vermelho até deixá-lo num estado de inflamação violenta e, nesse meio-tempo, olhando fixamente para Nicholas.

Curioso para saber o que levara o amigo a tal grau de mistério, Nicholas tentou, por uma série de perguntas, elucidar a causa; mas em vão. Não conseguiu extrair nada mais explicitado além da repetição das perplexidades já ditas por Newman e do discurso confuso, mostrando como era necessário ter a maior precaução; como o sagaz Ralph já o vira na companhia de seu desconhecido correspondente; e como ele enganara o dito Ralph com o máximo de discrição em seus modos e engenhosidade na fala; tendo-se preparado para tal contingência desde o início.

Lembrando-se da predileção do companheiro — da qual seu nariz, na verdade, sempre advertia todos os observadores como um farol —, Nicholas levara-o a uma taberna, num lugar isolado. Ali, eles passaram a rever a origem e o progresso de seu relacionamento, como os homens às vezes fazem, e, relembrando os pequenos acontecimentos que mais marcaram essa amizade, chegaram, enfim, à Srta. Cecilia Bobster.

— Isso me lembra — disse Newman — que o senhor nunca me disse o nome verdadeiro da moça.

— Madeline! — disse Nicholas.

— Madeline?! — exclamou Newman. — Que Madeline? O outro nome dela. Diga o outro nome.

— Bray — respondeu Nicholas, com grande perplexidade.

— É o mesmo nome! — exclamou Newman. — Triste história! Como pode ficar sem fazer nada e deixar que esse casamento desnaturado aconteça, sem um esforço para salvar a moça?

— O que está dizendo? — perguntou Nicholas, assustado. — Casamento! Está louco?

— O senhor está? Ela está? O senhor está cego, surdo, sem sentidos, morto? — perguntou Newman. — Está sabendo que dentro de um dia, por meio de seu tio Ralph, ela se casará com um homem tão mau ou pior do que ele, se é que alguém pode ser pior? Está sabendo que, dentro de um dia, ela será sacrificada, tão certo quanto o senhor estar vivo aqui, nas mãos de um velho miserável... um demônio encarnado e sinistramente diabólico?

— Cuidado com o que diz — replicou Nicholas. — Pelo amor de Deus, tenha cuidado! Fui deixado aqui sozinho, e aqueles que poderiam estender uma mão para protegê-la estão muito longe. O que está querendo dizer?

— Não tinha ouvido ainda o nome dela — disse Newman, quase sem fôlego da própria vitalidade. — Por que não me contou? Como eu podia saber? Podíamos, pelo menos, ter tido um tempo para pensar!

— O que quer dizer com isso? — perguntou Nicholas.

Não era tarefa fácil chegar a essa informação; mas, depois de inúmeras e extraordinárias pantomimas, que em nada ajudaram, Nicholas, que estava quase tão desesperado quanto o próprio Newman Noggs, forçou este último a sentar-se na cadeira e segurou-o até ele começar a contar a sua história.

Ódio, perplexidade, indignação e uma tempestade de paixões precipitaram-se no coração do ouvinte, enquanto o complô era exposto. Assim que entendeu tudo, com extrema palidez e tremor em todos os membros, ele deixou a taberna como uma bala.

— Segurem este homem! — gritou Newman, saindo às pressas atrás de Nicholas. — Ele vai fazer algo perigoso; vai matar alguém. Alô! Você aí, segure ele. Pega o ladrão! Pega o ladrão!

CAPÍTULO LII

Nicholas perde a esperança de salvar Madeline Bray, mas eleva novamente o moral e decide esforçar-se para isso. Informações familiares dos Kenwigs e Lillyvick

Vendo que Newman estava decidido a impedir seu avanço de qualquer maneira e temeroso de que algum transeunte bem-intencionado, atraído pelo grito de "pega o ladrão", viesse a agarrá-lo com violência e o deixasse numa difícil situação, da qual ele poderia ter alguma dificuldade de se livrar, Nicholas logo desacelerou o passo e permitiu que Newman Noggs se aproximasse: o que ele fez com tanta falta de ar que parecia impossível que ele aguentasse por mais um minuto sequer.

— Vou direto à casa de Bray — disse Nicholas. — Vou falar com esse homem. Se houver ainda algum sentimento de humanidade em seu peito, uma fagulha de consideração pela própria filha, sem mãe e sem amigos como ela é, eu faço com que se acenda.

— O senhor não vai fazer isso — disse Newman. — Não vai, mesmo.

— Então — disse Nicholas apressando-se —, vou seguir o meu primeiro impulso e vou direto para a casa de Ralph Nickleby.

— Quando chegar lá, ele estará dormindo — disse Newman.

— Eu arranco aquele velho da cama — gritou Nicholas.

— Ora, ora — disse Noggs. — Acalme-se.

— Você é para mim, Newman, o melhor dos amigos — disse Nicholas depois de uma pausa, tomando-lhe a mão enquanto falava. — Eu consegui superar muitas provações; mas a miséria de outra pessoa, e tamanha miséria está envolvida neste caso, que, digo a você, me deixou desesperado, sem saber o que fazer.

Na verdade, parecia mesmo um caso sem esperança. Era impossível fazer uso de informação como aquela que Newman Noggs coletara quando se escondeu no armário. A mera circunstância do complô entre Ralph Nickleby e Gride não invalidaria o casamento, nem tornaria Bray contrário a ele; e, se Gride não tivesse conhecimento da existência de algum acordo, sem dúvida já desconfiava. O que fora sugerido com relação a alguma fraude contra Madeline havia sido dito de forma obscura por Arthur Gride, mas vindo de Newman Noggs, e obscurecido ainda mais pelos vapores de sua garrafa de bolso, tornou-se completamente ininteligível e envolto em densa escuridão.

— Parece não haver um raio de esperança — lamentou Nicholas.

— Tanto maior a necessidade de frieza, de raciocínio, de consideração, de ideias — disse Newman, pausando a cada palavra alternadamente para olhar com ansiedade para o rosto do amigo. — Onde estão os irmãos?

— Os dois saíram para um negócio urgente e permanecerão fora por mais uma semana.

— Não há nenhuma maneira de se comunicar com eles? Nenhuma maneira de conseguir que um deles esteja aqui amanhã à noite?

— Impossível! — respondeu Nicholas. — O mar está entre nós e eles. Com o melhor dos ventos que já sopraram um dia, ir e voltar levaria três dias e três noites.

— O sobrinho deles — disse Newman —, o antigo funcionário deles.

— O que qualquer um deles poderia fazer que eu não posso? — perguntou Nicholas. — Com relação a eles, especialmente, eu prometi o mais estrito silêncio sobre esse assunto. Que direito eu tenho de trair a confiança que foi depositada em mim, quando nada senão um milagre pode evitar esse sacrifício?

— Pense — insistiu Newman. — Não há nenhuma maneira?

— Não, nenhuma — respondeu Nicholas, com profunda tristeza. — Nenhuma. O pai exige, a filha consente. Esses demônios a mantêm em seus ardis; direito legal, força, poder, dinheiro e todo tipo de influência estão do lado deles. Como posso ter esperança de salvá-la?

— Esperança até o fim! — disse Newman, dando-lhe uns tapinhas nas costas. — Esperança sempre; é isso, meu caro rapaz. Nunca perca a esperança; não é a resposta. Você me entende, Nick? Não é a resposta. Faça tudo o que puder. É sempre bom saber que se fez o melhor que se pôde. Mas não perca a esperança, ou não adianta fazer nada. Esperança, esperança, até o fim!

Nicholas precisava de estímulo. A subitaneidade com que essa notícia dos planos dos dois usurários lhe chegara aos ouvidos, o pouco tempo que restava para alguma medida, a probabilidade, quase chegando à certeza, que, em poucas horas, Madeline Bray seria deixada fora de seu alcance, seria submetida à mais abjeta miséria e talvez condenada a uma morte precoce; tudo isso o deixara abalado e confuso. Toda a esperança a ela relacionada que ele se permitira criar ou com que se entretivera inconscientemente parecia cair a seus pés, murcha e sem vida. Todo o encanto de que suas lembranças ou sua imaginação a havia cercado apresentava-se diante dele e somente aumentava sua angústia, acrescentando nova amargura a seu desespero. Todo o sentimento de solidariedade por sua infeliz condição, e de admiração por seu heroísmo e firmeza, aumentava sua indignação, fazendo-lhe tremer os membros e deixando seu coração prestes a explodir.

Mas, se o próprio coração de Nicholas o confundia, o de Newman foi em seu auxílio. Havia tanta seriedade em suas admoestações e tal sinceridade e fervor em seus modos, estranhos e risíveis como sempre eram, que deram a Nicholas nova firmeza e o ajudaram a dizer, depois de ter caminhado por um tempo em silêncio:

— Você me deu uma boa lição, Newman, e vou fazer uso dela. Uma medida, pelo menos, vou tomar... estou prestes a tomar, na verdade... e farei isso amanhã.

— Qual é ela? — perguntou Noggs, pensativo. — Não é ameaçar Ralph? Não é ver o pai?

— Falar com a filha, Newman — respondeu Nicholas. — Fazer isso, afinal, seria o máximo a que os irmãos chegariam, se estivessem aqui, o que seria providencial! Discutir com ela sobre essa terrível união, mostrar todos os horrores a que está se lançando, temerariamente, talvez, e sem a devida reflexão. Pedir a ela, pelo menos, para esperar um pouco. Ela não deve ter tido nenhum conselheiro para o próprio bem. Talvez até mesmo eu ainda consiga fazê-la mudar de ideia tão em cima da hora, e com ela à beira da ruína.

— Bravamente falado! — disse Newman. — Muito bom, muito bom! Sim. Ótimo!

— E declaro — disse Nicholas com verdadeiro entusiasmo — que, nesse intento, não estou sendo levado por considerações egoístas, nem pessoais, e sim pela compaixão que sinto por ela, e o ódio e o nojo desse plano; e que eu faria o mesmo se houvesse uma dúzia de rivais no campo e que eu fosse o último e menos favorecido de todos.

— Eu acredito que sim — disse Newman. — Mas para onde está indo com tanta pressa?

— Para casa — respondeu Nicholas. — Você vem comigo, ou nos despedimos aqui?

— Vou continuar um pouco mais, se você andar, e não correr — disse Noggs.

— Não consigo andar hoje, Newman — replicou Nicholas, com pressa. — Tenho que ir rapidamente, ou não poderia nem respirar. Conto a você o que eu tiver dito ou feito amanhã.

Sem esperar por uma resposta, partiu num passo rápido e, misturando-se às pessoas que enchiam a rua, logo foi perdido de vista.

— Ele às vezes é impetuoso — disse Newman, acompanhando-o com os olhos —, mas gosto dele por isso. Agora existe bastante motivo, se é que o coisa-ruim não está metido nisso. Esperança! Eu *disse* esperança, eu acho. Ralph Nickleby e Gride pensando juntos! E esperança para o grupo adversário! Ho! Ho!

Foi com um riso melancólico que Newman Noggs concluiu esse solilóquio; e foi com um balançar de cabeça muito desanimado e um semblante pesaroso que seguiu seu caminho devagar.

Esse caminho, em circunstâncias comuns, teria sido em direção a alguma taberna ou botequim; sendo este seu caminho em mais de um sentido. Newman, porém, estava preocupado e ansioso demais para ir a um lugar desses e, então, com muitas reflexões sombrias e desanimadoras, foi direto para casa.

Aconteceu que naquela tarde a Srta. Morleena Kenwigs havia recebido um convite para ir no dia seguinte, de barco a vapor, da Ponte Westminster até a Ilha Eel-pie em Twickenham: lá desfrutariam de uma refeição rápida, cerveja, ponche de frutas e camarão, e dançariam ao ar livre ao som da música de uma banda levada ali para esse fim, o barco tendo sido especialmente reservado por um professor de dança muito conhecido para acomodar seus inúmeros alunos, que demonstravam seu agradecimento aos serviços do professor comprando, eles mesmos, e induzindo os amigos a fazerem o mesmo, diversos bilhetes azul-claros, o que lhes dava o direito de participar da expedição. Desses bilhetes azul-claros, um fora presenteado à Srta. Morleena Kenwigs por uma vizinha ambiciosa, com um convite para juntar-se a suas filhas; e a Sra. Kenwigs, julgando corretamente que a honra da família dependia de a Srta. Morleena se apresentar da melhor maneira possível em convite tão em cima da hora, e querendo provar ao professor que havia outros professores de dança além dele, e a todos os pais e mães presentes que os filhos de outras pessoas podiam receber uma boa educação, além dos deles, havia desmaiado duas vezes com a magnitude dos preparativos, mas, levada pela firme decisão de manter o nome da família ou perecer no esforço, ainda trabalhava duro quando Newman chegou em casa.

Agora, entre o ferro italiano de fazer as pregas, as calças de babados, os enfeites do vestido, os desmaios e a recuperação dos sentidos, provocados pela ocasião, a Sra. Kenwigs estivera tão ocupada que não notara, até meia hora antes, que as tranças louras dos cabelos da Srta. Morleena se haviam desfeito e que, a menos que ela fosse levada a um cabeleireiro habilidoso, não poderia conseguir aquele símbolo de triunfo acima das filhas de todas as outras pessoas, algo que quase poderia ser considerado uma derrota. Essa descoberta levou a Sra. Kenwigs ao desespero, pois o cabeleireiro morava a três ruas dali e havia oito cruzamentos perigosos a atravessar; Morleena não podia ir lá sozinha, mesmo que esse fosse um procedimento correto, do que a Sra. Kenwigs tinha suas dúvidas. O Sr. Kenwigs não voltara do trabalho, e não havia ninguém para levá-la. Então, primeiro a Sra. Kenwigs deu umas palmadas na Srta. Kenwigs por ser a causa de tamanho aborrecimento e depois chorou.

— Que menina mal-agradecida! — exclamou a Sra. Kenwigs. — Depois de tudo que passei hoje, para o seu bem.

— Não é culpa minha, mãe — replicou Morleena, também em lágrimas; meu cabelo é *assim*.

— Não fale comigo, sua malcriada! — disse a Sra. Kenwigs. — Nem mais uma palavra! Mesmo que eu confiasse em você, e você não fosse atropelada, sei que iria correndo para a casa de Laura Chopkins — que era a filha da vizinha ambiciosa — para dizer a ela a roupa que vai usar amanhã, sei que iria. Você não tem amor-próprio e não pode ser deixada sozinha nem um instante.

Deplorando as intenções maliciosas de sua filha mais velha nesses termos, a Sra. Kenwigs derramou novas gotas de aflição dos olhos e declarou acreditar que não havia ninguém tão pressionada quanto ela. Em razão disso, Morleena Kenwigs chorou novamente, e as duas lamentaram juntas.

As coisas se achavam nesse ponto quando ouviram Newman Noggs passar manquejando pela porta ao subir para casa; e a Sra. Kenwigs, esperançosa com o som dos passos dele, rapidamente apagou do rosto tantos traços de seu recente estado emocional quanto pôde e, apresentando-se a ele, contou-lhe seu dilema e lhe pediu que acompanhasse Morleena ao cabeleireiro.

— Eu não lhe pediria isso, Sr. Noggs — disse a Sra. Kenwigs —, se não soubesse a criatura boa e gentil que é; não, por nada neste mundo. Tenho uma constituição fraca, Sr. Noggs, mas meu espírito não me deixaria pedir um favor que eu achasse que havia a possibilidade de ser recusado, assim como não me submeteria a ver meus filhos espezinhados e esmagados pela inveja e pela baixeza!

Newman era bondoso demais para recusar, mais ainda com essa admissão de confiança por parte da Sra. Kenwigs. Assim, poucos minutos se passaram antes que ele e a Srta. Morleena estivessem a caminho.

Não era exatamente um salão de cabeleireiro; quer dizer, pessoas de mente grosseira e vulgar podiam ter chamado aquilo de barbearia; pois eles ali não somente cortavam e cacheavam esplendidamente os cabelos das mulheres e os das crianças com todo cuidado, como também barbeavam os cavalheiros, sem dúvida. Ainda assim, era um estabelecimento muitíssimo distinto — de alta qualidade, de fato — e havia exposto na vitrine, além de outros itens de bom gosto, bustos de cera de uma moça alva e de um homem moreno, que eram motivo de admiração de toda a vizinhança. Na verdade, algumas mulheres foram mais longe, afirmando que o cavalheiro moreno era, de fato, um retrato do jovem e vigoroso proprietário; e a grande semelhança entre seus penteados — ambos de cabelos muito brilhosos, com uma risca fina bem no centro e uma profusão de cachos circulares achatados em ambos os lados — estimulava essa ideia. As mais bem informadas entre elas, no entanto, não davam importância a essa afirmação, pois, por mais inclinadas que estivessem (e estavam bem inclinadas) a fazer justiça ao lindo rosto e porte do proprietário, consideravam as feições do cavalheiro moreno da vitrine uma linda e abstrata ideia da beleza masculina, existente, talvez às vezes, entre os anjos e os militares, mas muito raramente personificada de modo a alegrar os olhos dos mortais.

Foi a esse estabelecimento que Newman Noggs levou a Srta. Kenwigs em segurança. O proprietário, sabendo que a Srta. Kenwigs tinha três irmãs, cada uma com duas tranças louras — e todas valendo seis centavos por peça, uma vez por mês, pelo menos —, imediatamente deixou um senhor de idade em quem ele acabara de espalhar espuma para barbear e, entregando-o ao assistente (que não era muito popular entre as mulheres por ser obeso e de meia-idade), passou a atender a moça ele mesmo.

No momento em que essa troca foi feita, apresentou-se para fazer a barba um carvoeiro grande, robusto, bem-humorado, com um cachimbo na boca, que, pondo uma mão atravessada no queixo, perguntou quando haveria um barbeiro livre.

O assistente do cabeleireiro, a quem essa pergunta foi dirigida, olhou com expressão de dúvida para o jovem proprietário, e o jovem proprietário olhou com desdém para o carvoeiro, observando ao mesmo tempo:

— O senhor não pode se barbear aqui, meu camarada.

— Por que não? — perguntou o carvoeiro.

— Não fazemos barba em homens da sua linha — observou o jovem proprietário.

— Ora, eu os vi fazendo a barba de um padeiro quando espiei pela vitrine, na semana passada — disse o carvoeiro.

— É necessário estabelecer limite em algum ponto, meu bom camarada — respondeu o proprietário. — Aí colocamos o limite. Não podemos ir além de padeiros. Se descêssemos abaixo dos padeiros, nossos clientes nos abandonariam e talvez tivéssemos de fechar a loja. O senhor pode tentar algum outro estabelecimento. Não podemos fazer isso aqui.

O freguês olhou fixamente, riu para Newman Noggs, que parecia distraído, e passou rapidamente a vista por toda a barbearia, como se depreciasse os potes de creme e os outros artigos da loja; tirou o cachimbo da boca e deu um assobio muito alto; depois, colocou-o de volta na boca e deixou o recinto.

O cavalheiro idoso que acabara de receber a espuma no rosto para ser barbeado, e que estava sentado com um ar melancólico e o rosto virado para a parede, parecia alheio a esse incidente e insensível a todas as coisas a seu redor, no profundo devaneio — muito triste, a julgar pelos suspiros que ocasionalmente dava — no qual se encontrava mergulhado. Influenciados por esse exemplo, o proprietário começou a aparar os cabelos da Srta. Kenwigs, o assistente a raspar a barba do homem idoso e Newman Noggs a ler o jornal do domingo, todos os três em silêncio: foi quando a Srta. Kenwigs deu um gritinho agudo e Newman, erguendo os olhos, viu que o grito fora provocado pela circunstância de o cavalheiro idoso ter virado a cabeça e revelado as feições do Sr. Lillyvick, o coletor de impostos.

As feições eram do Sr. Lillyvick, mas estranhamente alteradas. Se havia um homem de idade que fazia questão de aparecer em público de barba feita e asseada, esse homem era o Sr. Lillyvick. Se havia um coletor de impostos que se portava como coletor e assumia diante de todos os homens a solene e portentosa dignidade, como se tivesse o mundo inteiro em seus livros e todos estivessem dois trimestres atrasados, esse coletor era o Sr. Lillyvick. E agora, lá estava ele, com uma barba de pelo menos uma semana pesando em seu queixo; os babados da camisa amassados e enrugados, por assim dizer, sobre o peito, em vez de estarem ostensivamente erguidos e para fora; um ar tão tímido e abatido, tão desanimado e revelador de humilhação, tristeza e vergonha, que, se as almas de quarenta donas de casa insubstanciais, todas que tiveram suas águas cortadas por falta de pagamento da taxa, pudessem se concentrar num único corpo, esse corpo não conseguiria expressar o tormento e a derrota que eram expressos na pessoa do Sr. Lillyvick, o coletor.

Newman Noggs pronunciou seu nome, e o Sr. Lillyvick resmungou: depois tossiu para disfarçar. Mas o gemido foi um gemido significativo, e a tosse não passou de um chiado.

— O que está havendo? — perguntou Newman Noggs.

— O que está havendo, senhor? — replicou o Sr. Lillyvick. — A fonte da vida secou e restou apenas lama.

Essa fala — cujo estilo Newman atribuiu à recente associação do Sr. Lillyvick a personagens teatrais — não sendo muito clara, Newman parecia estar prestes a fazer outra pergunta quando o Sr. Lillyvick o impediu apertando-lhe a mão tristemente e então acenando com a sua própria.

— Deixe-me fazer a barba! — disse o Sr. Lillyvick. — Vai ser feita antes de Morleena; é Morleena, não é?

— É — respondeu Newman.

— Os Kenwigs têm um filho, não é? — perguntou o coletor.

De novo, Newman disse: — É.

— É um bom menino? — perguntou o coletor.

— Não é um mau menino — respondeu Newman, pouco à vontade com a pergunta.

— Susan Kenwigs costumava dizer — observou o coletor — que, se tivesse outro menino, esperava que ele fosse igual a mim. Esse se parece comigo, Sr. Noggs?

Essa era uma pergunta embaraçosa; mas Newman a evitou respondendo ao Sr. Lillyvick que achava que o bebê um dia possivelmente se tornaria igual a ele.

— Eu ficaria satisfeito de ter alguém que se parecesse comigo, de alguma forma — disse o Sr. Lillyvick —, antes de eu morrer.

— O senhor não pretende fazer isso ainda, não é? — perguntou Newman.

Diante do que o Sr. Lillyvick respondeu com voz solene: — Deixe-me fazer a barba! — E, novamente entregando-se às mãos do assistente do barbeiro, ficou calado.

Essa era uma conduta extraordinária. E tão extraordinária pareceu à Srta. Morleena que ela, arriscando-se a ter a orelha cortada, não pôde deixar de olhar à sua volta várias vezes durante o colóquio anterior. Da moça, entretanto, o Sr. Lillyvick não tomou conhecimento: tentando (assim, pelo menos, pareceu a Newman Noggs) fugir à sua observação e se encolhendo sempre que lhe atraía o olhar. Newman se perguntava o que poderia ter causado esse comportamento alterado por parte do coletor; mas, refletindo filosoficamente que, mais cedo ou mais tarde, muito provavelmente viria a saber e que poderia muito bem esperar, pouco se preocupou com a conduta estranha do velho cavalheiro.

Terminado o corte e feitos os cachos, o velho cavalheiro, que esperava já fazia algum tempo, levantou-se para ir embora e, saindo com Newman e a moça, tomou o braço de Newman e seguiu sem fazer nenhuma observação. Newman, que em sua capacidade de ser taciturno era superado por poucas pessoas, não fez nenhum esforço para quebrar o silêncio; então, eles continuaram o caminho até quase chegarem à casa da Srta. Morleena, quando Lillyvick disse:

— Os Kenwigs ficaram muito abalados, Sr. Noggs, com a notícia?

— Que notícia? — perguntou Newman.

— Essa de... eu ter...

— Casado? — sugeriu Newman.

— Ah! — respondeu o Sr. Lillyvick, com outro gemido; desta vez, nem mesmo disfarçado por um chiado.

— Mamãe chorou quando soube — interferiu a Srta. Morleena —, mas escondemos dela por um bom tempo; papai ficou muito deprimido, mas está melhor agora; e eu caí doente, mas estou melhor agora também.

— Morleena, você daria um beijo em seu tio-avô, se eu lhe pedisse? — perguntou o coletor de impostos meio hesitante.

— Daria, sim, tio Lillyvick — respondeu a Srta. Morleena, com a energia dos dois pais —, mas não na tia Lillyvick. Ela não é minha tia, e nunca vou chamá-la assim.

Imediatamente depois que proferiu essas palavras, o Sr. Lillyvick tomou a Srta. Morleena nos braços e beijou-a; e, estando naquele momento à porta da casa onde os Kenwigs moravam (que, como foi mencionado antes, geralmente ficava aberta), ele entrou, foi direto para a sala de estar dos Kenwigs e pôs a Srta. Morleena no centro. O Sr. e a Sra. Kenwigs estavam jantando. Ao verem o parente infiel, a Sra. Kenwigs sentiu-se mal e empalideceu, e o Sr. Kenwigs levantou-se magistralmente.

— Kenwigs — disse o coletor —, aperte a minha mão.

— Senhor — disse Kenwigs —, já se foi o tempo em que eu tinha orgulho de apertar a mão de um homem como o que agora se apresenta diante de mim. Já se foi o tempo, senhor — disse Kenwigs —, em que uma visita desse homem despertava em meu peito e no da minha família sensações naturais de afeto. Agora, olho para ele com emoções que sobrepujam tudo e me pergunto: onde está a *honra* desse homem, onde está a integridade e onde está sua natureza humana?

— Susan Kenwigs — disse o Sr. Lillyvick, voltando-se humildemente para a sobrinha —, não vai dizer nada?

— Ela não consegue, senhor — interferiu o Sr. Kenwigs, batendo na mesa enfaticamente. — Ora, amamentando um bebê saudável e considerando a sua conduta cruel, dois litros de cerveja por dia quase não são suficientes para sustentá-la.

— Fico feliz — disse o pobre coletor humildemente — que tenham um bebê saudável. Fico muito feliz com isso.

Isso tocou os Kenwigs no seu ponto mais sensível. A Sra. Kenwigs imediatamente começou a chorar, e o Sr. Kenwigs demonstrou grande emoção.

— A minha maior alegria, essa criança foi muito esperada — disse o Sr. Kenwigs, tristemente — e eu pensava: "se for menino, como espero que seja, pois ouvi o seu tio Lillyvick dizer várias vezes que preferia que fosse um menino dessa vez... se for menino, o que dirá seu tio Lillyvick? Que nome gostaria que ele tivesse? Seria Peter, ou Alexander, ou Pompey, ou Diorgeenes, que nome terá?". Mas agora, quando olho para ele, um bebê precioso, ingênuo, desamparado, com bracinhos que só servem para puxar a touca e perninhas que só servem para dar chutes nele mesmo... quando o vejo acomodado no colo da mãe, arrulhando, arrulhando e, em sua inocência, quase se sufocando com o punho... quando vejo o bebê que é e penso que aquele seu tio Lillyvick, que gostaria tanto dele, desapareceu, me sobe um tal sentimento de vingança como nenhuma palavra pode descrever, e sinto como se até mesmo esse santo bebê estivesse me dizendo para odiá-lo.

Essa imagem enternecedora tocou profundamente a Sra. Kenwigs. Após diversas palavras imperfeitas, que lutavam em vão para chegar à superfície, mas que eram afogadas e levadas por uma forte torrente de lágrimas, ela falou.

— Tio — disse a Sra. Kenwigs —, pensar que o senhor nos deu as costas, a mim, a meus filhos e a Kenwigs, que é o autor deles... o senhor, que era tão amável e bondoso e que, se alguém dissesse uma coisa dessas do senhor, teríamos cortado com desdém, como faz o relâmpago... e que demos ao pequeno Lillyvick, nosso primeiro filho, o seu nome, diante do altar! Ó Deus!

— Seria o dinheiro que nos importava? — perguntou o Sr. Kenwigs. — Seria alguma propriedade que tínhamos em mente?

— Não — protestou a Sra. Kenwigs —, eu desprezo tudo isso.

— Eu também — disse o Sr. Kenwigs —, e sempre desprezei.

— Meus sentimentos foram dilacerados — disse a Sra. Kenwigs —, meu coração, despedaçado pela angústia, eu fiquei reduzida a meu resguardo, meu inofensivo bebê passou a ficar inquieto e irritado, e Morleena tem definhado por qualquer motivo; tudo isso esqueço e perdoo, e com o senhor, tio, eu nunca vou brigar. Mas não me peça para receber *aquela mulher*, nunca faça isso, tio. Pois não vou receber, não vou, não, não, não mesmo!

— Susan, minha querida — disse o Sr. Kenwigs —, pense em seu filho.

— Sim — disse em voz alta e aguda a Sra. Kenwigs —, eu penso no meu filho! Penso no meu filho! Meu filho, que tio nenhum pode tirar de mim; meu filhinho odiado, desprezado, abandonado, deserdado — e, aí, as emoções da Sra. Kenwigs ficaram tão violentas que o Sr. Kenwigs foi obrigado a administrar água com amônia internamente e vinagre externamente, e a abrir o laço do espartilho dela, quatro cordões da anágua e diversos pequenos botões.

Newman era um espectador silencioso dessa cena, pois o Sr. Lillyvick lhe fizera um sinal para não se retirar; e o Sr. Kenwigs, em seguida, solicitara sua presença com um aceno de cabeça convidativo. Quando a Sra. Kenwigs recuperou, até certo ponto, os sentidos, e Newman, como pessoa de certa influência sobre ela, lhe chamou a atenção e implorou que se recompusesse, o Sr. Lillyvick disse com voz hesitante:

— Eu jamais vou pedir a alguém aqui para receber a minha... não preciso pronunciar a palavra; sabem o que quero dizer. Kenwigs e Susan, ontem fez uma semana que ela fugiu com um capitão de meio-soldo.

O Sr. e a Sra. Kenwigs tiveram um sobressalto ao mesmo tempo.

— Fugiu com um capitão de meio-soldo — repetiu o Sr. Lillyvick —, infame e deslealmente com um capitão de meio-soldo. Com um capitão narigudo, que nenhum homem consideraria um concorrente. Foi nesta sala — disse o Sr. Lillyvick, olhando com ar sério a seu redor — que conheci Henrietta Petowker. É nesta sala que me desligo dela, para sempre.

Essa declaração mudou completamente toda a maneira de conduzir a questão. A Sra. Kenwigs se lançou abraçando o pescoço do Sr. Lillyvick, amargamente recriminando-se de sua recente severidade e declarando que, se ela havia sofrido, imaginava o grau de sofrimento dele! O Sr. Kenwigs segurou-lhe a mão, prometeu eterna amizade e arrependimento. A Sra. Kenwigs ficou horrorizada ao pensar que algum dia abrigara em seu coração uma cobra como aquela, venenosa, uma víbora, uma serpente, um crocodilo ordinário como Henrietta Petowker. O Sr. Kenwigs afirmou que ela devia ser má mesmo para não ter melhorado contemplando as virtudes da Sra. Kenwigs. A Sra. Kenwigs lembrou que o Sr. Kenwigs muitas vezes se mostrara insatisfeito com a conduta da Srta. Petowker, e ela se perguntava como pôde ser enganada por aquela miserável. O Sr. Kenwigs lembrou que tivera suas desconfianças, mas não se admirava de a Sra. Kenwigs não ter tido nenhuma, porque ela era só castidade, pureza e verdade, e que Henrietta era só baixeza, falsidade e dissimulação. E ambos, o Sr. Kenwigs e a Sra. Kenwigs, disseram com forte sentimento e lágrimas de solidariedade que tudo acontecia para o melhor; imploraram ao bom coletor para não se deixar levar pelo sofrimento inútil, e sim buscar consolo na companhia daqueles parentes afetuosos, cujos braços e corações estavam sempre abertos para ele.

— Por afeição e respeito a vocês, Susan e Kenwigs — disse o Sr. Lillyvick —, e não por vingança e despeito contra ela, pois ela se encontra abaixo disso, farei, amanhã de manhã, uma doação a seus filhos, e tornarei pagável aos que estiverem vivos, quando chegarem à idade de se casar, daquele dinheiro que eu pretendi um dia deixar para eles em meu testamento. O ato será realizado amanhã, e o Sr. Noggs será uma das testemunhas. Ele me ouviu fazer esta promessa e haverá de ver esta promessa cumprida.

Profundamente impressionados com essa nobre e generosa oferta, o Sr. Kenwigs, a Sra. Kenwigs e a Srta. Morleena Kenwigs começaram a soluçar ao mesmo tempo, e, como o barulho de seu choro se transmitiu para o quarto ao lado onde estavam as crianças, fazendo-as chorar também, o Sr. Kenwigs entrou ali às pressas e, agitado, trouxe-as de camisola e touca de dormir para fora, nos braços, duas de cada lado, arriou-as aos pés do Sr. Lillyvick e pediu-lhes que agradecessem ao tio e o abençoassem.

— E agora — disse o Sr. Lillyvick, quando teve início uma cena comovente e as crianças foram levadas dali outra vez —, sirvam-me um jantar. Isso aconteceu a trinta e cinco quilômetros da cidade. Eu cheguei hoje de manhã, e fiquei andando por aí o dia todo, sem conseguir tomar a decisão de vir visitar vocês. Fui sempre indulgente com ela em tudo, respeitava o jeito dela, ela fazia o que queria, e agora fez isso. Havia doze colherinhas e vinte e quatro libras em soberanos... senti falta deles, a princípio... é uma provação... creio que nunca mais vou voltar a dar as batidas duplas, quando sair visitando as casas... não digam nada, por favor... as colherinhas eram valiosas... não importa... não importa!

Desabafando em murmúrios como esses, o velho cavalheiro derramou algumas lágrimas; mas eles o levaram para a cadeira de braços e o convenceram a fazer uma refeição sólida, sem muita insistência, e logo que terminou seu primeiro cachimbo e se serviu de uma meia dúzia de copos de ponche de uma jarra, solicitada pelo Sr. Kenwigs, em comemoração à sua volta ao seio da família, ele parecia, embora ainda muito humilde, bastante resignado à sua sorte e mais aliviado do que contrariado com a fuga de sua mulher.

— Quando vejo esse homem — disse o Sr. Kenwigs, com uma mão em torno da cintura da Sra. Kenwigs, a outra segurando seu cachimbo (que o fazia piscar e tossir muito, pois ele não era fumante) e seus olhos em Morleena, que estava sentada nos joelhos do tio —, quando vejo esse homem se juntando a nós de novo, ao ramo que ele adorna, e vejo seu afeto crescente em situações legítimas, sinto que a natureza dele é tão elevada e expandida quanto é apreciada sua posição diante da sociedade como figura pública, e as vozes dos meus filhos, com segurança por toda a vida, parecem me dizer num suave sussurro: "Este é um acontecimento para o qual o próprio Evins lança o olhar!".

CAPÍTULO LIII

Contendo o progresso do plano traçado pelo Sr. Ralph Nickleby e pelo Sr. Arthur Gride

Com a resolução tomada e a firmeza de propósito que circunstâncias extremas tantas vezes ocasionam, e agindo com mais calma e sem a precipitação característica do admirador de Madeline Bray, Nicholas levantou-se de madrugada de uma cama agitada, que não fora visitada pelo sono na noite anterior, e se preparou para fazer o último apelo, um fio frágil e leve do qual dependia a única esperança que restava de ela escapar.

Embora para mentes inquietas e ardentes as manhãs possam ser a estação ideal para exercício e atividade, não é sempre nesse momento que a esperança é mais forte ou o que o espírito é mais alegre e otimista. Em situações difíceis e duvidosas, a juventude, os costumes, a firme contemplação das dificuldades que nos cercam e a familiaridade com elas diminuem imperceptivelmente nossas apreensões e geram uma relativa indiferença, quando não uma vaga e descuidada confiança em alguma solução cujos meios e natureza não nos preocupamos em prever. Mas, quando nos vemos diante dessas coisas pela manhã, com aquela lacuna silenciosa e escura entre nós e o dia anterior; com cada elo da frágil cadeia de esperança a se unir novamente; nosso fervente entusiasmo reduzido e substituído pela razão calma e fria; a dúvida e o receio renascem. Assim como o viajante vê melhor pela manhã e percebe a cadeia de montanhas e os prados que a escuridão amiga lhe havia escondido por completo dos olhos e da mente, também aquele que segue a pé o árduo caminho da vida humana vê com o novo sol de cada dia outro obstáculo a superar, uma nova altura a alcançar. Diante dele, surgem distâncias que na noite anterior mal eram levadas em consideração, e a luz que ilumina toda a natureza com seus alegres raios parece brilhar apenas sobre os exaustivos obstáculos que ainda se espalham entre ele e o túmulo.

Assim pensava Nicholas quando, com a impaciência natural por uma situação como essa, saiu de casa em silêncio e, achando que permanecer na cama seria apenas uma perda do preciosíssimo tempo e que começar o dia cedo era uma forma de promover o fim do que tinha em vista, seguiu em direção a Londres, sabendo perfeitamente bem que por muitas horas não poderia falar com Madeline e não haveria nada o que fazer, exceto desejar que o tempo passasse.

 E mesmo agora, enquanto seguia pelas ruas de Londres e observava à sua volta sem interesse o aumento gradual do movimento e dos preparativos para o dia, tudo parecia se apresentar a Nicholas como uma nova ocasião para o desânimo. Na noite anterior, o sacrifício de uma criatura jovem, afetuosa e bela a um tal desgraçado, e numa causa como aquela, parecera algo monstruoso demais para ocorrer; e, quanto mais aquecido ficava, tanto mais confiante se tornava de que uma interferência poderia vir a salvá-la das garras daquele homem. Mas, quando pensava em como as coisas seguiam seu curso regular, dia após dia, de maneira inexorável; como a juventude e a beleza se extinguiam, e a idade feia e implacável vivia, seguindo seus passos inseguros; como a avareza ardilosa enriquecia, e corações honestos e bravos eram pobres e tristes; como eram poucos os que moravam em mansões imponentes, e tantos os que viviam em habitações insalubres, ou que se levantavam pela manhã e descansavam à noite, e viviam e morriam, pai e filho, mãe e filho, ano após ano, geração após geração, sem que houvesse um lar para abrigá-los, nem um só homem que fosse em seu auxílio; como, à procura não de uma vida de luxo e esplendor, mas das necessidades básicas de uma subsistência miserável e inadequada, havia mulheres e crianças naquela cidade, divididas em classes, enumeradas e estimadas tão regularmente como as famílias nobres e as pessoas de classe altas, e ensinadas desde a infância a exercer os ofícios mais terríveis e criminosos; como a ignorância era punida e nunca esclarecida; como as portas das prisões se abriam e as forcas surgiam, para milhares a elas levados por circunstâncias que lançavam sombras negras já sobre seus berços e que, não fossem elas, poderiam ter ganho seu sustento honesto e vivido em paz; como muitos morriam em espírito e não tinham chance na vida; como muitos que mal podiam se desviar, fossem eles degradados como fossem, davam as costas altivamente aos miseráveis esmagados e atacados, que não tinham como fazer o contrário, e que causariam admiração se tivessem procedido bem, em vez de mal; como havia tanta injustiça, miséria e maldade e, no entanto, o mundo seguia em frente, ano após ano, de forma descuidada e indiferente, sem que nenhum homem procurasse remediar ou corrigir seus males; quando considerou tudo isso e selecionou entre todas as coisas um pequeno caso sobre o qual se voltavam seus pensamentos, sentiu, na verdade, que havia pouca margem para esperança e pouca razão para que aquilo não viesse a constituir um átomo no enorme agregado de tristeza e sofrimento, acrescentar uma unidade pequena e sem importância à grande soma.

Mas os jovens não são dados a contemplar o lado sombrio das situações que podem alterar se quiserem. Ainda pensando no que teria de fazer e revivendo o fluxo de pensamentos que a noite interrompera, Nicholas gradualmente reuniu toda sua energia e, quando a manhã já avançara o suficiente para seu objetivo, seu único pensamento era aproveitá-la adequadamente. Depois de um rápido café da manhã e resolvidos alguns negócios que lhe exigiam pronta atenção, dirigiu os passos para a residência de Madeline Bray: aonde não perdeu tempo em chegar.

Ocorrera-lhe que, possivelmente, seria negado a ele o encontro com a moça, embora isso nunca tivesse acontecido; e, nesse caso, ainda pensava numa maneira garantida de ter acesso a ela, quando, ao chegar à porta da frente, encontrou-a entreaberta — provavelmente deixada assim pela última pessoa que por ali passara. A ocasião não era daquelas em que se observa a maior cerimônia; portanto, aproveitando-se dessa oportunidade, Nicholas subiu a escada sem fazer barulho e bateu à porta do quarto onde costumava ser recebido. Obtendo permissão de alguém que estava lá dentro, ele abriu a porta e entrou.

Bray e a filha estavam ali sozinhos. Fazia aproximadamente três semanas desde que ele a vira pela última vez, mas algo havia mudado na encantadora moça diante dele, que indicava a Nicholas, de maneira assustadora, quanto sofrimento mental se comprimira ali em tão pouco tempo. Não há palavras que possam expressar, nada com que se compare, a palidez perfeita, a brancura translúcida do belo rosto que se voltou para ele quando o viu. Os cabelos dela eram de um castanho-escuro profundo, mas, em contraste com o rosto e cobrindo-lhe o pescoço de igual brancura, pareciam, pelo forte contraste, negros. Em seus olhos escuros, havia algo de inquietação e angústia, mas havia também o mesmo olhar paciente, a mesma expressão suave de pesar de que ele tão bem se lembrava, e nenhum sinal de uma única lágrima. Mais belo ainda — mais belo, talvez, do que nunca —, havia algo no rosto dela que muito o enternecia e que era bem mais comovente do que a mais profunda agonia da tristeza. Não era apenas calmo e sereno, mas fixo e rígido, como se o esforço violento que originara aquela tranquilidade sob o olhar do pai, enquanto controlava todos os outros pensamentos, houvesse impedido que ele sucumbisse até mesmo à expressão momentânea que fora comunicada às feições, e o houvesse fixado ali como prova de seu triunfo.

O pai estava sentado à frente dela; sem olhar diretamente para seu rosto, mas lançando-lhe olhares, enquanto falava com um ar alegre que mal disfarçava a ansiedade de seus pensamentos. O material de desenho não estava na mesa de sempre, nem havia sinal de suas outras ocupações. Os pequenos vasos que Nicholas estava acostumado a ver cheios de flores frescas estavam vazios ou com apenas algumas hastes e folhas murchas. O passarinho estava silencioso. O pano que cobria a gaiola durante a noite não fora retirado. Sua dona se esquecera dele.

Há ocasiões em que, estando a mente dolorosamente viva para receber impressões, muito pode ser notado num olhar. Essa foi uma delas, pois Nicholas havia apenas relanceado à sua volta, quando foi reconhecido pelo Sr. Bray, que disse com impaciência:

— O que deseja o senhor agora? Diga o que quer rapidamente, por favor, pois a minha filha e eu estamos ocupados com outras questões mais importantes do que essas que sempre o trazem aqui. Vamos, meu senhor, diga logo qual é o seu negócio.

Nicholas percebeu muito bem que a irritabilidade e a impaciência nessas palavras eram fingidas, e que Bray, em seu íntimo, ficaria satisfeito com qualquer interrupção que prometesse atrair a atenção da filha. Baixou a vista involuntariamente enquanto o pai da moça falava e revelou seu nervosismo, pois enrubesceu e virou a cabeça de lado.

O truque, no entanto, como estratagema para fazer Madeline intervir, teve êxito. Ela levantou-se e, indo em direção a Nicholas, parou no meio do caminho e estendeu a mão como se esperasse uma carta.

— Madeline — disse seu pai, impacientemente —, meu amor, o que está fazendo?

— Talvez a Srta. Bray esteja esperando uma encomenda — disse Nicholas, falando com muita clareza e com uma ênfase que ela não poderia deixar de entender. — Meu patrão está fora da Inglaterra, ou eu teria trazido comigo uma carta. Espero que ela me conceda um tempo... só um pouco. Peço muito pouco tempo.

— Se isso é tudo o que tem a dizer, senhor — disse Bray —, pode ficar à vontade. Madeline, minha querida, eu não sabia que essa pessoa lhe devia dinheiro.

— Um... pouco, eu acho — respondeu Madeline, com voz fraca.

— Eu suponho que o senhor imagina — disse Bray, fazendo sua cadeira rolar para ficar diante de Nicholas — que, se não fosse por essas somas insignificantes que traz aqui, só porque a minha filha decidiu empregar o tempo dela dessa maneira, nós passaríamos fome.

— Eu não pensei nisso, senhor — respondeu Nicholas.

— Não pensou nisso?! — desdenhou o inválido. — O senhor sabe que *pensou*, e tem pensado nisso, e pensa sempre que vem aqui. Acha mesmo, rapaz, que não sei como os comerciantes são arrogantes quando, em certas circunstâncias favoráveis, eles exercem controle, por um breve dia... ou acham que exercem... sobre um cavalheiro?

— Meu negócio — disse Nicholas — é com a senhorita.

— Com a filha de um cavalheiro, rapaz — replicou o doente —, e o espírito mesquinho é o mesmo. Mas talvez traga *ordens*, hein? Trouxe alguma *ordem* para a minha filha?

Nicholas entendeu o tom de triunfo no qual esse interrogatório foi feito; porém, lembrando-se da necessidade de manter o personagem por ele assumido, entregou um pedaço de papel fingindo conter a lista de alguns objetos para desenhos que seu patrão desejava ver executados; e do qual se munira no caso de uma contingência daquelas.

— Ah! — exclamou o Sr. Bray. — Então são essas as ordens?

— Já que o senhor insiste no termo, são estas, sim — respondeu Nicholas.

— Então, pode dizer a seu patrão — continuou Bray, devolvendo o papel, com um sorriso exultante — que a minha filha, a Srta. Madeline Bray, não mais se digna ocupar-se com essas atividades; que ela não está à disposição dele, como ele supõe que esteja; que não dependemos do dinheiro dele, como acha que dependemos; que ele pode dar tudo que nos deve ao primeiro pedinte que passar pela porta da loja dele, ou acrescentar aos lucros da próxima vez que fizer os cálculos; e que, por mim, ele pode ir para o inferno. É desse modo que trato as ordens dele, rapaz!

"E esta é a independência de um homem que vende a filha como vendeu aquela moça em prantos!", pensou Nicholas.

O pai estava muito absorvido em sua própria exultação para notar o olhar de escárnio que, por um instante, Nicholas não pôde conter, nem se estivesse sob tortura. — Pronto — continuou ele, após um curto silêncio —, já recebeu o recado e pode se retirar... a menos que tenha alguma outra... ha!... alguma outra ordem.

— Não tenho nenhuma — disse Nicholas —, nem, em consideração à posição que o senhor ocupou um dia, usei essa ou qualquer outra palavra que, embora inofensiva em si mesma, possa ter causado a impressão de autoridade da minha parte ou dependência da sua. Não tenho ordens, mas tenho um receio... receio que expressarei, por mais irritado que o senhor possa ficar... receio de que o senhor destine essa moça a algo pior do que sustentar o senhor com o trabalho das mãos dela, mesmo que trabalhasse à exaustão. Esse é o meu receio, e esse receio eu vejo em seu próprio semblante. Sua consciência lhe dirá, senhor, se eu interpretei bem ou não.

— Pelo amor de Deus! — interferiu Madeline, alarmada entre os dois. — Lembre-se, senhor, ele está doente!

— Doente! — repetiu o inválido, sufocando-se e tomando o fôlego. — Doente! Doente! Eu sou insultado por um rapaz de recados, e ela pede a ele para ter piedade de mim porque estou doente!

Ele teve um ataque da doença, tão violento que por alguns instantes Nicholas temeu pela vida do homem; mas, vendo que ele começava a se recuperar, retirou-se, depois de fazer alguns sinais para a moça dizendo que tinha algo importante para comunicar e que esperaria por ela do lado de fora do cômodo. Ele ouvia que o doente voltava a si gradualmente e que, sem nenhuma referência ao que acabara de ocorrer, como se não tivesse uma clara lembrança do fato ainda, pediu para ser deixado sozinho.

"Ah!", pensou Nicholas. "Que esta pequena oportunidade não seja perdida, e que eu consiga ser persuasivo, somente por um período de uma semana e para reconsideração!"

— O senhor foi encarregado de um recado para mim — disse Madeline, apresentando-se, em grande agitação. — Não insista agora, eu lhe peço, por favor. Volte, então, depois de amanhã.

— Será tarde demais... tarde demais para o que eu tenho a dizer — retornou Nicholas —, e a senhorita não estará aqui. Ah, senhorita, se tiver um pequeno pensamento voltado para aquele que me mandou aqui, somente uma última preocupação com a paz de sua mente e de seu coração, eu peço, pelo amor de Deus, que me escute.

Ela tentou passar por ele, mas Nicholas a impediu delicadamente.

— Apenas escute — repetiu Nicholas. — Eu lhe peço que me escute: não a mim somente, mas a ele em nome de quem falo, que está longe e desconhece o perigo que a senhorita corre. Por Deus, ouça-me!

A pobre criada, de olhos vermelhos e inchados de chorar, mantinha-se por perto, e Nicholas apelou para ela em termos tão apaixonados que ela abriu uma porta lateral e, amparando sua patroa até o cômodo vizinho, fez sinal para que Nicholas as seguisse.

— Deixe-me, senhor, eu lhe peço — disse a jovem.

— Não posso e não vou deixar a senhorita assim — respondeu Nicholas. — Tenho um dever a cumprir e, seja aqui, seja no cômodo de onde acabamos de sair, a qualquer risco ou perigo para o Sr. Bray, devo lhe pedir para refletir novamente no terrível curso a que está sendo impelida.

— Que curso é esse de que está falando, e impelida por quem, senhor? — perguntou a jovem, esforçando-se para demonstrar orgulho.

— Estou falando sobre este casamento — respondeu Nicholas —, este casamento que está marcado para amanhã, por alguém que nunca falha em maus propósitos nem se presta a nenhuma boa causa; deste casamento, cuja história eu conheço melhor, muito melhor, do que a senhorita. Eu sei que teia foi montada à sua volta. Sei o tipo de homem que são os que armaram um esquema desses; a senhorita foi enganada e vendida pelo dinheiro: pelo ouro, cujas moedas estão enferrujadas pelas lágrimas, se não vermelhas pelo sangue de homens arruinados, que decaíram desesperadamente pelas mãos desvairadas deles.

— O senhor disse que tem um dever a cumprir — disse Madeline —, e eu também. E, com a ajuda de Deus, conseguirei cumpri-lo.

— Devia dizer com a ajuda dos demônios — disse Nicholas —, com a ajuda de homens, um dos quais, destinado a ser seu marido, que é...

— Não quero ouvir mais isso — disse a jovem, lutando para reprimir um tremor causado, ao que parecia, pela mera alusão ao Sr. Arthur

Gride. — Esse mal, se é mesmo um mal, foi escolha minha. Não estou sendo impelida a esse curso de ação por ninguém; estou fazendo isso por livre e espontânea vontade. Entenda que não estou sendo impelida nem forçada. Diga isso — disse Madeline — a meu caro amigo e benfeitor e, levando as minhas preces e agradecimentos a ele e ao senhor, peço que me deixe para sempre!

— Não sem antes lhe suplicar, com toda a força e fervor de minha alma — implorou Nicholas — que adie esse casamento por uma semana. Não antes de convencê-la a pensar mais profundamente do que já pensou, influenciada como está, sobre o passo que está prestes a tomar. Embora não esteja totalmente consciente da vilania desse homem a quem está prestes a dar a sua mão, algumas das ações dele a senhorita conhece. Já o ouviu falar e o encarou. Reflita, reflita, antes que seja tarde demais, no escárnio de assumir um compromisso com ele ao altar, compromisso do qual você não acredita que o seu coração poderá compartilhar... de repetir palavras solenes contra as quais a natureza e a razão devem rebelar-se... na degradação a que sujeita sua própria autoestima, que deverá vir em seguida e que será agravada todos os dias, à medida que o caráter detestável dele se revele cada vez mais. Afaste-se dessa companhia detestável desse miserável como se afastaria da corrupção e da doença. Tolere o trabalho árduo, por favor, mas evite-o, evite-o, e seja feliz. Pois, pode acreditar, estou falando a verdade; a mais abjeta pobreza, a condição mais miserável de vida humana, com uma mente pura e elevada, seria felicidade se comparada ao que a senhorita deve se submeter como mulher de um homem como esse!

Muito antes de Nicholas parar de falar, a jovem cobriu o rosto com as mãos e deixou que as lágrimas escorressem livremente. Com voz de início inarticulada pela emoção, mas recobrando as forças aos poucos enquanto prosseguia, ela lhe respondeu:

— Não vou esconder do senhor... embora talvez devesse... que tive grande sofrimento mental e ando quase de coração partido desde a última vez que vi o senhor. Eu *não* amo esse homem. A nossa diferença de idade, de gostos, de hábitos proíbe isso. Ele sabe bem disso, e, sabendo, ainda pede a minha mão. Ao concordar com isso, e por esse passo apenas, posso libertar o meu pai, que está morrendo neste lugar; posso prolongar a vida dele, talvez, por muitos anos; dar a ele o conforto de volta...

posso quase chamar isso de afluência; e livrar um homem generoso do peso de prestar auxílio a alguém por quem, sinto dizer, seu nobre coração é pouco compreendido. Não pense tão pouco de mim a ponto de eu fingir um amor que não sinto. Não faça um relato tão mau de mim, pois *isso*, eu não suportaria. Se não posso, de forma racional e natural, amar o homem que paga esse preço pela minha pobre mão, posso cumprir os deveres de uma esposa: posso ser tudo que ele procura em mim, e o serei. Ele está satisfeito de me tomar como esposa do jeito que sou. Eu dei a minha palavra e deveria me alegrar e não chorar, é isso. Dei, sim. O interesse que o senhor demonstra por uma pessoa tão sem amigos e solitária como eu, a delicadeza com que expressou seus sentimentos, a confiança que depositou em mim, tudo isso merece os meus mais caros agradecimentos e, enquanto faço esta última e fraca confissão, sou levada às lágrimas, como pode ver. Mas não me arrependo, nem estou infeliz. Estou feliz diante da perspectiva de conseguir tudo tão facilmente. Vou ficar ainda mais quando olhar para trás e vir que tudo foi realizado, eu sei.

— Suas lágrimas caem mais rapidamente quando fala em felicidade — disse Nicholas — e evita a contemplação desse futuro negro que deve ser cheio de tanta miséria para a senhorita. Adie esse casamento por uma semana. Somente por uma semana!

— Ele estava falando, quando o senhor chegou há pouco, com o sorriso que eu costumava ver no passado e que não via já fazia muito tempo, da liberdade que ele vai receber amanhã — disse Madeline, com uma firmeza momentânea —, da mudança bem-vinda, do ar fresco: todos os novos cenários e objetos que dariam nova vida ao corpo exausto dele. Os olhos dele brilharam e o rosto se iluminou só de pensar. Eu não adiarei esse casamento nem por uma hora.

— São apenas truques e ardis para convencer a senhorita — disse Nicholas.

— Não quero ouvir mais nada — apressou-se em dizer Madeline —, já ouvi demais... mais do que devia... O que eu disse ao senhor, disse porque confio que vai repetir honradamente ao meu querido amigo. Algum dia, quando eu estiver mais tranquila e adaptada a meu novo modo de vida, se eu viver até lá, escreverei para ele. Enquanto isso, que todos os santos anjos derramem bênçãos sobre a cabeça dele e lhe deem prosperidade e saúde.

Ela apressou-se para passar por ele, quando Nicholas se jogou à sua frente e implorou que ela pensasse, uma vez mais apenas, na sina para a qual se lançava precipitadamente.

— Não há volta — disse Nicholas, na agonia da súplica —, não há retirada! Todo o arrependimento será inútil, e profundo e amargo deve ser. O que eu posso dizer, para induzi-la a parar por um último momento? O que posso fazer para salvá-la?

— Nada — respondeu ela incoerentemente. — Essa é a maior provação por que já passei. Tenha piedade de mim, senhor, eu peço, e não fira o meu coração com apelos como esses. Ele... está chamando. Eu... eu não devo ficar, não vou ficar aqui nem mais um instante.

— Se isso fosse um plano — disse Nicholas, com a mesma violenta rapidez com que ela falara —, um plano que eu ainda não tivesse desvendado, mas que, com o tempo, viesse a desvendar; se a senhorita fosse (sem saber) dona de uma fortuna que, tendo sido recuperada, fizesse tudo que esse casamento pode realizar, não consideraria voltar atrás?

— Não, não, não! Isso é impossível; é uma história infantil. A demora levaria à morte dele. Ele está chamando de novo!

— Talvez esta seja a última vez que nos encontremos nesta vida — disse Nicholas —, talvez seja melhor para mim que nunca voltemos a nos encontrar.

— Para nós dois, para nós dois — disse Madeline, sem prestar atenção ao que dizia. — A lembrança desta conversa talvez me deixe louca algum dia. Diga a eles que me deixou tranquila e feliz. O senhor vá com Deus, e eu lhe agradeço de todo o coração e desejo que seja feliz!

Ela desapareceu. Nicholas deixou a casa cambaleante, pensando na rápida cena que acabara de se passar como se ela fosse um fantasma de algum sonho ruim e inquietante. O dia se passou; à noite, quando voltou, até certo ponto, a refazer seus pensamentos, saiu novamente.

Por ser aquela noite a última de solteiro de Arthur Gride, ele estava muito animado e com grande alegria. Seu terno verde-garrafa fora escovado, pronto para o dia seguinte. Peg Sliderskew havia relatado as despesas da casa; prestou conta exata dos dezoito centavos (nunca lhe era confiada uma quantia maior do que essa de cada vez, e a prestação de contas em geral não era feita mais do que duas vezes por dia); todos os preparativos haviam sido feitos para a comemoração; e Arthur poderia ter ficado a contemplar sua felicidade vindoura, mas preferiu sentar-se e contemplar os registros do dia num livro de velino sujo e velho com fechos enferrujados.

— Ai de mim! — ele riu e, ao se agachar diante de um baú preso ao chão, enfiou os braços até quase os ombros e devagar retirou de lá um volume engordurado. — Ai de mim agora! Esta é a minha única biblioteca, mas este é um dos livros mais divertidos que já foram escritos! É um livro maravilhoso, e tudo nele é verdadeiro e real... esta é a melhor parte... verdadeiro como o Banco da Inglaterra, e real como o ouro e a prata contidos nele. Escrito por Arthur Gride. He, he, he! Nenhum dos escritores de livros de contos jamais fará um livro tão bom como este, eu garanto. Ele é composto para circulação privada, para minha leitura particular e de ninguém mais. He, he, he!

Resmungando esse solilóquio, Arthur levou seu precioso volume para a mesa e, ajeitando-o sobre uma escrivaninha empoeirada, colocou seus óculos e começou a folhear-lhe as páginas.

— É uma grande soma para o Sr. Nickleby — ele disse, com voz lamentosa. — Dívida a ser paga integralmente: novecentos e setenta e cinco libras, quatro xelins e três centavos. Quantia adicional, pelo título vencido, de quinhentas libras. Um mil e quatrocentas e setenta e cinco libras, quatro xelins e três centavos, amanhã ao meio-dia. Contudo, existe a compensação, proporcionada por essa linda moça. Mas, outra vez, fica a pergunta se eu não teria conseguido isso por mim mesmo. "Um homem fraco não conquista uma bela moça." Por que fui tão fraco? Por que não enfrentei Bray sozinho corajosamente, economizando um mil e quatrocentas e setenta e cinco libras, quatro xelins e três centavos?

Essas reflexões deixaram o velho usurário tão deprimido que lhe escaparam do peito alguns fracos gemidos e fizeram-no declarar, com as mãos erguidas para o alto, que morreria num asilo de pobres. Lembrando-se em reflexões posteriores, entretanto, de que em qualquer circunstância ele deveria ter pagado, ou ter juntado a grande soma do que devia a Ralph, e não acreditando de forma alguma que teria êxito se tivesse enfrentado a negociação sozinho, readquiriu o ânimo e ficou a remoer itens mais satisfatórios, até que foi interrompido pela entrada de Peg Sliderskew.

— E então, Peg — disse Arthur —, o que é? O que está querendo agora, Peg?

— É a galinha — respondeu Peg, erguendo um prato contendo uma galinha pequena, muito pequena. Um espetáculo de galinha. Tão pequena e tão magrinha!

— Uma bela ave! — disse Arthur, depois de perguntar o preço e vendo que era proporcional ao tamanho. — Com uma fatia de presunto, um ovo para fazer o molho, batatas, verduras e um pudim de maçã, Peg, e um pouco de queijo, vamos ter um jantar para um imperador. Só vai ser para mim e para ela... e para você, Peg, depois que terminarmos.

— Não vá reclamar das despesas, depois — disse a Sra. Sliderskew, de mau humor.

— Creio que vamos ter que gastar um pouco mais na primeira semana — disse Arthur, com um gemido —, mas depois compensamos. Eu não vou comer mais do que preciso e sei que você ama seu velho patrão demais para não comer mais do que *você* precisa, não é, Peg?

— Não é o quê? — perguntou Peg.

— Ama seu velho patrão demais...

— Não, nem um pouco demais — replicou Peg.

— Ó Deus, o diabo que carregue esta mulher! — exclamou Arthur. — Ama demais o patrão para comer mais do que precisa à sua custa.

— A sua o quê? — disse Peg.

— Ó Deus! Ela nunca ouve a palavra mais importante, mas ouve todas as outras! — resmungou Gride. — À sua custa... sua birrenta!

Por ter o tributo acima sido prestado aos atrativos da Sra. Sliderskew e expressado num sussurro, essa senhora concordou com a proposta geral com um duro rosnar, que foi seguido pelo som da campainha da porta da frente.

— É a campainha — disse Arthur.

— Sim, sim; eu sei disso — replicou Peg.

— Então, por que não vai lá? — gritou Arthur.

— Lá onde? — perguntou Peg. — Não estou causando nenhum problema aqui, estou?

Arthur Gride, em resposta, repetiu a palavra "campainha" berrando o mais alto que pôde; e, quando o que ele disse se tornou inteligível ao sentido de audição da Sra. Sliderskew por meio de pantomimas que expressavam o tocar da campainha, Peg saiu cambaleante, após perguntar asperamente por que ele não disse logo que a campainha estava tocando, em vez de falar em coisas que não tinham nada a ver com isso, deixando seu copo de cerveja esperar na entrada.

— Alguma coisa mudou em você, Sra. Peg — disse Arthur, acompanhando-a com os olhos. — O que foi não sei bem; mas, se durar, vejo que não demora e vamos deixar de nos entender. Acho que você está ficando louca. Se estiver, deve ir embora, Sra. Peg... ou ser mandada embora. Para mim, tanto faz. — Folheando as páginas de seu livro enquanto resmungava isso, logo seus olhos pousaram em algo que lhe prendeu a atenção, e ele esqueceu Peg Sliderskew e tudo o mais, no crescente interesse naquelas páginas.

Esse cômodo recebia uma única luz, que vinha de uma lâmpada obscurecida pela sujeira, cujo pavio preguiçoso, ficando ainda mais obscurecido por essa camada negra, lançava seus frágeis raios num espaço muito pequeno e deixava tudo o mais em sombras profundas. Essa lâmpada o agiota puxara para tão perto de si que só havia entre ele e ela espaço para o livro, sobre o qual ele se debruçara; da forma como ele estava sentado ali, com os cotovelos sobre a mesa e o rosto angular apoiado nas mãos, ela só servia para dar grande relevo a suas horrendas feições, junto à pequena mesa à qual ele se encontrava, e para envolver o restante do quarto em profunda e soturna escuridão. Ao erguer a vista e olhar vagamente para essa escuridão enquanto fazia alguns cálculos mentais, Arthur Gride, de repente, cruzou a vista com o olhar fixo de um homem.

— Ladrão! Ladrão! — gritou o usurário, assustando-se e fechando o livro no peito. — Ladrão! Assassino!

— O que houve? — perguntou a figura, aproximando-se.

— Não se aproxime! — gritou o miserável, tremendo. — É um homem ou uma... uma...

— O que eu poderia ser senão um homem? — foi a pergunta.

— Sim, sim — disse Arthur Gride, encobrindo os olhos com a mão —, é um homem, e não uma alma. É um homem. Ladrão! Ladrão!

— Para que esses gritos tão altos? A menos que me conheça e tenha algum propósito em mente — disse o estranho, aproximando-se. — Não sou um ladrão.

— O que quer então e como chegou aqui? — perguntou Gride, mais tranquilo, mas ainda afastando-se do visitante. — Qual é o seu nome e o que deseja?

— Não precisa saber meu nome — foi a resposta. — Vim até aqui trazido pela sua criada. Eu me dirigi ao senhor umas duas ou três vezes, mas o senhor estava profundamente concentrado em seu livro e não me ouviu, então fiquei calado esperando que ficasse um pouco menos absorto. O que eu desejo lhe direi quando o senhor estiver preparado para ouvir e me entender.

Arthur Gride, tentando olhar para seu visitante com mais atenção e percebendo que era um rapaz de boa aparência e bom porte, voltou à sua cadeira e comentou em voz baixa que havia maus caráteres por aí e que isso, com algumas tentativas de invasão de sua casa, o deixara nervoso; convidou o visitante para sentar. Disso, no entanto, ele declinou.

— Meu Deus! Não estou de pé para ficar numa posição de vantagem — disse Nicholas (pois era Nicholas), ao observar um gesto de alarme por parte de Gride. — Escute-me. O senhor está com o casamento marcado para amanhã de manhã.

— N... n... não — replicou Gride. — Quem disse isso? Como sabe disso?

— Não importa como — respondeu Nicholas —, eu sei. A moça que vai lhe dar a mão odeia e despreza o senhor. O sangue dela corre gelado nas veias à mera menção do seu nome; um abutre e uma ovelha, um rato e uma pomba não dariam uma combinação pior do que o senhor e ela. Está vendo que a conheço.

Gride olhou para ele como se estivesse petrificado de espanto, mas ficou calado; talvez por falta de forças.

— O senhor e outro homem, de nome Ralph Nickleby, tramaram juntos esse plano — continuou Nicholas. — O senhor está pagando a ele por ter conseguido a venda de Madeline Bray. O senhor está. Uma mentira está agora fazendo tremer seus lábios, eu estou vendo.

Ele fez uma pausa; mas Arthur não dando resposta, continuou.

— Está pagando do próprio bolso para trapaceá-la. Como e por quais meios (pois desprezo manchar a causa dela com falsidade ou dissimulação) eu não sei; no momento não sei, mas não estou sozinho nisso, nem sem ajuda. Se a energia de um homem for capaz de abranger a descoberta da sua fraude e traição antes de sua morte; se a riqueza, a vingança e um ódio justo forem capazes de caçá-lo e segui-lo em suas manobras; o senhor ainda será chamado para prestar contas disso. Já estamos no seu rastro; julgue o senhor, que sabe do que não sabemos, quando vamos conseguir derrubá-lo!

Ele fez outra pausa, mas ainda Arthur Gride permaneceu em silêncio.

— Se o senhor fosse um homem, a quem eu pudesse apelar com alguma esperança para a sua compaixão e a sua natureza humana — disse Nicholas —, eu insistiria para que pensasse no desamparo, na inocência, na juventude dessa moça; em sua dignidade e beleza, em sua dedicação filial e, finalmente, mais do que tudo, no que diz respeito mais diretamente ao senhor, o apelo que ela fez à sua misericórdia e ao seu sentimento de honra. No entanto, tomo o único caminho que pode ser tomado com homens como o senhor e pergunto quanto devo oferecer para comprá-lo. Lembre-se do perigo a que está exposto. Está vendo que sei bastante e posso saber muito mais com bem pouca ajuda. Abata algum ganho esperado pelo risco que não correrá e diga qual é o seu preço.

O velho Arthur Gride moveu os lábios, mas eles formaram apenas um sorriso feio e ficaram imóveis novamente.

— O senhor acha — disse Nicholas — que o valor não seria pago. A Srta. Bray tem amigos ricos que transformariam seus corações em moedas para livrá-la de uma dificuldade como essa. Diga o seu preço, adie as núpcias por uns poucos dias e veja se aqueles a quem me refiro se recusariam a pagar. Está me ouvindo?

Quando Nicholas começou, a impressão de Arthur Gride era a de que Ralph Nickleby o houvesse traído; mas, à medida que o rapaz prosseguia, ele se convenceu de que, como quer que tivesse obtido aquele conhecimento, seu papel ali era genuíno e não tinha relação com Ralph. Tudo que parecia saber com certeza era que ele, Gride, pagara a dívida de Ralph; mas isso, para qualquer pessoa que soubesse das circunstâncias da prisão de Bray — até mesmo para o próprio Bray, segundo o que dissera Ralph —, devia ser perfeitamente notório. Quanto ao logro a respeito da própria Madeline, seu visitante sabia tão pouco sobre sua natureza e extensão que devia ter sido uma conjectura de sorte, ou uma acusação ao acaso. Se era ou não, era óbvio que ele não tinha a chave do mistério e não o prejudicaria manter aquilo para si. A alusão a amigos e a oferta de dinheiro Gride considerou meras afirmações vazias, com o objetivo de adiamento. "E, mesmo que o dinheiro fosse arranjado", pensou Arthur Gride, olhando para Nicholas trêmulo de ódio diante da coragem e da audácia do rapaz, "eu teria aquela moça deleitável como esposa e privaria *você* dela, seu almofadinha!".

O antigo hábito de pesar e medir o que seus clientes diziam, estimando bem as probabilidades e analisando indícios em seus rostos, sem dar a mínima impressão de estar assim ocupado, tornara Gride rápido em suas conclusões e em espertas deduções a partir de premissas confusas, intrincadas e contraditórias. Foi assim então que, à medida que Nicholas continuava, Gride o observava com suas próprias construções e, quando parou de falar, estava tão bem preparado como se tivesse deliberado sobre tudo aquilo por uma quinzena.

— Estou ouvindo, sim — respondeu ele, levantando-se da cadeira, abrindo os ferrolhos das janelas e erguendo o caixilho. — Socorro! Socorro! Socorro!

— O que está fazendo? — perguntou Nicholas, agarrando-o pelo braço.

— Vou gritar ladrão, ladrão, assassino, vou causar alarme na vizinhança, brigar com você, derramar um pouco de sangue e jurar que veio aqui para me roubar, se não deixar a minha casa agora — disse Gride, colocando a cabeça para dentro com um riso assustador —, você verá!

— Miserável! — gritou Nicholas.

— *Você* vem aqui com suas ameaças, não é mesmo? — disse Gride, cujo ciúme de Nicholas e um senso de seu próprio triunfo o converteram num perfeito demônio. — Você, o amante frustrado? Ó Deus! He, he, he! Mas você não terá a moça, nem ela o terá. Ela é minha mulher, minha mulherzinha afetuosa. Você acha que ela vai sentir a sua falta? Acha que vai chorar? Eu vou gostar que ela chore, não vou me incomodar com isso. Ela fica mais bonita em lágrimas.

— Patife! — disse Nicholas, engasgando-se de ódio.

— Mais um minuto — disse Arthur Gride — e vou assustar os vizinhos com gritos que, se fossem dados por qualquer outra pessoa, me tirariam até mesmo do sono nos braços da bela Madeline.

— Seu cachorro! — disse Nicholas. — Se fosse um pouco mais moço...

— Ah, sim! — desdenhou Arthur Gride. — Se eu fosse um pouco mais moço, não seria tão mau; mas sendo eu tão velho e feio! Ser preterido pela pequena Madeline por mim!

— Escute aqui — disse Nicholas — e dê graças a Deus por eu ser capaz de me controlar e não o atirar na rua, coisa que ajuda nenhuma me impediria de fazer, se eu botasse as mãos em você. Nunca fui namorado dessa moça. Nenhum compromisso houve, nenhuma palavra de amor jamais foi trocada entre nós. Ela nem sequer sabe o meu nome.

— Vou procurar saber de todas essas coisas. Vou pedir isso a ela com beijos — disse Arthur Gride. — Sim, ela vai me contar, vai me retribuir os beijos e nós dois vamos rir juntos, nos abraçar e nos divertir bastante quando pensarmos no pobre jovem que queria salvá-la, mas não conseguiu, porque ela estava comprometida comigo!

Esse insulto deixou tal expressão no rosto de Nicholas que Arthur Gride simplesmente tomou-a como um sinal do cumprimento imediato da ameaça do rapaz de atirá-lo na rua; pois ele colocou sua cabeça fora da janela e, segurando firme com ambas as mãos, deu um forte alarme. Não considerando necessário se importar com a questão do barulho, Nicholas deu vazão a uma indignada provocação, saiu do quarto e deixou a casa. Arthur Gride o viu atravessar a rua e, colocando em seguida a cabeça para dentro, fechou a janela como antes e sentou-se para respirar.

— Se ela algum dia se tornar impertinente ou mal-humorada, vou provocá-la com aquele janota — ele disse, depois que se recuperou. — Ela não sabe que eu o conheço; e, se eu conduzir tudo bem, posso dominá-la por esse meio e mantê-la no cabresto. Ainda bem que ninguém apareceu. Não gritei muito alto. Que audácia, entrar na minha casa e me enfrentar! Mas amanhã será meu grande triunfo, e ele vai arrancar os cabelos, talvez se afogar, ou cortar a própria garganta! Eu não me espantaria! Isso completaria tudo, completaria, sim: tudo.

Quando retornou à sua habitual condição com esses e outros comentários sobre seu triunfo vindouro, Arthur Gride guardou seu livro, trancou o baú com grande cuidado e desceu até a cozinha para mandar Peg Sliderskew para a cama e repreendê-la por ter permitido tão pronta admissão a um estranho.

A ingênua Peg, entretanto, não conseguindo entender a ofensa da qual era acusada, teve de acompanhá-lo segurando uma lâmpada, enquanto ele verificava todos os ferrolhos e trancava a porta da frente com as próprias mãos.

— Ferrolho de cima — murmurou Arthur, enquanto fechava —, ferrolho de baixo, corrente, barra, tranca dupla e chave fora para colocar embaixo do meu travesseiro! Desse modo, se algum outro admirador rejeitado vier, terá que passar pelo buraco da fechadura. E agora vou dormir até as cinco e meia, quando devo me levantar para ir me casar, Peg!

Com isso ele deu, de brincadeira, um tapinha embaixo do queixo da Sra. Sliderskew e pareceu, por um instante, inclinado a celebrar o encerramento de seus dias de solteiro dando-lhe um beijo nos lábios secos. Pensando melhor, no entanto, ele deu mais um tapinha no queixo dela, no lugar daquela calorosa familiaridade, e foi direto para a cama.

CAPÍTULO LIV

A crise do projeto e seu resultado

Não há muitos homens que permaneçam na cama, ou que passem da hora de levantar, no dia de seu casamento. Existe a lenda de uma pessoa notável por sua distração que, ao acordar no dia em que ganharia uma jovem esposa e, esquecendo-se por completo da questão, repreendeu seus criados por lhe trazerem roupas tão finas como as que haviam sido preparadas para a celebração. Há também a lenda de um rapaz que, alheio aos temores dos cânones da igreja feitos e providenciados para tais casos, se apaixonou pela própria avó. Ambos os casos são singulares e especiais, e é difícil acreditar que qualquer um dos dois possa ser considerado um precedente que venha a ser seguido pelas gerações que se sucederam.

Arthur Gride já estava vestido com seu traje verde-garrafa uma hora antes de a Sra. Sliderskew, libertando-se de um sono mais pesado, bater à porta de seu quarto; enfatiotado, ele já havia descido a escada e estalado os lábios ao tomar um pequeno gole de sua bebida favorita antes que aquela delicada peça de antiguidade iluminasse a cozinha com sua presença.

— Ora! — resmungou Peg, removendo um pequeno monte de cinzas da lareira, no desempenho de suas obrigações domésticas. — Casamento, mesmo! Um precioso casamento! Quer alguém melhor do que sua velha Peg para tomar conta dele, não é? E o que ele me disse, muitas e muitas vezes, para que eu não reclamasse da pouca comida, do salário baixo e do pouco aquecimento? "Meu testamento, Peg! Meu testamento!" Ele dizia: "Sou um homem solteiro... sem amigos... sem parentes, Peg". Mentira! E agora ele me traz uma nova dona, uma moçoila esperta com cara de bebê! Se queria uma mulher, o tolo, por que não arranjou uma própria para a idade dele e que soubesse como ele é? "Ela não vai se meter na *minha* vida", ele disse. Não, isso ela não vai fazer mesmo, mas você não tem nem ideia do por quê, meu velho Arthur!

Enquanto a Sra. Sliderskew, possivelmente influenciada por constantes sentimentos de frustração e menosprezo provocados pela preferência do velho patrão por outra, dava vazão a essas reclamações na descida da escada, Arthur Gride, já na sala de visitas, pensava no que ocorrera na noite anterior.

— Não tenho ideia de como ele descobriu o que sabe — disse Arthur —, a menos que eu mesmo seja responsável por isso... que tenha deixado escapar alguma coisa na casa de Bray, por exemplo... que possa ter sido escutada por alguém. Talvez eu tenha. Não ficaria surpreso se fosse isso. O Sr. Nickleby sempre se aborrecia comigo quando eu falava com ele antes de deixarmos a casa. Não devo contar a ele essa parte do negócio, ou ele vai me irritar e me deixar nervoso pelo resto do dia.

Ralph era respeitado por todos e reconhecido entre seus companheiros como um gênio superior, mas seu caráter duro e inflexível e sua astúcia consumada causavam tal impacto sobre Arthur Gride que ele, na verdade, o temia. Covarde e servil até o âmago de sua natureza, Arthur Gride se humilhava como poeira diante de Ralph Nickleby e, mesmo que não tivessem aquele negócio em comum, ele lhe teria lambido os sapatos e se arrastado no chão diante dele, em vez de contestar o que dizia ou lhe responder em outro espírito que não o da mais abjeta e submissa bajulação.

Arthur Gride dirigiu-se, então, para a casa de Ralph Nickleby, como combinado; e relatou a Ralph Nickleby como, na noite anterior, um jovem, atrevido e explosivo, que ele jamais vira, irrompeu em sua casa e tentou intimidá-lo para que desistisse de seu casamento. Contou, em poucas palavras, o que Nicholas disse e fez, com a leve restrição sobre o que havia decidido.

— Bom, e o que mais? — perguntou Ralph.

— Ah, nada mais — respondeu Gride.

— Ele tentou intimidá-lo — disse Ralph — e você *ficou* assustado, eu suponho. Foi isso?

— *Eu* é que o assustei, gritando "ladrão" e "assassino" — respondeu Gride. — E eu falava sério, eu lhe digo, pois estava disposto a dizer que fez ameaças e que queria tirar o meu dinheiro e a minha vida.

— Ah! — exclamou Ralph, olhando-o de esguelha. — Com ciúmes também!

— Ora essa, que nada! — protestou Arthur, esfregando as mãos e dando um riso forçado.

— Para que todas essas caretas, homem? — observou Ralph. — Você *está* com ciúmes... e com razão, eu acho.

— Não, não, não; com razão, não, hein? O senhor não acha que é com razão, acha? — replicou Arthur, hesitante. — Acha, hein?

— Ora, vejamos os fatos — disse Ralph. — Aí está um velho forçando uma jovem a se casar com ele e então aparece um rapaz bonito... você disse que ele era bonito, não disse?

— Não! — rosnou Arthur Gride.

— Ah! — exclamou Ralph. — Pensei que tinha dito. Bom! Bonito ou não, vem para cima desse velho um rapaz que lhe faz todo tipo de ameaça feroz, na cara, e diz a ele numa linguagem simples que a noiva dele o odeia. Por que ele faria isso? Por filantropia?

— Não pelo amor da moça — respondeu Gride —, pois ele disse que nenhuma palavra de amor... suas exatas palavras... jamais foi trocada entre eles.

— Ele disse... — repetiu Ralph, desdenhosamente. — Mas eu gosto dele por uma coisa, que é ele ter-lhe dado esse bom aviso para manter a sua... Como é mesmo? Seu pitéu... não sei bem... manter a sua queridinha trancada a chave. Cuidado, Gride, cuidado. Mas também é um triunfo arrancar a moça de um rival jovem e galante: um grande triunfo para um velho! O que resta fazer é mantê-la segura quando ela for sua mulher... é só.

— Mas que homem ele é! — exclamou Arthur Gride, fingindo, no auge da tortura, ter achado muito engraçado. E então acrescentou, ansiosamente: — É; mantê-la segura, é só. E isso não é muito, é?

— Muito! — repetiu Ralph com um sorriso de escárnio. — Ora, todo mundo sabe a coisinha fácil que é entender e controlar as mulheres. Mas, vamos, está quase na hora de você se tornar feliz. Você paga o contrato agora, eu suponho, para nos poupar confusão depois.

— Mas que homem o senhor é! — disse Arthur com voz grave.

— Por que não? — perguntou Ralph. — Ninguém vai lhe pagar juros pelo dinheiro, eu suponho, entre agora e o meio-dia, não é?

— Mas ninguém lhe pagaria juros por ele também, o senhor sabe — respondeu Arthur, olhando de soslaio para Ralph com toda a esperteza e malícia que podia projetar no rosto.

— Além disso — continuou Ralph, permitindo que seus lábios se curvassem num sorriso —, você não tem o dinheiro aí e não estava preparado para isso, ou teria trazido a quantia; e não existe ninguém a quem você goste mais de agradar do que a mim. Entendo. Confiamos um no outro no mesmo grau. Está pronto?

Gride, que não fizera nada senão sorrir, balançar a cabeça e resmungar durante esse último discurso de Ralph, respondeu afirmativamente; e, tirando do chapéu um par de fitas brancas, pendurou uma em seu peito, e com uma considerável dificuldade induziu seu amigo a fazer o mesmo. Assim equipados, entraram num coche de aluguel que Ralph deixara esperando e dirigiram-se à residência da mais bela e mais infeliz noiva.

Gride, cuja disposição e coragem haviam começado aos poucos a lhe faltar e que, à medida que se aproximavam da casa, lhe faltavam muito mais, sentiu-se extremamente desanimado e intimidado com o silêncio sepulcral que a permeava. O rosto da pobre criada, a única pessoa que viram, estava desfigurado pelas lágrimas e pela falta de sono. Não havia ninguém para recebê-los e lhes dar as boas-vindas; eles entraram, sorrateiros, e se dirigiram à habitual sala de visitas mais como dois ladrões do que como o noivo e um amigo.

— Alguém poderia pensar — disse Ralph, a contragosto, em voz baixa e contida — que está havendo um funeral aqui, em vez de um casamento.

— He, he! — deu um risinho o amigo. — O senhor é muito engraçado!

— Tenho que ser — observou Ralph, secamente —, pois isso aqui está meio maçante e deprimente. Anime-se um pouco mais, homem, não fique aí de crista baixa!

— Está bem, está bem — disse Gride. — Mas... mas... o senhor não acha que ela já está vindo aí, acha?

— Ora, eu suponho que ela só virá quando for obrigada — respondeu Ralph, olhando para seu relógio —, e ela ainda pode esperar uma boa meia hora. Contenha a sua impaciência.

— Eu... eu... não estou impaciente — gaguejou Arthur. — Eu não seria duro com ela por nada neste mundo. Ó Deus, ó Deus, de maneira alguma. Ela pode levar o tempo que quiser... o tempo que quiser. O tempo dela será nosso, de qualquer forma.

Enquanto Ralph lançava um olhar atento para o amigo que não parava de tremer, demonstrando que entendia claramente a razão para essa grande consideração e respeito, passos foram ouvidos na escada, e o próprio Bray entrou na sala na ponta dos pés e erguendo uma mão com um gesto de cautela, como se houvesse alguma pessoa doente por perto, que não deveria ser perturbada.

— Silêncio! — ele disse, em voz baixa. — Ela ficou muito doente ontem à noite. Pensei até mesmo que fosse do coração. Já está vestida e chorando horrivelmente no quarto dela; mas está melhor, e mais calma. Isso é tudo!

— Ela está pronta, não está? — perguntou Ralph.

— Totalmente pronta — respondeu o pai.

— E não vai nos deixar esperando por nenhum desses achaques ou desmaios juvenis, ou coisa assim, não é? — continuou Ralph.

— Pode confiar nela com certeza, agora — respondeu Bray. — Falei com ela hoje de manhã. Olhe! Venha aqui comigo.

Ele puxou Ralph Nickleby para o canto extremo da sala e apontou em direção a Gride, que estava sentado todo encolhido num canto, mexendo, nervoso, nos botões do paletó e exibindo um rosto no qual cada uma das expressões covardes e desprezíveis era intensificada e agravada ao máximo por sua ansiedade e inquietação.

— Olhe para aquele homem — sussurrou Bray, com ênfase. — Afinal, isso parece uma coisa cruel.

— O que parece uma coisa cruel? — perguntou Ralph com a fisionomia impassível, como se, de fato, ignorasse o que o outro queria dizer.

— Esse casamento — respondeu Bray. — Não me pergunte o quê. O senhor sabe tão bem quanto eu.

Ralph deu de ombros, num silencioso descaso com a impaciência de Bray, e ergueu as sobrancelhas e contraiu os lábios, como os homens fazem quando estão preparados com uma resposta oportuna a alguma observação, mas esperam por uma oportunidade favorável para continuar ou supõem que não vale mesmo a pena responder a seu adversário.

— Olhe para ele. Não parece cruel? — insistiu Bray.

— Não! — respondeu Ralph, com ousadia.

— Eu digo que parece — retorquiu Bray, demonstrando muita irritação. — É uma coisa cruel, por tudo que é mau e traiçoeiro!

Quando os homens estão a ponto de cometer ou autorizar a realização de uma injustiça, não é raro que eles expressem compaixão por aquele contra quem essa ação, ou outra semelhante, será perpetrada, e sintam-se, na ocasião, virtuosos, dignos e imensamente superiores àqueles que não expressam piedade alguma. Isso é uma maneira de manter a fé acima das ações e faz a pessoa sentir-se muito bem. Para fazer justiça a Ralph Nickleby, ele raramente praticava esse tipo de dissimulação; mas compreendia aqueles que a praticavam e, portanto, antes de dizer qualquer outra coisa, permitiu que Bray repetisse várias vezes, com grande veemência, que eles cometiam juntos algo muito cruel.

— Veja como ele está velho, seco, enrugado, acabado — disse Ralph, quando o outro se calou por um momento. — Se fosse mais moço, seria cruel, mas do jeito que está... escute, Sr. Bray, em pouco tempo, ele deve morrer e vai deixar a sua filha uma viúva rica! Dessa vez, a Srta. Madeline segue seus conselhos; da próxima, fará a própria escolha.

— É verdade, é verdade — disse Bray, roendo as unhas e claramente muito nervoso. — Eu não podia ter feito coisa melhor para ela, aconselhando-a a aceitar essa proposta de casamento, não é? Agora eu lhe pergunto, Sr. Nickleby, como conhecedor do mundo que é... podia?

— Claro que não — respondeu Ralph. — Vou lhe dizer uma coisa; num raio de uns dez quilômetros daqui, há dezenas de pais abastados, bons, ricos, em excelentes condições financeiras, que concederiam, com prazer, a mão de suas filhas, e suas próprias orelhas junto, àquele homem ali, por mais que ele pareça um primata ou uma múmia.

— Claro que há! — exclamou Bray, aproveitando-se ansiosamente de qualquer ensejo que lhe servisse de justificativa. — Eu disse isso a ela ontem à noite e hoje.

— Disse a verdade — continuou Ralph — e fez bem em dizer isso; mas, ao mesmo tempo, devo acrescentar que, se eu tivesse uma filha, e a minha liberdade e a minha satisfação, não, a minha própria saúde e vida, dependessem de ela aceitar um marido escolhido por mim, eu esperaria que não fosse necessário dar nenhuma outra razão para induzi-la a aceitar a minha vontade.

Bray olhou para Ralph para ver se ele estava falando sério e, tendo acenado com a cabeça algumas vezes, sem reservas ao que ele dizia, acrescentou:

— Devo ir lá em cima por uns poucos minutos para terminar de me vestir. Quando descer, trago Madeline comigo. Sabe, tive um sonho muito estranho na noite passada, de que só agora me lembro. Sonhei que já era hoje de manhã e que o senhor e eu estávamos conversando, como estamos fazendo neste minuto, e que eu subia com o mesmo propósito que estou subindo agora e que, quando eu estendia a mão para Madeline para trazê-la aqui para baixo, o chão afundava comigo, e, depois de eu cair de uma altura enorme e indescritível, como raramente a imaginação concebe, exceto nos sonhos, fui parar dentro de um túmulo.

— E então acordava e descobria que estava deitado de costas, ou com a cabeça pendurada do lado da cama, ou sofrendo com dores de indigestão? — disse Ralph — Ora, essa, Sr. Bray! Faça como eu (agora vai ter oportunidade, pois uma perspectiva de prazer e satisfação se abre à sua frente) e, se ocupando um pouco mais durante o dia, não terá tempo para pensar no que sonhou à noite.

Ralph o seguiu com um olhar firme até a porta e, voltando-se para o noivo quando estavam sozinhos novamente, disse:

— Ouça o que estou dizendo, Gride, você não terá que pagar a pensão dele por muito mais tempo. O diabo está sempre do seu lado nas negociações. Se ele não estiver marcado para fazer a longa viagem em poucos meses, eu não me chamo Ralph!

A essa profecia, tão agradável a seus ouvidos, Arthur reagiu apenas com um riso de grande satisfação. Ralph sentou-se e ambos esperaram em profundo silêncio. Ralph pensava, com um sorriso de escárnio, no comportamento estranho de Bray naquele dia e em como sua associação num plano maléfico rapidamente lhe reduzira o orgulho e estabelecera familiaridade entre eles, quando seus ouvidos atentos captaram o roçar de um vestido na escada e os passos de um homem.

— Acorde — ele disse, batendo o pé no chão com impaciência — e mostre alguma vivacidade, homem, vamos. Eles estão vindo aí. Mexa esses seus ossos velhos e venha para cá. Rápido, homem, rápido!

Gride cambaleou para a frente e levantou-se, olhando de esguelha e curvando-se, ao lado de Ralph, quando a porta se abriu e entraram apressados — não Bray e a filha, mas Nicholas e sua irmã Kate.

Se uma aterradora aparição do mundo das sombras houvesse subitamente se apresentado diante dele, Ralph Nickleby não teria ficado tão aturdido quanto com essa surpresa. Suas mãos caíram sem vida ao lado do corpo, ele pareceu cambalear e, boquiaberto e profundamente pálido, olhava para eles, mudo de raiva: seus olhos salientes e seu rosto transtornado pela cólera que o devorava por dentro tornavam difícil reconhecer nele o mesmo homem de semblante austero, sereno e duro de menos de um minuto antes.

— O homem que esteve lá em casa ontem à noite — sussurrou Gride, tocando-lhe o cotovelo. — O homem que esteve lá em casa ontem à noite!

— Entendo — resmungou Ralph. — Eu sei! Eu devia ter imaginado isso. Ele está sempre atravessando o meu caminho, em cada esquina, aonde quer que eu vá, o que quer que eu faça, ele aparece!

A ausência total de cor no rosto, as narinas dilatadas e o tremor nos lábios, que embora apertados um contra o outro não conseguiam ficar imóveis, revelavam as emoções que lutavam para dominar Nicholas. Mas ele as reprimiu e, gentilmente pressionando o braço de Kate para lhe dar segurança, permaneceu ereto e indômito, frente a frente com seu vergonhoso parente.

Como o irmão e a irmã estavam lado a lado, com um porte garboso que lhes caía muito bem, uma grande semelhança entre eles era aparente, a qual, quando vistos apenas separadamente, poderia ter escapado à observação. O ar, a postura, o próprio semblante e a expressão do irmão se refletiam na irmã, porém de maneira suavizada e refinada ao limite máximo de delicadeza e encanto femininos. Mais admirável ainda era a indefinível semelhança dos dois e o rosto de Ralph. Embora eles nunca tivessem se apresentado mais bonitos, nem ele mais feio; embora nunca houvessem se portado de maneira tão altiva, nem ele com maior retraimento; nunca antes essa semelhança fora tão perceptível, nem as piores características de um rosto haviam se tornado tão vulgares e grosseiras por pensamentos mesquinhos como agora.

— Fora! — foi a primeira palavra que ele conseguiu pronunciar, enquanto literalmente rangia os dentes. — Fora! O que os traz aqui? Mentiroso, canalha, covarde, ladrão!

— Eu vim aqui — disse Nicholas em voz baixa e profunda — para salvar sua vítima, se puder. Mentiroso e canalha é o senhor, em todas as atitudes que toma na vida; o roubo é o seu negócio; e duplamente covarde deve ser, do contrário não estaria aqui hoje. Palavras duras não me afetam, nem golpes duros. Aqui estou e aqui ficarei até ter cumprido a minha missão.

— Moça — disse Ralph —, retire-se! Podemos usar força contra ele, mas eu não machucaria você, podendo evitar. Retire-se daqui, garota fraca e tola, e deixe esse cachorro ser tratado como merece.

— Não vou me retirar — respondeu Kate, com olhos flamejantes e o sangue inundando-lhe o rosto. — O senhor não causará a ele nenhum mal que ele não retribua. Pode usar a força contra mim; e eu acho que vai usar, porque sou uma moça e isso faz muito o seu gênero. Mas, se tenho a fraqueza de uma moça, tenho o coração de uma mulher, e não será o senhor que numa causa como esta vai desviá-lo de seu propósito.

— E qual é o propósito da elevadíssima dama? — perguntou Ralph.

— Oferecer à infeliz vítima da sua traição, neste último momento — respondeu Nicholas —, um refúgio e um lar. Se ela não mudou de ideia diante da perspectiva de ter um marido como esse que o senhor providenciou, espero que se comova diante das orações e súplicas de alguém do seu próprio sexo. De qualquer forma, vamos tentar. Eu mesmo, declarando ao pai dela da parte de quem venho e por quem fui contratado, apontarei nele esse ato de baixeza, maldade e crueldade se ainda estiver empenhado neste casamento. Aqui eu espero para ver pai e filha. Para isso, eu vim e trouxe a minha irmã até mesmo à sua presença. Nosso propósito não é vê-lo ou falar com o senhor; portanto, ao senhor não temos mais nada a dizer.

— É mesmo? — disse Ralph. — A senhorita insiste em ficar aqui?

O peito de sua sobrinha arfava de indignação, mas ela não disse nada.

— Agora, Gride, veja só isso — disse Ralph. — Este sujeito... lamento dizer, o filho do meu irmão, um cafajeste, depravado, manchado com todo tipo de crime egoísta e mesquinho... este sujeito vem aqui para perturbar uma cerimônia solene e, sabendo que a consequência de se apresentar na casa de outro homem numa ocasião como esta e persistir em ficar aqui é ser expulso aos pontapés para a rua e arrastado nelas como o vagabundo que é... esse sujeito, veja bem, traz com ele a irmã como proteção, pensando que não exporia uma moça tola à degradação e indignidade que para ele não são novidade alguma; e, mesmo depois de eu tê-la avisado o que poderia acontecer, ele ainda a mantém do lado dele, como você está vendo, e se agarra à barra da saia dela, como um menino covarde se agarra à barra da saia da mãe. Ele não é um sujeito engraçado, falando grosso como você ouviu agora?

— E como falou ontem à noite — disse Arthur Gride —, como falou ontem à noite quando entrou às escondidas na minha casa e... he, he, he!... e logo foi botado para fora, quando eu lhe dei um susto de morte. E ele *também* querendo casar com a Srta. Madeline! Ora! Será que ainda quer mais alguma coisa? Alguma coisa mais que possamos fazer por ele, além de desistir dela? Será que ele vai querer as dívidas pagas, a casa mobiliada e algumas notas bancárias para o papel de barbear, se é que ele faz a barba? He! He! He!

— Vai ficar, não é, mocinha? — disse Ralph, voltando-se para Kate novamente. — Para ser arrastada degraus abaixo como uma vagabunda bêbada, como juro que será, se continuar aqui. Vai ficar calada? Agradeça a seu irmão pelo que virá a seguir. Gride, chame Bray... e não a filha. Deixe que a mantenham lá em cima.

— Se dá valor à sua cabeça — disse Nicholas, assumindo posição diante da porta e falando com a mesma voz baixa na qual falara antes, sem ainda demonstrar seu ódio —, fique onde está!

— Obedeça a mim, e não a ele, e chame Bray aqui — disse Ralph.

— Obedeça a você mesmo, em vez de a nós dois, e fique onde está! — disse Nicholas.

— Ande logo, vá chamar Bray — gritou Ralph.

— Lembre-se de que o senhor chega perto de mim a seu próprio risco — disse Nicholas.

Gride hesitou. Ralph, a essa altura furioso como um tigre enjaulado, foi em direção à porta e, tentando passar por Kate, segurou o braço dela com brutalidade. Nicholas, com os olhos faiscando, agarrou-o pelo colarinho. Nesse instante, um corpo pesado caiu com grande violência no andar de cima e, um instante depois, ouviu-se o grito mais tenebroso e aterrador.

Eles todos pararam onde estavam e entreolharam-se. Era um grito seguido do outro; um ruído de passos rápidos e pesados se sucedeu, e muitas vozes agudas gritando juntas repetiam: "Ele está morto!".

— Afastem-se! — disse Nicholas, liberando toda a emoção contida até então. — Se isso for o que eu quase me atrevo a desejar que seja, vocês foram apanhados, seus calhordas, nas suas próprias redes.

Ele deixou a sala com impetuosidade, subiu correndo a escada e se dirigiu ao cômodo de onde vinha o barulho; abriu caminho em meio às pessoas que enchiam o quarto pequeno e encontrou Bray no chão, morto; a filha abraçada com o corpo.

— Como isso aconteceu? — ele perguntou, olhando apavorado à sua volta.

Diversas vozes responderam juntas que ele vinha sendo observado, através da porta entreaberta, recostado numa cadeira em posição estranha e incômoda; que falaram com ele várias vezes e que ele não respondeu, parecendo estar dormindo, até que alguém entrou, o sacudiu pelo braço e ele caiu pesadamente no chão e foi considerado morto.

— Quem é o dono desta casa? — apressou-se em perguntar Nicholas.

Uma senhora de idade lhe foi indicada e a ela Nicholas disse, enquanto se ajoelhava no chão e delicadamente libertava os braços de Madeline da massa inerte em torno da qual eles estavam enlaçados: — Eu represento os melhores amigos desta moça, a criada dela sabe disso, e preciso retirá-la desta cena terrível. Esta é a minha irmã, a cuja responsabilidade a senhora pode confiá-la. Meu nome e endereço estão neste cartão, e a senhora receberá de mim toda a orientação necessária para os arranjos que precisarão ser feitos. Afastem-se, todos, abram espaço e deixem entrar um ar, pelo amor de Deus!

As pessoas afastaram-se, quase mais intrigadas com o que acabara de acontecer do que com a agitação e impetuosidade daquele que falava. Nicholas, tomando a moça desfalecida em seus braços, tirou-a do quarto e levou-a para a sala que acabara de deixar, no andar de baixo, seguido da irmã e da fiel criada, a quem encarregou de ir buscar um coche imediatamente, enquanto ele e Kate debruçavam-se sobre a bela por quem eram agora responsáveis, tentando em vão fazê-la recuperar os sentidos. A criada desempenhou sua tarefa com tanta rapidez que em poucos minutos o coche estava pronto.

Ralph Nickleby e Gride, estarrecidos e paralisados pelo terrível acaso que tão repentinamente havia destruído seus planos (e que de outro modo, talvez, não lhes causasse nenhuma impressão) e abalados com a extraordinária energia e precipitação de Nicholas, que afastava todos à sua frente, olhavam para aquele acontecimento como se estivessem num sonho ou num transe. Já todos os preparativos haviam sido feitos para a retirada imediata de Madeline quando Ralph quebrou o silêncio, declarando que ela não deveria ser levada dali.

— Por ordem de quem? — protestou Nicholas, erguendo-se e confrontando-os, mas ainda mantendo a mão inerte de Madeline na sua.

— Minha! — respondeu Ralph, asperamente.

— Calma, calma! — disse Gride, apavorado, segurando-lhe o braço. — Escute o que ele está dizendo.

— Sim! — exclamou Nicholas, estendendo ao alto sua mão livre. — Escute o que ele está dizendo. Que as contas dos dois foram saldadas com a grande dívida da natureza. Que o contrato, que se encerrava hoje ao meio-dia, é agora um pedaço de papel sem valor. Que a fraude que planejavam ainda será descoberta. Que seus esquemas são conhecidos do homem e destruídos por Deus. Miseráveis, que ele desafia ambos a fazerem o pior.

— Este homem... — disse Ralph, com voz quase ininteligível — este homem reivindica a mulher dele, e haverá de tê-la.

— Esse homem reivindica o que não é dele e não a teria nem se ele fosse equivalente a cinquenta homens, com mais cinquenta a lhe dar apoio — disse Nicholas.

— E quem vai impedir isso?

— Eu.

— Com que direito, eu gostaria de saber — replicou Ralph. — Com que direito, eu pergunto.

— Com este direito: que, sabendo o que sei, o senhor não se atreva mais a me provocar — disse Nicholas. — E por este direito ainda maior: que aqueles a quem sirvo e com quem o senhor tentou me intrigar e injuriar são os amigos mais próximos e queridos dela. Em nome deles, eu a levo deste lugar. Saiam da frente!

— Mais uma palavra — disse Ralph, espumando de raiva.

— Nem uma mais sequer — respondeu Nicholas —, não quero ouvir mais nada... a não ser isto. Tenha cuidado e preste atenção ao aviso que vou lhe dar! Seus dias estão contados, e a noite se aproxima.

— Que a minha maldição, a mais implacável e mortal maldição recaia sobre você, rapaz!

— Com que autoridade roga pragas? Ou de que valem as pragas ou as bênçãos vindas de um homem como o senhor? Eu lhe garanto que a desdita e as revelações se amontoam sobre a sua cabeça; que as estruturas que montou, durante toda a sua maldita vida, estão virando poeira; que o seu caminho está cheio de espiões; que, neste exato dia, dez mil libras de sua acumulada riqueza sofreram uma grande quebra.

— Isso é mentira! — protestou Ralph, encolhendo-se.

— É verdade, e logo vai descobrir isso. Não tenho mais palavras para desperdiçar. Afaste-se da porta. Kate, vá você primeiro. Não ponha a mão nela, nem nessa moça, nem em mim, e não deixe sequer que a roupa delas toque de leve no senhor!... Vamos, deixe-as passar, não é que ele está bloqueando a porta de novo?!

Aconteceu de Arthur Gride estar bem na passagem, mas, se intencionalmente ou se como resultado da confusão, não ficou claro. Nicholas afastou-o com um puxão tão violento que ele saiu rodopiando pela sala e foi parar num canto agudo da parede, caindo em seguida no chão; o rapaz, então carregando nos braços a bela sob sua responsabilidade, deixou o recinto às pressas. Ninguém tentou impedi-lo, se é que alguém se dispunha a isso. Abrindo caminho em meio à multidão que a transmissão da notícia atraiu ao redor da casa, e carregando Madeline, em sua euforia, tão facilmente como se ela fosse uma criança, ele chegou ao coche no qual Kate e a criada já aguardavam e, confiando-lhes a menina, subiu ao lado do cocheiro e deu ordem de partida.

CAPÍTULO LV

Sobre questões familiares: as preocupações, as esperanças, as frustrações e as tristezas

Embora a Sra. Nickleby tivesse sido informada pelo filho e pela filha de todas as circunstâncias da história de Madeline Bray por eles conhecidas; embora a situação crítica em que Nicholas se encontrava lhe tivesse sido explicada cuidadosamente, e ela estivesse preparada até mesmo para a eventualidade de ter de receber a moça em sua própria casa, improvável como essa situação lhe tivesse parecido poucos minutos antes de acontecer, ainda assim, a Sra. Nickleby, desde o momento em que essa confidência lhe foi feita, tarde da noite anterior, permanecera num estado de profunda perplexidade e insatisfação, que nenhuma explicação ou réplica conseguia abrandar, e que se intensificava a cada novos solilóquio e reflexão.

— Meu Deus, Kate! — assim argumentou a boa senhora. — Se os senhores Cheeryble não querem que essa moça se case, por que não apresentam uma queixa perante o lorde chanceler, a colocam sob custódia da Justiça e a enfiam na prisão de Fleet por segurança?... Já li sobre isso nos jornais umas cem vezes. Ou, se gostam tanto dela como Nicholas diz que gostam, por que não se casam com ela eles mesmos (um deles, quer dizer)? E, mesmo supondo que não queiram que ela se case, e não queiram eles próprios se casar com ela, por que, em nome dos céus, Nicholas tem que sair pelo mundo impedindo o casamento das pessoas?

— Acho que a senhora não está entendendo bem — disse Kate, com delicadeza.

— Bom, com certeza, Kate, minha querida, como você é educada! — respondeu a Sra. Nickleby. — Eu mesma fui casada, eu creio, e vejo outras pessoas casadas. Não entendo, é?

— Sei que a senhora tem grande experiência, minha querida mãe — disse Kate —, o que estou querendo dizer é que talvez a senhora não entenda todas as circunstâncias desta situação. Contamos à senhora de uma maneira muito confusa, eu diria.

— Com isso eu tenho que concordar — replicou sua mãe, rapidamente. — É muito característico. Eu não serei responsabilizada por isso;

embora, ao mesmo tempo, como as circunstâncias falam por si mesmas, eu deva tomar a liberdade, meu amor, de dizer que entendo, sim, e perfeitamente bem; não importa o que você ou Nicholas pensem em contrário. Para que criar tanta confusão só porque essa Srta. Magdalen vai se casar com alguém que é mais velho do que ela? Seu pobre papai era mais velho do que eu, quatro anos e meio mais velho. Jane Dibabs... os Dibabs moravam numa linda casinha branca, de um andar e com um telhado de palha, todo coberto de hera e de outras trepadeiras, e uma varandinha linda, cheia de madressilvas e todo tipo de coisa, onde as tesourinhas caíam no chá das pessoas nas tardes de verão, e sempre caíam de costas e esperneavam horrivelmente, e onde os sapos costumavam ficar à sombra das velas quando alguma era deixada ali a noite inteira, e costumavam sentar e olhar através dos buraquinhos como verdadeiros cristãos... Jane Dibabs, *ela* se casou com um homem que era muito mais velho do que ela, e casaria com ele a despeito de *tudo* que pudesse ser dito em contrário, e ela gostava tanto dele que nunca existiu nada igual. Não criaram confusão com Jane Dibabs, e o marido dela era um homem excelente, respeitado, e todos falavam bem dele. Então, por que tanto alvoroço com essa Magdalen?

— O pretendente dela é muito mais velho; não foi escolha dela; o caráter dele é o oposto do desse homem que a senhora descreveu. Não vê uma enorme diferença entre os dois casos? — perguntou Kate.

Quanto a isso, a Sra. Nickleby respondeu apenas que acreditava que na verdade devia ser muito estúpida, não tinha dúvidas de que era, pois seus próprios filhos lhe diziam isso quase todos os dias de sua vida; ela sem dúvida era um pouco mais velha do que eles, e talvez alguns tolos pudessem imaginar que devesse saber melhor como lidar com as coisas. Contudo, não restava dúvida de que estava errada, claro que estava, sempre estava, não podia estar certa, não se podia esperar que estivesse, então era melhor não se expor mais; e, a todas as tentativas de conciliação e concessão de Kate, que duraram uma hora, a boa mulher só respondia: "Ah, certamente, por que perguntavam a *ela*? A opinião *dela* não valia nada, não importava o que *ela* dizia" e outras observações do mesmo tipo.

Com essa disposição mental (expressa, quando ela se resignara demais para falar, por meneios da cabeça, virar de olhos e pequenos inícios de resmungos, convertidos, quando atraíam a atenção, em tosses curtas), permaneceu a Sra. Nickleby até Nicholas e Kate retornarem com a moça sob seus cuidados; depois de ter àquela altura garantido sua própria importância e se tornado, além disso, interessada nas provações de uma donzela tão jovem e bonita, ela não só demonstrou o maior zelo e boa-vontade, como deu a si mesma grande crédito por recomendar o curso de ação que o filho havia adotado, declarando com frequência com olhar expressivo que era uma grande felicidade as coisas estarem como estavam, e que, se não fosse por seu grande estímulo e sabedoria, eles nunca haveriam tomado aquela atitude.

Sem estender a questão para saber se a Sra. Nickleby teve ou não grande participação na solução daquele caso, é inquestionável que ela teve um forte campo para exultação. Os irmãos, ao retornarem, fizeram tamanhos elogios a Nicholas por sua atuação e demonstraram tanta alegria na mudança dos acontecimentos e no fato de sua jovem amiga ter sido livrada de provações tão grandes e perigos tão traiçoeiros que, como mais de uma vez ela disse à filha, agora considerava a fortuna da família "praticamente" feita. O Sr. Charles Cheeryble, na verdade, afirmou a Sra. Nickleby, havia, na primeira emoção de surpresa e contentamento, "praticamente" dito isso. Sem dar explicações precisas do que essa expressão queria dizer, ela se entregava, sempre que mencionava o assunto, a um tal estado de mistério e importância e tinha tais visões de riqueza e dignidade em perspectiva, que (embora vagas e nebulosas) ela se sentia nessas ocasiões quase tão feliz quanto se, de fato, esse fosse um estado permanente, e numa escala de grande esplendor.

O súbito e terrível choque que sofrera, junto à grande aflição e ansiedade por que passava fazia muito tempo, foi excessivo para as forças de Madeline. Recobrando-se do estado de estupefação em que a morte súbita de seu pai acidentalmente a mergulhara, ela trocou essa condição por uma de doença perigosa e intensa. Quando as delicadas forças físicas que vêm sendo sustentadas por um estresse não natural das energias mentais e a firme resolução de não ceder, por fim, sucumbem, seu grau de prostração é em geral proporcional à força despendida no esforço que as mantinha ativas previamente. Assim, a doença que se abateu sobre Madeline não era de natureza leve ou temporária, mas um mal que, por algum tempo, ameaçou suas faculdades mentais e — não muito menos gravemente — sua própria vida.

Quem, restabelecendo-se devagar de uma doença tão severa e perigosa, poderia ser insensível à atenção constante dispensada por uma enfermeira tão gentil, meiga e séria como Kate? Sobre quem poderiam a voz doce e suave, o passo leve, a mão delicada, a realização tranquila, alegre e silenciosa de mil pequenos gestos de bondade e conforto que sentimos tão profundamente quando estamos doentes, e de que esquecemos tão facilmente quando estamos bem — sobre quem eles poderiam causar tão profunda impressão, senão sobre um coração jovem, cheio da mais pura e verdadeira afeição que as mulheres apreciam (quase carente da ternura e das atenções femininas, salvo as que aprendera espontaneamente), e tornado, pela calamidade e pelo sofrimento, alvo de extrema solidariedade por tanto tempo desconhecida e por tanto tempo procurada em vão? Que maravilha os dias se tornarem anos enquanto se construía essa união! Que maravilha se, a cada hora de recuperação da saúde, surgia um reconhecimento mais forte e mais doce dos elogios que Kate, quando ambas recordavam cenas antigas — agora pareciam ser antigas e ter ocorrido anos antes —, dispensava ao irmão! Não era de se admirar, mesmo que aqueles elogios tivessem achado uma resposta rápida no coração de Madeline, que, às vezes, com a imagem de Nicholas tão constantemente retornando nas feições da irmã, de modo que era quase impossível distingui-los, ela tivesse achado igualmente difícil atribuir, a cada um, os sentimentos que eles haviam a princípio inspirado, e tivesse imperceptivelmente misturado sua gratidão por Nicholas a alguns daqueles sentimentos mais calorosos que dispensara a Kate.

— Minha querida — a Sra. Nickleby dizia, entrando no quarto com uma elaborada precaução, calculada para abalar os nervos de um doente mais do que a entrada de um soldado a pleno galope —, como está se sentindo hoje? Espero que esteja melhor.

— Quase boa, mamãe — respondia Kate, colocando o trabalho de lado e tomando a mão de Madeline nas suas.

— Kate! — dizia a Sra. Nickleby num tom de reprovação. — Não fale tão alto! — (a boa senhora falava num sussurro que teria feito o sangue do homem mais forte correr gelado nas veias).

Kate aceitava essa repreensão com tranquilidade, e a Sra. Nickleby, fazendo cada tábua do assoalho ranger e cada fio do tecido roçar enquanto andava furtivamente no cômodo, dizia:

— Meu filho Nicholas acabou de chegar em casa e vim aqui, como de hábito, minha querida, saber, dos seus próprios lábios, exatamente como você está; pois ele não acredita em mim, e nunca vai acreditar.

— Ele chegou mais tarde hoje — diria, talvez, Madeline. — Quase meia hora.

— Bom, nunca vi em toda a minha vida pessoas tão preocupadas com as horas como essas daqui! — exclamaria a Sra. Nickleby com grande surpresa. — Eu declaro que nunca vi! Eu não tinha ideia de que Nicholas estava atrasado, não tinha a mínima. O Sr. Nickleby costumava dizer... é de seu pobre papai que estou falando, Kate, minha querida... costumava dizer que o apetite era o melhor relógio do mundo, mas você não tem apetite, minha cara senhorita Bray, eu gostaria que tivesse e, sinceramente, acho que você deveria comer algo que lhe abrisse o apetite. Não sei, mas ouvi falar que umas duas ou três dúzias de lagosta abrem o apetite, mas no final acho que vai dar no mesmo, pois suponho que precise ter apetite para comê-las. Se disse "lagostas", eu quis dizer "ostras", mas claro dá tudo no mesmo, embora você realmente tenha acertado sobre Nicholas...

— Acontece que estávamos falando sobre ele, mamãe; era isso.

— Você parece nunca falar de outra coisa, Kate, e sinceramente fico surpresa de ver como é tão descuidada. Podia procurar outros assuntos para falar e, sabendo como é importante animar a Srta. Bray, despertar o interesse dela, e tudo o mais, é realmente um mistério para mim o que pode levar você a falar, falar, falar, bater, bater, bater, sem parar, na mesma tecla. Você é uma enfermeira muito delicada, Kate, e muito boa, e sei que tem ótimas intenções; mas digo o seguinte... se não fosse por mim, não sei, na verdade, o que seria do estado de espírito da Srta. Bray, e digo isso ao médico todos os dias. Ele fica admirado da minha resistência, e eu mesma me pergunto várias vezes como consigo aguentar. Claro que é um grande esforço, mas, como sei o quanto esta casa depende de mim, sou obrigada a aguentar. Não há nada de louvável nisso, mas é necessário, e eu consigo.

Com isso, a Sra. Nickleby puxou uma cadeira e por quase uma hora discorreu sobre uma grande variedade de tópicos confusos da maneira mais confusa possível, deixando por fim o quarto com a desculpa de que precisava ir distrair Nicholas enquanto ele jantava. Depois de começar animando-o com a informação de que achava que a paciente estava sem dúvida pior, ela continuou a lhe dar mais alegria relatando como a Srta. Bray estava abatida, apática e desanimada, porque Kate, insensatamente, não falava em outra coisa a não ser sobre ele e as questões familiares. Depois de consolar Nicholas com esses e outros comentários bastante auspiciosos, falou sem parar sobre as árduas tarefas que tinha realizado naquele dia. E algumas vezes encheu-se de lágrimas, imaginando, se algo viesse a lhe acontecer, o que seria da família sem ela.

Outras vezes, quando Nicholas chegava em casa à noite, ele vinha acompanhado do Sr. Frank Cheeryble, que havia sido encarregado pelos irmãos Cheeryble de perguntar como estava passando Madeline. Nessas ocasiões (e ocorriam com muita frequência), a Sra. Nickleby considerava de particular importância manter-se vigilante; pois, por meio de alguns sinais e gestos que lhe chamavam a atenção, ela suspeitava que o Sr. Frank, por mais interessados que seus tios estivessem em Madeline, vinha tanto para ver Kate como para perguntar sobre a saúde da moça; principalmente porque os irmãos mantinham com o médico um contato constante e eles próprios apareciam com muita frequência, além de receberem um relatório completo dado por Nicholas todas as manhãs. Esses eram momentos de orgulho para a Sra. Nickleby; sobretudo porque nunca houve ninguém com metade da sua discrição e sabedoria, nem tão misteriosa quanto ela; e nunca houve generalato de tamanha destreza, nem planos imperscrutáveis como os que ela concebia quanto ao Sr. Frank com o objetivo de verificar se suas suspeitas tinham fundamento: e, neste caso, atormentá-lo para que ele a fizesse de confidente e aproveitasse de sua indulgente consideração. Foi extensa a artilharia, pesada e leve, de que a Sra. Nickleby se serviu para a realização de seus grandes planos; muitos e diversos foram os meios que empregou para concretizar o que tinha em vista. Em certo momento, ela era toda cordialidade e simpatia; em outro, toda severidade e frieza. Ora parecia abrir todo o coração para sua infeliz vítima, ora o recebia com a mais distante e calculada reserva, como se uma nova luz a houvesse iluminado e, adivinhando as intenções dele, tivesse decidido eliminá-las em seu estado inicial; como se fosse seu sagrado dever agir com firmeza espartana, e, de imediato e para sempre, desencorajar esperanças que nunca poderiam ser realizadas. Em outras ocasiões, quando Nicholas não estava ali para entreouvir e Kate estava no andar de cima ocupada em atender a amiga doente, a digna senhora lançava indícios obscuros de uma intenção de enviar a filha para a França por uns três ou quatro anos, ou para a Escócia para melhorar a saúde debilitada pelo cansaço recente, ou para a América, para conhecer, ou para qualquer lugar que ameaçasse uma longa e enfadonha separação. Não apenas isso, ela ia mais longe a ponto de sugerir, obscuramente, certo interesse de um antigo vizinho, um tal Horatio Peltirogus (rapaz que devia ter, naquela ocasião, uns quatro anos de idade, ou por aí), e dar a entender, na verdade, que era algo quase resolvido entre as famílias — aguardando apenas a palavra final de sua filha para que se concretizasse, com a sanção da Igreja e para a felicidade e o contentamento de todos.

Foi com o orgulho e a glória de ter descoberto essa última mina numa noite, com um sucesso extraordinário, que a Sra. Nickleby aproveitou a oportunidade de ter sido deixada a sós com seu filho, antes de se recolher para dormir, para sondá-lo sobre o assunto que tanto ocupava seus pensamentos: sem duvidar de que os dois teriam a mesma opinião sobre o assunto. Com esse propósito, ela abordou a questão com diversos elogios e observações apropriadas quanto à amabilidade geral do Sr. Frank Cheeryble.

— A senhora tem razão, minha mãe — disse Nicholas —, bastante razão. Ele é um ótimo rapaz.

— E bonito, também — disse a Sra. Nickleby.

— É bonito, sem dúvida — observou Nicholas.

— Como é que se chama o nariz dele, meu querido? — continuou a Sra. Nickleby, procurando interessar Nicholas ao máximo pelo assunto.

— Como é que se chama?! — repetiu Nicholas.

— Sim — respondeu sua mãe —, qual é o tipo de nariz? Qual estilo de arquitetura, se é possível falar assim? Não sou conhecedora de narizes. Esse tipo de nariz é chamado romano ou grego?

— Sinceramente, mãe — disse Nicholas, rindo —, tanto quanto me lembro, eu diria que é uma mistura, um nariz mesclado. Mas não me lembro muito bem desse assunto. Se isso agrada tanto a senhora, vou prestar mais atenção e lhe digo.

— Eu gostaria que você prestasse mesmo, meu querido — disse a Sra. Nickleby, com um olhar sério.

— Está bem — respondeu Nicholas. — Vou prestar.

Nicholas retornou à leitura do livro que estivera lendo quando o diálogo chegou a esse ponto. A Sra. Nickleby, depois de parar um pouco para consideração, voltou a falar.

— Ele parece muito ligado a você, Nicholas, meu querido.

Nicholas disse rindo, enquanto fechava o livro, que estava feliz em ouvir isso e observou que sua mãe parecia já ter conquistado profundamente a confiança do novo amigo deles.

— Como? — replicou a Sra. Nickleby. — Não sei nada disso, meu querido, mas acho que é bastante necessário alguém lhe conquistar a confiança; extremamente necessário.

Exultante pelo olhar de curiosidade de seu filho e pela consciência de que tinha um grande segredo, só seu, a Sra. Nickleby continuou com grande animação:

— Sinceramente, meu querido Nicholas, para mim é uma coisa extraordinária você não ter percebido nada; embora eu também não saiba por que estou dizendo isso, porque, é claro, até onde vai, e até certo ponto, há muito nesse tipo de coisa, especialmente nesse estágio inicial, que, por mais claro que possa parecer às mulheres, não se pode esperar que seja tão evidente para os homens. Não digo que eu tenha um conhecimento especial sobre esse assunto. Posso ter; aqueles que vivem ao meu redor devem saber melhor que eu, e talvez o saibam. Sobre esse ponto, não vou dar mais a minha opinião, não ficaria bem, está fora de questão, totalmente.

Nicholas apagou as velas, pôs as mãos nos bolsos e, recostando-se na cadeira, assumiu um ar de sofrimento paciente e resignação melancólica.

— Considero meu dever, Nicholas, meu querido — disse sua mãe retomando a conversa —, dizer a você o que sei: não só porque tem o direito de saber, e saber de tudo que se passa nesta família, mas porque você pode promover e auxiliar muito a coisa; e não há dúvida de que, quanto mais cedo se toma conhecimento desses assuntos, tanto melhor é de todas as maneiras. Tem muita coisa que você pode fazer; como de vez em quando dar um passeio no jardim, ficar lá em cima em seu próprio quarto por um tempinho, ou fazer de conta que dá uns cochilos, ou fingir que se lembrou de algum trabalho e aí você sai por algumas horas e leva junto o Sr. Smike. Essas coisas parecem insignificantes, e imagino que você achará graça por eu dar tanta importância a elas; ao mesmo tempo, meu querido, eu garanto — e você mesmo vai descobrir isso, Nicholas, um desses dias, quando se apaixonar por alguém; como confio e espero que aconteça, desde que ela seja bem-educada e respeitável, que se porte bem, e claro que você nunca sonharia em se apaixonar por alguém que não seja —, garanto a você que muito mais depende dessas pequenas coisas do que você imaginaria possível. Se seu pobre papai estivesse vivo, ele diria o quanto isso depende de as partes envolvidas serem deixadas sozinhas. Claro, você não vai sair da sala como se tivesse essa intenção, como se fizesse isso de propósito, mas como se fosse por acaso, e vai voltar da mesma maneira. Tossir na entrada antes de abrir a porta, ou assobiar descuidadamente, ou cantarolar, ou alguma coisa desse tipo, para que eles saibam que você está chegando, é sempre melhor; porque, claro, é não só natural, como também perfeitamente correto e apropriado nessas circunstâncias, mas é muito embaraçoso interromper os jovens quando eles estão... quando estão sentados no sofá e... e todo tipo de coisa: o que é absurdo, talvez, mas assim mesmo eles fazem.

A profunda surpresa com que o filho olhou para ela durante essa longa fala, aumentando gradualmente ao se aproximar do clímax, de forma alguma desconcertou a Sra. Nickleby, ao contrário, exaltou sua opinião sobre sua própria esperteza; portanto, parando simplesmente para comentar, com muita complacência, que já esperava que ele ficasse surpreso, ela deu início a uma grande quantidade de provas circunstanciais de um tipo particularmente incoerente e confuso; o resultado disso foi estabelecer, sem sombra de dúvida, que o Sr. Frank Cheeryble apaixonara-se perdidamente por Kate.

— Por quem? — espantou-se Nicholas.

A Sra. Nickleby repetiu, por Kate.

— O quê? *Nossa* Kate? A minha irmã?

— Meu Deus, Nicholas! — exclamou a Sra. Nickleby. — Qual Kate poderia ser, se não a nossa? Ou o que isso me importaria, que interesse eu teria, se não fosse a sua irmã?

— Minha querida mãe — disse Nicholas —, isso certamente não pode ser!

— Muito bem, meu querido — respondeu a Sra. Nickleby, com convicção. — Espere e veja.

Nicholas até aquele momento não considerara a mínima possibilidade de ocorrer algo como aquilo que acabara de saber; pois, além de andar afastado de casa nos últimos tempos e muito ocupado com outras questões, seus próprios medos cheios de ciúme o levaram a suspeitar que algum interesse secreto por Madeline, igual àquele que ele sentia, provocava as visitas de Frank Cheeryble, que recentemente haviam se tornado muito frequentes. Até mesmo agora, apesar de saber que a observação de uma mãe ansiosa tinha muito mais probabilidade de ser correta num caso desses do que a sua própria, e apesar de ela ter-lhe lembrado de várias pequenas circunstâncias que, consideradas juntas, eram certamente suscetíveis da construção triunfal que sua mãe fizera delas, ele não estava muito convencido de elas não terem surgido de uma cordial e descomprometida gentileza, que teria ditado a mesma conduta em relação a qualquer outra moça que fosse jovem e simpática. De toda forma, ele esperava que o fosse e, portanto, esforçou-se para acreditar naquilo.

— Estou muito abalado com o que a senhora me disse — admitiu Nicholas depois de uma longa reflexão —, embora ainda espere que a senhora esteja errada.

— Não entendo por que você espera que eu esteja errada, confesso — replicou a Sra. Nickleby —, mas pode acreditar que não estou.

— E Kate? — perguntou Nicholas.

— Ora, meu querido — continuou a Sra. Nickleby —, é esse justamente o ponto que ainda me preocupa. Durante essa doença, ela tem ficado constantemente do lado de Madeline... nunca duas pessoas se deram tão bem como essas duas... e, para dizer a verdade, Nicholas, eu tenho procurado mantê-la um pouco longe de vez em quando, porque acho que é um bom plano, e deixa um homem mais estimulado. Ele não se sente tão seguro, sabe?

Ela disse isso com uma mescla de muita satisfação e autocongratulação, o que tornou extremamente doloroso para Nicholas lhe destruir as esperanças; mas ele achou que havia apenas um curso digno de ação diante de si, e este ele estava prestes a tomar.

— Minha querida mãe — ele disse carinhosamente —, a senhora não vê que, se houvesse realmente um sério interesse por parte do Sr.

Frank em relação a Kate, e nós nos dispuséssemos por um momento a estimular isso, estaríamos adotando uma conduta desonrosa e ingrata? Eu lhe pergunto se não vê isso, mas não preciso dizer que sei que não vê, ou a senhora teria ficado mais rigidamente vigilante. Deixe-me explicar o que estou querendo dizer. Lembre-se de que somos muito pobres.

A Sra. Nickleby balançou a cabeça e disse, em meio às lágrimas, que a pobreza não era um crime.

— Não é — disse Nicholas —, e por essa razão a pobreza deveria gerar um orgulho honesto, que não nos leve nem nos deixe tentados a cometer ações indignas e que nos faça preservar o amor-próprio, que um lenhador e um carregador de água têm e mantêm melhor do que um rei. Pense no que devemos a esses dois irmãos: pense no que eles fizeram e no que fazem todos os dias por nós com a generosidade e a delicadeza pelas quais a dedicação de nossa vida inteira seria um agradecimento imperfeito e inadequado. Que tipo de agradecimento seria esse que consistiria em permitir que o sobrinho deles, o único parente deles, a quem consideram um filho, e para quem seria mera criancice supor que ainda não fizeram planos adequados à educação que teve, e à fortuna que herdará... em permitir que ele se case com uma moça sem dote: tão intimamente ligada a nós, que a inevitável inferência deve ser que ele foi envolvido numa trama; que foi um plano deliberado e uma especulação entre nós três. Pense bem nessa questão, minha mãe. Agora, como se sentiria se eles se casassem e, para os irmãos, aparecendo nessas missões que sempre os trazem aqui com tanta frequência, a senhora tivesse de contar toda a verdade? A senhora se sentiria à vontade e acharia que tinha agido corretamente?

A pobre Sra. Nickleby, chorando cada vez mais, murmurou que era claro que o Sr. Frank pediria o consentimento dos tios primeiro.

— Ora, isso com certeza deixaria o *sobrinho* numa situação melhor com eles — disse Nicholas —, mas nós ainda ficaríamos expostos às mesmas suspeitas; a distância entre nós continuaria grande, as vantagens a obter continuariam sendo evidentes como agora. Podemos estar enganados em relação ao nosso benfeitor em tudo isso — ele acrescentou alegremente — e confio, quase acredito que estamos. Se for diferente, acredito que Kate veja como eu... e que a senhora, minha querida mãe, depois de pequena consideração, verá também.

Após muitas outras representações e súplicas, Nicholas teve a promessa da Sra. Nickleby de que ela tentaria ao máximo pensar como ele pensava; e que, se o Sr. Frank continuasse em atenções, ela se esforçaria pra desencorajá-lo ou, pelo menos, não lhe daria crédito nem assistência alguma. Ele decidiu abster-se de mencionar o assunto a Kate até que estivesse convencido de que havia uma real necessidade para que fizesse isso; e resolveu se certificar da exata situação dessa história o melhor possível por uma cuidadosa observação pessoal. Essa foi uma decisão muito sábia, mas ele foi impedido de colocá-la em prática por uma nova fonte de ansiedade e inquietação.

Smike ficou gravemente enfermo; tão abatido e exausto que mal conseguia se deslocar de um cômodo a outro sem ajuda; e tão acabado e magro que dava dó olhar para ele. Nicholas foi avisado pela autoridade médica a quem apelara pela primeira vez que sua única chance e esperança de vida dependia de ele ser retirado de Londres imediatamente. Aquela parte de Devonshire onde Nicholas fora criado era considerada o local mais favorável; mas esse conselho foi seguido com a cautela da informação de que quem quer que o acompanhasse deveria estar preparado para o pior, pois haviam aparecido sinais de uma rápida tuberculose, e talvez ele nunca mais voltasse vivo.

Os bondosos irmãos, quando ficaram a par da triste história da pobre criatura, despacharam o velho Tim para estar presente na consulta. Naquela mesma manhã, Nicholas foi chamado pelo irmão Charles em seu escritório particular e ouviu o seguinte:

— Meu caro rapaz, não se deve perder tempo. Esse jovem não morrerá se os meios humanos de que dispomos puderem salvar a vida dele; nem morrerá sozinho, num lugar estranho. Leve-o amanhã de manhã, providencie para que ele tenha todo o conforto que a situação exige e não o deixe sozinho; não o deixe sozinho, meu caro rapaz, até se certificar de que não há mais perigo imediato. Seria difícil, na verdade, separar vocês agora. Não, não, não! Hoje à noite, Tim vai encontrar você; Tim vai esperar por você hoje à noite para dar uma palavrinha de despedida; irmão Ned, meu querido companheiro, o Sr. Nickleby quer apertar a sua mão e dizer adeus; o Sr. Nickleby não vai ficar muito tempo longe; este pobre menino logo vai melhorar, logo, logo vai melhorar; e, então, ele vai achar alguma família do interior que possa ficar com o rapazinho e pode ficar indo e vindo algumas vezes... indo e vindo, sabe, Ned. E não há motivo para ficar desanimado, pois logo ele vai melhorar, logo, logo. Não é mesmo, não é mesmo, Ned?

O que Tim Linkinwater disse, ou o que levou com ele naquela noite, não precisa ser mencionado. Na manhã seguinte, Nicholas e seu frágil companheiro começaram sua viagem.

E quem senão ele — e ele que, exceto pelos que o rodeavam, nunca recebera um olhar de bondade ou conhecera uma palavra de compaixão — podia saber que agonia mental, que pensamentos dolorosos, que sofrimento desesperador estavam envolvidos naquela triste despedida?

— Veja — disse Nicholas, enquanto olhava da janela do coche —, eles ainda estão na esquina! E agora Kate está ali, pobre Kate, de quem você disse que não suportaria se despedir, agitando o lenço. Não vá embora sem um gesto de adeus a Kate!

— Eu não consigo! — disse seu trêmulo companheiro, recostando-se no assento e cobrindo os olhos. — Está vendo ela agora? Ela ainda está ali?

— Está, está! — respondeu Nicholas com ansiedade. — Ali! Ela está dando adeus de novo! Eu respondi por você... e agora estão fora de vista. Não se entregue tão amargamente, querido amigo, não faça isso. Você vai voltar a encontrá-las.

Ele, que foi assim estimulado, ergueu as mãos murchas e juntou-as com fervor.

— No céu. Peço humildemente a Deus, no céu.

Isso soou como a prece de um coração partido.

CAPÍTULO LVI

Ralph Nickleby, frustrado pelo sobrinho em seu recente projeto, trama uma retaliação surgida ao acaso e inclui em seu plano um experimentado auxiliar

O curso que estas aventuras traçam por si mesmas, e que exige imperativamente a observação do historiador, requer agora que elas retornem ao ponto que haviam atingido antes do início do último capítulo, quando Ralph Nickleby e Arthur Gride foram deixados sozinhos na casa onde a morte erguera tão subitamente seu negro e pesado estandarte.

De punhos cerrados e dentes trincados com tamanho rigor e firmeza que nem mesmo os maxilares mais bem travados poderiam tê-los fixado e cravado mais seguramente, Ralph parou, por alguns minutos, na atitude na qual se dirigira por último ao sobrinho: ofegante, mas tão tenso e imóvel em outros aspectos que mais parecia uma estátua de bronze. Depois de um tempo, começou aos poucos, como um homem despertando de um sono pesado, a relaxar. Por um instante, agitou o punho cerrado em direção à porta pela qual Nicholas havia desaparecido; e, depois, levando-o com ímpeto ao tórax, como se para reprimir à força essa demonstração de ódio, virou-se e confrontou o usurário menos audaz, que permanecia estendido no chão.

O desgraçado medroso, ainda tremendo da cabeça aos pés, e cujos ralos cabelos grisalhos vibravam e estremeciam na cabeça com abjeto espanto, levantou-se cambaleante ao enfrentar o olhar de Ralph e, escondendo o rosto nas mãos, protestou ao se arrastar até a porta, dizendo que não era culpa sua.

— Quem disse que era, homem? — retrucou Ralph, com voz contida. — Quem disse que era?

— É que o senhor me olhou como se achasse que fosse — respondeu Gride, com timidez.

— Ora essa! — resmungou Ralph, forçando uma risada. — Eu culpo o velho por não ter vivido uma hora mais. Uma hora mais teria sido suficiente. Não culpo ninguém mais.

— N... n... ninguém mais? — repetiu Gride.

— Não por este azar — respondeu Ralph. — Tenho uma conta antiga a acertar com esse rapaz que carregou a sua noiva; mas isso nada tem a ver com esse tumulto que ele acaba de provocar, pois, se não fosse esse maldito acidente, em breve estaríamos quites com ele.

Havia algo tão pouco natural na calma com que Ralph falava, quando contrastada com seu semblante; havia algo tão pouco natural e medonho no contraste entre sua voz dura, lenta e firme — alterada apenas por certa hesitação na respiração, que fazia com que ele parasse entre cada palavra, como um bêbado que tenta falar claramente — e esses indícios de intenso e violento ódio e da luta que travava para dominá-lo que, se o corpo sem vida que se encontrava no andar de cima se apresentasse diante do amedrontado Gride em vez de Ralph, isso dificilmente teria apresentado um espetáculo que o aterrorizasse mais.

— O coche — disse Ralph, após algum tempo, durante o qual ele lutara como um homem forte contra um ataque. — Viemos de coche. Ainda está esperando?

Gride se aproveitou com prazer do pretexto para ir até a janela e olhar. Ralph, mantendo o rosto firme em outra direção, puxou com violência a camisa com a mão que havia metido no tórax e murmurou com um áspero sussurro:

— Dez mil libras! Ele disse dez mil! A quantia exata paga ainda ontem pelas duas hipotecas e que, a partir de amanhã, seria emprestada de novo a juros altos. E se aquela casa tiver aberto falência e ele tiver sido o primeiro a trazer a notícia?... O coche está aí?

— Está, sim — respondeu Gride, espantado com o tom feroz da pergunta. — Está aí. Meu Deus, que homem irritadiço é o senhor!

— Venha cá — disse Ralph, fazendo-lhe um sinal com a mão. — Não devemos demonstrar que estamos abalados. Vamos sair de braços dados.

— Beliscando-me assim, vai me deixar roxo — disse Gride.

Ralph soltou-o com impaciência e, descendo os degraus com o habitual passo firme e pesado, entrou no coche. Arthur Gride seguiu-o. Depois de olhar desconfiado para Ralph quando o homem perguntou para onde devia levá-los, e, vendo que ele permanecia calado e não expressava nenhum interesse no assunto, Arthur deu o endereço de sua própria casa, e para lá se dirigiram.

Durante o percurso, Ralph permaneceu no canto extremo do veículo, de braços cruzados, sem dar uma palavra. Com o queixo afundado no tórax e olhos baixos bem escondidos por sob as sobrancelhas encolhidas, ele podia estar dormindo, porque não deu sinal algum de consciência até que o coche parou, quando então ele ergueu a cabeça e, olhando pela janela, perguntou onde estavam.

— Na minha casa — respondeu o desconsolado Gride, afetado talvez pela solidão. — Ó Deus! Na minha casa.

— É verdade — disse Ralph —, não prestei atenção ao caminho. Eu gostaria de um copo d'água. Você tem isso em casa, eu suponho.

— O senhor pode pedir um copo de... do que quiser — respondeu Gride, com um grunhido. — Não adianta bater, cocheiro. Toque a campainha!

O homem tocou, tocou e tocou de novo; depois, bateu à porta até as batidas ressoarem na rua; em seguida, escutou pelo buraco da fechadura. Ninguém apareceu. A casa estava silenciosa como um túmulo.

— Como pode ser isso? — perguntou Ralph, impaciente.

— Peg está muito surda — respondeu Gride com um olhar de ansiedade e alarme. — Ó Deus! Toque outra vez, cocheiro. Ela vê a campainha.

De novo, o cocheiro tocou a campainha e bateu à porta, e bateu e tocou mais uma vez. Alguns vizinhos abriram as janelas e, falando uns com os outros que estavam nas casas em frente, diziam que a velha governanta de Gride devia ter caído morta. Outros se aproximaram do coche e fizeram várias conjecturas; uns diziam que ela devia ter adormecido; outros, que devia ter se queimado até morrer; outros, ainda, que ela se embebedara; e um homem muito gordo, que ela vira algo para comer que a assustara tanto (não estando acostumada àquilo) que tinha sofrido um ataque. Esta última sugestão, em particular, entusiasmou os curiosos, que a aplaudiram de forma um tanto barulhenta e foram, com certa dificuldade, dissuadidos de ir até o local e arrombar a porta da cozinha para se assegurarem do fato. Isso não foi tudo. Espalharam-se rumores de que Arthur se casaria naquela manhã, várias perguntas específicas foram feitas a respeito da noiva, que, segundo a maioria, estava disfarçada na pessoa do Sr. Ralph Nickleby, o que deu margem a uma indignação bastante jocosa diante do aparecimento em público de uma noiva de botas e pantalonas e provocou muitos gritos e vaias. Por fim, os dois agiotas foram recebidos numa casa vizinha e, conseguindo uma escada, subiram no muro do quintal — que não era muito alto — e desceram em segurança do outro lado.

— Tenho até medo de entrar, eu admito — disse Arthur, virando-se para Ralph quando estavam sozinhos. — E se ela tiver sido assassinada? E estiver no chão com os miolos estourados por um atiçador, hein?

— Suponha que esteja morta — disse Ralph. — Vou lhe dizer, eu gostaria que essas coisas fossem mais comuns do que são, e feitas mais facilmente. Você pode arregalar os olhos e tremer, mas eu gostaria!

Ralph foi beber água numa bomba do quintal e, tendo tomado um grande gole e jogado uma boa quantidade na cabeça e no rosto, retomou seus modos costumeiros e foi entrando na casa: Gride seguindo-o de perto.

Era o mesmo lugar escuro de sempre: cada cômodo lúgubre e silencioso como de costume, e cada peça fantasmagórica de mobília em seu lugar habitual. O coração de ferro do velho e austero relógio, imperturbável com todo aquele barulho do lado de fora, ainda batia forte dentro de sua caixa poeirenta; os armários bambos, escondidos da vista como sempre, em seus cantos melancólicos; os ecos das passadas devolviam o mesmo som monótono; a aranha de pernas longas parou em sua ágil corrida e, assustada com a visão de homens naquele seu domínio sombrio, pendurou-se imóvel na parede, fingindo-se de morta até eles passarem.

Do porão ao sótão, foram os dois usurários abrindo cada porta rangedora e examinando dentro de cada cômodo deserto. Mas Peg nenhuma foi encontrada ali. Finalmente, sentaram-se no escritório que Arthur Gride em geral habitava, para descansar de sua busca.

— A bruxa saiu, provavelmente para cuidar dos preparativos da festa de casamento — disse Ralph, já pronto para ir embora. — Escuta! Vou destruir o contrato; não vamos precisar mais dele agora.

Gride, que vinha examinando o cômodo minuciosamente, caiu naquele instante de joelhos diante de um baú grande e soltou um grito tenebroso.

— O que foi agora? — perguntou Ralph, olhando, sério, à sua volta.

— Fui roubado! Fui roubado! — gritou Arthur Gride.

— Roubado?! De dinheiro?

— Não, não, não. Pior! Muito pior!

— De quê, então? — perguntou Ralph.

— Pior do que de dinheiro, pior do que de dinheiro! — gritou o velho, lançando os papéis para fora do baú, como alguma fera escavando a terra. — Era melhor que ela tivesse roubado dinheiro... todo o meu dinheiro... eu não tenho muito! Era melhor que ela tivesse me reduzido a um mendigo do que ter feito isso!

— Ter feito o quê? — perguntou Ralph. — Ter feito o quê, seu velho caduco dos diabos?

Gride continuava sem dar resposta, mas se lançava em cima dos papéis cascavilhando-os e berrando como um demônio atormentado.

— Você disse que desapareceu alguma coisa — disse Ralph, balançando-o furiosamente pelo colarinho. — O que foi?

— Documentos, títulos. Estou arruinado. Perdido, perdido! Fui roubado, estou arruinado! Ela me viu lendo esse documento... me viu lendo... eu fazia isso muitas vezes... ela ficava olhando e me viu colocar na caixa que cabia aqui dentro, a caixa desapareceu, ela roubou. Maldita seja, ela me roubou!

— Roubou o *quê*? — perguntou Ralph, em quem uma luz pareceu surgir, pois seus olhos faiscavam e todo o seu corpo tremia de agitação, enquanto agarrava o braço esquelético de Gride. — O quê?

— Ela não sabe o que é; não sabe ler! — gemeu Gride, sem se importar com a pergunta. — Só há um meio de conseguir o dinheiro; é ela sendo ajudada. Alguém vai ler para ela e dizer o que fazer. Ela e o cúmplice trocam o documento por dinheiro e, além disso, nem vão ser punidos; eles vão valorizar a questão... vão dizer que encontraram o documento... que já sabiam que existia... e servirá de prova contra mim. A única pessoa prejudicada serei eu, eu, eu!

— Paciência! — exclamou Ralph, agarrando-o com mais força ainda e olhando de esguelha tão fixa e ansiosamente a ponto de indicar que ele tinha um propósito oculto no que estava prestes a dizer. — Escute a voz da razão. Ela não deve ter ido há muito tempo. Eu chamo a polícia. Você só diz o que ela roubou, e eles vão atrás dela, acredite. Aqui! Socorro!

— Não, não, não! — gritou o velho, colocando a mão na boca de Ralph. — Não posso, não me arrisco.

— Socorro! Socorro! — gritou Ralph.

— Não, não, não! — gritou o outro, batendo com o pé no chão com a energia de um louco. — Estou dizendo não. Não me arrisco, não me arrisco.

— Não se arrisca a tornar este roubo público? — perguntou Ralph.

— Não! — respondeu Gride, torcendo as mãos. — Psiu! Psiu! Não diga nada sobre isso; nem uma palavra deve ser dita. Estou arruinado. Para qualquer lado que eu me vire, estou arruinado. Fui traído. Vou ter que me entregar. Morrerei em Newgate!

Com exclamações frenéticas como essas, e com muitas outras nas quais o medo, a tristeza e o ódio mesclavam-se estranhamente, o miserável apavorado foi aos poucos dominando seu primeiro clamor, até que ficou reduzido a um gemido baixo e desesperado, alternado por um urro, à medida que examinava novos papéis e descobria novas perdas. Com muito poucas desculpas para partir de forma tão abrupta, Ralph o deixou e, desapontando muito os curiosos do lado de fora da casa, ao dizer-lhes que nada havia acontecido, entrou no coche e foi conduzido para sua própria casa.

Uma carta estava sobre sua mesa. Ele a deixou ali por algum tempo, como se não tivesse coragem de abri-la, mas por fim abriu-a e empalideceu mortalmente.

— O pior aconteceu — ele disse —, a casa pediu falência. Agora entendo. Os rumores se espalharam pelo centro ontem à noite e chegaram aos ouvidos daqueles comerciantes. Ora, ora!

Ele andou violentamente de um lado para o outro da sala e parou outra vez.

— Dez mil libras! E ali apenas por um dia... por um dia! Quantos anos de ansiedade, quantos dias de tensão e noites mal dormidas antes de eu conseguir juntar essas dez mil libras!... Dez mil libras. Quantas mulheres orgulhosas e bem maquiadas teriam me elogiado e sorrido para mim, quantos idiotas perdulários teriam me bajulado pela frente, mas no íntimo me amaldiçoando, enquanto eu transformava essas dez mil libras em vinte! Enquanto eu esmagava, apertava e usava esses miseráveis gastadores, por prazer e lucro, quantas falas mansas, olhares corteses e cartas civilizadas eles me dirigiriam! A hipocrisia do mundo mentiroso é que homens como eu conquistam suas riquezas pela dissimulação e pela deslealdade: bajulando, lisonjeando e aviltando. Ah, a quantas mentiras, a que subterfúgios mesquinhos e condutas humilhantes dos novos-ricos, que, não fosse pelo meu dinheiro, me poriam de lado como fazem com seus superiores todos os dias, me levaram aquelas dez mil libras! Admitindo-se que eu tivesse dobrado esse valor... lucrado cem por cento... pois a cada soberano se somaria outro... não haveria uma única moeda em toda aquela pilha que não representasse dez mil mentiras, torpes e mesquinhas, contadas não pelo agiota, ah, não, mas sim por aqueles que pediam emprestado, seu povo liberal, insensato, generoso, vistoso, que não seria tão sovina a ponto de economizar uma moeda de seis centavos por nada neste mundo!

Esforçando-se, como parecia, para que parte da amargura de seus arrependimentos se perdesse na amargura desses outros pensamentos, Ralph continuou a andar pela sala. Havia cada vez menos decisão em seus modos, à medida que sua mente revertia gradativamente para sua perda; por fim, arriando-se em sua cadeira e segurando nos braços tão firmemente que eles rangeram de novo, ele disse:

— Nunca nada me afetou tanto como a perda dessa grande quantia. Nada. Pois, nascimentos, mortes, casamentos e todos os acontecimentos que interessam à maioria dos homens não têm para mim, a menos que sejam relacionados a ganho ou perda de dinheiro, interesse nenhum. Mas agora, eu juro, misturo a perda do dinheiro com o triunfo dele em me informar disso. Se ele tivesse sido o causador... quase acho que foi... eu não poderia odiá-lo mais. Deixe apenas que eu me vingue dele, de forma gradativa, por mais lenta que seja... deixe apenas que eu o derrote, deixe apenas que eu vire o fiel da balança... e serei capaz de suportar isso.

As reflexões dele foram longas e profundas. Terminaram com o envio de uma carta por Newman, endereçada ao Sr. Squeers, na hospedaria Cabeça do Sarraceno, com instruções para perguntar se ele havia chegado à cidade e, nesse caso, esperar pela resposta. Newman trouxe de volta a informação de que o Sr. Squeers havia chegado na diligência daquela manhã e que recebera a carta na cama, mas que enviava seus respeitos e que se levantaria e faria uma visita ao Sr. Nickleby imediatamente.

O intervalo entre a entrega desse recado e a chegada do Sr. Squeers foi muito curto; mas, antes de ele chegar, Ralph havia suprimido todo e qualquer vestígio de emoção e uma vez mais readquirira o porte duro, imóvel e inflexível que lhe era habitual e a que talvez fosse atribuída não pequena parte da influência que exercia sobre muitos homens sem fortes princípios morais, quase a seu bel-prazer.

— Bem, Sr. Squeers... — ele disse, recebendo aquele digno senhor com seu habitual sorriso, do qual faziam parte um olhar agudo e o cenho franzido. — Como vai *o senhor*?

— Ora, senhor — disse Squeers —, eu vou muito bem. A minha família também, e da mesma forma os meninos, a não ser por uma espécie de erupção que está se espalhando na escola e que deixa todos sem querer comer. Mas é um vento mau que quando sopra não é bom para ninguém; é o que sempre digo quando aqueles meninos sofrem uma provação. A provação, senhor, é o destino da mortalidade. A própria mortalidade, senhor, é uma provação. O mundo está lotado de provações; e, se um menino lamenta durante uma provação e cria um mal-estar com o barulho que faz, ele leva um soco na cabeça. Quer dizer, isso está de acordo com as Escrituras.

— Sr. Squeers — disse Ralph, secamente.

— Senhor.

— Vamos evitar essas preciosas porções de moralidade, por favor, e vamos falar de negócios.

— Tem toda a minha atenção, senhor — disse Squeers —, mas primeiro deixe-me dizer...

— Primeiro *deixe-me* dizer, por favor. Noggs!

Newman se apresentou depois de ser convocado duas ou três vezes e perguntou se o patrão havia chamado.

— Chamei, sim. Pode ir para o seu jantar. E vá agora mesmo. Está ouvindo?

— Não está na hora — respondeu Newman, com teimosia.

— A minha hora é a sua hora, e estou dizendo que está — respondeu Ralph.

— O senhor muda o horário todo dia — disse Newman. — Não é justo.

— Você não ocupa muitos cozinheiros e pode facilmente se desculpar com eles pelo inconveniente — respondeu Ralph. — Ande, vá embora!

Ralph não só deu essa ordem da maneira mais definitiva possível, como também, com o pretexto de ir pegar alguns documentos no pequeno escritório, checou se ele obedecera e, depois que Newman deixou a casa, passou a corrente na porta para evitar a possibilidade de ele voltar secretamente usando a chave.

— Eu tenho minhas razões para desconfiar desse sujeito — disse Ralph quando voltou para seu escritório. — Por isso, até que eu pense na maneira mais rápida e menos problemática para arruiná-lo, acho melhor mantê-lo a distância.

— Não seria muito difícil arruinar esse sujeito, eu imagino — disse Squeers, com um riso malicioso.

— Talvez não — respondeu Ralph. — Nem arruinar muita gente que eu conheço. O senhor ia dizendo...

A maneira sucinta e direta com que Ralph usou esse exemplo, acrescentando a sugestão que se seguiu, teve um óbvio efeito — como sem dúvida fora planejado — sobre o Sr. Squeers, que disse, depois de certa hesitação e num tom bastante contido:

— Bom, o que eu ia dizer, senhor, é que esse negócio aqui em relação àquele camarada ingrato e cruel, o velho Snawley, tem me perturbado e causado uma inconveniência sem igual, e, além disso, se posso dizer assim, tem deixado a Sra. Squeers uma verdadeira viúva por semanas a fio. Para mim, é um prazer trabalhar com o senhor, é claro.

— É claro — disse Ralph, secamente.

— Sim, eu digo é claro — continuou o Sr. Squeers, esfregando os joelhos —, mas ao mesmo tempo quando se viaja, como fiz agora, mais de quatrocentos quilômetros para fazer esse depoimento juramentado, o inconveniente é muito grande, sem falar no risco.

— E qual é o risco, Sr. Squeers? — perguntou Ralph.

— Eu disse sem falar no risco — respondeu Squeers, de forma evasiva.

— E eu perguntei qual é o risco.

— Não tive intenção de reclamar, sabe, Sr. Nickleby — desculpou-se Squeers. — Palavra de honra, nunca vi um tal...

— Estou perguntando onde está o risco — repetiu Ralph com ênfase.

— Onde está o risco? — repetiu Squeers, esfregando os joelhos com mais força ainda. — Ora, nem é preciso dizer. É melhor evitar certos assuntos. Ah, o senhor sabe qual é o risco a que me refiro.

— Quantas vezes já lhe disse — prosseguiu Ralph — e quantas vezes mais vou ter que repetir que o senhor não corre risco nenhum?

O que já declarou ou vai precisar declarar é somente que numa certa época um menino de nome Smike foi deixado com o senhor; que ele ficou na sua escola por certo número de anos, desapareceu em tais e tais circunstâncias, foi identificado agora e o senhor sabe em poder de quem ele se encontra. Isso tudo é verdade, não é?

— É — respondeu Squeers —, é tudo verdade.

— Bom, então — disse Ralph — qual é o risco que corre? Quem jura em falso é Snawley; um homem a quem pago muito menos do que pago ao senhor.

— Ele cobrou muito barato mesmo, aquele Snawley — observou Squeers.

— Ele cobrou barato! — retorquiu Ralph, irritado. — Sim, e está fazendo as coisas direito, com um rosto hipócrita e um ar de santo, mas o senhor! Risco! O que quer dizer com risco? Os certificados são todos genuínos, Snawley *teve* outro filho, casou-se duas vezes, sua primeira mulher *está* morta, ninguém a não ser o espírito dela poderia dizer que ela não escreveu aquela carta, ninguém a não ser o próprio Snawley pode dizer que esse não é o filho dele e que o filho é comida de vermes! O único perjuro é Snawley, e imagino que ele esteja acostumado a isso. Onde está o seu risco?

— Ora, o senhor sabe — disse Squeers, mexendo-se na cadeira —, já que está falando nisso, eu posso dizer onde está o seu?

— Pode dizer onde está o meu?! — exclamou Ralph. — O senhor pode dizer onde está o meu. Eu não apareço no negócio, nem o senhor. Todo o interesse de Snawley é manter a história que ele contou; e o risco que ele corre é de se afastar dela, por menos que seja. Fale do *seu* risco na conspiração!

— Ora — protestou Squeers, olhando aflito à sua volta —, não diga isso! Por favor...

— Chame do que quiser — disse Ralph, irritado —, mas me escute. Essa história foi originalmente inventada para criar problemas contra aquele que atrapalhou o seu negócio e quase o matou a pauladas e para que o senhor pudesse retomar a posse de um burro de carga já meio morto, que o senhor queria reaver porque, enquanto punha em prática sua vingança contra ele pela participação que teve no negócio, acreditava que saber que o rapaz estava de volta sob sua tutela seria a melhor punição que poderia dar ao seu inimigo. Não é mesmo, Sr. Squeers?

— Ora, senhor — replicou Squeers, profundamente afetado com a determinação que Ralph demonstrava de fazer tudo virar contra ele, e com aquele ar imponente e inflexível —, de certo modo foi.

— O que significa isso? — perguntou Ralph.

— Ora, de certo modo significa — prosseguiu Squeers —, como talvez seja, que não foi tudo só por mim, porque o senhor também tem um velho rancor a satisfazer.

— Se eu não tivesse — disse Ralph de forma alguma envergonhado pelo lembrete —, você acha que eu o teria ajudado?

— Ora, não, não acho que teria — respondeu Squeers. — Eu só queria que este ponto ficasse claro e entendido entre nós dois.

— Como poderia ser de outra forma? — retorquiu Ralph. — Exceto que a conta é contra mim, pois gasto dinheiro para satisfazer o meu ódio, e o senhor o coloca no bolso e satisfaz o seu ao mesmo tempo. O senhor é, pelo menos, tão avarento quanto vingativo. Eu também sou. Quem está em melhor situação? O senhor que ganha dinheiro e vingança ao mesmo tempo, e pelo mesmo processo, e que em todas as situações tem o dinheiro garantido, se não a vingança; ou eu, que só tenho uma certeza, a de gastar dinheiro em todos os casos e ter uma simples vingança no final?

Como o Sr. Squeers conseguia responder a essa proposição apenas por meio de dar de ombros e sorrisos, Ralph lhe pediu que ficasse em silêncio e agradecesse por estar em tão boa situação; e, em seguida, fixando nele o olhar, prosseguiu.

Primeiro, disse que Nicholas o impedira de realizar um plano que havia concebido para o casamento de certa jovem e, na confusão desencadeada pela morte súbita do pai dela, ele havia capturado a moça e a levado consigo em triunfo.

Segundo, que por um testamento ou acordo — certamente por meio de algum instrumento por escrito, que devia conter o nome da jovem e podia ser assim facilmente identificado entre outros, caso se garantisse o acesso ao lugar onde um dia fora guardado — a moça tinha direito a bens que, a existência desse documento vindo ao conhecimento dela, fariam de seu marido (e Ralph achava que Nicholas certamente se casaria com ela) um homem rico e próspero, e um tremendo inimigo.

Terceiro, que esse documento havia sido roubado, junto com outros, de uma pessoa que o havia obtido e escondido de maneira fraudulenta e que receava tomar qualquer medida para sua recuperação; e que ele (Ralph) sabia quem era o ladrão.

A tudo isso escutava o Sr. Squeers com ouvidos gananciosos, que devoravam cada sílaba, e com seu único olho e boca bem abertos, perguntando-se maravilhado por que especial razão ele estava sendo honrado com tantas confidências por parte de Ralph, e a que tudo aquilo visava.

— Agora — disse Ralph, inclinando-se para a frente e colocando a mão no braço de Squeers —, escute o plano que concebi e que devo... digo, devo, se conseguir amadurecê-lo, pôr em execução. Nenhuma vantagem pode ser obtida desse documento, qualquer que seja, exceto pela própria moça ou pelo marido; e a posse desse documento por um ou outro é indispensável para que se obtenha alguma vantagem. *Isso*, descobri sem a menor sombra de dúvida. Quero esse documento trazido aqui, para que eu possa pagar cinquenta libras em ouro ao homem que o trouxer, e reduzi-lo a cinzas na presença dele.

O Sr. Squeers, depois de seguir com os olhos a ação da mão de Ralph em direção à lareira, como se naquele momento estivesse queimando o documento, deu um suspiro profundo e disse:

— Sim, mas quem é que vai fazer isso?

— Ninguém, talvez, pois é preciso fazer muita coisa antes de se botar a mão nele — respondeu Ralph. — Se ninguém mais... o senhor!

Os primeiros sinais de consternação do Sr. Squeers e sua direta recusa à tarefa teriam feito a maioria dos homens vacilar, senão causado de imediato a total desistência da oferta. Sobre Ralph, não surtiram efeito algum. Retomando: quando o diretor da escola já estava quase sem fôlego de tanto falar, tão friamente como se nunca tivesse sido interrompido, Ralph prosseguiu elaborando as características do caso que ele considerava as mais aconselháveis ressaltar.

Eram elas a idade, a decrepitude e a debilidade da Sra. Sliderskew; a grande improbabilidade de ela ter algum cúmplice ou mesmo algum conhecido, levando-se em conta seus hábitos solitários e sua longa permanência numa casa como a de Gride; a grande razão disso era supor que o roubo não havia sido o resultado de um plano combinado, do contrário ela teria procurado uma oportunidade de furtar uma boa quantia de dinheiro; a dificuldade em que ela se encontraria quando começasse a pensar no que havia feito e descobrisse que estava comprometida com documentos de cuja natureza era totalmente ignorante; e a comparativa facilidade com que alguém, com um perfeito conhecimento da posição dela, obtendo acesso a ela e trabalhando sobre seus medos, se necessário, poderia conquistar sua confiança e obter, com um pretexto ou outro, a livre acesso ao documento. A essas, foram acrescentadas considerações como a residência permanente do Sr. Squeers a uma grande distância de Londres, o que tornaria sua associação com a Sra. Sliderskew uma engraçada dissimulação, na qual provavelmente ninguém o reconheceria, nem na ocasião, nem depois; a impossibilidade de ele próprio realizar a tarefa, por já ser conhecido de vista da velha; e vários comentários sobre o extraordinário tato e a experiência do Sr. Squeers: o que faria de ele tirar proveito de uma velha uma mera brincadeira de criança e divertimento. Em adição a essas influências e persuasões, Ralph desenhou, com a maior destreza e força, uma imagem vívida da derrota que Nicholas sofreria caso eles fossem bem-sucedidos em ligá-lo a uma indigente, quando ele esperava casar-se com uma herdeira; aludiu à imensurável importância que devia ser para um homem da posição de Squeers preservar um amigo como ele; citou uma longa lista de benefícios, conferidos desde seu primeiro contato, quando ele havia feito uma declaração favorável ao tratamento dispensado a uma criança doente que morrera em suas mãos — e cuja morte era muito conveniente para Ralph e seus clientes, mas isso ele *não* mencionou —; e por fim sugeriu que as cinquenta libras poderiam ser aumentadas para setenta e cinco, ou, na eventualidade de um grande sucesso até mesmo para cem.

Esses argumentos finalmente concluídos, o Sr. Squeers cruzou as pernas, descruzou-as, coçou a cabeça, esfregou os olhos, examinou as palmas das mãos, roeu as unhas e, depois de exibir muitos outros sinais de nervosismo e indecisão, perguntou "se cem libras era o máximo a que o Sr. Nickleby chegaria". Recebendo a resposta na afirmativa, ficou irrequieto de novo e, depois de certa reflexão e uma frustrada pergunta "se ele não subiria mais cinquenta", disse que supunha que deveria tentar e fazer o melhor que podia por um amigo: o que era sempre a sua máxima e, portanto, resolveu aceitar a tarefa.

— Mas como é que o senhor vai chegar à mulher? — ele perguntou. — É isso que me intriga.

— Eu posso não encontrá-la — respondeu Ralph —, mas vou tentar. Já procurei pessoas nesta cidade que estavam muito mais escondidas do que ela; e conheço bairros nos quais alguns guinéus gastos cuidadosamente muitas vezes resolvem enigmas mais obscuros do que este. Ah! E, se necessário, os mantêm em sigilo também! Estou ouvindo o meu empregado à porta. Vamos então nos separar. É melhor que o senhor não fique vindo aqui, espere até eu dar notícias.

— Muito bem! — disse Squeers. — Escute! Se não encontrar a mulher, o senhor paga as despesas da hospedaria Sarraceno e um pouco mais pela perda de tempo?

— Bom — disse Ralph, irritado —, sim! Não tem mais nada a dizer?

Squeers saiu balançando a cabeça e Ralph o acompanhou até a porta, perguntando-se em voz alta, para que Newman ouvisse, por que estava trancada como se fosse de noite; deixou-o entrar e Squeers sair, e voltou para seu escritório.

— Ora — ele murmurou —, seja lá o que for, por enquanto estou firme e inabalado. Que pelo menos eu recupere essa pequena parte da minha perda e desgraça; que eu consiga derrotá-lo nesta esperança cara ao coração dele, como sei que deve ser; que eu faça pelo menos isso; e isso será apenas o primeiro elo de uma corrente que passarei em volta dele, como nenhum homem até hoje forjou.

CAPÍTULO LVII

Como o auxiliar de Ralph Nickleby realizou sua tarefa e como conseguiu ser bem-sucedido

Era uma noite de outono escura, úmida e sombria, quando num cômodo superior de uma casa humilde, situada numa rua sinistra, ou melhor dizendo, num beco, próximo a Lambeth, lá estava, sozinho, um homem de um olho só, usando trajes grotescos, seja por falta de roupas melhores, seja por motivo de disfarce: um sobretudo frouxo, com mangas até a metade dos braços, e largura e comprimento tais que teria sido possível até mesmo se enrolar nele, cabeça e tudo, com a maior facilidade e sem riscos de forçar o tecido velho e gorduroso de que era feito.

Assim vestido e num lugar tão distante de casa e de seu costumeiro trabalho, e com um aspecto tão pobre e miserável, talvez até a própria Sra. Squeers tivesse dificuldade de reconhecer o marido, por mais que sua natural sagacidade fosse estimulada pelos impulsos afetivos de uma carinhosa esposa. Mas era mesmo o marido da Sra. Squeers. E ele parecia de certa forma desconsolado, ao se servir de uma garrafa preta que estava na mesa a seu lado, ao mesmo tempo que lançava pelo quarto um olhar, em que pouquíssima atenção aos objetos a seu alcance se misturava facilmente com alguma recordação impaciente e triste de pessoas e cenas distantes.

Não havia atrações especiais, nem no quarto por onde o olhar descontente do Sr. Squeers vagava, nem na rua estreita na qual poderia ter penetrado se tivesse achado adequado ir até a janela. O quarto do sótão no qual se encontrava era pobre e nu; a cama e algumas outras peças necessárias de mobília que continha eram de péssima qualidade, em estado extremamente desordenado e de aparência pouco convidativa. A rua era lamacenta, suja e deserta. Tinha apenas uma saída e era atravessada por poucos moradores, a qualquer hora do dia; e à noite era uma daquelas ruas nas quais as pessoas ficam felizes em permanecer dentro de casa, e os únicos sinais de vida que apresentavam eram o brilho fraco de velas baratas nas janelas sujas e uns sons que nada mais eram do que o tamborilar da chuva e, de vez em quando, a batida forte de uma porta que rangia.

O Sr. Squeers continuava a olhar desconsoladamente à sua volta e a ouvir esses ruídos em profundo silêncio, quebrado apenas pelo roçar de seu enorme casaco quando às vezes mexia o braço para levar o copo aos lábios. Ele continuou a fazer isso por algum tempo, até que a escuridão crescente o levou a apagar a vela. Parecendo levemente desperto pelo esforço, olhou para o teto e, fixando o olhar em alguma figura estranha e fantástica, traçada ali pela umidade que penetrava através do telhado, deu início ao seguinte solilóquio:

— Bom, é um negócio e tanto este! Um negócio muito esquisito! Aqui estou eu, já há uma questão de, quantas semanas... quase seis... atrás dessa viúva velha, uma maldita larápia — esse epíteto o Sr. Squeers pronunciou com grande dificuldade e esforço —, e por enquanto Dotheboys Hall fica totalmente abandonada! A pior coisa do mundo é estar com um sujeito audacioso como esse velho Nickleby. Não dá para saber até quando ele vai usar você, mas, se entrou no negócio, agora tem que ir até o fim.

Essa observação talvez tenha lembrado ao Sr. Squeers que, de qualquer forma, ele havia entrado num negócio de cem libras. Seu semblante relaxou, e ele levou o copo à boca com um ar de maior satisfação pelo conteúdo do que antes revelara.

— Eu nunca vi — prosseguiu em seu solilóquio o Sr. Squeers —, nunca vi, nem nunca encontrei, um camarada tão astuto como o velho Nickleby. Nunca! Não há quem compreenda esse homem. É um sujeito intrigante esse Nickleby. É de admirar como, com esperteza e astúcia, ele cavoucou como um verme, dia após dia, se arrastando, seguindo rastros, se virando e retorcendo até que enfim descobriu onde estava escondida essa preciosa Sra. Peg e abriu caminho para eu fazer a minha parte. Foi se movendo devagar, deslizando, rastejando como uma víbora feia, velha, de olhos cintilantes e sangue frio! Ah! Ele teria sido muito bom em nosso ramo de trabalho, mas seria coisa muito limitada para ele; sua inteligência haveria de ultrapassar todos os limites e obstáculos, destruir tudo no caminho até erguer, ele próprio, um monumento de... Bom, vou pensar no resto e dizer quando for conveniente.

Fazendo uma pausa em suas reflexões naquele lugar, o Sr. Squeers levou outra vez o copo aos lábios e, tirando do bolso uma carta suja, passou a ponderar sobre seu conteúdo com o ar de um homem que a lera várias vezes e agora refrescava a memória, muito mais na ausência de uma distração melhor do que em busca de alguma informação específica.

— Os porcos estão bem — disse o Sr. Squeers —, as vacas estão bem, e os meninos, com disposição. O jovem Sprouter tem cochilado, é? Vamos ver como ele cochilará quando eu voltar. "Cobbey continua fungando na hora do jantar e disse que a carne estava tão dura que causava isso." Muito bem, Cobbey, vamos ver se não fazemos você fungar um pouco sem a carne. "(...) Pitcher teve febre de novo"... claro que teve... "e, sendo levado pelos amigos, morreu depois que chegou em casa"... claro que morreu, e por pura provocação; é parte de um sistema bem montado. Só mesmo esse garoto para morrer no fim do trimestre, tirando de mim o que pôde e ainda levando seu desprezo ao extremo. "O Palmer mais novo disse que queria estar no céu." Eu realmente não sei, *não* sei o que fazer com esse menino; ele sempre tem esses desejos horrorosos. Uma vez ele disse que queria ser um burro, porque então não teria um pai que não gostasse dele! Muito maldoso isso para um menino de seis anos!

O Sr. Squeers ficou tão abalado ao considerar uma natureza tão dura num menino tão novo que com raiva pôs de lado a carta e procurou em outro fluxo de pensamento um assunto para consolação.

— Já faz tempo que estou aqui em Londres, e este é um precioso dum buraco para se viver, mesmo que seja só por mais ou menos uma semana. Mas cem libras são cinco meninos, e leva um ano para se conseguir cem libras com cinco meninos, e ainda é preciso descontar o dinheiro que se gasta na manutenção deles. Não se perde nada ficando aqui. Porque o dinheiro dos meninos entra do mesmo jeito, como se eu estivesse em casa, e a Sra. Squeers, ela cuida deles lá. O tempo perdido vai ter que ser compensado, claro, e as chicotadas que vão estar atrasadas também: mas, em poucos dias, isso será resolvido e um pouco de trabalho extra por cem libras dá para aguentar. Já está na hora de convencer a velha. Pelo que ela disse ontem à noite, acho que, se eu conseguir alguma coisa, vai ser hoje de noite; então, vou beber mais meio copo, para me desejar sucesso e me deixar animado. Sra. Squeers, minha querida, à sua saúde!

Com um olhar malicioso de seu único olho, como se a mulher a quem brindava estivesse presente, o Sr. Squeers — em seu entusiasmo, sem dúvida — encheu o copo e em seguida o esvaziou; e, como a bebida era forte e ele já havia se servido da mesma garrafa mais de uma vez, não é de estranhar que, àquela altura, ele se encontrasse num estado extremamente alegre e bastante empolgado com o propósito que tinha em mente.

Que propósito era esse, logo ficou claro; pois, em seguida a umas voltas pelo quarto para se acalmar, ele colocou a garrafa embaixo do braço e o copo na mão e, apagando a vela com um sopro, como se pretendesse se ausentar por certo tempo, seguiu matreiro até a escada, dirigiu-se em silêncio à porta em frente à sua e deu nela umas batidas de leve.

— Mas de que adianta bater? — ele disse. — Ela não vai ouvir. Não deve estar fazendo nada muito particular e, se estiver, não importa muito que eu veja.

Com esse breve prefácio, o Sr. Squeers pôs a mão na maçaneta da porta, enfiando a cabeça num quarto muito mais deplorável do que aquele que acabara de deixar e, vendo que só havia ali uma velha curvada sobre um fogo miserável — pois, embora o tempo ainda estivesse quente, a noite estava gelada—, entrou e deu uma palmadinha no ombro dela.

— Olá, minha cara Slider — disse o Sr. Squeers, jocosamente.

— É você? — perguntou Peg.

— Ah! Sou eu, e "eu" é a primeira pessoa do singular, do caso nominativo, que concorda com o verbo "sou" e se entende por Squeers — disse o homem, citando aleatoriamente a gramática. — Pelo menos, se não é, você não sabe mesmo, e se é, acertei por acaso.

Dando essa resposta em seu habitual tom de voz, que obviamente não fora ouvido por Peg, o Sr. Squeers puxou um banco para perto do fogo e, pondo-se em frente a ela, com a garrafa e o copo no chão entre os dois, repetiu em alto brado.

— Bom, minha cara Slider!

— Estou ouvindo — disse Peg, recebendo-o cortesmente.

— Vim como prometi — disse em voz alta Squeers.

— Era o que eles costumavam dizer lá no interior de onde eu venho — observou Peg de forma complacente —, mas acho que óleo é melhor.

— Melhor do que o quê? — rosnou Squeers, acrescentando uns palavrões em voz baixa.

— Não — respondeu Peg —, claro que não.

— Nunca vi um monstro igual a você! — murmurou Squeers, mostrando-se o mais amigável possível enquanto isso, pois os olhos de Peg estavam fixos nele, e ela ria de forma assustadora, como se ele tivesse dado uma resposta espirituosa. — Está vendo isto? É uma garrafa.

— Estou — respondeu Peg.

— Bem, e está vendo *isto*? — gritou Squeers. — É um copo — Peg viu isso também.

— Olhe aqui — disse Squeers, acompanhando suas observações com a ação apropriada —, eu encho o copo e digo "À sua saúde, Slider", depois esvazio; aí jogo uma gotinha dentro dele com cuidado, que sou obrigado a despejar no fogo... e a lareira fica viva de novo... então encho o copo outra vez e entrego a você.

— À *sua* saúde — disse Peg.

— Pelo menos isso ela entende — murmurou Squeers, observando a Sra. Sliderskew enquanto ela tomava sua porção, engasgando-se e quase perdendo o fôlego de uma maneira terrível depois de fazer isso. — Agora, então, vamos conversar. Como vai o reumatismo?

A Sra. Sliderskew, piscando muito e rindo, e com um ar de profunda admiração pelo Sr. Squeers, sua pessoa, suas maneiras e sua conversa, respondeu que o reumatismo estava melhor.

— Qual é a razão... — perguntou o Sr. Squeers, divertindo-se ainda mais com a garrafa — qual é a razão desse reumatismo? O que é que significa? Por que as pessoas têm isso, hein?

A Sra. Sliderskew não sabia, mas sugeriu que era possivelmente porque elas não conseguiam evitar.

— Sarampo, reumatismo, coqueluche, febre, lomba e lumbago — disse o Sr. Squeers —, é tudo junto filosofia; é isso o que é. Um corpo celeste é filosofia, e um corpo terrestre é filosofia. Se um parafuso se solta num corpo celeste, é filosofia; e, se um parafuso se solta num corpo terrestre, também é filosofia; ou pode ser que às vezes exista um pouco de metafísica nisso, mas não é frequente. Filosofia é o comum para mim. Se um pai faz uma pergunta de ordem clássica, comercial ou matemática, eu digo, com seriedade: "Ora, em primeiro lugar, o senhor é filósofo?"... "Não, Sr. Squeers", ele responde, "não sou". "Então", eu digo, "sinto muito pelo senhor, pois não vou conseguir explicar". Naturalmente, o pai vai embora, desejando ser um filósofo e, da mesma forma, naturalmente, pensa que eu sou.

Dizendo isso e muito mais com a profundidade de um bêbado, um ar sério e cômico ao mesmo tempo, e mantendo o olhar o tempo todo na Sra. Sliderskew, que não ouvia uma palavra, o Sr. Squeers concluiu servindo-se e passando a garrafa, recebida por Peg com reverência.

— Que beleza! — disse o Sr. Squeers. — Você parece vinte vezes melhor do que antes.

Mais uma vez, a Sra. Sliderskew deu uma risadinha, mas a modéstia a impediu de concordar verbalmente.

— Vinte vezes melhor — repetiu o Sr. Squeers — do que no dia em que me apresentei a você. Sabe disso?

— Ah! — disse Peg, balançando a cabeça. — Mas você me assustou naquele dia.

— Foi mesmo? — disse Squeers. — Bom, foi um tanto espantoso ver um estranho chegar e se apresentar dizendo que sabia tudo sobre você, qual era o seu nome, por que estava vivendo tão calada aqui, o que você roubou, e de quem roubou, não foi?

Peg acenou com a cabeça assentindo enfaticamente.

— Mas eu sei de tudo que acontece dessa maneira, entende — continuou Squeers. — Nada desse tipo acontece sem que eu saiba de tudo. Eu sou uma espécie de advogado, Slider, de primeira classe, e de muito conhecimento; sou amigo íntimo e conselheiro de confiança de quase todo homem, mulher e criança que se acha em dificuldade por ser muito esperto com os dedos, sou...

O catálogo de méritos e realizações do Sr. Squeers, que era em parte o resultado de um plano combinado entre ele e Ralph Nickleby e em parte algo que fluía da garrafa preta, foi, nesse ponto, interrompido pela Sra. Sliderskew.

— Ha, ha, ha! — ela riu cruzando os braços e balançando a cabeça. — Então, no final, ele não se casou, não é? Não se casou, não é?

— Não — respondeu Squeers —, não se casou!

— E um pretendente jovem veio e carregou a moça, não foi? — perguntou Peg.

— Debaixo do nariz dele — respondeu Squeers. — E me disseram que o sujeitinho foi duro, deu tanto soco que ele quase perdeu o fôlego e enfiou o presente de casamento goela abaixo, quase deixando o velho sufocado.

— Conte-me tudo de novo — disse Peg, demonstrando maliciosa satisfação com a derrota de seu velho patrão, o que fez com que sua já horrenda aparência se tornasse amedrontadora —, conte outra vez, começando tudo de novo agora, como se nunca tivesse me contado. Quero ouvir cada palavra... agora... agora... começando desde a hora em que ele chegou na casa dela, naquele dia de manhã.

O Sr. Squeers, servindo bebida à vontade à Sra. Sliderskew e a si mesmo para aguentar o esforço que fazia de falar muito alto, atendeu a esse pedido descrevendo a derrota de Arthur Gride, incrementando a verdade com ideias que lhe ocorriam no momento e com a mesma engenhosa criatividade e o mesmo empenho que haviam sido muito úteis para atrair a atenção da velha logo que a conheceu. Em seu extático contentamento, a Sra. Sliderskew girava a cabeça, erguia os ombros magros e contraía o rosto cavernoso em formas tão elaboradas de feiura que até mesmo o Sr. Squeers se encheu de espanto e repugnância ilimitados.

— Ele é um demônio velho, traiçoeiro — disse Peg —, e me enganava com truques espertos e promessas mentirosas, mas não importa. Acertei as contas com ele. Acertei as contas com ele.

— Acertou muito bem, Slider — concordou Squeers —, e teria acertado mesmo que ele tivesse se casado; mas, além desse desgosto, você conseguiu muito mais. Sem comparação, Slider, sem comparação. Ah, isso me lembra uma coisa — ele acrescentou e passou a ela o copo —, se quiser a minha opinião sobre esses documentos, se quiser que eu diga o que deve manter e o que é bom queimar, bem, agora é a sua chance, Slider.

— Isso não tem pressa — disse Peg, com piscadelas e olhares espertos.

— Ah! Muito bem! — observou Squeers. — Para mim, dá no mesmo; foi você que me perguntou. Eu não vou cobrar nada, sendo seu amigo. Você é o melhor juiz, é claro. Mas é uma mulher corajosa, Slider.

— O que quer dizer com "corajosa"? — perguntou Peg.

— Ora, eu só quis dizer que, se fosse eu, não ficava com documentos que podem me enforcar largados por aí, quando eles podiam ser transformados em dinheiro... eu me livrava dos que não valem nada e guardava em lugar seguro os que valem; é só — respondeu Squeers.

— Mas cada um sabe melhor o que fazer com seus próprios negócios. Tudo que digo, Slider, é que, se fosse *eu*, não fazia isso.

— Venha, então — disse Peg —, vou lhe mostrar.

— Eu não quero ver nada — respondeu Squeers, fingindo estar de mau humor —, não fale como se fosse um divertimento. Mostre a outra pessoa e peça o conselho dela.

O Sr. Squeers teria provavelmente levado adiante a farsa de ter ficado muito ofendido se a Sra. Sliderskew, em sua ansiedade para restabelecer sua prévia posição nas boas graças dele, não tivesse ficado tão extremamente afetiva que ele corresse o risco de ser sufocado pelos carinhos dela. Contendo, com o maior tato possível, essas pequenas familiaridades — pelas quais há razões para acreditar que a garrafa preta era tão responsável quanto qualquer enfermidade constitucional por parte da Sra. Sliderskew —, ele declarou que estava apenas brincando e que, como prova de seu inalterado bom humor, estava pronto para examinar os documentos se, fazendo isso, ele pudesse proporcionar satisfação e alívio à mente de sua boa amiga.

— Agora que se levantou, minha cara Slider — gritou Squeers, quando ela se dispôs a ir buscá-los —, tranque a porta.

Peg foi até a porta e, depois de mexer na tranca, arrastou-se até o outro lado do quarto e de sob os carvões que enchiam a parte inferior do armário retirou uma pequena caixa de pinho. Colocando-a no chão aos pés de Squeers, pegou embaixo do travesseiro de sua cama uma pequena chave, com a qual fez sinal para que o cavalheiro a abrisse. O Sr. Squeers, que havia ansiosamente seguido cada movimento da mulher, não perdeu tempo em aceitar a sugestão e, levantando a tampa, olhou extasiado para os documentos que se encontravam lá dentro.

— Agora veja — disse Peg, ajoelhando-se no chão ao lado dele e segurando-lhe a mão impaciente —, o que for inútil queimamos, o que der dinheiro guardamos; e, se tiver algum que possa criar problemas para ele e deixar o coração dele arrasado e em pedaços, então, tomamos um cuidado especial com esse, porque é isso que quero fazer e que pensei em fazer quando o deixei.

— Eu pensei — disse Squeers — que você não tivesse nenhuma consideração por ele. Mas, me diga, por que não pegou algum dinheiro também?

— Algum o quê? — perguntou Peg.

— Algum dinheiro — berrou Squeers. — Eu acho que essa mulher me escuta e está querendo que uma veia minha se rompa, para ter o prazer de cuidar de mim. Algum dinheiro, Slider, dinheiro!

— Ora, que pergunta essa! — disse Peg, com desprezo. — Se eu tivesse tirado dinheiro de Arthur Gride, ele ia varrer a terra inteira atrás de mim... ah, ia, e tinha ido atrás do cheiro, escavado a terra, de qualquer maneira, nem que eu tivesse enterrado no poço mais fundo de toda a Inglaterra. Não, Não! Eu sabia muito bem. Peguei o que achei que tinha segredos escondidos e que ele não podia tornar público, mesmo que valessem dinheiro. Ele é um cão velho, um cão matreiro, esperto, mal--agradecido! Primeiro me deixava com fome, depois me enganava; se pudesse, eu matava aquele homem.

— Muito bem, e muito louvável — disse Squeers. — Mas, em primeiro lugar, Slider, queime a caixa. Nunca guarde coisas que podem ser descobertas. Sempre se lembre disso. Então enquanto destrói a caixa (o que pode fazer facilmente, porque ela está muito velha e frágil) e vai queimando aos poucos, eu dou uma olhada nos documentos e lhe digo o que eles são.

Depois que Peg concordou com esse arranjo, o Sr. Squeers virou a caixa de cabeça para baixo, despejou o conteúdo no chão e entregou-a a ela; a destruição da caixa era uma estratégia improvisada para deixá-la ocupada, caso fosse necessário distrair-lhe a atenção do que ele fazia.

— Pronto! — disse Squeers. — Você joga os pedaços no fogão e faz um bom fogo, enquanto eu leio. Deixe-me ver, deixe-me ver — e, levando a vela para seu lado, o Sr. Squeers, com grande ansiedade e um riso malicioso no rosto, deu início à sua tarefa de examinar os papéis.

Se a velha não fosse tão surda, ela podia ter ouvido, quando foi até a porta, a respiração de duas pessoas do lado de fora. E, se essas duas pessoas desconhecessem sua surdez, provavelmente teriam escolhido aquele momento para se apresentar ou para fugir. Mas, sabendo com quem estavam lidando, permaneceram bem quietas e agora não somente apareceram à porta sem serem notadas — uma vez que não estava trancada, porque a tranca não era firme —, como também, pé ante pé, cuidadosamente entraram no quarto.

À medida que avançavam mais e mais, de forma sorrateira e imperceptível, e com tanta cautela que mal pareciam respirar, a velha bruxa e Squeers nem imaginavam essa invasão e, totalmente alheios à presença de alguém ali além deles, permaneciam ocupados em suas respectivas tarefas. A velha, com o rosto enrugado próximo ao fogão, soprando as brasas que ainda não haviam ateado fogo à madeira; e Squeers curvado sobre a vela, o que ressaltava a feiura de seu rosto, assim como a claridade do fogo fazia com o de sua companheira; ambos concentrados em sua ocupação e revelando semblantes de exultação que contrastavam fortemente com os olhares ansiosos dos que estavam por trás, aproveitando-se do mínimo ruído para avançar um pouco mais e mal se mexendo alguns centímetros quando de novo se fazia o silêncio e eles paravam mais uma vez. Isso, associado ao quarto grande e lúgubre, paredes úmidas e luz fraca e bruxuleante, constituía uma cena que o espectador mais desatencioso e indiferente — se algum estivesse lá — dificilmente deixaria de notar ou conseguiria esquecer.

Dos dois invasores sorrateiros, um era Frank Cheeryble e o outro, Newman Noggs. Newman havia apanhado pelo cabo enferrujado um fole velho, que já estava dando uma volta no ar, pronto para descer na cabeça do Sr. Squeers, quando Frank, com um gesto sério, segurou-lhe o braço e, dando um passo à frente, chegou tão perto do diretor da escola que, se inclinando um pouco, pôde ver claramente o que estava escrito no documento que o velho tinha perto do olho.

Por não ser um grande erudito, o Sr. Squeers parecia estar bastante confuso com sua primeira presa, escrita em caligrafia forense e não muito legível, exceto por um olho treinado. Depois de tentar lê-lo de trás para a frente e de frente para trás e achando igualmente claro das duas maneiras, virou o documento de cabeça para baixo sem maior sucesso.

— Ha, ha, ha! — riu Peg, que, de joelhos diante do fogo, o alimentava com os fragmentos da caixa e tinha no rosto o ar mais diabólico de satisfação. — O que é que tem escrito aí, hein?

— Nada especial — respondeu Squeers, jogando-o em direção a ela. — É só uma escritura velha, pelo que consegui ver. Jogue isso no fogo.

A Sra. Sliderskew obedeceu e perguntou qual era o seguinte.

— Este — disse Squeers — é um maço de contratos vencidos e contas renovadas de uns seis ou oito cavalheiros, mas eles são todos membros do Parlamento, então não valem nada para ninguém. Jogue no fogo!

Peg fez o que ele mandou e esperou o seguinte.

— Este aqui — disse Squeers — parece ser um documento de venda de direito de apresentação à reitoria da Purechuch, no vale de Cashup. Guarde este, Slider, literalmente, pelo amor de Deus. Deve valer um bom dinheiro no mercado de leilões.

— Qual é o próximo? — perguntou Peg.

— Bom, este — disse Squeers —, pelas duas cartas que estão com ele, parece ser um documento de dívida de um cura do interior, para pagar o saldo de seis meses de quarenta libras por um empréstimo de vinte. Guarde este, porque, se ele não pagar, o bispo vai ser duro com ele. Sabemos qual é a ideia por trás de passar o camelo pelo fundo de uma agulha... nenhum homem que não possa viver de sua renda, qualquer que seja, pode ter esperança de ir para o céu a qualquer preço. É muito estranho; nunca vi uma coisa assim.

— O que é? — perguntou Peg.

— Nada — respondeu Squeers —, só estou procurando...

Newman ergueu o fole de novo. Uma vez mais, Frank, com um rápido movimento do braço, sem fazer barulho algum, impediu-o de agir.

— Aqui estão — disse Squeers — promissórias... tome conta delas. Recibo de procurador... cuidado com elas. Duas notas promissórias... guarde estas. Arrendamento e quitação... queime estas. Ah! "Madeline Bray... maioridade ou casamento... a dita Madeline"... tome aqui, queime *esta*!

Ansiosamente, jogando em direção à velha um pergaminho que havia apanhado para esse fim quando ela virou a cabeça, Squeers enfiou em seu enorme casaco o documento no qual essas palavras haviam atraído sua atenção e explodiu num grito de triunfo.

— Consegui! — disse Squeers. — Consegui! Viva! O plano foi muito bom, apesar de o risco ter sido grande, e finalmente chegou nosso dia!

Peg perguntou de que ele estava rindo, mas não houve resposta. O braço de Newman não pôde ser contido; o fole, descendo pesadamente e com pontaria certa bem no meio da cabeça do Sr. Squeers, derrubou-o no chão e deixou-o ali estendido e sem sentidos.

CAPÍTULO LVIII

No qual um episódio desta história se encerra

Dividindo em dois dias a distância a ser percorrida, para que seu pupilo pudesse sofrer o mínimo possível de cansaço e desgaste com viagem tão longa, Nicholas, no fim do segundo dia, achou-se a poucos quilômetros do lugar onde passara a época mais feliz de sua vida e que, ao mesmo tempo em que lhe enchia a mente de pensamentos agradáveis e tranquilos, lhe trazia muitas lembranças tristes e vívidas das circunstâncias em que ele e sua família haviam deixado a antiga residência e sido lançados no mundo violento à mercê de estranhos.

Não eram necessárias reflexões como essas, que a lembrança dos velhos tempos e o divagar entre cenas onde se passou a infância geralmente despertam nas mentes mais insensíveis, para amolecer o coração de Nicholas e deixá-lo mais do que atento ao amigo que aos poucos definhava. Ele estava sempre ao seu lado, dia e noite, em todas as épocas e estações, sempre cuidadoso, atento, solícito e nunca faltando no cumprimento do dever que se impusera com criatura tão sozinha e abandonada como aquela, cujo alento de vida se esvaía rapidamente, deixando-o debilitado. Nunca deixava o rapaz. Sua permanente e incessante ocupação era agora encorajá-lo, animá-lo, satisfazer seus desejos, apoiá-lo e lhe dar ânimo até o máximo de suas forças.

Eles conseguiram um alojamento simples numa pequena propriedade rural cercada por prados, onde Nicholas frequentemente se divertia quando criança com um grupo de alegres colegas de escola; e aí eles repousaram.

A princípio, Smike estava forte o suficiente para caminhar, percorrendo distâncias curtas de cada vez, sem nenhum outro apoio ou assistência além da que Nicholas lhe propiciava. Nessa ocasião, nada parecia interessá-lo mais do que visitar aqueles lugares que eram mais familiares ao amigo em épocas passadas. Cedendo a essa fantasia e satisfeito ao ver que essa diversão ajudava o rapaz doente a passar várias monótonas horas e proporcionava assunto para reflexões e conversas depois, Nicholas fez desses locais as cenas de seus passeios diários: levando-o de lugar a lugar num cabriolé puxado por um pônei, apoiando-o em seu braço quando andavam devagar por aqueles antigos recantos e deixando-se ficar ao sol para lançar olhares de despedida aos que eram mais tranquilos e belos.

Era em ocasiões como essas que Nicholas, cedendo quase inconscientemente a velhas lembranças, indicava algumas árvores em que dezenas de vezes ele subira para espiar os pássaros em seus ninhos; e o galho do qual ele gritava chamando a pequena Kate, que ficava embaixo aterrorizada com a altura que ele atingira, mas ainda incitando-o a subir mais com a intensidade de sua admiração. Havia a antiga casa também, pela qual passavam todos os dias, olhando para a janelinha através da qual o sol entrava e o acordava nas manhãs de verão — todas as manhãs eram de verão naquela época —, e, subindo no muro do jardim e olhando para o outro lado, Nicholas podia ver a roseira, presente para Kate de um jovem admirador, que ela plantara com as próprias mãos. Havia as cercas vivas onde os dois irmãos haviam tantas vezes colhido flores silvestres, os campos verdes e os caminhos sombreados pelos quais perambulavam. Não havia uma trilha, um riacho, um bosque ou uma casa por perto a que não estivesse associado algum acontecimento de sua infância e que lhe voltava à mente — como acontece com as lembranças da infância. Nada específico: talvez uma palavra, uma risada, um olhar, uma leve tristeza, um pensamento ou medo passageiro; e, no entanto, mais forte e distintamente marcado e mais bem recordado do que as mais duras provações e severas tristezas do ano anterior.

Um desses passeios os conduziu ao cemitério onde ficava o túmulo de seu pai. — Até mesmo por este lugar — disse Nicholas suavemente —, costumávamos andar antes até de saber o que era a morte e imaginar a quem pertenciam aquelas cinzas embaixo da terra; e, estranhando aquele silêncio, sentávamos para descansar e conversar baixinho. Uma vez Kate se perdeu e, depois de uma hora de busca infrutífera, eles a encontraram dormindo embaixo daquela árvore que faz sombra sobre o túmulo do meu pai. Ele gostava muito dela e disse, quando a tomou nos braços, ainda dormindo, que, quando morresse, queria ser enterrado onde sua filhinha querida tinha reclinado a cabeça. Está vendo, o desejo dele não foi esquecido.

Nada mais se passou naquela ocasião, mas naquela noite, quando Nicholas sentou-se ao lado da cama de Smike, o doente iniciou o que parecia ser um sono leve e, pondo sua mão sobre a dele, pediu, enquanto as lágrimas lhe escorriam pelo rosto, que Nicholas lhe fizesse uma promessa solene.

— Qual é? — perguntou Nicholas, bondosamente. — Se eu puder, ou tiver esperança de cumprir, você sabe que o farei.

— Tenho certeza de que pode — foi a resposta. — Prometa que, quando eu morrer, vou ser enterrado perto... o mais próximo que conseguirem fazer o meu túmulo... da árvore que vimos hoje.

Nicholas fez a promessa; ele disse poucas palavras, mas elas foram solenes e sérias. Seu pobre amigo manteve a mão do amigo na sua e virou-se como se para dormir. Mas houve alguns soluços abafados, e a mão foi apertada uma vez, duas ou três vezes, antes de ele se entregar ao descanso e lentamente afrouxar o aperto.

Dentro de quinze dias, a doença se tornou tão grave que ele mal podia andar. Nicholas ainda o levou para passear algumas vezes, recostado nos travesseiros; mas o balanço do veículo era doloroso para ele e provocava desmaios que, no estado de fraqueza em que se encontrava, eram perigosos. Havia um velho sofá na casa, que era seu lugar predileto de descanso durante o dia; e, quando o sol brilhava e o tempo estava quente, Nicholas carregava seu pupilo, bem agasalhado, para um pequeno pomar nas proximidades, onde eles costumavam ficar juntos durante horas.

Foi numa dessas ocasiões que houve um fato que Nicholas no momento acreditou piamente ser mera ilusão de uma imaginação afetada pela doença, mas que depois teve boas razões para constatar que era, com efeito, uma ocorrência verdadeira.

Ele havia levado Smike no colo — pobrezinho; uma criança poderia tê-lo carregado — para ver o pôr do sol e, tendo preparado o sofá, acomodou-se numa cadeira ao lado dele. Nicholas passara a noite em claro e, estando extremamente fatigado de corpo e espírito, aos poucos adormeceu.

Ele mal fechara os olhos por cinco minutos quando foi acordado por um grito e, tomado por aquele tipo de terror que afeta a pessoa que é acordada de repente, viu com grande espanto que seu pupilo estava sentado, seus olhos quase saltando-lhe das órbitas, a testa molhada de suor, todo o corpo abalado num tremor convulsivo, pedindo-lhe ajuda.

— Meu Deus, o que é isso? — disse Nicholas inclinando-se sobre o rapaz. — Fique calmo; você estava sonhando.

— Não, não, não! — disse Smike, agarrando-se a ele. — Abrace-me. Não deixe que eu vá. Ali, ali. Atrás da árvore!

Nicholas seguiu o olhar de Smike, que se dirigia ao longe, por trás da cadeira de onde o amigo acabara de se levantar. Mas não havia nada lá.

— Isso é somente a sua imaginação — ele disse, enquanto se esforçava para acalmá-lo — nada mais, na verdade.

— Tenho certeza. Vi tão claro quanto estou vendo agora — foi a resposta. — Ah! Diga que vai ficar comigo. Jure que não vai me deixar nem por um instante!

— E eu já deixei você alguma vez? — respondeu Nicholas. — Deite-se de novo... isso! Você está vendo que estou aqui. Agora me diga; o que foi?

— Você lembra — disse Smike em voz baixa, olhando amedrontado à sua volta —, você lembra que eu lhe contei sobre o homem que me levou para a escola?

— Lembro, claro.

— Eu levantei a vista, agora mesmo, em direção àquela árvore... aquela com o tronco grosso... e lá estava ele com os olhos fixos em mim!

— Pense bem por um instante — disse Nicholas —, pense por um instante; você acha que é possível que ele esteja vivo e andando por um lugar isolado como este, tão longe da estrada, você acha que a essa altura conseguiria reconhecer esse homem de novo?

— Em qualquer lugar... com qualquer roupa — disse Smike —; mas, agora mesmo, ele estava apoiado na bengala e olhando para mim, exatamente como eu disse a você que eu me lembrava dele. Ele estava empoeirado por ter caminhado e malvestido... acho que estava com roupas rasgadas... mas eu vi, uma noite de chuva, me lembro do rosto dele quando me deixou lá, do quarto onde me deixou e das pessoas que estavam lá, tudo pareceu voltar de novo. Quando ele descobriu que eu tinha visto, ele ficou com medo, porque estremeceu e recuou. Tenho pensado nele de dia e sonhado com ele de noite. Ele aparecia nos meus sonhos quando eu era criança e continua aparecendo até hoje, como apareceu agora.

Nicholas tentou, com todo seu poder de persuasão e todos os argumentos que podia conceber, convencer a aterrorizada criatura que sua imaginação o havia iludido e que essa semelhança entre a criação de seus sonhos e o homem que ele supunha ter visto não era senão uma prova disso; mas tudo em vão. Quando conseguiu convencê-lo a ficar, por algum tempo, aos cuidados das pessoas a quem a casa pertencia, deu início a uma investigação rigorosa para saber se alguém vira um estranho por ali e procurou, ele mesmo, atrás da árvore, pelo pomar, no terreno ao lado e em todos os lugares próximos onde seria possível a um homem se esconder; mas tudo em vão. Satisfeito de que estava certo em sua conjectura original, passou a acalmar os medos de Smike, o que depois de algum tempo conseguiu parcialmente, mas não foi possível lhe tirar a impressão da mente; pois o enfermo continuava declarando, repetidas vezes, de maneira séria e fervorosa, que tinha visto o que descrevera e que nada poderia jamais abalar sua convicção de que era realidade.

E então Nicholas começou a ver que não havia mais esperança, que, para seu companheiro na pobreza e na época de melhor sorte, o mundo se fechava rapidamente. Havia pouca dor, pouca inquietação, mas não havia ânimo, nem esforço, nem luta pela vida. Ele estava exausto e extenuado no mais alto grau; sua voz desaparecia de tal forma que mal dava para ouvir o que dizia. A natureza se esgotara por completo, e Nicholas o deitara à espera da morte.

Num belo dia suave de outono, quando tudo estava tranquilo e em paz, quando o ar leve e doce entrava pela janela aberta do quarto e o único som que se ouvia era o do leve roçar das folhas, Nicholas estava em seu lugar de sempre, ao lado da cama, consciente de que o tempo se aproximava. Tudo estava tão calmo que, de vez em quando, ele apurava o ouvido para escutar a respiração daquele que dormia, como para se assegurar de que ainda existia vida ali, e que ele não caíra no sono profundo do qual não há na terra um despertar.

Enquanto assim se encontrava, os olhos fechados se abriram, e no rosto pálido surgiu um plácido sorriso.

— Muito bem! — disse Nicholas. — O sono lhe fez bem.

— Eu tive sonhos tão agradáveis! — foi a resposta. — Sonhos tão agradáveis e felizes!

— Quais foram os sonhos? — perguntou Nicholas.

O moribundo virou-se para ele e, colocando o braço em torno de seu pescoço, respondeu: — Em breve eu vou estar lá!

Depois de um curto silêncio, ele falou de novo.

— Não tenho medo de morrer — ele disse. — Estou muito contente. Quase acho que, mesmo se pudesse me levantar desta cama bem, eu não ia mais querer isso. Você me disse tantas vezes que vamos nos encontrar de novo... tantas vezes, ultimamente, e agora percebo tão fortemente a verdade disso... que posso até mesmo suportar me separar de você.

A voz trêmula, os olhos rasos de lágrimas e o íntimo aperto do braço que acompanhou essas últimas palavras mostravam como elas enchiam o coração do rapaz; nem é preciso dizer quão profundamente tocaram o coração daquele a quem elas eram dirigidas.

— Você fala bem — disse Nicholas, por fim — e me consola muito, meu caro amigo. Eu gostaria de ouvir que você está feliz, se puder.

— Devo lhe dizer uma coisa, primeiro. Não tenho segredos para você. Sei que não me culparia num momento como este.

— *Eu*, culpar você?! — exclamou Nicholas.

— Tenho certeza de que não. Uma vez me perguntou por que eu estava tão mudado, e... por que ficava tão sozinho. Quer que eu diga por quê?

— Não se for fazê-lo sofrer — disse Nicholas. — Só perguntei porque queria fazê-lo ficar mais feliz, se eu pudesse.

— Eu sei. Percebi isso naquela ocasião — ele puxou o amigo para mais perto de si. — Você vai me perdoar; não dependia de mim, mas, embora eu pudesse até mesmo morrer para fazer com que ela fosse feliz, me partia o coração ver... eu sei que ele ama Kate sinceramente... Ah! Quem melhor do que eu para saber?

As palavras que se seguiram foram débeis, quase inaudíveis, e interrompidas por longas pausas; mas, por meio delas, Nicholas ficou sabendo pela primeira vez que o rapaz moribundo, com o ardor de uma natureza concentrada em uma paixão secreta, absorvente, sem esperança, amava sua irmã Kate.

Ele conseguira um cacho dos cabelos dela, que estava pendurado em seu peito, preso em pequenas fitas que ela havia usado. O rapaz pediu que, quando morresse, Nicholas o retirasse dali, para que ninguém mais o visse a não ser ele, e que, quando estivesse em seu caixão e pronto para ser enterrado, ele o pendurasse em torno de seu pescoço novamente para que pudesse ir com ele para o túmulo.

De joelhos, Nicholas lhe fez essa promessa e garantiu que ele descansaria no lugar que havia escolhido. Eles se abraçaram e se beijaram na face.

— Agora — ele murmurou — estou feliz.

O doente caiu num sono leve e, abrindo os olhos, sorriu como antes; em seguida, falou em belos jardins que se estendiam diante dele e estavam cheios de figuras de homens, mulheres e muitas crianças, todos com os rostos iluminados; então, sussurrou que era o Éden... e assim morreu.

CAPÍTULO LIX

Os planos começam a fracassar, e as dúvidas e os perigos, a perturbar o maquinador

Ralph estava sozinho, na sala vazia onde costumava fazer as refeições e ficar à noite quando nenhuma ocupação lucrativa o fazia sair. Diante dele, havia uma refeição matinal intocada e, perto de seus dedos, que tamborilavam na mesa, encontrava-se seu relógio. Já passava muito da hora na qual, durante muitos anos, ele o pusera no bolso e saíra com passos medidos para os negócios do dia, mas pouca atenção prestava ao aviso monótono, assim como também ao prato de carne e à bebida à sua frente, e permanecia com a cabeça apoiada em uma das mãos e o olhar mal-humorado fixo no chão.

Essa quebra no hábito regular e constante de alguém tão regular e metódico em tudo que dizia respeito à sua busca diária de riquezas, quase por si só, revelava que o usurário não estava bem. Que ele lutava contra alguma indisposição mental e física — e que não parecia ser de tipo comum, para afetar dessa forma um homem como ele —, era suficientemente óbvio em seu rosto desfigurado, em seu ar cansado e em seus olhos lânguidos e fundos: os quais ele finalmente ergueu com um sobressalto e um olhar apressado à sua volta, como alguém que de repente acorda e não consegue reconhecer de imediato o lugar onde se encontra.

— O que é isso — ele disse — que paira sobre mim e que não consigo afastar? Nunca me deixei levar por essas coisas e não estou doente. Nunca me deixei levar pela tristeza, nem por lamentos, nem sou dado a fantasias; mas *o que* pode um homem fazer sem descanso?

Ele pôs uma mão na testa.

— Sai noite e entra noite e eu não descanso. Se durmo, que descanso é esse que é perturbado por sonhos constantes com os mesmos rostos detestáveis ao meu redor... com as mesmas pessoas detestáveis, em todo tipo de ação, misturando-se a tudo que digo e faço, e sempre resultando em minha derrota? Desperto, que descanso tenho, constantemente perseguido por essa sombra pesada de... não sei o que... que é da pior espécie? Preciso descansar. O descanso ininterrupto de uma noite, e serei um homem novo.

Afastando a mesa enquanto falava, como se não suportasse a visão da comida, encontrou o relógio, cujos ponteiros indicavam quase meio-dia.

— É muito estranho! — ele disse. — Meio-dia, e Noggs não está aqui! Que bebedeira foi essa que o impediu de vir trabalhar? Eu daria qualquer coisa agora... até dinheiro, mesmo depois desse terrível prejuízo... para que ele tivesse esfaqueado um homem numa briga na taberna, ou invadido uma casa, ou roubado alguém na rua, ou feito qualquer coisa que o mandasse embora com uma corrente de ferro na perna, e assim eu me livraria dele. Melhor ainda, se eu pudesse tentá-lo a me roubar. Não importaria o que ele levasse, desde que eu pudesse apelar para a lei contra ele; porque posso jurar que ele é um traidor! Como, quando ou onde, não sei, mas suspeito que seja.

Depois de esperar por mais meia hora, ele mandou a mulher que tomava conta de sua casa até o alojamento de Newman para perguntar se ele estava doente e por que não viera e não mandara notícia. Ela voltou com a resposta de que ele passara a noite fora e que ninguém sabia dizer nada.

— Mas quando cheguei aqui, senhor, tinha um homem lá embaixo — ela continuou —, que disse...

— O que ele disse? — perguntou Ralph, virando-se para ela irritado. — Eu não avisei que não receberia ninguém?

— Ele disse — respondeu a mulher, envergonhada com a grosseria dele — que veio tratar de um negócio particular e que não aceita desculpas; e eu pensei que talvez fosse sobre...

— Que diabos ele quer aqui? — perguntou Ralph. — *Você* anda espionando e especulando o negócio das pessoas comigo, é?

— Não, senhor! Eu vi que estava nervoso e pensei que pudesse ser sobre o Sr. Noggs; é só.

— Viu que eu estava nervoso! — murmurou Ralph. — Agora todo o mundo fica me vigiando. Onde está essa pessoa? Você não disse que eu já tinha descido, eu espero.

A mulher respondeu que ele estava no pequeno escritório e que ela dissera que seu patrão estava ocupado, mas que lhe daria o recado.

— Bom — disse Ralph —, verei o que ele quer. Vá para a sua cozinha e fique lá. Está me ouvindo?

Satisfeita em estar dispensada, a mulher desapareceu rapidamente. Controlando-se e assumindo o máximo possível de sua postura habitual, Ralph desceu a escada. Depois de parar por alguns instantes, com a mão na maçaneta, ele entrou na sala de Newman e deu de cara com o Sr. Charles Cheeryble.

De todos os homens vivos, aquele era o último que ele teria desejado encontrar em qualquer ocasião; mas, agora que reconhecia nele apenas o patrão e protetor de Nicholas, ele teria preferido ver um espectro. Um efeito benéfico, no entanto, aquele encontro teve sobre ele. Instantaneamente lhe despertou todas as energias adormecidas; reacendeu em seu peito as paixões que, por muitos anos, haviam encontrado ali propícia morada; trouxe à tona toda sua ira, seu ódio e sua maldade; restituiu-lhe aos lábios o riso escarnecedor e à fronte sua expressão carregada; e transformou-o outra vez, em todo o seu aspecto exterior, no mesmo Ralph Nickleby de que tantos tinham uma amarga causa de lembrança.

— Ora — rosnou Ralph, parando à porta —, este é um inesperado privilégio, senhor.

— E indesejado também — disse o irmão Charles —, indesejado, eu sei.

— Dizem que o senhor é a verdade em pessoa, senhor — replicou Ralph. — O senhor fala a verdade agora, de toda forma, e não vou contradizê-lo. O privilégio é, pelo menos, tão indesejado quanto inesperado. Não tenho muito mais a dizer.

— Francamente, senhor — começou o irmão Charles.

— Francamente, senhor — interrompeu Ralph —, eu gostaria que esta conversa fosse curta e que terminasse onde começa. Eu imagino o assunto de que deseja tratar, e não me interessa. O senhor gosta de franqueza, acredito; pois bem, aí está. E aqui está a porta da rua, como pode ver. Nossos caminhos seguem em direções opostas. Siga o seu, eu lhe peço, e deixe que eu siga o meu sossegado.

— Sossegado! — repetiu o irmão Charles suavemente e olhando para ele mais com piedade do que com reprovação. — Seguir o *seu* caminho, sossegado!

— O senhor não permanecerá na minha casa contra a minha vontade — disse Ralph —, nem esperará causar uma impressão sobre um homem que fecha os ouvidos para o que tem a dizer e está firme e resolutamente decidido a não ouvi-lo.

— Sr. Nickleby — disse o irmão Charles com a mesma suavidade de antes, mas com firmeza também —, estou aqui contra a minha vontade, muito contra a minha vontade e com muito pesar. Nunca estive nesta casa antes e, para falar a verdade, não me sinto em casa nem à vontade aqui; e não desejo voltar outra vez. O senhor não imagina o assunto que me levou a vir falar com o senhor, não imagina mesmo. Estou certo disso, ou sua atitude seria diferente.

Ralph fitou-o com firmeza, mas os olhos límpidos e o semblante franco do velho e honesto comerciante não sofreram mudança de expressão e enfrentaram seu olhar sem reserva.

— Posso continuar? — perguntou o Sr. Cheeryble.

— Ah, claro que sim, faça o favor — respondeu Ralph secamente. — Pode falar para as paredes, a escrivaninha, os dois bancos, que são seus atentos ouvintes e que não o interromperão. Continue, eu lhe peço; sinta-se em casa e talvez, quando eu voltar do meu passeio, já tenha terminado o que tem a dizer e me devolva a posse dela novamente.

Dizendo isso, abotoou o casaco e, voltando-se para o *hall* de entrada, pegou o chapéu. O velho senhor o acompanhou e estava prestes a falar quando Ralph lhe fez um aceno com impaciência e disse:

— Nem uma palavra. Estou lhe dizendo, senhor, nem uma palavra. Por mais virtuoso que seja, ainda não é um anjo para aparecer na casa dos homens sem saber se eles querem recebê-lo e despejar seu discurso em ouvidos que não estão dispostos a escutá-lo. Fale para as paredes, já disse, não para mim!

— Não sou anjo, Deus bem sabe — replicou o irmão Charles, balançando a cabeça —, e sim um homem imperfeito e cheio de falhas; mas há uma qualidade que todos os homens têm em comum com os anjos, e que têm a oportunidade abençoada de exercitar, se desejarem: a misericórdia. É uma tarefa de misericórdia que me traz aqui. Por favor, deixe-me realizá-la.

— Eu não pratico a misericórdia — respondeu Ralph com um sorriso triunfante — e não peço nenhuma. Não espere misericórdia de mim, senhor, para com um sujeito que se aproveitou de sua credulidade pueril, e deixe que ele espere o pior do que tenho para dar.

— *Ele* pedir a sua misericórdia?! — exclamou o velho comerciante calorosamente. — Peça o senhor a dele; peça o senhor a dele. Se não quer me ouvir agora, enquanto pode, me ouça então quando deve, ou tente ver o que tenho a dizer e tome as medidas necessárias para evitar que nos encontremos de novo. Seu sobrinho é um nobre rapaz, senhor, um nobre e honesto rapaz. O que o senhor é, não sei, Sr. Nickleby; mas o que fez, eu sei. Agora, quando o senhor for fazer o negócio em que se envolveu recentemente e achar difícil realizá-lo, venha a mim e ao meu irmão Ned, e a Tim Linkinwater, e nós explicaremos tudo ao senhor... e não demore, ou será tarde demais, e o senhor terá uma explicação mais dura, menos delicada... e não se esqueça de que eu vim aqui hoje, num ato de misericórdia com o senhor, e ainda estou pronto para lhe falar no mesmo espírito.

Com essas palavras, pronunciadas com grande ênfase e emoção, o irmão Charles pôs seu chapéu de abas largas e, passando por Ralph Nickleby sem nenhum outro comentário, saiu rapidamente pela porta da frente. Ralph olhou para ele, mas nem se moveu, nem falou por algum tempo, e quebrou o que pareceu um silêncio de estupefação com um riso de desprezo.

— Isso é tão extraordinário — ele disse — que deve ser outro daqueles sonhos que têm interrompido o meu sono ultimamente. Misericórdia de mim! Ora! O velho simplório enlouqueceu.

Embora se exprimisse dessa maneira irônica e desdenhosa, era óbvio que, quanto mais Ralph pensava, tanto mais confuso se tornava e mais dominado se via pela ansiedade e pelo alarme, que aumentavam à medida que o tempo passava e ele não recebia notícias de Newman Noggs. Depois de esperar até o fim da tarde, torturado por várias apreensões, receios e pela lembrança da advertência feita pelo sobrinho na última vez em que se encontraram — a confirmação futura que se apresentava ora numa forma de probabilidade, ora noutra, e que o atormentava constantemente —, ele saiu e, sem saber bem por quê, salvo que estava num estado de grande agitação e desconfiança, dirigiu-se à casa de Snawley. A mulher dele se apresentou, e Ralph perguntou se o marido estava em casa.

— Não — ela respondeu rispidamente —, ele não está e tem mais: acho que não volta tão cedo.

— Sabe quem eu sou? — perguntou Ralph.

— Ah, sim, sei muito bem; bem demais, talvez, e talvez ele saiba também, e lamento ter que dizer isso.

— Diga a ele que o vi por trás da janela, quando atravessei a rua agora, e que vim falar com ele sobre negócios — disse Ralph. — Ouviu?

— Ouvi — disse a Sra. Snawley, ignorando por completo a solicitação.

— Eu sabia que essa mulher era uma hipócrita, como é descrito nos Salmos e nas Escrituras — disse Ralph, passando por ela calmamente —, mas nunca soube que bebia.

— Pare! Não vai entrar aqui — disse a cara-metade do Sr. Snawley, uma mulher robusta, interpondo-se na entrada. — Já falou com ele mais do que o bastante sobre negócios. Eu sempre disse a ele em que daria lidar com o senhor e entrar em seus esquemas. Foi o senhor ou o diretor da escola... um dos dois, ou os dois juntos... quem conseguiu forjar a carta; lembre-se disso! Aquilo não foi coisa dele, então não venha culpá-lo.

— Dobre a língua, Jezebel! — disse Ralph, olhando amedrontado à sua volta.

— Ah, eu sei quando conter a minha língua e quando falar, Sr. Nickleby — retorquiu a mulher. — Cuide para que outras pessoas saibam quando conter as delas.

— Sua ordinária — disse Ralph —, se o seu marido foi idiota o bastante para lhe confiar os segredos dele, então fique com eles; fique com eles, espírito das trevas!

— Talvez não tanto os segredos dele como os de outras pessoas — replicou a mulher —; não tanto os segredos dele como os seus. Não me venha com seus olhares ameaçadores! Vai precisar deles, talvez, numa outra hora. É melhor guardá-los.

— A senhora pode... — disse Ralph, contendo seu ódio ao máximo e agarrando-a firme pelo pulso — pode ir dizer a seu marido que eu sei que ele está em casa e que preciso falar com ele? E pode me dizer o que significa esse novo estilo de comportamento seu e dele?

— Não — respondeu a mulher, soltando-se violentamente —, não vou fazer nem uma coisa nem outra.

— Está me desafiando, é isso? — perguntou Ralph.

— Isso mesmo — foi a resposta. — Estou.

Por um instante, Ralph ergueu a mão, como se estivesse a ponto de bater nela; mas, contendo-se, balançando a cabeça e resmungando para garantir à mulher que não se esqueceria disso, retirou-se.

Dali, ele foi direto para a hospedaria que Squeers frequentava e perguntou qual tinha sido a última vez que ele fora visto no estabelecimento; na vaga esperança de que, com sucesso ou não, ele pudesse, a essa altura, ter voltado de sua missão e lhe garantir que tudo estava a salvo. Mas o Sr. Squeers não estivera ali fazia dez dias, e tudo que as pessoas sabiam sobre ele era que havia deixado sua mala e sua conta.

Perturbado por mil suspeitas e medos e decidido a verificar se Squeers suspeitava de Snawley, ou se fazia, de alguma forma, parte desse novo comportamento, Ralph resolveu arriscar a medida extrema de perguntar por ele nos alojamentos de Lambeth e ter uma conversa com ele ali mesmo. Com esse propósito em mente e num estado de espírito em que a espera é insuportável, ele se dirigiu de imediato ao lugar; e estando, por lhe terem explicado, inteiramente a par da posição do quarto dele, subiu a escada em silêncio e bateu de leve à porta.

Não uma, nem duas, nem três, nem uma dúzia de batidas serviram para convencer Ralph, contra sua vontade, de que não havia ninguém lá dentro. Ele supôs que Squeers deveria estar dormindo e, apurando o ouvido, quase se persuadiu de que escutara a respiração dele. Mesmo quando se convenceu de que ele não podia estar lá dentro, sentou-se pacientemente num degrau quebrado e esperou, argumentando que ele devia ter saído para uma pequena incumbência e logo retornaria.

Muitos pés subiam a escada rangente; e os passos de alguns pareciam, a seus ouvidos atentos, os do homem por quem ele esperava, de tal forma que Ralph se levantou para estar pronto para falar com ele assim que chegasse ao topo; mas, uma por uma, as pessoas entravam em algum dos quartos perto de onde ele estava parado: e em cada uma dessas frustrações ele se sentia desanimado e sozinho.

Finalmente, ele achou que não adiantava esperar e, descendo de novo, perguntou a um dos inquilinos se ele tinha visto o Sr. Squeers... mencionando aquele honrado senhor por um nome que haviam escolhido de comum acordo para ele. Este inquilino lhe indicou outro, e este outro lhe indicou alguém mais, de quem Ralph ficou sabendo que tarde da noite anterior o Sr. Squeers havia saído às pressas com dois homens, que logo depois voltaram para buscar a mulher que morava no mesmo andar; e que, embora aquela circunstância tivesse atraído a sua atenção, o informante não havia falado com eles naquela ocasião, nem feito nenhuma pergunta depois.

Isso lhe fez imaginar que, talvez, Peg Sliderskew tivesse sido detida pelo roubo e que, o Sr. Squeers estando com ela naquele momento, fora detido também, sob suspeita de ser um cúmplice. Se isso tivesse ocorrido, o fato deveria ser comunicado a Gride; e, para a casa de Gride, ele dirigiu seus passos, inteiramente alarmado e temeroso de que havia mesmo complôs em ação que o levariam à derrota e à ruína.

Quando chegou à casa do usurário, encontrou as janelas cerradas, as cortinas sujas fechadas; tudo estava silencioso, sombrio e abandonado. Mas esse era o aspecto de sempre. Ele bateu, de leve, a princípio, depois mais alto e com mais força. Ninguém apareceu. Ele escreveu algumas palavras a lápis num cartão, colocou-o por baixo da porta e ia saindo, quando um barulho acima, como se a janela estivesse sendo cuidadosamente aberta, chegou-lhe aos ouvidos, e, ao olhar para cima, viu o rosto de Gride, que espiava com atenção pelo parapeito da janela do sótão. Vendo quem estava embaixo, ele fechou-a de novo; não tão rápido, no entanto, que impedisse Ralph de lhe mostrar que ele estava sendo observado e de convidá-lo a descer.

O convite foi repetido e Gride olhou pela janela novamente, com tanta cautela que nenhuma parte do tronco do velho era visível. À vista, apenas as ásperas feições e os cabelos brancos por sobre o parapeito, a impressão que se tinha era de que uma cabeça decepada enfeitava a parede.

— Psiu! — fez o homem. — Vá embora, vá embora!

— Desça aqui — disse Ralph, fazendo-lhe um sinal com a mão.

— Vá *embora!* — chiou Gride, balançando a cabeça numa espécie de transe de impaciência. — Não fale comigo, não bata à porta, não chame a atenção para a casa, vá embora.

— Vou bater, eu juro, até que seus vizinhos se levantem armados — disse Ralph —, se não me disser de que está se escondendo aí, seu covarde rabugento.

— Não ouço o que está dizendo... não fale comigo... não é seguro... vá embora... vá embora! — replicou Gride.

— Desça aqui, estou dizendo. Quer descer, por favor? — disse Ralph ferozmente.

— Nã...ã...ã...o — rosnou Gride. Ele pôs a cabeça para dentro; e Ralph, deixado ali na rua, ouviu a janela fechar da mesma maneira suave e cuidadosa como fora aberta.

— O que é isso — disse Ralph —, que todos se afastam de mim, me evitam como uma praga, os mesmos homens que antes lambiam a poeira dos meus pés? *Será* que o dia se acabou para mim e agora, na verdade, a noite se aproxima? Vou descobrir de que se trata! Vou, sim, a qualquer custo. Estou mais decidido e mais seguro de mim neste momento do que há muito dias.

Dando meia-volta da porta na qual, em um primeiro ímpeto de cólera, considerara bater até que os próprios temores de Gride o forçassem a abrir, Ralph virou-se em direção à cidade e, caminhando resoluto em meio à multidão que agora a deixava (já eram quase seis horas da tarde), seguiu direto para o local de negócios dos irmãos Cheeryble e, enfiando a cabeça na janela do escritório, encontrou Tim Linkinwater sozinho.

— Meu nome é Nickleby — disse Ralph.

— Eu sei — respondeu Tim, examinando-o com seus óculos.

— Qual foi dos dois da sua firma que me procurou hoje de manhã? — perguntou Ralph.

— O Sr. Charles.

— Então diga ao Sr. Charles que desejo vê-lo.

— O senhor vai ver — disse Tim, descendo de seu banco com grande agilidade —, o senhor vai ver, não somente o Sr. Charles, mas o Sr. Ned também.

Tim parou, olhou firme e severamente para Ralph, balançou a cabeça uma vez de forma breve, parecendo dizer que havia algo mais, e desapareceu. Depois de um curto intervalo, voltou e, conduzindo Ralph à presença dos dois irmãos, permaneceu, ele também, na sala.

— Quero falar com o senhor, que me procurou hoje de manhã — disse Ralph, apontando com o dedo para o homem a quem se dirigia.

— Não tenho segredos para meu irmão Ned, nem para Tim Linkinwater — observou o irmão Charles calmamente.

— Eu tenho — disse Ralph.

— Sr. Nickleby — disse o irmão Ned —, o assunto em razão do qual meu irmão Charles o procurou hoje de manhã é do total conhecimento de nós três, e de outros também, e infelizmente será conhecido por muitas outras pessoas. Ele procurou o senhor hoje de manhã sozinho por uma questão de delicadeza e consideração. Achamos, agora, que mais delicadeza e consideração seriam fora de propósito; e, se quer discutir o assunto, terá que ser com nós três ou não discutiremos de forma alguma.

— Bom, cavalheiros — disse Ralph torcendo o lábio —, falar em enigmas parece ser uma característica dos dois, e suponho que seu funcionário, como um homem prudente, deva ter estudado a arte também, com o intuito de cair nas boas graças dos senhores. Fale na presença deles, por favor, cavalheiro. Serei indulgente.

— Indulgente?! — exclamou Tim Linkinwater, ficando de rosto vermelho de repente. — Ele vai ser indulgente conosco! Vai ser indulgente com os irmãos Cheeryble! Estão ouvindo isso? Os senhores ouviram isso? *Ouviram-no* dizer que seria indulgente com os irmãos Cheeryble?

— Tim — disseram Charles e Ned juntos —, por favor, Tim, por favor, agora não.

Entendendo a sugestão, ele conteve a indignação o máximo que pôde, deixando-a escapar através dos óculos, com a adicional válvula de escape, de vez em quando, de uma risada curta e histérica, que parecia aliviá-lo grandemente.

— Como ninguém me convida a sentar — disse Ralph, olhando ao redor —, pegarei uma cadeira, pois estou cansado com a caminhada. E agora, por favor, cavalheiros, quero saber... exijo saber... tenho o direito de saber o que têm a me dizer que justifique esse tom que estão assumindo e essa dissimulada interferência em meus negócios que, tenho razões para supor, os senhores vêm praticando. Eu digo claramente, cavalheiros, que, por menos que eu me importe com a opinião do mundo (como se diz na gíria), não admito me submeter calado à calúnia e à iniquidade. Quer tolerem ser enganados tão facilmente, quer desejem ser partes ativas nisso, para mim o resultado é o mesmo. Em qualquer dos casos, não podem esperar de um homem franco como eu muita consideração ou tolerância.

Tão fria e deliberadamente isso foi dito que nove entre dez homens, ignorantes das circunstâncias, teriam suposto que Ralph era realmente um homem injustiçado. Lá estava ele de braços cruzados, mais pálido do que o normal, com certeza, e torpe o suficiente, mas controlado — muito mais do que os irmãos ou o exasperado Tim — e pronto para encarar o pior.

— Muito bem, senhor — disse o irmão Charles. — Muito bem. Irmão Ned, por favor, toque a sineta.

— Charles, meu querido irmão! Espere um instante — disse o outro. — É melhor para o Sr. Nickleby e para a outra pessoa que ela permaneça calada, se for possível, até dizermos tudo o que temos a dizer. Quero que ele entenda isso.

— Muito bem, muito bem — disse o irmão Charles.

Ralph sorriu, mas não disse nada. A sineta foi acionada; a porta da sala se abriu; um homem de andar manquejante entrou e, olhando à sua volta, Ralph enfrentou o olhar de Newman Noggs. Nesse instante, seu coração fraquejou.

— Isso é um bom começo — ele disse amargamente. — Ah! Isso é um bom começo. Vocês são homens francos, honestos, sinceros, justos! Sempre desconfiei do valor real do caráter de pessoas como vocês! Metendo-se com um homem como este, que venderia a própria alma (se tivesse uma) por uma bebida e que só sabe mentir. Que homem pode estar seguro se isso é feito? Ah, é um bom começo!

— Eu *vou* falar — disse Newman, ficando na ponta dos pés para olhar por cima da cabeça de Tim, que se interpusera entre os dois para contê-lo. — Olá, senhor... velho Nickleby!... O que quer dizer com "um homem como este"? Quem me deixou "um homem como este"? Se eu vendia a minha alma por uma bebida, por que não me tornei um ladrão, um trapaceiro, um arrombador, um malandro, um velhaco que rouba até os centavos das bandejas dos cachorros dos cegos, em vez de ser seu escravo e burro de carga? Se cada palavra minha era uma mentira, por que eu não era o seu querido e o seu predileto? Mentira! Quando foi que adulei ou bajulei o senhor? Diga-me! Eu lhe servi fielmente. Porque era pobre, trabalhei mais; e, porque desprezava o senhor e os outros, ouvi mais grosserias suas do que qualquer homem que o senhor pudesse ter encontrado num estabelecimento de trabalhos forçados. Pois é. Eu lhe servi porque era orgulhoso; porque era somente eu e o senhor, e não havia nenhum outro criado para ver a minha degradação; e porque ninguém sabia melhor do que o senhor que eu era um homem arruinado, que nem sempre fui o que sou agora, e que podia estar em melhores condições, se eu não fosse um idiota para cair em suas mãos e de outros que eram patifes. Nega isso?

— Tenha calma — ponderou Tim —, você disse que não faria isso.

— Eu disse que não faria isso! — disse Newman, empurrando-o para o lado e estendendo o braço, quando Tim se mexeu, para mantê-lo a certa distância. — Não diga isso! Olhe, você aí, seu Nickleby! Não finja que não está me ouvindo, não vai adiantar; eu sei muito bem das coisas. Você acabou de falar que eles estavam se metendo comigo. Quem se meteu com o diretor da escola de Yorkshire e, quando mandou o escravo sair para ele não escutar a conversa, esqueceu que uma precaução tão grande assim podia provocar suspeita, e que ele podia vigiar o patrão de noite e ficar de olho no diretor da escola? Quem se meteu com um pai egoísta, forçando o homem a casar a filha com Arthur Gride, e se meteu com Gride também, e fez isso no escritório pequeno, *onde tinha um armário*?

Ralph fez um grande esforço para se controlar, mas não poderia suprimir um leve sobressalto, mesmo sabendo que seria decapitado por isso no momento seguinte.

— Ah! — exclamou Newman. — Está me escutando agora, é? O que fez este criado não tolerar mais as ações do patrão e achar que, se não tivesse cometido essa traição quando pôde, teria se tornado tão mau ou pior do que ele? O tratamento cruel desse patrão ao sangue do próprio sangue e os esquemas vis elaborados contra a moça que despertou o interesse até mesmo deste burro de carga, bêbado, miserável e acabado, e fez com que ele ficasse a seus serviços, na esperança de poder fazer algum bem a ela como, graças a Deus, já tinha feito algumas vezes, quando, de outro modo, ele teria aliviado os próprios sentimentos socando o patrão com vontade e ido depois para o inferno. Ele gostaria... preste atenção nisso, e nisto... que eu estivesse aqui agora, porque esses cavalheiros acharam melhor assim. Quando procurei por eles, como o fiz, não houve isso de se meterem comigo; eu disse que queria ajudar a descobrir, a ir atrás do senhor, acompanhar o que eu tinha começado, para ajudar no que é correto; e que, quando tivesse feito isso, entraria na sua sala e lhe contaria tudo, cara a cara, de homem para homem, e como um homem. Agora, eu disse o que eu tinha a dizer e deixo que as outras pessoas digam o que elas têm para dizer; podem começar!

Encerrando assim com tamanha emoção, Newman Noggs, que se levantara e sentara continuamente durante sua fala proferida numa série de movimentos espasmódicos e que estava, pelo violento exercício e a agitação combinados, num estado da mais intensa e acalorada excitação de ânimo, adotou, sem passar por nenhum estágio intermediário, uma postura rígida, empertigada e imóvel e assim permaneceu, olhando para Ralph Nickleby com toda a intensidade.

Ralph olhou para ele por um instante, e por um instante apenas; depois, fez um aceno com a mão e, batendo com o pé no chão, disse em voz sufocada:

— Vamos, cavalheiros, vamos! Estou impaciente, como estão vendo. Existe o recurso da lei, o recurso da lei. Vão ter que explicar isto. Cuidado com o que dirão; vou fazê-los provar o que dizem.

— A prova está pronta — disse o irmão Charles —, pronta em nossas mãos. Aquele homem, Snawley, fez ontem à noite uma confissão.

— E quem é esse tal "homem, Snawley" — replicou Ralph —, e o que a "confissão" dele tem a ver com os meus negócios?

A essa pergunta, feita com extrema inflexibilidade de modos, o velho cavalheiro não deu resposta e prosseguiu dizendo que, para mostrar-lhe como estavam falando sério, seria necessário dizer-lhe não somente as acusações que pesavam contra ele, mas que prova tinham delas e como essa prova fora obtida. A questão assim apresentada envolveu o irmão Ned, Tim Linkinwater e Newman Noggs, os três de uma só vez, que, após um instante falando ao mesmo tempo numa cena de grande confusão, fizeram para Ralph, em termos claros, a seguinte declaração:

Newman, certificando-se solenemente, por alguém que ainda não podia apresentar, de que Smike não era filho de Snawley, e essa pessoa oferecendo-se para afirmar isso sob juramento, se necessário, havia os levado, com essa informação, primeiro, a duvidar da afirmação feita — da qual, de outra maneira, não teriam razão para duvidar, fundamentada como estava por provas que eles não tinham como refutar. Que, uma vez que suspeitavam da existência de uma conspiração, não tiveram dificuldade em associar sua origem às más intenções de Ralph e à índole vingativa e avarenta de Squeers. Que, suspeita e prova sendo duas coisas bem diferentes, eles foram aconselhados por um advogado, eminente por sua sagacidade e argúcia nessa prática, a resistir aos procedimentos tomados pela parte contrária para recuperar o jovem o mais lenta e cuidadosamente possível e, enquanto isso, cercar Snawley (em quem, era evidente, a principal falsidade devia recair); levá-lo, se possível, a declarações contraditórias e conflitantes; assediá-lo por todos os meios possíveis; e atuar de tal forma sobre seus medos e a preocupação com a própria segurança a ponto de induzi-lo a revelar todo o plano e entregar seu empregador e quem mais ele pudesse implicar. Que tudo isso havia sido feito habilmente; mas que Snawley, que era bem experiente nas artes da baixa esperteza e da intriga, havia, com sucesso, frustrado todas as tentativas deles, até que uma circunstância inesperada fez com que ele, na noite anterior, caísse de joelhos.

E assim aconteceu. Quando Newman Noggs informou que Squeers estava novamente na cidade e que tinha havido uma reunião secreta entre ele e Ralph de tal grau de confidencialidade que ele fora mandado sair de casa, claramente temerosos de que ele escutasse alguma palavra, uma guarda foi montada sobre o diretor da escola, na esperança de que algo pudesse ser descoberto que lançasse alguma luz sobre o suspeito complô. Tendo sido descoberto, entretanto, que ele não mantivera mais nenhum contato com Ralph, nem com Snawley, e que vivia sozinho, eles pensaram estar completamente enganados; a guarda foi encerrada, e eles teriam deixado de vigiar seus passos, se não tivesse acontecido de, numa noite, Newman ter avistado, por acaso e sem ser visto, os dois juntos na rua, Squeers e Ralph. Seguindo-os, descobriu, para sua surpresa, que eles se dirigiam a vários alojamentos de baixa renda e tabernas frequentadas por jogadores falidos, muitos dos quais conhecidos por Ralph, e que eles estavam à procura — assim ele descobriu por meio de perguntas, depois que os dois deixavam o lugar — de uma velha, cuja descrição se encaixava perfeitamente com a surda Sra. Sliderskew. Os negócios agora parecendo assumir um caráter mais sério, a guarda foi renovada com maior vigilância; contratou-se um agente, que frequentava a mesma taberna que Squeers: e, por meio dele e de Frank Cheeryble, os passos do alheio diretor foram seguidos, até que ele se alojou em segurança na pensão de Lambeth. Quando o Sr. Squeers mudou de alojamento, o agente mudou-se também e, permanecendo escondido na mesma rua, na verdade, na casa em frente, logo descobriu que o Sr. Squeers e a Sra. Sliderskew estavam em constante comunicação.

Nesse estado de coisas, apelou-se para Arthur Gride. O roubo, em razão em parte das perguntas feitas aos vizinhos, em parte de sua própria aflição e ódio, tornara-se conhecido fazia muito tempo; mas ele positivamente se recusava a dar sua autorização ou prestar qualquer assistência à captura da velha e foi tomado de tal pânico com a ideia de ser chamado para apresentar prova contra ela que se trancou em casa, recusando-se a entrar em contato com qualquer pessoa. Diante disso, os que investigavam o caso se reuniram para deliberar e, chegando tão perto da verdade a ponto de concluírem que Gride e Ralph, com Squeers como instrumento, estavam negociando a recuperação de alguns dos documentos roubados que não poderiam ser trazidos à luz e talvez pudessem explicar as alusões a Madeline que Newman entreouvira, decidiram que a Sra. Sliderskew deveria ser levada para a prisão antes que se livrasse deles, e também Squeers, se algo suspeito pudesse ser associado a ele. Assim sendo, obtiveram uma ordem judicial, e já com tudo preparado, passaram a vigiar a janela do Sr. Squeers até a luz ser apagada; e, por fim, chegou o momento em que, como havia sido previamente averiguado, ele costumava visitar a Sra. Sliderskew. Isso feito, Frank Cheeryble e Newman subiram silenciosamente a escada para ouvir a conversa deles e dar sinal ao agente no momento mais favorável. Em que momento oportuno eles chegaram, como ouviram e o que ouviram, isso já é conhecido pelo leitor. O Sr. Squeers, ainda meio atônito, foi levado às pressas com um documento roubado em sua posse, e a Sra. Sliderskew apreendida igualmente. A informação de que Squeers fora preso tendo sido levada de imediato para Snawley (que não foi informado por quê), esse digno senhor, primeiro extorquindo a promessa de que não seria prejudicado, declarou que toda a história sobre Smike havia sido inventada e forjada e implicou Ralph Nickleby ao máximo. Quanto ao Sr. Squeers, ele passara, naquela manhã, por um interrogatório particular diante de um juiz e, não conseguindo explicar satisfatoriamente a posse do documento, nem sua associação com a Sra. Sliderskew, fora, com ela, enviado de volta para a prisão por mais uma semana.

Todas essas descobertas foram então relatadas a Ralph, por completo e em detalhes. Qualquer impressão que elas tenham produzido secretamente não fez com que ele deixasse escapar o menor sinal de emoção, e assim permaneceu quieto, sem erguer os olhos contraídos do chão, e cobrindo a boca com a mão. Quando a narrativa foi concluída, ele ergueu a cabeça com rapidez, como se estivesse prestes a falar, mas, como o irmão Charles retomou a palavra, ele retornou à sua atitude anterior.

— Eu lhe disse hoje de manhã — continuou o velho cavalheiro, pondo a mão sobre o braço do irmão — que tinha ido procurar o senhor por misericórdia. Até que ponto o senhor pode estar implicado nesta última transação, ou a pessoa que está agora presa poderá incriminá-lo, só o senhor sabe. Mas a justiça deverá seguir seu curso contra as partes envolvidas na conspiração contra esse pobre rapaz, inofensivo e injustiçado. Não está ao meu alcance, nem do meu irmão Ned, salvá-lo das consequências. O máximo que podemos fazer é avisá-lo em tempo e lhe dar a oportunidade de escapar. Nós não gostaríamos de ver um homem velho como o senhor desgraçado e punido por um parente próximo; nem gostaríamos que ele esquecesse, como o senhor, todos os elos de sangue e natureza. Pedimos ao senhor... irmão Ned, você concorda comigo, eu sei, nesse pedido, e você também, Tim Linkinwater, embora finja ser um cão teimoso e fique aí com essa cara feia como se não concordasse... pedimos ao senhor que deixe Londres, que se proteja em algum lugar onde possa estar a salvo das consequências desses planos maldosos e onde possa ter tempo, senhor, de se redimir deles e se tornar um homem melhor.

— E o senhor pensa... — replicou Ralph, levantando-se — e o senhor pensa que vai *me* esmagar assim tão facilmente? Acha que dezenas de planos bem esquematizados, ou dezenas de testemunhas subornadas, ou dezenas de vira-latas nos meus pés, ou dezenas de discursos hipócritas, cheios de palavras melífluas, vão me abalar? Agradeço por ter revelado seus esquemas, pois agora estou preparado para eles. Não ache que sou o homem que está pensando; teste-me! E lembre-se, eu cuspo em suas belas palavras e falsas condutas e o desafio... afronto... convido... a fazer contra mim o pior que puder!

Assim eles se separaram, por essa vez; mas o pior ainda estava por vir.

CAPÍTULO LX

Os perigos aumentam e o pior é revelado

Em vez de ir para casa, Ralph entrou no primeiro cabriolé que conseguiu encontrar e mandou o cocheiro se dirigir à delegacia do distrito onde se dera o infortúnio do Sr. Squeers; desceu a pouca distância do local, dispensou o homem e seguiu o restante do caminho a pé. Ao perguntar pela pessoa a quem fora visitar, disseram-lhe que havia chegado à hora certa, pois o Sr. Squeers estava, na verdade, naquele momento aguardando a chegada de um coche de aluguel que solicitara e no qual deveria seguir, como um cavalheiro, para seu confinamento de uma semana.

Pedindo para falar com o prisioneiro, ele foi levado a uma espécie de sala de espera na qual, por razões de sua profissão escolástica e superior respeitabilidade, o Sr. Squeers recebera permissão para passar o dia. Lá, à luz de uma vela escura e gotejante, mal conseguiu distinguir o diretor da escola, que se encontrava em sono profundo num banco, num canto distante. Havia sobre a mesa, em frente a ele, um copo vazio, o qual, com sua sonolenta condição e um cheiro muito forte da mistura de conhaque e água, indicava ao visitante que o Sr. Squeers estivera procurando encontrar na bebida um esquecimento temporário de sua desagradável situação.

Não foi fácil acordá-lo, tão letárgico e pesado era seu sono. Recuperando a consciência a lentos e fracos vislumbres, ele finalmente sentou-se; e, revelando um rosto muito amarelo, um nariz muito vermelho e uma barba muito eriçada, e o efeito desse conjunto tendo sido consideravelmente intensificado por um lenço branco sujo, manchado de sangue, estendido sobre o topo da cabeça e amarrado embaixo do queixo, ele olhou em silêncio para Ralph com uma expressão de tristeza, até que seus sentimentos encontraram vazão nesta sucinta frase:

— Eu vou lhe dizer, meu camarada, desta vez foi longe demais; foi mesmo!

— O que aconteceu com a sua cabeça? — perguntou Ralph.

— Ora, foi aquele seu funcionário, o seu informante e sequestrador; ele chegou lá e quebrou a minha cabeça — disse Squeers mal-humorado. — Foi isso o que aconteceu. Finalmente o senhor apareceu, não é?

— Por que não mandou me chamar? — perguntou Ralph. — Como eu podia ter vindo sem saber o que aconteceu com você?

— A minha família! — soluçou o Sr. Squeers, erguendo o olho para o teto. — A minha filha que está naquela idade em que todas as sensibilidades estão à flor da pele... o meu filho que é um herói como o jovem Norval e o orgulho e ornamento de um vilarejo querido... que choque para a minha família! O brasão dos Squeers está destroçado, e o seu sol afundou nas ondas do oceano!

— Você andou bebendo — disse Ralph — e ainda não dormiu o suficiente para ficar sóbrio.

— Eu não bebi à *sua* saúde, seu velho esquisito — respondeu o Sr. Squeers —, então não tem nada a ver com isso.

Ralph conteve a indignação que os modos alterados e insolentes do diretor da escola lhe despertaram e perguntou de novo por que ele não o mandara chamar.

— O que me adiantava mandar chamar o senhor? — replicou Squeers. — Saberem que eu estava metido com o senhor não me ajudaria em nada, e eles não aceitam fiança até investigarem mais o caso, então aqui estou eu por trás das grades; e aí está o senhor, livre e contente.

— Logo, logo você vai ficar assim — disse Ralph, com um fingido bom humor. — Eles não podem lhe fazer mal, homem.

— Ora, eu acho que não vão poder me prejudicar, se eu explicar como foi que entrei na boa companhia daquela cadavérica velha Slider — respondeu Squeers, ferozmente —, que eu gostaria de ver morta e enterrada, e ressuscitada e dissecada, e pendurada nos arames de um museu de anatomia, em lugar de ter tido algum contato com ela. Isso foi o que aquele homem de cabeça empoada disse, hoje de manhã, nestas exatas palavras: "Prisioneiro! Como foi encontrado na companhia daquela mulher; como foi detido tendo em mãos este documento; como estava envolvido com ela na destruição fraudulenta de outros documentos e não pôde dar uma explicação satisfatória do que estava fazendo ali, vou mantê-lo preso por uma semana a fim de que se faça uma sindicância e se obtenha uma prova. Enquanto isso, não posso aceitar nenhuma fiança para que uma contestação seja apresentada". Bem, então, o que digo agora é que *posso* dar uma explicação satisfatória do que eu estava fazendo ali; posso entregar o cartão do meu estabelecimento e dizer:

"Eu sou o Wackford Squeers aí nomeado, senhor. Sou um homem que é reconhecido por referências inatacáveis e por ser um modelo de moral e retidão de princípios. O que quer que esteja errado neste caso não é culpa minha. Eu não tive intenção de prejudicar ninguém e não sabia que havia algo de errado nisso tudo. Eu simplesmente fui contratado por um amigo, meu amigo Sr. Ralph Nickleby, da Golden Square. Vá atrás dele, senhor, e pergunte o que ele tem a dizer; ele é que é o homem, não eu!".

— Que documento era esse que você tinha em mãos? — perguntou Ralph, evadindo, por um momento, a questão levantada.

— Que documento? Ora, o documento — respondeu Squeers. — O da Madeline, não é assim que ela se chama? Era um testamento; era isso.

— De que natureza, testamento de quem, qual era a data, como a beneficiava, até que ponto? — perguntou Ralph, apressadamente.

— Um testamento em favor dela; é tudo o que sei — disse Squeers —, e é mais do que o senhor teria descoberto se tivesse levado aquele fole na cabeça. Foi tudo por causa de sua exagerada precaução que eles pegaram o documento. Se tivesse me deixado queimar e dar a minha palavra de que estava destruído, ele tinha virado cinzas no fogo, em vez de ter ficado intacto, dentro do meu sobretudo.

— Derrotado em cada ponto! — disse Ralph, num murmúrio.

— Ah! — suspirou Squeers, que, entre o conhaque com água e a cabeça quebrada, devaneava estranhamente. — No maravilhoso vilarejo de Dotheboys, próximo à Greta Bridge, em Yorkshire, jovens recebem alojamento, roupas, livros, banhos e dinheiro para as pequenas despesas, têm as necessidades atendidas, são instruídos em todas as línguas, vivas e mortas, matemática, ortografia, geometria, astronomia, trigonometria... isto é um estado alterado de trigonomia, é isso! Tu... tudo, e todas as coisas... a ferramenta de um sapateiro. Em ci-ma, advérbio, não embaixo. S – q – u – e - e – r – s – Squeers, substantivo, educador da juventude. Total, tudo em cima com Squeers!

Esse devaneio de Squeers deu a Ralph a oportunidade de recuperar sua presença de espírito, que imediatamente lhe sugeria a necessidade de remover para longe os temores do diretor da escola e de levá-lo a crer que sua segurança e a melhor política se encontravam na manutenção de absoluto silêncio.

— Vou lhe dizer outra vez — continuou ele —, não podem lhe fazer nenhum mal. Você entra com uma ação por prisão ilegal e ainda vai lucrar com isso. Inventaremos uma história que o livraria vinte vezes de uma dificuldade trivial como esta; e, se quiserem uma garantia de mil libras para a sua defesa, caso você seja chamado a comparecer ao tribunal, você terá. Tudo que tem a fazer é não contar a verdade. Você está um pouco bêbado hoje e pode não estar vendo tão claramente como veria em outro momento; mas isso é o que deve fazer, e precisará de toda a clareza mental; porque um deslize pode ser muito ruim.

— Ah! — exclamou Squeers, que olhava astutamente para ele, com a cabeça virada para um lado, como um velho corvo. — É isso que devo fazer, não é? Agora então escute umas palavrinhas que tenho a dizer. Não aceito história nenhuma inventada para mim, não concordo com isso. Se eu achar que as coisas vão virar contra mim, espero que o senhor receba o seu quinhão e farei questão disso. Nunca me falou nada sobre riscos. Nunca fiz nenhum acordo para me ver numa situação desastrosa como esta e não pretendo ficar quieto, como está pensando. Fui levado pelo senhor de uma coisa a outra, porque nós dois já tínhamos certa espécie de negócio, e, se eu fosse mal-intencionado, talvez prejudicasse o negócio, e, se tivesse boa intenção, talvez fosse vantajoso para mim. Bom, se tudo der certo agora, muito bem, eu não me importo; mas, se qualquer coisa der errado, então tudo muda, e só vou dizer e fazer o que for melhor para mim, não aceito conselho de ninguém. A minha influência moral sobre aqueles meninos — acrescentou o Sr. Squeers, com a maior gravidade — está abalada em seus fundamentos. As imagens da Sra. Squeers, da minha filha e do meu filho Wackford, todos sem as devidas provisões, estão perpetuamente diante de mim; todas as outras considerações se dissolvem e desaparecem diante disso; o único número que conheço em toda a aritmética, como marido e pai, é o número um, neste trágico estado de coisas!

Quanto tempo levou esse discurso bombástico do Sr. Squeers ou a que discussão acalorada conduziu, ninguém sabe. Sendo interrompido, nesse ponto, pela chegada de um coche e de um auxiliar que deveria acompanhá-lo, ele pôs o chapéu com grande dignidade por cima do lenço amarrado em sua cabeça e, enfiando uma mão no bolso e segurando o braço do auxiliar com a outra, deixou-se ser conduzido.

"Como imaginei, por ele não ter mandado me buscar!", pensou Ralph. "Esse sujeito, vejo claramente pela fala de bêbado, está decidido a se voltar contra mim. Estou encurralado, não só por eles estarem morrendo de medo, mas também, como os animais nas fábulas, por estarem agora se lançando contra mim, embora até ontem praticamente fossem só cortesia e submissão. Mas não vão me abalar. Não vou ceder. Não cedo um milímetro!"

Ele foi para casa e ficou satisfeito em encontrar a governanta reclamando de doença, o que lhe deu uma desculpa para mandá-la para casa, que era perto, e ficar sozinho. Sentou-se, então, ao lado da luz de uma única vela e começou a pensar, pela primeira vez, em tudo que ocorrera naquele dia.

Ralph não comia nem bebia desde a noite anterior e, além da ansiedade que sofrera, havia se deslocado de lugar a lugar quase incessantemente durante muitas horas. Sentiu-se enjoado e exausto, mas não conseguia comer nada, bebeu apenas um copo de água e continuou ali com a cabeça apoiada na mão; sem descansar, nem pensar, mas esforçando-se para fazer as duas coisas, embora percebendo que todos os seus sentidos estavam adormecidos, exceto a sensação de cansaço e desânimo.

Já eram quase dez horas quando ouviu uma batida na porta, mas continuou onde estava, como se não conseguisse sequer concentrar a mente nisso. Continuaram batendo e ele, diversas vezes, ouviu uma voz do lado de fora dizendo que havia uma luz na janela — significando, como ele sabia, a sua própria vela —, antes de levantar-se e descer a escada.

— Sr. Nickleby, eu trouxe uma má notícia para o senhor e me enviaram aqui para lhe pedir que me acompanhe imediatamente — disse uma voz que ele pareceu reconhecer. Ele colocou uma mão acima dos olhos e, olhando para fora, viu Tim Linkinwater na entrada.

— Acompanhe para onde? — perguntou Ralph.

— Até a nossa casa, onde esteve hoje de manhã. Tenho um coche aqui.

— E por que eu deveria ir até lá? — perguntou Ralph.

— Não me pergunte por quê, mas, por favor, venha comigo.

— Uma segunda edição de hoje! — respondeu Ralph, parecendo prestes a fechar a porta.

— Não, não! — exclamou Tim, segurando-o pelo braço e falando com muita seriedade. — É só para o senhor tomar conhecimento do que aconteceu: uma coisa terrível, Sr. Nickleby, que lhe diz respeito diretamente. O senhor acha que eu lhe diria isso e viria até aqui dessa forma se esse não fosse o caso?

Ralph olhou para ele mais de perto. Vendo que o homem estava de fato muito agitado, titubeou e ficou sem saber o que dizer ou o que pensar.

— É melhor o senhor saber disso agora do que em qualquer outra ocasião — disse Tim. — Pode ter a ver com o senhor. Pelo amor de Deus, venha!

Talvez, em outra ocasião, a obstinação e o desagrado de Ralph tivessem feito frente a qualquer apelo como aquele, não importava a ênfase nele colocada; mas, nessa hora, após um momento de hesitação, ele foi ao vestíbulo buscar seu chapéu e, ao retornar, entrou no coche sem dizer uma palavra.

Com o passar do tempo, Tim recordou e repetiu várias vezes que, quando Ralph Nickleby entrou na casa com aquele propósito, ele o viu, pela luz da vela que havia colocado sobre uma cadeira, oscilar e cambalear como um bêbado. Lembrava-se também de que, quando Ralph pôs o pé no estribo do coche, virara-se para trás e olhara para ele com um rosto tão pálido e um ar tão vago e estranho que o fizeram estremecer e por um instante quase teve medo de acompanhá-lo. As pessoas gostavam de dizer que ele tivera, então, um pressentimento sombrio, mas sua emoção podia, talvez com bastante razão, estar relacionada ao que sofrera naquele dia.

Um profundo silêncio foi observado durante a viagem. Ao chegarem ao destino, Ralph seguiu seu condutor até a casa e entrou numa sala onde estavam os dois irmãos. Ele ficou tão confuso, para não dizer aterrorizado, com a muda compaixão que transparecia na maneira dos irmãos e do velho funcionário por ele que mal conseguiu falar.

Depois que se sentou, entretanto, Ralph conseguiu dizer, embora em palavras entrecortadas: — O que... o que têm para me dizer... mais do que já foi dito?

A sala era velha e grande, não muito bem iluminada, e terminava num janelão de vidro com pesadas cortinas. Lançando o olhar nessa direção enquanto falava, ele teve a impressão de ter avistado o vulto de um homem. Sua impressão foi confirmada ao perceber que o vulto se movia, como se incomodado por estar sendo observado.

— Quem é aquele ali? — perguntou Ralph.

— Alguém que, nessas duas últimas horas, nos deu a informação que nos fez mandar chamar o senhor — respondeu o irmão Charles. — Deixe-o lá, deixe-o lá, por enquanto.

— Mais enigmas! — exclamou Ralph, com voz fraca. — Muito bem, senhor.

Ao virar o rosto em direção aos irmãos, ele foi obrigado a desviá-lo da janela; mas, antes que qualquer um dos dois falasse, ele havia olhado novamente. Era evidente que a presença de uma pessoa que ele não conseguia ver direito o deixara inquieto e pouco à vontade, pois repetiu aquele ato várias vezes e, por fim, como se num estado de nervos que o impossibilitava definitivamente de desviar a vista do local, sentou-se de modo a ter o estranho em frente a ele, murmurando a desculpa de que não conseguia suportar a claridade.

Os irmãos conferenciaram entre si por um breve período, seus modos demonstrando que estavam agitados. Ralph olhou para eles algumas vezes e finalmente disse, com um grande esforço para recuperar sua calma: — Então o que é? Se me tiraram de casa a esta hora da noite, que seja por uma boa razão. O que têm para me dizer? — após uma breve pausa, acrescentou: — A minha sobrinha morreu?

Ele havia tocado numa tecla que tornara mais fácil iniciar a tarefa. O irmão Charles virou-se e disse que era sobre uma morte que eles teriam de lhe contar, mas sua sobrinha estava bem.

— Não estão querendo me dizer — interrompeu Ralph, enquanto seus olhos brilhavam — que o irmão dela está morto! Não, isso é bom demais. Eu não acreditaria, mesmo que me dissessem isso. Seria bom demais para ser verdade.

— Que vergonha, homem desnaturado e sem coração! — disse o outro irmão, furioso. — Prepare-se para a notícia que, se tiver algum sentimento humano no peito, fará com que se encolha e estremeça. E, se dissermos ao senhor que um pobre e infeliz rapaz, uma criança em todos os aspectos, exceto por não ter conhecido os laços de ternura nem as horas alegres que fazem da nossa infância um tempo para ser lembrado como um sonho feliz, durante toda a nossa vida; uma criatura afetuosa, meiga e inocente, que nunca o ofendeu, nem lhe causou mal nenhum, mas em quem o senhor despejou a maldade e o ódio que criou ao seu sobrinho, e que o senhor transformou num instrumento para infligir os seus rancores; e se lhe dissermos que, sucumbindo à sua perseguição, senhor, à miséria e aos maus-tratos de uma vida curta em anos, mas longa em sofrimentos, essa pobre criatura partiu para contar sua história triste onde, por sua participação nela, o senhor certamente terá que prestar contas um dia?

— Se me disserem — afirmou Ralph —, se me disserem que ele está morto, eu perdoo tudo o mais de vocês. Se me disserem que ele está morto, fico em dívida e agradecido aos senhores pelo resto da minha vida. Ele está! Vejo isso em seus rostos. Quem triunfa agora? É essa a comunicação assustadora, a terrível notícia? Podem ver como me afeta. Fizeram bem em mandar me chamar. Eu teria viajado cem léguas a pé, pela lama, pelo lodo e no escuro, para ouvir essa notícia neste exato momento.

Mesmo então, afetado como estava por essa alegria selvagem, Ralph pôde ver no rosto dos dois irmãos, misturando-se a seu olhar de nojo e horror, algo de uma indefinível compaixão por ele, que já vira antes.

— E foi *ele* que lhes trouxe a notícia, é? — perguntou Ralph, apontando com o dedo em direção ao lugar já mencionado. — E ficou ali, sem dúvida, para me ver prostrado e esmagado por isso! Ha, ha, ha! Pois digo a ele que vou ser um espinho cravado no corpo dele por muitos dias que estão por vir; e digo aos senhores, de novo, que não o conhecem ainda; e que vão se arrepender do dia em que tiveram compaixão por esse vagabundo.

— O senhor está me confundindo com o seu sobrinho — disse uma voz abafada e sepulcral —; seria melhor para o senhor, e para mim também, se eu fosse mesmo.

O vulto que Ralph vira tão indistinto levantou-se e aproximou-se devagar. Ele teve um sobressalto, pois descobriu que estava diante, não de Nicholas, como pensara, mas de Brooker.

Ralph não tinha motivo algum, que ele soubesse, para temer esse homem; nunca o temera antes; mas a palidez que fora observada em seu rosto quando ali chegou naquela noite lhe voltou outra vez. Ele foi visto tremer, e sua voz mudou quando disse, mantendo os olhos no homem:

— O que este sujeito está fazendo aqui? Sabem que ele é um condenado, um criminoso, um ladrão comum?

— Ouça o que ele tem a lhe dizer. Ah, Sr. Nickleby, ouça o que ele tem a lhe dizer, seja ele quem for! — disseram os irmãos, com tamanha seriedade, que Ralph virou-se para eles admirado. E apontaram para Brooker. Ralph olhou para ele de novo: o que já parecia um gesto automático.

— Esse rapaz — disse o homem — de quem estes cavalheiros estão falando...

— Esse rapaz — repetiu Ralph, com um olhar sem expressão.

— Que eu vi, estirado numa cama, morto e frio, e que está agora em seu túmulo...

— Que está agora em seu túmulo — ecoou Ralph, como alguém que fala no sono.

O homem levantou os olhos e apertou as mãos solenemente:

— Esse rapaz era seu filho único, que Deus me perdoe!

Em meio a um silêncio sepulcral, Ralph sentou-se, apertando as têmporas com as mãos. Retirou-as, após um minuto, e nunca se vira partir de um homem vivo, não desfigurado por algum ferimento, expressão tão assustadora como a que ele, então, revelou. Ele olhou para Brooker, que a essa altura estava a pouca distância, mas não disse uma só palavra, nem fez o mais leve som ou gesto.

— Senhores — disse o homem —, eu não peço desculpas por mim. Já deixei isso para trás faz muito tempo. Se, ao contar como tudo aconteceu, eu disser que fui usado severamente e talvez desviado da minha própria natureza, faço isso apenas como uma parte necessária da história, e não para me proteger. Eu sou um homem culpado.

Ele parou, como para se lembrar; desviando a vista de Ralph e dirigindo-se aos irmãos, prosseguiu num tom baixo e humilde:

— Entre aqueles que fizeram negócios com este homem, senhores... isso foi há uns vinte ou vinte e cinco anos... existia um beberrão, um homem duro, caçador de raposas, que acabou com toda a sua fortuna e queria acabar com a da irmã: eram ambos órfãos, e ela morava com ele e administrava a casa. Não sei se era, originalmente, para fortalecer a influência dele e tentar persuadir a moça ou não, o fato é que este homem — apontando para Ralph — costumava ir à casa em Leicestershire com muita frequência e ficar lá dias seguidos. Fizeram muitos negócios juntos, e ele pode ter ido lá para fazer alguns desses negócios ou para recuperar os do cliente, que estava arruinado; é evidente que ele foi para se beneficiar. A dama não era uma mocinha, mas era, ouvi dizer, bonita e tinha direito a muitos bens. No correr do tempo, ele se casou com ela. O mesmo amor a lucros que levou esse homem a contrair matrimônio, levou-o também a manter o casamento estritamente privado; pois uma cláusula no testamento do pai declarava que, se ela se casasse sem o consentimento do irmão, os bens, que ela só usufruiria enquanto permanecesse solteira, passariam todos para outro ramo da família. O irmão só daria o consentimento dele se a irmã pagasse por isso, e pagasse muitíssimo bem; o Sr. Nickleby não consentiria nesse sacrifício; então, eles continuaram a manter o casamento em segredo, esperando que ele quebrasse o pescoço ou morresse de uma febre. Nem uma coisa nem outra aconteceram e, enquanto isso, o resultado desse casamento privado foi um filho. A criança foi levada para a casa de uma ama de leite, bem longe dali; a mãe só viu o filho uma ou duas vezes, e mesmo assim às escondidas; e o pai estava tão ansioso pelo dinheiro (que parecia agora estar quase a seu alcance, pois o cunhado adoecera e piorava a cada dia) que nunca chegou perto do menino, para não levantar suspeita. O irmão continuou doente por muito tempo; a mulher do Sr. Nickleby insistia constantemente com o irmão para que ele aprovasse seu casamento; ele se recusava terminantemente. Ela vivia sozinha numa casa de campo simples e tinha pouquíssimo contato com as pessoas, vendo quase somente jogadores bêbados. Ele vivia em Londres, grudado aos negócios. Aconteciam brigas violentas e recriminações, e, depois de quase sete anos de casamento, já quando a morte do irmão, que estava nas últimas semanas de vida, resolveria tudo, ela fugiu com um homem mais jovem, e deixou para trás o marido.

Nesse ponto, ele parou, mas Ralph não mexeu um músculo, e os irmãos fizeram sinal para que ele prosseguisse.

— Foi aí então que passei a saber dessa situação, contada pelos próprios lábios dele. Não era segredo na época; pois o irmão e outras pessoas também sabiam; mas fui comunicado, não por causa disso, mas porque ele precisava de mim. Ele foi atrás dos fugitivos. Alguns diziam que era para ganhar dinheiro com a vergonha da mulher, mas eu acredito que era para se vingar, pois essa era outra parte do caráter dele, talvez mais forte ainda. Ele não encontrou os dois, e ela morreu pouco tempo depois. Não sei se ele começou a pensar que talvez passasse a gostar do menino, ou se queria garantir que ele nunca caísse nas mãos da mãe; mas, antes de sair à procura dela, ele me pediu para levar o menino para casa. E eu fiz isso.

O homem continuou, desse ponto, num tom ainda mais humilde e falou em voz bem baixa, apontando para Ralph ao recomeçar.

— Ele me tratou mal... cruelmente... eu lembrei isso a ele, não faz muito tempo, quando encontrei com ele na rua... e me deixou com muito ódio. Levei o menino para a própria casa dele, e ele passou a viver no sótão da frente. O menino foi largado lá e ficou muito doente, e fui obrigado a chamar um médico, que disse que a criança precisava de uma mudança de ares, ou morreria. Eu acho que primeiro botei isso na minha cabeça. Depois, foi o que fiz. O pai ficou fora por seis semanas e, quando voltou, eu disse... com todos os detalhes bem planejados e provados... ninguém podia duvidar de mim... que o menino estava morto e enterrado. Ele pode ter ficado frustrado, porque podia ter alguma decisão tomada, ou pode ter sentido alguma afeição natural pelo menino, pois *ficou* triste com aquilo, e resolvi que um dia eu revelaria o segredo, e me aproveitaria disso para tirar dinheiro dele. Eu tinha ouvido falar, como muitos outros homens, das escolas de Yorkshire. Levei o menino para uma que era mantida por um homem chamado Squeers e deixei o pobrezinho lá. Dei a ele o nome de Smike. Durante seis anos, ano após ano, paguei vinte libras por ele, sem nunca deixar escapar o segredo; pois eu tinha largado o serviço do pai dele depois de ser explorado e briguei com ele de novo. Fui expulso deste país. Fiquei fora por quase oito anos. Logo que voltei para casa, viajei até Yorkshire e, andando pelo lugarejo uma noite, procurei saber sobre os meninos da escola e descobri que aquele que eu tinha levado para lá tinha fugido com um rapaz que tinha o nome do próprio pai. Procurei o pai dele em Londres e, sugerindo o que podia lhe contar, tentei conseguir algum dinheiro para me manter; mas ele me expulsou com ameaças. Eu então encontrei o funcionário dele e, mostrando aos poucos que eu tinha boas razões para me comunicar com ele, descobri o que estava acontecendo; e fui eu que disse que Smike não era filho do homem que dizia ser pai dele.

Até aquela ocasião, eu não tinha mais visto o menino. Finalmente, soube por essa mesma fonte que ele estava muito doente, e descobri onde estava. Viajei até lá para ver se ele ainda se lembrava de mim para confirmar a minha história. Encontrei com o rapazinho inesperadamente; mas, antes de eu dizer qualquer coisa, ele me reconheceu... e tinha boas razões para me reconhecer, pobrezinho!... E eu podia jurar que era ele, até se o tivesse encontrado nas Índias. Conhecia aquele rosto triste que eu tinha visto quando ainda era pequeno. Depois da indecisão de alguns dias, procurei o moço que cuidava dele e descobri que o rapaz tinha morrido. O moço sabe que ele me reconheceu muito rapidamente, sabe quantas vezes ele repetiu como eu era, que foi levado por mim para a escola e que se lembrava de um sótão, que é o mesmo que descrevi e que existe na casa do pai dele até hoje. Essa é a minha história. Peço que me levem até o diretor da escola para eu falar com ele cara a cara e apresentar alguma prova possível, de qualquer das partes, e eu mostro que é a pura verdade, e que levo essa culpa em minha alma.

— Homem infeliz! — disseram os irmãos. — Como o senhor poderá se retratar de tal coisa?

— Não vou poder, senhores, não vou poder! Não tenho como me retratar, e nada por que esperar agora. Já estou velho em idade e mais velho ainda em miséria e preocupação. Esta confissão só pode trazer sofrimento e punição para mim; mas eu resolvi fazer e mantenho o que disse, aconteça o que acontecer. Fui transformado no instrumento para a realização deste terrível castigo que recai sobre a cabeça de um homem que, na busca incessante de seus maus objetivos, perseguiu e caçou seu próprio filho até a morte. Devo receber o castigo também. E vou receber. A minha retratação chegou tarde demais; e, nem neste mundo, nem no próximo, eu posso voltar a ter esperança!

Ele mal acabara de falar quando a lâmpada que estava sobre a mesa perto de onde Ralph sentara-se, e que era a única no cômodo, foi atirada no chão, deixando-os em total escuridão. Houve uma leve confusão ao procurarem outra vela, o intervalo foi quase nenhum; mas, quando a luz apareceu, Ralph Nickleby havia desaparecido.

Os bons irmãos e Tim Linkinwater passaram certo tempo discutindo a probabilidade do retorno dele; e, quando ficou aparente que ele não voltaria, hesitaram entre mandar chamá-lo ou não. Por fim, lembrando-se de como ele permanecera estranho e em silêncio, numa única posição durante todo aquele depoimento, e achando que talvez ele estivesse doente, resolveram, embora já fosse muito tarde, mandar alguém à sua casa com algum pretexto. Encontrando uma desculpa na presença de Brooker, de quem não sabiam como se livrar sem consultar o que ele desejava, decidiram seguir essa resolução antes de irem para a cama.

CAPÍTULO LXI

Em que Nicholas e a irmã abrem mão da boa opinião de todas as pessoas terrenas e prudentes

Na manhã seguinte, após a revelação de Brooker, Nicholas voltou para casa. O encontro entre ele e os que ele havia deixado ali não foi sem fortes emoções de ambas as partes, pois sua família havia sido informada do que havia ocorrido por meio de suas cartas: e a mãe e a irmã partilhavam não só a tristeza dele, mas lamentavam juntas a morte de uma criatura cujo estado de abandono e desesperança, desde o início, despertara sua compaixão, e cuja pureza de coração e natureza sincera e grata fizeram com que o rapaz se tornasse cada vez mais querido.

— Certamente — disse a Sra. Nickleby, enxugando as lágrimas e soluçando amargamente —, perdi a melhor, a mais zelosa e mais dedicada criatura que já me fez companhia na vida... exceto vocês, é claro, meus queridos Nicholas e Kate, seu pobre papai e aquela ama bem-comportada que fugiu com a roupa de cama e os doze garfinhos. Creio que ele era o ser mais dócil, mais moderado, mais afetivo e fiel que já existiu. Olhar para o jardim agora, que era o orgulho dele, ou ir até o quarto onde dormia e ver que ainda está cheio das pequenas invenções para o nosso conforto que ele gostava de fazer, e fazia tão bem, e que ele nem imaginou que deixaria inacabadas... não consigo suportar, não consigo mesmo. Ah! Isso é uma grande provação para mim, uma grande provação. Será um conforto para você, meu querido Nicholas, até o fim da sua vida, lembrar como sempre foi bom e generoso com ele... como será, para mim também, pensar que sempre nos demos muito bem e que ele gostava de mim, pobrezinho! Era muito natural que você se apegasse a ele, meu querido... muito... e é claro que se apegou, e que está muito triste com o que aconteceu. Basta olhar para você e ver como está mudado para perceber isso; mas ninguém conhece meus sentimentos... ninguém mesmo... é impossível!

Embora a Sra. Nickleby, com a máxima franqueza, desse vazão a suas tristezas em seu modo característico de se colocar sempre em primeiro lugar, ela não era a única que se entregava a esses sentimentos.

Kate, apesar de acostumada a se esquecer de si mesma quando havia outros a serem considerados, não pôde reprimir sua dor; Madeline estava quase tão pesarosa quanto ela; e a amável e querida Srta. La Creevy, pobrezinha, que lhes fizera uma visita quando Nicholas estava fora e que, desde que a família recebera a triste notícia, não fizera nada além de consolar e animar a todos, quando o viu chegando, ainda à porta, sentou-se na escada e caiu em prantos, recusando-se durante muito tempo a ser consolada.

— Dói tanto — disse a pobre mulher — ver Nicholas voltar assim sozinho. Imagino como deve ter sofrido. Acho que ele podia demonstrar a sua tristeza; mas ele suporta isso com bravura.

— É, acho que podia — disse Nicholas —, não é mesmo?

— É, é — respondeu a pequena pintora —, e Deus o abençoe pela criatura boa que é! Mas isso parece a princípio, a uma alma simples como eu... sei que é errado dizer, e talvez me arrependa depois... mas isso parece uma recompensa tão pobre por tudo que fez.

— Não — disse Nicholas gentilmente —, que melhor recompensa eu poderia ter do que saber que os últimos dias dele foram de paz e felicidade e que guardarei a lembrança de ter ficado sempre ao seu lado, e que nada me impediu, como poderia ter acontecido por dezenas de circunstâncias, de estar perto dele?

— Certamente — soluçou a Srta. La Creevy —, é verdade, sou uma grande tola, ingrata e impiedosa, eu sei.

Com isso, a boa alma caiu em prantos novamente e, esforçando-se por se recompor, tentou rir. O riso e o choro, encontrando-se assim de forma tão abrupta, travaram uma luta pelo domínio; o resultado foi uma grande batalha, e a Srta. La Creevy teve uma crise histérica.

Esperando que eles ficassem bastante calmos e serenos novamente, Nicholas, que precisava de descanso depois da longa viagem, recolheu-se em seu quarto e, jogando-se na cama vestido como estava, caiu num sono profundo. Quando despertou, encontrou Kate sentada a seu lado, que, ao vê-lo abrir os olhos, abaixou-se para beijá-lo.

— Vim aqui para lhe dizer como fiquei feliz de tê-lo de volta.

— E eu nem sei dizer como estou feliz de ver você, Kate.

— Estávamos ansiosas pela sua volta — disse Kate —, mamãe e eu, e... e Madeline.

— Você disse em sua carta que ela estava bem melhor — disse Nicholas apressadamente e ruborizando ao falar. — Falaram alguma coisa, enquanto estive fora, sobre os planos que os irmãos têm em vista para ela?

— Ah, nem uma palavra — respondeu Kate. — Não posso nem imaginar a tristeza que vou sentir ao me separar dela; e você, Nicholas, certamente *você* não gostaria disso!

Nicholas ruborizou novamente e, ao sentar-se ao lado da irmã num pequeno sofá próximo à janela, disse:

— Não, Kate, não gostaria. Só a você digo isso, e vou fazer um esforço para esconder meus verdadeiros sentimentos das outras pessoas; mas confesso... muito rápida e francamente, Kate... que eu a amo.

Os olhos de Kate brilharam, e ela ia dizer algo quando Nicholas pôs a mão sobre seu braço e continuou:

— Ninguém deve saber disso. Ela, menos ainda.

— Meu querido Nicholas!

— Menos ainda; ela nunca deve saber disso, embora "nunca" seja um longo tempo. Às vezes, penso que chegará o dia em que eu vou poder dizer isso a ela francamente; mas esse dia está muito longe; numa perspectiva tão distante como essa, tantos anos vão se passar antes que ele chegue e, quando chegar, se chegar, vou estar tão diferente do que sou agora (já deverei ter ultrapassado meus dias de juventude e romance, embora não do amor que sinto por ela, tenho certeza) que até mesmo eu vejo como essa esperança é ilusória e tento esmagá-la brutalmente e parar de sofrer, em vez de esperar até que murche, e guardar essa desilusão. Não, Kate! Durante a minha ausência, tive sempre diante dos meus olhos, naquele pobre companheiro que se foi, a enorme generosidade desses nobres irmãos. Dentro do que me for possível, e sei que conseguirei, se vacilei em meu sagrado dever para com eles, estou determinado a cumpri-lo agora com rigor, sem retardos e deixando as tentações fora do meu alcance.

— Antes que você diga qualquer outra palavra, querido Nicholas — disse Kate, empalidecendo —, precisa ouvir o que tenho a lhe contar. Vim aqui com esse propósito, mas não tive coragem. O que acabou de me dizer me dá novo ânimo — ela hesitou e começou a chorar.

Havia algo na maneira dela que preparou Nicholas para o que estava por vir. Kate tentou falar, mas as lágrimas a impediram.

— Pare com isso, tolinha — disse Nicholas. — Ora, Kate, Kate, seja mulher! Acho que sei o que tem para me dizer. É em relação ao Sr. Frank, não é?

Kate recostou a cabeça no ombro dele e disse soluçando: — É.

— E ele deve ter pedido a sua mão depois que viajei — disse Nicholas —, foi isso, não foi? Foi. Bom, bom! Afinal, não é tão difícil assim me contar, está vendo? Ele pediu a sua mão?

— E eu recusei — respondeu Kate.

— Sim; e por quê?

— Eu disse a ele — ela continuou, com voz trêmula —, quando soube, tudo que você falou com mamãe; e, assim como não pude esconder dele, não posso esconder de você que... que apesar de ter sido um sofrimento e uma grande provação para mim, eu disse com firmeza e pedi a ele para não me procurar mais.

— É isso aí, minha brava irmã! — disse Nicholas, apertando-a contra o peito. — Eu sabia que você faria isso.

— Ele tentou me fazer mudar de ideia — disse Kate — e declarou que, qualquer que fosse a minha decisão, ele não só informaria aos tios a resolução que havia tomado, como também comunicaria a você logo que voltasse. Tenho medo — ela acrescentou, sua calma momentânea abandonando-a —, tenho medo de não ter falado de maneira muito convincente que sentia por ele uma amizade profundamente desinteressada e que desejava a felicidade futura dele. Se vocês vierem a conversar, gostaria que ele soubesse disso.

— E acha, Kate, que você tendo feito esse sacrifício em nome do que é correto e digno, eu vou fraquejar na minha decisão? — perguntou Nicholas carinhosamente.

— Ah, não! Não se a sua posição fosse igual à minha, mas...

— Mas é igual — interrompeu Nicholas. — Madeline não é parente próxima de nossos benfeitores, mas é intimamente ligada a eles por laços igualmente fortes; e eles de início me confiaram a história dela, principalmente porque depositavam uma confiança ilimitada em mim e acreditavam que eu era firme como o aço. Seria muito baixo da minha parte tirar proveito das circunstâncias que a trouxeram aqui para a nossa casa, ou do pouco serviço que felizmente pude prestar a ela, e procurar cativá-la, quando o resultado certamente seria, caso eu tivesse sorte, que os irmãos se frustrariam no maravilhoso desejo de adotá-la como filha, e que eu pareceria estar buscando a minha fortuna na compaixão deles pela jovem criatura, que eu teria enganado torpe e indignamente, usando a gratidão e a benevolência dela para meus próprios fins e propósitos, dando-lhe em troca a adversidade! Eu, também, cujo dever, orgulho e satisfação, Kate, é ter outras reivindicações de que nunca esquecerei; e que já tenho os meios para garantir uma vida feliz e confortável e não tenho direito de ir além disso! Decidi tirar esse peso da mente. Tenho dúvidas se já não cometi algum erro, mesmo agora; e hoje eu vou, sem reserva nem equívoco, revelar as minhas reais razões ao Sr. Cheeryble e implorar a ele que tome medidas imediatas para levar essa moça para ser abrigada embaixo de outro teto.

— Hoje? Assim tão rápido?

— Tenho pensado nisso há semanas, e por que eu deveria adiar? Se a cena pela qual acabei de passar me ensinou a refletir e me despertou para um senso de dever mais intenso e cuidadoso, por que eu deveria esperar até a impressão arrefecer? Você não vai me dissuadir agora, vai, Kate?

— Você pode ficar rico, você sabe — disse Kate.

— Eu posso ficar rico! — repetiu Nicholas, com um sorriso triste. — E posso ficar velho! Mas ricos ou pobres, velhos ou jovens, seremos sempre os mesmos um para o outro, e nisso se encontra nosso consolo. E se tivéssemos apenas uma casa? Nunca poderia ser uma casa solitária para você e para mim. E se permanecêssemos tão fiéis a essas primeiras impressões que não conseguíssemos criar outras? Isso é apenas mais um elo da forte corrente que nos une. Parece que foi ontem que éramos crianças brincando juntos, Kate, e parece que é amanhã que seremos velhos acomodados, recordando essas preocupações como agora recordamos a nossa infância: lembrando com um prazer melancólico daquele tempo em que elas ainda nos comoviam. Talvez, então, quando formos velhinhos e falarmos do tempo em que nosso passo era mais leve e nossos cabelos não eram grisalhos, possamos até mesmo agradecer pelas dificuldades que tanto nos tornaram mais próximos um do outro e transformaram nossas vidas nesta corrente, pela qual descemos deslizando tão pacífica e calmamente. E, tendo captado um pouquinho da nossa história, os jovens à nossa volta... tão jovens quanto somos hoje, Kate... possam vir até nós em busca de solidariedade e confiar aos ouvidos compassivos dos irmãos solteirões tristezas, pelas quais a esperança e a inexperiência mal consigam sentir algo.

Kate sorria em meio às lágrimas enquanto Nicholas descrevia o quadro; mas não eram lágrimas de tristeza, embora tenham continuado a cair quando ele parou de falar.

— Eu não estou certo, Kate? — ele perguntou depois de um curto silêncio.

— Totalmente, totalmente, meu querido irmão; e eu não podia estar mais feliz por ter agido como você gostaria que agisse.

— Não se arrepende?

— N...n...não — disse Kate timidamente, traçando algum desenho no chão com seu pezinho. — Não me arrependo de ter feito o que é digno e correto, é claro; mas lamento que isso tenha acontecido... pelo menos às vezes lamento, e às vezes não... não sei o que dizer; eu sou muito fraca, Nicholas, e isso me abalou muito.

Não é presunção nenhuma afirmar que, se Nicholas tivesse na ocasião dez mil libras, ele teria, em sua generosa afeição pela dona daquelas faces rosadas e daqueles olhos baixos, dado até o último centavo, em total esquecimento de si mesmo, para garantir a felicidade dela. Mas tudo o que podia fazer era lhe dar conforto e consolo com palavras doces; e foram palavras de tanto amor, bondade e ânimo que a pobre Kate jogou os braços em torno do pescoço do irmão e declarou que não choraria mais.

"Que homem", pensou Nicholas orgulhosamente, enquanto seguia logo depois para a casa dos irmãos gêmeos, "não se sentiria inteiramente recompensado por qualquer sacrifício da fortuna pela posse de um coração como o de Kate, que, apesar de corações pesarem pouco, e ouro e prata pesarem muito, está acima de qualquer elogio? Frank tem dinheiro e não precisa de mais. Onde esse dinheiro compraria para ele um tesouro como Kate? Ainda assim, em casamentos desiguais, o lado rico é sempre o que faz o maior sacrifício, e o outro, o que faz o bom negócio! Mas estou pensando como um namorado ou como um burro: o que acho que é praticamente a mesma coisa".

Interrompendo pensamentos tão pouco adequados ao negócio para o qual se dirigia por recriminações a si mesmo como essa e muitas outras menos fortes, ele seguiu seu caminho e se apresentou a Tim Linkinwater.

— Ah! Sr. Nickleby! — exclamou Tim. — Deus o abençoe! Como vai? Bem? Diga que vai bem e que nunca esteve melhor. Diga agora.

— Muito bem — disse Nicholas, apertando-lhe ambas as mãos.

— Ah — disse Tim —, mas parece cansado, agora que olho bem. Escute! Lá está ele, está ouvindo? Isso foi Dick, o melro. Ele não é o mesmo desde que viajou. Agora, ele sente a sua falta; ficou naturalmente apegado ao senhor como o é por mim.

— Dick é um camarada muito menos esperto do que eu imaginava, se acha que mereço metade da atenção que ele lhe dá — respondeu Nicholas.

— Ora, vou lhe dizer uma coisa — continuou Tim, mantendo sua postura preferida e apontando para a gaiola com sua pena de escrever —, é mesmo extraordinário esse pássaro, ele só presta atenção ao Sr. Charles, ao Sr. Ned, ao senhor, e a mim.

Tim então parou e olhou com ansiedade para Nicholas; depois inesperadamente fitando-o repetiu: — E ao senhor e a mim, ao senhor e a mim — em seguida, olhando para Nicholas outra vez e dando um aperto de mão, disse: — Não consigo deixar para depois aquilo que me interessa. Eu não pretendia lhe perguntar, mas gostaria de ouvir alguns detalhes sobre aquele pobre rapaz. Ele mencionou os irmãos Cheeryble alguma vez?

— Sim — respondeu Nicholas —, muitas e muitas vezes.

— Isso foi muito correto da parte dele — disse Tim, enxugando os olhos —, muito correto da parte dele.

— E mencionou o seu nome dezenas de vezes — disse Nicholas —, e me pedia com frequência para transmitir o carinho dele ao Sr. Linkinwater.

— É mesmo?! — disse Tim, soluçando francamente. — Pobre rapaz! Eu gostaria que ele tivesse sido enterrado aqui na cidade. Não existe um cemitério em toda a Londres como aquele pequenino do outro lado da praça... há vários escritórios comerciais ao redor e, quando se vai lá num dia ensolarado, pode-se ver livros e cofres pelas janelas abertas. E ele mandou o carinho dele para mim, foi? Eu não esperava que ele pensasse em mim. Pobre rapaz, pobre rapaz! O carinho dele também!

Tim estava tão completamente emocionado com essa pequena recordação que não conseguia conversar. Nicholas, portanto, deixou o local devagarinho e em silêncio e foi à sala do irmão Charles.

Se ele mantivera até agora sua força e firmeza, havia sido por um esforço que lhe custara muita dor; mas a recepção calorosa, a maneira cordial, a comiseração simples e genuína do bom velho lhe tocaram o coração e nenhuma luta interna pôde impedi-lo de demonstrar isso.

— Venha, venha, meu caro jovem — disse o benevolente comerciante —, não devemos nos deixar sucumbir; não, não. Precisamos aprender a tolerar o sofrimento e devemos nos lembrar de que há muitas fontes de consolo até mesmo na morte. A cada dia de vida, esse pobre rapaz se tornava menos qualificado para este mundo e cada vez ficava mais infeliz com suas próprias deficiências. É melhor assim, meu caro jovem. Sim, sim, sim, é melhor.

— Tenho pensado em tudo isso, senhor — respondeu Nicholas, pigarreando. — Concordo com isso, eu lhe garanto.

— Sim, muito bem — observou o Sr. Cheeryble, que, em meio a suas palavras de consolo, estava tão emocionado quanto o velho e honesto Tim. — Muito bem. Onde está o irmão Ned? Tim Linkinwater, onde está o meu irmão Ned?

— Saiu com o Sr. Trimmers para levar aquele infeliz para o hospital e mandar uma enfermeira para tomar conta das crianças — disse Tim.

— Meu irmão Ned é uma pessoa boa, muito boa! — exclamou o irmão Charles ao fechar a porta e retornar para Nicholas. — Ele vai ficar muito satisfeito de vê-lo, meu caro jovem. Temos falado em você ultimamente.

— Para dizer a verdade, senhor, estou satisfeito em encontrá-lo sozinho — disse Nicholas, com uma hesitação natural —, pois estou ansioso para falar com o senhor sobre um assunto. Teria alguns minutos para me conceder?

— Certamente, certamente — respondeu o irmão Charles, olhando para ele com ar ansioso. — Fale, meu caro jovem, fale.

— Não sei como, nem por onde começar — disse Nicholas. — Se alguma vez um mortal teve razão para sentir por outro afeição e respeito, com tanta dedicação que tenha tornado a mais difícil tarefa para o bem desse outro um prazer e uma satisfação, com tão gratas recordações que despertaram o maior zelo e fidelidade da sua natureza: esses são os sentimentos que tenho pelo senhor e digo isso do fundo do meu coração, acredite-me!

— Eu acredito — respondeu o velho cavalheiro — e me sinto feliz por acreditar. Nunca tive dúvidas disso; nem nunca terei. Tenho certeza de que nunca terei.

— Suas palavras bondosas me dão coragem para continuar. Quando o senhor me confiou a missão para com a Srta. Bray, eu devia ter dito que já a conhecia de vista; que a beleza dela causou em mim uma impressão que não pude apagar; e que eu havia tentado descobrir onde ela morava e conhecer a história dela. Eu não lhe disse isso, porque achei que controlaria a minha fraqueza de sentimentos e poria o meu dever para com o senhor acima de tudo, mas foi em vão.

— Meu caro Nickleby — disse o irmão Charles —, não violou a confiança que depositei em você, nem tirou vantagem indigna dela. Tenho certeza de que não.

— Não, senhor — disse Nicholas, com firmeza. — Embora tenha sentido a necessidade cada vez mais forte de autocontrole e prudência e uma imensa dificuldade, nunca, nem por um instante, falei nem olhei senão como teria feito se o senhor estivesse por perto. Nunca, nem por um momento, traí a sua confiança, até este instante. Mas acho que a presença constante e a associação com essa encantadora moça é fatal para a minha paz de espírito e pode ser prejudicial às resoluções que tomei no início e que até agora tenho mantido com toda a fidelidade. Em resumo, senhor, não posso mais confiar em mim mesmo e lhe imploro que tire essa moça dos cuidados da minha mãe e da minha irmã sem demora. Sei que para ninguém mais do que eu (para o senhor, que considera a imensurável distância entre mim e essa jovem, que agora está sob a sua custódia e que é objeto de seus cuidados especiais) amá-la, mesmo que apenas em pensamento, deve parecer o cúmulo da imprevidência e presunção. Eu sei que é. Mas quem pode vê-la como eu vi, quem pode saber da vida que ela teve e não a amar? Não tenho outra desculpa, senão essa. E, como não posso escapar da tentação nem reprimir esta paixão na presença constante dela, o que posso fazer senão lhe pedir e esperar que a leve de lá e me deixe esquecê-la?

— Sr. Nickleby — disse o velho cavalheiro, após um breve silêncio —, é só isso que pode fazer. Eu errei ao expor um rapaz jovem como você a esse tormento. Eu devia ter previsto que isso aconteceria. Obrigado, meu jovem, obrigado. Madeline será levada da sua casa.

— Se puder me fazer o favor, meu caro senhor, e deixar que ela se lembre de mim com estima, não revelar nunca a ela esta confissão...

— Tomarei cuidado — disse o Sr. Charles. — E agora, é tudo que tem a me dizer?

— Não! — respondeu Nicholas, olhando-o nos olhos. — Não é tudo.

— Eu sei do resto — disse o Sr. Cheeryble, aparentemente muito aliviado por esta resposta tão rápida. — Quando ficou sabendo?

— Hoje de manhã, quando cheguei em casa.

— Considerou seu dever vir imediatamente a mim e contar o que a sua irmã com certeza lhe contou.

— É isso, senhor — disse Nicholas —, embora eu tivesse desejado falar com o Sr. Frank primeiro.

— Frank esteve comigo ontem à noite — disse o velho cavalheiro. — Você fez bem, Sr. Nickleby... muito bem... e lhe agradeço mais uma vez.

Diante dessa introdução, Nicholas pediu permissão para acrescentar algumas palavras. Aventurou-se a dizer que esperava que nada do que dissera levasse a separar Kate e Madeline, pois elas haviam construído uma bela amizade, e que qualquer separação entre as duas, ele sabia, seria motivo de grande sofrimento para elas, e acima de tudo lhe causaria remorso e tristeza, por ser o infeliz causador. Quando tudo isso fosse esquecido, ele esperava que Frank e ele pudessem voltar a ser amigos afetuosos e que nenhuma palavra ou pensamento sobre sua humilde casa ou sobre ela, que estava bastante satisfeita em permanecer lá e compartilhar com ele sua sorte tranquila, jamais perturbasse a harmonia entre eles. Ele recontou a conversa que tivera com Kate naquela manhã: falando dela com orgulho e afeição tão carinhosos, descrevendo alegremente a confiança que tinham de haverem superado suas tristezas egoístas e de viverem contentes e felizes no amor que tinham um pelo outro, que poucos seriam capazes de ouvi-lo sem se comover. Mais emocionado do que estivera até então, ele expressou em poucas e breves palavras — tão expressivas, talvez, como as frases mais eloquentes — sua devoção aos irmãos e sua esperança de poder viver e morrer a serviço deles.

Isso tudo o irmão Charles ouviu em profundo silêncio e com sua cadeira desviada de Nicholas de tal forma que seu rosto não podia ser visto. Ele também ainda não falara em sua maneira habitual, mas com certa formalidade e embaraço muito estranhos. Nicholas receava tê-lo ofendido. Ele disse que não, não, que ele tinha feito muito bem, mas isso foi tudo.

— Frank é um camarada rebelde e tolo — ele disse, quando Nicholas fez uma pausa mais longa. — Muito mal-ouvido e tolo. Vou cuidar para que isso seja encerrado sem demora. Não vamos mais falar sobre o assunto; é muito doloroso para mim. Volte daqui a meia hora; eu tenho coisas estranhas a lhe contar, meu caro rapaz, e seu tio combinou de hoje à tarde você ir visitá-lo comigo.

— Visitá-lo! Com o senhor! — exclamou Nicholas.

— Sim, comigo — respondeu o velho cavalheiro. — Volte daqui a meia hora, e eu contarei mais a você.

Nicholas voltou para falar com ele na hora mencionada e então soube de tudo que havia acontecido no dia anterior, e tudo que era conhecido do encontro que Ralph havia marcado com os irmãos, que era para aquela noite e que, para a melhor compreensão do qual, se faz mister retroceder e seguir os passos dele desde a casa dos irmãos gêmeos. Portanto, deixamos Nicholas de certa forma confiante pelo restabelecimento da bondade nos modos do Sr. Charles em relação a ele, porém ciente de que estava diferente do que era (apesar de ele não saber em que sentido): assim, ele ficou cheio de intranquilidade, incerteza e ansiedade.

CAPÍTULO LXII

Ralph marca um último encontro — e o mantém

Deixando a casa sorrateiramente e escapando como um ladrão, tateando até chegar à rua como se fosse um cego e olhando muitas vezes para trás enquanto se apressava, como se estivesse sendo perseguido, na imaginação ou em realidade, por alguém ansioso por interrogá-lo ou detê-lo, Ralph Nickleby deixou a cidade para trás e pegou a estrada em direção a sua casa.

A noite estava escura e soprava um vento frio, que conduzia as nuvens furiosa e rapidamente. Havia uma lúgubre massa negra que parecia segui-lo: sem acompanhar a corrida frenética das outras, ficando para trás, taciturna, e seguindo em frente num deslizar furtivo e tenebroso. Ele virava-se com frequência para olhar para ela e mais de uma vez parou para deixar que o ultrapassasse; mas, de certo modo, quando ele retomava seu caminho, ela continuava atrás, acompanhando-o vagarosa e funestamente, como um sombrio cortejo fúnebre.

Ele precisou passar por um cemitério comum e pobre — lugar sinistro, a alguns palmos acima do nível da rua e separado dela por um muro baixo e uma grade de ferro; um lugar fétido, insalubre e pútrido, onde a própria grama e as ervas pareciam, num minguado crescimento, dizer que haviam brotado dos corpos dos indigentes e haviam fincado suas raízes nos túmulos de homens enfurnados, enquanto vivos, em becos fumegantes e em antros pobres de bêbados. E ali, na verdade, eles jaziam separados dos vivos por um pouco de terra e uma ou outra tábua — jaziam um junto ao outro — degradando o corpo como haviam degradado a mente — um grupo denso e miserável. Ali jaziam eles, bem perto da vida: a uma profundidade não muito abaixo dos pés das pessoas que passavam por ali todos os dias e empilhados até a altura do pescoço delas. Ali jaziam eles, uma tenebrosa família, todos aqueles caros e defuntos irmãos e irmãs do corado pároco, que realizava sua tarefa com grande rapidez quando eles estavam sob a terra!

Ao passar por ali, Ralph lembrou-se de que um dia fizera parte de um júri, havia muito tempo, a respeito do corpo de um homem que cortara a própria garganta; e que fora enterrado naquele lugar. Ele não sabia por que se lembrava daquilo agora, quando tantas vezes passara por ali e nunca havia pensado nele, nem por que se interessara por aquela circunstância, mas aconteceu; e ele parou, segurou na grade de ferro, olhou ansiosamente para dentro e procurou identificar o lugar da cova do desconhecido.

Enquanto assim se ocupava, foram em sua direção, com uma zoada de gritos e cantorias, alguns sujeitos encharcados de bebida, seguidos por outros, que discutiam com eles e mandavam que fossem quietos para casa. Eles estavam de bom humor; e um deles, um homenzinho mirrado e corcunda, começou a dançar. Era uma figura grotesca e incrível, e os poucos curiosos ali riam. O próprio Ralph foi levado a achar graça e ecoou a risada de um dos homens que estavam por perto, que se virou e o encarou. Quando os bêbados passaram e ele foi deixado sozinho novamente, retomou sua especulação com um novo tipo de interesse, pois se lembrava de que a última pessoa que vira o suicida vivo o deixara muito alegre, e também de como ele próprio e os outros jurados haviam achado aquilo estranho na ocasião.

Ele não conseguia identificar o local entre um monte de túmulos, mas lhe veio à mente a imagem vívida e forte do próprio homem, do aspecto que tinha e do que o levara àquele ato; de tudo isso, lembrou-se facilmente. Por ter se prolongado nesse tema, levou consigo essa impressão ao seguir caminho; como se lembrava de que, quando menino, tinha sempre diante de si a figura de certo duende que vira uma vez desenhado a giz numa porta. Mas, à medida que chegava mais próximo de casa, esqueceu outra vez e começou a pensar em como ela estava fria e solitária por dentro.

Esse sentimento tornou-se enfim tão forte que, quando chegou à sua própria porta, quase não se decidia a enfiar a chave e abri-la. Depois que conseguiu e entrou no vestíbulo, ele sentiu como se fechá-la de novo significasse deixar o mundo do lado fora. Mas ele soltou-a, e ela se fechou com um forte barulho. Não havia luz. Como estava sinistro, frio e silencioso ali!

Tremendo dos pés à cabeça, Ralph subiu a escada e foi para a sala onde estivera ao ser incomodado. Ele havia feito uma espécie de pacto consigo mesmo para só começar a pensar no assunto quando chegasse em casa. Estava em casa agora, e se permitiu considerar a questão.

Seu próprio filho, seu próprio filho! Ele não duvidou da história, viu que era verdadeira; entendia-a agora como se houvesse estado a par dela o tempo todo. Seu próprio filho! E morto agora. Morrendo ao lado de Nicholas, amando-o e cuidando dele quase como um anjo. Isso era o pior!

Todos haviam lhe dado as costas, abandonando-o quando primeiro precisou deles. Nem o dinheiro poderia comprá-los agora; tudo viria a público, e todos ficariam sabendo. Ali jazia morto o jovem lorde, seu companheiro, preso e fora de seu alcance agora, lá se iam dez mil libras de um só golpe, seu plano junto a Gride, deitado por terra no exato momento de seu triunfo, seus planos subsequentes, descobertos, ele próprio em perigo, o alvo de sua perseguição e do amor de Nicholas, seu próprio e desgraçado filho; tudo desmoronado e caído em cima dele, e ele esmagado nas ruínas, rastejando no pó.

Se ele soubesse que seu filho estava vivo; se nenhuma fraude tivesse sido praticada e o menino fosse criado sob seus olhos, ele talvez tivesse sido um pai severo, duro, descuidado e indiferente — bem provável —, ele achava isso; mas pensou que talvez ele pudesse ter sido diferente, e que seu filho poderia ter sido um conforto para ele, e os dois, felizes juntos. Começou a pensar então que a morte atribuída ao filho e a fuga de sua mulher deviam ter contribuído, até certo ponto, para que ele fosse o homem duro e triste que era. Parecia lembrar-se de uma época em que não era tão rude e tão obtuso; e quase achava que de início odiara Nicholas porque o sobrinho era jovem, galante e garboso e talvez parecido com o jovem que lhe trouxera a desonra e a perda da fortuna.

Mas um pensamento gentil, ou um de arrependimento natural, no turbilhão de sentimentos e de remorso, foi a gota d'água tranquila num mar tempestuoso e enfurecido. Seu ódio a Nicholas havia sido alimentado de sua própria derrota, nutrido por sua interferência em seus planos, criado de sua provocação e sucesso de longa data. Havia razões para seu crescimento; desenvolvera-se e se fortalecera gradualmente. Agora atingia um pico que era de absoluta e feroz insensatez. Que as mãos dele, entre todas as outras, tivessem sido as que resgataram seu desgraçado filho; que ele tivesse sido seu protetor e fiel amigo; que ele lhe demonstrasse o amor e o carinho que desde o infeliz instante em que nasceu nunca conhecera; que ele o tivesse ensinado a odiar o próprio pai e execrado seu próprio nome; que ele agora conhecesse e sentisse tudo isso e triunfasse com essa lembrança; tudo isso era causa de rancor e insanidade no coração do usurário. O amor do menino, agora morto, por Nicholas e a afeição de Nicholas a ele eram para Ralph uma insuportável agonia. A imagem de seu leito de morte, com Nicholas a seu lado, velando-o e auxiliando-o, e ele expressando sua gratidão e expirando em seus braços, quando ele os teria tornado inimigos mortais, odiando-se até o fim, deixou-o às raias da loucura. Ele rangia os dentes e golpeava o ar, e, olhando desvairadamente à sua volta, com olhos que reluziam na escuridão, gritou:

— Fui esmagado, estou arruinado! O miserável disse a verdade. Estou condenado às trevas! Não haverá meios de lhes arrebatar o próximo triunfo e rejeitar sua misericórdia e compaixão? Não haverá demônios que me ajudem?

Rapidamente, insinuara-se de novo em sua mente a figura que lhe surgira naquela noite. Parecia prostrada diante dele. A cabeça estava coberta agora. Como estava quando a viu pela primeira vez. Os pés rígidos, virados para cima, frios, ele lembrava bem. Então surgiram diante dele os parentes trêmulos e pálidos, que contaram suas histórias durante o interrogatório — os gritos das mulheres —, o medo silencioso dos homens — a consternação e o desassossego —, a vitória conquistada por aquele monte de barro, que, com um único movimento da mão, havia posto fim à vida e causado aquele rebuliço entre eles...

Ele não disse mais nada; após uma pausa, deixou a sala tateando com cuidado e subiu a escada ressoante — para o sótão da frente —, onde entrou, fechou a porta e lá ficou.

Aquele cômodo era um mero depósito agora, mas nele ainda se encontrava uma velha cama desmontada, aquela em que seu filho dormira; pois ninguém mais estivera ali. Ele se apressou em evitá-la e sentou-se o mais distante dela possível.

O brilho fraco das luzes na rua abaixo, que refletia ali através da janela, sem venezianas nem cortinas para interceptá-lo, era suficiente para mostrar o aspecto do cômodo, embora não suficiente o bastante para revelar os vários artigos ali espalhados: velhos baús amarrados com cordas e móveis quebrados. O sótão tinha um teto inclinado, alto num lado e, no outro, descendo até quase o chão. Foi para a parte mais alta que Ralph dirigiu o olhar; e ali o fixou por alguns minutos, quando então se levantou e, arrastando para lá um velho baú no qual se sentara, subiu nele e apalpou a parede acima de sua cabeça com ambas as mãos. Por fim, elas tocaram um gancho de ferro grande, firmemente preso em uma das vigas.

Nesse instante, ele foi interrompido por uma forte batida na porta da frente. Após breve hesitação, abriu a janela e perguntou quem era.

— Desejo falar com o Sr. Nickleby — respondeu uma voz.

— O que quer com ele?

— Essa certamente não é a voz do Sr. Nickleby — foi a resposta.

Não parecia, mas foi Ralph quem falou e disse que era, sim.

A voz respondeu que os irmãos gêmeos queriam saber se o homem com quem eles haviam falado naquela noite deveria ser detido; e que, embora já fosse meia-noite, em sua ansiedade por fazer o que era correto, mandaram perguntar.

— Sim — respondeu Ralph —, prendam-no até amanhã e peça para que eles o tragam aqui depois... ele e o meu sobrinho... e que venham também, e tenham certeza de que estarei pronto para recebê-los.

— A que horas? — perguntou a voz.

— A qualquer hora — respondeu Ralph grosseiramente. — À tarde, diga a eles. A qualquer hora, a qualquer minuto. Todas as horas serão iguais para mim.

Ele escutou os passos do homem que se retirava até o som se extinguir e depois, olhando para o céu, viu, ou imaginou ter visto, a mesma nuvem negra que parecia tê-lo seguido até a sua casa e que agora dava a impressão de pairar diretamente por sobre ela.

— Agora entendo o significado dela — ele murmurou —, das noites insones, dos sonhos e por que ando amedrontado ultimamente. Tudo apontava para isso. Ah! Se os homens, ao venderem suas almas, pudessem dar vazão a seus desejos por um tempo, por quão pouco tempo eu negociaria a minha hoje!

O toque profundo de um sino foi trazido pelo vento. Um.

— Continue — disse o usurário — com sua língua de ferro! Repique festivamente nos nascimentos que fazem as mães se contorcerem, nos casamentos que são realizados no inferno, e soe fúnebre pelos mortos cuja herança há muito já foi distribuída! Convoque para as orações os homens que são virtuosos porque não foram descobertos, e toque pela chegada de cada novo ano, que faz este mundo maldito se aproximar do fim. Nem sino, nem orações por mim! Joguem-me num monturo e deixem-me apodrecer ali, para infectar o ar!

Com um olhar desvairado à sua volta, no qual delírio, ódio e desespero se misturavam de maneira terrível, ele ergueu a mão fechada para o céu, que permanecia negro e ameaçador, e fechou a janela.

A chuva e o granizo batiam no vidro; as chaminés vibravam e oscilavam; a janela velha chocalhava com o vento, como se uma mão impaciente lá dentro tentasse abri-la à força. Mas não havia mão nenhuma ali, e ela não mais se abriria.

— Como pode ser isso? — gritou alguém. — Este senhor disse que ninguém responde, e eles vêm tentando há duas horas.

— E ele voltou para casa ontem à noite — disse outra pessoa —, pois falou com alguém daquela janela ali de cima.

Era um grupo de homens que, quando a janela foi mencionada, se afastaram para a estrada para olhar para ela. Com isso, eles notaram que a casa ainda estava fechada, como a governanta disse que a deixara na noite anterior, e então foram dadas várias sugestões: que se resumiram a alguns homens mais corajosos se dirigirem para a porta dos fundos e entrarem por uma janela, enquanto os outros permaneceram do lado de fora, em impaciente expectativa.

Eles examinaram todos os cômodos no andar de baixo, abrindo as janelas quando lá chegaram, para deixar entrar a claridade, e, ainda não encontrando ninguém, e todas as coisas no lugar, hesitaram em prosseguir. Um dos homens, no entanto, observando que eles ainda não haviam ido até o sótão e que havia sido lá que Ralph fora visto pela última vez, todos concordaram em verificar lá também e subiram devagar, pois o mistério e o silêncio os deixaram temerosos.

Após pararem por um instante no alto da escada, entreolhando-se, aquele que propusera que subissem até ali virou a maçaneta da porta e, abrindo-a, olhou por uma fenda e imediatamente recuou.

— É muito estranho — disse o homem num sussurro —, ele está escondido atrás da porta! Olhem!

Eles avançaram para ver; mas um deles, empurrando os outros para o lado com um grito, retirou do bolso uma faca e, entrando apressado no local, cortou a corda para liberar o corpo.

Ele havia tirado a corda de um dos baús velhos e se enforcado num gancho de ferro logo abaixo do alçapão no teto — no mesmo lugar para o qual seu filho, uma criaturinha solitária e infeliz, tantas vezes dirigira o olhar de terror infantil, catorze anos antes.

CAPÍTULO LXIII

Os irmãos Cheeryble fazem várias declarações por si mesmos e por outros. Tim Linkinwater faz uma declaração, ele próprio

Algumas semanas se passaram e o primeiro choque causado por esses acontecimentos se amainara. Madeline havia sido transferida; Frank estivera ausente; e Nicholas e Kate esforçavam-se seriamente para sufocar suas desilusões e viver um para o outro e para a mãe — que, pobre mulher, não conseguia de forma alguma se conformar com as mudanças e a monotonia —, quando, numa noite, por obséquio do Sr. Linkinwater, chegou um convite dos irmãos para um jantar, dali a dois dias, extensivo não apenas a Sra. Nickleby, Kate e Nicholas, mas também à Srta. La Creevy, que foi muito especialmente mencionada.

— Agora, meus queridos — disse a Sra. Nickleby, depois que eles haviam agradecido a grande honra do convite e Tim havia partido —, o que *isto* significa?

— O que a *senhora* quer dizer, mamãe? — perguntou Nicholas, sorrindo.

— O que quero saber, meu querido — respondeu a mãe, com um ar de insondável mistério —, é o que significa este convite para jantar. Qual é a intenção, o propósito disso?

— Eu concluo que significa que nesse dia devemos ir comer e beber na casa deles e que a intenção e o propósito disso são nos dar algum prazer — respondeu Nicholas.

— E isso é tudo que você conclui, meu querido?

— Não consigo imaginar nada mais profundo, mamãe.

— Então vou lhe dizer uma coisa — disse a Sra. Nickleby —, você terá uma surpresinha, é só. Pode ficar certo de que isso significa alguma coisa mais, além do jantar.

— Talvez um chá, além do jantar — sugeriu Nicholas.

— Que absurdo, meu querido! — respondeu a Sra. Nickleby, com um ar superior. — Isso não fica bem, nem condiz com você, de maneira alguma. O que quero dizer é que os irmãos Cheeryble não nos convidariam com toda essa cerimônia por nada. Deixe estar; espere e veja.

Você não acredita em nada do que *eu* digo, é claro. É melhor esperar, muito melhor; é satisfatório para todas as partes e é indiscutível. Tudo que digo é: lembre-se do que estou dizendo agora e, quando eu disser que disse isso, não venha me dizer que eu não disse.

Com essa afirmação, a Sra. Nickleby, que dia e noite se preocupava com a visão de um mensageiro expresso batendo à porta para anunciar que Nicholas fora convidado a se tornar sócio, encerrou esse assunto e iniciou outro.

— É uma coisa extraordinária — ela disse —, extraordinária mesmo, que eles tenham convidado a Srta. La Creevy. Fico perplexa, sinceramente fico. É claro que é muito bom ela ter sido convidada, muito bom, e não tenho dúvida de que se conduzirá muito bem; ela sempre se conduz bem. É gratificante pensar que fomos nós que a apresentamos a esse convívio e fico satisfeita com isso... muito feliz... pois ela é uma pessoa de conduta impecável e uma criaturinha de boa natureza. Eu só gostaria que alguma pessoa amiga lhe dissesse como ela enfeita mal o chapéu, e que laços absurdos aqueles, mas é claro que isso é impossível, e se ela gosta de se tornar ridícula, sem dúvida tem todo o direito de fazer isso. Nunca vemos a nós mesmos... nunca, nunca nos vimos... e suponho que nunca nos veremos.

Essa reflexão moral lembrando-lhe a necessidade de se vestir com bastante elegância para a ocasião e assim contrabalançar a Srta. La Creevy, e ser, ela própria, um eficaz ornamento e compensação, levou a Sra. Nickleby a consultar a filha sobre alguns laços, luvas e enfeites, o que, sendo uma questão complicada, e de fundamental importância, logo afastou a anterior e a pôs de lado.

Com a chegada do grande dia, a boa senhora se colocou nas mãos de Kate cerca de uma hora depois do café da manhã e, vestindo-se por etapas, completou sua toalete em tempo suficiente para permitir que a filha fizesse a sua, que era muito simples, não muito demorada, embora tão satisfatória que Kate nunca parecera mais graciosa ou mais encantadora. A Srta. La Creevy chegou com duas chapeleiras (cujos fundos caíram quando as caixas foram retiradas do coche) e com algo enrolado num jornal, sobre o qual um cavalheiro se sentara quando tentara descer e que precisou ser passado a ferro novamente antes de poder ser utilizado. Enfim, estavam todos prontos, inclusive Nicholas, que viera até a casa para buscá-las, e partiram num coche enviado pelos gêmeos para esse fim: a Sra. Nickleby perguntando-se o que eles teriam para o jantar e questionando Nicholas para saber o que ele descobrira pela manhã; se sentira o cheiro de algo como tartaruga sendo cozinhado e, se não, que cheiro ele sentira; e diversificando a conversa com recordações de jantares dos quais participara vinte anos antes e a respeito dos quais ela dava detalhes não só dos pratos, como também dos convidados, nos quais seus ouvintes não pareciam muito interessados, pois nenhum deles havia tido a oportunidade de ouvir aqueles nomes antes.

O velho mordomo os recebeu com profundo respeito e muitos sorrisos e os conduziu à sala de estar, onde eles foram recebidos pelos irmãos com tanta cordialidade e delicadeza que a Sra. Nickleby ficou muito nervosa e quase sem reação, deixando de lado até mesmo a Srta. La Creevy. Kate estava ainda mais emocionada com a recepção, pois, sabendo que os irmãos haviam tomado conhecimento de tudo que se passara entre ela e Frank, viu-se numa posição muito delicada e bastante difícil, e tremia de braço dado a Nicholas quando o Sr. Charles lhe ofereceu o seu e a conduziu para outra parte da sala.

— Você já esteve com Madeline, minha querida — ele perguntou —, depois que ela saiu da sua casa?

— Não, senhor! — respondeu Kate. — Nem uma vez.

— Nem teve notícia dela, hein? Nenhuma notícia dela?

— Só recebi uma carta — respondeu Kate, gentilmente. — Não imaginava que ela fosse me esquecer assim tão rápido.

— Ah! — disse o velho cavalheiro, tocando-lhe de leve na cabeça e falando com o mesmo carinho como se fala com a filha predileta. — Pobrezinha! O que acha disso, irmão Ned? Madeline só escreveu para ela uma vez, Ned, e ela não imaginava que Madeline fosse se esquecer dela assim tão rápido, Ned.

— Ah! Triste, triste, muito triste! — disse Ned.

Os irmãos entreolharam-se e, voltando-se para Kate por algum tempo sem nenhuma palavra, trocaram um aperto de mãos e fizeram um aceno positivo com a cabeça, como se estivessem se congratulando por algo maravilhoso.

— Bem, bem — disse o irmão Charles —, entre naquela sala minha querida... naquela ali adiante... e veja se há uma carta dela para você.

Acho que vi uma sobre a mesa. Não precisa se apressar em voltar, minha querida, se houver uma, pois não vamos jantar ainda, temos bastante tempo. Bastante tempo.

Kate fez o que lhe foi sugerido. O irmão Charles, acompanhando sua graciosa figura com o olhar, voltou-se para a Sra. Nickleby e disse:

— Tomamos a liberdade de convidá-los uma hora antes do jantar, senhora, porque gostaríamos de tratar de um assunto em particular, que deve tomar esse intervalo de tempo. Ned, meu querido companheiro, pode contar a ela a conversa que tivemos? Sr. Nickleby, quer me acompanhar, por favor?

Sem nenhuma outra explicação, a Sra. Nickleby, a Srta. La Creevy e o irmão Ned foram deixados sozinhos, e Nicholas acompanhou o Sr. Charles ao escritório dele, onde, para grande surpresa sua, encontrou Frank, que ele pensava estar fora do país.

— Rapazes — disse o Sr. Cheeryble —, cumprimentem-se!

— Não é necessário me pedir isso — disse Nicholas, estendendo a mão.

— Nem a mim — disse Frank ao apertar a mão de Nicholas calorosamente.

O velho cavalheiro pensou que seria difícil encontrar lado a lado dois jovens mais bonitos e mais elegantes do que aqueles para quem olhava com grande satisfação. Fixando os olhos neles por algum tempo em silêncio, disse enquanto se sentava à sua escrivaninha:

— Gostaria de vê-los se tornarem amigos... grandes amigos, amigos íntimos... e, se achasse que não era assim, eu hesitaria no que estou prestes a dizer. Frank, olhe aqui! Sr. Nickleby, quer fazer o favor de vir para este outro lado?

Os rapazes se aproximaram, postando-se um de cada lado do irmão Charles, que tirou da escrivaninha um documento e o desdobrou.

— Isto — ele disse — é a cópia do testamento do avô materno de Madeline, que lhe deixou a quantia de doze mil libras, pagáveis quando ela atingisse a maioridade ou se casasse. Parece que esse senhor, ressentido com a neta, sua única parente, porque ela se recusou a ficar sob sua proteção, pois teria que se separar da companhia do pai, apesar de suas repetidas ofertas, fez um testamento doando esses bens, que era tudo que tinha, a uma instituição de caridade. Parece, no entanto, que, tendo se arrependido dessa decisão três semanas depois, ainda no mesmo mês ele resolveu fazer este outro. Por meio de alguma fraude, este documento foi roubado imediatamente depois da morte dele, e o outro... o único encontrado... foi reconhecido e realizado. Através de negociações amigáveis, que só agora terminaram desde que este documento caiu em nossas mãos, e da comprovação da autenticidade do testamento, além de terem sido descobertas testemunhas depois de certas dificuldades, o dinheiro foi restituído. Madeline, então, teve o direito dela garantido e é, ou será, quando se realizar qualquer das contingências que mencionei, dona dessa fortuna. Vocês entendem?

Frank respondeu afirmativamente. Nicholas, com medo de ser traído pela própria voz, apenas fez que sim com a cabeça.

— Agora, Frank — disse o velho cavalheiro —, a recuperação deste documento se deu por seu intermédio. A fortuna é relativamente pequena, mas nós amamos Madeline e, portanto, preferimos vê-lo ligado a ela do que a qualquer outra moça que tivesse três vezes essa quantia. Você gostaria de pedir a mão dela em casamento?

— Não, senhor. Eu me interessei em recuperar este documento acreditando que a mão dela já estava prometida a alguém que tem mil vezes mais direito à gratidão dela, e, se não estou enganado, ao coração dela, do que qualquer outro homem possa reivindicar. E isso eu acho que julguei precipitadamente.

— Como sempre faz, meu jovem — disse o irmão Charles, esquecendo totalmente sua assumida dignidade —, como sempre faz. Como se atreve, Frank, a pensar que íamos querer que você se casasse por dinheiro, quando a juventude, a beleza e todas as virtudes da bondade e os merecimentos devem ser conquistados pelo amor? Como se atreveu, Frank, a cortejar a irmã do Sr. Nickleby sem nos dizer primeiro quais eram as suas intenções e nos deixar falar por você?

— Eu não ousaria sequer esperar...

— Você não ousaria sequer esperar! Então, mais uma razão para pedir a nossa ajuda! Sr. Nickleby, Frank, apesar de ter julgado precipitadamente, pelo menos desta vez, julgou certo. O coração de Madeline *está* tomado. Dê-me a sua mão, meu jovem; está tomado por você e de maneira digna e natural. Esta fortuna está destinada a ser sua, mas na moça vai encontrar maior riqueza do que encontraria no dinheiro, mesmo se fosse quarenta vezes essa quantia. Ela escolhe você, Sr. Nickleby. Ela escolhe como nós, os melhores amigos dela, teríamos escolhido. Frank escolhe como nós gostaríamos que *ele* escolhesse. Ele pediria a mão de sua irmãzinha, nem que ela recusasse vinte vezes; certamente pediria, e pedirá! Você agiu com nobreza, não conhecendo nossos sentimentos, mas, agora que já conhece, deve fazer como é mandado. Ora! Vocês são filhos de um cavalheiro digno! Houve um tempo, meu jovem, quando meu querido irmão e eu éramos dois rapazes pobres e simples, andando quase descalços à procura de nossos destinos: mudamos em alguma coisa a não ser nos anos e nas circunstâncias da vida desde aquela época? Não, Deus nos livre! Ah, Ned, Ned, Ned, que dia feliz é este para você e para mim! Como teria sido bom que a nossa pobre mãe estivesse viva para nos ver agora, Ned, como o coração dela teria se enchido de orgulho!

Tendo sido assim interpelado, o irmão Ned, que acabara de entrar com a Sra. Nickleby e que não havia sido notado pelos jovens, lançou-se com ímpeto na direção do irmão Charles e o envolveu num forte abraço.

— Traga a pequena Kate aqui — disse este último, depois de um breve silêncio. — Traga-a aqui, Ned. Deixe-me ver Kate, quero dar um beijo nela. Tenho o direito de fazer isso agora; quase fiz isso na primeira vez em que a vi; já estive várias vezes prestes a fazer isso. Então? Encontrou a carta, meu anjo? Viu que a própria Madeline estava esperando por você? Viu que ela não tinha esquecido a amiga, enfermeira e doce companhia? Ora, isto é quase a melhor coisa!

— Vamos, vamos — disse Ned —, Frank vai ficar com ciúmes, e é capaz de haver brigas antes do jantar.

— Então, deixe Frank levá-la daqui, Ned, deixe que Frank a leve. Madeline está na sala ao lado. Por que vocês não vão para lá para conversar, se tiverem alguma coisa a dizer? Expulse-os daqui, Ned, todos eles!

O irmão Charles começou a esvaziar a sala levando a moça envergonhada à porta e despachando-a com um beijo. Frank a seguiu sem perda de tempo e Nicholas havia sido o primeiro a desaparecer. Restaram ali, então, apenas a Sra. Nickleby e a Srta. La Creevy, que choravam copiosamente; os dois irmãos; e Tim Linkinwater, que havia entrado para cumprimentar a todos: a cara redonda radiante e explodindo num sorriso.

— Bem, Tim Linkinwater — disse o irmão Charles, que era sempre o porta-voz —, agora os jovens estão felizes.

— Mas o senhor não manteve o suspense por muito tempo como disse que manteria — comentou Tim de maneira brincalhona. — Ora, não era para o Sr. Nickleby e o Sr. Frank serem mantidos em seu escritório por não sei quanto tempo? E não sei o que não devia dizer a eles antes de contar a verdade?

— Ora bolas, já viu um camarada mais atrevido do que este, Ned? — disse o velho cavalheiro. — Já viu um camarada mais atrevido do que Tim Linkinwater? Ele está me acusando de ser impaciente, e logo ele que vinha nos importunando de manhã, à tarde e à noite, e nos torturando para receber permissão para ir contar a eles o que tínhamos resolvido, antes de nossos planos terem sido concluídos e de termos preparado uma coisa sequer. Sujeito traiçoeiro este!

— Sem dúvida, irmão Charles — concordou Ned —, Tim é um sujeito traiçoeiro. Não podemos confiar nele. Tim é um jovem audacioso. Ele quer prestígio e firmeza; precisará cometer as diabruras da juventude para depois se tornar um membro respeitável da sociedade.

Essa era uma brincadeira permanente entre os velhos cavalheiros e Tim, assim os três riram de peito aberto e poderiam ter rido ainda mais, porém os irmãos, vendo que a Sra. Nickleby se esforçava para expressar seus sentimentos e que estava realmente tomada pela felicidade do momento, saíram com ela da sala, cada um de um lado, sob o pretexto de ter de consultá-la sobre alguns arranjos importantes.

Tim e a Srta. La Creevy já haviam estado juntos muitas vezes e sempre mantinham uma conversa agradável — tendo sido sempre grandes amigos —, portanto era a coisa mais natural do mundo que Tim, vendo que ela ainda chorava, tentasse consolá-la. Como a Srta. La Creevy estava num amplo e antigo assento sob a janela, onde havia espaço suficiente para dois, era natural que Tim sentasse ao lado dela; e, quanto ao fato de Tim estar usando trajes especialmente elegantes naquele dia, por ser uma ocasião bastante festiva, isso era a coisa mais natural.

Tim sentou-se ao lado da Srta. La Creevy e, cruzando as pernas para que seu pé — ele tinha pés muito bonitos e estava usando os mais elegantes sapatos pretos e meias de seda — ficasse ao alcance da vista dela, disse com voz suave:

— Não chore!

— Não posso deixar de chorar — disse a Srta. La Creevy.

— Não, não chore — disse Tim. — Por favor, não chore, eu lhe peço.
— Estou tão feliz! — soluçou a mulherzinha.
— Então sorria — disse Tim. — Sorria.

O que Tim estava fazendo com seu braço, é impossível conjecturar, mas bateu com o cotovelo na parte da janela que estava do outro lado da Srta. La Creevy; e é evidente que o braço dele não tinha razão para estar ali.

— Sorria — disse Tim —, senão vou chorar.
— Por que o senhor haveria de chorar? — perguntou a Srta. La Creevy, sorrindo.
— Porque também estou feliz — respondeu Tim. — Estamos os dois felizes, e quero fazer como a senhorita.

Certamente, nunca houve um homem tão nervoso e irrequieto como Tim devia estar naquela ocasião, pois bateu de novo contra a janela — quase no mesmo lugar de antes —, e a Srta. La Creevy disse que daquele jeito ele terminaria quebrando o vidro.

— Eu sabia — disse Tim — que a senhorita ficaria satisfeita com esta cena.
— Foi muita consideração e bondade lembrar-se de mim — disse a Srta. La Creevy. — Nada poderia ter me deixado mais satisfeita.

Por que, afinal, estavam a Srta. La Creevy e Tim Linkinwater falando em sussurros? A conversa não era segredo. E por que Tim olhava tão firmemente para a Srta. La Creevy, e a Srta. La Creevy mantinha o olhar fixo no chão?

— É muito agradável — disse Tim — para pessoas como nós, que passamos toda a nossa vida sozinhos no mundo, ver esses jovens de quem tanto gostamos se unirem com todos esses anos de felicidade à frente.
— Ah — disse a mulherzinha com todo o entusiasmo —, isso é!
— Embora — continuou Tim —, embora nos faça sentir muito solitários e rejeitados. Não é mesmo?

A Srta. La Creevy disse que ela não sabia. E por que ela diria não saber? Ela devia saber se sentia isso ou não.

— É quase o bastante para nos fazer pensar em casar, não é? — disse Tim.
— Ah, bobagem! — respondeu a Srta. La Creevy, rindo. — Somos velhos demais.

— Nem um pouco — disse Tim. — Somos velhos demais para continuar solteiros. Por que nós dois não nos casamos, em vez de passarmos as noites frias e longas do inverno em frente às nossas lareiras solitárias? Por que não fazemos uma única lareira e nos casamos?

— Ah, Sr. Linkinwater, o senhor está brincando!

— Não, não, não estou. Não estou mesmo — disse Tim. — Eu quero, se a senhorita quiser. Aceite, minha querida!

— As pessoas ririam de nós.

— Deixe que riam — disse Tim, com firmeza —, temos senso de humor, eu sei, e riremos também. Ora, quantas boas risadas já demos desde que nos conhecemos!

— Isso é verdade — disse a Srta. La Creevy, cedendo um pouco, como pensou Tim.

— Esta tem sido a melhor época de toda a minha vida; pelo menos fora do escritório de contabilidade dos irmãos Cheeryble — disse Tim. — Aceite, minha querida! Diga agora que aceita!

— Não, não, não devemos pensar nisso — disse a Srta. La Creevy. — O que os irmãos diriam?

— Ora, por Deus! — exclamou Tim, inocentemente. — A senhora não está pensando que eu diria uma coisa dessas sem ter falado com eles, não é? E eles nos deixaram aqui sozinhos de propósito.

— Não vou mais ter coragem de olhar para eles! — exclamou a Srta. La Creevy, timidamente.

— Vamos — disse Tim —, por que não sermos um casal feliz? Podemos morar na velha casa onde moro há quarenta e quatro anos; podemos ir à igreja todo domingo de manhã, como tenho feito durante todo esse tempo; podemos ter todos os meus velhos amigos perto de nós... Dick, a arcada, a bomba d'água, os vasos de plantas, e os filhos do Sr. Frank, os filhos do Sr. Nickleby, e seremos como avós para eles. Vamos ser um casal feliz e tomar conta um do outro! E, se ficarmos surdos, ou mancos, ou cegos, ou de cama, como será bom ter ao nosso lado alguém de quem gostamos e com quem possamos conversar! Vamos ser um casal feliz. Então, aceite, minha querida!

Cinco minutos depois dessa fala sincera e direta, a Srta. La Creevy e Tim estavam conversando tão à vontade como se já fossem casados há muitos anos e não houvessem discutido uma única vez; e cinco minutos depois disso, quando a Srta. La Creevy saiu da sala apressada para ver se seus olhos estavam vermelhos e ajeitar os cabelos, Tim dirigiu-se com um ar imponente à sala de estar, exclamando enquanto seguia: — Não existe uma mulher como esta em toda Londres! Eu *sei* que não.

A essa altura, o mordomo apoplético estava quase a ponto de ter um ataque em consequência do inaudito adiamento do jantar. Nicholas, que havia estado ocupado de uma maneira que cada leitor pode imaginar por si próprio, descia a escada às pressas em obediência a sua convocação exagerada, quando teve uma nova surpresa.

Enquanto descia, ele encontrou, num dos corredores, um estranho elegantemente vestido de preto, que também se dirigia à sala de jantar. Como o homem era meio manco e andava devagar, Nicholas diminuiu o passo atrás dele e o seguiu passo a passo, perguntando-se quem era ele, quando, de repente, ele se virou e lhe segurou ambas as mãos.

— Newman Noggs! — exclamou Nicholas alegremente.

— Sim! Newman, o seu Newman, o seu velho e fiel Newman! Meu caro rapaz, meu caro Nick, eu lhe desejo alegria... saúde, felicidade, todas as bênçãos! Isso tudo é demais para mim, meu caro rapaz... eu me sinto como uma criança.

— Por onde você andou? — perguntou Nicholas. — O que anda fazendo? Quantas vezes perguntei por você, e me diziam que logo teria notícias suas!

— Eu sei, eu sei! — respondeu Newman. — Eles queriam toda a felicidade junta. Andei dando a minha ajuda. Eu... eu... olhe para mim, Nick, olhe para mim!

— Você nunca deixou que *eu* fizesse isso — disse Nicholas num tom de leve reprovação.

— Eu não dava importância a mim mesmo antes. Eu não tinha disposição para usar as roupas de um cavalheiro. Elas teriam me lembrado dos velhos tempos e me feito sofrer muito. Sou outro homem agora, Nick. Meu caro rapaz, não consigo falar. Não diga nada. Não me leve a mal por essas lágrimas. Você nem imagina como me sinto hoje; nem imagina, e nunca vai imaginar!

Eles foram para a sala de jantar de braços dados e sentaram-se lado a lado.

Nunca houve um jantar como aquele, desde o início do mundo. Ali, estavam o antiquado funcionário do banco, amigo de Tim Linkinwater, e a senhora rechonchuda, irmã de Tim; muita atenção foi dada à Srta. La Creevy pela irmã de Tim Linkinwater e muitas piadas foram contadas pelo antiquado funcionário do banco; o próprio Tim Linkinwater estava em tal euforia, e a pequena Srta. La Creevy, num estado tão cômico, que em si já teriam eles constituído o mais agradável grupo que se pudesse conceber. Depois, havia a Sra. Nickleby, tão importante e complacente; Madeline e Kate, tão ruborizadas e belas; Nicholas e Frank, tão dedicados e orgulhosos; e todos os quatro tão silenciosos e emocionadamente felizes; ali estava Newman, muito quieto, mas ao mesmo tempo muito alegre, e também os irmãos gêmeos, tão satisfeitos e trocando tantos olhares entre si que o velho criado ficou paralisado por trás da cadeira de seu patrão e sentiu a vista escurecer ao deixá-la passear por toda a mesa.

Quando a primeira novidade da reunião havia passado, e eles começaram verdadeiramente a perceber como estavam felizes, a conversa se tornou mais geral, e a harmonia e o prazer aumentados, se isso era possível. Os irmãos estavam num êxtase total; e sua insistência em cumprimentar todas as damas antes de permitirem que elas se retirassem deu margem a que o antiquado funcionário do banco dissesse tantas coisas boas, que ele quase se excedeu e foi considerado um prodígio de bom humor.

— Kate, minha querida — disse a Sra. Nickleby, puxando a filha para o lado assim que subiram a escada —, você não vai me dizer que isso sobre a Srta. La Creevy e o Sr. Linkinwater é mesmo verdade, não é?

— Pois é verdade, mamãe.

— Ora, nunca vi uma coisa dessas em toda a minha vida! — exclamou a Sra. Nickleby.

— O Sr. Linkinwater é uma excelente criatura — argumentou Kate —, e, para a idade dele, conserva ainda bastante juventude.

— Para a idade *dele*, minha querida! — exclamou a Sra. Nickleby. — Sim, ninguém pode dizer nada contra ele, exceto que acho que ele é o homem mais fraco e mais tolo que já conheci. — É sobre a idade *dela* que estou falando. Que ele tenha pedido a mão de uma mulher que deve ser... ah, quase da minha idade... e que ela tenha aceitado! Não faz sentido, Kate; estou chocada com ela!

Balançando a cabeça muito enfaticamente, a Sra. Nickleby afastou-se com rapidez; e, durante toda a noite, em meio à alegria e satisfação que se seguiram, e das quais, com aquela única exceção, participou livremente, ela se conduziu em relação à Srta. La Creevy de maneira altiva e distante, com o intuito de demonstrar o senso de impropriedade da conduta da amiga e de fazê-la perceber sua extrema e mordaz desaprovação a tal procedimento.

CAPÍTULO LXIV

Um velho conhecido é encontrado em circunstâncias melancólicas e Dotheboys Hall encerra as atividades para sempre

Nicholas era uma dessas pessoas para quem a alegria é incompleta a menos que seja compartilhada pelos amigos de tempos adversos e menos felizes. Cercado pelo fascínio do amor e da esperança, seu coração bondoso desejava reencontrar o simples John Browdie. Ele lembrou-se de seu primeiro encontro com um sorriso e, de seu segundo, com uma lágrima; viu o pobre Smike uma vez mais com uma trouxa nos ombros caminhando com dificuldade e paciência a seu lado; e ouviu as palavras rústicas de estímulo do homem de Yorkshire ao deixá-los na estrada para Londres.

Madeline e ele sentaram-se muitas vezes juntos para escrever uma carta que pudesse inteirar John da mudança radical em sua sorte e lhe garantir a amizade e a gratidão. Aconteceu, no entanto, que a carta nunca foi escrita. Embora eles tivessem a melhor das intenções do mundo, sempre acontecia que terminavam falando sobre outra coisa e, quando Nicholas tentava por si mesmo, descobria que era impossível escrever metade do que gostaria de dizer, ou expressar algo que, na verdade, ao examinar, não parecesse frio e insatisfatório comparado com o que ele tinha em mente. Por fim, depois de tentar dia após dia e se recriminar mais e mais, ele decidiu (ainda com maior prontidão quando Madeline o encorajou fortemente) fazer uma rápida viagem a Yorkshire e se apresentar diante do senhor e da senhora Browdie, sem nenhum aviso.

Assim foi que, numa noite, entre sete e oito horas, ele e Kate se viram na recepção do Cabeça do Serraceno, reservando um lugar para Greta Bridge no primeiro coche da manhã seguinte. Eles precisaram ir para o lado oeste da cidade para adquirir algumas coisinhas necessárias para a viagem e, como a noite estava agradável, concordaram em ir andando até lá e voltar para casa de coche.

O lugar onde haviam estado lhes trouxe tantas recordações, e Kate tinha tantas histórias a contar sobre Madeline, e Nicholas, tantas outras sobre Frank, e cada um estava tão interessado no que o outro dizia, e ambos pareciam tão felizes e confiantes e tinham tanta coisa sobre o que conversar que só quando se viram mergulhados por uma boa meia hora num labirinto de ruas que se encontram entre Seven Dials e Soho, sem que surgisse nenhuma avenida importante, foi que Nicholas começou a pensar que era possível que eles estivessem perdidos.

A possibilidade logo se transformou em certeza; pois, ao olhar à sua volta e caminhar primeiro para uma extremidade da rua e depois para a outra, Nicholas percebeu que não havia nenhum marco que ele reconhecesse e foi forçado a retornar à procura de algum lugar no qual pudesse pedir informação.

Era uma travessa e não havia ninguém por perto, nem nas poucas lojas pobres pelas quais passaram. Dirigindo-se a uma luz fraca que refletia no pavimento, vinda de um porão, Nicholas estava prestes a descer alguns degraus para se fazer visível para os que estavam ali embaixo e pedir uma orientação, quando ouviu gritos de discussão na voz de uma mulher.

— Vamos embora! — disse Kate. — Estão brigando ali. Você vai se machucar.

— Espere um minuto, Kate. Vamos ouvir para saber qual é o problema — disse o irmão. — Psiu!

— Seu vagabundo, cretino, degenerado, sem-vergonha e inútil — disse a mulher, batendo com o pé no chão —, por que você não gira essa calandra?

— É o que estou fazendo, minha vida e minh'alma! — respondeu uma voz masculina. — É o que faço sempre. Eternamente girando, como um cavalo velho desgraçado num moinho miserável. A minha vida é ser maltratado como o diabo!

— Então por que não se alista como soldado? — retrucou a mulher. — Pode ir à vontade.

— Como soldado? — gritou o homem. — Como soldado? Será que a alegria e a satisfação dele acharia que ele fica bem num casaco vermelho ordinário com uma cauda? Será que ela gostaria de ouvir quando ele fosse espancado por uns malditos de uns tocadores de tambor? Será que ela ia querer que ele atirasse com armas de verdade, tivesse o cabelo aparado e os bigodes raspados, os olhos virando para a direita e para a esquerda, e as calças brancas?

— Meu querido Nicholas — sussurrou Kate —, você não tem ideia de quem é esse homem. É o Sr. Mantalini, tenho certeza.

— Veja se é mesmo! Dê uma olhada, enquanto procuro descobrir o caminho — disse Nicholas. — Venha, desça aqui. Venha!

Puxando-a para que ela o seguisse, Nicholas desceu os degraus devagar e espiou para dentro de um pequeno porão. Lá, em meio a roupas e cestos cheios de roupas, apenas em mangas de camisa, mas usando ainda suas pantalonas de confecção extraordinária, velhas e remendadas, um colete que já fora lustroso e bigodes e costeletas antiquados, mas que haviam perdido sua tintura brilhante — ali, tentando amenizar a ira de uma mulher cheia de vida — não a legítima Madame Mantalini, e sim a proprietária do negócio — e girando a calandra como se para a própria vida, cujo rangido, misturado aos tons agudos dela, parecia quase ensurdecê-lo —, lá estava o gracioso, o elegante e encantador e outrora atraente Mantalini.

— Ah, seu traidor falso! — gritou a mulher, ameaçando violência pessoal diante do Sr. Mantalini.

— Falso! Ah, diabos! Ora, minh'alma, minha doce, cativante, encantadora e danada de dominadora queridinha, fique calma — disse o Sr. Mantalini humildemente.

— Não fico! — gritou a mulher. — Vou arrancar os seus olhos!

— Ah! Que ovelhinha danada de selvagem! — exclamou o Sr. Mantalini.

— Não dá para confiar em você! — gritou a mulher. — Você passou o dia todo fora ontem, divertindo-se por aí, eu sei. Você sabe que passou! Não é o bastante eu ter pagado duas libras e catorze para tirá-lo da prisão e deixá-lo morar aqui como um cavalheiro, e você continua fazendo isso, além de partir o meu coração?

— Nunca vou partir o seu coração, vou ser um bom menino e nunca mais vou fazer isso; não vou mais desobedecer, peço o seu perdãozinho — disse o Sr. Mantalini, soltando a manivela da calandra e juntando as palmas das mãos. — Agora acabou para seu belo amigo! Foi a maldita perdição. Ela vai ter pena? Não vai me esfolar, não é? Vai me fazer carinho e consolar? Ah, diabos!

Muito pouco afetada, a julgar pela atitude dela diante desse meigo apelo, a mulher estava a ponto de dar uma resposta raivosa quando Nicholas, levantando a voz, perguntou como chegar em Piccadilly.

O Sr. Mantalini virou-se, avistou Kate e, sem mais nenhuma palavra, pulou de um salto para uma cama que estava atrás da porta e puxou a colcha sobre o rosto: dando chutes convulsivos nesse ínterim.

— Diabos! — ele disse com voz sufocada. — É a pequena Nickleby! Feche a porta, apague a vela e me esconda embaixo do estrado da cama! Ah, maldição, maldição, maldição!

A mulher olhou primeiro para Nicholas e depois para o Sr. Mantalini, como se em dúvida a quem atribuiria esse extraordinário comportamento; mas o Sr. Mantalini tendo por azar deixado o nariz aparecer por baixo da colcha em sua ansiedade para checar se os visitantes já haviam ido embora, ela subitamente e com a destreza só adquirida por longa prática, jogou em cima dele uma cesta de roupas muito pesada, com tão boa pontaria que o fez dar chutes ainda mais violentos do que antes, embora sem se aventurar a fazer esforços para desvencilhar a cabeça, que estava bastante sufocada. Considerando aquela uma oportunidade favorável para ir embora antes que ela despejasse nele sua torrente de ódio, Nicholas apressou-se em tirar Kate dali e deixou o infeliz sujeito desse inesperado reconhecimento explicar sua conduta como pudesse.

Na manhã seguinte, ele começou sua viagem. Já era tempo frio de inverno, fazendo-o recordar forçosamente em que circunstâncias ele atravessara aquela estrada pela primeira vez e quais vicissitudes e mudanças havia sofrido desde então. Esteve sozinho a maior parte do trajeto e, às vezes, quando despertava depois de um breve cochilo, olhava pela janela e reconhecia algum lugar por onde lembrava ter passado, quer na viagem de ida, quer na longa caminhada de volta com o pobre Smike, mal podendo acreditar que o que acontecera depois daquilo não era um sonho e que ainda estava seguindo penosamente em direção a Londres, com o mundo diante de si.

Para tornar essas lembranças ainda mais vívidas, começou a nevar ao cair da noite; e, ao passar por Stamford e Grantham, e pela pequena cervejaria onde escutara a história do corajoso barão de Grogzwig, tudo lhe dava a impressão de aquilo ter ocorrido no dia anterior e de que nem mesmo um floco de neve da crosta branca dos telhados havia derretido. Deixando seu pensamento seguir seu fluxo, ele quase conseguia se convencer de que estava outra vez sentado na boleia do coche, com Squeers e os meninos; de que ouvia suas vozes no ar; e de que sentia novamente, mas agora com um misto de tristeza e prazer, o coração pesado e a saudade de casa. Enquanto ainda entregue a essas fantasias, ele adormeceu e, sonhando com Madeline, as esqueceu.

Ele dormiu na hospedaria de Greta Bridge na noite de sua chegada e, levantando-se bem cedo pela manhã, foi caminhando até a cidade do mercado e perguntou onde era a casa de John Browdie. John vivia nas cercanias, agora que era um chefe de família; e, como todos o conheciam, Nicholas não teve dificuldades em encontrar um menino que o guiou até sua residência.

Dispensando seu guia quando chegaram ao portão e, em sua impaciência, nem mesmo parando para admirar o próspero aspecto da casa e a beleza do jardim, Nicholas dirigiu-se à porta da cozinha e bateu nela vigorosamente com sua bengala.

— Olá! — gritou uma voz no interior. — Qual é o problema agora? Algum incêndio na cidade? Arre, mas que barulho vosmecê faz!

Com essas palavras, John Browdie abriu a porta e, escancarando os olhos, gritou ao mesmo tempo que batia palmas e explodia numa risada calorosa:

— Ó, Deus, não é que é o padrinho, o padrinho! Tilly, olha quem tá aqui, o Sr. Nickleby. Dá cá essa mão, homem. Vamos, entra, entra. Pra cá, pra beira do fogo; vamos tomar uns gole. Não diz nada até beber! Vamos lá, homem. Arre! Mas estou muito feliz de ver vosmecê.

Ajustando sua ação a seu texto, John puxou Nicholas para a cozinha, forçou-o a sentar-se em um enorme banco de madeira ao lado do fogo ardente, serviu, de uma garrafa grande, meio litro de bebida, colocou-o na mão dele, abriu-lhe a boca, empurrou sua cabeça para trás como um sinal para que ele bebesse de uma vez e ficou com um largo sorriso de boas-vindas espalhado pelo rosto grande e vermelho, como um gigante alegre.

— Eu devia ter imaginado — disse John — que só vosmecê mesmo pra bater na porta assim. Essa era a maneira que vosmecê batia na porta do diretor da escola, hein? Ha, ha, ha! Mas eu digo; o que que aconteceu com esse diretor?

— Está sabendo então? — disse Nicholas.

— Eles tava falando sobre isso, lá pela cidade, ontem de noite — respondeu John —, mas nenhum deles tava entendendo direito.

— Depois de várias mudanças e adiamentos — disse Nicholas —, ele foi condenado a sete anos de reclusão numa colônia penal, pela posse ilegal de um testamento roubado; e, depois disso, vai ter que sofrer as consequências de uma conspiração da qual participou.

— Caramba! — exclamou John. — Uma conspiração! Uma como a conspiração da pólva? Hein? Uma daquelas de Guy Fawkes?

— Não, não, não, essa é ligada com a escola dele; eu explico depois.

— Tá certo! — disse John. — Explica depois do café da manhã, agora não, porque deve estar com fome, e eu também; e Tilly, ela vai querer ficar sabendo das explicação, porque ela diz que isso é confiança mútua. Ha, ha, ha! Ó, Deus, é uma ocasião pra confiança mútua!

A entrada da Sra. Browdie, com um elegante gorro e muitas desculpas por terem sido surpreendidos fazendo a refeição na cozinha, interrompeu a discussão de John sobre esse grave assunto e apressou o café da manhã, que, sendo composto de montes de torradas, ovos frescos, presunto cozido, pastelão de Yorkshire e outros frios substanciais, dos quais pesados suprimentos eram constantemente trazidos de outra cozinha por uma criada rechonchuda, estava admiravelmente adaptado àquela manhã fria e sombria e foi recebido com grande acolhida por todos ali envolvidos. A refeição foi por fim encerrada, e a lareira, que havia sido acesa na melhor sala de estar, agora ardia, e eles se reuniram lá para ouvir o que Nicholas tinha a dizer.

Nicholas contou-lhes tudo, e nunca houve uma história que despertasse tão grandes emoções no peito dos dois ansiosos ouvintes. Ora o honesto John murmurava em solidariedade, ora ele ria de satisfação; uma vez prometeu ir a Londres para conhecer os irmãos Cheeryble; noutra jurou que Tim Linkinwater receberia um presunto tal por coche (e sem pagar o transporte) que faca alguma jamais trinchara. Quando Nicholas começou a descrever Madeline, John sentou-se boquiaberto, cutucando a Sra. Browdie de vez em quando e exclamando em voz baixa que ela devia ser "gente boa" e, quando ouviu finalmente que seu jovem amigo havia ido visitá-los só para contar-lhes a sua boa sorte e para reafirmar seus votos de amizade, coisa que ele não podia fazer por escrito com a devida consideração — que o único objetivo de sua viagem era compartilhar sua felicidade com eles e dizer-lhes que, quando se casasse, ele e Madeline viriam visitá-los, pois ela insistia nisso também —, John não conseguiu se conter, depois de olhar indignado para a mulher e lhe perguntar por que ela chorava, levou a manga do casaco aos olhos e desatou a chorar ele próprio.

— Vou lhe dizer uma coisa — disse John seriamente, depois que muito fora dito sobre ambos os lados —, voltando para o diretor da escola. Se essa notícia sobre ele chegar na escola hoje, não vai sobrar um osso no corpo da velha, nem no de Fanny, também não.

— Meu Deus, John! — exclamou a Sra. Browdie.

— Ah! E meu Deus, John, de novo — replicou o homem de Yorkshire. — Eu não sei o que aqueles menino pode fazer. Logo que ouviram que o diretor estava metido em confusão, muito pai e mãe tirou os filho da escola. Se aqueles que ficaram souber o que aconteceu com ele, vão fazer uma revolução e se rebelar!... Arre! Eu acho que vão ficar louco e derramar sangue como água.

De fato, as apreensões de John Browdie eram tão fortes que ele resolveu ir até a escola sem demora e convidou Nicholas para acompanhá-lo, convite que, no entanto, o rapaz recusou, argumentando que sua presença poderia agravar ainda mais a amargura dos meninos.

— É verdade! — disse John. — Eu não devia nem ter pensado nisso.

— Preciso voltar amanhã — disse Nicholas —, mas gostaria de jantar com vocês hoje e se a Sra. Browdie puder me arranjar uma cama...

— Cama! — exclamou John. — Eu gostaria que vosmecê dormisse em quatro cama duma vez. Ó, Deus, vosmecê ia ter elas toda. Espere até eu voltar; espere só até eu voltar, e, ó, Deus, vamos nos divertir muito.

Depois de dar um beijo caloroso em sua mulher e um não menos caloroso aperto de mão em Nicholas, John montou em seu cavalo e partiu, deixando a Sra. Browdie ocupada com os arranjos da hospitalidade e seu jovem amigo pronto para passear pela vizinhança e revisitar os lugares que lhe eram familiares por tristes associações.

John saiu cavalgando e, ao chegar a Dotheboys Hall, amarrou seu cavalo ao portão e se dirigiu à porta do estabelecimento, que estava trancada por dentro. Um tremendo barulho e enorme confusão vinham lá de dentro e, espiando por uma fenda na parede, logo descobriu do que se tratava.

A notícia da queda do Sr. Squeers havia chegado a Dotheboys; isso era evidente. Tudo indicava que os meninos já estavam a par do acontecido, pois acabara de irromper uma rebelião.

Era uma daquelas manhãs de enxofre e melaço, e a Sra. Squeers havia entrado na escola, como era de hábito, com uma tigela grande e uma colher, seguida da Srta. Squeers e do amável Wackford: que, na ausência do pai, havia assumido atribuições menores do executivo, como as de chutar os alunos com suas botas de pregos, puxar os cabelos de alguns meninos menores, beliscar os outros em lugares mais sensíveis e se tornar, de várias maneiras semelhantes, um grande conforto e satisfação para a mãe. A entrada deles, quer por premeditação, quer por um impulso simultâneo, foi o sinal para a revolta. Enquanto um destacamento correu para a porta para trancá-la e outro subia nas carteiras e nos bancos, o menino mais forte (e consequentemente o mais novo no local) pegou a bengala e, confrontando a Sra. Squeers com um ar severo, arrancou-lhe a touca de castor, colocou-a na própria cabeça, armou-se com a colher de madeira e forçou-a a ajoelhar-se, sob ameaça de morte, e a tomar uma dose ali mesmo. Antes que essa estimável senhora pudesse refazer-se ou oferecer a menor retaliação, ela foi forçada a permanecer de joelhos por um grupo de agressores, que, aos berros, a obrigou a engolir uma colher cheia da odiosa mistura, que se tornara ainda mais saborosa pela imersão da cabeça do jovem Wackford na tigela, cuja ação foi confiada a outro rebelde. O sucesso desse primeiro feito estimulou o malvado grupo, cujos rostos se agrupavam numa variedade de feiura magra e faminta, a praticar mais atos de afronta. O líder insistia para que a Sra. Squeers repetisse a dose, o jovem Squeers era submetido a outro mergulho no melaço, e um ataque violento havia começado contra a Srta. Squeers quando John Browdie arrombou a porta com um chute vigoroso e se apressou em socorrê-los. Os gritos, os berros, os gemidos, as vaias e os aplausos cessaram de repente e seguiu-se um silêncio mortal.

— Vocês se acalmem, rapaziada — disse John, olhando firme à sua volta. — O que estão fazendo aqui, seus fedelho?

— Squeers está na prisão, e nós vamos fugir! — gritaram várias vozes agudas. — Não vamos parar, não vamos parar!

— Bão, então não pare — disse John —, ninguém quer que vocês pare. Foge, como homem, mas não machuca as mulheres.

— Viva! — gritaram as vozes agudas, mais agudas ainda.

— Viva? — repetiu John. — Bão, então vocês dê viva como homem. Agora, então, atenção. Um... dois... três... viva!

— Viva! — gritaram todos.

— Viva! De novo — disse John. — Mais alto ainda.

Os meninos obedeceram.

— Outra vez! — disse John. — Não tenha medo. Vamos dar um melhor ainda!

— Viva!

— Agora, então — disse John —, vamos dar mais um pra terminar e depois vão embora o mais rápido que puder. Respira fundo agora... Squeers está na cadeia... a escola acabou... agora é passado... pensa nisso e vamos dar um bem forte! Viva!

Essa expressão de alegria ecoou nas paredes de Dotheboys Hall como nunca antes e estava destinada a jamais ecoar dessa forma novamente. Quando o som sumiu, a escola estava vazia; e do grupo barulhento que a povoara cinco minutos antes não restava um só menino.

— Muito bem, Sr. Browdie! — disse a Srta. Squeers, vermelha e agitada com a recente manifestação, mas briguenta até o fim. — O senhor incitou nossos meninos a fugirem. Agora, se prepare que vai receber o troco por isso! Se meu pai teve a *infelicidade* de ser esmagado pelos inimigos, nós não vamos ser zombados e dominados pelo senhor e por Tilda.

— Não! — respondeu John, rudemente. — Não vão mesmo. Pode jurar que não. Pense melhor de nós, Fanny. Eu digo a vocês que estou satisfeito que o velho foi preso, finalmente... danado de satisfeito... mas vocês vão sofrer bastante, e eu não vou fazer pouco de vocês, não vou ser o homem que vai zombar de vocês, nem a minha Tilly, nós não vamos fazer pouco de vocês, posso garantir. Mais do que isso, eu digo agora, que se precisar dum amigo deste lugar pra ajudar vocês... não torce o nariz, Fanny, porque pode precisar... vocês vão encontrar em nós, considerando os velhos tempos, estou pronto pra dar a mão a vocês. E, quando digo isso, não pense que estou com vergonha do que fiz, porque digo novamente: Viva! E dane-se o diretor. Pronto!

Encerradas as palavras de despedida, John Browdie saiu com passo firme, montou de novo em seu cavalo, o pôs em trote largo e prosseguiu solfejando com entusiasmo trechos de uma antiga canção, à qual os cascos do animal faziam um alegre acompanhamento, e seguiu com rapidez ao encontro de sua bela esposa e de Nicholas.

Durante os dias seguintes, a região vizinha ficou cheia de meninos, que, segundo diziam, haviam sido secretamente mantidos pelo senhor e pela senhora Browdie, não apenas com uma substancial refeição de pão e carne, mas com muitos xelins e centavos para ajudá-los no caminho de volta para casa. Esses rumores eram sempre negados por John, mas eram também acompanhados por um risinho disfarçado, deixando em dúvida os que desconfiavam da história e confirmando as suposições daqueles que nela acreditavam.

Alguns meninos pequenos e tímidos, aqueles mais pobres, apesar das muitas lágrimas derramadas na maldita escola, como não conheciam outro lar e haviam criado certa afeição ao lugar, apegando-se a ele como seu único refúgio, caíram em prantos quando os espíritos mais corajosos fugiram. Entre esses, alguns foram encontrados chorando embaixo das sebes e em lugares semelhantes, assustados em sua solidão. Um deles tinha um pássaro morto dentro de uma gaiola; ele havia caminhado cerca de trinta quilômetros e, quando seu bichinho favorito morreu, perdeu a coragem e se deitou a seu lado. Outro foi encontrado num terreno perto da escola dormindo com um cachorro, que mordia aqueles que se aproximavam para tirá-lo dali e que lambia as faces pálidas do menino.

Esses foram levados de volta, e alguns outros extraviados foram também recuperados, mas aos poucos eram resgatados, ou se perdiam novamente; e, no correr do tempo, Dotheboys Hall e sua última ruína começaram a ser esquecidos pelos vizinhos, ou a ser mencionados apenas como algo que existira no passado.

CAPÍTULO LXV

Conclusão

Terminado o período de luto, Madeline concedeu sua mão e sua fortuna a Nicholas; e, no mesmo dia e na mesma hora, Kate tornou-se a Sra. Frank Cheeryble. Esperava-se que Tim Linkinwater e a Srta. La Creevy formassem um terceiro casal na ocasião, mas eles recusaram o convite; algumas semanas depois, saíram juntos antes da refeição matinal e, ao voltarem transbordantes de alegria, descobriu-se que haviam se casado secretamente naquela manhã.

O dinheiro que Nicholas recebera por herança da mulher ele investiu na firma dos irmãos Cheeryble, da qual Frank se tornara sócio. Não se passou muito tempo até que o negócio começou a ser conduzido sob os nomes "Cheeryble e Nickleby", de modo que as profecias da Sra. Nickleby foram finalmente realizadas.

Os irmãos gêmeos aposentaram-se. É desnecessário dizer que eles estavam felizes. Viviam cercados da felicidade que eles mesmos haviam construído e se dedicavam a aumentá-la ainda mais.

Tim Linkinwater se dignou, depois de muita súplica e insistência, aceitar uma participação nos negócios; mas nunca foi convencido a permitir a publicação de seu nome como sócio e insistia sempre em ser pontual e regular em sua função de escriturário.

Ele e sua mulher moravam na antiga casa e ocupavam o mesmo quarto no qual ele dormia havia quarenta e quatro anos. À medida que envelhecia, ela se tornava uma criaturinha ainda mais disposta e alegre; e era comum os amigos comentarem que não sabiam dizer qual dos dois parecia mais feliz: Tim, sorrindo sentado na poltrona num lado da lareira, ou sua animada mulherzinha, conversando, rindo, e constantemente levantando-se da dela, do outro lado.

Dick, o melro, foi tirado do escritório e promovido a um canto aconchegante na sala de estar. Embaixo da gaiola, havia duas miniaturas pintadas pela Sra. Linkinwater: uma representando ela própria, a outra, Tim; ambas abrindo um largo sorriso para os observadores. A de Tim, com a cabeça empoada como um bolo de Festa de Reis e seus óculos reproduzidos com grande precisão, era identificada pelas pessoas, à primeira vista, por sua ligeira semelhança com ele, e isso as levava a concluir que a outra fosse de sua esposa, o que diziam, sem reservas, e a Sra. Linkinwater ficava muito orgulhosa dessas realizações, afirmando, com o passar do tempo, que aquele fora o trabalho mais bem-sucedido de toda a sua carreira. Tim lhe dava todo o apoio nisso, pois, não só nessa questão como em todos os outros assuntos, eles tinham a mesma opinião; e, se já houve no mundo um casal que constituísse um "par perfeito", esse era o senhor e a senhora Linkinwater.

Ralph havia falecido sem deixar testamento e, não tendo outros parentes senão aqueles com quem vivera como inimigos, estes últimos seriam, por lei, os beneficiários. No entanto, eles não toleravam a ideia de enriquecer com dinheiro obtido da maneira como aquele fora e achavam que jamais poderiam prosperar com ele. Portanto, não reivindicaram seus bens. A riqueza pela qual ele labutara todos os seus dias e sobrecarregara sua alma com tantas maldades foi enfim levada para os cofres do Estado, e ninguém se tornou melhor nem mais feliz graças a ela.

Arthur Gride foi julgado pela posse ilegal do testamento que ele obtivera por roubo ou dele se apropriara desonestamente por meios igualmente vis. Graças a um advogado habilidoso e a uma brecha na lei, ele escapou, mas somente para sofrer pior punição, pois, alguns anos depois, sua casa foi assaltada à noite por ladrões tentados pelos rumores de sua grande riqueza, e ele foi encontrado assassinado na própria cama.

A Sra. Sliderskew foi enviada para uma colônia de prisioneiros além-mar, quase ao mesmo tempo que o Sr. Squeers, e no decurso natural de vida não mais voltou. Brooker morreu penitente. O Sr. Mulberry Hawk viveu no exterior por alguns anos, bajulado, bem tratado e gozando de boa reputação como um janota. Quando por fim retornou ao país, foi lançado na cadeia por dívidas e lá pereceu miseravelmente, como em geral acontece a espíritos assim elevados.

O primeiro ato de Nicholas, quando se tornou um rico e próspero comerciante, foi comprar a velha casa de seu pai. Com o passar do tempo e o surgimento gradual à sua volta de um grupo de filhos adoráveis, ela foi reformada e aumentada; mas nenhum dos cômodos antigos foi destruído, nenhuma árvore que ali existia foi derrubada, e nada que se associasse ao passado foi jamais removido ou alterado.

Ali bem perto, havia outro lar, animado também por agradáveis vozes infantis; e lá vivia Kate, com muitos novos cuidados e ocupações, e muitos novos rostinhos atraídos por seu doce sorriso — e um tão semelhante ao seu, que, para sua mãe, ela parecia ser criança novamente —, a mesma criatura meiga, a mesma irmã carinhosa, a mesma no amor de todos que a cercavam, como em seus dias de menina.

A Sra. Nickleby vivia ora com a filha, ora com o filho, acompanhando um ou outro a Londres, nos períodos em que as preocupações com os negócios obrigavam ambas as famílias a permanecerem lá, e sempre mantendo o mesmo ar de grande dignidade e relatando suas experiências — especialmente nos pontos relacionados aos cuidados com as crianças e com sua educação — com grande solenidade e importância. Muito tempo se passou antes de ela ser induzida a receber a Sra. Linkinwater em suas boas graças, e não é certo se veio a perdoá-la completamente.

Havia um cavalheiro grisalho, tranquilo e benévolo que, de inverno a verão, vivia numa casinha bem próxima à de Nicholas e que, quando o rapaz se ausentava, assumia a gerência dos negócios. Seu grande prazer e satisfação eram as crianças, com quem se tornava também criança e mestre das folias. Os pequeninos não faziam nada sem o querido Newman Noggs.

A relva era verde sobre o túmulo do rapaz morto e pisada por pés tão pequenos e leves que nem mesmo uma margarida pendia sob sua pressão. Durante toda a primavera e todo o verão, coroas de flores frescas, confeccionadas por mãozinhas infantis, eram deitadas sobre a lápide; e, quando as crianças iam lá para trocá-las, antes que murchassem e não mais o agradassem, seus olhos enchiam-se de lágrimas, e elas falavam baixinho e com carinho de seu pobre primo morto.

CHARLES DICKENS nasceu em 7 de fevereiro de 1812 em Portsmouth, cidade portuária do sul da Inglaterra. A família fixou-se em Londres em 1823, enfrentando apuros financeiros. Dickens, aos doze anos, teve de interromper os estudos e trabalhar numa fábrica de graxa de sapato para sustentar a família no período em que o pai esteve preso por conta de dívidas – experiências que marcariam sua prosa futura. Nos anos seguintes, apesar da pouca instrução formal, começou a colaborar para jornais londrinos como repórter e em 1833 passou a escrever pequenas crônicas e contos com o pseudônimo "Boz" em diversas publicações. Em 1836 deu início à publicação em folhetim de *As aventuras do Sr. Pickwick*. No mesmo ano, casou-se com Catherine Hogarth, com quem teve dez filhos entre 1837 e 1852. Antes de concluir *Sr. Pickwick*, assumiu a edição da revista *Bentley's Miscellany* e lançou *Oliver Twist* (publicado em série entre 1837 e 1838). Em seguida, veio uma sequência impressionante de sucessos que consolidaram o seu nome entre os grandes da literatura inglesa. Entre 1838 e 1839, publicou *A vida e as aventuras de Nicholas Nickleby*. Entre 1840 e 1941, saiu *The Old Curiosity Shop*, e em 1841, *Barnaby Rudge*. Após uma viagem aos Estados Unidos, registrou suas experiências em *American Notes* (1842). A viagem também alimentou trechos de *Martin Chuzzlewit* (1843-1834). *Um conto de Natal* foi lançado em 1843. Em 1846, após uma temporada no exterior, publicou o relato de viagens *Pictures from Italy*. *Dombey and son* saiu entre 1846 e 1848. Entre 1849 e 1850, publicou *David Copperfield*. Entre 1852 e 1853, *Bleak House*. Em 1854, *Tempos difíceis*. Entre 1855 e 1857, *Little Dorritt*. Em 1858 separou-se da esposa. Em 1859, publicou *Um conto de duas cidades*. Entre 1860 e 1861, lançou *Grandes expectativas*. *Our Mutual Friend*, seu último romance, saiu entre 1864 e 1865. Charles Dickens faleceu em 9 de junho de 1870, consagrado, e foi sepultado na abadia de Westminster. Deixou inacabado o romance *Edwin Drood*.

MARILUCE FILIZOLA CARNEIRO PESSOA graduou-se em Letras (Especialização em Tradução: Inglês/Português) na Pontifícia Universidade Católica do Rio de Janeiro em 2005. Cursou o Programa de Mestrado em Tradução na Universidade Católica do Rio de Janeiro e defendeu sua dissertação em agosto de 2009. Atualmente trabalha como tradutora.

MARIANA TEIXEIRA MARQUES-PUJOL possui maîtrise em Français Langue Etrangère – Université Stendhal – Grenoble III (2000), graduação em Estudos Linguísticos e Literários em Inglês pela Universidade de São Paulo (2009), mestrado em Estudos Linguísticos e Literários em Inglês pela Universidade de São Paulo (2006), doutorado em Estudos Linguísticos e Literários em Inglês pela Universidade de São Paulo (2012) e pós-doutorado em Teoria Literária pela Universidade Estadual de Campinas (2013). Tem experiência na área de Letras, com ênfase em Línguas e Literaturas Estrangeiras Modernas, atuando principalmente nos seguintes temas: literaturas de língua inglesa e de língua francesa, estudos do romance (séculos XVIII e XIX), relações literárias entre Inglaterra e França, literatura e filosofia. É membro do Laboratório de Estudos do Romance, vinculado ao Departamento de Letras Modernas da Faculdade de Filosofia, Letras e Ciências Humanas da Universidade de São Paulo. Atualmente é coordenadora da Mobilidade Internacional para as Américas, a África e a Oceania na Université de Paris Nanterre, na França.

FONTE: Rufina
PAPEL: Pólen soft 70 g/m²
IMPRESSÃO: R.R. Donnelley